國家社會科學基金重點項目（編號11AZD062）

湖北省學術著作出版專項資金資助項目

中國語言文學一流學科建設文庫

二十五史藝文經籍志著録小説資料集

王齊洲 總主編

第二卷

本卷主編 王齊洲

補三國兩晉南北朝史藝文志著録小説資料集

（第一册）

本册編纂 張伶俐 張嫚 陳衛星

長江出版傳媒
湖北人民出版社

圖書在版編目(CIP)數據

補三國兩晋南北朝史藝文志著録小説資料集 / 王齊洲主編. — 武漢 : 湖北人民出版社, 2022.6
ISBN 978 7 216 10334-3

Ⅰ. ①補… Ⅱ. ①王… Ⅲ. ①古典小説 - 研究資料 - 中國 - 魏晋南北朝時代 Ⅳ. ①I207.41

中國版本圖書館CIP數據核字（2021）第231824號

責任編輯：劉婉玲
封面設計：董　昀
責任校對：范承勇
責任印製：肖迎軍

補三國兩晋南北朝史藝文志著録小説資料集
BU SANGUO LIANGJIN NANBEICHAO SHI YIWENZHI ZHULU XIAOSHUO ZILIAOJI

出版發行:湖北人民出版社　**地址**:武漢市雄楚大道268號
印刷:武漢科源印刷設計有限公司　**郵編**:430070
開本:787毫米×1092毫米　1/16　**印張**:51.5
字數:1039千字　**插頁**:6
版次:2022年6月第1版　**印次**:2022年6月第1次印刷
書號:ISBN 978-7-216-10334-3　**定價**:258.00元（全二册）

本社網址：http://www.hbpp.com.cn
本社旗艦店：http://hbrmcbs.tmall.com
讀者服務部電話：027-87679656
投訴舉報電話：027-87679757
（圖書如出現印裝質量問題，由本社負責調换）

第二卷前言

三國兩晋南北朝是一個很長的歷史時段，從漢獻帝延康元年（220年）十月曹丕廢漢稱帝，國號曰魏，改元黄初算起，到隋文帝開皇九年（589年）隋滅陳止，共計370年。這是一個分裂的時段，中國南北方先後建立有十數個獨立政權，關係錯綜複雜。有關這段歷史的記載很多，僅官修史書中就有《三國志》《晋書》《宋書》《南齊書》《梁書》《陳書》《魏書》《北齊書》《周書》以及《南史》《北史》，幾乎快占到"二十五史"的一半。可惜的是，這些史書由於各種原因，都没有設立藝文志或經籍志，自然也就没有關於小説的有關著録。這給後人瞭解一個時代的小説文獻典籍帶來了一定困難。有鑒於此，清人爲以上各史都補修了藝文志或經籍志，以彌補缺陷，便利讀者。下面我們對這些情况做一簡單勾勒。

《三國志》是由西晋史學家陳壽所著的斷代史，記載魏、蜀、吴三國的歷史。此前已有魏、吴兩國的歷史著作，如王沈《魏書》、魚豢《魏略》、韋昭（一作曜）《吴書》，它們成爲了《三國志》編纂《魏志》《吴志》的基本材料。蜀國無史，陳壽自行采集15卷，編成《蜀志》。《三國志》最早以《魏志》《蜀志》《吴志》三書單獨流傳，直到北宋纔合爲一書。《三國志》以文字精煉簡略著稱，没有記載王侯、百官世系的"表"，也没有記載經濟、地理、職官、禮樂、律曆、藝文等的"志"，不符合《史記》《漢書》所確立的一般正史規範。清光緒年間，著名目録學家姚振宗編纂了《三國藝文志》4卷，彌補了《三國志》無藝文志的缺憾。在姚振宗之前，雖有侯康的《補三國藝文志》，但侯志衹有經、史、子三部，没有集部，篇幅僅及姚志的五分之一，姚志出，侯志遂被湮没。

《晋書》是唐初房玄齡等人纂修的一部史書，以南齊人臧榮緒所撰《晋書》爲藍本，"采正典與雜説數十部"，兼引十六國所撰史籍，歷時三年完成，前後參與者達20餘人。由於唐太宗李世民爲《宣帝紀》《武帝紀》《陸機傳》《王羲之傳》分别寫了史論，所以該書又題"御撰"。全書今存130卷，上起司馬懿早年，下至東晋恭帝元熙二年（420年）劉裕以宋代晋，記載了東西兩晋近200年的歷史。同時創設"載記"記述了與晋前後并存的十六國的情况。修史體例由敬播擬訂，但没有留存文字。天文、律曆、五行三志出自李淳風之手，但没有修纂藝文志或經籍志。到了晚清，不少學者爲《晋書》補修藝文志或經籍志，如秦榮光《補晋書藝文志》、丁國鈞《補晋書藝文志》、文廷式《補晋書藝文志》、吴士鑒《補晋書經籍志》、黄逢元《補晋書藝文志》等，這些補志各有特點，爲完善《晋書》作出了貢獻。

《宋書》由沈約編纂，記載了南朝劉宋60年的史實。蕭齊永明五年（487年）沈約任太子家令兼著作郎，奉詔撰《宋書》。他依據宋何承天、蘇寶生、徐爰等修撰的《宋書》及其他史籍，增補宋末十幾年的事迹，僅用一年時間，完成本紀10卷、列傳60卷，後又續修八志30卷。今本個别列傳有殘缺，少數列傳是後人用唐高峻《小史》《南史》所補。八志包括律曆、禮、樂、天文、符瑞、五行、州郡、百官，没有藝文或經籍，原排在列傳之後，後人移於本紀、列傳之間。清人聶崇岐編纂了《補宋書藝文志》，以補《宋書》八志之缺，頗爲流行。另有王仁俊稿本《補宋書藝文志》，流傳不廣。

《南齊書》，南朝梁蕭子顯奉詔編纂，多取材於檀超、江淹等人的相關書稿，記述南朝蕭齊王朝自齊高帝建元元年（479年）至齊和帝中興二年（502年）共23年史事，是現存關於南齊最早的紀傳體史書。全書60卷，現存59卷，包含本紀8卷、志11卷、列傳40卷。志分禮、樂、天文、州郡、百官、輿服、祥瑞、五行八類，没有藝文或經籍。清人陳述編纂《補南齊書藝文志》以補其缺。

《魏書》，北齊魏收編纂。北魏原有鄧淵所撰《代記》、崔浩所撰《國書》等編年史，和後來李彪、崔光改修的紀傳體史書，成爲魏收編纂《魏書》的主要資料來源。魏收歷仕北魏、東魏、北齊三朝，北齊時任中書令兼著作郎，也不乏史才。天保二年（551年）奉詔撰魏史，五年（554年）完成，成書共124卷，包含本紀12卷，列傳92卷，志20卷。因有些卷分爲上、下或上、中、下，實有131卷。該書記載了從道武帝拓跋珪建立北魏（386年）至534年分裂爲東魏和西魏共149年歷史。其志包括天象、地形、律曆、禮、樂、食貨、刑罰、靈徵、官氏、釋老十志，唯獨缺少藝文或經籍。清人李正奮有《補魏書藝文志》稿本，因流傳未廣，影響不大。徐崇《補南北史藝文志》涉及北魏典籍，有所補救。

中國自唐代開始設館修史，唐武德五年（622年），根據史臣令狐德棻建議，高祖李淵詔群臣撰寫北魏、北齊、北周、隋、梁、陳六代史，未果。因已有北齊魏收所撰《魏書》和隋代魏澹所撰《魏書》，北魏史頗爲詳備，故貞觀三年（629年），太宗李世民重新下達編纂梁、陳、齊、周、隋五代史的任務。由李百藥撰寫《北齊書》，令狐德棻主編《周書》，魏徵主編《隋書》，姚思廉編纂《梁書》和《陳書》。貞觀十年（636年），五代史同時撰成。此五代史中，僅《隋書》設有經籍志，在子部著録有小説作品。

《梁書》《陳書》由唐初歷史學家姚思廉編纂。《梁書》包含本紀6卷、列傳50卷，無表、志。主要記述了南朝蕭齊末年的政治和蕭梁皇朝50餘年史事。姚思廉是在其父姚察的遺稿基礎上撰寫的《梁書》，約占全書卷數的一半，同時也參考、吸取了前代史家編撰梁史的成果。《陳書》包含本紀6卷、列傳30卷，無表、志。記載了陳朝自武帝陳霸先即位至後主陳叔寶亡國共33年的史實，内容頗爲簡略。全史僅兩卷本紀，後論署爲"陳吏部尚書姚察曰"，説明姚察留給思廉的舊稿不多。《陳書》主要是參考了陳朝史官陸瓊、顧野王、傅縡等人的有關撰述。清王仁俊編纂《補梁書藝文志》以補史志之缺，因衹有稿本，故流傳不廣。《陳書》未見補志，但徐崇《補南北史藝文志》有所補救。

《北齊書》，包含本紀8卷、列傳42卷，是李百藥在其父李德林所撰《齊史》的基礎上，參考了隋代史學家王劭所撰編年體《齊志》編纂而成。成書時原名《齊書》，爲區别於蕭子顯《齊書》，改稱《北齊書》，而稱蕭史爲《南齊書》。它雖以記載北齊歷史爲主，但實際上記述了從高歡起兵到北齊滅亡前後約80年歷史，集中反映了東魏、北齊王朝的盛衰興亡。到南宋時，《北齊書》僅剩1卷帝紀、16卷列傳，今天所見《北齊書》，乃宋以後人據李延壽所撰《北史》抄補而成，并非原貌。《北齊書》無表、志，也未見後人補志，僅徐崇《補南北史藝文志》對北齊文獻典籍有所反映。

《周書》爲令狐德棻主編，參編者有岑文本、崔仁師等，史論多出岑文本之手。全書包含本紀8卷、列傳42卷，記載了北周宇文氏所建立的周朝（557—581年）歷史。《周書》也無表、志，後人也未補志，僅徐崇《補南北史藝文志》對北周文獻典籍有少許反映。

《南史》與《北史》爲姊妹篇，是由李大師及其子李延壽兩代人編纂完成的，也是唐代官修史書。李大師是由隋入唐的史學家，爲整合南北各朝歷史而編纂《南史》《北史》，但未能成書。此後，由其子延壽繼續編纂，30年始告完成。《南史》以《宋書》《南齊書》《梁書》及《陳書》爲藍本，又參考"雜史"千餘卷，删繁就簡，事增文省，有本紀10卷、列傳70卷，但無表、志，記載了南朝宋、齊、梁、陳四國170年史事。《北史》則是匯合并删節《魏書》《北齊書》《周書》而編成的紀傳體史書，記述從北魏登國元年（386年）到隋義寧二年（618年）共233年歷史。其中魏本紀5卷、齊本紀3卷、周本紀2卷、隋本紀2卷、列傳88卷，共100卷。李氏父子打破朝代斷限，通叙南北各朝歷史，反映了當時的政治要求，是《南史》《北史》取得成功的重要原因。"二史"後來被列入正史中，在中國史學上占有重要地位。"二史"没有藝文志或經籍志，清人徐崇編纂了《補南北史藝文志》以作補救。

由於三國兩晋南北朝雖正史詳備，但都未設藝文志或經籍志，故我們衹能以清人的補志爲依據。好在清人提倡樸學，目録學發達，典籍分類標準基本承襲前代，著録文獻多有依據，故以這些補志著録小説書目爲綫索，搜集整理小説資料，這對我們瞭解這一時段小説發展狀況是有幫助的。

凡　例

——《三國志》《晋書》《宋書》《南齊書》《梁書》《陳書》《魏書》《北齊書》《周書》以及《南史》《北史》等均未設藝文志或經籍志，以致三國兩晋南北朝小説類例不明，數目不清。清人姚振宗《三國藝文志》、秦榮光《補晋書藝文志》、丁國鈞《補晋書藝文志》、文廷式《補晋書藝文志》、吴士鑒《補晋書經籍志》、黄逢元《補晋書藝文志》、聶崇岐《補宋書藝文志》、陳述《補南齊書藝文志》和徐崇《補南北史藝文志》做了補録。

——本册以姚振宗《三國藝文志》、秦榮光《補晋書藝文志》著録小説爲依據，按以上二書著録小説作品次序排列。張華《博物志》《列異傳》、干寶《搜神記》著録於《新唐書・藝文志》小説家，郭澄之《郭子》著録於《隋書・經籍志》小説家，爲了避免與《新唐書・藝文志》和《隋書・經籍志》的重複，本册衹列書名，不録資料。郭頒《群英論》和裴啓《語林》在《隋書・經籍志》中僅爲補注，未列正目，故仍在本册輯録其資料。

——考慮到有些作品作者存在争議，本册目録一般衹列書名，不列作者，争議情況將在相關資料中呈現，或在按語中説明。如該作品有異名，則在目録中括注異名，便於检索。由於有書名相同而作者不同的情況，故同名書在題録和目録中注明作者，用作區别。

——本册資料以作品爲單位，所收各部小説資料，包括作者生平事迹、歷代官私書目、序跋、評論、考辨等相關資料，原則上不收小説作品原文或佚文；所收小説資料，以資料原作者生卒年先後爲序；作者生卒年無考者按其活動年代酌處，資料作者無考者按資料産生的年代爲序。所有資料均注明所依據的版本。著名叢書多有重印，且出版社、出版時間不一，故衹注叢書名，不注出版社、出版年。

——小説作者生平資料的收録，以作者當時履歷交游和同時代人所撰寫的人物傳記爲主；同時期若無相關人物傳記資料的，則以後代正史人物傳記爲主，兼及方志；後代方志人物傳記轉抄正史和前代方志人物傳記的，則不重複收録。

——所收資料力求準確、完整、全面、系統。後人轉引前人資料，一般不再列出，個别重要的題録作者和書名，以備參考；後人研究或評論小説作家和作品的，不計長短一律收録，以備進一步研究參考；資料篇幅過長的，衹選録與作者和作品内容相關部分。

——所收資料僅限於古文，近人用古文或淺近文言撰寫的研究成果，以1949年底爲斷，此後發表的一律不收；今人的研究成果不列入資料（整理性成果除外），重要者則在按語中做適當交代。

——每部小説資料後均附編輯者按語，對小説作者生平、作品成書年代、作品内容、版本流傳及後人研究情況等做簡要評述，以供讀者參考。

目　録

列異傳（曹丕列異傳）

陳壽撰，裴松之注《三國志》卷二《文帝紀》：

文皇帝諱丕，字子桓，武帝太子也。中平四年冬，生於譙。（《魏書》曰：帝生時，有雲氣青色而圜如車蓋當其上，終日，望氣者以爲至貴之證，非人臣之氣。年八歲，能屬文。有逸才，遂博貫古今經傳諸子百家之書。善騎射，好擊劍。舉茂才，不行。《獻帝起居注》曰：建安十三年，爲司徒趙温所辟，太祖表"温辟臣子弟，選舉故不以實"。使侍中守光禄勛郗慮持節奉策免温官。）建安十六年，爲五官中郎將、副丞相。二十二年，立爲魏太子。（《魏略》曰：太祖不時立太子，太子自疑。是時有高元吕者，善相人，乃呼問之，對曰："其貴乃不可言。"問："壽幾何？"元吕曰："其壽，至四十當有小苦，過是無憂也。"後無幾而立爲皇太子，至年四十而薨。）太祖崩，嗣位爲丞相、魏王。（袁宏《漢紀》載漢帝詔曰："魏太子丕：昔皇天授乃顯考以翼我皇家，遂攘除群凶，拓定九州，弘功茂績，光於宇宙。朕用垂拱負扆二十有餘載。天不憖遺一老，永保余一人，早世潛神，哀悼傷切。丕奕世宣明，宜秉文武，紹熙前緒。今使使持節御史大夫華歆奉策詔授丕丞相印綬、魏王璽紱，領冀州牧。方今外有遺虜，遐夷未賓，旗鼓猶在邊境，干戈不得韜刃，斯乃播揚洪烈，立功垂名之秋也。豈得修諒闇之禮，究曾、閔之志哉！其敬服朕命，抑弭憂懷，旁祗厥緒，時亮庶功，以稱朕意。於戲，可不勉與！"）尊王后曰王太后。改建安二十五年爲延康元年。

元年二月（《魏書》載庚戌令曰："關津所以通商旅，池苑所以禦災荒，設禁重税，非所以便民。其除池籞之禁，輕關津之税，皆復什一。"辛亥，賜諸侯王將相已下大將粟萬斛，帛千匹，金銀各有差等，遣使者循行郡國，有違理掊克暴虐者，舉其罪。）壬戌，以太中大夫賈詡爲太尉，御史大夫華歆爲相國，大理王朗爲御史大夫。置散騎常侍、侍郎各四人，其宦人爲官者不得過諸署令；爲金策著令，藏之石室。……秋七月庚辰，令曰："軒轅有明臺之議，放勛有衢室之問，皆所以廣詢於下也。（《管子》曰：黄帝立明臺之議者，上觀於兵也；堯有衢室之問者，下聽於民也；舜有告善之旌，而主不蔽也；禹立建鼓於朝，而備訴訟也；湯有總街之廷，以觀民非也；武王有靈臺之囿，而賢者進也：此古聖帝明王所以有而勿失，得而勿忘也。）百官有司，其務以職盡規諫，將率陳軍法，朝士明制度，牧守申政事，縉紳考六藝，吾將兼覽焉。”孫權遣使奉獻，蜀將孟達率衆降，武都氐王楊僕率種人内附，居漢陽郡。（《魏略》載王自手筆令曰：“吾前遣使宣國威靈，而達即來。吾惟《春秋》褒儀父，即封拜達，使還領新城太守。近復有扶老攜幼首向王化者。吾聞夙沙之民自縛其君以歸神農，豳國之衆襁負其子而入豐、鎬，斯豈驅略迫脅之所致哉！乃風化動其情而仁義感其衷，歡心内發使之然也。以此而推，西南將萬里無外，權、備將與誰守死乎？”）……冬十月癸卯，令曰：“諸將征伐，士卒死亡者或未收斂，吾甚哀之；其告郡國給槥櫝殯斂，送致其家，官爲設祭。”丙午，行至曲蠡。漢帝以衆望在魏，乃召群公卿士，（袁宏《漢紀》載漢帝詔曰：“朕在位三十有二載，遭天下蕩覆，幸賴祖宗之靈，危而復存。然仰瞻天文，俯察民心，炎精之數既終，行運在乎曹氏。是以前王既樹神武之績，今王又光曜明德以應其期，是曆數昭明，信可知矣。夫大道之行，天下爲公，選賢與能，故唐堯不私於厥子，而名播於無窮，朕羡而慕焉。今其追踵堯典，禪位於魏王。”）告祠高廟。使兼御史大夫張音持節奉璽綬禪位，册曰……乃爲壇於繁陽。庚午，王升壇即阼，百官陪位。事訖，降壇，視燎成禮而反。改延康爲黄初，大赦。

黄初元年十一月癸酉，以河内之山陽邑萬户奉漢帝爲山陽公，行漢正朔，以天子之禮郊祭，上書不稱臣，京都有事於太廟，致胙；封公之四子爲列侯。追尊皇祖太王曰太皇帝，考武王曰武皇帝，尊王太后曰皇太后。賜男子爵人一級，爲父後及孝悌力田人二級。以漢諸侯王爲崇德侯，列侯爲關中侯。以潁陰之繁陽亭爲繁昌縣。封爵增位各有差。改相國爲司徒，御史大夫爲司空，奉常爲太常，郎中令爲光禄勳，大理爲廷尉，大農爲大司農。郡國縣邑，多所改易。更授匈奴南單于呼厨泉魏璽綬，賜青蓋車、乘輿、寶劍，玉玦。……

七年春正月，將幸許昌，許昌城南門無故自崩，帝心惡之，遂不入。壬子，行還洛陽宫。三月，築九華臺。夏五月丙辰，帝疾篤，召中軍大將軍曹真、鎮軍大將軍陳群、征東大將軍曹休、撫軍大將軍司馬宣王，并受遺詔輔嗣主；遣後宫淑媛、昭儀已下歸其家。丁巳，帝崩於嘉福殿，時年四十。（《魏書》曰：殯於崇華前殿。）六月戊寅，葬首陽陵。自殯及葬，皆以終制從事。

初，帝好文學，以著述爲務，自所勒成垂百篇。又使諸儒撰集經傳，隨類相從，凡千餘篇，號曰《皇覽》。（《魏書》曰：帝初在東宫，疫癘大起，時人彫傷，帝深感嘆，與素所敬者大理王朗書曰：“生有七尺之形，死唯一棺之土，唯立德揚名，可以不朽，其次莫如著篇籍。疫癘數起，士人彫落，余獨何人，能全其壽？”故論撰所著《典論》、詩賦，蓋百餘篇，集諸儒於肅城門内，講論大義，侃侃無倦。常嘉漢文帝之爲君，寬仁玄默，務欲以德化民，有賢聖之風。時文學諸儒，或以爲孝文雖賢，其於聰明，通達國體，不如賈誼。帝由是著《太宗論》曰：“昔有苗不賓，重華舞以干戚；尉佗稱帝，孝文撫以恩德；吴王不朝，錫之几杖以撫其意，而天下賴安。乃弘三章之教，愷悌之化，欲使曩時累息之民，得闊步高談，無危懼之心。若賈誼之才敏，籌畫國政，特賢臣之器，管、晏之姿，豈若孝文大人之量哉？”三年之中，以孫權不服，復頒《太宗論》於天下，明示不願征伐也。他日，又從容言曰：“顧我亦有所不取於漢文帝者三：殺薄昭；幸鄧通；慎夫人衣不曳地，集上書囊爲帳帷。以爲漢文儉而無法，舅后之家，但當養育以恩，而不當假借以權，既觸罪法，又不得不害矣。”其欲秉持中道，以爲帝王儀表者如此。胡冲《吴曆》曰：帝以素書所著《典論》及詩賦餉孫權，又以紙寫一通與張昭。）

評曰：文帝天資文藻，下筆成章，博聞强識，才藝兼該；（《典論》帝《自叙》曰：初平之元，董卓殺主鴆后，蕩覆王室。是時四海既困中平之政，兼惡卓之凶逆，家家思亂，人人自危。山東牧守，咸以《春秋》之義“衛人討州籲於濮”，言人人皆得討賊。於是大興義兵，名豪大俠，富室强族，飄揚雲會，萬里相赴；兗、豫之師戰於滎陽，河内之甲軍於孟津。卓遂遷大駕，西都長安。而山東大者連郡國，中者嬰城邑，小者聚阡陌，以還相吞滅。會黄巾盛於海岱，山寇暴於并、冀，乘勝轉攻，席捲而南，鄉邑望煙而奔，城郭睹塵而潰，百姓死亡，暴骨如莽。時余年五歲，上以世方擾亂，教余學射，六歲而知射。又教余騎馬，八歲而能騎射矣。以時之多故，每征，余常從。建安初，上南征荆州，至宛，張繡降。旬日而反，亡兄孝廉子修、從兄安民遇害。時余年十歲，乘馬得脱。夫文武之道，各隨時而用，生於中平之季，長於戎旅之間，是以少好弓馬，於今不衰。逐禽輒十里，馳射常百步，日多體健，心每不厭。建安十年，始定冀州，濊、貊貢良弓，燕、代獻名馬。時歲之暮春，勾芒司節，和風扇物，弓燥手柔，草淺獸肥，與族兄子丹獵於鄴西，終日手獲麞鹿九、雉兔三十。後軍南征，次曲蠡，尚書令荀彧奉使犒軍，見余談論之末，彧言：“聞君善左右射，此實難能。”余言：“執事未睹夫項發口縱，俯馬蹄而仰月支也。”彧喜笑曰：“乃爾。”余曰：“埒有常徑，的有常所，雖每發輒中，非至妙也。若馳平原，赴豐草，要狡獸，截輕禽，使弓不虚彎，所中必洞，斯則妙矣。”時軍祭酒張京在坐，顧彧拊手曰：“善！”余又學擊劍，閱師多矣，四方之法各異，唯京師爲善。桓、靈之間，有虎賁王越善斯術，稱於京師。河南史阿言昔與越游，具得其法，余從阿學之精熟。嘗與平虜將軍劉勛、奮威將軍鄧展等共飲，宿聞展善有手臂，曉五兵，又稱其能空手入白刃。余與論劍良久，謂言將軍法非也，余顧嘗好之，又得善術，因求與余對。時酒酣耳熱，方食竿蔗，便以爲杖，下殿數交，三中其臂，左右大笑。展意不平，求更爲之。余言：“吾法急屬，難相中面，故齊臂耳。”展言願復一交，余知其欲突以取交中也，因僞深進，展果尋前，余却腳鄛，正截其顙，坐中驚視。余還坐，笑曰：“昔陽慶使淳于意去其故方，更授以秘術，今余亦願鄧將軍捐棄故伎，更受要道也。”一坐盡歡。夫事不可自謂己長，余少曉持複，自謂無對。俗名雙戟爲坐鐵室，鑲楯爲蔽木户。後從陳國袁敏學，以單攻複，每爲若神，對家不知所出，先曰若逢敏於狹路，直决耳！余於他戲弄之事少所喜，唯彈棋略盡其巧，少爲之賦。昔京師先工有馬合鄉侯、東方安世、張公子，常恨不得與彼數子者對。上雅好詩書文籍，雖在軍旅，手不釋卷，每每定省，從容常言："人少好學則思專，長則善忘，長大而能勤學者，唯吾與袁伯業耳。"余是以少誦詩、論，及長而備歷五經、四部，《史》、《漢》、諸子百家之言，靡不畢覽。《博物志》曰：帝善彈棋，能用手巾角。時有一書生，又能低頭以所冠著葛巾角撇棋。）若加之曠大之度，勵以公平之誠，邁志存道，克廣德心，則古之賢主，何遠之有哉！

同上，卷九《曹洪傳》：

始，洪家富而性吝嗇，文帝少時假求不稱，常恨之，遂以舍客犯法，下獄當死。群臣并救莫能得。卞太后謂郭后曰："令曹洪今日死，吾明日敕帝廢后矣。"於是泣涕屢請，乃得免官削爵土。（《魏略》曰：文帝收洪，時曹真在左右，請之曰："今誅洪，洪必以真爲譖也。"帝曰："我自治之，卿何豫也？"會卞太后責怒帝，言"梁、沛之間，非子廉無有今日"。詔乃釋之。猶尚没入其財産。太后又以爲言，後乃還之。初，太祖爲司空時，以己率下，每歲發調，使本縣平貲。於時譙令平洪貲財與公家等，太祖曰："我家貲那得如子廉耶！"文帝在東宫，嘗從洪貸絹百匹，洪不稱意。及洪犯法，自分必死，既得原，喜，上書謝曰："臣少不由道，過在人倫，長竊非任，遂蒙含貸。性無檢度知足之分，而有豺狼無厭之質，老惛倍貪，觸突國網，罪迫三千，不在赦宥，當就辜誅，棄諸市朝，猶蒙天恩，骨肉更生。臣仰視天日，愧負靈神，俯惟愆闕，慚愧怖悸，不能雉經以自裁割，謹塗顔闕門，拜章陳情。"）洪先帝功臣，時人多爲觖望。明帝即位，拜後將軍，更封樂城侯，邑千户，位特進，復拜驃騎將軍。太和六年薨，謚曰恭侯。子馥，嗣侯。初，太祖分洪户封子震列侯。洪族父瑜，修慎篤敬，官至衛將軍，封列侯。

同上，卷十《賈詡傳》：

是時，文帝爲五官將，而臨菑侯植才名方盛，各有黨與，有奪宗之議。文帝使人問詡自固之術，詡曰："願將軍恢崇德度，躬素士之業，朝夕孜孜，不違子道。如此而已。"文帝從之，深自砥礪。太祖又嘗屏除左右問詡，詡嘿然不對。太祖曰："與卿言而不答，何也？"詡曰："屬適有所思，故不即對耳。"太祖曰："何思？"詡曰："思袁本初、劉景升父子也。"太祖大笑，於是太子遂定。詡自以非太祖舊臣，而策謀深長，懼見猜疑，闔門自守，退無私交，男女嫁娶，不結高門，天下之論智計者歸之。

同上，卷二十一《吴質傳》：

吴質，濟陰人，以文才爲文帝所善，官至振威將軍，假節都督河北諸軍事，封列侯。（《魏略》曰：質字季重，以才學通博，爲五官將及諸侯所禮愛；質亦善處其兄弟之間，若前世樓君卿之游五侯矣。及河北平定，五官將爲世子，質與劉楨等并在坐席。楨坐譴之際，質出爲朝歌長，後遷元城令。其後大軍西征，太子南在孟津小城，與質書曰："季重無恙！途路雖局，官守有限，願言之懷，良不可任。足下所治僻左，書問致簡，益用增勞。每念昔日南皮之游，誠不可忘。既妙思六經，逍遥百氏，彈棋間設，終以博弈，高談娱心，哀箏順耳。馳騖北場，旅食南館，浮甘瓜於清泉，沉朱李於寒水。皦日既没，繼以朗月，同乘并載，以游後園，輿輪徐動，賓從無聲，清風夜起，悲笳微吟，樂往哀來，凄然傷懷。余顧而言，兹樂難常，足下之徒，咸以爲然。今果分别，各在一方。元瑜長逝，化爲異物，每一念至，何時可言？方今蕤賓紀辰，景風扇物，天氣和暖，衆果具繁。時駕而游，北遵河曲，從者鳴笳以啓路，文學托乘於後車，節同時異，物是人非，我勞如何！今遣騎到鄴，故使枉道相過。行矣，自愛！"二十三年，太子又與質書曰："歲月易得，别來行復四年。三年不見，《東山》猶嘆其遠，况乃過之，思何可支？雖書疏往反，未足解其勞結。昔年疾疫，親故多離其災，徐、陳、應、劉，一時俱逝，痛何可言邪！昔日游處，行則同輿，止則接席，何嘗須臾相失！每至觴酌流行，絲竹并奏，酒酣耳熱，仰而賦詩。當此之時，忽然不自知樂也。謂百年已分，長共相保，何圖數年之間，零落略盡，言之傷心。頃撰其遺文，都爲一集。觀其姓名，已爲鬼録，追思昔游，猶在心目，而此諸子化爲糞壤，可復道哉！觀古今文人，類不護細行，鮮能以名節自立。而偉長獨懷文抱質，恬淡寡欲，有箕山之志，可謂彬彬君子矣。著《中論》二十餘篇，成一家之業，辭義典雅，足傳於後，此子爲不朽矣。德璉常斐然有述作意，才學足以著書，美志不遂，良可痛惜。間歷觀諸子之文，對之抆淚，既痛逝者，行自念也。孔璋章表殊健，微爲繁富。公幹有逸氣，但未遒耳，至其五言詩，妙絶當時。元瑜書記翩翩，致足樂也。仲宣獨自善於辭賦，惜其體弱，不足起其文，至於所善，古人無以遠過也。昔伯牙絶弦於鍾期，仲尼覆醢於子路，愍知音之難遇，傷門人之莫逮也。諸子但爲未及古人，自一時之俊也，今之存者已不逮矣。後生可畏，來者難誣，然吾與足下不及見也。行年已長大，所懷萬端，時有所慮，至乃通夕不瞑。何時復類昔日！已成老翁，但未白頭耳。光武言'年已三十，在軍十年，所更非一'，吾德雖不及，年與之齊。以犬羊之質，服虎豹之文，無衆星之明，假日月之光，動見觀瞻，何時易邪？恐永不復得爲昔日游也。少壯真當努力，年一過往，何可攀援？古人思秉燭夜游，良有以也。頃何以自娱？頗復有所造述不？東望於邑，裁書叙心。"臣松之以本傳雖略載太子此書，美辭多被删落，今故悉取《魏略》所述以備其文。太子即王位，又與質書曰："南皮之游，存者三人，烈祖龍飛，或將或侯。今惟吾子，棲遲下仕，從我游處，獨不及門。瓶罄罍恥，能無懷愧。路不云遠，今復相聞。”初，曹真、曹休亦與質等俱在渤海游處，時休、真亦以宗親并受爵封，出爲列將，而質故爲長史。王顧質有望，故稱二人以慰之。始質爲單家，少游遨貴戚間，蓋不與鄉里相沉浮。故雖已出官，本國猶不與之士名。及魏有天下，文帝徵質，與車駕會洛陽。到，拜北中郎將，封列侯，使持節督幽、并諸軍事，治信都。太和中，入朝。質自以不爲本郡所饒，謂司徒董昭曰：“我欲溺鄉里耳。”昭曰：“君且止，我年八十，不能老爲君溺攢也。”《世語》曰：魏王嘗出征，世子及臨菑侯植并送路側。植稱述功德，發言有章，左右屬目，王亦悦焉。世子悵然自失，吴質耳曰：“王當行，流涕可也。”及辭，世子泣而拜，王及左右咸歔欷，於是皆以植辭多華，而誠心不及也。）

同上，卷二十九《朱建平傳》：

朱建平，沛國人也。善相術，於閭巷之間，效驗非一。太祖爲魏公，聞之，召爲郎。文帝爲五官將，坐上會客三十餘人，文帝問己年壽，又令遍相衆賓。建平曰：“將軍當壽八十，至四十時當有小厄，願謹護之。”……

文帝黄初七年，年四十，病困，謂左右曰：“建平所言八十，謂晝夜也，吾其決矣。”頃之，果崩。……

建平又善相馬。文帝將出，取馬外入，建平道遇之，語曰：“此馬之相，今日死矣。”帝將乘馬，馬惡衣香，驚齧文帝膝，帝大怒，即便殺之。建平黄初中卒。

同上，《周宣傳》：

文帝問宣曰：“吾夢殿屋兩瓦墮地，化爲雙鴛鴦，此何謂也？”宣對曰：“後宫當有暴死者。”帝曰：“吾詐卿耳！”宣對曰：“夫夢者意耳，苟以形言，便占吉凶。”言未畢，而黄門令奏宫人相殺。無幾，帝復問曰：“我昨夜夢青氣自地屬天。”宣對曰：“天下當有貴女子冤死。”是時，帝已遣使賜甄后璽書，聞宣言而悔之，遣人追使者不及。帝復問曰：“吾夢摩錢文，欲令滅而更愈明，此何謂邪？”宣悵然不對。帝重問之，宣對曰：“此自陛下家事，雖意欲爾而太后不聽，是以文欲滅而明耳。”時帝欲治弟植之罪，逼於太后，但加貶爵。以宣爲中郎，屬太史。（中華書局，2006年）

劉勰著，范文瀾注《文心雕龍注》卷三《銘箴》：

魏文九寶，器利辭鈍。［魏文帝《典論·劍論》（録自《全三國文》卷八）……］

同上，《諧讔》：

諧之言皆也，辭淺會俗，皆悦笑也。昔齊威（元作宣，許改。）酣樂，而淳于説甘酒；楚襄宴集，而宋玉賦好色：意在微諷，有足觀者。及優旃之諷漆城，優孟之諫葬馬，并譎辭飾説，抑止昏暴。是以子長編史，列傳滑稽，以其辭雖傾回，意歸義正也。但本體不雅（一作雜。），其流易弊。於是東方、枚皋，餔糟啜醨，無所匡正，而詆嫚媟（元作媟，謝改。）弄，故其自稱爲賦，乃亦俳也；見視如倡，亦有悔矣。至魏文（元作大。）因俳説以著笑（元作茂，孫改。）書，薛綜憑宴會而發嘲調，雖抃推（疑誤。）席，而無益時用矣。［《魏志・文帝紀》未言其著《笑書》，裴松之注最爲富博，亦未言及，《隋志》不著録，諸類書亦無引之，未知何故。魏文同時有邯鄲淳，撰《笑林》三卷，（隋、唐《志》同。）馬國翰輯得一卷。（《玉函山房輯佚書》卷七十六。）兹録數則如下，魏文《笑書》，當亦此類也。……］然而懿文之士，未免枉轡；潘岳醜婦之屬，束晳賣餅之類，尤而（一作相。）效之，蓋以百數。魏晋滑稽，盛相驅扇，遂乃應瑒之鼻，方於盜削卵；張華之形，比乎握舂杵。曾是莠言，有虧德音，豈非溺者之妄笑（元作茂，朱改。），胥靡之狂歌歟！

讔者，隱也；遁辭以隱意，譎譬以指事也。昔還社（元作楊。）求拯（元作極。）於楚師，喻眢井而稱麥麴；叔儀乞糧於魯人，歌佩玉而呼庚癸；伍舉刺荆王以大鳥，齊客譏薛公以海魚；莊姬托辭於龍尾，臧文謬書於羊裘：隱語之用，被於紀傳，大者興治濟身，其次弼違曉惑。蓋意生於權譎，而事出於機急，與夫諧辭，可相表裏者也。漢世《隱書》十有八篇，歆固編文，録之歌末。昔楚莊齊威，性好隱語。至東方曼倩，尤巧辭述。但謬辭詆戲，無益規補。自魏代以來，頗非俳優，而君子嘲（一本無嘲字，鈴木云：梅本子嘲二字用夾注。）隱，化爲謎語。謎也者，回互其辭，使昏迷也。或體目文字，或圖像品物，纖巧以弄思（元作忠，謝改。），淺察以衒辭，義欲婉而正，辭欲隱而顯。荀卿《蠶賦》，已兆其體。至魏文、陳思，約而密之；高貴鄉公，博舉品物：雖有小巧，用乖遠大。（魏文、陳思、高貴鄉公所作謎語，皆無可考。）夫觀古之爲隱，理周要務，豈爲童稚之戲謔，搏髀而抃笑哉！然文辭之有諧讔，譬九流之有小説，蓋稗官所采，以廣視聽，若效而不已，則髡袒而入室，旃孟之石交乎？

贊曰：古之嘲隱，振危釋憊。雖有絲麻，無棄菅蒯。會義適時，頗益諷誡。空戲滑稽，德音大壞。

同上，卷四《詔策》：

魏文帝下詔，（孫云：《御覽》作“魏文以下”。）辭義多偉，至於作威作福，其萬慮之一弊乎？（《魏志・蔣濟傳》：“文帝詔征南將軍夏侯尚曰：‘卿腹心重將，特當任使，恩施足死，惠愛可懷，作威作福，殺人活人。’濟謂帝曰：

‘夫作威作福，《書》之明誡。天子無戲言，古人所慎，惟陛下察之。’帝遣追取前詔。”弊，當作蔽。）

同上，卷九《總術》：

凡精慮造文，各競新麗；多欲練辭，莫肯研術。落落之玉，或亂乎石；碌碌之石，時似乎玉。精者要約，匱者亦尠；博者該贍，蕪（元作無，朱改。）者亦繁。辯者昭晳，淺者亦露；奥者複隱，詭者亦典。或義華而聲悴，或理拙而文澤。知夫調鐘未易，張琴實難。伶人告和，不必盡窕槬梈（字衍。鈴木云：嘉靖本無梈字。）之中；動用揮扇，何必窮初終之韻。魏文比篇章於音樂，蓋有徵矣。（《典論·論文》：“文以氣爲主，氣之清濁有體，不可力强而致。譬諸音樂，曲度雖均，節奏同檢，至於引氣不齊，巧拙有素，雖在父兄，不能以移子弟。”）

同上，《時序》：

自獻帝播遷，文學蓬轉，建安之末，區宇方輯。魏武以相王之尊，雅愛詩章；文帝以副君之重，妙善辭賦；陳思以公子之豪，下筆琳琅：并體貌英逸，故俊才雲蒸。仲宣委質於漢南，孔璋歸命於河北，偉長從宦於青土，公幹徇質於海隅；德璉綜其斐然之思，元瑜展其翩翩之樂；文蔚、休伯之儔，于叔、（元作子俶。）德祖之侣，傲（鈴木云：岡本作俊。）雅觴豆之前，雍容衽席之上，灑筆以成酣歌，和墨以藉談笑。觀其時文，雅好慷慨，良由世積亂離，風衰俗怨，并志深而筆長，故梗概而多氣也。（梗概、慷慨，聲同，通用，袁宏《咏史詩》“周昌梗概臣”，亦慷慨之意。）

同上，卷十《才略》：

魏文之才，洋洋清綺，舊談抑之，謂去植千里。然子建思捷而才俊，詩麗而表逸；子桓慮詳而力緩，故不競於先鳴。而樂府清越，《典論》辯要，迭用短長，亦無懵焉。但俗情抑揚，雷同一響，遂令文帝以位尊减才，思王以勢窘益價，未爲篤論也。（鍾嶸列思王於中品，文帝於中品。《明詩篇》曰：“兼善則子建、仲宣。”是彦和之意，亦以子建詩優於文帝也。而樂府清越，《典論》辨要，則亦特有所長，不得一概抑之。彦和此説，誠是篤論。）

同上，《序志》：

詳觀近代之論文者多矣：至於（一作如。）魏文述《典》，［魏文帝《典論·論文》（録自《全三國文》八）……］陳思序《書》，應瑒《文論》，陸機《文賦》，仲洽（鈴木云：黄氏元本洽作治，梅本、王本、岡本同《梁書》作洽。）

《流别》，宏範《翰林》，各照隅隙，鮮觀衢路。或臧否當時之才，或詮品前修之文，或泛舉雅俗之旨，或撮題篇章之意。魏《典》密而不周，陳《書》辯而無當，應《論》華而疏略，陸《賦》巧而碎亂，《流别》精而少巧（《梁書》作功。），《翰林》淺而寡要。又君山、公幹之徒，吉甫、士龍之輩，泛議文意，往往間出，并未能振葉以尋根，觀瀾而索源。不述先哲之誥，無益後生之慮。（人民文學出版社，1958年）

鍾嶸著，周振甫譯注《詩品譯注》中品《魏文帝》：

其源出於李陵，頗有仲宣之體。則所計百許篇，率皆鄙直如偶語。惟"西北有浮雲"十餘首，殊美贍可玩，始見其工矣。不然，何以銓衡群彦，對揚厥弟者耶?（中華書局，1998年）

蕭子顯《南齊書》卷二十八《垣榮祖傳》：

榮祖少學騎馬及射，或謂之曰："武事可畏，何不學書？"榮祖曰："昔曹操、曹丕上馬橫槊，下馬談論，此於天下可不負飲食矣。君輩無自全之伎，何異犬羊乎？"（中華書局，1972年）

房玄齡等《晉書》卷九十六《烈女傳·羊耽妻辛氏》：

羊耽妻辛氏，字憲英，隴西人，魏侍中毗之女也，聰朗有才鑒。初，魏文帝得立爲太子，抱毗項謂之曰："辛君知我喜不？"毗以告憲英，憲英嘆曰："太子，代君主宗廟社稷者也。代君不可以不戚，主國不可以不懼，宜戚而喜，何以能久！魏其不昌乎？"（中華書局，1974年）

魏徵、令狐德棻《隋書》卷三十三《經籍志二》史部雜傳：

《列異傳》三卷。（魏文帝撰。）……

古之史官必廣其所記，非獨人君之舉。《周官》外史掌四方之志，則諸侯史記兼而有之……天下計書先上太史，善惡之事靡不畢集，司馬遷、班固撰而成之。股肱輔弼之臣，扶義俶儻之士，皆有記録。而操行高潔不涉於世者，《史記》獨傳夷、齊，《漢書》但述楊、王孫之儔，其餘皆略而不説。又漢時阮倉作《列仙圖》，劉向典校經籍，始作《列仙》《列士》《列女》之傳，皆因其志尚，率爾而作，不在正史。後漢光武始詔南陽撰作《風俗》，故沛、三輔有耆舊節士之序，魯、廬江有名德先賢之贊，郡國之書由是而作。魏文帝又作《列異》，以序鬼物奇怪之事；嵇康作《高士傳》，以叙聖賢之風。因其事類相繼，而作者甚衆，名目轉廣，而又雜以虚誕怪妄之説。推其本源，蓋亦史官之末事也。載筆之士，删采其要焉。

同上，卷三十四《經籍志三》子部儒家：

《典論》五卷。（魏文帝撰。）

同上，名家：

《士操》一卷。（魏文帝撰。梁有《刑聲論》一卷，亡。）

同上，卷三十五《經籍志四》集部别集：

《魏文帝》集十卷。（梁二十三卷。）（中華書局，1973年）

劉知幾撰，黄壽成校點《史通》卷九《序傳》：

歷觀揚雄已降，其自叙也，始以誇尚爲宗。至魏文帝、傅玄、陶梅、葛洪之徒，則又踰於此者矣。何則？身兼片善，行有微能，皆剖析具言，一二必載。豈所謂憲章前聖，謙以自牧者歟？（遼寧教育出版社，1997年）

劉昫等《舊唐書》卷四十六《經籍志上》乙部史録雜傳類：

《海内士品録》二卷。（魏文帝撰。）……

《列異傳》三卷。（張華撰。）

同上，卷四十七《經籍志下》丙部子録儒家類：

《典論》五卷。（魏文帝撰。）

同上，名家類：

《士操》一卷。（魏文帝撰。）

同上，兵書類：

《兵書要略》十卷。（魏文帝撰。）

同上，雜藝術類：

《皇博經》一卷。（魏文帝撰。）

同上，卷四十七《經籍志下》丁部集録别集類：

《魏文帝》集十卷。（中華書局，1975年）

李昉等《太平御覽》卷首《經史圖書綱目》：

……魏文帝《集論》、魏文帝《典論》……祖台之《志怪集》、孔氏《志怪》、許氏《志怪》、荀氏《靈鬼志》、《雜鬼神志》、《列異傳》、《神異傳》、《甄異傳》、《録異傳》……

同上，卷八百八十二神鬼部二《神下》：

魏文帝《列異傳》曰：袁本初時有神出河東，號度索君。人共立廟。兖州蘇士容母疾，往禱，見一人，着白布單衣高冠，冠似魚頭。度索君曰："昔盧山共食白李，未久，已三千年，日月易得，使人悵然。"去後，度索君曰："此南海君也。"（中華書局，1960年）

王欽若等《册府元龜》卷五百五十五國史部采撰：

張華撰《列異傳》三卷。（中華書局，1960年）

歐陽修、宋祁《新唐書》卷五十八《藝文志》乙部史録雜傳記類：

魏文帝《海内士品録》三卷。

同上，卷五十九《藝文志》丙部子録儒家類：

魏文帝《典論》五卷。

同上，名家類：

魏文帝《士操》一卷。

同上，兵書類：

魏文帝《兵書要略》十卷。

同上，雜藝術類：

魏文帝《皇博經》一卷。

同上，小説家類：

張華《博物志》十卷。又，《列異傳》一卷。（中華書局，1975年）

孔平仲《珩璜新論》"觀魏文帝紀注"條：

觀《魏文帝紀》注，細字數板，自許芝説符瑞，漢帝遜大位，曹丕上章下令，

虚辭飾説，往來紛紛，三尺童子猶知其詐，况欲欺天下後世乎？當是時，御史中丞司馬懿已在勸進之列矣！（《叢書集成初編》本）

龐元英《文昌雜録》卷二“鹵簿内皂纛”條：

鹵簿内皂纛，蓋旄頭之遺象。《光武紀》：“《漢官儀》曰：舊選羽林爲旄頭，被髪先驅。”魏文帝《列異傳》曰：“秦文公時，梓樹化爲牛，以騎擊之，騎不勝，或墮地，髻解被髪，牛畏之入水，故秦因是置旄頭，騎使先驅。”旄頭之遺象，蓋如此。（《叢書集成初編》本）

郭茂倩《樂府詩集》卷八十五雜歌謡辭《鮑司隸歌》：

《樂府廣題》曰：“《列異傳》云：鮑宣，宣子永，永子昱，三世皆爲司隸，而乘一驄馬，京師人歌之。”（中華書局，1979年）

鄭樵《通志》卷六十五《藝文略》史類第五傳記冥異：

《列異傳》三卷。（魏文帝撰。）（《四部備要》本）

蕭常《續後漢書》卷三十六《魏載記一・曹丕》：

或謂常曰：“子之不與魏以禪者何？”曰：“禪，名也。有其實，而名隨之；實不至，而强與之名，其可哉！曹氏代漢以篡，而特假禪之名以文之耳，有識君子固嘗切齒，且著論以非之矣。而世俗之人，梏於偏見，或以禪之名歸之也。《禮》蹴路馬芻有誅，孔子惜衛以繁纓假人。蹴芻細故也，繁纓微物也，聖人必嚴爲之辭者，謂其漸不可長，且爲後世慮也。曹氏代漢之心非一日也，始殺其賢者，次及其大臣，次及其宗族，其後弑及主后與其皇子。始而九錫之請，繼而髦頭鍾虡，又繼而出警入蹕，其後冕十有二旒，而繁陽之壇築矣，山陽之號加矣。元惡雖斃，狂童嗣逆，釁積於人存，事成於身後，良有以也。蹴芻之誅，繁纓之惜，聖人慮後世若是之深乎？《易》曰‘履霜堅冰至’，其漸非一日之積也。常讀史至獻帝垂恩相捨之言，命在何時之言，使人氣拂膺者纍日，是可以禪之名與之乎？”或又謂：“晋、宋、齊、梁之相代，皆是物也。或者且以正統歸之，子獨於曹氏靳者何？”曰：“不然。晋、宋、齊、梁之亡，民心無所繫，則凡君我者，非正統所在與？曹氏之篡，昭烈固無恙也，漢氏未殄，民心未解，曹氏既以禪自名，或者又欲以正統歸之，其忍哉！”或又謂：“孫權之與操無大相過，子之書嚴於責操，而恕於待權者何？”曰：“《春秋》誅首惡，操其始禍者也。權之初本以誅操復漢爲辭，魏既僭號，自顧力不能討，而恥居其下，姑自王以誇示其國人耳，其本心或不爾也。要必有能辨之者。”

丕字子桓，其母卞氏，娼也。建安十六年，操當國，以爲五官中郎將、副丞相。操稱魏王，立爲王太子。二十五年，操死，代爲丞相。以賈詡爲魏太尉，華歆爲相國，王朗爲御史大夫，夏侯惇爲大將軍，其宦人爲官者不得過諸署令。三月，改元延康。丕欲簒漢，懼天下豪傑舉兵見討，乃使其黨諷漢群臣逼帝禪己。其侍中劉廙、辛毗、劉曄、桓階、陳矯、陳群等，争陳符命勸進，丕陽不敢當。十月辛未，僭即尊位於繁陽，改元黄初，大赦。禮畢，顧謂其黨曰："舜、禹之事，吾知之矣。"以漢帝爲山陽公。十二月，營雒陽宫，因遷居焉。丕自爲詔，賜其征南將軍夏侯尚曰："卿腹心重將，特當任使，作威作福，殺人活人。"會其中郎將蔣濟自外至，丕問以所聞見，對曰："未有它善，但聞亡國之語耳。"丕忿然作色而問其故，濟具以告，丕即遣人追取其詔。其長水校尉戴陵諫不宜弋獵，丕大怒，抵陵罪減死等。章武元年春，丕郊祀天地，改許縣爲許昌縣，以魏郡東部爲陽平郡，西部爲廣平郡，以議郎孔羡爲宗聖侯，奉孔子祠。初復五銖錢。夏四月，昭烈即皇帝位於成都，改元章武。丕殺其妻甄氏。秋，孫權遣使通好，以漢太尉楊彪爲光禄大夫。初彪睹曹氏竊國，自以纍世爲漢三公，恥事之，稱足攣不復能行。及是，丕使人强起之，彪稱疾篤。築陵雲臺。二年，初令選士不限年。秋，冀州大饑。九月，自許昌南攻孫權，無功而還。權遣將軍追斬丕將尹蘆等。穿靈芝池。建興元年春，築南巡臺於宛。夏四月，昭烈皇帝崩，皇太子即皇帝位，改元。二年夏，立太學。八月，爲水軍，泛龍舟，循蔡潁浮淮，遂至廣陵，望大江嘆曰："魏雖有武騎千群，無所用之。"乃還。穿天淵池。三年八月，以舟師自譙循渦入淮，從陸道至徐，築東巡臺。冬，至廣陵故城，臨江觀兵大寒。水道冰，舟不得入江，丕望波濤洶湧，嘆曰："嗟乎，固天之所以限南北也！"四年春，至許昌，城南門無故自壞，丕心惡之，不果入。還雒陽，築九華臺。五月，丕疾篤，召其中軍大將軍曹真、鎮軍大將軍陳群、征東大將軍曹休、撫軍大將軍司馬懿，輔其子叡。是月丕死，時年四十，僞謚文帝。

丕好文學，所著述垂百篇。又使諸儒撰集經傳，隨類相從，凡千餘篇，名曰《皇覽》。常嘉漢文帝寬仁玄默，有賢聖之風。諸儒或以爲孝文雖賢，通達國體，不如賈誼。由是著《太宗論》，謂賈誼之才敏，籌畫國政，特賢臣之器，管、晏之姿，豈若孝文大人之量哉！蓋欲以孝文自况，疾其臣之勝己者，故有此作。初丕得立爲太子，抱辛毗頸而喜曰："辛君知我喜否？"毗歸以告其女憲英，憲英者有高識，嘆曰："太子，代君主宗廟社稷者也。代君不可以不戚，主國不可以不懼，宜戚而喜，何以能久？曹氏其不昌乎？"

贊曰：曹操父子，以鼠竊狗偷之知，規攘漢鼎，術窮力殫，僅乃得之。自以爲子孫無窮之業，而不知三馬闖然已躡其後矣。丕庸叡凶，芳幽髦弑，政移私室，卒以不祀。傳有之君，以此始，亦以此終，孰謂天理爲不明哉！（《叢書集成初編》本）

程大昌《演繁露續集》卷五《談助·曹丕不爲侯必爲太子》：

《御覽》載魏武令有告子文曰："沙等悉爲侯，子桓獨不封，而爲五官中郎將。此是太子可知矣。"案：觀《志》，魏文帝丕，操之長子，字子桓，（沙恐是它王小名也。）此言兄弟皆侯，而子桓不侯，可以知其必爲太子也。（《叢書集成初編》本）

陸游撰，劉文忠評注《老學庵筆記》：

《麻姑傳》王方平曰："吾子不戲作狡獪事。"蓋古語謂戲爲"狡獪"。《列異傳》云"北地傳書，小女折荻作鼠以狡獪"，是也。今人間爲小兒戲爲"狡頑"，蓋本於此。或以奸猾爲狡獪，則失之。（學苑出版社，1998年）

真德秀撰，朱人求校點《大學衍義》卷四《帝王爲學之本·漢魏陳隋唐數君之學》：

魏文帝（魏武曹操之子。）雖在軍旅，手不釋卷，少誦詩論。及長，備歷五經、《史》、《漢》、諸子百家之言，靡不畢覽。所著書、論、詩、賦，凡六十篇。史臣陳壽曰："文帝天資文藻，下筆成章，博問强識，才藝兼該。若加之曠大之度，勵以公平之識，邁志存道，克廣德心，則古之賢主，何遠之有？"

臣按：文帝之爲太子也，與一時文士若王粲、阮瑀諸人游，號建安七子。帝及粲等所爲文章，至今具在，其藻麗華美，則誠有之，揆諸《風》《雅》《典》《誥》，則罪人也。夫曠大之度，公平之識，邁志存道，克廣德心，此皆人君所當勉者。而帝也爲嗣則喜見顔色，居喪則燕樂不衰，薄同氣之恩，殺無寵之配，以玩好而求遠物，以私憾而僇諫官，是於所當勉者不知勉矣。書、論、詩、賦，文士之末技爾，非人君所當務也，而乃侈然自衒，謂莫己若。識度如此，其爲史氏所譏，宜哉！（華東師範大學出版社，2010年）

劉克莊撰，王秀梅點校《後村詩話》卷一"魏文帝"條：

魏文帝《善哉行》云："人生如寄，多憂何爲？今我不樂，歲月如馳。"當操無恙，植以才，倉舒以惠，幾至奪嫡，謂之多憂可也。及受漢禪，可與天下同樂矣。帝既猜阻鮮歡，而諸侯王就封者，皆爲典簽侵迫，多見削奪，其末命乃托國於狼顧之仲達，是帝之憂至死未已，何時而可樂乎！（中華書局，1983年）

王應麟《玉海》卷五十七藝文記志《晋博物志》：

《隋志》："魏文帝《列異傳》三卷。"

同上，卷八十三車服旌旗《漢黄屋左纛》：

《光武紀》"建武二十八年正月己巳，賜東海王疆虎賁旄頭"。注："魏文帝《列異傳》曰：'秦文公時梓化爲牛，以騎擊之，或墮地，被髮，牛畏之入水。因是置旄頭，騎使先驅。'"（江蘇古籍出版社、上海書店，1988年）

陳思《書小史》卷一《紀》：

文皇帝諱丕，字子桓，武帝太子也。善飛白書，時於宫中戲爲之。（《文淵閣四庫全書》本）

馬端臨《文獻通考》卷一百九十五《經籍考二十二》史·雜史：

魏文帝又作《列異》，以序鬼神奇怪之事。（中華書局，1986年）

史簡《鄱陽五家集》卷十一元葉懋五言古詩《讀史》四首其一：

東都黨錮起，漢祚既亦衰。老瞞憚名義，大業歸曹丕。昔聞商王紂，暴虐日以滋。西伯終北面，武王始戎衣。曹氏父子間，其迹頗擬之。如何百世下，直筆不可欺。失得置勿論，秉心在公私。至哉文王德，千載有光輝。（《文淵閣四庫全書》本）

脱脱等《宋史》卷二百八《藝文志七》集類别集類：

《魏文帝集》一卷。（中華書局，1977年）

徐一夔等《明集禮》卷四十三《儀仗·皂纛》：

《唐六典》云：後魏有纛頭，每天子行幸，大軍征伐，則建於旗上，蓋即古旄頭之遺制也。旄頭者，按魏文帝《列異傳》曰：秦文公時，梓化爲牛，以騎擊之不勝，或墜地，髻解髮散，牛畏之入水。故秦因此置旄頭，騎使先驅。宋《天聖鹵簿圖》云：纛即皂旗，其制黑質黑火焰脚，揭以朱槍竿，竿首設纛。元則建纓於竿首，而不設旗。今制用旄牛尾如巨斗，大建朱槍竿上。（《文淵閣四庫全書》本）

李賢等《大明一統志》卷十二揚州府《祠廟》：

魏文帝廟。（在府城東四十五里。《九域志》：魏文帝幸廣陵，因立廟，亦名曹公廟。）

同上，卷二十九河南府《陵墓》：

魏文帝首陽陵。（在澠池縣首陽山南。）（三秦出版社，1990年）

徐禎卿《談藝録》“七言沿起”條：

七言沿起，咸曰《柏梁》。然甯戚扣牛，已肇《南山》之篇矣。其爲則也，聲長，字縱，易以成文。故藴氣琱詞，與五言略異。要而論之：《滄浪》擅其奇，《柏梁》宏其質，《四愁》墜其雋，《燕歌》開其靡。他或雜見於樂篇，或援格於賦系，妍醜之間，可以類推矣。（《文淵閣四庫全書》本）

李時珍《本草綱目》卷一上序例上《引據古今經史百家書目》：

《魏文帝集》。（人民衛生出版社，1979年）

陳耀文《天中記》卷十四《亭》：

鵲巢。蒼梧廣信女子蘇娥行宿高安鵲巢亭，爲亭長龔壽所殺，及婢致富，取其財物埋致樓下。交址刺史周敞行部宿亭，覺壽奸罪，奏之，殺壽。（謝承《後漢書》。）《列異傳》云鵠奔亭。《搜神記》：“方掘其户時，有雙鵠來奔其亭，故名鵠奔。”《文選·江淹書》：“鴻亭之鬼，無恨於灰骨。”（江蘇廣陵古籍刻印社，1988年）

王世貞《弇州四部稿》卷一百五十七説部《宛委餘編二》：

秦文公作旄頭飾騎，見《列異傳》。《玄中記》云：秦始皇作。（《四庫明人文集叢刊》本）

焦竑《國史經籍志》卷三史類傳記耆舊：

《海内士品録》三卷。

同上，冥異：

《列異傳》三卷。（魏文帝。）

同上，卷四上子類儒家：

《典論》五卷。（魏文帝。）

同上，卷四下子類名家：

《士操》一卷。（魏文帝。）

同上，藝術家博塞：

《皇博經》一卷。（魏文帝。）

同上，卷五集類别集魏：

《文帝集》二十三卷。（《續修四庫全書》本）

胡應麟《少室山房筆叢》卷三十六《二酉綴遺中》“幼嘗戲輯諸小説”條：

幼嘗戲輯諸小説，爲《百家異苑》，今録其序云：自漢人駕名東方朔作《神異經》，而魏文《列異傳》繼之。六朝、唐、宋凡小説以“異”名者甚衆。考《太平御覽》《廣記》及曾氏、陶氏諸編，有《述異記》（二卷）、《甄異録》（三卷）、《廣異記》（一卷）、《旌異記》（十五卷）、《古異傳》（三卷）、《近異録》（二卷）、《獨異志》（十卷）、《纂異記》（一卷）、《靈異記》（十卷）、《乘異記》（三卷）、《祥異記》（一卷）、《續異記》（一卷）、《集異記》（三卷）、《博異志》（三卷）、《括異志》（一卷）、《紀異録》（一卷）、《祖異記》（一卷）、《采異記》（一卷）、《摭異記》（一卷）、《賢異録》（一卷）。此外，如異苑、異聞、異述、異誠諸集，大概近六十家，而李翺《卓異記》、陶穀《清異録》之類弗與焉。（以所記稍不同故也。）今世有刻本者，僅《神異》《述異》數家，餘俱不行，乃其事大半具諸類書，鄭漁仲所謂名亡實存者也。第分門互列，得一遺二，雖存若亡。余屏居丘壑，却掃杜門，無鼎臣野處之賓以遣餘日，輒命穎生以類鈔合，循名入事，各完本書。不惟前哲流風藉以不泯，而遺編故帙亦因概見大都，遂統命之曰《百家異苑》，作勞經史之暇輒一披閲，當抵掌捫虱之歡。昔蘇子瞻好語怪，客不能則使妄言之。莊周曰：“余姑以妄言之，而汝姑妄聽之。”知莊氏之旨，則知蘇氏之旨矣。

同上，“列異傳三卷”條：

《列異傳》三卷。《通志》稱魏文撰，而《通考》及《宋志》書目皆無之，蓋自宋已亡矣。惟裴松之所引一事附《蔣濟傳》注中，魏文與濟同時，當是濟自語魏文者，今録此云：“蔣濟婦夢見亡兒，曰：‘死生異路，我今在地下爲泰山伍伯，憔悴困辱，不可復言。今太廟西謳士孫阿，見召爲泰山令，願母白侯屬阿，令轉我得樂處。’母驚悟白濟，曰：‘夢耳，不足怪也。’明日復夢，曰：‘我來迎新君，止在廟下未發，暫得來歸。新君明日日中當發，不復得歸，永辭於此。侯氣强難感悟，故訴於母。願重啓侯，何惜不一驗之！’遂道阿形狀甚悉。天明母重啓濟，濟乃遣人詣太廟下，推問孫阿形狀，證驗悉如兒言。濟涕泣曰：‘幾負吾兒！’於是乃見孫阿，具語其事。阿不懼當死，而喜得爲泰山令，惟恐濟言不信也，曰：‘若如足下言，阿之願也。不知賢子欲得何職？’濟曰：‘隨地下樂者與之。’阿曰：‘輒當奉教。’乃厚賞遣還。濟欲速知其驗，從領軍門至廟下，十步安一人，以傳阿消息。辰時傳阿心痛，巳時傳阿劇，日中傳阿亡。後月餘，兒復來

語母曰：‘已轉爲録事矣。’”（中華書局，1958年）

徐應秋《玉芝堂談薈》卷三十《古今偏正史》：

又裴松之注《三國志》，亦旁引諸書，史稱與孝標之注《世説》可爲後法。今觀其所載，如孫盛《異同雜語》《孫盛雜記》，袁煒（一名煜）《獻帝春秋》《魏武故事》《獻帝起居注》，李氏《海内先賢行狀》，衛恒《四體書勢序傳》，魏魚豢《典略》，劉艾《靈獻二帝紀》，張華《博物志》，魏文帝《典論》……以上皆正史之外，采擇入注。酈道元《水經注》亦多引異書，聊備疏之。如《山海經》、《春秋説題辭釋名》、《春秋考異郵》、《春秋元命苞》、《管子》、《莊子》、《孝經援神契》、桓譚《新論》……魏文帝《述征賦》、陸翽《鄴中記》、《獻帝春秋》、魏武《登臺賦》、左思《魏都賦》、劉劭《趙都賦》、晋劉彧《長沙舊傳》、傅逮《述游賦》、《中山記》、王隱《晋書》……《洛陽地記》、《百官志》、《晋後略》、潘岳《關中記》、皇甫士安《高士傳》、《列異傳》……（《四庫筆記小説叢書》本）

陳禹謨《駢志》卷十四庚部下《沈僧昭爲泰山録事》：

《列異傳》：“蔣濟爲領軍，其婦夢見亡兒涕泣曰：‘兒爲泰山伍伯，憔悴困辱，不可復言。今太廟西謳士孫阿，見召爲泰山令。願母爲白侯，屬阿令轉我得樂處。’明日暮，復夢云：‘新君明日日中當發，願重啓侯，何惜不一試驗之！’濟於是乃見孫阿，具語其事。阿不懼當死，而喜得爲泰山令，惟恐濟言不信也，曰：‘不知賢子欲得何職？’濟曰：‘隨地下樂者與之。’濟欲速知其驗，從領軍門至廟下，十步安一人，以傳阿消息。辰時傳阿心痛，巳時傳阿劇，日中傳阿亡。濟泣曰：‘雖哀我兒之不幸，且喜亡者有知。’後月餘，兒復來語母曰：‘已得轉爲録事矣。’”

按《真誥》，蔣濟爲南山伯，領二千兵。（《四庫類書叢刊》本）

張溥《漢魏六朝百三名家集·魏文帝集題詞》：

曹子桓生長戎旅之間，善騎馬左右射，又工擊劍、彈棋，伎能戲弄不減若父。其詩歌文辭仿佛上下，即不堪弟畜陳思，爲孟德大兒固有餘也。魏王帝業無足稱，惟令宦人爲官不得過諸署，令詔群臣家不得奏事太后，后族家不得當輔政任，石室金策，可寶萬世。彼親見漢室炎隆，女主中人手撲滅之，麥秀黍離，恫傷心目，霸朝初創，力更舊轍。至待山陽公以不死，禮遇漢老臣楊彪，不奪其志，盛德之事，非孟德可及。當日符命獻諛，璽綬被躬，群衆推奉，時與勢迫。倘建安君臣有能爲武庚、比干者，或觀望却步，竟保常節，未可知也。《典論·自序》善述生平，

《論文》一篇，直自言所得。《與王朗書》務立不朽於著述間，不肯以七尺一棺畢其生死。雅慕漢文，没而得謚，良云厚幸。占其志趣，亦古諸侯之博聞者也。甄后《塘上》，陳王《豆歌》，損德非一，崇華首陽，有餘恨焉。婁東張溥題。（掃葉山房本）

顧炎武著，黄汝成集釋，欒保群、吕宗力校點《日知録集釋》卷二十五《湘君》：

泰山頂碧霞元君，宋真宗所封，世人多以爲泰山之女。後之文人知其説之不經，而撰爲黄帝遣玉女之事以附會之。不知當日所以褒封，固真以爲泰山之女也。今考封號雖自宋時，而泰山女之説則晋時已有之。張華《博物志》："文王以太公爲灌壇令，期年，風不鳴條。文王夢見有一婦人當道而哭，問其故，曰：'我東海泰山神女，嫁爲西海婦。欲東歸，灌壇令當吾道。太公有德，吾不敢以暴風疾雨過也。'文王夢覺，明日，召太公。三日三夕，果有疾風驟雨自西來也。文王乃拜太公爲大司馬。"此一事也。干寶《搜神記》："後漢胡母班嘗至泰山側，爲泰山府君所召，令致書於女婿河伯，云：'至河中流，扣舟呼青衣，當自有取書者。'果得達，復爲河伯致書府君。"此二事也。（《魏書·高句麗傳》："朱蒙告水曰：'我是日子，河伯外孫。'"）《列異傳》記蔡支事，又以天帝爲泰山神之外孫。自漢以來，不明乎天神、地祇、人鬼之别，一以人道事之。於是封岳神爲王，則立寢殿，爲王夫人；有夫人則有女，而女有婿，又有外孫矣。唐、宋之時，但言靈應，即加封號，不如今之君子必求其人以實之也。（上海古籍出版社，2006年）

董説《七國考》卷四《秦宫室·秦殿》：

《荆軻傳》：秦法，群臣侍殿上者，不得持尺寸之兵。又，《燕丹子》云：荆軻至秦殿，上展圖，荆軻拔匕首擿秦王，决耳，入銅柱，火出。余又按：各國宫室，魏有丹衣柱，趙晋陽宫銅柱，秦殿銅柱，并見本國宫室考。楚有鐵柱，見《列異傳》。（中華書局，1956年）

徐乾學《傳是樓書目》卷四集部昆字二格别集魏：

《魏文帝集》二卷。一本。（《續修四庫全書》本）

陳元龍《格致鏡原》卷七十四《果類一·異李》：

魏文帝《列異傳》：南海君謂度索君曰："昔在廬山，共食白李。"（《四庫類書叢刊》本）

趙宏恩等《江南通志》卷一百九十一《藝文志》史部雜史傳：

《三國海内士品》一卷。（魏文帝。）

同上，卷一百九十三《藝文志》集部一詩文集：

《魏文帝集》二十三卷。（《隋志》作十卷。）（《文淵閣四庫全書》本）

沈炳巽《水經注集釋訂訛》卷十七《又東過上邽縣》：

故道縣有怒特祠。《列異傳》曰："武都故道縣有怒特祠，云神本南山大梓也。昔秦文公二十七年伐之，樹瘡隨合。秦文公乃遣四十人持斧斫之，猶不斷。疲士一人，傷足不能去，卧樹下，聞鬼相與言曰：'勞攻戰乎！'其一曰：'足爲勞矣！'又曰：'秦公必特（一作持）不休。'答曰：'其如我何？'又曰：'赤灰跋於子，何如？'乃默無言。卧者以告，令士皆赤衣，隨所斫以灰跋，樹斷，化爲牛入水。故秦爲立祠。"（《史記·秦本紀》："文公二十七年伐南山大梓、豐大特。"徐廣曰："今武都故道有怒特祠，圖大牛，上生樹，本有牛從木中出，後見於灃水之中。"《正義》曰："《括地志》云：大梓樹在岐州陳倉縣南十里倉山上。"《録異傳》云："秦文公時，雍南山有大梓樹，文公伐之，輒有大風雨，樹生合不斷。時有一人病，夜往山中，聞鬼語曰：'秦若使人被髮，以朱絲縛樹伐汝，汝得不困耶？'樹神無言。明日語聞公，如其言伐樹斷，有一青牛出，走入豐水中。其後牛出豐水中，使騎擊之，不勝。有騎墮地復上，髮解，牛畏之不出，故置髦頭，漢、魏、晋因之。武都郡立怒特祠，是大梓牛神也。"按：今俗畫青牛障是。）（《文淵閣四庫全書》本）

杭世駿《石經考異》卷上《魏文帝〈典論〉》：

《水經注》言："魏文帝刊《典論》六碑，立於石經之次。"裴松之注《三國志》云："漢世，西域舊獻火浣布，中間久絶，至魏初時人疑其無有。文帝以爲火性酷烈，無含生之氣，著之《典論》，明其不然之事，絶智者之聽。及明帝立，詔三公曰：'先帝昔著《典論》，不朽之格言，其刊石於廟門之外及太學，與石經并，以永示來世。'至齊王芳正始元年，西域使至，而獻火浣布焉。於是刊滅此論，而天下笑之。松之昔從征，西至洛陽，歷觀舊物，見《典論》石在太學者尚存，而廟門外無之。問諸長老，云晋初受禪，即用魏廟，移此石於太學，非兩處立也。"竊謂其言爲不然。愚按《魏志》，明帝太和四年二月戊子，以文帝《典論》刻石立於廟門之外。酈元所云文帝刊之，誤矣。松之既稱刊滅此論，又云《典論》石在太學者尚存。而《伽藍記》亦云《典論》六碑至太和（後魏孝文年號）十七年猶有四存。《隋·經籍志》亦有《一字石經典論》一卷。意當時所謂刊滅者，第芟

去火浣布一條，至於六碑則仍列於太學，故裴松之、楊衒之等并得見也。（《文淵閣四庫全書》本）

杭世駿《三國志補注》卷一《魏書・文帝紀》：

七年六月戊寅，葬首陽陵。（《通典》曰：富平有荆山沮漆水，西有魏文帝陵。《城冢記》曰：魏文帝陵在首陽山南。《太平寰宇記》曰：魏文帝陵在偃師縣首陽山南。薛收《元經傳》曰：漢故事，陵上立祭殿。至魏制，以謂古不墓祭，自有廟設，於是園邑寢殿遂廢。）

又使諸儒撰集經傳，隨類相從，凡千餘篇，號曰《皇覽》。（《史記索隱》曰：《皇覽》紀先代冢墓之處，宜皇王之省覽，故曰《皇覽》。是魏人王象、繆襲所撰。《博物志》曰：帝善彈棋，能用手巾角。時有一書生，又能低頭以所冠著葛巾角撇棋。《世説》曰：彈棋始自魏宫内，用妝奩戲。文帝以此戲特妙，用手巾角拂之，無不中。有客自云能，帝使爲之，客著葛巾角低頭拂棋，妙踰於帝。《水經注》曰：劉備以申儀爲西城太守，儀據郡降魏，魏文帝改爲魏興郡，治故西城縣之故城也。《太霄經》曰：魏武帝爲九州置壇，度道士三十五人。文帝幸雍，謁陳熾法師，置道士五十人。《名勝志》曰：西園在鄴鎮西，魏曹丕同弟植賓從游宴之地。）

同上，卷二《魏書・后妃傳・卞后》：

武宣卞皇后。（《世説》曰：魏武帝崩，文帝悉取武帝宫人自侍。及帝病困，太后出看疾。太后入户見值侍并是昔日所愛幸者。太后問："何時來邪？"云："正伏魄時過。"因不復前，而嘆曰："狗鼠不食汝餘，死故應爾。"至山陵，亦竟不臨。）

同上，《甄后》：

文帝納后於鄴。（《世説》曰：曹公之屠鄴也，令疾召甄。左右白五官中郎將已將去，公曰："今年破賊正爲奴。"《炙轂子》曰：《塘上行》，一曰《塘上辛苦行》，魏文甄后作。）

同上，卷三《魏書・任城威王彰》：

四年朝京都，疾薨於邸。（《世説》曰：魏文帝忌弟任城王驍壯，因在卞太后側共圍棋，并噉棗，文帝以毒置諸棗蒂中，自選可食者而進。王弗悟，遂雜進之。既中毒，太后索水救之，帝預敕左右毁瓶罐。太后徒跣趨井，無以汲。須臾，遂卒。復欲害東阿，太后曰："汝已殺我任城，不得復殺我東阿。"）

同上，《陳思王植》：

帝嘉其辭義，優詔答勉之。（《世説》曰：曹子建七步成章，世目爲繡虎。又曰：文帝嘗令東阿王七步中作詩，不成者行大法。應聲便爲詩曰："煮豆持作羹，漉菽以爲汁。萁在釜下然，豆在釜中泣。本是同根生，相煎何太急。"帝深有慚色。《太平廣記》曰：魏文帝嘗與陳思王同輦出游，逢見兩牛在牆間鬥，一牛不如，墜井而死。詔令賦死牛詩，不得道是牛，亦不得云是井，不得言其鬥，不得言其死，走馬百步令成四十言。子建策馬而馳，賦云："兩肉齊道行，頭上戴横骨。行至凶土頭，峍起相唐突。二敵不俱剛，一肉臥土窟。非是力不如，盛意不得泄。"賦成，步猶未竟。）

同上，《王粲》：

二十二年春，道病卒。（《世説》曰：王仲宣好驢鳴，既葬，文帝臨其喪，顧語同游曰："王好驢鳴，可各作一聲以送之。"赴客皆作一驢鳴。）（《叢書集成初編》本）

吴玉搢比輯，許翰校勘《别雅訂》卷五"五百，伍伯也"：

《後漢書·宦者傳》"曹節弟破石爲越騎校尉，越騎營五百妻有美色"注："韋昭《辨釋名》曰：五百，字本爲伍。伍，當也；伯，道也。使之導引當道，陌中以驅除也。"案：今俗呼行杖人爲五百也。《三國志·魏·蔣濟傳》注引《列異傳》曰：濟爲領軍，其婦夢亡兒泣曰："今在地下爲泰山伍伯，憔悴困辱，不可復言。"《古今注》云：伍伯，一伍之長也。五人曰伍，五長爲伯，故稱伍伯。按：以爲一伍之長，則當作伯；以爲導引當道，陌以驅除，則當作陌與佰。然古字音義相近者輒假借用之，故百、伯、佰皆可通也。（《叢書集成初編》本）

永瑢等《四庫全書總目》卷四十五史部正史類《三國志》提要：

《三國志》六十五卷（内府刊本），晋陳壽撰，宋裴松之注。……宋元嘉中裴松之受詔爲注，所注雜引諸書，亦時下己意。綜其大致約有六端……其中往往嗜奇愛博，頗傷蕪雜。如《袁紹傳》中之胡母班本因爲董卓使紹而見，乃注曰班嘗見太山府君及河伯，事在《搜神記》，語多不載，斯已贅矣。《鍾繇傳》中乃引陸氏《異林》一條，載繇與鬼婦狎昵事，《蔣濟傳》中引《列異傳》一條，載濟子死爲泰山伍伯，迎孫阿爲泰山令事，此類鑿空語怪，凡十餘處，悉與本事無關，而深於史法有礙，殊爲瑕纇。（中華書局，1965年）

畢沅撰，張沛校點《關中勝迹圖志》卷十八《古迹（祠宇）》：

陳寶祠，《一統志》：在寶鷄縣東二十里。《史記》：秦文公獲若石於陳倉北阪城，祠之，祀以一牢，命曰陳寶。《列異傳》：秦穆公時，陳倉人掘地得物，若羊非羊，若豬非豬，牽以獻穆公。逢二童子，曰："此爲媪述：常在地中食人腦，若欲殺之，以柏插其首。"媪曰："此二童子名爲鷄寶，得雄者王，得雌者霸。"陳倉人舍之，逐二童子，化爲雉，飛入於林。陳倉人告穆公，發徒大獵，得其雌。又化爲石，置之汧渭之間。至文公立祠，名陳寶。《縣志》：祀鷄臺址尚存。（三秦出版社，2004年）

章宗源《隋書經籍志考證》卷十三雜傳：

《海内士品》一卷。

無撰名。《唐志》：魏文帝，三卷。《藝文類聚·服飾部》《北堂書鈔·儀飾部》《太平御覽·服用部》并引《海内士品》曰："徐孺子嘗事江夏黄公，卒，孺子往，會葬無行資，齎磨鏡具，賃磨取資，然後得達，祭畢而還。"

《列異傳》三卷。（魏文帝撰。）

《隋志》序曰："魏文帝作《列異》，異序鬼物奇怪之事。"《後漢書·光武紀》注："秦文公置旄頭騎。"《初學記·服食部》："吴選曹令史劉卓病，夢人以白越單衫與之。"并引魏文帝《列異傳》。他書索引多不著魏文名，《魏志·華歆傳》注引歆爲諸生寄事，臣松之案："《晋陽秋》魏舒少時寄宿事，亦如之。"（《二十五史補編》本）

嚴可均《全三國文》卷四《文帝》：

帝諱丕，字子桓，武帝長子。建安十六年爲五官中郎將，二十二年立爲魏太子，二十五年正月嗣魏王位，改建安爲延康，十一月受禪，改元黄初。在位七年，謚曰文皇帝，廟號高祖。有《典論》五卷，《列異傳》三卷，《集》二十三卷。（商務印書館，1999年）

嚴可均《鐵橋漫稿》卷六《〈典論〉叙》：

《隋志》儒家："《典論》五卷，魏文帝撰。"舊、新《唐志》同。《本紀》："帝好文學，以著述爲務，所勒成垂百篇。"五卷未必有百篇，疑兼文集所論説計之。明帝時刊石，詳《搜神記》。又《齊王芳紀》注："臣松之昔從征，西至洛陽，見《典論》石在太學者尚存。"《御覽》五百八十九引戴延之《西征記》："《典論》六碑，今四存二敗。"《隋志》小學類有《一字石經典論》一卷。唐時石本亡，至宋而寫本亦亡。世所習見，僅《本紀注》之帝《自叙》，及

《文選》之《論文》而已。亡友瀋陽孫馮翼字鳳卿，嘗有輯本，罣漏甚多，又如采《北堂書鈔》十五之“洽和萬國”，以《典略》爲《典論》，若斯之類，概宜覈正。今蒐輯群書，寫出數十百事，合并複重，補改闕誤，定著一卷。其次第依《意林》，而遺文散句無所繫屬者列於後。繕寫而爲之叙録曰：“帝席父成業，十三讓而受禪，曰：‘舜禹之事，吾知之矣。’於是晋、宋、齊、梁、陳、北齊、周、隋、唐、宋一千年中，易代革命，莫不踵舜、禹故事，繇帝之作俑也。顧其爲人，智而能愚，勇而能怯，仁以接物，恕以及下，《自叙》允爲定評。其《奸讒》《内誡》《酒誨》《終制》，及辨神仙黄白之惑，足爲有國有家者炯戒。宋人曰：‘仁者，心之德，愛之理。’《典論》曰：‘在親曰孝，施物曰仁。仁者，有事之實名，非無事之虚稱。’儒家之異乎道學家，以此。聖人復起，必不以人廢言。”嘉慶乙亥歲秋九月，烏程嚴可均謹叙。（《續修四庫全書》本）

周中孚《鄭堂讀書記》卷三十六子部一之上儒家類：

《典論》一卷。（《問經堂叢書》本。）魏世祖文皇帝御撰。

同上，卷五十九子部十之八雜家類八雜編：

《問經堂叢書》十八種，（承德孫氏刊本。）國朝孫馮翼校刊。（馮翼仕履見《別史類》。）鳳卿雖寄籍瀋陽，而自少隨宦江左，於陽湖孫淵如師爲從子，親承淵如師指授，善讀古書，尤精讎校，輯録諸子最夥，皆極謹嚴，不涉於濫。嘉慶四年，先有《佚子書三種》之刻，謂《新論》《典論》《皇覽》也。歙縣程讓堂（瑶田）、宣城張惺齋（炯）俱爲之序。久之，合其所校刊諸書編爲《問經堂叢書》。余既按部分記，而存其總目於左……《典論》一卷。（孫馮翼輯，見子部雜家類。）（《清人書目題跋叢刊》本）

顧櫰三《補後漢書藝文志》卷八諸子類：

《典論》五卷，曹丕撰。

《士操》一卷，曹丕撰。

同上，小説家類：

《博經》一卷，曹丕撰。（《金陵叢書》本）

侯康《補三國藝文志》卷三史之類雜傳類：

魏文帝《海内士品録》三卷。

同上，卷四子之類儒家類：

魏文帝《典論》五卷。

《抱朴子·論仙篇》："魏文帝躬覽洽聞，自呼於物無所不經，謂天下無切玉之刀、火浣之布，及著《典論》，嘗據言此事，其間未期，二物畢至。帝乃嘆息，遽毁斯論。"（康）案：《魏志·齊王芳紀》注亦載此事，但云無火浣布，不及切玉刀也。毁《論》在齊王芳時，不在文帝時，與此亦異。又案：《文選》有《典論·論文》，《魏志·文帝紀》注引《典論·自序》，《魏志·方技傳》注、《後漢書·方術傳》注俱引《典論》論郗儉等事。《意林》引《典論·太子篇》序。據此，則是書各有篇名。又據《後漢書·獻帝紀》注、《袁紹傳》注及《魏志·袁紹》《劉表》兩傳注，知其書兼有記事體。據卞蘭《贊述太子表》，（見《藝文類聚》卷十六。）知其書成於爲太子時。

同上，名家類：

魏文帝《士操》一卷。

同上，兵家類：

魏文帝《兵書要略》十卷。

《隋志》作魏武帝《兵書略要》九卷，今從《唐志》。《御覽》卷三百五十七引與《唐志》同，其文曰："銜枚毋讙譁，唯令之從。"

同上，小説類：

魏文帝《列異傳》三卷。

裴氏注《三國志》，凡兩引此書：《華歆傳》引一條，記歆自知當爲公；《蔣濟傳》引一條，記濟亡兒爲泰山録事。惟濟於齊王時始徙領軍將軍，而書中以有濟爲領軍之語，則非出自文帝。又《御覽》卷七百七引一條，景初時事；卷八百八十四引一條，甘露時事，皆在文帝後，豈後人又有增益耶？又據《史記·封禪書》索隱引一條，記秦穆公獲陳寶；《水經·渭水》注、《後漢書·光武紀》注引一條，記秦文公時梓樹化爲牛，則所載不獨時事也。（《二十五史補編》本）

陶憲曾撰，陳錦春整理《侯康補三國藝文志》：

魏文帝《皇博經》一卷。

《隋志》作《皇博法》一卷，不著撰人，今從《唐志》。（清華大學出版社，2012年）

姚振宗《隋書經籍志考證》卷二十史部十雜傳類：

《海内士品》一卷。

《唐書·經籍志》："《海内士品録》二卷，魏文帝撰。"

《唐書·藝文志》："魏文帝《海内士品録》三卷。"

章氏《考證》：《海内士品》一卷，無撰名。《唐志》：魏文帝三卷。《藝文類聚·服飾部》《北堂書鈔·儀飾部》《太平御覽·服用部》并引《海内士品》曰："徐孺子嘗事江夏黄公，卒，孺子往會葬，無行資，齎磨鏡具，賃磨取資，然後得達，祭畢而還。"

案本《志》子部名家：《士操》一卷，魏文帝撰。案魏武諱操，文帝不當以操名書，似即此"士品"之誤，衹是一書也。

《列異傳》三卷，魏文帝撰。

《魏志·本紀》：帝諱丕，字子桓，武帝太子也。中平四年冬，生於譙。建安十六年，爲五官中郎將、副丞相。二十二年，立爲魏太子。太祖崩，嗣位爲丞相、魏王。改建安二十五年爲延康元年。元年十一月受禪，改元黄初。七年五月崩，年四十。

本《志·篇叙》：魏文帝作《列異傳》，以序鬼物奇怪之事，相繼而作者甚衆。

章氏《考證》：《後漢書·光武紀》注、《初學記·服食部》并引魏文帝《列異傳》，他書所引多不著魏文名。《魏志·華歆傳》注引歆爲諸生寄宿事，臣松之案，《晋陽秋》魏舒少時寄宿事亦如此之。

侯康《補三國藝文志》：裴注《三國志》凡兩引此書。《華歆傳》引一條，歆自知當爲公；《蔣濟傳》引一條，記濟亡兒爲泰山録事，惟濟於齊王時始徙領軍將軍，而書中已有濟爲領軍之語，則非出自文帝。又《御覽》卷七百七引一條，景初時事，卷八百八十四引一條，甘露時事，皆在文帝後，豈後人又有增益耶？又據《史記·封禪書》索隱引一條，記秦穆公獲陳寶，《水經·渭水》注、《後漢書·光武紀》注引一條，記秦文公時梓樹化爲牛，則所載不獨時事也。

案：《唐·經籍志》有《列異傳》三卷，張華撰；《藝文志》小説家有張華《列異傳》一卷。意張華續文帝書，而後人合之。《御覽》所引文帝後事，當出張華，《初學記·果木部》引文帝《列異傳》，言袁本初時事，則實出文帝。

同上，卷二十四子部一儒家：

《典論》五卷，魏文帝撰。

同上，卷二十七子部四名家：

《士操》一卷，魏文帝撰。

魏文帝有《列異傳》，見史部雜傳家。《唐書·經籍志》：《士操》一卷，魏文帝撰。《唐書·藝文志》：魏文帝《士操》一卷。

案魏武諱操，文帝安得以“操”名書，此必“士品”之誤。魏文帝有《海内士品》一卷，見史部雜傳類，而即其書，實重複也。

同上，卷三十九之三集部二之三别集類三三國：

《魏文帝集》十卷。梁二十三卷。

魏文帝有《典論》，見經部小學家、子部儒家。

《魏志·本紀》：初，帝好文學，以著述爲務，自所勒成垂百篇。

又《本紀》評曰：文帝天資文藻，下筆成章，博聞强識，才藝兼該。

又《本紀》注：《魏書》曰：“帝年八歲能屬文。有逸才，博貫古今經傳諸子百家之書。初在東宫，疫癘大起，時人彫傷。帝深感嘆，與素所敬者大理王朗書曰：‘生有七尺之形，死爲一棺之土，唯立德揚名可以不朽，其次莫如著篇籍。疫癘數起，士人彫落，余獨何人，能全其壽？’故論撰所著《典論》、詩賦，蓋百餘篇。胡冲《吴曆》曰：‘帝以素書所著《典論》及詩賦餉孫權，又以紙寫一通與張昭。’”

鍾嶸《詩品》：“魏文帝詩，其源出於李陵，頗有仲宣之體則。所訂百許篇，率皆鄙直如偶語，惟《西北有浮雲》十餘首，殊美贍可玩，始見其工矣。不然，何以銓衡群彦，對揚厥弟者耶？”

《文心雕龍·才略篇》曰：“魏文之才，洋洋清綺。舊談抑之，謂去植千里。然子建思捷而才俊，詩麗而表逸；子桓慮詳而力緩，故不競於先鳴；而樂府清越，《典論》辨要，迭用短長，亦無懵焉。但俗情抑揚，雷同一響，遂令文帝以位尊減才，思王以勢窘益價，未爲篤論也。”又《銘箴篇》曰：“魏文九寶，器利辭鈍。”《序志篇》云：“近代論文，若魏文述典，密而不周。”

《唐書·經籍》《藝文志》：《魏文帝集》十卷。

《宋史·藝文志》：《魏文帝集》一卷。

《玉海·藝文類》：《中興書目》曰：“《魏文帝集》六卷，賦、詩各二，書、表、詔 ，雜文一。”

馮氏《詩紀》輯存樂府十八篇二十二首，詩十六篇二十首。

張氏《百三家》：《魏文帝集》二卷，凡賦、詔、令、策、教、表、書、序、論、議、連珠、銘文、哀、誄、制、樂府詩，綜一百九十餘篇。

汪氏《文選撰人篇目》：魏文帝丕有《芙蓉池詩》、《樂府》二首、《與吴質書》、《與鍾大理書》、《典論·論文》。

嚴氏《全三國文編》：魏文帝有《典論》五卷，《列異傳》三卷，《集》

二十三卷。今存賦、制、詔、策、令、教、上書、議、書、叙、論、連珠、銘、誄、哀、策文、受禪告天文，凡一百六十九篇，編爲四卷，繫以《典論》佚文。（清華大學出版社，2014年）

姚振宗《三國藝文志》卷二史之類傳記總録之屬：

魏文帝《海内士品録》三卷。

《隋書·經籍志》：“《海内士品》一卷，不著撰人。”《唐·經籍志》：“《海内士品録》二卷，魏文帝撰。”《藝文志》：“魏文帝《海内士品録》三卷。”

張宗源《隋志考證》曰：“《海内士品》一卷，無撰名。《唐志》：魏文帝，三卷。《藝文類聚·服飾部》《北堂書鈔·儀飾部》《太平御覽·服用部》并引之。”

同上，卷三子之類儒家撰著：

魏文帝《典論》五卷。

《魏志·文紀》：“初帝好文學，以著述爲務，自所勒成垂百篇。”注引《魏書》曰：“帝初在東宫，疫癘大起，時人彫傷，帝深感嘆，與素所敬者大理王朗書曰：‘生有七尺之形，死爲一棺之土，唯立德揚名可以不朽，其次莫如著篇籍。疫癘數起，士人彫落，余獨何人，能全其壽？’故論撰所著《典論》、詩賦蓋百餘篇。”又引胡冲《吴曆》曰：“帝以素書所著《典論》及詩賦餉孫權，又以紙寫一通與張昭。”

《魏志·明紀》：“太和四年春二月戊子，詔太傅三公：以文帝《典論》刻石，立於廟門之外。”又《齊王紀》：“景初三年二月，西域重譯獻火浣布，詔大將軍、太尉臨試以示百僚。”注引《搜神記》曰：“漢世西域舊獻火浣布，中間久絶，至魏初，時人疑其無有。文帝以爲火性酷烈，無含生之氣，著之《典論》，明其不然之事，絶智者之聽。及明帝立，詔三公曰：‘先帝昔著《典論》，不朽之格言。其刊石於廟門之外及太學，與石經并，以永示來世。’至是西域使至而獻火浣布焉，於是刊滅此論，而天下笑之。”（《御覽·碑部》：“戴延之《西征記》曰：國子堂前有刻碑，魏文《典論》六碑，四存二敗。”侯氏《志》曰：“所謂刊滅者，第芟去火浣布一條。”）

《隋志》經部小學類：“《一字石經典論》一卷。”子部儒家：“《典論》五卷，魏文帝撰。”《唐·經籍志》同。《藝文志》：“魏文帝《典論》五卷。”嚴可均輯本序曰：“魏文《典論》，亡友潘陽孫馮翼字鳳卿，嘗有輯本，罣漏甚多。又以《典略》當《典論》，今覆檢各書，寫出數十百事，有篇名者十三。聚其複重，會其離散，依《意林》次第之，定著一卷。而遺文散句無所繫屬者附於後。”

同上，名家：

魏文帝《士操》一卷。

《隋書·經籍志》：“《士操》一卷，魏文帝撰。”《唐·經籍志》同。《藝文志》：“魏文帝《士操》一卷。”

按魏武諱“操”，而魏文著書不諱“操”，未喻其故。

同上，兵家：

魏文帝《兵書要略》十卷。

《唐書·經籍志》：“《兵書要略》十卷，魏文帝撰。”《藝文志》：“魏文帝《兵書要略》十卷。”

侯《志》：“《御覽》卷三百五十七引魏文帝《兵書要略》曰：‘銜枚毋讙譁，唯令之從。’”（按此條嚴氏可均所見本作魏武帝。）

按此書疑亦是武帝書，即《隋志》“《兵書略要》九卷”是也。或黄初時臣下編輯文帝行軍方略爲是書，亦未可知。

同上，小説家：

魏文帝《列異傳》三卷。

《隋志》史部雜傳家：“《列異傳》三卷，魏文帝撰。”又曰：“魏文帝作《列異》，以叙鬼物奇怪之事，相繼而作者甚衆。”

侯《志》曰：“裴氏注《三國志》凡兩引此書：《華歆傳》引一條，記歆自知當爲公；《蔣濟傳》引一條，記濟亡兒爲泰山録事。惟濟於齊王時始徙領軍將軍，而書中以有濟爲領軍之語，則非出自文帝。又《御覽》卷七百七引一條，景初時事；卷八百八十四引一條，甘露時事，皆在文帝後，豈後人又有增益耶？又《史記·封禪書》索隱引一條，記秦穆公獲陳寶。《水經·渭水》注、《後漢書·光武紀》注引一條，記秦文公時梓樹化爲牛，則所載不獨時事也。”

按《唐·經籍志》雜傳家有《列異傳》三卷，張華撰。《唐·藝文志》小説家有張華《列異傳》一卷。意張華續文帝書，而後人合之。《御覽》所引文帝後事，當出張華。《初學記·果木部》引魏文帝《列異傳》言袁本初時事，則實出文帝。

同上，雜藝術：

魏文帝《皇博經》一卷。

《魏志·文紀》注：《典論·自叙》曰：“余於他戲弄之事少所喜，唯彈棋略盡其巧，少爲之賦。昔京師先工有馬合鄉侯、東方安世、張公子，常恨不得與彼數子者對。”《博物志》曰：“帝善彈棋，能用手巾角。”

《唐書·經籍志》：“《皇博經》一卷，魏文帝撰。”《藝文志》：“魏文帝《皇博經》一卷。”

按《隋志》兵家有《皇博法》一卷，不著撰人，似即此書。

同上，卷四集之類别集：

《魏文帝集》二十三卷。

《魏志·本紀》：“初帝好文學，以著述爲務，自所勒成垂百篇。”又曰：“文帝天資文藻，下筆成章，博聞强識，才藝兼該。”

《魏志·本紀》注：《魏書》曰：“帝年八歲能屬文。有逸才，博貫古今經傳諸子百家之書。初在東宫，疫癘大起，時人彫傷。帝深感嘆，與素所敬者大理王朗書曰：‘生有七尺之形，死爲一棺之土，唯立德揚名可以不朽，其次莫如著篇籍。疫癘數起，士人彫落，余獨何人，能全其壽？’故論撰所著《典論》、詩賦，蓋百餘篇。”

鍾嶸《詩品》：“魏文帝詩，其源出於李陵，頗有仲宣之體則。所計百許篇，率皆鄙直如偶語。惟《西北有浮雲》十餘首，殊美贍可玩，始見其工矣。不然，何以銓衡群彦，對揚厥弟者耶？”

《文心雕龍·才略篇》曰：“魏文之才，洋洋清綺。舊談抑之，謂去植千里。然子建思捷而才俊，詩麗而表逸；子桓慮詳而力緩，故不競於先鳴；而樂府清越，《典論》辨要，迭用短長，亦無懵焉。但俗情抑揚，雷同一響，遂令文帝以位尊減才，思王以勢窘益價，未爲篤論也。”又《銘箴篇》云：“魏文九寶，器利辭鈍。”《序志篇》云：“近代論文，若魏文述典，密而不周。”

《隋書·經籍志》：“《魏文帝集》十卷，梁二十三卷。”《唐·經籍志》：“《魏文帝集》十卷。”《藝文志》同。《宋史·藝文志》：“《魏文帝集》一卷。”

《玉海》二十八《中興書目》：“《魏文帝集》六卷，賦、詩各二，書、表、詔一，雜文一。”

張氏《百三家·魏文帝集》輯本二卷，凡賦、詔、令、策、教、表、書、序、論、議、連珠、哀策、誄制、樂府詩，綜一百九十餘篇。嚴氏《文編》輯本四卷，凡賦、詔、策、令、教、上書、議、書、叙、論、連珠、誄、雜文，綜一百六十九篇，繫以《典論》一卷。馮氏《詩紀》輯存樂府詩三十五篇，四十二首，附《甄后樂府》一首。（《二十五史補編》本）

丁國鈞《補晉書藝文志》卷三丙部子録小説類：

《列異傳》一卷。（張華。）

謹按：見《新唐志》。（《二十五史補編》本）

黄逢元《補晉書藝文志》卷三丙部子録小説家類八：

《列畀傳》三卷。（張華撰。）

《舊唐志》作三卷，入史部雜傳；《新唐志》一卷，列子部小説。

《水經・渭水》注，《御覽》八百八十四又八百八十八引存。（《二十五史補編》本）

吴士鑒《補晉書經籍志》乙部史録雜傳類：

張華《列異傳》三卷。

《唐志》作一卷入小説類，今從《舊唐志》。（《二十五史補編》本）

魯迅《中國小説史略》第五篇《六朝之鬼神志怪書上》：

《隋志》有《列異傳》三卷，魏文帝撰，今佚。惟古來文籍中頗多引用，故猶得見其遺文，則正如《隋志》所言，“以序鬼物奇怪之事”者也。文中有甘露年間事，在文帝後，或後人有增益，或撰人是假托，皆不可知。兩《唐志》皆云張華撰，亦别無佐證，殆後有悟其抵牾者，因改易之。惟宋裴松之《三國志注》，後魏酈道元《水經注》皆已徵引，則爲魏晉人作無疑也。（上海古籍出版社，1998年）

案：清姚振宗《三國藝文志》子部小説家著録魏文帝《列異傳》三卷。丁國鈞《補晉書藝文志》丙部子録小説類著録《列異傳》一卷，題張華撰。黄逢元《補晉書藝文志》卷三丙部子録小説家類著録三卷，書名撰者同丁《志》。吴士鑒《補晉書經籍志》乙部史録雜傳類著録張華《列異傳》三卷。

魏文帝即曹丕（187—226年），字子桓，魏武帝曹操長子。建安十六年（211年）爲五官中郎將，二十二年（217年）立爲魏太子，二十五年（220年）正月嗣魏王位，改元延康。十一月受禪，即皇帝位，改元黄初，國號魏。在位七年，崩，葬首陽陵，謚曰文皇帝，廟號高祖。事具《三國志・魏志・文帝紀》及《陳思王》《曹洪》《賈詡》《王粲》等傳。《本紀》稱其“好文學，以著述爲務，自所勒成垂百篇”。裴松之注《三國志》引《魏書》，稱其“博貫古今經傳諸子百家之言。著有《典論》，散佚。有《魏文帝集》十卷，後佚”。又作有《太宗論》。《隋書・經籍志》有《典論》五卷，《列異傳》三卷，《士操》一卷，《集》十卷，注云“梁二十三卷”。《舊唐書・經籍志》有《海内士品録》二卷，《典論》五卷，《士操》一卷，《兵書要略》十卷，《皇博經》一卷，《集》十卷。《新唐書·藝文志》同，惟《海内士品録》作三卷。《海内士品録》《皇博經》，《隋書·經籍志》雖著録，然不題撰人；《兵書略要》亦著録，作九卷，題魏武帝撰。《通志·藝文略》衹著録《列異傳》三卷、《皇博經》一卷。至《宋史·藝文志》則僅剩《集》一卷，其餘大多亡佚。明張溥輯有《魏文帝集》二卷，收入《漢魏六朝百三名家集》，有壽考堂本、信述堂本、經濟堂本、翰墨山房本、掃葉山房本等。今有魏宏燦《曹丕集校注》（安徽大學出版社，2009年）和易健賢《魏文帝集全譯》（貴州人民出版社，2009年）等。

《列異傳》，簡稱《列異》。《隋書·經籍志》史部雜傳類著録："《列異傳》三卷，魏文帝撰。"又曰："魏文帝作《列異》，以叙鬼物奇怪之事，相繼而作者甚衆。"《舊唐書·經籍志》史部雜傳類著録《列異傳》三卷，題張華撰。《新唐書·藝文志》子部小説家有張華《列異傳》一卷。後代書志有題魏文帝撰者，亦有題張華撰者。裴松之《三國志注》及酈道元《水經注》注引，均不題作者，是書爲魏晋時人作無疑。《後漢書》卷一《光武帝紀下》李賢注、虞世南《北堂書鈔》卷一五八、徐堅《初學記》卷二六和卷二八均引作"魏文帝撰"，可知唐人多不云張華撰，則原書作者當爲曹丕。清姚振宗《隋書經籍志考證》云："張華續文帝書，而後人合之。"其書確有魏文帝之後事，兩《唐志》均作"張華撰"，《册府元龜》卷五百五十五國史部采撰著録張華《列異傳》三卷，疑張華確曾增益此書，曹丕原書五代時起已與張華續書混合，難作區分，故致後人混淆，徑題張華。歐陽修《新唐志》入子部小説家類，僅一卷，或原書已殘缺，惟張華之續尚存，因題張華撰。《文獻通考》《宋志》均不著録，胡應麟因疑原書至宋已佚。然《通志·藝文略》、《國史經籍志》史類冥異均著録此書，所録卷數與撰人均與《隋志》同，或當時此書已佚，著録者依舊目而録。今本《列異傳》佚文有三種，民國吴曾祺《舊小説》甲集輯有七條，其中"泰山黄原"條誤取《幽明録》。魯迅《古小説鉤沉》輯有五十條。今人鄭學弢輯《列異傳等五種》（文化藝術出版社，1988年）録五十一條，是目前收集佚文最多的本子。

謎　　語

陳壽撰，裴松之注《三國志·魏志》卷四《三少帝紀》：

高貴鄉公諱髦，字彦士，文帝孫，東海定王霖子也。正始五年，封郯縣高貴鄉公。少好學，夙成。齊王廢，公卿議迎立公。十月己丑，公至於玄武館，群臣奏請舍前殿，公以先帝舊處，避止西厢；群臣又請以法駕迎，公不聽。庚寅，公入於洛陽，群臣迎拜西掖門南，公下輿將答拜，儐者請曰："儀不拜。"公曰："吾人臣也。"遂答拜。至止車門下輿。左右曰："舊乘輿入。"公曰："吾被皇太后徵，未知所爲！"遂步至太極東堂，見於太后。其日即皇帝位於太極前殿，百僚陪位者欣欣焉。（《魏氏春秋》曰：公神明爽俊，德音宣朗。罷朝，景王私曰："上何如主也？"鍾會對曰："才同陳思，武類太祖。"景王曰："若如卿言，社稷之福也。"）詔曰……大赦，改元。減乘輿服御，後宫用度，及罷尚方御府百工技巧靡麗無益之物。

正元元年冬十月壬辰，遣侍中持節分適四方，觀風俗，勞士民，察冤枉失職者。癸巳，假大將軍司馬景王黄鉞，入朝不趨，奏事不名，劍履上殿。戊戌，黄龍見於鄴井中。甲辰，命有司論廢立定策之功，封爵、增邑、進位、班賜各有差。

二年春正月乙丑，鎮東將軍毌丘儉、揚州刺史文欽反。戊寅，大將軍司馬景王征之。癸未，車騎將軍郭淮薨。閏月己亥，破欽於樂嘉。欽遁走，遂奔吴。甲辰，安風淮津都尉斬儉，傳首京都。（《世語》曰：大將軍奉天子征儉，至項；儉既破，天子先還。臣松之檢諸書都無此事，至諸葛誕反，司馬文王始挾太后及帝與俱行耳。故發詔引漢二祖及明帝親征以爲前比，知明帝已後始有此行也。案張璠、虞溥、郭頒皆晋之令史，璠、頒出爲官長，溥，鄱陽内史。璠撰《後漢紀》雖似未成，辭藻可觀。溥著《江表傳》，亦粗有條貫。惟頒撰《魏晋世語》，蹇乏全無宫商，最爲鄙劣，以時有異事，故頗行於世。干寶、孫盛等多采其言以爲《晋書》，其中虚錯如此者，往往而有之。）壬子，復特赦淮南士民諸爲儉、欽所詿誤者。以鎮南將軍諸葛誕爲鎮東大將軍。司馬景王薨於許昌。二月丁巳，以衛將軍司馬文王爲大將軍，録尚書事。

甲子，吴大將孫峻等衆號十萬至壽春，諸葛誕拒擊破之，斬吴左將軍留贊，獻捷於京都。三月，立皇后卞氏，大赦。夏四月甲寅，封后父卞隆爲列侯。甲戌，以征南大將軍王昶爲驃騎將軍。秋七月，以征東大將軍胡遵爲衛將軍，鎮東大將軍諸葛誕爲征東大將軍。

八月辛亥，蜀大將軍姜維寇狄道，雍州刺史王經與戰洮西，經大敗，還保狄道城。辛未，以長水校尉鄧艾行安西將軍，與征西將軍陳泰并力拒維。戊辰，復遣太尉司馬孚爲後繼。九月庚子，講《尚書》業終，賜執經親授者司空鄭冲、侍中鄭小同等各有差。甲辰，姜維退還。冬十月，詔曰："朕以寡德，不能式遏寇虐，乃令蜀賊陸梁邊陲。洮西之戰，至取負敗，將士死亡，計以千數，或没命戰場，冤魂不反，或牽掣虜手，流離異域，吾深痛愍，爲之悼心。其令所在郡典農及安、撫夷二護軍各部大吏慰恤其門户，無差賦役一年；其力戰死事者，皆如舊科，勿有所漏。"

十一月甲午，以隴右四郡及金城連年受敵，或亡叛投賊，其親戚留在本土者不安，皆特赦之。癸丑，詔曰："往者洮西之戰，將吏士民或臨陣戰亡，或沉溺洮水，骸骨不收，棄於原野，吾常痛之。其告征西將軍、安西將軍，各令部人於戰處及水次鈎求尸喪，收斂藏埋，以慰存亡。"

甘露元年春正月辛丑，青龍見軹縣井中。乙巳，沛王林薨。（《魏氏春秋》曰："二月丙辰，帝宴群臣於太極東堂，與侍中荀顗、尚書崔贊、袁亮、鍾毓、給事中中書令虞松等并講述禮典，遂言帝王優劣之差。帝慕夏少康，因問顗等曰："有夏既衰，後相殆滅，少康收集夏衆，復禹之績，高祖拔起隴畝，驅帥豪俊，芟夷秦、項，包舉宇内，斯二主可謂殊才異略，命世大賢者也。考其功德，誰宜爲先？"顗等對曰："夫天下重器，王者天授，聖德應期，然後能受命創業。至於階緣前緒，興復舊績，造之與因，難易不同。少康功德雖美，猶爲中興之君，與世祖同流可也。至如高祖，臣等以爲優。"帝曰："自古帝王，功德言行，互有高下，未必創業者皆優，紹繼者咸劣也。湯、武、高祖雖俱受命，賢聖之分，所覺縣殊。少康、殷宗中興之美，夏啓、周成守文之盛，論德較實，方諸漢祖，吾見其優，未聞其劣；顧所遇之時殊，故所名之功異耳。少康生於滅亡之後，降爲諸侯之隸，崎嶇逃難，僅以身免，能布其德而兆其謀，卒滅過、戈，克復禹績，祀夏配天，不失舊物，非至德弘仁，豈濟斯勛？漢祖因土崩之勢，仗一時之權，專任智力以成功業，行事動静，多違聖檢；爲人子則數危其親，爲人君則囚繫賢相，爲人父則不能衛子；身没之後，社稷幾傾，若與少康易時而處，或未能復大禹之績也。推此言之，宜高夏康而下漢祖矣。諸卿具論詳之。"翌日丁巳，講業既畢，顗、亮等議曰："三代建國，列土而治，當其衰弊，無土崩之勢，可懷以德，難屈以力。逮至戰國，强弱相兼，去道德而任智力。故秦之弊可以力争。少康布德，仁者之英也；高祖任力，智者之俊也。仁智不同，二帝殊矣。《詩》《書》述殷中宗、高宗，皆列大雅，少康功美過於二宗，其爲大雅明矣。少康爲優，宜如詔旨。"贊、毓、松等議曰："少康雖積德纍仁，然上承大禹遺澤餘慶，内有虞、仍之援，外有靡、艾之助，寒浞讒慝，不德於民，澆豷無親，外内棄之，以此有國，蓋有所因。至於漢祖，起自布衣，率烏合之士，以成帝者之業。論德則少康優，課功則高祖多，語資則少康易，校時則高祖難。"帝曰："諸卿論少康因資，高祖創造，誠有之矣，然未知三代之世，任德濟勛如彼之難，秦、項之際，任力成功如此之易。且太上立德，其次立功，漢祖功高，未若少康盛德之茂也。且夫仁者必有勇，誅暴必用武，少康武烈之威，豈必降於高祖哉？但夏書淪亡，舊文殘缺，故勛美闕而罔載，唯有伍員粗述大略，其言復禹之績，不失舊物，祖述聖業，舊章不愆，自非大雅兼才，孰能與於此，向令墳、典具存，行事詳備，亦豈有異同之論哉？"於是群臣咸悦服。中書令松進曰："少康之事，去世久遠，其文昧如，是以自古及今，議論之士莫有言者，德美隱而不宣。陛下既垂心遠鑒，考詳古昔，又發德音，贊明少康之美，使顯於千載之上，宜録以成篇，永垂於後。"帝曰："吾學不博，所聞淺狹，懼於所論，未獲其宜；縱有可采，億則屢中，又不足貴，無乃致笑後賢，彰吾暗昧乎！"於是侍郎鍾會退論次焉。）

夏四月庚戌，賜大將軍司馬文王衮冕之服，赤舄副焉。

丙辰，帝幸太學，問諸儒曰："聖人幽贊神明，仰觀俯察，始作八卦，後聖重之爲六十四，立爻以極數，凡斯大義，罔有不備，而夏有《連山》，殷有《歸藏》，周曰《周易》，《易》之書，其故何也？"《易》博士淳于俊對曰："包羲因燧皇之圖而制八卦，神農演之爲六十四，黄帝、堯、舜通其變，三代隨時，質文各繇其事。故《易》者，變易也，名曰《連山》，似山出内氣，連天地也；《歸藏》者，萬事莫不歸藏於其中也。"帝又曰："若使包羲因燧皇而作《易》，孔子何以不云燧人氏没包羲氏作乎？"俊不能答。帝又問曰："孔子作彖、象，鄭玄作注，雖聖賢不同，其所釋經義一也。今彖、象不與經文相連，而注連之，何也？"俊對曰："鄭玄合彖、象於經者，欲使學者尋省易了也。"帝曰："若鄭玄合之，於學誠便，則孔子曷爲不合以了學者乎？"俊對曰："孔子恐其與文王相亂，是以不合，此聖人以不合爲謙。"帝曰："若聖人以不合爲謙，則鄭玄何獨不謙邪？"俊對曰："古義弘深，聖問奥遠，非臣所能詳盡。"帝又問曰："《繫辭》云'黄帝、堯、舜垂衣裳而天下治'，此包羲、神農之世爲無衣裳。但聖人化天下，何殊異爾邪？"俊對曰："三皇之時，人寡而禽獸衆，故取其羽皮而天下用足，及至黄帝，人衆而禽獸寡，是以作爲衣裳以濟時變也。"帝又問："乾爲天，而復爲金，爲玉，爲老馬，與細物并邪？"俊對曰："聖人取象，或遠或近，近取諸物，遠則天地。"

講《易》畢，復命講《尚書》。帝問曰："鄭玄云'稽古同天，言堯同於天也'。王肅云'堯順考古道而行之'。二義不同，何者爲是？"博士庾峻對曰：

“先儒所執，各有乖異，臣不足以定之。然《洪範》稱‘三人占，從二人之言’。賈、馬及肅皆以爲‘順考古道’。以《洪範》言之，肅義爲長。”帝曰：“仲尼言‘唯天爲大，唯堯則之’。堯之大美，在乎則天，順考古道，非其至也。今發篇開義以明聖德，而舍其大，更稱其細，豈作者之意邪？”峻對曰：“臣奉遵師説，未喻大義，至於折中，裁之聖思。”次及四嶽舉鯀，帝又問曰：“夫大人者，與天地合其德，與日月合其明，思無不周，明無不照，今王肅云‘堯意不能明鯀，是以試用’。如此，聖人之明有所未盡邪？”峻對曰：“雖聖人之弘，猶有所未盡，故禹曰‘知人則哲，惟帝難之’，然卒能改授聖賢，緝熙庶績，亦所以成聖也。”帝曰：“夫有始有卒，其唯聖人。若不能始，何以爲聖？其言‘惟帝難之’，然卒能改授，蓋謂知人，聖人所難，非不盡之言也。《經》云：‘知人則哲，能官人。’若堯疑鯀，試之九年，官人失叙，何得謂之聖哲？”峻對曰：“臣竊觀經傳，聖人行事不能無失，是以堯失之四凶，周公失之二叔，仲尼失之宰予。”帝曰：“堯之任鯀，九載無成，汩陳五行，民用昏墊。至於仲尼失之宰予，言行之間，輕重不同也。至於周公、管、蔡之事，亦《尚書》所載，皆博士所當通也。”峻對曰：“此皆先賢所疑，非臣寡見所能究論。”次及“有鰥在下曰虞舜”，帝問曰：“當堯之時，洪水爲害，四凶在朝，宜速登賢聖濟斯民之時也。舜年在既立，聖德光明，而久不進用，何也？”峻對曰：“堯咨嗟求賢，欲遜己位，岳曰‘否德忝帝位’。堯復使岳揚舉仄陋，然後薦舜。薦舜之本，實由於堯，此蓋聖人欲盡衆心也。”帝曰：“堯既聞舜而不登用，又時忠臣亦不進達，乃使岳揚仄陋而後薦舉，非急於用聖恤民之謂也。”峻對曰：“非臣愚見所能逮及。”

於是復命講《禮記》。帝問曰：“‘太上立德，其次務施報。’爲治何由而教化各異；皆修何政而能致於立德，施而不報乎？”博士馬照對曰：“太上立德，謂三皇五帝之世以德化民；其次報施，謂三王之世以禮爲治也。”帝曰：“二者致化薄厚不同，將主有優劣邪？時使之然乎？”照對曰：“誠由時有樸文，故化有薄厚也。”（《帝集》載帝自叙始生禎祥曰：“昔帝王之生，或有禎祥，蓋所以彰顯神異也。惟予小子，支胤末流，謬爲靈祇之所相祐也，豈敢自比於前喆，聊記録以示後世焉。其辭曰：惟正始三年九月辛未朔，二十五日乙未直成，予生。於時也，天氣清明，日月輝光，爰有黄氣，煙熅於堂，照曜室宅，其色煌煌。相而論之曰：未者爲土，魏之行也；厥日直成，應嘉名也；煙熅之氣，神之精也；無災無害，蒙神靈也。齊王不弟，顛覆厥度，群公受予，紹繼皇祚。以眇眇之身，質性頑固，未能涉道，而遵大路，臨深履冰，涕泗憂懼。古人有云，懼則不亡。伊予小子，曷敢怠荒？庶不忝辱，永奉烝嘗。”傅暢《晋諸公贊》曰：帝常與中護軍司馬望、侍中王沉、散騎常侍裴秀、黄門侍郎鍾會等講宴於東堂，并屬文論。名秀爲儒林丈人，沈爲文籍先生，望、會亦各有名號。帝性急，請召欲速。秀等在内職到得及時，以望在外，特給追鋒車，虎賁卒五人，每有集會，望輒賓士而至。）

五月，鄴及上洛并言甘露降。夏六月丙午，改元爲甘露。乙丑，青龍見元城縣界井中。秋七月己卯，衛將軍胡遵薨。

癸未，安西將軍鄧艾大破蜀大將姜維於上邽，詔曰："兵未極武，醜虜摧破，斬首獲生，動以萬計，自頃戰克，無如此者。今遣使者犒賜將士，大會臨饗，飲宴終日，稱朕意焉。"

八月庚午，命大將軍司馬文王加號大都督，奏事不名，假黄鉞。癸酉，以太尉司馬孚爲太傅。九月，以司徒高柔爲太尉。冬十月以司空鄭冲爲司徒，尚書左僕射盧毓爲司空。

二年春二月，青龍見温縣井中。三月，司空盧毓薨。

夏四月癸卯，詔曰："玄菟郡高顯縣吏民反叛，長鄭熙爲賊所殺。民王簡負擔熙喪，晨夜星行，遠致本州，忠節可嘉。其特拜簡爲忠義都尉，以旌殊行。"甲子，以征東大將軍諸葛誕爲司空。

五月辛未，帝幸辟雍，會命群臣賦詩。侍中和逌、尚書陳騫等作詩稽留，有司奏免官，詔曰："吾以暗昧，愛好文雅，廣延詩賦，以知得失，而乃爾紛紜，良用反仄。其原逌等。主者宜敕自今以後，群臣皆當玩習古義，修明經典，稱朕意焉。"

乙亥，諸葛誕不就徵，發兵反，殺揚州刺史樂綝。丙子，赦淮南將吏士民爲誕所詿誤者。丁丑，詔曰："諸葛誕造爲凶亂，蕩覆揚州。昔黥布逆叛，漢祖親戎，隗囂違戾，光武西伐，及烈祖明皇帝躬征吴、蜀，皆所以奮揚赫斯，震耀威武也。今宜皇太后與朕暫共臨戎，速定醜虜，時寧東夏。"己卯，詔曰："諸葛誕造構逆亂，迫脅忠義，平寇將軍臨渭亭侯龐會、騎督偏將軍路蕃，各將左右，斬門突出，忠壯勇烈，所宜加異。其進會爵鄉侯，蕃封亭侯。"

六月乙巳，詔："吴使持節都督夏口諸軍事鎮軍將軍沙羡侯孫壹，賊之枝屬，位爲上將，畏天知命，深鑒禍福，翻然舉衆，遠歸大國，雖微子去殷，樂毅遁燕，無以加之。其以壹爲侍中車騎將軍、假節、交州牧、吴侯，開府辟召儀同三司，依古侯伯八命之禮，衮冕赤舄，事從豐厚。"（臣松之以爲，壹畏逼歸命，事無可嘉，格以古義，欲蓋而彌彰者也。當時之宜，未得遠遵式典，固應量才受賞，足以酬其來情而已。至乃光錫八命，禮同台鼎，不亦過乎！於招攜致遠，又無取焉。何者？若使彼之將守，與時無嫌，終不悦於殊寵，坐生叛心，以叛而愧，辱孰甚焉？如其憂危將及，非奔不免，則必逃死苟存，無希榮利矣。然則，高位厚禄何爲者哉？魏初有孟達、黄權，在晋有孫秀、孫楷，達權爵賞比壹爲輕，秀、楷禮秩優異尤甚，及至吴平，而降黜數等不承權輿，豈不緣在始失中乎？）

甲子，詔曰："今車駕駐項，大將軍恭行天罰，前臨淮浦。昔相國大司馬征討，皆與尚書俱行，今宜如舊。”乃令散騎常侍裴秀、給事黄門侍郎鍾會咸與大將軍俱行。秋八月，詔曰：“昔燕剌王謀反，韓誼等諫而死，漢朝顯登其子。諸葛誕創造凶亂，主簿宣隆、部曲督秦絜秉節守義，臨事固争，爲誕所殺，所謂無比干之親而受其戮者。其以隆、絜子爲騎都尉，加以贈賜，光示遠近，以殊忠義。”

九月，大赦。冬十二月，吴大將全端、全懌等率衆降。

三年春二月，大將軍司馬文王陷壽春城，斬諸葛誕。三月，詔曰：“古者克敵，收其尸以爲京觀，所以懲昏逆而章武功也。漢孝武元鼎中，改桐鄉爲聞喜，新鄉爲獲嘉，以著南越之亡。大將軍親總六戎，營據丘頭，内夷群凶，外殄寇虜，功濟兆民，聲振四海。克敵之地，宜有令名，其改丘頭爲武丘，明以武平亂，後世不忘，亦京觀二邑之義也。”

夏五月，命大將軍司馬文王爲相國，封晋公，食邑八郡，加之九錫，文王前後九讓乃止。

六月丙子，詔曰：“昔南陽郡山賊擾攘，欲劫質故太守東里衮，功曹應余獨身捍衮，遂免於難。余顛沛殞斃，殺身濟君。其下司徒，署余孫倫吏，使蒙伏節之報。”（《楚國先賢傳》曰：余字子正，天姿方毅，志尚仁義，建安二十三年爲郡功曹。是時吴、蜀不賓，疆場多虞。宛將侯音扇動山民，保城以叛。余與太守東里衮當擾攘之際、迸竄得出。音即遣騎追逐，去城十里相及，賊便射衮，飛矢交流。余前以身當箭，被七創，因謂追賊曰：“侯音狂侒，造爲凶逆，大軍尋至，誅夷在近。謂卿曹本是善人，素無惡心，當思反善，何爲受其指揮？我以身代君，以被重創，若身死君全，隕没無恨。”因仰天號哭泣涕，血淚俱下。賊見其義烈，釋衮不害。賊去之後，余亦命絶。征南將軍曹仁討平音，表余行狀，并修祭醊。太祖聞之，嗟嘆良久，下荆州復表門閭，賜穀千斛。衮後爲于禁司馬，見《魏略・游説傳》。）辛卯，大論淮南之功，封爵行賞各有差。

秋八月甲戌，以驃騎將軍王昶爲司空。丙寅，詔曰：“夫養老興教，三代所以樹風化垂不朽也，必有三老、五更以崇至敬，乞言納誨，著在惇史，然後六合承流，下觀而化。宜妙簡德行，以充其選。關内侯王祥，履仁秉義，雅志淳固。關内侯鄭小同，温恭孝友，帥禮不忒。其以祥爲三老，小同爲五更。”車駕親率群司，躬行古禮焉。（《漢晋春秋》曰：帝乞言於祥，祥對曰：“昔者明王禮樂既備，加之以忠誠，忠誠之發，形於言行。夫大人者，行動乎天地；天且弗違，况於人乎？”祥事别見《吕虔傳》。小同，鄭玄孫也。《玄别傳》曰：“玄有子，爲孔融吏，舉孝廉。融之被圍，往赴，爲賊所害。有遺腹子，以丁卯日生，而玄以丁卯歲生，故名曰小同。”《魏名臣奏》載大尉華歆表曰：“臣聞勵俗宣化，莫先於表善，班禄叙爵，莫美於顯能。是以楚人思子文之治，復命其胤；漢室嘉江公之德，用顯其世。伏見故漢大司農北海鄭玄，當時之學，名冠華夏，爲世儒宗。文皇帝旌録先賢，拜玄適孫小同以爲郎中，長假在家。小同年踰三十，少有令質，學綜六經，行著鄉邑。海、岱之人莫不嘉其自然，美其氣量。迹其所履，有質直不渝之性，然而恪恭静默，色養其親，不治可見之美，不競人間之名，斯誠清時所宜式叙，前後明詔所斟酌而求也。臣老病委頓，無益視聽，謹具以聞。”《魏氏春秋》曰：小同詣司馬文王，文王有密疏，未之屏也。如厠還，謂之曰：“卿見吾疏乎？”對曰：“否。”文王猶疑而鴆之，卒。鄭玄注《文王世子》曰：三老、五更各一人，皆年老更事致仕者也。注《樂記》曰：皆老人更知三德五事者也。蔡邕《明堂論》曰：“更”應作“叟”，叟，長老之稱，字與“更”相似，書者遂誤以爲“更”。“嫂”字“女”傍“叟”，今亦以爲“更”，以此驗知應爲“叟”也。臣松之以爲，邕謂“更”爲“叟”，誠爲有似，而諸儒莫之從，未知孰是。）是歲，青龍、黄龍仍見頓丘、冠軍、陽夏縣界井中。

四年春正月，黄龍二，見寧陵縣界井中。（《漢晋春秋》曰：是時龍仍見，咸以爲吉祥。帝曰：“龍者，君德也。上不在天，下不在田，而數屈於井，非嘉兆也。”仍作《潛龍》之詩以自諷，司馬文王見而惡之。）夏六月，司空王昶薨。秋七月，陳留王峻薨。冬十月丙寅，分新城郡，復置上庸郡。十一月癸卯，車騎將軍孫壹爲婢所殺。

五年春正月朔，日有蝕之。夏四月，詔有司率遵前命，復進大將軍司馬文王位爲相國，封晋公，加九錫。

五月己丑，高貴鄉公卒，年二十。（《漢晋春秋》曰：帝見威權日去，不勝其忿。乃召侍中王沈、尚書王經、散騎常侍王業，謂曰：“司馬昭之心，路人所知也。吾不能坐受廢辱，今日當與卿自出討之。”王經曰：“昔魯昭公不忍季氏，敗走失國，爲天下笑。今權在其門，爲日久矣。朝廷四方皆爲之致死，不顧逆順之理，非一日也。且宿衛空闕，兵甲寡弱，陛下何所資用？而一旦如此，無乃欲除疾而更深之邪！禍殆不測，宜見重詳。”帝乃出懷中版令投地，曰：“行之決矣。正使死，何所懼？况不必死邪！”於是入白太后，沈、業奔走告文王，文王爲之備。帝遂帥僮僕數百，鼓噪而出。文王弟屯騎校尉伷入，遇帝於東止車門，左右呵之，伷衆奔走。中護軍賈充又逆帝戰於南闕下，帝自用劍。衆欲退，太子舍人成濟問充曰：“事急矣，當云何？”充曰：“畜養汝等，正謂今日。今日之事，無所問也。”濟即前刺帝，刃出於背。文王聞，大驚，自投於地曰：“天下其謂我何！”太傅孚奔往，枕帝股而哭，哀甚，曰：“殺陛下者，臣之罪也。”臣松之以爲，習鑿齒書，雖最後出，然述此事差有次第，故先載習語，以其餘所言微異者次其後。《世語》曰：王沉、王業馳告文王，尚書王經以正直不出，因沈、業申意。《晋諸公贊》曰：沈、業將出，呼王經。經不從，曰：“吾子行矣！”干寶《晋紀》曰：成濟問賈充曰：“事急矣，若之何？”充曰：“公畜養汝等，爲今日之事也。夫何疑！”濟曰：“然。”乃抽戈犯蹕。《魏氏春秋》曰：“戊子夜，帝自將冗從僕射李昭、黄門從官焦伯等下陵雲臺，鎧仗授兵，欲因際會，自出討文王。會雨，有司奏却日，遂見王經等出黄素詔於懷曰：“是可忍也，孰不可忍也！今日便當决行此事。”入白太后，遂拔劍升輦，帥殿中宿衛蒼頭官僮擊戰鼓，出雲龍門。賈充自外而入，帝師潰散，猶稱天子，手劍奮擊，衆莫敢逼。充帥厲將士，騎督成倅弟成濟以矛進，帝崩於師。時暴雨雷霆，晦冥。《魏末傳》曰：賈充呼帳下督成濟謂曰：“司馬家事若敗，汝等豈復有種乎？何不出擊！”倅兄弟二人乃帥帳下人出，顧曰：“當殺邪？執邪？”充曰：“殺之。”兵交，帝曰：“放仗！”大將軍士皆放仗。濟兄弟因前刺帝，帝倒車下。）皇太后令曰：“吾以不德，遭家不造，昔援立東海王子髦，以爲明帝嗣，見其好書疏文章，冀可成濟，而情性暴戾，日月滋甚。吾數呵責，遂更忿恚，造作醜逆不道之言以誣謗吾，遂隔絶兩宫。其所言道，不可忍聽，非天地所覆載。吾即密有令語大將軍，不可以奉宗廟，恐顛覆社稷，死無面目以見先帝。大將軍以其尚幼，謂當改心爲善，殷勤執據。而此兒忿戾，所行益甚，舉弩遥射吾宫，祝當令中吾項，箭親墮吾前。吾語大將軍，不可不廢之，前後數十。此兒具聞，自知罪重，便圖爲弑逆，賂遺吾左右人，令因吾服藥，密因鴆毒，重相設計。事已覺露，直欲因際會舉兵入西宫殺吾，出取大將軍，呼侍中王沈、散騎常侍王業、（《世語》曰：業，武陵人，後爲晋中護軍。）尚書王經，出懷中黄素詔示之，言‘今日便當施行’。吾之危殆，過於纍卵。吾老寡，豈復多惜餘命邪？但傷先帝遺意不遂，社稷顛覆爲痛耳。賴宗廟之靈，沈、業即馳語大將軍，得先嚴警，而此兒便將左右出雲龍門，雷戰鼓，躬自拔刃，與左右雜衛共入兵陳間，爲前鋒所害。此兒既行悖逆不道，而又自陷大禍，重令吾悼心不可言。昔漢昌邑王以罪廢爲庶人，此兒亦宜以民禮葬之，當令内外咸知此兒所行。又尚書王經，凶逆無狀，其收經及家屬皆詣廷尉。”

庚寅，太傅孚、大將軍文王、太尉柔、司徒冲稽首言：“伏見中令，故高貴鄉公悖逆不道，自陷大禍，依漢昌邑王罪廢故事，以民禮葬。臣等備位，不能匡救禍亂，式遏奸逆，奉令震慄，肝心悼慄。《春秋》之義，王者無外，而書‘襄王出居於鄭’，不能事母，故絶之於位也。今高貴鄉公肆行不軌，幾危社稷，自取傾覆，人神所絶，葬以民禮，誠當舊典。然臣等伏惟殿下仁慈過隆，雖存大義，猶垂哀矜，臣等之心實有不忍，以爲可加恩以王禮葬之。”太后從之。（《漢晋春秋》曰：丁卯，葬高貴鄉公於洛陽西北三十里瀍澗之濱。下車數乘，不設旌旐，百姓相聚而觀之，曰：“是前日所殺天子也。”或掩面而泣，悲不自勝。臣松之以爲，若但下車數乘，不設旌旐，何以爲王禮葬乎？斯蓋惡之過言，所謂不如是之甚者。）

使使持節行中護軍中壘將軍司馬炎北迎常道鄉公璜嗣明帝後。辛卯，群公奏太后曰：“殿下聖德光隆，寧濟六合，而猶稱令，與藩國同。請自今殿下令書，皆稱詔制，如先代故事。”

癸卯，大將軍固讓相國、晋公、九錫之寵。太后詔曰：“夫有功不隱，《周易》大義，成人之美，古賢所尚，今聽所執，出表示外，以章公之謙光焉。”

戊申，大將軍文王上言：“高貴鄉公率將從駕人兵，拔刃鳴金鼓向臣所止；懼兵刃相接，即敕將士不得有所傷害，違令以軍法從事。騎督成倅弟太子舍人濟，横入兵陣傷公，遂至隕命；輒收濟行軍法。臣聞人臣之節，有死無二，事上之義，不敢逃難。前者變故卒至，禍同發機，誠欲委身守死，唯命所裁。然惟本謀乃欲上危皇太后，傾覆宗廟。臣忝當大任，義在安國，懼雖身死，罪責彌重，欲遵伊、周之權，以安社稷之難，即駱驛申敕，不得迫近輦輿，而濟遽入陣間，以致大變。哀怛痛恨，五内摧裂，不知何地可以隕墜？科律大逆無道，父母妻子同産皆斬。濟凶戾悖逆，干國亂紀，罪不容誅。輒敕侍御史收濟家屬，付廷尉，結正其罪。”（《魏氏春秋》曰：成濟兄弟不即伏罪，袒而升屋，醜言悖慢，自下射之，方殪。）太后詔曰：“夫五刑之罪，莫大於不孝。夫人有子不孝，尚告治之，此兒豈復成人主邪？吾婦人不達大義，以謂濟不得便爲大逆也。然大將軍志意懇切，發言惻愴，故聽如所奏。當班下遠近，使知本末也。”（《世語》曰：初，青龍中，石苞鬻鐵於長安，得見司馬宣王，宣王知焉。後擢爲尚書郎，歷青州刺史，鎮東將軍。甘露中入朝，當還，辭高貴鄉公，留中盡日。文王遣人要令過。文王問苞：“何淹留也？”苞曰：“非常人也。”明日發至滎陽，數日而難作。）

六月癸丑，詔曰：“古者人君之爲名字，難犯而易諱。今常道鄉公諱字甚難避，其朝臣博議改易，列奏。”

…………

評曰：古者以天下爲公，唯賢是與。後代世位，立子以適；若適嗣不繼，則宜取旁親明德，若漢之文、宣者，斯不易之常準也。明帝既不能然，情繫私愛，撫養嬰孩，傳以大器，托付不專，必參枝族，終於曹爽誅夷，齊王替位。高貴公才慧夙成，好問尚辭，蓋亦文帝之風流也；然輕躁忿肆，自蹈大禍。陳留王恭己南面，輔宰統政，仰遵前式，揖讓而禪，遂饗封大國，作賓於晋，比之山陽，班寵有加焉。

同上，卷二十武文世王公《東海定王霖》：

東海定王霖，黄初三年立爲河東王。六年，改封館陶縣。明帝即位，以先帝遺意，愛寵霖異於諸國。而霖性粗暴，閨門之内，婢妾之間，多所殘害。太和六年，改封東海。嘉平元年薨。子啓嗣。景初、正元、景元中，纍增邑，并前六千二百户。高貴鄉公髦，霖之子也，入繼大宗。（中華書局，2006年）

任昉著，陳懋仁注《文章緣起》：

九言詩，魏高貴鄉公作。（《大雅》“泂酌彼行潦，挹彼注兹”，《文章流别》謂“九言之屬”，按《泂酌》三章，章五句，《夏書·五子之歌》“凛乎若朽索之馭六馬”，九言也。）（《文淵閣四庫全書》本）

劉勰著，范文瀾注《文心雕龍注》卷三《諧讔》：

芮良夫之詩云：“自有肺腸，俾民卒狂。”夫心險如山，口壅若川，怨怒之情不一，歡謔之言無方。昔華元棄甲，城者發睅目之謳；臧紇喪師，國人造侏儒之歌：并嗤戲形貌，内怨爲俳也。又蠶蟹鄙諺，貍首淫哇，苟可箴戒，載於禮典。故知諧辭讔言，亦無棄矣。

諧之言皆也，辭淺會俗，皆悦笑也。昔齊威（元作宣，許改。）酣樂，而淳于説甘酒；楚襄宴集，而宋玉賦好色：意在微諷，有足觀者。及優旃之諷漆城，優孟之諫葬馬，并譎辭飾説，抑止昏暴。是以子長編史，列傳滑稽，以其辭雖傾回，意歸義正也。但本體不雅（一作雜。），其流易弊。於是東方、枚皋，餔糟啜醨，無所匡正，而詆嫚媟（元作媒，謝改。）弄，故其自稱爲賦，乃亦俳也；見視如倡，亦有悔矣。至魏文（元作大。）因俳説以著笑（元作茂，孫改。）書，薛綜憑宴會而發嘲調，雖抃推（疑誤。）席，而無益時用矣。［《魏志·文帝紀》未言其著《笑書》，裴松之注最爲富博，亦未言及，《隋志》不著録，諸類書亦無引之，未知何故。魏文同時有邯鄲淳，撰《笑林》三卷，（隋、唐《志》同。）馬國翰輯得一卷。（《玉函山房輯佚書》卷七十六。）兹録數則如下，魏文《笑書》，當亦此類也。］然而懿文之士，未免枉轡；潘岳醜婦之屬，束晳賣餅之類，尤而（一作相。）效之，蓋以百數。魏晋滑稽，盛相驅扇，遂乃應瑒之鼻，方於盗削卵；張華之形，比乎握舂杵：曾是莠言，有虧德音，豈非溺者之妄笑（元作茂，朱改。），胥靡之狂歌歟！

讔者，隱也；遁辭以隱意，譎譬以指事也。昔還社（元作楊。）求拯（元作極。）於楚師，喻眢井而稱麥麴；叔儀乞糧於魯人，歌佩玉而呼庚癸；伍舉刺荆王以大鳥，齊客譏薛公以海魚；莊姬托辭於龍尾，臧文謬書於羊裘。隱語之用，被於紀傳，大者興治濟身，其次弼違曉惑。蓋意生於權譎，而事出於機急，與夫諧辭，可相表裏者也。漢世隱書十有八篇，歆固編文，録之歌末。昔楚莊齊威，性好隱語。至東方曼倩，尤巧辭述。但謬辭詆戲，無益規補。自魏代以來，頗非俳優，而君子嘲（一本無嘲字，鈴木云：梅本子嘲二字用夾注。）隱，化爲謎語。謎也者，回互其辭，使昏迷也。或體目文字，或圖像品物，纖巧以弄思（元作忠，謝改。），淺察以衒辭，義欲婉而正，辭欲隱而顯。荀卿《蠶賦》，已兆其體。至魏文、陳思，約而密之；高貴鄉公，博舉品物：雖有小巧，用乖遠大。（魏文、陳思、高貴鄉公所作謎語，皆無可考。）夫觀古之爲隱，理周要務，豈爲童稚之戲謔，搏髀而抃笑哉！然文辭之有諧讔，譬九流之有小説，蓋稗官所采，以廣視聽。若效而不已，則髡袒而入室，旃孟之石交乎？

贊曰：古之嘲隱，振危釋憊。雖有絲麻，無棄菅蒯。會義適時，頗益諷誡。空戲滑稽，德音大壞。

同上，卷九《時序》：

自獻帝播遷，文學蓬轉，建安之末，區宇方輯。魏武以相王之尊，雅愛詩章；文帝以副君之重，妙善辭賦；陳思以公子之豪，下筆琳琅：并體貌英逸，故俊才雲蒸。仲宣委質於漢南，孔璋歸命於河北，偉長從宦於青土，公幹徇質於海隅，德璉綜其斐然之思，元瑜展其翩翩之樂，文蔚、休伯之儔，于叔、（元作子俶。）德祖之侶，傲（鈴木云：岡本作俊。）雅觴豆之前，雍容衽席之上，灑筆以成酣歌，和墨以藉談笑。觀其時文，雅好慷慨，良由世積亂離，風衰俗怨，并志深而筆長，故梗概而多氣也。（梗概、慷慨，聲同通用，袁宏《咏史詩》"周昌梗概臣"，亦慷慨之意。）至明帝纂戎，制詩度曲，徵篇章之士，置崇文之觀，何劉群才，迭相照耀。少主相仍，唯高貴英雅，顧盼合（鈴木云：岡本作含。）章，動言成論。於時正始餘風，篇體輕澹，而嵇、阮、應、繆，并馳文路矣。（《魏志·高貴鄉公紀》評："高貴鄉公才慧夙成，好問尚辭，蓋亦文帝之風流也。"《金樓子·雜記篇》："高貴鄉公賦詩，給事中甄歆、陶成嗣各不能著詩，受罰酒。"宴會賦詩，是顧盼含章也。合章，應據岡本作含章。動言成論，謂如論帝王優劣之差，幸太學問諸儒經義等事。《王粲傳》："阮瑀子籍，才藻艷逸，而倜儻放蕩，行己寡欲，以莊周爲模則。時又有譙郡嵇康，文辭壯麗，好言老莊而尚奇任俠。應瑒弟璩，璩子貞，咸以文章顯。"裴注引《文章叙録》曰："璩，字休璉，博學好屬文，善爲書記文。貞，字吉甫，少以才聞，能談論。正始中，夏侯玄盛有名勢，貞常在玄坐作五言詩，玄嘉玩之。"《劉劭傳》："劭同時東海繆襲，亦有才學，多所述叙。"劉申叔先生《中古文學史》曰："案彦和此論，蓋兼王弼、何晏諸家之文言，故言篇體輕澹。其兼及嵇、阮者，以嵇、阮同爲當時文士，非以輕澹目嵇、阮之文也。即以詩言，嵇詩可以輕澹相目，豈可移以目阮詩哉！"）（人民文學出版社，1958年）

顔之推撰，檀作文譯注《顔氏家訓》卷七《音辭篇第十八》：

夫九州之人，言語不同，生民已來，固常然矣。自《春秋》標齊言之傳，《離騷》目楚詞之經，此蓋其較明之初也。後有揚雄著《方言》，其言大備。然皆考名物之同異，不顯聲讀之是非也。逮鄭玄注"六經"，高誘解《吕覽》《淮南》，許慎造《説文》，劉熹制《釋名》，始有譬况假借以證音字耳。而古語與今殊别，其間輕重清濁，猶未可曉；加以内言外言、急言徐言、讀若之類，益使人疑。孫叔言創《爾雅音義》，是漢末人獨知反語。至於魏世，此事大行。高貴鄉公不解反語，以爲怪異。自兹厥後，音韻鋒出，各有土風，遞相非笑，指馬之諭，未知孰是。……（中華書局，2007年）

歐陽詢撰，汪紹楹校《藝文類聚》卷二十人部四《賢》：

魏高貴鄉公《顔子論》曰："心不違仁，行無二過。用行舍藏，與同進退。聽承聖言，罔有不喻。叙之於《易》，以章殊異。死則悲慟，謂天喪已。所以殷勤至於此者，聖人嘉美良才之效也。設使天假之年，後孔子没，焉知其不光明聖道，闡揚師業，有卓爾之美乎？千慮之所得，愚者有焉。願後之君子，詳覽之焉爾。"

同上，卷三十四人部十八《哀傷》：

魏高貴鄉公《傷魂賦》曰："王師東征。宗正曹并，以宗室材能兼侍中從行，到頊得疾，數日亡，意甚傷之，爲作此賦。宗臣充於常伯，體材藝而中良，何旻天之不怙，遘暴疾而隕亡？惟厥疾之初發，若常疾之輕微，未經日而沉篤，氣惙惙而耗衰。岐鵲騁技而弗救，豈藥石之能追？精魂忽已消散，神眇眇而長違。"（上海古籍出版社，1982年）

虞世南《北堂書鈔》卷一百十七武功部五《軍容九》：

泛舟萬艘，屯騎千營。（魏高貴鄉公四言詩曰："赫赫東伐，悠悠遠征。泛舟萬艘，屯騎千營。"）（天津古籍出版社，1988年）

孔穎達《春秋左傳注疏》卷首《春秋三傳注解傳述人》：

魏《高貴鄉公音》三卷。（曹髦，字士彦，魏廢帝。）……右《公羊》。（《文淵閣四庫全書》本）

房玄齡等《晋書》卷二《景帝本紀》：

東海定王，明帝之弟，欲立其子高貴鄉公髦。帝固争不獲，乃從太后令，遣使迎高貴鄉公於元城而立之，改元曰正元。天子受璽，惰舉趾高，帝聞而憂之。及將大會，帝訓於天子曰："夫聖王重始，正本敬初，古人所慎也。明當大會，萬衆瞻穆穆之容，公卿聽玉振之音。《詩》云'示人不佻，是則是效'，《易》曰'出其言善，則千里之外應之'。雖禮儀周備，猶宜加之以祗恪，以副四海顒顒式仰。"

癸巳，天子詔曰："朕聞創業之君，必須股肱之臣；守文之主，亦賴匡佐之輔。是故文武以吕召彰受命之功，宣王倚山甫享中興之業。大將軍世載明德，應期作輔。遭天降險，帝室多難，齊王莅政，不迪率典。公履義執忠，以寧區夏，式是百辟，總齊庶事。内摧寇虐，外静奸宄，日昃憂勤，劬勞夙夜。德聲光於上下，勛烈施於四方。深惟大議，首建明策，權定社稷，援立朕躬，宗廟獲安，億兆慶賴。伊摯之保乂殷邦，公旦之綏寧周室，蔑以尚焉。朕甚嘉之。夫德茂者位尊，庸大者禄厚，古今之通義也。其登位相國，增邑九千，并前四萬户；進號大都督、假黄鉞，入朝不趨，奏事不名，劍履上殿；賜錢五百萬，帛五千匹，以彰元勛。”帝固辭相國。又上書訓於天子曰：“荆山之璞雖美，不琢不成其寶；顔冉之才雖茂，不學不弘其量。仲尼有云‘予非生而知之者，好古敏以求之者也’。仰觀黄軒五代之主，莫不有所稟則，顓頊受學於緑圖，高辛問道於柏招。逮至周成，旦望作輔，故能離經辯志，安道樂業。夫然，故君道明於上，兆庶順於下。刑措之隆，實由於此。宜遵先王下問之義，使講誦之業屢聞於聽，典謨之言日陳於側也。”時天子頗修華飾，帝又諫曰：“履端初政，宜崇玄樸。”并敬納焉。

十一月，有白氣經天。

同上，卷三十四《羊祜列傳》：

時高貴鄉公好屬文，在位者多獻詩賦，汝南和逌以忤意見斥，祜在其間不得而親疏，有識尚焉。

同上，卷三十七《安平獻王孚列傳》：

時魏高貴鄉公好才愛士，望與裴秀、王沈、鍾會并見親待，數侍筵宴。公性急，秀等居内職，急有召便至。以望外官，特給追鋒車一乘，武賁五人。

同上，卷三十九《王沈列傳》：

時魏高貴鄉公好學，有文才，引沈及裴秀數於東堂講宴屬文，號沈爲“文籍先生”，秀爲“儒林丈人”。及高貴鄉公將攻文帝，召沈及王業告之，沈、業馳白帝，以功封安平侯，邑兩千户。沈既不忠於主，甚爲衆論所非。

同上，卷四十《賈充列傳》：

高貴鄉公之攻相府也，充率衆距戰於南闕。軍將敗，騎督成倅弟太子舍人濟謂充曰：“今日之事何如？”充曰：“公等養汝正擬今日，復何疑？”濟於是抽戈犯蹕。

同上，卷四十四《鄭袤列傳》：

高貴鄉公議立明堂辟雍，精選博士，袤舉劉毅、劉寔、程咸、庾峻，後并至公輔大位。

同上，卷四十九《阮籍列傳》：

高貴鄉公即位，封關内侯，徙散騎常侍。籍本有濟世志，屬魏、晋之際，天下多故，名士少有全者，籍由是不與世事，遂酣飲爲常。（中華書局，1974年）

魏徵、令狐德棻《隋書》卷三十二《經籍志一》經部春秋：

《春秋左氏傳音》三卷。（魏中散大夫嵇康撰。梁有服虔《杜預音》三卷，魏高貴鄉公《春秋左氏傳音》三卷，曹躭音、尚書左人郎荀訥等音四卷，亡。）

同上，卷三十五《經籍志四》集部别集：

《魏明帝集》七卷。（梁五卷或九卷，録一卷。梁又有《高貴鄉公集》四卷，亡。）（中華書局，1973年）

王勃《王子安集》卷十《三國論》：

高貴鄉公明决有餘，而深沉不足。其雄才大略，經緯遠圖，求之數君，并無取焉。山陽公之墳土未乾，陳留王之賓館已啓，天之報施，何其速哉？故粗而論之，式備勸戒，俾夫來者有以監諸者焉。（《四部叢刊》本）

瞿曇悉達《唐開元占經》卷一百二十《龍見井中》：

《魏志》曰："高貴鄉公正元元年冬十月戊戌，黄龍見於鄴井中。甘露元年正月辛丑，青龍見軹縣井中。二年二月，青龍見温縣井中。三年黄龍仍見頓丘、冠軍、陽夏縣界井中。四年正月，黄龍二見寧陵縣界井中。"《漢晋春秋》曰："是非龍，人乃咸以爲吉祥。帝曰：'龍者，君德也，上不在天，下不在地，掩而數居於井，非嘉兆也。'乃作《潛龍詩》以自諷焉。司馬文王見而惡之。五年五月己丑，高貴鄉公卒，時年二十。"（《文淵閣四庫全書》本）

裴孝源《貞觀公私畫史》：

《新豐放鷄犬圖》，《二疏圖》，《黄河流勢圖》，《盜跖圖》。（張彦遠《名畫記》又有《於陵子黔婁夫妻像》。）右四卷，魏高貴鄉公畫，隋朝官本。（梁《太清目》不載。）（《文淵閣四庫全書》本）

杜佑《通典》卷二十職官二《三老五更》：

魏高貴鄉公即位幸太學，命王祥爲三老，（祥字休徵。）鄭小同爲五更。（康成之孫。）祥南面，几杖，以師道自居，天子北面，乞言。祥陳明王聖帝君臣政化之要以訓之，聞者莫不砥礪。

同上，卷二十一職官三《宰相》：

高貴鄉公以司馬昭爲之。（中華書局，1984年）

張彦遠《歷代名畫記》卷一《叙歷代能畫人名》：

魏四人：曹髦、楊脩、桓範、徐邈。

同上，卷四《魏》：

少帝曹髦，字士彦（中品），東海定王霖之子。幼好學，善書畫，初封高貴鄉公，後即帝位。甘露三年卒，年二十。（《魏志》有傳。）曹髦之迹，獨高魏代。謝赫等雖著畫品，皆闕而不載。彦遠今著此書，不必備見其蹤迹，但自古善畫者，即載之。（有《祖二疏圖》《盜跖圖》《黄河流勢》《新豐放鷄犬圖》傳於代，又有《於陵子黔婁夫妻圖》。）（人民美術出版社，1963年）

劉昫等《舊唐書》卷四十六《經籍志上》甲部經録春秋類：

《春秋左氏傳音》三卷。（高貴鄉公撰。）

同上，卷四十七《經籍志下》丁部集録别集類：

魏《高貴鄉公集》二卷。（中華書局，1975年）

李昉等《太平御覽》卷九十四皇王部十九《廢帝齊王芳》：

《魏略》曰："景王將廢帝，遣郭芝入白太后，后與帝對坐。芝謂帝曰：'大將軍欲廢陛下，立彭城王據。'帝乃起去，太后不悦。芝曰：'太后有子不能教，今大將軍意已成，又勒兵在外以備非常，但當從旨，將復何言？'太后曰：'我欲見大將軍，口有所説。'芝曰：'何可見耶？但當速取璽綬！'太后意折，乃遣傍侍御取璽綬著坐側。芝出報景王，景王甚歡。又遣使者授齊王印綬，當出就西宫。帝受命，遂載王車，與太后别，垂涕，始從太極殿南出，群臣送者數十人，太尉司馬孚悲不自勝，餘多流涕。王出後，景王又使使者請璽綬。太后曰：'彭城王，我之季叔也，今來立，我當何之！且明帝當絶嗣乎？吾以爲高貴鄉公者，文皇帝之長孫，明皇帝之弟子，於禮，小宗有後大宗之義，其詳議之。'景王乃更召群臣，以皇太后令示之，乃定迎高貴鄉公。是時，太常已發二日，待璽綬於温。事定，有請璽綬。太后令曰：'我見高貴鄉公小時，識之，明日我自欲以璽綬手授之。'"《魏世譜》曰："晉受禪，封齊王爲邵陵公，年四十三，太始十年薨，謚曰'厲公'。"

同上，卷三百五十一兵部八十二《戈》：

高貴鄉公詩曰："干戈隨風靡，武騎應雁行。"（中華書局，1960年）

樂史撰，王文楚等點校《太平寰宇記》卷十一河南道十一·潁州：

萬壽縣，（北九十里。五鄉。）本汝陰縣百尺鎮也，至國朝開寶六年十一月，分汝陰北五鄉爲萬壽縣，以萬壽鄉爲名。高貴鄉郭，在縣南七里。古老云魏高貴鄉公所築。（中華書局，2007年）

歐陽修、宋祁《新唐書》卷五十七《藝文志》甲部經録春秋類：

高貴鄉公《左氏音》三卷。

同上，卷五十八《藝文志》乙部史録雜傳記類：

《諸葛傳》五卷，《曹氏家傳》一卷。（曹毗撰。）

同上，卷六十《藝文志》丁部集録别集類：

《高貴鄉公集》二卷。（中華書局，1975年）

歐陽修《文忠集》卷一百二十三《漢魏五君篇》：

治平二年秋八月，京師大雨水，壞官私廬舍，而民被壓溺者千餘人。或謂："是時方議濮王典禮，議者以爲天災之應，信乎？"曰："議猶未决，而天已降災，殺人害物，此厚誣天人之言也，余已論之詳矣。"問者曰："前世已驗之事，如之何？"曰："自漢以來，由諸侯入繼大統之君多矣，不可遍舉。今略舉入繼大統之君，追尊所生父母者二人，不追尊父母者三人，而試推以禍福之驗，可以知之矣。其追尊所生者二人，曰漢宣帝也，光武也。宣帝初稱其父曰親，置園邑而奉之，漢儒以爲應經義者也。光武稱其父爲皇考，立廟南陽而祭之，後世無非者。是皆進不干大統，退不絶本親，最爲得禮。而宣帝爲前漢中興之主，光武爲後漢世祖，其德業隆盛，天下富安，享國長久。此二人者，追尊所生者也，天不降以禍而降之以福，生爲明帝，歿享榮名，爲萬世所尊者也。其不追崇所生者三人，曰魏廢帝也，高貴鄉公也，常道鄉公也。魏自明帝無子，養齊王芳以爲子，乃下詔，後世有入繼之主敢追尊父母者，大臣共誅之。故終魏之世，謹遵其約。然自明帝下詔後，連三世皆以宗子入繼，皆不敢追尊其父母。其一，曰齊王芳，立十六年而被廢，謂之廢帝。其次，曰高貴鄉公，立七年爲司馬文王所弑。其次，曰常道鄉公，立七年爲晋所篡，魏遂以滅亡。此三人者，能不追尊其所生者也，天不降以福而降之以禍，一被廢，一被弑，一被篡，喪身亡國，爲萬世所悲者也。彼漢魏五君者，其享國盛衰長短，雖自有曆數，繫於天命，不

繫於追尊所生與不追尊也。然就以禍福推之，追尊者未必不享福，不追尊者未必不得禍也。”（《文淵閣四庫全書》本）

司馬光《家範》卷三《父》：

魏高貴鄉公將討司馬文王，以告侍中王沈、尚書王經、散騎常侍王業。沈、業出走告文王，經獨不往。高貴鄉公既薨，經被收，辭母。母顔色不變，笑而應曰：“人誰不死，但恐不得死所，以此并命，何恨之有？”（山東友誼書社，1992年）

晁説之《景迂生集》卷十三《澄定》：

唐李石謂：“人君學問，不勞專意經義，然亦不可不讀，知其大意，以澄定意氣。”善乎其言也！所謂識其大者，何以加此？蓋自天子至於庶人，孝既不同，而學乃一等邪？不然，高貴鄉公節閔帝，講辨於朝夕亡滅之際，與博士争一日之長，乃賢於文景歟？（《文淵閣四庫全書》本）

蔡絛撰，馮惠民、沈錫麟點校《鐵圍山叢談》卷四“王晋卿家舊寶”條：

又御府所秘，古來丹青，其最高遠者，以曹不興《玄女授黄帝兵符圖》爲第一，曹髦《卞莊子刺虎圖》第二，謝雉《烈女貞節圖》第三，自餘始數顧、陸、僧繇而下。不興者，吴孫權時人；曹髦，乃高貴鄉公也；謝雉，亦西晋人，烈女謂緑珠，實當時所筆。（《唐宋史料筆記叢刊》本）

郭若虚著，黄苗子點校《圖畫見聞志》卷一《叙圖畫名意》：

古之秘畫珍圖，名隨意立，典範則有《春秋》《毛詩》《論語》《孝經》《爾雅》等圖……魏曹髦有《卞莊刺虎圖》……（人民美術出版社，1963年）

孔平仲《珩璜新論》卷三“魏高貴鄉公”條：

魏高貴鄉公推尊少康優於漢高祖，燕之慕容盛稱商太甲，以伊尹事同夷羿，而周公爲詐。其臣初雖與之辨，而終皆屈服，又譽其説之是。乃知逼於一時之勢，以白爲黑，雷同詭隨，奚所不至也！（《叢書集成初編》本）

鄭樵《通志》卷六十九《藝文略》文類第十二歷代别集·魏：

《高貴鄉公集》四卷。（《四部備要》本）

沈樞《通鑒總類》卷十八下逆臣門《魏賈充等弑高貴鄉公》：

景元元年，高貴鄉公見威權日去，不勝其忿，召侍中王沈、尚書王經、散騎常侍王業，謂曰：“司馬昭之心，路人所知也，吾不能坐受廢辱。今日當與卿自出討之。”王經曰：“昔魯昭公不忍季氏敗走，失國爲天下笑，今權在其門，爲日久矣。朝廷四方皆爲之，致死不顧逆順之理，非一日也。陛下一旦如此，無乃欲除疾而更深之邪？禍殆不測，宜且重詳。”高貴鄉公乃出懷中黄素詔，投地曰：“行之決矣，正使死何懼，况不必死邪？”於是入白太后。沈、業奔走告昭，呼經欲與俱，經不從。高貴鄉公遂拔劍升輦，率殿中宿衛蒼頭官僮鼓噪而出，中護軍賈充自外入逆，與帝戰於南闕下。高貴鄉公自用劍，衆欲退。太子舍人成濟問充曰：“事急矣，當云何？”充曰：“司馬公畜養汝等正爲今日，今日之事，無所問也。”濟即抽戈前刺，高貴鄉公殞於車下。昭入殿中召群臣會議，尚書左僕射陳泰不至，昭使其舅尚書荀顗召之，泰入見昭，悲慟，昭亦對之泣曰：“玄伯卿何以處我？”泰曰：“獨有斬賈充少可以謝天下耳。”昭久之曰：“卿更思其次。”泰曰：“泰言惟有進於此，不知其次。”太后下令罪狀，高貴鄉公廢爲庶人，葬以民禮，收王經及其家屬付廷尉。（《四部叢刊廣編》本）

嚴羽《滄浪集》卷一《詩體》：

《風》《雅》《頌》既亡，一變而爲《離騷》，再變而爲西漢五言，三變而爲歌行雜體，四變而爲沈、宋律詩。五言起於李陵、蘇武或云枚乘，七言起於漢武《柏梁》，四言起於漢楚王傅韋孟，六言起於漢司農谷永，三言起於晋夏侯湛，九言起於高貴鄉公……（《文淵閣四庫全書》本）

陳思《書小史》卷一《紀》：

高貴鄉公，諱髦，字彦士，文帝孫，東海定王霖子也。少好學，夙成，工草隸。（《文淵閣四庫全書》本）

黄震《古今紀要》卷四《魏》：

師殺李豐，帝不平，師遂廢帝，立高貴鄉公。高貴鄉公、毌丘儉以師廢立專權，起兵討師，不克被誅。（正元二年。）

同上，卷五《晋》：

司馬懿事曹操、魏文，與曹爽同受明帝顧命，誅爽而擅其權，盡録諸王公置鄴。長子師繼世專政，魏謀以夏侯玄代之，師夷玄與張緝等三族。帝與李豐語，師築殺之，廢帝爲邵陵厲公。毌丘儉、文欽奉義兵，師與十萬衆誅之。師弟昭誅諸葛誕，殺其君曹髦，是爲高貴鄉公；滅蜀漢，因此以爲功而篡魏矣。（《知不足齋叢書》本）

陳櫟《歷代通略》卷一《魏》：

懿死，子師繼之，廢齊王芳，是爲邵陵厲公，而立高貴鄉公髦。師死，弟昭繼之，髦雖才慧夙成，講論經學，然忿威權之日去，輕躁無謀，自率宿衛卒以討昭，昭黨賈充入戰，嗾成濟刺髦，隕於軍中。昭、充弑君無忌憚，甚矣。髦既遭弑，姑立陳留王奂，以少延曹氏之歲月耳。（《文淵閣四庫全書》本）

佚名《錦繡萬花谷前集》卷四十《歷代陵寢》：

高貴鄉公。（葬洛陽瀍澗之濱。）（《文淵閣四庫全書》本）

馬端臨《文獻通考》卷一百三宗廟考十三《有司享先代帝王儀》：

高貴鄉公。（葬河南洛陽縣瀍澗之濱。）

同上，卷一百四十樂考十五《樂歌·永嘉之亂》：

永嘉之亂，四海分崩，伶官樂器，皆没於劉、石。至太元中，破苻堅，始獲樂工楊蜀等，閑習舊樂，於是四厢金石始備。乃使曹毗、王珣等增造宗廟歌詩，然郊祀遂不設樂云：

《歌宣帝》（曹毗撰十二句）、《歌景帝》（曹毗撰十二句）、《歌文帝》（曹毗撰十二句）、《歌武帝》（曹毗撰十二句）、《歌元帝》（曹毗撰十二句）、《歌明帝》（曹毗撰十二句）、《歌成帝》（曹毗撰十二句）、《歌康帝》（曹毗撰八句）、《歌穆帝》（曹毗撰十二句）、《歌哀帝》（曹毗撰十二句）、《歌簡文帝》（王珣撰十二句）、《歌孝武帝》（王珣撰十二句）、《四時祠祀》（曹毗撰二十五句）。

同上，卷一百七十二刑考十一《赦宥》：

高貴鄉公即位，大赦。二年，誅毌邱儉、文欽，特赦淮南士民爲儉、欽所詿誤者。又以隴右四郡及金城連年受敵，或亡叛投賊，其親戚留在本土不安者，特赦之。甘露二年五月，誅諸葛誕，赦淮南將吏士民爲誕所詿誤者。九月，大赦。

同上，卷二百五十帝系考一《帝號歷年》：

高貴鄉公，名髦，文帝孫，東海定王霖子。司馬師即廢齊王，迎立之，年十四。以甲戌嗣立，在位六年。己卯，以討司馬昭，不克，遇弑，年二十。

同上，卷二百七十封建考十一《魏封建諸侯王》：

東海定王霖，黄初三年立爲河東王。改封館陶、東海。薨，子啓嗣，纍增邑至六千二百户。……子高貴鄉公髦入繼大宗，嗣帝位。

王觀，東郡廪邱人。太祖時，爲文學掾，歷仕文、明二帝。高貴鄉公即位，既誅曹爽，封觀陽鄉侯，後增邑至二千五百户，遷司空。薨，謚肅侯，子悝嗣。

同上，卷二百七十一封建考十二《晋諸侯王列侯》：

王沈，太原晋陽人。高貴鄉公將攻文帝，沈奔白帝，以功封安平侯。武帝即位，進爵爲公。薨，謚元，子濬嗣。（後爲石勒所殺。）道素（太元初，以從孫襲。）崇之。（宋受禪，國除。）

賈充，平陽襄陵人。少襲父逵陽里亭侯，以預弑高貴鄉公封安陽鄉侯。武帝受禪，封魯郡公。薨，謚武。謐，韓壽子，以外孫襲爵，爲趙王倫所殺。

同上，卷二百八十六象緯考九《孛彗》：

魏甘露二年十一月，彗星見角，色白。占曰："彗星見兩角間，色白者，軍起不戰，邦有大喪。"景元元年，高貴鄉公爲成濟所害。（中華書局，1986年）

朱睦㮮《授經圖義例》卷十六《諸儒著述附歷代春秋傳注・音》：

《左氏傳音》三卷。（高貴鄉公髦。）（《文淵閣四庫全書》本）

焦竑《國史經籍志》卷五集類别集：

《高貴鄉公集》四卷。（《續修四庫全書》本）

汪珂玉《珊瑚網》卷四十七《名畫題跋二十三》：

魏高貴鄉公曹髦作《卞莊子刺虎圖》第二。（商務印書館，1936年）

宫夢仁《讀書紀數略》卷十五人部附兩漢間諸僭國・魏五主：

高貴鄉公。（髦，文帝孫，在位六年，爲司馬昭所弑。）

同上，卷十六人部三國諸主年號：

高貴鄉公二。（正元，甘露。）（《文淵閣四庫全書》本）

朱彝尊《經義考》卷一百七十三《春秋（六）》：

魏高貴鄉公《左氏音》，《七録》三卷。佚。陸德明曰："曹髦，字士彦，魏廢帝。"（中華書局，1998年）

徐乾學《讀禮通考》卷八十九葬考七《山陵二》：

高貴鄉公墓。《漢晋春秋》：丁卯，葬高貴鄉公於洛陽西北三十里瀍澗之濱，下車數乘，不設旌旐，百姓擁聚而觀之，曰："是前日所殺天子也。"或掩面而泣，悲不自勝。薛收《元經傳》：漢故事，陵上立祭殿，至魏制以謂古不墓祭，自有廟設，於是園邑寢殿遂廢。（《文淵閣四庫全書》本）

孫岳頒、王原祁等《佩文齋書畫譜》卷二十一魏《高貴鄉公》：

高貴鄉公，諱髦，字彦士，文帝孫，東海定王霖子也。（張彦遠云。）曹髦之迹，獨高魏代，有《祖二疏圖》《盜跖圖》《黄河流勢》《新豐放鷄犬圖》傳於代，又有《於陵子黔婁夫妻圖》。（張彦遠《歷代名畫記》。）（浙江人民美術出版社，2014年）

鍾淵映《歷代建元考》卷四《魏》：

高貴鄉公髦，文帝孫，東海定王子。以甲戌嗣立，在位六年。己卯，以討司馬昭，遇弑，改元二。（《叢書集成初編》本）

卞永譽《書畫彙考》卷三十一《畫一》：

下品上（凡四人）：毛惠秀，史粲，嵇康，高貴鄉公。

同上，卷三十二《畫二》：

《新豐放鷄犬圖》《祖二疏圖》《黄河流勢圖》《盜跖圖》四卷，魏高貴鄉公畫，隋朝官本。（《文淵閣四庫全書》本）

陳元龍《歷代賦彙》外集卷二十人事《魏曹髦〈傷魂賦（有序）〉》：

上師東征。宗正曹并，以宗室材能兼侍中從行，到頃得疾，數日亡，意甚傷之，爲作此賦。

宗臣充於常伯，體材藝而中良。何旻天之不怙，遘暴疾而殞亡？惟厥疾之初發，若常疾之輕微。未經日而沉篤，氣惙惙而秏衰。岐鵲騁技而弗救，豈藥石之能追？精魂忽已消散，神眇眇而長違。（江蘇古籍出版社、上海書店，1987年）

田文鏡等《河南通志》卷四十九陵墓·河南府：

高貴鄉公墓。（在府城南瀍澗之濱。）

同上，卷五十三帝王：

高貴鄉公，名髦，文帝孫，東海定王霖之子。初封剡縣高貴鄉公，因齊王廢而迎立爲帝。後見威權日替，不勝其忿，曰："司馬昭之心，路人所知也。吾不能坐受廢辱，今日當自出討之。"遂拔劍升輦，率殿中宿衛蒼頭官僮鼓噪而出。中護軍賈充自外迎戰於南闕下，太子舍人成濟抽戈刺之，髦殞於車下，在位七年，壽二十一。（《文淵閣四庫全書》本）

岳濬等《山東通志》卷三十五之十一《藝文志》：

《顔子論》（魏高貴鄉公）："心不違仁，行無二過。用行舍藏，與同進退。聽承聖言，罔有不喻。叙之於《易》，以章殊異。死則悲慟，謂天喪己。所以殷勤至於此者，聖人嘉美良才之效也。設使天假之年，後孔子没，焉知其不光明聖道，闡揚師業，有卓爾之美乎？百慮之所得，愚者有焉。願後之君子，詳覽之焉爾。"（《文淵閣四庫全書》本）

趙宏恩等《江南通志》卷三十六《輿地志》古迹七潁州府：

高鄉郭，在太和縣南七里。《寰宇記》云："魏高貴鄉公所築。"

同上，卷一百九十《藝文志》字説：

《左氏傳音》三卷。（魏高貴鄉公曹髦。曹氏皆譙人。）

同上，卷一百九十三《藝文志》集部一漢至元詩文集：

《高貴鄉公集》四卷。（《文淵閣四庫全書》本）

沈炳震《九經辨字瀆蒙》卷十二《注解傳述人》：

魏《高貴鄉公音》三卷。（曹髦，字士彦，魏廢帝。）（《文淵閣四庫全書》本）

余蕭客《古經解鈎沉》卷一上《魏》：

高貴鄉公《左氏音》三卷。（《釋文》一。）（中華書局，2016年）

乾隆《大清一統志》卷八十九・潁州府・古迹：

高鄉郭。（在太和縣南七里。《寰宇記》："高鄉郭，相傳魏高貴鄉公所築。"）（《文淵閣四庫全書》本）

王毓賢《繪事備考》卷二《魏》：

少帝曹髦，字彦士，東海定王霖之子。初封高貴鄉公，後即帝位。甘露五年卒於成濟之難。帝幼好學，善書畫，諸譜闕而不載，張彦遠《名畫記》始表而出之，畫之傳世者。（《文淵閣四庫全書》本）

侯康《補三國藝文志》卷一經之類春秋類：

高貴鄉公《春秋左氏傳音》三卷。（《二十五史補編》本）

姚振宗《三國藝文志》卷一經之類春秋：

高貴鄉公《春秋左氏傳音》三卷。

《魏志·本紀》："高貴相公諱髦，字彦士，文帝孫，東海定王霖子也。正始五年，封郯縣高貴鄉公。少好學，夙成。齊王廢，公卿議迎立公。嘉平六年十月庚寅即皇帝位，改元正元。正元三年夏六月丙午，改元甘露。甘露五年夏五月乙丑卒，年二十。"裴注引《漢晋春秋》《晋紀》《魏氏春秋》《魏末傳》諸書，略曰："帝見威權日去，不勝其忿，乃自出討司馬昭。賈充逆帝，站於南闕下，令成濟、倅抽戈犯蹕，刃出於背，帝倒車下，崩。"

《釋文序録》："魏高貴鄉公曹髦，字士彦，魏廢帝，《左氏音》三卷。"《隋書·經籍志》："梁有魏高貴鄉公《春秋左氏傳音》三卷，亡。"《唐·經籍志》："《春秋左氏傳音》三卷，高貴鄉公撰。"《藝文志》："《高貴鄉公左氏音》三卷。"

同上，五經總義：

高貴鄉公《太學講義》。（公詳見春秋類。）《魏志·本紀》："甘露元年夏四月丙辰，帝幸太學，問諸儒夏《連山》、殷《歸藏》、周《周易》之故，《易》博士淳于俊對；講《易》畢，復命講《尚書》，博士庾峻對；復命講《禮記》，博士馬照對。"

《晋書·庾峻傳》："高貴鄉公幸太學，問《尚書義》於峻，峻援引師説，發明經旨，申暢疑滯，對答詳悉。

按：是日所講見於《本紀》者，尚千數百言，此必承祚從公本集中。或當時注記所有，采以入《紀》，恐節録非全文。其時政歸司馬氏，猶山陽公在位之日，命荀悦作《漢紀》之時也。

同上，卷三子之類小説家：

高貴鄉公《謎語》。

《文心雕龍·諧隱篇》曰："讔者，隱也。漢世《隱書》，十有八篇，歆、固編文，録之歌末。自魏代以來，化爲謎語。謎也者，回互其辭，使昏迷也。或體目文字，或圖像品物；纖巧以弄思，淺察以衒辭；意欲婉而正，辭欲隱而顯。荀卿《蠶賦》，已兆其體。至魏文、陳思，約而密之；高貴鄉公，博舉品物，雖有小巧，用乖遠大。……然文辭之有諧隱，譬九流之有小説云。"

案劉勰言，則文帝、陳王、高貴鄉公《集》中皆有謎語，至公博舉品物，尤多於前云。

同上，雜藝術：

高貴鄉公《祖二疏圖》。

高貴鄉公《盜跖圖》。

高貴鄉公《黄河流勢圖》。

高貴鄉公《新豐放鷄犬圖》。

高貴鄉公《於陵子黔婁夫妻圖》。

高貴鄉公《卞莊子刺虎圖》。

張彦遠《歷代名畫記》："魏少帝曹髦，字士彦，東海定王霖之子。幼好學，善書畫。初封高貴鄉公，後即帝位。甘露三年卒，年二十。《魏志》有傳。曹髦之迹獨高魏代，有《祖二疏圖》《盜跖圖》《黄河流勢》《新豐放鷄犬圖》傳於代。又有《於陵子黔婁夫妻圖》。"宋郭若虚《圖畫見聞志》："古之秘書珍圖，雖不能盡見，其迹前人載之甚詳，典範則後漢蔡邕有《講學圖》，壯氣則魏曹髦有《卞莊刺虎圖》。"

案《名畫記》，在魏帝所撰《雜畫圖》一卷，不云魏之何帝，疑即此諸畫圖裝爲一卷者。又有《魏順應圖》四十卷，《大駕鹵簿圖》三卷，《明帝太學圖》三卷，似皆魏代人作。

同上，卷四集之類别集：

魏《高貴鄉公集》四卷。

《魏志·本紀》評曰："高貴公才慧夙成，好問尚辭，蓋亦文帝之風流也。"

《本紀》注："《魏氏春秋》曰：公神明爽隽，德音宣朗，罷朝，司馬景王私曰：'上何如主也？'鍾會對曰：'才同陳思，武類太祖。'"

《本紀》注："帝集載自叙始生禎祥一篇，傅暢晋諸公贊曰：'帝嘗與中護軍司馬望、侍中王沈、散騎常侍裴秀、黄門侍郎鍾會等講宴於東堂，并屬文論，名秀爲"儒林文人"，沈爲"文籍先生"，望、會亦各有名號。'"

《文心雕龍·時序篇》曰："少主相仍，唯高貴英雅，顧盼合章，動言成論。

於時正始餘風，篇體輕澹，而嵇、阮、應、繆，并馳文路矣。”

《隋書·經籍志》：“梁又有《高貴公集》四卷，亡。”《唐·經籍志》：“魏《高貴鄉公集》二卷。”《藝文志》同。

嚴氏《文編輯本》：“凡賦、詔、論、叙綜二十四篇。”

同上，總集：

高貴鄉公《夏少康、漢高祖優劣論》。

《本紀》注：“《魏氏春秋》曰：甘露元年二月丙辰，帝宴群臣於太極東堂，與侍中荀顗、尚書崔贊、袁亮、鍾毓、給事中中書令虞松等并講述禮典，遂言帝王優劣之差。帝慕夏少康，因問顗等：‘少康、高祖，功德誰先？’顗等對以高祖爲優。帝曰：‘宜高夏康而下漢祖。諸卿具論詳之。’翌日丁巳，講業既畢，顗、亮等議：‘少康爲優，宜如詔旨。’贊、毓、松等議以爲，論德則少康優，課功則高祖多，語資則少康易，校時則高祖難。”帝曰：“諸卿論少康因資，高祖創造，誠有之矣。然未知三代之世，任德濟勛如彼之難；秦、項之際，任力成功如此之易。且太上立德，其次立功，漢祖功高，未若少康盛德之茂也。”於是群臣悦服。中書令松進曰：“少康之事，去世久遠，自古及今，議論之士莫有言者，德美隱而不宣。陛下既垂心遠鑒，考詳古昔，又發德音，贊明少康之美，使顯於千載之上，宜録以成篇，永垂於後。”於是侍郎鍾會退論次焉。

錢大昕《三國志考異》曰：“案少康之論，意常在司馬氏也。聰明太露，終爲權臣所忌，失艱貞自晦之義。能處此者，其後周武帝乎？”

嚴氏《文編》曰：“太極、東堂、夏少康、漢高祖論，見《高貴鄉公紀》注引《魏氏春秋》。亦見《藝文類聚》十二，《太平御覽》八十二又四百四十五。

（《二十五史補編》本）

姚振宗《隋書經籍志考證》卷六經部六春秋類：

梁有高貴鄉公《春秋左氏傳音》三卷，亡。

《魏志·本紀》：“高貴鄉公諱髦，字彦士，文帝孫，東海定王霖子也。正始五年，封郯縣高貴鄉公。少好學，夙成，齊王廢，公卿迎立公。嘉平六年十月庚寅即皇位，改元正元。正元三年夏六月丙午，改元甘露。甘露五年夏五月乙丑卒，年二十。”裴注引《漢書》《春秋紀》《魏氏春秋》《魏末傳》諸書，略曰：“帝見威權日去，不勝其忿，乃自出討司馬昭。中護軍賈充逆帝，戰於南闕下，令帳下督成濟、成倅抽戈犯蹕，刃出於背，帝倒於車下，崩。文王聞大驚，自投於地曰：‘天下其謂我何？’”

《釋文序録》：“《高貴鄉公音》三卷，注云：‘曹髦，字士彦，魏廢帝。’”

《唐書·經籍志》：“《春秋左氏傳音》三卷，高貴鄉公撰。”

《唐書·藝文志》：“高貴鄉公《左氏音》三卷。”（清華大學出版社，2014年）

案：姚振宗《三國藝文志》子部小説家著録高貴鄉公《謎語》，未題卷數。

高貴鄉公即曹髦（241—260年），字彦士，沛國譙縣（今安徽亳州）人。魏文帝曹丕之孫，東海定王曹霖之子。少聰明好學。正始五年（244年）封郯城高貴鄉公。嘉平六年（254年）九月，司馬師廢少帝曹芳，同年十月，立曹髦爲帝，改年號爲正元。正元三年（256年）夏六月丙午，改元甘露。甘露五年（260年），因不甘朝政爲司馬氏霸占，帶領親衛數百人討伐司馬昭（時司馬師已死），被司馬氏黨羽賈充指使成濟用戈刺死。太后按司馬昭之意下令廢髦爲庶人，葬以民禮。《魏志》有傳。髦好文學，常幸太學論《書》《易》及《禮》，諸儒莫能及。《魏氏春秋》曰：“公神明爽俊，德音宣朗。”鍾會評曰：“才同陳思，武類太祖。”《魏志》本傳稱“高貴公才慧夙成，好問尚辭，蓋亦文帝之風流也；然輕躁忿肆，自蹈大禍”，是持平之論。

曹髦工草隸，善丹青，張彦遠《歷代名畫記》目其畫爲中品，認爲“曹髦之迹，獨高魏代”。有《祖二疏圖》《盗跖圖》《黄河流勢圖》《新豐放鷄犬圖》《於陵子黔妻夫婦圖》等傳世。另著有《春秋左氏傳音》（簡稱《左氏音》），一名《高貴鄉公音》，三卷，宋以後亡佚。《隋志》注云：“梁又有《高貴公集》四卷，亡。”新、舊《唐志》均著録有《高貴鄉公集》二卷，疑宋代仍有殘本。

曹髦所撰《謎語》，未見史志著録，唯劉勰《文心雕龍·諧隱》載云：“漢世《隱書》，十有八篇，歆、固編文，録之歌末。自魏代以來，化爲謎語。‘謎’也者，回互其辭，使昏迷也。或體目文字，或圖像品物；纖巧以弄思，淺察以衒辭；意欲婉而正，辭欲隱而顯。荀卿《蠶賦》，已兆其體。至魏文、陳思，約而密之；高貴鄉公，博舉品物，雖有小巧，用乖遠大。觀夫古之爲隱，理周要務，豈爲童稚之戲謔，搏髀而抃笑哉！然文辭之有諧隱，譬九流之有小説云。”按劉勰所言，則魏文帝曹丕、陳思王曹植、高貴鄉公曹髦文集中皆有謎語，至公博舉品物，尤多於前，故姚振宗《三國藝文志》子類小説家類據以著録。正如范文瀾注《文心雕龍》所言：“魏文、陳思、高貴鄉公所作謎語，皆無可考。”所謂曹髦《謎語》，存而不論可矣。

笑林（邯鄲淳笑林）

案：姚振宗《三國藝文志》子部小説家著録邯鄲淳《笑林》三卷。顧櫰三《補後漢書藝文志》小説家類著録邯鄲淳《笑林》三卷。《清史稿·藝文志三》子部小説類著録魏邯鄲淳《笑林》一卷，題馬國翰輯。

《笑林》記古今可笑事。《隋書·經籍志》子部小説類最早著録三卷，題"後漢給事中邯鄲淳撰"。《隋志》以下，《日本國見在書目録》《舊唐書·經籍志》《新唐書·藝文志》《通志·藝文略》均著録邯鄲淳撰《笑林》三卷。《宋史·藝文志》未見著録，恐已佚。邯鄲淳《笑林》相關資料見本書第三卷《隋書經籍志著録小説資料集》，此不録，以省篇幅。

汲冢穆天子傳（周王游行記）

荀勖《〈穆天子傳〉序》：

古文《穆天子傳》者，太康二年汲縣民不準盜發古冢所得書也。皆竹簡素絲編。以臣勖前所考定古尺度，其簡長二尺四寸。以墨書，一簡四十字。汲者，戰國時魏地也。案所得《紀年》，蓋魏惠成王子今王之冢也。於《世本》，蓋襄王也。案《史記·六國年表》，自今王二十一年，至秦始皇三十四年燔書之歲，八十六年。及至太康二年，初得此書，凡五百七十九年。

其書言周穆王游行之事。《春秋左氏傳》曰："穆王欲肆其心，周行於天下，將皆使有車轍馬迹焉。"此書所載，則其事也。王好巡守，得盜驪、騄耳之乘，造父爲御，以觀四荒。北絶流沙，西登昆侖，見西王母。與太史公記同。汲郡收書不謹，多毁落殘缺。雖其言不典，皆是古書，頗可觀覽。謹以二尺黄紙寫上。請事平以本簡書及所新寫，并付秘書繕寫，藏之中經，副在三閣。謹序。（丁錫根《中國歷代小説序跋集》，人民文學出版社，1996年）

杜預注，孔穎達疏《〈春秋左傳〉注疏》卷末附杜預《〈左傳〉後序》：

大康元年三月，吴寇始平，余自江陵還襄陽，解甲休兵，乃申抒舊意，修成《春秋釋例》及《經傳集解》始訖。會汲郡汲縣有發其界内舊冢者，大得古書，皆簡編，科斗文字。發冢者不以爲意，往往散亂。科斗書久廢，推尋不能盡通。始者藏在秘府，余晚得見之。所記大凡七十五卷，多雜碎怪妄，不可訓知。《周易》及《紀年》最爲分了，《周易》上下篇與今正同，别有陰陽説而無《彖》《象》《文言》《繫辭》，疑於時仲尼造之於魯，尚未播之於遠國也。其《紀年》篇起自夏、殷、周，皆三代王事，無諸國别也。唯特記晋國，起自殤叔，次文侯、昭侯，以至曲沃莊伯，莊伯之十一年十一月魯隱公之元年正月也。皆用夏正建寅之月爲歲首，編年相次。晋國滅，獨記魏事，下至魏哀王之二十年，蓋魏國之《史記》也。推校哀王二十年，太歲在壬戌，是周赧王之十六年、秦昭王之八年、韓襄王之十三年、趙武靈王之二十七年、楚懷王之三十年、燕昭王之十三年、齊湣王之二十五年也。上去孔丘卒百八十一歲，下去今大康三年五百八十一歲。哀王，於《史記》襄王之子惠王之孫也，惠王三十六年卒而襄王立，立十六年卒而哀王立。古書《紀年篇》："惠王三十六年改元從一年始，至十六年而稱惠成王卒。"即惠王也。疑《史記》誤分惠成之世，以爲後王年也。哀王二十三年乃卒，故特不稱謚，謂之今王。其著書文意大似《春秋經》，推此足見古者國史策書之常也。文稱"魯隱公及邾莊公盟於姑蔑"，即《春秋》所書"邾儀父未王命，故不書爵"，曰儀父，貴之也。又稱"晋獻公會虞師伐虢，滅下陽"，即《春秋》所書"虞師、晋師滅下陽"，先書虞賄故也。又稱"周襄王會諸侯於河陽"，即《春秋》所書"天王狩於河陽"，以臣召君，不可以訓也。諸若此輩甚多，略舉數條，以明國史皆承告據實而書時事，仲尼修《春秋》，以義而制異文也。又稱"衛懿公及赤翟戰於洞澤"，疑"洞"當爲"泂"，即《左傳》所謂熒澤也。"齊國佐來獻玉磬、紀公之甗"，即《左傳》所謂"賓媚人"也。諸所記多與《左傳》符同，異於《公羊》《穀梁》，知此二書近世穿鑿，非《春秋》本意審矣。雖不皆與《史記》《尚書》同，然參而求之，可以端正學者。又別有一卷純集疏《左氏傳》卜筮事，上下次第及其文義皆與《左傳》同，名曰《師春》。師春似是抄集者人名也。《紀年》又稱："殷仲壬即位，居亳，其卿士伊尹。仲壬崩，伊尹放大甲於桐，乃自立也。伊尹即位於大甲七年，大甲潛出自桐，殺伊尹，乃立其子伊陟、伊奮，命復其父之田宅而中分之。"《左氏傳》："伊尹放大甲而相之，卒無怨色。"然則大甲雖見放，還殺伊尹，而猶以其子爲相也。此爲大與《尚書叙》説大甲事乖異，不知老叟之伏生或致昏忘，將此古書亦當時雜記，未足以取審也。爲其粗有益於《左氏》，故略記之，附《集解》之末焉。

《正義》曰：王隱《晋書·束皙傳》云：大康元年，汲郡民盗發魏安釐王冢，得竹書漆字科斗之文。科斗文者，周時古文也，其字頭粗尾細，似科斗之蟲，故俗名之焉。大凡七十五卷，《晋書》有其目録。其六十八卷皆有名題，其七卷折簡碎雜不可名題。有《周易》上、下經二卷，《紀年》十二卷，《瑣語》十一卷，《周王游行》五卷（説周穆王游行天下之事，今謂之《穆天子傳》。）。此四部差爲整頓。汲郡初得此書，表藏秘府，詔荀勖、和嶠以隸字寫之。勖等於時即已不能盡識其書，今復闕落，又轉寫益誤。《穆天子傳》世間偏多。《史記·魏世家》云：哀王二十三年卒，子昭王立，十九年卒，子安釐王立。哀王是安釐王之祖，故安釐王之冢藏哀王時之書。哀王二十一年，是赧王之十七年，并下秦、韓、趙、楚、燕、齊之年，皆《史記·六國年表》文也。竹書説伊尹傳之事與《書序》大乖，杜不見序考正，疑伏生昏忘虚傳此事，又疑竹簡雜記未足取審。今據古文《尚書》説伊尹之事，與《左氏》符同，明是竹書不可盡信。杜以《紀年》記事大似《春秋》之經，知古之史官記事如此，爲其有益於左氏，令人知《左氏》不妄，故略記之以附《集解》之末。（中華書局，1980年）

郭璞《〈山海經〉序》：

案《汲郡竹書》及《穆天子傳》：穆王西征，見西王母，執璧帛之好，獻錦組之屬。穆王享王母於瑶池之上，賦詩往來，辭義可觀。遂襲昆侖之丘，游軒轅之宫，眺鍾山之嶺，玩帝者之寶，勒石王母之山，紀迹元圃之上。乃取其嘉木艷草，奇鳥怪獸，玉石珍瑰之器，金膏燭銀之寶，歸而殖養之於中國。穆王駕八駿之乘，右服盗驪，左驂騄耳，造父爲御，奔戎爲右，萬里長鶩，以周歷四荒。名山大川，靡不登濟。東升大人之堂，西燕王母之廬，南轢黿鼉之梁，北躡積羽之衢，窮歡極娱，然後旋歸。案《史記》説"穆王得盗驪、騄耳、驊騮之驥，使造父御之，以西巡狩，見西王母，樂而忘歸"，亦與《竹書》同。《左傳》曰："穆王欲肆其心，使天下皆有車轍馬迹焉。"《竹書》所載則是其事也。而譙周之徒，足爲通識瑰儒，而雅不平此，驗之《史考》，以著其妄。司馬遷叙《大宛傳》亦云："自張騫使大夏之後，窮河源，惡睹所謂昆侖者乎？至《禹本紀》《山海經》所有怪物，余不敢言也。"不亦悲乎！若《竹書》不潛出於千載，以作徵於今日者，則《山海》之言其幾乎廢矣。（《二十二子》本，上海古籍出版社，1986年）

房玄齡等《晋書》卷五十一《束皙列傳》：

初，太康二年，汲郡人不準盗發魏襄王墓，或言安釐王冢，得竹書數十車。其《紀年》十三篇，記夏以來至周幽王爲犬戎所滅，以事接之，三家分，仍述魏事至安釐王之二十年。蓋魏國之史書，大略與《春秋》皆多相應。其中經傳大異，則云夏年多殷；益干啓位，啓殺之；太甲殺伊尹；文丁殺季歷；自周受命，至穆王百年，非穆王壽百歲也；幽王既亡，有共伯和者攝行天子事，非二相共和也。其《易經》二篇，與《周易》上、下經同。《易繇陰陽卦》二篇，與《周易》略同，《繇辭》則異。《卦下易經》一篇，似《説卦》而異。《公孫段》二篇，公孫段與邵陟論《易》。《國語》三篇，言楚晋事。《名》三篇，似《禮記》，又似《爾雅》《論語》。《師春》一篇，書《左傳》諸卜筮，"師春"似是造書者姓名也。《瑣語》十一篇，諸國卜夢妖怪相書也。《梁丘藏》一篇，先叙魏之世數，次言丘藏金玉事。《繳書》二篇，論弋射法。《生卦》一篇，帝王所封。《大曆》二篇，鄒子談天類也。《穆天子傳》五篇，言周穆王游行四海，見帝臺、西王母。《圖詩》一篇，畫贊之屬也。又雜書十九篇：《周食田法》《周書》《論楚事》《周穆王美人盛姬死事》。大凡七十五篇，七篇簡書折壞，不識名題。冢中又得銅劍一枚，長二尺五寸。漆書皆科斗字。初發冢者燒策照取寶物，及官收之，多燼簡斷札，文既殘缺，不復詮次。武帝以其書付秘書校綴次第，尋考指歸，而以今文寫之。皙在著作，得觀竹書，隨疑分釋，皆有義證。遷尚書郎。

同上，卷七十二《郭璞列傳》：

璞撰前後筮驗六十餘事，名爲《洞林》。又抄京、費諸家要最，更撰《新林》十篇，《卜韻》一篇。注釋《爾雅》，别爲《音義》《圖譜》，又注《三倉》《方言》《穆天子傳》《山海經》及《楚辭》《子虚》《上林賦》數十萬言，皆傳於世。所作詩賦誄頌亦數萬言。子驁，官至臨賀太守。（中華書局，1974年）

魏徵、令狐德棻《隋書》卷三十三《經籍志二》史部起居注：

《穆天子傳》六卷。（汲冢書，郭璞注。）

起居注者，録紀人君言行動止之事。《春秋傳》曰："君舉必書，書而不法，後嗣何觀？"《周官》，内史掌王之命，遂書其副而藏之，是其職也。漢武帝有《禁中起居注》，後漢明德馬后撰《明帝起居注》，然則漢時起居，似在宫中，爲女史之職。然皆零落，不可復知。今之存者，有漢獻帝及晋代已來《起居注》，皆近侍之臣所録。晋時又得汲冢書，有《穆天子傳》，體制與今起居正同，蓋周時内史所記王命之副也。近代已來，别有其職，事在《百官志》，今依其先後，編而次之。其僞國起居，唯《南燕》一卷，不可别出，附之於此。（中華書局，1973年）

［日］藤原佐世《日本國見在書目録》起居注家：

《穆天子傳》六卷。（汲冢書，郭璞注。）（《叢書集成初編》本）

劉昫等《舊唐書》卷四十六《經籍志上》乙部史録起居注類：

《穆天子傳》六卷。（郭璞撰。）（中華書局，1975年）

李昉等《太平御覽》之《經史圖書綱目》：

《穆天子傳》。

同上，卷八十五皇王部十《周穆王》：

《歸藏》曰：昔穆王天子筮西征，不吉，曰：龍降於天，而道里修遠，飛而衝天，蒼其羽。

《傳》曰：穆王有塗山之會。（周穆王會諸侯於塗山。）又曰：昔穆王欲肆其心，周行天下，將必皆有車轍馬迹焉。祭父作《祈招》之詩以止王心，王是以獲殁於祗宫。

《史記》曰：穆王即位，春秋已五十矣。而王道衰微，王將征犬戎，祭公謀父諫曰："不可！"王遂征之，得四白狼、四白鹿以歸。自是荒服者不至。諸侯有不睦者，甫侯言於王，作修刑、辟命，曰甫刑。穆王立五十五年，年一百五歲而崩。

子恭王繄扈立。

《穆天子傳》曰：天子北征，乃絶漳水，於是即井鈃山之下。癸未，雨雪。天子獵於井鈃山之西河。乃至於昆侖之丘，以觀舂山之寶，乃披圖視典，用觀天子之寶器：（省河所出禮圖。）玉果、（石似美玉，所謂如果者也。）璿珠、（璿，玉類也，音旋。）燭銀、（有精光，如燭也。）黄金之膏。（金膏亦猶玉膏，皆其精汋。）宿於昆侖之阿，赤水之陽，（昆侖山有赤水，東北流。見《山海經》也。）升於昆侖之丘，以觀黄帝之宫。（黄帝巡視四海，登昆侖山而起宫室其上。見《新語》也。）天子北征，舍乎珠澤。（此澤出珠，乃因名之。穆王北征舍於此也。）北升於舂山之上，以望四野，曰舂山，是惟天下之高山者也。癸丑，天子乃遂西征。吉日甲子，天子賓於西王母，（西王母如人，虎齒蓬髪，戴勝善嘯。《紀年》曰：穆王十七年，西征於昆侖之丘，見西王母。其年辛丑，乃賓於招宫。）乃執白珪、玄璧以見西王母，（執贄者，致敬也。）獻錦組百純。乙丑，天子觴西王母於瑶池之上。西王母爲天子謡（謡，徒歌也。）曰："白雲在天，丘陵自出。道里悠遠，山川間之。子將無死，（將，請。）尚能復來。（尚，庶幾也。）"己酉，天子飲於溽水之上，六師之人畢至於曠原，乃奏廣樂。六師之人翔畋於原，（翔，猶游也。）得獲無疆，（無疆，猶無限也。）鳥獸絶群。（言取盡也。）

《帝王世紀》曰：穆王修德教，會諸侯於塗山，命吕侯爲相，或謂之甫侯。五十一年，王一百歲，老耄，以吕侯有賢能之德，於是乃命吕侯作《吕刑》之書。五十五年，王年百五歲，崩於祇宫。

楊子《法言》曰：周穆王少不好學，至乎耄長。

《抱朴子》曰：周穆王南征，一軍盡化。君子爲猿爲鶴，小人爲蟲爲沙。（中華書局，1960年）

王欽若等《册府元龜》卷五百六十國史部記注：

周穆王時内史作《穆天子傳》。（體制與今起居注正同，蓋周時内史所記王命之冢也，得於汲冢書。）

同上，卷六百五學校部注釋第一：

郭璞爲著作郎，注釋《爾雅》，别爲《音義》《圖譜》，又注《三蒼》《方言》《穆天子傳》《山海經》及《楚辭》《子虚》《上林賦》數十萬言。（中華書局，1960年）

夏竦《文莊集》卷二十三《穆天子宴王母於瑶池賦》：

穆天子以八駿西巡，賓於上真。宴瑶池之勝境，當甲子之良辰。人間之别館離宫，如遺弊屣；月際之珠璫玉佩，自是嘉賓。當其碧落凝寒，餘霞斂色，升繡轂於層路，會魚軒於西極。天顔半掩，旗翻日月之光；鳳髻遥分，扇側鸞皇之翼。俄而翠華潛駐，彩袂相逢。擇瓊瑶之吉地，邀桃李之姱容。修城而美錦千兩，供帳而輕綃萬重。廣樂嘉成，遍舞霓裳之曲；流霞互舉，争傳馬瑙之鐘。是何雲雨馳魂，笙篁飾喜，倦斂霞袂，慵憑玉几。想臺榭於三島，憶崤函於萬里。鸞驂鶴馭，顧天仗以歸歟；玉慘花愁，念芳時之已矣。大子乃端冕無言，愁臨象筵，睨文袿而嘆喟，持玉斝以遷延。乃歌曰："黄金闕兮紅玉泉，停鸞輅兮逢列仙。别可惜兮阻流年，愁玉露兮摧渚蓮。"王母於是低鬟掩面，慵窺錦薦，盼龍衮以凄凉，叩金盤而婉孌。乃歌曰："琉璃屏兮芙蓉殿，接君王兮侍歡宴。心不留兮思宇縣，念秋風兮隔紈扇。"是何樂極悲來，煙銷霧開。移蹕而鴻飛洛浦，回眸而雨散陽臺。日照龍旗，逐驊騮而東下；雲藏雉扇，隨青鳥以西回。已而悵望空賒，音塵漸永。蘂宫有意以延想，函夏無因而西幸。春水白兮瑶草芳，黯離愁於絶境。（《文淵閣四庫全書》本）

佚名《王氏談録·起居注》：

公言："《穆天子傳》，左、右史之書。起居注始於漢世，乃有遺法也。故今《崇文書目》以《穆傳》首記注之列。"（《文淵閣四庫全書》本）

王堯臣等《崇文總目》卷二傳記類：

《穆天子傳》六卷，郭璞注。（《粤雅堂叢書》本）

歐陽修、宋祁《新唐書》卷五十八《藝文志》乙部史録起居注類：

郭璞《穆天子傳》六卷。（中華書局，1975年）

歐陽修《集古録跋尾》卷一《周穆王刻石》：

右周穆王刻石曰"吉日癸巳"，在今贊皇壇山上。壇山在縣南十三里。《穆天子傳》云："穆天子登贊皇（一有山字。）以望，臨城置壇，此山遂以爲名。"癸巳志其日也。《圖經》所載如此。而又别有四望山者，云是穆王所登者（一作山。）。據《穆天子傳》，但云登山，不言刻石。然字畫亦奇怪，土人謂壇山爲馬蹬山，以其巳字形類也。慶曆中，宋尚書祁在鎮陽遣人於壇山模此字，而趙州守將武臣也，遽命工鑿山，取其字龕於州廨之壁。聞者爲之嗟惜也。治平甲辰秋分日書。（右真迹。）（人民美術出版社，2010年）

張方平《樂全集》卷二《讀〈穆天子傳〉》：

八龍長騖造昆丘，七萃前驅縱逸游。遇雪自裁黄竹唱，捧觴喜答白雲謳。羽陵

廣奏隨風逝，崦阜銘蹤共日留。惆悵璧臺人不返，槃池遺恨素波愁。（《文淵閣四庫全書》本）

郭茂倩《樂府詩集》卷九十七新樂府辭《八駿圖》（元稹）：

（《穆天子傳》曰："天子之駿，赤驥、盜驪、白義、渠黄、黄騮、騄耳、踰輪、山子，所謂八駿也。"郭璞曰："八駿皆因其毛色以爲名號爾。赤驥，騏驥也。驪，黑色。華騮，色如華而赤。今名馬駿赤者爲棗騮。騮，赤色也。"）

穆滿志空闊，將行九州野。神馭四來歸，天與八駿馬。龍種無凡性，龍行無暫舍。朝辭扶桑底，暮宿昆侖下。鼻息吼春雷，蹄聲裂寒瓦。尾掉滄波黑，汗染浮（一作白。）雲赭。華輈本修密，翠蓋尚妍冶。御者腕不移，乘者寐不假。車無輪扁斵，轡無王良把。雖有萬駿來，誰是敢騎者。（中華書局，1979年）

趙明誠《宋本金石録》卷十三《跋尾三》三代：

右《吉日癸巳字》，世傳周穆王書。按穆王時所用皆古文科斗書，此字筆畫反類小篆；又《穆天子傳》《史記》諸書皆不載，以此疑其非是。姑録之以待識者。

同上，卷二十《跋尾十》晋：

右《晋太公碑》，其略云：太公望者，此縣人。大晋受命，四海一統。太康二年，縣之西偏有盜發冢，而得竹策之書，書藏之年當秦坑儒之前八十六歲。今以《晋書·武帝紀》考之，云咸寧五年，汲郡人不準掘魏襄王冢，得竹簡小篆古書十餘萬言，藏於秘府。與此碑年月不同。碑當時所立，又荀勖校《穆天子傳》，其《叙》亦云太康二年，與碑合，可以正《晋史》之誤。其曰小篆書，亦謬也。且其書既在秦坑儒八十六歲之前，是時安得有小篆乎？……按前世所傳汲冢諸書，獨有《紀年》《穆天子傳》《師春》等，不載所謂《周志》者，不知爲何書。而杜預《左氏傳後叙》云："汲冢書凡七十五卷，皆藏秘府。"預親見之，以此知不特十餘萬言史之所記，蓋不能盡其亡逸，見於今者絶少也。太公碑，汲縣令盧無忌立，後題太康十年三月云。（中華書局，1991年）

姚寬撰，孔凡禮點校《西溪叢語》卷下《陶潛〈讀山海經詩〉注釋》：

陶潛《讀山海經》十三首用事，今本多差誤，各爲注釋之。

第一篇"泛覽周王傳"，乃周《穆天子傳》，荀勖校定本是也。"流觀山海圖"，乃《山海經》十八卷，郭璞注本是也。

第二篇云："玉堂凌霞秀，王母怡妙顏。天地共俱生，不知幾何年。靈化無窮已，館宇非一山。高酣發新謡，寧效俗中言。"

《西山經》云："玉山是王母所居。其狀如人，豹尾虎齒而善嘯，蓬頭戴勝，是司天之厲，主五殘。"《大荒西經》云："西海之南，流沙之濱，赤水之後，黑水之前，有大山名曰昆侖之丘。有人戴勝，虎齒，有豹尾，穴處，名曰西王母。"又云："大荒之中，有山名豐沮玉門，西有王母之山。"又云："以昆侖爲宫，亦有離宫别窟。"郭璞云："不專住一山也。"《穆天子傳》云："吉日甲子，天子賓於西王母，執玄珪、白璧，以見西王母於瑶池之上。"又："天子升於奄山，即西王母之山也。奄山，即崦嵫山也。西王母宴穆王於瑶池之上，王母爲天子謠曰：'白雲在天，山陵自出。道里悠遠，山川間之。將子無死，尚復能來。'"與穆王往復數詩，不具載。

第三篇云："迢遞槐江嶺，是謂玄圃丘。西南望昆墟，光氣難與儔。亭亭明玕照，落落清瑶流。恨不及周穆，托乘一來游。"

槐江之山，丘時之水出焉。其陽多丹粟，其陰多采黄金銀，實爲帝之平圃。郭璞注云："即玄圃也。南望昆侖，其光熊熊，其氣魂魂，其上多藏琅玕，爰有滛水，其清洛洛。滛，音遥。"《穆天子傳》："天子銘迹於玄圃之上。"

第四篇云："丹木生何許，乃在峚山陽。黄花復朱實，食之壽命長。白玉凝素液，瑾瑜發奇光。豈伊君子寶，見重我軒皇。"

《西山經》云："西北四百二十里，曰峚（音密。）山，其上多丹木，圓葉而赤莖，黄花而赤實，其味如飴，食之不飢，丹水出焉。西流注於稷澤，其中多白玉，是有玉膏，其源沸沸湯湯，黄帝是食是饗，是生玄玉，玉膏所出，以灌丹木，五色乃清。"

第五篇云："翩翩三青鳥，毛色奇可憐。朝爲王母使，暮歸三危山。我欲因此鳥，具向王母言。在世無所須，惟酒與長年。"

三危之山，三青鳥居之。是山廣圓百里。青鳥主爲西王母取食。《竹書》云："穆王西征，至青鳥所解。"又蛇巫之山，一曰龜山，西王母梯几而戴勝杖，其南有三青鳥，爲西王母取食。又有三足鳥，主給使也。

第六篇云："逍遥蕪皋上，杳然望扶木。洪柯百萬尋，森散覆暘谷。靈人侍丹池，朝朝爲日浴。神景一登天，何幽不見燭。"

黑齒國人，黑手，食稻，使蛇，其一蛇赤。下有暘谷，上有扶木，即扶桑木。十日所浴，在黑齒北，居水中。有大木，九日居下枝，一日居上枝。

第七篇云："粲粲三珠樹，寄生赤水陰。亭亭凌風桂，八幹共成林。靈鳳撫雲舞，神鸞調玉音。雖非世上寶，爰得王母心。"

讙朱國，在赤水之陰，有三珠樹，如柏，葉皆爲珠，其樹若彗。《海内南經》："桂林八樹，在番隅東。八樹而成林，言其大也。"丹穴之山有鳥焉，其狀如鷄，五色而文，乃鳳也。自歌自舞。女床之山有鳥，其狀如翟而五采文，名曰鸞，自歌。見則天下康寧。

第八篇云："自古皆有没，何人得靈長？不死復不老，萬歲如平常。赤泉給我飲，員丘足我糧。方與三辰游，壽考豈渠央。"

《列子》云："北海之北，其國名曰終北，四方悉平，周以喬陟。當國之中有山，山名壺領，狀若甀甄，頂有口，狀若圓環，名曰滋穴。有水湧出，名曰神瀵。臭過椒蘭，味過醪醴，一源分爲四，埒注於山下，經營一國，亡不悉遍。土氣和，亡扎厲，不夭不病，人倦則飲神瀵。周穆王北游，過其國，三年忘歸。"今赤泉，《山海經》無之，知古文缺失也。（中華書局，1993年）

張邦基《墨莊漫録》卷九《曾彦和題穆天子傳》：

《穆天子傳》，古書也，杜子美多用其事。語如"天子之馬走千里""王命官屬休""曾祝沉豪牛""歕玉大宛兒"，凡此四事，皆出此書也。

曾旼彦和，博學之士。予先君有此書，彦和借往讎校，乃題其後，云：晋中書監令荀公曾、和嶠所上古文《穆天子傳》六卷，即太康二年汲冢人不準盗發魏襄王墓所得竹書也。

按《束皙傳》：竹策書凡七十五篇，内《穆天子傳》五篇，言周穆王游行四海，見帝臺、西王母；雜書十九篇：《周食田法》《周書》《論楚事》《周穆王美人盛姬死事》。然則《穆天子傳》本五篇，公曾等所上乃有六卷者。今睹第六卷，多記盛姬事，蓋并入雜書中。此一篇也，書雖殘缺不可盡讀，而其所載事物，多故志之所無者，如世民之吟、黄澤之謡、黄竹之詩，其辭皆雅馴可喜。又如虎牢、五鹿之所以名，亦可以博異聞矣。

嘗考《漢書·地理志》，京兆有西鄭，河南有新鄭，漢中有南鄭。京兆之鄭，先儒謂之西鄭。班固曰："周宣王弟威公邑。"應劭亦曰："宣王母弟友所封也，其子與平王東遷，更稱新鄭。"臣瓚曰："周穆王以下，都於西鄭，不得以封威公。初，威公爲司徒，王室作亂，故謀於史伯，而寄帑與賄於虢、會之間。幽王既敗，二年而滅會，四年而滅虢，居於鄭父之丘，是以爲鄭威公。無封京兆之文也。"顔師古曰："穆王以下無西鄭之事，瓚説非也。"

今按，此書自第四卷而下，卷末皆書天子之入於南鄭，蓋瓚所謂穆王之所都者是也。第五卷有祭父自圃鄭來謁，蓋瓚之所謂鄭父之丘者是也。瓚即校書郎中傅瓚，乃公曾、嶠所部校《穆天子傳》官屬也，故因取此傳以注《漢書》。然傳稱南鄭、西鄭，瓚所未詳，其所以異，豈近世傳寫之誤耶？漢中之鄭爲南鄭，不應京兆之鄭復稱南鄭，其稱西鄭乃以圃鄭爲東耳。西鄭，穆王出游，反必入焉，豈非以其所都故耶？設非王都，亦圻内近地也。邦家在疆地畿内，諸侯當在邦都，其内爲縣，又其内爲都，則西鄭之於鎬京，殆可爲公邑而已，亦不足以爲國也。且是時已有圃鄭矣，則不必因威公之子從周東遷，乃得鄭名，然謂之新鄭，又果何耶？雖然，如瓚之説，亦豈全非哉！

今汲冢中竹書唯此書及《師春》行於世，餘如《紀年》《瑣語》之類，復已亡逸。（《叢書集成初編》本）

曾慥《類説》卷一《穆天子傳》：

《穆天子傳》者，太康二年汲縣民發古冢所獲書也。王好巡狩，得盗驪、騄耳之乘，造父爲御，以觀四荒。北涉流沙，西登昆侖見王母。竹簡素絲，皆是古書，頗可觀覽。謹以二尺黄紙寫上，請付秘書，藏之中經，副在三閣。謹啓。（《文淵閣四庫全書》本）

鄭樵《通志》卷六十五《藝文略》史類第五起居注：

《穆天子傳》六卷。（汲冢古文，郭璞注。其言似今文起居注。）（《四部備要》本）

晁公武撰，孫猛校證《郡齋讀書志校證》卷九傳記類：

《穆天子傳》六卷。（袁本前志卷二下傳記類第二。）

右晋太康二年，汲縣民盗發古冢所得，凡六卷，八千五百一十四字，詔荀勖、和嶠等以隸字寫之云。按《春秋左氏傳》：“穆王欲肆其心，周行天下，將皆有車轍馬迹焉。”此書所載，即其事也。穆王好巡狩，得驊驪、騄耳之乘，造父爲御，以觀四荒。北絶流沙，西登昆侖，與太史公記同。汲郡收書不謹，多毁缺。雖其言不典，皆古書，頗可觀覽。郭璞注本謂之《周王游行記》。勖之時，古文已不能盡識，時有缺者，又轉寫益誤，殆不可讀。（上海古籍出版社，1990年）

程大昌《禹貢論》下《正誕》：

若世所傳《山海經》《穆天子傳》《淮南子》之類，所記山川名物，類皆卓然奇詭，如誕工之寫鬼神，惝恍無著，不可推執，則臣皆不敢引一語以汩經也。（《文淵閣四庫全書》本）

洪邁《萬首唐人絶句》卷五十九《穆天子傳》（唐彦謙）：

王母清歌玉琯悲，瑶臺應有再來期。穆王不得重相見，恐爲無端哭盛姬。（書目文獻出版社，1983年）

尤袤《遂初堂書目》雜傳類：

《穆天子傳》。（《海山仙館叢書》本）

趙與旹《賓退録》卷一“穆天子傳書八駿”條：

《穆天子傳》書八駿之名，一曰赤驥，二曰盗驪，三曰白義，四曰踰輪，五曰山子，六曰渠黄，七曰華騮，八曰騄耳。王子年《拾遺記》載穆王馭八龍之駿，一名絶地，二名翻羽，三名奔霄，四名超影，五名踰輝，六名超光，七名騰霧，八名挾翼。二説不同。（《叢書集成初編》本）

章如愚《群書考索》卷十六正史門雜史類：

古史《穆天子傳》，《册府元龜》云：“周穆王内史作，體制與今起居注正同，得於汲冢。”《唐·經籍志》云：“郭璞撰，六卷。”未知孰是。（書目文獻出版社，1992年）

陳振孫撰，徐小蠻、顧美華點校《直齋書録解題》卷四正史類起居注類：

《唐志》起居注類，實録、詔令皆附焉，今惟存《穆天子傳》及《唐創業起居注》二種，餘皆不存。故用《中興館閣書目》例，與實録共爲一類，而别出詔令。

《穆天子傳》六卷，晋武帝時汲冢所得書，其體制與起居注正同。郭璞爲之注。起居注者，（案原本脱此四字，今據《文獻通考》補入。）自漢明德馬皇后始，漢魏以來因之。（上海古籍出版社，1987年）

陳思《寶刻叢編》卷六河北東路·趙州：

周穆王“吉日癸巳”……

穆王登贊皇山以望，臨城置壇，此山謂之壇山。《圖經》云：“吉日癸巳，志其日也。皇祐五年，武臣李忠祐爲守，命工鑿取其字，以别石加灰補之，俾方正，上題書目癸巳之記，龕之州廨。”（《復齋碑録》。）

唐以前無所傳聞，而世定以爲穆王書，自宋景文祁發之，且以《穆天子傳》爲證耳。然字畫奇古，信非秦、漢以後遺迹。余始至汝南，同年生林慮爲河北提舉學事，亟往求之，慮見寄纔兩月，復以書報曰：“此字近詔取藏禁中，不可復得矣。”此書初在贊皇山中，後武人爲守，鑿山取之，好事者常爲嘆息。今乃得輦置近嚴，則前日未爲不幸。然余求之稍緩，幾遂失之，故今尤爲可珍也。（葉石林。）

諸家所記，皆言在趙州州廨，石林《跋》乃以政和五年歸内府矣。其説爲信，因録之以廣異聞。（《叢書集成初編》本）

王應麟《玉海》卷三十一聖文《御製碑銘·周鐘山銘》：

《穆天子傳》：觀臨鍾山，（一作舂山。）乃爲銘迹於平圃之上，以詔後世。（謂刊石紀功。）紀名迹於弇山之石，曰西王母之山。登贊皇山，以望臨城。

《山海經》：穆王至昆侖之丘，眺鍾山之嶺，勒石西王母之山，絶迹玄圃之上。

《文心雕龍》：周穆紀迹於弇山之石。

《集古録》：贊皇壇山有穆王刻石，曰吉日癸巳。

《文粹》：夏后開宛委之圖，周穆紀舂山之石。

同上，卷四十八藝文記注《唐六家起居注》：

郭璞《穆天子傳》六卷。

同上，卷五十八藝文傳《周王傳·穆天子傳》：

《唐志》：《穆天子傳》六卷。（《晋書》云五篇。）

《隋志》：六卷，汲冢書，郭璞注。（起居注類。）晋時得汲冢書，有《穆天子傳》，體制與今起居正同，蓋周時内史所記王命之副也。

《春秋正義》：《周王游行》五卷。

《文選》：陶潛《讀〈山海經〉》詩"泛覽《周王傳》"。

《中興書目》：六卷。晋太康二年，汲郡民發古冢得之，其書言穆王游行之事，侍中荀勖等校正，郭璞爲之注。《序》曰："謹以一尺書紙寫上，請付秘書繕寫，藏之中經，副在三閣。"詔荀勖、和嶠等以隸字寫之，六卷八千五百一十四字。（《書正義》《漢書注》《水經注》引之。）

《拾遺記》：穆王三十二年，巡行天下，有書史十人，記其所行之地。（江蘇古籍出版社、上海書店，1988年）

馬端臨《文獻通考》卷一百九十四《經籍考二十一》史·起居注：

《穆天子傳》六卷。

晁氏曰："晋太康六年，汲縣民盗發古冢所得，凡六卷，八千五百一十四字，詔荀勖、和嶠等以隸字寫之云。按《春秋左氏傳》：'穆王欲肆其心，周行天下，將皆有車轍馬迹焉。'此書所載，即其事也。穆王始巡狩，得驊騮、騄耳之乘，造父爲御，以觀四荒，北絶流沙，西登昆侖，與《太史公記》同。汲郡守書不謹，多毁缺。雖其言不典，皆古書，頗可觀覽。郭璞注本謂之《周王游行記》。勖之時，古文已不能盡識，時有缺者，又轉寫益誤，殆不可讀。"

陳氏曰："其體制與起居注同。起居注者，自漢明德馬皇后始，漢、魏以來因之。"（中華書局，1986年）

吴萊《淵穎集》卷三《讀〈穆天子傳〉》：

我聞昔日穆天子，身騎八駿走萬里。左驂右服疾風起，盜驪山子爲之使。巨蒐鵠血飲至齒，王母戴勝被奇詭。海山燭銀爛光毀，赤水瑶池望盈尺。白雲歌謡樂忘死，西極化人形虘徙，清都帝居騰乃止。日月河海眩遠邇，變幻疾徐過一指。積蘇纍塊悦不峙，室宫狐鳥饌螻蟻。夢虚覺實知者幾，跼天蹐地焉可恃。嗟哉穆王造厥理，詩人祈招著本紀。秦皇漢武睎逸軌，燕齊術士從風靡。目熒耳聹狹聽視，攻齧皮膚遺骨髓。蟠桃花開照海水，生不諧樂死空誄。稟生受質鼻口耳，插牙戴髮肩股趾。織毛緝纑鬻苧枲，馳騁快意恣游履。明瓊擣魚發笑喜，彈筝酌酒鏗角徵。天真自然絶增毁，上摩青冥蕩若砥。剛風倒景列星晷，下臨厚壤疊若壘。桑麻冠帶際龍鬼，一身煢孑等粟秕。四維上下劇迆邐，圉居縶處奴隸比。束貧縛病動牽掎，蜚揚恨不鳥兩翅。跐蹈恨不百足豸，浮湛里閈曷時已。顧瞻形骸吁可鄙，我披我書我欲褫。思爲穆王執鞭弭，泰山滄海步我跬。歲月邁矣我博髀，游俠者非仙者是。流蕩忘返獨不恥，長笻化龍几化麂。芝草琅玕森莜藋，我來丹臺述仙史。泛觀八極從此始，滿天白月無塵滓。（《叢書集成初編》本）

納新《河朔訪古記》卷上常山郡部真定路柏鄉縣：

“吉日癸巳”石刻，四字周穆王所刻也。昔在趙州贊皇縣城南十三里壇山崖石之上。《穆天子傳》云，穆天子登贊皇山以望，臨城置壇，此山因以名焉。“癸巳”志其日也。又有四望山者，謂穆王登山望祭四方者。《傳》中但云登山，而不言刻石。然字畫亦奇怪，若杖畫狀。土人謂壇山爲馬蹬山，以其巳字之形類蹬也。宋尚書廣平宋祁，以皇祐四年秋，自亳移鎮鎮陽，道出趙州，命人於壇山石壁模得此字。時趙之守將武臣也，遽命鑿山壁，輦其字歸趙，龕之廳壁。聞者莫不嘆惋。嘉祐己亥，移置高邑縣廳壁。元至元二十三年乙酉，復移龕贊皇廟學之壁云。（《叢書集成初編》本）

脱脱等《宋史》卷二百三《藝文志二》史類别史類：

郭璞注《穆天子傳》六卷。（中華書局，1977年）

王漸《〈穆天子傳〉序》：

《穆天子傳》出汲冢，晋荀勖校定爲六卷，有序。言其事雖不典，其文甚古，頗可觀覽。予考《書序》，稱穆王饗國，百年耄荒。太史公記穆王賓西王母事，與諸傳説所載多合。則此書蓋備記一時之詳，不可厚誣也。

春秋之時，諸侯各有國史，多龐雜之言。下逮戰國，王迹熄而聖言湮，處士横議而異端起，人人家自爲説，求其欲不龐雜，其可得乎！

其書紀王與七萃之士巡行天下，然則徒衛簡而徵求寡矣，非有如秦漢之千騎萬乘空國而出也。王之自數其過，及七萃之規，未聞以爲迕也。登群玉山，命邢侯攻玉，而不受其牢，是先王恤民之法，未嘗不行。至遇雨雪，士皆使休，獨王之八駿超騰以先，待輒旬日，然後復發去，是非督令致期也。其承成、康熙洽之餘，百姓晏然，雖以徐偃王之力行仁義，不足以爲倡而摇天下，以知非有暴行虐政，而君子猶以王爲獲没於祇宫爲深幸，足以見人心之危之如此也。是豈可效哉！是豈可效哉！存其書者，固可以覽其古；徵其事者，又安可不考其是非歟？

南臺都事海岱劉貞庭幹舊藏是書，懼其無傳，暇日稍加讎校訛舛，命金陵學官重刊，與博雅之士共之，諗予題其篇端云。

時至正十年，歲在庚寅春二月二十七日壬子，北嶽王漸玄翰序。（丁錫根《中國歷代小説序跋集》，人民文學出版社，1996年）

陶宗儀《説郛》弓一百十三《穆天子傳》（古本）：

（文略。）（《説郛三種》本）

楊士奇等《文淵閣書目》卷六宙字型大小第一厨書目·史附：

《穆天子傳》。（一部一册，闕。）（《叢書集成初編》本）

楊慎《丹鉛總録》卷十二史籍類《文人僞作外夷文字》：

余嘗疑《穆天子傳》西王母歌詞出於後人粉飾。且《山海經》載西王母虎首鳥爪，形既殊異，音亦不同，何其歌詞悉似《國風》乎？又觀《後漢書》朱輔上白狼王《唐菆歌》三篇，音韻與漢無異，愈可疑也。唐新羅王獻詩，其句法與中唐人若合契。宋大中、祥符間，注輦國入貢上表，表辭極偶麗，中有云“輒傾就日之誠，仰露朝天之欵”“臣賤如芻狗，微類醯鷄，虚荷燭幽，曾無執贄”，究其文筆，與當時翰苑何差！言語不通之國，未必能集老莊之玄言、習徐庾之麗句也。當時天書尚可人爲，況外夷之貢，志在互市罔利，諭以導之，無不可者，書之史册，不待智者能勘破矣。（《文淵閣四庫全書》本）

唐順之《荆川稗編》卷七書二《論〈君牙〉〈伯冏〉〈吕刑〉三書》（鄭樵）：

夫乘八駿觴王母，出於列禦寇。謂西極之仙人與穆王同游，以至於瑶池，此特禦寇駕言以神仙人之術，大概詭怪如此。後，左氏不之察，因曰：“穆王周行天下，將皆有車轍馬迹焉。”妄者又作《穆天子傳》，以廣孟浪之説。此退之取以爲據也。退之名爲信吾道、排異端者也，而反溺於異端，不已陋乎！（《四庫類書叢刊》本）

陳士元《名疑》卷二“穆王以造父爲御”條：

穆王以造父爲御，啇𦙍爲右；次乘以柏夭主車，參百爲御，奔戎爲右。見《穆天子傳》。啇，音泰，篆作㒺。𦙍，音丙，《石經》作兂，《字林》作西。《列子》注云：“啇即齊，𦙍即合，古字也。”未審何據。然《淮南子》云“鉗且、泰丙之御”，高誘注云：“二人古之善御者，泰丙即啇𦙍也，鉗一作甘。”柏夭、參百、奔戎，皆人姓名。參百，一作參伯。奔戎，一作賁戎。《列子》云“造父師泰豆氏”。泰，一作太。《周書》穆王臣君雅、伯冏，古文“雅”作“牙”，《史記》“冏”作“臩”，《人表》又作“煛”，《集韻》又作“䁙”“囧”。（《叢書集成初編》本）

李時珍《本草綱目》卷一上序例上《引據古今經史百家書目》：

《穆天子傳》。（人民衛生出版社，1982年）

王世貞《弇州四部稿》卷一百十二文部《讀〈元命包〉》：

凡唐以前僞書，其理駁而時有精旨，其文雜而古，其字奇而有不可識者。今皆反之，故以爲宋也。《乾坤鑿度》亦然。惟《穆天子傳》《竹書紀年》《汲冢周書》，則非秦漢以前人不能也。（《四庫明人文集叢刊》本）

章潢《圖書編》卷十《穆王三書叙》：

穆王，周賢君也。後儒信雜説，而不信聖經，乃誣之以耄荒，何哉？昔孔子定《書》，自周成、康之後，獨存穆王作《君牙》《伯冏》《吕刑》三書。用人訓刑，俱不墜文、武、成、康之風烈。謂之爲賢君也，諒非溢辭矣。及觀韓退之作《徐偃王遺碑》，乃曰：“偃王，凡君國子民，待四方一出於仁義。時周穆王無道，意不在天下。得八龍，騎之西游，宴王母於瑶池，歌謡忘歸。四方諸侯之争辯者，無所質正，咸賓祭於徐，執三帛、二生之物於徐之庭者，二十六國。穆王方且復，命造父御，長驅而歸。伐徐，偃王北走。”嗚呼，如退之之説，則夫子所存三書皆可廢矣！孰知是説也？倡之者《列子》，和之者《左氏》，信雜説而不信聖經，退之不得逭其責也。夫乘八駿而宴王母，《列子》之説也，謂西極之化人請穆王同游，王執化人之袪，騰上乎中天。既而王悦，不恤國事，肆意遠游。乃至巨蒐氏之國，又升昆侖之墟，以至於瑶池。此但《列子》假托謬妄之言，以彰其神仙之術，與黄帝不親政事、夢想華胥之事同。《莊》《列》寓言，大段譎怪，多類此。厥後，《左傳》不察，乃因其説，曰：“穆王欲肆其心，周行天下，皆將有車轍馬迹焉。”妄者又作《穆天子傳》，以廣其孟浪之説。此退之所爲據也夫？以《列子》謂穆王好神仙、不恤國事爲可信，則黄帝不親政事亦可信耶？以穆王宴瑶池爲可信，則黄帝至華胥國亦可信耶？且《列子》謂西極化人，既以變物之形，又且移人之慮，又爲王問所從來，左右曰："王默存耳。"化人亦曰："吾與王神游也，形豈動哉！"夫既謂之默存，謂之神游，而遂謂其乘八駿、宴王母、不親政事，信以爲實，雖《莊》《列》寓言之意，亦弗之察矣。但韓子亦因文見道者，至謂偃王能行仁義，穆王伐之，不益謬哉！夫有周王在上，偃王乃敢斷諸侯之辯争，受列國之玉帛，恐知仁義者不爲也。况信怪誕之説，而違夫子定書之旨；因徐偃之僞，而使穆王受耄荒之誣，是可以弗之辯哉！其命君牙爲大司徒，則自謂守文、武、成、康遺緒，其心憂危，若蹈虎尾、涉春冰，必賴股肱心膂爲之翼也；其命冏伯爲太僕正，則自謂"怵惕惟厲，中夜以興"，思免厥愆，至有"僕諛厥後自聖"之言，非惟見其所任君牙、伯冏爲得人，而惕躬畏咎亦甚切矣。其命吕侯以刑也，則歷告以"謹刑罰，恤非辜"，年雖老耄，而一念哀矜，欽恤之誠見於言表，反謂其意不在天下，何耶？向使穆王三書所言皆無實，所任之人皆不當，在夫子必不取之以垂訓也。夫子存其書，則君牙、伯冏、吕侯必非妄人，穆王必非不恤國事之主也明矣。當是時，君臣若此，謂徐偃僭王已謬，况又受諸侯之贄乎？何後儒因伯冏爲太僕正，則曰穆王好馬故也？因《吕刑》王享國百年耄荒，則曰老而怠荒故好游也？所以書傳謂穆王巡狩無度，財匱民勞，至於末年爲一切權宜之術以斂民財，夫子録以示戒，是惑之愈甚，而愈失其真矣，盍即《書》之本文而玩其旨乎？《書》曰："王享國百年，耄荒度作刑，以詰四方。"蓋"荒度"之義，與《禹貢》"荒度土工"同，言年雖老耄，猶荒度作刑，以詰四方，正見其不敢怠也。至謂："弘敷五典，式和民則。爾身克正，罔敢弗正？民心罔中，惟爾之中！"誦斯言也，穆王之命詰，與吾夫子垂訓之意，昭然如日星也。後人徒信雜説，而不信聖經，何哉！（廣陵書社，2011年）

焦竑《國史經籍志》卷三史類起居注：

《穆天子傳》六卷。（郭璞注。）（《續修四庫全書》本）

胡應麟《少室山房筆叢》卷三十二《四部正訛下》"穆天子傳"條：

《穆天子傳》六卷。其文典則淳古，宛然三代型範。蓋周穆史官所記。雖與《竹書紀年》《逸周書》并出汲冢，第二書所載，皆訖周末，蓋不無戰國語參之，獨此書東遷前，故奇字特多，缺文特甚。近或以爲僞書，殊可笑也。

《列子》稱："穆王駕八駿之乘，右服驊騮而左騄耳，右驂赤驥而左白，主車則造父爲御。齲𩣡爲右。次車之乘，右服渠黄而左踰輪，左驂盜驪而右山子，柏夭主車，參百爲御、奔戎爲右。馳驅千里，至於巨蒐氏之國。巨蒐氏乃獻白鵠之血以飲王，具牛馬之湩以洗王之足，及二乘之人。已飲而行，遂宿於昆侖之阿，赤水之陽。别日升昆侖之丘，以觀黄帝之宫，而封之以詔後世。遂賓於西王母，觴於瑶池之上。西王母爲王謡，王和之，其辭哀焉。乃觀日之所入，一日行萬里。王乃嘆曰："於乎！予一人不盈於德而諧於樂，後世其追數吾過乎！"按《列子》此段全録《穆天子傳》文，足證《列子》所稱黄帝等書咸有所本。昔人謂《楊朱篇》即古楊朱之書，此篇引《穆天子傳》即以《周穆王》名篇，則楊朱之説信矣。或曰《鶡冠子》《庚桑子》咸據莊周、賈誼足成以欺後世，《穆天子傳》庸知非此類耶？曰彼二書自莊、賈引外，絶不足觀。《穆天子傳》與《列子》體制不同，各極古雅，此篇奇字皆《列》本書所無，信知《列子》引《穆傳》，非《穆傳》本列子也。斯又辨贋書者所當知。

同上，"山海經古今語怪之祖"條：

《山海經》，古今語怪之祖，劉歆謂夏后伯翳撰。無論其事，即其文與典、謨、《禹貢》迥不類也。余嘗疑戰國好奇之士本《穆天子傳》之文與事，而侈大博極之，雜傅以《汲冢紀年》之異聞，《周書·王會》之詭物，《離騷》《天問》之遐旨，《南華》《鄭圃》之寓言，以成此書。而其叙述高簡，詞義淳質，名號倬詭，絶自成家。故雖本會萃諸書，而讀之反若諸書之取證乎此者，而實弗然也。《穆天子傳》至晋始出，而此書漢世獨完，緣是前代文人率未能定其先後。余首發之於此，俟大雅君子商焉。

始余讀《山海經》而疑其本《穆天子傳》，雜録《離騷》《莊》《列》傅會以成者，然以出於先秦，未敢自信。載讀《楚辭辨證》云："古今説《天問》者，皆本《山海經》《淮南子》，今以文意考之，疑此二書皆緣《天問》而作。"則紫陽已先得矣。然經所紀山川神鬼，凡《離騷》、《九歌》、《遠游》、二《招》中稍涉奇怪者，悉爲説以實之，不獨《天問》也，而其文體特類《穆天子傳》，故余斷以爲戰國好奇之士取《穆王傳》，雜録《莊》、《列》、《離騷》、《周書》、晋《乘》以成者。自非熟讀諸書及此經本末，不易信也。後世必有以余爲知言者。

同上，卷三十三《三墳補逸上》"春秋戰國之書亡於秦漢"條：

春秋、戰國之書，亡於秦、漢而出於晋之汲冢，而傳於後者，厥有三焉，魏《紀年》也、《逸周書》也、《穆天子傳》也。《紀年》合乎魯史，《逸周》合乎《尚書》，《穆天子傳》合乎《山海經》，匪其事之合已也，其文、其義、其體合者往往如一手，而粹者往往足以破千古之疑。世以伊尹、季歷而置《紀年》，以《世俘》《王會》而置《逸周》，以西王母、昆侖、玄圃而置《穆天子》，是謂舉一而廢其百。夫《周書》迄於太子晋，《紀年》迄於慎靚王，皆春秋之末、戰國之衰也，浮誇之議，其時即左氏且弗免，乃史遷之采上古，其淫誕怪恢蓋不可勝道也。以二書較之乎丘明、司馬，吾以爲駁者猶未若彼之衆，而其粹者可與暴聖賢之心迹、覈皇王之軌度，昭昭乎弗可掩矣。《穆天子傳》雖非二書比，而其叙簡而法，其謡雅而風，其事侈而核，視《山海經》之語怪，霄壤也，録之以資閎洽，亡寧愈於《神異》《洞冥》之陋哉？故余爲詳次其可信者而稍白其可疑者，讀者將亦以余爲好奇也。

按《束晳傳》云："太康二年，汲郡人不準盗發魏襄王墓，或言安釐王冢，得竹書數十車。其《紀年》十三篇，記夏以來至周幽王爲犬戎所滅，以事接之，三家分，仍述魏事至安釐王之二十年。其中與經傳大異者：益干啓位，啓殺之；太甲殺伊尹；文丁殺季歷；自周受命至穆王百年，非穆王壽百歲也；幽王既亡，有共伯和者攝行天子事，非二相共和也。其《易經》二篇，與《周易》上下經同。《易繇陰陽卦》二篇，與《周易》略同，繇辭則異。《卦下易經》一篇，似《説卦》而異。《公孫段》二篇，公孫段與邵陟論《易》。《國語》三篇，言楚、晋事。《名》三篇，似《禮記》，又似《爾雅》《論語》。《師春》一篇，書《左傳》諸卜筮，師春似是造書者姓名也。《瑣語》十一篇，諸國卜夢妖怪相書也。《梁丘藏》一篇，先叙魏之世數，次言丘藏金玉事。《繳書》二篇，論弋射法。《生封》一篇，帝王所封。《大曆》二篇，鄒子談天類也。《穆天子傳》五篇，言周穆王游行四海，見帝臺、西王母。《圖詩》一篇，畫贊之屬也。又雜書十九篇：《周食田法》《周書》《論楚事》《周穆王美人盛姬死事》。大凡七十五篇，七篇簡書折壞，不識名題。晳校勘其指歸，以今文寫之。"

同上，"以晋書所謂汲冢篇目考之"條：

以晋書所謂汲冢篇目考之，今存者《周易》二篇也，《易繇》二篇也，《紀年》十三篇也，《逸周書》十篇也，《穆天子傳》五篇也，《盛姬葬録》一篇也。《師春》之目，《通考》尚存。《瑣語》之文，類書間載，餘不復睹。蓋傳者什七，亡者什三。今《師春》《瑣語》并亡矣，盛姬事附《穆天子傳》六卷中。

同上，"汲冢三書注皆極闊略"條：

汲冢三書注皆極闊略，《紀年》沈約，《周書》孔晁，《穆天子》郭璞，并不足覽觀。沈注《紀年》，《春秋》《史記》不能引，孔注《周書》亦然，郭注差詳。然景純之釋《山海經》，玄論博議錯出其間，《穆天子傳》亡一也。三子皆六朝名俊，胡以疏漏若斯？余嘗欲爲之會萃箋解，并裒其語之逸於本書而存於他籍者，及《瑣語》諸篇本書全逸而他籍僅存者，合爲一編，以貽同好。此稍論其概云。（以上通論三書。）

同上，“楊用修逸周書跋云”條：

楊用修《逸周書》跋云：“晋太康二年，汲郡人私發魏安釐王冢，得竹書數十車。”用修以冢爲安釐，蓋據宋陳氏、李氏所云，而二氏則又本之隋、唐諸《志》也。余考《穆天子傳》晋荀勖序，云：“按所得《紀年》，出魏惠成王子令王之冢，於《世本》蓋襄王也。”其言實與今竹書合，而《束晢傳》叙汲冢事云：“《紀年》十三篇，記夏以來至周幽王爲犬戎所滅，迄魏安釐王二十年。”據諸家史傳，惠王子襄王，襄王子哀王，哀王子昭王，昭王子安釐，相去世次甚遠，而《紀年》載周慎靚王而終以今王二十年。詳考竹書前後，凡不稱國而稱王者皆周天子，則所謂“今王”實指慎靚王薨，此時魏安釐王尚未生也。自《晋書》誤載，隋、唐、宋《志》及用修遂并因之，而《穆天子傳》序洎本書明甚，反不詳考，甚可笑也。

同上，“虞九年西王母來朝”條：

虞九年，西王母來朝。沈約注“西王母來朝，貢白環玉玦”，西王母已見於此，不始周穆也。以余考之，蓋亦外國之君，若上文渠蒐、僬僥，及下息慎、玄都類耳。《穆天子傳》所交外國之君甚衆，不止一西王母，《山海經》但言蓬髮虎齒有尾，如陸吾、泰逢之屬，餘别有辯。（《山海經》但言有人曰“西王母”，似非如後世所謂女仙者。自東方朔謂西王母爲東王公妻，後世遂咸祖之，不若汲冢之言，尚或可信云。）

同上，“穆王八年北唐來賓”條：

穆王八年，北唐來賓，獻一驪馬，是生騄耳。十二年，王北巡狩，遂征犬戎。十三年，徐戎侵洛，造父御王入於宗周。十七年，西征昆侖丘，見西王母。其年西王母來朝，賓於昭宫。按此文，則穆王北征犬戎，而徐夷侵洛，造父御王歸定其亂，乃復西征見西王母。與《史記》不同，未詳孰是。西王母來朝，亦《穆天子傳》所未載。

十四年，作虎牢。十五年，作重璧臺。冬，王觀於鹽澤。三事俱見《穆天子傳》，五卷云：“有虎在乎葭中，天子將至，七萃之士高奔戎請生捕虎必全之。乃生捕虎而獻之天子，命之爲柙而畜之東虞，是爲虎牢。”六卷盛姬葬録云：“姬，姓也，盛伯之子也。天子賜之上姬之長，是曰盛門。天子乃爲之臺，是曰重璧之臺。乃遂西南，戊子至於鹽。”注云：“鹽，鹽池也。”

二十一年，祭文公薨。二十四年，王命左史戎夫作記。俱見《逸周書》。（凡出《穆天子》《逸周書》者，沈注俱不引。夫《春秋》《史記》人所共習，不引可也，二書不引而引《離騷》、讖緯，何哉？）

同上，卷三十四《三墳補逸》下“穆天子傳紀年瑣語逸周書”條：

《穆天子傳》《紀年》《瑣語》《逸周書》皆汲冢，皆竹書，皆古文也。世以“汲冢”冠《周書》、“竹書”冠《紀年》、“古文”冠《瑣語》，而《穆天子》第仍初出之稱者，互見之文耳。晋史，汲郡人發魏襄王冢，得竹書數十車，皆古文。束晳校定，以今文寫之。即諸書并同可見。後人以《周書》上不應有重出字，故以“汲冢”冠之，而“竹書”冠於《紀年》，二書互見已備，而《穆天子傳》本四字題名，故直仍其舊耳。《瑣語》冠以“古文”，見《太平廣記》，或仍舉“汲冢”冠之，而《師春》亦題“汲冢”，蓋俱可互稱。世率未精其故，而諸書名紛拏舛迕，特詳之。

同上，“楊用修周書後序”條：

楊用修《周書後序》云：“據《束晳》《荀勖傳》《武帝紀》，《汲冢書》七十五卷，其目并無所謂《周書》者，蓋此書即《漢·藝文志》《逸周書》，宋初諸臣編《太平御覽》，求汲冢七十五篇而不得，遂以此七十五篇充之。”用修持論似中有獨見，而實非也。今《周書》名七十篇，實十卷耳。晋以前所謂篇，多如後世之所謂卷，則今《周書》十卷不過當時十篇，晳傳《瑣語》等目之後，稱“又雜書十九篇”，記“《周食田法》《周書》《論楚事》《周穆王美人盛姬死事》”。考《穆王傳》末卷叙盛姬事，與《王會》等章大類，蓋即此十九篇中十篇，何以云無《周書》之目也？用修序引《晳傳》，止録雜書十九篇之文，而下“周食田法”一十八字悉删去之，遂以此書非出汲冢，大可笑也。又杜預序止稱七十五卷，則不言篇，則《周書》十卷復何疑哉？（《漢·藝文志》《史記》百三十篇，此篇與卷同也；《尚書》四十六卷，實五十七篇，此篇統於卷也。）

同上，“穆天子傳諸家皆稱六卷”條：

《穆天子傳》諸家皆稱六卷，余讀之，前五卷皆紀穆王行游，第六卷獨叙王葬盛姬事，文實出一人手而體制不類爲疑。及讀《束晳傳》載《穆天子傳》五篇而盛姬自爲一篇，乃知本非一書，以穆王附合耳。

同上，“穆王欲肆其心”條：

穆王欲肆其心，使天下皆有車轍馬迹，致徐夷作亂，幾失成周。然太子晋稱周無道者四君，曰夷、厲、幽、宣而弗及穆，何也？考之汲冢諸書，穆王睹周制之衰，則詢祭祖求讜言，感克艱之訓，則命戎夫作史記，歌黄竹之詩以恤徒御，納祈招之諫以戒淫心，其樂善喜聞恒如弗及，享國百年卒以令終，宜也。

同上，“穆天子傳序所稱”條：

《穆天子傳》序所稱穆王游行天下，惟七萃之士從焉，非如秦、漢之君，千乘萬騎，空國而出。其見西王母，登昆侖，涉縣圃，皆以極其游觀之迹，非如秦、漢之君，封泰山，禪梁父，期羡門、安期之屬求仙藥以冀長生也。自始皇、武帝好言神仙，一時術流方士，張大其説，文士又從和之，遂以穆王爲厲階戎首，而不知《穆天子傳》所記山川、草木、鳥獸皆耳目所有，如《山海經》怪誕之文百無一二也，今稍列其大者於篇。

“壬申，天子西征。甲戌，至赤烏氏。赤烏之人獻酒食、馬、牛、羊、穄麥，天子乃賜赤烏之人黄金、貝帶。赤烏之人獻好女於天子，列爲嬖人。辛巳，人於曹奴之人，戲觴天子於陽水之上，天子乃賜曹奴之人黄金、貝帶，戲乃膜拜而受。丁酉，天子西征，至於鵛韓氏。鵛韓之人無鳧乃獻良馬、牛、羊、穄麥，天子乃賜之黄金、銀罌、貝帶，無鳧乃膜拜而受。甲子，天子賓於西王母，好獻錦組百純、銘組三百，西王母再拜受之。”觀此文前後序西王母事，與赤烏諸人無大異，余嘗疑爲異域君長也。

《離騷》《南華》并有河伯之文，然皆寓言也。《山海經》以《竹書》所謂河伯當之，於是馮夷易曰冰夷，《博物志》又以人首魚身擬之，遂益誕漫無稽。據《竹書》，河伯自爲諸侯，而馮夷爲諸侯姓名，余别有辯。而傳載河宗伯夭尤詳，蓋穆王登春山觀昆侖玄圃則柏夭爲之前導，又乘穆王副車馳驅千里，使其果人首魚身，穆王將畏避不暇，而能與之同載，極西土而後返耶？傳稱柏夭爲河伯之孫，蓋馮夷之後，世爲諸侯以職河任者，於《離騷》《南華》之河伯迥不侔也。（《穆天子》作“無夷”，則竹書“馮”當如字，《山海經》作“冰夷”，蓋誤以馮作憑音也。）

同上，“穆天子傳文絶類”條：

《穆天子傳》，文絶類《山海經》，而事實大不同。自景純取《山海經》以注《穆天子》，而《穆天子傳》殘缺不易讀，好古之士率先熟《山海經》胸中，驟讀《穆天子》，而景純之注又分列其下，故衹以爲同而弗以爲異。試尋其本文覈之，則二書之旨，有天壤之懸者矣。《山海經》稱西王母豹尾虎齒，當與人類殊别，考《穆天子傳》云“天子賓於西王母，觴於瑶池之上，西王母爲天子謡，天子執白圭、玄璧，及獻錦組百、純組三百，西王母再拜受之”，則西王母服食、語言絶與常人無異，并無所謂豹尾虎齒之象也。《山海經》偏好語怪，所記人物，率禽獸其形以駭庸俗，獨王母倖免深文，然猶異之以虎齒，益之以豹尾，甚矣其無稽也！竹書紀虞舜九年，西王母來朝獻白玉環玦，則西王母不始見於周時，《莊》《列》俱言西王母，亦不言其詭形，惟司馬相如《大人賦》有豹尾虎齒之説，蓋據《山海經》耳，乃《山海經》則何所據哉？因讀《穆天子傳》，漫識此爲西華解嘲，倘大荒之外果有其人，當命三鳥使邀不佞閬風之頂，浮大白三百，賞余知言也。（《列子·周穆》一段，化人外全節此傳之文，《莊》言西王母坐乎少廣，此後世長生之説所本與？）

同上，“天子之馬走千里”條：

天子之馬走千里，天子之狗走百里，鸛鷄飛八百里，野馬走五百里，邛邛距虛走百里。（餘狻猊、麋鹿等缺文，不載。）傳載天子犬馬鳥獸，不過如此，不惟視《山海》之怪迥不相倫，即如《王會》所記九尾之狐、兩首之鵕、比翼之鳥亦絶未見，孰謂《穆天子傳》怪誕哉？

同上，“天子之犬走百里”條：

“天子之犬走百里，食虎豹”，景純但注云：“觔力猛壯。”余考《周書·王會》“渠叟以鼩犬，鼩犬者露犬也，能飛食虎豹”，孔晁注：“渠叟，西戎别名。”是時天子方西征，至於柏夭之邦，蓋即此犬也。

同上，“黑水之阿”條：

“黑水之阿，爰有野麥，爰有荅堇，西漠之所謂木禾、嘉穀生之，草木碩美。天子於是取嘉禾以歸，樹於中國珠澤之藪，爰有萑葦、莞蒲、茅萯、兼葽。”右傳所紀草木，或中國所有，或中國所無，然皆五穀百卉之類，非如若木、扶桑、蟠桃、仙樹之屬也。（仙樹見《酉陽雜俎》。）

同上，“天子之珤”條：

“天子之珤，玉果、璿珠、燭銀黄金之膏”，“爰有采石之山，重䡲氏之所守，曰枝斯、璿瑰、瑶瑶、琅玕、玪瑰、㻂瓚、玗琪、徽尾”。右《傳》所紀寶玉奇石，雖其名字瑰異，然亦非所謂怪若醒酒石、如意珠也。

同上，“辛酉天子升於昆侖之丘”條：

“辛酉，天子升於昆侖之丘，以觀黄帝之宫。癸亥，天子具蠲齋牲牷，以禋昆侖之丘。甲子，天子北征，舍於珠澤，以釣於流水，珠澤之藪，方三十里。”按傳紀昆侖、珠澤如此，初不言其高廣幾何，止言黄帝之宫，并無所謂絳闕、瓊樓者。自《淮南子》謂昆侖去地一萬一千里，旁有四百四十門，神仙家又以絳闕、瓊樓傅之，而昆侖遂爲怪誕之祖。不知《穆天子》所紀昆侖不過衡、岱屬耳，何詭異之有哉？

同上，"丁卯天子北升"條：

"丁卯，天子北升於春山之上，以望四野，是惟天下之高山也。春山之澤，清水出泉，温和無風，先王所謂縣圃，百獸之所聚也，飛鳥之所棲也。爰有獸，食虎豹，如麋。爰有赤豹白虎，熊羆豺狼，野馬野牛，山羊野豕。爰有青鵰白鳥，執犬羊，食豕鹿。天子五日觀於春山之上，乃爲銘迹於縣圃，以詔來世。"按春山之名後世不甚傳，而縣圃神仙家所盛依托，以爲數倍昆侖。據此先王所謂縣圃之文，不過如秦漢所謂上林、長楊，所記鳥獸雖衆，皆人世所嘗有。求如《山海經》九首八足、食人之怪，固無一也，則二書詎可同日語哉！（春山，《山海經》作"鍾山"，見景純注。）

同上，"傳本五卷"條：

傳本五卷，前四卷叙穆王自宗周瀍水以西，至於陽紆之山，歷西夏珠余，以至昆侖之丘，皆并河以行而河宗柏夭爲之前導，至於昆侖而止，實後世河源之説也。又自春山以西至赤烏氏，自群玉之山至西王母之邦，雖中有東南北之文，皆就西方言之，則穆王所歷名山絶境靡非西方也。北第載曠原之野，飛鳥解羽，而東南絶不言，蓋東南皆海，穆王乘八駿日行千里，勢固不得極東南之境也。第五卷所紀游行，皆中國四封，非大荒之外也。諸侯載於傳，許男、祭公、霍侯，其詩則《黄竹》《黄澤》，而逢公之筮，止"藪澤蒼蒼"五句，餘缺文不可讀，而兩與隱士井公博，亦奇事也。

同上，"周天子好文者"條：

周天子好文者，蓋亡過穆王。東夏之吟僅二十餘字，而敦大鴻遠，居然萬乘氣象，自虞氏《卿雲》之後，未見有若斯者也。縣圃、弇山皆勒銘記，惜其文遂弗傳。至讀書葋丘，暴書羽林，雅事翛然可想，三代前風流高韻似少其倫。徒以好游，世列於秦皇、漢武，而盧敖、向平顧以此取，後世稱富貴貧賤，其重誠各有在哉！

同上，"賓退録云"條：

《賓退録》云："《穆天子傳》八駿之名，一曰赤驥，二曰盜驪，三曰白義，四曰踰輪，五曰山子，六曰渠黄，七曰華騮，八曰騄耳。王子年《拾遺記》載穆王御八龍之駿，一名絶地，二名翻羽，三名奔霄，四名超影，五名踰輝，六名飛光，七名騰霧，八名挾翼，二説不同，未知何書爲當。按趙與時以二説互異爲疑，非也。傳中八駿之名已見引於《列子》，況《拾遺記》王嘉所載，皆一時私意詭撰，曷足徵哉！《穆天子傳》八駿名，義同字異者，"華騮"作"䶤騮"、"赤驥"作"赤驣"、"白義"作"白俄"，蓋亦注者因上一字會意解之，非本識其字也。

同上，“傳四卷云”條：

《傳》四卷云“癸酉，天子命駕八駿之乘，右服䯄騮而左騄耳，右驂赤蘦而左白俄，天子主車、造父爲御、䓯𦳊爲右。次車之乘，右服渠黄而左踰輪，右盗驪而左山子，柏夭主車、參百爲御、奔戎爲右。天子乃遂東南翔行，馳驅千里”云云。按此文，則八駿或駕二車，不專爲天子乘，而其日行千里，蓋亦有時而然，非每日必行千里也。（李商隱詩“八駿日行三萬里”乃詩人信筆之語，不足證也。）

同上，“天子自西王母”條：

天子自西王母之山還歸，丌世民作憂以吟曰：“比徂西土，爰居其野。虎豹爲群，於（與“烏”通。）鵲與處。嘉命不遷，我惟帝天子大命。而不可稱，顧世民之恩。流涕芔殞，吹笙鼓簧。中心翔翔，世民之子，惟天之望。”此亦周詩，詞義頗古而雜有書體，不若“白雲在天”二章玄遠簡奥，意中間必有脱誤。按景純《山海經》注引白雲二章俱合，而此章獨云“徂彼西土，爰居其所。虎豹爲群，烏鵲與處。嘉命不遷，我惟帝女。彼何世民，又將去予。吹笙鼓簧（下三句同。）”。此或景純以其脱誤，稍爲隱括，故不甚類也。

同上，“辛卯天子北征”條：

“辛卯，天子北征。癸巳，至於群玉之山。山阿平無險，明轍中繩，先王之所謂策府”，郭注云：“古帝以爲藏書之府，所謂藏之名山者也。”按《圖經》云穆王藏異書於大酉、小酉二山，而本傳不載，豈即此地與?

同上，“秦漢間稱玉多以雙”條：

秦、漢間稱玉多以雙，淳于髡白璧十雙、張良獻項王白璧一雙，此類甚衆，然《穆天子傳》“癸巳，升於群玉之山，天子乃載玉萬隻”注：“隻玉爲瑴，見《左氏傳》。”則玉亦可言隻也。又，“天子嘉之，賜以佩玉一隻，柏夭稽首再拜，送天子至於𠛱人”。第他書少用此字。（以上《穆天子傳》。）

同上，“六卷載淑人”條：

六卷載淑人盛姬葬哭事，非《穆天子》本書，後人以其文出一手，且穆王事，故附之。據録，姬盛柏之子也，從王東征，於澤中得寒疾死。乃殯於轂丘之廟，以伊扈爲喪宗，叔㛗爲喪主，大陳哭葬之禮，蓋後世所未有也。盛姬以殤卒，又妃妾之屬，而穆王爲之極哀盡慕，亦過於用情矣。其文疑於太侈，然晋史所載西凉吕纂寵姬死，纂至爲行斬衰之服，其既殯猶出諸棺，與同寢且合焉。宇宙之異，顧有若此甚者，則穆王之事，又特其小小耳。兹篇獨寡脱簡，而文極贍縟，有法可觀，三代前叙事之詳無若此者，然頗爲小説濫觴矣。

同上，"穆天子傳二卷"條：

《穆天子傳》二卷"天子飲於温山考鳥"，郭注引《紀年》云："穆王見西王母，止之曰有鳥鹆人"，今《紀年》無此語，且與竹書文體大不同。又王長公謂景純注"弇山"爲"弇兹"，非是。余意此注大率非景純筆也。又注"六師之人至於曠原"，引《紀年》云："王北征流沙，積羽千里。"按此語乃沈約引他書爲注者，景純在沈前，何從見之。益知此注之僞，不待言也。然沈注余亦疑僞，而孔晁注《周書》尤淺陋，余嘗疑三注皆僞也。（景純本傳有《穆天子注》，蓋元注已亡，後人補之。不然，胡視《山海經》霄壤也。）

同上，"汲冢三書"條：

汲冢三書，大率衰周之撰，《周書》有《太子晋解》，《紀年》終慎靚王，惟《穆天子》當是東遷前作，列禦寇嘗引，可知。（中華書局，1958年）

馮復京《六家詩名物疏》引用書目·雜史：

《穆天子傳》。（《文淵閣四庫全書》本）

祁承㸁《澹生堂藏書目》史部上雜史：

《穆天子傳》。（六〇二册，晋郭璞注。）（《續修四庫全書》本）

徐應秋《玉芝堂談薈》卷三十《世説注》：

劉孝標注《世説》，自漢、魏、吴諸史、子傳、地理之外，如一朝諸史及諸公列傳、譜諜、文章，凡一百六十六家，皆出正史之外，此又齊、梁以上書也。譜諜、别傳姑不暇及，餘書亦疏其目，已見《史通》者不載。……《穆天子傳》……

同上，卷三十三《八駿》：

八駿之名，見於《列子》，而他書所載互有不同。《穆天子傳》："天子命駕八駿之乘，右服䮍騮而左緑耳，右驂赤蘼而左白㹀。次車之乘，右服渠黄而左踰輪，右盗驪而左山子。"按䮍騮《漢書》作華騮，又曰華聊，唐人名紫騮，即今之棗騮也。緑耳一作騄耳，又作𦈢耳。赤驥又作赤䯄，宋世名好頭赤。《漢》師古注：華騮，視其色如華之赤。緑耳，耳緑色。白㹀，㹀即古犧字，形似牛。渠黄，一作駏騜，又名翠黄，又名紫黄。踰輪即《蜀都賦》所謂"魚文"。山子又作屾子，今之五明馬，又名玉頂。盗驪，一曰温驪，《荀子》作"纖離"，今之鐵青色，後代轉名騊駼。又《拾遺記》載穆王八駿：一名絶地，足不踐土；二名翻羽，行越飛禽；三名奔霄，夜行萬里；四越影，逐日而行；五踰輝，光色炳燿；六超光，一形十影；七騰霧，乘雲而起；八挾翼，身有肉翅。則似未見《列子》，而妄爲杜撰也。史道碩《畫本八駿》中有名翠耳、者乂，李元賓《八駿圖序》中有騕褭，不知於《傳》中當誰駿。揚子雲《河東賦》："乘翠龍而超河兮，陟西嶽之嶢崝。"師古曰："翠龍，穆天子所乘馬也。"所謂翠龍、翠耳，或即緑耳乎？（《四庫筆記小説叢書》本）

顧起元《説略》卷十三《典述中》：

又裴松之注《三國志》，亦旁引諸書，史稱與孝標之注《世説》可爲後法。今觀其所載，如……《穆天子傳》……（《四庫類書叢刊》本）

徐𤊹《徐氏家藏書目》卷二史部旁史類：

《穆天子傳》一卷。（上海古籍出版社，2014年）

錢謙益《絳雲樓書目》卷一史傳記類：

《穆天子傳》。（《叢書集成初編》本）

顧炎武著，黄汝成集釋，樂保群、吕宗力校點《日知録集釋》卷四《葬用柔日》：

春秋葬皆用柔日。宣公八年，"冬十月己丑，葬我小君敬嬴，雨，不克葬。庚寅，日中而克葬"。定公十五年，"九月丁巳，葬我君定公，雨，不克葬。戊午，日下昃乃克葬"。己丑、丁巳，所卜之日也，遲而至於明日者，事之變也。非用剛日也。漢人不知此義，而長陵以丙寅，茂陵以甲申，平陵以壬申，渭陵（元帝）以丙戌，義陵（哀帝）以壬寅，皆用剛日。《穆天子傳》盛姬之葬以壬戌。疑其書爲後人僞作。（上海古籍出版社，2006年）

宫夢仁《讀書紀數略》卷三十一人部經籍類《唐六家起居注》：

郭璞（《穆天子傳》。）……（《文淵閣四庫全書》本）

錢曾《述古堂藏書目》卷三史雜史：

《穆天子傳》六卷一本。（抄。）（《叢書集成初編》本）

徐乾學《讀禮通考》卷七十五喪儀節三十八國恤十《皇妃喪儀》：

盛姬。（周穆王妃。《公羊傳·隱公十年》：齊人、鄭人入盛。何休注云：

“盛，魯同姓。”楊氏疏：“《左氏》作‘郕’。莊公八年，成降於齊師。《傳》曰：‘成者何？盛也。’”《列子》：周穆王西巡狩，還，未及中國，道有獻工人名偃師。王薦之曰：“與若偕來者何人？”對曰：“臣之所造能倡者。”王驚視之，趣步、俯仰，信人也。與盛姬内御并觀之。技將終，倡者瞬其目而招王之左右侍妾，王大怒，立欲誅偃師。偃師立剖散倡者以示王，皆傅會革木、膠漆、黑白丹青之所爲。《竹書紀年》：周穆王十五年作重璧臺。《水經注》：五鹿墟，故沙鹿有沙亭。周穆王喪盛姬，東征舍於五鹿，其女叔媐届此思哭之丘，爲沙鹿之異名也。羅泌《國名記》：“盛伯國亦曰成。”《續志》云：濟北成本國。預謂：“東平西南有盛鄉。”竇革云：“鄉在鄆城，即晋之剛父。”）

…………

乾學案：《穆天子傳》出汲冢，晋荀勖校定，以爲其事雖不典，其文甚古，頗可觀覽。今考與書序及太史公所載多合，當時藏之中經，副在三閣，故其書實不可廢。輒引盛妃事爲古時妃喪之禮，以備考覽云。（《文淵閣四庫全書》本）

徐乾學《傳是樓書目》卷二史部起居注：

《穆天子傳》。（六卷，晋郭璞注。）（《續修四庫全書》本）

蔣驥《山帶閣注楚辭》卷三《天問》：

“昆侖縣圃，其尻安在？增城九重，其高幾里？”

《水經注》：“昆侖山三級，下曰樊桐，二曰玄圃，三曰增城，是爲大帝之居。”《穆天子傳》：“舂山之澤，所謂縣圃，百獸所聚。”桓驎《西王母傳》：“昆侖之圃，有城千里。其下弱水九重，非飈車羽輪不能到。”《淮南子》：“層城九重，高萬一千里百十四步二尺六寸，化狄經昆侖山九重，重相去九千里。”《拾遺記》：“昆侖山有九層，層相去萬里。天對增城之里萬有三千。”“尻”與“居”同。一説臀尾所坐處爲尻。縣圃，神人之圃，下無所繫，懸空而居，故問其所坐何處也。增城又在其上，則愈高而愈奇矣。

“黑水玄趾，三危安在？延年不死，壽何所止？”

《西山經》：“昆侖西北隅，黑水出焉。”玄趾，承黑水言。《路史·餘論》注“黑水染足，涉者其色黝黑入膚”是也。《通鑒前編》：“沙州燉煌縣卑羽山，三峰峭絶，人以爲三危，延年不死。”本黑水、三危而言。《山海經》：“黑水之前，有大山曰昆侖。有人，戴勝，虎齒，豹尾，穴處，名西王母。三危山，三青鳥居之，爲西王母取食。”《朝鮮記》：“黑水之間，有不死之山。”《穆天子傳》：“黑水之阿，爰有木禾，食者得上壽。”《拾遺記》：“勃鞮國人壽千歲，食黑河水藻。”《淮南子》：“三危之國，石城金室，飲氣之民，不死之野。”

“穆王巧悔，夫何周流？環理天下，夫何索求？”

穆王，昭王子，名滿。悔，貪也。《竹書》注：“穆王北征流沙，西征昆侖，環履天下，億有九萬里。”《穆天子傳》：“天子大朝宗海，乃里西土之數。”《注》：“計其道里也。”即環理之意。言穆王巧於貪求，其周流豈無故乎？環理天下，徒手而歸，何所索求乎？又，“悔”王本作“拇”。徐友雲云：“足指也。巧，好也。”按此則“巧拇”疑即利趾捷足之意。（上海古籍出版社，1984年）

彭元瑞等《天禄琳琅書目後編》卷十七明版子部：

《漢魏叢書》（五函，三十四册。）明程榮匯刻。榮，新安人。書自漢至隋古籍三十八種，分經史子集。……史籍四……次《穆天子傳》六卷，郭璞注，王漸序，荀勖舊序。

《古今逸史》（五函，二十册。）明吴琯匯刻。凡書四十二種，分逸志、逸記二門。逸志子目二，曰合志，曰分志。逸記子目三，曰紀，曰世家，曰列傳。雖强名史部，其實叢書也。……《穆天子傳》六卷，郭璞注，荀勖序……以上六種入《紀》……前有凡例十二則，矯强附會，以牽入逸史之名，僞至於《三墳》、晋《乘》、楚《檮杌》，近至於《真臘風土記》，纖至於《教坊記》。雖與《漢魏叢書》同時竟勝，然稱名取類相去甚遠，特槧法最爲精工，琯自序名下鈐朱印，猶當時初印也。（上海古籍出版社，2007年）

翁方綱《蘇詩補注》采輯書目：

《穆天子傳》。（《文淵閣四庫全書》本）

儲大文等《山西通志》卷一百七十五《經籍》史類别史：

郭璞注《穆天子傳》六卷。（《文淵閣四庫全書》本）

鄂爾泰等《雲南通志》卷七《書籍》雲南府學藏書·子部中：

《穆天子傳》。（《文淵閣四庫全書》本）

王謨《〈穆天子傳〉跋》：

右《穆天子傳》六卷，與《周書》《紀年》同出汲冢，疑亦戰國時人因《列子》書《周穆王篇》有駕八駿賓西王母事依托爲之，非當日史官起居注也。其生而稱謚，紕謬更瞭然易見。然其文沉博奇麗，薦紳先生猶有述焉。予獨怪其書盛姬事，以《春秋》所諱而爲美談，稱穆王雖甚耄荒，欲肆其心，亦未必其漁色至不辨姓如此也。抑所謂盛姬者，不過如《詩》言“彼美淑姬”，爲婦人美稱。且其得姓受氏已久，如《左傳》中驪姬、巴姬、密姬皆不知於周何別。而郭氏注遽引《公羊傳》實之，則竟以盛姬爲郕出文昭後矣，五世親盡即通婚姻，有是理乎？予又以爲此注書者之過，非史官之失也。故因校訂是書，爲一正之，不欲使周先王蒙垢千古焉。

乾隆戊申臯月端午日，汝上王謨識。（《漢魏叢書》本）

曾力行《默齋先生穆傳疏序》：

《穆天子傳》爲史家起居注所自始，與《山海經》、《夏小正》、古《周書》皆六經外所不可不訂正之書。《穆傳》瘞於冢，閲六百餘年，至晋初始出；又數十年，郭景純過江始取而注之。顧傳之者，綿綿延延，不絶如綫，學者幾不見有此書垂千餘年。

吾師默齋先生始取而疏之。顧傳文既古，景純之注太略；流傳既少，脱漏訛缺又多；字多奇僻，無從音釋；讀之棘口，輒掩卷而置之。先生此疏不主故常，時與注合，亦時與注離，若康成箋《詩》，取義不盡與《毛詩》符者，所謂相輔而成，相需而備也。至於奇僻古字，推究偏旁，仿象結構，音之釋之，寧使後賢攻我之誤，不可使其闕而無傳。於原文字闕而存方圈者，如其文可以大意屬讀，即取其文填於圈内以補之。又於第五卷東巡，據《束皙傳》補出帝臺；據《列子》補出化人。謂古讀化爲回，化人即回人，爲今回教所自始，皆出於卓識。然皆爲確論，斷不可易者也。以天主化人同一教；以昆侖即須彌；以昆侖諸君長之膜拜，即三十三天之小天王迎接往來，亦比荒外侯服無絶殊者。改佛説之閎虚，就人境之卑實，尤無不可信者也。每卷之後，附以考傳，論辨其奇創，往往得未曾有其透闢。又每每如遇其新，其引人入勝，讀之唯恐其盡，抑且應接不暇，其移我情至此。吾不意先生老遭放廢，羈離萬里，朝不謀夕，與死爲鄰，而猶以曠達之胸襟，發游戲之筆墨。妙諦精藴，皆原於經傳子史，與正論不違，非識出天地之外，神游日月之表，不能有此撰著也，可不謂通儒乎！方今學士大夫，争爲考辨之學，如此書之考辨，則可謂閎大而不遺蟲魚，非磊落之譏矣。

先生少年曾爲《山海經賦》，俾學者便於記誦。近又爲《夏小正》注，已梓行；又擬注《周書》《大戴禮》。其拳拳述古明道之心，不以素患難竄蠻夷而或改。力行束髮受學於先生，以弋科第一。試於吏即引歸。先生不得歸，益壯益堅，奮志於傳述，其視趙邠卿注《孟子》於復壁奚以異？嗚呼，其可及也哉！

受業門人固始曾力行百拜序。（丁錫根《中國歷代小説序跋集》，人民文學出版社，1996年）

永瑢等《四庫全書總目》卷首三《凡例二十則》其六：

古來諸家著録，往往循名失實，配隸乖宜。……《穆天子傳》舊入起居注類，

《山海經》《十洲記》舊入地理類，《漢武帝内傳》《飛燕外傳》舊入傳記類，今以其或涉荒誕，或涉鄙猥，均改隸小説。

同上，卷四十七史部三編年類：

《隋志》史部有起居注一門，著録四十四部；《舊唐書》載二十九部，并實録爲四十一部；《新唐書》載二十九部。存於今者，《穆天子傳》六卷、温大雅《大唐創業起居注》三卷而已。《穆天子傳》雖編次年月，類小説、傳記，不可以爲信史；實惟存温大雅一書，不能自爲門目。稽其體例，亦屬編年，今并合爲一，猶《舊唐書》以實録附起居注之意也。

同上，卷一百四十二子部五十二小説家類三《穆天子傳》提要：

《穆天子傳》六卷。（兩江總督采進本。）晋郭璞注。前有荀勖序。按《束皙傳》云："太康二年，汲縣人不準，盗發魏襄王墓，得竹書《穆天子傳》五篇，又《雜書》十九篇，《周食田法》《周書論楚事》《周穆王美人盛姬事》。"按今盛姬事，載《穆天子傳》第六卷，蓋即《束皙傳》所謂《雜書》之一篇也。尋其文義，應歸此《傳》。《束皙傳》别出之，非也。此書記事有月日而無年，又文多斷缺，以今本《竹書紀年》較之，《紀年》載十二年冬王北巡狩遂征犬戎。事在《傳》之第一卷；十四年夏，王畋於軍丘，五月作范宫、作虎牢，事在《傳》之第五卷；十五年作重璧臺，冬，王觀於鹽澤，事在《傳》之第六卷；十七年，王西征昆侖丘、見西王母，事在《傳》之第二卷、第三卷、第四卷。兩書同時并出，荀勖等互校其文，不應牴牾如此。蓋今本《竹書紀年》，乃明人撫諸書以爲之，非汲冢之舊簡，并郭璞注中所引《紀年》之文，尚掇拾未盡，况暇考其次第乎？是亦今本《紀年》出於依托之一證，或乃謂當移五卷、六卷於二卷之前，以符竹書之次第，則削趾適履矣！書中所紀，雖多誇言寡實，然所謂"西王母"者，不過西方一國君；所謂"縣圃"者，不過飛鳥百獸之所飲食，爲大荒之圃澤，無所謂神仙怪異之事；所謂"河宗氏"者，亦僅國名，無所謂魚龍變見之説。較《山海經》《淮南子》猶爲近實。郭璞注《爾雅》，於"西至西王母"句，不過曰"西方昏荒之國"；於"河出昆侖墟"句，雖引《大荒西經》，而不言其靈異。其注此書，乃頗引志怪之談。蓋釋經不敢不謹嚴，而箋釋雜書則務矜博洽故也。《列子·周穆王篇》所載，與此傳相出入，蓋當時流俗有此記載，如後世小説野乘之類，故列禦寇得捃采其文耳。《道藏目録》載入洞元部記傳類恭字型大小，與杜光庭《録異記》諸書同列，則牽附甚矣。世所傳《汲冢書·師春》之類，久已亡佚，《逸周書》又屬誤入《紀年》，僞妄顯然。其真存於今者，惟此傳矣。然文字既古，訛脱又甚，學者多不究心。"封膜晝於河水之陽"，見第二卷，膜晝自是人名，封者，錫以爵邑。張彦遠《歷代名畫記》誤以"晝"字爲"畫"字，遂誤以"封膜"爲畫家之祖。"丘陵自出"乃西王母謡，見第三卷。方回《瀛奎律髓》注陳子昂詩"丘陵徒自出"句，乃云"自出"二字疑誤。第二卷云"乃爲銘迹於縣圃石上"，第三卷云乃"紀其迹於弇山之石"，其文甚明。朱珪《名迹録》乃謂"取《穆天子傳》爲各迹於弇兹石上"，全然舛迕，則其傳世，亦在若存若亡之間。固考古者所宜寶重也。

案：《穆天子傳》舊皆入起居注類。徒以編年紀月，叙述西游之事，體近乎起居注耳。實則恍惚無徵，又非《逸周書》之比。以爲古書而存之可也，以爲信史而録之，則史體雜、史例破矣。今退置於小説家，義求其當，無庸以變古爲嫌也。

同上，卷一百四十六子部五十六道家類《列子》提要：

《列子》八卷。（江蘇巡撫采進本。）……又《穆天子傳》出於晋太康中，爲漢魏人之所未睹。而此書第三卷《周穆王》篇所叙駕八駿、造父爲御，至巨蒐、登昆侖見西王母於瑶池事，一一與《傳》相合。此非劉向之時所能僞造，可信確爲秦以前書。（中華書局，1965年）

永瑢等《四庫全書簡明目録》卷十四子部十一小説家類：

《穆天子傳》六卷。汲冢古本，晋郭璞注。所紀周穆王西行之事，爲經典所不載，而與《列子·周穆王篇》互相出入。知當時委巷流傳，有此雜記。舊史以其編紀月日，皆列起居注中，今改隸小説，以從其實。（上海古籍出版社，1985年）

章宗源《隋書經籍志考證》卷五起居注：

《穆天子傳》六卷。（汲冢書，郭璞注。）

今存。（《二十五史補編》本）

孫星衍《平津館鑒藏書籍記補遺》宋版：

《穆天子傳》六卷，題晋郭璞注，在《道藏》海字型大小。前有晋荀勖《穆天子傳序》，至正十年王漸序。此本與今世所行《漢魏叢書》本無大異同，惟末卷多未刻字，又闕"曰□禮大哭"以下并注廿字。（《續修四庫全書》本）

黄丕烈《士禮居藏書題跋記》卷四子類：

《穆天子傳》六卷。（校本。）

嘉慶乙丑，余初見九行二十二字本，信爲佳本，遂遍借諸家藏本手校於此。其最舊者爲叢書堂鈔本，然注多删節，故此所校以舊鈔本爲校，餘不過備查核也。蕘翁。（在卷首。）丙寅五月朔，書友以范刻《穆天子傳》求售，每半葉九行，行十八字，每卷次行標“晋郭璞注，明范欽訂”，似前所見范本猶翻刻也。字大悦目，印本清爽，惜前人讀過，朱墨燦然，於闕文□字，皆有按語存疑，標於上方。竊思此書在荀勖校定時，已病其殘缺，郭璞作注，間於注中存疑，後人安能以意補闕耶？通體句讀，頗便觀覽，因悉臨之，其異同處亦用朱筆標注焉。（在卷首序後。）因續見范刻本，用朱筆校之，復以九行二十二字覆勘，悉注九行本，間有用墨圈者，亦六行本也。丙寅五月三日記。（在卷首。）九行二十二字本，校本文與此刻同，疑此即從九行二十二字本出，則彼爲明刻之最先本無疑。同時又借陳仲魚所得明范欽吉、陳德文校刊本校一過，大段與此刻同，而一二處有合舊鈔者。并記。同時又借香嚴書屋藏舊鈔本，鈐有“叢書堂印本”，文與此刻同，與所校鈔本不合，且注多節略，似非善本。聊校存其一二異字。蕘翁。校畢此卷，已將夕矣。余以病軀得閒校此，雖憂亦樂也。余病前校書，已苦其煩，何况病後？家人禁予勿看書者，幾匝月矣。自下樓後，枯坐内書房，日聽家人婦子料理歲事，雖非手親治之，耳聞能毋心動乎？因借此六卷書，消我兩日憂，轉不覺其煩也。大除夕燃燭，復翁識。丙子秋日，借玄妙觀《道藏》本校，又正數字，皆就前校影鈔《道藏》本所誤者，餘净校《道藏》，别有本子在。復翁。（以上各跋均在卷末後。）（《續修四庫全書》本）

洪頤煊《校正穆天子傳序》：

《穆天子傳》六卷，晋太康二年，汲縣民盗發魏襄王墓中所得竹書也。

書記周穆王游行四海，見帝臺、西王母，暨美人盛姬死事。《隋書·經籍志》云：“體制與今起居正同，蓋周時内史所記王命之副。”案《史記》穆王在位五十五年，此書所載，尋其甲子，不過四五年間事耳。雖殘編斷簡，其文字古雅，信非周秦以下人所能作。如《聘禮》云：“管人布幕於寢門外。”鄭君注云：“‘管’猶‘館’也，古文‘管’爲‘官’。”此書云“官人陳牲”“官人設几”乃古文之廑存者。《爾雅·釋地》云：“觚竹、北户、西王母、日下謂之四荒。”此書云：“紀迹於弇山之石，眉曰西王母之山。”與《爾雅》所記合。《史記·周本紀》云：“穆王崩，子共王繄扈立。”司馬貞《索隱》引《世本》作“伊扈”。此書云：“喪主伊扈。”伊扈即共王也，尤足與經史相證。

據《晋書·束皙傳》，此書本五卷，末卷乃雜書十九篇之一。《索隱》引《穆天子傳》目録云：“傅瓚爲校書郎，與荀勖同校定《穆天子傳》。”今本卷首載勖序云：“謹以二尺黄紙寫上，藏之中經，副在三閣。”今本六卷，當即勖等所定也。勖時收書不謹，已多殘闕，厥後傳寫，益復失真。晁公武《郡齋讀書志》云：“書凡六卷，八千五百一十四字。”今本僅六千六百二十二字，則今本又非晁氏所見之本矣。

頤煊懼是書之荒落，因不揣檮昧，取今《漢魏叢書》本，與明程榮本、吴琯本、汪明際本、錢唐超君坦所校吴山《道藏》本，暨《史》《漢》諸注、唐宋類書所引，互相參校，表其異同，正其舛謬，爲補正文及注若干字，删若干字，改若干字，其無可校證者闕之，徒恨傳訛已久，未能盡復舊觀，如釋古彝器碑碣之十得五六云爾。

嘉慶庚申六月三日，臨海洪頤煊書於西湖詁經精舍。（《叢書集成初編》本）

周中孚《鄭堂讀書記》卷六十六子部十二之四小説家類四異聞：

《穆天子傳》六卷。（平津館叢書本。）

晋郭璞注，（璞仕履見術數類。）《四庫全書》著録。《隋志》，（起居注類。）新、舊《唐志》，（起居注類。）《讀書志》，（傳記類。）《書録解題》，（起居注類。）《通考》、《通志》（别史類。）俱載之。乃晋太康二年，汲縣民盗發魏襄王墓中所得竹書也。記周穆王游行四海，見帝臺、西王母，暨美人盛姬死事。有月日而無年，又文多斷缺，荀勖、和嶠等以隸書寫之。勖《序》稱："《春秋左氏傳》曰：'穆王肆其心，周行天下，將皆使有車轍馬迹焉。'此書所載則其事也。王好巡狩，得驊騮、緑耳之乘，造父爲御，以觀四荒，北絶流沙，西登昆侖，與《太史公記》同。汲郡收書不謹，多毁落殘缺，雖言其不典，皆是古書，頗可觀覽。"晁氏稱："郭璞注本謂之《周王游行記》。"陳氏稱："其體制與起居注正同。起居注者，自漢明德馬皇后始，漢、魏以來因之。"（以上陳説。）然其事爲經典所不載，惟《列子·周穆王篇》所載頗有相同。景純注最在先，頗引奇聞異説，蓋亦就書而注，與《山海經》注同科，非注《爾雅》之可比也。筠軒懼是書之荒落，因取《漢魏叢書》各本，暨史漢諸子、唐宋類書所引，互相參校，表其異同，正其舛謬，爲補正文及注若干字，删若干字，改若干字，其無可校證者闕之。書成，寄正孫淵如師刻入《叢書》，從此《穆傳》郭璞注，莫善於此本矣。前又有元至正庚寅北嶽王元翰（漸）序，及筠軒正序，後有附録九則。（《清人書目題跋叢刊》本）

嚴焜《〈穆天子傳注疏〉後序》：

郭弘農注《穆傳》千餘年來，未有談其學者，默齋夫子乃取而疏之，何也？表弘農也。弘農賦《游仙》，仙人也。何行不可仙，必托兵解以仙，何也？憐王敦也。王敦陰賊而駛者也，彼其視江外掌地，幾如大千世界，已與馬共之，又欲傾馬而專之，收諸時望，拘之於姑孰，脅其從而去其違，弘農亦在所拘中，故傳《山經》注《穆傳》，冀以悟之也。悟之者何也？讀《山經》《穆傳》，見四天之下有如許大世界，豎亥步之所不能盡，穆滿車轍馬迹之所不能周，而耽耽逐逐於江外掌地，以造逆而犯順，何其駛也！

弘農喜注書，傳者三書。何以知《山經》《穆傳》之傳注爲悟王敦也？弘農之注《爾雅》在夷陵，至今有《爾雅》臺；則是其父爲建平太守，因從之南游，注《爾雅》於此。當天下太平，其得意時也。其傳《山經》注《穆傳》，則在拘姑孰時。題卷首曰“記室參軍郭璞”，則王敦所辟舉之官號也。弘農嘗爲王導等參軍，皆不著記室名，名記室者，則王敦之參軍也。拘於敦所，幽愁憂思而釋二書，則不得意之時也。文王拘而演《周易》，仲尼厄而作《春秋》，屈原放而作《離騷》。弘農二書憂此志也。卜筮，賤技耳，即曰不吉，亦細至毛甲，何至於嬰暴怒而加害？大凡陰賊之人，外示寬而中險狹，略不慊即恨次於骨，必泄其毒於人，不顧毒之反中其身及其子孫。此在郭解原涉輕狹之徒，原不足責，而世家顯位亦出於此，是自促其亡滅也。敦恃能害弘農，不吾敢逆耳；以弘農所憑，何難擲一杯隨葛仙公而去，而故從至於南岡，受其害不之距？未一月而敦死，斫棺戮尸，子應受沉江之慘，種盡殄矣。而弘農去爲都録司，命治虚臺。朝廷贈太守表其忠，子鶩又守臨賀，視敦究何如也！

夫子爲時藝師，師之賤者也。雖賤，師亦有道，不直則道不見，故來學藝於夫子，必直言之，亦遭陰賊者之見銜，幾危其身；幸未危又見羈，不能脱去，幽愁憂思，無以排解，乃取原注而加以疏，附以考傳論辨，使讀之者鼓舞歡欣，恐卷或盡，不復以短爛缺訛捨去，則功於弘農者也。

前序爲固始曾進士力行，則當客豫時，年十四，學藝於夫子者也。後序爲宜良嚴進士烺，則當宦滇時，年十五，學藝於夫子者也。

又吾家海珊公遂成先夫子，吏滇過辰溪，謂鐘鼓洞與大西山、小西山，皆穆天子藏書室。二酉昔指爲秦人藏書處，而鐘鼓洞未傳。傳自明正統間，樵夫入洞見書，報縣。縣令某往取之，書隨風滅，盡無存。此説亦見於夫子《稗珠録》。海珊公《鐘鼓洞詩》有云：“即如穆天子，藏其副於柱下史。而乃取其餘，八駿馱之行萬里。大西小西高崎嶔，洞虚其中綆汲深。棄此免受耰鋤侵，千萬世後有知音。書顯晦有幸不幸，天留待真讀書人。人非其人脱相遇，寧隨風滅化灰塵。”夫子亦謂酉陽牧使心腹役探江壁藏棺，棺開盡書，書出灰滅，役與牧俱死。彼其心不在書，若求書，豈有死之者？《圖經》謂穆天子藏書二酉，去辰州頗遠。見於酉陽者，豈穆天子之書，而小酉實秦人之書？今疏典雜撰未之及，故於序後補出之。嗟乎！非其人而遇，此書化灰塵而隨以死，以心不在書耳。心在書而遇之，且讀而疏通證明之，心與天游，長生必自於是也。

受業門人嚴烺匡山拜跋。（丁錫根《中國歷代小説序跋集》，人民文學出版社，1996年）

范邦甸等撰，江曦、李婧點校《天一閣書目》卷三之二子部小説類：

《穆天子傳》六卷（刊本），晋郭璞注，宋王漸序，明司馬公偉。（《中國歷代書目題跋叢書》本）

陳揆《稽瑞樓書目》附記各櫥：

《穆天子傳》一册。（《叢書集成初編》本）

張金吾《愛日精廬藏書志》卷二十七子部小説類：

《穆天子傳》六卷。（舊鈔本。）晋郭璞注。前有荀勖序，序首有結銜五行，云“侍中中書監光禄大夫濟北侯臣勖”，（一行。）“領中書令郎上蔡伯臣嶠言部”，（二行。）“秘書主書令史譴�給”，（三行。）“秘書校書中郎張宙”，（四行。）“郎中傅瓚校古文《穆天子傳》已訖僅并第録”，（五行。）世行本無此五行。案《史記索隱·穆天子傳》目録云“傅瓚爲校書郎與荀勖同校定《穆天子傳》”，蓋即此。板心有“元覽中區”四字，蓋秦酉岩藏本也。荀勖序。（《續修四庫全書》本）

瞿鏞《鐵琴銅劍樓藏書目録》卷十七子部五小説家：

《穆天子傳》六卷。（舊鈔本。）舊題曰：“古文”，又“郭璞注，荀勖校定”。向爲楊五川藏書，依元刊本傳録。葉心有“萬卷樓雜録”五字。後馮己蒼得之，以錫山秦氏鈔本校過，改正訛字，補録序首結銜五行，其文云：“侍中中書監光禄大夫濟北侯臣勖。（一。）領中書會議郎上蔡伯臣嶠，言部。（二。）秘書主書令史譴勳給。（三。）秘書校書中郎張宙。（四。）郎中傅瓚校古文《穆天子傳》已訖，謹并第録。（五。）”别本皆無之。孱守老人跋云：“此册爲楊夢羽儀所藏。崇禎己卯借得錫山秦汝操繡石書堂鈔本，并取家所有范欽本校讀一過，兩日始終卷。老眼已昏，燈下更自草草。識於空居閣。”今上方朱筆皆其手迹，可寶也。（卷首有“上黨馮氏藏本”“魚虞嚴珍藏印”“稽瑞樓”諸朱記。）（《清人書目題跋叢刊》本）

邵懿辰撰，邵章續録《增訂四庫簡明目録標注》卷十四子部十二小説家類異聞之屬：

《穆天子傳》六卷，汲冢古本，晋郭璞注。

天一閣刊本。《漢魏叢書》本。《古今逸史》本。明趙標刊本。《龍威秘書》本。明青蓮閣單刊本。平津館刊本。

[附録]洪頤煊有校刊本。此書元刊失傳，别無善本。明代《三代遺書》、天一閣、《古今逸史》、青蓮閣刊，皆從王玄瀚本出，并不佳。平津館所刊，亦未見舊本。昭文張氏舊鈔，雖題銜與合，恐故作僞書以欺人者。（星詒。）

[續録]明鈔元至正本，十行，佳。《道藏》三卷本。《説郛》本。《子書百種》本。嘉慶九年金□山房刊本。道光十二年東萊翟氏五經歲遍齋刊本。有補遺

一卷。秘書二十八種本。《四部叢刊》本。昭文張氏有舊鈔本，前有荀勗序，首有結銜五行云：侍寺中中書監光禄大夫濟北侯臣勖。（一行。）領中書令議郎上蔡伯臣嶠。言部（二行。）秘書主書令史譴勛給（三行。）秘書校書中郎張宙。（四行。）郎中傅瓚。校古文穆天子傳已訖。謹并第録。（五行。）此五行，世行本無。按《史記索隱》引《穆天子傳目録》云：傅瓚爲校書郎。與荀勖同校定《穆天子傳》，蓋即指此。板心有"元覽中區"四字，蓋秦酉岩藏本。傅沅叔有舊鈔本。道光中人臨袁壽階校景宋鈔本，有五人結銜。與張本同。

《穆天子傳注疏》，清擅萃疏，坊刊本。《碧琳琅館叢書》本。（上海古籍出版社，1979年）

楊紹和《宋存書室宋元秘本書目》卷三子部校本：

校本《穆天子傳》一册。

嘉慶乙丑，余初見九行廿二字本，信爲佳本，遂遍借諸家藏本手校於此。其最舊者爲叢書堂鈔本，然注多删節。故此所校，以舊鈔本爲據，餘不過備查核也。蕘翁。（在卷首。）

丙寅五月朔，書友以范刻《穆天子傳》求售。每半葉九行，行十八字。每卷次行標"晋郭璞注，明范欽訂"，似前所見范本猶翻刻也。字大悦目，印本清爽。惜前人讀過，朱墨燦然，於闕文□字，皆有案語存疑，標於上方。竊思此書在荀勖校定時已病其殘缺，郭璞作注，間於注中存疑，後人安能以意補缺耶？通體句讀，頗便觀覽，因悉臨之。其異同處，亦用朱筆標注焉。（在卷首《序》後。）因續見范刻本，用朱筆校之，復以九行二十二字覆勘，悉注九行本。間有用墨圈者，亦六行本也。丙寅五月三日記。（在卷首。）

九行二十二字本校本又與此刻同，疑此即從九行二十二字本出。則彼爲明刻之最先本無疑。同時又借陳仲魚所得明范欽吉、陳德文校刊本校一過，大段與此刻同，而一二處有合舊鈔者，并記。同時又借香嚴書屋藏舊鈔本，鈐有"叢書堂印"，本文與此刻同，與所校鈔本不合，且注多節略，似非善本。聊校存其一二異字。蕘翁。

校畢此卷，已將夕矣，余以病軀得閒校此，雖憂亦樂也。予病前校書，已苦其煩，何况病後？家人禁勿看書者，幾匝月矣。自下樓後，枯坐内書房，日聽家人婦子料理歲事，雖非手親治之，耳聞能毋心動乎？因借此六卷書，消我兩日憂，轉不覺其煩也。大除夕燃燭，復翁識。

丙子秋日，借玄妙觀《道藏》本校，又正數字，皆就前校影鈔《道藏》本所誤者。餘净校《道藏》，别有本子在。復翁。（以上各跋均在末卷後。）（《續修四庫全書》本）

楊紹和《楹書隅録續編》卷三子部：

校本《穆天子傳》一册。

（記録與上文同，略。）（《續修四庫全書》本）

丁丙藏，丁仁編《八千卷樓書目》卷十四子部小説家類：

《穆天子傳》。（汲冢古本，晋郭璞注。《漢魏叢書》本，《古今逸史》本，《龍威秘書》本，《子書百種》本，《平津館附録一卷》本。）（《續修四庫全書》本）

陸心源《皕宋樓藏書志》卷六十四子部小説類三：

《穆天子傳》四卷。（明嘉靖刊本。）汲冢古本，晋郭璞注。（《續修四庫全書》本）

張之洞撰，范希曾補正《書目答問補正》卷一史部古史第四：

《穆天子傳》郭璞注七卷。洪頤煊校。平津館本，又《古今逸史》本。檀萃《穆傳注疏》博而多謬，不録。(補)嘉慶間鄂不館刻洪校本，潮州鄭氏龍溪精舍重刻平津館本，又《四部叢刊》影印明天一閣刻本，又涵芬樓《道藏舉要》影印《道藏》本。仁和丁謙《穆天子傳地理考證》六卷，民國四年杭州局刻《浙江圖書館叢書》第二集本，可備考，惟不盡可信。

（《山海經》《竹書紀年》《穆天子傳》三書，有僞托而多荒唐，然皆秦以前人所爲。）（上海古籍出版社，2011年）

秦榮光《補晋書藝文志》卷三子部小説家類：

《汲冢穆天子傳》五篇。（案言周穆王游行四海，見帝臺、西王母，據本書《束皙傳》。又案《隋志》云："體例與今起居注同，蓋周時内史所記，王命之副也。"《晁氏讀書志》云："本謂之《周王游行記》，原叙中書監荀勖、校書郎中傅瓚同校定，以二尺黄紙寫上。"）（《二十五史補編》本）

姚振宗《隋書經籍志考證》卷十五史部五起居注類：

《穆天子傳》六卷，汲冢書，郭璞注。

郭璞有《毛詩拾遺》，見經部詩類。

晋侍中中書監光禄大夫濟北侯臣荀勖序曰："古文《穆天子傳》者，太康二年汲縣民不準盗發古冢所得書也，皆竹簡素絲編。以臣勖前所考定古尺度，其簡長二尺四寸，以墨書，一簡四十字。汲者，戰國時魏地也。案所得《紀年》，蓋魏惠成王子今王之冢也，於《世本》蓋襄王也。案《史記·六國年表》，自今王二十一年至秦始皇三十四年燔書之歲，八十六年。及至太康二年初得此書，凡五百七十九年。其書言周穆王游行之事。《春秋左氏傳》曰：‘穆王欲肆其心，周行於天下，將皆使有車轍馬迹焉。’此書所載則其事也。王好巡守，得盜驪、騄耳之乘，造父爲御，以觀四荒，北絶流沙，西登昆侖，見西王母，與太史公記同。汲郡收書不謹，多毁落殘缺，雖其言不典，皆是古書，頗可觀覽。謹以二尺黄紙寫上，請事平以本簡書及所新寫，并付秘書繕寫，藏之中經，副在三閣。謹序。”

《春秋經傳集解後序》：《正義》引王隱《晋書·束晳傳》曰：“《周王游行》五卷，説周穆王游行天下之事，今謂之《穆天子傳》。”

《晋書·束晳傳》：《竹書叙目》曰：“《穆天子傳》五篇，言周穆王游行四海，見帝臺、西王母。”

《晋書·郭璞傳》：“璞又注《三倉》《方言》《穆天子傳》，并傳於世。”

本《志》篇叙曰：“晋時得汲冢書，有《穆天子傳》，體制與今起居注正同，蓋周時内史所記，王命之副也。”

《唐書·經籍志》：“《穆天子傳》六卷，郭璞注。（一本“注”誤作“撰”。）”

《唐書·藝文志》：“郭璞《穆天子傳》六卷。”

《宋史·藝文志》别史類：“郭璞注《穆天子傳》六卷。”

晁氏《讀書志》傳記類：“《穆天子傳》六卷。晋太康二年汲縣民盜發古冢所得，凡六卷，八千五百一十四字。詔荀勖、和嶠等以隸字寫之。郭璞注本謂之《周王游行記》。勖之時，古文已不能盡識，時有缺者，又轉寫益誤，殆不可讀。”

陳氏《書録解題》：“《穆天子傳》六卷，晋武帝時汲冢所得書。其體制與起居注正同，郭璞爲之注。”

《玉海·藝文》傳記類：“《穆天子傳》，《中興書目》六卷。《拾遺記》曰：‘穆王三十二年巡行天下，有書史十人，記其所行之地。’”

《四庫》小説家《提要》曰：“按《晋書·束晳傳》云：《穆天子傳》五篇，又《雜書》十九篇：《周食田法》《周書》《論楚事》《周穆王美人盛姬死事》。按今盛姬載《穆天子傳》第六卷，蓋即束晳所謂《雜書》之一篇也。尋其文義，應歸此傳，《束晳傳》别出之，非也。此書紀事有月日而無年，又文多斷缺，所紀雖多誇言寡實，然所謂西王母者，不過西方一國君；所謂縣圃者，不過爲飛鳥百獸之所飲食，爲大荒之圃澤，無所謂神仙怪異之事；所謂河宗氏者，亦僅國名，無所謂魚龍變見之説。較《山海經》《淮南子》，猶爲近實。《列子·周穆王篇》所載與此傳相出入，蓋當時流俗有此載記，如後世小説野乘之類，故《列禦寇》得拾摭其文耳。世所傳汲冢書《師春》之類，久已亡佚，《逸周書》又屬誤入《紀年》，僞妄顯然，其真存於今者，惟此傳矣。”

又《簡明目録》曰："《穆天子傳》六卷，汲冢古本，晋郭璞注。所紀周穆王西行之事，爲經典所不載，而與《列子・周穆王篇》互相出入，知當時委巷流傳有此雜記，舊史以其編紀日月，皆列起居注中，今改隸小説，以從其實。"

臨海洪頤煊校刊序曰："案《史記》，穆王在位五十五年，此書所載，尋其甲子，不過四五年間事耳。雖殘編斷簡，其文字古雅，信非周、秦以下人所能作，尤足與經史相證。據晁氏《志》云'書凡六卷，八千五百一十四字'，今本僅六千百二十二字，則又非晁氏所見之本矣。"（清華大學出版社，2014年）

姚振宗《漢書藝文志拾補》諸子略拾補第二小説家者流：

《穆天子傳》六卷。（汲冢竹書荀勖本。）

晋荀勖校上，序曰："古文《穆天子傳》者，其書言周穆王游行之事。《春秋左氏傳》曰：'穆王欲肆其心，周行於天下，將皆使有車轍馬迹焉。'此書所載則其事也。王好巡守，得驊騮、騄耳之乘，造父爲御，以觀四荒，北絶流沙，西登昆侖，見西王母，與《太史公記》同。汲郡收書不謹，多毀落殘缺。雖其言不典，皆是古書，頗可觀覽。"

《隋志》史部起居注篇："《穆天子傳》六卷，汲冢書，郭璞注。"又曰："晋時，又得汲冢書，有《穆天子傳》，體制與今起居正同，蓋周時内史所記王命之副也。"《唐・經籍志》："《穆天子傳》六卷，郭璞注。"《藝文志》："郭璞《穆天子傳》六卷。"《宋史・志》别史類："郭璞注《穆天子傳》六卷。"

晁氏《讀書志》曰："《穆天子傳》六卷。晋太康二年，汲縣民盗發古冢所得。凡六卷八千五百一十四字，詔荀勖、和嶠等以隸字寫之。郭璞注本謂之《周王游行記》。勖之時，古文已不能盡識，時有闕者，又轉寫益誤，殆不可讀。"

《四庫提要》曰："按《束晳傳》云'《穆天子傳》五篇，又《雜書》十九篇，《周食田法》《周書》《論楚事》《周穆王美人盛姬死事》'。按今盛姬事載《穆天子傳》第六卷，蓋即束晳所謂《雜書》之一篇也。尋其文義，應歸此傳。《束晳傳》别出之，非也。此書記事，有月日而無年，又文多斷缺。所紀雖多誇言寡實，然所謂西王母，不過西方一國君；所謂縣圃者，不過飛鳥百獸之所飲食，爲大荒之圃澤，無所謂神仙怪異之事；所謂河宗氏者，亦僅國名，無所謂魚龍變見之説，較《山海經》《淮南子》猶爲近實。《列子・周穆王篇》所載，與此傳相出入，蓋當時流俗有此載記，如後世小説野乘之類，故列禦寇得捃采其文耳。世所傳汲冢書《師春》之類，久已亡佚。《逸周書》又屬誤入《紀年》，僞妄顯然，其真存於今者，惟此傳矣。"

臨海洪頤煊校刊序曰："案《史記》穆王在位五十五年，此書所載，尋其甲子，不過四五年間事耳。雖殘片斷簡，其文字古雅，信非周、秦以下人所能作，尤足與經史相證。據晁《志》云，書凡六卷八千五百一十四字，今本僅六千六百二十二字，則又非晁氏所見之本矣。”（《二十五史補編》本）

趙爾巽等《清史稿》卷一百四十七藝文三小説類：

《穆天子傳補正》六卷，陳逢衡撰。

《穆天子傳注疏》六卷，檀萃撰。（中華書局，1976年）

丁國鈞《補晋書藝文志》卷二乙部史録起居注類：

《穆天子傳注》六卷。（郭璞。）

謹按：見《隋志》。《舊唐志》誤作郭璞撰。（《二十五史補編》本）

吴士鑒《補晋書經籍志》乙部史録起居注類：

郭璞注《穆天子傳》六卷。見《隋志》。《舊唐志》“注”誤作“撰”。（《二十五史補編》本）

孫德謙撰，張雲整理《漢志藝文略・僞造略》：

自漢以來，書之假托者夥矣。……郭注《穆傳》，半襲《山經》。……（清華大學出版社，2012年）

魯迅《中國小説史略》第二篇《神話與傳説》：

晋咸寧五年，汲縣民不準盗發魏襄王冢，得竹書《穆天子傳》五篇，又雜書十九篇。《穆天子傳》今存，凡六卷；前五卷記周穆王駕八駿西征之事，後一卷記盛姬卒於途次以至反葬，蓋即雜書之一篇。傳亦言見西王母，而不叙諸異相，其狀已頗近於人王。（上海古籍出版社，1998年）

劉師培《左盦集》卷五《穆傳補釋自序》：

《隋書・經籍志》起居注類載《穆天子傳》六卷，注云：“《汲冢書》，郭璞注。”新、舊《唐書》均同。《晋書・束晳傳》則謂書本五卷，末卷乃雜書十九篇之一，蓋五卷爲汲冢舊簡，末卷則校者以雜書并入也。此書雖出西晋初，然地名符於《山海經》，人名若孔牙、耿翛，均見《書序》。所載賓祭、禮儀、器物，亦與《周官禮》《古禮經》相符，則非後人贋造之書矣。考穆王賓於西王母，其事具載《列子》。馬遷修史，亦著其文。雖所至之地，均今葱嶺絶西。然證以《山海經》諸編，則古賢遺裔，恒宅西陲，西周以前，往來互達。穆王西征，蓋亦率行軒轅、大禹之軌耳，不得泥博望以前西域未通之説也。

惟斯書多古文，鈔胥復多舛挩，宋晁公武《郡齋讀書志》已謂轉寫益誤，殆不可讀。明人所刊，校讎益疏。近人檀萃、徐文靖、陳逢衡均注此書，然均泛亂無條紀，檀本增補字句，尤爲蔑古。惟洪翟所校爲差善。孫詒讓《札迻》列校義若干條，亦均精審。師培幼治此書，病昔治此書者率昧考地，因以今地考古名，互相證驗，古義古字亦稍闡發，成書一卷，顏曰“補釋”。惟書中古字，率多未詳；又卷三“世民之子”，雖復深思仍昧厥解。世有善思誤書之士，尚其闡此蘊義乎？

己酉正月，劉師培序。（中國書店，2008年）

潘景鄭《妙道人手校舊鈔〈穆天子傳〉跋》：

《穆天子傳》未見宋元舊本，流傳至今，以明天一閣本爲最善，以其從元本所自出。吾吴袁氏五硯樓藏有校影宋鈔本，後歸張氏愛日精廬，今已不可蹤迹。此舊鈔本所據，即天一閣本，前有妙道人朱筆題記云：“從五硯樓影宋鈔本校録，并取洪頤煊校正本正其未是，就各書翻繹引用之語，隨記上方，足稱善本。”妙道人者，爲吾鄉前輩吴有堂先生志忠，即世稱璜川吴氏者是也。其所刻《經學叢書》極精，惟遺迹流傳絶少。此册爲獨山莫氏銅井文房舊物，楚先生手跋考證爲詳。莫氏書散，歸積學齋徐氏。曾幾何時，支流入市廛，余遂得之，今藏此亦且十年矣。緬懷聚散之無常，鄉賢遺澤，猶蕲長護，爰加裝璜，爛然如新，後有得者，其善保之！

乙酉八月十日。（丁錫根《中國歷代小説序跋集》，人民文學出版社，1996年）

求真《評〈穆天子傳西征講疏〉》：

此書内容分爲《讀穆傳十論》《穆傳西征年曆》《穆傳西征地圖》《新校定本穆天子傳》《穆天子傳西征講疏》《附録穆天子傳知見書目提要》六部分。大要以《穆天子傳》係周穆王時作品，周穆王西征到了波蘭，西王母係周穆王女。共引證各書以校對本書，用力可謂至勤，惟可惜大前題差誤，因此這部書亦僅能爲作古代國威遠播假想的資料。

研究旅行家所到的地，根據旅行的記録，其中有日期及里數的兩點，對於考證所到的地，大有幫忙的；因以日對里，以里對日，共有若干里，每日可走若干路，不難算出。《穆天子傳》正有日期與里數這兩點，對於周穆王所到的西王母邦究在何地，可以推知。但著者注重里數，忘却日數與里數的比較研究，而且里數在《穆天子傳》中説：“宗周至於西北大曠原，萬四千里。”他是從洛陽出發，經平漢路繞道綏遠、寧夏、甘肅、青海，又繞至甘肅到了新疆的，這樣彎曲的路綫，一萬四千里，當在新疆，不能太遠。著者要延長至於土耳其并至歐洲靠近波羅的海的波蘭，以“馳驅千里，至於巨蒐氏”，這個千里大於“南濟於河，馳驅千里，入於宗周”的千里三倍，因將“自西北大曠原，乃還東南、復至於陽紆七千里”，“則三倍七千里，得二萬一千里”，再加上自陽紆以東“還至宗周的三千里”，共二萬四千里，就可以到波蘭了。但穆傳的“文山……馳驅千里，至於巨蒐氏”，他以爲“自今之哈密，通至河套鳥喇特旗北”，以巨蒐靠近陽紆在河套是對的，而以文山可以采石，即哈密的星星峽，産白黑星星石。文山是不是星星峽，誠爲問題，由他解釋，是以由他作證。文山没有强有力的證據是星星峽，則他的此説没有了根據，全部可以推翻的。

假定文山即星星峽，綏遠以東之地用中國里計，綏遠以西之地用中國里以三倍計，而與日期相對照則又不符。著者作有《西征年曆》，將今本《穆天子傳》開首“戊寅，天子北征，絶漳水”（宋本開首多十餘字。）的“戊寅”，計爲周穆王十三年閏二月初十日，“戊申，天子西征，騖行至於陽紆之山”，計“戊申”爲三月十一日，以陽紆山在燕然之山東，當在包頭附近，漳水以爲在山西襄垣縣即濁漳水。由陽紆至洛陽爲“三千里”，而由陽紆至漳水已用了三十一日，由漳水至洛陽尚有一千里（“升於大行，南濟於河，馳驅千里，入於宗周”。）的日期因書有脱文不能計算，是二千里用三十日走，每日平均走六十餘里。依著者的《西穆年曆》，周穆王於十四年三月初六日“東歸”自大曠原，八月十三日“天子南征陽紆之東尾”，除去其中有明文到了“采石之山，天子一月休”，又在重□休息五日，文山休息四日，共計一百一十餘日，由大曠原至陽紆爲七千里，用一百一十餘日走，每日平均走六十餘里。

依據著者所考訂的日期，用《穆天子傳》原文的里數，在綏遠以東每日走六十餘里，在綏遠以西每日也走六十餘里。假若在綏遠以東用中國的里數，每日可走六十餘里，綏遠以西里數既用三倍，而日數也要用三倍。不然，在綏遠以東每日走六十餘里，到綏遠以西每日要走一百九十里，同一走也，何此短而彼長？况平均每日走一百九十里，是事實不可能，周穆王雖騎八駿馬善走，而同行者爲六師之人，不見了得六師之人均騎的是八駿馬？是著者之證據根本摇動，其結論自不可靠。

（《人文月刊》，1935年第4期）

案：秦榮光《補晋書藝文志》子部小説家類著録《汲冢穆天子傳》五篇。姚振宗《漢書藝文志拾補》諸子略拾補小説家者流著録《穆天子傳》六卷，注稱汲冢竹書荀勖本。姚氏《隋書經籍志考證》史部起居注類又著録《穆天子傳》六卷，注稱汲冢書郭璞注。丁國鈞《補晋書藝文志》乙部史録起居注類、吴士鑒《補晋書經籍志》乙部史録起居注類著録同。《清史稿·藝文志》小説類則著録陳逢衡撰《穆天子傳補正》六卷，檀萃撰《穆天子傳注疏》六卷。

《汲冢穆天子傳》，通稱《穆天子傳》，又名《周王游行記》，乃西晋時汲縣人不準盗發魏襄王（一説魏安釐王）墓所得之竹書。書出時爲古文，經荀勖、束晳等整理，以隸書寫之，然當時古文已多有不識者。其發出之年有不同説法：唐修《晋書·武帝紀》云咸寧五年（279年）；王隱《晋書·武帝紀》《束晳傳》及唐修《晋書·律曆志》云太康元年（280年）；王隱《晋書·荀勖傳》、唐修《晋書·束晳傳》、荀勖《〈穆天子傳〉序》及盧無忌所立《太公碑》并云太康二年（281年）。三説各有所據，同存於世。雷學淇《竹書紀年義證》調和三説，曰："竹書發於咸寧五年十月，明年三月吴郡平，遂上之。《帝紀》之説，録其實也。餘就官收以後上於帝京時言，故曰太康元年。《束晳傳》云二年，或命官校理之歲也。"此説頗爲通達。王隱《晋書·束晳傳》云"《周王游行》五卷，説周穆王游行天下之事。今謂之《穆天子傳》"，唐修《晋書·束晳傳》曰"《穆天子傳》五篇，言周穆王游行四海，見帝臺、西王母"。據此可知原書爲五篇，或謂五卷，乃記周穆王游行之事，初名《周王游行記》，由中書監荀勖、校書郎中傳瓚共同校定；後乃稱《穆天子傳》，但仍爲五卷。又，陶潛《讀〈山海經〉》詩有"泛覽《周王傳》"句，可知此書又名《周王傳》。稱名雖不同，要之爲同一書，乃穆王當時游行之記録。然自《隋書·經籍志》以來，各書目著録皆作《穆天子傳》六卷，第六卷實爲穆王美人盛姬事，非《周王游行記》。考汲冢所出《雜書十九篇》中有題爲《周穆王美人盛姬死事》者，晋郭璞爲《周王游行記》作注，以《周穆王美人盛姬死事》屬穆王時事，附於五卷之末，書名仍爲《周王游行記》。其後流傳之六卷本更名《穆天子傳》。晁公武《郡齋讀書志》云："按《春秋左氏傳》'穆王欲肆其心，周行天下，將皆有車轍馬迹焉'。此書所載，即其事也。穆王好巡狩，得驊騮、緑耳之乘，造父爲御，以觀四荒。北絶流沙，西登昆侖，與太史公記同。"陳振孫《直齋書録解題》云："其體制與起居注同。起居注者，自漢明德馬皇后始，漢、魏以來因之。"清人則以其爲小説。今人承清人之説，也以小説目之。

書以編年記事，所記特詳，文頗淳古，或爲穆王隨行史官之記録也。因此之故，《隋書·經籍志》以下，《日本國見在書目録》《舊唐書·經籍志》《新唐書·藝文志》《通志·藝文略》《直齋書録解題》《國史經籍志》《傳是樓書目》等均入史部起居注類，《崇文總目》《郡齋讀書志》入史部傳記類，《書目答問》入史部古史類。又有不全信其事爲實者，故或入史部雜傳類，如《遂初堂書目》；或入史部别史類，如《宋史·藝文志》《山西通志》；或入之史部雜史類，如《澹生堂藏書目》《錢遵王述古堂藏書目》。然明《天一閣書目》、清《四庫全書總目》入子部小説家，四庫館臣所給之理由是："《穆天子傳》舊皆入起居注類。徒以編年紀月，叙述西游之事，體近乎起居注耳。實則恍惚無徵，又非《逸周書》之比。以爲古書而存之可也，以爲信史而録之，則史體雜、史例破矣。今退置於小説家，義求其當，無庸以變古爲嫌也。”今人多依四庫館臣意見，視其爲小説。

歷代學者不僅對《穆天子傳》歸類各執一詞，對其成書時代與作者也有多種説法：其一，西周史官實録説，始於《隋書·經籍志》，明胡應麟持此説，今人顧實、岑仲勉、常徵、孫致中、衛挺生附和之；其二，書成於春秋末戰國初，作者無考，今人王範之主之；其三，成書於戰國説，其作者則又有中山人、趙人、魏人等説，清王謨以爲戰國時人因《列子·周穆王篇》而附會之，近人衛聚賢以爲是戰國時中山人所作，顧頡剛以爲出自戰國趙人之手，今人錢伯泉云戰國時魏人所爲；其四，漢以後人僞作説，以清人姚際恒爲代表。

有關《穆天子傳》之研究，明清以來很多，尤其是民國以來，一度成爲熱點。代表者有：清人檀萃《穆天子傳注疏》、陳逢衡《穆天子傳注補正》、郝懿行《穆天子傳注補》，近人劉師培《穆天子傳補釋》、衛聚賢《穆天子傳研究》、顧實《穆天子傳西征講疏》、于省吾《穆天子傳新證》、衛挺生《穆天子傳今考》、顧頡剛《穆天子傳及其著作時代》、丁謙《穆天子傳地理考證》及日人小川琢治《穆天子傳考》，今人王貞珉《穆天子傳簡論》、王範之《穆天子傳所記古代地名與部族》、常徵《穆天子傳是僞書嗎》、錢伯泉《先秦時期的“絲綢之路”——〈穆天子傳〉的研究》、繆文遠《穆天子傳是一部什麼樣的書》等。

該書的版本主要有：《道藏》本、《古今逸史》本、《四庫全書》本、《漢魏叢書》本等，較通行的是洪頤煊校正之《平津館叢書》本。今人標點本則有：王貽梁、陳建敏《穆天子傳匯校集釋》，華東師範大學出版社1994年版；王天海《穆天子傳全譯》，貴州人民出版社1997年版。另有1999年上海古籍出版社所編《漢魏六朝筆記小説大觀》本《穆天子傳》。

博物志

案：秦榮光《補晋書藝文志》、丁國鈞《補晋書藝文志》、文廷式《補晋書藝文志》、吴士鑒《補晋書經籍志》均在子部小説家類著録《博物志》十卷，題張華撰。

《新唐書・藝文志》子部小説家類最早著録張華《博物志》十卷。張華《博物志》有關資料見本书第四卷《兩唐書藝文經籍志著録小説資料集》，爲節省篇幅，此從略。

張公雜記

王嘉撰，蕭綺録，齊治平校注《拾遺記》卷九：

張華字茂先，挺生聰慧之德，好觀秘異圖緯之部，捃采天下遺逸。自書契之始，考驗神怪，及世間閭里所説，造《博物志》四百卷，奏於武帝。帝詔詰問："卿才綜萬代，博識無倫。遠冠羲皇，近次夫子。然記事采言，亦多浮妄。宜更删剪，無以冗長成文！昔仲尼删《詩》《書》，不及鬼神幽昧之事，以言怪力亂神，今見卿此志，驚所未聞，異所未見，將恐惑亂於後生，繁蕪於耳目，可更芟截浮疑，分爲十卷。"即於御前賜青鐵硯，此鐵是于闐國所獻，而鑄爲硯也；賜麟角爲筆管，此遼西國所獻；側理紙萬番，此南越所獻。後人言"陟里"，與"側理"相亂，南人以海苔爲紙，其理縱横邪側，因以爲名。帝常以《博物志》十卷置於函中，暇日覽焉。（中華書局，1981年）

魏收《魏書》卷八十二《常景列傳》：

景所著述數百篇，見行於世。删正晋司空張華《博物志》，及撰《儒林》《列女傳》各數十篇云。（中華書局，1974年）

房玄齡等《晋書》卷三十六《張華列傳》：

張華，字茂先，范陽方城人也。父平，魏漁陽郡守。華少孤貧，自牧羊，同郡盧欽見而器之。鄉人劉放亦奇其才，以女妻焉。華學業優博，辭藻温麗，朗贍多通，圖緯方伎之書莫不詳覽。少自修謹，造次必以禮度。勇於赴義，篤於周急。器識弘曠，時人罕能測之。初未知名，著《鷦鷯賦》以自寄。其詞曰……陳留阮籍見之，嘆曰："王佐之才也！"由是聲名始著。郡守鮮于嗣薦華爲太常博士。盧欽言之於文帝，轉河南尹丞，未拜，除佐著作郎。頃之，遷長史，兼中書郎。朝議表奏，多見施用，遂即真。晋受禪，拜黄門侍郎，封關内侯。華强記默識，四海之内，若指諸掌。武帝嘗問漢宫室制度及建章千門萬户，華應對如流，聽者忘倦，畫地成圖，左右屬目。帝甚異之，時人比之子産。數歲，拜中書令，後加散騎常侍。遭母憂，哀毁過禮，中詔勉勵，逼令攝事。初，帝潛與羊祜謀伐吴，而群臣多以爲不可，唯華贊成其計。……及吴滅，詔……進封爲廣武縣侯，增邑萬户，封子一人爲亭侯，千五百户，賜絹萬匹。華名重一世，衆所推服，晋史及儀禮憲章并屬於華，多所損益，當時詔誥皆所草定，聲譽益盛，有台輔之望焉。……微爲忤旨，間言遂行。乃出華爲持節、都督幽州諸軍事、領護烏桓校尉、安北將軍。撫納新舊，戎夏懷之。東夷馬韓、新彌諸國依山帶海，去州四千餘里，歷世未附者二十餘國，并遣使朝獻。於是遠夷賓服，四境無虞，頻歲豐稔，士馬强盛。朝議欲徵華入相，又欲進號儀同。……頃之，徵華爲太常。以太廟屋棟折，免官。遂終帝之世，以列侯朝見。惠帝即位，以華爲太子少傅，與王戎、裴楷、和嶠俱以德望爲楊駿所忌，皆不與朝政。……楚王瑋受密詔殺太宰汝南王亮、太保衛瓘等，内外兵擾，朝廷大恐，計無所出。華白帝以“瑋矯詔擅害二公，將士倉卒，謂是國家意，故從之耳。今可遣騶虞幡使外軍解嚴，理必風靡”。上從之，瑋兵果散。及瑋誅，華以首謀有功，拜右光禄大夫、開府儀同三司、侍中、中書監，金章紫綬。固辭開府。賈謐與后共謀，以華庶族，儒雅有籌略，進無逼上之嫌，退爲衆望所依，欲倚以朝綱，訪以政事。疑而未决，以問裴頠，頠素重華，深贊事華。華遂盡忠匡輔，彌縫補闕，雖當暗主虐后之朝，而海内晏然，華之功也。華懼后族之盛，作《女史箴》以爲諷。賈后雖凶妒，而知敬重華。久之，論前後忠勛，進封壯武郡公。華十餘讓，中詔敦譬，乃受。數年，代下邳王晃爲司空，領著作。及賈后謀廢太子……后知華等意堅，因表乞免爲庶人，帝乃可其奏。

初，趙王倫爲鎮西將軍，撓亂關中，氐羌反叛，乃以梁王肜代之。或説華曰……華從之，肜許諾。秀友人辛冉從西來，言於肜曰：“氐羌自反，非秀之爲。”故得免死。倫既還，諂事賈后，因求録尚書事，後又求尚書令。華與裴頠皆固執不可，由是致怨，倫、秀疾華如仇。……及倫、秀將廢賈后……華方晝卧，忽夢見屋壞，覺而惡之。是夜難作，詐稱詔召華，遂與裴頠俱被收。華將死，謂張林曰：“卿欲害忠臣耶？”林稱詔詰之曰：“卿爲宰相，任天下事，太子之廢，不能死節，何也？”華曰：“式乾之議，臣諫事具存，非不諫也。”林曰：“諫若不從，何不去位？”華不能答。……遂害之於前殿馬道南，夷三族，朝野莫不悲痛之。時年六十九。華性好人物，誘進不倦，至於窮賤候門之士有一介之善者，便咨嗟稱咏，爲之延譽。雅愛書籍，身死之日，家無餘財，惟有文史溢於機篋。嘗徙居，載書三十乘。秘書監摯虞撰定官書，皆資華之本以取正焉。天下奇秘，世所稀有者，悉在華所。由是博物洽聞，世無與比。……華著《博物志》十篇，及文章并行於世。（中華書局，1974年）

魏徵、令狐德棻《隋書》卷三十四《經籍志三》子部雜家：

《博物志》十卷，張華撰。《張公雜記》一卷。（張華撰，梁有五卷，與《博物志》相似，小小不同。又有《雜記》十卷，何氏撰，亡。）《雜記》十一卷。

（張華撰。梁有《子林》二十卷，孟儀撰。亡。）

同上，卷三十五《經籍志四》集部别集：

晋司空《張華集》十卷。（《録》一卷。）（中華書局，1973年）

歐陽修、宋祁《新唐書》卷五十九《藝文志》丙部子録雜家類：

《張公雜記》一卷。（張華。）（中華書局，1975年）

鄭樵《通志》卷六十八《藝文略》諸子類第六雜家：

《博物志》十卷，張華撰。又十卷。《張公雜記》一卷。（張華撰。梁有五卷，大概似《博物志》。）（《四部備要》本）

晁公武撰，孫猛校證《郡齋讀書志校證》卷十三子部小説類：

周、盧注《博物志》十卷，盧氏注六卷。右晋張華撰。載歷代四方奇物異事。兩本前六卷略同，無周氏注者稍多而無後四卷。周名日用。《西京賦》曰："小説九百，起自虞初。"周人也。其小説之來尚矣，然不過志夢卜、紀譎怪、記談諧之類而已。其後史臣務采異聞，往往取之。故近時爲小説者始多及人之善惡。甚者肆喜怒之私，變是非之實，以誤後世。至於譽桓温而毁陶侃、褒盧杞而貶陸贄者有之。今以志怪者爲上，褒貶者爲下云。（上海古籍出版社，1990年）

高似孫《子略》子鈔：

張華《博物志》十卷，又十卷。《張公雜記》一卷。（張華撰，梁有五卷，大概似《博物志》。）《雜記》十一卷。（張華撰。）（《學津討原》本）

佚名《錦繡萬花谷前集》卷二十《博學》：

三十車書。張華讀三十車書，作《博物志》四百卷，武帝以爲繁，祇作十卷。（殷文圭啓注。）

同上，《後集》卷二十四《樓》：

望氣起牛斗間。蕭方等《三十國春秋》曰："張華善天文，解望氣。元康初，嘗與鄱陽雷孔章共夜登樓，而見一氣起牛斗間，華謂孔章曰：'此何氣也？'對曰：'其寶劍乎？'"

同上，《後集》卷三十二《笛》：

雜引相和。晋太始十年，中書監荀勖、中書令張華，令赧王鼓筝，宋同吹笛，以爲雜引相和。

同上，《後集》卷三十五《食饌》：

龍鮓。有人遺張華鮓，華曰："此龍肉也。遂沃以苦酒中，有五色光。"（出《世説》。）

同上，《後集》卷三十六《冠冕》：

鳩拂。晋永康九年，正月大會，有鳩入御座武帳中，拂司空張華之冠。（出《三十國春秋》。）（《文淵閣四庫全書》本）

章如愚《群書考索》卷四十六禮器門博物：

晋荀勖造鐘律，武帝以其與周漢器合，故施用之。阮咸病其聲高，後掘地得古銅尺，歲久欲腐，不知出何代，果長勖尺四分，時人服之。時有人於嵩高山下得竹簡一枚，上兩行科斗書，莫有知者。張華以問束晳，晳曰："此漢明帝陵中策文也。"檢之，果然。當時天下奇秘者，悉在華所，由是博物洽聞，强記默識，四海之内若指諸掌。武帝嘗問漢宫室制度，及建章千門萬户，華應對如流，時人比之子産。華又撰《博物志》十卷，采録雜説異聞，名類不一而足。（《館閣書目》。）（書目文獻出版社，1992年）

王應麟《玉海》卷五十七藝文記志《晋博物志》：

《張華傳》"著《博物志》十篇"。《唐志》小説家"十卷"。（《隋志》雜家"十卷"。）《書目》"十卷"。采録雜説、異聞，有周日用、盧氏注釋，間見於下。（晁氏云："載歷代四方奇物異事，首卷有《地理略》，後有贊文。"）《拾遺記》："張華作《博物志》，晋武賜以麟角筆管，遼西所獻；青鐵硯，于闐所貢鐵；側理紙萬番，南越所貢。"《北史》："常景删正張華《博物志》。"《隋志》："《張公雜記》一卷，張華撰，（《唐志》雜家。）梁有五卷，與《博物志》相似，小不同。又《雜記》十一卷。郭義恭《廣志》二卷。"《後漢·郡國志·律志》注引《博物記》，《春秋正義》引《博物志》《廣志》，《魏志》《後漢書》注引《博物》。（江蘇古籍出版社、上海書店，1988年）

佚名《氏族大全》卷九《博物》：

張華字茂先，博物洽聞，著《博物志》千篇。嘗徙居，載書三十乘。作詩出於王粲，猶恨兒女情多，風雲態少。晋武朝拜侍中中書，賜金章紫綬。永熙末，少子韙以中台星坼，勸華避位，不聽，竟爲趙王倫所害。（《文淵閣四庫全書》本）

馬端臨《文獻通考》卷二百十五《經籍考四十二》子・小説家：

周、盧注《博物志》十卷，盧氏注六卷。殷文奎啓注："晋張華讀三十車書，作《博物志》四百。武帝以爲繁，衹作十卷。"晁氏曰："晋張華撰，載歷代四方奇物異事。兩本前六卷略同，無周氏注者稍多，而無後四卷，周名日用。"《西京賦》曰："小説九百，起自虞初。周人也，其小説之來尚矣，然不過志夢卜、紀譎怪、記談諧之類而已。其後史臣務采異聞，往往取之。故近時爲小説者始多及人之善惡。甚者肆喜怒之私，變是非之實，以誤後世。至於譽桓温而毀陶侃、褒盧杞而貶陸贄者有之。今以志怪者爲上，褒貶者爲下云。"陳氏曰："其書作奇聞異事，華能辨龍鮓，識劍氣，其學固然也。"（中華書局，1986年）

胡應麟《少室山房筆叢》卷二十九《九流緒論下》"漢藝文志"條：

《漢・藝文志》所謂小説，雖曰街談巷語，實與後世《博物》《志怪》等書迥别，蓋亦雜家者流，稍錯以事耳。

同上，"博物志十卷"條：

《博物志》十卷，晋張華撰。華博洽冠古今，此書所載，疏略淺猥，亡復倫次，疑後世類書中録出者。然《隋志》亦僅十卷，每用爲疑。近閲一雜説，記唐人殷文圭云："華原書四百卷，武帝删之，止作十卷。"始信余見有吻合者。蓋《隋志》乃武帝所删本，至宋不無脱落，後人又從《廣記》録出，雖十卷，實二三存，并非隋世之舊，故益寥寥耳。（《隋志》有《張公雜記》，楊用修所稱《博物記》，蓋即此書。殷文圭，《通考》作文奎，非是。其説詳《拾遺記》中。）

同上，卷三十六《二酉綴遺中》"楊用修謂"條：

楊用修謂世但知《博物志》，而不知有《博物記》，記乃漢人所撰，余讀《太平廣記》目無此書，僅丙生類一事，稱出《博物記》，而内言及魏郭后，恐非漢人所撰。意以記爲志字誤，而今傳茂先《博物志》又無此事，姑識此，以俟再考。其説云：漢末關中大亂，有發前漢時宫人冢者，人猶活，既出，容色如舊。魏郭后愛念之，録置宫中，常在左右，問漢時宫内事，説之了了，皆有次序，郭崩，哭泣過禮，遂死。（中華書局，1958年）

孫承澤《春明夢餘録》卷六十四《名迹一》：

張華宅在固安縣東北八里，猶有一八角井，乃其故宅。村中今多張姓，是其後人。固安户册有曰張華里者。萬曆中，知縣胡其俊審編次，重其姓諱，更唱曰賢，今則編張賢里。張墓在盧溝東南回城故基。

張侍中所著《博物志》，昔人謂多得之琅嬛洞中。附載其事："茂先嘗爲建安從事，游於洞宫，還，一人於途問華曰：'君讀書幾何？'華曰：'華之未讀者，二十年内書蓋有之也，若二十年外則華固已盡讀之矣。'其人論議超然，華頗内服，相與歡甚。因共至一處，大石中忽然有門，引華入數步，則别是天地，宫室嵯峩。引入一室中，陳書滿架，其人曰：'此歷代史也。'又至一室，則曰：'萬國志也。'每室各有奇書，惟一室屋宇頗高，封識甚嚴，有二犬守之。華問故，答曰：'此皆玉京紫微、金真七瑛、丹書紫字諸秘笈。'指二犬曰：'此龍也。'華歷觀諸室，書皆漢以前事，多所未聞者，如《三墳》《九邱》《檮杌》《春秋》亦皆在焉。華心樂之，欲賃住數十日，其人笑曰：'君癡矣，此豈可賃地耶！'即命小童送出，華問地名，曰：'琅嬛福地也。'華甫出門，忽然自閉。華回視之，但見雜草藤蘿，繞石而生，石上苔蘚，亦合初無縫隙。撫石徘徊久之，望石下拜而去。"又按：《博物志》四百卷，武帝嫌其冗，命删爲十卷，即於御前賜青鐵硯、麟角筆、側理紙萬番。茂先學識爲當代所推，其所著《博物志》，王者視之若《河圖》《大訓》，意必有三代之制作，聖賢之謨訓，非止於奇聞異見也。今之所行，薈撮淺説，必非華舊，蓋晋室東遷，五車遭阨，秘書所藏，盡爲烏有，華《志》寧獨存耶！《隋史》載在《經籍志》者，當時已指爲贋書。其在於今，又惡知其果同隋氏本否也？晋室梁、趙之亂，首執張華，華曰："式乾之議，諫事具存，可覆按也。"收者曰："諫而不從，何不去位？"華無以對。已而收及石崇，崇曰："奴輩利吾家財爾！"收者曰："知財爲禍，何不早散之？"崇不能答。於是并被害。

同上，卷七十《陵園》：

燕昭王墓，《九州要記》曰："在古漁陽北之無終山。"《一統志》云："在府西清河岸側之燕丹村，昭王墓前有斑貍，化爲書生，欲往見司空張華，時墓前華表亦神，語班貍曰：'張公難籠絡，子非但自誤，亦且誤及老表。'遂見華，容止風流，華雅重之，論及文史，互有勝負，言卒便退。華已使人防門，不得出。豐城令雷煥謂華曰："此千年老精，必千年枯木照之，則形見。"遂使人伐昭王墓前華表，伐者聞華表嘆曰："老貍果誤我！"於華表穴中得青衣小兒，長二尺餘，使還，未至洛陽而變成枯木，遂燃以照之，貍露真形。"（《文淵閣四庫全書》本）

方以智《通雅》卷三：

升庵言張華作《博物志》，漢前已有《博物記》。元瑞因類書有載《博物記》言魏郭后事，證非漢人。夫安知漢前不曾有《博物記》邪？茂先續之耳，李石又續之。如廣客談通本《輟耕録》，皆鈔之贊寧，《物類相感志》十卷，《説郛》載一卷，曰東坡著。今見曹明仲《格古要論》，全抄之。（中國書店，1990年）

陸隴其《三魚堂文集》卷三《靈壽志論》：

物生於天而成於人，嘉禾必植，稂莠必剪，鷄豚必畜，虎豹必遠，要使各得其所而已。孔子言學《詩》多識鳥獸草木之名，豈欲其廣異聞、資談説已耶？夫亦民生日用之物，有天下國家者，所當裁成，輔相學士不可不知者耳。不然，《山海經》《博物志》不賢於《三百篇》哉！（右論物産。）（《文淵閣四庫全書》本）

張華撰，范寧校證《博物志校證》附録姚際恒《古今僞書考》：

《博物志》，稱張華撰。唐殷文奎爲注曰："張華讀三十車書，作《博物志》四百卷。武帝以爲繁，止作十卷。"案此書淺猥無足觀，决非華作。殷之所云，正以飾是書之陋耳。魏、晋間人何嘗有著書四百卷者？且從中選得十卷，不知當若何佳，今乃爾耶！

同上，附録黄丕烈《刻連江葉氏〈博物志〉跋》：

予家有汲古閣影鈔宋本《博物志》，末題云"連江葉氏"，與今世所行本复然不同。嘗取而讀之，乃知茂先此書大略撮取載籍所爲，故自來目録皆入之雜家。其體例之獨創者，則隨所撮取之書，分别部居，不相雜厠。如卷首《括地象》畢，方繼以《考靈耀》是也。以下雖不能條舉所出，然《列子》《山海經》《逸周書》等皆顯然可驗。今本强立門類，割裂遷就，遂使蕩析離居，失其恉趣，致爲巨謬矣。（按通行本分三十八類，黄本止卷一爲《地理略》，以後不分門類。）考晁氏《讀書志》及《通考》，皆載周日用注十卷，即是此本。晁氏云"首卷《地理略》，後有贊文"，實爲吻合。遂刻之以正今本之失。於中仍不免訛錯，如《時含神霧》（三），時是詩之誤，毌丘儉遺王頎（三），頎是頎之誤，右詹山帝女化爲詹艸（六），右詹山是古畚山之誤……此等皆不難校正，今悉仍其舊者，恐失真也。略標數端，以待善讀者引申焉。若夫《通考》所云："《博物》四百，本非有成書。"而劉昭《郡國志注》、小司馬《索隱》、李崇賢《文選注》及《藝文類聚》、《初學記》、《太平御覽》所引，多出今本外。《隋志》云："《博物志》十卷，張華撰。"又云："《張公雜記》一卷，張華撰，梁有五卷，與《博物志》相似，小小不同。"又云："《雜記》十一卷，張華撰。"然則所引或出二書歟？

倘好事者搜輯纂録，不妨别存梗概，苟欲執彼以補此，則恐取無事自擾之誚，有所未可也。嘉慶八年正月吴縣黄丕烈書。

同上，附録錢熙祚《刻〈博物志〉跋》：

今世相傳《博物志》十卷，凡三十八類。分析處都無義理。惟士禮居刻仿宋連江葉氏本，不分門類，段目次序與俗本大異。然以唐、宋類書所引校之，脱簡自一二字至數行不等。其他前後復見雜出不倫者甚夥。至太姒夢見商之庭産棘條，掇拾《周書·程寤》《大聚》《武順》《度邑》四篇文，連合爲一，尤屬巨謬。竊意宋初原書尚存，故《御覽》《廣記》引《博物志》往往出今本外。此係葉氏删節之本，未免移易改竄。逮全帙既亡，後人覺葉本不安，輒以意强析門類，卒不知其愈失愈遠也。黄蕘圃謂此書大略撮取載籍所爲，故自來目録皆入雜家。其説至確。乃遽以葉本爲全書，而疑散見於他所稱引者爲《張公雜記》，亦執持太過矣。余既主葉本，雜采宋以前諸書，補正其脱誤，并輯逸文，附著卷末。惟《太平廣記》引蕭思遇、崔書生、趙平原三事，皆在茂先後，斷非《博物志》文，今置不録云。庚子季夏（道光二十年）錫之甫識。（中華書局，1980年）

徐文靖著，范祥雍點校《管城碩記》卷二十八《楊升庵集》：

楊氏曰："漢有《博物記》，非張華《博物志》也。周公謹云：不知誰著。考《後漢書》注，始知《博物記》爲唐蒙作。"按《後漢書·郡國志》"犍爲郡有魚涪津"，劉昭引《蜀都賦》注云："魚符津數百步，在縣北三十里，縣臨大江，岸便山嶺相連，經益州郡，有道廣四五尺，深或百丈，塹鑿之迹今存，昔唐蒙所造。《博物記》：縣西百里有牙門山。《華陽國志》：縣西有熊耳峽，南有峨眉山。"此蓋言塹鑿之迹，至今尚存，乃唐蒙所創造也。下引《博物記》《華陽國志》以見其縣又有諸山耳，豈可以唐蒙造《博物記》爲一句乎？"又按：《隋·經籍志》曰："《博物志》十卷，張華撰。《張公雜記》一卷，張華撰，梁有五卷，與《博物志》相似，小小不同。"又《史記·龜策傳》云："桀爲瓦室。"注曰："《世本》昆吾作陶，張華《博物記》亦云桀作瓦，據此，則《博物記》亦張華作也。"《史記》注現有明徵，何乃云唐蒙所造乎？近《本草綱目》《山海經》《廣注》皆引唐蒙《博物記》，誤皆自升庵始也。（《學術筆記叢刊》本）

周中孚《鄭堂讀書記》卷六十七子部小説家類：

原本《博物志》十卷。（吴門黄氏士禮居刊本。）晋張華撰，宋周日用等注。（華仕履見譜録類，日用始末無考，署曰汝南，舉郡望耳。）《隋志》雜家類載《博物志》十卷，新、舊《唐志》，《崇文目》，《書録解題》雜家類，《通志》

雜家，《宋志》俱同。《讀書志》及《解題》又載周、盧注《博物志》十卷，盧氏注六卷，《通考》同。晁氏稱是書“載歷代四方奇物異事。兩本前六卷略同，其無周氏注者稍多，而無後四卷”。是本前有黄蕘圃（丕烈）刊序，謂“予家有汲古閣影鈔宋本，末題云‘連江葉氏’，與今世所行本，夐然不同。嘗取而讀之，乃知茂先此書，大略撮取載籍所爲，故自來目録皆入之雜家。其體例之獨創者，則隨所撮取之書，分别部居，不相雜厠。如卷首《括地象》畢，方繼以《考靈耀》是也。以下雖不能條舉所出，然列於《山海經》《逸周書》等，皆顯然可驗。今本强立門類，割裂遷就，遂使蕩析離居，失其指趣，致爲巨謬矣。考《讀書志》及《通考》皆載周日用注十卷，即是此本。遂刻之以正今本之失，於中仍不免訛錯，皆不難校正，今悉仍其舊者，恐失真也”。今觀是本，前有茂先原序，與今本同。其載日用注及盧氏注，各繫姓氏以别之，亦與今本同。特所載皆屬寥寥耳。此本當爲張氏原書，後人未見其書，别采遺文，裒合成編，又雜取他書附益之，故不能如此之本詳備也。考《隋志》（雜家類。）又載《張公雜記》一卷，注云：“張華撰，梁有五卷，與《博物志》相似，小小不同。”又有《雜記》十一卷，注云：“張華撰。”《新唐志》（雜家類。）亦載《張公雜記》一卷，然則《史記索隱》《續漢書注》《三國志注》《文選注》及《藝文類聚》《初學記》《太平御覽》所引，多有出於此本外者，或即《張公雜記》之文歟？

《博物志》十卷。（《漢魏叢書》本。）舊題晋張華撰，《四庫全書》著録。案茂先原書，吴門黄蕘圃以影鈔宋本校刊行世。與是書詳略迥異，是本蓋後人未見原書，惟采掇諸書所引，而附益以他小説，分類成編。故證以諸書所引，或有或無，或合或不合也。其書前有茂先原序，凡分三十八目，頗近類事之書。考《讀書志》《書録解題》皆不言其分類録事，此則非張氏原書之明證也。且又録及唐人所撰《隋書》之文，則其編次亦甚無端緒矣。《秘書二十一種》亦收入之。（《清人書目題跋叢刊》本）

馬國翰《玉函山房輯佚書》卷七十三子編雜家類《〈博物記〉序》：

《博物記》一卷，漢唐蒙撰，《漢書》無蒙傳，《西南夷傳》載建子之等大行王恢擊東粤，東粤殺王郢以報恢，因兵威使番陽令唐蒙風曉南粤云云。又謂蒙上書説上通夜郎，拜蒙以中郎將。又《司馬相如傳》云：“相如爲郎，數歲，會唐蒙，使略通夜郎僰中，發巴蜀吏卒千人，郡又多爲發轉漕萬餘人，用軍興法誅其渠率，巴蜀民大驚恐。上聞之，乃遣相如責唐蒙等，因諭巴蜀民以非上意。”然則蒙在孝武之世勸主開邊數興戎馬，其人蓋貳師之流也。所著《博物記》，隋、唐《志》皆不著録，佚已久，惟《後漢書補志》劉昭注引，凡五十餘節。劉生梁代，其時蒙《記》尚在，故及引之。書主考據，於地理加詳，如謂淇、澳爲二水，邛、防爲

二地，可補《毛詩注疏》之缺。張茂先者，《博物志》以《地志》爲首，其勷於斯乎？歷城馬國翰竹吾甫。（長沙瑯嬛館補校本）

姚振宗《隋書經籍志考證》卷三十子部七雜家：

《張公雜記》一卷，張華撰。梁有五卷，與《博物志》相似，小小不同。

《唐書·藝文志》：《張公雜記》一卷，注云張華。

梁又有《雜記》十卷，何氏撰，亡。

何氏不知何人。

案：此亦是《張公雜記》爲何氏撰録之别本。

《雜記》十一卷，張華撰。

《四庫》著録張華《博物志》提要曰：又劉昭《續漢志注·律曆志》引《博物記》一條，《輿服志》引《博物記》一條，《五行志》引《博物記》二條，《郡國志》引《博物記》二十九條。《齊東野語》謂《博物記》當是秦漢間古書，張華取其名而爲志。楊慎《丹鉛録》亦稱據《後漢書注》，《博物記》乃唐蒙所作。今觀裴松之《三國志注》引《博物記》四條，又於《魏志·凉茂傳》中引《博物記》一條，灼然二書，更無疑義。（謹案：凡此所引《博物記》，似皆出以上三部之雜記。《律曆志》注引凡三條，又《百官志》注、《禮儀志》注亦引之。）

仁和孫志祖《讀書脞録》曰：楊升庵《丹鉛録》云："漢有《博物記》，非張華《博物志》也。周公謹云不知誰著。考《後漢書》注，始知《博物記》爲唐蒙作。"志祖案：《後漢書·郡國志》犍爲郡下有《蜀都賦》注："塹鑿之迹今存，昔唐蒙所造。"本爲唐蒙開道事也，其下乃引《博物記》："縣西百里有牙門山。"升庵誤以爲"唐蒙所造"連下"《博物記》"爲讀，云唐蒙作《博物記》，鹵莽甚矣。胡元瑞《丹鉛新録》亦未加駁正。（覆案《郡國志》，碻爲楊氏誤讀劉昭注文。）

案此所載，知《博物志》之外本有《博物記》，亦名《張公雜記》，且不止一種，綜《七録》、本志所有，凡三本。《日本書目》"《博物志》十卷"，之次又有《博物章》十卷。其書或當時相傳，或後人所録。《晋書》本傳載海鳧毛、白龍鮓、武庫雉雊、臨平石鼓、豐城劍氣、華陰赤土六事，末云華之博物多此類，不可詳載，似皆取資於此類雜記之書。

又案，馬氏玉函山房輯存唐蒙《博物記》一卷，鑿空無據，爲《丹鉛録》所誤也。所輯凡五十餘節，於《續漢·禮儀志注》《三國志注》所引，皆未之及，若再加輯補，益以本傳六事，附以《御覽》如淳注一事，援本志此三書爲據，改題《張公雜記》，則庶乎其不謬矣！（清華大學出版社，2014年）

文廷式《補晋書藝文志》卷二史部儀注類：

張華《封禪儀》，《初學記》十三引之。

同上，卷四子部天文家類：

張華《列象圖》。

見《遂初堂書目》。

張華《小象賦》一卷，《三家星歌》一卷。

《玉海》引《崇文總目》。

同上，五行家類：

張華注《師曠禽經》一卷。（依托。）

今存。

同上，卷五子部小説家類：

張華《博物志》十卷。

今存。按《隋志》入雜家，今改入小説家。

《張公雜記》五卷。張華撰，與《博物志》相志（似），小小不同。

《張华雜記》十一卷。……

張華注《師曠禽經》一卷。

見《宋志》。

張華、東方朔《神異經》二卷。

見《宋志》。《日本見在書目》一卷。按《齊民要術》卷十引《神異經》曰："南方荒中有沛竹，其子美，食之，已瘡鬁。"張茂先注曰："子，筍也。"則此書後魏以前有之。（《二十五史補編》本）

丁國鈞《補晋書藝文志》卷三丙部子録小説類：

《列異傳》一卷。（張華。）謹按：見《新唐志》。

《博物志》十卷。（張華。）謹按：見《隋志》。（互見雜家類。）

《張公雜記》一卷。（張華。）謹按：見《隋志》舊注云："梁有五卷，與《博物志》相似，小小不同。"

同上，附録黜僞類子部：

《小象賦》一卷。（張華。）謹按：見《宋志》。

《三家星歌》一卷。（張華。）謹按：見《宋志》。

《玉函寶鑒星辰圖》一卷。（張華。）謹按：見《宋志》。

《三鑒靈書》三卷。（張華。）謹按：見《宋志》。

《師曠禽經注》一卷。（張華。）謹按：見《直齋書録題解》。（《二十五史補編》本）

黄逢元《補晋書藝文志》卷三丙部子録雜家類六：

《張公雜記》一卷。（張華撰。）見《隋志》注云："梁五卷，與《博物志》相似，小小不同。"又互見史部雜傳類。（《二十五史補編》本）

吴士鑒《補晋書經籍志》卷三丙部子録雜家類：

張華《博物志》十卷。《兩唐志》入小説類，今從《隋志》。本傳作十篇。

又《張公雜記》五卷。《隋志》一卷，注云："梁有五卷，與《博物志》相小小不同。"

又《雜記》十一卷。見《隋志》。

又《異物評》二卷。見《宋志》。

同上，小説家類：

張華《師曠禽經注》一卷。

同上，天文類：

張華《乾象録》一卷，《小象賦》一卷，《三家星歌》一卷，《玉函寶鑒星辰圖》一卷，《渾天列宿應見經》十二卷，《衆星配位天隔圖》一卷。并《宋志》。

同上，五行類：

張華《三鑒靈書》三卷。見《宋志》。（《二十五史補編》本）

魯迅《中國小説史略》第五篇《六朝之鬼神志怪書上》：

晋以後人之造僞書，於記注殊方異物者每云張華，亦如言仙人神境者之好稱東方朔。張華字茂先，范陽方城人，魏初舉太常博士，入晋官至司空，領著作，封壯武郡公，永康元年四月趙王倫之變，華被害，夷三族，時年六十九（232—300），傳在《晋書》。華既通圖緯，又多覽方伎書，能識災祥異物，故有博物洽聞之稱，然亦遂多附會之説。梁蕭綺所録王嘉《拾遺記》（九）言華嘗"捃采天下遺逸，自書契之始，考驗神怪，及世間閭里所説，造《博物態》四百卷，奏於武帝"，帝令芟截浮疑，分爲十卷。其書今存，乃類記異境奇物及古代瑣聞雜事，皆剌取故書，

殊乏新異，不能副其名，或由後人綴輯復成，非其原本歟？今所存漢至隋小説，大抵此類。（上海古籍出版社，1998年）

余嘉錫《四庫提要辨證》卷十八子部九小説家類三《博物志》：

嘉錫按：《提要》此篇。旁徵博引，用力頗爲勤至，與他篇之偶閲數條，便加論斷者殊科。然其所考，亦尚有未盡然者。王嘉《拾遺記》所記之事，杜撰無稽，殆無一語實録。《提要》亦謂“其言荒誕，證以史傳皆不合”。（見《總目》本卷。）故用入詞賦，取增華藻，固無不可，若竟認爲信史，資以論古，則未免爲有識所譏。《提要》譏朱彝尊采《洞冥記》“伏生受《尚書》於李克”一條入《經義考》，爲嗜博貪奇，有失别擇，非著書之體例。（見《總目》卷一百四十二《洞冥記》提要。）今方考論古書正僞，忽引荒誕之小説，殆於尤而效之矣。且黄氏士禮居所刻影宋本，并無“泰始中武庫火”一條，至謂晁公武稱“卷首有理略，後有贊文”。考宋淳佑袁州本《讀書志》卷三下作“首卷有《地理略》，後有贊文”。《玉海》卷五十七晋《博物志》條下，引晁氏曰亦同。然則今本《博物志》卷首之《地理略》，正與晁公武所見者相合。《提要》所據之《讀書志》乃傳刻之本，偶脱一“地”字耳。通行本《博物志》之贊文雖在首卷之中，影宋本實在第一卷末，與《讀書志》并無不合。“湘夫人堯之二女”一條，影宋本實在卷十，於《賓退録》亦無矛盾。特修《提要》時，未見宋本，僅就通行本立論，尚爲未足深訝耳。至《提要》他所指摘，則皆深中要害。此書之非張華原本，殆無疑義。而近人丁國鈞《補晋書藝文志》（卷三。）乃曰：“考《北史·常景傳》，有删正《博物志》語，是世所傳本，已非張氏之舊。段公路《北户録》及《文選注》所引各條，多出今本之外，疑據景未删之本。”其言亦似足以解紛。然何以解於其文與《拾遺記》《漢武内傳》諸僞書相暗合乎？（書中明引《列子》，近人多疑《列子》晋人僞作，則未必在張華之前。）黄丕烈《刻博物志序》云：“予家有汲古閣影鈔宋本《博物志》，末題云連江葉氏，與今世所行本，夐然不同。嘗取而讀之，乃知茂先此書，大略撮取載籍所爲，故自來目録皆入之雜家。其體例之獨創者，則隨所撮取之書，分别部居，不相雜厠。如卷首《括地象》畢，方繼以《考靈耀》是也。以下雖不能條舉所出，然《列子》《山海經》《逸周書》等，皆顯然可驗。今本强立門類，割裂遷就，遂使蕩析離居，失其指趣，致爲巨謬矣。（按通行本分三十八類，黄本止卷一爲《地理略》，以後不分門類。）考《讀書志》及《通考》，皆載周日用注十卷，即是此本。晁氏云‘首卷《地理略》，後有贊文’，實爲吻合。遂刻之以正今本之失。”“若夫《通考》所云：《博物》四百，非有成書。而劉昭《郡國志注》、小司馬《索隱》、李崇賢《文選注》及《藝文類聚》《初學記》《太平御覽》所引，多出今本之外。《隋志》云：‘《博物志》十卷，張華撰。’又云：

‘《張公雜記》一卷，張華撰，梁有五卷，與《博物志》相似，小小不同。’又云：‘《雜記》十一卷，張華撰。’然則所引或出二書歟？”周中孚《鄭堂讀書記》卷六十七，亦謂諸書所引，有出今本之外者，或即《張公雜記》之文。且以士禮居刊本爲張氏原書。實則均之想當然耳。較丁氏以今本爲常景所删正者，尤無根據。考據之學，貴於徵實，臆斷之説，未敢雷同。

楊慎以《博物記》爲唐蒙作，後之輯録古書者，大抵從之。惟孫志祖《讀書脞録》卷四云："楊升庵《丹鉛録》云：‘漢有《博物記》，非張華《博物志》也。周公謹云：不知誰著。考《後漢注》，始知《博物記》爲唐蒙作。’志祖案：張華《博物志》，亦稱《博物記》，無二書也。但今世所行《博物志》，本非完書，後人見劉昭注引有佚文，遂疑别一書爾。《續漢書·郡國志》，犍爲郡下有《蜀都賦》注斬鑿之迹今存，昔唐蒙所造。本謂唐蒙開道事也。其下乃引《博物記》縣西百里牙門山。升庵誤以唐蒙所造，連以《博物記》爲讀，云唐蒙作《博物記》，鹵莽甚矣。胡元瑞《丹鉛新録》，亦未加駁正。”其語極爲精核。然則是書之同於《博物記》，自是原書所有，非由後人貿然采入也。

各本所載盧氏及周日用注，均甚寥寥。《提要》疑爲後人摘附。考《玉海》卷五十七引《中興書目》云："有周日用、盧氏注釋，間見於下。"謂之間見，可見注之不詳。南宋之初傳本已然，非宋以後人之所摘附也。孫志祖疑爲明季人刻書删去，亦失之不考。（中華書局，1980年）

案：秦榮光《補晋書藝文志》子部小説家類著録《張公雜記》五卷，題張華撰。文廷式《補晋書藝文志》、丁國鈞《補晋書藝文志》子部小説家類著録《張公雜記》一卷，題張華撰，并引《隋志》云："梁有五卷，與《博物志》相似，小小不同。"姚振宗《隋書經籍志考證》、黄逢元《補晋書藝文志》、吴士鑒《補晋書經籍志》入子部雜家類，著録同文《志》。文廷式《補晋書藝文志》子部小説家類還著録有《張華雜記》十一卷。

張華（232—300年），字茂先，范陽方城（今河北固安）人。魏時爲長史、中書郎等，入晋後拜爲黄門侍郎，封關内侯，歷任中書令、散騎常侍、太常、右光禄大夫、侍中、中書監，進壯武郡公、司空，後爲趙王司馬倫及孫秀所殺。因其官至司空，故世稱"張司空"。學業優博，深諳圖緯、方技之書。《晋書》有本傳，稱其"雅愛書籍，身死之日，家無餘財，惟有文史溢於機篋。嘗徙居，載書三十乘。秘書監摯虞撰定官書，皆資華之本以取正焉。天下奇秘，世所稀有者，悉在華所。由是博物洽聞，世無與比"，"著《博物志》十篇，及文章并行於世"。

《隋書·經籍志》子録雜家類著録《張公雜記》一卷，注云："張華撰。

梁有五卷，與《博物志》相似，小小不同。”《新唐書·藝文志》《通志·藝文略》均入子部雜家，撰者與卷數同。《博物志》乃張華據所藏舊籍抄綴而成，初稿甚夥，定稿則删爲十卷。後北魏常景“删正晋司空張華《博物志》”，故世所傳《博物志》有多個版本或名稱，如稱《博物記》《張公雜記》等。《隋志》子録雜家類著録“《博物志》十卷”，而兩《唐志》改入小説家類，卷帙同。然《隋志》同時還著録有張華《雜記》十一卷。梁時《張公雜記》有五卷本，或爲常景删正《博物志》本，因十卷本通行，故五卷本梁後散佚，僅存一卷。兩《唐志》改録《博物志》入子部小説家類，却仍然將《張公雜記》留在子部雜家類，顯然不妥。清周中孚《鄭堂讀書記》始改録入小説家類，秦榮光、文廷式等《補晋書藝文志》因之。《四庫全書簡明目録》云：“《博物志》十卷，舊本題晋張華撰。實則原本散佚，後人采其遺文，裒合成編，又雜取他説附益之。故證以諸書所引，或有或無，或合或不合也。”張華《博物志》四庫提要云：“劉昭《續漢志注·律曆志》引《博物記》一條，《輿服志》引《博物記》一條，《五行志》引《博物記》二條，《郡國志》引《博物記》二十九條。《齊東野語》謂《博物記》當是秦漢間古書，張華取其名而爲志。楊慎《丹鉛録》亦稱據《後漢書注》，稱《博物記》乃唐蒙所作。今觀裴松之《三國志注》引《博物記》四條，又於《魏志·凉茂傳》中引《博物記》一條，灼然二書，更無疑義。”孫志祖《讀書脞録》指出楊慎《丹鉛録》誤讀《後漢書·郡國志》劉昭注，云漢人唐蒙作《博物記》，鹵莽已甚。姚振宗《隋書經籍志考證》則以爲：“凡此所引《博物記》，似皆出以上三部之雜記。”并指出：“案此所載，知《博物志》之外本有《博物記》，亦名《張公雜記》，且不止一種，綜《七録》、本志所有，凡三本。《日本書目》：《博物志》十卷，之次又有《博物章》十卷。其書或當時相傳，或後人所録。《晋書》本傳載海鳧毛、白龍鲊、武庫雉雊、臨平石鼓、豐城劍氣、華陰赤土六事，末云華之博物多此類，不可詳載，似皆取資於此類雜記之書。”

綜上，《張公雜記》應該是《博物志》的抄略本，或五卷，或一卷，性質并無不同。因《博物志》通行，各卷本《張公雜記》遂湮没無聞。

雜記（張華雜記）

魏徵、令狐德棻《隋書》卷三十四《經籍志三》子部雜家：

《博物志》十卷，張華撰。《張公雜記》一卷。（張華撰，梁有五卷，與《博物志》相似，小小不同。又有《雜記》十卷，何氏撰，亡。）《雜記》十一卷。（張華撰。梁有《子林》二十卷，孟儀撰。亡。）（中華書局，1973年）

歐陽修、宋祁《新唐書》卷五十九《藝文志》丙部子録雜家類：

《張公雜記》一卷。（張華。）（中華書局，1975年）

鄭樵《通志》卷六十八《藝文略》諸子類第六雜家：

《張公雜記》一卷。（張華撰。梁有五卷，大概似《博物志》。）（《四部備要》本）

高似孫《子略》子鈔：

《張公雜記》一卷。（張華撰，梁有五卷，大概似《博物志》。）《雜記》十一卷。（張華撰。）（《學津討原》本）

王應麟《玉海》卷五十七藝文記志《晋博物志》：

《隋志》：《張公雜記》一卷，張華撰。（《唐志》雜家。）梁有五卷，與《博物志》相似，小不同。又《雜記》十一卷，郭義恭《廣志》二卷。《後漢·郡國志·律志》注引《博物記》，《春秋正義》引《博物志》《廣志》，《魏志》《後漢書》注引《博物》。（江蘇古籍出版社、上海書店，1988年）

張華撰，范寧校證《博物志校證》附録黄丕烈《刻連江葉氏〈博物志〉跋》：

予家有汲古閣影鈔宋本《博物志》，末題云“連江葉氏”，與今世所行本夐然不同。……若夫《通考》所云：“《博物》四百，本非有成書。”而劉昭《郡國志注》、小司馬《索隱》、李崇賢《文選注》及《藝文類聚》《初學記》《太平御覽》所引，多出今本外。《隋志》云："《博物志》十卷，張華撰。"又云："《張公雜記》一卷，張華撰，梁有五卷，與《博物志》相似，小小不同。"又云："《雜記》十一卷，張華撰。"然則所引或出二書歟？倘好事者搜輯纂録，不妨别存梗概，苟欲執彼以補此，則恐取無事自擾之誚，有所未可也。嘉慶八年正月吴縣黄丕烈書。（中華書局，1980年）

周中孚《鄭堂讀書記》卷六十七子部小説家類：

原本《博物志》十卷。（吴門黄氏士禮居刊本。）晋張華撰，宋周日用等注。……今觀是本，前有茂先原序，與今本同。其載日用注及盧氏注，各繫姓氏以别之，亦與今本同。特所載皆屬寥寥耳。此本當爲張氏原書，後人未見其書，别采遺文，裒合成編，又雜取他書附益之，故不能如此之本詳備也。考《隋志》（雜家類）又載《張公雜記》一卷，注云："張華撰，梁有五卷，與《博物志》相似，小小不同。"又有《雜記》十一卷，注云："張華撰。"《新唐志》（雜家類）亦載《張公雜記》一卷，然則《史記索隱》《續漢書注》《三國志注》《文選注》及《藝文類聚》《初學記》《太平御覽》所引，多有出於此本外者，或即《張公雜記》之文歟？（《清人書目題跋叢刊》本）

秦榮光《補晋書藝文志》卷三子部小説家類：

……《雜記》十一卷。（……上六種并張華撰。）（《二十五史補編》本）

姚振宗《隋書經籍志考證》卷三十子部七雜家：

《張公雜記》一卷，張華撰。梁有五卷，與《博物志》相似，小小不同。

《唐書·藝文志》：《張公雜記》一卷，注云張華。

梁又有《雜記》十卷，何氏撰，亡。

何氏不知何人。

案：此亦是《張公雜記》爲何氏撰録之别本。

《雜記》十一卷，張華撰。

《四庫》著録張華《博物志》提要曰：又劉昭《續漢志注·律曆志》引《博物記》一條，《輿服志》引《博物記》一條，《五行志》引《博物記》二條，《郡國志》引《博物記》二十九條。《齊東野語》謂《博物記》當是秦漢間古書，張華取其名而爲志。楊慎《丹鉛録》亦稱據《後漢書注》，《博物記》乃唐蒙所作。今觀裴松之《三國志注》引《博物記》四條，又於《魏志·凉茂傳》中引《博物記》一條，灼然二書，更無疑義。（謹案：凡此所引《博物記》，似皆出以上三部之雜記。《律曆志》注引凡三條，又《百官志》注、《禮儀志》注亦引之。）

仁和孫志祖《讀書脞録》曰：楊升庵《丹鉛録》云："漢有《博物記》，非張華《博物志》也。周公謹云不知誰著。考《後漢書》注，始知《博物記》爲唐蒙作。"志祖案：《後漢書·郡國志》犍爲郡下有《蜀都賦》注："塹鑿之迹今存，昔唐蒙所造。"本爲唐蒙開道事也，其下乃引《博物記》："縣西百里有牙門山。"升庵誤以爲"唐蒙所造"連下"《博物記》"爲讀，云唐蒙作《博物記》，鹵莽甚矣。胡元瑞《丹鉛新録》亦未加駁正。（覆案《郡國志》，碻爲楊氏誤讀劉昭注文。）

案此所載，知《博物志》之外本有《博物記》，亦名《張公雜記》，且不止一種，綜《七録》、本志所有，凡三本。《日本書目》："《博物志》十卷"，之次又有《博物章》十卷。其書或當時相傳，或後人所録。《晋書》本傳載海鳧毛、白龍鮓、武庫雉雊、臨平石鼓、豐城劍氣、華陰赤土六事，末云華之博物多此類，不可詳載，似皆取資於此類雜記之書。

又案，馬氏玉函山房輯存唐蒙《博物記》一卷，鑿空無據，爲《丹鉛録》所誤也。所輯凡五十餘節，於《續漢·禮儀志注》《三國志注》所引，皆未之及，若再加輯補，益以本傳六事，附以《御覽》如淳注一事，援本志此三書爲據，改題《張公雜記》，則庶乎其不謬矣！（清華大學出版社，2014年）

丁國鈞《補晋書藝文志》卷三丙部子録雜家類：

《雜記》十一卷。（張華。）謹按見《隋志》。（《二十五史補編》本）

文廷式《補晋書藝文志》卷五子部小説家類：

張華《雜記》十一卷。（《二十五史補編》本）

黄逢元《補晋書藝文志》卷三丙部子録雜家類六：

《雜記》十一卷。（張華撰。）

見《隋志》，又互見史部雜傳類。（《二十五史補編》本）

吴士鑒《補晋書經籍志》卷三丙部子録雜家類：

張華《博物志》十卷。兩《唐志》入小説類，今從《隋志》。本傳作十篇。

又《張公雜記》五卷。《隋志》一卷，注云："梁有五卷，與《博物志》相似，小小不同。"

又《雜記》十一卷。見《隋志》。

又《異物評》二卷。見《宋志》。（《二十五史補編》本）

余嘉錫《四庫提要辨證》卷十八子部九小説家類三《博物志》：

嘉錫按：《提要》此篇。旁徵博引，用力頗爲勤至，與他篇之偶閲數條，便加論斷者殊科。然其所考，亦尚有未盡然者。……黄丕烈《刻博物志序》云：“予家有汲古閣影鈔宋本《博物志》，末題云連江葉氏，與今世所行本，敻然不同。嘗取而讀之，乃知茂先此書，大略撮取載籍所爲，故自來目録皆入之雜家。其體例之獨創者，則隨所撮取之書，分别部居，不相雜厠。如卷首《括地象》畢，方繼以《考靈耀》是也。以下雖不能條舉所出，然《列子》《山海經》《逸周書》等，皆顯然可驗。今本强立門類，割裂遷就，遂使蕩析離居，失其指趣，致爲巨謬矣。（按通行本分三十八類，黄本止卷一爲《地理略》，以後不分門類。）考《讀書志》及《通考》，皆載周日用注十卷，即是此本。晁氏云‘首卷《地理略》，後有贊文’，實爲吻合。遂刻之以正今本之失。”“若夫《通考》所云《博物》四百，非有成書。而劉昭《郡國志注》、小司馬《索隱》、李崇賢《文選注》及《藝文類聚》《初學記》《太平御覽》所引，多出今本之外。《隋志》云：‘《博物志》十卷，張華撰。’又云：‘《張公雜記》一卷，張華撰，梁有五卷，與《博物志》相似，小小不同。’又云：‘《雜記》十一卷，張華撰。’然則所引或出二書歟？”周中孚《鄭堂讀書記》卷六十七，亦謂諸書所引，有出今本之外者，或即《張公雜記》之文。且以士禮居刊本爲張氏原書。實則均之想當然耳。較丁氏以今本爲常景所删正者，尤無根據。考據之學，貴於徵實，臆斷之説，未敢雷同。（中華書局，1980年）

案：秦榮光《補晋書藝文志》子部小説家類著録《雜記》十一卷，題張華撰。文廷式《補晋書藝文志》子部小説家類著録同。姚振宗《隋書經籍志考證》、丁國鈞《補晋書藝文志》、黄逢元《補晋書藝文志》、吴士鑒《補晋書經籍志》入子部雜家類，卷數與撰者同。

張華生平事迹見《博物志》部分。

《雜記》一書，最先見《隋書·經籍志》子録雜家類著録，其注云：“《博物志》十卷，張華撰。《張公雜記》一卷。（張華撰，梁有五卷，與《博物志》相似，小小不同。又有《雜記》十卷，何氏撰，亡。）《雜記》十一卷。（張華撰。梁有《子林》二十卷，孟儀撰。亡。）”《舊唐書·經籍志》未見著録，《新唐書·藝文志》子録雜家類僅著録《張公雜記》一卷，未著録《雜記》十一卷。《四庫全書》張華《博物志》提要云：“劉昭《續漢志注·律曆志》引《博物記》一條，《輿服志》引《博物記》一條，《五行志》引《博物記》二條，《郡國志》引《博物記》二十九條。《齊東野語》謂《博物記》當是秦漢間古書，張華取其名而爲志。楊慎《丹鉛録》亦稱據《後漢書注》，《博物記》乃唐蒙所作。今觀裴松之《三國志注》引《博物記》四條，又於《魏志·凉茂傳》中引《博物記》一條，灼然二書，更無疑義。”以爲《博物記》或《雜記》與《博物志》别是一書。姚振宗《隋書經籍志考證》則以爲“凡此所引《博物記》，似皆出以上三部之雜記”。仁和孫志祖《讀書脞録》指出楊慎《丹鉛録》誤讀《後漢書·郡國志》劉昭注，云漢人唐蒙作《博物記》，鹵莽已甚。因此，姚氏以爲：“案此所載，知《博物志》之外本有《博物記》，亦名《張公雜記》，且不止一種，綜《七録》、本志所有，凡三本。《日本書目》：《博物志》十卷，之次又有《博物章》十卷。其書或當時相傳，或後人所録。《晋書》本傳載海鳧毛、白龍鮓、武庫雉雊、臨平石鼓、豐城劍氣、華陰赤土六事，末云華之博物多此類，不可詳載，似皆取資於此類雜記之書。”

今存《雜記》佚文七條，其中三條爲《續談助》本殷芸《小説》所引，然均爲東晋張華身後之事，斷非張華《雜記》。另四條見引於《太平御覽》，此四事則均在漢魏間，或爲張華所記。然《隋志》著録有何氏《雜記》十卷、孟儀《子林》二十卷，亦爲雜記之書，不能排除今存《雜記》佚文與他們有關。而所謂張華《雜記》十一卷，也許是張氏、何氏《雜記》合訂本。因原書已佚，無法加以釐清了。

東方朔神異經注

司馬遷撰，裴駰集解，司馬貞索隱，張守節正義《史記》卷一百二十六《滑稽列傳》：

褚先生曰：臣幸得以經術爲郎，而好讀外家傳語。竊不遜讓，復作故事滑稽之語六章，編之於左。可以覽觀揚意，以示後世好事者讀之，以游心駭耳，以附益上方太史公之三章。

武帝時，齊人有東方生名朔，（《索隱》：案仲長統云遷爲《滑稽傳》，序優旃事，不稱東方朔，非也。朔之行事，豈直旃、孟之比哉！而桓譚亦以遷爲是，又非也。《正義》：《漢書》云："平原厭次人也。"《輿地志》云："厭次，宜是富平縣之鄉聚名也。"《括地》云："富平故城在倉州陽信縣東南四十里，漢縣也。"）以好古傳書，愛經術，多所博觀外家之語。朔初入長安，至公車上書，凡用三千奏牘。公車令兩人共持舉其書，僅然能勝之。人主從上方讀之，止輒乙其處，讀之二月乃盡。詔拜以爲郎，常在側侍中。數召至前談語，人主未嘗不説也。時詔賜之食於前。飯已，盡懷其餘肉持去，衣盡汙。數賜縑帛，擔揭而去。徒用所賜錢帛，取少婦於長安中好女。率取婦一歲所者即棄去，更取婦。所賜錢財盡索之於女子。人主左右諸郎半呼之"狂人"。人主聞之，曰："令朔在事，無爲是行者，若等安能及之哉！"朔任其子爲郎，又爲侍謁者，常持節出使。朔行殿中，郎謂之曰："人皆以先生爲狂。"朔曰："如朔等，所謂避世於朝廷間者也。古之人，乃避世於深山中。"時坐席中，酒酣，據地歌曰："陸沉於俗，避世金馬門。宫殿中可以避世全身，何必深山之中，蒿廬之下？"金馬門者，宦〔者〕署門也，門傍有銅馬，故謂之曰"金馬門"。

時會聚宫下博士諸先生與論議，共難之曰："蘇秦、張儀一當萬乘之主，而都卿相之位，澤及後世。今子大夫修先王之術，慕聖人之義，諷誦《詩》、《書》、百家之言，不可勝數。著於竹帛，自以爲海内無雙，即可謂博聞辯智矣。然悉力盡忠以事聖帝，曠日持久，積數十年，官不過侍郎，位不過執戟，意者尚有遺行邪？其故何也？"東方生曰："是固非子之所能備也。彼一時也，此一時也，豈可同哉！夫張儀、蘇秦之時，周室大壞，諸侯不朝，力政争權，相禽以兵，并爲十二國，未有雌雄，得士者强，失士者亡，故説聽行通，身處尊位，澤及後世，子孫長榮。今非然也。聖帝在上，德流天下，諸侯賓服，威振四夷，連四海之外以爲席，安於覆盂，天下平均，合爲一家，動發舉事，猶如運之掌中。賢與不肖，何以異哉？方今以天下之大，士民之衆，竭精馳説，并進輻凑者，不可勝數。悉力慕義，困於衣食，或失門户。使張儀、蘇秦與僕并生於今之世，曾不能得掌故，安敢望常侍侍郎乎？傳曰：'天下無害菑，雖有聖人，無所施其才；上下和同，雖有賢者，無所立功。'故曰時異則事異。雖然，安可以不務修身乎？《詩》曰：'鼓鐘於宫，聲聞於外。''鶴鳴九皋，聲聞於天。'苟能修身，何患不榮！太公躬行仁義七十二年，逢文王，得行其説，封於齊，七百歲而不絶。此士之所以日夜孜孜，修學行道，不敢止也。今世至處士，時雖不用，崛然獨立，塊然獨處，上觀許由，下察接輿，策同范蠡，忠合子胥，天下和平，與義相扶，寡偶少徒，固其常也。子何疑於余哉！"於是諸先生默然無以應也。

建章宫後閣重櫟中有物出焉，其狀似麋。以聞，武帝往臨視之。問左右群臣習事通經術者，莫能知。詔東方朔視之。朔曰："臣知之，願賜美酒粱飯大飧臣，臣乃言。"詔曰："可。"已飧又曰："某所有公田魚池蒲葦數頃，陛下以賜臣，臣朔乃言。"詔曰："可。"於是朔乃肯言，曰："所謂騶牙者也。遠方當來歸義，而騶牙先見。其齒前後若一，齊等無牙，故謂之騶牙。"其後一歲所，匈奴混邪王果將十萬衆來降漢。乃復賜東方生錢財甚多。

至老，朔且死時，諫曰："《詩》云：'營營青蠅，止於蕃。愷悌君子，無信讒言。讒言罔極，交亂四國。'願陛下遠巧佞，退讒言。"帝曰："今顧東方朔多善言？"怪之。居無幾何，朔果病死。傳曰："鳥之將死，其鳴也哀；人之將死，其言也善。"此之謂也。（中華書局，1959年）

班固撰，顔師古注《漢書》卷六十五《東方朔傳》：

東方朔字曼倩，平原厭次人也。武帝初即位，徵天下舉方正賢良文學材力之士，待以不次之位，四方士多上書言得失，自衒鬻者以千數，其不足采者輒報聞罷。朔初來，上書曰："臣朔少失父母，長養兄嫂。年十三學書，三冬文史足用。十五學擊劍。十六學《詩》《書》，誦二十二萬言。十九學孫吴兵法，戰陣之具，鉦鼓之教，亦誦二十二萬言。凡臣朔固已誦四十四萬言。又常服子路之言。臣朔年二十二，長九尺三寸，目若懸珠，齒若編貝，勇若孟賁，捷若慶忌，廉若鮑叔，信若尾生。若此，可以爲天子大臣矣。臣朔昧死再拜以聞。"

朔文辭不遜，高自稱譽，上偉之，令待詔公車，奉禄薄，未得省見。

久之，朔紿騶朱儒，曰："上以若曹無益於縣官，耕田力作固不及人，臨衆處官不能治民，從軍擊虜不任兵事，無益於國用，徒索衣食，今欲盡殺若曹。"朱儒大恐，啼泣。朔教曰："上即過，叩頭請罪。"居有頃，聞上過，朱儒皆號泣頓首。上問："何爲？"對曰："東方朔言上欲盡誅臣等。"上知朔多端，召問朔："何恐朱儒爲？"對曰："臣朔生亦言，死亦言。朱儒長三尺餘，奉一囊粟，錢二百四十。臣朔長九尺餘，亦奉一囊粟，錢二百四十。朱儒飽欲死，臣朔飢欲死。臣言可用，幸異其禮；不可用，罷之，無令但索長安米。"上大笑，因使待詔金馬門，稍得親近。

上嘗使諸數家射覆，置守宫盂下，射之，皆不能中。朔自贊曰："臣嘗受《易》，請射之。"乃别蓍布卦而對曰："臣以爲龍又無角，謂之爲蛇又有足，跂跂脈脈善緣壁，是非守宫即蜥蜴。"上曰："善。"賜帛十匹。復使射他物，連中，輒賜帛。

時有幸倡郭舍人，滑稽不窮，常侍左右，曰："朔狂，幸中耳，非至數也。臣願令朔復射，朔中之，臣榜百，朔不能中，臣賜帛。"乃覆樹上寄生，令朔射之。朔曰："是窶藪也。"舍人曰："果知朔不能中也。"朔曰："生肉爲膾，乾肉爲脯；著樹爲寄生，盆下爲窶數。"上令倡監榜舍人，舍人不勝痛，呼謈。朔笑之曰："咄！口無毛，聲警警，尻益高。"舍人恚曰："朔擅詆欺天子從官，當棄市。"上問："朔何故詆之？"對曰："臣非敢詆之，乃與爲隱耳。"上曰："隱云何？"朔曰："夫口無毛者，狗竇也；聲警警者，鳥哺鷇也；尻益高者，鶴俛啄也。"舍人不服，因曰："臣願復問朔隱語，不知，亦當榜。"即妄爲諧語曰："令壺齟，老柏塗，伊優亞，狋吽牙。何謂也？"朔曰："令者，命也。壺者，所以盛也。齟者，齒不正也。老者，人所敬也。柏者，鬼之廷也。塗者，漸洳徑也。伊優亞者，辭未定也。狋吽牙者，兩犬争也。"舍人所問，朔應聲輒對，變詐鋒出，莫能窮者，左右大驚。上以朔爲常侍郎，遂得愛幸。

久之，伏日，詔賜從官肉。大官丞日晏不來，朔獨拔劍割肉，謂其同官曰："伏日當蚤歸，請受賜。"即懷肉去。大官奏之。朔入，上曰："昨賜肉，不待詔，以劍割肉而去之，何也？"朔免冠謝。上曰："先生起，自責也！"朔再拜曰："朔來！朔來！受賜不待詔，何無禮也！拔劍割肉，一何壯也！割之不多，又何廉也！歸遺細君，又何仁也！"上笑曰："使先生自責，乃反自譽！"復賜酒一石，肉百斤，歸遺細君。

初，建元三年，微行始出，北至池陽，西至黄山，南獵長楊，東游宜春。微行常用飲酎已。八九月中，與侍中常侍武騎及待詔隴西北地良家子能騎射者期諸殿門，故有"期門"之號自此始。微行以夜漏下十刻乃出，常稱平陽侯。旦明，入山下馳射鹿豕狐兔，手格熊羆，馳鶩禾稼稻粳之地。民皆號呼罵詈，相聚會，自言鄠杜令。令往，欲謁平陽侯，諸騎欲擊鞭之。令大怒。使吏呵止，獵者數騎見留，乃示以乘輿物，久之乃得去。時夜出夕還，後齎五日糧，會朝長信宫，上大歡樂之。是後，南山下乃知微行數出也，然尚迫於太后，未敢遠出。丞相御史知指，乃使右輔都尉徼循長楊以東，右内史發小民共待會所。後乃私置更衣，從宣曲以南十二所，中休更衣，投宿諸宫，長楊、五柞、倍陽、宣曲尤幸。於是上以爲道遠勞苦，又爲百姓所患，乃使太中大夫吾丘壽王與待詔能用算者二人，舉籍阿城以南，盩厔以東，宜春以西，提封頃畝，乃其賈直，欲除以爲上林苑，屬之南山。又詔中尉、左右内史表屬縣草田，欲以償鄠杜之民。吾丘壽王奏事，上大説稱善。時朔在傍，進諫曰：

"臣聞謙遜静慤，天表之應，應之以福；驕溢靡麗，天表之應，應之以異。今陛下纍郎臺，恐其不高也；弋獵之處，恐其不廣也。如天不爲變，則三輔之地盡可以爲苑，何必盩厔、鄠、杜乎！奢侈越制，天爲之變，上林雖小，臣尚以爲大也。

"夫南山，天下之阻也，南有江、淮，北有河、渭，其地從汧、隴以東，商、雒以西，厥壤肥饒。漢興，去三河之地，止霸、産以西，都涇、渭之南，此所謂天下陸海之地，秦之所以虜西戎兼山東者也。其山出玉石，金、銀、銅、鐵，豫章、檀、柘，異類之物，不可勝原，此百工所取給，萬民所卬足也。又有粳稻、梨、栗、桑、麻、竹箭之饒，土宜姜芋，水多蛙魚，貧者得以人給家足，無飢寒之憂。故酆、鎬之間號爲土膏，其賈畝一金。今規以爲苑，絶陂池水澤之利，而取民膏腴之地，上乏國家之用，下奪農桑之業，棄成功，就敗事，損耗五穀，是其不可一也。且盛荆棘之林，而長養麋鹿，廣狐兔之苑，大虎狼之虚，又壞人冢墓，發人室廬，令幼弱懷土而思，耆老泣涕而悲，是其不可二也。斥而營之，垣而囿之，騎馳東西，車騖南北，又有深溝大渠，夫一日之樂不足以危無堤之輿，是其不可三也。故務苑囿之大，不恤農時，非所以强國富人也。

"夫殷作九市之宫而諸侯畔，靈王起章華之臺而楚民散，秦興阿房之殿而天下亂。糞土愚臣，忘生觸死，逆盛意，犯隆指，罪當萬死，不勝大願，願陳《泰階六符》，以觀天變，不可不省。"

是日因奏《泰階》之事，上乃拜朔爲太中大夫、給事中，賜黄金百斤。然遂起上林苑，如壽王所奏云。

久之，隆慮公主子昭平君尚帝女夷安公主，隆慮主病困，以金千斤、錢千萬爲昭平君豫贖死罪，上許之。隆慮主卒，昭平君日驕，醉殺主傅，獄繫内官。以公主子，廷尉上請請論。左右人人爲言："前又入贖，陛下許之。"上曰："吾弟老有是一子，死以屬我。"於是爲之垂涕嘆息良久，曰："法令者，先帝所造也，用弟故而誣先帝之法，吾何面目入高廟乎！又下負萬民。"乃可其奏，哀不能自止，左右盡悲。朔前上壽，曰："臣聞聖王爲政，賞不避仇讎，誅不擇骨肉。《書》曰：'不偏不黨，王道蕩蕩。'此二者，五帝所重，三王所難也。陛下行之，是以四海之内元元之民各得其所，天下幸甚！臣朔奉觴，昧死再拜上萬歲壽。"上乃起，入省中，夕時召讓朔，曰："傳曰：'時然後言，人不厭其言。'今先生上壽，時乎？”朔免冠頓首曰：“臣聞樂太盛則陽溢，哀太盛則陰損，陰陽變則心氣動，心氣動則精神散，精神散而邪氣及。銷憂者莫若酒，臣朔所以上壽者，明陛下正而不阿，因以止哀也。愚不知忌諱，當死。”先是，朔嘗醉入殿中，小遺殿上，劾不敬。有詔免爲庶人，待詔宦者署。因此對復爲中郎，賜帛百匹。

初，帝姑館陶公主號竇太主，堂邑侯陳午尚之。午死，主寡居，年五十餘矣，近幸董偃。始偃與母以賣珠爲事，偃年十三，隨母出入主家。左右言其姣好，主召見，曰：“吾爲母養之。”因留第中，教書計相馬御射，頗讀傳記。至年十八而冠，出則執轡，入則侍内。爲人温柔愛人，以主故，諸公接之，名稱城中，號曰董君。主因推令散財交士，令中府曰：“董君所發，一日金滿百斤，錢滿百萬，帛滿千匹，乃白之。”安陵爰叔者，爰盎兄子也，與偃善，謂偃曰：“足下私侍漢主，挾不測之罪，將欲安處乎？”偃懼曰：“憂之久矣，不知所以。”爰叔曰：“顧城廟遠無宿宫，又有萩竹籍田，足下何不白主獻長門園？此上所欲也。如是，上知計出於足下也，則安枕而卧，長無慘怛之憂。久之不然，上且請之，於足下何如？”偃頓首曰：“敬奉教。”入言之主，主立奏書獻之。上大説，更名竇太主園爲長門宫。主大喜，使偃以黄金百斤爲爰叔壽。

叔因是爲董君畫求見上之策，令主稱疾不朝。上往臨疾，問所欲，主辭謝曰：“妾幸蒙陛下厚恩，先帝遺德，奉朝請之禮，備臣妾之儀，列爲公主，賞賜邑入，隆天重地，死無以塞責。一日卒有不勝灑掃之職，先狗馬填溝壑，竊有所恨，不勝大願，願陛下時忘萬事，養精游神，從中掖庭回輿，枉路臨妾山林，得獻觴上壽，娱樂左右。如是而死，何恨之有！”上曰：“主何憂？幸得愈。恐群臣從官多，大爲主費。”上還，有頃，主疾愈，起謁，上以錢千萬從主飲。後數日，上臨山林，主自執宰敝膝，道入登階就坐。坐未定，上曰：“願謁主人翁。”主乃下殿，去簪珥，徒跣頓首謝曰：“妾無狀，負陛下，身當伏誅。陛下不致之法，頓首死罪。”有詔謝。主簪履起，之東廂自引董君。董君緑幘傅韝，隨主前，伏殿下。主乃贊：“館陶公主胞人臣偃昧死再拜謁。”因叩頭謝，上爲之起。有詔賜衣冠上。偃起，走就衣冠。主自奉食進觴。當是時，董君見尊不名，稱爲“主人翁”，飲大歡樂。主乃請賜將軍、列侯、從官金錢雜繒各有數。於是董君貴寵，天下莫不聞。郡國狗馬蹴鞠劍客輻凑董氏。常從游戲北宫，馳逐平樂，觀鷄鞠之會，角狗馬之足，上大歡樂之。於是上爲竇太主置酒宣室，使謁者引内董君。

是時，朔陛戟殿下，辟戟而前曰：“董偃有斬罪三，安得入乎？”上曰：“何謂也？”朔曰：“偃以人臣私侍公主，其罪一也。敗男女之化，而亂婚姻之禮，傷王制，其罪二也。陛下富於春秋，方積思於六經，留神於王事，馳騖於唐、虞，折節於三代，偃不遵經勸學，反以靡麗爲右，奢侈爲務，盡狗馬之樂，極耳目之欲，行邪枉之道，徑淫辟之路，是乃國家之大賊，人主之大蜮。偃爲淫首，其罪三也。

昔伯姬燔而諸侯憚，奈何乎陛下？”上默然不應良久，曰：“吾業以設飲，後而自改。”朔曰：“不可。夫宣室者，先帝之正處也，非法度之政不得入焉。故淫亂之漸，其變爲篡，是以豎貂爲淫而易牙作患，慶父死而魯國全，管、蔡誅而周室安。”上曰：“善。”有詔止，更置酒北宫，引董君從東司馬門。東司馬門更名東交門。賜朔黄金三十斤。董君之寵由是日衰，至年三十而終。後數歲，竇太主卒，與董君會葬於霸陵。是後，公主貴人多踰禮制，自董偃始。

時，天下侈靡趨末，百姓多離農畝。上從容問朔：“吾欲化民，豈有道乎？”朔對曰：“堯、舜、禹、湯、文、武、成、康上古之事，經歷數千載，尚難言也，臣不敢陳。願近述孝文皇帝之時，當世耆老皆聞見之。貴爲天子，富有四海，身衣弋綈，足履革舄，以韋帶劍，莞蒲爲席，兵木無刃，衣緼無文，集上書囊以爲殿帷；以道德爲麗，以仁義爲準。於是天下望風成俗，昭然化之。今陛下以城中爲小，圖起建章，左鳳闕，右神明，號稱千門萬户；木土衣綺繡，狗馬被繢罽；宫人簪玳瑁，垂珠璣；設戲車，教馳逐，飾文采，叢珍怪；撞萬石之鐘，擊雷霆之鼓，作俳優，舞鄭女。上爲淫侈如此，而欲使民獨不奢侈失農，事之難者也。陛下誠能用臣朔之計，推甲乙之帳燔之於四通之衢，却走馬示不復用，則堯、舜之隆宜可與比治矣。《易》曰：‘正其本，萬事理；失之毫釐，差以千里。’願陛下留意察之。”

朔雖詼笑，然時觀察顔色，直言切諫，上常用之。自公卿在位，朔皆敖弄，無所爲屈。

上以朔口諧辭給，好作問之。嘗問朔曰：“先生視朕何如主也？”朔對曰：“自唐、虞之隆，成、康之際，未足以諭當世。臣伏觀陛下功德，陳五帝之上，在三王之右。非若此而已，誠得天下賢士，公卿在位咸得其人矣。譬若以周、邵爲丞相，孔丘爲御史大夫，太公爲將軍，畢公高拾遺於後，弁嚴子爲衛尉，皋陶爲大理，后稷爲司農，伊尹爲少府，子贛使外國，顔、閔爲博士，子夏爲太常，益爲右扶風，季路爲執金吾，契爲鴻臚，龍逢爲宗正，伯夷爲京兆，管仲爲馮翊，魯般爲將作，仲山甫爲光禄，申伯爲太僕，延陵季子爲水衡，百里奚爲典屬國，柳下惠爲大長秋，史魚爲司直，蘧伯玉爲太傅，孔父爲詹事，孫叔敖爲諸侯相，子産爲郡守，王慶忌爲期門，夏育爲鼎官，羿爲旄頭，宋萬爲式道侯。”上乃大笑。

是時，朝廷多賢材，上復問朔：“方今公孫丞相，兒大夫、董仲舒、夏侯始昌、司馬相如、吾丘壽王、主父偃、朱買臣、嚴助、汲黯、膠倉、終軍、嚴安、徐樂、司馬遷之倫，皆辯知閎達，溢於文辭，先生自視，何與比哉？”朔對曰：“臣觀其臿齒牙，樹頰胲，吐脣吻，擢項頤，結股脚，連脽尻，遺蛇其迹，行步偶旅，臣朔雖不肖，尚兼此數子者。”朔之進對澹辭，皆此類也。

武帝既招英俊，程其器能，用之如不及。時方外事胡、越，内興制度，國家多事，自公孫弘以下至司馬遷，皆奉使方外，或爲郡國守相至公卿，而朔嘗至太中大夫，後常爲郎，與枚皋、郭舍人俱在左右，詼啁而已。久之，朔上書陳農戰强國之計，因自訟獨不得大官，欲求試用。其言專商鞅、韓非之語也，指意放蕩，頗復詼諧，辭數萬言，終不見用。朔因著論，設客難己，用位卑以自慰諭。其辭曰：

“客難東方朔曰：‘蘇秦、張儀一當萬乘之主，而都卿相之位，澤及後世。今子大夫修先王之術，慕聖人之義，諷誦《詩》、《書》、百家之言，不可勝數，著於竹帛，脣腐齒落，服膺而不釋，好學樂道之效，明白甚矣；自以智能海内無雙，則可謂博聞辯智矣。然悉力盡忠以事聖帝，曠日持久，官不過侍郎，位不過執戟，意者尚有遺行邪？同胞之徒無所容居，其故何也？’

“東方先生喟然長息，仰而應之曰：‘是固非子之所能備也。彼一時也，此一時也，豈可同哉？夫蘇秦、張儀之時，周室大壞，諸侯不朝，力政争權，相禽以兵，并爲十二國，未有雌雄，得士者强，失士者亡，故談説行焉。身處尊位，珍寶充内，外有廩倉，澤及後世，子孫長享。今則不然。聖帝流德，天下震懾，諸侯賓服，連四海之外以爲帶，安於覆盂，動猶運之掌，賢不肖何以異哉？遵天之道，順地之理，物無不得其所；故綏之則安，動之則苦；尊之則爲將，卑之則爲虜；抗之則在青雲之上，抑之則在深泉之下；用之則爲虎，不用則爲鼠；雖欲盡節效情，安知前後？夫天地之大，士民之衆，竭精談説，并進輻凑者不可勝數，悉力募之，困於衣食，或失門户。使蘇秦、張儀與僕并生於今之世，曾不得掌故，安敢望常侍郎乎？故曰時異事異。

‘雖然，安可以不務修身乎哉！《詩》云：“鼓鐘於宫，聲聞於外。”“鶴鳴於九皋，聲聞於天。”苟能修身，何患不榮！太公體行仁義，七十有二乃設用於文、武，得信厥説，封於齊，七百歲而不絶。此士所以日夜孳孳，敏行而不敢怠也。辟若鶺鴒，飛且鳴矣。傳曰：“天不爲人之惡寒而輟其冬，地不爲人之惡險而輟其廣，君子不爲小人之匈匈而易其行。”“天有常度，地有常形，君子有常行；君子道其常，小人計其功。”《詩》云：“禮義之不愆，何恤人之言？”故曰：“水至清則無魚，人至察則無徒。冕而前旒，所以蔽明；黈纊充耳，所以塞聰。”明有所不見，聰有所不聞，舉大德，赦小過，無求備於一人之義也。枉而直之，使自得之；優而柔之，使自求之；揆而度之，使自索之。蓋聖人教化如此，欲自得之；自得之，則敏且廣矣。

‘今世之處士，魁然無徒，廓然獨居，上觀許由，下察接輿，計同范蠡，忠合子胥，天下和平，與義相扶，寡耦少徒，固其宜也，子何疑於我哉？若夫燕之用樂毅，秦之任李斯，酈食其之下齊，説行如流，曲從如環，所欲必得，功若丘山，海内定，國家安，是遇其時也，子又何怪之邪？語曰“以管窺天，以蠡測海，以莛撞鐘”，豈能通其條貫，考其文理，發其音聲哉！繇是觀之，譬猶鼱鼩之襲狗，孤豚之咋虎，至則靡耳，何功之有？今以下愚而非處士，雖欲勿困，固不得已，此適足以明其不知權變而終或於大道也。’”

又設非有先生之論，其辭曰：

“非有先生仕於吴，進不稱往古以厲主意，退不能揚君美以顯其功，默然無言者三年矣。吴王怪而問之，曰：‘寡人獲先人之功，寄於衆賢之上，夙興夜寐，未嘗敢怠也。今先生率然高舉，遠集吴地，將以輔治寡人，誠竊嘉之，體不安席，食不甘味，目不視靡曼之色，耳不聽鐘鼓之音，虚心定志欲聞流議者三年於兹矣。今先生進無以輔治，退不揚主譽，竊不爲先生取之也。蓋懷能而不見，是不忠也；見而不行，主不明也。意者寡人殆不明乎？’非有先生伏而唯唯。吴王曰：‘可以談矣，寡人將竦意而覽焉。’先生曰：‘於戲！可乎哉？可乎哉？談何容易！夫談有悖於目、拂於耳、謬於心而便於身者；或有説於目、順於耳、快於心而毁於行者。非有明王聖主，孰能聽之？’吴王曰：‘何爲其然也？“中人已上可以語上也。”先生試言，寡人將聽焉。’

“先生對曰：‘昔者關龍逢深諫於桀，而王子比干直言於紂，此二臣者，皆極慮盡忠，閔王澤不下流，而萬民騷動，故直言其失，切諫其邪者，將以爲君之榮，除主之禍也。今則不然，反以爲誹謗君之行，無人臣之禮，果紛然傷於身，蒙不辜之名，戮及先人，爲天下笑，故曰談何容易！是以輔弼之臣瓦解，而邪諂之人并進，遂及蜚廉、惡來革等，二人皆詐僞，巧言利口以進其身，陰奉琱瑑刻鏤之好以納其心。務快耳目之欲，以苟容爲度。遂往不戒，身没被戮，宗廟崩弛，國家爲虚，放戮聖賢，親近讒夫。《詩》不云乎？“讒人罔極，交亂四國”，此之謂也。故卑身賤體，説色微辭，愉愉呴呴，終無益於主上之治，則志士仁人不忍爲也。將儼然作矜嚴之色，深言直諫，上以拂主之邪，下以損百姓之害，則忤於邪主之心，歷於衰世之法。故養壽命之士莫肯進也，遂居深山之間，積土爲室，編蓬爲户，彈琴其中，以咏先王之風，亦可以樂而忘死矣。是以伯夷、叔齊避周，餓於首陽之下，後世稱其仁。如是，邪主之行固足畏也，故曰談何容易！’

“於是吴王懼然易容，捐薦去几，危坐而聽。先生曰：‘接輿避世，箕子被髮陽狂，此二人者，皆避濁世以全其身者也。使遇明王聖主，得清燕之閑，寬和之色，發憤畢誠，圖畫安危，揆度得失，上以安主體，下以便萬民，則五帝、三王之道可幾而見也。故伊尹蒙恥辱、負鼎俎、和五味以干湯，太公釣於渭之陽以見文王。心合意同，謀無不成，計無不從，誠得其君也。深念遠慮，引義以正其身，推恩以廣其下，本仁祖義，褒有德，禄賢能，誅惡亂，總遠方，一統類，美風俗，此帝王所由昌也。上不變天性，下不奪人倫，則天地和洽，遠方懷之，故號聖王。臣子之職既加矣，於是裂地定封，爵爲公侯，傳國子孫，名顯後世，民到於今稱之，以遇湯與文王也。太公、伊尹以如此，龍逢、比干獨如彼，豈不哀哉！故曰談何容

易！’

“於是吴王穆然，俯而深惟，仰而泣下交頤，曰：‘嗟乎！余國之不亡也，綿綿連連，殆哉，世之不絶也！’於是正明堂之朝，齊君臣之位，舉賢材，布德惠，施仁義，賞有功；躬節儉，減後宫之費，損車馬之用；放鄭聲，遠佞人，省庖厨，去侈靡；卑宫館，壞苑囿，填池塹，以予貧民無産業者；開内藏，振貧窮，存耆老，恤孤獨；薄賦斂，省刑辟。行此三年，海内晏然，天下大洽，陰陽和調，萬物咸得其宜；國無災害之變，民無飢寒之色，家給人民，畜積有餘，囹圄空虚；鳳凰來集，麒麟在郊，甘露既降，朱草萌牙；遠方異俗之人鄉風慕義，各奉其職而來朝賀。故治亂之道，存亡之端，若此易見，而君人者莫肯爲也，臣愚竊以爲過。故《詩》云：‘王國克生，惟周之楨，濟濟多士，文王以寧。’此之謂也。”

朔之文辭，此二篇最善。其餘有《封泰山》《責和氏璧》及《皇太子生禖》《屏風》《殿上柏柱》《平樂觀賦獵》，八言、七言上下，《從公孫弘借車》，凡劉向所録朔書具是矣。世所傳他事皆非也。

贊曰：劉向言少時數問長老賢人通於事及朔時者，皆曰朔口諧倡辯，不能持論，喜爲庸人誦説，故令後世多傳聞者。而楊雄亦以爲朔言不純師，行不純德，其流風遺書蔑如也。然朔名過實者，以其詼達多端，不名一行，應諧似優，不窮似智，正諫似直，穢德似隱。非夷、齊而是柳下惠，戒其子以上容：“首陽爲拙，柱下爲工；飽食安步，以仕易農；依隱玩世，詭時不逢。”其滑稽之雄乎！朔之詼諧，逢占射覆，其事浮淺，行於衆庶，童兒牧豎莫不眩耀。而後世好事者因取奇言怪語附著之朔，故詳録焉。（中華書局，1962年）

杜預注，孔穎達疏《春秋左傳注疏》卷二十“傳十八年春”條：

傳十八年春……天下之民謂之渾敦。（注：謂驩兜，渾敦，不開通之貌。疏：服虔案《神異經》云，檮杌狀似虎，毫長二尺，人面虎足豬牙，尾長丈八尺，能鬥不退。饕餮，獸名，身如牛，人面，目在腋下，食人。）（《文淵閣四庫全書》本）

陳壽撰，裴松之注《三國志·魏志》卷四《齊王》：

二月，西域重譯獻火浣布，詔大將軍太尉臨試以示百寮。（東方朔《神異經》曰：“南荒之外有火山，長三十里，廣五十里，其中皆生不燼之木，晝夜火燒，得暴風不猛，猛雨不滅。火中有鼠，重百斤，毛長二尺餘，細如絲，可以作布。常居火中，色洞赤，時時出外而色白，以水沃之即死，續其毛，織以爲布。”）（中華書局，2006年）

酈道元著，王先謙校《合校水經注》卷一《河水》：

張華叙東方朔《神異經》曰："昆侖有銅柱焉，其高入天，所謂天柱也。"（中華書局，2009年）

歐陽詢撰，汪紹楹校《藝文類聚》卷九十五獸部下《鼠》：

東方朔《神異記》曰：北方有曾冰萬里，厚百丈，有磎鼠在冰下出焉。其形如鼠，食草木，肉重萬斤，可以作脯，食之已熱。其毛長可八尺，可以爲褥，卧之可以却寒。其皮可以蒙鼓。其聲千里。有美尾，可來鼠。（上海古籍出版社，1982年）

魏徵、令狐德棻《隋書》卷三十三《經籍志二》史部地理：

《神異經》一卷。（東方朔撰，張華注。）（中華書局，1973年）

徐堅等《初學記》卷二十六服食部《飯第十二》：

東方朔《神異記》曰：東方有人名黄父，以鬼爲飯，以霧爲漿。（中華書局，1962年）

［日］藤原佐世《日本國見在書目録》土地家：

《神異經》一卷。（東方朔撰，晋張華注。）（《叢書集成初編》本）

劉昫等《舊唐書》卷四十六《經籍志上》乙部史録·地理：

《神異經》二卷。（東方朔撰。）（中華書局，1975年）

釋贊寧《筍譜》：

一名竹子。張華《神異經注》："子，筍也。"（《叢書集成初編》本）

李昉等《太平御覽》經史圖書綱目：

東方朔《神異經》。（中華書局，1960年）

樂史撰，王文楚等點校《太平寰宇記》卷一百五江南西道三《太平州·當塗縣》：

金牛渚在縣西北十里，東方朔《神異記》云：有銅與金相似。又云：昔有金牛起於此山，入牛渚坎，穴猶存。（中華書局，2007年）

王欽若等《册府元龜》卷五百五十五國史部《采撰》：

東方朔爲侍郎，撰《十洲記》一卷，《神異經》一卷。（中華書局，1960年）

王堯臣等《崇文總目》卷二地理類：

《神異經》二卷，東方朔撰，張華注。繹按《玉海》引《崇文目》同。《隋志》《書録解題》《通考》并一卷。

同上，卷三小説家類下：

《神異經》二卷，東方朔撰，張華注。侗按《玉海》引《崇文目》同。史部地理類先有此書，重也。（《粤雅堂叢書》本）

歐陽修、宋祁《新唐書》卷五十九《藝文志》丙部子録道家類：

東方朔《神異經》二卷。（張華注。）（中華書局，1975年）

鄭樵《通志》卷六十五《藝文略》史類第五傳記冥異：

《神異經》二卷。（東方朔撰。）

同上，卷六十六《藝文略》地理方物：

《神異經》二卷。（東方朔撰，張華注。）（《四部備要》本）

尤袤《遂初堂書目》地理類：

《神異經》。（《海山仙館叢書》本）

陳振孫撰，徐小蠻、顧美華點校《直齋書録解題》卷十一小説家類：

《神異經》一卷。稱東方朔撰，張茂先傳。

《十洲記》一卷。亦稱東方朔撰。二書詭誕不經，皆假托也。《漢書》本傳叙朔之辭末言劉向所録朔書具是矣，世所傳他事皆非也。贊又言朔之談諧其事浮淺行於衆庶，而後世好事者因取奇言怪語附著之朔，故詳録焉。史家欲祛妄惑可謂明矣。（上海古籍出版社，1987年）

王應麟《玉海》卷十五地理地理書《禹山海經》：

《左傳疏》服虔用《山海經》，又案《神異經》。（《唐志》神仙家《東方朔神異經》二卷，張華注，又《十洲記》一卷，載神仙珍異之迹。別本題云："西王母及東方朔所説，武帝書而記之，皆依托張衡。"）

同上，卷十六地理異域圖書《漢異物志》：

《神異經》一卷。（張華注。《後漢》《文選注》引之，《崇文目》《唐志》

二卷。）

同上，卷六十二藝文經《漢神異經》：

《唐志》道家《東方朔》二卷，張華注。《書目》漢東方朔記，晋張華傳，朔周游天下所見神異，《山海經》所不載者，列之。

同上，卷二百祥瑞總瑞《漢神異經》：

《書目》漢《東方朔記》二卷，晋張華傳。朔周游天下，所見神異，《山海經》所不載者，列之。《唐志》神仙家《東方朔神異經》二卷，（張華注。）《選》注引之。（江蘇古籍出版社、上海書店，1988年）

馬端臨《文獻通考》卷二百十五《經籍考四十二》子·小説家：

《神異經》一卷。陳氏曰："稱東方朔撰，張茂先傳。"（中華書局，1986年）

脱脱等《宋史》卷二百六《藝文志五》子類小説家類：

東方朔《神異經》二卷。（晋張華傳。）（中華書局，1977年）

陶宗儀《説郛》弓六十六《神異經》（漢東方朔）：

（下録東荒經、東南荒經、南荒經、西南荒經、西荒經、西北荒經、北荒經、東北荒經、中荒經，文略。）

同上，卷一百六《筍譜》（吴僧贊寧）卷下：

東方朔著《神異經》，記周巡天下所見，《山海經》所不載者，列之。雖有而不論者，亦列之。説"沛竹可以爲船，其子美，煮而食之，可以亡創厲"。張茂先注："子，筍也。惡厲，創也。"（《説郛三種》本）

方孝孺《遜志齋集》卷十八《題〈神異經〉》：

東方朔在武帝時，諫諍似汲黯，文辭似司馬相如，肆志輕世，曠然有麾斥八極之意，去公孫弘輩甚遠。特以好爲詼諧無實之談，故爲君子所薄。而後之龐辭怪説多推而歸之，士之持身擇術可不慎乎？今所傳《神異經》，誕淺不足辯，以朔好怪也，人或疑其本於朔。然嘗稱《淮南子》書而文又陋野，其非朔著决也。其間有窮奇獸事，言逢忠信之人則齧而食之，逢奸邪則擒禽獸而飼之，似有激於逞志失正者而言之。嗚呼！世之可怪者，獨窮奇也哉！（《四部叢刊》本）

楊慎《升菴集》卷四十六《又人作僞書》：

劉歆《七略》叙稗官小説以《周書》爲首，即晋代所伐冢《汲冢周書》也。今所傳者，十之一爾。其中言舜囚堯、禹距舜、伊尹通末喜、太甲殺伊尹、武王斬紂頭，皆害義傷教之甚。太史公信之，以斬紂事入《史記》，誣聖多矣。其後有《十洲記》《漢武帝内傳》《神異經》《洞冥記》，晋有《王子年拾遺記》，梁有《四公子傳》……（《四庫明人文集叢刊》本）

李時珍《本草綱目》卷一上序例上《引據古今經史百家書目》：

東方朔《神異經》。（人民衛生出版社，1982年）

陳第《世善堂藏書目録》卷上史類語怪各書：

《神異經》一卷，東方朔。（《續修四庫全書》本）

高儒《百川書志》卷之五史・地理：

《神異經》一卷。漢東方朔曼倩撰，晋張茂先注，紀海外荒服異常之事。或曰：《十洲記》及此，皆後世好事者因取奇言怪語附著之傳，士當自鏡也。（《中國歷代書目題跋叢書》本）

胡應麟《少室山房筆叢》卷三十二《四部正訛下》"神異經"條：

《神異經》《十洲記》，俱題東方朔撰，悉假托也。其事實詭誕亡論，即西漢人文章，有此類乎？《漢志》有東方朔二十篇，列雜家，今不傳，而二書傳。甚矣，世好奇者衆也。

同上，卷三十六《二酉綴遺中》"幼嘗戲輯諸小説"條：

幼嘗戲輯諸小説，爲《百家異苑》，今録其序云："自漢人駕名東方朔作《神異經》，而魏文《列異傳》繼之，六朝、唐、宋凡小説以'異'名者甚衆。考《太平御覽》《廣記》及曾氏、陶氏諸編，有《述異記》二卷、《甄異記》三卷、《廣異記》一卷、《旌異記》十五卷、《古異傳》三卷、《近異録》二卷、《獨異志》十卷、《纂異記》一卷、《靈異記》十卷、《乘異記》三卷、《祥異記》一卷、《續異記》一卷、《集異記》三卷、《博異志》三卷、《括異志》一卷、《紀異録》一卷、《祖異記》一卷、《采異記》一卷、《摭異記》一卷、《賢異録》一卷，此外如異苑、異聞、異述、異誠諸集，大概近六十家，而李翺《卓異記》、陶穀《清異録》之類弗與焉。（以所記稍不同故也。）今世有刻本者，僅《神異》《述異》數家，餘俱不行，乃其事大半具諸類書，鄭漁仲所謂名亡實存者也。第分門互列，得一遺二，雖存若亡。余屏居丘壑，却掃杜門，無鼎臣野處之賓以遣餘日，輒命穎生以類鈔合，循名入事，各完本書。不惟前哲流風藉以不泯，而遺編故帙亦因概見大都，遂統命之曰《百家異苑》，作勞經史之暇輒一披閲，當抵掌捫虱之歡。昔蘇子瞻好語怪，客不能則使妄言之，莊周曰："余姑以妄言之而汝姑妄聽之。"知莊氏之旨則知蘇氏之旨矣。（中華書局，1958年）

張萱《疑耀》卷五《獸名窮奇》：

《神異經》，後人僞書也。漢東方朔詼諧，好言奇怪，故此經托名朔耳。且其文甚陋而野，非朔之筆明甚。第所載有獸曰窮奇者，言見忠信之人則齧而食之，見奸邪之人則擒禽獸而飼之，此亦非苟作者，豈有激而云然耶？《山海經》有云："邽山有獸，狀如牛蝟毛，曰窮奇，音如嘷狗，能食人。"郭璞注："或云似虎，一名神狗。"則實有此獸，未知同否。（《叢書集成初編》本）

彭大翼《山堂肆考》卷五天文《天酒》：

東方朔《神異記》：露氣濃甘者爲甘露，王者施德惠，則甘露降於草木，一名膏露，一名天酒。

同上，卷一百二十二文學著書上《神異經》：

東方朔著。（《四庫類書叢刊》本）

馮復京《六家詩名物疏》引用書目・小説家：

《神異經》。（《文淵閣四庫全書》本）

黄虞稷撰，瞿鳳起、潘景鄭整理《千頃堂書目》卷十五古今匯説：

《神異經》。（上海古籍出版社，2001年）

張玉書等《佩文韻府》卷二十四之一下平聲九青韻一・經：

《神異經》。（《隋書・經籍志》："《神異經》一卷，東方朔撰，張華注。"）（上海古籍書店，1983年）

岳濬等《山東通志》卷三十四《經籍志》子總目：

漢東方朔《神異經》。（一卷。）（《文淵閣四庫全書》本）

嵇曾筠等《浙江通志》卷十五山川《紹興府・壓烏山》：

《紹興府志》：在縣西南十五里。東方朔《神異記》“亞父斷蕭山南嶺，將壓於烏江”，蓋江東以擲爲壓云。（《文淵閣四庫全書》本）

鄂爾泰等《雲南通志》卷七萬卷書目子部中（雜家）：

《神異經》。（《文淵閣四庫全書》本）

永瑢等《四庫全書總目》卷一百四十二子部五十二小説家類三《神異經》提要：

《神異經》一卷。（内府藏本。）舊本題漢東方朔撰。所載皆荒外之言，怪誕不經，共四十七條。陳振孫《書録解題》已極斥此書稱“東方朔撰、張茂先傳”之僞。今考《漢書》朔本傳，歷叙朔所撰述，言凡劉向所録朔書俱是，世所傳他事皆非。其《贊》又言“後世好事者，取奇言怪語，附著之朔”云云。則朔書多出附會，在班固時已然。此書既劉向《七略》所不載，則其爲依托，更無疑義。《晋書》張華本傳，亦無注《神異經》之文，則并華注亦屬假借，振孫所疑，誠爲有見。然《隋志》載此書，已稱“東方朔撰，張華注”，則其僞在隋以前矣。觀其詞華縟麗，格近齊、梁，當由六朝文士影撰而成，與《洞冥》《拾遺》諸記，先後并出，故其中“西北荒金闕銀盤明月珠”事，陸倕《石闕銘》引用之；其中“玉女投壺”事，徐陵《玉臺新咏序》引用之。流傳既久，固不妨過而存之，以廣異聞。又考《廣韻》去聲四十一漾收猑字，《説文》《玉篇》皆所不載，注稱“獸，似獅子”，實本此經“北方有獸焉，其狀如獅子，名曰猑”之文。則小學家已相援據，不但文人詞藻，轉相采摭已也。《隋志》列之史部地理類，《唐志》又列之子部神仙類。今核所言，多世外恍惚之事，既有異於輿圖，亦無關於修煉，其分隸均屬未安。今從《文獻通考》列小説類中，庶得其實焉。（中華書局，1965年）

永瑢等《四庫全書簡明目録》卷十四子部十二小説家類：

《神異經》一卷。舊本題漢東方朔撰，晋張華注。考諸《隋志》所載亦符，則其依托已久矣。所記皆八荒以外之言，不可究詰。而文采縟麗，詞賦家恒所引用，要亦六朝文士所爲。《隋志》列入地理類，《唐志》列入神仙家，均非其實，今亦改隸於小説。（上海古籍出版社，1985年）

章宗源《隋書經籍志考證》卷六地理：

《神異經》一卷。（東方朔撰，張華注。）

今存。（《二十五史補編》本）

孫星衍《孫氏祠堂書目》内編卷四説部第十二：

《神異經》一卷。（東方朔。）（《叢書集成初編》本）

周中孚《鄭堂讀書記》卷六十六子部十二之四小説家類四：

《神異經》一卷。（《漢魏叢書》本。）舊題漢東方朔撰，晋張華注。（朔，字曼倩，平原厭次人。武帝朝，官太中大夫、給事中，免，復爲中郎。華仕履見譜録類。）《四庫全書》著録。《隋志》（地理類。）作“一卷”，《書録解題》《通考》俱同。《舊唐志》、（地理類。）《新唐志》、（道家類。）《崇文目》、《宋志》俱作“二卷”，而《崇文目》又重載於地理類。其書凡《東荒經》九則、《東南荒經》五則、《南荒經》十則、《西南荒經》三則、《西荒經》八則、《西北荒經》六則、《北荒經》三則、《東北荒經》一則、《中荒經》十則，大抵仿《山海經》爲之。《漢志》及《本傳》皆不載朔有是書，即《晋書·張華傳》亦不言其注是書，則其均爲後人所依托矣。所記皆八荒以外之言，不可究詰，而文格雅近齊、梁間人所爲，故辭采過於縟麗，頗便詞章家所取資，特於地理、道家均無當也，《説郛》亦收入之。（《清人書目題跋叢刊》本）

秦榮光《補晋書藝文志》卷三子部小説家類：

……《東方朔〈神異經〉注》二卷。（案《隋志》暨《直齋書録》《通考》并作一卷，據《唐志》《崇文目》。）……上六種并張華撰。（《二十五史補編》本）

姚振宗《隋書經籍志考證》卷二十一史部十一地理類：

《神異經》一卷，東方朔撰，張華注。

張華有《博物志》，别見子部雜家。

唐《日本國見在書目》：“《神異經》一卷，東方朔撰，張華注。”

《唐書·經籍志》：“《神異經》二卷，東方朔撰。”

《唐書·藝文志》神仙家：“東方朔《神異經》二卷，張華注。”

《四庫小説家提要》曰：“凡四十七條，皆荒外之言，怪誕不經。然《隋》志載此書已稱東方朔撰、張華注，則其僞在隋以前。觀其詞華縟麗，格近齊、梁，當由六朝文士影撰而成，與《洞冥記》《拾遺記》先後并出，故陸倕《石闕銘》、徐陵《玉臺新咏序》并引用之。流傳即久，不妨過而存之。”（清華大學出版社，2014年）

文廷式《補晋書藝文志》卷二史部地志類：

張華注《東方朔神異經》一卷。

《新唐志》兩卷，今存。

同上，卷五子部小説家類：

張華《東方朔神異經傳》二卷。

見《宋志》。《日本見在書目》一卷。按《齊民要術》卷十引《神異經》曰“南方荒中有沛竹，其子美，食之已瘡癘”，張茂先注曰：“子，筍也。”則此書後魏以前有之。（《二十五史補編》本）

黄逢元《補晋書藝文志》卷二乙部史録地理類十一：

《神異經》一卷。（司空范陽張華茂先注。）

書本漢東方朔撰，《隋志》《舊唐志》列地理，《新唐志》列子部道家，《通考》《宋志》列小説，今存。華有《傳》。（《二十五史補編》本）

吴士鑒《補晋書經籍志》卷二乙部史録地理類：

張華注《神異經》一卷。《唐志》作二卷入道家，今從《隋志》。（《二十五史補編》本）

魯迅《中國小説史略》第四篇《今所見漢人小説》：

稱東方朔撰者有《神異經》一卷，仿《山海經》，然略於山川道里而詳於異物，間有嘲諷之辭。《山海經》稍顯於漢而盛行於晋，則此書當爲晋以後人所作；其文頗有重複者，蓋又嘗散佚，後人鈔唐宋類書所引逸文復作之也。有注，題張華作，亦僞。（上海古籍出版社，1998年）

案：秦榮光《補晋書藝文志》子部小説家類著録《東方朔〈神異經〉注》二卷，題張華撰。文廷式《補晋書藝文志》子部小説家類著録張華《東方朔〈神異經〉傳》二卷，史部地志類著録張華注《東方朔〈神異經〉》一卷。章宗源《隋書經籍志考證》、姚振宗《隋書經籍志考證》、黄逢元《補晋書藝文志》、吴士鑒《補晋書經籍志》入史部地理類，均一卷。

張華生平事迹見《張公雜記》部分。

《神異經》，南朝宋裴松之爲《三國志》作注時曾引用，北魏酈道元作《水經注》亦引之，均以爲東方朔撰。東方朔（前161—前90年？），字曼倩，西漢平原厭次（今山東惠民縣）人。父母早逝，由兄嫂撫養成人。學識淵博。漢武帝即位（前140年），徵召天下文學賢良之士，朔應詔上書，高自稱譽，上偉之，令待詔公車，俸禄薄，未得省見。朔於是設計恐嚇侏儒而稍得武帝之親近，待詔金馬門，不久因擅長射覆爲常侍郎。建元三年（前138年），武帝欲起上林苑，朔諫止，奏《泰階》，拜太中大夫、給事中。因在殿中小遺，被劾不敬，免爲庶人，待詔宦者署。後因賀誅昭平君，復爲中郎。竇太主私幸董偃，武帝欲在宣室接見，朔辟戟而前，慷慨陳説董偃之罪。元封元年（前110年），武帝封禪泰山，朔諫止武帝求仙，作《化民有道對》。朔一生困頓，老病而死。其性詼諧滑稽，終不得重用，臨終尚不忘進諫。其事具《史記·滑稽列傳》及《漢書》本傳，二書所記互有異同。

《隋書·經籍志》史録地理類著録《神異經》一卷，注云："東方朔撰，張華注。"然《漢書·東方朔傳》贊云："劉向言少時數問長老賢人通於事及朔時者，皆曰朔口諧倡辯，不能持論，喜爲庸人誦説，故令後世多傳聞者。而楊雄亦以爲朔言不純師，行不純德，其流風遺書蔑如也。然朔名過實者，以其詼達多端，不名一行，應諧似優，不窮似智，正諫似直，穢德似隱。非夷、齊而是柳下惠，戒其子以上容：'首陽爲拙，柱下爲工；飽食安步，以仕易農；依隱玩世，詭及不逢。'其滑稽之雄乎！朔之詼諧，逢占射覆，其事浮淺，行於衆庶，童兒牧豎莫不眩耀。而後世好事者因取奇言怪語附著之朔，故詳録焉。"并在本傳篇末云："朔之文辭，此二篇（指《設客難》《非有先生論》）最善。其餘《封泰山》《責和氏璧》及《皇太子生禖》《屏風》《殿上柏柱》《平樂觀賦獵》，八言、七言上下，《從公孫弘借車》，凡劉向所録朔書具是矣，世所傳他事皆非也。"且《漢書·藝文志》中亦無《神異經》，可見《神異經》并非東方朔所作。陳振孫《直齋書録解題》云："二書（指《神異經》《十洲記》）詭誕不經，皆假托也。"胡應麟認爲："《神異經》《十洲記》之屬，大抵六朝贋作者。"《四庫全書總目》提要云："此書既劉向《七略》所不載，則其爲依托更無疑義。"又曰："觀其詞華縟麗，格近齊梁，當由六朝文士影撰而成，與《洞冥》《拾遺》諸記先後并出。"魯迅亦認爲《神異經》既爲仿《山海經》而作，"《山海經》稍顯於漢而盛於晋，則此書當爲晋以後人作"。但東漢末年經學家服虔已引用過《神異經》，因此《神異經》成書應不晚於東漢末年。今人李劍國《唐前志怪小説史》則認爲其"出於西漢成、哀前後，是不會有多大問題的"。

《神異經》，《隋書·經籍志》《舊唐書·經籍志》皆列史録地理類，《新唐書·藝文志》改列子録道家類，《文獻通考》則列小説家類。《四庫全書總目提要》云：《神異經》"《隋志》列之史部地理類，《唐志》又列之子部神仙類。今核所言，多世外恍惚之事，既有異於輿圖，亦無關於修煉，其分隸均屬未安。今從《文獻通考》列小説類中，庶得其實焉"。至於《神異經》張華注，《晋書》本傳不載，一般亦認爲是僞托。然北魏酈道元《水經注》已引“張華叙東方朔《神異經》”語，則其注由來已久。

《神異經》明代有《漢魏叢書》本、《廣漢魏叢書》本、《格致叢書》本、《五朝小説》本等；清代有《增訂漢魏叢書》本、《龍威秘書》本、《百子全書》本等。其中《廣漢魏叢書》本收五十八條，較爲完備。《四庫全書》所收共四十七條，當爲《五朝小説》本。輯録其佚文者有陶憲曾《神異經輯校》、王仁俊《經籍佚文》輯本、魯迅《小説備校》輯本等。

異物評

脱脱等《宋史》卷二百四《藝文志三》史類地理類：

張華《異物評》二卷。（中華書局，1977年）

秦榮光《補晋書藝文志》卷三子部小説家：

……《異物評》二卷。（據《宋·藝文志》。）……上六種并張華撰。（《二十五史補編》本）

黄逢元《補晋書藝文志》卷二乙部史録地理類十一：

《異物評》二卷。（華張撰。）

見《宋志·地理類》。（《二十五史補編》本）

吴士鑒《補晋書經籍志》卷三丙部子録雜家類：

張華《博物志》十卷。兩《唐志》入小説類，今從《隋志》。本傳作十篇。

《張公雜記》五卷。《隋志》一卷，注云："梁有五卷，與《博物志》小小不同。"

《雜記》十一卷。見《隋志》。

《異物評》二卷。見《宋志》。（《二十五史補編》本）

案：秦榮光《補晋書藝文志》子部小説家類著録《異物評》二卷，題張華撰。黄逢元《補晋書藝文志》入史録地理類、吴士鑒《補晋書經籍志》入子録雜家類。

張華生平事迹見《張公雜記》部分。

《異物評》，《宋史·藝文志》史部地理類著録"張華《異物評》二卷"，黄逢元《補晋書藝文志》、吴士鑒《補晋書經籍志》均據《宋史·藝文志》録作《異物評》二卷，黄書誤題"華張撰"。除此之外，并無其他有關記載或相關資料，今人李劍國《唐前志怪小説史》懷疑是宋人好事者從《博物志》鈔出地理異物而别爲一書，托名張華者。可備一説。

列異傳（張華列異傳）

案：秦榮光《補晋書藝文志》子部小説家類著録《列異傳》一卷，題張華撰。丁國鈞《補晋書藝文志》丙部子録小説家著録同。黄逢元《補晋書藝文志》小説家類著録三卷。《隋書·經籍志》史部雜傳類、《通志·藝文略》傳記類著録《列異傳》三卷，題“魏文帝撰”。

《舊唐書·經籍志》史部雜傳類著録三卷、《新唐書·藝文志》子部小説家類著録一卷，均題“張華撰”。張華《列異傳》有關資料見本書第四卷《兩唐書藝文經籍志著録小説資料集》，爲節省篇幅，此從略。

異林（陸氏異林）

陳壽撰，裴松之注《三國志·魏志》卷十三《鍾繇》：

文帝即王位，復爲大理。及踐阼，改爲廷尉，進封崇高鄉侯。遷太尉，轉封平陽鄉侯。時司徒華歆、司空王朗，并先世名臣。文帝罷朝，謂左右曰："此三公者，乃一代之偉人也，後世殆難繼矣！"（陸氏《異林》曰：繇嘗數月不朝會，意性異常，或問其故，云："常有好婦來，美麗非凡。"問者曰："必是鬼物，可殺之。"婦人後往，不即前，止户外。繇問何以，曰："公有相殺意。"繇曰："無此。"乃勤勤呼之，乃入。繇意恨，有不忍之心，然猶斫之傷髀。婦人即出，以新綿拭血竟路。明日使人尋迹之，至一大冢，木中有好婦人，形體如生人，著白練衫，丹繡裲襠，傷左髀，以裲襠中綿拭血。叔父清河太守説如此。清河，陸雲也。）（中華書局，2006年）

房玄齡等《晋書》卷五十四《陸機列傳》：

陸機，字士衡，吴郡人也。祖遜，吴丞相。父抗，吴大司馬。機身長七尺，其聲如鐘，少有異才，文章冠世，伏膺儒術，非禮不動。抗卒，領父兵爲牙門將。年二十而吴滅，退居舊里，閉門勤學，積有十年。以孫氏在吴，而祖父世爲將相，有大勛於江表，深慨孫皓舉而棄之，乃論權所以得，皓所以亡，又欲述其祖父功業。遂作《辯亡論》二篇……至太康末，與弟雲俱入洛，造太常張華，華素重其名，如舊相識。曰："伐吴之役，利獲二俊。"又嘗詣侍中王濟，濟指羊酪謂機曰："卿吴中何以敵此？"答云："千里蓴羹，未下鹽豉。"時人稱爲名對。張華薦之諸公，後太傅楊駿辟爲祭酒。會駿誅，累遷太子洗馬、著作郎。范陽盧志於衆中問機曰："陸遜、陸抗，於君近遠？"機曰："如君於盧毓、盧珽。"志默然。既起，雲謂機曰："殊邦遐遠，容不相悉，何至於此？"機曰："我父祖名播四海，寧不知邪？"議者以此定二陸之優劣。吴王晏出鎮淮南，以機爲郎中令，遷尚書中兵郎，轉殿中郎。趙王倫輔政，引爲相國參軍。豫誅賈謐，功賜爵關中侯。倫將篡位，以爲中書郎。倫之誅也，齊王冏以機職在中書，九錫文及禪詔疑機與焉，遂收機等九人付廷尉，賴成都王穎、吴王晏并救理之，得減死徙邊，遇赦而止。初機有駿犬名曰黄耳，甚愛之，既而羈寓京師，久無家問，笑語犬曰："我家絶無書信，汝能齎書取消息不？"犬摇尾作聲，機乃爲書，以竹筩盛之，而繫其頸。犬尋路南走，遂至其家，得報還洛。其後因以爲常。時中國多難，顧榮、戴若思等咸勸機還吴。機負其才望，而志匡世難，故不從。冏既矜功自伐，受爵不讓，機惡之，作《豪士賦》以刺焉。其序曰……機又以聖王經國，義在封建，因采其遠指，著《五等論》曰……因與穎箋，辭甚淒惻。既而嘆曰："華亭鶴唳，豈可復聞乎！"遂遇害於軍中，時年四十三。二子蔚、夏亦同被害。

雲，字士龍，六歲能屬文，性清正，有才理，少與兄機齊名。雖文章不及機，而持論過之，號曰"二陸"。幼時吴尚書廣陵閔鴻見而奇之，曰："此兒若非龍駒，當時鳳雛。"後舉雲賢良，時年十六。（中華書局，1974年）

劉昫等《舊唐書》卷四十七《經籍志下》丙部子録雜家類：

《要覽》三卷。（陸士衡撰。）（中華書局，1975年）

李昉等《太平御覽》經史圖書綱目：

《陸氏異林》。

同上，卷九天部九《風》：

陸機《要覽》曰："列子御風，常以立春歸於八荒，立秋游乎風穴。是風至草木皆生，去則摇落，謂之離合風。"

同上，卷二十時序部五《春下》：

陸機《要覽》曰："九花樹生南嶽，雖經雪凝寒，花必開，便落。時人謂之應春花。"

同上，卷二十二時序部七《夏中》：

陸機《要覽》曰："昔羽山有神人焉，逍遥於中嶽。與左元放共游子訓所，坐欲起，子訓應，欲留之，一日之中三雨。今呼五月三時雨亦爲留客雨。"（中華書局，1960年）

歐陽修、宋祁《新唐書》卷五十九《藝文志》丙部子録雜家類：

陸士衡《要覽》三卷。（中華書局，1975年）

王鉞《讀書蕞殘》卷之下《讀〈異林〉》：

《異林》者，記異之筆也，曰《神異》，曰《人異》，曰《藝術異》，曰《夢異》，曰《女士異》，曰《物異》，而《異林》終矣。蓋祖《述異記》《續齊諧記》而爲之者，昌谷之漫筆也。（《四庫全書存目叢刊》本）

秦榮光《補晋書藝文志》卷三子部小説家類：

《異林》。（陸氏撰。據《國志》注，陸雲兄子。）（《二十五史補編》本）

案：秦榮光《補晋書藝文志》子部小説家類著録《異林》，題陸氏撰，未題卷數。注云："據《國志》注，陸雲兄子。"

陸氏《異林》，西晋志怪小説集。首見於《三國志·魏志·鍾繇傳》裴松之注引，講述鍾繇與一樹精所化美女交往之異事，并云此事之來歷爲"叔父清河太守説如此"。清河，即陸雲也。陸雲乃陸機之弟，由此可知《異林》作者爲陸機之子。

陸機（261—303年），字士衡，吴郡吴縣華亭（今上海市松江區）人，西晋著名文學家。祖遜、父抗，皆三國吴名將。機少時任吴牙門將，吴亡，家居勤學。太康末，與弟陸雲同至洛陽。文才傾動一時，時稱"二陸"。曾官平原内史，故世稱陸平原。成都王司馬穎征討長沙王司馬乂，穎任其爲後將軍、河北大都督，兵敗被讒，與弟陸雲爲成都王司馬穎所殺。二子陸蔚、陸夏亦同時被害。陸機有名著《文賦》傳世。《舊唐書·經籍志》《新唐書·藝文志》著録其所著《要覽》三卷。《要覽》雖早已散佚，但其殘存片段中亦夾雜怪異之談。疑陸機著《要覽》，或對其子亦有所影響，故陸蔚、陸夏受其薰陶而撰述《異林》。陸氏《異林》世無傳本，除裴松之注引外，《太平御覽》卷八一九、八八七并引同一則佚文，疑爲轉引。魯迅《古小説鈎沉》輯録，李劍國《唐前志怪小説輯釋》載録，亦均是此條佚文，尚無新發現。

穆天子傳注

余嘉錫撰，周祖謨、余淑宜整理《世説新語箋疏》卷下之上《術解第二十》：

郭景純過江，居於暨陽，墓去水不盈百步，時人以爲近水。景純曰："將當爲陸。"（《璞别傳》曰："璞少好經術，明解卜筮。永嘉中，海内將亂，璞投策嘆曰：'黔黎將同異類矣！'便結親暱十餘家，南渡江，居於暨陽。"）今沙漲，去墓數十里皆爲桑田。其詩曰："北阜烈烈，巨海混混；壘壘三墳，惟母與昆。"

王丞相令郭璞試作一卦，卦成，郭意色甚惡，云："公有震厄！"王問："有可消伏理不？"郭曰："命駕西出數里，得一柏樹，截斷如公長，置床上常寢處，災可消矣。"王從其語。數日中，果震柏粉碎，子弟皆稱慶。（王隱《晋書》曰："璞消災轉禍，扶厄擇勝，時人咸言京、管不及。"）大將軍云："君乃復委罪於樹木。"（中華書局，1983年）

鍾嶸著，周振甫譯注《詩品譯注》中品《晋弘農太守郭璞》：

憲章潘岳，文體相輝，彪炳可玩。始變永嘉平淡之體，故稱中興第一。《翰林》以爲詩首。但《游仙》之作，辭多慷慨，乖遠玄宗。而云"奈何虎豹姿"，又云"戢翼棲榛梗"，乃是坎壈咏懷，非列仙之趣也。（中華書局，1998年）

蕭子顯《南齊書》卷五十二《文學列傳》：

史臣曰：文章者，蓋情性之風標，神明之律吕也。……習玩爲理，事久則瀆，在乎文章，彌患凡舊。若無新變，不能代雄。建安一體，《典論》短長互出；潘、陸齊名，機、岳之文永異。江左風味，盛道家之言，郭璞舉其靈變，許詢極其名理，仲文玄氣猶不盡除，謝混情新得名未盛。（中華書局，1972年）

房玄齡等《晋書》卷九《簡文帝紀》：

簡文皇帝諱昱，字道萬，元帝之少子也。幼而岐嶷，爲元帝所愛。郭璞見而謂人曰："興晋祚者，必此人也。"

同上，卷十《恭帝紀》：

始，元帝以丁丑歲稱晋王，置宗廟，使郭璞筮之，云“享二百年”。自丁丑至禪代之歲，年在庚申，爲一百四歲。然丁丑始係西晋，庚申終入宋年，所餘惟一百有二歲耳。璞蓋以百二之期促，故婉而倒之爲二百也。

同上，卷十二《天文志中》史傳事驗：

元帝太興二年十一月辛巳，月犯熒惑，占曰：“有亂臣。”三年十二月己未，太白入月，在斗，郭璞曰：“月屬《坎》，陰府法象也。太白金行而來犯之，天意若曰，刑理失中，自毀其法。”

同上，卷六十五《王導列傳》：

薈字敬文。恬虚守靖，不競榮利……初，導渡淮，使郭璞筮之，卦成，璞曰：“吉，無不利。淮水絶，王氏滅。”其後子孫繁衍，竟如璞言。

同上，卷六十九《刁協列傳》：

按僕射、戴征西，本非王敦唱檄所仇也，事定後乃見害耳；周筵、郭璞等并亦非爲主禦難也，自平居見殺耳，皆見褒贈，刁令事義豈輕於此乎？……

同上，卷七十二《郭璞列傳》：

郭璞字景純，河東聞喜人也。父瑗，尚書都令史。時尚書杜預有所增損，瑗多駁正之，以公方著稱。終於建平太守。璞好經術，博學有高才，而訥於言論，詞賦爲中興之冠。好古文奇字，妙於陰陽算曆。有郭公者，客居河東，精於卜筮，璞從之受業。公以《青囊中書》九卷與之，由是遂洞五行、天文、卜筮之術，攘災轉禍通致無方，雖京房、管輅不能過也。璞門人趙載嘗竊《青囊書》，未及讀，而爲火所焚。

惠懷之際，河東先擾。璞筮之，投策而嘆曰：“嗟乎！黔黎將湮於異類，桑梓其翦爲龍荒乎！”於是潛結姻昵及交游數十家，欲避地東南。抵將軍趙固，會固所乘良馬死，固惜之，不接賓客。璞至，門吏不爲通。璞曰：“吾能活馬。”吏驚入白固。固趨出，曰：“君能活吾馬乎？”璞曰：“得健夫二三十人，皆持長竿，東行三十里，有丘林社廟者，便以竿打拍，當得一物，宜急持歸。得此，馬活矣。”固如其言，果得一物似猴，持歸。此物見馬死，便嘘吸其鼻。頃之馬起，奮迅嘶鳴，食如常，不復見向物。固奇之，厚加資給。

行至廬江，太守胡孟康被丞相召爲軍咨祭酒。時江淮清晏，孟康安之，無心南渡。璞爲占曰“敗”。康不之信。璞將促裝去之，愛主人婢，無由而得，乃取小豆三斗，繞主人宅散之。主人晨見赤衣人數千圍其家，就視則滅，甚惡之，請璞爲卦。璞曰："君家不宜畜此婢，可於東南二十里賣之，慎勿争價，則此妖可除也。"主人從之。璞陰令人賤買此婢。復爲符投於井中，數千赤衣人皆反縛，一一自投於井，主人大悦。璞攜婢去。後數旬而廬江陷。

璞既過江，宣城太守殷祐引爲參軍。時有物大如水牛，灰色卑腳，腳類象，胸前尾上皆白，大力而遲鈍，來到城下，衆咸異焉。祐使人伏而取之，令璞作卦，遇《遯》之《蠱》，其卦曰："《艮》體連《乾》，其物壯巨。山潛之畜，匪兕匪虎。身與鬼并，精見二午。法當爲禽，兩翼不許。遂被一創，還其本墅。按卦名之，是爲驢鼠。"卜適了，伏者以戟刺之，深尺餘，遂去不復見。郡綱紀上祠，請殺之。巫云："廟神不悦，曰：'此是郱亭驢山君鼠，使詣荆山，暫來過我，不須觸之。'"其精妙如此。祐遷石頭督護，璞復隨之。時有鼯鼠出延陵，璞占之曰："此郡東當有妖人欲稱制者，尋亦自死矣。後當有妖樹生，然若瑞而非瑞，辛螫之木也。倘有此者，東南數百里必有作逆者，期明年矣。"無錫縣欻有茱萸四株交枝而生，若連理者，其年盜殺吴興太守袁琇。或以問璞，璞曰："卯爻發而沴金，此木不曲直而成災也。"

王導深重之，引參己軍事。嘗令作卦，璞言："公有震厄，可命駕西出數十里，得一柏樹，截斷如身長，置常寢處，災當可消矣。"導從其言。數日果震，柏樹粉碎。

時元帝初鎮建鄴，導令璞筮之，遇《咸》之《井》，璞曰："東北郡縣有'武'名者，當出鐸，以著受命之符。西南郡縣有'陽'名者，井當沸。"其後晋陵武進縣人於田中得銅鐸五枚，歷陽縣中井沸，經日乃止。及帝爲晋王，又使璞筮，遇《豫》之《睽》，璞曰："會稽當出鐘，以告成功，上有勒銘，應在人家井泥中得之。繇辭所謂'先王以作樂崇德，殷薦之上帝'者也。"及帝即位，太興初，會稽剡縣人果於井中得一鐘，長七寸二分，口徑四寸半，上有古文奇書十八字，云"會稽嶽命"，餘字時人莫識之。璞曰："蓋王者之作，必有靈符，塞天人之心，與神物合契，然後可以言受命矣。觀五鐸啓號於晋陵，棧鐘告成於會稽，瑞不失類，出皆以方，豈不偉哉！若夫鐸發其響，鐘徵其象，器以數臻，事以實應，天人之際不可不察。"帝甚重之。

璞著《江賦》，其辭甚偉，爲世所稱。後復作《南郊賦》，帝見而嘉之，以爲著作佐郎。於時陰陽錯繆，而刑獄繁興，璞上疏曰：

"臣聞《春秋》之義，貴元慎始，故分至啓閉以觀雲物，所以顯天人之統，存休咎之徵。臣不揆淺見，輒依歲首粗有所占，卦得《解》之《既濟》。按爻論思，方涉春木王龍德之時，而爲廢水之氣來見乘，加升陽未布，隆陰仍積，《坎》爲法象，刑獄所麗，變《坎》加《離》，厥象不燭。以義推之，皆爲刑獄殷繁，理者有壅濫。又去年十二月二十九日，太白蝕月。月者屬《坎》，群陰之府，所以照察幽情，以佐太陽精者也。太白，金行之星，而來犯之，天意若曰刑理失中，自壞其所以爲法者也。臣術學庸近，不練内事，卦理所及，敢不盡言。又去秋以來，沉雨跨年，雖爲金家涉火之祥，然亦是刑獄充溢，怨嘆之氣所致。往建興四年十二月中，行丞相令史淳于伯刑於市，而血逆流長摽。伯者小人，雖罪在未允，何足感動靈變，致若斯之怪邪！明皇天所以保祐金家，子愛陛下，屢見災異，殷勤無已。陛下宜側身思懼，以應靈譴。皇極之謫，事不虚降。不然，恐將來必有愆陽苦雨之災，崩震薄蝕之變，狂狡蠢戾之妖，以益陛下旰食之勞也。

“臣謹尋按舊經，《尚書》有五事供御之術，京房《易傳》有消復之救，所以緣咎而致慶，因異而邁政。故木不生庭，太戊無以隆；雉不鳴鼎，武丁不爲宗。夫寅畏者所以饗福，怠傲者所以招患，此自然之符應，不可不察也。按《解卦》繇云：‘君子以赦過宥罪。’《既濟》云：‘思患而豫防之。’臣愚以爲宜發哀矜之詔，引在予之責，蕩除瑕釁，贊陽布惠，使幽斃之人應蒼生以悦育，否滯之氣隨谷風而紓散。此亦寄時事以制用，藉開塞而曲成者也。

“臣竊觀陛下貞明仁恕，體之自然，天假其祚，奄有區夏，啓重光於已昧，廓四祖之遐武，祥靈表瑞，人鬼獻謀，應天順時，殆不尚此。然陛下即位以來，中興之化未闡，雖躬綜萬機，勞踰日昃，玄澤未加於群生，聲教未被乎宇宙，臣主未寧於上，黔細未輯於下，《鴻雁》之咏不興，康衢之歌不作者，何也？杖道之情未著，而任刑之風先彰；經國之略未震，而軌物之迹屢遷。夫法令不一則人情惑，職次數改則覬覦生，官方不審則秕政作，懲勸不明則善惡渾，此有國者之所慎也。臣竊爲陛下惜之。夫以區區之曹參，猶能遵蓋公之一言，倚清靖以鎮俗，寄市獄以容非，德音不忘，流咏於今。漢之中宗，聰悟獨斷，可謂令主，然厲意刑名，用虧純德。《老子》以禮爲忠信之薄，况刑又是禮之糟粕者乎？夫無爲而爲之，不宰以宰之，固陛下之所體者也。恥其君不爲堯舜者，亦豈惟古人！是以敢肆狂瞽，不隱其懷。若臣言可采，或所以爲塵露之益；若不足采，所以廣聽納之門。願陛下少留神鑒，賜察臣言。”疏奏，優詔報之。

其後日有黑氣，璞復上疏曰：

“臣以頑昧，近者冒陳所見，陛下不遺狂言，事蒙御省。伏讀聖詔，歡懼交戰。臣前云升陽未布，隆陰仍積，《坎》爲法象，刑獄所麗，變《坎》加《離》，厥象不燭，疑將來必有薄蝕之變也。此月四日，日出山六七丈，精光暫昧，而色都赤，中有異物大如鷄子，又有青黑之氣共相搏擊，良久方解。按時在歲首純陽之月，日在癸亥全陰之位，而有此異，殆元首供御之義不顯，消復之理不著之所致也。計去微臣所陳，未及一月，而便有此變，益明皇天留情陛下懇懇之至也。

“往年歲末，太白蝕月，今在歲始，日有咎謫。曾未數旬，大眚再見。日月告釁，見懼詩人，無曰天高，其鑒不遠。故宋景言善，熒惑退次；光武寧亂，呼沲結冰。此明天人之懸符，有若形影之相應。應之以德，則休祥臻；酬之以怠，則咎徵作。陛下宜恭承靈譴，敬天之怒，施沛然之恩，諧玄同之化，上所以允塞天意，下所以弭息群謗。

“臣聞人之多幸，國之不幸，赦不宜數，實如聖旨。臣愚以爲子産知鑄刑書，非政事之善，然不得不作者，須以救弊故也。今之宜赦，理亦如之。隨時之宜，亦聖人所善者。此家國大信之要，誠非微臣所得干豫。今聖朝明哲，思弘謀猷，方闢四門以亮采，訪輿誦於群心，况臣蒙珥筆朝末，而可不竭誠盡規哉！”

頃之遷尚書郎。數言便宜，多所匡益。明帝之在東宫，與温嶠、庾亮并有布衣之好，璞亦以才學見重，埒於嶠、亮，論者美之。然性輕易，不修威儀，嗜酒好色，時或過度。著作郎干寶常誡之曰：“此非適性之道也。”璞曰：“吾所受有本限，用之恒恐不得盡，卿乃憂酒色之爲患乎！”

璞既好卜筮，縉紳多笑之。又自以才高位卑，乃著《客傲》，其辭曰：

“客傲郭生曰：‘玉以兼城爲寶，士以知名爲賢。明月不妄映，蘭葩豈虛鮮。今足下既以拔文秀於叢薈，蔭弱根於慶雲，陵扶摇而竦翮，揮清瀾以濯鱗，而響不徹於一皋，價不登乎千金。傲岸榮悴之際，頡頏龍魚之間，進不爲諧隱，退不爲放言，無沉冥之韻，而希風乎嚴先，徒費思於鑽味，摹《洞林》乎《連山》，尚何名乎！夫攀驪龍之髯，撫翠禽之毛，而不得絶霞肆、跨天津者，未之前聞也。’

“郭生粲然而笑曰：‘鷦鷯不可與論雲翼，井蛙難與量海鼇。雖然，將祛子之惑，訊以未悟，其可乎？

‘乃者地維中絶，乾光墜采，皇運暫回，廓祚淮海。龍德時乘，群才雲駭，藹若鄧林之會逸翰，爛若溟海之納奔濤，不煩咨嗟之訪，不假蒲帛之招，羈九有之奇駿，咸總之於一朝，豈惟豐沛之英，南陽之豪！昆吾挺鋒，驌驦軒髦，杞梓競敷，蘭荑争翹，嚶聲冠於伐木，援類繁乎拔茅。是以水無浪士，岩無幽人，刈蘭不暇，爨桂不給，安事錯薪乎！且夫窟泉之潛不思雲翬，熙冰之采不羡旭晞，混光耀於埃藹者，亦曷願滄浪之深，秋陽之映乎！登降紛於九五，淪湧懸乎龍津。蚓蛾以不才陸槁，蟒虵以騰騖暴鱗。連城之寶，藏於褐裏，三秀雖艷，靡於麗采。香惡乎芬？賈惡乎在？是以不塵不冥，不驪不騂，支離其神，蕭悴其形。形廢則神王，迹粗而名生。體全者爲犧，至獨者不孤，傲俗者不得以自得，默覺者不足以涉無。故不恢心而形遺，不外累而智喪，無岩穴而冥寂，無江湖而放浪。玄悟不以應機，洞鑒不以昭曠。不物物我我，不是是非非。忘意非我意，意得非我懷。寄群籟乎無象，域萬殊於一歸。不壽殤子，不夭彭涓，不壯秋豪，不小太山。蚊淚與天地齊流，蜉蝣與大椿齒年。然一闔一開，兩儀之迹；一冲一溢，懸象之節。涣沍期於寒暑，凋蔚要乎春秋。青陽之翠秀，龍豹之委穎，駿狼之長暉，玄陸之短景。故皋壤爲悲欣之府，蝴蝶爲化物之器矣。

‘夫欣黎黃之音者，不顰蟪蛄之吟；豁雲臺之觀者，必悶帶索之歡。縱蹈而咏采薺，擁璧而嘆抱關。戰機心以外物，不能得意於一弦；悟往復於嗟嘆，安可與言樂天者乎！若乃莊周偃蹇於漆園，老萊婆娑於林窟，嚴平澄漠於塵肆，梅真隱淪乎市卒，梁生吟嘯而矯迹，焦光混沌而槁杌，阮公昏酣而賣傲，翟叟遁形以倏忽。吾不能幾韻於數賢，故寂然玩此員策與智骨。’”

永昌元年，皇孫生，璞上疏曰：

“有道之君未嘗不以危自持，亂世之主未嘗不以安自居。故存而不忘亡者，三代之所以興也；亡而自以爲存者，三季之所以廢也。是以古之令主開納忠讜，以弼其違；標顯切直，用攻其失。至乃聞一善則拜，見規誡則懼。何者？蓋不私其身，處天下以至公也。臣竊惟陛下符運至著，勛業至大，而中興之祚不隆、聖敬之風未躋者，殆由法令太明，刑教太峻。故水至清則無魚，政至察則衆乖，此自然之勢也。

“臣去春啓事，以囹圄充斥，陰陽不和，推之卦理，宜因郊祀作赦，以蕩滌瑕穢。不然，將來必有愆陽苦雨之災，崩震薄蝕之變，狂狡蠢戾之妖。其後月餘，日果薄鬥。去秋以來，諸郡并有暴雨，水皆洪潦，歲用無年。適聞吴興復欲有構妄者，咎徵漸成，臣甚惡之。頃者以來，役賦轉重，獄犴日結，百姓困擾，甘亂者多，小人愚嶮，共相扇惑。雖勢無所至，然不可不虞。按《洪範傳》，君道虧則日蝕，人憤怨則水湧溢，陰氣積則下代上。此微理潛應已著實於事者也。假令臣遂不幸謬中，必貽陛下側席之憂。

“今皇孫載育，天固靈基，黔首顒顒，實望惠潤。又歲涉午位，金家所忌。宜於此時崇恩布澤，則火氣潛消，災譴不生矣。陛下上承天意，下順物情，可因皇孫之慶，大赦天下。然後明罰敕法，以肅理官，克厭天心，慰塞人事，兆庶幸甚，禎祥必臻矣。

“臣今所陳，暫而省之，或未允聖旨，久而尋之，終亮臣誠。若所啓上合，願陛下勿以臣身廢臣之言。臣言無隱，而陛下納之，適所以顯君明臣直之義耳。”疏奏，納焉，即大赦改年。

時暨陽人任谷，因耕息於樹下，忽有一人，著羽衣就淫之，既而不知所在，谷遂有娠，積月將産，羽衣人復來，以刀穿其陰下，出一蛇子便去，谷遂成宦者。後詣闕上書，自云有道術。帝留谷於宫中。璞復上疏曰：“任谷所爲妖異，無有因由。陛下玄鑒廣覽，欲知其情狀，引之禁内，供給安處。臣聞爲國以禮正，不聞以奇邪。所聽惟人，故神降之吉。陛下簡默居正，動遵典刑。按《周禮》，奇服怪人不入宫，況谷妖詭怪人之甚者，而登講肆之堂，密邇殿省之側，塵點日月，穢亂天聽，臣之私情竊所以不取也。陛下若以谷信爲神靈所憑者，則應敬而遠之。夫神，聰明正直，接以人事。若以谷爲妖蠱詐妄者，則當投畀裔土，不宜令褻近紫闥。若以谷或是神祇告譴、爲國作眚者，則當克己修禮以弭其妖，不宜令谷安然自容，肆其邪變也。臣愚以爲陰陽陶烝，變化萬端，亦是狐狸魍魎，憑假作慝。願陛下采臣愚懷，特遣谷出。臣以人乏，忝荷史任，敢忘直筆，惟義是規。”其後元帝崩，谷因亡走。

璞以母憂去職，卜葬地於暨陽，去水百步許。人以近水爲言，璞曰：“當即爲陸矣。”其後沙漲，去墓數十里皆爲桑田。未期，王敦起璞爲記室參軍。是時潁川陳述爲大將軍掾，有美名，爲敦所重，未幾而没。璞哭之哀甚，呼曰：“嗣祖，嗣祖，焉知非福！”未幾而敦作難。時明帝即位踰年，未改號，而熒惑守房。璞時休歸，帝乃遣使齎手詔問璞。會暨陽縣復上言，曰赤烏見。璞乃上疏請改年肆赦，文多不載。璞嘗爲人葬，帝微服往觀之，因問主人何以葬龍角，此法當滅族。主人曰：“郭璞云此葬龍耳，不出三年，當致天子也。”帝曰：“出天子邪？”答曰：“能致天子問耳。”帝甚異之。璞素與桓彝友善，彝每造之，或值璞在婦間，便入。璞曰：“卿來，他處自可徑前，但不可厠上相尋耳。必客主有殃。”彝後因醉詣璞，正逢在厠，掩而觀之，見璞裸身被髮，銜刀設醊。璞見彝，撫心大驚曰：“吾每屬卿勿來，反更如是！非但禍吾，卿亦不免矣。天實爲之，將以誰咎！”璞終嬰王敦之禍，彝亦死蘇峻之難。

王敦之謀逆也，温嶠、庾亮使璞筮之，璞對不決。嶠、亮復令占己之吉凶，璞曰：“大吉。”嶠等退，相謂曰：“璞對不了，是不敢有言，或天奪敦魄。今吾等與國家共舉大事，而璞云大吉，是爲舉事必有成也。”於是勸帝討敦。初，璞每言“殺我者山宗”，至是果有姓崇者構璞於敦。敦將舉兵，又使璞筮。璞曰：“無成。”敦固疑璞之勸嶠、亮，又聞卦凶，乃問璞曰：“卿更筮吾壽幾何？”答曰：“思向卦，明公起事，必禍不久。若往武昌，壽不可測。”敦大怒曰：“卿壽幾何？”曰：“命盡今日日中。”敦怒，收璞，詣南崗斬之。璞臨出，謂行刑者欲何之。曰：“南崗頭。”璞曰：“必在雙柏樹下。”既至，果然。復云：“此樹應有大鵲巢。”衆索之不得，璞更令尋覓，果於枝間得一大鵲巢，密葉蔽之。初，璞中興初行經越城，間遇一人，呼其姓名，因以袴褶遺之。其人辭不受，璞曰：“但取，後自當知。”其人遂受而去。至是，果此人行刑。時年四十九。及王敦平，追贈弘農太守。

初，庾翼幼時嘗令璞筮公家及身，卦成，曰：“建元之末丘山傾，長順之初子凋零。”及康帝即位，將改元爲建元，或謂庾冰曰：“子忘郭生之言邪？丘山上名，此號不宜用。”冰撫心嘆恨。及帝崩，何充改元爲永和，庾翼嘆曰：“天道精微，乃當如是。長順者，永和也，吾庸得免乎！”其年翼卒。冰又令筮其後嗣，卦成，曰：“卿諸子并當貴盛，然有白龍者，凶徵至矣。若墓碑生金，庾氏之大忌也。”後冰子藴爲廣州刺史，妾房内忽有一新生白狗子，莫知所由來，其妾秘愛之，不令藴知。狗轉長大，藴入，見狗眉眼分明，又身至長而弱，異於常狗，藴甚怪之。將出，共視衆人前，忽失所在。藴慨然曰："殆白龍乎！庾氏禍至矣。"又墓碑生金。俄而爲桓温所滅，終如其言。璞之占驗，皆如此類也。

璞撰前後筮驗六十餘事，名爲《洞林》。又抄京、費諸家要最，更撰《新林》十篇，《卜韻》一篇。注釋《爾雅》，别爲《音義》《圖譜》，又注《三倉》《方言》《穆天子傳》《山海經》及《楚辭》《子虚》《上林賦》數十萬言，皆傳於世。所作詩賦誄頌亦數萬言。子鶩，官至臨賀太守。

同上，卷七十三《庾亮列傳》：

希字始彦。……初，郭璞筮冰云："子孫必有大禍，唯用三陽可以有後。"故希求鎮山陽，友爲東陽，家於暨陽。

同上，卷七十四《桓彝列傳》：

初，彝與郭璞善，嘗令璞筮。卦成，璞以手壞之。彝族問其故。曰："卦與吾同。丈夫當此非命，如何！"竟如其言。

同上，卷七十六《王廙列傳》：

又驃騎將軍導向臣説晋陵有金鐸之瑞，郭璞云必致中興。璞之爻筮，雖京房、管輅不過也。

同上，卷八十《許邁列傳》：

許邁，字叔玄，一名映，丹陽句容人也。家世士族，而邁少恬静，不慕仕進。未弱冠，嘗造郭璞，爲之筮，遇《泰》之《大畜》，其上六爻發。璞謂曰："君元吉自天，宜隱學升遐之道。"時南海太守鮑靚隱迹潛遁，人莫之知。邁乃往候之。

同上，卷八十二《王隱列傳》：

太興初典章稍備，乃召隱及郭璞，俱爲著作郎，令撰《晋史》。

同上，卷八十八孝友《顔含列傳》：

郭璞嘗遇含，欲爲之筮，含曰："年在天，位在人。修己而天不與者，命也；守道而人不知者，性也。自有性命，無勞蓍龜。"

同上，卷九十三外戚《褚裒列傳》：

初，裒總角詣庾亮，亮使郭璞筮之。卦成，璞駭然，亮曰："有不祥乎？"

璞曰："此非人臣卦，不知此年少何以乃表斯祥，二十年外，吾言方驗。"及此二十九年，而康獻皇太后臨朝，有司以裒皇太后父，議加不臣之禮，拜侍中、衛將軍、録尚書事，持節、都督、刺史如故。（中華書局，1974年）

魏徵、令狐德棻《隋書》卷三十二《經籍志一》經部詩：

《毛詩拾遺》一卷。（郭璞撰。梁又有《毛詩略》四卷，亡。）

同上，論語：

《爾雅》五卷。（郭璞注。）

《爾雅音》八卷。（秘書學士江漼撰。梁有《爾雅音》二卷，孫炎、郭璞撰，亡。）

《爾雅圖》十卷。（郭璞撰。梁有《爾雅圖贊》二卷，郭璞撰，亡。）

《方言》十三卷。（漢揚雄撰，郭璞注。）

同上，小學：

《三蒼》三卷。（郭璞注。秦相李斯作《蒼頡篇》，漢揚雄作《訓纂篇》，後漢郎中賈魴作《滂喜篇》，故曰：三蒼。梁有《蒼頡》二卷，後漢司空杜林注，亡。）

同上，卷三十三《經籍志二》史部起居注：

《穆天子傳》六卷。（汲冢書，郭璞注。）

同上，地理：

《水經》三卷。（郭璞注。）

《山海經圖贊》二卷。（郭璞注。）

同上，卷三十四《經籍志三》子部五行：

《周易新林》四卷。（郭璞撰。梁有《周易雜占》十卷，葛洪撰，亡。）

《周易新林》九卷。（郭璞撰。梁有《周易林》五卷，郭璞撰，亡。）

《易洞林》三卷。（郭璞撰。）

《易八卦命録斗内圖》一卷。（郭璞撰。）

《易斗圖》一卷。（郭璞撰。）

同上，卷三十五《經籍志四》集部楚辭：

《楚辭》三卷。（郭璞注。梁有《楚辭》十一卷，宋何偃删王逸注，亡。）

同上，别集：

晋弘農太守《郭璞集》十七卷。（梁十卷，《録》一卷。）

同上，總集：

《雜賦注本》三卷。（梁有郭璞注《子虚》《上林賦》一卷。）（中華書局，1973年）

徐堅等《初學記》卷一天部上・天第一：

贊，郭璞《釋天地圖贊》。（祭地肆瘞，郊天致煙。氣升太一，精淪九泉。至敬不文，明德惟鮮。）

同上，卷五地部上・華山第五：

贊，東晋郭璞《太華贊》。（華嶽靈峻，削成四方。爰有神女，是挹玉漿。其誰游之，龍駕雲裳。）

同上，卷六地部中・總載水第一：

贊，晋郭璞《釋水贊》。（川瀆綺錯，涣瀾流帶。潛潤傍通，經營華外。殊出同歸，混之東會。）

同上，河第三：

贊，東晋郭璞《爾雅圖贊》。（昆侖三層，號曰天柱。實惟河源，水之靈府。）

同上，江第四：

賦，東晋郭璞《江賦》。（咨五材之并用，實水德之靈長。惟岷山之導江，初發源於濫觴。聿經始於洛沫，攏萬川乎巴梁。衝巫峽而迅激，濟江津以起漲。極泓量而海運，狀滔天以淼茫。總括漢泗，兼包淮湘。并吞沅澧，汲引沮漳。源二分於崌崍，流九派乎潯陽。鼓洪濤於赤岸，淪餘波於柴桑。網絡群流，商搉涓澮。表神委於江都，流宗而東會。注五湖以漫漭，灌三江而瀰沛。滈汗六州之域，經營曾景之外。所以作限於華裔，壯天地之險界。呼吸萬里，吐納靈潮。自然往復，或夕或朝。激逸勢以前驅，乃鼓怒而作濤。）

同上，卷七地部下·井第六：

賦，東晋郭璞賦。（益作井，龍登天；鑿后土，洞黄泉。潛源洊臻，潏潏涓涓；幽溟圓渟，瀠洞深玄。爾乃冠玉檻，梵鱗錯，鼓鹿盧，彈勁索；飛輕裾之繽紛，手争鶩而互搦。長虆蝼蛇以曾縈兮，瑶甕龍騰而灑激。氣霧集以杳冥兮，聲雷駭而淵潏。）

同上，卷十三禮部上·郊丘第三：

賦，晋郭璞《南郊賦》。（時惟青陽，日在方旭。我後將受命於靈壇，乃改步以鳴玉。升金軒，撫太僕，揚六鑾，齊八騄。列五幡於一元兮，靡日月乎黄屋；矯陵烏以偵候，整豹尾於後屬。武騎仡以清道，被練焕以波燭。爾乃造廣場，戾壇庭，百寮山立，萬乘雲屯。延祝史，肆玉牲，登圜丘，揖太清，禮群望，告皇靈。天澄其氣，日朗其精；祝融穆以肅侍，陽侯澹以中停。於是司烜戒燧，火烈具炳。宗皇祖而配祀，增孝思之惟永。郊寰之内，區域之外，凋顔卉服，被髮左帶。駿奔在壇，不期而會。饗駭鬼方，聲振丘隴；倒景望風，龍漢企踵。爛若列星之環辰，咸雲騰而海湧。此蓋和氣旁通，玄羅潛總，自然之感，鼓而遂動。）

同上，卷十九人部下·長人第四：

贊，晋郭璞《長臂國贊》。（雙臂三丈，體如中人。彼曷爲者，長臂之人。修腳是負，捕魚海濱。）

同上，短人第五：

贊，郭璞《僬僥贊》。（僬僥極麼，竫人又小。四體取足，眉目纔了。）

同上，卷二十一文部·筆第六：

贊，晋郭璞《筆贊》。（上古結繩，易以書契。經緯天地，錯綜群藝。日用不知，功蓋萬世。）

同上，卷二十三道釋部·仙第二：

詩，東晋郭璞《游仙詩》。（暘谷吐靈曜，扶桑森千丈。朱霞升東山，朝日何晃朗。回風流曲櫺，幽室發逸響。悠然心永懷，眇爾自遐想。仰思舉雲翼，延首矯玉掌。嘯傲遺世羅，縱情在獨往。明道雖若昧，其中有妙象。希賢宜勵德，羡魚當結網。）又詩曰。（采藥游名山，將以救年頽。呼吸玉滋液，妙氣盈胸懷。登仙撫龍駟，迅駕乘奔雷。鮮裳逐電曜，雲蓋隨風回。手頓羲和轡，足踏閶闔開。東海猶嗁涔，昆侖螻蟻堆。遐邈冥茫中，俯視令人哀。）

同上，卷二十七寶器部・金第一：

贊，晉郭璞《金銀贊》。（惟金三品，揚越作貢。五材之珍，是謂國用。務經軍農，爰及雕弄。）

同上，卷二十八果木部・棗第五：

贊，晉郭璞《棗贊》。（建國辨方，外朝九棘。因材制義，赤心梗直。藹藹卿士，亮此袞職。）

同上，卷二十九獸部・象第二：

贊，晉郭璞《山海經圖像贊》。（象實魁梧，體巨貌詭。肉兼十牛，目不踰豕。望頭如尾，動若丘徙。）

同上，駝第七：

贊，晉郭璞《山海經圖橐駝贊》。（駝惟奇畜，肉鞍是被。迅騖流沙，顯功絶地。潛識泉源，微乎其智。）

同上，羊第八：

晉郭璞《山海經圖・羬羊贊》。（月氏之羊，其類在野。厥高六尺，尾亦如馬。何以審之，事見《爾雅》。）

同上，狐第十三：

贊，晉郭璞《山海經圖・九尾狐贊》。（青丘奇獸，九尾之狐。有道翔見，出則銜書。作瑞周文，以摽靈符。）

同上，卷三十鱗介部・龜第十一：

贊，晉郭璞《爾雅・龜贊》。（天生神物，十朋之龜。或游於火，或游於蓍。雖云類殊，象二一歸。亹亹致用，極數盡幾。）（中華書局，1962年）

［日］藤原佐世《日本國見在書目録》起居注家：

《穆天子傳》六卷。（汲冢書，郭璞注。）

同上，五行家：

《周易新林雜占》三。（郭璞撰。）（《叢書集成初編》本）

劉昫等《舊唐書》卷四十六《經籍志上》甲部經録小學類：

《爾雅》三卷。（郭璞注。）

《爾雅音義》一卷。（郭璞注。）

《爾雅圖》一卷。（郭璞注。）

《三蒼》三卷。（李斯等撰，郭璞解。）

同上，乙部史録起居注類：

《穆天子傳》六卷。（郭璞撰。）

同上，地理類：

《水經》二卷。（郭璞撰。）

同上，卷四十七《經籍志下》丙部子録五行類：

《周易洞林解》三卷。（郭璞撰。）

同上，丁部集録楚辭類：

《楚詞》十卷。（郭璞注。）

同上，別集類：

《郭璞集》十卷。（中華書局，1975年）

李昉等《太平御覽》經史圖書綱目：

郭璞《易洞林》。

郭璞《毛詩拾遺》。

郭璞《三蒼解詁》。

郭璞注《爾雅》。

郭璞《洞林》。

《穆天子傳》。（中華書局，1960年）

王欽若等《册府元龜》卷五百六十國史部《記注》：

周穆王時内史作《穆天子傳》。（體制與今起居注正同，蓋周時内史所記王命之冢也，得於汲冢書。）

同上，卷六百五學校部《注釋第一》：

郭璞爲著作郎，注釋《爾雅》，别爲《音義》《圖譜》，又注《三蒼》《方言》《穆天子傳》《山海經》及《楚辭》《子虚》《上林賦》數十萬言。

同上，卷七百八十六總録部《多能》：

郭璞好古文奇字，妙於陰陽算曆，爲著作佐郎。（中華書局，1956年）

王堯臣等《崇文總目》卷一小學類上：

《方言》十三卷，原釋，漢揚雄子雲撰，晋郭璞注。今世所傳，文或繆缺，與先儒所引時有差云。

同上，卷二傳記類：

《穆天子傳》六卷，郭璞注。

同上，卷四卜筮類：

郭璞《洞林》一卷。錫鬯按《玉海》引《崇文目》作郭璞《林》，卷同諸家書目，并三卷。《通志略》“洞林”上有“周易”二字。

《周易竅書》三卷，郭璞撰。（《粤雅堂叢書》本）

張君房編，李永晟點校《雲笈七籤》卷一百一十洞仙傳《郭璞》：

郭璞字景純，河東人也。王敦欲反，使之占夢，曰：“吾昨夢在石頭外江中扶犁耕，卿占之。”璞曰：“大江扶犁耕，耕亦自不成，反亦無所成。”敦怒，謂璞曰：“卿自占命盡何時？”璞曰：“下官命盡今日。”敦令誅璞。璞謂伍伯曰：“吾年十三時，於栅塘脱袍與汝，言吾命應在汝手中，汝可用吾刀。”伍伯感昔深惠，銜涕而去。殯後三日，南州市人見璞貨其平生服飾，與相識共語。敦聞之不信，使開棺，無尸。璞得尸解之道，今爲水仙伯。（中華書局，2003年）

歐陽修、宋祁《新唐書》卷五十七《藝文志》甲部經録小學類：

《爾雅》……郭璞注一卷，又《圖》一卷，《音義》一卷……

李斯等《三蒼》三卷。（郭璞解。）

同上，卷五十八《藝文志》乙部史録起居注類：

郭璞《穆天子傳》六卷。

同上，地理類：

郭璞注《山海經》二十三卷，又《山海經圖贊》二卷，《山海經音》二卷，《桑欽水經》三卷。（一作郭璞撰。）

同上，卷五十九《藝文志》丙部子録五行類：

郭璞《周易洞林解》三卷。

同上，卷六十《藝文志》丁部集録楚辭類：

郭璞注《楚辭》十卷。

同上，別集類：

《郭璞集》十卷。（中華書局，1975年）

鄭樵《通志》卷六十三《藝文略》經類第一易・論説：

《周易髓》十卷。（郭璞。）

同上，詩・統説：

《毛詩拾遺》一卷。（郭璞。）

同上，爾雅・注解：

《爾雅》五卷。（郭璞。）

同上，圖：

《爾雅圖》十卷。（郭璞。）

同上，音：

《爾雅音略》三卷。（郭璞。）

同上，方言：

《方言》十三卷。（揚雄撰，郭璞注。）

同上，卷六十四《藝文略》小學類第四小學：

《三蒼》三卷。（郭璞撰。秦相李斯作《蒼頡篇》，漢揚雄作《訓纂篇》，後漢郎中賈魴作《滂喜篇》，故曰“三蒼”。）

同上，卷六十五《藝文略》史類第五起居注：

《穆天子傳》六卷。（汲冢古文，郭璞注。其言似今文起居注。）

同上，卷六十六《藝文略》地理·方物：

《山海經》二十三卷。（郭璞撰。）

《山海經圖贊》二卷。（郭璞注。）

同上，川瀆：

《水經》三卷。（漢桑欽撰，郭璞注。）

同上，卷六十八《藝文略》天文·天象：

《星經》一卷。（郭璞注。）

同上，五行類五行一·易占：

《周易林》五卷。（郭璞撰。）

《周易新林》四卷。（郭璞撰。）

《周易洞林》三卷。（郭璞撰。）

同上，筮占：

《周易竅書》三卷。（郭璞撰。）

同上，五行四·易圖：

《易斗圖》一卷。（郭璞撰。）

同上，葬書：

《周易括地林》一卷。（郭璞撰。）

《葬書》一卷。（郭璞撰。）

《撥沙成明經》一卷。（郭璞撰。）

《青囊經》二卷。（郭璞撰。）

《錦囊經》一卷。（郭璞撰。）

《玄堂品决》三卷。（郭璞撰。）

《周易穿地林》一卷。（郭璞撰。）

《地理碎金式》一卷。（郭璞撰。）

《八仙山水經》一卷。（郭璞等撰。）

同上，卷六十九《藝文略》文類第十二・楚辭：

《楚辭》三卷。（郭璞注。）

同上，别集二・晋：

弘農太守《郭璞集》十七卷。

同上，卷七十《藝文略》别集五・賦：

《子虚上林賦》一卷。（郭璞注。）

同上，卷七十一《校讎略》書有名亡實不亡論一篇：

《爾雅圖》蓋本郭璞注而爲圖，今雖亡，有郭璞注在，則其圖可圖也。

同上，卷七十二《圖譜略》記無・小學：

郭璞《爾雅圖》。（《四部備要》本）

晁公武撰，孫猛校證《郡齋讀書志校證》卷四小學類：

《爾雅》三卷。右世傳《釋詁》，周公書也。仲尼、子夏、叔孫通、梁文增補之，晋郭璞注。……

《方言》十三卷。右漢揚雄子雲撰，晋郭璞注。雄賫油素，問上計、孝廉，異語悉集之，題其首《國方言》。

同上，卷九傳記類：

《穆天子傳》六卷。右晋太康二年，汲縣民盗發古冢所得，凡六卷，八千五百一十四字，詔荀勖、和嶠等以隸字寫之云。按《春秋左氏傳》："穆王欲肆其心，周行天下，將皆有車轍馬迹焉。"此書所載，即其事也。穆王始巡狩，得驊騮、緑耳之乘，造父爲御，以觀四荒。北絶流沙，西登昆侖，與太史公記同。汲郡守書不謹，多毁缺。雖其言不典，皆古書，頗可觀覽。郭璞注本謂之《周王游行記》。勖之時，古文已不能盡識，時有缺者，又轉寫益誤，殆不可讀。

同上，卷十四五行類：

《青囊補注》三卷。右晋郭璞撰。世傳葬書之學，皆云無出郭璞之右者。今盛行多璞書也。按璞傳載葬母事，世傳蓋不誣矣。未幾，爲王敦所殺。若謂禍福皆繫於葬，則璞不應擇凶地以取禍；若謂禍福有定數，或它有以致之，則葬地不必擇矣。嗚呼，璞自用其術尚如此，况後遵其遺書者乎？

《青囊本旨》一卷。右不記撰人。演郭璞《相墓青囊經》也。

《洞林别訣》一卷。右江南范越鳳集郭璞所記諸家地里得失爲此書，二十四篇。并司空班《尋龍入式歌附》。（上海古籍出版社，1990年）

洪邁《容齋隨筆》卷一《郭璞葬地》：

《世説》："郭景純過江，居於暨陽。墓去水不盈百步，時人以爲近水，景純曰：'將當爲陸。'今沙漲，去墓數十里皆爲桑田。"此説蓋以郭爲先知也。世傳《錦囊葬經》爲郭所著，行山卜宅兆者印爲元龜。然郭能知水之爲陸，獨不能卜吉以免其非命乎？厠上銜刀之見淺矣。（上海古籍出版社，1978年）

尤袤《遂初堂書目》周易類：

郭璞《洞林》。

同上，小學類：

郭璞注《爾雅》。

同上，雜傳類：

《穆天子傳》。（《海山仙館叢書》本）

高似孫《緯略》卷十《爾雅》：

《爾雅注》今所傳者，郭璞、孫炎耳。所謂樊光《爾雅注》、李巡《爾雅注》、沈旋《爾雅集注》已不可復見。郭璞有《爾雅圖》，江灌有《爾雅圖贊》，皆奇書，是亦不減《山海經圖》也。張揖既作《博雅》，劉伯莊又有《續爾雅》，草木蟲魚該括略盡，《選》中惟郭璞特注《上林賦》，張揖又注之，他人不及其精確也。其他所謂《孝經爾雅》《石經爾雅》《蜀爾雅》《蕃爾雅》《小爾雅》，皆自成一書也。

同上，卷十二《昆侖丘贊》：

郭璞昆侖丘贊曰："昆侖月精，水之靈府。惟帝下都，西羌之宇。嵥然中峙，號曰天柱。”前四語殊清壯。所謂“丘”者，按《大荒西經》曰：“赤水之後，黑水之前，有大山曰昆侖之丘。”所謂“惟帝下都”者，按《搜神記》曰：“昆侖之山，是惟帝之下都。”其曰“昆侖月精，水之靈府”者，按《史記》曰：“河出昆侖。昆侖其高二千五百餘里，日月所相避隱，爲光明也。其上有醴泉瑶池。今自張騫使大夏之後，窮河源，惡睹所謂昆侖者乎？”又《河圖》曰：“昆侖之墟，五城十二樓，河水出焉。”《爾雅》曰：“西北之羌，有昆侖之墟，其口西羌之宇，亦其墟也。”《龍魚河圖》曰：“昆侖山天中柱也。”故曰“嶕然中峙，號曰天柱”。郭璞之文，精切如此，一一皆援據文章，而欲苟作，難哉！《葛仙翁傳》曰：“昆侖一曰元圃，一曰積石瑶房，一曰閬風臺，一曰華蓋，一曰天柱，仙人所居也。”

同上，《巫咸山賦》（巫咸堯之醫者）：

郭璞《巫咸山賦》曰：“爾乃寒隱懸湧，浚湍流帶，林薄叢蘢，幽蔚隱藹。”十六字奇甚。右軍《蘭亭記》曰：“此地有崇山峻嶺，茂林修竹，又有清流激湍，映帶左右。”晋人文章清暢如此。宋支曇《諦廬山賦》曰“南面巍崛，北背迢帶，懸霤分流以飛湍，七嶺重嶸而疊勢”，殊不及其從容自在也。（《叢書集成初編》本）

王象之《輿地碑記目》卷四嘉定府碑記：

郭璞《移水記》。（《記》謂“世主播遷，戎羯亂華，於是優游笑傲，放意於山水間，仍於嘉州城東百步烏尤山鑿書岩”。而蘇子由詩亦指其注《爾雅》於此。史謂“無入蜀之文”。謹按《移水記》有“嘉州”二字，則非璞之手筆，恐後人之附會耳。蓋嘉州之名，始於後周，而自周以前止，曰漢嘉郡，曰龍游縣耳。安得有所謂“嘉州”哉？或者後人追書，則未可知耳，當考。）（《叢書集成初編》本）

陳振孫撰，徐小蠻、顧美華點校《直齋書録解題》卷三小學類：

《爾雅》三卷。晋弘農太守河東郭璞景純注。按《漢志》，《爾雅》二十篇，今書惟十九篇。《志》初不著撰人名氏。璞序亦但稱興於中古，隆於漢氏而已。至陸氏《釋文》始謂《釋詁》爲周公所作，其説蓋本於魏張揖所上《廣雅表》，言“周公制禮以道天下，著《爾雅》一篇，以釋其義；今俗所傳三篇，或言仲尼所增，或言子夏所益，或言叔孫通所補，或言沛郡梁文所考，皆解家所説，先師口傳，疑莫能明也”。

《爾雅疏》十卷。邢昺等撰。其叙云：“爲注者劉歆、樊光、李巡、孫炎，雖各名家，猶未詳備，惟郭景純最爲稱首。其爲義疏者，惟俗間有孫炎、高璉，皆淺近。今奉敕校定，以景純爲主。”共其事者，杜鎬而下八人。

《方言》十四卷。漢黄門郎成都揚雄子雲撰，晋郭璞注。首題《輶軒使者絶代語》，末載《答劉歆書》，具詳著書本末。其略云：“天下上計、孝廉及内郡衛卒會者，雄常抱三寸弱翰，齎油素四尺，以問其異語，歸即以鉛摘次之於槧。”葛洪《西京雜記》言子雲好事，常懷鉛提槧，從諸計訪殊方絶域之語。蓋本雄書所云也。

同上，卷四起居注類：

《穆天子傳》六卷。晋武帝時汲冢所得書，其體制與起居注正同，郭璞爲之注。起居注者，（案：原本脱此四字，今據《文獻通考》補入。）自漢明德馬皇后始，漢、魏以來因之。

同上，卷八地理類：

《水經》三卷、《水經注》四十卷。桑欽撰，後魏御史中尉范陽酈道元善長注。桑欽，不知何人。《邯鄲書目》以爲漢人。晁公武曰“成帝時人”，當有所據。案《唐志》注，或云“郭璞撰”。又杜氏《通典》案，《水經》，晋郭璞注，二卷。後魏酈道元注，四十卷。皆不詳所撰者名氏，亦不知何代之書。佑謂二子博贍，解釋固應精當，然其《經》云，濟水過壽張，則前漢壽良縣，光武更名；又東北過臨濟，則前漢狄縣，安帝更名；又云淯水過湖陸，則前漢湖陵縣，章帝更名；又云汾水過河東郡永安，則前漢彘縣，順帝更名，故知順帝以後纂序也。詳《水經》所作，殊爲詭誕，全無憑據。案《後漢·郡國志》濟水，王莽末，因旱渠塞，不復截河南過。統順帝時所撰，都不詳悉，其餘可知。景純注解，又甚疏略，亦爲迂怪，以其僻書，人多不睹，謂其審正未之精也。（案“成帝時人”以下原本俱脱漏，今據《文獻通考》所引陳氏之言補入。）

同上，卷十二形法類：

《狐首經》一卷。不著名氏。稱郭景純序。亦依托也。胡汝嘉始序而傳之。其文亦雅馴，言頗有理。《陰陽備用》中全載。

《續葬書》一卷。稱郭景純。鄙俗依托。（上海古籍出版社，1987年）

王楙撰，鄭明、王義耀校點《野客叢書》卷二十五《郭璞先知》：

《隨筆》云：“《世説》：郭景純過江，居於暨陽，墓去水不盈百步，時人以爲近水，景純曰：‘將當爲陸。’今沙漲，去墓數十里皆爲桑田。”此説蓋以郭爲先知也。世俗《錦囊葬經》爲郭所著，行山卜宅兆者印爲元龜。然能知水之爲陸，獨不能卜吉以免禍乎？僕謂不然。一飲一啄，莫非素定，況生死之大乎？故術之精者，可以預知而不可以預計。景純對王處仲謂“今日必死”，亦知吾數止此，無可奈何，已而果然，是景純自度不能以人術勝天理也。如此孰謂卜吉可以免其非命乎？然世有禳災延壽之理，則有一説，莫若修德。（上海古籍出版社，1991年）

章如愚《群書考索》卷十六正史門雜史類：

古史《穆天子傳》。《册府元龜》云："周穆王内史作，體制與今起居注正同，得於汲冢。"《唐·經籍志》云："郭璞撰，六卷。"未知孰是。

同上，卷二十二文章門評詩類：

晋弘農太守郭璞詩，憲章潘岳，文體相暉，彪炳可玩。始變平原平淡之體，故稱中興第一。《翰林》以爲詩首，但《游仙》之作，辭多慷慨，乖遠玄宗。而云"奈何虎豹姿"，又云"戢翼棲榛梗"，乃是坎壈咏懷，非列仙之趣也。

同上，卷五十樂門樂名類：

晋會稽鐘。元帝初爲晋王，使郭璞筮，遇《豫》之《睽》，曰："會稽當出鐘，以告成功，上有勒銘。"及大興初，剡縣人果於井中得一鐘，上有古文奇字十八字，云"會稽嶽命"。璞曰："王者之作，必有靈符，塞天人之心，與神物合契，乃可以言受命。"觀五鐸啓號於晋陵，棧鐘告成於會稽，鐸發其響，鐘告其象。（書目文獻出版社，1992年）

王應麟《玉海》卷十六地理異域圖書《漢别國方言》：

郭璞序三五之篇，著而獨鑒之功顯。不出户庭，而坐照四表。不勞疇咨，而物來能名。考九服之逸言，標六代之絶語。真洽見之奇書，不刊之碩記也。

同上，卷三十五藝文易《漢易林》：

郭璞《周易新林》四卷。（又九卷。梁有郭璞《易林》五卷。）

《易洞林》三卷。

同上，卷三十八藝文詩《魏毛詩義問》：

晋郭璞《毛詩拾遺》一卷。

同上，卷四十八藝文記注《唐六家起居注》：

郭璞《穆天子傳》六卷。

同上，卷五十四藝文總集文章《楚辭》：

郭璞注十卷。（《隋志》三卷。）

同上，卷五十八藝文傳《周王傳　穆天子傳》：

《唐志》：《穆天子傳》六卷。（《晋書》云五篇。）《隋志》六卷，汲冢書郭璞注。（起居注類。）晋時得汲冢書，有《穆天子傳》，體制與今起居正同，蓋周時内史所記王命之副也。《春秋正義》：《周王游行》五卷。《文選》陶潛讀《山海經詩》"泛覽《周王傳》"。《中興書目》六卷。晋太康二年，汲郡民發古冢得之，其書言穆王游行之事，侍中荀勖等校正，郭璞爲之注。序曰："謹以一尺書紙寫上，請付秘繕寫，藏之中經，副在三閣，詔荀勖、和嶠等以隸字寫之，六卷八千五百一十四字。"（《書正義》《漢書注》《水經注》引之。）《拾遺記》："穆王三十二年巡行天下，有書史十人記其所行之地。"

同上，六十三藝文藝術《晋青囊書　洞林》：

《郭璞傳》：妙於陰陽算曆，有郭公者，客居河東，精於卜筮，璞從之受業，公以《青囊中書》九卷與之，由是遂洞天文、五行、卜筮之術，攘災轉福，通致無方，雖京房、管輅不能過也。璞門人趙載嘗竊《青囊書》，未及讀而爲火所焚。璞撰前後筮驗六十餘事，名爲《洞林》。（《隋志》三卷，又有梁元帝《洞林》三卷，《書目》止存一卷，載二十二事。）又抄京、費諸家要最，更撰《新林》十篇，《卜韻》一篇，注釋《爾雅》，别爲《音義》《圖譜》，又注《三蒼》《方言》《穆天子傳》《山海經》及《楚辭》《子虚》《上林賦》數十萬言，皆傳於世。（璞著《客傲》曰："摹《洞林》乎《連山》。"）《唐志・五行類》：郭璞《周易洞林解》三卷。《隋志》：《新林》四卷，又九卷。（梁有《周易林》五卷，亡。）《易斗圖》一卷，郭璞撰。（《璞集》十七卷。）《唐志・五行類》：《馬雄絳囊經》一卷，兵書有《青囊括》一卷。（江蘇古籍出版社、上海書店，1988年）

吴澄《吴文正集》卷一《葬書叙録》：

《葬書》，相傳以爲晋郭璞景純之作，内外八篇，凡一千一百五十八字。世俗所行有二十篇，皆後人增以繆妄之説。建安蔡元定季通去其十二而存其八，亦既得之，然就其所存，猶不無顛到混淆之失，惟此本爲最善。篇分内外，蓋有微意。雜篇二，俗本散在正書篇中。或術家秘嗇，故亂之也。此别爲篇，倫類精矣，覽者詳焉。（《文淵閣四庫全書》本）

馬端臨《文獻通考》卷一百八十九《經籍考十六》經・小學：

《爾雅》三卷。

晁氏曰："世傳《釋詁》，周公書也，餘篇仲尼、子夏、叔孫通、梁文增補之，晋郭璞注。文字之學凡有三：其一體制，謂點畫有縱横曲直之殊；其二訓詁，謂稱謂有古今雜俗之異；其三音韻，謂呼吸有清濁高下之不同。論體制之書，《説文》之類是也；論訓詁之書，《爾雅》《方言》之類是也；論音韻之書，沈約《四聲譜》及西域反切之學是也。三者雖各名一家，其實皆小學之類。而《藝文志》獨以《爾雅》附《孝經》類，《經籍志》又以附《論語》類，皆非是。今依《四庫目》，置於小學之首。"

陳氏曰："晋弘農太守河東郭璞景純注。按《漢志》，《爾雅》二十篇，今書惟十九篇。《志》初不著撰人名氏，璞序亦但稱興於中古，隆於漢氏而已。至陸氏《釋文》，始謂《釋詁》爲周公所作，其説蓋本於魏張揖所上《廣雅表》，言周公制禮以道天下，著《爾雅》一篇以釋其義。今俗所傳二篇，或言仲尼所增，或言子夏所益，或言叔孫通所補，或言沛郡梁文所考，皆解家所説，先師口傳，疑莫能明也。舊有劉歆、樊光、李廵、孫炎之學，今惟郭氏行於世。

《朱子語録》曰："《爾雅》是取傳注以作，後人却以《爾雅》證傳注。《爾雅》非是，祇是據諸處訓釋所作。趙岐説《孟子》《爾雅》皆置博士，在《漢書》亦無可考。"

《爾雅音訓》二卷。

《崇文總目》：不著撰人名氏，以孫炎、郭璞二家音訓爲尚狹，頗增益之。

《方言》十三卷。

《崇文總目》：漢揚雄子雲撰，晋郭璞注。今世所傳文或謬缺，與先儒所引時有差云。

容齋洪氏《隨筆》曰："今世所傳揚子雲《輶軒使者絶代語釋别國方言》，凡十三卷，郭璞序而解之。其末又有漢成帝時劉子駿與雄書，從取《方言》，及雄答書。以予考之，殆非也。雄自序所爲文，《漢史》本傳但云：'經莫大於《易》，故作《太玄》；傳莫大於《論語》，作《法言》；史篇莫善於《蒼頡》，作《訓纂》；箴莫善於《虞箴》，作《州箴》；賦莫深於《離騷》，反而廣之；辭莫麗於相如，作《四賦》。'雄平生所爲文盡於是矣，初無所謂《方言》。《漢・藝文志》小學有《訓纂》一篇。儒家有雄所序三十八篇，注云：'《太玄》十九，《法言》十三，《樂》四，《箴》二。'雜賦有雄《賦》十二篇，亦不載《方言》。觀其《答劉子駿書》稱'蜀人嚴君平'，按君平本姓莊，漢顯宗諱莊，改曰嚴。《法言》所稱'蜀莊沈冥，蜀莊之才之珍，吾珍莊也'皆本字，何獨至此書而曰嚴？又子駿祇從之求書，而答云'必欲脅之以威，陵之以武，則縊死以從命也'，何至是哉？既云成帝時子駿與雄書，而其中乃云孝成皇帝，反覆牴牾。又書稱‘汝、潁之間’，先漢人無此語也，必漢、魏之際好事者爲之云。”

同上，卷一百九十四《經籍考二十一》史·起居注：

《穆天子傳》六卷。

晁氏曰：“晋太康六年，汲縣民盜發古冢所得，凡六卷，八千五百一十四字，詔荀勖、和嶠等以隸字寫之云。按《春秋左氏傳》：‘穆王欲肆其心，周行天下，將皆有車轍馬迹焉。’此書所載，即其事也。穆王始巡狩，得驊騮、緑耳之乘，造父爲御，以觀四荒，北絶流沙，西登昆侖，與《太史公記》同。汲郡守書不謹，多毁缺。雖其言不典，皆古書，頗可觀覽。郭璞注本謂之《周王游行記》。勖之時，古文已不能盡識，時有缺者，又轉寫益誤，殆不可讀。”

同上，卷二百二十《經籍考四十七》子·五行、占筮、形法：

《青囊補注》三卷。

晁氏曰：“郭璞撰。世傳葬書之學，皆云無出郭璞之右者。今盛行皆璞書也。按璞傳載葬母事，世傳蓋不誣矣。璞未幾爲王敦所殺。若謂禍福皆繫於葬，則璞不應擇凶地以取禍；若謂禍福有定數，或他有以致之，則葬地不必擇矣。嗚呼！璞自用其術尚如此，况後遵其遺書者乎！”

《青囊本旨》一卷。

晁氏曰：“不記撰人。演郭璞《相墓青囊經》也。”

《洞林别訣》一卷。《尋龍入式》一卷。

晁氏曰：“江南范越鳳集郭璞所記諸家地理書得失，爲此書，二十四篇，并司空班《尋龍入式歌》附。”

陳氏曰：“又名《洞林别訣》。范越鳳，相傳縉雲人，家於將樂。（中華書局，1986年）

脱脱等《宋史》卷一百五《禮志八》吉禮文宣王廟：

真宗大中祥符……二年五月乙卯，詔追封十哲爲公，七十二弟子爲侯，先儒爲伯或贈官。……樊英魯陽伯，晋郭璞聞喜伯，宋何承天昌盧伯……

同上，卷二百二《藝文志一》經類小學類：

《爾雅》三卷。（郭璞注。）

同上，卷二百三《藝文志二》史類別史類：

郭璞注《穆天子傳》六卷。

同上，卷二百六《藝文志五》史類五行類：

郭璞《三命通照神白經》三卷。

郭璞《周易玄義經》一卷。

郭璞《葬書》一卷。

同上，蓍龜類：

郭璞《周易洞林》一卷。

同上，卷二百八《藝文志七》集類別集類：

《郭璞集》六卷。（中華書局，1977年）

陶宗儀《説郛》弖七十九《陳繹曾〈詩譜〉》：

郭璞。構思險怪而造語精圓，三謝皆出於此。杜、李精奇處皆取此本。出自淮南小山。

同上，卷一百十三《穆天子傳》（古本）：

（文略。）（《説郛三種》本）

楊士奇等《文淵閣書目》卷三玄字型大小第一厨書目·諸經總類：

《爾雅》，郭璞注。（一部一册，闕。）

同上，卷六宙字型大小第一厨書目·史附：

《穆天子傳》。（一部一册，闕。）

同上，卷八荒字型人小第一厨書目·子雜：

《方言》，郭璞注。（一部一册，闕。）

《抱朴子》。（一部三册，闕。）

同上，卷十五列字型大小第一厨書目·陰陽：

郭璞《葬經》。（一部一册，闕。）

同上，卷十八來字型大小第一厨書目・古今志：

郭璞《山海經》。（二册。）（《叢書集成初編》本）

錢溥《秘閣書目》諸經總録：

《爾雅》郭璞注一。

同上，子雜：

《方言》郭璞注一。

同上，陰陽書：

郭璞《葬經》。

郭璞《詞林》一。

同上，古今通志：

郭璞《山海經》二。（《四庫全書存目叢刊》本）

程敏政《篁墩文集》卷三十九《題葬書後》：

《漢・藝文志》有形法六家百餘卷，而郭氏《葬書》，隋、唐《經籍志》皆無之。惟《晋書・郭璞傳》云："有郭公者，客河東，精卜筮。璞從之受業，公以《青囊中書》九卷與之，遂洞五行、天文、卜筮之術。著《洞林》等書十餘萬言。"乃無《葬書》，則今之所傳，必九卷之一。《漢形法》之遺而所謂郭氏者，亦殆指河東之客邪？又云："璞門人趙載嘗竊《青囊書》，未及讀而毁於火。"疑今所傳二十篇者當出於後人追輯，非完本也。元草廬吴氏就其中訂證爲内、外各四卷，然後純駁瞭然，可因是以泝郭氏之舊矣。故庸師安於故常，又喜售星卦之説，由是吴本寖微，傳者益鮮。吾郡謝子期氏究心是書，乃取金華鄭氏所注本，及卜氏《雪心賦》、蔡氏《發微》、劉氏《囊金》各爲之注，號"地理四書"。新安千户於侯明將捐金刊布，屬予識之。予觀東山趙氏有《葬書問對》一篇，詞雅理正，宜録以附卷後，用備一家之言，且使葬親者知窮理之爲尚，而不惑於異説云。（《四庫明人文集叢刊》本）

李夢陽《空同集》卷六十六外篇《論學下篇第六》：

術異者，終罔吉泄化機也，京房、郭璞其人也。文異者，終罔吉發神秘也，遷、固、蔡襧、韋、陸其人也。貪盛者，終罔吉犯止戒也。好訐者，終罔吉悖厚訓也。好殺者，終罔吉戕生道也。（《四庫明人文集叢刊》本）

楊慎《丹鉛續録》卷十《郭璞墓》：

郭璞善地理，凡遇吉地，必剪爪髮以瘞之，故郭璞墓所在有之。（《叢書集成初編》本）

高儒《百川書志》卷二經部小學：

郭璞注《爾雅》三卷，晋郭璞注，故此傳周孔所作未詳。

《爾雅注疏》十一卷，郭璞注，邢昺疏。

同上，卷十子部陰陽：

《地理分全十二龍穴法》一卷。晋郭璞著。（《中國歷代書目題跋叢書》本）

朱睦㮮《授經圖義例》卷四諸儒著述附歷代三易傳注論説：

《周易髓》十卷。（郭璞。）

同上，擬易：

《洞林》三卷。（郭璞。）

同上，卷十二諸儒著述附歷代四詩傳注論説：

《毛詩略》四卷。（郭璞。）

《毛歲拾遺》一卷。（郭璞。）（《文淵閣四庫全書》本）

李時珍《本草綱目》卷一上序例上《引據古今經史百家書目》：

《爾雅》注疏。（李巡、邢昺、郭璞。）（人民衛生出版社，1982年）

王世貞《弇州四部稿》卷一百四十五説部《藝苑卮言二》：

《文苑》《文選》皆云“華袿飛綃雜纖羅”，不言“垂纖羅”也。東方曼倩、管公明、郭景純，俱以奇才挾神術，而宦俱不達。景純以舌爲筆者也，公明以筆爲舌者也，曼倩筆舌互用者也。若其超物之哲，曼倩爲最，公明次之，景純下矣。

同上，卷一百六十説部《宛委餘編五》：

刻水經者直云桑欽撰。《新唐志》以爲欽撰，又云：“一作郭璞撰。”按《前漢·儒林傳》：“《古文尚書》，塗惲授河南桑欽君長。”晁氏《讀書志》：“欽成帝時人，杜佑辨之云：‘濟水過壽張，本壽良，光武所更名。東北過臨濟，本狄縣，安帝所更名。荷水過湖陸，本湖陵，章帝所更名。汾水過永安，本彘縣，順帝所更名。必後漢人撰。’”王伯厚則謂：“武侯壘，乃諸葛武侯所營處，魏興，曹魏分漢中立。”魏興，亦非後漢人所撰也。其以爲郭璞撰者，豈用是乎？抑本桑欽撰，而後人以意改益之也。（《四庫明人文集叢刊》本）

焦竑《國史經籍志》卷二經類小學：

《爾雅音略》二卷。（郭璞。）

《方言》十三卷。（楊雄撰，郭璞注。）

同上，卷三史類起居注：

《穆天子傳》六卷。（郭璞注。）

同上，卷四子類五行家：

《八仙山水經》。（郭璞等。）（《續修四庫全書》本）

馮復京《六家詩名物疏》引用書目：

《爾雅》，郭璞注。

同上，雜史：

《穆天子傳》。（《文淵閣四庫全書》本）

祁承㸁《澹生堂藏書目》卷四史類第九（雜史）：

《穆天子傳》二册。（六卷，郭璞注。《古今逸史》本、范氏《二十種奇書》本、《漢魏叢書》本。）（以上三代。）（《宋元明清書目題跋叢刊》本）

張溥《漢魏六朝百三家集》卷五十六《〈晉郭璞集〉題詞》：

《神仙傳》言：“郭河東得兵解之道，今爲水仙伯。”其然與否，吾不敢知，亦足見烈士殉義，雖死可生，亂臣賊子不能殺也。景純才學，見重明帝，埒於温嶠、庾亮。余謂其抗節王敦，贊成大事，匡國之志，嶠可庶幾，亮安敢班哉！雙柏鵲巢，越城伍伯，絶命之期，先知之矣。猶然解髮銜刀，祈祥幽穢，非苟求活，欲觀須臾，得一當以報國家耳。陳迹螽亡，呼之爲福。景純亦縱酒色，自滅精神，李陵惜死，若所恥也。負豫讓之忠，蹈嵇生之禍，豈非天乎？阮嗣宗厭苦司馬，以狂自晦，彼亦無可如何，不得已而逃爲酒人。景純則非無術以處敦者也，令桓彝不窺裸袒，生命不盡日中，勤王之師，義當先驅，其取敦也，猶廬江主人家婢爾。南岡斷頭，遺文彌烈，今讀其集，直臣諫諍，神靈博物，無不有也。如斯人而不謂之仙

乎？不可得已。（《文淵閣四庫全書》本）

顧炎武著，黄汝成集釋，欒保群、吕宗力校點《日知録集釋》卷三十一《郭璞墓》：

《晋書·郭璞傳》："璞以母憂去職，卜葬地於暨陽，去水百步許。人以近水爲言，璞曰：'當即爲陸矣。'其後沙漲，去墓數十里，皆爲桑田。"《王惲集》乃云："金山西北大江中亂石間，有叢薄，鴉鵲棲集，爲郭璞墓。"按史文元謂去水百步許，不在大江之中，且當時即已沙漲爲田。而暨陽在今江陰縣界，不在京口。又所葬者璞之母，而非璞也。世之所傳皆誤。［（原注）《世説》載璞詩曰："此阜烈烈，巨海混混。壘壘三墳，惟母與昆。"則璞又有二兄同葬。］（上海古籍出版社，2006年）

宫夢仁《讀書紀數略》卷三十一人部經籍類《唐六家起居注》：

郭璞。（《穆天子傳》。）（《文淵閣四庫全書》本）

王鉞《讀書蕞殘》卷之上《讀〈穆天子傳〉》：

亦出汲冢，其文艱深複奥，時出雋語，頗開唐人小説家蹊徑。其所存歌詩，淵涵而古茂，亦非秦漢以下所能僞作，信春秋以前古文詞也。顧其言龐而事雜，不爲聖人所取，豈非以其文不雅馴，恐開後人好奇之漸興，故博觀秦以前書，益令人思先聖删定之功爲不誣云？（《四庫全書存目叢刊》本）

錢曾《述古堂藏書目》卷三史雜史：

《穆天子傳》六卷一本。（抄。）（《叢書集成初編》本）

錢曾撰，丁瑜點校《讀書敏求記》卷一小學：

郭璞注《爾雅》三卷。六畜字本作"獸"，後人借畜養之字用之。古麋、鹿、虎、豹育於山澤者，歸之《釋獸》；馬、牛、羊、狗爲人所養者，歸之《釋畜》。若一概從獸例之，訛矣。讀《爾雅》究熟精其義，勿但以"終軍""辨鼠"爲能事也。此本逐卷後附《音釋》，殊便覽者。（書目文獻出版社，1984年）

朱彝尊《經義考》卷十一易十：

《易八卦命録斗内圖》一卷，隋志五行家，佚。

《晋書》：郭璞字景純，河東聞喜人，博學有高才，而訥於言論。好古文奇字，妙於陰陽算曆。有郭公者，客居河東，精於卜筮，璞從之受業。公以《青囊中書》九卷與之，由是遂洞五行、天文、卜筮之術。爲著作佐郎，遷尚書郎。嬰王敦之禍。璞撰前後筮驗六十餘事，名爲《洞林》，又抄京、費諸家要撮，更撰《新林》十篇，《卜韻》一篇，注釋《爾雅》、别爲《音義》《圖譜》，又注《三蒼》《方言》《穆天子傳》《山海經》及《楚辭》《子虚》《上林賦》數十萬言，皆傳於世。王廙曰：璞之爻筮，雖京房、管輅不過也。胡一桂曰：景純得《青囊書》，遂洞五行、天文、卜筮之術。嘗撰前後筮驗六十餘事，名爲《洞林》，斷法用青龍、朱雀、勾陳、騰蛇、白虎、玄武、六神，及太歲、諸煞神、時日旺相等，推算靈驗無比。又抄京、費諸家撮要，更撰《新林》十篇，《卜韻》一篇，大抵祇用卦爻，不假文字。然雜以説相葬法，行符壓勝之術，往往流於技藝，而《易》道日以支離卑下矣。

同上，卷二百三十七爾雅一：

郭氏璞《爾雅注》，《隋志》五卷。（《唐志》一卷，《釋文序録》《宋志》三卷。）存。

璞《自序》曰："夫《爾雅》者，所以通訓詁之指歸，叙詩人之興咏，總絶代之離詞，辨同實而殊號者也。誠九流之津涉，六藝之鈐鍵，學覽者之潭奥，摛翰者之華苑也。若乃可以博物不惑，多識於鳥獸草木之名者，莫近於《爾雅》。《爾雅》者，蓋興於中古，隆於漢氏。豹鼠既辨，其業亦顯。英儒贍聞之士，洪筆麗藻之客，靡不欽玩耽味，爲之義訓。璞不揆檮昧，少而習焉，沈研鑽極，二九載矣。雖注者十餘，然猶未詳備，并多紛謬，有所漏略。是以復綴集異聞，會稡舊説；考方國之語，采謡俗之志；錯綜樊孫，博關群言；剟其瑕礫，搴其蕭稂；事有隱滯，援據徵之；於其易了，闕而不論；别爲音圖，用祛未寤。輒復擁篲清道，企望塵躅者，以將來君子，爲亦有涉乎此也。"陸德明曰："先儒於《爾雅》，多億必之説，乖蓋闕之義，惟郭景純洽聞强識詳古今，作《爾雅注》，爲世所重。"陳振孫曰："《爾雅》，舊有劉歆、樊光、李巡、孫炎之學，今惟郭氏行於世。"《述異記》："郭景純注《爾雅》臺，今在夷陵郡。"祝穆曰："爾雅臺在硤州，郭璞注《爾雅》於此。"郭子章曰："景純注《爾雅》，握筆嘉州，在今烏尤山，江魚吞墨，千年猶黑。"

《爾雅圖贊》。《七録》二卷。（《隋志》：《爾雅圖》十卷。《唐志》：一卷。）佚。

鄭樵曰："《爾雅圖》，蓋本郭注而爲圖，今雖亡，有郭璞注，則其圖可圖也。"（中華書局，1998年）

徐乾學《讀禮通考》卷七十五喪儀節三十八國恤十《皇妃喪儀》：

乾學案：《穆天子傳》出汲冢，晋荀勖校定，以爲其事雖不典，其文甚古，頗可觀覽。今考與書序及太史公所載，多合當時藏之中經，副在三閣，故其書實不可廢，輒引盛妃事爲古時妃喪之禮，以備考覽云。（《文淵閣四庫全書》本）

徐乾學《傳是樓書目》卷一經部小學：

《爾雅》，（三卷，晋郭璞注。）三本。

同上，卷二史部起居注：

《穆天子傳》。（六卷，晋郭璞注。）（《續修四庫全書》本）

王士禛著，趙伯陶點校《古夫于亭雜録》卷五《詩品舛謬》：

鍾嶸《詩品》，余少時深喜之，今始知其踳謬不少。嶸以三品銓叙作者，自譬諸“九品論人，七略裁士”，乃以劉楨與陳思并稱，以爲文章之聖。夫楨之視植，豈但斥鷃之與鯤鵬邪！又置曹孟德下品，而楨與王粲反居上品。他如上品之陸機、潘岳，宜在中品；中品之劉琨、郭璞、陶潛、鮑照、謝朓、江淹，下品之魏武，宜在上品；下品之徐幹、謝莊、王融、帛道猷、湯惠休，宜在中品。而位置顛錯，黑白淆訛，千秋定論，謂之何哉？建安諸子，偉長實勝公幹，而嶸譏其“以莛扣鍾”，乖反彌甚。至以陶潛出於應璩，郭璞出於潘岳，鮑照出於二張，尤陋矣，又不足深辯也。（中華書局，1988年）

萬斯同《儒林宗派》卷四《晋》：

郭璞。（《文淵閣四庫全書》本）

孫岳頒、王原祁等《佩文齋書畫譜》纂輯書籍：

《爾雅注》。（郭璞。）（浙江人民美術出版社，2014年）

儲大文等《山西通志》卷一百七十五《經籍》經類《周易》：

晋郭璞《周易洞林解》三卷。

同上，《毛詩》：

晋郭璞《毛詩拾遺》一卷，又《毛詩略》四卷。

同上，《爾雅》：

晋郭璞《爾雅注》五卷。（一作三卷，又作一卷。）

同上，史類别史：

郭璞注《穆天子傳》六卷。

同上，集類：

晋《郭璞集》十卷。（一作六卷。）又注《楚辭》十卷。《楊雄方法》十三卷。《三蒼》三卷。《子虚上林賦》一卷。

同上，雜類地志：

郭璞注《桑欽水經》三卷。（一作郭璞撰。）注《山海經》二十三卷。（一作十八卷。）又《山海經音》二卷，《山海經圖》十卷，《山海經圖贊》二卷。

同上，醫術類：

晋郭璞《周易察微經》一卷，《周易鬼眼算》一卷，《周易逆刺》一卷，《易鑒》三卷，《三命通照神白經》三卷，《葬書》一卷。又《序八五經》一卷，《狐首經》一卷，《青囊補注》三卷。

同上，卷二百十九《藝文三十八》賦·晋：

郭璞《鹽池賦》……

同上，卷二百二十一《藝文四十》四言詩·晋：

郭璞《贈温曾》：人亦有言，松竹有林。及爾臭味，異苔同岑。言以忘得，交以淡成。同匪伊和，惟我與生。爾神余契，我懷子情。攜手一豁，安知塵冥。

郭璞《游仙詩》十四首。（姑射山賦……）

同上，卷二百二十七《藝文四十六》雜著·晋：

晋郭璞《客傲》……（《文淵閣四庫全書》本）

鄂爾泰等《雲南通志》卷七《學校（附書籍）》新建五華書院藏書·子部中雜家：

《穆天子傳》。（《文淵閣四庫全書》本）

于敏中等《天禄琳琅書目》卷七明版經部：

《十三經注疏》。（二十二函百二十册。）

《爾雅》十一卷，晋郭璞注，宋邢昺疏，唐陸德明音義，前昺序。

《爾雅》（一函一册。）三卷，晋郭璞注，前璞序。（上海古籍出版社，2007年）

紀昀著，汪賢度校點《閱微草堂筆記》卷二十二《灤陽續録四》：

江南吴孝廉，朱石君之門生也。美才夭逝，其婦誓以身殉，而屢縊不能死。忽燈下孝廉形見，曰："易彩服則死矣。"從其言，果絶。孝廉鄉人録其事徵詩，作者甚衆。余亦爲題二律。而石君爲作墓志，於孝廉之坎坷、烈婦之慷慨，皆深致悼惜，而此事一字不及。或疑其鄉人之粉飾，余曰："非也。文章流别，各有體裁。郭璞注《山海經》《穆天子傳》，於西王母事，鋪叙綦詳。其注《爾雅·釋地》，於'西至西王母'句，不過曰'西方昏荒之國'而已，不更益一語也。蓋注經之體裁，當如是耳。金石之文，與史傳相表裏，不可與稗官雜記比，亦不可與詞賦比。石君博極群書，深知著作之流别，其不著此事於墓志，古文法也，豈以其僞而削之哉！"余老多遺忘，記孝廉名承紱，烈婦之姓氏，竟不能憶。姑存其略於此，俟扈蹕回鑾，當更求其事狀，詳著之焉。（上海古籍出版社，1980年）

謝啓昆《小學考》卷三訓詁一爾雅：

郭氏（璞）《爾雅圖贊》，《七録》：二卷。（《隋志》：《爾雅圖》十卷，《唐志》：一卷。）佚。鄭樵《通志略》曰："《爾雅圖》，蓋本郭注而爲圖，今雖亡，有郭璞注，則其圖可圖也。"

郭氏（璞）《爾雅音義》，《七録》：二卷，（《唐志》：一卷。）佚。（《續修四庫全書》本）

永瑢等《四庫全書總目》卷四十經部四十小學類一《爾雅注疏》提要：

《爾雅注疏》十一卷。（内府藏本。）晋郭璞注，宋邢昺疏。璞字景純，河東聞喜人。官至弘農太守。事迹具《晋書》本傳。昺有《孝經疏》，已著録。案《大戴禮·孔子三朝記》稱：孔子教魯哀公學《爾雅》，則《爾雅》之來遠矣。然不云《爾雅》爲誰作。據張揖《進廣雅表》，稱周公著《爾雅》一篇，（案《經典釋文》以揖所稱一篇爲《釋詁》。）今俗所傳三篇。（案《漢志》，《爾雅》三卷。此三篇謂三卷也。）或言仲尼所增，或言子夏所益，或言叔孫通所補，或言沛郡梁文所考，皆解家所説，疑莫能明也，於作書之人亦無確指。其餘諸家所説，小異大同。今參互而考之，郭璞《爾雅注》序稱"豹鼠既辨，其業亦顯"，邢昺《疏》以爲漢武帝時終軍事。《七録》載犍爲文學《爾雅注》三卷，（案《七録》久佚。此據《隋志》所稱，梁有某書，亡。知爲《七録》所載。）陸德明《經典釋文》以爲漢武帝時人，則其書在武帝以前。曹粹中《放齋詩説》曰：（按此書今未見傳本，此據《永樂大典》所引。）“《爾雅》，毛公以前其文猶略，至鄭康成時則加詳。如‘學有緝熙於光明’，毛公云：‘光，廣也。’康成則以爲學於有光明者。而《爾雅》曰：‘緝熙，光明也。’又‘齊子豈弟’，康成以爲猶‘發夕’也。而《爾雅》曰：‘豈弟，發也。’‘薄言觀者’，毛公無訓。‘振古如兹’，毛公云：‘振，自也。’康成則以‘觀’爲多，以‘振’爲古。其説皆本於《爾雅》。使《爾雅》成書在毛公之前，顧得爲異哉？”則其書在毛亨以後。（案《詩傳》乃毛亨作，非毛萇作，語詳《詩正義》條下。）大抵小學家綴緝舊文，遞相增益，周公、孔子皆依托之詞。觀《釋地》有鶼鶼，《釋鳥》又有鶼鶼，同文複出，知非纂自一手也。其書歐陽修《詩本義》以爲學《詩》者纂集博士解詁。高承《事物紀原》亦以爲大抵解詁詩人之旨。然釋《詩》者不及十之一，非專爲《詩》作。揚雄《方言》以爲孔子門徒解釋六藝，王充《論衡》亦以爲五經之訓故。然釋五經者不及十之三四，更非專爲五經作。今觀其文，大抵采諸書訓詁名物之同異，以廣見聞，實自爲一書，不附經義。如《釋天》云：“暴雨謂之涷。”《釋草》云：“卷施草，拔心不死。”此取《楚詞》之文也。《釋天》云：“扶揺謂之猋。”《釋蟲》云：“蒺藜，蝍蛆。”此取《莊子》之文也。《釋詁》云：“嫁，往也。”《釋水》云：“瀵大出尾下。”此取《列子》之文也。《釋地》云：“西至西王母。”《釋獸》云：“小領盗驪。”此取《穆天子傳》之文也。《釋地》云：“東方有比目魚焉，不比不行，其名謂之鰈。南方有比翼鳥焉，不比不飛，其名謂之鶼。”此取《管子》之文也。又云：“邛邛岠虚，負而走，其名謂之蟨。”此取《吕氏春秋》之文也。又云：“北方有比肩民焉，迭食而迭望。”《釋地》云：“河出昆侖墟。”此取《山海經》之文也。《釋詁》云：“天、帝、皇、王、后、辟、公、侯。”又云：“洪、廓、宏、溥、介、純、夏、憮。”《釋天》云：“春爲青陽。”至“謂之醴泉”。此《尸子》之文也。《釋鳥》曰：“爰居雜縣。”此取《國語》之文也。如是之類，不可殫數。蓋亦《方言》《急就》之流，特説經之家多資以證古義，故從其所重，列之經部耳。璞時去漢未遠，如“遂憮大東”稱《詩》，“釗我周王”稱《逸書》，所見尚多古本，故所注多可據。後人雖迭爲補正，然宏綱大旨，終不出其範圍。昺《疏》亦多能引證，如《尸子·廣澤篇》《仁意篇》，皆非今人所及睹。其犍爲文學樊光、李巡之注，見於陸氏《釋文》者，雖多所遺漏，然疏家之體，惟明本注，注所未及，不復旁搜。此亦唐以來之通弊，不能獨責於昺。惟既列注文，而疏中時復述其文，但曰郭注云云，不異一字，亦更不别下一語，殆不可解。豈其初疏與注别行歟？今未見原刻，不可復考矣。

同上，《方言》提要：

《方言》十三卷。（永樂大典本。）舊本題漢揚雄撰，晋郭璞注。考《晋書·郭璞傳》有注《方言》之文，而《漢書·揚雄傳》備列所著之書，不及《方言》一字。《藝文志》亦惟小學有雄《訓纂》一篇，《儒家》有雄所序三十八篇，注云“《太玄》十九，《法言》十三，樂四，箴二”。雜賦有雄賦十二篇，皆無《方言》。東漢一百九十年中亦無稱雄作《方言》者。至漢末應劭《風俗通義序》始稱：周、秦常以歲八月遣輶軒之使，求異代方言，還奏籍之，藏於秘室。及嬴氏之亡，遺棄脱漏，無見之者。蜀人嚴君平有千餘言，林閭翁孺才有梗概之法。揚雄好之。天下孝廉、衛卒交會，周章質問，以次注續。二十七年爾，乃治正，凡九千字。又劭注《漢書》，亦引揚雄《方言》一條，是稱雄作《方言》實自劭始。魏晋以後，諸儒轉相沿述，皆無異詞。惟宋洪邁《容齋隨筆》始考證《漢書》，斷非雄作。然邁所摘劉歆與雄往返書中，既稱在成帝時，不應稱孝成皇帝一條，及東漢明帝始諱莊，不應西漢之末即稱莊遵爲嚴君平一條，則未深中其要領。考書首成帝時云云，乃後人題下標注之文，傳寫舛訛，致與書連爲一，實非歆之本詞，文義尚釐然可辨。書中載揚莊之名，不作嚴字，實未嘗預爲明帝諱。其嚴君平字或後人傳寫追改，亦未可知，皆不足斷是書之僞。惟後漢許慎《説文解字》多引雄説，而其文皆不見於《方言》。又慎所注字義，與今《方言》相同者，不一而足，而皆不標揚雄《方言》字。知當慎之時此書尚不名《方言》，亦尚不以《方言》爲雄作，故馬、鄭諸儒，未嘗稱述。至東漢之末，應劭始有是説。魏孫炎注《爾雅》“莫貈螳螂蛑”字，晋杜預注《左傳》“授師孑焉”句，始遞相徵引，沿及東晋郭璞遂注其書，後儒稱揚雄《方言》，蓋由於是。然劭《序》稱《方言》九千字，而今本乃一萬一千九百餘字，則字數較原本幾溢三千。雄與劉歆往返書，皆稱《方言》十五卷。郭璞《序》亦稱三五之篇，而《隋志》《唐志》乃并載揚雄《方言》十三卷，與今本同，則卷數較原本闕其二，均爲牴牾不合。考雄答歆書稱“語言或交錯相反，方復論思詳悉集之。如可寬假延期，必不敢有愛”云云。疑雄本有此未成之書，歆借觀而未得，故《七略》不載，《漢志》亦不著録。後或侯芭之流收其殘稿，私相傳述。閲時既久，不免於輾轉附益，如徐鉉之增《説文》，故字多於前。厥後傳其學者以《漢志》無《方言》之名，恐滋疑竇，而小學家有《別字》十三篇，不著撰人名氏，可以假借影附，證其實出於雄。遂并爲一十三卷，以就其數，故卷減於昔歟？反覆推求，其真僞皆無顯據。姑從舊本，仍題雄名，亦疑以傳疑之義也。雄及劉歆二書，據李善《文選注》引“懸諸日月不刊之書”句，已稱《方言》，則自隋、唐以來，原附卷末，今亦仍之。其書世有刊本，然文字古奥，訓義深隱，校讎者猝不易詳，故斷爛訛脱，幾不可讀。錢曾《讀書敏求記》嘗據宋槧駁正其誤，然曾家宋槧今亦不傳。惟《永樂大典》所收猶爲完善。檢其中秦有榛娥之臺一條，與錢曾所舉相符，知即從宋本録入。今取與近本相校，始知明人妄行改竄，顛倒錯落，全失其初，不止錢曾所舉之一處。是書雖存而實亡，不可不亟爲釐正。謹參互考訂，凡改正二百八十一字，删衍文十七字，補脱文二十七字。神明焕然，頓還舊觀，并逐條援引諸書，一一疏通證明，具列案語，庶小學訓詁之傳，尚可以具見崖略。并以糾坊刻之謬，俾無迷誤後來。舊本題曰《輶軒使者絶代語釋别國方言》，其文冗贅，故諸家援引及史志著録皆省文，謂之《方言》，《舊唐書·經籍志》則謂之《别國方言》，實即一書。又《容齋隨筆》稱此書爲《輶軒使者絶域語釋别國方言》，以“代”爲“域”，其文獨異，然諸本并作“絶代”，書中所載，亦無絶域重譯之語。洪邁所云，蓋偶然誤記，今不取其説焉。

同上，卷六十九史部二十五地理類二《水經注》提要：

《水經注》四十卷。（永樂大典本。）後魏酈道元撰。道元字善長，范陽人。官至御史中尉，事迹具《魏書·酷吏傳》。自晋以來，注《水經》者凡二家。郭璞注三卷，杜佑作《通典》時猶見之。今惟道元所注存。

同上，卷一百九子部十九術數類二《葬書》提要：

《葬書》一卷。（通行本。）舊本題晋郭璞撰。璞有《爾雅注》，已著録。葬地之説，莫知其所自來，《周官》冢人、墓大夫之職，皆稱以族葬。是三代以上葬不擇地之明證。《漢書·藝文志》形法家始以宫宅地形與相人相物之書并列。則其術自漢始萌，然尚未專言葬法也。《後漢書·袁安傳》，載安父没，訪求葬地，道逢三書生，指一處，當世爲上公，安從之，故纍世貴盛。是其術盛傳於東漢以後。其特以是擅名者，則璞爲最著。考璞本傳，載璞從河東郭公受《青囊中書》九卷，遂洞天文、五行、卜筮之術。璞門人趙載，嘗竊《青囊書》，爲火所焚，不言其嘗著《葬書》。《唐志》有《葬書地脈經》一卷，《葬書五陰》一卷，又不言爲璞所作。惟《宋志》載有璞《葬書》一卷，是其書自宋始出。其後方技之家，競相粉飾，遂有二十篇之多。蔡元定病其蕪雜，爲删去十二篇，存其八篇。吴澄又病蔡氏未盡蘊奥，擇至純者爲内篇，精粗純駁相半者爲外篇，粗駁當去而姑存者爲雜篇。新喻劉則章親受之吴氏，爲之注釋。今此本所分内篇、外篇、雜篇，蓋猶吴氏之舊本。至注之出於劉氏與否，則不可考矣。書中詞意簡質，猶術士通文義者所作。必以爲出自璞手，則無可徵信。或世見璞葬母暨陽，卒遠水患，故以是書歸之歟？其中遺體受蔭之説，使後世惑於禍福，或稽留而不葬，或遷徙而不恒，已深爲通儒所闢。然如乘生氣一言，其義頗精。又所云“葬者原其起，乘其止”“乘風則散，界水則止”諸條，亦多明白簡當。王禕《青岩叢録》曰：“擇地以葬，其術本於晋郭璞。所著《葬書》二十篇，多後人增以謬妄之説。蔡元定嘗去其十二而存其八。後世之爲其術者分爲二宗：一曰宗廟之法，始於閩中，其源甚遠，至宋王伋乃大行。其爲説主於星卦，陽山陽向，陰山陰向，不相乖錯，純取八卦、五星以定生克之理。其學浙中傳之，而用之者甚鮮。一曰江西之法。肇於贛人楊筠松，曾文辿及賴大有、謝子逸輩，尤精其學。其爲説主於形勢。原其所起，即其所止，以定位向，專指龍穴砂水之相配，而他拘泥在所不論。今大江以南，無不遵之者。二宗之説，雖不相同，然皆本於郭氏者也”云云。是後世言地學者，皆以璞爲鼻祖。故書雖依托，終不得而廢歟？據《宋志》本名《葬書》，後來術家尊其説者改名《葬經》。毛晋汲古閣刻本亦承其訛，殊爲失考。今仍題舊名，以從其朔云。

同上，《玉照定真經》提要：

《玉照定真經》一卷。（永樂大典本。）舊本題晋郭璞撰，張顒注。考《晋書》璞傳，不言璞有此書。《隋志》《唐志》《宋志》以及諸家書目，皆不著録。惟葉盛《菉竹堂書目》載有此書一册，亦不著撰人。蓋晚出依托之本。張顒亦不知何許人。勘驗書中多涉江南方言，疑書與注文，均出自張顒一人之手，而假名於璞以行。術家影附，往往如此，不足辨也。其書世無傳本，僅元、明人星命書偶一引之。今檢《永樂大典》所載，首尾備具，猶爲完帙。雖文句不甚雅馴，而大旨頗簡潔明析，猶有《珞琭子》及《李虚中命書》遺意。所言吉凶應驗，切近中理，亦多有可采，如論年儀、月儀、六害、三奇、三交、四象之類，尤多所闡發。惟推及外親女壻，以曲説穿鑿，不免牽强附會耳。蓋舊本相傳，要有所受，究非後來杜撰者所能及。故録而存之，以備星命家之一種焉。

同上，卷一百四十二子部五十二小説家類三《穆天子傳》提要：

《穆天子傳》六卷。（兩江總督采進本。）晋郭璞注。前有荀勖序。按《束皙傳》云：“太康二年，汲縣人不準盜發魏襄王墓，得竹書《穆天子傳》五篇，又《雜書》十九篇，《周食田法》《周書論楚事》《周穆王美人盛姬事》。”按今盛姬事，載《穆天子傳》第六卷，蓋即《束皙傳》所謂《雜書》之一篇也。尋其文義，應歸此《傳》。《束皙傳》別出之，非也。此書記事有月日而無年，又文多斷缺，以今本《竹書紀年》較之，《紀年》載十二年冬王北巡狩遂征犬戎，事在《傳》之第一卷；十四年夏，王畋於軍邱，五月作范宫、作虎牢，事在《傳》之第五卷；十五年作重璧臺，冬，王觀於鹽澤，事在《傳》之第六卷；十七年，王西征昆侖邱、見西王母，事在《傳》之第二卷、第三卷、第四卷。兩書同時并出，荀勖等互校其文，不應牴牾如此。蓋今本《竹書紀年》，乃明人撫諸書以爲之，非汲冢之舊簡，并郭璞注中所引《紀年》之文，尚掇拾未盡，况暇考其次第乎？是亦今本《紀年》出於依托之一證，或乃謂當移五卷、六卷於二卷之前，以符竹書之次第，則削趾適履矣！書中所紀，雖多誇言寡實，然所謂“西王母”者，不過西方一國君；所謂“縣圃”者，不過飛鳥百獸之所飲食，爲大荒之圃澤，無所謂神仙怪異之事；所謂“河宗氏”者，亦僅國名，無所謂魚龍變見之説。較《山海經》《淮南子》猶爲近實。郭璞注《爾雅》，於“西至西王母”句，不過曰“西方昏荒之國”；於“河出昆侖墟”句，雖引《大荒西經》，而不言其靈異。其注此書，乃頗引志怪之談。蓋釋經不敢不謹嚴，而箋釋雜書則務矜博洽故也。《列子・周穆王》篇所載，與此傳相出入，蓋當時流俗有此記載，如後世小説野乘之類，故列禦寇得捃采其文耳。《道藏目録》載入洞元部記傳類恭字型大小，與杜光庭《録異記》諸書同列，則牽附甚矣。世所傳《汲冢書・師春》之類，久已亡佚，《逸周書》又屬誤入《紀年》，僞妄顯然。其真存於今者，惟此傳矣。然文字既古，訛脱又甚，學者多不究心。“封膜晝於河水之陽”，見第二卷，膜晝自是人名，封者，錫以爵邑。張彦遠《歷代名畫記》誤以“晝”字爲“畫”字，遂誤以“封膜”爲畫家之祖。“邱陵自出”乃西王母謡，見第三卷。方回《瀛奎律髓》注陳子昂詩“邱陵徒自出”句，乃云“自出”二字疑誤。第二卷云“乃爲銘迹於縣圃石上”，第三卷云乃“紀其迹於弇山之石”，其文甚明。朱珪《名迹録》乃謂“取《穆天子傳》爲名迹於弇兹石上”，全然舛迕，則其傳世，亦在若存若亡之間。固考古者所宜寶重也。

案：《穆天子傳》舊皆入起居注類。徒以編年紀月，叙述西游之事，體近乎起居注耳。實則恍惚無徵，又非《逸周書》之比。以爲古書而存之可也，以爲信史而録之，則史體雜、史例破矣。今退置於小説家，義求其當，無庸以變古爲嫌也。

（中華書局，1965年）

永瑢等《四庫全書簡明目録》卷四經部十小學類：

《爾雅注疏》十一卷。晋郭璞注，宋邢昺疏。《爾雅》所解，或出諸子雜書，不盡釋經，而釋經者爲多，故得與十三經之數。欲讀古書，先求古意，捨此無由入也。郭注去古未遠，後人補正終不能易其大綱。邢疏亦不出其範圍。

同上，卷十一子部七術數類：

《葬書》一卷。舊本題晋郭璞撰。然《晋書》璞本傳，不言所作有《葬書》；《唐志》有《葬書》，不云璞作。《宋志》乃載郭璞《葬書》一卷，則至宋始出矣。蔡元定、吴澄各有删本，此本即澄所定。舊有劉則章注，此本不題則章名，不知即所注否也。

《玉照定真經》一卷。舊本題晋郭璞撰，張容注。其正文與注，如出一手，蓋即榮所依托也。原本久佚，今從《永樂大典》録出。文句不甚雅馴，而於命理頗有所闡發。

同上，卷十四子部十一小説家類：

《穆天子傳》六卷。汲冢古本，晋郭璞注。所紀周穆王西行之事，爲經典所不載，而與《列子·周穆王篇》互相出入。知當時委巷流傳，有此雜記。舊史以其編紀月日，皆列起居注中，今改隸小説，以從其實。（上海古籍出版社，1985年）

章宗源《隋書經籍志考證》卷五起居注：

《穆天子傳》六卷。（汲冢書，郭璞注。）今存。

同上，卷十三雜傳：

《漢武洞冥》一卷。（郭璞撰。）今存。（《二十五史補編》本）

孫星衍《平津館鑒藏書籍記補遺》宋版：

《穆天子傳》六卷。題晋郭璞注，在《道藏》海字型大小，前有晋荀勖《穆天子傳序》，至正十年王漸序。此本與今世所行《漢魏叢書》本無大異同，惟末卷多未刻字，又闕“曰□禮大哭”以下并注廿字。（《清人書目題跋叢刊》本）

孫星衍《平津館鑒藏書籍記》卷二明版：

《爾雅注疏》十一卷。題晋郭璞注，宋邢昺疏。前有邢昺《爾雅注疏序》，每卷俱有，下卷標題，而不别爲卷。汲古閣本俱删。每頁十八行，〔行〕廿一字，板心下刻字人姓名同前各本。（《續修四庫全書》本）

黄丕烈《士禮居藏書題跋記》卷四子類：

《穆天子傳》六卷。（校本。）

嘉慶乙丑，余初見九行二十二字本，信爲佳本，遂遍借諸家藏本手校於此。其最舊者爲叢書堂鈔本，然注多删節，故此所校以舊鈔本爲校，餘不過備查核也。蕘翁。（在卷首。）

丙寅五月朔，書友以范刻《穆天子傳》求售，每半葉九行，行十八字，每卷次行標“晋郭璞注，明范欽訂”，似前所見范本猶翻刻也。字大悦目，印本清爽，惜前人讀過，朱墨燦然，於闕文□字，皆有按語存疑，標於上方。竊思此書在荀勖校定時，已病其殘缺，郭璞作注，間於注中存疑，後人安能以意補闕耶？通體句讀，頗便觀覽，因悉臨之，其異同處亦用朱筆標注焉。（在卷首序後。）

因續見范刻本，用朱筆校之，復以九行二十二字覆勘，悉注九行本，間有用墨圈者，亦六行本也。丙寅五月三日記。（在卷首。）

九行二十二字本，校本文與此刻同，疑此即從九行二十二字本出，則彼爲明刻之最先本無疑。同時又借陳仲魚所得明范欽吉、陳德文校刊本校一過，大段與此刻同，而一二處有合舊鈔者。并記。同時，又借香嚴書屋藏舊鈔本，鈐有“叢書堂印本”，文與此刻同，與所校鈔本不合，且注多節略，似非善本，聊校存其一二異字。蕘翁。

校畢此卷，已將夕矣，余以病軀得閒校此，雖憂亦樂也。余病前校書，已苦其煩，何况病後？家人禁予勿看書者，幾匝月矣，自下樓後，枯坐内書房，日聽家人婦子料理歲事，雖非手親治之，耳聞能毋心動乎？因借此六卷書，消我兩日憂，轉不覺其煩也。大除夕燃燭，復翁識。

丙子秋日，借玄妙觀《道藏》本校，又正數字，皆就前校影鈔《道藏》本所誤者，餘净校《道藏》，别有本子在。復翁。（以上各跋均在卷末後。）（《續修四庫全書》本）

周中孚《鄭堂讀書記》卷四十七子部七之下術數類二：

《葬書》一卷。（學津討原本。）舊題晋郭璞撰。（璞，字景純，聞喜人，元帝重之，以爲著作郎。）《四庫全書》著録，載“《藏書》一卷，舊本題晋郭璞撰”。按《晋書·璞傳》不言其嘗著《葬書》，《隋志》亦不載之，惟新舊《唐志》俱載“郭氏《五姓墓圖要訣》五卷”，而不言璞所撰。至《通志》始載“《葬書》一卷，郭璞撰”，《宋志》同。《書録解題》作“《續葬書》一卷”，云“稱郭景純，鄙俗依托”。《讀書志》無郭璞《葬書》一卷，而有郭璞《青囊補注》三卷，《通考》則從晁氏、陳氏而載之。今《地理辨正》首有《青囊經》三篇，而不載景純補注，則已亡矣。而是書當屬《通志》《宋志》《解題》所載之一卷，其真出景純所撰，則顯無左(佐)證也。然其書博雅名通，似當出景純手筆。陳氏詆爲鄙俗依托，殊不足信。後之諸家雖有精粗本末之殊，而未嘗無深淺源流之合，其枝分派别，蓋皆具體於是書，而流於後，分其肢體，各立門户，互相牴牾者也。

同上，卷六十六子部十二之四小説家類四：

《穆天子傳》六卷。（平津館叢書本。）晋郭璞注。（璞仕履見術數類。）《四庫全書》著録。《隋志》，（起居注類。）新、舊《唐志》，（起居注類。）《讀書志》，（傳記類。）《書録解題》，（起居注類。）《通考》《宋志》，（别史類。）俱載之。乃晋太康二年，汲縣民盗發魏襄王墓中所得竹書也，記周穆王游行四海，見帝臺、西王母暨美人盛姬死事，有月日而無年，又文多斷缺，荀勖、和嶠等以隸書寫之。勖《序》稱：“《春秋左氏傳》曰‘穆王肆其心，周行天下，將皆使有車轍馬迹焉’，此書所載則其事也。王好巡狩，得驊騮、緑耳之乘，造父爲御，以觀四荒，北絶流沙，西登昆侖，與《太史公記》同。汲郡收書不謹，多毁落殘缺，雖其言不典，皆是古書，頗可觀覽。”晁氏稱：“郭璞注，本謂之

《周王游行記》。”陳氏稱：“其體制與起居注正同，起居注者，自漢明德馬皇后始，漢魏以來因之。”（以上陳說。）然其事爲經典所不載，惟《列子·周穆王篇》所載頗有相同，景純注最在先，頗引奇聞異説，蓋亦就書而注，與《山海經》注同科，非注《爾雅》之可比也。筠軒懼是書之荒落，因取《漢魏叢書》各本，暨《史》、《漢》、諸子、唐宋類書所引，互相參校，表其異同，正其舛謬，爲補正文及注若干字，删若干字，改若干字，其無可校證者闕之。書成，寄正孫淵如師，刻入叢書。從此，《穆傳》郭注，莫善於此本矣。前又有元至正庚寅北嶽王元翰（漸）序，及筠軒校正序，後有附録九則。（《清人書目題跋叢刊》本）

嚴焜《〈穆天子傳注疏〉後序》：

郭弘農注《穆傳》千餘年來，未有談其學者，默齋夫子乃取而疏之，何也？表弘農也。弘農賦《游仙》，仙人也。何行不可仙，必托兵解以仙，何也？憐王敦也。王敦陰賊而騃者也，彼其視江外掌地，幾如大千世界，已與馬共之，又欲傾馬而專之，收諸時望，拘之於姑孰，脅其從而去其違，弘農亦在所拘中，故傳《山經》、注《穆傳》，冀以悟之也。悟之者何也？讀《山經》《穆傳》，見四天之下有如許大世界，豎亥步之所不能盡，穆滿車轍馬迹之所不能周，而耽耽逐逐於江外掌地，以造逆而犯順，何其騃也！

弘農喜注書，傳者三書。何以知《山經》《穆傳》之傳注爲悟王敦也？弘農之注《爾雅》在夷陵，至今有《爾雅》臺；則是其父爲建平太守，因從之南游，注《爾雅》於此。當天下太平，其得意時也。其傳《山經》、注《穆傳》，則在拘姑孰時。題卷首曰“記室參軍郭璞”，則王敦所辟舉之官號也。弘農嘗爲王導等參軍，皆不著記室名。名記室者，則王敦之參軍也。拘於敦所，幽愁憂思而釋二書，則不得意之時也。文王拘而演《周易》，孔子厄而作《春秋》，屈原放而作《離騷》。弘農二書，猶此志也。卜筮，賤技耳，即曰不吉，亦細至毛甲，何至於嬰暴怒而加害？大凡陰賊之人，外示寛而中險狹，略不慊即恨次於骨，必泄其毒於人，不顧毒之反中其身及其子孫。此在郭解原涉輕狹之徒，原不足責，而世家顯位亦出於此，是自促其亡滅也。敦恃能害弘農，不吾敢逆耳；以弘農所憑，何難擲一杯隨葛仙公而去，而故從至於南岡，受其害不之距？未一月而敦死，斫棺戮尸，子應受沉江之慘，種盡殄矣。而弘農去爲都録司，命治虚臺。朝廷贈太守表其忠，子驁又守臨賀。視敦究何如也！

夫子爲時藝師，師之賤者也。雖賤，師亦有道，不直則道不見，故來學藝於夫子，必直言之，亦遭陰賊者之見銜，幾危其身；幸未危又見羈，不能脱去，幽愁憂思，無以排解，乃取原注而加以疏，附以考、傳、論、辨，使讀之者鼓舞歡欣，恐卷或盡，不復以短爛缺訛舍去，則功於弘農者也。

前序爲固始曾進士力行，則當客豫時，年十四，學藝於夫子者也。後序爲宜良嚴進士烺，則當宦滇時，年十五，學藝於夫子者也。

又吾家海珊公遂成先夫子，吏滇，過辰溪，謂鐘鼓洞與大西山、小西山，皆穆天子藏書室。二酉昔指爲秦人藏書處，而鐘鼓洞未傳。傳自明正統間，樵夫入洞見書，報縣。縣令某往取之，書隨風滅，盡無存。此説亦見於夫子《稗珠録》。海珊公《鐘鼓洞詩》有云："即如穆天子，藏其副於柱下史。而乃取其餘，八駿馱之行萬里。大西小西高崎嶔，洞虚其中綆汲深。棄此免受櫌鋤侵，千萬世後有知音。書顯晦有幸不幸，天留待真讀書人。人非其人脱相遇，寧隨風滅化灰塵。"夫子亦謂西陽牧使心腹役探江壁藏棺，棺開盡書，書出灰滅，役與牧俱死。彼其心不在書，若求書豈有死之者？《圖經》謂穆天子藏書二酉，去辰州頗遠。見於西陽者，豈穆天子之書？而小酉實秦人之書？今疏典雜撰未之及，故於序後補出之。嗟乎！非其人而遇，此書化灰塵而隨以死，以心不在書耳。心在書而遇之，且讀而疏通證明之，心與天游，長生必自於是也。

受業門人嚴烺匡山拜跋。（丁錫根《中國歷代小説序跋集》，人民文學出版社，1996年）

范邦甸等撰，江曦、李婧點校《天一閣書目》卷一之二經部小學類：

《爾雅注疏》十一卷，晋郭璞注，宋邢昺疏。

《爾雅》三卷（刊本），晋郭璞注，自序"明嘉靖許宗魯校刊并序"。

同上，卷三之二子部小説類：

《穆天子傳》六卷（刊本），晋郭璞注，宋王漸序，明司馬公諱欽定。（《中國歷代書目題跋叢書》本）

陳揆《稽瑞樓書目》附記各橱：

《穆天子傳》一册。（《叢書集成初編》本）

張金吾《愛日精廬藏書志》卷七經部小説類：

《爾雅》三卷。（元雪窗書院刊本。）晋郭璞注。《釋訓》："綽綽、爰爰，緩也。"注云："皆寬緩也。""悠悠、稱稱、丕丕、簡簡、存存、懋懋、庸庸、綽綽，盡重語。"元本及閩、監、毛本俱脱。餘詳《校勘記》，不贅。序下有"雪窗書院校王新刊"八字。自序《爾雅校勘記》曰："元槧雪窗書院《爾雅經注》三卷，無年代可考。首屬'雪窗書院校正新刊'八字，故稱雪窗本。字體與唐石經同，每葉二十行，每行經十九字，注二十六字，注下連附音切，於本字上加圈爲識，較諸注疏本，獨爲完善。《釋畜》駥牝驪牝，與《經義雜記》合。……《釋蟲》注‘熹豒桑樹’與《釋文》合，而今本《釋文》亦誤。若‘女桑桋桑’之作‘姨’，‘四蹢皆白首’之作‘騚’，《釋草》注‘音繾綣’之作‘丘阮’，皆其私改，又不可不知者。”

《爾雅注疏》十一卷。（元刊本，汲古閣藏書。）晋郭璞注，宋邢昺疏。《爾雅注疏》無南宋十行本，除北宋單疏本外，以此本爲最古。是本全書俱係元槧，絶無明代補刊者，蓋元刊元印本也。卷首有“汲古閣”“西河季子之印”兩印、邢昺《爾雅疏序》、郭璞《序》。

同上，卷二十七子部小説類：

《穆天子傳》六卷。（舊鈔本。）晋郭璞注。前有荀勖序，序首有“結銜五行云侍中中書監光禄大夫，濟北侯臣勖，（一行。）領中書令議郎上蔡伯臣嶠言部，（二行。）秘書主書令史譴勛給，（三行。）秘書校書中郎張宙，（四行。）郎中傅瓚校古文穆天子傳已訖僅并第録（五行。）”，世行本無此五行。案《史記索隱·穆天子傳》目録云“傅瓚爲校書郎與荀勖同校定《穆天子傳》”，蓋即指此。板心有“元覽中區”四字，蓋秦西嚴藏本也。荀勖序。（《續修四庫全書》本）

瞿鏞《鐵琴銅劍樓藏書目録》卷七經部七小學類：

《爾雅》三卷。（宋刊本。）題“郭璞注”。首載郭序。每卷前標篇目，注中有音某者，完善未刪。卷後復有《音釋》。又每卷有總計經若干字，注若干字。每半葉十行，行十至二十三字不等。注每行三十字。世傳吴元恭刻本，爲經注之善者，亦出自宋本。然“敦”字闕筆，是出光宗後刻本。此則“遘”“彀”字闕筆，而“慎”“敦”不闕，尚是南渡初刻本也。字體肅穆，亦雅近北宋。案：是本之勝於注疏本者，與吴本同，而亦有勝於吴本者。如：《釋天》旌旗篇“繼旐曰旆”不作“斾”，與《唐石經》、《釋文》單疏本合；《釋地》“江南曰楊州”不作“揚”，與《春秋元命苞》《石經》《魯詩》《廣雅》合；《釋草》“蒬雀弁”不作“芜”，與《唐石經》《釋文》合……以上數條，皆未必此本是而吴本非者，録之以備考覈。且以補阮氏《校勘記》之所未及云。

《爾雅》三卷。（元刊本。）此元時所刻巾箱本，題“郭璞注”。首載郭序，後有音釋，與宋本俱同。其中字句異於吴元恭本者亦同，即出自南宋初本也。序後有墨長記云：“一物不知，儒者所恥，聞患乎寡，而不患乎多也。《爾雅》之書，漢初嘗立博士矣，其所載精粗鉅細畢備，是以博物君子有取焉。今得郭景純集注善本，精加訂正，殆無毫髪訛舛。用授諸梓，與四方學者共之。大德己亥平水曹氏進德齋謹志。”今以宋本覈勘一過，知其言信然。全書無後人竄亂處。郭注中某音某者，完善無闕。其經文不同於《唐石經》者，如……。近之釋經家皆以吴本、雪窗本爲單經注之善本，而皆未見此本也。

《爾雅注疏》十一卷。（元刊本。）序首題“郭璞序、邢昺疏序”，後接題“《爾雅兼義》一卷上”，越數格題“郭璞注”。《通志》訛以《注疏》《兼義》爲二書，所云“兼義”，即此書也。《校勘記》謂此書分卷無理，然後來所刻注疏本皆仍之。每半葉九行，經每行二十字，注疏俱低一格，雙行，亦每行二十字。注文直接經下，疏跳行起，特標陰文“疏”字，尚是宋刊舊式，明時修板時有訛字。原本輒勝於後來諸刻，少脱文改字之病，故世以此書爲善本也。

《方言》十卷。（校宋本。）漢楊雄撰，晋郭璞注。首題“輶軒使者絶代語釋別國方言”，次行即接本文，不載撰人、注人姓氏。宋慶元中，會稽李孟傳得大字本，刊置潯陽郡齋，有序及朱質跋，此明嘉靖間翻刻本。原書有脱文、訛字，不知何人以墨筆校改一過，覈與戴氏《疏證》所引曹毅本相合。惟卷十“膂兄也”注“皆音義所未詳”，“皆”改“此”；卷十一“南楚之外謂之蟅蟒”注“亦呼吒咟”，“吒咟”改“虴蛨”，此戴氏所未及者。

同上，卷十七子部五小説家：

《穆天子傳》六卷。（舊鈔本。）舊題曰“古文”，又“郭璞注，荀勖校定”。向爲楊五川藏書，依元刊本傳録。葉心有“萬卷樓雜録”五字。後馮己蒼得之，以錫山秦氏鈔本校過，改正訛字，補録序首結銜五行，其文云：“侍中中書監光禄大夫濟北侯臣勖，（一。）領中書會議郎上蔡伯臣嶠言部，（二。）秘書主書令史譴勛給，（三。）秘書校書中郎張宙，（四。）郎中傅瓚校古文《穆天子傳》已訖謹并第録。（五。）”别本皆無之。孱守老人跋云：“此册爲楊夢羽儀所藏。崇禎己卯借得錫山秦汝操繡石書堂鈔本，并取家所有范欽本校讀一過，兩日始終卷。老眼已昏，燈下更自草草。識於空居閣。”今上方朱筆皆其手迹，可寶也。（卷首有“上黨馮氏藏本”“魚虞嚴珍藏印”“稽瑞樓”諸朱記。）（《清人書目題跋叢刊》本）

邵懿辰撰，邵章續録《增訂四庫簡明目録標注》卷十四子部十二小説家類異聞之屬：

《穆天子傳》六卷，汲冢古本，晋郭璞注。

天一閣刊本。《漢魏叢書》本。《古今逸史》本。明趙標刊本。《龍威秘書》本。明青蓮閣單刊本。平津館刊本。

[附録]洪頤煊有校刊本。此書元刊失傳，别無善本。明代《三代遺書》、天一閣、《古今逸史》、青蓮閣刊，皆從王玄瀚本出，并不佳。平津館所刊，亦未見舊本。昭文張氏舊鈔，雖題銜與合，恐故作僞書以欺人者。（星詒。）

［續録］明鈔元至正本，十行，佳。《道藏》三卷本。《説郛》本。《子書百種》本。嘉慶九年金□山房刊本。道光十二年東萊翟氏五經歲遍齋刊本。有補遺一卷。秘書二十八種本。《四部叢刊》本。昭文張氏有舊鈔本，前有荀、楊序，首有結銜五行云：侍寺中中書監光禄大夫濟北侯臣勖。（一行。）領中書令議郎上蔡伯臣嶠。言部（二行。）秘書主書令史譴勛給（三行。）秘書校書中郎張宙。（四行。）郎中傅瓚。校古文《穆天子傳》已訖。謹并第録。（五行。）此五行，世行本無。按《史記索隱》引《穆天子傳目録》云：傅瓚爲校書郎。與荀勖同校定《穆天子傳》，蓋即指此。板心有“元覽中區”四字，蓋秦西岩藏本。傅沅叔有舊鈔本。道光中人臨袁壽階校景宋鈔本，有五人結銜。與張本同。

《穆天子傳注疏》，清檀萃疏，坊刊本。《碧琳琅館叢書》本。（上海古籍出版社，1979年）

楊紹和《宋存書室宋元秘本書目》卷三子部校本：

校本《穆天子傳》一册。（《續修四庫全書》本）

楊紹和《楹書隅録續編》卷三子部：

校本《穆天子傳》一册。

（抄黄丕烈跋語數則，不録。）（《續修四庫全書》本）

丁丙《善本書室藏書志》卷五經部十：

新刊《爾雅》三卷。（明景泰刊本。）郭璞注。前有郭璞序，每卷後均附《釋音》。後有景泰七年丙子八月賜進士出身通議大夫應天府府尹和陽馬諒識云：“《爾雅》一書，始於中古，盛於西漢，迨至東晋復得，郭景純爲之注。凡天地、古今、綱常、倫理、萬事之義，鳥獸、草木、宫廬、服食、百物之名，罔不提挈綱領，訓釋字義，誠博物之捷徑，讀書之指南。歷久傳録，魚豕多舛，因訂正鋟梓。”《釋言》“臞、脙，瘠也”，邢疏述注云：“齊人謂‘瘠瘦’爲‘脙’。”今各本注無“瘦”字，此不誤。《釋訓》如“琢磨，自修也”，注云：“玉石之被雕磨。”按《釋器》“雕”謂之“琢”，今各本皆作“琢”，而此不誤。《釋器》“緵罟作九罭”，邢疏注：“今江東‘呼’爲‘緵’。”而此本亦作“呼”，不作“謂”。《釋天》“疾雷謂之霆霓”，《左傳疏》引郭注：“雷之急激者也。”今各本皆作“急擊”，而此本作“激”，不誤。又如《釋言》“弇，同也”，注引《詩》曰：“奄有龜蒙。”“奄”字無所本，疑正文“弇”本作“奄”，且上文“弇，同也”，與下文“弇，蓋也”，二“弇”字亦重，今本作“奄，同也”，更可訂經文之誤。書貴舊本，信夫！

《爾雅》三卷。（明刊本。）晋郭璞景純注。前有璞序，次邢昺序。此本爲慈水葉自本茂叔糾正，武林陳趙鵠天浮重較，而嘉慶五年徐氏鯤北溟據唐石經校正，并引諸家之説疏證之，洵善本也。鯤字北溟，一字白民，蕭山楊書莊人，補縣學生，家貧，無以自給，乃赴杭州販書度日，暇輒翻閱，因通聲音訓詁之學，嘗爲文達分撰《經籍籑詁》，文達頗重之。

新刻《爾雅》三卷。（明刊本。）晋郭璞注。此爲明胡文焕校刊，前有璞序，上、中、下三卷，每卷後附音釋，有"耕讀山房珍藏"一印。

《爾雅注疏》十一卷。（元刊黑口本。）郭璞注，邢昺疏。卷前有序，題"翰林侍講學士朝請大夫守國子祭酒上柱國賜紫金魚袋臣邢昺奉敕校定次《爾雅兼義》"。每卷俱有下標籤題，而不别爲卷，若汲古閣所刊，則俱删削也。每半葉九行，行二十字，注二十一字，有正德間補休之葉。

《爾雅注疏》十一卷。（明閩刊本。葉氏得一居藏書。）晋郭璞注，宋邢昺疏。首有注疏序，題"翰林侍講學朝士請大夫守國子祭酒上柱國賜紫金魚袋臣邢昺奉敕校定"。按元槧《爾雅注疏》，卷一《釋詁》，分上、中、下；卷二《釋言》，分卷下；卷三《釋訓》《釋訓下》《釋親》；卷四《釋官》《釋器》《釋器下》；卷五《釋樂》《釋天》《釋天下》；卷六《釋地》《釋邱》；卷七《釋山》《釋水》；卷八《釋草》《釋草下》；卷九《釋木》《釋木下》《釋蟲》；卷十《釋魚》《釋鳥》《釋鳥下》；卷十一《釋獸》《釋畜》，分卷極無義理，蓋仍元本之舊。其疏文脱失處，悉與元本同，其佳者多與單疏本合。每半葉九行，每行經二十一字，注疏低一格，每行二十字，經下載注，單行居中，標陰文注字，分經注疏，爲大、中、小三等字，此明御史李元陽所刊《十三注疏》之末，有"得一居珍藏"印。

《爾雅》三卷。（日本影印宋刊本。）郭璞注。前有璞序、音釋，另刊在每卷之後，末有日本天保甲辰益城松崎復識，云："此北宋仁宗時刻版，南宋高宗時補刊。"敬、擎、弘、殷、匡、胤、玄、朗、恒、楨、貞、禎、徵等字，皆闕筆。其補刊者版心各有重刊重開記。又恒、遘二字闕筆，餘溝、遘等字及桓字係原刻，皆不闕筆。又按晁氏《讀書志》曰："《爾雅》有《釋知》'騫及陸玄朗'，《釋文》'毋昭裔'，以一字有兩音或三音，後學生疑。於呼！讀釋其文，義最明者爲定。有《爾雅音略》三卷，今此《音釋》亦分三卷，或係《音略》舊本。闕。"

（《清人書目題跋叢刊》本）

陸心源《皕宋樓藏書志》卷十二經部小學類一：

《爾雅注疏》十一卷。（元刊本。）晋郭璞注，宋邢昺疏。邢昺《爾雅疏序》，郭璞《序》。

同上，卷六十四子部小説類三：

《穆天子傳》四卷。（明嘉靖刊本。）汲冢古本，晋郭璞注。（《清人書目題跋叢刊》本）

陸心源《皕宋樓藏書續志》卷四子部醫家類：

《葬經内篇》。（明鈔本。錢求赤藏書。）晋郭璞撰。錢氏手跋曰："《葬經》，世所傳三卷，及分類本，皆章次顛倒，紊然淆亂，獨是刻井井有條，斐然可觀，真郭氏古本。余雖不敏，嗜之實篤，後有識者，尚其珤之。蒙瞍云：'《葬經》唯程篁墩家所刻最善，蓋本古宋刻也。'予未及見，今此刻則穆氏校本也。匪庵。"（《清人書目題跋叢刊》本）

張之洞《書目答問》經部小學第三：

《方言注》十三卷。（漢楊雄，晋郭璞注，丁傑校。《抱經堂》本，《聚珍》本，《福》本，《小學匯函》本。《方言》《釋名》《小爾雅》《廣雅》四種，明郎奎金刻《五雅》，《漢魏叢書》《古今逸史》皆并有之，但無校注，不善。）

同上，史部别史第五：

《穆天子傳》，郭璞注，七卷。洪頤煊校。（《平津館》本，又《古今逸史》本。檀萃《穆傳注疏》博而多謬，不録。）（《續修四庫全書》本）

楊守敬《日本訪書志》卷三：

《爾雅注》三卷。（影鈔蜀大字本。）首《爾雅序》，無"郭璞撰"三字，字大如錢。"敬驚弘殷匡胤玄郎恒楨真徵桓遘慎轂"等字，（"溝""遘"二字及"恒""慎"二字間有不缺筆者。）則爲南宋孝宗時所刊。卷末有"經凡一萬八百九言，注凡一萬七千六百二十八言"二行，又有"將仕郎守國子四門博士臣李鶚書"一行。按王明清《揮麈録》云，後唐平蜀，明宗命大學博士李鍔書《五經》，仿其製，刊板於國子，監中印書之始。今則盛行於天下，蜀中爲最。明清家藏有鍔書《五經》印本存，後題"長興二年"也。據此，則此本爲翻蜀大字本，其不題"長興二年"者，蓋翻刻時去之，唯"鍔"作"鶚"爲異，當以此本爲正。案《釋詁》注云："倫理事務以相約敕。"阮氏《校刊記》謂"事務以相"四字，係因疏語竄入，其説似精，若此果爲蜀本，則在《邢疏》未作之先而注中亦同他本，然則此四字本郭氏原文歟？又《釋畜》"狗四尺爲獒"注，各本有"尚書孔氏曰"云云十五字，此本獨無，段茂堂云此非《郭注》，後人所附益。按單疏本標起此，止云注"公羊"至"之敖"是邢氏所據，《郭注》無此十五字。今以此本證段説，若合符節，則此洵爲蜀本矣。但段氏所以謂此非郭氏注者，豈以《孔傳》僞書，郭氏所不見乎？然《孔傳》於東晉之初已傳於世，故《釋鳥》“鳥鼠同穴”注明引孔氏《尚書傳》，云“共爲雄雌”，而段氏未之檢及，則謂《孔傳》必郭氏所不引，亦非事情也。此本後爲黎公刊入《古逸叢書》中，余别有札記，未刊。又按此書據松崎明復云是日本室町氏所刻，原本今尚存東京高階氏。余嘗於黑田某所見之，果是日本重翻，字體較影鈔本殊肥，黑田告余云：“日本今存僅此一本。”

《爾雅注》三卷。（重翻北宋本。）首《爾雅序》，次行題“郭璞撰”。首行題“爾雅序卷上”，次行題“郭璞注”。以下款式同前本。每半葉九行二十一字至二十三字不等，注雙行約三十字，其中避諱缺筆略同前本。松崎明復定爲北宋仁宗時刊本，亦有“恒”“遘”二字闕筆，則係南宋時補刊。其板心有“重刊”“重開”記，每卷末附《釋音》，比前本字稍小，然望而知爲北宋刊本也。其中訛舛不少，然無臆改之失，遠勝元以來刊本。此書原本爲日本大醫某所藏，狩谷望之借之精摹，而松崎明復據以重刊，又别作《校訛》以附於後，大抵據大字本及阮氏校刊本，删繁摘要，然時(實)過於疏略。如《釋詁》經文“席”大字本作“蓆”，而此不校。“禕”兩本皆作“禕”，而此校云“禕”，大字本作“禕”，不相應。《釋詁》注“先祖于摧”，大字本“于”作“於”；“樓猶今言拘樓”，大字本“拘”作“枸”，此皆未校其他二本異同，漏略者不可勝數，而所校者亦多誤刻。良由松崎氏校此時年已七十餘，自言衰病相仍，多假手於門人，故未能精審，然影摹雕鏤之工，則與宋刻無二云。

《爾雅注疏》十一卷。（元槧本。）此本雕鏤精雅，元槧之極精者。分卷與閩本同，蓋閩本原於此也。左右雙邊每半葉九行，行二十字；注疏并低一格，雙行，行二十字。經下載注，不標“注”字，“疏”標陰文。首題“爾雅注疏序”，次行、三行邢昺官銜，四行以下《邢序》。本書題“《爾雅注疏》卷第一”，次行題“《爾雅序》”，行下題“郭璞《序》、邢昺”。郭《序》後題“《爾雅兼義》一卷上”，行下題“郭璞注”。（按此下應題邢昺疏。）按此本與阮氏《校刊記》所載元槧本一一符合，其中誤謬之處甚多，如“肇祖元胎”，此本“胎”竟誤“始”，此其尤顯然失之不校者。然阮本多明正德補刊，此刻爲元時初印本，絶無補刊之葉。今略校數端：邢昺題銜，彼本“子”誤“賜”，而此本不誤。又序疏至序末摠序，閩、監以下脱“至”字，此不脱。“惣”作“總”，此作“摠”，與各本異，而《阮校》不及之。又“凡物雖殊其號”，《阮校》云補刊本脱“凡”字，此不脱。又“謝嶠”，《阮校》云“注疏本改‘潏’，此仍作‘嶠’”，是皆補刊之失，非其原本如此。則此本之可貴，不得因有《阮校》而略之矣。

《爾雅注》三卷。（明景泰七年刊本。）首郭璞序，卷首體式頗同宋本，但標目冠“新刊”字，每卷末附《釋音》，每半葉十一行，行二十二字，注雙行。卷末有分書“景泰七年八月應天府尹和陽馬諒校刊跋”。按金陵陳氏於道光五年重刊此本，删去首行“新刊”二字，又改十一行爲十行，嘗校之。《釋器》“以蜃者謂之珧”，注“以爲名，珧，小蚌”，此誤作“玤”；《釋言》“還、復，返也”，注云“皆迴返也”，此脱注四字。皆別本不誤，此獨誤者。然其他皆與宋本、元雪窗本合，遠勝注疏本及郎奎金、鍾仁傑本。《訪古志》又載有明弘治間刊本，余未見之。（《續修四庫全書》本）

楊守敬《日本訪書志補》：

《爾雅注》三卷。（影寫北宋本。）北宋刊本《爾雅》，日本東京高階氏所藏。卷末有“將仕郎守國子四門博士臣李鶚書”一行。按王明清《揮麈録》：“後唐平蜀，明宗命大學博士李鶚書《五經》，仿其制作刊板於國子監，監中印書之始。今則盛行於天下，蜀中爲最。明清家有鶚書《五經》印本存焉，後題‘長興三年’也。”據此，則此本當根源於長興本。今日海内所存宋槧，當以此爲第一，勿論《爾雅》刊本無與之爲比也。其中文字足以訂正他本，不勝指數。其尤妙者，《釋畜》“狗四尺爲獒”，注引《書・孔傳》：“犬高四尺曰獒。”即此義十一字，段茂堂據《單疏》謂此非郭注，後人所附益。此本不引《孔傳》，與段説合。（《續修四庫全書》本）

秦榮光《補晋書藝文志》卷一經部易類：

《周易髓》十卷。（郭璞撰，據《通志略》。）

同上，書類：

《毛詩略》四卷。

《毛詩拾遺》一卷。（上二種并郭璞撰。）

同上，小學類：

《方言注》十三卷。（案揚雄與劉歆返書皆稱十五卷，郭璞序。）

同上，卷二史部正史類：

《漢書音義》。（郭璞撰，據《文選注》引。）

同上，傳記類：

《郭璞別傳》。

同上，地理類：

《水經》二卷。（據《舊唐志》。）

《水經》注三卷。（上二種并郭璞撰。）

同上，卷三子部小説家類：

《穆天子傳注》六卷。……（上五種并郭璞撰。）

同上，天文演算法類：

《星經》一卷。（郭璞撰，據《通志略》。）

同上，術數類：

《周易新林》四卷。

《周易新林》九卷。（案與上疑一種。）

《周易林》五卷。（案《隋志》云："梁有。"據本書《傳》云："抄京、費諸家要最，撰《新林》十篇。"）

《卜韻》一篇。（據本書《傳》。）

《易立成林》二卷。

《易林》一卷。（據《崇文目》。）

《易洞林》。（案《唐志》作"《周易洞林解》"，《通志略》無"解"字。）三卷。（案本書《傳》云："撰前後筮驗六十餘事，名爲《洞林》。"《中興目》云"止存一卷二十二事"，《宋・藝文》作"《周易洞林》一卷"。）

《晋災異簿》二卷。

《易斗圖》一卷。

《周易竅書》三卷。

《周易括地林》一卷。（上三種并據《崇文目》。）

《易腦》一卷。（據《唐志》。）

《八五經》一卷。（案《晁氏讀書志》云："相墓書也，八五謂八卦五行。"《直齋書録》云："《序》稱大將軍記室郭璞，後序云：'余受郭公《囊書》數篇，此居其一。公戒以秘之，丞相王公虚索余書，余以公言告之，得免。'末稱'太興元年六月'，蓋晋元帝時，王公，謂導也。"）

《青囊補注》三卷。（據《晁氏讀書志》。）

《狐首經》一卷。

《續葬書》一卷。（上二種并據《直齋書録》。）

《撥沙成明經》一卷。

《錦囊經》一卷。

《玄堂品决（案疑當作“訣”。）》三卷。

《周易穿地林》一卷。

《地理碎金式》一卷。（上六種并據《通志略》。）

《三命通照神白經》三卷。

《周易玄義經》一卷。

《葬書》一卷。（上三種據《宋・藝文志》。）

《玉照定真經》一卷。（據《四庫目録》云“舊本題郭璞撰”。）

《元經》十卷。（案璞門人趙載注宋儲泳袪，疑脱“引其山家五行篇”，《欽定協紀辨方》引其《葬元篇》，考載名亦見本書《璞傳》。）

《葬經》一卷。

《龜目神書》一篇。（上二種并據舊鈔本，上三十種并郭璞撰。）

同上，卷四集部楚辭類：

《楚辭注》三（案《唐志》并作十。）卷。（郭璞撰。）

同上，别集類：

《郭璞集》十七（案梁作十，《唐志》并同，《宋・藝文》作六。）卷，《録》一卷。（案本書傳云：“詩賦誄頌數萬言。”）

同上，總集類：

《子虚上林賦注》一卷。（郭璞撰。）（《二十五史補編》本）

姚振宗《隋書經籍志考證》卷三經部三詩類：

《毛詩拾遺》一卷，郭璞撰。梁又有《毛詩略》四卷，亡。

《晋書》本傳：“璞字景純，河東聞喜人也，好經術，博學有高才。惠懷之際，河東先擾，璞結姻昵交游數十家，避地東南，王導引爲參軍。元帝即位，以爲著作郎，頃之，遷尚書郎，母憂去職。未期，王敦起璞爲記室參軍。敦之謀逆也。温嶠、庾亮使璞占吉凶，璞曰‘大吉’，於是勸帝討敦。敦將舉兵，又使璞筮，璞曰‘無成’。敦固疑璞之勸嶠、亮，又聞卦凶，乃曰：‘卿更筮吾壽幾何？’答曰：‘明公起事，必禍不久，若往武昌，壽不可測。’敦大怒曰：‘卿壽幾何？’曰：‘命盡今日日中。’敦怒，收璞斬之。時年四十九，及王敦平，追贈弘農太守。”

馬氏《玉函山房輯本序》曰：“《隋志》載璞《毛詩拾遺》一卷，梁又有《毛詩略》四卷，《唐志》不著録，佚已久。”《北堂書鈔》《初學記》《藝文類聚》各引一節，《釋文》引三節，《正義》引一節，或稱郭璞，或止稱郭，亦是此書。佚文并據輯補，至《釋文》《正義》引郭璞爲《爾雅音注》者，皆不敢攔入也。

同上，卷八經部八論語類（類中分類凡七）：

《爾雅》五卷，郭璞注。

郭璞有《毛詩拾遺》，見前詩類。

璞《自序》略曰：“《爾雅》，蓋興於中古，隆於漢氏，豹鼠既辯，其業亦顯。英儒贍聞之士，洪筆麗藻之客，靡不欽玩耽味，爲之義訓。璞不揆檮昧，少而習焉，沈研鑽極二九載矣。雖注者十餘，然猶未詳備，并多紛謬，有所漏略。是以復綴集異聞，會粹舊説，考方國之語，采謡俗之志，錯綜樊孫，博關群言，剟其瑕礫，搴其蕭稂。事有隱滯，援據徵之；於其易了，闕而不論。”

《釋文叙録》曰：“前漢終軍始受豹鼠之賜，自兹迄今，斯文盛矣。先儒多爲億必之説，乖蓋闕之義，唯郭景純洽聞强識，詳悉古今，作《爾雅注》，爲世所重。今依郭本爲正。”又曰：“郭璞注二卷，字景純，河東人。東晋弘農太守著作郎。”

《唐書·經籍志》小學類：“《爾雅》三卷，郭璞注。”

《唐書·藝文志》小學類：“《爾雅》，郭璞注，三卷。”

《宋史·藝文志》小學類：“《爾雅》三卷，郭璞注。”

陳氏《書録解題》曰：“《爾雅》，舊有劉歆、樊光、李巡、孫炎之學，今惟郭氏行於世。”

《四庫》小學類提要曰：“璞時去漢未遠，所見尚書多古本，故所注多可據。後人雖迭爲補正，然宏綱大旨，終不出其範圍。”

王鳴盛《蛾術編説録》曰：“《漢書·藝文志》‘《爾雅》三卷二十篇’。三卷者，分爲上、中、下；二十篇者，自《釋詁》至《釋畜》，凡十九篇，别有《序篇》一篇。”

顧廣圻云：“《毛詩疏》引《爾雅序篇》云：‘《釋詁》《釋言》，通古今之字，古與今異言也。《釋訓》，言形貌也。郭璞既作注，則《序篇》亦當有注，而今亡之。’”

日本國森立之《經籍訪古志》：“《爾雅》三卷，晋郭璞注。首載郭璞序，每半板八行，行十六字，注雙行，二十一字，文字豐肥，楷法端勁。卷末有經凡一萬八百九言，注凡一萬七千六百二十八言，及將侍郎守國子四門博士臣李鶚書三行。”按《五代會要》云：“後唐長興三年，中書門下奏請依石經文字刻九經印板，召能書人端楷寫出，旋付匠人雕刻，每日五紙。”

宋王明清《揮麈録》云：“後唐平蜀明宗命太學博士李鍔書五經，仿其製作，刊板於國子監中，印書之始。（按當是刊板書之始。）今則盛行於天下，蜀中爲最。明清家有鍔書五經印本存焉，後題長興二年也。”據此，則是本卷末題李鶚名銜者，蓋即後唐蜀本面目之僅存者。

遵義黎庶昌《古佚叢書叙目》曰：“影宋蜀大字本《爾雅》三卷，此書末有‘將侍郎守國子四門博士臣李鄂書’一行。爲蜀本真面目，最可貴。宋諱闕慎字，其爲孝宗後翻刻無疑，日本再翻之，今又從再翻本，影雕輾轉撫摹，僅存郛廓而已。”

…………

梁有《爾雅音》一卷，郭璞撰，亡。

郭璞有《爾雅注》五卷，見前。

《釋文叙録》：“《爾雅》，郭璞注，三卷，《音》一卷。”

《唐書·經籍志》：“《爾雅音義》一卷，郭璞注。”

《唐書·藝文志》：“《爾雅》郭璞注，一卷，又《音義》一卷。”

馬氏《玉函山房輯本序》曰：“《釋文》引述郭音獨多，又邢疏《詩正義》《公羊疏》等引郭音爲《釋文》所不載者，并據合輯。其音有兩讀三讀者，并收兼采，以備參考。陸氏《釋文》循其例，自毋昭裔删存一音，古法浸失，兹編雖殘缺，猶存先儒之舊範焉。”

黄氏《漢學堂輯本序》曰：“《御覽》載《爾雅音》極多，外此如邢疏《釋文》，《詩釋文》，《詩》《書》《儀禮》《禮記》《公羊》各疏，《説文繫傳》《匡謬正俗》《埤雅》《集韻》《史記索隱》《後漢書注》《水經注》《寰宇記》《齊民要術》《續博物志》《初學記》《藝文類聚》《一切經音義》《華嚴音義》《文選注》皆引及郭音，并《山海經注》即出景純之手，亦自引其音，更堪互證。”

《爾雅圖》十卷，郭璞撰。

璞注《爾雅序》有曰：“别爲《音》《圖》，用祛未寤。”邢昺曰：“謂注解之外，别爲《音》一卷，《圖贊》二卷，字形難識者，則審音以知之；物狀難辯者，則披圖以别之，用此《音》《圖》以祛除未曉寤者。”

《晋書·本傳》：“注釋《爾雅》，别爲《音義》《圖譜》，傳於世。”

唐《日本國見在書目》：“《爾雅圖》十卷，郭璞撰。”

《唐書·經籍志》：“《爾雅圖》一卷，郭璞撰。”

《唐書·藝文志》：“《爾雅》，郭璞注，一卷，又《圖》一卷。”

梁有《爾雅圖贊》二卷，郭璞撰，亡。

《文心雕龍·頌贊篇》曰：“景純注《雅》，動植必贊，義兼美惡，亦猶頌之變耳。”

《釋文叙録》：“《爾雅》郭璞注三卷，《音》一卷，《圖贊》二卷。”

嚴可均輯本序曰：“《隋志》注梁有《爾雅圖贊》二卷，郭璞撰，亡。《舊唐志》復有之。（按《舊唐志》所載爲江灌撰，新《志》同，非郭氏《圖贊》也。）宋已後不著録，近惟余蕭客《古經解鈎沉》、邵晋涵《爾雅正義》，略采數事，漏落者十八九，張溥本則與《山海經圖贊》間雜絶不區分。今從《藝文類聚》《初學記》《御覽》寫出四十八篇，依《爾雅》經文先後編次之。凡《釋器》四條，《釋天》二條，《釋地》四條，《釋山》《釋水》各一條，《釋草》八條，《釋木》四條，《釋蟲》六條，《釋魚》五條，《釋鳥》三條，《釋獸》八條，《釋畜》二條。”

馬國翰輯本序曰：“裒輯諸書得贊五十有三，外有稱圖者二，則其贊皆韻語古奥，詞寓箴規，雜誦一過，猶想見江魚呑墨，二九載鑽極之功力焉。”（王氏、黄氏各有輯本。）

同上，卷十經部十小學類（類中分類凡七）：

《三倉》三卷，郭璞注。

《晋書·郭璞傳》：“璞好古文奇字，注釋《爾雅》，又著《三倉》《方言》，皆傳於世。”《唐書·經籍志》：“《三倉》三卷，李軌等撰，郭璞解。”（“李軌”乃“李斯”，寫誤，一本又作“李期”。）

《唐書·藝文志》：“李斯等《三倉》三卷，郭璞解。”

宋徐鉉《説文韻譜》序曰：“賈魴以《三倉》之書，皆爲隸字，隸字始廣，而篆、籀轉微。”

謝啓昆《小學考》曰：“按郭璞注《三倉》，亦稱解詁，原書已亡於宋。其見於傳注、字部、類書、内典所引者，近孫氏星衍輯爲一書，凡三卷，所采張揖訓詁、郭璞解詁皆存揖、璞之名，惜無可别尚多。”

馬國翰《輯本序》曰：“《隋志》有郭璞《三倉解詁》，唐志有張揖《三倉訓詁》，并三卷，今佚。既據諸書所引輯録，《倉頡》《訓纂》二篇，其有渾引三倉而不能區分者，别輯爲卷，注亦不能區分，故總題張揖、郭璞於前。其有引稱姓氏書名者，詳書各字之下。

張著《廣雅》《埤倉》《字詁》，郭注《爾雅》《方言》《小學》之書，皆爲專門，則許叔重《説文》之後，二家其最著也。”

同上，卷十五史部五起居注類：

《穆天子傳》六卷，汲冢書，郭璞注。

郭璞有《毛詩拾遺》，見經部詩類。

晉侍中中書監光禄大夫濟北侯臣荀勖序曰："古文《穆天子傳》者，太康二年汲縣民不準盜發古冢所得書也。皆竹簡素絲編。以臣勖前所考定古尺度，其簡長二尺四寸，以墨書，一簡四十字。汲者，戰國時魏地也。案所得《紀年》，蓋魏惠成王子今王之冢也。於《世本》蓋襄王也。案《史記·六國年表》，自今王二十一年至秦始皇三十四年燔書之歲，八十六年，及至太康二年初得此書，凡五百七十九年。其書言周穆王游行之事。《春秋左氏傳》曰'穆王欲肆其心，周行天下，將皆使有車轍馬迹焉'，此書所載則其事也。王好巡守，得盜驪、騄耳之乘，造父爲御，以觀四荒，北絶流沙，西登昆侖，見西王母，與太史公記同。汲郡收書不謹，多毁落殘缺，雖其言不典，皆是古書，頗可觀覽。謹以二尺黄紙寫上，請事平以本簡書及所新寫并付秘書繕寫，藏之中經，副在三閣。謹序。"

《春秋經傳集解》後序正義引王隱《晉書·束皙傳》曰："《周王游行》五卷，説周穆王游行天下之事，今謂之《穆天子傳》。"

《晉書·束皙傳》竹書叙目曰："《穆天子傳》五篇，言周穆王游行四海，見帝臺、西王母。"

《晉書·郭璞傳》："璞又注《三倉》《方言》《穆天子傳》，并傳於世。"《本志篇》叙曰："晉時得汲冢書，有《穆天子傳》，體制與今起居注正同，蓋周時内史所記王命之副也。"

《唐書·經籍志》："《穆天子傳》六卷。郭璞注。（一本注誤作撰。）"

《唐書·藝文志》："郭璞《穆天子傳》六卷。"

《宋史·藝文志》别史類："郭璞注《穆天子傳》六卷。"

晁氏《讀書志》傳記類："《穆天子傳》六卷。晉太康二年汲縣民盜發古冢所得，凡六卷八千五百一十四字。詔荀勖、和嶠等以隸字寫之。郭璞注本謂之《周王游行記》，勖之時古文已不能盡識，時有缺者，又轉寫益誤，殆不可讀。"

陳氏《書録解題》："《穆天子傳》六卷，晉武帝時汲冢所得書，其體制與起居注正同，郭璞爲之注。"

《玉海·藝文》傳記類："《穆天子傳》，《中興書目》六卷。"《拾遺記》曰："穆王三十二年巡行天下，有書史十人，記其所行之地。"

《四庫》小説家提要曰："按《晉書·束皙傳》云：'《穆天子傳》五篇，又雜書十九篇，《周食田法》《周書》《論楚事》《周穆王美人盛姬死事》。'按今盛姬載《穆天子傳》第六卷，蓋即《束皙傳》雜書之一篇也，尋其文義，應歸此傳。《束皙傳》别出之，非也。此書紀事有月日而無年，又文多斷缺，所紀雖多誇言寡實，然所謂西王母者，不過西方一國君；所謂縣圃者，不過爲飛鳥百獸之所飲食，爲大荒之圃澤，無所謂神仙怪異之事；所謂河宗氏者，亦僅國名，無所謂魚龍變見之説，較《山海經》《淮南子》猶爲近實。《列子·周穆王篇》所載與此傳相出入，蓋當時流俗有此載記，如後世小説野乘之類，故列禦寇得拾摭其文耳。世所傳汲冢書《師春》之類，久已亡佚，《逸周書》又屬誤入，《紀年》僞妄顯然，其真存於今者，惟此傳矣。"

又《簡明目録》曰："《穆天子傳》六卷，汲冢古本，晋郭璞注。所紀周穆王西行之事，爲經典所不載，而與《列子·周穆王篇》互相出入。知當時委巷流傳有此雜記，舊史以其編紀日月，皆列起居注中，今改隸小説，從其實。"

臨海洪頤煊《校刊序》曰："案《史記》穆王在位五十五年，此書所載，尋其甲子，不過四五年間事耳。雖殘編斷簡，其文字古雅，信非周秦以下人所能作，尤足與經史相證。"據晁氏《志》云"書凡六卷，八千五百一十四字"，今本僅六千六百二十二字，則又非晁氏所見之本矣。

同上，卷二十一史部十一地理類：

《水經》三卷，郭璞注。

《漢書·儒林傳》："孔氏有《古文尚書》，孔安國以今文字讀之，因以起其家。安國爲諫大夫，授都尉朝，朝授膠東庸生，庸生授清河胡常，常授虢徐敖，敖授王璜、平陵塗惲子真，子真授河南桑欽君長。王莽時諸學皆立，劉歆爲國師，璜、惲等皆貴顯。（按此言璜、惲等，桑欽在其中，欽蓋爲孔氏第六傳弟子。王莽時與其師塗、惲并貴顯。晁氏以爲成帝時人，亦相去不甚遠。）

《唐六典·工部》注《桑欽水經》所引天下之水一百三十七，江河在焉。

《唐書·經籍志》："《水經》二卷，郭璞撰。"《唐書·藝文志》："桑欽《水經》三卷，一作郭璞撰。"

《通志·氏族略》："桑氏嬴姓，秦大夫子桑之後也。公孫枝字子桑，以字爲氏。漢有御史大夫桑弘羊，成帝時有桑欽撰《水經》三卷。"（按三卷者，當是《水經》二卷，附《禹貢山水澤地所在》一卷。）

晁氏《讀書志》："《水經》四十卷，漢桑欽撰，欽，成帝時人。《本經》三卷，後魏酈道元注。"

陳氏《書録解題》："《水經》三卷，桑欽撰。桑欽，不知何人，《邯鄲書目》以爲漢人，晁公武曰'成帝時人'，當有所據。《唐志》注或云'郭璞撰'。又杜氏《通典》案'《水經》，晋郭璞注，二卷，後魏酈道元注四十卷'，皆不詳所撰者名氏，亦不知何代之書。"又曰"景純注解又甚疏略，亦爲迂怪"云云。

鎮洋畢沅《山海經篇目考》曰："《海内東經》篇中自岷三江首至漳水入章武南，多有漢郡縣名，此是《水經》。《隋志》云'《水經》三卷，郭璞注'，《舊唐志》云'《水經》二卷，郭璞撰'，此《水經》當即《海内東經》中文也。（按此似未必然。）又有《水經》四十卷，酈善長注，乃桑氏之經。杜佑不知郭注是《海内東經》中水經，以郭璞爲注桑氏之書，其謬甚矣。（按《海内東經篇》末言水道者，凡二十七條，其文與桑氏《水經》相同，篇中有郭注三十餘條，又他篇亦有言水道者，亦有郭氏注，文皆可刺取入《水經》，世遂有《水經》郭氏注一本，本志依以著録。《通典》詆其疏略迂怪，無怪其然矣。）

嘉定錢大昕《三史拾遺》曰："《漢書·地理志》稱古文者，十一皆《古文尚書》家説，與《水經》所載禹貢山澤所在無不吻合。相傳《水經》出於桑欽，欽即傳《古文尚書》者，則《水經》爲桑欽所作，信矣。戴東原以《水經》有廣魏縣，斷爲魏人所作。大昕謂《水經》郡縣間有與西漢互異者，乃後人附益改竄，猶《爾雅》周公作而有張仲孝友之語，《史記》司馬遷作而有揚雄之語也。然則《志》何以别有桑欽説，曰'禹貢山水澤地所在'一篇，本古文家相傳之學，而欽引以附《水經》之末，《水經》則欽自出新意爲之，故不可合而爲一。"（按《書録解題》引杜佑説，謂《水經》後漢順帝後人所作，《四庫提要》以戴震説謂三國時人所作，皆不信爲桑欽之書，故錢氏爲是説以證明之。宋高似孫《史略》云："《水經》三卷，漢中大夫桑欽撰。"稱中大夫不知何據。）

按此實爲桑欽書，故《通典》及《唐·藝文》云二卷三卷，皆桑氏之卷第也。注其書者，惟酈氏一家。《晋書》載郭璞注釋諸書，亦但有《山海經》無《水經》，不知何人取郭氏《山海經注》移而爲《水經》之注，是猶應劭《漢書集解》後人移入《漢記》，《新唐志》編年類遂有應劭等注荀悦《漢紀》三十卷也，然非畢氏治經，詳加勘校，以莫明其故矣。

同上，卷三十六子部十三五行家：

《周易新林》四卷，郭璞撰。

郭璞有《毛詩拾遺》，見經部詩家。

《晋書》本傳："璞妙於陰陽算曆，有郭公者客居河東，精於卜筮，璞從之受業。公以《青囊中書》九卷與之，由是遂洞五行、天文、卜筮之術，禳災轉禍，通致無方，雖京房、管輅不能過也。鈔京、費諸家要最，更撰《新林》十篇，《卜韻》一篇。

唐《日本國見在書目》："《周易新林占》三卷，郭璞撰。"

《周易新林》九卷，郭璞撰。梁有《周易林》五卷，郭璞撰，亡。

案此兩書似皆相傳之别本。（《日本書目》有《周易享氏占》九卷，似郭氏之誤。）

《易洞林》三卷，郭璞撰。

《晋書》本傳："璞既好卜筮，多占驗，撰前後筮驗六十餘事，名爲《洞林》。”

《左·莊二十二年傳》疏：“卜人所占之語，古人謂之爲繇，其辭視兆而作，出於臨時之占。或是舊辭，或是新造，猶如筮者引《周易》或别造辭。其辭也韻，則繇辭法當韻也。郭璞撰自所卜事謂之《辭林》，其辭皆韻，習於古也。”（阮文達《校勘記》曰：案《隋書·經籍志》有《周易新林》《易洞林》，皆郭璞撰，此作“辭林”，誤。）

《唐書·經籍志》：“《周易洞林解》三卷，郭璞撰。”

《唐書·藝文志》：“郭璞《洞林解》三卷。”

《宋史·藝文志》蓍龜家：“郭璞《周易洞林》一卷。”

元胡一桂《易學啓蒙翼傳》曰：“景純得《青囊書》，遂洞五行、天文、卜筮之術。嘗撰前後筮驗六十餘事，名爲《洞林》。斷法用青龍、朱雀、勾陳、騰蛇、白虎、玄武六神及太歲諸煞神時日旺相等，推算靈驗無比。”

《經義考》曰：“郭氏《洞林》，《初學記》嘗引之，雙湖胡氏撰《啓蒙翼傳》云：‘世罕有其書，從王楚翁才古鈔得之。’則元時此書尚存也。《洞林》之文有三言者，有四言者，有七言者，驗其占法，靡不奇中。所謂林者，自謂韻語占决之辭，猶存《左氏傳》遺意。”

案郭璞《周易洞林》一卷，王氏《漢魏遺書鈔》、馬氏《玉函山房》并據胡氏《啓蒙易(翼)傳》、陶氏《説郛》及《初學記》《書鈔》《御覽》《晋書》本傳所載，輯存一本。

《易立成》二卷，郭氏撰。

《經義考》曰：“郭氏璞《易立成林》，《隋志》五行家二卷，佚。”

案此似後人鈔郭氏《新林》《洞林》之尤驗者，以爲立成。

《周易髓腦》二卷。不著撰人。

《唐書·經籍志》：“《易髓》一卷。”（不著撰人。）《易腦》一卷，郭氏撰。（《藝文志》同。）

案《通志·藝文略·易家》：“《周易髓》十卷，郭璞撰。”《宋志》八卷，注云“晋人撰”，不知姓名。又《通志·五行·易占家》“郭氏《易腦》一卷”，是《易髓》《易腦》皆郭氏之書，此蓋合而一。然證以《唐志》所載而下文又有郭氏《易腦經》，則又似此“腦”字爲誤衍也。

《易腦經》一卷，鄭氏撰。（鄭當爲郭。）

《唐書·經籍志》：“《易腦》一卷，郭氏撰。”

《唐書·藝文志》：“郭氏《易腦》一卷。”

《易八卦命録斗内圖》一卷，郭璞撰。

《易斗圖》一卷，郭璞撰。

郭璞有《周易新林》《洞林》，又有《郭氏易立成林》《易髓》《易腦經》，并見前。

《經義考》："郭氏璞《易八卦命録斗内圖》，《隋志》五行家，一卷，佚。《易斗圖》，《隋志》一卷，佚。"

案段成式《酉陽雜俎》言："梁元帝《易連山》每卦引《斗圖》，蕭吉《五行大義》又引《黄帝斗圖》，不知是否即此圖也。"

同上，卷三十八集部一楚辭類：

《楚辭》三卷，郭璞注。

郭璞有《毛詩拾遺》，詳見經部詩類。

《晉書》本傳：璞又著《三蒼》《方言》《穆天子傳》《山海經》及《楚辭》。

《唐書·經籍志》："《楚辭》十卷，郭璞撰。"

《唐書·藝文志》："郭璞注《楚辭》十卷。"

同上，卷三十九之五集部二之五别集類五：

晉弘農太守《郭璞集》十七卷，梁十卷，録一卷。

郭璞有《毛詩拾遺》，見經部詩家。

《晉書》本傳："璞好經術，博學有高才，而訥於言論，辭賦爲中興之冠。著《江賦》，其辭甚偉，爲世所稱。後復作《南郊賦》，帝見而嘉之。數言便宜，多所匡益。明帝在東宫，與温嶠、庾亮并有布衣之好，璞亦以才學見重，埒於嶠、亮，論者美之。自以才高位卑，乃著《客傲》。所撰注數十萬言，所作詩歌、誄頌亦數萬言，皆傳於世。"

《世説·文學篇》注："《續晉陽秋》曰：'魏正始中，王弼、何宴好莊老玄勝之談，而遂貴焉。至過江，佛理尤盛，故郭璞五言始會合道家之言而韻之，其後許詢、孫綽相祖尚。'"

鍾嶸《詩品》曰："永嘉時，貴黄老，稍尚虚談，於時篇什，理過其辭，淡乎寡味；爰及江表，微波尚傳，郭景純用儁上之才，變創其體。"又曰："晉弘農太守郭璞詩憲章潘岳，文體相輝，彪炳可翫，始變永嘉平淡之體，故稱中興第一。翰林以爲詩首，但《游仙》之作，辭多慷慨，乖遠玄宗，而云奈何虎豹姿，又云戢翼棲榛梗，乃是坎壈咏懷，非列仙之趣也。"

《文心雕龍·明詩篇》曰："江左篇制，溺乎玄風，嗤笑徇務之志，崇盛亡機之談。袁、孫已下，雖各有雕采，而辭趣一揆，莫與争雄，所以景純仙篇挺拔而爲俊矣。"又《詮賦篇》曰："景純綺巧，縟理有餘。"《雜文篇》云："景純《客傲》，情見而采蔚。”《才略篇》云：“景純艷逸，足冠中興，郊賦即穆穆以大觀，仙詩亦飄飄而凌雲矣。”

《唐書·經籍》《藝文志》：“《郭璞集》十卷。”（《宋史·藝文志》六卷。）馮氏《詩記輯》存《贈温嶠》《贈潘尼》《游仙詩》《無題詩》十九首。《張氏白三家》郭弘農集輯本，凡賦疏表序設難哀策文爲一卷，《山海經圖贊》《爾雅圖贊》及詩爲一卷。

汪氏《文選》撰人篇目：晋郭景純璞有《江賦》《游仙詩》。嚴氏《全晋文編輯》存《巫咸山賦》《江賦》《鹽池賦》《井賦》《流寓賦》《南郊賦》《登百尺樓賦》《蜜蜂賦》《蚍蜉賦》《龜賦》凡十篇，表一篇，疏五篇，奏二篇，《客傲》、《爾雅》、《方言》、《山海經注序》、《爾雅圖贊》四十八、《山海經圖贊》二百六十六、《元皇帝哀策文》，編爲四卷。

同上，卷四十集部三總集類：

梁又有郭璞注《子虚上林賦》一卷，亡。

郭璞有《毛詩拾遺》，見經部詩類。

《晋書》本傳：“又注《楚辭》《子虚上林賦》，皆傳於世。”

顔師古《漢書叙例》：“郭璞字景純，河東人，晋贈弘農太守，止注《相如傳》序及游獵詩賦。”

《唐書·經籍志》：“《上林賦》一卷，司馬相如撰。”

《唐書·藝文志》：“司馬相如《上林賦》一卷。”

汪氏《文選理學權輿》曰：“《文選》舊注：‘《子虚賦》《上林賦》有張揖注、司馬彪注、郭璞注。’”

案《文選》李善注本，此二賦篇首題“郭璞注”，似以郭注爲本，而别引他家及己説以附益之，實亡而未盡亡也。（清華大學出版社，2014年）

丁國鈞《補晋書藝文志》卷一甲部經録論語類：

《爾雅音義》一卷。（郭璞。）謹按兩《唐志》。《七録》作《爾雅音》二卷。蓋連孫炎一卷計之，《釋文序録》亦作一卷，《通志》則作《爾雅音略》二卷，訛不足據。

《爾雅注》五卷。（郭璞。）謹按見《隋志》。《舊唐志》存三卷，《新志》存一卷。

《方言注》十三卷。（郭璞。）謹按見《隋志》。

《爾雅圖贊》二卷。（郭璞。）謹按見《七録》。《釋文序録》亦著録。（兩《唐志》有江灌《爾雅贊》一卷，《爾雅音》一卷，乃隋時人，非本書列傳之江灌也，《經義考》次在晋代，誤。）

同上，小學類：

《三蒼注》三卷。（郭璞。）

謹按見《隋志》。兩《唐志》俱作《郭璞解》，《文選注》作《三倉解詁》。

馬氏國翰輯此書，敘謂“《隋志》有璞《三倉解詁》三卷”，蓋誤以《文選注》爲《隋志》。（《舊唐書》言“李軌等撰，郭璞解”，李軌蓋李斯之誤。）

同上，卷二乙部史録正史類：

《漢書注》。（郭璞。）謹按見顔氏《漢書序例》。（舊注云止注《相如傳》序及游獵詩賦。）

《漢書音義》。（郭璞。）謹按見李善《文選注》。

同上，起居注類：

《穆天子傳注》六卷。（郭璞。）謹按見《隋志》。《舊唐志》誤作郭璞撰。

同上，地理類：

《水經注》三卷。（郭璞。）見《隋志》。《舊唐志》作“郭璞撰”，“撰”字誤。

《通典》謂璞注解《水經》，疏略多迂怪，今不存。

近畢氏沅《山海經注》，謂此書隋、唐二《志》皆次在《山海經》末，當即《海内》中經文。所考致確，足祛群疑。

同上，卷三丙部子録五行類：

《周易新林》四卷。（郭璞。）謹按見《隋志》。璞傳言“又鈔京、費諸家要最，更撰《新林》十篇”，即此書。（《日本現在書目》五行家載璞《周易新林占》三卷，當即此書。）

《易洞林》三卷。（郭璞。）謹按見《隋志》。兩《唐志》作《周易洞林解》，胡一桂《易啓蒙翼傳》云：“郭氏《洞林》，世罕其書，從王楚翁才古鈔得之。”則元時此書尚存。（《璞傳》言翼前後筮驗六十餘事，名爲《洞林》，即此書。）

《易八卦命録斗内圖》一卷。（郭璞。）謹按見《隋志》。

《易斗圖》一卷。（郭璞。）謹按見《隋志》。

《易腦》一卷。（郭璞。）謹按見兩《唐志》，舊題“郭氏”，蓋亦璞書。

《周易新林》九卷。（郭璞。）謹按見《隋志》。家大人曰：“此與上四卷之《新林》各著録。”又有《周易新林》一卷，《周易新林》兩卷，無撰人名，疑皆復見之本。”

《周易林》五卷。（郭璞。）謹按見《七録》。

《易立成林》二卷。（郭璞。）謹按見《隋志》，舊題“郭氏”，蓋亦璞書。

《卜韻》一篇。（郭璞。）謹按見本書《璞傳》。《神仙傳》引作“卜繇”。

《五行傳》。（郭璞。）謹按見本書《琦傳》。

同上，卷四經部集録楚辭類：

《楚辭注》三卷。（郭璞。）謹按見《隋志》。兩《唐志》均十卷。

同上，别集類：

弘農太守《郭璞集》十卷《録》一卷。謹按見《七録》。《隋志》十七卷，兩《唐志》著録仍作十卷。（本書有傳。）

同上，附録存疑類經部：

《周易髓》十卷。（郭璞。）謹按見《通志·藝文略》。家大人曰：“宋馮琦言前志無此書，中興時得於民間，題晋人撰。”（《宋志》八卷，亦作晋人。）仲漁屬之郭氏，不審何據。疑實後人鈔晋時説《易》書爲之也。今存二卷。

同上，黜僞類子部：

《周易括地林》一卷。（郭璞。）謹按見《崇文總目》《通志·藝文略》。

《周易穿地林》一卷。（郭璞。）謹按見《通志·藝文略》。

《周易竅書》三卷。（郭璞。）謹按見《通志·藝文略》。

《葬經》一卷。（郭璞。）謹按見《通志·藝文略》，《宋史》亦著録。

《撥沙成明經》一卷。（郭璞。）謹按見《通志·藝文略》。

《青囊經》一卷。（郭璞。）謹按見《通志·藝文略》。

《玄堂品訣》三卷。（郭璞。）謹按見《通志·藝文略》。

《八仙山水經》一卷。（郭璞。）謹按見《通志·藝文略》。

《青囊補注》。（郭璞。）謹按見《文獻通考》。

《續葬經》一卷。（郭璞。）謹按見《文獻通考》。

《三命通照神白經》三卷。（郭璞。）謹按見《宋志》。

《周易玄義經》一卷。（郭璞。）謹按見《宋志》。

同上，補遺《附録類補遺》：

《山海經音義》。見《大荒南經》注，疑即郭氏《南山經注》所引璨説，當亦晋人。

郭璞《江賦注》。見釋元應《衆經音義》十七，《御覽》九百三十八及九百三十九亦引。（《二十五史補編》本）

文廷式《補晋書藝文志》卷一經部易類：

《易髓》八卷。

《宋志》云："晋人撰，不知姓名。"按《通志·藝文略》有郭璞《周易髓》十卷，疑即此書。

同上，詩類：

郭璞《毛詩拾遺》一卷。

《北堂書鈔》一百二十九、《藝文類聚》六十、《太平御覽》三百四十七、《初學記》二十八并引之，馬國翰輯此書得七節。

郭璞《毛氏略》四卷。

同上，小學類：

郭璞《爾雅注》五卷，《爾雅圖》十卷，《爾雅圖贊》二卷。

《注》存，《圖》佚。馬國翰《輯佚書》得《贊》五十三首。（《一切經音義》卷九引《爾雅贊》曰："蛇之殊狀，其名爲虺，其尾似頭，其頭似尾，虎豹可踐，此難忘履。"）

郭璞《爾雅音義》二卷。

《通志》云："《爾雅音略》三卷。"馬國翰有輯本。

郭璞《楊雄方言注》十三卷。今存。

郭璞注《三蒼》三卷。（秦相李斯作《倉頡篇》，漢揚雄作《訓纂篇》，後漢郎中賈魴作《滂喜篇》，故曰"三蒼"。）

《舊唐志》："《三蒼》三卷，李軌等撰，郭璞注。"岑建功等《校勘記》曰："軌是斯字之誤。"《文選》卷二十七注引郭璞《三蒼解詁》曰："板，牆上下板。築，杵頭鐵遝也。"《一切經音義》卷二十曰："《三蒼》'筩'，郭璞曰'竹管也'。"各書所引《三蒼解詁》甚多，不悉録。（《一切經音義》卷十云"郭璞注《三蒼》：淋，灑水下也"，卷十《三蒼》郭注云"瞖，目翳病也"。

《文選》卷十二注：郭璞《三蒼解詁》曰："獺似青狐，居水中，食魚。"

《左傳》昭二十八年正義引郭璞《三蒼解詁》："鄔音瘀，於庶反。"）

同上，卷二史部正史類：

郭璞《漢書注》。

《漢書》叙例云："璞止注《相如傳》序及游獵詩賦。"

同上，起居注類：

郭璞注《周王游行記》六卷。

同上，卷三史部别傳：

《郭璞别傳》。

同上，地志類：

郭璞注《水經》三卷。

《通典》一百七十四云："《水經》既順帝時所撰，都不詳悉，景純注解又甚疏略，亦多迂怪。"

同上，卷四子部道家類：

郭璞《老子經注》。

《文選·上林賦》注："張揖曰（此三字疑衍。）郭璞《老子經》注曰：'虚無寥闊與玄通靈言，其所乘氣之高，故能出飛鳥之上而神俱者也。'"按此條亦不似注《老子》，今姑存其目俟考。

同上，兵家類：

郭璞《夏小正注》。

《太平廣記》卷十三引《神仙傳》云："璞注《山海經》《夏小正》《爾雅》《方言》。"

同上，五行家類：

《郭璞讖》。

見《桓温傳》。《隋書·薛道衡傳》"郭璞有云'江東偏王三百年還與中國合'"，亦當是讖也。

郭璞《周易新林》四卷、《周易林》五卷、（或作《周易新林》九卷，疑并兩書數之也。）《易洞林》三卷、《易八卦命録斗内圖》一卷、《易斗圖》三卷、《易立成林》二卷。（《隋志》題"郭氏"，蓋亦依托景純者，今并録之。）

《藝文類聚》十七、九十八，《初學記》二十九皆引郭璞《洞林》。《崇文總目》曰“郭璞《洞林》一卷”。馬國翰輯《易洞林》二卷。《初學記》卷三《周易集林》曰：“坤，土也。”《類聚》九十八引《洞林》曰：“東中郎參軍周稚琰封蠶蛾，令吾射之。”八九引《洞林》曰：“郭璞避難至新息，有以茱萸令璞射之，璞曰‘子如赤鈴含玄珠’。”案文言之是茱萸。《左傳》莊二十二年正義曰：“過璞自所卜事謂之辭林，其辭皆韻，習於舌也。”按《辭林》當作《洞林》，涉下文而誤。

《郭璞傳》：“璞撰前後筮驗六十餘事，名爲《洞林》。又鈔京、費諸家要撮，更撰《新林》十篇，《卜韻》一篇。”

郭璞《葬書》一卷。

見《宋志》，今存。

按《隋書·藝術·蕭吉傳》引《葬書》云：“氣王與姓相生大吉。”今此本無之，當是别一書也。

《後漢書·方術傳》注“須臾，陰陽吉凶立成之法也”，今書《七志》有《武王須臾》一卷。此條注《易成林》下。《隋志》：“《武王須臾》二卷。”

郭璞《青囊補注》三卷。

見《郡齋讀書後志》。

《通志略》：“郭璞《青囊經》一卷。”案《璞傳》載璞從河東郭公受《青囊中書》九卷，故術家爲此名也。

《太平廣記》十四引《神仙拾遺》云：“郭文《蒻葉書》《金雄詩》《金雌記》，其言皆當時讖詞。”

郭璞《八五經》一卷。

見《直齋書録解題》。

郭璞《周易竅書》三卷，《周易括地林》一卷。

并見《崇文總目》。

郭璞《周易穿地林》一卷，《地理碎金式》一卷，《玄堂品訣》三卷，《撥沙成明經》一卷，《錦囊經》一卷。

并見《通志·藝文略六》。

郭璞《三命通照神白經》三卷，《周易玄義經》一卷，《周易察微經》一卷，《周易鬼御算》一卷，《周易逆刺》一卷，《易鑒》三卷。

并見《宋志》。

郭璞《玉照定真經》一卷。

見《四庫書目》。

郭璞《玄經》十卷。（門弟子趙載注。）

同上，卷五子部小説家類五行家補：

郭璞等《八仙山水經》一卷。

《通志略》六。

同上，卷六集部楚辭類：

郭璞《楚辭注》二卷。

《唐志》十卷，《通志·藝文志》三卷。

同上，别集類：

弘農太守《郭璞集》十卷，《録》一卷。

《隋志》十七卷，《唐志》十卷。

同上，總集類：

郭璞注《子虚上林賦》一卷。

《隋志》："梁有，隋亡。"按李善注《文選》，《上林子虚賦》用郭注。（《二十五史補編》本）

黄逢元《補晋書藝文志》卷一甲部經録詩類三：

《毛詩拾遺》一卷。（弘農太守河東郭璞景純撰。）

見《隋志》，今存馬國翰輯本一卷。璞有傳。元案，《詩疏》一之一《校勘記》云："'璞'常作'樸'，樸字景純，取純樸相應字，當從'木'，《正義》多作'樸'或改作'朴'，'朴'即'樸'之俗字。"

同上，小學類十：

《爾雅》五卷。（郭璞注。）

《隋志》列論語類。《釋文叙録》作三卷，《舊唐志》同。《新唐志》一卷，今存。

《爾雅圖》十卷。（郭璞撰。）

《隋志》列論語類，唐新、舊《志》列小學，作一卷，云璞注。

《爾雅圖贊》二卷。（郭璞撰。）

《隋志》注列論語，嚴可均、馬國翰、黄奭各輯存一卷。

《爾雅音義》一卷。（郭璞撰。）

本唐新、舊《志》。《隋志》注引《七録》作"二卷"，無"義"字，題云"孫炎、郭璞撰"，合二家爲一，列論語類。《通志》作"《音略》三卷"。今存馬國翰、黄奭輯本各一卷。

《方言》十三卷。（郭璞注。）

《隋志》列論語類，《新唐志》列小學，卷同，作“揚雄《别國方言》”，不題郭璞注。《舊唐志》撰人、注家均脱。今存。

《三蒼》三卷。（郭璞注。）

本《隋志》，注云：“秦相李斯作《蒼頡篇》，漢揚雄作《訓纂篇》，後漢郎中賈鲂作《滂喜篇》，故曰‘三蒼’。”新、舊《唐志》卷同，題作“李斯等撰，郭璞解”。馬國翰輯存一卷。

同上，卷二史録正史類一：

《漢書注》。（郭璞撰。）

見《漢書序例》，云“止注《相如傳》序及游獵詩賦”。

同上，地理類十一：

《水經》三卷。（郭璞注。）

本《隋志》。《新唐志》作“桑欽《水經》三卷”，注云：“一作郭璞撰。”元案，畢沅《山海經篇目考》云：“此《水經》，隋、唐二《志》皆次《山海經》末，當即《海内經》中文也。”

同上，卷三丙部子録天文類十：

《星經》一卷。（郭璞釋。）本《秘目》。《通志》題作“璞注”。

同上，五行類十二：

《周易林》五卷。（郭璞撰。）見《七録》。

《周易洞林》三卷。（郭璞撰。）

本《隋志》。新、舊《唐志》卷同，作“《周易洞林解》”。《崇目》《宋志》均一卷。今存馬國翰輯本，三卷，又補遺一卷。元案，《璞傳》云：“撰前後筮驗六十餘事，名曰《洞林》。”

又九卷。（郭璞撰。）

見《隋志》。

《周易括地林》一卷。（郭璞撰。）

見《崇文目》。《通志》録璞《周易穿地林》一卷，或即是書。

《易立成林》二卷。（郭氏撰。）

見《隋志》。全祖望《讀易别録》定爲郭璞撰。

《周易玄義經》一卷。（郭璞撰。）

見《宋志》五行類。是書下次《周易察微經》《周易鬼御算》《周易逆刺》各一卷。又《易鑒》三卷。《志》雖連《録》，似非璞書，附此。《讀易别録》上四種，已舉其三，亦不云璞撰。

《易腦》一卷。（郭璞撰。）

見新、舊《唐志》，題云“郭氏撰”，即郭璞。

《易髓》十卷。（郭璞撰。）

本《通志》。《宋志》入經部，作八卷，注云：“晋人撰，不知姓名。”《隋志·五行類》有“《周易髓腦》二卷”，無撰人；唐新、舊《志》，《易腦》、《易髓》各一卷，是據《隋志》分析録之，惟《易腦》題郭氏。

《易八卦命録斗内圖》一卷。（郭璞撰。）

見《隋志》。

《卜韻》一篇。（郭璞撰。）

見《璞傳》，又《神仙傳》作“卜繇”。

《三命通照神白經》三卷。（郭璞撰。）

見《宋志》。

《青囊經》二卷。（郭璞撰。）

見《通志》。

元案《璞傳》云：“有郭公者，客居河東，精於卜筮，從之受業，公以《青囊中書》九卷與之。”是書題名本此經，止二卷，殆從九卷中鈔集其要。

《青囊補注》三卷。（郭璞撰。）

見《陳録》，疑即補注郭公所與之書。

《錦囊經》一卷。（郭璞撰。）

本《通志》。《宋志·五行類》有是書，無撰人。

《玄堂品訣》三卷。（郭璞撰。）

見《秘目》。

《葬書》一卷。（郭璞撰。）

見《通志》，晋存。

《續葬書》一卷。（郭璞撰。）

見陳《録》，云“璞撰，鄙俗依托”。

《撥法成明經》一卷。（郭璞撰。）

本《秘目》。《通志》“法”作“沙”。

《地理碎金訣》一卷。（郭璞撰。）

本《秘目》。《通志》“訣”作“式”。

《八仙山水經》一卷。（郭璞撰。）

本《通志》。《秘目》“山水”作“中水”，云郭璞等撰。

《玉照定真經》一卷。（郭璞撰。）

見《四庫目》。又明葉盛《籙竹堂書目》不著撰人。

《元經》十卷。（郭璞撰，趙載注。）

見樂真堂所刊《陰陽五要奇書》，趙載，璞門人，見《璞傳》。

同上，卷四丁部集録楚辭類一：

《楚辭》三卷。（郭璞注。）

本《隋志》。唐新、舊《志》十卷。

同上，别集類二：

弘農太守《郭璞集》十卷，《録》一卷。

本《七録》。《隋志》十七卷，唐新、舊《志》復作十卷，《宋志》六卷，《百三家集》存二卷，又存嚴輯本。元案，《璞傳》云：“所著碑誄詩賦百卷。”

同上，總集類三：

《子虚上林賦》一卷。（郭璞注。）

見《七録》。元案，《漢書序例》云“璞注《漢書》”，即此。而賦注今存。

《郭璞奏》。

見《御覽》八百二。（《二十五史補編》本）

吴士鑒《補晋書經籍志》卷一甲部經録易類：

郭璞《周易髓》十卷。見《通志·藝文略》。《宋志》作“晋《易髓》八卷”，不著撰人，疑即一書。

同上，詩類：

郭璞《毛詩拾遺》一卷。見《隋志》。

同上，禮類：

郭璞《夏小正注》。見葛洪《神仙傳》。

同上，小學類：

郭璞《爾雅注》五卷。見《隋志》《舊唐志》《釋文·序録》。《宋志》作三卷，《唐志》作一卷。

《爾雅圖》十卷。見《隋志》。《兩唐志》作“《圖》一卷”，《册府元龜》六百五引《爾雅圖譜》。

《爾雅圖贊》二卷。《隋志》《釋文·序録》并同。

《爾雅音》二卷。見《隋志》。兩《唐志》作“《音義》一卷”，《釋文》亦作“《音義》”，《序録》作一卷，《通志略》作“《音略》三卷”。

《方言注》十三卷。見《隋志》。

《三蒼注》三卷。《隋志》《唐志》并同。《禮記》《莊子》《左傳》《釋文》《史記索隱》《漢書》《文選注》《一切經音義》并引“《三蒼解詁》”。

同上，乙部史録正史類：

郭璞《漢書注》。見顔氏《漢書叙例》。

《漢書音義》。《文選注》引。

同上，起居注類：

郭璞注《穆天子傳》六卷。見《隋志》。《舊唐志》“注”誤作“撰”。

同上，雜傳類：

《郭璞别傳》。《世説·術解篇》注。

同上，地理類：

郭璞《山海經注》二十三卷。《隋志》《唐志》并同。《舊唐志》作十八卷。

《水經注》三卷。《隋志》《唐志》并同。《舊唐志》作二卷。

《山海經圖贊》二卷，《山海經音》二卷。并《隋志》。

同上，卷三丙部子録道家類：

郭璞《老子經注》。《文選注》引。

同上，天文類：

郭璞《星經》一卷。《通志略》。

同上，五行類：

郭公《青囊中經》九卷。見郭璞《本傳》。

郭璞《易洞林》三卷。見《隋志》。兩《唐志》作《周易洞林解》，《宋志》《崇文總目》皆一卷。

《周易新林》四卷。見《隋志》。《本傳》作十篇。

《周易新林》九卷。見《隋志》，與上四卷本分著。

《周易林》五卷。《隋志》云："梁有，亡。"

《易立成林》二卷。《隋志》題"郭氏"，蓋亦璞書。

《易腦》一卷。見兩《唐志》，題"郭氏撰"，蓋亦璞所作。《隋志》有《易腦經》一卷，誤作鄭氏。

《卜韻》一篇。見《本傳》。《神仙傳》作《卜繇》。

《易斗圖》一卷，《易八卦命録斗内圖》一卷。并見《隋志》。

《三命通照神白經》三卷，《葬書》一卷。并見《宋志》。

《易通統卦驗玄圖》一卷，《易新圖序》一卷，《撥沙成明經》一卷，《錦囊經》一卷，《玄堂品訣》三卷，《周易穿地林》一卷，《地理碎金式》一卷，《八仙山水經》一卷，《周易竅書》三卷。并《通志略》。

《周易括地林》一卷。《通志略》《崇文總目》。

《青囊補注》三卷。《通考》《郡齋讀書志》。

同上，卷四丁部集録楚辭類：

郭璞《楚辭注》三卷。見《隋志》。兩《唐志》并十卷。

同上，别集類：

弘農太守《郭璞集》十卷，《録》一卷。《隋志》十七卷，注云："梁十卷。"兩《唐志》仍十卷，《宋志》祇六卷。

同上，總集類：

郭璞《子虚上林賦注》一卷。《隋志》云："梁有，亡。"（《二十五史補編》本）

孫德謙撰，張雲整理《漢志藝文略·僞造略》：

自漢以來，書之假托者夥矣。……郭注《穆傳》，半襲《山經》。……（清華大學出版社，2012年）

魯迅《中國小説史略》第二篇《神話與傳説》：

晋咸寧五年，汲縣民不準盗發魏襄王冢，得竹書《穆天子傳》五篇，又雜書十九篇。《穆天子傳》今存，凡六卷；前五卷記周穆王駕八駿西征之事，後一卷記盛姬卒於途次以至反葬，蓋即雜書之一篇。傳亦言見西王母，而不叙諸異相，其狀已頗近於人王。（上海古籍出版社，1998年）

劉師培《穆天子傳補釋序》：

《隋・經籍志》起居注類載《穆天子傳》六卷，注云："《汲冢書》，郭璞注。"新、舊《唐書》均同。《晋書・束皙傳》則謂此書本五卷，末卷乃雜書十九篇之一，蓋五卷爲汲冢舊簡本，末卷則校者以雜書并入也。此書雖出晋初，然地名符於《山海經》，人名若孔牙、耿翛，均見書序。所載賓祭、禮儀、器物，亦與周官禮、古禮經相符，則非後人贗造之書矣。考穆王賓於西王母，其事具載《列子》。馬遷修史，亦著其文。雖所至之地，均今葱嶺絶西。然證以《山海經》諸編，則古賢遺裔，恒宅西陲，西周以前，往來互達。穆王西征，蓋亦率行軒轅、大禹之軌耳，不得泥博望以前西域未通之説也。

此書字多古文，鈔胥復多舛捝，宋晁公武《郡齋讀書志》已謂轉寫益誤，殆不可讀。明人所刊，校讎益疏。近人檀萃、徐文靖、陳逢衡均注此書，然均泛亂無條紀。檀本增補字句，尤爲蔑古。惟洪翟所校爲差善。孫詒讓《札迻》刊校義若干條，亦均精審。師培幼治此書，病昔治此書者率昧考地，因以今地考古名，互相證驗，古義古字亦稍闡發，成書一卷，顔曰"補釋"。惟書中古字，率多未詳；又卷三"世民之子"，亦深思而昧其解。世有善思誤書之士，尚其闡此藴義乎？

己酉正月，劉師培序。（丁錫根《中國歷代小説序跋集》，人民文學出版社，1996年）

張之洞撰，范希曾補正《書目答問補正》卷一史部古史第四：

《穆天子傳》郭璞注七卷。洪頤煊校。《平津館》本，又《古今逸史》本。檀萃《穆傳注疏》，博而多謬，不録。［補］嘉慶間鄂不館刻洪校本，潮州鄭氏龍溪精舍重刻平津館本，又《四部叢刊》影印明天一閣刻本，又涵芬樓《道藏舉要》影印《道藏》本。仁和丁謙《穆天子傳考證》六卷，民國四年杭州局刻《浙江圖書館叢書》第二集本，可備考，惟不盡可信。（《山海經》《竹書紀年》《穆天子傳》三書，有僞托而多荒唐，然皆秦以前人所爲。）（上海古籍出版社，2011年）

丁丙藏，丁仁編《八千卷樓書目》卷十四子部小説家類異聞之屬：

《穆天子傳》六卷。（汲冢古本。晋郭璞注。《漢魏叢書》本、《古今逸史》本、《龍威秘書》本、《子書百種》本、《平津館附録一卷》本。）（《續修四庫全書》本）

潘景鄭《妙道人手校舊鈔穆天子傳跋》：

《穆天子傳》未見宋元舊本，流傳至今，以明天一閣本爲最善，以其從元本所自出。吾吴袁氏五硯樓藏有校影宋鈔本，後歸張氏愛日精廬，今已不可蹤迹。此舊鈔本所據，即天一閣本，前有妙道人朱筆題記云："從五硯樓影宋鈔本校録，并取洪頤煊校正本正其未是，就各書翻繹引用之語，隨記上方，足稱善本。”妙道人者，爲吾鄉前輩吴有堂先生志忠，即世稱璜川吴氏者是也。其所刻《經學叢書》極精，惟遺迹流傳絶少。此册爲獨山莫氏銅井文房舊物，楚先生手跋考證爲詳。莫氏書散，歸積學齋徐氏。曾幾何時，支流入市廛，余遂得之，今藏此亦且十年矣。緬懷聚散之無常，鄉賢遺澤，猶蕲長護，爰加裝潢，爛然如新，後有得者，其善保之！

乙酉八月十日。（丁錫根《中國歷代小説序跋集》，人民文學出版社，1996年）

余嘉錫《四庫提要辯證》卷二經部二小學類一（總目卷四十）：

《爾雅注疏》十一卷。晋郭璞注，宋邢昺疏。璞字景純，河東聞喜人，官至弘農太守。事迹具《晋書》本傳。昺有《孝經疏》，已著録。案《大戴禮·孔子三朝記》，稱孔子教魯哀公學《爾雅》，則《爾雅》之來遠矣，然不云《爾雅》爲誰作。據張揖《進廣雅表》，稱周公著《爾雅》一篇。……

嘉錫案：《爾雅》之作，經傳莫言其人。魏張揖以爲周公所作者，亦臆度之辭耳。其《上廣雅表》云……自稚讓有此一説，世多宗之。故郭璞《爾雅注序》云：“《爾雅》者，蓋興於中古，隆於漢氏。”陸德明《經典釋文叙録》亦云：“《釋詁》一篇蓋周公所作，《釋言》以下，或言仲尼所增，子夏所足，叔孫通所益，梁文所補，張揖論之詳矣。”今考哀公之問孔子，見《大戴禮·小辨篇》，子曰：“辨而不小，夫小辨破言，小言破義，小義破道，道小不通，通道必簡。是故循弦以觀於樂，足以辨風矣；爾雅以觀於古，足以辨言矣；傳言以象，反舌皆至，可謂簡矣。”……爾雅乃古之成語，《漢書·儒林傳》所謂文章爾雅，爾雅即近正之意也。（邵晋涵《爾雅正義》以爲書名，非是。）由是觀之，稚讓以《小辨篇》之爾雅爲書名，誤矣。……

案“豹鼠之辨”，爲漢武帝時終軍事，邢疏亦本於郭注《釋獸》，“豹文鼮鼠”，郭云“鼠文采如豹者，漢武帝時得此鼠，孝廉郎終軍知之，賜絹百匹”，是也。《提要》直以此屬之邢昺，乃一時失檢耳。惟郭注以此爲終軍之事，亦有不然。考《漢書·終軍傳》云：“軍字子雲，濟南人也。少好學，以辯博能屬文聞於郡中。年十八，選爲博士弟子，至長安，上書言事。武帝異其文，拜爲謁者給事中。從上幸雍，祠五畤，獲白麟，一角五蹄。時又得奇木，其枝旁出，輒復合於木上。上異此二物，博謀群臣，軍上對宜因昭時令日改元，上由是改元爲元狩。後擢爲諫大夫，使南越，説其王欲令入朝，越王聽許，請舉國内屬。而越相吕嘉不欲内屬，發兵攻殺其王及漢使，軍死時年二十餘，故世謂之終童。”據是可知終軍未嘗爲孝廉郎也。其辨鼮鼠事，亦毫無記載，此皆事之可疑者也。然考《太平御覽》九百十一嘗引《竇氏家傳》曰：“竇攸治《爾雅》，舉孝廉，爲郎。世祖與百寮游於靈臺，得鼠，身如豹文，熒有光輝。問群臣，莫有知者，唯攸對曰：‘此名鼮鼠。’詔何以知之，攸曰：‘見《爾雅》。’詔案視書，果如攸言。賜帛百匹，詔群臣子弟從攸受《爾雅》。”酈道元《水經注》及李善《文選·任昉〈薦士表〉》注并引摯虞《三輔决録》注，文亦相同，是辨豹鼠者，乃光武時竇攸之事，非終軍也。……要之，《爾雅》爲漢人所作，其成書當在西漢平帝以前無疑。……

同上，卷十三子部四術數類一（總目卷一百八）：

《葬書》一卷。舊本題晋郭璞撰。璞有《爾雅注》，已著録。……是其術盛傳於東漢以後，其特以是擅名者，則璞爲最著。考璞本傳載璞從河東郭公受《青囊中書》九卷，遂洞天文、五行、卜筮之術。璞門人趙載嘗竊有《青囊書》，爲火所焚，不言其嘗著葬書。《唐志》有葬書《地脈經》一卷，葬書《五陰》一卷，又不言璞所作。惟《宋志》載又璞《葬書》一卷，是其書自宋始出，書中詞意簡質，猶術士通文義者所作。必以爲出自璞手，則無可徵信。或世見璞葬母暨陽，卒遠水患，故以是書歸之歟？

嘉錫案：《晋書》郭璞本傳云：“璞撰前後筮驗六十餘事，名爲《洞林》，又鈔京、費諸家要最，更撰《新林》十篇、卜韻一篇，注釋《爾雅》，别爲《音義》《圖譜》，又注《三蒼》《方言》《穆天子傳》《山海經》及《楚辭》《子虛》《上林賦》數十萬言，皆傳於世。詩賦誄頌亦數萬言。”其載璞之著述，可謂詳矣，獨不言有此書。聞郭璞爲人葬，帝微服往看，因問主人：“何以葬龍角？此法當滅族。”主人曰：“郭云此葬龍耳，不出三年，當致天子。”帝問：“爲是出天子耶？”答曰：“非出天子，能致天子問耳。”璞本傳亦載此事。又《南史·張裕傳》云：“初，裕曾祖澄當葬父，郭璞爲占墓地，曰葬某處，年過百歲，位至三司，而子孫不藩；某處，年幾减半，位裁卿校，而纍世貴顯。澄乃葬某劣處，位光禄，年六十四而亡，其子孫遂昌云。”此其事之信否不可知，然可見璞在當時，必以卜葬相冢墓著盛名，乃有此種傳説，固不獨葬母暨陽一事也。（葬母事，見《世説》及本傳。）此其所以依托於璞也歟？《太平廣記》卷十三引《神仙傳》云：“郭璞字景純，河東人也。周識博聞，有出世之道，鑒天文地理，龜書龍圖，爻象讖緯，安墓卜宅，莫不窮微，善測人鬼之情狀。”又云：“注《山海經》《夏小正》《爾雅》《方言》，著《游仙詩》《江賦》《卜繇》《洞林》云，《晋書》有傳。”考葛洪《神仙傳》中，并無《郭璞傳》，（《漢魏叢書》本有之，乃後人從《廣記》抄出，非原書。）且洪與璞正同時人，而云《晋書》有傳，尤不類洪語，然自是唐五代人書，《廣記》誤注書名耳。（疑出《洞仙傳》，俟再考。）據其所言，璞實長於安墓卜宅，然未嘗著《葬書》也。（中華書局，1980年）

案：秦榮光《補晋書藝文志》子部小説家類著録《穆天子傳注》六卷，題郭璞撰。姚振宗《隋書經籍志考證》史録起居注類著録《穆天子傳》六卷，題汲冢書，郭璞注。丁國鈞《補晋書藝文志》史録起居注類著録《穆天子傳注》六卷，題郭璞撰。吴士鑒《補晋書經籍志》史録起居注類著録郭璞注《穆天子傳》六卷。

郭璞（276—324年），字景純，晋代詩人、辭賦家、訓詁學家、博物學家。河東聞喜（今屬山西）人。博學有高才，訥於言論，好古文奇字，通占筮、地理之術，時人咸重之。《晋書·王廙傳》記廙上疏言"璞之爻筮，雖京房、管輅不過"。西晋末，避地東南。過江後，先後被宣城太守殷祐、丹陽太守王導引爲參軍。晋元帝即位，因獻《南郊賦》，帝見而嘉之，以爲著作佐郎，遷尚書郎。後被大將軍王敦辟爲記室參軍，因勸阻王敦謀反被殺。事平，追贈弘農太守。璞工詩善賦，《世説新語·文學》注引檀道鸞《續晋陽秋》稱世貴老、莊玄談，"至郭璞五言，始會合道家之言而韻之"，《詩品》列之入中品，《文心雕龍·明詩》云："江左篇制，溺乎玄風，嗤笑徇務之志，崇盛亡機之談。袁、孫已下，雖各有雕采，而辭趣一揆，莫與争雄，所以景純仙篇，挺拔而爲俊矣。"郭璞著作甚富，《晋書》本傳云："璞撰前後筮驗六十餘事，名爲《洞林》。又抄京、費諸家要最，更撰《新林》十篇，《卜韻》一篇。注釋《爾雅》，别爲《音義》《圖譜》，又注《三倉》《方言》《穆天子傳》《山海經》及《楚辭》《子虚》《上林賦》數十萬言，皆傳於世。所作詩賦誄頌亦數萬言。"歷代托名著作更難以計數。明人張溥輯遺文爲《郭弘農集》，嚴可均、逯欽立等續有增補。今存詩十九首及失題、殘句等若干，存賦、表、序等二十三篇并《爾雅圖贊》四十八則、《山海經圖贊》二百六十六則。其文章成就和文學地位受到大家肯定。

《穆天子傳》爲出土文獻，以古文書寫。據《晋書·束皙傳》："太康二年，汲縣人不準盗發魏襄王墓，得竹書《穆天子傳》五篇，又《雜書》十九篇，《周食田法》《周書論楚事》《周穆王美人盛姬事》。"詔荀勖、和嶠等以隸書寫之。荀勖《序》稱："《春秋左氏傳》曰：'穆王肆其心，周行天下，將皆使有車轍馬迹焉。'此書所載則其事也。王好巡狩，得驊騮、騄耳之乘，造父爲御，以觀四荒，北絶流沙，西登昆侖，與《太史公記》同。汲郡收書不謹，多毁落殘缺，雖言其不典，皆是古書，頗可觀覽。"東晋郭璞爲其作注，遂流行。《隋書·經籍志》史部起居注類著録："《穆天子傳》六卷，汲冢書，郭璞注。"《郡齋讀書志》則稱："郭璞注本謂之《周王游行記》。"考王隱《晋書·束皙傳》云："《周王游行》五卷，説周穆王游行天下之事。今謂之《穆天子傳》。"唐修《晋書·束皙傳》曰："《穆天子傳》五篇，言周穆王游行四海，見帝臺、西王母。”陶潛《讀〈山海經〉》詩有“泛覽《周王傳》”句。據此可知，原書爲五篇，或謂五卷，記周穆王游行之事，初名《周王游行記》或《周王傳》，由中書監荀勖等共同校定。自《隋志》以來，各書目著録皆作《穆天子傳》六卷，第六卷實爲穆王美人盛姬事，非《周王游行記》。考汲冢所出《雜書十九篇》中有題爲《周穆王美人盛姬死事》者，郭璞爲《周王游行記》作注，以《周穆王美人盛姬死事》屬穆王時事，附於五卷之末，書名仍爲《周王游行記》。其後流傳之六卷本更名《穆天子傳》。《日本國見在書目録》《舊唐書·經籍志》《新唐書·藝文志》《直齋書録解題》《通志·藝文略》等因之。《郡齋讀書志》入史部傳記類，《宋史·藝文志》入別史類。《四庫全書總目》入子部小説類，并説明其理由：“案《穆天子傳》舊皆入起居注類。徒以編年紀月，叙述西游之事體近乎起居注耳。實則恍惚無徵，又非《逸周書》之比。以爲古書而存之可也。以爲信史而録之，則史體雜、史例破矣。今退置於小説家，義求其當，無庸以變古爲嫌也。”郭璞注《穆天子傳》頗具特點，《四庫提要》云：“書中所紀，雖多誇言寡實，然所謂西王母者，不過西方一國君；所謂縣圃者，不過飛鳥百獸之所飲食，爲大荒之圃澤，無所謂神仙怪異之事；所謂河宗氏者，亦僅國名，無所謂魚龍變見之説。較《山海經》《淮南子》猶爲近實。郭璞注《爾雅》，於‘西至西王母’句，不過曰‘西方昏荒之國’；於‘河出昆侖墟’句，雖引《大荒西經》，而不言其靈異。其注此書，乃頗引志怪之談。蓋釋經不敢不謹嚴，而箋釋雜書則務矜博洽故也。”

郭注《穆天子傳》主要版本有：《漢魏叢書》本，《古今逸史》本，《龍威秘書》本，《子書百種》本，《平津館》本，《四部叢刊》影明天一閣本，涵芬樓《道藏舉要》影《道藏》本，杭州書局刻《浙江圖書館叢書》第二集本。今有《穆天子傳》中華書局1985年標點本，頗便閲讀。

山海經注

嚴可均《全上古三代秦漢三國六朝文·全漢文》卷四十劉歆（秀）《上〈山海經〉表》：

侍中奉車都尉光禄大夫臣秀，領校秘書言：校秘書太常屬臣望，所校《山海經》凡三十二篇，今定爲一十八篇，已定。《山海經》者，出於唐、虞之際。昔洪水洋溢，漫衍中國，民人失據，崎嶇於丘陵，巢於樹木。鯀既無功，而帝堯使禹繼之。禹乘四載，隨山刊木，定高山大川。蓋與伯翳主驅禽獸，命山川，類草木，别水土，四嶽佐之，以周四方。逮人迹之所希至，及舟輿之所罕到。内别五方之山，外分八方之海，紀其珍寶奇物，異方之所生，水土草木，禽獸昆蟲，麟鳳之所止，禎祥之所隱，及四海之外，絶域之國，殊類之人。禹别九州，任土作貢，而益等類物善惡，著《山海經》，皆聖賢之遺事，古文之著明者也。其事質明有信。孝武皇帝時，嘗有獻異鳥者，食之百物，所不肯食。東方朔見之，言其鳥名，又言其所當食。如朔言。問朔何以知之，即《山海經》所出也。孝宣皇帝時，擊磻石於上都，陷得石室，其中有反縛盜械人。時臣秀父向爲諫議大夫，言此貳負之臣也。詔問何以知之，亦以《山海經》對。其文曰：“貳負殺窫窳，帝乃梏之疏屬之山，桎其右足，反縛兩手。”上大驚。朝士由是多奇《山海經》者，文學大儒皆讀學以爲奇，可以考禎祥變怪之物，見遠國異人之謡俗。故《易》曰：“言天下之至賾而不可亂也。”博物之君子，其可不惑焉。臣昧死謹上。（宋本《山海經》。又《道藏》本。）（《續修四庫全書》本）

班固撰，顔師古注《漢書》卷三十《藝文志》數術略形法家：

《山海經》十三篇。（中華書局，1962年）

郭璞《〈山海經〉序》：

世之覽《山海經》者，皆以其閎誕迂誇，多奇怪俶儻之言，莫不疑焉。嘗試論之曰：莊生有云：“人之所知，莫若其所不知。”吾於《山海經》見之矣。

夫以宇宙之寥廓，群生之紛紜，陰陽之煦蒸，萬殊之區分，精氣渾淆，自相濆薄，游魂靈怪，觸象而構，流形於山川，麗狀於木石者，惡可勝言乎！然則總其所以乖，鼓之於一響；成其所以變，混之於一象。世之所謂異，未知其所以異；世之所謂不異，未知其所以不異。何者？物不自異，待我而後異。異果在我，非物異也。故胡人見布而疑黂，越人見罽而駭毳。夫玩所習見，而奇所希聞，此人情之常蔽也。今略舉可以明之者：陽火出於冰水，陰鼠生於炎山，而俗之論者莫之或怪。及談《山海經》所載，而咸怪之，是不怪所可怪，而怪所不可怪也。不怪所可怪，則幾於無怪矣；怪所不可怪，則未始有可怪也。

夫能然所不可，不可所不可然，則理無不然矣。案汲郡《竹書》及《穆天子傳》：穆王西征，見西王母，執璧帛之好，獻錦組之屬；穆王享王母於瑶池之上，賦詩往來，辭義可觀，遂襲昆侖之丘，游軒轅之宫，眺鍾山之嶺，玩帝者之寶，勒石王母之山，紀迹玄圃之上；乃取其嘉木艷草，奇鳥怪獸，玉石珍瑰之器，金膏燭銀之寶，歸而殖養之於中國；穆王駕八駿之乘，右服盗驪，左驂騄耳，造父爲御，犇戎爲右，萬里長騖，以周歷四荒，名山大川，靡不登濟；東升大人之堂，西燕王母之廬，南轢黿鼉之梁，北躡積羽之衢，窮歡極娱，然後旋歸。案《史記》説穆王得盗驪、騄耳、驊騮之驥，使造父御之，以西巡狩，見西王母，樂而忘歸，亦與《竹書》同。《左傳》曰："穆王欲肆其心，使天下皆有車轍馬迹焉。"《竹書》所載，則是其事也。而譙周之徒，足爲通識瑰儒，而雅不平此，驗之《史考》，以著其妄。司馬遷叙《大宛傳》，亦云："自張騫使大夏之後，窮河源，惡睹所謂昆侖者乎？至《禹本紀》《山海經》所有怪物，余不敢言也。"不亦悲乎！若《竹書》不潛出於千載，以作徵於今日者，則《山海》之言，其幾乎廢矣。若乃東方生曉畢方之名，劉子政辨盗械之尸，王頎訪兩面之客，海民獲長臂之衣，精驗潛效，絶代縣符。於戲，群惑者其可以少寤乎！是故聖皇原化以極變，象物以應怪，鑒無滯賾，曲盡幽情，神焉廋哉！神焉廋哉！

蓋此書跨世七代，歷載三千，雖暫顯於漢，而尋亦寢廢。其山川名號，所在多有舛謬，與今不同，師訓莫傳，遂將湮泯。道之所存，俗之所喪。悲夫！余有懼焉，故爲之創傳，疏其壅閡，闢其茀蕪，領其玄致，標其洞涉。庶幾令逸文不墜於世，奇言不絶於今，夏后之迹靡刊於將來，八荒之事有聞於後裔，不亦可乎！

夫蘙薈之翔，叵以論垂天之凌；蹏涔之游，無以知絳虬之騰。鈞天之庭，豈伶人之所躡？無航之津，豈蒼兕之所涉？非天下之至通，難與言《山海》之義矣。於戲，達觀博物之客，其鑒之哉！

晋記室參軍郭璞撰。（丁錫根《中國歷代小説序跋集》，人民文學出版社，1996年）

王利器《顔氏家訓集解》卷十七《書證篇》：

或問《山海經》，夏禹及益所記，而有長沙、零陵、桂陽、諸暨，如此郡縣不少，以爲何也？答曰：史之闕文，爲日久矣。加復秦人滅學，董卓焚書，典籍錯亂，非止於此。譬猶《本草》神農所述，而有豫章、朱崖、趙國、常山、奉高、真定、臨淄、馮翊等郡縣名，出諸藥物。《爾雅》周公所作，而云張仲孝友。仲尼修《春秋》，而《經》書孔丘卒。《世本》左丘明所書，（此説出皇甫謐《帝王世紀》。）而有燕王喜、漢高祖。《汲冢瑣語》，乃載《秦望碑》。《蒼頡篇》李斯所造，而云漢兼天下，海内并厠，豨黥韓覆，畔討滅殘（一本戚殃。）。《列仙傳》，劉向所造，而《贊》云七十四人出佛經；《列女傳》亦向所造，其子歆又作《頌》，終於趙悼後，而傳有更始韓夫人、明德馬后及梁夫人嫕，皆由後人所羼，非本文也。（《新編諸子集成》本）

魏徵、令狐德棻《隋書》卷三十三《經籍志二》史部地理：

《山海經》二十三卷。（郭璞注。）……《山海經圖贊》二卷。（郭璞注。）……

昔者先王之化民也，以五方土地風氣所生，剛柔輕重，飲食衣服，各有其性，不可遷變。是故疆理天下，物其土宜，知其利害，達其志而通其欲，齊其政而修其教。故曰廣谷大川異制，人居其間異俗。書録禹别九州，定其山川，分其圻界，條其物産，辨其貢賦，斯之謂也。周則夏官司險，掌建九州之圖，周知山林川澤之阻，達其道路。地官誦訓掌方志以詔觀事，以知地俗。春官保章以星土辨九州之地，所封之域以觀祅祥。秋官職方掌天下之圖地，辨四夷八蠻九貉五戎六狄之人，與其財用九穀六畜之數，周知利害，辨九州之國，使同其貫。司徒掌邦之土地之圖，與其人民之教，以佐王擾邦國，周知九州之域，廣輪之數，辨其山林川澤丘陵墳衍原隰之名物，及土會之法，然則其事分在衆職。而冢宰掌建邦之六典，實總其事。太史以典逆冢宰之治其書，蓋亦總爲史官之職。漢初，蕭何得秦圖書，故知天下要害。後又得《山海經》，相傳以爲夏禹所記。武帝時，計書既上太史，郡國地志固亦在焉。而史遷所記，但述河渠而已。其後劉向略言地域，丞相張禹使屬朱貢條記風俗，班固因之作《地理志》。其州國郡縣山川夷險，時俗之異，經星之分，風氣所生，區域之廣，户口之數，各有攸叙，與古《禹貢》《周官》所記相埒。是後載筆之士，管窺末學，不能及遠，但記州郡之名而已。晋世摯虞依《禹貢》《周官》作《畿服經》，其州郡及縣、分野、封略、事業、國邑、山陵、水泉、鄉亭、城郭、道里、土田、民物、風俗、先賢、舊好，靡不具悉，凡一百七十卷，今亡。而學者因其經歷并有記載，然不能成一家之體。齊時陸澄聚一百六十家之説，依其前後遠近編而爲部，謂之《地理書》。任昉又增陸澄之書八十四家，謂之《地記》。陳時顧野王抄撰衆家之言，作《輿地志》。隋大業中普詔天下諸郡，條其風俗物産地圖，上於尚書，故隋代有《諸郡物産土俗記》一百三十一卷，《區宇圖志》一百二十九卷，《諸州圖經集》一百卷，其餘記注甚衆。今任、陸二家所記之

内而又别行者，各録在其書之上。自餘次之於下，以備地理之記焉。（中華書局，1973年）

［日］藤原佐世《日本國見在書目録》土地家：

《山海經》廿一卷。（郭注十八卷。）（《叢書集成初編》本）

劉昫等《舊唐書》卷四十六《經籍志上》乙部史録地理類：

《山海經》十八卷。（郭璞撰。）（中華書局，1975年）

李昉等《太平御覽》經史圖書綱目：

郭璞注《山海經》。（中華書局，1960年）

王堯臣等《崇文總目》卷二地理類：

《山海經》十八卷。原釋，郭璞注。（見天一閣鈔本。）侍中秀領校。（見《東觀餘論》。）（《粤雅堂叢書》本）

歐陽修、宋祁《新唐書》卷五十八《藝文志》乙部史録地理類：

郭璞注《山海經》二十三卷，又《山海經圖贊》二卷，《山海經音》二卷。《桑欽水經》三卷。（一作郭璞撰。）（中華書局，1975年）

姚寬撰，孔凡禮點校《西溪叢語》卷下"陶潛讀山海經"條：

陶潛《讀山海經十三首》用事，今本多差誤，各爲注釋之。第一篇"泛覽《周王傳》"，乃《周穆天子傳》，荀勖校定本是也。"流觀《山海圖》"，乃《山海經》十八卷，郭璞注本是也。（中華書局，1993年）

鄭樵《通志》卷六十六《藝文略》地理方物：

《山海經》二十三卷。（郭璞撰。）《山海經》十八卷。（《四部備要》本）

晁公武撰，孫猛校證《郡齋讀書志校證》卷八地理類：

《山海經》十八卷。右大禹製，晋郭璞傳。漢侍中、奉車都尉劉秀校定。表言："禹别九州，而益等類物善惡，著此書。皆聖賢之遺事，古文明著者也。"大父嘗考之於其書，有曰："長沙、零陵、雁門，皆郡縣名，又自載禹、鯀，似後人因其名參益之。"（上海古籍出版社，1990年）

尤袤《〈山海經〉跋》：

《山海經》夏禹爲之，非也。其間或攈啓及有窮、后羿之事，漢儒或謂伯翳爲之，非也。然屈原《離騷》多摘取其山川，則言帝嚳葬於陰，帝堯葬於陽，且繼以文王皆葬其所。又言夏耕之尸也，則曰湯伐夏桀於章山，克之。其論相顧之尸也，則曰伯夷父死四嶽，先生龍。按此三事，則不及夏啓、后羿而已，是周初亦嘗及之。定爲先秦書，信矣。（丁錫根《中國歷代小説序跋集》，人民文學出版社，1996年）

薛季宣《浪語集》卷三十《敘〈山海經〉》：

古《山海經》，劉歆所上書，十三篇，内别五山，外紀八海，郭璞注。集釐十八卷，其十卷《五山經》；八卷，六《海外》、二《海内》《大荒經》也。《五山》《海外經》端有條緒，《海内》《大荒經》汗漫有不可通者。是書流傳既少，今獨《道藏》有之。又《圖》十卷。文多闕略，世有範本。張僧繇畫《山海經圖》，詳於《道藏》圖本，然《道藏》所畫，不出十三篇中。模本畫圖有經，未嘗見者。按《五山經》，山多亡軼，意僧繇畫時其文尚完，不然，後人傳托名之，不可知也。不敢按據模本，姑以《道藏》經圖參校繕寫，藏之於所傳。疑“有曰”“一曰”“或作”之類，皆郭注之舊云。一作圖作者，今所存也。走初讀《楚辭》《文選》《陶元亮集》，見其多有《山海經》事，恨未之見。敻求將二十歲，方始得之，其所占山川已隨世變，草木鳥獸類非久存之物，神怪荒唐之説，人耳目所不到，郭氏所注，不能皆得其實。而上世故實可供文墨之用者，前人采摘、稱引略盡，則此書之垂亡僅在，固宜。《左氏傳》稱“大禹鑄鼎象物，以知神奸，入山林者，不逢不若，魑魅魍魎，莫能逢之”，《山海》所述，不幾是也。經言大川所出，及舜所葬，皆秦、漢時郡縣。又有成湯、文王之事，《管子》之文，其非先秦有夏遺書審矣。劉歆《集略》，直云伯益所記，又分伯益、伯翳以爲二人，皆未之詳。考於《太史公記》，則漢西京書，非後世之作也。《山海經》要爲有本於古，或秦、漢增益之書，太史公謂：“言九州山川，《尚書》近之。至《山海經》《禹本紀》所言怪物，余不敢言也。”然哉！郭氏嘆“道所存，俗之所棄”，不無稱許之過。要之，《楚辭》之學，在《山海經》爲所本，君子窮神辨物，此書有不可廢者。所謂臣秀即劉歆也，歆以有新之朝更名以應光武之諱，校讎之世必當王氏時也。走讀《漢·藝文志》，念其書不多見，此《山海經》雖在，亦且亡矣。愛之不忍捐棄，故録置家藏書中。（《文淵閣四庫全書》本）

陳振孫撰，徐小蠻、顧美華點校《直齋書録解題》卷八地理類：

《山海經》十八卷。漢侍中奉車都尉臣秀所校秘書。秀，即劉歆也。晋郭璞注。案《唐志》二十三卷，《音》二卷。今本錫山尤袤延之校定。世傳禹、益所作，其事見《吴越春秋》，曰："禹東巡，登南嶽，得金簡玉字，通水之理，遂行四瀆，與益共謀，所至使益疏而記之，名《山海經》。"此其爲説，恢誕不典。司馬遷曰："言九州山川，《尚書》近之矣。至《禹本紀》《山海經》所書怪物，余不敢言之也。"可謂名言。孰曰多愛乎！故尤跋明其爲非禹、伯翳所作，而以爲先秦古書無疑。然莫能名其爲何人也。洪慶善補注《楚辭》，引《山海經》《淮南子》以釋《天問》，而朱晦翁則曰："古今説《天問》者，皆本此二書，今以文意考之，疑此二書本皆緣解《天問》而作。"可以破千載之惑。古今相傳既久，姑以冠地理書之録。（上海古籍出版社，1987年）

王應麟著，張三夕、楊毅點校《漢藝文志考證》卷十《形法》：

《山海經》十三篇。

《隋志》："相傳以爲夏禹所記，二十三卷，郭璞注。"《序》曰："劉歆所定書。其南、西、北、東及中山，號'五藏經'，爲五篇，其文最多。《海内》《海外》《大荒》三經，南、西、北、東各一篇，并《海内經》一篇，總十八篇。多者十餘簡，少者二三簡。其卷後或題建平元年四月丙戌待詔太常屬臣望校治，侍中光禄勳臣龔、侍中奉車都尉光禄大夫臣秀領主省。"《序》曰："禹定高山大川，蓋與伯翳主驅禽獸，命山川，類草木，别水土，四嶽佐之，以周四方，逮人迹之所希至，及舟輿之所罕到。内别五方之山，外分八方之海，紀其珍寶奇物，異方之所生水土、草木、禽獸、昆蟲、麟鳳之所止，休祥之所隱。及四海之外，絶域之國，殊類之人，古文之著明者也。孝武時，東方朔言異鳥之名，孝宣時臣父向對貳負之臣，皆以是書。朝士由是多奇《山海經》者，可以考休祥變怪之物，見遠國異人之謡俗。臣望所校凡三十二篇，今定爲十八篇。"顔之推曰："《山海經》，禹益所記，而有長沙、零陵、桂陽、諸暨，後人所羼，非本文也。"《通典》以爲恢怪不經，疑夫子删詩書後尚奇者所作。或先有其書，如詭誕之言，必後人所加也。郭璞《序》曰："東方生曉畢方之名，劉子政辨盗械之尸，王頎訪兩面之客，海民獲長臂之衣，精驗潛效，絶代懸符。"《論衡》謂董仲舒睹重常之鳥，劉子政曉貳負之尸，皆見《山海經》，故能立二事之説。今本十八卷，劉歆定爲十八篇，多於志五篇，固已不同，尤袤定爲先秦之書，非禹及伯翳所作。晁氏曰："長沙、零陵、雁門，皆郡縣名。又載禹、鯀，後人參益之。"薛氏曰："《左傳》稱大禹鑄鼎象物，以知神奸，入山林者，不逢不若。《山海》所述，不幾是也。經言大川所出及舜所葬，皆秦、漢時郡縣，又有成湯、文王之事，《管子》之文，其非先秦有夏遺書，審矣。劉歆直云'伯益所記'，又分伯益、伯翳，以爲二人，皆未之詳考於《太史公記》。漢《西京書》非後世之作也，《山海經》要爲有本於古，秦、漢增益之書。太史公謂：'言九州山川，《尚書》近之。至《山海經》《禹本紀》所言怪物，余不敢言也。’然哉！”（朱文公曰：“記異物飛走之類，多云東向，或云東首，皆爲一定之形，疑本依圖畫爲之。”）（中華書局，2011年）

王應麟《玉海》卷十五地理地理書《禹山海經》：

《漢志·形法家》：“《山海經》十三篇。”《唐志》（《隋志》同。）地理類：“郭璞注二十三卷，又《圖贊》二卷，《音》二卷。”《舊唐志》：“《山海經》十八卷，《贊圖》二卷，《音》二卷，郭璞撰。”《中興書目》：“《山海經》十八卷，晋郭璞傳，凡二十三篇，每卷有贊。”按《漢志》十三篇，劉歆序云：“禹别九州，任土作貢，伯益等類物善惡，著《山海經》。”《崇文書目》：《山海經》十八卷……（江蘇古籍出版社、上海書店，1988年）

馬端臨《文獻通考》卷二百四《經籍考三十一》史·地理：

《山海經》十八卷。

晁氏曰：“大禹製，晋郭璞傳，漢侍中、奉車都尉劉秀校定。表言：禹别九州，而益等類物善惡著此書。皆聖賢之遺事，古文明著者也。”大父嘗考之於書，有曰：“長沙、零陵、雁門，皆郡縣名，又自載禹、鯀，似後人因其名參益之。”

陳氏曰：“漢侍中、奉車都尉臣秀所校秘書。秀即劉歆也。晋郭璞注。按《唐志》二十三卷，《音》二卷，今本錫山尤袤延之校定。世傳禹、益所作，其事見《吴越春秋》，曰：“禹東巡，登南嶽，得金簡玉字，通水之理，遂行四瀆，與益共謀，所至使益疏而記之，名《山海經》。”此其爲説，恢誕不典。司馬遷曰：“言九州山川，《尚書》近之矣。至《禹本紀》《山海經》所書怪物，余不敢言之也。”可謂名言。孰曰多愛乎！故尤跋明其非禹、伯翳所作，而以爲先秦古書無疑。然莫能名其何人也。洪慶善補注《楚辭》，引《山海經》《淮南子》以釋《天問》，而朱晦翁則曰：“古今説《天問》者，皆本此二書，今以文意考之，疑此二書本皆緣解《天問》而作。”此可以破千載之惑。古今相傳既久，姑以冠地理書之録。（中華書局，1986年）

脱脱等《宋史》卷二百六《藝文志五》子類五行類：

郭璞《山海經》十八卷。（中華書局，1977年）

劉履《風雅翼》卷五選詩補注五《讀〈山海經〉》：

《山海經》凡十八篇，劉歆校定，多載海内外絶域山川人物之異，王充《論衡》及《吴越春秋》皆以爲禹治水無遠不至凡所見聞，伯益疏而記之，後郭璞爲注，并圖贊。（《文淵閣四庫全書》本）

陶宗儀《説郛》弓二十四施青臣《繼古藂編·讀山海經》：

《山海經》漢劉歆典校爲十八篇，謂出唐、虞之際，禹平洪水，伯翳主驅禽獸，命山川、類草木。及禹任土作貢，而益籌類物之善惡者，著《山海經》也。至晋郭璞注序亦云“夏后之迹，靡列於將來；八荒之事，有開於後裔”，亦爲禹初書矣。及淳熙庚子，尤遂初文定著刊於池陽，其跋略云：“《山海經》，夏禹爲之，非也。其間或摸啓及有窮后羿之事，漢儒或謂伯翳爲之，非也。然屈原《離騷》多摘取其山川，則言帝嚳葬於陰，帝堯葬於陽，且繼以文王皆葬其所。又言夏耕之尸也，則曰湯伐夏桀於章山，克之。其論相顧之尸也，則曰伯夷父生四嶽先生龍。按此三事，則不止及夏啓、后羿而已，是周初亦嘗及之，定爲先秦書，信矣。”大抵如《穆天子傳》，如《竹書紀年》，多荒怪不經之事皆此類也。（《説郛三種》本）

楊士奇等《文淵閣書目》卷十八來字型大小第一厨書目古今志：

郭璞《山海經》。（二册。）（《叢書集成初編》本）

楊慎《升菴集》卷二《〈山海經〉後序》：

《左傳》曰：“昔夏氏之方有德也。遠方圖物，貢金九牧，鑄鼎象物，百物而爲之備。使民知神奸，入山林不逢不若，魑魅魍魎莫能逢之。”此《山海經》之所由始也。神禹既錫玄圭以成水功，遂受舜禪以家天下，於是乎收九牧之金以鑄鼎，鼎之象則取遠方之圖，山之奇，水之奇，草之奇，木之奇，禽之奇，獸之奇。説其形，著其生，别其性，分其類。其神奇殊匯，駭世驚聽者，或見，或聞，或恒有，或時有，或不必有，皆一一書焉。蓋其經而可守者，具在《禹貢》；奇而不法者，則備在九鼎。九鼎既成，以觀萬國，同彼象而魏之，日使耳而目之，脱輶軒之使，重譯之貢，續有呈焉。固以爲恒而不怪矣，此聖王明民牖俗之意也。夏后氏之世，雖曰尚忠，而文反過於成周，太史終古藏古今之圖。至桀焚黄圖，終古乃抱之以歸殷。又史官孔甲，於黄帝姚姒盤盂之銘，皆緝之以爲書。則九鼎之圖，其傳固出於終古、孔甲之流也，謂之曰《山海圖》，其文則謂之《山海經》。至秦而九鼎亡，獨圖與經存。晋陶潛詩“流觀《山海圖》”，阮氏《七録》有張僧繇《山海圖》可證已。今則經存而圖亡，後人因其義例而推廣之，益以秦、漢郡縣地名，故讀者疑信相半：信者直以爲禹、益所著，既迷其原；而疑者遂斥爲後人贋作詭撰，抑亦軋矣。漢劉歆《七略》所上，其文古矣。晋郭璞注釋所序，其説奇矣。此書之傳，二子之功與！但其著作之原，後學或忽，故著其説附之策尾。

成都楊慎。（《四庫明人文集叢刊》本）

楊慎《〈山海經〉跋》：

昔者，吾友亳州薛氏君宷，雅以同好，相過從數焉。一日廣坐中，君宷誦《文選》《山海經》，相與訂疑，傍有薛之同官一人，顰蹙曰："二書吾不暇觀，吾有暇則觀六經耳。"君宷笑曰："待有暇始觀書，恐六經亦不暇觀矣。"余爲之解曰："某公之言亦是，六經五穀也，豈有人而不食五穀者乎？雖然，六經之外，如《文選》《山海經》，食品之山珍海錯也。徒食穀而却奇品，亦村疃之富農，苛詆者或以羸牸老羝目之矣。"合座爲之一笑，退與永昌張愈光述其語，愈光贊之云："觀《文選》如食熊膰，極難熟而味雋永；觀《山海經》如食海味，必在飫醉之後，枵腹則吐之不納也。二書非宵三肆，朝百誦，不得其益。今或披之不盈尺，讀之未能句，號於人曰，我嘗觀《文選》《山海經》，亦目食之説耳。某公之不觀，信不自欺者乎？"此雖一時戲語，而要亦有理。追思昔游，忽已三十餘年，君宷九原不作矣，愈光隔以千里，因録《山海經補注》，紀其語於卷尾。（據《升庵雜著》。）（丁錫根《中國歷代小説序跋集》，人民文學出版社，1996年）

劉大昌《刻〈山海經補注〉序》：

莊周有言："六合之内，聖人論而不議；六合之外，聖人存而不論。"予得其解，非不議不論也，談何容易，蓋謹之也。世之庸目，妄自菲薄，苦古書難讀，乃束而不觀，以爲是《齊諧》《夷堅》所志，詉詭幻怪，侈然自附於不語，不知已墮於孤陋矣。夫子嘗謂，多識鳥獸草木之名，計君義不識撐犁孤塗之字，病不博爾。《山海經》號稱古書，所載多古音古字，厥義難析，自東方異鳥之辨，劉更生貳負之對，世知鄉慕，説在歆序。乃後子駿録上，景純訓注，略可睹記；然疵其難解，政自不少。由晋迄今，又千餘年，太史升庵公補其遺逸，考古以證今，言近而指遠，其事核，其論明，疑辭隱義，曠然發矇，而文學大夫益知崇信矣。公足迹遍天下，讀書破萬卷，意包象外，思操繫表，博物洽聞，故其所著，發古人所未嘗，悟古人所未見，所謂知其解者，旦莫而遇之也。昔黄長睿喜觀未見書，董彦遠云異書不可不觀。南棠周公，好古嗜學，雅珍兹編，鍥而傳之，以貽同好，流觀欣賞。異時藝林文苑，稱蜀本於天下，當自令日始矣。

嘉靖三十三年夏五，珥江劉大昌序。（據《廾庵雜著》。）（丁錫根《中國歷代小説序跋集》，人民文學出版社，1996年）

周奭《〈山海經補注〉跋》：

古書傳於世者，僅僅可數，若《山海經》其一也。東晋郭景純氏平生所著，可見者二種，若《爾雅注》《山海經注》是也。方其注《爾雅》時，池水盡黑，意者二書相繼成於蜀中，此其志亦勤矣。犍爲文學劉子駿氏，校而上之，新都太史升庵楊公，補而注之，相望千數百載，若相待然。吾蜀之盛事，斯文之慶幸，亦不偶也。公居滇三十年，著作百餘種，左有六經，漁獵百氏，奇字古篇，藏諸名山，傳布天下，海内文宗於公見之矣。余獲是編，其帳中之異書，海外之奇作，然敷文析理，不事艱深，人望之而難及，讀之而易知。視韓子之解《老》，子玄之注《莊》，明晦得失，當自有辨之者，余又何贅焉！

嘉靖甲寅仲夏吉旦，南棠周奭謹跋。（據《升庵雜著》。）（丁錫根《中國歷代小説序跋集》，人民文學出版社，1996年）

高儒《百川書志》卷五史部地理：

《山海經注》十八卷。大禹製，晋郭璞傳。（《中國歷代書目題跋叢書》本）

李時珍《本草綱目》卷一上序例上《引據古今經史百家書目》：

郭璞注《山海經》。（人民衛生出版社，1982年）

胡應麟《少室山房筆叢》卷三十二《四部正訛下》“山海經古今語怪之祖”條：

《山海經》，古今語怪之祖。劉歆謂夏后伯翳撰。無論其事，即其文與《典》《謨》《禹貢》迥不類也。余嘗疑戰國好奇之士，本《穆天子傳》之文與事而侈大博極之，雜傳以汲冢《紀年》之異聞。《周書・王會》之詭物，《離騷》《天問》之遐旨，《南華》、鄭圃之寓言，以成此書。而其敘述高簡，詞義淳質，名號倬詭，絶自成家。故雖本會萃諸書，而讀之反若諸書之取證乎此者，而實弗然也。《穆天子傳》至晋始出，而此書漢世獨完，緣是前代文人率未能定其先後。余首發之於此，俟大雅君子商焉。

同上，“山海經本書不言”條：

《山海經》本書不言禹、益撰，劉歆校定，以爲“禹任土作貢，而益等類物善惡，著《山海經》”，蓋臆度疑似之言。趙曄《吴越春秋》，因禹登會稽，遂撰爲金簡玉字之説。曄，東漢人，在劉歆後，其僞無疑。讀者但以禹、益治水，不當至海外，而怪誕之詞，聖人所不道以破之，而不據其本書。按，經稱夏后啓事者三，又言殷王子亥，又言文王墓，凡商、周之事，不一而足，晁氏但疑長沙、桂陵數郡名，及鯀湮息壤等文。夫鯀事固禹、益所睹，商、周曷從知之哉？（此書蓋周末文人因“禹鑄九鼎圖像百物，使民入山林川澤備知神奸”之説，故所記多魑魅魍魎之類，而於禹爲特詳。）

同上，“始余讀山海經”條：

始余讀《山海經》，而疑其本《穆天子傳》，雜録《離騷》《莊》《列》傅會以成者，然以出於先秦，未敢自信。載讀《楚辭辨證》云：“古今説《天問》者，皆本《山海經》《淮南子》。今以文意考之，疑此二書皆緣《天問》而作。”則紫陽已先得矣。然經所紀山川神鬼，凡《離騷》、《九歌》、《遠游》、二《招》中，稍涉奇怪者，悉爲説以實之，不獨《天問》也，而其文體特類《穆天子傳》，故余斷以爲戰國好奇之士取《穆王傳》，雜録《莊》、《列》、《離騷》、《周書》、晋《乘》以成者。自非熟讀諸書，及此經本末，不易信也。後世必有以余爲知言者。

同上，“經載叔均方耕”條：

經載叔均方耕，讙兜方捕魚，長臂人兩手各操一魚，豎亥右手把算，羿執弓矢，鑿齒執盾，此類皆與紀事之詞大異。近世坊問戲取《山海經》怪物爲圖，意古先有斯圖，撰者因而紀之，故其文義應爾。及讀王伯厚《王會補傳》引朱子曰：“《山海經》記諸異物飛走之類多云東向，或云東首，疑本依圖畫而述之。古有此學，如《九歌》《天問》皆其類。”余意頓爾釋然。甚矣！紫陽之善讀書也。即此文義之間，古今博雅所未究而獨能察之，况平生精力萃於經傳者，可淺窺乎？（陶“泛覽周王傳，流觀山海圖”，則知此經古有圖也。宋刻稱張僧繇畫。）

同上，“古人著書”條：

古人著書，即幻設必有所本。《山海經》之稱禹也，名山大川、遐方絶域，固本“治水作貢”之文。至異禽、詭獸、鬼蜮之狀充斥簡編，雖戰國浮誇之習，乃《禹貢》則無一焉，而胡以傅合也？偶讀《左傳》王孫滿之對楚子曰：“昔夏之方有德也，遠方圖物，貢金九牧，鑄鼎象物，百物而爲之備，使民知神奸。故民入山林川澤，魑魅魍魎莫能逢之。”不覺灑然擊節曰：“此《山海經》所由作乎？”蓋是書也，其用意一根於怪，所載人物、靈祇非一，而其形則皆魑魅魍魎之屬也。考王孫之對，雖一時辨給之談，若其所稱圖像百物之説必有所本。至於周末，《離騷》、莊、列輩，其流遂不可底極，而一時能文之士，因假《穆天子傳》之體，縱横附會，勒成此書，以傅於圖像百物之説，意將以禹、益欺天下後世，而適以誣之也。自此書之行，古今學士但謂非出大禹而已，而未有覈（一作辨）其自（一作本）於穆滿之文者，尤未有察其自（一作本）於王孫之對者。區區名義之末，誠非大體所關，然亦可見古今事理，第殫精索之，即千載以上，無弗可窮也。作者有靈，其將爲余絶倒於九京也哉！

同上，卷三十三《三墳補逸上》“春秋戰國之書”條：

春秋、戰國之書，亡於秦、漢，而出於晋之汲冢，而傳於後者，厥有三焉，魏《紀年》也，《逸周書》也，《穆天子傳》也。《紀年》合乎魯史，《逸周》合乎《尚書》，《穆天子傳》合乎《山海經》。乃吾所謂合云者，匪其事之合已也，其文、其義、其體其合者往往如一手，而粹者往往足以破千古之疑。世以伊尹、季歷而置《紀年》，以《世俘》《王會》而置《逸周》，以西王母、昆侖、玄圃而置《穆天子》，是謂舉一而廢其百。夫《周書》迄於太子晋，《紀年》迄於慎靚王，皆春秋之末，戰國之衰也。浮誇之議，其時即左氏且弗免；乃史遷之采上古，其淫誕怪詠蓋不可勝道也。以二書較之乎丘明、司馬，吾以爲駁者猶未若彼之衆，而其粹者可與暴聖賢之心迹、核皇王之軌度，昭昭乎弗可掩矣。《穆天子傳》雖非二書比，而其叙簡而法，其謡雅而風，其事侈而核。視《山海經》之語，霄壤也，録之以資閎洽，亡寧愈於《神異》《洞冥》之陋哉！故余爲詳次其可信者，而稍白其可疑者，讀者將亦以余爲好奇也。（中華書局，1958年）

楊宗吾《〈山海經補注〉跋》：

此注本，先太史自序，花甲且一周矣，刻亦五十餘祀，歲久板缺不傳。嗜古好學者來乞，又苦抄録之艱，無以應，因同雲間王季高校正，重梓之。

時萬曆甲辰長至，孫宗吾謹識。（據《升庵雜著》。）（丁錫根《中國歷代小説序跋集》，人民文學出版社，1996年）

馮復京《六家詩名物疏》引用書目：

地志《山海經圖贊》。（《文淵閣四庫全書》本）

吴任臣《〈山海經廣注〉序》：

《經籍志》載地理書二百四十四家，《山海經》最爲近古。論者以虎齒豹尾九首一目之奇，譏其誣誕不經；又以長沙、零陵、丹陽、番陽類秦、漢地名，疑後人所作；且苗民、西王母、帝俊、驩頭之屬，更復疊見牴牾。然代當秦火，簡策錯亂，故不無傳疑。而中間典籍略同者，若鳥鼠同穴與《禹貢》合，屏封、岐頭與《王會解》合，明組、旄牛與《爾雅》合，昆侖、弇兹與《穆天子傳》合，湘水二女與《離騷》合，焦僥、奇肱與《竹書紀年》合。他如禺彊爲禺京，司幽爲思幽，延維爲委蛇，女丑爲女仞，雜證《莊》《列》《管子》《抱朴》諸書，逖覽旁通，鴻織畢貫，則《山海經》實《博物》之權輿，《異苑》之嚆矢也。

蓋二氣磅礴，萬匯區分，六合之内，何所不有？即陰陽變化，莫大五行，而華陽温泉，蕭丘涼焰，交州浮石，南海沉木，且有易其本來，反其性始，况下此者乎？古人云：少所見，多所怪；世之不異，未始非異；世之所異，亦未必盡異也。彼盗械之尸出自上郡，畢方之鳥獻於漢廷，沃沮見兩面之客，海濱獲長臂之衣，其事時見於軼書，班班可考。

居恒讀《山海經》，每怪注多缺略，因溯厥源流，撮其梗慨，爲《雜述》一卷。遍羅載籍，仍冠以郭注，爲《廣注》十八卷。又取舒雅繪本，次第先後，增其不備，爲《圖像》五卷。自惟蠡實未詳，識同句申；薮菽罔達，解昧弘農。然竊謂一物不知，君子所恥。昔五酉晰象於宣尼，俞兒矚名於敬使，元遜辨傒囊之號，士深審仲師之形，大都垂諸往册，炳然來兹，高山仰止，未嘗不景行行止也。抑聞之九州之外，復有九州，斯經所具，特亞細亞一隅耳。若乃紀葱嶺之西，誇印度之北，占西海孔雀之星，侈南極大浪之異，抵掌而譚，縱横四表，則瑰奇吊詭，將更有超於耳目尋常之際者。余則有志未遑矣。

康熙五年柔兆敦牂日在析木則陽之月，仁和吴任臣撰。（據清康熙六年刊本。）（丁錫根《中國歷代小説序跋集》，人民文學出版社，1996年）

吴任臣《〈山海經圖〉跋》：

右《山海經圖》五卷，幾一百四十四圖：爲靈祇者二十，爲異域者二十有一，爲獸族者五十有一，爲羽禽者二十有二，爲鱗介者三十。奇形怪物，靡不悉陳；異獸珍禽，燦然畢具。中間若肥螚與肥遺攸分，蠻鳥與蠻鼠迥别；以至桃水之鮹，子桐水之鮹，字同音異；而浮玉之彘，倫山之羆，三危之鴟，又與世所稱曰彘、曰羆、曰鴟者有殊。咸爲分形析象，用辨微芒，昔人識疏屬之尸，知一足之鳥，審駮馬之狀，證孟婆之神，往往載諸史籍，以爲美譚，即此而循覽周回，亦庶幾遇物能名，無庸冥索矣。舊舒雅《咸平圖》十卷，計二百四十二種，今登其詭異，以類相次，而見聞所及者，都爲闕如云。

康熙六年夏五，吴任臣謹。（據清康熙六年刊本。）（丁錫根《中國歷代小説序跋集》，人民文學出版社，1996年）

趙宏恩等《江南通志》卷一百九十一《藝文志》史部地志：

《山海經注》。（《文淵閣四庫全書》本）

儲大文等《山西通志》卷一百七十五經籍·雜類地志：

郭璞注《桑欽水經》三卷，（一作郭璞撰。）注《山海經》二十三卷，（一作十八卷。）又《山海經音》二卷，《山海經圖》十卷，《山海經圖贊》二卷。（《文淵閣四庫全書》本）

嵇璜等《欽定續通志》卷一百六十四《校讎略》：

《山海經》十三篇。焦竑曰：入形法非，改地里。（《文淵閣四庫全書》本）

于敏中等《天禄琳琅書目》卷五元版史部：

《山海經》。（一函四册。）十八卷。前漢劉秀《進書表》，晋郭璞序。晁公武《郡齋讀書志》曰：劉秀表言："禹别九州，而益等類物善惡，著此書，皆聖賢之遺事，古文明著者也。"大父嘗考之，於書有曰："長沙、零陵、雁門，皆郡縣名，又自載禹、鯀，似後人因其名參益之。"陳振孫《書録解題》曰："漢侍中奉車都尉臣秀所校秘書。秀，即劉歆也。世傳禹、益所作，其事見《吴越春秋》，恢誕不典。司馬遷曰：'言九州山川，《尚書》近之矣。至《禹本紀》《山海經》所書怪物，余不敢言之也。'可謂名言。然古今相傳既久，始以冠地理書之首。"此本字仿歐體，用筆整嚴，刻手雖未能盡得其妙，而摹印清朗，在元刻中洵爲善本。御題："《山海經》一書，流傳最古，而近世無善本。是本筆法刻書清峭，當爲元版之佳者。明吴郡黄氏省曾曾合刊《水經》《山經》爲上下集，其字迹仿佛相同，蓋以是刻爲藍本也。乾隆御識。"鈐寶二：曰"稽古右文之璽"，曰"乾隆宸翰"。

同上，卷八明版史部：

《水經》《山海經》。（三函二十四册。）《水經》漢桑欽撰，魏酈道元注，四十卷。《山海經》晋郭璞撰，十八卷。《山海經》前載璞原序，并劉歆目録序，《水經》前有明黄省曾總序。黄省曾《序》稱二經，"一主叙山而水歸詳綴，一專紀水而山亦寓列。山者水之根柢，水者山之委枝"云云，蓋言二經所以合刊之故也。省曾，字勉之，吴縣人。嘉靖辛卯舉人，嘗著《五嶽山人集》，見朱彝尊《明詩綜》小傳。此序作於嘉靖甲午，即省曾發解後之三年。書賈以其規仿宋槧，因將嘉靖"靖"字割去，填改"定"字於補紙之上，謬稱宋刻，此作僞之顯然者。二書版式字畫并同，惟《山海經》版心上方有"前山書屋"四字而《水經》無之，或《水經》刊梓在先，其時尚未有此書屋額名也。朱卧菴收藏印記見前，餘印無考。（上海古籍出版社，2007年）

永瑢等《四庫全書總目》卷一百四十二子部五十二小説家類三《山海經》提要：

《山海經》十八卷。（内府藏本。）晋郭璞注。卷首有劉秀校上奏，稱爲伯益所作。案《山海經》之名，始見《史記·大宛傳》，司馬遷但云"《禹本紀》《山海經》所言怪物，余不敢道"，而未言爲何人所作。《列子》稱"大禹行而見之，伯益知而名之，夷堅聞而志之"，似乎即指此書而不言其名《山海經》。王充《論衡·别通篇》曰："禹主行水，益主記異物，海外山表，無所不至，以所見聞作《山海經》。"趙煜《吴越春秋》所説亦同。惟《隋書·經籍志》云："蕭何得秦圖書，後又得《山海經》，相傳夏禹所記。"其文稍異，然似皆因《列子》之説推而衍之。觀書中載夏后啓、周文王及秦漢長沙、象郡、餘暨、下嶲諸地名，斷不作於三代以上，殆周秦間人所述，而後來好異者又附益之歟？觀《楚詞·天問》多與相符，使古無是言，屈原何由杜撰？朱子《楚詞辨證》謂其反因《天問》而作，似乎不然。至王應麟《王會補傳》引朱子之言，謂"《山海經》記諸異物、飛走之類，多云東向，或曰東首，疑本因圖畫而述之。古有此學，如《九歌》《天問》皆其類"云云，則得其實矣。郭璞注是書，見於《晋書》本傳。隋、唐二《志》皆云"二十三卷"。今本乃少五卷，疑後人并其卷帙以就劉秀奏中一十八篇之數，非缺佚也。隋、唐《志》又有郭璞《山海經圖贊》二卷，今其贊猶載璞集中，其圖則《宋志》已不著録，知久佚矣。舊本所載劉秀奏中，稱其書凡十八篇，與《漢志》稱十三篇者不合。《七略》即秀所定，不應自相牴牾。疑其贋托。然璞序已引其文，相傳既久，今仍并録焉。書中序述山水，多參以神怪，故《道藏》收入太玄部競字型大小中。究其本旨，實非黄老之言。然道里山川，率難考據，按以耳目所及，百不一真，諸家并以爲地理書之冠，亦爲未允。核實定名，實則小説之最古者爾。（中華書局，1965年）

永瑢等《四庫全書簡明目録》卷十四子部十二小説家類異聞之屬：

《山海經》十八卷。是書或稱夏禹撰，或稱伯益撰，其中乃有帝啓、周文王及秦、漢地名，則妄不待辨。然司馬遷已稱之，則亦周、秦以來古書也。其注爲晋郭璞作。《隋志》以來皆列地理之首，然侈談神怪，百無一真，是直小説之祖耳，入之史部未允也。（上海古籍出版社，1985年）

畢沅《〈山海經新校正〉序》：

《山海經》作於禹、益，述於周、秦，其學行於漢，明於晋，而知之者魏酈道元也。《五藏山經》三十四篇，實是禹書。禹與伯益主名山川，定其秩祀，量其道里，類别草木鳥獸。今其事見於《夏書·禹貢》《爾雅·釋地》，及此經《南山經》已下三十四篇。《爾雅》云："三成爲昆侖丘""絶高爲之京""山再成，英。鋭而高，嶠。小而衆，歸。屬者，嶧。獨者，蜀。上正，章。山脊，岡。如堂者，密。大山，宫。小山，霍。小山，别。大山，鮮。山絶，陘。山東曰朝陽"。皆禹所名。案此經有昆侖山、京山、英山、高山、歸山、嶧臯之山、獨山、章山、岡山、密山、霍山、鮮山、少陘山、朝陽谷，是其山也。《夏書》云："奠高山大川。"孔子告子張以爲牲幣之物，五嶽視三公，小名山視子男。案此經云凡某山至某山其祠之禮用何，瘞糈用何，是其禮也。《列子》引夏革云，吕不韋引《伊尹書》云，多出此經。二書皆先秦人著。夏革、伊尹又皆商人，是故知此三十四篇爲禹書無疑也。

《海外經》四篇，《海内經》四篇，周秦所述也。禹鑄鼎象物，使民知神奸，案其文有國名，有山川，有神靈奇怪之所際，是鼎所圖也。鼎亡於秦，故其先時人猶能説其圖以著於册。劉秀又釋而增其文，是《大荒經》以下五篇也。《大荒經》四篇釋《海外經》，《海内經》一篇釋《海内經》。當是漢時所傳，亦有《山海經圖》，頗與古異，秀又依之爲説，即郭璞、張駿見而作贊者也。劉秀之《表山海經》云："可以考禎祥變怪之物，見遠國異人之謡俗。"郭璞之注《山海經》云："不怪所可怪，則幾於無怪矣；怪所不可怪，則未始有可怪也。"秀、璞此言，足以破疑《山海經》者之惑，而皆不可謂知《山海經》。何則？《山海經·五藏山經》三十四篇，古者土地之圖，《周禮·大司徒》用以周知九州之地域廣輪之數，辨其山林川澤丘陵墳衍原隰之名物。《管子》："凡兵主者，必先審知地圖轘轅之險。"濫車之水，名山通谷經川陵陸丘阜之所在，苴草林木蒲葦之所茂，道里之遠近，皆此經之類。故其書世傳，不廢其言，怪與不怪皆末也。《南山經》其山可考者，惟鵲山、句餘、浮玉、會稽諸山；其地漢時爲蠻中，故其他書傳多失其迹也。《西山經》其山率多可考，其水有河、有渭、有漢、有洛、有涇、有符禺、有灌、有竹、有丹、有楚、有洋、有弱、有洱、有辱、有諸次、有端、有生、有濫，是皆雍、梁二州之水，見於經傳，其川流沿注，至今質明可信者也。《北山經》其山皆在塞外，古之荒服，經傳亦失其迹，而有泑澤及河原可信。《北次三經》以下，其山亦多可考；其水有汾、有酸、有晋、有勝、有狂、有修、有雁門、有聯、有教、有平、有沁、有嬰侯、有淇、有黄、有洹、有釜、有歐、有清漳濁漳、有涑、有牛首、有泜、有槐、有彭、有虖沱、有滋、有寇，是皆冀州之水，見於經傳。其川流沿注，又至今質明可信者也。《東山經》其山水多不可考，而有泰山、有空桑之山，有濼水、有環水，是爲青州之地也。《中山經》起薄山，是禹所都，故其山水之名尤著；水有渠豬、有涝、有潏、有少、有伊、有即魚、有鮮、有陽、有蒃、有墠渚、有畛、有正回、有兩溏溏、有甘、有虢、有浮豪、有熒洛之洛、有元扈、有户、有良餘、有乳、有龍餘、有黄酸、有交觸、有俞隨、有谷、有謝、有少、有瞻、有波、有惠、有澗、有豪、有共、有厭染、有橐、有譙、有蒥、有湖、有門、有藉姑、有明、有狂、有來需、有合、有休、有汜、有器難、有太、有役、有沬，是皆豫州之水。《中次八經》起景山，有睢、有漳、有沇。《中次九經》有綿洛之洛，有岷江、南江、北江，有湍，有洧，有潕，有清泠淵，有涀，有汝，有殺，有澧，有淪，有澧、沅、湘、九江，是皆荆州之水，見於經傳。其川流沿注，又至今質明可信者也。郭璞之世，所傳地里書尚多，不能遠引，今觀其注釋山水，不案道里，其有名同實異，即云今某地有某山，未知此是非。又《中山經》有牛首之山及勞、潏二水，在今山西浮山縣境，而妄引長安牛首山及勞、潏二水。霍山近牛首，則在平陽，而妄多引灊及羅江、鞏縣之山，其疏類是。

酈道元作《水經注》，乃以經傳所紀方土舊稱，考驗此經山川名號，案其塗數，十得者六，始知經云東西道里，信而有徵，雖今古世殊，未嘗大異，後之撰述地里者多從之，沅是以謂其功百倍於璞也。然酈書所著，僅述水道所逕，而其他山水紀傳所稱，足爲經證者，亦間有焉。《西山經》有女床之山，薛綜云："在華陰西六百里，今山不可考，而道里則合於經也。"《西次三經》云："洱水注洛。"《隋書·地理志》云："洛原縣有洱水。"必其水也。《北次三經》云："泜水注彭水。"《隋書·地理志》云："房子有彭水。"亦必其水也。又《太平寰宇記》云："保安軍有吃莫川，注洛，其水不勝船筏。"今在陝西靖邊縣。案《西次三經》有弱水注洛，其川流既同，又名弱水，合於不勝船筏之説，亦必其水也。《海内經》淩門之山，當即龍門之山，今陝西韓城是。楊汙之山，當即秦之楊紆，今陝西潼關是。而古今地里家疑其域外，是由漢魏以來，不知聲轉，斯爲謬也。凡此諸條，皆郭璞所不詳，道元所未取，又沅之有功於此經者也。

又《山海經》未嘗言怪，而釋者怪焉。經説䳋鳥及人魚，皆云人面。人面者，略似人形，譬如經云鸚母狌狌能言，亦略似人言，而後世圖此，遂作人形。此鳥及魚，今常見也。又崇吾之山有獸焉，其狀如禺而文臂，豹虎而善投，名曰舉父。郭云："或作夸父。"案之《爾雅》，有"貜父善顧"，是既猿猱之屬，舉、夸、貜三聲相近。郭注二書，不知其一，又不知其常獸，是其惑也。以此而推，則知《山海經》非語怪之書矣。又經所言草木治疾，多足證發《内經》。沅雖未達是，知非後人所及也。《海外》《海内經》八篇，多雜劉秀校注之辭。詳求郭意，亦不能照。酈道元注《水經》，多連引其文，今率細書以别之。

沅不敏，役於官事，校注此書，凡閲五年，自經傳子史，百家傳注，類書所引，無不徵也。其有闕略，則古者不著，非力所及矣。既依郭注十八卷，不亂其例，又以考定目録一篇附於書。其云新校正者，仿宋林億之例，不敢專言箋注，將以俟後之博物也。

乾隆四十六年九月儿日，兵部侍郎兼都察院右副都御史巡撫陝西西安等處地方贊理軍務兼理糧餉欽賜一品頂帶畢沅撰。（據清光緒三年浙江書局畢氏靈岩山館本。）（丁錫根《中國歷代小説序跋集》，人民文學出版社，1996年）

李調元《〈山海經補注〉序》：

周書昌太史嘗爲予言："升庵先生著有《水經補注》《山海經補注》二書，疏釋精確，足補酈道元、郭景純所未備，惜《水經注》早逸，存者惟《山海經》一卷耳。”予亟借而讀之，信然。案何宇度《益部談資》，《水經補注》在所見已刻三十種之内，而《山海經補注》則云已刻未見者。今此本存而彼轉逸，何顯晦之不相侔也！仁和趙一清作《水經注釋》四十卷，引據原校二十九人，升庵居首，則先生之書固有存者，予特未見之耳。又檢討吴任臣博采衆説，作《山海經廣注》，見於《浙江采輯遺書總目》，予亦未見其書，又未知其能取先生之説而折衷焉否也。（據《稗海》本。）（丁錫根《中國歷代小説序跋集》，人民文學出版社，1996年）

孫星衍《〈山海經新校正〉後序》：

秋颿先生作《山海經新校正》，其考證地理，則本《水經注》。而自九經箋注、史家地志、《元和郡縣志》、《太平寰宇記》、《通典》、《通考》、《通志》及近世方志，無不徵也。自漢以來，未有知《山海經》爲地理書。司馬遷云：“所有怪物不敢言。”班固云：“放哉！”鄭玄注《尚書》，用河圖、地説、地理志；班固著《地理志》，用《禹貢》桑欽説，而皆不徵《山海經》。然則劉秀稱文學大儒，皆讀學以爲奇，不過以考禎祥變怪之物耳。酈道元所稱，有《太康地志》《十三州記》《晋書地道記》等書，山名水源，多有自古傳説，合於經證。李吉甫諸人，亦取諸此，以此顯經，故足據也。

先生開府陝西，假節甘肅，粤自崤函以西，玉門以外，無不親歷。又嘗勤民灑通水利，是以《西山經》四篇、《中次五經》諸篇，疏證水道爲獨詳焉。常言《北山經》，泑澤、塗吾之屬，聞見不誣，惜在塞外，書傳少徵，無容附會也。其《五藏山經》，郭璞、道元不能遠引，今輔其識者，奚啻十五？恐博物君子，無以加諸。星衍嘗欲爲《五藏經圖》，繪所知山水，標今府縣，疑者則闕，顧未暇也。先秦簡册，皆以篆書，後乃行隸，偏旁相合，起於六代。六書之義，假借便亡。此書甚者，大苦山之萿，岯岯之岯，蒲鸛之鸛，遍檢唐宋字書，都無所見。今考萿即苦字，岯、鸛則未聞。後世字書，乃遂取經俗寫，以廣字例，其有知者，反云依傍字部改變經文，此以不狂爲狂先生。若蚩鼠云當爲鼩，涔水云當爲作涻，樗木云當作樗，其類引據書傳改正甚多，實是漢唐舊本如此，古今讀者不加察核。又如凌門之爲龍門，帝江之爲帝鴻，舉父之爲玃父，此則聲音文字之學，直過古人。星衍夙著《經子音義》，以補陸氏德明《釋文》，有《山海經音義》二卷，及見先生，又焚筆硯。若《海外經》已下諸篇，雜有劉秀校注之詞，分别其文，降爲細字，其在近世，可與戴校《水經》并行不倍。先生又謂星衍：“孔子曰‘多識於鳥獸草木之名’，多莫多於《山海經》。”《神農本草》載物性治疾甚詳，此書可以證發，遇物能名，儒者宜了。惜未優游山澤，深體其原，以俟他時。按經補疏，世有知者，冀廣異聞，然則先生勤學好問之心，又非星衍所能傳已。

乾隆四十八年癸卯二月廿六日，陽湖後學孫星衍書於陝西節院長歡星屋。（據

清光緒三年浙江書局畢氏靈岩山館本。）（丁錫根《中國歷代小説序跋集》，人民文學出版社，1996年）

郝懿行《〈山海經箋疏〉叙》：

《山海經》古本三十二篇，劉子駿校定爲一十八篇，即郭景純所傳是也。今考《南山經》三篇，《西山經》四篇，《北山經》三篇，《東山經》四篇，《中山經》十二篇，并《海外經》四篇，《海内經》四篇，除《大荒經》已下不數，已得三十四篇，則與古經三十二篇之目不符也。《隋書·經籍志》："《山海經》二十三卷。"《舊唐書》："十八卷，又《圖贊》二卷，《音》二卷，并郭璞撰。"此則十八卷，又加四卷，才二十二卷，復與《經籍志》二十三卷之目不符也。《漢書·藝文志》"《山海經》十三篇"，在形法家，不言有十八篇。所謂十八篇者，《南山經》至《中山經》，本二十六篇，合爲《五臧山經》五篇，加《海外經》已下八篇，及《大荒經》已下五篇，爲十八篇也。所謂十三篇者，去《荒經》已下五篇，正得十三篇也。古本此五篇皆在外，與經别行，爲釋經之外篇。及郭作傳，據劉氏定本，復爲十八篇，即又與《藝文志》十三篇之目不符也。酈善長注《水經》云："《山海經》薶緼歲久，編韋稀絶，書策落次，難以緝綴。後人假合，多差遠意。"然則古經殘簡，非復完篇，殆自昔而然矣。

《藝文志》不言此經誰作，劉子駿《表》云"出於唐、虞之際"，以爲"禹别九州，任土作貢，而益等類物善惡，著《山海經》"。王仲任《論衡》、趙長君《吴越春秋》亦稱禹、益所作。《顔氏家訓·書證篇》云："《山海經》禹、益所記，而有長沙、零陵、桂陽、諸暨，由後人所羼，非本文也。"今考《海外南經》之篇，而有説文王葬所；《海外西經》之篇，而有説夏后啓事。夫經稱夏后，明非禹書；篇有文王，又疑周簡：是亦後人所羼也。至於郡縣之名，起自周代，《周書·作雒篇》云："爲方千里，分以百縣，縣有四郡。"《春秋》哀公二年《左傳》云："克敵者，上大夫受縣，下大夫受郡。"杜元凱注云："縣百里，郡五十里。"今考《南次二經》云"縣多土功""縣多放士"，又云"郡縣大水""縣有大繇"：是又後人所羼也。《大戴禮·五帝德篇》云："使禹敷土，主名山川。"《爾雅》亦云："從《釋地》已下至九河，皆禹所名也。"觀《禹貢》一書，足覘梗概。因知《五藏山經》五篇，主於紀道里、説山川，真爲禹書無疑矣。而《中次三經》説青要之山云："南望墠渚，禹父之所化。"《中次十二經》説天下名山，首引"禹曰"，一則稱禹父，再則述禹言，亦知此語必皆後人所羼矣。然以此類致疑本經，則非也。何以明之？《周官》大司徒以天下土地之圖，周知九州之地域廣輪之數。土訓掌道地圖、道地慝。《夏官》職方亦掌天下地圖；山師、川師掌山林川澤，致其珍異。邍師辨其丘陵墳衍原隰之名物，《秋官》復有冥氏、庶氏、穴氏、翨氏、柞氏、薙氏之屬，掌攻夭鳥猛獸蟲豸草木之怪蠥。《左傳》稱“禹鑄鼎象物而爲之備，使民知神奸，民入山林川澤，禁禦不若，螭魅魍魎，莫能逢旃”。《周官》《左氏》所述，即與此經義合。禹作司空，灑沈澹災，燒不暇攅，濡不給扢，身執虆垂，以爲民先。爰有《禹貢》，復著此經。尋山脈川，周覽無垠，中述怪變，俾民不眩。美哉禹功，明德遠矣；自非神聖，孰能修之？而後之讀者，類以夷堅所志，方諸《齊諧》，不亦悲乎！

古之爲書，有圖有説，《周官》地圖，各有掌故，是其證已。《後漢書·王景傳》云：“賜景《山海經》《河渠書》《禹貢圖》。是漢世《禹貢》尚有圖也。郭注此經，而云“圖亦作牛形”，又云“在畏獸畫中”；陶徵士讀是經詩亦云“流觀《山海圖》”：是晋代此經尚有圖也。《中興書目》云：“《山海經圖》十卷，本梁張僧繇畫。咸平二年校理舒雅重繪爲十卷，每卷中先類所畫名，凡二百四十七種。”是其圖畫已異郭、陶所見。今所見圖復與繇、雅有異，良不足據。然郭所見圖，即已非古，古圖當有山川道里。今考郭所標出，但有畏獸仙人，而於山川脈絡，即不能案圖會意，是知郭亦未見古圖也。

今《禹貢》及《山海圖》遂絶迹，不復可得。《禹貢》雖無圖，其書説要爲有師法，而此經師訓莫傳，遂將湮泯。郭作傳後，讀家稀絶，途徑榛蕪，迄於今日，脱亂淆訛，益復難讀。又郭注《南山經》兩引“璨曰”，其注《南荒經》“昆吾之師”又引《音義》云云，是必郭已前音訓注解人，惜其姓字爵里與時代俱湮，良可於邑。今世名家則有吴氏、畢氏。吴徵引極博，泛濫於群書；畢山水方滋，取證於耳目。二書於此經，厥功偉矣。至於辨析異同，刊正訛謬，蓋猶未暇以詳。今之所述，并采二家所長，作爲《箋疏》。箋以補注，疏以證經。卷如其舊，别爲《訂訛》一卷，附於篇末。計創通大義百餘事，是正訛文三百餘事，凡所指擿，雖頗有依據，仍用舊文，因而無改，蓋放鄭君康成注經不敢改字之例云。

嘉慶九年甲子二月廿八日，棲霞郝懿行撰。（據清嘉慶十四年潮陽鄭氏校《郝氏遺書》本。）（丁錫根《中國歷代小説序跋集》，人民文學出版社，1996年）

阮元《〈山海經箋疏〉序》：

《左傳》稱：“禹鑄鼎象物，使民知神奸。”禹鼎不可見，今《山海經》或其遺象歟？《漢書·藝文志》列《山海經》於形法家。《後漢書·王景傳》：明帝賜景《山海經》《河渠書》以治河。然則是經爲山川輿地有功世道之古書，非語怪也。且與此經相出入者，則有如《逸周書·王會》《楚辭·天問》《莊》《列》《神農本草》諸書。司馬子長於山經怪物，不敢言之，史家立法之嚴，固宜耳然。上古地天尚通，人神相雜，山澤未烈，非此書未由知已。

郭景純注，於訓詁、地理未甚精徹，然晋人之言，已爲近古。吴氏廣注，徵引雖博，而失之蕪雜。畢氏校本，於山川考校甚精，而訂正文字，尚多疏略。今郝氏究心是經，加以箋疏，精而不鑿，博而不濫，粲然畢著，斐然成章。余覽而嘉之，爲之刊版以傳。

郝氏名懿行，字蘭皋，山東棲霞人，户部主事。余己未總裁會試，從經義中識拔實學士也。家貧，行修爲學益力，所著尚有《爾雅疏》諸書。蘭皋妻王安人，字瑞玉，亦治經史，與蘭皋共著書於車鹿舂廡之間。所著有《詩經小記》《列女傳注》諸書，於此經書，并多校正之力，亦可尚異之也。

嘉慶十四年夏四月，揚州阮元序。（據清嘉慶十四年潮陽鄭氏校《郝氏遺書》本。）（丁錫根《中國歷代小説序跋集》，人民文學出版社，1996年）

邵懿辰撰，邵章續録《增訂四庫簡明目録標注》卷十四子部十二小説家類異聞之屬：

《山海經》十八卷。是書或稱夏禹撰，或稱伯益撰。其中乃有帝啓、周文王，及秦、漢地名，則妄不待辨。然司馬遷已稱之，則亦周秦以來古書也。其注爲晋郭璞作。

黄晟刊本。明王崇慶釋義本，十八卷。存目有。經訓堂校刊本。《古今逸史》本。《秘書二十一種》本。《百名家書》本。《格致叢書》本，即明胡文焕刊本，有圖。郝懿行注本，佳。嘉靖十五年馮元雍刊本。

[附録]明刊本卷首行題曰“山海經序”。次行題“晋記室參軍郭璞撰”。序後接題“山海經目”，總十八卷。雙行注云。本三萬九百十九字。注二萬三百五十字。總五萬一千二百六十九字。（星詒。）

[續録]明前出書屋刊本。黄省曾與《水經注》合刻者。時嘉靖甲午。明初黑口本，十行二十一字。黄丕烈校宋本。昭文張氏有毛斧季校宋尤袤本，最精。明吴中珩刊本。明萬曆十三年周氏刊本。玉淵堂項氏刊本。《漢魏叢書》本。《子書百種》本。《二十二子彙函》本。《秘書二十八種》本。《道藏》太玄部本。嘉慶阮氏琅嬛仙館刊本。光緒三年浙江局本。《四部叢刊》本。

《山海經圖贊》四十七葉，晋郭璞撰。《道藏》本全載經注之後。自來刻《山海經》者多遺之。盧文弨取刊《群書拾補》内。又《秘册彙函》刊本二卷，盧似未見。

[續録]《藝海珠塵》本。《子書百種》本。（上海古籍出版社，1979年）

秦榮光《補晋書藝文志》卷三子部小説家類：

《山海經注》二十三卷……（案《新唐志》《崇文目》作十八卷。案《玉海》云：本三萬九百十九字，注二萬三百五十字，總五萬一千二百六十九字……上五種

并郭璞撰。）（《二十五史補編》本）

姚振宗《隋書經籍志考證》卷二十一史部十一地理類：

《山海經》二十三卷，郭璞注。

郭璞有《毛詩拾遺》，見經部《詩》類。

《漢書·藝文志》數術形法家："《山海經》十三篇。"

劉歆校上序録曰："侍中奉車都尉光禄大夫臣秀，領校秘書言：校秘書太常屬臣望，所校《山海經》凡三十二篇，今定爲一十八篇已定。"末云："建平元年四月丙戌待詔太常屬臣望、校治侍中光禄勛臣龔、侍中奉車騎都尉光禄大夫臣秀，領主省。"（《儒林傳》云："時光禄勛王龔、五官中郎將房鳳、奉車騎都尉劉歆共校書，三人皆侍中。"臣望未詳。鎮洋畢沅《山海經篇目考》曰："劉秀表云三十二篇，二當爲四，即就此三十四篇并爲十三篇。此云一十八篇，乃後人妄改，非本文。"）

《山海經目録》曰："《大荒東經》第十四，《大荒南經》第十五，《大荒西經》第十六，《大荒北經》第十七，《海内經》第十八。"注云："此《海内經》及《大荒經》本皆逸在外。"（諸本皆作"進在外"，誤也。何義門《讀書記》曰："十八篇不知起於何時，畢氏以爲此五篇亦劉秀所增，無確據。要當在郭璞之前，大抵亦起於漢代。蓋漢時相傳有兩本，其一十三篇，其一十八篇。"）

《晋書·郭璞傳》："璞注釋《爾雅》《散藏》《方言》《穆天子傳》《山海經》，皆傳於世。"

璞《自序》略曰："此書跨世七代，歷載三千，雖暫顯於漢，而尋亦寢廢。其山川名號，所在多有舛謬，與今不同，師訓莫傳，遂將湮泯。道之所存，俗之所喪。悲夫！余有懼焉，故爲之創傳，疏其壅閡，闢其茀蕪，領其玄致，標其洞涉。庶幾令逸文不墜於世，奇言不絶於今，夏后之迹靡刊於將來，八荒之事有聞於後裔，不亦可乎！"

《顔氏家訓·書證篇》："或問《山海經》，夏禹及益所記，而有長沙、零陵、桂陽、諸暨，如此郡縣不少，以爲何也？答曰：史之闕文，爲日久矣。加復秦人滅學，董卓焚書，典籍錯亂，非止於此。皆由後人所羼，非本文也。"

《本志篇叙》曰："漢初蕭何得秦圖書，故知天下要害。後又得《山海經》，相傳以爲夏禹所記。"

唐《日本國見在書目》："《山海經》二十一卷，郭璞注。見十八卷。"

《唐書·經籍志》："《山海經》十八卷，郭璞撰。"（按撰當爲著。）

《唐書·藝文志》："郭璞注《山海經》二十三卷。"

晁氏《讀書志》："《山海經》十八卷。大禹製，晋郭璞傳。漢侍中、奉車都尉劉秀校定。表言：‘禹别九州，而益等類物善惡著此書，皆聖賢之遺事，古文明著者也。’十(大)父嘗考之於其書，有曰：長沙、零陵、雁門，皆郡縣名，又自載禹、鲧，似後人因其名参益之。”

陳氏《書録解題》曰：“洪慶善補注《楚辭》，引《山海經》《淮南子》以釋《天問》，而朱晦翁則曰：‘古今説《天問》者，皆本此二書，今以文意考之，疑此二書本皆緣解《天問》而作。’可以破千載之惑。”（按是説不盡然，《四庫提要》已言之，詳見下方。）

《玉海·地理類》：“《中興書目》：《山海經》十八卷，晋郭璞傳，凡二十三篇，每卷有贊。”

《四庫提要·小説家異聞類》：“《山海經》十八卷，隋、唐二《志》皆云二十三卷，今本乃少五卷，蓋後人并其卷帙，以就劉秀奏中一十八篇之數，非闕佚也。《山海經》之名，始見《史記·大宛傳》。司馬遷但云：‘《禹本紀》《山海經》所有怪物，余不敢言也。’觀《楚詞·天問》多與相符，使古無是言，屈原何由杜撰？朱子《楚詞辨證》謂其反因《天問》而作，似乎不然。王應麟《王會補傳》引朱子之言謂‘《山海經》記諸異物飛走之類，多云東向，或曰東首，疑本因圖畫而述之。古有此學，如《九歌》《天問》皆其類’云云，則得其實矣。”

又《簡明目録》曰：“是書或稱夏禹撰，或稱伯益撰，其中乃有帝啓、周文王及秦、漢地名，則妄不待辨。然司馬遷已稱之，則亦周、秦以來古書也。其注爲晋郭璞作。《隋志》以來皆列地理之首，然侈談神怪，百無一真，是直小説之祖耳，入之史部未允也。”

鎮洋畢沅《山海經篇目考》曰：“《山海經》三十四篇，禹、益所作十三篇，漢時所合十八篇，劉秀所增十八篇，郭璞所注《隋·經籍志》云二十三篇，《舊唐書》云十八卷，案即用劉秀十八篇，篇爲一卷也。”

又《新校正序》曰：“《山海經》作於禹、益，述於周、秦，其學行於漢，明於晋，而知之者魏酈道元也。《五藏山經》三十四篇，實是禹書。禹與伯益主名山川，定其秩祀，量其道里，類别草木鳥獸。今其事見於《夏書·禹貢》《爾雅·釋地》，及此經《南山經》已下三十四篇。（按向、歆校書，合《五藏山經》舊爲二十六篇者爲五篇，次以《海外經》四篇，《海内經》四篇，是爲一十三篇也。）《列子》引夏革云，吕不韋引《伊尹書》云，多出此經。二書皆先秦人著。夏革、伊尹又皆商人，是故知此三十四篇爲禹書無疑也。《海外經》四篇，《海内經》四篇，周秦所述也。禹鑄鼎象物，使民知神奸，案其文有國名，有山川，有神靈奇怪之所寄，是鼎所圖也。鼎亡於秦，故其先時人猶能説其圖以著於册。劉秀又釋而增其文，是《大荒經》以下五篇也。《大荒經》四篇釋《海外經》，《海内經》一篇釋《海内經》。當是漢時所傳，亦有《山海經圖》，頗與古異，秀又依之爲説，即郭璞、張駿見而作贊者也。劉秀之《表山海經》云：‘可以考禎祥變怪之物，見遠國異人之謡俗。’郭璞之注《山海經》云：‘不怪所可怪，則幾於無怪矣；怪所不可怪，則未始有可怪也。’秀、璞此言，足以破疑《山海經》者之惑。”

又曰：“《山海經》非語怪之書。其川流沿注，至今質明可信。郭璞之世，所傳地理書尚多，不能遠引。今觀其注釋山水，不案道里，其有名同實異，即云今某地有某山，未知此是非。酈道元作《水經注》，以經傳所紀方土舊稱，考驗此經山川名號，案其塗數，十得者六，始知經云東西道里，信而有徵，雖今古世殊，未嘗大異，後之撰述地里者多從之，沅是以謂其功百倍於璞也。然酈書所著，僅述水道所逕，而其他山水紀傳所稱，足爲經證者，亦間有。郭璞所未詳，道元所未取，又沅之有功於此經者也。又經所言草木治疾，多足證發《内經》。《海外》《海内經》八篇，多雜劉秀校注之辭。詳郭意，亦不能照。《水經注》多連引其文，今率細書以别之。”

張氏《書目答問》：“《山海經》十八卷。畢沅校《山海經箋疏》十八卷。郝懿行疏。郝勝於畢。”（清華大學出版社，2014年）

丁國鈞《補晋書藝文志》卷二乙部史録地理類：

《山海經注》二十三卷。（郭璞。）謹按《隋志》《舊唐志》云十八卷，蓋據劉秀校定之十八篇，篇爲一卷也。（《新唐志》仍作二十三卷。）（《二十五史補編》本）

文廷式《補晋書藝文志》卷三史部地志類：

郭璞《山海經注》二十三卷，《山海經圖贊》二卷。今存。（《二十五史補編》本）

吴士鑒《補晋書經籍志》卷一乙部史録地理類：

郭璞《山海經注》二十三卷。《隋志》《唐志》并同。《舊唐志》作十八卷。（《二十五史補編》本）

班固編撰，顧實講疏《漢書藝文志講疏》六數術略形法家：

《山海經》十三篇。

存。章宗源謂《班志》雖取《七略》而時有異者，（見前引。）甚塙。故《七略》校定《山海經》十八篇，而《班志》獨十三篇，亦其一也。蓋棄《大荒經》以下五篇不計也。據劉歆、（《山海經叙録》。）王充、（《論衡·談天篇》。）趙曄、（《吴越春秋》卷六。）皆云禹、益作《山海經》，其書頗似《禹貢》，當作在舜世禹治水之時也。惟《五臧山經》後有禹曰天下名山云云，亦見《管子·地數篇》，（又見僞《列子·湯問篇》。）確爲禹、益作。（郝懿行以此禹曰及《中次三經》青要之山，言“南望墠堵，禹父之所化”，疑非禹書。此不知古人作書之例，若以《史記》稱太史公，褚先生例之，可爽然自失矣。）《海外》以下等經，則非禹、益書，多爲圖説之辭，其圖蓋即禹鼎。（《左·宣三年》王孫滿説。）《海外》《海内》二經，有周時説山海圖之文，以其有湯、文王葬所也；又有漢所傳圖，以其有餘暨、彭澤、朝陽、淮浦等漢縣也。《大荒經》以下五篇，則更爲釋《海外》《海内》二經之文，本不在《漢志》十三篇，又無劉歆校進款識，其文體亦爲圖説，當爲漢時所傳之圖，出劉歆等所述也。後人往往據圖説雜出周、漢地名，以疑此經。顔之推所謂“《山海經》，禹、益所記，而有長沙、零陵、桂陽、諸暨”，（《顔氏家訓·書證篇》。）此由未嘗分别觀之也。若司馬遷曰：“《禹本紀》《山海經》所有怪物，余不敢言也。”（《史記·大宛傳》。案近有妄人《史記探原》，謂《大宛傳》此文直録《漢書·張騫李廣列傳》，不知《論衡·談天篇》明引太史公曰《禹本紀》云云，《論衡》書成於《漢書》之前，是亦豈録《漢書》耶？其妄不容辨矣。）則《世本》《山經》皆古文，此老乘時趨勢，不信古史而欲考信於六藝，故有此違心之論也。（清《四庫》小説類著録。）清畢沅《山海經》校本、郝懿行箋疏，俱善。（上海古籍出版社，1987年）

余嘉錫《四庫提要辨證》卷十八子部九小説家類三：

《山海經》十八卷。晋郭璞注。卷首有劉秀校上奏，稱爲伯益所作。案《山海經》之名，始見《史記·大宛傳》。司馬遷但云《禹本紀》《山海經》所有怪物，余不敢言，而未言爲何人所作。《列子》稱大禹行而見之，伯益知而名之，夷堅聞而志之，似乎即指此書，而不言其名《山海經》。王充《論衡·别通篇》曰：“禹主行水，益主記異物，海外山表，無所不至，以所見聞作《山海經》。”趙煜《吴越春秋》所説亦同。惟《隋書·經籍志》云：“蕭何得秦圖書，後又得《山海經》，相傳夏禹所記。”其文稍異。然似皆因《列子》之説推而衍之。觀書中載夏后啓、周文王及秦、漢長沙、象郡、餘暨、下巂諸地名，斷不作於三代以上，殆周、秦間人所述，而後來好異者又附益之歟？觀《楚詞·天問》多與相符，使古無是言，屈原何由杜撰？朱子《楚詞辨證》謂其反因《天問》而作，似乎不然。

嘉錫案：《列子》僞書，近人疑爲張湛所依托，雖未必然，然必作於佛教盛行之後，斷不出於王充以前。乃《列子》襲《論衡》，非《論衡》襲《列子》也。劉秀校上《山海經》奏云：“《山海經》者，出於唐、虞之際。昔洪水洋溢，漫衍中國，民人失據，崎嶇於丘陵，巢於樹木。鯀既無功，而帝堯使禹繼之。禹乘四載，隨山刊木，定高山大川。蓋與伯翳主驅禽獸，命山川，類草木，别水土，四嶽佐之，以周四方。逮人迹之所希至，及舟輿之所罕到，内别五方之山，外分八方之海，紀其珍寶奇物，異方之所生，水土草木，禽獸昆蟲，麟鳳之所止，禎祥之所隱，及四海之外，絶域之國，殊類之人。禹别九州，任土作貢，而益等類物善惡，著《山海經》，皆聖賢之遺事，古文之著明者也。”是明言《山海經》爲禹、益等所著。秀年輩在王充之前，蓋即《論衡》所本。至於《列子》所謂夷堅聞而著之者，劉秀本無此言，顯出後人傅會。《提要》捨劉秀之奏不引，而必旁徵《列子》與《論衡》，則以疑秀奏爲贋托故也。然其所以疑秀爲贋托者，初無明白之證，據臆决焉而已。唐無名氏《文選集注》陶淵明《讀〈山海經〉》詩注引公孫羅《文選鈔》（原注但引僞鈔曰，無撰人姓名，案《日本見在書目》有《文選鈔》六十九卷，公孫羅撰，知所引必是羅書。）曰：“《山海經序》云：禹治水，巡行天下，遂令伯益主名川。”（川上疑脱山字。）今本不載此序，其言亦不見劉秀奏及郭璞序中。公孫羅唐初人，《舊唐書》附見《文苑·曹憲傳》，所引之序，必六朝以前人作，附録於此以備考。

至王應麟《王會補傳》引朱子之言，謂《山海經》記諸異物、飛走之類，多云東向，或曰東首，疑本因圖畫而述之。古有此學，如《九歌》《天問》皆其類云云，則得其實矣。

案畢沅《山海經新校正·篇目考》云：“《山海經》有古圖，有漢所傳圖，有梁張僧繇等圖，十三篇中，《海外》《海内經》所説之圖，當是禹鼎也；《大荒經》已下五篇所説之圖，當是漢時所傳之圖也。以其圖有成湯、有王亥僕牛等知之，又微與古異也。據《藝文志》，《山海經》在形法家。本劉向《七略》，以有圖故在形法家。又郭璞注中有云，圖亦作牛形。又云，亦在畏獸畫中。又郭璞及張駿有圖贊。陶潛詩亦云：‘流觀山海圖。’”據畢氏所考，則《山海經》之有圖也久矣。《提要》僅引朱子之言，則尚未窮其源也。至於朱子所謂《九歌》《天問》皆其類者，案王逸《天問章句》云：“屈原放逐，見楚有先王之廟及公卿祠堂，圖畫天地山川神靈，琦瑋僪佹，及古賢聖怪物行事，周流罷休息其下，因書其壁，何而問之。”疑古先王之廟及公卿祠堂其所圖者，即《山海經》圖也，但朱子又謂《山海經》反因《天問》而作，則其意與王逸異矣。

郭璞注是書，見於《晋書》本傳。隋、唐二《志》皆云二十三卷，今本乃少五卷，疑後人并其卷帙，以就劉秀奏中一十八篇之數，非闕佚也。隋、唐《志》又有郭璞《山海經圖贊》二卷，今其贊猶載璞集中，其圖則《宋志》已不著録，知久佚矣。舊本所載劉秀奏中，稱其書凡十八篇，與《漢志》稱十三篇者不合。《七略》即秀所定，不應自相牴牾，疑其贋托。然璞序已引其文，相傳既久，今仍并録焉。書中序述山水，多參以神怪，故《道藏》收入太玄部競字型大小中。究其本旨，實非黄老之言。然道里山川，率難考據，按以耳目所及，百不一真，諸家并以爲地理書之冠，亦爲未允。核實定名，實則小説之最古者爾。

案《提要》前節云："書中載夏后啓、周文王及秦、漢長沙、象郡、餘暨、下嶲諸地名，斷不作於三代以上。"此又言道里山川，率難考據，而以諸家列爲地理書之冠爲未允，乃改入小説家。考《顔氏家訓·書證篇》云："或問《山海經》，夏禹及益所記，而有長沙、零陵、桂陽、諸暨，如此郡縣不少，以爲何也？答曰：史之闕文，爲日久矣。加復秦人滅學，董卓焚書，典籍錯亂，非止於此。譬猶《本草》，神農所述，而有豫章、朱崖、趙國、常山、奉高、真定、臨淄、馮翊等郡縣名，出諸藥物。《爾雅》周公所作，而云張仲孝友。仲尼修《春秋》，而經書孔丘卒。《世本》左邱明所書，（原注云：此説出皇甫謐《帝王世紀》。）而有燕王喜、漢高祖。《汲冢瑣語》乃載《秦望碑》。《蒼頡篇》李斯所造，而云漢兼天下，海内并厠，豨黥韓覆，畔討滅殘。《列仙傳》劉向所造，而云七十四人在佛經。《列女傳》亦向所造，其子歆作頌，終於趙悼后。而傳有更始韓夫人、明德馬后及梁夫人嫕，皆由後人所羼，非本文也。"由是言之，則是書雖有秦、漢諸地名，不害其爲三代以前之書，顔之推固言之矣。所舉諸書，如《春秋》《蒼頡篇》，足爲有力之證明。余嘗以爲秦、漢以前人純樸，故於官制地理，多用當時之名，以期合乎實用。六朝以後，漸趨浮華，故多用古代之名，以求益其色彩。此不但所作詩文如此，其於典籍也亦然。故秦、漢以前書，點竄以從今；六朝以後書，模擬以贋古。而後之考據家摭拾字句之間以求之，從而定其著作之時代，是何異於刻舟以求劍者哉！且古者一切皆出於公，自土田貨財，以及學術，皆然，未嘗獨據爲己有也。故曰"貨惡其棄於地也，不必藏於己"，况學術爲天下之公器也乎？是以時無論古今，地無論秦、越，無此疆爾界之分，在彼在我也。故古人之著作，皆不署名，凡詩文、書畫、篆刻、詞曲之在萌芽時期，莫不皆然。又况六國以前之六藝九流乎？顔氏云"後人所羼入"，余謂非有意羼入也，直是讀古人書時，有所題識，如今人之批書眉。傳鈔者以其有所發明，遂從而鈔入之，不問其何人之筆耳。彼作者尚不署名，豈有偶批數行，必著其爲某某者乎？要之古人以學術爲公器，故不以此爲嫌。章氏學誠有《言公》之篇，余於《古書通例》中言之詳矣。凡古書有後人續入者，以歷史地理書爲多，議論文則少見，蓋實用與空論之别耳。是書《漢志》在形法家，隋、唐以下諸《志》，皆爲地理書之冠。《四庫》始改入小説家，此豈街談巷議之出乎稗官者乎？自我作古，變易劉、班以來之舊例，可謂率而操觚者矣。尋《四庫》之所以改隸者，其説有二：一曰"叙序山水，多參以神怪"，不知《山海經》本因九鼎圖而作。《左傳》之叙九鼎也，曰："貢金九牧，鑄鼎象物，百物而爲之備，使民知神奸。故民入川澤山林，不逢不若，魑魅罔兩，莫能逢之。"夫既圖魑魅罔兩之形，安得不參以神怪乎？劉秀奏曰："孝武皇帝時，有獻異鳥者，食之百物，所不肯食，東方朔見之，言其鳥名與其所當食。如朔言。問朔何以知之，即《山海經》所出也。孝宣帝時，擊磻石於上郡，陷得石室，其中有反縛盜械人。時臣秀父向爲諫議大夫，言此貳負之臣也。詔問何以知之，亦以《山海經》對。其文曰：‘貳負殺窫窳，帝乃梏之疏屬之山，桎其右足，反縛兩手。’上大驚。朝士由是多奇《山海經》者。”郭璞序曰：“陽火出於冰水，陰鼠生於炎山，論者莫之或怪，及談《山海經》而咸怪之，是不怪所可怪，而怪所不可怪也。不怪所可怪，則幾於無怪矣。怪所不可怪，則未始有可怪也。若乃東方朔曉畢方之名，劉子政辨盜械之尸，王頎訪兩面之客，海民獲長臂之衣，精驗潛效，絶代縣符。於戲！群惑者亦可以少寤乎？”然則《提要》所謂多參以神怪者，毋以郭景純所謂怪所不可怪者歟？《四庫》總纂紀文達公，宜乎不信《山海經》諸神怪矣，而所作《閲微草堂筆記》五種，曾載嗣誠謀英勇公，因獵於塞外，見一人無頭，以乳爲目，以臍爲口，乘馬射鹿，公以爲即《山海經》之形天氏也。（見卷七《海外西經》。）又文達言：烏魯木齊山中，有小人長尺餘，紅柳花時，好以紅柳爲圈戴之，謂之紅柳娃。嘗向人家竊食，逐之則跪而泣，覘人去遠，始騫山越澗而去。疑即《山海經》之靖人。（見卷十四《大荒東經》。）然則不獨東方生曉畢方之名，劉子政辨盜械之尸，文達亦幾於無怪矣，何作《提要》而以爲神怪也！二曰“道里山川，率難考據”，亦其時治之者未精耳。後來若畢沅、郝懿行二家，其於道里山川，多能言之鑿鑿，絶非憑空杜撰。《提要》云云，得毋如見駱駝言馬腫背也乎？（中華書局，1980年）

案：秦榮光《補晋書藝文志》子部小説家類著録《山海經注》二十三卷，題郭璞撰。丁國鈞《補晋書藝文志》、文廷式《補晋書藝文志》、吴士鑒《補晋書經籍志》入史部地理類，卷數、撰人同。

郭璞生平事迹見《穆天子傳注》部分。

《山海經》最早爲司馬遷所稱引，《史記·大宛列傳》云：“至《禹本紀》《山海經》所有怪物，余不敢言也。”證明其書在漢初已流行。西漢末年，劉向、劉歆（後更名秀）父子等整理國家圖書，得《山海經》三十二篇，校定爲十八篇。劉歆在《上〈山海經〉表》中稱：“《山海經》者，出於唐、虞之際。昔洪水洋溢，漫衍中國，民人失據，崎嶇於丘陵，巢於樹木。鯀既無功，而帝堯使禹繼之。禹乘四載，隨山刊木，定高山大川。蓋與伯翳主驅禽獸，命山川，類草木，別水土，四嶽佐之，以周四方。逮人迹之所希至，及舟輿之所罕到，内別五方之山，外分八方之海，紀其珍寶奇物，異方之所生，水土草木，禽獸昆蟲，麟鳳之所止，禎祥之所隱，及四海之外，絶域之國，殊類之人。禹別九州，任土作貢，而益等類物善惡，著《山海經》，皆聖賢之遺事，古文之著明者也。”持禹、益作《山海經》之説。益即伯翳，又作伯益、柏翳。其後王充《論衡》、趙曄《吴越春秋》皆云禹、益作《山海經》。由於書中有周代甚至秦漢之際内容，後有人懷疑其爲禹、益所作，顔之推在《顔氏家訓·書證篇》中以那些内容“皆後人所羼，非本文也”來加以解釋，以維護舊説。然夏代并無文字可考，夏之前更杳冥難尋，故後人多不論其作者，衹推測其成書之大致年代。南宋尤袤將其“定爲先秦書”（《〈山海經〉跋》）。朱熹疑是“緣解《天問》而作”（見《直齋書録解題》卷八）。明楊慎據《左傳·宣公三年》所載禹世“遠方圖物，貢金九牧，鑄鼎象物”等語，認爲“九鼎之圖，其傳固出於終古、孔甲之流也，謂之《山海圖》，其文則謂之《山海經》。至秦而九鼎亡，獨圖與經存”（《〈山海經〉後序》）。此説得到許多清代學者贊同，認爲其爲先秦古書，傳説時間甚早，寫定時間當在戰國末年，具體作者無考。1962年，蒙文通發表《略論〈山海經〉的寫作時代及其產生地域》文，認爲“《大荒經》部分可能就是巴國的作品”，“《五藏山經》《海外經》等九篇，則情况略有不同，它所説的‘天下之中’雖也包括了巴、蜀地區，而同時却也包括了荆楚地區，這部分就可能是接受巴蜀文化以後的楚國作品了”；“從《海内經》稱燕、楚爲‘巨燕’‘大楚’來看，我們認爲這一部分當是寫作在西周中期以前”，“《大荒經》部分的寫作時代當在周室東遷以前”，“《五藏山經》的寫作時代當在周定王五年至梁惠王十年之間”。各部分有後人羼入者，至於“《山海經》的這類羼入部分，其產生時代也是較早的，當在秦末漢初（前214—前200年）之際”。1979年，袁珂發表《〈山海經〉寫作的時地及篇目考》文，認爲《大荒經》和《海内經》大約產生於戰國初年或中年，《山經》和《海外經》是戰國中年以後作品，《海内經》當成於漢代初年。上述意見頗值得參考。

《山海經》由《山經》和《海經》組成，包括《五藏山經》南、西、北、東、中五篇，内容較豐富；《海外》《海内》《大荒》三經内容稍略，分南、西、北、東各一篇，共十二篇；另有《海内經》一篇。總爲十八篇。書中記録了南、西、北、東各方山川草木、禽獸魚蟲、神靈怪物、麟鳳禎祥，以及四海之外，絶域之國，殊類之人。遠國異民，如讙頭國、羽民國、一臂國、長脛國等，大都幻誕無徵。許多神話傳説，如黄帝戰蚩尤（《大荒北經》），精衛填海（《北次三經》），夸父追日（《海外北經》），鯀禹治水（《海内經》），羿射鑿齒（《海外南經》），鐘山神燭陰（《海外北經》），西王母（《西次三經》《海内北經》）等，尤爲引人注目。由於《山海經》出自巫祝之手，神話傳説和地理博物傳説多被巫術化或方術化。班固《漢書·藝文志》數術略著録《山海經》十三篇，列形法家。所謂形法，指以形容度數“以求其聲氣貴賤吉凶”，實乃風水相術，故魯迅稱其“蓋古之巫書也”（《中國小説史略》）。《隋書·經籍志》列入史部地理類，作爲地理書之冠，後之史志多準此。《四庫全書總目》著録十八卷，歸入子部小説類，題“晋郭璞注”，提要云“究其本旨，實非黄、老之言。然道里山川，率難考據，按以耳目所及，百不一真，諸家并以爲地理書之冠，亦爲未允。核實定名，實則小説之最古者爾”，反映清人對此書的普遍看法。今人也多依清人意見，視其爲小説。

《山海經》自流行以來，各本卷數題署不一。《漢志》著録十三篇，未題撰者，與劉歆所説禹、益撰十八篇不同。郝懿行、顧實等均以爲《漢志》乃是棄《大荒經》以下五篇不計而著録。東晋時期，郭璞“注釋《爾雅》，别爲《音義》《圖譜》，又注《三倉》《方言》《穆天子傳》《山海經》”（《晋書·郭璞傳》）。因郭注《山海經》注意疏通字句，提供有許多難見之資料，便於閲讀，遂成爲通行本。《隋書·經籍志》《新唐書·藝文志》史部地理類均著録二十三卷，題郭璞注。《通志·藝文略》地理方物類著録二十三卷，題郭璞撰，據《晋書》郭璞本傳，應以郭璞注説爲是。東晋以後，人們著録或稱引《山海經》和《山海經注》往往不作分别，故郭璞撰和郭璞注亦常相混稱。《舊唐書·經籍志》地理類著録十八卷，題郭璞撰。所謂十八卷，是郭注本恢復《大荒經》以下五篇（卷）所致。所謂二十三卷，應是郭注《山海經》將原十八卷中内容較爲豐富之《五藏山經》五卷析分爲十卷所致。至於《郡齋讀書後志》《文獻通考》《百川書志》題大禹製、郭璞傳，是將以上關於作者和注者兩種意見混合之結果。

《山海經》有北宋池陽郡齋刻本，南宋淳熙七年（1180年）尤袤刻本，明成化年間吴寬抄本，明成化四年（1468年）北京國子監刻本，明嘉靖十五年（1536年）潘侃前山書屋刻本，明萬曆十三年（1585年）吴琯《山海經》《水經》合刻本，明萬曆二十五年（1597年）蔣一葵刻本，以及清代多種刻本。除《四庫全書》外，《道藏》《古今逸史》《格致叢書》《秘書二十一種》《百子叢書》《四部叢刊》等叢書都收有《山海經》。楊慎《山海經補注》、吴任臣《山海經廣注》、畢沅《山海經新校正》、郝懿行《山海經箋疏》影響較大。郝氏《箋疏》本收入《龍溪精舍叢書》《四部備要》，爲諸本中最善本。黄丕烈校宋本亦爲公認善本，收入《四部叢刊》，爲世所重。今有袁珂《山海經校注》，以郝本爲底本，參考各本，多有發明，上海古籍出版社1980年出版，巴蜀書社1993年出版增補修訂本，爲當下影響最大通行本。另有張步天《山海經解》本，香港天馬圖書有限公司2004年出版，亦可以參看。

山海圖經（山海經圖）

晁公武撰，孫猛校證《郡齋讀書志校證》卷八地理類：

《山海經圖》十卷。（按此書亦見《崇文總目》卷二、《通志·藝文略》卷四地理類，題舒雅撰。《宋志》卷五五行類作《山海圖經》十卷，《玉海》卷十五引《中興書目》凡兩見，其一題梁張僧繇、舒雅撰，蓋即《讀書志》之閩本也。其解題云："本梁張僧繇畫，咸平二年，校理舒雅銓次館閣圖書，見僧繇舊蹤尚有存者，重繪爲十卷。又載工侍朱昂《進僧繇畫圖表》於首。僧繇在梁以善畫名。每卷中，先類所畫名，凡二百四十七種。原注：其經文部全見。"）（袁本後志卷一地理類第二。）

右皇朝舒雅等撰。雅，仕江南，韓熙載之門人也。（袁本無"之"字。）後入朝數預修書之選。閩中刊行本或題曰"張僧繇畫"，妄也。（沈録何校本何焯校語云："閩本《列女傳》題顧愷之，亦其類矣。"）（上海古籍出版社，1990年）

馬端臨《文獻通考》卷二百四《經籍考》三十一史·地理：

《山海圖經》十卷。

晁氏曰：皇朝舒雅等撰。雅仕江南，韓熙載之門人也。後入朝，數預修書之選。閩中刊行本或題曰張僧繇畫，妄也。（中華書局，1986年）

脱脱等《宋史》卷二百六《藝文志五》子類五行類：

郭璞《葬書》一卷，《山海圖經》十卷。（郭璞序，不著姓名。）（中華書局，1977年）

陳第《世善堂藏書目》卷上史類方州各志：

《山海圖經》十八卷。（郭璞注。）（《續修四庫全書》本）

儲大文等《山西通志》卷一百七十五經籍雜類·地志：

郭璞注《桑欽水經》三卷，（一作郭璞撰。）注《山海經》二十三卷，（一

作十八卷。）又《山海經音》二卷，《山海經圖》十卷，《山海經圖贊》二卷。（《文淵閣四庫全書》本）

秦榮光《補晋書藝文志》卷三子部小説家類：

《山海圖經》十卷。……（……上五種并郭璞撰。）（《二十五史補編》本）

案：秦榮光《補晋書藝文志》子部小説家類著録《山海圖經》十卷，題郭璞撰。

郭璞生平事迹見《穆天子傳注》部分。

《山海圖經》，唐以前未見著録或稱引。首見於《宋史·藝文志》子部五行類著録郭璞《葬書》一卷，《山海圖經》十卷，注云："郭璞序，不著姓名。"宋初有舒雅等撰《山海圖經》十卷，晁公武《郡齋讀書志》有著録。《隋志》《新唐志》著録有郭璞《山海經圖贊》二卷。雍正《山西通志》經籍志雜類地志著録郭璞注有《山海經圖》十卷。疑《山海圖經》（或稱《山海經圖》）十卷本爲宋初舒雅等撰，後人將其與郭璞《山海經圖贊》混淆，并以《山海圖經》十卷爲郭璞撰。秦榮光《補晋書藝文志》子部小説家類著録《山海圖經》十卷，題郭璞撰，乃沿襲前人之誤。所謂郭璞撰《山海圖經》十卷并不存在。陳第《世善堂藏書目》著録《山海圖經》十八卷，題郭璞注，《山海圖經》顯係《山海經》之誤。

山海經圖贊

魏徵、令狐德棻《隋書》卷三十三《經籍志二》史部地理：

《山海經圖贊》二卷。（郭璞注。）（中華書局，1973年）

［日］藤原佐世《日本國見在書目録》土地家：

《山海經贊》二卷。（郭璞注。）

《山海經圖贊》一卷。（《叢書集成初編》本）

劉昫等《舊唐書》卷四十六《經籍志上》乙部史録地理類：

《山海經圖贊》二卷。（郭璞注。）（中華書局，1975年）

李昉等《太平御覽》卷三百七十八人事部十九《短絶域人》：

郭璞《山海經圖贊》曰：焦堯極麽（門可反。），靖人唯小，四體俱足，鬚眉䰟了。

同上，卷八百九十獸部二《兕》：

晋郭璞《山海經圖贊》曰：兕維壯獸，似牛青黑，力無不傾，自焚以革，皮充武備，角助文德。

同上，卷九百三十九鱗介部十一《珠鱉魚》：

《山海經圖贊》曰：澧水之鱗，狀如浮肺，體兼三材，以貨買害。

同上，《赤鱬魚》：

《山海經圖贊》曰：赤鱬之狀，魚身人頭。（中華書局，1960年）

王堯臣等《崇文總目》卷二地理類：

《山海經圖贊》二卷，郭璞注。（繹按：《宋志》無“圖”字。）（《粤雅堂叢書》本）

歐陽修、宋祁《新唐書》卷五十八《藝文志》乙部史録地理類：

郭璞注《山海經》二十三卷，又《山海經圖贊》二卷，《山海經音》二卷，《桑欽水經》三卷。（一作郭璞撰。）（中華書局，1975年）

吴棫《韻補·書目》：

《山海經贊》。（晋郭璞所作，晋之字學，璞最深。）（《文淵閣四庫全書》本）

鄭樵《通志》卷六十六《藝文略》地理·方物：

《山海經圖贊》二卷。（郭璞注。）（《四部備要》本）

尤袤《遂初堂書目》地理類：

郭璞《山海經圖贊》。（《海山仙館叢書》本）

王應麟《玉海》卷十五地理地理書《禹山海經》：

《莊子釋文》引《海外經》。《爾雅釋文》引《山海經圖贊》……（《中華再造善本》本，北京圖書館出版社，2006年）

脱脱等《宋史》卷二百四《藝文志三》史類地理類：

郭璞《山海經贊》二卷。（中華書局，1977年）

陶宗儀《説郛》弓十《遂初堂書目》（尤袤）地理類：

秘閣本《山海經》、池州本《山海經》、郭璞《山海經圖贊》、《水經》、《神異經》、《十洲記》……（《説郛三種》本）

焦竑《國史經籍志》卷二經類地理：

《山海經圖贊》二卷。（郭璞。）（《續修四庫全書》本）

馮復京《六家詩名物疏》引用書目：

《山海經》《山海經圖贊》《地説書》《地鏡圖》《昆侖圖》……凡地志五十五部。（《文淵閣四庫全書》本）

祁承㸁《澹生堂藏書目》史部下風土：

《山海經》，（十八卷。）《山海經圖贊》二卷。（俱郭璞注。）（《續修四庫全書》本）

徐𤊹《徐氏紅雨樓書目》卷二史部通行本：

方輿：《山海經》十八卷，《山海經贊》一卷。（古典文學出版社，1957年）

賀復徵《文章辨體彙選》卷四百六十八贊六《山海經圖贊》（晋郭璞）：

收入鵸鳥、杜衡、礜石、鰩魚、神陸吾、西王母、帝江、當扈、儵魚、幽頞、鵹鶘、狪狪、峳峳、䔄草、𦯬草、荀草、橘櫾、跂踵、帝女桑十九篇贊語。（《文淵閣四庫全書》本）

徐乾學《傳是樓書目》卷六史部別志：

《山海經圖贊》，（二卷。）晋郭璞。（《續修四庫全書》本）

儲大文等《山西通志》卷一百七十五經籍雜類・地志：

郭璞注《桑欽水經》三卷，（一作郭璞撰。）注《山海經》二十三卷，（一作十八卷。）又《山海經音》二卷，《山海經圖》十卷，《山海經圖贊》二卷。（《文淵閣四庫全書》本）

黄生《義府》卷下《九德》：

莊周引聲歌（《古今樂録》。）云：天地之道，近在胸臆，呼吸精神以養九德。九德字未見所出，惟《三國志注》（《管寧傳》。）應二儀之中和，總九德之純懿。又郭璞《山海經圖贊》云：九德之氣，是生長乘。所謂九德，似指四象五行，人身中亦有四象五行，故曰天地之道云云。（《文淵閣四庫全書》本）

永瑢等《四庫全書總目》卷七十史部二十六地理類三《益部方物略記》提要：

《益部方物略記》一卷，（兩淮鹽政采進本。）宋宋祁撰。祁字子京，雍邱人。天聖二年進士，官至翰林學士承旨，謚景文。事迹具《宋史》本傳。是編乃嘉祐二年祁由端明殿學士吏部侍郎知益州時所作，因東陽沈立所撰《劍南方物》二十八種，補其闕遺。凡草木之屬四十一，藥之屬九，鳥獸之屬八，蟲魚之屬七，共六十五種，列而圖之，各繫以贊，而附注其形狀於題下。贊居前，題列後，古書體例大抵如斯，今本《爾雅》猶此式也。其圖已佚，贊皆古雅，蓋力摹郭璞《山海經圖贊》，往往近之。注則頗傷謇澀，亦每似所作。《新唐書》，蓋祁叙記之文，類如是也。

同上，卷一百三十四子部四十四雜家類存目十一《蘉古介書》提要：

《蘉古介書》（無卷數，安徽巡撫采進本。）題東海黄禺金定邵闇生編，不知爲何許人。分前、後二集。前集載豐坊僞《大學古本》、《大學石經古本》、僞《三墳》、《穆天子傳》、孔鮒《小爾雅》、汪若海《麟書》、郭璞《山海經圖贊》、衛元嵩《元包經傳》、魏伯陽《參同契》、胡文焕《逸詩》、《論語會心詩》、《南華逸楚》、《衡岳神禹碑文》、《漢滕公石槨銘》、《吴季札碑》，後集曰《史訚》《史遺》《左逸》《小易寤凡》《譔訷握奇經》《奇門專徵賦》《勝義諦》，均叢脞無緒，蓋書肆粗識字義之人刊以射利者也。

同上，卷一百四十二子部五十二小説家類三《山海經》提要：

隋、唐《志》又有郭璞《山海經圖贊》二卷，今其贊猶載璞集中，其圖則《宋志》已不著録，知久佚矣。舊本所載劉秀奏中，稱其書凡十八篇，與《漢志》稱十三篇者不合。《七略》即秀所定，不應自相牴牾。疑其贋托。然璞序已引其文，相傳既久，今仍并録焉。（中華書局，1965年）

王太岳等《欽定四庫全書考證》卷七十五集部《分類補注李太白集》：

贈閭邱處士閑讀《山海經注》，郭璞注《山海經》二十三卷，又撰《山海經圖贊》二卷，刊本"注"字"撰"字互訛，今移正。（《文淵閣四庫全書》本）

章宗源《隋書經籍志考證》卷六地理：

《山海經圖贊》二卷。（郭璞傳。）《唐志》同張彦遠《歷代名畫記》曰"《山海經圖》六，又《鈔圖》一，《大荒經》二十六"。（《二十五史補編》本）

丁丙藏，丁仁編《八千卷樓書目》卷十四子部小説家類：

《山海經圖贊》一卷。（晋郭璞撰。明刊本，《藝海珠塵》本，《子書百種》本。）（《續修四庫全書》本）

張之洞《書目問答》史部古史第四：

《山海經箋疏》十八卷，《圖贊》一卷。（郭璞注、贊，郝懿行疏。阮刻單行本，又《郝氏遺書》本，郝勝於畢。別行《山海經圖贊》一卷，《藝海珠塵》及他叢書多有之。）（《續修四庫全書》本）

秦榮光《補晉書藝文志》卷三子部小説家類：

《山海經圖贊》二卷……（案《通志略》作"贊"……上五種并郭璞撰。）（《二十五史補編》本）

姚振宗《隋書經籍志考證》卷二十一史部十一地理類：

《山海經圖贊》二卷，郭璞注。

郭璞有《山海經注》《水經注》，并見前。

唐張彦遠《歷代名畫記》曰："古之秘書珍圖則有《山海經圖》六，又《鈔圖》一，《大荒經圖》二十六。"

《唐書·經籍志》："《山海經圖贊》二卷，郭璞撰。"

《唐書·藝文志》："郭璞注《山海經》二十三卷，又《山海經圖贊》二卷。"

《宋史·藝文志》："郭璞《山海經贊》二卷。"

鎮洋畢沅《山海經篇目考》曰："《山海經》有古圖，有漢所傳圖。十三篇中《海外》《海内經》所説之圖，當是禹鼎也。《大荒經》已下五篇所説之圖，當是漢時所傳之圖也。以其圖有成湯、有王亥僕牛等知之。又微與古異也。據《藝文志》，《山海經》在形法家，本劉向《七略》，以有圖，故在形法家。又郭璞注中有云'圖亦作牛形'，又云'亦在畏獸畫中'。"

又曰："《圖贊》二卷，郭璞撰。《隋書》《舊唐書》經籍志并云。《中興書目》云《山海經》十八卷，晋郭璞傳，凡二十三篇，每卷有贊。案今見藏本也。"

烏程嚴可均輯本序曰："《玉海》引《中興書目》云，《山海經》十八卷，凡二十三篇，每篇有贊。今世所見惟《道藏》本，卷一至十三有《贊》，與《經》文次第不盡合。其卷十四《大荒經》以下，《贊》亡。今輯群書所引，得六十七首，蓋藏本共得二百六十六首，凡《南山經》二十四首，《西山經》五十三首，《北山經》三十首，《東山經》十八首，《中山經》四十九首，《海外南經》十六首，《海外西經》十六首，《海外北經》十五首，《海外東經》八首，《海内南經》六首，《海内西經》十一首，《海内北經》九首，《海内東經》四首，《大荒東經》二首，《大荒西經》二首，《大荒北經》一首，《海内經》二首，仍依史志分爲二卷，就中尚多舛誤，無從考定也。"

《孫祠書目》："《山海經圖贊》二卷，晋郭璞撰，《道藏》本。"

張氏《書目答問》："《山海經箋疏》十八卷，《圖贊》一卷，郭璞贊，郝懿行疏。《郝氏遺書》本別行。《山海經圖贊》一卷，《藝海珠塵》及他叢書多有之。（清華大學出版社，2014年）

文廷式《補晋書藝文志》卷二史部地志類：

郭璞《山海經注》二十三卷，《山海經圖贊》二卷。今存。（《二十五史補編》本）

黄逢元《補晋書藝文志》卷二乙部史録地理類十一：

《山海經圖贊》二卷。（郭璞撰。）見《隋志》。元案《玉海》引《中興目》云："《山海經》十八卷，郭璞傳，凡二十三篇，每篇有《贊》。"據此知《贊》已散入《經》内，今書缺。嚴可均輯存二卷。（《二十五史補編》本）

吴士鑒《補晋書經籍志》卷二乙部史録地理類：

郭璞《山海經注》二十三卷。《隋志》《唐志》并同《舊唐志》作十八卷。

《水經注》三卷。《隋志》《唐志》并同《舊唐志》作二卷。

《山海經圖贊》二卷，《山海經音》二卷。并《隋志》。（《二十五史補編》本）

案：秦榮光《補晋書藝文志》子部小説家類著録《山海經圖贊》二卷，題郭璞撰。姚振宗《隋書經籍志考證》、文廷式《補晋書藝文志》、黄逢元《補晋書藝文志》、吴士鑒《補晋書經籍志》入史部地理類，卷數、撰人同。

郭璞生平事迹見《穆天子傳注》部分。

《隋書·經籍志》《舊唐書·經籍志》《新唐書·藝文志》《通志·藝文略》《宋史·藝文志》《國史經籍志》史部地理類均著録有《山海經圖贊》二卷，題郭璞注。《四庫全書總目》將《山海經》由史部地理類移入子部小説家類，在《山海經提要》中稱"隋、唐《志》又有郭璞《山海經圖贊》二卷，今其贊猶載璞集中"。秦榮光《補晋書藝文志》承襲《四庫全書總目》，在子部小説家類著録有郭璞《山海經注》二十三卷，《山海經圖贊》二卷。

《山海經圖贊》是對《山海經》人事物之贊語，多爲四言韻文，如《西王母贊》："天帝之女，蓬髪虎顔。穆王執贄，賦詩交歡。韻外之事，難以具言。"《儵魚贊》："涸和損平，莫慘於憂。《詩》咏萱草，帶山則儵。壑焉遺岱，聊以盤游。"《磁石贊》："磁石吸鐵，琥珀拾芥。氣有潜感，數亦冥會。物之相投，出乎意外。"《太平御覽》收入十二條，《文章辨體彙選》收入十九條，《漢魏六朝百三家集·晋郭璞集》收入二百七十餘條。有郝懿行校刊本，盧文弨《群書拾補》本。今有張宗祥校録《足本山海經圖贊》，古典文學出版社1958年出版，爲通行本。

山海經音

魏徵、令狐德棻《隋書》卷三十三《經籍志二》史部地理：

《山海經音》二卷。（中華書局，1973年）

劉昫等《舊唐書》卷四十六《經籍志上》乙部史録地理類：

《山海經音》二卷。（中華書局，1975年）

歐陽修、宋祁《新唐書》卷五十八《藝文志》乙部史録地理類：

郭璞注《山海經》二十三卷，又《山海經圖贊》二卷，《山海經音》二卷，桑欽《水經》三卷。（一作郭璞撰。）（中華書局，1975年）

鄭樵《通志》卷六十六《藝文略》地理・方物：

《山海經音》二卷。（《四部備要》本）

焦竑《國史經籍志》卷三史類地理：

《山海經音》三卷。（《續修四庫全書》本）

儲大文等《山西通志》卷一百七十五經籍雜類・地志：

郭璞注桑欽《水經》三卷，（一作郭璞撰。）注《山海經》二十三卷，（一作十八卷。）又《山海經音》二卷，《山海經圖》十卷，《山海經圖贊》二卷。（《文淵閣四庫全書》本）

章宗源《隋書經籍志考證》卷六地理：

《山海經音》二卷。《唐志》同。（《二十五史補編》本）

秦榮光《補晋書藝文志》卷三子部小説家類：

《山海經音》二卷……（……上五種并郭璞撰。）（《二十五史補編》本）

姚振宗《隋書經籍志考證》卷二十一史部十一地理類：

《山海經音》二卷。

不著撰人。

《唐書·經籍志》："《山海經音》二卷。"

《唐書·藝文志》："郭璞注《山海經》二十三卷，又《山海經圖贊》二卷，《山海經音》二卷。"

畢沅《山海經篇目考》："《山海經音》二卷，郭璞撰。《隋書》《舊唐書·經籍志》并云。（案二《志》并不著撰人。）"

案《音》古本别行，今見注中，當是後人所合。（清華大學出版社，2014年）

丁國鈞《補晋書藝文志》卷二乙部史録地理類：

《山海經音》二卷。（郭璞。）謹按《隋志》舊脱撰人，家大人據兩《唐志》補。（《二十五史補編》本）

同上，補遺《附録類補遺》子部：

《山海經音義》。見《大荒南經》注。疑即郭氏《南山經注》所引璨説，當亦晋人。（《二十五史補編》本）

文廷式《補晋書藝文志》卷二史部地志類：

《山海經音義》。

郝懿行《山海經箋疏叙》云："郭注《南山經》兩引璨曰，其注《南荒經》昆吾之師，又引《音義》云云，是必郭以前音訓注解人，皆惜其姓字、爵里，與時代俱湮，良可於邑。"（《二十五史補編》本）

黄逢元《補晋書藝文志》卷二乙部史録地理類十一：

《山海經音》二卷。（郭璞撰。）

本新、舊《唐志》。《隋志》不著撰人，次字璞《山海經圖贊》二卷下。

元案璞《音》古本别行，今已散佚入注中。（《二十五史補編》本）

吴士鑒《補晋書經籍志》卷二乙部史録地理類：

郭璞《山海經注》二十三卷。《隋志》《唐志》并同《舊唐志》作十八卷。

《水經注》三卷。《隋志》《唐志》并同《舊唐志》作二卷。

《山海經圖贊》二卷，《山海經音》二卷。并《隋志》。（《二十五史補編》本）

案：秦榮光《補晋書藝文志》子部小説家類著録《山海經音》二卷，題郭璞撰。章宗源《隋書經籍志考證》、丁國鈞《補晋書藝文志》、黄逢元《補晋書藝文志》、吴士鑒《補晋書經籍志》入史部地理類，卷數、撰人同。姚振宗《隋書經籍志考證》史部地理類著録《山海經音》二卷，不題撰人。文廷式《補晋書藝文志》史部地志著録《山海經音義》，未題卷數和撰人。

郭璞生平事迹見《穆天子傳注》部分。

《隋書·經籍志》《舊唐書·經籍志》《通志·藝文略》均載《山海經音》二卷，入史部地理類，無撰者。《新唐書·藝文志》則題郭璞撰。《晋書·郭璞傳》稱璞“注釋《爾雅》、别爲《音義》《圖譜》，又注《三倉》《方言》《穆天子傳》《山海經》”。依本傳璞或有《山海經音》，乃注《山海經》所注音。清郝懿行《山海經箋疏叙》云：“郭注《南山經》兩引璨曰，其注《南荒經》昆吾之師又引《音義》云云，是必郭已前音訓注解人，惜其姓字爵里與時代俱湮，良可於邑。”此可證《南山經音》吸收過前人或同時代人音義研究成果，尚不能否定郭璞撰《山海經音》。姚振宗《隋書經籍志考證》認爲“《音》古本别行，今見注中，當是後人所合”。所作推測可以參考。

《山海經音》自《隋書·經籍志》著録以來，一直隨《山海經》入史部地理類，《四庫全書總目》改《山海經》入子部小説家類。《山海經音》已經合入郭璞《山海經注》中，未見别本流行，秦榮光《補晋書藝文志》承襲四庫館臣意見，在子部小説家類著録《山海經音》二卷。此非實録清末流行之書，衹是照抄歷代書目而已。

搜神記

案：秦榮光《補晋書藝文志》、文廷式《補晋書藝文志》、黄逢元《補晋書藝文志》子部小説家類均著録《搜神記》三十卷，題干寶撰。丁國鈞《補晋書藝文志》則互見於史部雜傳類和子部小説家類，吴士鑒《補晋書藝文志》入史部雜傳類。

《搜神記》最早著録於《隋書·經籍志》史部雜傳類，三十卷，題干寶撰。《舊唐書·經籍志》著録同。歐陽修《新唐書·藝文志》改録於子部小説家類，卷數和撰人同。《宋史·藝文志》子部小説家類著録干寶《搜神總記》十卷。其後書目著録雖多入小説家類，但所題卷數不一。《搜神記》有關資料見本書第四卷《兩唐書藝文經籍志著録小説資料集》，此從略。

志怪（曹毗志怪）

干寶《搜神記》卷十三"漢武帝鑿昆明池"條：

漢武帝鑿昆明池，極深，悉是灰墨，無復土。舉朝不解，以問東方朔。朔曰："臣愚不足以知之。"曰："試問西域人。"帝以朔不知，難以移問。至後漢明帝時，西域道人入來洛陽，時有憶方朔言者，乃試以武帝時灰墨問之。道人云："經云天地大劫將盡，則劫燒。此劫燒之餘也。"乃知朔言有旨。（《文淵閣四庫全書》本）

陶宗儀《説郛》弓六十《决疑要注》（摯虞）：

漢武鑿昆明池，極深，悉是灰墨，無復土。舉朝不解，以問東方朔。朔曰："臣愚不足以知之，可試問西域胡。"帝以朔不知，難以移問。至後漢明帝時，外國道人入來洛陽，時有憶方朔言者，乃試以武帝時灰墨問之。胡人云："經云天地大劫將盡，則劫燒。此劫燒之餘。"乃知朔言有旨。（《説郛三種》本）

余嘉錫撰，周祖謨、余淑宜整理《世説新語箋疏》卷上之下《文學第四》：

孫興公道："曹輔佐才如白地明光錦，（《中興書》曰："曹毗，字輔佐，譙國人，魏大司馬休曾孫也。好文籍，能屬詞，累遷太學博士、尚書郎、光禄勛。"）裁爲負版絝，（《論語》曰："孔子式負版者。"鄭氏注曰："版，謂邦國籍也，負之者，賤隸人也。"）非無文采，酷無裁制。"（中華書局，1983年）

沈約《宋書》卷十九《樂志一》：

宋文帝元嘉九年，大樂令鍾宗之更調金石。十四年，治書令史奚縱又改之。語在《律曆志》。晋世曹毗、王珣等亦增造宗廟哥詩，然郊祀遂不設樂。何承天曰："世咸傳吴朝無雅樂。案孫皓迎父喪明陵，唯云倡伎晝夜不息，則無金石登哥可知矣。"……

同上，卷二十《樂志二》：

晋江左宗廟歌十三篇，曹毗造十一首，王珣造二首。

四時祠祀歌，曹毗造。

同上，卷二十九《符瑞志下》：

晋成帝咸康八年九月，廬江舂穀縣留珪夜見門内有光，取得玉鼎一枚，周邊四寸。豫州刺史路永以獻。著作郎曹毗上《玉鼎頌》。（中華書局，1973年）

賈思勰《齊民要術》卷十《竹》：

曹毗《湘中賦》曰："竹則篔簹、白烏、實中、紺族。濱縈幽渚，繁宗隈曲；萋蒨陵丘，薆逮重谷。"（《四部叢刊》本）

徐陵編，吴兆宜注，程琰删補，穆克宏點校《玉臺新咏》卷三：

曹毗《夜聽擣衣》一首："寒興御紈素，佳人理衣衿。冬夜清且永，皓月照堂陰。纖手疊輕素，朗杵叩鳴砧。清風流繁節，回飈灑微吟。嗟此往運速，悼彼幽滯心。二物感余懷，豈但聲與音。"（中華書局，1985年）

虞世南《北堂書鈔》卷五十八設官部十《給事黄門侍郎》：

曹毗作詩。（曹毗五言詩序云："余從中書轉爲黄門，在直多懷作詩書屏風雲爾。"）（天津古籍出版社，1988年）

房玄齡等《晋書》卷二十三《樂志下》：

太元中，破苻堅，又獲其樂工揚蜀等，閑習舊樂，於是四厢金石始備焉。乃使曹毗、王珣等增造宗廟歌詩，然郊祀遂不設樂。今列其詞於後云。

同上，卷九十二《文苑列傳》卷首：

及金行纂極，文雅斯盛，張載擅銘山之美，陸機挺焚研之奇，藩夏連輝，頡頏名輩，并綜采繁縟，杼軸清英，窮廣内之青編，緝平臺之麗曲，嘉聲茂迹，陳諸别傳。至於吉甫、太沖，江右之才傑；曹毗、庾闡，中興之時秀。信乃金相玉潤，林蒼川沖，埒美前修，垂裕來葉。今撰其鴻筆之彦，著之《文苑》云。

同上，《曹毗列傳》：

曹毗，字輔佐，譙國人也。高祖休，魏大司馬。父識，右軍將軍。毗少好文籍，善屬詞賦。郡察孝廉，除郎中，蔡謨舉爲佐著作郎。父憂去職。服闋，遷句章令，徵拜太學博士。時桂陽張碩爲神女杜蘭香所降，毗因以二篇詩嘲之，并續蘭香歌詩十篇，甚有文彩。又著《揚都賦》，亞於庾闡。

累遷尚書郎、鎮軍大將軍從事中郎、下邳太守。以名位不至，著《對儒》以自釋。其辭曰：

或問曹子曰："夫寶以含珍爲貴，士以藏器爲峻，麟以絶迹標奇，松以負霜稱雋，是以蘭生幽澗，玉輝千仞。故子州浮滄瀾而龍蟠，吴季忽萬乘以解印，虞公潛崇岩以頤神，梁生適南越以保慎，固能全真養和，夷迹洞潤，陵冬揚芳，披雪獨振也。今子少晞冥風，弱挺秀容，奇發幼齡，翰披孺童。吐辭則藻落楊班，抗心則志擬高鴻，味道則理貫莊肆，研妙則穎奪豪鋒。固以騰廣莫而萋蒨，排素薄而青葱者矣，何必以刑禮爲己任，申韓爲宏通！既登東觀，染史筆；又據太學，理儒功。曾無玄韻淡泊，逸氣虚洞，養采幽翳，晦明蒙籠。不追林棲之迹，不希抱鱗之龍，不營練真之術，不慕内聽之聰。而處泛位以核物，扇塵教以自濛，負鹽車以顯能，飾一己以求恭。退不居漆園之埸，出不躡曾城之沖，游不踐綽約之室，趦不希騄駬之蹤；徒以區區之懷而整名目之典，覆簣之量而塞北川之洪，檢名實於俄頃之間，定得失乎一管之鋒。子若謂我果是邪？則是不必以合俗；子若云俗果非邪？則俗非不可以苟從。俗我紛以交争，利害渾而彌重，何異執朽轡以御逸駟，承勁風以握秋蓬，役恬性以充勞府，對群物以耦怨讎者乎？子不聞乎終軍之穎，賈生之才，拔奇山東，玉映漢臺，可謂響播六合，聲駭嬰孩，而見毁絳灌之口，身離狼狽之災。由此言之，名爲實賓，福萌禍胎，朝敷榮華，夕歸塵埃，未若澄虚心於玄圃，蔭瑶林於蓬萊，絶世事而雋黄綺，鼓滄川而浪龍鰓者矣。蒙竊惑焉。"

主人焕耳而笑，欣然而言曰："夫兩儀既辟，陰陽汗浩，五才迭用，化生紛擾，萬類云云，孰測其兆！故不登閬風，安以瞻殊目之形？不步景宿，何以觀恢廓之表？是以迷粗者循一往之智，狷介者守一方之矯，豈知火林之蔚炎柯，冰津之擢陽草！故大人達觀，任化昏曉，出不極勞，處不巢皓，在儒亦儒，在道亦道，運屈則紓其清暉，時申則散其龍藻，此蓋員動之用舍，非尋常之所寶也。今三明互照，二氣載宣，玄教夕凝，朗風晨鮮，道以才暢，化隨理全。故五典克明於百揆，虞音齊響於五弦，安期解褐於秀林，漁父擺鈞於長川。如斯則化無不融，道無不延，風澄於俗，波清於川。方將舞黄虬於慶雲，招儀鳳於靈山，流玉醴乎華闐，秀朱草於庭前。何有違理之患，累真之嫌！子徒知辯其説而未測其源，明朝菌不可喻晦朔，蟪蛄無以觀大年，固非管翰之所述，聊敬對以終篇。"

累遷至光禄勛，卒。凡所著文筆十五卷，傳於世。

同上，《郭澄之》：

仲初之文，風流可尚，擢秀士林，《陽都》之美，尤重時彦。曹毗沉研秘笈，踠足下寮，綺靡降神之歌，朗暢《對儒》之論。李充之《學箴》，信清壯也。（中華書局，1974年）

魏徵、令狐德棻《隋書》卷三十二《經籍志一》經部論語：

《論語釋疑》十卷。（……《論語釋》一卷，曹毗撰……）

同上，卷三十三《經籍志二》史部雜傳：

《曹氏家傳》一卷。（曹毗撰。）（中華書局，1973年）

徐堅等《初學記》卷三歲時部《秋第三》：

晋曹毗《秋興賦》。（素秋始啓，清風激暑；葉零玉階，柯委勁楚。離禽嚶嚶而晨鳴，輕帷翩翩以微舉。夕露頹潤於蘭庭，秋蟲屬響乎廊宇。）

同上，《冬第四》：

晋曹毗《咏冬詩》。（綿邈冬宵永，凜厲寒氣升。離葉向晨落，長風振條興。夜静輕響起，天清月暉澄。寒冰盈渠結，素霜竟欄凝。今載忽已暮，來正奄復仍。）

同上，卷七地部下《昆明池第四》：

漢武帝平昆明夷，以其地爲益州郡。其滇水源深廣，末反淺狹，有似倒流，故曰滇河。潘岳《關中記》曰："昆明，漢武習水戰也。中有靈沼、神池，云堯時理水訖停舟此池。蓋堯時已有沔池，漢代因而深廣耳。"曹毗《志怪》云："漢武鑿昆明池，極深，悉是灰墨，無復土。舉朝不解，以問東方朔。朔曰：'臣愚不足以知之，可試問西域胡人。'帝以朔不知，難以移問。至後漢明帝時，外國道人入來洛陽，時有憶方朔言者，乃試以武帝時灰墨問之。胡人云：'經云天地大劫將盡，則劫燒。此劫燒之餘。'乃知朔言有旨。"

同上，卷九帝王部《總叙帝王》：

晋曹毗《黄帝贊》。（軒轅應玄期，幼能總百神。體練五靈妙，氣含雲露津。摻石曾城岫，鑄鼎荆湖濱。豁焉天扉闢，飄然跨騰鱗。儀轡灑長風，褰衣躡紫宸。）

同上，卷十六樂部下《箜篌第四》：

曹毗《箜篌賦》。（嶧陽之桐，植穎岩標；清泉潤根，女蘿被條。爾乃楚班制器，窮妙極巧；龍身鳳頸，連翩窈窕；纓以金彩，絡以翠藻。其弦則烏號之絲，用應所任；體勁質朗，虛置自吟。）（中華書局，1962年）

杜佑《通典》卷九十一禮五十一凶十三《大功成人九月》：

魏明帝景初中，尚書祠部問："同母異父昆弟服，應幾月？"太常曹毗述博士趙怡據子游鄭注大功九月。高堂崇云："聖人制禮，外親正服不過緦，殊異外内之明理也。外祖父母以尊加，從母以名加，皆小功；舅緦服而已。外兄弟異族無屬，疏於外家遠矣，故於禮序不得有服。若以同居從同爨服，無緣即云大功。乃重於外祖父母，此實先賢之過也。"

同上，卷一百四十一樂一《歷代沿革上》：

孝武太元中，破苻堅，獲其樂工楊蜀等，閑習舊樂，於是四厢金石始備焉。乃使曹毗、王珣等增造宗廟歌詩，然郊祀遂不設樂。（中華書局，1984年）

劉昫等《舊唐書》卷四十六《經籍志上》乙部史録雜譜牒：

《曹氏家傳》一卷。（曹毗撰。）

同上，卷五十一《經籍志下》丁部集録别集：

《曹毗集》十卷。（中華書局，1975年）

李昉等《太平御覽》卷六十七地部三十二《池》：

《漢書》曰：昆明池，漢武帝元狩三年所穿也。初，漢欲求身毒國，爲昆明池夷所閉。昆明有滇池，方三百里，名曰滇河。漢將伐昆明以通身毒，使謫卒伐棘上林象滇河，作昆明池，以習水戰。池周回四十里。（漢武帝平昆明，以其地爲益州郡。其滇水原深廣末反淺狹，有似倒流，故曰滇河。潘岳《關中記》曰："昆明池，漢武帝習水戰也。中有靈沼神池，云堯時理水訖停船此池。蓋堯時已有汙池，漢代因而深廣耳。"曹毗《志怪》云："漢武鑿昆明池，深極，悉是墨灰，無復土。舉朝不解，以問東方朔。朔曰：'臣愚不足以知之，可試問西域胡。'帝以朔不知，難以核問。至後漢明帝時，外國道人入來洛陽，時有憶方朔言者，乃以武帝時墨灰問之。胡人云：'經云天地大劫將盡，則劫燒。此劫燒之餘。'乃知朔言者是。"）（中華書局，1960年）

樂史《太平寰宇記》卷二十五關西道一雍州：

《三輔故事》：昆明池蓋地三百二十頃，初穿得黑土，帝問東方朔，曰："西域胡人知之。"明帝時有憶方朔言者，乃問胡人，劫燒之餘灰也。池中有豫章臺及石鯨。（文海出版社，1980年）

蘇易簡《文房四譜》卷五墨譜三之《雜説》：

曹毗《志怪》云：漢武鑿昆明，極深，悉是灰墨，無復土。舉朝不解，以問東方朔，朔曰："臣愚不足以知之，可試問西域胡僧。"帝以朔不知，難以核問。後漢明帝時，外國道人入來洛陽，時有憶方朔言者，乃試問之。胡人曰："經云天地大劫將盡，則劫燒灰。此燒之餘。"乃知朔言有旨。（又云出《幽明録》。）（《文淵閣四庫全書》本）

王欽若等《册府元龜》卷三十七帝王部《頌德》：

成帝咸康八年九月，廬江舂穀縣留珪夜見門内有光，取得玉鼎一枚，圍四寸，豫州刺史路永以縣，著作郎曹毗上《玉鼎頌》。

同上，卷五百六十六掌禮部《作樂第二》：

孝武太元中，破苻堅，獲其樂工楊蜀等，閑習舊樂，於是四廟金石始備焉。乃使曹毗、王珣等增造宗廟歌詩，然郊祀遂不設樂。

同上，卷六百五十貢舉部《應舉》：

曹毗，譙國人也。善屬詞賦，郡察孝廉，除郎中。

同上，卷八百三十八總録部《文章第二》：

曹毗，字輔佐，譙國人。少好文籍，善屬辭賦。郡察孝廉，除郎中，蔡謨舉爲著作佐郎。後爲太學博士。時桂陽張碩爲神女杜蘭香所降，毗因以二篇詩嘲之，并續蘭香歌詩十篇，甚有文彩。又著《揚都賦》，亞於庾闡。累遷尚書郎、鎮東大將軍從事中郎、下邳太守，以名位不至，著《對儒》以自釋。累遷至光禄勛，卒。凡所著文章十五卷，傳於世。（中華書局，1960年）

歐陽修、宋祁《新唐書》卷五十八《藝文志》乙部史録雜傳記類：

《諸葛傳》五卷，《曹氏家傳》一卷。（曹毗撰。）

同上，卷六十《藝文志》丁部集録别集類：

《曹毗集》十五卷。（中華書局，1975年）

郭茂倩《樂府詩集》卷八《郊廟歌辭·晋江左宗廟歌》：

晋江左宗廟歌：《歌高祖宣皇帝》《歌世宗景皇帝》《歌太祖文皇帝》《歌世祖武皇帝》《歌中宗元皇帝》《歌肅宗明皇帝》《歌顯宗成皇帝》《歌康皇帝》

《歌孝宗穆皇帝》《歌哀皇帝》《四時祠祀歌》。（曹毗。）（中華書局，1979年）

鄭樵《通志》卷六十五《藝文略》史類第五傳記・家傳：

《曹氏家傳》一卷。（曹毗撰。）

同上，卷六十九《藝文略》文類第十二別集二・晋：

光禄勛《曹毗集》十卷。

《曹毗集》四卷。

同上，卷一百七十五文苑晋《曹毗傳》：

曹毗，字輔佐，譙國人也。高祖休，魏大司馬。父識，右軍將軍。毗少好文籍，善屬詞賦。郡察孝廉，除郎中，蔡謨舉爲佐著作郎。父憂去職。服闋，遷句章令，徵拜太學博士。時桂陽張碩爲神女杜蘭香所降，毗因作二篇詩嘲之，并續《蘭香》歌詩十篇，甚有文彩。又著《揚都賦》，亞於庾闡。累遷尚書郎、鎮軍大將軍從事中郎、下邳太守。以名位不至，著《對儒》一篇以自釋。後累遷至光禄勛，卒。凡所著文筆十五卷，傳於世。（《四部備要》本）

孫逢吉《職官分紀》卷七《侍郎》：

藻蔚華幄芳逸雲飛。（曹毗卒，王仲祖誄云："入管中書，職典禁闈，藻蔚華幄，芳逸雲飛。"）

同上，卷三十三衛將軍（左右衛）：

《晋中興書》：虞譚、陳略、曹毗、毛安之并爲左衛將軍。（《文淵閣四庫全書》本）

章定《名賢氏族言行類稿》卷十九・曹：

《文苑》：曹毗，字輔佐，少好文籍，善屬詞賦。察孝廉，除郎中，後爲下邳太守，以名位不至，著《對儒》以自釋。沉研秘笈，蹈足下寮。累遷至光禄勛。（《文淵閣四庫全書》本）

章如愚《群書考索》卷四十九樂門樂名類：

晋曹毗、王珣增造新詩。元帝南渡以來，初立宗廟，尚書下太常祭祀所用樂名，太常賀循答："以魏氏增損漢樂，遭離喪亂，舊典不存。自漢以來，依於周制，自造新詩而已。"於時以無雅樂器，音韻曲折，又無識者。是後頗得登歌食舉之樂，猶有未備。明帝大寧末，又詔阮孚等損益之。成帝咸和中，乃復置太樂官，鳩集遺逸，而未有金石也。及庾亮爲荆州，與謝尚共爲朝廷修復雅樂。亮尋薨，庾翼、桓温等事軍旅，樂器在庫，遂至朽壞焉。孝武太元中，破苻堅，獲其樂工楊蜀等，閑習舊樂，於是四廂金石始備焉。乃使曹毗、王珣等增造宗廟歌詩，然郊祀遂不設樂。（書目文獻出版社，1992年）

陳仁子《文選補遺》卷二十五《問難》：

《對儒》。（愚曰："此様筆鋒多矣，而曹毗推一時之多賢，揆諸己以自貶，不謂之賢，可乎？"）曹毗。（《晋書·本傳》：毗，字輔佐，譙國人。）

（文同《晋書》本傳，略。）（《文淵閣四庫全書》本）

王應麟《玉海》卷五十九藝文賦《晋揚都賦》：

庾闡傳爲給事中，吴國内史虞潭爲太伯立碑，闡制其文。又作《揚都賦》，爲世所重。曹毗亦著《揚都賦》，亞於闡。（《隋志》：《闡集》九卷，《毗集》十卷。）

同上，卷八十八器用鼎鼐《晋玉鼎頌》：

《宋志》："晋成帝咸和元年十月辛卯，宣城春穀縣山崖摧，獲石鼎重二斤，受斛餘。咸康八年九月，廬江春穀縣留珪夜見門内有光，取得玉鼎一枚，周邊四寸。豫州刺史路永以獻。著作郎曹毗上《玉鼎頌》。"（《晋陽秋》曰："穀成，縣民此文明之應。"）

同上，卷一百四音樂樂二《晋雅樂》：

太元中，破苻堅，獲其樂工楊蜀等，閑習舊樂，於是四廂金石始備。使曹毗、王珣等增造宗廟歌詩，然郊祀遂不設樂。

同上，卷一百六音樂樂章《晋宗廟歌詩》：

太元中，四廂金石始備，使曹毗、王珣等增造宗廟歌詩。曹毗《歌宣帝》至《四時祠祀》十一首，王珣《歌簡文孝武》二首。（江蘇古籍出版社、上海書店，1988年）

馬端臨《文獻通考》卷一百二十九《樂考二》歷代樂制：

孝武太元中，破苻堅，獲其樂工楊蜀等，閑習舊樂，於是四廂金石始備焉。乃使曹毗、王珣等增造宗廟歌詩，然郊祀遂不設樂。

同上，卷一百四十二《樂考十五》樂歌：

永嘉之亂，四海分崩，伶官樂器，皆没於劉、石。至太元中，破苻堅，始獲樂工楊蜀等，閑習舊樂，於是四廂金石始備。乃使曹毗、王珣等增造宗廟歌詩，然郊祀遂不設樂云。

《歌宣帝》、（曹毗撰十二句。）《歌景帝》、（曹毗撰十二句。）《歌文帝》、（曹毗撰十二句。）《歌武帝》、（曹毗撰十二句。）《歌元帝》、（曹毗撰十二句。）《歌明帝》、（曹毗撰十二句。）《歌成帝》、（曹毗撰十二句。）《歌康帝》、（曹毗撰八句。）《歌穆帝》、（曹毗撰十二句。）《歌哀帝》、（曹毗撰十二句。）《四時祠祀》。（曹毗撰二十五句。）（中華書局，1986年）

黄鎮成《尚書通考》卷四《歷代樂名》：

孝武太元中，破苻堅，得樂工楊蜀等，閑習舊樂，於是四廂金石始備。乃使曹毗、王珣等增造宗廟歌詩，然郊祀遂不設樂。（《中華再造善本》本）

陶宗儀《説郛》弓一百十三《杜蘭香傳》（曹毗）：

（文略。）（《説郛三種》本）

唐順之《荆川稗編》卷三十七樂二《唐太宗〈晋書樂章〉》：

孝武太元中，破符堅，獲其樂工楊蜀等，閑習舊樂，於是四廂金石始備焉。乃使曹毗、王珣等增造宗廟歌詩，然郊祀遂不設樂。今列其詞於後云。（《四庫類書叢刊》本）

馮惟訥《古詩紀》卷四十二晋第十二：

曹毗。（字輔佐，譙國人，少好文籍，善屬詞賦。郡察孝廉，除郎中，蔡謨舉爲佐著作郎，累遷至光禄勛。）

《咏史》，（内容略。）《咏冬》，（内容略。）《夜聽擣衣》，（内容略。）《正朝》，（内容略。）《霖雨》。（内容略。）

同上，卷六十四宋第十：

《擬古》。（《藝文》作晋王叔之。《詩匯》作曹毗者，非。）

客從北方來，言欲到交趾。遠遠無他貨，惟有鳳皇子。百金我不欲，千金難爲市。（闕。）（《文淵閣四庫全書》本）

陳耀文《天中記》卷二十五《博學》：

劫灰。武帝穿昆明池，底得黑灰，無復土，問東方朔。朔云："不知，可問西域之人。"明帝時竺法蘭入來洛陽，時有憶方朔言者，乃追以問之。蘭云："經云天地大劫將盡，則劫燒。此燒劫之餘灰也。"乃知朔言有徵信者甚衆。（《高僧傳》《志怪》。）（江蘇廣陵古籍刻印社，1988年）

凌迪知《氏族博考》卷十譜籍・家譜：

《曹氏家傳》一卷。（曹毗撰。）（上海古籍出版社，1987年）

焦竑《國史・經籍志》卷三史類傳記：

《曹氏家傳》一卷。（曹毗。）

同上，卷五集類别集：

《曹毗集》十卷。（《續修四庫全書》本）

彭大翼《山堂肆考》卷二十四地理池《池有劫灰》：

曹毗《志》：漢武帝鑿昆明池，極深，中間悉是灰墨，無復有土。舉朝不解，以問東方朔。朔曰："臣愚不足以知之，可試問西域胡法蘭。"至明帝時，外國道人來洛陽，有憶方朔言者，乃試以昆明池灰墨問之。胡人云："天地大劫將盡，則劫燒。此劫燒之餘也，謂之劫灰。"方知朔言有旨。

按昆明本西南夷國名，即滇國也。滇池在雲南府城南，周廣五百里，合盤龍江及黄龍溪諸水，匯爲此池。中産衣缽蓮花盤，千葉蕋分三色。下流爲螳螂川，中有大小卧納二山。後爲漢武帝平之，以其地爲益州郡。其所鑿昆明池，在今西安府城内上林苑中。帝欲伐昆明夷，以其國有滇池，乃穿池象之，以習水戰。周回四十里，其中有戈船、樓船數百艘，置二石人相對，以象牽牛、織女。刻石爲鯨魚。每雷動常吼，鬐鬣皆動。至昭帝幼沖，不習攻戰，於中養魚以給諸陵。又《關中記》所載堯治水訖，停舟昆明池。則此池堯時已有，漢特因而深之耳。《史記》滇水源廣末狹，有似倒流，故曰滇。（《四庫類書叢刊》本）

黄宗羲《明文海》卷二百二十二序十三著述《錢允治〈枝山志怪序〉》：

孔子不語怪，而《齊諧》志之。《齊諧》之書不傳，而續之者吴均、曹毗、祖台之、牛僧孺紛如矣。

同上，卷二百四十四序三十五文集《何良俊〈剪綵集序〉》：

今試以菅蒯疏惡，縱被之絺繡，終何能以辨章軌物？苟白地明光錦，裁爲負版袴，亦曹毗所以取譏於孫綽者也。（中華書局，1987年）

陸時雍《古詩鏡》卷三十四樂章第二晉傅玄《郊祀歌三首》：

傅玄樂章雖少，精意特格，力猶存若。曹毗宗廟歌自是繁辭縟語，有何雍雍翼翼，以通冥漠之中。至荀勖欲掇述頌，余不覺有言，斯沮矣。

（歌詞略。）（《文淵閣四庫全書》本）

陸世儀《思辨録輯要》卷三十五《史籍類》：

漢樂府出於唐山夫人及李延年之流，故全不足法。晋樂府出於傅玄、曹毗、張華、王珣、荀勖諸人，多用四言，故其詩盡有典則，可追風雅者。然祖宗本無功德可述，更不如漢，辭雖典，則亦何足云。（江蘇廣陵古籍刻印社，1987年）

趙起士《寄園寄所寄》卷四“撚須寄”條：

《風雅頌》既亡，一變而爲《離騷》，再變而爲西漢，三變而爲歌行雜體，四變而爲沈、宋律詩。五言起蘇、李，或云起枚乘。七言起於漢武柏梁。四言起於漢楚王傅韋孟。六言起於漢司農谷永。三言起於晋夏侯湛。九言起於高貴鄉公。（黄山書社，2008年）

徐乾學《讀禮通考》卷十四喪期十四《小功五月下》：

魏明帝景初中，尚書祠部問曰：“同母異父昆弟服，應幾月？”太常曹毗述博士趙怡據子游鄭注，大功九月。高堂崇云：“聖人制禮，外親正服不過緦麻，異外内之明理也。外祖父母以尊加，從母以名加，皆小功；舅緦服而已，外兄弟異族無屬，疏於外家遠矣，故於禮序不得有服。若以同居從同爨服，無緣章云大功，乃重於外祖父母，此實先賢之過也。”（《文淵閣四庫全書》本）

張英等《御定淵鑒類函》卷三十九地部十七《昆明池一》：

增曹毗《志怪》云：漢武鑿昆明池，極深，悉是灰墨，無復土。舉朝不解，以問東方朔。朔曰：“臣愚不足以知之，可試問西域胡人。”帝以爲朔不知也。至後漢明帝時，外國道人來洛陽，時有憶方朔言者，乃試以武帝灰墨問之，答云：“天地大劫將盡，則劫燒。此劫燒之餘。”乃知朔言有旨。

同上，卷八十五設官部二十五《黄門侍郎四》：

曹毗作詩。（曹毗《五言詩序》曰："余從中書轉爲黄門，在直多懷，作詩書屏風雲爾。"）

同上，卷二百文學部九《碑文四》：

翠碑表墳。（曹毗《郗公墓詩》云："青松羅前隊，翠碑表高墳。玉顔無餘映，蕙風有餘薰。"）（《文淵閣四庫全書》本）

李光地《御定月令輯要》卷十七冬令《雜紀》：

曹毗《咏冬詩》。（綿邈冬夕永，凛厲寒氣升。離葉向晨落，長風振條興。夜静輕響起，天清月輝澄。寒冰盈渠結，素霜竟檲凝。今載忽已暮，來紀奄復仍。）（《文淵閣四庫全書》本）

陳元龍《格致鏡原》卷十坤輿類六《土》：

《高僧傳》：武帝穿昆明池，底得黑灰，無復土，問東方朔。朔云："不知，可問西域胡人。"明帝時，竺法蘭來洛陽，時有憶方朔言者，乃問之。蘭云："經云天地大劫將盡，則劫燒。此燒劫之餘灰也。"（《四庫類書叢刊》本）

陳元龍《歷代賦彙》目録下卷九十四音樂：

《箜篌賦》。（晋曹毗，晋孫氏，唐闕名。）（江蘇古籍出版社、上海書店，1988年）

趙宏恩等《江南通志》卷一百九祠廟・南康府・廟：

宫亭廟在星子縣神林浦東，魏曹毗詩"分風爲二擘，流爲兩者"是也。宋景德間敕著祀典。

同上，卷一百六十七人物志・文苑三・潁州府：

晋曹毗，字輔佐，譙國人，魏大司馬休曾孫。好文籍，能屬詞，累遷太學博士、尚書郎、光禄勛。

同上，卷一百九十一藝文志・史部・晋：

《曹氏家傳》一本。（晋曹毗。）（《文淵閣四庫全書》本）

允禄等《御製律吕正義後編》卷八十一樂制考四・晉“成帝咸和六年”條：

至孝武太元中，晉師北伐，破苻堅，獲其樂工楊蜀等，閑習舊樂，於是四厢金石始備。使曹毗、王珣等增造宗廟歌詩，然郊祀終未嘗設樂，異於西晉。（《文淵閣四庫全書》本）

秦蕙田《五禮通考》卷九十吉禮九十宗廟時享“晋江左宗廟歌”條：

晋江左宗廟歌十三篇，曹毗造十一首，王珣造二首。（《文淵閣四庫全書》本）

龔煒《巢林筆談》卷四《曹髦講經》：

高貴鄉公幸太學，講論諸經甚晰，獨於“垂衣裳”一段問對俱失。上古制作，原不成一聖人之手，大抵先其所急，漸臻大備。乃以衣裳有無，疑黄帝與羲農化殊，迂矣。而博士淳于峻對以三皇時人寡而禽獸衆，故取其羽皮而用足。黄帝時，人衆而禽獸寡，是以作爲衣裳以通時變。衣裳之作，豈繫乎人獸之多寡，支離不更甚乎？又，當時司馬權重，上下之分蕩然，急宜講者莫如《春秋》，諸經皆講，而獨不及此，何也？（中華書局，1981年）

龔煒《巢林筆談續編》卷上《晋惟明帝》：

予嘗論典午百五十年中可以君人者，惟明帝一人，武不及也。高貴鄉公之弑，武所與聞，而其後怡然受禪。明帝追論及此，至以面覆床，有晋祚不長之嘆，其立心之相去何如乎？蓋不獨天資英睿矣。享國不永，惜哉！（《續修四庫全書》本）

趙翼《陔餘叢考》卷二十三《三言詩》：

三言詩，《金玉詩話》謂起於高貴鄉公。然漢《安世房中歌》“豐草葽”及“雷震震”二章，《郊祀歌》之“練時日”“太乙貺”“天馬徠”等章，已創其體，則不始於魏末矣。劉勰又引《喜起歌》爲三言之首，而謂詩之有三五言，多成於西漢。蓋《國風》“山有榛，隰有苓”，《周頌》“綏萬邦，屢豐年”之類，古詩中原有此句法，特漢初以之爲全篇，遂成此三言爲一體耳。後世亦罕有爲之者。《劉伯温集》有《思美人》一篇。《懷麓堂詩話》：“羅明仲謂三言亦可爲體，因出樹、處二韻，迫西涯題扇。西涯援筆題云：‘揚風帆，出江樹。家遥遥，在何處。’”又有鄞人金埴專工三言，多至千篇，今已不傳。近日朱竹垞、查初白間亦爲之。（湛貽堂，1730年）

永瑢等《四庫全書總目》卷一百八十九集部四十二總集類四《古樂苑》提要：

《古樂苑》五十二卷。（兩淮馬裕家藏本。）……雜歌曲詞之《劉勋妻》，其詩《藝文類聚》稱魏文帝作，《玉臺新咏》稱王宋自作，邢凱《坦齋通編》稱曹植作，然總爲五言詩，不云樂府，亦不以“劉勛妻”三字爲樂府題也。左思《嬌女詩》自咏其二女嬉戲之事，亦不云樂府也。至梁昭明太子、沈約、王錫、王規、王纘、殷鈞之《大言》《細言》，不過偶然游戲，實宋玉《大言賦》之流。既非古調，亦未被新聲，强名之曰“樂府”，則《世説新語》所謂“矛頭淅米劍頭炊，百歲老翁攀枯枝，井上轆轤卧嬰兒，盲人騎瞎馬，夜半臨深池”者，何又不入乎？温子昇之《擣衣》，本咏閨情，亦强名曰“樂府”，柳惲、謝惠連、曹毗所作亦同此題，何又見遺乎？（中華書局，1965年）

乾隆《大清一統志》卷八十九·潁州府·人物：

曹毗。（字輔佐，譙人。少好文籍，善屬詞賦。郡察孝廉，累遷下邳太守，以名位不至，作《對儒》以自釋。官至光禄勛，卒。所著有文筆十五卷，傳於世。）（《文淵閣四庫全書》本）

章宗源《隋書經籍志考證》卷十三雜傳：

《曹氏家傳》一卷。（曹毗撰。）《唐志》同。

《太平御覽·職官部》：“《曹氏傳》曰：左擁起於碎吏，武帝以爲殿中侍御史。”

《志怪》。（卷亡。曹毗撰，不著録。）《初學記·地部》《太平御覽·地部》并引《曹毗志怪》，言漢武鑿昆明池極深，悉是灰墨，無復土。東方朔曰：“可問西域人。”至後漢明帝時外國道人入洛，試問之，答曰：“經云天地大劫將盡，則劫燒。此劫燒之餘。”（《二十五史補編》本）

秦榮光《補晋書藝文志》卷一經部論語類：

《論語釋》一卷。（曹毗撰。）

同上，卷二史部傳記類：

《曹氏家傳》一卷。（曹毗撰。）

同上，卷三子部小説類：

《志怪》。（曹毗撰，據《初學記》地部兩引。）

同上，卷四集部别集類：

《曹毗集》十卷。（案梁有十五，《本傳》、兩《唐志》并同。）録一卷。

（案《隋志》别出《曹毗集》四卷，疑複。）（《二十五史補編》本）

姚振宗《隋書經籍志考證》卷八經部八論語類：

梁有《論語釋》一卷，曹毗撰，亡。

《晋書·文苑傳》："曹毗字輔佐，譙國人也。高祖休，魏大司馬。毗少好文籍，郡察孝廉，除郎中佐著郎，句章令，徵爲太學博士，累遷尚書郎、鎮軍從事中郎、下邱太守，至光禄勛，卒。所著文筆十五卷，傳於世。"

同上，卷二十史部十雜傳類：

《曹氏家傳》一卷，曹毗撰。

曹毗有《論語釋》，見經部論語類。

《唐書·經籍志》譜牒類："《曹氏家傳》一卷，曹毗撰。"（《藝文志》雜傳類著録同。）

章氏《考證》："《太平御覽·職官部》：《曹氏傳》曰：'左擁起於碎吏，武帝以爲殿中侍御史。'"

同上，卷三十九之五集部二之五别集類五：

晋光禄勛《曹毗集》十卷，梁十五卷，録一卷。

曹毗有《論語釋》，見經部。

《晋書·文苑傳》："毗少好文籍，善屬辭賦，時桂陽張碩爲神女杜蘭香所降，毗因以二篇詩嘲之，并續《蘭香》歌詩十篇，甚有文采。又著《揚都賦》，亞於庾闡，以名位不至，著對儒以自釋，凡所著文筆十五卷，傳於世。"

《唐書·經籍》《藝文志》："《曹毗集》十五卷。"

馮氏《詩紀》輯存《咏史詩》《咏冬詩》《夜聽擣衣詩》《正朝詩》《霖雨詩》凡五篇，又曰："《晋書·樂志》：'永嘉之亂，伶官樂器皆没於劉、石，是後纍代增益，至太元中，破苻堅獲其樂工，於時四厢金石始備，使曹毗、王珣增造《宗廟歌詩》，凡十三首，毗造十一首，珣造二首。'"

嚴氏《全晋文編》："曹毗有集十五卷，今存賦十三篇，《對儒》《詩序》《黄帝》《贊神女杜蘭香傳》《請雨文綜》，凡一十九篇。又有《玉鼎頌》，見《宋書·符瑞志》，亡。"（案諸書引曹毗《志怪》，似即所記杜蘭香事。）

晋《曹毗集》四卷。

曹毗有集，見前。

案前載晋光禄勛《曹毗集》十卷，注云梁十五卷，《録》一卷。此四卷殆其别本。（清華大學出版社，2014年）

丁國鈞《補晋書藝文志》卷二乙部史録雜傳類：

《曹氏家傳》一卷。（曹毗。）謹按見《唐志》。

同上，職官類：

《曹肇傳》。（曹毗。）謹按原本《北堂書鈔》百三卷引。（《藝文類聚》亦引。）

同上，卷三丙部子録小説類：

曹毗《志怪》。謹按《初學記·地部》《御覽·地部》均引。

同上，卷四丁部集録别集類：

《曹毗集》四卷。（謹按見《隋志》。）

同上，補遺《附録類補遺》子部：

曹毗《魏都賦注》。見《文選·南都賦》注，《御覽》九百七十四亦引。（賦係毗作，非左太沖之《魏都》也。）（《二十五史補編》本）

文廷式《補晋書藝文志》卷一經部論語類：

曹毗《論語釋》一卷。

同上，卷三史部别傳：

曹毗《曹肇傳》。《書鈔》一百三云曹毗作《曹肇傳》，《御覽》六百八十九亦引《曹肇傳》。

同上，譜系類：

曹毗《曹氏家傳》一卷。

同上，卷四子部神仙家類：

曹毗《杜蘭香傳》。見《本傳》。《御覽》卷五百、卷九百八十四兩引之。《類聚》屢引之，題“杜蘭香列傳”，三百九十六作“曹毗神女杜蘭香傳”。

同上，卷五子部小説家類：

《曹毗志怪》。章宗源《隋書經籍志考證》云：“《初學記·地部》《太平御覽·地部》并引《曹毗志怪》。”言漢武鑿昆明池極深，悉是灰黑，無復土。東方朔曰："可問西域人。"至後漢明帝時，外國道人入洛，試問之，答曰："經云天地大劫將盡，則劫燒。此劫之餘。"

同上，卷六集部别集類：

《曹毗集》四卷。按《隋志》已録光禄勛《曹毗集》十五卷，此疑别本，姑并存其目。（《二十五史補編》本）

黄逢元《補晋書藝文志》卷一甲部經録論語類八：

《論語釋》一卷。（光禄勛譙國曹毗輔佐撰。）見《七録》，毗有《傳》。

同上，卷二乙部史録雜傳類十：

《曹肇傳》。（曹毗撰。）見《書鈔》百三十，又《御覽》六百八十九。

《杜蘭香傳》。（曹毗撰。）見《御覽》五百八十四，又七百五十九，《類聚》二百九十引作"神女杜蘭香傳"，又引作"别傳"，并見毗《傳》。

同上，卷三丙部子録小説家類八：

《志怪》。（曹毗撰。）見《初學記》七，《御覽》各部屢引。

同上，卷四丁部集録别集類二：

光禄勛《曹毗集》十五卷、《録》一卷。本《七録》。《隋志》存十卷，唐新、舊《志》復作十五卷。《毗傳》云"文筆十卷傳於世"，《書鈔》五十七引存毗集。今存嚴輯本。（《二十五史補編》本）

吴士鑒《補晋書經籍志》卷一甲部經録論語類：

曹毗《論語釋》一卷。（見《隋志》。）

同上，卷二乙部史録雜傳類：

曹毗《志怪》。（《初學記》《太平御覽》。）

又《曹氏家傳》一卷。（見《隋志》。）

《杜蘭香傳》。（《太平御覽》。）

《曹肇傳》。（《北堂書鈔》《藝文類聚》。）

同上，卷四丁部集録别集類：

光禄勛《曹毗集》十五卷、《録》一卷。（《隋志》十卷，注云"梁十五卷”。兩《唐志》同。《隋志》又有《曹毗集》四卷，複出。）

同上，總集類：

曹毗《魏都賦注》。（《文選注》引。）（《二十五史補編》本）

案：秦榮光《補晋書藝文志》子部小説家類録《志怪》，題曹毗撰，未題卷數。丁國鈞《補晋書藝文志》、文廷式《補晋書藝文志》、黄逢元《補晋書藝文志》子部小説家類著録同。章宗源《隋書經籍志考證》、吴士鑒《補晋書經籍志》入史部雜傳類。

曹毗（生卒年不詳），字輔佐，譙國（今安徽亳州）人。少好文籍，善屬辭賦，曾作《揚州賦》流行於世。郡察孝廉。晋成帝咸和間，除郎中，蔡謨薦補著作佐郎。父憂去職。服闋，遷句章令，徵爲太學博士。累遷尚書郎，鎮軍大將軍從事中郎、下邳太守、光禄勛。《晋書·文苑》有傳，稱其爲“中興之秀”。曹毗之文，以《對儒》爲代表，《世説新語·文學第四》：“孫興公道：‘曹輔佐才如白地明光錦，非無文采，酷無裁制。’”《隋書·經籍志》收録曹毗文集十五卷，又有《論語釋》一卷，《曹氏家傳》一卷。諸書皆亡。今存《涉江賦》《箜篌賦》《秋興賦》《咏冬》《咏史》《夜聽擣衣》《正朝》《霖雨》《黄帝贊》以及晋郊祀歌詞十餘首等，收録於《玉臺新咏》《藝文類聚》《初學記》《樂書》等。

曹毗《志怪》，史籍未載。最早引録者爲唐初徐堅所編《初學記》，其卷七《地部下》昆明池叙事引曹毗《志怪》云：“漢武鑿昆明池，極深，悉是灰墨，無復土。舉朝不解，以問東方朔。朔曰：‘臣愚不足以知之，可試問西域胡人。’帝以朔不知，難以移問。至後漢明帝時，外國道人入來洛陽，時有憶方朔言者，乃試以武帝時灰墨問之。胡人云：‘經云天地大劫將盡，則劫燒。此劫燒之餘。’乃知朔言有旨。”後來各書引此條，有云曹毗《志怪》者，如《太平廣記》；有云《高僧傳》者，如《格致鏡原》。而《四庫全書》本《搜神記》卷十三有此條，内容全同。《説郛》録摯虞《决疑要注》也有此條。蘇易簡《文房四譜》引此條出曹毗《志怪》，自注：“又云出《幽冥録》。”然他人引《幽冥録》無及此條者。

章宗源《隋書經籍志考證》雜傳類最早著録《志怪》，注云：“卷亡。曹毗撰，不著録。”秦榮光《補晋書藝文志》子部小説類著録曹毗《志怪》，注稱“據《初學記》地部兩引”。丁國鈞《補晋書藝文志》丙部子録小説類、文廷式《補晋書藝文志》子部小説家類、吴士鑒《補晋書經籍志》乙部史録雜傳類均有著録，所據爲《初學記》《太平御覽》引。姚振宗《隋書經籍志考證》引嚴可均《全晋文編》并案云："諸書引曹毗《志怪》，似即所記杜蘭香事。"其説與諸書引昆明池劫灰又不同。魯迅《古小説鈎沉》從《初學記》和《草堂詩箋》中輯得此條，署名曹毗《志怪》。據現存文獻，曹毗是否有《志怪》一書，昆明池劫灰是否即《志怪》文，實難以定論，存疑可矣。

西京雜記

葛洪《西京雜記》卷後附《晋葛洪〈西京雜記〉跋》：

洪家世有劉子駿《漢書》一百卷，無首尾題目，但以甲乙丙丁紀其卷數。先父傳云：歆欲撰《漢書》，編録漢事，未得締構而亡，故書無宗本，止雜記而已，失前後之次，無事類之辨。後好事者以意次第之，始甲終癸爲十帙，帙十卷，合爲百卷。洪家具有其書，試以此記考校班固所作，殆是全取劉書，有小異同耳。并固所不取，不過二萬許言，今抄出爲二卷，名曰《西京雜記》，以裨《漢書》之闕。爾後洪家遭火，書籍都盡，此兩卷在洪巾箱中，常以自隨，故得猶在。劉歆所記，世人希有，縱復有者，多不備足。見其首尾參錯，前後倒亂，亦不知何書，罕能全録。恐年代稍久，歆所撰遂没，并洪家此書二卷不知出所，故序之云爾。

洪家復有《漢武帝禁中起居注》一卷，《漢武故事》二卷，世人希有之者。今并五卷爲一帙，庶免淪没焉。（中華書局，1985年）

葛洪《抱朴子外篇》卷四《自叙第五十》：

抱朴子者，姓葛，名洪，字稚川，丹陽句容人也。其先葛天氏，蓋古之有天下者也，後降爲列國，因以爲姓焉。洪曩祖爲荆州刺史，王莽之簒，君恥事國賊，棄官而歸，與東郡太守翟義共起兵，將以誅莽，爲莽所敗，遇赦免禍，遂稱疾自絶於世。莽以君宗强，慮終有變，乃徙君於琅琊。君之子浦廬，起兵以佐光武，有大功。光武踐祚，以廬爲車騎，又遷驃騎大將軍。封下邳僮縣侯，食邑五千户。開國初，侯之弟文，隨侯征討，屢有大捷。侯比上書文爲訟功。而官以文私從兄行，無軍名，遂不爲論。侯曰："弟與我同冒矢石，瘡痍周身，傷失右眼，不得尺寸之報，吾乃重金纍紫，何心以安？"乃自表乞轉封於弟。書至上請報。漢朝欲成君高義，故特聽焉。文辭不獲已，受爵，即第爲驃騎營立宅舍於博望里，於今基兆石礎存焉。又分割租秩，以供奉吏士，給如二君焉。驃騎殷勤止之，而不從。驃騎曰："此更煩役國人，何以爲讓？"乃托他行，遂南渡江，而家於句容。子弟躬耕，以典籍自娱。文纍使奉迎驃騎，驃騎終不還。又令人守護博望宅舍，以冀驃騎之反，至於纍世無居之者。

洪祖父學無不涉，究測精微，文藝之高，一時莫倫，有經國史才。仕吴，歷宰海鹽、臨安、山陰三縣，入爲吏部侍郎、御史中丞、廬陵太守、吏部尚書、太子少傅、中書、大鴻臚、侍中、光禄勛、輔吴將軍，封吴壽縣侯。洪父以孝友聞，行爲士表，方册所載，罔不窮覽。仕吴五官郎、中正，建城、南昌二縣令，中書郎、廷尉、中護軍、拜會稽太守，未辭，而晋軍順流，西境不守。博簡秉文經武之才，朝野之論，僉然推君，於是轉爲五郡赴警。大都督給親兵五千，總統征軍，戍遏疆埸。天之所壞，人不能支，故主欽若，九有同賓。君以故官赴除郎中，稍遷至大中大夫，歷位大中、肥鄉令。縣户二萬，舉州最治，德化尤異，恩洽刑清，野有頌聲，路無奸迹，不佃公田，越界如市，秋毫之贈，不入於門，紙筆之用，皆出私財，刑厝而禁止，不言而化行。以疾去官，發詔見用爲吴王郎中令，正色弼違，進可替不，舉善彈枉，軍國肅雍。遷邵陵太守，卒於官。

洪者，君之第三子也。生晚，爲二親所嬌饒，不早見督以書史。年十有三，而慈父見背，夙失庭訓，飢寒困瘁，躬執耕穡，承星履草，密勿疇襲。又纍遭兵火，先人典籍蕩盡，農隙之暇無所讀。乃負笈徒步行借，又卒於一家，少得全部之書。益破功日伐薪賣之，以給紙筆，就營田園處，以柴火寫書。坐此之故，不得早涉藝文。常乏紙，每所寫，反覆有字，人鮮能讀也。年十六，始讀《孝經》《論語》《詩》《易》。貧乏無以遠尋師友，孤陋寡聞，明淺思短，大義多所不通。但貪廣覽，於衆書乃無不暗誦精持，曾所披涉，自正經諸史百家之言，下至短雜文章，近萬卷。既性闇善忘，又少文，意志不專，所識者甚薄，亦不免惑。而著述時猶得有所引用，竟不成純儒，不中爲傳授之師。其河洛圖緯，一視便止，不得留意也。不喜星書，及算術、九宫、三棋、太乙、飛符之屬，了不從焉，由其苦人而少氣味也。晚學風角、望氣、三元、遁甲、六壬、太乙之法，粗知其旨，又不研精。亦計此輩率是爲人用之事，同出身情，無急以此自勞役，不如省子書之有益，遂又廢焉。案《别録》《藝文志》，衆有萬三千二百九十九卷，而魏代以來，群文滋長，倍於往者，乃自知所未見之多也。江表書籍，通同不具。昔故詣京師，索奇異，而正值大亂，半道而還，每具嘆恨。今齒近不惑，素志衰頹，但念損之又損，爲乎無爲，偶耕藪澤，苟存性命耳。博涉之業，於是日沮矣。

洪之爲人，朴而騃野，性鈍口訥，形貌醜陋，而終不辯自矜飾也。冠履垢弊，衣或襤褸，而或不恥焉。俗之服用，俄而屢改。或忽廣領而大帶，或身促而修袖，或長裾曳地，或短不蔽腳。洪期於守常，不隨世變，言則率實，杜絶嘲戲，不得其人，終日默然。故邦人咸稱之爲抱朴之士，是以洪著書，因以自號焉。洪稟性尪羸，兼之多疾，貧無車馬，不堪徒行，行亦性所不好。又患弊俗，捨本逐末，交游過差，故遂撫筆閒居，守静蓽門，而無趨從之所。至於權豪之徒，雖在密迹，而莫或相識焉。衣不辟寒，室不免漏，食不充虚，名不出户，不能憂也。貧無僮僕，籬落頓决，荆棘叢於庭宇，蓬莠塞乎階霤，披榛出門，排草入室，論者以爲意遠忽近，而不怒其乏役也。不曉謁以故初，不修見官長，至於吊大喪，省困疾，乃心欲自勉强，令無不必至，而居疾少健，恒復不周，每見譏責於論者，洪引咎而不恤也。意苟無餘，而病使心違，顧不愧己而已，亦何理於人之不見亮乎？惟明鑒之士，乃恕其信抱朴，非以養高也。

世人多慕豫親之好，推闇至之密，洪以爲知人甚未易，上聖之所難，浮雜之交，口合神疵，無益有損，雖不能如朱公叔一切絶之，且必須清澄詳悉，乃處意焉。又爲此見憎者甚衆而不改也。馳逐苟達，側立勢門者，又共疾洪之異於己而見疵毁，謂洪爲傲物輕俗。而洪之爲人，信心而行，毁譽皆置於不聞。至患近人，或恃其所長而輕人所短。洪忝爲儒者之末，每與人言，常度其所知而論之，不强引之以造彼所不聞也。及與學士有所辯識，每舉綱領，苦值惜短，難解心家。但粗説意之與向，使足以發痞而已，不致苦理，使彼率不得自還也。彼静心者，詳而思之，則多自覺而得之者焉。度不與言者，雖或有問，常辭以不知，以免辭費之過也。

洪性深不好干煩官長，自少及長，曾救知己之抑者數人，不得有言於在位者。然其人皆不知洪之恤也，不忍見其陷於非理，密自營之耳。其餘雖親至者，在事秉勢，與洪無惜者，終不以片言半字少累之也。至於糧用窮匱，急合湯藥，則唤求朋類，或見濟，亦不讓也。受人之施，必皆久久漸有以報之，不令覺也。非類則不妄受其饋致焉。洪所食有旬日之儲，則分以濟人之乏，若殊自不足，亦不割己也。不爲皎皎之細行，不治察察之小廉。村里凡人之謂良善者，用時或齎酒殽候洪，雖非儔匹，亦不拒也。後有以答之，亦不登時也。洪嘗謂，史云不食於昆弟，華生治潔於昵客，蓋邀名之僞行，非廊廟之遠量也。

洪尤疾無義之人，不勤農桑之本業，而慕非義之奸利。持鄉論者，則賣選舉以取謝；有威勢者，則解符疏以索財。或有罪人之賂，或枉有理之家，或爲逋逃之藪，而饗亡命之人。或挾使民丁以妨公役，或强收錢物以求貴價，或占錮市肆，奪百姓之利，或割人田地，劫孤弱之業，惚恫官府之間，以窺掊克之益，内以誇妻妾，外以釣名位，其如此者，不與交焉。由是俗人憎洪疾己，自然疏絶，故巷無車馬之迹，堂無異志之賓，庭可設雀羅，而几筵積塵焉。

洪自有識，逮以將老，口不及人之非，不説人之私，乃自然也。雖僕豎有所短所羞之事，不以戲之也。未嘗論評人物之優劣，不喜訶譴人交之好惡。或爲尊長所逼問，辭不獲已，其論人也，則獨舉彼體中之勝事而已。其論文也，則撮其所得之佳者，而不指摘其病累。故無毁譽之怨。貴人時或問官吏民甲乙何如，其清高閑能者，洪指説其快事；其貪暴闇塞者，對以偶不識悉。洪由此頗見譏責，以顧護太多，不能明辨臧否，使皂白區分，而洪終不敢改也。每見世人有好論人物者，比方倫匹，未必當允，而褒貶與奪，或失準格。見譽者自謂己分，未必信德也；見侵者則恨之入骨，劇於血仇。洪益以爲戒，遂不復言及士人矣。雖門宗子弟，其稱兩皆以付邦族，不爲輕乎其價數也。或以譏洪，洪答曰："我身在我者也，法當易知。設令有人問我，使自比古人，及同時令我自求輩，則我實不能自知可與誰爲匹也，況非我安可爲取評定之耶？漢末俗弊，朋黨分部，許子將之徒，以口舌取戒，争訟論議，門宗成仇。故汝南人士無復定價，而有月旦之評。魏武帝深亦疾之，欲取其首，爾乃奔波亡走，殆至屠滅。前鑒不遠，可以得師矣。且人之未易知也，雖父兄不必盡子弟也。同於我者遽是乎？異於我者遽非乎？或有始無卒，唐堯、公旦、仲尼、季札，皆有不全得之恨，無以近人信其嘍嘍管見熒燭之明，而輕評人物，是皆賣彼上聖大賢乎？"

昔大安中，石冰作亂，六州之地，村鎮業靡，違正黨逆，義軍大都督邀洪爲將兵都尉，累見敦迫。既桑梓恐虜，禍深憂大，古人有急疾之義。又畏軍法，不敢任志。遂募合數百人，與諸軍旅進。曾攻賊之别將，破之日，錢帛山積，珍玩蔽地。諸軍莫不放兵收拾財物，繼轂連擔。洪獨約令所領，不得妄離行陣。士有摭得衆者，洪即斬之以徇。於是無敢委杖。而果有伏賊數百，出傷諸軍。諸軍悉發，無部隊，皆人馬負重，無復戰心，遂致驚亂，死傷狼藉，殆欲不振。獨洪軍整齊轂張，無所損失，以救諸軍之大崩，洪有力焉。後别戰，斬賊小帥，多獲甲首，而獻捷幕府。於是大都督加洪伏波將軍。例給布百匹，諸將多封閉之，或送還家。而洪分賜將士，及施知故之貧者。餘之十匹，又徑以市肉酤酒，以饗將吏。於時竊擅一日之美談焉。事平，洪投戈釋甲，徑詣洛陽，欲廣尋異書，了不論戰功。竊慕魯連不受聊城之金，包胥不納存楚之賞，成功不處之義焉。正遇上國大亂，北道不通，而陳敏又反於江東，歸塗隔塞。會有故人譙國嵇居道，見用爲廣州刺史，乃表請洪爲參軍。雖非所樂，然利可避地於南，故黽勉就焉。見遣先行催兵，而居道於後遇害，遂停廣州，頻爲節將見邀用，皆不就。

永惟富貴可以漸得，而不可頓合，其間屑屑亦足以勞人。且榮位勢利，譬如寄客，既非常物，又其去不可得留也。隆隆者絶，赫赫者滅，有若春華，須臾凋落。得之不喜，失之安悲？悔吝百端，憂懼兢戰，不可勝言，不足爲也。且自度性篤懶而才至短，以篤懶而御短才，雖翕肩屈膝，趨走風塵，猶必不辦，大致名位而免患纍，況不能乎？未若修松喬之道，在我而已，不由於人焉。將登名山，服食養性，非有廢也。事不兼濟，自不絶棄世務，則曷緣修習玄静哉？且知之誠難，亦不得惜問而與人議也。是以車馬之迹，不經貴世之域；片字之書，不交在位之家。又士林之中，雖不可出，而見造之賓，意不能拒，妨人所作，不得專一。乃嘆曰，山林之中無道也。而古之修道者，必入山林，誠欲以違遠讙嘩，使心不亂也。今將遂本志，委桑梓，適嵩嶽，以尋方平、梁公之軌。先所作子書内外篇，幸已用功夫，聊復撰次，以示來者云爾。

洪年十五六時，所作詩賦雜文，當時自謂可行。至於弱冠，更詳省之，殊多不稱意，天才未必爲增也，直所覽差廣，而覺妍媸之别。於是大有所制，棄十不存一。今除所作子書，但雜尚餘百所卷，猶未盡損益之理，而多慘憒，不遑復料護之。他人文成，手便快意。余才鈍思遲，實不能示。作文章每一更字，輒自轉勝，但患懶，又所作多，不能數省之耳。洪年二十餘，乃計作細碎小文，妨棄功日，未若立一家之言，乃草創子書。會遇兵亂，流離播越，有所亡失，連在道路，不復投筆十餘年，至建武中乃定，凡著内篇二十卷，外篇五十卷，碑頌詩賦百卷，軍書檄移章表箋記三十卷。又撰俗所不列者爲《神仙傳》十卷，又撰高尚不仕者爲《隱逸傳》十卷，又抄五經、七史、百家之言，兵事、方伎、短雜、奇要三百一十卷，别有目録。其内篇言神仙方藥、鬼怪變化、養生延年、禳邪却禍之事，屬道家。其外篇言人間得失，世事臧否，屬儒家。

洪見魏文帝典目，自叙未及彈棋擊劍之事，有意於略説所知，而實不數少所便能，不可虚自稱揚，今將具言，所不閑焉。洪體鈍性駑，寡所玩好，自總髮垂髫，又擲瓦手搏，不及兒童之群，未嘗鬥鷄鶩、走狗馬。見人博戲，了不目盼，或强牽引觀之，殊不入神，有若晝睡。是以至今不知棋局上有幾道，摴蒱齒名。亦念此輩末伎，亂意思而妨日月，在位有損政事，儒者則廢講誦，凡民則忘稼穡，商人則失貨財。至於勝負未分，交争都市，心熱於中，顔愁於外，名之爲樂，而實煎悴。喪廉恥之操，興争競之端，相取重貨，密結怨隙。昔宋閔公、吴太子致碎首之禍，生叛亂之變，覆滅七國，幾傾天朝，作戒百代，其鑒明矣。每觀戲者，慚恚交集，手足相及，醜詈相加，絶交壞友，往往有焉。怨不在大，亦不在小，多召悔吝，不足爲也。仲尼雖有晝寢之戒，以洪較之，洪實未許其賢於晝寢。何者？晝寢但無益，而未有怨恨之憂，鬥訟之變。聖人猶韋編三絶，以勤經業，凡才近人，安得兼修？惟諸戲盡不如示一尺之書，故因本不喜而不爲，蓋此俗人所親焉。

少嘗學射，但力少不能挽强若顔高之弓耳。意爲射既在六藝，又可以禦寇辟劫，及取鳥獸，是以習之。昔在軍旅，曾手射追騎，應弦而倒，殺二賊一馬，遂以得免死。又曾受刀楯及單刀雙戟，皆有口訣要術，以待取人，乃有秘法，其巧入神。若以此道與不曉者對，便可以當全獨勝，所向無前矣。晚又學七尺杖術，可以入白刃，取大戟。然亦是不急之末學，知之譬如麟角鳳距，何必用之？此已往，未之或知。

洪少有定志，決不出身。每覽巢許、子州、北人石户、二姜、兩表、法真、子龍之傳，嘗廢書前席，慕其爲人。念精治五經，著一部子書，令後世知其爲文儒而已。後州郡及車騎大將軍辟，皆不就。薦名琅琊王丞相府。昔起義兵，賊平之後，了不修名，詣府論功，主者永無賞報之冀。晋王應天順人，撥亂反正，結皇綱於垂絶，修宗廟之廢祀，念先朝之滯賞，并無報以勸來。洪隨例就彼。庚寅詔書，賜爵關中侯，食句容之邑二百户。竊詔討賊以救桑梓，勞不足録，金紫之命，非其始願，本欲遠慕魯連，近引田疇，上書固辭，以遂微志。適有大例，同不見許。昔仲由讓應受之賜，而沮爲善。醜虜未夷，天下多事，國家方欲明賞必罰，以彰憲典，小子豈敢苟潔區區之懦志，而距弘通之大制？故遂息意而恭承詔命焉。

洪既著自叙之篇。或人難曰："昔王充年在耳順，道窮望絶，懼身名之偕滅，故自紀終篇。先生以始立之盛，值乎有道之運，方將解申公之束帛，登枚生之蒲輪，耀藻九五，絶聲昆吾，何憾芬芳之不揚，而務老生之彼務？"洪答曰："夫二儀彌邈，而人居若寓，以朝菌之耀秀，不移晷而殄瘁，類春華之暫榮，未改旬而凋墜，雖飛飆之經霄，激電之乍照，未必速也。夫期頤猶奔星之騰烔，黄發如激箭之過隙，況或未明而殞籜，逆秋而零瘁者哉？故項子有含穗之嘆，揚烏有夙折之哀。歷覽遠古逸倫之士，或以文藝而龍躍，或以武功而虎踞，高勛著於明府，德音被乎管弦，形器雖沉鑠於淵壤，美談飄颻而日載，故雖千百代猶穆如也。余以庸陋，沉抑婆娑，用不合時，行舛於世，發音則響與俗乖，抗足則迹與衆迕，内無金張之援，外乏彈冠之友，循塗雖坦而足無騏驎，六虚雖曠而翼非大鵬，上不能鷹揚匡國，下無以顯親垂名，美不寄於良史，聲不附乎鐘鼎，故因著述之餘，而爲自叙之篇，雖無補於窮達，亦賴將來之有述焉。"（《文淵閣四庫全書》本）

顔之推撰，檀作文譯注《顔氏家訓》卷四《文章第九》：

或問揚雄曰："吾子少而好賦？"雄曰："然。童子彫蟲篆刻，壯夫不爲也。"余竊非之曰：虞舜歌《南風》之詩，周公作《鴟鴞》之咏，吉甫、史克《雅》《頌》之美者，未聞皆在幼年累德也。孔子曰："不學《詩》，無以言。""自衛返魯，樂正，《雅》《頌》各得其所。"大明孝道，引《詩》證之。揚雄安敢忽之也？若論"詩人之賦麗以則，辭人之賦麗以淫"，但知變之而已，又未知雄自爲壯夫何如也？著《劇秦美新》，妄投於閣，周章怖慴，不達天命，童子之爲耳。桓譚以勝老子，葛洪以方仲尼，使人嘆息。此人直以曉算術，解陰陽，故著《太玄經》，數子爲所惑耳；其遺言餘行，孫卿、屈原之不及，安敢望大聖之清塵？且《太玄》竟何用乎？不啻覆醬瓿而已。

同上，卷六《書證第十七》：

《尚書》曰："惟影響。"《周禮》云："土圭測影，影朝影夕。"《孟子》曰："圖影失形。"《莊子》云："罔兩問影。"如此等字，皆當爲"光景"之"景"。凡陰景者，因光而生，故即謂爲"景"。《淮南子》呼爲"景柱"，《廣雅》云"晷柱掛景"，并是也。至晋世葛洪《字苑》，傍始加"彡"，音於景反。而世間輒改治《尚書》《周禮》《莊》《孟》從葛洪字，甚爲失矣。

同上，卷七《音辭第十八》：

案諸字書，焉字鳥名，或云語詞，皆音“於愆反”。自葛洪《要用字苑》分焉字音訓：若訓“何”訓“安”，當音“於愆反”“於焉逍遥”“於焉嘉客”“焉用佞”“焉得仁”之類是也；若送句及助詞，當音“矣愆反”“故稱龍焉”“故稱血焉”“有民人焉”“有社稷焉”“托始焉爾”“晋、鄭焉依”之類是也。江南至今行此分别，昭然易曉；而河北混同一音，雖依古讀，不可行於今也。

同上，《雜藝第十九》：

弧矢之利，以威天下，先王所以觀德擇賢，亦濟身之急務也。江南謂世之常射，以爲兵射，冠冕儒生，多不習此；别有博射，弱弓長箭，施於準的，揖讓升降，以行禮焉。防禦寇難，了無所益。亂離之後，此術遂亡。河北文士，率曉兵射，非直葛洪一箭，已解追兵，三九宴集，常縻榮賜。雖然要輕禽，截狡獸，不願汝輩爲之。

…………

《家語》曰：“君子不博，爲其兼行惡道故也。”《論語》云：“不有博弈者乎？爲之，猶賢乎已。”然則聖人不用博弈爲教；但以學者不可常精，有時疲倦，則儻爲之，猶勝飽食昏睡，兀然端坐耳。至如吴太子以爲無益，命韋昭論之；王肅、葛洪、陶侃之徒，不許目觀手執，此并勤篤之志也。能爾爲佳。古爲大博則六著，小博則二甇，今無曉者。比世所行，一甇十二棋，數術淺短，不足可玩。圍棋有手談、坐隱之目，頗爲雅戲；但令人躭憒，廢喪實多，不可常也。（中華書局，2007年）

歐陽詢撰，汪紹楹校《藝文類聚》卷七十八靈異部上《仙道》：

《晋中興書》曰：“葛洪，字稚川，亡時年八十一。視其貌，如平生，體亦軟弱，舉尸入棺，其輕如空衣。時咸以爲尸解得仙。”（上海古籍出版社，1982年）

虞世南《北堂書鈔》卷九十七藝文部三《好學十一》：

柴火寫書。（《葛洪别傳》云：“洪家貧，負笈徒步，賣薪以給紙筆，夜燃柴火寫書。”）

同上，卷一百四藝文部《墨四十二》：

葛洪買墨。［何法盛《晋中興書》曰：“葛洪好學，常伐薪賣以買紙墨。”（續補。）］

同上，《熱二十六》：

入水。［《抱朴子》云：“葛洪從祖仙公，每大醉及夏天盛熱，輒入深水底，入日乃出者，正以能閉氣胎息故耳。”（續補。）］（天津古籍出版社，1988年）

房玄齡等《晋書》卷十一《天文志上》天體：

成帝咸康中，會稽虞喜因宣夜之説作《安天論》，以爲天高窮於無窮，地深測於不測。天確乎在上，有常安之形；地塊焉在下，有居静之體。當相覆冒，方則俱方，圓則俱圓，無方圓不同之義也。其光曜布列，各自運行，猶江海之有潮汐，萬品之有行藏也。葛洪聞而譏之曰：“苟辰宿不麗於天，天爲無用，便可言無，何必復云有之而不動乎？”由此而談，稚川可謂知言之選也。……故丹陽葛洪釋之曰：“《渾天儀注》云‘天如鷄子，地如鷄中黄，孤居於天内，天大而地小。天表里有水，天地各乘氣而立，載水而行。周天三百六十五度四分度之一，又中分之，則半覆地上，半繞地下，故二十八宿半見半隱，天轉如車轂之運也’。”諸論天者雖多，然精於陰陽者少。

同上，卷七十二《葛洪列傳》：

葛洪字稚川，丹陽句容人也。祖系，吴大鴻臚。父悌，吴平後入晋，爲邵陵太守。洪少好學，家貧，躬自伐薪以貿紙筆，夜輒寫書誦習，遂以儒學知名。性寡欲，無所愛玩，不知棋局幾道，摴蒱齒名。爲人木訥，不好榮利，閉門却掃，未嘗交游。於餘杭山見何幼道、郭文舉，目擊而已，各無所言。時或尋書問義，不遠數千里崎嶇冒涉，期於必得，遂究覽典籍，尤好神仙導養之法。從祖玄，吴時學道得仙，號曰葛仙公，以其煉丹秘術授弟子鄭隱。洪就隱學，悉得其法焉。後師事南海太守上黨鮑玄。玄亦内學，逆占將來，見洪深重之，以女妻洪。洪傳玄業，兼綜練醫術，凡所著撰，皆精覈是非，而才章富贍。

太安中，石冰作亂，吴興太守顧祕爲義軍都督，與周玘等起兵討之，秘檄洪爲將兵都尉，攻冰别率，破之，遷伏波將軍。冰平，洪不論功賞，徑至洛陽，欲搜求異書以廣其學。

洪見天下已亂，欲避地南土，乃參廣州刺史嵇含軍事。及含遇害，遂停南土多年，征鎮檄命一無所就。後還鄉里，禮辟皆不赴。元帝爲丞相，辟爲掾。以平賊功，賜爵關内侯。咸和初，司徒導召補州主簿，轉司徒掾，遷諮議參軍。干寶深相親友，薦洪才堪國史，選爲散騎常侍，領大著作，洪固辭不就。以年老，欲煉丹以祈遐壽，聞交阯出丹，求爲勾漏令。帝以洪資高，不許。洪曰：“非欲爲榮，以有丹耳。”帝從之。洪遂將子姪俱行。至廣州，刺史鄧岳留不聽去，洪乃止羅浮山煉丹。岳表補東莞太守，又辭不就。岳乃以洪兄子望爲記室參軍。在山積年，優游閑養，著述不輟。其自序曰：

洪體乏進趣之才，偶好無爲之業。假令奮翅則能陵厲玄霄，騁足則能追風躡景，猶欲戢勁翮於鷦鷯之群，藏逸迹於跛驢之伍，豈况大塊稟我以尋常之短羽，造化假我以至駑之蹇足？自卜者審，不能者止，又豈敢力蒼蠅而慕衝天之舉，策跛鱉而追飛兔之軌；飾嫫母之篤陋，求媒陽之美談；推沙礫之賤質，索千金於和肆哉！夫僬僥之步而企及夸父之蹤，近才所以躓礙也；要離之羸而强赴扛鼎之勢，秦人所以斷筋也。是以望絶於榮華之塗，而志安乎窮圮之域；藜藿有八珍之甘，蓬蓽有藻棁之樂也。故權貴之家，雖咫尺弗從也；知道之士，雖艱遠必造也。考覽奇書，既不少矣，率多隱語，難可卒解，自非至精不能究，自非篤勤不能悉見也。

道士弘博洽聞者寡，而意斷妄説者衆。至於時有好事者，欲有所修爲，倉卒不知所從，而意之所疑又無足咨。今爲此書，粗舉長生之理，其至妙者不得宣之於翰墨。蓋粗言較略，以示一隅，冀悱憤之徒省之，可以思過半矣。豈謂闇塞必能窮微暢遠乎，聊論其所先覺者耳。世儒徒知服膺周孔，莫信神仙之書，不但大而笑之，又將謗毁真正。故予所著子言黄白之事，名曰《内篇》，其餘駁難通釋，名曰《外篇》，大凡《内》《外》一百一十六篇。雖不足藏諸名山，且欲緘之金匱，以示識者。自號抱朴子，因以名書。其餘所著碑誄詩賦百，卷移檄章表三十卷，神仙、良吏、隱逸、集異等傳各十卷，又抄五經、《史》、《漢》、百家之言、方技雜事三百一十卷，《金匱藥方》一百卷，《肘後要急方》四卷。洪博聞深洽，江左絶倫。著述篇章富於班馬，又精辯玄賾，析理入微。後忽與岳疏云："當遠行尋師，克期便發。"岳得疏，狼狽往别。而洪坐至日中，兀然若睡而卒。岳至，遂不及見。時年八十一。視其顔色如生，體亦柔軟，舉尸入棺，甚輕，如空衣，世以爲尸解得仙云。

史臣曰：景純篤志綈緗，洽聞强記，在異書而畢綜瞻往，滯而咸釋，情源秀逸，思業高奇；襲文雅於西朝，振辭鋒於南夏，爲中興才學之宗矣。夫語怪徵神，伎成則賤前修，貽訓鄙乎兹道。景純之探策定數，考往知來，邁京、管於前圖，軼梓、灶於遐篆，而官微於世，禮薄於時，區區然寄客傲以申懷，斯亦伎成之累也。若乃大塊流形，玄天賦命，吉凶修短，定乎自然，雖稽象或通，而厭勝難恃，稟之有在，必也無差。自可居常待終，頽心委運，何至銜刀被髮，遑遑於幽穢之間哉？晚抗忠言，無救王敦之逆；初慚智免，竟斃山宗之謀。仲尼所謂攻乎異端，斯害也已。悲夫！稚川束髮從師，老而忘倦。紬奇册府，總百代之遺編；紀化仙都，窮九丹之秘術。謝浮榮而捐雜藝，賤尺寶而貴分陰，游德棲真，超然事外。全生之道，其最優乎！

贊曰：景純通秀，夙振宏材。沉研鳥册，洞曉龜枚。匪寧國釁，坐致身災。稚川優洽，貧而樂道。載範斯文，永傳洪藻。

同上，卷七十六《張闓列傳》：

……時所部四縣并以旱失田，闓乃立曲阿新豐塘，溉田八百餘頃，每歲豐稔。葛洪爲其頌。計用二十一萬一千四百二十功，以擅興造免官。

同上，卷九十四《郭文列傳》：

……獵者時往寄宿，文夜爲擔水而無倦色。餘杭令顧颺與葛洪共造之，而攜與俱歸。……寵問曰："先生復可得幾日？"文三舉手，果以十五日終。寵葬之於所居之處而祭哭之，葛洪、庾闡并爲作傳，贊頌其美云。（中華書局，1974年）

魏徵、令狐德棻《隋書》卷十九《天文志上》天體：

咸康中，會稽虞喜因宣夜之説作《安天論》，以爲天高窮於無窮，地深測於不測。天確乎在上，有常安之形；地塊焉在下，有居静之體。當相覆冒，方則俱方，圓則俱圓，無方圓不同之義也。其光曜布列，各自運行，猶江海之有潮汐，萬品之有行藏也。葛洪聞而譏之曰："苟辰宿不麗於天，天爲無用，便可言無，何必復云有之而不動乎？"由此而談，葛洪可謂知言之選也。

同上，卷三十二《經籍志一》經部禮：

《喪服變除》一卷。（晋散騎常侍葛洪撰。）

同上，卷三十三《經籍志二》史部雜史：

《漢書鈔》三十卷。（晋散騎常侍葛洪撰。）

同上，雜傳：

《列仙傳》十卷。（葛洪撰。）

同上，舊事：

《西京雜記》二卷。

同上，卷三十四《經籍志三》子部道家：

《抱朴子》内篇二十一卷，《音》一卷。（葛洪撰。梁有顧道士《新書論經》三卷，晋方士顧谷撰，亡。）

同上，雜家：

《抱朴子外篇》三十卷。（葛洪撰。梁有五十一卷。）

同上，五行家：

《遯甲肘後立成囊中秘》一卷。（葛洪撰。）

《遯甲返覆圖》一卷。（葛洪撰。）

《遯甲要用》四卷。（葛洪撰。）

《遯甲秘要》一卷。（葛洪撰。）

《遯甲要》一卷。（葛洪撰。）

《龜經》一卷。（晋掌卜大夫史蘇撰。梁有《史蘇龜經》十卷、《龜决》一卷，葛洪撰；《管郭近要决》《龜音色》《九宫蓍龜序》各一卷；《龜卜要决》《龜圖五行九親》各四卷；又《龜親經》三十卷，周子曜撰。亡。）

《周易新林》四卷。（郭璞撰。梁有《周易雜占》十卷，葛洪撰。亡。）

同上，卷三十五《經籍四》集部總集：

《肘後方》六卷。（葛洪撰。梁二卷。陶弘景《補闕肘後百一方》九卷。亡。）

《玉函煎方》五卷。（葛洪撰。）

《雜逸書》六卷。（梁二十二卷。徐爰撰。《應璩書林》八卷，夏赤松撰；《抱朴君書》一卷，葛洪撰；《蔡司徒書》三卷，蔡謨撰；《前漢雜筆》十卷，《吴晋雜筆》九卷，《吴朝文》二十四卷，《李氏家書》八卷，晋左將軍《王鎮惡與劉丹陽書》一卷，亡。）（中華書局，1973年）

劉知幾撰，黄壽成校點《史通》卷九《内篇・序傳第三十二》：

夫自媒自衒，士女之醜行。然則人莫我知，君子不恥。案孔氏《論語》有云："十室之邑，必有忠信。""不如丘之好學也。"又曰："吾每自省吾身，爲人謀而不忠乎？與朋友交而不信乎？"又曰："文王既没，文不在兹乎？"又曰："吾之先友，嘗從事於斯矣。"則聖達之立言也，時亦揚露己才，或托諷以見其情，或選辭以顯其迹。終不盱衡自伐，攘袂公言。且命諸門人"各言爾志"，由也不讓，見嗤無禮。歷觀揚雄已降，其自叙也，始以誇尚爲宗。至魏文帝、傅玄、陶梅、葛洪之徒，則又踰於此者矣。何則？身兼片善，行有微能，皆剖析具言，一二必載。豈所謂憲章前聖，謙以自牧者歟？

同上，卷十《内篇・雜述第三十四》：

國史之任，記事記言，視聽不該，必有遺逸。於好奇之士，補其所亡。若和嶠《汲冢紀年》、葛洪《西京雜記》、顧協《瑣語》、謝綽《拾遺》。此之謂逸事者也。

同上，卷十八《外篇·雜説下第九》：

夫故立異端，喜造奇説，漢有劉向，晋有葛洪。近者沈約，又其甚也。後來君子，幸爲詳焉。

同上，卷二十《外篇·忤時第十三》：

孟堅所亡，葛洪刊其《雜記》；休文所缺，荀綽裁其《拾遺》。凡此諸家，其流蓋廣。莫不賾彼泉藪，尋其枝葉，原始要終，備知之矣。（遼寧教育出版社，1997年）

馬總《意林》卷四：

《抱朴子》四十卷。（《外篇》二十卷，《内篇》二十卷，葛洪，字稚川。）

《神仙傳》。（葛洪。）（《四部叢刊》本）

白居易原本，孔傳續撰《白孔六帖》卷四十一《换官二十》：

辭大就小。（葛洪稚川，遷散騎常侍，領大著作，不就。以年老欲煉丹，祈遐壽，聞交趾出丹砂，求爲勾漏令。帝以其資高，不許。洪曰："非欲榮，以有丹砂故耳。"帝從之。）

同上，卷八十九《丹藥十三》：

求丹。（葛洪聞交趾出丹，求爲勾漏令。至廣州，刺史鄧岳留洪，乃止羅浮山煉丹。）（《文淵閣四庫全書》本）

段成式撰，金桑選譯《酉陽雜俎》卷十二《語資》：

庾信作詩，用《西京雜記》事，旋自追改，曰："此吴均語，恐不足用也。"魏肇師曰："古人托曲者多矣，然《鸚鵡賦》，禰衡、潘尼二集并載。《弈賦》，曹植、左思之言正同。古人用意，何至於此？"君房曰："詞人自是好相采取，一字不異，良是後人莫辯。"魏尉瑾曰："《九錫》或稱王粲，《六代》亦言曹植。"信曰："我江南才士，今日亦無。舉世所推如温子升，獨擅鄴下，常見其詞筆，亦足稱是遠名。近得魏收數卷碑，製作富逸，特是高才也。"

同上，卷十六《廣動植之一》：

人參處處生，蘭長生爲瑞……葛稚川嘗就上林令魚泉，得朝臣所上草木名二十餘種，鄰人石瓊就之求借，一皆遺棄。語曰：買魚得鱮，不如食茹。寧去纍世宅，不去鬻魚額。洛鯉伊魴，貴於牛羊。得合灟蠋，雖不足豪，亦足以高。檳榔扶留，可以忘憂。白馬甜榴，一實直牛。草木暉暉，蒼黄亂飛。（浙江古籍出版社，1987年）

張彦遠《歷代名畫記》卷四《漢》：

毛延壽，（杜陵人。）陳敞，（安陵人。）劉白，（新豐人。）龔寛，（洛陽人。）陽望，（下杜人。）樊育，（長安人。）已上六人，并永光建昭中畫手。

時元帝後宫既多，使圖其狀，每披圖召見。諸宫人競賂畫工錢帛，獨王嬙貌麗，意不苟求。工人遂爲醜狀。及匈奴求漢美女，上按圖召昭君行。帝見昭君貌第一，甚悔之。而籍已定，乃窮其事，畫工皆棄市，籍其家，貲皆巨萬。毛延壽畫人老少美惡，皆得其真。陳敞、劉白、龔寛并工牛馬，但人物不及延壽。陽望、樊育亦善畫，尤善布色。（見葛洪《西京雜記》。）（人民美術出版社，1963年）

［日］藤原佐世《日本國見在書目録》舊事家：

《西京雜記》二卷。（葛洪撰。）

同上，雜傳家：

《漢武内傳》二卷。（葛洪撰。）

《神仙傳》廿卷。（葛洪撰。）

同上，道家：

《抱朴子内篇》廿一。（葛洪撰。）

同上，雜家：

《抱朴子外篇》五十。（葛洪撰。）

同上，五行家：

《遯甲秘要》一。（葛洪撰。）

《遯甲經要抄》一。（抱朴子撰。）（《叢書集成初編》本）

劉眗等《舊唐書》卷四十六《經籍志上》甲部經録小學類：

《要用字苑》一卷。（葛洪撰。）

同上，乙部史録雜史類：

《後漢書抄》三十卷。（葛洪撰。）

同上，起居注類：

《西京雜記》一卷。（葛洪撰。）

同上，雜傳類：

《神仙傳》十卷。（葛洪撰。）

同上，卷四十七《經籍志下》丙部子録道家類：

《老子道德經序訣》二卷。（葛洪撰。）

《抱朴子内篇》二十卷。（葛洪撰。）

同上，雜家類：

《抱朴子外篇》五十卷。（葛洪撰。）

同上，五行類：

《三元遯甲圖》三卷。（葛洪撰。）

同上，醫術類：

《肘後救卒方》四卷。（葛洪撰。）（中華書局，1975年）

釋贊寧《筍譜·四之事》：

竹之與筍，蓋草木中之殊名，親屬一物，則其根葉密而堅，其莖心空而直，其枝背戾而嫋，其葉玲瓏而繁，貞而不剛，柔而不屈，居天下之大端，貫四時而不易葉，蓋得氣之本也。是故君子愛之。壯者謂之竹，弱者謂之筍，厥譬母子焉，少慕長焉，言其濟人之利博矣。歷代文士名而志之，久則滋蔓，以廣於後……左太沖、王宣、葛洪、陸雲……（《叢書集成初編》本）

李昉等《太平御覽·經史圖書綱目》：

葛洪《西京雜記》。

葛洪《肘後方》。

葛洪《神仙傳》。（《文淵閣四庫全書》本）

王欽若等《册府元龜》卷三百七十八將帥部《褒異第四》：

葛洪爲元帝丞相掾。石冰作亂，吴興太守顧祕爲義軍都督，與周玘等起兵討之，秘檄洪爲將兵都尉，攻冰别帥，破之，遷伏波將軍。冰平，洪不論功。至是以平賊功，賜爵關内侯。

同上，卷五百五十五國史部《采撰》：

葛洪選爲散騎常侍，領大著作，固辭不就。撰《神仙傳》十卷，《西京雜記》一卷。

同上，卷五百五十九國史部《論議》：

孟堅所亡，葛洪傳其《雜記》。

同上，卷五百六十四掌禮部《儀注》：

葛洪爲散騎常侍，撰《喪服變除》一卷。

同上，卷六百七學校部《撰集》：

葛洪抄五經、《史》、《漢》、百家之言、方伎雜事三百一十卷，《金匱藥方》一百卷，《肘後要急方》四卷，後爲勾漏令。

同上，卷六百八學校部《小學》：

葛洪撰《要用字苑》一卷，終於勾漏令。

同上，卷六百七十八牧守部《興利》：

張闓爲晋陵内史，時所部四縣并以旱失田，闓乃立曲阿新豐塘，溉田八百餘頃，每歲豐稔。葛洪爲其頌。

同上，卷六百八十七牧守部《禮士》：

鄧岳爲廣州刺史，葛洪爲勾漏令，將子姪俱行。岳留不聽去，洪乃止羅冰山煉丹。岳表補東莞太守，又辭不就。岳乃以洪兄子望爲記室參軍。

同上，七百九總録部《隱逸》：

葛洪爲人木訥，不好榮利。閉門却掃，未嘗交游。游餘杭山，見何幼道、郭文舉，目擊而已，各無所言。洪尤好神仙導養之法。從祖玄，吴時學道，得仙號曰葛仙公。以其煉丹秘術授弟子鄭隱，洪就隱學，悉得其法焉。後師事南海太守鮑玄，玄亦内學，逆占將來，見洪深重之，以女妻洪。洪傳玄業，兼綜練醫術，後選爲散騎常侍，領大著作，洪固辭不就。以年老欲煉丹以祈遐壽，聞交阯出丹，求爲勾漏令。成帝以洪資高，不許。洪曰："非欲爲榮，以有丹耳。"帝從之。洪遂將子姪俱行。至廣州，刺史鄧岳留不聽去，洪乃止羅浮山煉丹。岳表補東莞太守，又辭不就。岳乃以洪兄子望爲記室參軍。在山積年，優游閑養，著述不輟。後忽與岳疏云："當遠行尋師，克期便發。"岳得疏，狼狽往别。而洪坐至日中，顔然若睡而卒。岳至，遂不及見。時年八十一。視其顔色如生，體亦柔軟，舉尸入棺，甚輕，如空衣，世以爲尸解得仙云。

同上，卷七百七十九總參部《高尚第二》：

葛洪，字稚川。大安中石冰作亂，吴興太守顧祕爲義軍都督，與周玘等起兵討之，秘檄洪爲將兵都尉，攻冰别率，破之，遷伏波將軍。冰平，洪不論功賞，徑至洛陽，欲搜求異書以廣其學。洪見天下已亂，欲避地南土，乃參廣州刺史嵇含軍事。及含遇害，遂停南土多年，征鎮檄命，一無所就。後還鄉里，禮辟皆不就赴。干寶深相親友，薦洪才堪國史，選爲散騎常侍，領大著作，洪固辭不就。

同上，卷七百九十一總録部《知賢》：

萬寵爲臨安令，郭文曠達不仕，既病甚，寵迎置縣中。及其卒，寵葬之於所居之處，而祭哭之。葛洪、庾闡并爲作傳、贊，頌其美云。

同上，七百九十八總録部《勤學》：

葛洪，字稚川，少好學，家貧躬自伐薪以買紙墨，夜輒寫書誦習，遂以儒學知名。徵散騎常侍，不就。

同上，卷八百十一總録部《游學》：

葛洪，字稚川，丹陽句容人也。少好學，時或尋書問義，不遠數千里，崎嶇冒涉，期於必得。遂究覽典籍，後選大著作，固辭不就。

同上，《聚書》：

葛洪博聞深洽，抄五經、《史》、《漢》、百家之言、方伎雜事三百一十卷，《金匱藥方》一百卷，《肘後要急方》四卷，洪後爲諮議參軍。

同上，卷八百二十二總録部《尚黄老》：

葛洪尤好神仙導養之法，著書言黄白之事，名曰《内篇》。後爲勾漏令。

同上，卷八百三十五總録部《質樸》：

葛洪性寡欲，無所愛玩，不知棋局幾道，樗蒱齒名。元帝爲丞相，辟爲掾，以平賊功，賜關内侯。

同上，卷八百三十八總録部《文章第二》：

葛洪，字稚川，丹陽人。少好學，凡所著撰，皆精覈是非，而才章富贍。初爲王導諮議參軍，選爲散騎常侍，領大著作，不就。求爲勾漏令。至廣州，止羅浮山。在山積年，優游閑養，著述不輟。所著碑誄詩賦百卷，移檄章表三十卷。洪博絶深洽，江左絶倫。著述篇章富於班馬。又晋陵内史張闓立曲阿新豐塘溉田，每歲豐稔，洪爲其頌。

同上，卷八百五十三總録部《姻好》：

葛洪尤好神仙導養之法，師事南海太守上黨玄。玄亦内學，逆占將來，見洪深重之，以女妻洪。《洪傳》曰："玄業兼綜練醫術。"

同上，卷八百五十四總録部《立言》：

葛洪爲司徒王導諮議參軍，凡所著撰，精覈是非，而才章富贍。所著子書言黄白之事，名曰《内篇》。其餘駁雜難通釋，名曰《外篇》。大凡《内》《外》一百一十六篇。自號抱朴子，凡以名書。

同上，卷八百六十九總録部《博弈》：

洪寡玩好，見人博戲，曾不目盼，乃至不知棋局道、摴蒲齒名。以爲句容令。

同上，卷八百八十四總録部《薦舉》：

干寶與葛洪深相親友，寶薦洪才堪國史，選爲散騎常侍，領大著作，洪固辭不就。寶位至散騎常侍。

同上，卷九百二總録部《貧》：

洪，字稚川。少好學，家貧窮，自伐薪以買紙筆，夜輒寫書誦習，以儒學知名。元帝爲丞相，辟爲掾。

同上，卷九百二十八總録部《好丹術》：

晋葛洪，丹陽句容人，尤好神仙導養之法。從祖玄，吴時學道得仙，號曰葛仙公。以煉丹秘術授弟子鄭隱，洪就隱學，悉得其法焉。後師事南海太守上黨鮑玄，玄亦内學，逆占將來，見洪深重之，以女妻洪。洪傳玄業，兼總練醫術。初洪以年老，欲煉丹以祈遐壽，聞交阯出丹，求爲勾漏令。帝以洪資高，不許。洪曰："非欲爲求榮，以有丹耳。"帝從之。洪遂將子姪俱行。至廣州，刺史鄧岳留不聽去。洪乃止羅浮山煉丹。岳表補東莞太守，又辭不就。岳乃以洪兄子望爲記室參軍。在

廣積年優游閑養，著述不輟。（中華書局，1960年）

張君房編，李永晟點校《雲笈七籤》卷一百十五傳《鮑姑》：

鮑姑者，南海太守鮑靚之女，晋散騎常侍，葛洪之妻也。靚字太玄，陳留人也。少有密鑒，洞於幽元，沉心冥肆，人莫知之。靚及妹并先世累積陰德，福逮於靚，故皆得道。姑及小妹并登仙品。靚學通經緯，後師左元放受《中部法》及《三皇五嶽劾召之要》，行之神驗，能役使鬼神，封山制魔。東晋元帝大興元年戊寅，靚於蔣山遇真人陰長生授刀解之術。累徵至黄門侍郎，求出爲南海太守，以姑適葛稚川。稚川自散騎常侍，爲煉丹砂，求爲句漏縣令。太玄在南海，小女及笄，無病暴卒。太玄時對賓客，略無悲悼，葬於羅浮山，容色若生，人皆謂爲尸解。靚還丹陽卒，葬於石子崗，後遇蘇峻亂，發棺無尸，但有大刀而已。賊欲取刀，聞冢左右兵馬之聲，顧之驚駭中間，其刀訇然有聲，若雷震之音，衆賊奔走。賊平之後，收刀别復葬之。靚與妹亦得尸解之道，姑與稚川相次登仙。（中華書局，2003年）

宋祁《景文集》卷二《詆仙賦（并序）》：

予即守壽春，覽郡圖，得八公山。故老争言山上有車轍馬迹，是淮南王上賓之遺。耕者往往得金，云丹砂所化，可以療病。因取班固《書》、葛洪《神仙》二傳，合而質之。嗟乎！人之好奇而不責實也尚矣，而洪又非愚無知者，猶憑浮證僞，况鄙人委巷語耶？作《詆仙賦》。

憫兹俗之鮮知兮，徇悠悠之妄陳。常牽奇以合怪兮，欲矜己以自神。操百世之實亡兮，唱千齡之僞存。彼淮南之有子兮，固殊死而殞身。緣《内篇》之丕誕兮，眩南公之多聞。謂八人者語王兮，歷倒影而上賓。餌玉匕之神藥，托此軀乎霄晨。王負驕而弗虔兮，又見謫於列真。雖長年之彌億兮，屏帑偃而愈愆。（葛《傳》云："仙伯主者劉安不恭，乃謫守郡都厠，後爲散仙。"）蹇斯事之吾欺兮，聊反復乎遺言。號聖仙之靈稟兮，宜常監德而輔仁。不足察王之倨貴兮，遽引内於天門。已乃悟其非是兮，胡爲賞罰之紛紜？寧仙者之回惑兮，無以異乎常人？國爲墟而嗣絶兮，載遺惡而不泯。故里盛傳其遺金兮，譌碇石之餘痕。武安隱語而前死兮，更生僞鑄以贖論。彼逞詐以罔時兮，宜自警於斯文。（《叢書集成初編》本）

王堯臣等撰，錢東垣等輯釋《崇文總目》卷二傳記類上：

《西京雜記》二卷，葛洪撰。

繹按：《玉海》云《西京雜記》二卷，《崇文目》傳記類、《舊唐志》一卷，《書録解題》《宋志》并六卷，《通考》亦云"一作六卷"。《讀書志》云："江左人皆以爲吴均依托爲之。”陳詩庭云：“今本六卷，或題劉歆撰，或題葛洪撰。”

同上，卷三道家類：

《抱朴子内外篇》二十卷，葛洪撰。

侗按：後雜家類别有《外篇》五十卷。考《内篇》言神仙黄白變化之事，故引道家。《外篇》駁難通釋，故列雜家。《隋志》之例如此，有“外”字，疑衍。然《遂初堂書目》亦合内外篇爲一書，蓋與時已有并合之本矣。陳詩庭云：“《隋志》：‘内篇二十一篇。’《舊唐志》《宋志》與此卷數并同，無‘外’字。《唐志》：‘内篇十卷。’”

同上，雜家類：

《抱朴子外篇》二十卷，葛洪撰。

侗按：《隋志》《通志略》并三十卷，《舊唐志》及《書録解題》引《館閣書目》并五十卷，《讀書考》《通考》并十卷。

同上，醫書類五：

《葛仙翁杏仁煎方》一卷，葛洪撰。

侗按：“仙翁”作“仙公”。

同上，卷四道書類六：

《葛仙翁歌訣》一卷。

錫鬯按：《通志略》“仙翁”作“仙公”。陳詩庭云：“前道書二葛仙翁，叙原釋作葛洪，《通志略》亦同。《東觀餘論》以爲葛元。此仙翁當是一人。”

同上，道書類八：

《五嶽真形圖文》一卷，葛洪撰。

同上，道書類九：

《神仙傳略》一卷，葛洪撰。（《宋元明清書目題跋叢刊》本）

歐陽修、宋祁《新唐書》卷五十七《藝文志》甲部經録小學類：

葛洪《要用字苑》一卷。

同上，卷五十八《藝文志》乙部史録雜史類：

葛洪《史記鈔》十四卷，又《漢書鈔》三十卷，《後漢書鈔》三十卷。

同上，故事類：

葛洪《西京雜記》二卷，《建武故事》三卷，《永平故事》二卷。

同上，地理類：

葛洪《西京雜記》二卷。

同上，《藝文志》丙部子録道家類：

葛洪《老子道德經序訣》二卷。

葛洪《神仙傳》十卷。

同上，卷五十九《藝文志》丙部子録道家類：

《抱朴子内篇》十卷。（葛洪。）

同上，雜家類：

《抱朴子外篇》二十卷。（葛洪。）

同上，兵書類：

葛洪《兵法孤虚月時秘要法》一卷。

同上，五行類：

葛洪《三元遯甲圖》三卷。

同上，醫術類：

葛洪《肘後救卒方》六卷。（中華書局，1975年）

米芾《海岳名言》“葛洪”條：

葛洪“天臺之觀”飛白，爲大字之冠，古今第一。歐陽詢“道林之寺”，寒儉無精神。柳公權“國清寺”，大小不相稱，費盡筋骨。裴休率意寫牌，乃有真趣，不陷醜怪。真字甚易，唯有體勢難，謂不如畫算勻，其勢活也。（《文淵閣四庫全書》本）

唐慎微《證類本草》卷一序例上《梁陶隱居序》：

自晉代以來，有張苗、宫泰、劉德、史脱、靳邵、趙泉、李子豫等，一代良醫。其貴勝阮德如、張茂先輩。逸民皇甫士安，及江左葛洪、蔡謨、商仲堪諸名人等，并研精藥術。（《文淵閣四庫全書》本）

晁載之《續談助》卷一《洞冥記》（郭子橫）：

右所抄郭子橫所撰《漢武帝别國洞冥記》。……昔葛洪造《漢武内傳》《西京雜記》，虞羲造《王子年拾遺録》，王儉造《漢武故事》，并操觚鑿空，恣情迂誕，而學者耽閲以廣聞見，亦各其志，庸何傷乎？案柬之所稱湘東所造《洞冥記》一卷，而此分爲四，然則此書亦未知定何人所撰也。又此書記曼倩父張氏，而王充《論衡·道虚篇》，復言朔姓金氏。神仙道家之言，其荒誕舛錯，類皆如此，故并抄之，以廣聞見，且使後生知雜家小説爲不足多尚，此余之志也。（《叢書集成初編》本）

唐庚《眉山唐先生文集》卷五《羅浮二賢贊》（并序）：

葛稚川化去三十餘年，單道開始來羅浮。今山中人知有稚川，而不知有道開。蓋稚川既爲鄧岳所留，居山燒煉、著書者數年，丹窖具存。而道開平日唯食細石數枚，淡無所爲，以故後世莫得而考。陳郡袁宏雖作《道開贊》，然宏嘗爲桓温作《九錫文》矣，此手豈宜復弄世外事，而贊文亦復不見於世。遂作二贊，書之山谷，而不顯其處，以貽後代之好奇者云。

《贊稚川》：

江左日陋，無復德輝。翔而不集，翩然南飛。鄧岳細兒，處仲餘黨，豈有識知，亦復瞻仰。吾緣内丹，遂居羅浮。豈以岳故，而議去留。所就者大，寧恤其小。吾與岳游，如狎鷗鳥。（《四部叢刊》本）

謝薖《竹友集》卷四古詩《讀〈葛洪傳〉》：

葛洪煉丹砂，却老得遐壽。鶴髮安在哉，岩穴遺井舊。勞生亦何爲，荏苒度昏晝。煌煌崑山芝，未暇擷三秀。寄謝浮丘翁，何由挹其袖。（《文淵閣四庫全書》本）

黄伯思《東觀餘論》卷下《跋〈西京雜記〉後》：

此書中事，皆劉歆所記，葛稚川采之，以補班史之缺耳。其稱“余”者，皆歆本語。中有歆所記草木名。而段柯古作《酉陽書》，乃云“稚川就上林令虞淵得朝臣所上草木名”，非也，蓋段誤以歆自稱余爲稚川耳。又按《晉史》，葛未嘗至長安，而晉官但有華林令而無上林令，其非稚川，决也。柯古博洽，時罕儔，猶舛謬如此。長睿題。（《叢書集成初編》本）

張邦基《墨莊漫録》卷六《米元章論書》：

《論書》云：歷觀前賢論書，徵引迂遠，比況奇巧……葛洪“天臺之觀”飛白，爲大字之魁，古今第一。歐陽詢“道林之寺”，寒儉無精神。柳公權“國清寺”大小不相稱，費盡筋骨。裴休率意寫碑，乃有真趣，不陷醜怪。（《叢書集成初編》本）

朱勝非《紺珠集》卷三《抱朴子·飲丹井》（葛洪）：

葛稚川祖爲臨沅令，縣民有世年百歲者，因徙居。子孫多夭，他人居其宅亦世壽。云井水色赤，葛疑有丹藥，濬井求之，果得丹砂數斛，自後水色不復赤。（《文淵閣四庫全書》本）

同上，卷一百六十九古今書體一·字苑：

葛洪《要用字苑》一卷。（《文淵閣四庫全書》本）

曾慥《類説》卷四《西京雜記》：

（下録綈几、常滿燈、七夕穿針等四十九條，文略。）（《文淵閣四庫全書》本）

鄭樵《通志》卷六十四《藝文略》禮類第二《喪服·記要》：

《喪服變除》一卷。（葛洪。）

同上，小學類第四《小學·文字》：

《要用字苑》一卷。（葛洪。）

同上，卷六十五《藝文略》史類第五《正史·史記》：

《史記鈔》十四卷。（葛洪撰。）

同上，《漢書》：

《漢書鈔》三十卷。（葛洪撰。）

同上，《後漢》：

《後漢書鈔》三十卷。（葛洪撰。）

同上，《故事》：

《西京雜記》二卷。（葛洪撰。）

同上，卷六十七《藝文略》子類道家一《老子》：

《道德經序訣》二卷。（葛洪撰。）

同上，《諸子》：

《抱朴子内篇》二十卷。（葛洪撰。）

同上，《陰符經》：

《陰符十德經》一卷。（葛洪撰。）

同上，道家二《傳》：

《列仙傳》十卷。（葛洪撰。）

《神仙傳略》一卷。（葛洪撰。）

同上，《論》：

《葛仙翁序》一卷。（葛洪撰。）

同上，《經》：

《老子戒經》一卷。（葛洪撰。）

同上，道家三《胎息》：

葛洪《胎息要訣》一卷。

同上，《符籙》：

《五嶽真形圖文》一卷。（葛洪撰。）

同上，道家四《外丹》：

《五金龍虎歌》一卷。（葛洪撰。）

《金木萬靈訣》一卷。（葛洪撰。）

同上，《服餌》：

《黑髮酒方》一卷。（葛洪撰。）

同上，《修養》：

《抱朴子别旨》一卷。（葛洪撰。）

同上，卷六十八《藝文略》雜家：

《抱朴子外篇》三十卷。（葛洪撰。）

同上，兵家・兵陰陽：

葛洪《兵法孤虚月時秘要法》一卷。

同上，五行類第八《遯甲》：

《遯甲肘後立成囊中秘訣》一卷。（葛洪撰。）

《三元遯甲圖》三卷。（葛洪撰。）

《遯甲反覆圖》一卷。（葛洪撰。）

《遯甲要用》四卷。（葛洪撰。）

《遯甲秘要》一卷。（葛洪撰。）

同上，卷六十九《藝文略》醫方類第十《方書》：

葛洪《肘後救卒方》六卷。（《四部備要》本）

晁公武撰，孫猛校證《郡齋讀書志校證》卷六雜史類：

《西京雜記》二卷。右晋葛洪撰。初序言："洪家有劉子駿《漢書》百卷，乃當時欲撰史録事，而未得締思，無前後之次，雜記而已。後學者始甲乙之，終癸爲十卷。以其書校班史，殆全取劉書耳。所餘二萬許言，乃抄撮之。析二篇以裨《漢書》之闕，猶存甲乙裒次。"江左人或以爲吴均依托爲之。

同上，卷九傳記類：

《神仙傳》十卷。右晋葛洪之弟子滕升嘗問曰："古之仙者，豈有其人乎？"洪答曰以"秦阮倉所記，有數百人，劉向所纂，又七十一人，今復録集古之仙者，以傳真識之士"云。

同上，卷十二雜家類：

《抱朴子外篇》十卷。右晋葛洪稚川撰。自號抱朴子，博聞深洽，江左絶倫，著書甚富。言黄白之事者，名曰《内篇》，其餘《外篇》。《晋書》：《内》《外》通有一百一十六篇，今世所傳者，四十篇而已。外篇頗言君臣理國用刑之道，故附於雜家云。

同上，卷十六神仙家類：

《抱朴子内篇》二十卷，右晋葛洪撰。洪，字稚川，丹陽句容人。元帝時，累召不就，止羅浮山，煉丹著書，推明飛升之道，導養之理，黄白之事。二十卷名曰《内篇》，十卷名曰《外篇》，自號抱朴子，因以命書。

《葛仙翁胎息術》一卷。右仙翁葛洪也。（上海古籍出版社，1990年）

洪邁《容齋隨筆》四筆卷十一《册府元龜》：

真宗初，命儒臣編修君臣事迹，後謂輔臣曰："昨見《宴享門》中録唐中宗宴飲，韋庶人等預會和詩，與臣寮馬上口摘含桃事，皆非禮也。已令削之。"又曰："所編事迹，蓋欲垂爲典法，異端小説，咸所不取，可謂盡善。"而編修官上言："近代臣僚自述揚歷之事，如李德裕《文武兩朝獻替記》、李石《開成承詔録》、韓偓《金鑾密記》之類，又有子孫追述先德叙家世，如李繁《鄴侯傳》、《柳氏序訓》、《魏公家傳》之類。或隱己之惡，或攘人之善，并多溢美，故匪信書。并僭僞諸國，各有著撰，如僞《吴録》、《孟知祥實録》之類，自矜本國，事或近誣。其上件書，并欲不取。餘有《三十國春秋》《河洛記》《壺關録》之類，多是正史已有；《秦記》《燕書》之類，出自僞邦；《殷芸小説》《談藪》之類，俱是談諧小事；《河南志》《邠志》《平剡録》之類，多是故吏賓從述本府戎帥征伐之功，傷於煩碎；《西京雜記》《明皇雜録》，事多語怪；《奉天録》尤是虚詞。盡議采收，恐成蕪穢。"并從之。及書成，賜名《册府元龜》，首尾十年，皆王欽若提總，凡一千卷，其所遺棄既多，故亦不能暴白。（上海古籍出版社，1978年）

員興宗《九華集》卷八表策問《策問二道》：

……顧協之《瑣語》、謝綽之《拾遺》、和嶠之《紀年》、葛洪之《雜記》，此所以竄夫逸事而勿敢逸者也。（《文淵閣四庫全書》本）

程大昌《演繁露》卷十二《墓石志》：

《西京雜記》：杜子夏葬長安，臨終作文，曰云云。及死，命刊石埋於墓側。則墓之有志，不起南朝王儉。然《西京雜記》所紀制度多班固書所無，又其文氣嫵媚，不能古勁，疑即葛洪爲之。（《叢書集成初編》本）

吴聿《觀林詩話》"酉陽雜俎"條：

《酉陽雜俎》稱：庾信作詩，用《西京雜記》事，旋自改曰："此吴均語爾，恐不足用。"今本作葛稚川集，劉子駿文。（《叢書集成初編》本）

尤袤《遂初堂書目》道家類：

葛洪《神仙傳》。

同上，雜傳類：

《西京雜記》。（《海山仙館叢書》本）

高似孫《剡録》卷三《先賢傳·仙道》"葛洪"條：

葛洪，字稚川，仙翁從孫。好神仙導養，仙翁以丹授弟子鄭君，稚川就鄭君得之。咸和初，選散騎常侍，辭。以交阯出丹砂，求爲勾漏令。煉丹羅浮山，卒年八十一，顏如玉，體柔軟，舉尸入棺，但遺空衣。上虞蘭芎山，稚川所棲也。（出《輿地志》盧綸詩："城闕望煙霞，常悲仙路賒。寧知樵子徑，得到葛洪家。"曹唐詩："最愛葛洪尋藥處，露花玉蘂滿山春。"）剡有仙翁丹井、石梯、釣魚臺，稚川亦至焉。（成文出版社，1970年）

高似孫《緯略》卷八《葛洪論史記》：

《西京雜記》曰："司馬遷發憤，作《史記》一百三十篇，先達稱爲良史之才。其以伯夷居列傳之首，以爲善而無報也。次爲《項羽本紀》，以據高位者非關有德也。及其叙屈原、賈誼，辭旨抑揚，悲而不傷，亦一代之偉才。然觀太史公之言曰："夫《詩》《書》隱約者，隱遂其志之思，故述往事思來者。"嗟乎！知遷之志，洪其庶幾乎？（《叢書集成初編》本）

高似孫《子略》卷一《陰符經注》：

《陰符十德經》一卷。（葛洪。）

同上，卷二《老子注》：

葛洪。（《序訣》二卷。）（《學津討原》本）

章如愚《群書考索》卷十諸子百家門道家：

抱朴子葛洪，元帝時著書不輟。其自序曰：世儒莫信神仙之書，故儒所言黄白之事，名曰《内篇》。其餘駁難通釋，名曰《外篇》。自號抱朴子。洪博絶深洽，江左絶倫。

同上，卷十二正史門史記類：

葛洪《史記鈔》。

同上，卷十五正史門史通類：

史有遺逸，好奇之士補其所亡，若和嶠《汲冢紀年》、葛洪《西京雜記》、顧協《瑣語》、謝綽《拾遺》，此之謂逸事者也。

同上，卷六十六地理門水利類：

東晋水利。東晋張闓爲晋陵内史時，所部四縣并以旱失田，闓乃立曲河新豐塘，溉田八百餘頃，每歲豐稔。葛洪爲其頌，乃徵入拜大司農。

同上，别集卷十六曆門古今曆：

伍子胥有文，信都芳有經，葛洪有圖，又所以發明遯甲之秘訣也。（書目文獻出版社，1992年）

張杲《醫説》目録醫家類卷一《三皇歷代名醫》：

葛洪。（《文淵閣四庫全書》本）

陳振孫撰，徐小蠻、顧美華點校《直齋書録解題》卷七傳記類：

《西京雜記》六卷。晋勾漏令丹陽葛洪稚川撰。其卷末言洪家有劉子駿書百卷，先父傳之。歆欲撰《漢書》，雜録漢事，未及而亡。試以此記考校班固所作，殆是全取劉書，少有異同耳。固所不取不過二萬餘言，今鈔出爲二卷，以裨《漢書》之闕。所謂先父者，歆之於向也。而《館閣書目》以爲洪父傳之，非是。《唐藝文志》亦祇二卷，今六卷者，後人分之也。按洪博聞深學，江左絶倫，所著書幾五百卷，本傳具載其目，不聞有此書。而向、歆父子，亦不聞其嘗作史傳於世。使班固有所因述，亦不應全没不著也。殆有可疑者，豈惟非向、歆所傳，亦未必洪之作也。（案：晁公武《讀書志》云："此書江左人皆以爲吴均依托爲之。"）

同上，卷八地理類：

《關中記》一卷。晋葛洪稚川撰，所載殊簡略。

《幕阜山記》一卷。（案：《方輿勝覽》寧州有幕阜山，在分寧西百四十里，此本誤作"纂阜"，今改正。）葛洪撰。其山在豫章。

同上，卷九道家類：

《關尹子》九卷。周關令尹喜，蓋與老子同時，啓老子著書言道德者。案《漢志》有《關尹子》九篇，而隋、唐及國史《志》皆不著録，意其書亡久矣。徐藏子禮得之於永嘉孫定，首載劉向校定序，篇末有葛洪後序。未知孫定從何傳授，殆皆依托也。序亦不類向文。

《抱朴子》二十卷。晋勾漏令丹陽葛洪稚川撰。洪所著書，《内篇》言神仙黄白變化之事，《外篇》駁難通釋。此二十卷者，《内篇》也。《館閣書目》有外篇五十卷。

同上，卷十三醫書類：

《肘後百一方》三卷。晋葛洪撰。梁陶隱居增補。本名《肘後救卒方》，率多易得之藥，凡八十六首，陶并七首，加二十二首，共爲一百一首。取佛書"人有四大，一大輒有一百一病"之義名之。（上海古籍出版社，1987年）

劉克莊撰，王秀梅點校《後村詩話》續集卷三：

自揚雄夢吐鳳以下，皆見《西京雜記》，葛洪所集也。末云：洪家有劉子駿《漢書》一百卷，無首尾題目，但以甲乙丙丁紀其卷數。歆欲撰《漢書》，編録漢事，未詮次而亡，故書無定本，雜記而已。後好事者以意次第之，始甲終癸，爲十帙，帙十卷，合爲百卷。試以此記較班固所作，殆是全取劉書，有小異同耳。固所不取不過二萬餘言。今抄出爲二卷，名曰《西京雜記》，以裨《漢書》之闕。爾後洪家遭火，書籍多盡，此兩卷在洪巾箱中，故得猶在。劉歆所記，世人稀有，縱復有者，多不備足。恐年代稍久，歆所撰遂没，并洪家此書二卷不知出所，故序之云耳。（中華書局，1983年）

黄震《古今紀要》卷五東晋《葛洪》：

稚川不知棋局。木訥，好學博涉，期於必得。從祖玄，吴時號仙翁，以其煉丹秘術授鄭隱。洪學隱，盡得之。聞交趾出丹砂，求勾漏令。止羅浮山。枹朴子。尸解。（《知不足齋叢書》本）

郝經《續後漢書》卷七十二下技術《葛洪列傳》：

葛洪，（謹案《晋書》：字稚川。）丹陽句容人也。祖系，吴大鴻臚。父悌，吴亡入晋，爲邵陵太守。洪少學，家貧，樵薪以貿紙墨，夜則寫書誦習，遂以儒學知名。性寡欲，無所愛玩，不知棋局幾道，摴蒱齒名。爲人木訥，不好榮利，閉門却掃，未嘗交游。於餘杭山見何幼道、郭文舉，目擊而已，各無所言。時或尋書問義，不遠數千里，崎嶇冒涉，期於必得。遂究覽典籍，尤好神仙導養之法。從祖玄，孫權時學道，得仙號曰葛仙公。以煉丹秘術授弟子鄭隱。洪就隱學，悉得其法。後師事南海太守上黨鮑玄，亦内學，逆占將來。見洪深重之，以女妻洪。洪傳玄業，兼綜練醫術，凡所著撰，皆精覈是非，而才章富贍。太安中，石冰作亂，吴興太守顧祕爲義軍都督，與周玘等起兵討之，祕檄洪爲將兵都尉，攻冰别帥，破之，遷伏波將軍。冰平，洪不論功賞，徑至洛陽，求異書以廣其學。洪見天下已亂，欲避地南土，參廣州刺史嵇含軍事。及含遇害，還鄉里，征鎮檄命一無所就。及元帝爲丞相，辟爲掾。以平賊功，賜爵關内侯。咸和初，司徒導召補州主簿，轉司徒掾，遷諮議參軍。干寶相親友，薦洪才堪國史，選爲散騎常侍，領大著作，洪固辭不就。以年老，欲煉丹以祈遐年，聞交趾出丹，求爲勾漏令。帝以洪資高，不許。洪曰："非欲爲榮，以有丹爾。"帝從之。洪遂將子姪俱行。至廣州，刺史鄧岳留不聽去，洪乃止羅浮山煉丹。岳表補東官太守，又辭不就。岳乃以洪兄子望爲記室參軍。在山積年，著述不輟。其自序曰："洪體乏進趣之才，偶好無爲之業。假令奮翅，則能陵厲玄霄，騁足則能追風躡景，猶欲戢勁翮於鷦鷯之群，藏逸迹於跛驢之伍。豈況大塊稟我以尋常之短羽，造化假我以至駑之蹇足！自卜者審，不能者止，豈敢力蒼蠅而慕衝天之舉，策跛鱉而追飛兔之軌，飾嫫母之篤陋，求媒陽之美談，推沙礫之賤質，索千金於和肆哉！夫僬僥之步而企及夸父之蹤，近才所以躓礙也；要離之羸而强赴扛鼎之勢，秦人所以斷筋也。是以望絶於榮華之塗，而志安乎窮圮之域；藜藿有八珍之甘，蓬蓽有藻棁之樂。權貴之家，雖咫尺弗從也；知道之士，雖艱遠必造也。考覽奇書，亦既不少，率多隱語，難可卒解，自非至精不能尋究，自非篤勤不能悉見。道士弘博洽聞者寡，而意斷妄説者衆。至於時有好事者，欲有所修爲，倉卒不知所從，而意之所疑，又無足咨今。爲此書粗舉長生之理，其至妙者，不得宣之於翰墨。蓋粗言較略，以示一隅。冀悱憤之徒省之，可以思過半，豈謂暗塞必能窮微暢遠乎，聊論其所先覺耳。世儒徒知服膺周、孔，莫信神仙之書，不但大笑之，又將謗毁真正。故予所著子言黄白之事，名曰《内篇》，其餘駁難通釋，名曰《外篇》，大凡《内》《外》一百一十六篇。雖不足藏諸名山，且欲緘之金匱，以示識者。"自號抱朴子，因以名書。其餘所著碑誄詩賦百卷，移檄章表三十卷，神仙、良吏、隱逸、集異等傳各十卷，又抄五經、《史》、《漢》、百家之言、方技雜事三百一十卷，《金匱藥方》一百卷，《肘後要急方》四卷。洪博聞深洽，江左絶倫。又精辯玄賾，析理入微。後忽與岳疏云："當遠行尋師，克期便發。"岳得疏，狼狽往别。而洪坐至日中，兀然若睡而卒。岳至，遂不及見。時年八十一。視其顔色如生，體亦柔軟，舉尸入棺，輕如空衣，世以爲尸解得仙云。（謹案：葛洪，晋人，無與三國，雖以裴注之博采，亦不及洪事。此入正傳，於限斷爲疏矣。）

議曰：余觀洪所著《抱朴子》書，博雅該貫，精窮技術，潤色之以儒學，鼓吹之以文藻，方士之魁傑者也。其以爲神仙可至，專爲修煉服餌，誤天下後世深矣。人配天地，用萬物，養生之具，聖王制作，六經備矣。其居宫室，其服絲麻，其食穀麥果菜魚肉，起居有時，嗜欲有節，不傷之而已，其存没如晝夜之常，不祈生而惡死也。自周之衰，乃有方士爲長生不死神仙之説，誘天下以欲而蠱其心，於是有修煉服餌之術，燒灼其胃腸，煎熬其血氣，易穀麥以金石，涸精液爲鉛汞，以求長生不死，而徼冀爲神仙，往往殺身而札瘥夭昏。漢、晋之初，猶秘其術，而陰以殺天下。至洪著書，昌言於世，隋、唐以來，其術盛行，世主甘心爲周穆、秦皇、漢武、唐憲、穆而下，藥殺者數君，王公大人焚其身而不知悟者，見於載籍，不啻數十百人，至今未已也。其禍天下後世如此之酷，而洪乃謂世儒不知而謗己。嗚呼！儒不知洪邪？洪不知儒邪？

贊曰：神扃奥鎖，冥探灼索。揭露陰機，戒之在得。（《叢書集成初編》本）

王應麟《玉海》卷四天文儀象《堯渾儀》：

晋姜岌、葛洪皆論渾天之義，并以渾説爲長。

同上，卷五天文陰陽五行書《唐遯甲圖》：

葛洪《三元遯甲圖》三卷。

同上，卷十五地理地理書《晋關中記》：

《中興書目》："《關中記》一卷，晋葛洪撰。載長安山川及宫殿陵廟。"（《唐志》云"潘岳撰"，《文選注》引之。）

《唐志》："葛洪《西京雜記》二卷。"

同上，《唐兩京新記》：

葛洪《西京雜記》二卷。

同上，卷四十四藝文小學上《字苑》：

葛洪《要用字苑》一卷。

同上，卷四十六藝文古史《漢史記》：

葛洪《史記鈔》十四卷。

同上，卷四十七藝文雜文《史氏流别》：

和嶠《汲冢紀年》、葛洪《西京雜記》、顧協《瑣語》（一卷）、謝綽《拾遺》，此之謂逸事。

同上，卷四十八藝文實録《漢禁中起居注》：

《西京雜記》："葛洪家有《漢武禁中起居注》一卷，《漢武故事》二卷。"（《抱朴子》論仙，按《漢禁中起居注》。）

同上，卷五十一藝文典故《唐故事十七家》：

葛洪之《西京雜記》。

同上，卷五十三藝文諸子《抱朴子》：

《隋志》："道家《抱朴子》内篇二十一卷，（《音》一卷。）葛洪撰。（《唐志》"十卷"。）雜家外篇三十卷。（梁有"五十一卷"，《唐志》"二十卷"。）"

晋《葛洪傳》："《内篇》言黄白，《外篇》駁雜通釋，《内》《外》一百六十一篇，號'抱朴子'。"

《書目》："《内篇》二十卷，《外篇》五十卷，合《内》《外篇》今存共七十卷。"

同上，卷五十七藝文記志《晋西京雜記》：

《隋志·舊事類》："葛洪，二卷。"（《唐志·地理類》《崇文目·傳記類》。）《書目》："六卷，晋葛洪撰。"初，洪有劉子駿《漢書》，無首尾題目，但以甲乙丙丁紀卷數，洪父傳之。歆欲撰《漢書》，編録未就。後好事者始甲終癸，次第爲十袠，袠十卷，合百卷。洪以校班史，殆是全取劉書。而固所不取者不過二萬言。洪抄爲二卷，以裨《漢書》之缺。案洪後序，復有《漢武帝禁中起居注》一卷，《漢武故事》二卷，并五卷爲一袠。今《雜記》共六卷，不同，疑後人誤析爾。（《故事》見前，《起居注》今不存。）顔師古曰："其書淺俗，出里巷，多妄説。或以爲吴均依記爲之。"

同上，卷五十八藝文傳《漢列仙列士傳》：

葛洪《神仙傳》十卷。

同上，卷一百八十七兵捷檄書上《晋都督揚州九郡諸軍事傳檄州郡》：

《通鑒》：太安二年十二月，議郎周玘、前南平内史王矩，起兵江東以討石冰。推前吴興太守顧祕都督揚州，傳檄州郡，殺冰所置將吏。於是賀循、華譚、葛洪、甘卓皆起兵應之。（石冰寇揚州，諸郡盡没，逐會稽相張景。）（江蘇古籍出版社、上海書店，1988年）

王應麟著，翁元圻等注，欒保群等校點《困學紀聞》卷十二《考史》：

《匡衡傳》注："今有《西京雜記》，其書淺俗，出於里巷，多妄説。"段成式云："庾信作詩，用《西京雜記》事，自追改曰：'此吴均語，恐不足用。'今按《南史》，蕭賁著《西京雜記》六十卷。然則依托爲書，不止吴均也。"（上海古籍出版社，2008年）

吴自牧《夢粱録》卷十七《歷代方士》：

歷代方士：蔡經；郭文，字文舉；葛洪，字稚川，號抱朴子……俱杭之得道仙士，有超世之志，修真之術，或上升，或羽化，或葬而解化，或羽化後游於外郡，乃真仙隱化，使凡夫俗眼之人，茫然不知。諸士之詳，載於《淳祐》《咸淳》兩志及《感應神仙傳》中，考之有著《百論石室小隱集》行於世矣。（浙江人民出版社，1984年）

羅壁《識遺》卷三《班史出劉歆》：

葛洪《西京雜記》後叙云："洪家有劉子駿《漢書》一百卷，無首尾題目，但以甲乙丙丁紀卷數，歆欲撰《漢書》，編録漢事，未銓次而亡。故書無定本，雜記而已。後來班史始全取劉書，小異同爾。"固所不取者，洪抄出爲《西京雜記》，觀此則固史之妙，端有自焉。（《文淵閣四庫全書》本）

馬端臨《文獻通考》卷一百九十五《經籍考二十二》史·雜史：

《西京雜記》二卷。（一作六卷。）

晁氏曰："晋葛洪撰，初序言'洪家有劉子駿《漢書》百卷，乃當時欲撰史録事，而未得締思，無前後之次，雜記而已。後學者始甲乙之，終癸爲十卷。以其書校班《史》，殆全取劉書耳。所餘二萬言，乃抄撮之，析二篇以裨《漢書》之闕，猶存甲乙裒次'。江左人或以爲吴均依托爲之。"

同上，卷二百四《經籍考三十一》史·地理：

《關中記》一卷。

陳氏曰："晋葛洪稚川撰，所載殊簡略。"

同上，卷二百六《經籍考三十三》史·地理：

《幕阜山記》一卷。

陳氏曰："葛洪撰，其山在豫章。"

同上，卷二百十一《經籍考三十八》子·道家：

《關尹子》九卷。

陳氏曰：周關令尹喜，蓋與老子同時，啓老子著書言道德者。按《漢志》有《關尹子》九篇，而隋、唐及國史《志》皆不著録，意其書亡久矣。徐藏子禮得之於永嘉孫定，首載劉向校定序，末有葛洪後序。未知孫定從何傳授，殆皆依托也。序亦不類向文。

同上，卷二百十四《經籍考四十一》子·雜家：

《抱朴子外篇》十卷。

晁氏曰：晋葛稚川撰，自號抱朴子，博絶深洽，江左絶倫，著書甚富。言黄白之事，名曰《内篇》，其餘《外篇》。《晋書》：《内》《外》通有一百一十六篇，今世所傳者，四十篇而已。《外篇》頗言君臣理國、用刑之道，故附於雜家云。

同上，卷二百二十二《經籍考四十九》子·醫家：

《肘後百一方》三卷。

陳氏曰：晋葛洪撰。梁陶隱居增補本，名《肘後救卒方》，率多易得之藥，凡八十六首，陶并七首，加二十二首，共爲一百一首。取佛書"人有四大一大輒有一病"之義名之。

同上，卷二百二十四《經籍考五十一》子·神仙：

晁氏曰：元始天尊説。《唐志》有其目，古書也。神仙之説，其來尚矣……其學有授籙之法，名曰"齋"；有拜章之儀，名曰"醮"；又有符呪以攝治鬼神，服餌以蠲穢濁。至於存想之方，導引之訣，烹煉變化之術，其類甚衆。及葛洪、寇謙、陶弘景之徒相望而出，其言益熾於世，富貴者多惑焉，然通人皆疑之。

同上，卷二百二十五《經籍考五十二》子·神仙家：

《抱朴子内篇》二十卷。

晁氏曰："晋葛洪撰。洪字稚川，丹陽句容人。元帝時，累召不起，止羅浮山，煉丹著書，推明飛升之道、導養之理、黄白之事三十卷，二十卷名曰《内篇》，十卷名曰《外篇》，自號抱朴子，因以命書。"

陳氏曰："洪所著書，《内篇》言神仙黄白變化之事，《外篇》駁雜通釋。此二十卷者，内篇也。《館閣書目》有《外篇》五十卷，未見。"

《葛仙翁胎息術》一卷。

晁氏曰："仙翁，葛洪也。"

《太一真人固命歌》一卷。

《中興·藝文志》："題真人勒於羅浮山朱明洞陰谷壁，古篆文字，東晉葛洪譯，鮑靚行於世。言房中術。"

《神仙傳》十卷。

晁氏曰："晉葛洪弟子滕升嘗問洪曰：'古人之仙者，豈有其人乎？'洪答以秦阮倉所記有數百人，劉向所纂又七十一人，今復録集古之仙者，以傳真識之士云。"（中華書局，1986年）

吴萊《淵穎集》卷十二《司馬子微天隱子注後序》：

東漢以來，世之儒者方以天文卦候爲内學，而爲天子公卿之所賓禮，甚則自陷於鬼道。左慈啓之，葛玄紹之。玄之後則有鄭君，鄭君之後則有葛洪，葛洪之後則有陶弘景。洪與弘景本儒者，當天下多故，欲自縱於方外逸民之間。（《叢書集成初編》本）

脱脱等《宋史》卷二百三《藝文志二》史類傳記類：

葛洪《西京雜記》六卷。

同上，卷二百四《藝文志三》史類地理類：

葛洪《關中記》一卷。

同上，卷二百五《藝文志四》子類道家類：

葛洪《神仙傳》十卷。

《太一真君固命歌》一卷。（晉葛洪譯。）

同上，雜家類：

葛洪《抱朴子内篇》二十卷，《抱朴子外篇》五十卷。

同上，卷二百七《藝文志六》子類醫書類：

葛洪《肘後備急百一方》三卷。（中華書局，1977年）

梁益《詩傳旁通》卷十大雅文王之什·旱麓：

《抱朴子》："晉葛洪，字稚川，丹陽句容人。元帝時，累召不起，止羅浮山煉丹、著書，自號'抱朴子'，因以命書。"《文獻通考》、晁氏曰："葛稚川，博聞深洽，江左絶倫，著書甚富。《晉書》：《内》《外篇》通有一百一十六篇，

今世所傳者四十篇而已。《外篇》頗言君臣理國用刑之道，故子集附之於雜家者流焉。”（《文淵閣四庫全書》本）

陶宗儀《説郛》弓六十六《西京雜記》（劉歆）：

（下録天子筆、吉光裘、戚夫人、弧環、斬蛇剑、七孔針、寶鏡等共六十條，文略。）（《説郛三種》本）

陶宗儀《南村輟耕録》卷二十四《歷代醫師》：

東晋：葛洪（抱朴子）。范汪。程據。（中華書局，2004年）

宋濂《文憲集》卷二十七《燕書十六首》：

《抱朴子》，晋葛洪撰。洪字稚川，著《内篇》二十卷，言神仙黄白變化之事；《外篇》十卷，駁難通釋。洪深溺方技家言，謂神仙决可學，學之無難，合丹砂、黄金爲藥而服之，即令人壽與天地相畢，乘雲駕龍，上下大清。其他雜引黄帝御女，及三皇内文，劾召鬼神之事，皆誕褻不可訓。昔漢魏伯陽約《周易》作《參同契》上、中、下篇，其言修煉之術甚具。洪乃時與之戾，不識何也。洪嘗自言馬迹山中，受《九鼎》《金液》三經於鄭君。鄭君名隱，又得之葛仙公玄。玄，洪從祖也。其後鄭君知江南將亂，負笈持藥，東投霍山，莫知所在。亦不識其仙歟否也？洪博聞深洽，江左絶倫，爲文辭雖不近古，紆徐蔚茂，龐引而曲證，必達己意乃已。要之洪亦奇士，使舍是而學六藝，夫孰禦之哉？惜也！（《四庫明人文集叢刊》本）

王鏊《震澤長語》卷下《文章》：

班固《西漢書》，典雅詳整，無愧馬遷，後世有作，莫能及矣，固其良史之才乎！然予觀《文選》所載固文多不稱，唯《兩京賦》最其加意，然亦無西京之體，何固之長於史而短於文乎？頗疑《漢書》多出其父彪，而固蒙其名，然無它佐證。偶讀《西京雜記》，謂家有劉子駿《漢書》一百卷，無首尾題目，但以甲乙丙丁紀其卷數，其父傳之歆，欲撰《漢書》，未及而亡。試以此記考校班固所作，殆是全取劉書，小異同耳。固所不取者二萬許言，録爲二卷，名曰《西京雜記》，以裨《漢書》之缺。乃知固書奇多取諸歆乎！或謂《西京雜記》亦僞書，不知果何如也。晋傅玄之言曰：“孟堅《漢書》，實命奇作。”及與陳宗、尹敏、杜撫、馬嚴撰《中興紀傳》，其文曾不足觀，豈拘於時乎！何不類之甚也！（《叢書集成初編》本）

陳謨《海桑集》卷二《葛仙祠留題》：

思憶仙人葛稚川，舊祠游服尚巍然。羅浮自愛留丹竈，勾漏空聞有洞天。江右蛟騰青草裹，淮南犬吠白雲邊。嬉游得似無爲好，冷眼乾坤八十年。（《文淵閣四庫全書》本）

陸深《儼山外集》卷二十四《史通會要上·品流第三》：

粤若陸賈之《楚漢春秋》、樂資之《山陽載記》、王韶之《晋安陸紀》、姚梁之《後略》，是謂偏記。戴逵之《竹林名士》、王粲之《漢末英雄》、蕭世誠之《懷舊志》、盧志行之《知己傳》，是謂小録。大抵偏記、小録之書，皆記即日當時之事，求諸國史，最爲實録。但言多鄙樸，事乏倫類，徒爲後來作者删削之資矣。乃有好奇之士樂爲補亡。和嶠《汲冢紀年》、葛洪《西京雜記》、顧協《瑣語》、謝綽《拾遺》，此之謂逸事。夫逸事，皆前史所遺，多益撰述，及妄者爲之，則殽亂難據。世有郭子横之《洞冥》、王子年之《拾遺》，全構虚詞，徒驚愚俗，甚哉，其弊也！（《文淵閣四庫全書》本）

葛洪《西京雜記》附録黄省曾《〈西京雜記〉序》：

漢之西京，惟固書爲該練，非固之能爾，亦其所資者繕也。仲尼約之寳書，馬遷鳩諸國史，因本而成，在古皆然也。暇得葛洪《西京雜記》讀之，云爲劉子駿所撰，以甲乙第次百卷。考比固作，殆是全取劉書，有小異同耳。洪又抄集固所不録者二萬許言，命曰《西京雜記》。予於是始知固之《漢書》，蓋根起於子駿也。乃溯憶其所不録之故，大約有四則：猥瑣可略，閑漫無歸，與夫杳昧而難憑，觸忌而須諱者也。其猥瑣者，則霍妻遺衍之類是也。其閑漫者，則上林異植之類是也。其杳昧者，則宣獄佩鏡、秦庫玉燈之類是也。而其觸忌者，則慶郎、趙后之類是也。凡若此者，披金置沙，法所删棄矣。至於乘輿大駕，儀在典章，鮑、董問對，言關理奥，亦即擯落而無采，宜書而不書者，何也？豈不倖存於《雜記》歟！但今所傳，且失其半，又非洪之故簡矣。嗚呼！後之代儒，安得如子駿者，遐收彙集，以待班固者出歟？誠爲史家之一慨也。

同上，附録孔天胤《〈西京雜記〉跋》：

《西京雜記》以記漢故事名。本叙謂是劉歆所編録，歆多聞博綜，故所述經奇。今關中固漢西京也，鴻人達士慕漢之盛，吊古登高，往往嘆陵谷之變遷，傷文獻之闕絶。或得斷碑殘礎、片簡隻字，云是漢者，即欣睹健羡，如獲珙璧，方且亟爲表識，恐復湮滅，好古之信也。乃若此書所存，言宫室苑囿，輿服典章，高文奇技，瑰行偉才，以及幽鄙而不涉淫怪，爛然如漢之所極觀，實盛稱長安之舊制矣。

故未央、昆明、上林之記，詳於郡史；卿、雲辭賦之心，閎於本傳；《文木》等八賦，雅麗獨陳；《雨雹對》一篇，天人茂著。餘如此類，遍難悉數。然以之考古，豈不炯覽巨麗哉！緣其書罕傳，故關中稱多古圖籍，亦獨闕之。余攜有舊本在巾笥中，會左史百川張公下車宣條，敦修古藝憲之事，余因出其書商之，遂命工鋟梓，置省閣中，以存舊而廣傳，不知好古者視之果何如也！

同上，附録柯茂竹《〈西京雜記〉序》：

昔太史公約《國語》《戰國策》諸籍作《史記》，然諸籍不以故弗傳。顧班史一成，而劉子駿《漢書》遂廢，獨葛稚川家有之，乃於班氏所不録者掇爲《西京雜記》云。余讀之，耽其藻質而忘其俶詭。東方朔之全乳哺，是諷諫之術也；齊賀之讓次卿，是微巧之坊也；司馬長卿之論賦，是文心之秘也；董生之對鮑敞，是天人之微也。若此類，班皆遺之，亡其病班乎？曰："史尚簡嚴，班史猶然繁也。誠嚴即遺，奚病？"然則《雜記》非駢枝與？曰："《雜記》見班固史之本也，美物者依其本，乃自昔貴之矣。"

同上，附録毛晋《〈西京雜記〉跋》：

卷末記洪家有劉子駿書百卷，先公傳之云云。按所謂先公者，歆之於向也，而《館閣書目》以爲洪父傳之，非是。陳氏云："未必是洪作。"晁氏云："江左人以爲吴均依托爲之。"俱未可考。至若邇來坊刻作劉歆撰，抑可笑矣。據《唐書·藝文志》亦衹二卷，今存六卷，後人所分也。余喜其記書真雜，一則一事，錯出别見，今閲者不厭其小碎重疊云。

同上，附録盧文弨《新雕〈西京雜記〉緣起》：

乾隆丙午之歲，爲同年謝少宰東墅校梓《荀子》。既竣，計剞劂之直，尚剩給數金，思小書可以易訖工者，有向來所校《西京雜記》，因以授之。費尚不足，鍾山諸子從余游者率資爲助，而工始完。始余所欲校梓者，以漢魏爲限斷。今此書或以爲晋葛洪著，或以爲梁吴均僞撰，而何梓爲？余則以此漢人所記無疑也。《説苑》《新序》，其書皆在劉向前，向校而傳之，後人因名二書爲劉向著。今此書之果出於歆，别無可考，即當以葛洪之言爲據。洪非不能自著書者，何必假名於歆？書中稱"成帝好蹴鞠，群臣以爲非至尊所宜，家君作彈棋以獻"，此歆謂向家君也。洪奈何以一小書之故，至不憚父人之父，求以取信於世也邪？若吴均者，亦通人，其著書甚多，皆見於《梁書》本傳。知其亦必不屑托名於劉歆，且其文即俊拔有古氣，要未可與漢西京埒，則其不出於均又明甚。《隋書·經籍志》載此書於舊事篇，不著姓名，新、舊《唐書》始題葛洪，且入之地理類，似全未寓目也。夫冠以葛洪，以洪鈔而傳之，猶《説苑》《新序》之稱劉向，固亦無害，其文則非洪所自撰。凡虚文可以僞爲，實事難以空造，如梁王之集游事爲賦，廣川王之發冢藏所得，豈皆虚邪？至陳振孫疑向、歆父子不聞作史，此又不然。歷朝撰造，裒然成編，所云百卷，特前史官之舊，向傳之歆，歆欲傳録而未成，其見於洪之序者如此，本不謂其父子皆嘗作史也。洪以爲本之劉歆，則吾亦從而劉歆之耳，又何疑焉！諸子樂於成美，且預校勘之勞，今具列姓名於左方。……餘貲即雕《群書拾補》。

同上，附録潘景鄭《明萬曆本〈西京雜記〉跋》：

《西京雜記》以錢遵王《讀書敏求記》所稱二卷者爲最善，每事標題，又分自甲至癸；後來妄分六卷，已失舊次。今通行六卷本，則以嘉靖元年吾吴沈氏野竹齋刊本爲最先，惜流傳不廣；其次則嘉靖壬子孔天胤刊本，即今涵芬樓影印者是也。其他《漢魏》《津逮》以下各本，等之自鄶；惟抱經堂最精審，然亦非原本面目矣。此萬曆刊六卷本，題“丹陽葛洪稚川集，通判楚靖梁義鄉重刊”，前有萬曆乙亥莆柯茂竹序，及嘉靖十三年吾吴黄省曾序。黄氏刻有《水經注》等書，此書字體相類，疑黄舊有刊本，而此本從其重雕者也。每半葉九行，行十八字，白口，版心下有刊工姓名。舊爲昆山葉石君先生藏書，有“葉萬石君”“樸學齋”“歸來草堂”諸印記。曾取勘《漢魏》諸本，間有一二是正，雖不逮孔本之勝，蓋亦不多覯矣！况經前賢收藏，尤足珍重，篋中所得五六本，此其弁冕耳。書衣有昆山方唯一先生題字，余以丁丑春日，得諸方氏後人者。戊寅秋九月二十七日。（中華書局，1985年）

唐順之《荆川稗編》卷一百隱逸《郭璞葛洪傳論》：

史臣曰：“……稚川束髪從師，老而忘倦。納奇册府，總百代之遺編；紀化仙都，窮九丹之秘術。謝浮榮而捐雜藝，賤尺寶而貴分陰，游德棲真，超然事外。全生之道，其最優乎！”

贊曰：“……稚川優洽，貧而樂道。載範斯文，永傳洪藻。”（《四庫類書叢刊》本）

馮惟訥《古詩紀》卷四十二晋第十二：

葛洪。（字稚川，丹陽句容人。少以儒學知名，尤好神仙導養之法。元帝辟爲掾，以平賊功賜爵關内侯。後求爲勾漏令，以就丹砂，帝從之。）《洗藥池》。（在贛州興國縣，洪過境見山靈水秀，遂結廬築壇，鑿池洗藥，留四言詩一首。）

洞陰泠泠，風珮清清。仙居永劫，花木長榮。（《文淵閣四庫全書》本）

黎民表《瑶石山人稿》卷十三《尋葛洪東山菴故址》：

勾漏西游心不愜，棲真雲搆在層巒。梅花夢裹禽聲聒，符竹陰中鳥篆殘。仙吏時來玉局觀，野樵留得紫金丹。霓衣一去稀行迹，始信人間脱屣難。（《四庫明人文集叢刊》本）

朱睦㮮《授經圖義例》卷二十諸儒著述附歷代三禮傳注・喪服：

《喪服變除》一卷。（葛洪。）（《文淵閣四庫全書》本）

朱睦㮮《萬卷堂書目》卷二雜史：

《西京雜記》。（葛洪。）

《葛仙翁肘後方》八卷。（《續修四庫全書》本）

李時珍《本草綱目》卷一上序例上《引據古今醫家書目》：

葛洪《肘後百一方》。

葛洪《抱朴子》。

葛洪《神仙傳》。

葛洪《西京雜記》。

葛洪《遐觀賦》。（人民衛生出版社，1982年）

余寅《同姓名録》卷八《葛洪二》：

晋葛洪，丹陽人，少好學，尤好神仙導引之法。太安中討平石冰，賜爵關内侯。咸和初，除散騎常侍，領大著作，皆固辭不就。入羅浮山煉丹養，作《抱朴子》一百十六篇。一日兀然若睡而卒。舉尸入棺，輕如空衣，世以爲尸解云。

宋葛洪，東陽人，淳熙進士，參知政事。封東陽郡公。世稱其侃侃正直，有大臣風。（《四庫類書叢刊》本）

陳耀文《天中記》卷四十《醫》：

門檀桐君之術，家傳葛氏之方。葛洪有《金匱方》。（《文淵閣四庫全書》本）

王世貞《弇州四部稿・弇州續稿》卷一百十三文部《同知鬱林州事封文林郎大理寺右評事九華顧公墓志銘》：

督府奉大司農檄徵丹砂於鬱林，公爲言：鬱林故不産丹砂，得非繇葛洪求勾漏令誤耶？洪從鮑靚隱羅浮，嘗至勾漏得勾漏砂也。竊聞辰實産砂，請市之辰便，督府不聽，役徒三萬遍采砂鬱林不得，久之竟市之辰以解。（《四庫明人文集叢刊》本）

焦竑《國史經籍志》卷四子類道家：

《列仙傳》十卷。（葛洪。）《神仙傳略》一卷。（葛洪。）《葛仙翁歌訣》一卷。《抱朴子别旨》一卷。（葛洪。）

同上，五行家：

《遯甲秘要》一卷。（葛洪。）《遯甲要用》四卷。（葛洪。）

《遯甲反覆圖》一卷。（葛洪。）（《續修四庫全書》本）

陳第《世善堂藏書目》卷上史類稗史野史并雜記：

《西京雜記》二卷。（葛洪。）

又《西京雜記》六卷。

同上，卷下各家六醫家：

《肘後百一方》三卷。（晋葛洪。）

同上，神仙道家：

《老子化胡經》。（老子。）

《胎息術》一卷。（葛仙翁。）（《續修四庫全書》本）

陳禹謨《騈志》卷五丙部上《葛洪〈西京雜記〉》：

《西京雜記》葛洪自序云："洪家世有劉子駿《漢書》一百卷，無首尾題目，但以甲乙丙丁紀其卷數。先父傳之。歆欲撰《漢書》，編録漢事，未得締構而亡，故書無宗本，止雜記，而已失前後之次，無事類之辨。後好事者以意次第之，始甲終癸，爲十帙，帙十卷，合爲百卷。洪家具有其書，試以此記考校班固所作，殆是全取劉書，有小異同耳。并固所不取，不過二萬許言，今抄出爲二卷，名曰《西京雜記》，以裨《漢書》之闕爾。"（《文淵閣四庫全書》本）

胡應麟《少室山房筆叢》卷三十一《四部正訛中》"抱朴子"條：

《抱朴子》内外篇四十卷，晋葛洪稚川撰。洪以博洽名江左，身所著書，殆六百餘卷，自漢以來，稱撰述亡盛於洪。蓋篤志負才，而游方之外者也。黄東發詆洪不應以神仙誤天下後世，持論甚公；而以此書爲僞則失考。洪本傳明言，抱朴諸篇，歷唐宋以本有疑其僞者。今讀其言，比物聯類，紆徐鬱茂，滑稽不窮。其《外篇》蓋擬王氏《論衡》，故旁引曲喻，必達其詞；雖時失繁冗，非淺見狹識所窺也。且洪既爲神仙之學，其異於吾儒，勢固應爾，又曷僞焉？

同上，卷三十二《四部正訛下》“西京雜記”條：

《西京雜記》，世以葛洪僞撰，余詳辯之矣。或又以爲吴均者，無他據。止《酉陽雜俎》記六朝人欲用《西京雜記》事，既而中止。曰此吴均語，恐不足用。然洪序篇末甚明，安知非《雜俎》誤？又《述異記》，晁公武謂“任昉作”，而《唐志》稱祖同，晁以爲非。然《隋志》無昉書，而有祖沖之撰者十卷，竟未知孰是也。

同上，卷三十八《華陽博議上》“文士儒流”條：

文士儒流博通二典者，漢淮南王、東方朔、魏伯陽、徐景休、劉向……葛洪、齊張融、顧歡、梁陶弘景……諸人皆綜貫道書者也。

同上，“歷世文人學士”條：

歷世文人學士，有功經術者：漢劉向、劉歆、杜欽、杜鄴、匡衡、谷永、班固、蔡邕；三國王粲、劉楨、何晏、譙周、韋昭、陸績；六代嵇康，陸機、戴逵、孫綽、干寶、傅玄、葛洪、徐廣、何承天、裴松之、顧野王、蕭子顯……雖淺深純駁，造詣各殊，皆著述可徵，有功經學者也。

同上，卷四十四《玉壺遐覽三》“仙家好古者”條：

仙家好古者，蓋莫如張洪崖，傳稱天下名賢與氳游，皆以古物爲贈。開國公李太子一遺書曰：“僕聞先生有好古之癖，欽仰之久。近有張生者，晋司馬華九世孫，不遠千里，以孔子木履一枚見遺，云傳寶已兩百年。觀其先聖所踐之物，非敢匿之，用是馳獻。”……僧智遠贈蔡邕焦尾琴、葛洪刮藥篦，脩然贈迦葉陀頭缽……（中華書局，1958年）

祁承㸁《澹生堂藏書目》卷四史類第九（雜史）：

《西京雜記》二册。（六卷，葛洪。《逸史》本、《名賢説海》本、《漢魏叢書》本、《正稗海》本、《説鈔》本。）

同上，卷八子類第五（道家諸子）：

《抱朴子内篇》，（二十卷。）《抱朴子外篇》。（五十卷。）（葛洪。）（《宋元明清書目題跋叢刊》本）

俞汝楫《禮部志稿》卷二十九祠祭司職掌群祀《先醫》：

西廡醫師十四位，華陀、王叔和、皇甫謐、抱朴子葛洪、巢元方真人、孫思

邈、蘗王韋慈藏、啓玄子王冰、錢乙、朱肱、李杲、劉完素、張元素、朱彦修，陳設同。（《文淵閣四庫全書》本）

馮復京《六家詩名物疏·引用書目》雜記傳：

葛洪《西京雜記》。

同上，醫方：

《葛洪方》。（《文淵閣四庫全書》本）

徐𤊹《徐氏家藏書目》卷二史部各省雜志：

《西京雜記》六卷，晋葛洪。

同上，卷三子部諸子類：

《抱朴子》，葛洪。（上海古籍出版社，2014年）

彭大翼《山堂肆考》卷一百二十二文學著書上《西京雜記》：

漢劉歆，字子駿，王莽篡漢，歆爲國師，嘗著《西京雜記》。

同上，卷一百二十三文學著書下《列仙傳》：

葛仙翁著。又葛洪有《神仙傳》。

同上，卷一百二十六文學文章《積玉》：

晋葛洪字稚川，稱陸機文“猶玄圃之積玉，五河之吐流，泉源如一焉”。

同上，卷一百五十仙人《葛洪尸解》：

晋葛洪，字稚川。玄之從孫，以儒學知名，尤好神仙導養之法。元帝時，聞交趾出丹砂，求爲勾漏令。將子姪俱至。廣州刺史鄧岳留之，不聽去，乃止於羅浮山，煉丹成道，自號抱朴子，因以名書。卒，年八十一。顔色如生，體亦柔軟，舉尸入棺，如空衣然，人謂之尸解。《集仙録》：“凡人死，視其形如生人，足不青，皮不皺，目光不毁，頭髮盡脱，不失其形骨者，皆尸解也。又有未斂而失尸者，有人形猶在而無復有骨者，有衣在而形去者，有髮脱而形去者，白日去謂之‘上尸解’，夜半去謂之‘下尸解’，向曉向暮者爲‘地下主’。”

同上，卷一百六十四技藝醫士《金匱篇》：

葛洪抄《金匱》百卷，《肘後方》四卷。（《四庫類書叢刊》本）

曹學佺《蜀中廣記》卷七十六神仙記第六川北道：

《雲臺治中内録》曰：太上老君傳授《雲臺正治官圖》《治山灶鼎》等，得四十一代相承，具人名代數於後：

第一代老君，老君火山大丹治法傳授三百人，惟王方平、尹喜、徐甲系代。……

第三十七代老君敕使三人於天台山，令葛玄傳鄭思遠，授十九人。葛洪、李淳風系代。……（《文淵閣四庫全書》本）

錢謙益《絳雲樓書目》卷一史·傳記類：

葛洪《神仙傳》。（《叢書集成初編》本）

董斯張《廣博物志》卷五《地形》“葛洪”條：

葛洪嘗過贛之興國境，見山靈水秀，遂結廬築壇，鑿池洗藥，留四言詩一首曰：“洞陰泠泠，風珮清清。仙居永劫，花木長榮。”今其地有洗藥池。

同上，卷十二《靈異一·仙》“葛稚川”條：

葛稚川居羅浮，與南海太守鮑靚善。靚時時往來羅浮山中，或迎至郡與言達旦。夫人見其來門無車馬，獨有雙燕，怪而問之，則雙履也。靚亦有道術，嘗行部入海遇風，飢甚，取白石煮食之。（《四庫類書叢刊》本）

趙均《金石林時地考》卷下《江西·唐》：

《石泉碑》。（葛洪書。）（《文淵閣四庫全書》本）

楊時偉《諸葛忠武書》卷九《遺事》“抱朴子曰”條：

《抱朴子》曰：曹操刑法嚴峻，果於殺戮，乃心欲用乎孔明。孔明自陳不樂出身，操謝遣之曰：“義不使高世之士辱於汙君之朝也。”其鞭撻九有，草創皇基，亦不妄矣。

時偉按：孔明之寓荆州，知之者惟德公、德操、元直輩耳，雖以昭烈久同流寓，思賢若渴，而未之前聞，必因元直之言而始見。曹瞞未得荆州，何緣欲用孔明？且汙君之云，豈操自謂抑？誰指耶？夫鞭撻九有，草創皇基，而不得人士第一流，奚取不妄！大抵《抱朴子》，葛洪誕書也。而蘇子瞻、楊用修皆據爲談資，殆

所不解。（《文淵閣四庫全書》本）

黄宗羲著，沈芝盈點校《明儒學案》卷五十一諸儒學案中五《文裕黄泰泉先生佐》：

論學書。……向者項甌東來，言曾會小仙，述其形貌之詳，與其作詩報人禍福。竊疑其爲物鬼耳。暫時爲人，忽又化去，如貴郡九鯉湖何仙亦其比也。人心趨向，務爲崇飾，則建祠祀之，遂傳於世。如葛洪《神仙傳》祖劉向《列仙傳》而附益之，久則人不復信。（中華書局，2008年）

黄宗羲撰，鄭萬耕點校《易學象數論》卷一《納音》：

《葛稚川納音圖》。（中華書局，2010年）

吴綺《嶺南風物記》"符竹出羅浮山"條：

符竹出羅浮山。葛洪居山，偶書符竹葉上，以壓山精。今竹葉上每葉皆有一符，作黄白色，筆書宛然。山中人常以贈客，云藏之可以辟邪。（《文淵閣四庫全書》本）

王鉞《讀書蕞殘》卷之上《讀〈神仙傳〉》：

晋抱朴子葛洪著《神仙傳》，世不知有其人否也，然儒每擯而不道，而好奇家獨訟言之。抱朴子曰："子不夜行，則安知道上有夜行人？今不得仙者，亦安知天下山林間不有學道得仙者？"雖然仙之有不有不可知也，然吾觀子列子書，所謂和者大同於物，物無得傷閡者，游水火、蹈金石皆可也。而子夏曰："刳心去智，商未之能至。"以語夫子，則曰："能至而能不爲，允若是。"則吾夫子高於若輩數等矣。噫！子列子言若此，而世猶以道家者流目之至尊爲沖虚，其人者何也？"

同上，《讀〈西京雜記〉》：

劉歆子駿著。按本傳稱子駿"博見疆志，過絶於人"，觀其移令太常，推崇《左氏》，致書揚雄求索《方言》，蓋好學多聞，自其天性。所著《雜記》六卷，非當時完書，然其大者裨益典常，細者亦有功聞見，信非雅澹之才、沉鬱之思不能及也。論者又謂其纂輯史材，爲蘭臺令史先驅，讀其書知其肆心廣意，并蓄兼收，實亦有補正史，不盡同小説閑漫。獨惜其以彼學問而甘心亂逆，冒榮國師。痛矣哉，子政之無兒也！（《四庫全書存目叢刊》本）

倪濤《六藝之一録》卷二十二金器款識二十二《集古印譜·將軍印》：

伏波將軍，銅印龜鈕。按伏波將軍，前漢路博德，後漢馬援、陳惇、夏侯惇，魏滿寵、甄像、孫禮、盧欽，晋孫秀、葛洪、陶延皆爲此官。

錢曾《述古堂藏書目》卷三史·仙傳：

葛洪《神仙傳》十卷一本。（抄。）

《葛仙翁傳》一卷一本。（抄。）

同上，卷五子：

《抱朴子内篇》二十卷四本。（抄。）

《抱朴子外篇》五十卷四本。（抄。）

同上，子雜·小説家：

葛洪《西京雜記》二卷一本。

同上，卷六方：

《葛仙翁備急方》八卷四本。

同上，卷九道藏：

《抱朴子養生論》一卷一本。（抄。）（《叢書集成初編》本）

錢曾撰，丁瑜點校《讀書敏求記》卷二史·傳記：

葛洪《神仙傳》十卷。袁陶齋藏書，後歸秦四麟又玄齋，流傳至胤伽居士春雪樓，三君皆好古碩儒，所藏率多舊鈔本，故其書正定可傳，覽者勿忽之。

同上，地理·輿圖：

葛洪《西京雜記》二卷。後序云此爲兩卷，在洪巾箱中，嘗一自隨，則原書爲二卷無疑。流俗本妄分爲六卷，謬甚矣。章丘李中麓所藏卷仍上下，但每事標題，又分甲至癸，殆猶存駿《漢書》之舊與？俟博識者詳評論之。（書目文獻出版社，1984年）

朱彝尊《經義考》卷十一易十：

葛氏（洪）《周易雜占》，《七録·五行家》十卷。佚。

《晋書》："葛洪字稚川，丹陽句容人。元帝爲丞相，辟爲掾，以平賊功賜爵關内侯。咸和初，轉司徒掾，遷諮議參軍。干寶薦洪才堪國史，選爲散騎常侍，領大著作，洪辭不就。聞交趾出丹砂，求爲勾漏令。止羅浮山煉丹，積年著述不輟。”

同上，卷一百三十七儀禮八：

徐氏（乾學）《讀禮通考》。一百二十卷。存。

彝尊《序》曰：“禮有五，喪祭重矣，曲臺之記，石渠之論，議於喪禮尤詳焉。晋人崇尚莊老，宜其自放禮法之外，而於喪禮變除假寧之同異，獨齗齗辨難。若杜預、衛瓘、袁準、孔倫、陳銓、劉逵、賀循、環濟、蔡謨、劉德明、葛洪、孔衍之徒均有撰述。宋齊以降，言凶禮者不乏。”（中華書局，1998年）

徐乾學《讀禮通考》引用書目：

《西京雜記》。（《文淵閣四庫全書》本）

徐乾學《傳是樓書目》卷三子部道家諸子：

《抱朴子》（《内篇》四卷、《外篇》四卷，晋葛洪。）八卷本；又一部，四本；（一套。）又一部，（少《外篇》首二卷一本。）三本。（不全。）

《抱朴子内篇》。（二十卷，晋葛洪。）

同上，道家雜著：

《神仙傳》。（十卷，晋葛洪。）

同上，道家内外丹：

《還丹肘後訣》。（三卷，晋葛洪。）

《神仙金汋經》。（三卷，葛洪。）

同上，卷六史部别志：

《西京雜記》；（六卷，晋葛洪。）又一部，（葛洪。）一本；又一部，一本。（《續修四庫全書》本）

張英等《御定淵鑒類函》卷二百二文學部十一《好學三》：

不知棋幾道。（《葛洪别傳》：“洪嘗夜燃柴火寫書，所寫之書皆反覆有字，人少能讀。至不知棋局幾道，不識摴蒱齒名。”）

同上，卷三百二十二方術部一《醫三》：

增玉版金匱。（《黄帝素問》有《玉版篇》。葛洪抄《金匱》百卷，《肘後方》四卷。）

同上，卷三百三十巧藝部七《摴蒱二》：

（《晋書》）又曰：葛洪字稚川，性寡欲，無所愛玩，不知棋局幾道，摴蒱齒名。（《文淵閣四庫全書》本）

孫岳頒、王原祁等《佩文齋書畫譜》纂輯書籍：

《西京雜記》。（葛洪。）

《抱朴子》。（葛洪。）

《神仙傳》。（葛洪。）

同上，卷八論書八書品上：

晋葛洪論書："吴之善書者，則有皇象、劉纂、岑伯然、朱季平，中州則有鍾元常、胡孔明、張芝、索靖，并用古體，俱足周事，飄乎若起鴻之乘勁風，騰鱗之躡驚雲。"（《抱朴子》。）

同上，卷二十三書家傳二晋葛洪：

葛洪著《要用字苑》一卷。（《玉海》。）（浙江人民美術出版社，2014年）

徐文靖著，范祥雍點校《管城碩記》卷二十《史類三》：

《經籍考》："《葛仙翁胞息術》一卷。"晁氏曰："仙翁，葛洪也。"

按《列仙傳》："葛玄，字孝先，吴人，從左慈學道，後得道號葛仙翁。"以稚圭爲仙翁，誤。（《學術筆記叢刊》本）

趙宏恩等《江南通志》卷一百十一寺觀一南昌府：

沖虚觀。（在新建縣葛仙峰之南，上有葛仙壇，爲葛洪禮斗處。）

同上，卷一百十三寺觀三贛州府：

治平觀。（在興國縣西門外，晋建。《堯山堂外紀》云："葛洪過興國，鑿池洗藥。"俗傳即此地。舊有吹簫臺，已廢。前有井，號葛洪井。今觀内不奉稚川，而祀康將軍。）

同上，卷一百九十《藝文志》經部注疏箋訓（東晉）：

《喪服變除》一卷。（句容葛洪。）

同上，經部字説（東晉）：

《要用字苑》一卷。（句容葛洪。）

同上，卷一百九十一《藝文志》史部正史：

《漢書鈔》三十卷。（句容葛洪。）

同上，雜史傳：

晉《良吏傳》十卷，《隱逸傳》十卷。（俱句容葛洪。）

《西京雜記》。（梁吴均托名葛洪。）

同上，地志：

晉《關中記》《幕阜山記》。（俱句容葛洪。）

同上，卷一百九十二《藝文志》子部陰陽：

《遯甲要》一卷、《遯甲要用》四卷、《遯甲秘要》一卷、《遯甲反覆圖》一卷、《遯甲肘後立成囊中秘》一卷。（俱句容葛洪。《唐志》有葛洪《三元遯甲圖》三卷，或即此三書合之與？）

同上，醫家：

《肘後百一方》三卷，《神仙餌金丹砂秘方》一卷。（俱句容葛洪。）

同上，道家：

《抱朴子内篇》三十卷，（《隋志》作二十卷。）《外篇》三十卷。（俱句容葛洪。）譯《太乙真君固命歌》一卷。（亦句容葛洪，疑僞托。）

同上，卷一百九十三《藝文志》集部一奏議：

晉《移檄章表》三十卷。（句容葛洪。）（《文淵閣四庫全書》本）

鄂爾泰等《雲南通志》卷七《學校（附書籍）》新建五華書院藏書・子部中雜家：

《西京雜記》。（《文淵閣四庫全書》本）

嵇璜等《皇朝通志》卷一百十二《校讎略八》：

晋葛洪《神仙傳》，諸家著録并同。《隋志》誤作"《列仙傳》"，今校正。（《文淵閣四庫全書》本）

嵇璜等《欽定續通志》卷一百六十四《校讎略》：

葛洪《史記鈔》十四卷，又《漢書鈔》三十卷，《後漢書鈔》三十卷……焦竑曰："入雜史，非。改附正史。"

葛洪《西京雜記》二卷。焦竑曰："故事、地里兩出。"（《文淵閣四庫全書》本）

于敏中等《欽定日下舊聞考》卷一百六十《雜綴四》：

往代都會記載之書，莫著於漢之《三輔黄圖》與《西京雜記》。葛稚川稱其家有劉子駿《漢書》百本，班孟堅鋪叙兩京，最爲該練，蓋多資取於子駿也。然孟堅亦有不録者，稚川集而藏之，名曰《西京雜記》。其中事實與班少有異同，今所傳且失其半。《三輔黄圖》既不知作者何人，又爲《中興書目》《崇文總目》所不載。程氏以有唐縣名，辨其非《漢書》，他如關中、洛陽、帝都、東都諸記，與《兩京新記》《京師録》《長安志》或存或亡，乃若《金陵記》、《蜀都記》、《江左編》、《建康録》、臨安、鄴城諸書，皆偏安無足取重。吴自牧之《夢粱録》、孟元老之《東京夢華録》，則又從喪亂後追述舊事，尤爲瑣屑。燕京自遼、金、元、明定都於此，宜有紀載，而著述無聞。往者劉侗有《帝京景物略》，采取多缺，未合大雅，論者有盆花盎草之譏。予自束髮來京師，凡城市巷陌旗亭茶社無不觀，近畿之山川寺觀無不游，人家之園圃亭榭與前代之廢館荒臺無不過而問焉。每一流憩，俯仰低徊，動輒忘返。嘗思我朝當聲名文物之盛，據天下形勢之雄，控制中外，遐邇向化，梯航萬邦，時集都下。欲著燕京一書垂示永久，補前人所未逮。顧旅食鮮暇，繼復叨直禁近，早夜惕厲，足不出重闉者十二年。不但不能爲此書，視向時登覽游歷之地，且可望而不可即矣。歲癸亥，與同年友竹垞偕侍直廬，每言及此，慨焉興嘆。彈指五年，竹垞《日下舊聞》之書成，詳載山川、宫室、城市、郊坰、畿輔、邊障、户版、風俗、物産，遐收彙集，可以資掌故，備采覽，使有班孟堅者出，當必取之爲史家之一助也。竹垞博極群書，晝則歷郊野，摩碑碣，問父老，斷字卮言，悉經掌録。夕則篝燈散帙，馳騁古今，務使聞見兩無所憾而後愉快。故其書大無不該，細無不析，竹垞猶未敢自居於作者，曰吾述舊聞而已。竹垞遭際盛時，優游纂紀，成不朽之業，副在名山。視《三輔黄圖》《西京雜記》諸書，益又遠勝之矣。（《文淵閣四庫全書》本）

紀昀著，汪賢度校點《閱微草堂筆記》卷二十《灤陽續録二》：

謂無神仙，或云遇之，謂有神仙，又不恒遇。劉向、葛洪、陶弘景以來，記神仙之書，不啻百家，所記神仙之名姓，不啻千人，然後世皆不復言及。後世所遇，又自有後世之神仙，豈保固精氣，雖得久延，而究亦終歸遷化耶？又神仙清静，方士幻化，本各自一途。諸書所記，凡幻化者皆曰神仙，殊爲無别。有王媪者，房山人，家在深山，嘗告先母張太夫人曰：山有道人，年約六七十，居一小庵，拾山果爲糧，掬泉而飲，日夜擊木魚誦經，從未一至人家，有就其庵與語者，不甚酬答，饋遺亦不受。王媪之侄傭於外，一夕歸省母，過其庵前，道人大駭曰："夜深虎出，爾安得行？須我送爾往。"乃琅琅擊木魚前導，未半里，果一虎突出。道人以身障之，虎自去，道人不别亦自去，後忽失所在。此或似仙歟？從叔梅庵公言，嘗見有人使童子登三層明樓上，（北方以覆瓦者爲暗樓，上層作雉堞形，以備禦寇者爲明樓。）以手招之，翩然而下，一無所損，又以銅盂投溪中，呼之，徐徐自浮出。此皆方士禁制之術，非神仙也。（上海古籍出版社，1980年）

余蕭客《古經解鉤沉》卷一下《序録下》晋：

葛洪，《喪服變除》一卷。（《文淵閣四庫全書》本）

翁方綱《蘇詩補注・采輯書目》：

《西京雜記》。（《叢書集成初編》本）

永瑢等《四庫全書總目》卷六十五史部二十一史鈔類序：

帝魁以後書，凡三千二百四十篇，孔子删取百篇。此史鈔之祖也。《宋志》始自立門。然《隋志》雜史類中有《史要》十卷，注："漢桂陽太守衛颯撰，約《史記》要言，以類相從。"又有《三史略》二十卷，吴太子太傅張温撰。嗣後專鈔一史者，有葛洪《漢書鈔》三十卷，張緬《晋書鈔》三十卷。

同上，卷九十一子部一儒家類一《傅子》提要：

《傅子》一卷（永樂大典本。）……晋代子家今傳於世者，惟張華《博物志》、干寶《搜神記》、葛洪《抱朴子》、稽含《草木狀》、戴凱之《竹譜》尚存，然《博物志》《搜神記》皆經後人竄改，已非原書，《草木狀》《竹譜》記録瑣屑，無關名理，《抱朴子》又多道家詭誕之説，不能悉軌於正。

同上，卷一百三子部十三醫家類一《肘後備急方》提要：

《肘後備急方》八卷。（浙江范懋柱家天一閣藏本。）晋葛洪撰。洪字稚川，句容人。元帝爲丞相時，辟爲掾，以平賊功，賜爵關内侯，遷散騎常侍。自乞出爲勾漏令，後終於羅浮山，年八十一。事迹具《晋書》本傳。是書初名《肘後卒救方》。梁陶弘景補其闕漏得一百一首，爲《肘後百一方》。金楊用道又取唐慎微《證類本草諸方》附於《肘後隨證》之下，爲《附廣肘後方》。元世祖至元間，有烏某者，得其本於平鄉郭氏，始刻而傳之。段成己爲之序，稱葛、陶二君共成此編，而不及楊用道。此本爲明嘉靖中襄陽知府吕容所刊，始并列葛、陶、楊三序於卷首。書中凡楊氏所增，皆别題"附方"二字，列之於後，而葛、陶二家之方則不加分析，無可辨别。案《隋書・經籍志》："葛洪《肘後方》六卷，梁二卷，陶弘景《補闕肘後百一方》九卷，亡。"《宋史・藝文志》止有葛書而無陶書，是陶書在隋已亡，不應元時復出。又陶書原目九卷，而此本合楊用道所附，衹有八卷，篇帙多寡，亦不相合。疑此書本無《百一方》在内，特後人取弘景原序冠之耳。書凡分五十一類，有方無論，不用難得之藥，簡要易明。雖頗經後來增損，而大旨精切，猶未盡失其本意焉。

同上，卷一百四十子部五十小説家類一《西京雜記》提要：

《西京雜記》六卷。（内府藏本。）舊本題晋葛洪撰。洪有《肘後備急方》，已著録。黄伯思《東觀餘論》稱"此書中事，皆劉歆所説，葛稚川采之。其稱'余'者，皆歆本文"云云。今檢書後有洪跋，稱其"家有劉歆《漢書》一百卷，考校班固所作，殆是全取劉氏。有小異同，固所不取。不過二萬許言。今鈔出爲二卷，名曰《西京雜記》，以補《漢書》之闕"云云。伯思所説，蓋據此文。案《隋書・經籍志》載："此書二卷，不著撰人名氏。"《漢書・匡衡傳》顔師古注稱："今有《西京雜記》者，出於里巷。"亦不言作者爲何人。至段成式《酉陽雜俎・廣動植篇》，始載"葛稚川就上林令虞淵問草木名"，今在此書第一卷中。張彦遠《歷代名畫記》載毛延壽畫王昭君事，亦引葛洪《西京雜記》，則指爲葛洪者，實起於唐。故《舊唐書・經籍志》載此書，遂注曰：晋葛洪撰。然《酉陽雜俎・語資篇》别載庾信作詩用《西京雜記》事，旋自追改曰："此吴均語，恐不足用。"晁公武《讀書志》亦稱"江左人"。或以爲吴均依托。蓋即據成式所載庾信語也。今考《晋書・葛洪傳》載洪所著有《抱朴子》《神仙》《良吏》《集異》等傳，《金匱要方》《肘後備急方》并諸雜文共五百餘卷，并無《西京雜記》之名。則作洪撰者，自屬舛誤。特是向、歆父子作《漢書》，史無明文。而此書所紀與班書參校，又往往錯互不合。如《漢書》載文帝以代王即位，而此書乃云文帝爲太子。《漢書》又載廣陵王胥、淮南王安并謀逆自殺，而此書乃云胥格猛獸，陷脰死，安與方士俱去。《漢書・楊王孫傳》即以王孫爲名，而此書乃云"名貴"。似是故謬其事，以就洪跋中"小有異同"之文。又歆始終臣莽，而此書載吴章被誅事，乃云章後爲王莽所殺，尤不類歆語。又《漢書·匡衡傳》“匡鼎來”句，服虔訓“鼎”爲“當”，應劭訓“鼎”爲“方”。此書亦載是語，而以鼎爲匡衡小名。使歆先有此説，服虔、應劭皆後漢人，不容不見，至葛洪乃傳。是以陳振孫等皆深以爲疑。然庾信指爲吴均，别無他證。段成式所述信語，亦未見於他書。流傳既久，未可遽更。今姑從原跋，兼題劉歆、葛洪姓名，以存其舊。其書諸志皆作二卷，今作六卷。據《書録解題》，蓋宋人所分，今亦仍之。其中所述，雖多爲小説家言，而摭采繁富，取材不竭。李善注《文選》，徐堅作《初學記》，已引其文。杜甫詩用事謹嚴，亦多采其語。詞人沿用數百年，久成故實，固有不可遽廢者焉。

同上，卷一百四十六子部五十六道家類《抱朴子内外篇》提要：

《抱朴子内外篇》。（江蘇巡撫采進本。）晋葛洪撰。洪有《肘後備急方》，已著録。是書乃其乞爲勾漏令後、退居羅浮山時所作。抱朴子者，洪所自號，因以名書也。自序謂《内篇》二十卷，《外篇》五十卷。《隋志》載《内篇》二十一卷，《音》一卷，入道家；《外篇》三十卷，入雜家。《外篇》下注曰：梁有五十一卷。《舊唐志》亦載《内篇》二十卷，入道家；《外篇》五十一卷，入雜家。卷數已小不同。《新唐志》道家載《内篇》十卷；雜家載《外篇》二十卷。乃多寡迥殊。《宋志》則均入雜家。《内篇》作二十卷，與《舊唐書》同；《外篇》作五十卷，較《舊唐書》又少一卷。晁公武《讀書志》作《内篇》二十卷，《外篇》十卷，《内》《外篇》之卷數與《新唐書》互異。陳振孫《書録解題》但載《内篇》二十卷，而云《館閣書目》有《外篇》五十卷，未見。其紛紜錯互，有若亂絲。此本爲明烏程盧舜治以宋本及王府《道藏》二本參校，視他本較爲完整。所列篇數與洪自序卷數相符。知洪當時蓋以一篇爲一卷。以《永樂大典》所載互校，尚多丹砂法以下八篇，知爲足本矣。其書《内篇》論神仙、吐納、符籙、克治之術，純爲道家之言。《外篇》則論時政得失、人事臧否，詞旨辨博，饒有名理，而究其大旨，亦以黄老爲宗，故今并入之道家不復區分焉。

同上，卷一百四十七子部五十七道家類存目《枕中書》提要：

《枕中書》一卷。（江蘇巡撫采進本。）舊本題晋葛洪撰。考隋、唐、宋《藝文志》但有《墨子枕中記》及《枕中素書》，而無葛洪《枕中書》。此本别載《説郛》中，一名《元始上真衆仙記》，而《通志》所列《元始上真記》無“衆仙”字，似亦非此書。書中説多謬悠。若稱太昊氏治岱宗山，顓頊治恒山，祝融氏治衡霍山，黄帝治嵩高山，金天氏治華陰山，堯治熊耳山，舜治積石山，禹治蓋竹山，湯治元極山，武王爲田極明公，漢高祖、光武爲四明賓友之類，已屬不經；至謂元始天尊與太元玉女通氣結精，遂生扶桑大帝、九光玄女，誕妄尤甚。又在《真靈位

業圖》諸書之下。其出後人僞撰無疑也。（中華書局，1965年）

永瑢等《四庫全書簡明目録》卷十子部五醫家類：

《肘後備急方》八卷。晋葛洪撰。凡分五十三類，但有方而無論。其書經梁增弘景、金楊用道增修增。用道所增，猶注附方字；弘景所增，則不可考矣。然弘景亦妙解醫理者也。

同上，卷十四子部十二小説家類：

《西京雜記》六卷。舊本或題漢劉歆撰或題晋葛洪撰，實則梁吴均撰，托言葛洪得劉歆《漢書》遺稿，録班固所不載者爲此書也。

同上，子部十四道家類：

《抱朴子内外篇》八卷。晋葛洪撰。抱朴子，其自號也。《内篇》論神仙修煉、符籙劾治諸事，純爲道家之言；《外篇》則論時政得失、人事臧否，多作排偶之體，而詞旨辨博，饒有名理。故《隋志》以《内篇》入道家，《外篇》入雜家。然《外篇》大旨亦以黄、老爲宗，今并入於道家。

《神仙傳》十卷。晋葛洪撰。所録凡八十四人。證以諸書所引，確爲古本。《漢魏叢書》别載一本，所録凡九十二人；核檢其文，乃自《太平廣記》鈔合，多勒取他書以足數，舛漏殊甚，不足爲據也。（上海古籍出版社，1985年）

章宗源《隋書經籍志考證》卷九舊事：

《西京雜記》二卷。（今存。）

同上，卷十三雜傳：

《神仙傳》十卷。（葛洪撰。今存。）（《二十五史補編》本）

孫星衍《孫氏祠堂書目》卷四説部第十二：

《西京雜記》六卷。（漢劉歆撰。一明程榮刊本，一明吴琯刊本，一抱經堂刊本。）（《叢書集成初編》本）

周中孚《鄭堂讀書記》卷六十九子部十四道家類：

《神仙傳》十卷。（《漢魏叢書》本。）

晋葛洪撰。（洪字稚川，句容人，元帝爲丞相時辟爲掾，以平賊功，賜爵關内侯，遷散騎常侍，自乞出爲句容令，後終於羅浮山。）《四庫全書》著録。據兩淮鹽政進本，乃原帙也。《隋志》（雜傳類）、《舊唐志》（雜傳記類）、《新唐書》、《崇文目》、《讀書志》（傳記類）、《通考》（神仙家）、《宋志》俱載之。《崇文目》作《神仙傳略》一卷，蓋節本耳。前有自序稱“予著《内篇》論神仙之事，弟子滕升問曰：‘古之得仙者，豈有其人乎？’予答曰：‘秦大夫阮倉所記，有數百人，劉向所撰又七十餘人。’予今復鈔集古之仙者見於仙經、服食方及百家之書，先師所説、耆儒所論，以爲十卷”。知劉向所述，殊甚簡略，美事不舉，此傳雖深妙奇異不可盡哉，猶存大體，竊謂有愈於劉向多所遺棄也。近觀是書所録，自廣成子以迄封衡凡九十二人，較原本所載人數反多八人，雖大略相同而核檢其文，乃即《太平廣記》所引鈔合而成，又勦取他書以足數，非原帙也。其篇第之失次，事迹之舛漏皆所不免，遠不及原本之足矣。至《説郛》所載僅節録一卷，更不足據。

《枕中書》一卷。（《唐宋叢書》本。）

舊題晋葛洪撰。《四庫全書》存目。一作《元始上真衆仙記》，《通志》載有《元始上真記》一卷，豈即某其書歟？前有緣起一則，稱洪見一真人，自號元都太真王今，侍者執筆擘紙，口授妙言，既畢，左手授與洪：“吾往方丈謁仙官，致復相遇，子勖之焉，吾去矣。”見駕乘冉冉而高，乃失所在云云，極怪誕。而所記真書、真記十三則，率皆鑿空而談，謬悠誕妄，雖僞如《真靈位業圖》，亦不如是之甚也。真無識道流不知而作者矣。《説郛》及《續秘笈》均收入之。（《清人書目題跋叢刊》本）

范邦甸等撰，江曦、李婧點校《天一閣書目》卷三之二子部小説類：

《西京雜記》二卷，（刊本。）晋丹陽葛洪撰。

同上，道家類：

《抱朴子内篇》二十卷，（刊本。）晋葛洪撰。

《抱朴子外篇》五十卷，（刊本。）晋葛洪撰。

《抱朴子》十一篇，（藍絲闌鈔本。）晋葛洪撰。

《神仙傳》十卷，晋葛洪撰。

《稚川真人校證術》一卷。（藍絲闌鈔本。）（《中國歷代書目題跋叢書》本）

陳揆《稽瑞樓書目》邑中著述：

《抱朴子内外篇》六册。

《抱朴子》八卷。（徐良夫校本，四册。）

同上，附記各橱：

《西京雜記》二卷。（一册。）（《叢書集成初編》本）

張金吾《爱日精廬藏書志》卷二十七子部小説類：

《西京雜記》。（明活字本。）晋丹陽葛洪字稚川集。（《中國歷代書目題跋叢書》本）

瞿鏞《鐵琴銅劍樓藏書目録》卷十八子部六道家類：

《抱朴子内篇》二十卷、《外篇》五十卷。（舊鈔本。）晋葛洪撰并序。此明人從《正統道藏》本録出。《外篇》中《百家》《文行》二篇，爲《尚博篇》複出。顧澗薲謂當删，并改定，合《自序》恰得五十篇，與《自序》所云、《直齋書目》所載自合。顧爲平津館校刻此書，即權輿於是本也。舊爲葉石君藏書。（卷首有"樸學齋""葉樹廉""石君"諸朱記。）（《清人書目題跋叢刊》本）

邵懿辰撰，邵章續録《增訂四庫簡明目録標注》卷十四子部十二小説家類異聞之屬：

《西京雜記》六卷。舊本或題漢劉歆撰。或題晋葛洪撰。實則梁吴均撰。

明嘉靖元年吴郡沈與文校刊本。嘉靖壬子孔天胤刊本。許目有明唐琳刊本。明郭子章與《三輔黄圖》合刊本，名《秦漢圖記》十二卷。《津逮秘書》本。《學津討原》本。《古今逸史》本。《漢魏叢書》本。《稗海》本。《龍威秘書》本。抱經堂校刊本。明活字板本。錢遵王云："原分上下二卷，流俗分爲六卷，非也。"

[附録]抱經堂底本在余家，中有盧召弓校語。（頌蔚。）

[續録]沈與文本，十一行二十字，莫楚生藏。孔天胤本，十一行二十字，傅沅叔有之。明柯堯叟刊本。明活字本，二卷，佳。袖珍刊本。《藝苑捃華》本，同治七年務本堂刊，一名《秘書四十八種》。《正覺樓叢刻》本。《四部叢刊》本。（上海古籍出版社，1979年）

丁丙《善本書室藏書志》卷二十一子部十一：

《西京雜記》六卷。（明萬曆陝西布政司刊本。）

丹陽葛洪稚川集。

前有萬曆乙亥莆柯茂竹堯叟序："昔太史公約《國語》《戰國策》諸史籍作記，然諸籍不以故弗傳。顧班史一成而劉子駿《漢書》遂廢，獨葛稚川家有之，乃於班氏所不録者掇爲《西京雜記》。"并列嘉靖十三年黄省曾序云："暇得葛洪氏《西京雜記》，讀之云爲劉子駿所撰，以甲乙第次百卷，又鈔班固所不録者二萬許言，殆皆本於洪之後序爾。”原本二卷，今作六卷，據《書録解題》，蓋宋人所分。此萬曆壬寅陜西布政司重刊後盧氏抱經堂校定本，直題漢劉歆撰。引書中稱“成帝好蹴鞠，群臣以爲非至尊所宜，家君作彈棋以獻”，以歆謂向爲家君也爲證，洵讀書得間者矣。

同上，卷二十二子部十二：

《抱朴子内篇》二十卷，《外篇》五十卷。（明魯藩刊本，盧抱經校，袁氏五硯樓藏書。）

晋丹陽葛洪稚川著。

前列洪序。《内篇》論神仙修煉、符籙、劾治諸事，純爲道家言；《外篇》論時政得失，人事臧否，多作排偶之體，而詞旨辨博，饒有名理。此明嘉靖乙丑魯藩從正統十年《道藏》本繡梓，版心題“敕賜承訓書院”，并爲刻序。明烏程盧氏又從而翻刻者也。顧澗蘋謂《外篇》中《百家》《文行》與《尚博篇》又複出，應删并改定，合《自序》恰得五十篇之舊。後孫淵如刻入平津館叢書，即權輿是本。然亦衹删《内篇》末之《别旨》一篇，及於《詰鮑篇》内二百七十字，疑當移易云云。余則小小校正，無大異同也。後有袁廷檮手記云：“此從《道藏》本傳刻，字句及分卷無少異，其紅筆係抱經先生所校，不知所據何本，有‘河間章寶泉’‘筠房’‘金石閣’諸印。”（《清人書目題跋叢刊》本）

丁丙藏，丁仁編《八千卷樓書目》卷十子部醫家類：

《肘後備急方》八卷。（晋葛洪撰，梁陶弘景、金楊用道增修。六醴齋本，近刊本，日本刊《百一方》本。）

同上，卷十四子部小説家類：

《西京雜記》六卷。（舊本題晋葛洪撰。《漢魏叢書》本，《古今逸史》本，《稗海》本，汲古閣本，《學津討原》本，《龍威秘書》本，袖珍刊本，抱經堂刊二卷本，《秦漢圖記》本。）

同上，道家類：

《抱朴子》内、外篇八卷。（晋葛洪撰。明慎懋官刊本，《子書百種》本，明刊七十卷本，平津館七十卷本，《道藏》本。）

《抱朴子㝡學編》一卷。（晋葛洪撰。黄蕘圃抄本。）

《神仙傳》十卷。（晋葛洪撰。《漢魏叢書》本，《龍威秘書》本。）

《枕中書》一卷。（舊本題晋葛洪撰。《唐宋叢書》本。）（《續修四庫全書》本）

陸心源《皕宋樓藏書志》卷四十三子部醫家類一：

葛仙翁《肘後備急方》八卷。（明刊本。）宋葛洪撰。

醫有方，古也，古以來著方書者無慮數十百家，其方殆未可數計，篇帙浩瀚，苟無良醫，安所適從？况窮鄉遠地，有病無醫，有方無藥，其不罹夭折者幾希。丹陽葛稚川夷考古今醫家之説，驗其方簡要易得，針灸分寸易曉，必可救人於死者，爲《肘後備急方》，使有病者得之，雖無韓伯休家自有藥，雖無封君達人可爲醫，其以備急固宜。華陽陶弘景曰："葛之此制，利世實多，但行之既久，不無謬誤。乃著《百一方》，疏於《備急》之後，訛者正之，缺者補之。附以炮製、服食諸法，纖悉備具。仍區别内、外、他犯爲三條，可不費討尋。開卷見病，其以備急益宜。"葛、陶二君，世共知爲有道之士，於學無所不貫，於術無所不通，然猶積年僅成此編。蓋一方一論，已試而後録之，非徒采其簡易而已。人能家置一帙，遇病得方，方必已病。如歷卞和之肆，舉皆美玉；入伯樂之廄，無非駿足。可以易而忽之邪？葛自序云："人能起信，可免夭横，意可見矣。"自天地大變，此方湮没幾絶，間一存者，閟以自寶，是豈制方本意。連帥烏侯，夙多疹疾，宦學之餘，留心於醫藥。前按察河南北道，得此方於平鄉郭氏。郭之婦翁，得諸汴之掖庭。變亂之際，與身存亡，未嘗輕以示人。迨今而出焉，天也。侯命工刻之，以趣其成，唯恐病者見方之晚也。雖然，方之顯晦，而人之生死休戚繫焉。出自有時，而隱痛惻怛，如是其急者，不忍人之心也。有不忍人之心，斯有不忍人之政矣。則侯之仁斯民也，豈直一方書而已乎！方之出，乃吾仁心之發見者也。因以序見命，特書其始末，以告夫未知者。至元丙子季秋，稷亭段成己題。

抱朴子丹陽葛稚川曰："余既窮覽墳索，以著述餘暇，兼綜術數，省仲景、元化、劉戴秘要、金匱、録秩、黄素方，近將千卷。患其混雜煩重，有求難得，故周流華夏九州之中，收拾奇異，捃拾遺逸，選而集之，使種類殊分，緩急易簡，凡爲百卷，名曰《玉函》。然非有力，不能盡寫。又見周、甘、唐、阮諸家，各作備急，既不能窮諸病狀，兼多珍貴之藥，豈貧家野居所能立辦？又使人用針，自非究習醫方，素識明堂流注者，則身中榮衛尚不知其所在，安能用針以治之哉！是使鳬雁摯擊，牛羊搏噬，無以異也。雖有其方，猶不免殘害之疾。余今采其要約，以爲《肘後救卒》三卷。率多易得之藥；其不獲已，須買之者，亦皆賤價草石。所在皆有，兼之以灸，灸但言其分寸，不名孔穴。凡人覽之，可了其所用，或不出乎垣籬之内，顧眄可具。苟能信之，庶免横禍焉。世俗苦於貴遠賤近，是古非今，恐見此方，無黄帝、倉公、和、鵲、踰跗之目，不能采用，安可强乎！"

太歲庚辰，隱居曰："余宅身幽嶺，迄將十載，雖每植德施功，多止一時之設，可以傳方遠裔者，莫過於撰述，見葛氏《肘後救卒》，殊足申一隅之思。夫生民之所爲大患，莫急乎疾疹，急疹而弗治，猶救火不以水也。今輦掖左右，師藥易尋，郊郭之外，已似難值，況窮村迥陌，遥山絶浦，其間枉夭，焉可勝言。方術之書，卷秩徒繁，拯濟殊寡，欲就披覽，迷惑多端。抱朴此製，實爲深益，然尚闕漏，未盡其善。輒采集補闕，凡一百一首，以朱書甄别，爲《肘後百一方》。於雜病單治，略爲周遍矣。昔應璩爲《百一詩》，以箴規心行。今余撰此，蓋欲衛輔我躬。且佛經云：‘人用四大成身，一大輒有一百一病。’是故深宜自想，上自通人，下達衆庶，莫不各加繕寫，而究括之。余又别撰《效驗方》五卷，具論諸病證候，因藥變通，而并是大治，非究居所資，若華軒鼎室，亦宜修省耳。葛氏序云：‘可以施於貧家野居，然亦不止如是。今搢紳君子，若常處閑佚，乃可師藥有方。或從禄外邑，將命遐征，或宿直禁闈，晨宵閉隔，或羈束戎陣，城壘嚴阻，忽驚急蒼卒，唯拱手相看，孰若便探之枕笥，則可庸豎成醫。故備論證候，使曉然無滯，一披條領，無使過差也。’尋葛氏舊方，至今已二百許年，播於海内，因而濟者，其效實多。余今重以該要，庶亦傳之千祀，豈止於空衛我躬乎？舊方都有八十六首，檢其四蛇兩犬，不假殊題，喉舌之間，亦非異處，入冢御氣，不足專名；雜治一條，猶是諸病部類，强致殊分，復成失例。今乃配合爲七十九首，於本文究具，都無忖減。復添二十二首，或因葛一事，增構成篇；或補葛所遺，準文更撰，具如後録，詳悉自究。先次比諸病，又不從類，遂具勞復在傷寒前，霍亂置耳目後，陰易之事，乃出雜治中。兼題與篇名不盡相符，卒急之時，難於尋檢，今亦復其銓次，庶歷然易曉。其解散、腳弱、虚勞、渴利、發背、嘔血，多是貴勝之疾。其傷寒、中風，診候最難分别，皆應取之於脈，豈凡庸能究？

“今所載諸方，皆灼然可用，但依法施治，無使違逆。其癰疽、金瘡，形變甚衆，自非具方，未易根盡。其婦女之病、小兒之病，并難治之，方法不少，亦載其綱要云……凡如上諸法，皆已具載在余所撰《本草》上卷中，今之人有此《肘後百一》者，未必得見《本草》，是以復疏方中所用者載之。此事若非留心藥術，不可盡知，則安得使之不僻繆也？案病雖千種，大略衹有三條而已：一則府藏經略，因邪生疾；二則四支九竅，内外交媾；三則假爲他物，横來傷害。此三條者，今各以類而分别之，貴圖倉卒之時，披尋簡易故也。今以内疾爲上卷，外發爲中卷，他犯爲下卷，具列之云。華陽隱居補闕《時後百一方》序。”

上卷三十五首，治内病；中卷三十五首，治外發病；下卷三十一首，治爲物所苦病。

同上，卷六十二子部小説類一：

《西京雜記》兩卷。（舊鈔本。）晋丹陽葛洪稚川集。

“洪家世有劉子駿《漢書》一百卷，無首尾題目，但以甲乙丙丁紀其卷數。先父傳之。歆欲撰《漢書》，編録漢事，未得締構而亡，故書無宗本，止雜記而已。

失前後之次，無事類之辨。後好事者以意次第之，始甲終癸，爲十秩。秩十卷，合爲百卷。洪家具有其書。試以此記考校班固所作，殆是全取劉書，有小異同耳。并固所不取，不過二萬許言。今抄出爲二卷，名曰《西京雜記》，以裨《漢書》之闕。爾後洪家遭火，書籍都盡。蓋此兩卷在洪巾箱中，常以自隨，故得猶在。劉歆所記，世人稀有，縱復有者，多不備足。見其首尾參錯、前後倒亂，亦不知何書罕能全録。恐年代稍久，歆所撰遂没，并洪家此書二卷，不知出所，故序之云。丹陽葛洪稚川序。”

同上，卷六十六子部道家類：

《抱朴子内篇》二十卷、《外篇》五十卷。（舊鈔本黄蕘圃舊藏。）晋葛洪撰，自序。

黄氏手跋曰：“十月十九日，聞閶門文秀堂書坊買得故家舊書一單，急同西席顧澗蘋往觀。主人邀澗蘋與余登樓觀之，皆無甚罕秘者，惟《抱朴子》一書，尚是舊鈔，且見卷末有吴岫小方印，及‘姑蘇吴岫塵外軒讀一過’小長方印，知卷中點閲亦係方山筆，洵舊本也。問其值，索青蚨三金，遂手攜以歸。余家子書多善本，惟《抱朴子》無之，向在都中見明魯藩本《内篇》二十卷，《外篇》五十卷，後爲陶五柳主人買歸；囑澗蘋校其翻刻明烏程盧氏本，澗蘋復借金閶袁氏所藏《道藏》本爲之校勘。澗蘋嘗謂余曰：‘《道藏》本爲最勝，此外無復有善本矣。’今因得此，遂從澗蘋莫借魯藩本相對，雖行款不同，而大段無異，間有一二處與魯藩本異者，却與《道藏》本合，則鈔先於刻，明甚。且魯藩本刻於嘉靖乙丑，而余藏《李文饒集》爲嘉靖時人沈與文所藏，有云‘壬戌五月，借方山吴上舍本校勘’，則吴方山正嘉靖時人，而魯藩雖同在嘉靖時，其所記甲子較後於壬戌三年，此本不更在先耶？爰珍之，以與諸子善本并藏焉。嘉慶丁巳十一月三日冬至前一夕，讀未見書齋主人黄丕烈書。”

又曰：“嘉慶辛酉冬，閑居無事，借袁氏貞節堂藏本《道藏·淮南子》校，始知《道藏》較宋率雖遜，然勝於他本爲多。因思《抱朴子》家無宋本，即世行本亦未聞有宋刻，遂借袁氏《道藏》本手校於吴岫所藏舊鈔本上。舊鈔行款悉同，每半葉爲《道藏》本一葉，惟訛謬不少。舊有紅筆校改，未必盡與《道藏》合，且有脱葉三，澗蘋爲余依魯藩本補一葉，仍未知脱尚有二，倘不經余重校，何知訛謬脱落有如是耶？始信書非手校，究不可信也。蕘圃校訖記。”（《續修四庫全書》本）

陸心源《儀顧堂續跋》卷一：

《舊鈔抱朴子跋》。《抱朴子内篇》二十卷，《外篇》五十卷，前有葛洪序。每葉二十行，每行十七字。《别旨》在《内篇》之後、《外篇》之前，各爲起迄不相連屬。外篇卷十、十一，卷二十四、二十五，卷二十六、二十七，卷二十八、二十九，卷三十二、三十三，卷三十四、三十五，卷三十六、三十七，皆相連屬，不隔流水。卷十四之後半葉接卷十五，卷三十一之後半葉接三十二，皆宋元刊舊式，明以後所無者。顧千里、黄蕘圃以嘉靖乙丑魯藩本、正統《道藏》本校過。明刊以魯藩爲善，分七十卷。此本凡與魯藩本異者，與《道藏》本同，或宋藏本抄出，雖不可考，其非從明刊抄出，則無疑也。平津館本大略多同，惟削《别旨》一篇，間有據他書增補處。明盧舜治本亦用魯藩、《道藏》兩本校，惟上、下篇各爲四卷，以《别旨》一篇附《内篇》末，亦間有臆增一二字出，雖無删削，要不如此本之善。《外篇》卷四十九有"姑蘇吴岫塵外軒讀過"朱方印，卷五十有"吴岫"朱文方印、"蕘圃手校"朱方印及朱筆題字。前後有嘉慶丁丑、癸酉蕘圃兩跋。吴岫字方山，嘉靖時蘇州藏書家，與沈辨之與文友善。（《續修四庫全書》本）

張之洞《書目問答》史部古史第四：

《肘後備急方》八卷。（晋葛洪。程永培刻六醴齋《醫術》本。）

同上，子部小説家第十一：

《西京雜記》六卷。（梁吴均。抱經堂校刻别行本，又《津逮》本，《學津》本，《漢魏叢書》本。）

同上，釋道家第十二：

《神仙傳》十卷。（晋葛洪。《龍威》本。）（《續修四庫全書》本）

秦榮光《補晋書藝文志》卷一經部禮類：

《喪服變除》一卷。（葛洪撰。）

同上，小學類：

《要用字苑》一卷。（葛洪撰，據《唐志》。按顔之推《家訓》亟引之。郭忠恕曰："形景爲影，本於稚川《字苑》。"）

同上，卷二史部傳記類：

《良吏傳》十卷。

《隱逸傳》十卷。

《集異傳》十卷。（以上三種并葛洪撰，并據本書傳。）

同上，地理類：

《幕阜山記》。（葛洪撰。據《直齋書録》。）

同上，卷三子部兵家類：

《兵法孤虚月時秘要法》一卷。（葛洪撰。據《新唐志》。）

同上，小説家類：

《西京雜記》二卷。（案《直齋書録》《宋・藝文志》并作六卷。葛洪撰，據《舊唐志》。）

同上，醫家類：

《肘後（案本書傳有“要急”字，《舊唐志》暨《通志略》有“救卒”字，《直齋書録》有“百一”字，《宋・藝文》有“備急百一”字。）方》六（案本書傳暨《舊唐志》并作“四”，《直齋書録》暨《宋・藝文》并作“三”。）卷。（案《直齋書録》云“率多易得之藥，凡八十六首”，《四庫目録》作“《肘後備急方》八卷，凡分五十三類”，但有方而無論。）

《神仙服食藥方》十卷。（案《舊唐志》作“《太清神仙服食藥方》五卷、又一卷”，《新唐志》同，而無“又一卷”。）

《玉函煎方》五卷。

《葛仙翁（案《宋・藝文》作“公”。）杏仁煎方》一卷。

《黑髮酒方》一卷。（按上二種并據《崇文目》。）

《養生論》一卷。（據《宋・藝文志》。）

《枕中書》。（據《通考》。）

《金匱藥方》一百卷。（據本書傳。案《御覽・方術部》引《晋中興書》曰：“洪撰《玉函方》一百卷，當即此書。”）

《太清神仙服食經》一卷。（據《新唐志》。）

《服食方》四卷。（據沙門法琳《辨證論》引。）

《序房内秘術》一卷。（上十一種并葛洪撰。）

同上，術數類：

《青囊書》九卷。（河東郭公撰，據本書《郭璞傳》。）

《遁甲肘後立成囊中秘（案《通志略》有“訣”字。）》一卷。

《遁甲返（案《通志略》作“反”。）覆圖》一卷。

《遁甲要用》四卷。

《遁甲秘要》一卷。

《遁甲要》一卷。

《龜決》二卷。

《周易雜占》十卷。

《三元遁甲圖》三卷。（據《唐志》。上八種并葛洪撰。）

同上，道家類：

《老子序次》一卷。（據《玉海》引《國史志》。）

《運元真氣圖》一卷。（據《通志略》。上二種并葛仙公撰。案“公”《通志》作“翁”。）

《葛仙翁抱息術》一卷。（據《晁氏讀書志》曰：“仙翁葛洪也。”案《列仙傳》曰：葛玄，字孝先，吴人，從左慈學道，後得道，仙號葛仙翁。本書《葛洪傳》稱玄仙公。）

《太清丹經》三卷。

《九鼎丹經》一卷。

《金液經》一卷。

《三皇内文》。

《枕中五行記》。（上五種并鄭君受自仙公而傳於葛洪者，據葛洪《抱朴子》。）

《抱朴子内篇》二十一卷、《音》一卷。（案本書《傳》云：“言黄白之事，名曰《内篇》。”《舊唐志》《崇文》《中興目》《讀書志》《書録解題》《宋·藝文志》并作二十卷，《新唐志》作十卷。）

《抱朴子外篇》三十卷。（案本書《傳》云：“考難通釋，名曰《外篇》。凡《内》《外》一百一十六篇。”梁《舊唐志》有五十一卷，《崇文》《中興目》《宋·藝文志》并作五十卷，《新唐志》作二十卷，《讀書志》作十卷。）

《神仙（案《隋志》《通志略》并作“列仙”。）傳》十卷。（據《唐志》。案《四庫提要》云：“據洪自序，《抱朴子内篇》既成之後，因其弟子滕升問仙人有無而作，凡八十四人。”）

《抱朴子君書》一卷。（案《隋志》，列别集類。）

《老子道德經序訣》二卷。（據《唐志》。）

《神仙傳略》一卷。

《五嶽真形圖文》一卷。

《葛仙翁叙》一卷。（見《東觀餘論》。）

《五金龍虎歌》一卷。

《葛仙翁（案《通志略》作“公”。）歌訣》一卷。（上五種并據《崇文目》。）

《陰符十德經》一卷。

《老子戒經》一卷。

《抱朴子别旨》一卷。（上三種并據《通志略》。）

《葛仙翁胎息術》一卷。（據《通考》。）

《抱朴子養生論》一卷。

《太清玉碑子》一卷。（案洪與鄭惠遠問答。）

《馬陰二君内傳》一卷。

《上真衆仙記》一卷。（案宋《道藏目》作“《元始上真衆仙記》”。）

《隱論雜訣》一卷。

《金木萬靈訣》一卷。（案宋《道藏目》作“論一篇”。上六種并據《宋史·藝文志》。）

《神仙金汋經》三卷。

《大丹問答》一篇。（上二種并據宋《道藏目》。）

《枕中書》一卷。（據《四庫提要》云：“《宋·藝文》有《墨子枕中記》及《枕中素書》，而無葛洪《枕中書》，此本載《説郛》中，一名《元始上真衆仙記》，而《通志》所列《元始上真記》無‘衆仙’字，似亦非此書。”上二十四種并葛洪撰。）

《葛仙翁别傳》。

《葛洪别傳》。

同上，卷四集部别集類：

《葛洪集》一百三十卷。（據本書《傳》云：“碑誄詩賦百卷，移檄章表三十卷。”）

同上，總集類：

《五經百家方伎雜事》三百一十卷。

《碑誄詩賦》一百卷。

《移檄章表》三十卷。（上三種并葛洪撰。據本書《傳》。）（《二十五史補編》本）

姚振宗《隋書經籍志考證》卷四經部四禮類：

《喪服變除》一卷，晋散騎常侍葛洪撰。

《晉書》本傳："洪字稚川，丹陽句容人也。少好學，以儒學知名，究覽典籍，凡所著撰解精覈是非，而才章富贍。太安中石冰作亂，吴興太守顧祕爲義軍都督，檄洪爲將兵都尉。元帝時以平賊功賜爵關内侯。干寶薦洪才堪國史，選爲散騎常侍，領大著作，洪固辭不就。以年老欲煉丹，以祈遐壽。聞交阯出丹，求爲勾漏令，許之。遂將子姪俱行至廣州，刺史鄧岳留，不聽去，洪乃止羅浮山。煉丹在山積年，優游閑養，著述不輟。卒年八十一。"

馬氏《玉函山房輯本》序曰："葛氏《喪服變除》，《隋志》載一卷，今佚。陸德明《釋文》引一事，杜佑《通典》引二節而已，其説廬楣制度甚詳。洪以博淹擅名，引述古法，必有依據也。"

同上，卷十六史部六舊事類：

《西京雜記》二卷。不著撰人。

晉葛洪序："洪家世有劉子駿《漢書》一百卷，無首尾題目，但以甲乙丙丁記其卷數。先公傳云：'歆欲撰《漢書》，編録漢事，未得締構而亡。'故書無宗本，止雜記而已，失前後之次，無事類之辨。後好事者以意次第之，始甲終癸，爲十秩，秩十卷，合爲百卷。洪家具有其書，試以此記考校班固所作，殆是全取劉書，有小異同耳。并固所不取不過二萬許言，今鈔出爲二卷，名曰《西京雜記》，以裨《漢書》之闕爾。後洪家遭火，書籍都盡，此兩卷在洪巾箱中，常以自隨，故得猶在。歆所記世人稀有，縱復有者多不備，足見其首尾參錯，前後倒亂。亦不知何書，罕能全録，恐年代稍久，歆所撰遂没，并洪家此書二卷，不知出所，故序之云爾。"

《唐書·經籍志》："《西京雜記》一卷，葛洪撰。"（又地理類重出一部。）

《唐書·藝文志》："葛洪《西京雜記》二卷。"（又地理類重出一部二卷。）

《宋史·藝文志》傳記類："葛洪《西京雜記》六卷。"

晁氏《讀書志》雜史類："《西京雜記》二卷，葛洪撰。初序言洪家有劉子駿《漢書》百卷，乃當時欲撰史，録事而未得締思，無前後之次，雜記而已。後學者始甲乙之，終癸爲十卷。以其書校班史，殆全取劉書耳。所餘二萬許言，乃鈔撮之，析二篇，以裨《漢書》之闕，猶存甲乙裒次。江左人或以吴均依托爲之。"

陳氏《書録解題》傳記類："《西京雜記》六卷，晉勾漏令丹陽葛洪稚川撰。其卷末言洪家有劉子駿書百卷，先父傳之。歆欲撰《漢書》，雜録漢事，未及而亡。試以此記考校班固所作，殆是全取劉書，少有異同耳。固所不取不過二萬餘言，今鈔出爲二卷。所謂先父者，歆之於向也，而《館閣書目》以爲洪父傳之，非是。（按抱經堂校刊本作先公傳云，且劉歆之時未有《漢書》名目，《館閣書目》所言是，陳氏之説非也。）《唐·藝文志》亦衹二卷，見六卷者，後人分之也。按洪博聞深學，江左絶倫，所著書幾五百卷，《本傳》具載其目，不聞有此書，而向、歆父子亦不聞其嘗作史傳於世，使班固有所因述，亦不應全没不著也。殆猶可疑者，豈惟非向、歆所傳，亦未必洪之作也。”

《四庫提要》小説家：“《西京雜記》六卷，舊題晋葛洪撰。黄伯思《東觀餘論》稱‘此書中事皆劉歆所説，葛稚川采之，其稱“余”者，皆歆本文’云云。今檢書後有洪跋，伯思所説，蓋據其文。案《隋志》載此書二卷，不著撰人名氏。指爲葛洪者，實起於唐，故《唐·經籍志》注晋葛洪撰。段成式《酉陽雜俎·語資篇》云：‘庾信作詩用《西京雜記》事，旋自追改曰：此吴均語，恐不足用。’晁氏公武稱‘江左人或以爲吴均依托’，蓋即據段成式所載庾信語耶？今考《晋書·葛洪傳》載洪所著，并無《西京雜記》之名，則作洪撰者，自屬舛誤。特是向、歆父子作《漢書》，史無明文，是以陳振孫等皆深以爲疑，然庾信指爲吴均别無他證，段成式所述信語亦未見於他書，流傳既久，未可遽更。今姑從原跋兼題劉歆、葛洪名以存其舊，其中所述雖多爲小説家言而摭采緐富，取裁不竭。李善注《文選》、徐堅作《初學記》已引其文，杜甫詩用事謹嚴，亦多采其語，詞人沿用數百年久成故實，固有不可遽廢者焉。”

又《簡明目録》曰：“舊本或題漢劉歆撰，或題晋葛洪撰，實則梁吴均撰托言，葛洪得劉歆《漢書》遺稿，録班固所不載者爲此書也。”（謹按此與《提要》所言吴均未有他證，兼題劉歆、葛洪之説，不符豈别有所據乎？然葛氏序末又附有《漢武禁中起居注》一卷，《漢武故事》二卷，與此雜記合爲一帙五卷，亦是吴均托著者歟？是必不然。）

盧氏《抱經堂校刊序》曰：“此書或以爲晋葛洪蓋或以爲梁吴均撰，余則以此漢人所記無疑也。《説苑》《新序》二書皆在劉向前，向所校而傳之後人，因名爲劉向撰。今此書之果出於劉歆别無可考，即當以葛洪之言謂據。洪非不能自著書者，何必假名於歆？書中稱成帝好蹴鞠，群臣以爲非至尊所宜，家君作彈棋以獻，此歆謂向家君也，洪奈何以一小書之故至不憚父人之父，求以取信於世耶？若吴均者亦通人，其著書甚多，皆見於《梁書·本傳》，知其亦不屑托名於劉歆，且其文即俊拔有古氣要，未可與漢西京埒，則其不出於均又明甚。《隋志》載此書於舊事，不著姓名，新、舊《唐書》始題‘葛洪’，且入之地理類，似全未寓目也。夫冠以葛洪，以洪抄而傳之，猶《説苑》《新序》知稱劉向，固亦無害其文，則非洪所自撰。凡虚文可以僞爲實事，難以空造，如梁王之集游士爲賦、廣川王之發冢藏所得，豈皆虚耶？至陳振孫疑向、歆父子不聞作史，此又不然，歷朝撰造裒然成編，所云百卷，特前史官之舊，向傳之歆，歆欲編録而未成，其見於洪之序者如此，本不謂其父子皆嘗作史也。洪以爲本之劉歆，則吾亦從而劉歆之耳，又何疑焉？”

按《書録解題》謂“向、歆父子不聞作史”，雖博雅，如杭東里人者，亦信其説而不以爲非。按《史記·匈奴傳》末索隱引張晏云：“自狐鹿孤單于以下，皆劉向、褚先生所録，班彪又撰而次之，所以《漢書·匈奴傳》又上下二卷，此劉向嘗續《匈奴傳》也。”《漢書·地理志》“成帝時，劉向略言其地，分丞相張禹使屬潁川朱贛，條其風俗，猶未宣究”，此劉向撰地理分野爲地理志之始基。《史通·史官篇》云：“司馬遷既没，後之續《史記》者若褚先生、劉向、馮商、揚雄之徒，并以别職來知史務。”則劉向亦嘗領史職而馮商爲向弟子，頗著列傳。見《藝文志》春秋家。《史通·正史篇》又云：“《史記》所書年止漢武太初，以後闕而不録，其後劉向、向子歆及馮商等相次撰續，迄於哀平間，猶名《史記》，至建武中，司徒掾班彪以爲不足踵前史，又雄、歆褒美僞新，誤後惑衆，不當垂之後代。”《後漢書·班彪傳》亦云：“司馬遷之後，好事者頗或綴集時事。”章懷注曰：“好事者，謂揚雄、劉歆之徒也。”此皆非向、歆父子作史之明證乎？陳氏謂不聞作史傳於世，特今不傳耳，若兩漢之際二班之時，其史見在，即列朝相傳之，國史爲彪、固執所依據者也。歆《本傳》云：“爲羲和京兆尹典儒林史卜之官。”則凡褚少孫以下，《史通》所舉十五家之補續，至劉歆時皆典領之。葛稚川家所得乃其草具未修之初稿，猶班彪有《别録》、蔡邕集漢事之類，稚川深於三史之學，有《史記》、兩《漢書》鈔七十餘卷。（見前雜史類。）故能知其梗概，鈔班書之所無者，以爲此記其中亦有數條，如“趙飛燕女弟居昭陽殿”之類，見班書而刊除不盡者，“武帝欲殺乳母”一事，亦見褚少孫所補《滑稽列傳》中，是實爲稚川所録。盧學士之序可爲定論，毋庸疑也。

同上，卷二十史部十雜傳類：

《神仙傳》十卷，葛洪撰。

葛洪有《喪服變除》，見經部禮類。

《晋書·本傳》：“洪究覽典籍，尤好神仙導養之法。從祖玄，吴時學道得仙，號曰葛仙公，以其煉丹秘術授弟子鄭隱，洪就隱學，悉得其法。後師事南海太守鮑玄，玄亦内學逆占將來，見洪深重之，以女妻洪。洪傳玄業，所著神仙、良吏、隱逸、集異等傳各十卷，年八十一卒，顔色如生，體亦柔軟，舉尸入棺，甚輕如空衣，世以爲尸解得仙云。”

《唐書·經籍志》：“《神仙傳》十卷，葛洪撰。”

《唐書·藝文志》道家神仙類：“葛洪《神仙傳》十卷。”（《宋史·志》同。）

《四庫》道家《提要》曰：“史書據洪自序，蓋於《抱朴子内篇》既成之後，因其弟子滕升問神仙有無而作。所録凡八十四人，序稱‘秦大夫阮倉所記凡數百人，劉向所撰又七十一人，今復抄集古之仙者，見於仙經服食方百家之書，先師所説耆儒所論，以爲十卷，又稱劉向所述，殊甚簡略，而自謂此傳有愈於向’。今考其書，惟容成公、彭祖二條，與《列仙傳》重出，余皆補向所未載，其中如黄帝之見廣成子盧敖之遇，若士皆莊周之寓言，淮南子王安謀反自殺，李少君病死具載《史記》《漢書》，亦實無登仙。洪一概登載，未免附會，至謂許由、巢父服箕山石流黄丹，今在中嶽中山，若二人晋時尚存，洪目睹而記之者，尤爲虚誕。”

又《簡明目録》曰：“《神仙傳》十卷，所録凡八十四人，證以諸書所引，確爲古本。”

同上，卷二十五子部二道家：

梁有《老子序次》一卷，葛仙公撰，亡。

葛仙公有《太極坐仙公葛君内傳》，見史部雜傳類。

《唐書·經籍志》：“《老子道德經序訣》二卷，葛洪撰。”

《唐書·藝文志》：“葛洪《老子道德經序訣》二卷。”（案葛洪，葛玄之徒孫也，此或誤題爲洪，或洪注玄書、廣魏二卷，《序訣》注之誤，皆未可知也。）

嚴氏《全三國文編》曰：“葛玄字孝先，丹陽句容人，大帝時方士，有《道德經》序。見《老子河上公》注本，又略見《御覽》六百六十作五千文序。”

番禺侯康《補三國藝文志》曰：“《玉海·藝文》引玄序，《史記·老子傳》索隱引葛玄曰：《初學記》卷廿三、《御覽》六百六十七并引《道德經序訣》。

按《唐·藝文志》有成玄英《老子閑題序訣義疏》七卷，於是知此乃葛仙公所講“老子閑題義玄英之疏”，其即爲時書而作歟?

《抱朴子内篇》二十一卷，《音》一卷，葛洪撰。

葛洪有《喪服變除》，見經部禮類。

……

《唐書·藝文志》：“《抱朴子内篇》十卷，葛洪。”（案明修宋版亦作二十卷，知行本脱二字。）

《宋史·藝文志》雜家：“葛洪《抱朴子内篇》二十卷。”

晁氏《讀書志》：“洪元帝時纍召不就，止羅浮山煉丹著書，推明飛升之道、導養之理、黄白之事，二十卷，名曰《内篇》。”

陳氏《書録解題》曰：“洪所著書《内篇》言神仙黄白變化之事，此二十卷者《内篇》也。”明宋濂《諸子辨》曰：“《抱朴子内篇》二十卷，言神仙黄白變化之事。洪深溺方技家言，謂神仙訣可學，學之無難，合丹砂、黄金爲藥而服之，即令人壽與天地相畢，乘雲駕龍，上下太清。其他雜引皇帝御女，及三皇内文，劾召鬼神之事，皆誕妄不可訓。昔漢魏伯陽約《周易》作《參同契》上、中、下篇，其言修煉之術甚具。洪乃時與之戾，不識何也。洪博文深洽，江左絶倫，爲文辭雖不近古，紓徐蔚茂，旁引而曲證，必達己意乃已。要之洪亦奇士，使舍是而學六藝，夫孰禦之哉？惜也！”

《四庫提要》曰：“隨之載《内篇》二十一卷，《音》一卷。”《新唐志》載《内篇》十卷，卷數互異，此本爲明。烏程盧舜治以宋本及王府道藏二本參校，視他本爲完整，所列篇數與洪自序卷數相符，知爲足本，其書《内篇》論神仙吐納，附録克治之術，純爲道家之言。（謹案純爲神仙家言。）嚴氏《全晋文編》曰：“葛洪有《抱朴子内篇》二十一卷，晋見純二十卷，不録，録其佚文，凡五十二條。”又《鐵橋漫稿自編四録堂類集總目》曰：“《抱朴子内篇》校勘記一卷。繼昌與可均同撰《抱朴子内篇》佚文一卷，繼昌與可均同輯。”（案繼昌字蓮龕，其時官江寧布政使。）

同上，卷三十子部七雜家：

《抱朴子外篇》三十卷，葛洪撰。梁有五十一卷。

葛洪有《抱朴子内篇》二十卷，詳見道家。

《抱朴子·自序篇》曰：“乃草創子書，至建武中乃定，凡著《内篇》二十卷，《外篇》五十卷，《内篇》屬道家，其《外篇》言人間得失、世事藏否，屬儒家。”

《晋書》本傳洪自序曰：“予所著子言黄白之事，名曰《内篇》，其駁難通釋名曰《外篇》，大凡《内》《外》一百一十六篇。”

唐《日本國見在書目》：“《抱朴子外篇》五十卷。”

《唐書·經籍志》：“《抱朴子外篇》五十卷，葛洪撰。”

《唐書·藝文志》：“《抱朴子外篇》二十卷，葛洪。”

《宋史·藝文志》：“《抱朴子外篇》五十卷。”

晁氏《讀書志》：“《抱朴子外篇》十卷，《晋書》内外通有一百一十六篇，今世所傳者，四十篇而已，《外篇》頗言君臣理國用刑之道，故附於雜家云。”

陳氏《書録》道家曰：“《抱朴子》二十卷者，内篇也。”《館閣書目》有《外篇》五十卷。《四庫》道家《簡明目録》曰：“《抱朴子内篇》純爲道家之言，《外篇》則論時政得失、人事臧否，多作排偶之體，而詞旨辯駁，饒有名理，故《隋志》以《内篇》入道家，《外篇》入雜家，然《外篇》大旨亦以黄老爲宗，今并入於道家。”

嚴氏《鐵橋漫稿代繼連龕》叙《抱朴子佚文》曰：“余手校《抱朴子》，因緐檢群書所引見，往往有今本所無者，隨見隨録，省并複重得百四十五事，輒依本書大例，以其言神仙黄白事者爲《内篇》佚文，其餘駁難通釋爲《外篇》佚文，各一卷。”

又《全晋文編》曰：“《抱朴子外篇》今見存五十卷不録，録其佚文有《備闕篇》《軍術篇》，篇名凡四十五條，又篇名闕者五十八條。”

同上，卷三十六子部十三五行家：

《遯甲經要鈔》一卷。不著撰人。

唐《日本國見在書目》：“《遯甲經要鈔》一卷，抱朴子撰。”

案抱朴子别有《遯甲肘後立成》，詳細見後三條。

《三元遯甲圖》三卷。不著撰人。

《唐書·經籍志》：“《三元遯甲圖》三卷，葛洪撰。”

《唐書·藝文志》：“葛洪《三元遯甲圖》三卷。”

案《抱朴子·自序篇》云：“晚學風角、望氣、三元、遯甲、六壬、太一之法，粗知其旨，又不研精，遂又廢焉。”又云：“又抄兵事方伎、短雜奇要三百一十卷，别有目録。”其目録晋不傳，無由考。見《唐志》惟載《三元遯甲圖》三卷，本志前後所載《遯甲書》凡六種，并他類所載，諸書大抵皆三百十卷中散出者也。

《遯甲肘後立成囊中秘》一卷，葛洪撰。

葛洪有《喪服變除》，詳見經部禮類。

《抱朴子·登涉篇》曰：“案《玉鈐經》云‘欲入名山不可不知遯甲之術’，余少有入山之志，由此乃行學遯甲書，乃有六十餘卷，事不可卒精，故鈔集其要以爲囊中立成。”（又是篇引《遯甲中經》，本志不見，似泛言遯甲中之經。）

《遯甲返覆圖》一卷，葛洪撰。

葛洪有《遯甲肘後立成囊中秘》一卷，《三元遯甲圖》三卷，并見前。

《遯甲要用》四卷，葛洪撰。

《遯甲秘要》一卷，葛洪撰。

《遯甲要》一卷，葛洪撰。

葛洪有《遯甲肘後立成囊中秘》一卷，《三元遯甲圖》三卷，《遯甲返覆圖》一卷，并見前。案《唐·藝文志》有《遯甲秘要》一卷，不著撰人，不知是否是即葛氏書秘要，疑即前《囊中秘》。（《日本書目》有《遯甲秘要》一卷，葛洪撰。）

又梁有《龜决》二卷，葛洪撰，亡。

葛洪有《遁甲肘後立成》等書六種，并見前。

又梁有《周易雜占》十卷，葛洪撰。

葛洪有《遯甲肘後立成》等六書，又《龜决》二卷，并見前。

同上，卷三十七子部十四醫方家上：

《肘後方》六卷，葛洪撰。梁二卷，陶弘景補闕《肘後百一方》九卷，亡。

葛洪有《喪服變除》，見經部三禮類。陶弘景有《本草集注》《太清草木集要》，見前。

《抱朴子·雜應篇》曰："余所撰百卷名曰《玉函方》，皆分别病名，以類相續，不相雜錯。其《救卒》叁卷，皆單行徑易，約而易驗，籬陌之間，顧眄皆藥。衆急之病，無不畢備；家有此方，可不用醫。醫多承襲世業，有名無實，但養虚聲，以圖財利。寒白退士，所不得使，使之者乃多誤人，未若自閑其要，勝於所迎無知之醫。且暴急之病，而遠行借問，率多枉死矣。"

《太平御覽·方術部》："《晋中興書》曰：'葛洪自號抱朴子，善養性之術，撰經用救驗方三卷，號曰《肘後方》。又撰《玉函方》一百卷，於今行用。'"

陶隱居《集肘後百一方序》曰："太歲庚辰，隱居曰：余宅身幽嶺，迄將十載，雖每植德施工，多止一時之設，可以傳芳遠裔者，莫過於撰述。見葛氏《肘後救卒方》，殊足申一隅之思。夫方術之書，卷帙徒煩，拯濟蓋寡，就欲披覽，回惑多端。抱朴子此制，實爲深益，然尚有闕漏，未盡其善。輒更采集補闕，凡一百一首，以朱書甄别，爲《肘後百一方》。於雜病單治，略爲周遍矣。昔應璩爲百一詩，以箴規心行，今予撰此，蓋欲補衛我躬。且佛經云：'人用四大成身，一大輒有一百一病，是故身宜自想。'上自通人，下逮衆庶，莫不各加繕寫。而究括之故，備論節度，使曉然無滯，一披條領，無使過差也。"（案序言太歲庚辰乃東昏侯永元二年也。）

《太平御覽·方術部》："《梁書》曰：陶弘景好著述，性好醫方，專以拯濟，欲利益群品，故修撰《神農本草經》三卷爲七卷，廣《肘後》爲百一之制，世所行用，多獲異效焉。"

《唐書·經籍志》："《肘後救卒方》四卷，葛洪撰。《補肘後救卒備急方》六卷，陶弘景撰。"

《唐書·藝文志》："《葛洪肘後救卒方》六卷，陶弘景補《肘後救卒備急方》六卷。"

陳氏《書録》曰："《肘後百一方》三卷，晋葛洪撰，梁陶隱居增補。本名《肘後救卒方》，率多易得之藥，凡八十六首。陶并七首加二十二首，共爲一百一首，取佛書人有四大，一大輒有一百一病之義名之。"

《四庫簡明目録》曰：“《肘後備急方》八卷，晋葛洪撰，凡分五十三類，但有方而無論。其書經梁陶弘景、金楊用道增修，用道所增猶注附方字，弘景所增則不可考矣。然弘景亦妙解醫理者也。”

《玉函煎方》五卷，葛洪撰。

葛洪有《肘後方》，見上篇經方家。

《抱朴子·雜應篇》曰：“余所撰百卷名曰《玉函方》，皆分别病名，以類相續，不相雜錯。”

《太平御覽·方術部》：“《晋中興書目》：‘葛洪撰經用救驗方三卷，號曰《肘後方》。又撰《玉函方》一百卷，於今行用。’”

《神仙服食藥方》十卷，抱朴子撰。

抱朴子葛洪有《肘後方》《玉函煎方》，并見上下篇經方家。

《唐書·經籍志》：“《太清神仙服食經》五卷，又一卷，抱朴子撰。”

《唐書·藝文志》：“抱朴子《太清神仙服食經》五卷。”

案《新唐志》又有《太清神仙服食經》五卷，不著撰人，兩書合并，似即此十卷也。

《序房内秘術》一卷，葛氏撰。

《唐書·經籍志》：“《玉房秘術》一卷，葛氏撰。”

《唐書·藝文志》：“葛氏《房中秘術》一卷。”

案葛氏即葛稚川，有《肘後方》《玉函煎方》《神仙服食藥方》，并見前。（清華大學出版社，2014年）

丁國鈞《補晋書藝文志》卷二乙部史録史考類：

《史記鈔》十四卷。（葛洪。）謹按《新唐志》。

同上，雜傳類：

《神仙傳》十卷。（葛洪。）謹按見本書《洪傳》，《隋志》亦著録。

同上，職官類：

《隱逸傳》十卷。（葛洪。）謹按見本書《洪傳》。

《集異傳》十卷。（葛洪。）謹按見本書《洪傳》。

同上，卷三丙部子録道家類：

《莊子》十七卷。（葛洪修撰。）謹按見釋法琳《辨證論》卷九引是書，疑采擇諸家注所成，故曰“修撰”，然他書絶未引及。

《抱樸子内篇》二十一卷、《音》一卷（葛洪）。謹按見《隋志》。洪自序謂《内篇》二十卷。《舊唐志》同《新志》存十卷，當非完帙。（今世所行本仍二十卷。）

同上，雜家類：

《抱樸子外篇》三十卷。（葛洪。）謹按見《隋志》，原注梁有五十一卷。據葛氏自序知《外篇》本五十卷。《舊唐志》《宋志》同。《新唐志》作二十卷。晁氏《讀書志》作十卷，蓋非完帙。今行世本仍五十卷，道藏舊笈也。（《日本現在書目》亦作五十卷。）

同上，五行類：

《遯甲肘後立成囊中秘》一卷。（葛洪）。謹按見《隋志》。《抱朴子·登涉篇》"余少有入山之志，由此乃行學，《遯甲書》乃有六十餘卷，事不可卒精，故抄集其要爲囊中立"云云，即此書并以下各種。

《遯甲返覆圖》一卷。（葛洪。）謹按見《隋志》。

《遯甲要用》四卷。（葛洪。）謹按見《隋志》。

《遯甲秘要》一卷。（葛洪。）謹按見《隋志》。

《三元遯甲圖》三卷。（葛洪。）謹按見《兩唐志》。

《遯甲要》一卷。（葛洪。）謹按見《隋志》。

《龜决》二卷。（葛洪。）謹見《七録》。

《周易雜占》十卷。（葛洪。）謹按見《七録》。

同上，醫方類：

《金匱藥方》一百卷。（葛洪。）謹按見本書《洪傳》。《抱朴子·雜應篇》："余所撰百卷名曰《玉函方》，皆分别病名，以類相續，不相雜錯。"其九十三卷皆單行，然則此百卷本名《玉函方》，其餘各種著録於《七録》諸志者，皆百卷中之單行者也。

《神仙服食方》十卷。（葛洪。）謹按見《隋志》，舊題"抱朴子撰"。

《太清神仙服食經》一卷。（葛洪。）謹按見《新唐志》，舊題"抱朴子"。（《舊志》脱撰人名。）

《服食方》四卷。（葛洪。）謹按沙門法琳《辨證論》卷九引。

《玉函煎方》五卷。（葛洪。）謹按見《隋志》。

《肘後急要方》四卷。（葛洪。）謹按見《七録》。本書《洪傳》作"《肘後方》"，云兩卷。《隋志》作六卷，兩《唐志》作"《肘後救卒方》"，卷同《隋志》，當即此書。

《序房内秘術》一卷。（葛洪。）謹按見《隋志》，舊題“葛氏撰”，亦稚川之書。

同上，卷四經部集録道家：

《抱朴子别旨》一篇。（葛洪。）謹按見《道藏目録》。此文言導引行氣，與《抱朴子内篇》中《釋滯篇》相關。

同上，附録存疑類史部：

《西京雜記》二卷。（葛洪。）謹按見《隋志》。家大人曰：“是書舊無撰人名，今據兩《唐志》補。”（《册府元龜·國史部》亦作“葛洪撰”。）考顔氏《漢書注》（《匡衡傳》下。）稱“是記出於里巷，不言撰者何人”。段成式引庾信語指爲吴均，陳、晁兩家書目采其説。國朝盧召弓刊此書則又力辨爲劉歆所作。各執一説，主名無定。今姑據《唐志》著録。（《御覽》引書目亦作“葛洪《西京雜記》”。）

《神仙傳略》一卷。（葛洪。）謹按《崇文總目》載此書，疑後人删取葛氏《神仙傳》爲之。

《關中記》一卷。（葛洪。）謹按《崇文總目》與《書目通考》《宋志》均著録。家大人曰“疑實潘岳書，誤屬之洪也”，列此俟更詳之。

《幕阜山記》。（葛洪。）謹按見《書録解題》。

同上，子部：

《肘後備急百一方》三卷。（葛洪。）謹按見《宋志》。家大人曰：“應即《洪傳》所載之《肘後要急方》，及《七録》《隋志》之《肘後方》，兩《唐志》之《肘後救卒方》。”（據《書録解題》：“此本《肘後救卒方》經陶隱居增補改名。”）

《黑髪酒方》一卷。（葛洪。）謹按見《崇文總目》。家大人曰：“此方及下一方當在洪《神仙服食諸方》書中，非佚臏，即後人傳録别行者。”

《葛仙翁杏仁煎方》一卷。（葛洪。）謹按見《崇文總目·集部》。

同上，黜僞類子部：

《養生論》一卷。（葛洪。）謹按見《宋志》。今《道藏》尚載其文，蓋道流割裂《抱朴子》中《地真》《極言》二篇文所贋。

《枕中書》。（葛洪。）謹按見《文獻通考》。亦僞書也，《抱朴子·遐覽

篇》“又惟余見授五行記”語，此書名當即緣此影撰。（《二十五史補編》本）

文廷式《補晋書藝文志》卷一經部禮類：

葛洪《喪服變除》一卷。（散騎常侍。）

馬國翰曰：“今佚。陸德明《儀禮釋文》引一事，杜佑《通典》引二節而已。”（案《通典》卷八十七。）

同上，小學類：

葛洪《要用字苑》一卷。（《梁書·文學·劉杳傳》：“有人餉任昉槎酒而作㮨字，昉問杳：‘此字是否？’杳對曰：‘葛洪《子苑》作木旁若。’”）

見《舊唐志》。馬國翰輯此書，得三十四條。《序録》云：“《隋志》不載，然顔之推《家訓》亟引之，則其書盛行於北。”《隋志》承梁《七録》，偶未載也。今按《梁書·劉杳傳》劉杳嘗引是書，則南朝亦應有之。又卷十四……棖，《字苑》作“棖”，丈庚反；卷十《字苑》作“凹，陷也；凸，起也”。《元和姓纂》卷四作“葛洪《要字》”。《顔氏家訓·書證篇》曰“光景之景，至葛洪《字苑》旁始加彡，音於景反”。又《音辭篇》曰：“焉，皆音於愆反。自葛洪《要用字苑》分訓，若訓何，音於愆反；送句助詞，音矣愆反。”蓋此書乃變古入俗之書矣。

同上，卷二史部雜傳類：

葛洪《隱逸傳》十卷。

本傳。

同上，雜史類：

葛洪《史記鈔》十四卷。

見《唐志》，高似孫《史略》作十五卷。

同上，卷三史部别傳：

《葛洪别傳》。

《書鈔》九十七引之。

同上，地志類：

葛洪《關中記》一卷。

見《宋志》。《書録解題》云：“所載殊簡略。”《玉海》引《中興書目》：“《關中記》一卷，晋葛洪撰，載長按山川及宫殿陵廟。”

葛洪《幕阜山記》一卷。

《太平寰宇記》一百六："分寧縣幕阜山在縣西二百九十里，晋葛洪著《山記》一卷。"《書録解題》云："《幕阜山記》一卷，葛洪撰，其山在豫章。"

葛洪《潮説》。

姚寛《西溪叢話》云："舊於會稽得一石碑《論海潮》，不知誰氏，云觀古今諸家海潮之説者多矣，或謂天河激湧。注云葛洪《潮説》。據此則洪以潮爲天河所激，與盧肇諸家之説不同，於理未當。"今姑録其目。

同上，卷四子部雜家類：

葛洪《抱朴子外篇》五十一卷。

今存。按《抱朴子》自序云"《外篇》言人間得失，世間臧否，屬儒家"，今以其兼采道術，故仍入雜家。

同上，兵家類：

《抱朴子·軍術》。此《外篇》中佚篇也。

嚴可均輯得四十二條，今别録其目。

葛洪《兵法孤虚月時秘要》一卷。

見《唐志》。

葛洪《陰符十德經》一卷。

見《唐志》。

同上，道家類：

葛洪《老子道德經序訣》兩卷。

見《新唐志》。

葛洪《修撰莊子》十七卷。

釋藏《辨正論》："劉宋時陸静修《道藏書目》，《莊子》十七卷，莊周所出，葛洪修撰。"余按《抱朴子·應嘲篇》云："常恨莊生言行自伐，桎梏世業，身居漆園而多誕談，好畫鬼魅，憎圖狗馬，狹細忠貞，貶毁仁義。"洪之不滿莊生如此。然則修撰者，乃删取之類，故僅存十七也。

同上，天文家類：

葛洪《渾天論》。

同上，五行家類：

葛洪《龜决》二卷，《周易雜占》十卷，葛洪《遯甲反覆圖》一卷，《遯甲肘後立成囊中秘訣》一卷，《遯甲要用》四卷，《遯甲秘要》一卷，《遯甲要》一卷，《三元遯甲圖三卷》。（末一種見《舊唐志》。）《抱朴子·登涉篇》云："《遯甲書》乃有六十餘卷，不可卒精，故鈔集其要以爲囊中立成。"

葛洪《肘後方》六卷。

《舊唐志》作"《肘後救卒方》四卷"。《本傳》作"《肘後要急》四卷"，今存。《藝文類聚》七十五引陶弘景《肘後百一方序》。《類聚》八十二引葛洪《治金創方》。

葛洪《玉函煎方》五卷，《金匱藥方》一百卷。

《晋中興書》曰："洪傳經用救驗方三卷，號曰《肘後方》。又撰《玉函方》一百卷，於今行用。"《御覽》七百二十二。

《葛仙翁杏仁煎方》一卷。《崇文總目》"葛洪撰"。《宋志》"仙翁"作"仙公"。按《東觀餘論》以葛仙公爲葛玄，此亦當是。今姑録之。

葛洪《黑髮酒方》一卷。

見《崇文總目》。

同上，神仙家類：

葛洪《抱朴子内篇》二十一卷，《音》一卷。今存二十卷。

抱朴子《神仙服食藥方》十卷。

《新唐志》："抱朴子《太清神仙服食經》五卷。"

《抱朴子養生論》一卷。

見《宋志》。道藏臨字型大小有此書。嚴可均《鐵橋漫稿》曰："前半即《地真篇》也，後半與《極言篇》相輔。"

《太清玉碑》十一卷。（葛洪與鄭惠遠問答。）

見《宋志》。

《稚川真人校證術》一卷。

《道藏》似字型大小有此書。

抱朴子《神仙金汋經》三卷。

嚴可均《漫稿》曰："其上、下二卷，即《金丹篇》也。"

《抱朴子别旨》二卷。

《宋史·藝文志》著録云："不知作者。"今《道藏》本《抱朴子内篇》後附此書一卷，凡五百六十餘言，蓋依托也。

葛洪《五金龍虎歌》一卷，《五嶽真形圖文》一卷。

并見《崇文總目》。

葛洪《神仙傳略》一卷。

見《崇文總目》。

葛洪《胎息術》一卷。

《郡齋讀書志》云："《葛仙翁胎息術》一卷，右仙翁，葛洪也。"案葛仙翁即三國時之葛仙公，非稚川也，晁氏蓋誤。《後漢書·方術·王真傳》"能行胎息胎食之法"注：《漢武内傳》曰："習閉氣而吞之，名曰'胎息'。"《抱朴子·釋滯篇》曰："胎息者，能不以鼻口嘘吸，如在胞胎之中。"

葛洪《金木萬靈訣》一卷。

見《通志》。《道藏》松字型大小有此書。

《抱朴子玉策記》。

《初學記》二十九引之。《太平御覽》卷八，卷九百六、九百八、九百九。

《葛氏房中秘術》一卷。

見《新唐》志。《隋志》作"《序房内秘術》"，隋諱"中"字也。《抱朴子·釋滯篇》曰："元素、子都、容成公、彭祖之屬，蓋載其粗事終不以至要者著於紙上。余承師鄭君之言，故記以示將來之通道者，實復未盡其訣矣。"

葛洪《漢武内傳》三卷。

《日本見在書目》題"葛洪"，今從之。

葛洪《神仙傳》十卷。

今存。

《太乙真君固命歌》一卷。

《宋·藝文志》云："晋葛洪譯。"

同上，卷五子部小説家類：

葛洪《集異傳》十卷。

本傳。

同上，神仙家補：

葛洪《枕中書》一卷。

《四庫全書提要》云："考隋、唐、宋《志》，但有墨子《枕中記》，無洪《枕中書》。此本别載《説郛》中，一名《元始上真衆仙記》。而《通志》所列《元始上真記》無'衆仙'字，似亦非。此書説多謬悠，後人僞撰也。"

同上，卷六集部別集類：

葛洪《碑誄詩賦》一百卷，《移檄章表》三十卷。

本傳。

同上，總集類：

葛洪《抱朴君書》一卷。

《抱朴子》自叙云："《軍書檄移章表箋記》三十卷。"此一卷殆殘佚之餘也。（《二十五史補編》本）

黄逢元《補晋書藝文志》卷一甲部經録禮類四：

《喪服變除》一卷。（散騎常侍丹陽葛洪稚川撰。）

見《隋志》。《儀禮釋文》引存一事，《通典》八十七引存二事。洪有《傳》。

同上，卷二乙部史録舊事類六：

《西京雜記》二卷。（葛洪撰。）

《隋志》入舊事，脱撰人。《舊唐志》題云"洪撰"。《新唐志》列地理，《宋志》列傳記，《四庫目》列子部小説。宋黄長睿《東觀餘論》謂："事皆劉歆所記，葛稚川采之。"唐段成式《酉陽雜俎・語資篇》載庾信語："是書爲吴均依托。"今存。

同上，雜傳類十：

《神仙傳》十卷。（葛洪撰。）

本《隋志》，新、舊《唐志》入子部道家。今存。

《郭文傳》。（葛洪撰。）

見《隱逸・郭文傳》。

同上，地理類十一：

《幕阜山記》一卷。（葛洪撰。）

見陳《録》。又《通志・寰宇記》一百六云："分寧縣幕阜山在縣西二百九十里，晋葛洪著《山記》一卷。"今存。

同上，卷三丙部子録道家類二：

《老子道德經序訣》二卷。（葛洪撰。）見唐新、舊《志》。

《抱朴子内篇》二十一卷、《音》一卷。（葛洪撰。）本《隋志》。《意林》《舊唐志》《崇目》均作二十卷，《新唐志》十卷，今本仍存二十卷，《音》佚。

《抱朴子内篇》佚文一卷。（葛洪撰。）見《平津館叢書》，繼昌録。又嚴可均《全晋文》輯存。

《抱朴子别旨》二卷。見《宋志》，入道家，注云不知作者。

抱朴子《金汋經》一卷。見《絳雲樓書目・道藏類》，今存《平津館叢書》。嚴可均《鐵橋漫稿》云其上、下二卷，即《金丹篇》。

同上，雜家類六：

《抱朴子外篇》三十卷。（葛洪撰。）本《隋志》。《七録》五十一卷，《舊唐志》五十卷，《宋志》同。《意林》《新唐志》《崇目》二十卷，《晁志》十卷。今本五十二卷。

《抱朴子外篇佚文》一卷。（葛洪撰。）見《平津館叢書》，繼昌輯。又嚴可均《全晋文》輯存。

同上，兵法類九：

《兵法孤虚月時秘要法》一卷。（葛洪撰。）見《新唐志》。元案嚴可均《全晋文》輯存葛洪軍術四十餘事，當即是書佚文。

《陰符十德經》一卷。（葛洪撰。）見《新唐志》。

同上，五行類十二：

《周易雜占》十卷。（葛洪撰。）見《七録》。

《遯甲要用》四卷。（葛洪撰。）見《隋志》。

《遯甲秘要》一卷。（葛洪撰。）本《隋志》，《新唐志》卷同，無撰人。

《遯甲要》一卷。（葛洪撰。）見《隋志》。

《遯甲肘後立成囊中秘》一卷。（葛洪撰。）見《隋志》。元案《抱朴子・登涉篇》云“余少有入山之志，由此乃行。《遯甲書》乃有六十餘卷，事不可卒精，故鈔集其要爲《囊中立成》云”，即是書。

《三元遯甲圖》三卷。（葛洪撰。）本唐新、舊《志》。《隋志》卷同，脱撰人。

《遯甲反覆圖》一卷。（葛洪撰。）見《隋志》。

同上，五行類十二：

《龜訣》二卷。（葛洪撰。）見《七録》。

同上，醫術類十三：

《養生論》一卷。（葛洪撰。）見《宋志》，題作“抱朴子養生論”。今存《平津館叢書》。

《神仙服食藥方》十卷。（葛洪撰。）本《隋》志，注云“抱朴子撰”。唐新、舊《志》脱撰人。

《太清神仙服食經》一卷。（葛洪撰。）今唐新、舊《志》撰人均題“抱朴子”。《新志》作五卷，《御覽》三百六十八引存，作“神仙服食經”。

《肘後急要方》四卷。（葛洪撰。）本《七録》。《隋志》六卷，唐新、舊《志》四卷，作《肘後救卒方》，《通考》作《肘後百一方》，《宋志》作《肘後備急方》，均三卷。《洪傳》作《肘後要急方》四卷，洪《自序》本云“《肘後救卒方》三卷”，故新、舊《唐志》因之。今存作《肘後備急方》八卷。

《玉函煎方》五卷。（葛洪撰。）見《隋志》。

《葛仙翁杏仁煎方》一卷。（葛洪撰。）見《崇目》。

《黑髮酒方》一卷。（葛洪撰。）見《崇目》。

同上，卷四丁部集録總集類三：

又《移檄章表》三十卷。（葛洪撰。）見《洪傳》。

《抱朴君書》一卷。（葛洪撰。）見《七録》。

《碑誄詩賦》百卷。（葛洪傳。）見《洪傳》。

《方伎雜事》三百一十卷。（葛洪撰。）見《洪傳》。（《二十五史補編》本）

吴士鑒《補晋書經籍志》卷一甲部經録禮類：

葛洪《喪服變除》一卷。見《隋志》。

同上，小學類：

葛洪《要用字苑》一卷。見兩《唐志》。《顔氏家訓》亦引之。

同上，乙部史録舊事類：

葛洪《西京雜記》二卷。《隋志》不著撰人。兩《唐志》均重見地理類，《舊志》作一卷。《宋志》作六卷。《玉海》引《崇文總目》：“《西京雜記》二卷。”《郡齋讀書志》亦作六卷，云：“江左人以爲吴均依托爲之。”陳詩庭云：“今本六卷，或題劉歆撰，或題葛洪撰。”

同上，雜傳類：

葛洪《神仙》《良吏》《隱逸》《集異傳》各十卷。見《本傳》。《隋志》有《列仙傳》十卷。

《葛洪别傳》。（《北堂書鈔》。）

同上，地理類：

葛洪《幕阜山記》一卷。（《書録解題》。）

同上，卷三丙部子録道家類：

葛洪《老子道德經序訣》二卷。見兩《唐志》。《隋志》云："梁有《老子序訣》一卷，葛仙公撰，亡。"

又《莊子》十七卷。見法琳《辨證論》引此書，云"葛洪修撰"。

又《抱朴子内篇》二十一卷、《音》一卷。見《隋志》。洪《自序》與《舊唐志》作二十卷，《唐志》作十卷。

又《老子道德經節解》一卷，《抱朴子養生論》一卷，《譯太乙真君固命歌》一卷，《元始上真衆仙記》一卷，《枕中記》一卷，《太清玉碑子》一卷。并《宋志》。《太清玉碑子》，葛洪與鄭惠遠問答。

又《葛仙翁胎息術》一卷。見《郡齋讀書志》。《通志略》作《胎息要訣》。

又《陰符十德經》十卷，《神仙傳略》一卷，《老子戒經》一卷，《葛仙翁叙》一卷。《崇文總目》入五行。

又《運元真氣圖》一卷，《五金龍虎歌》一卷。《崇文總目》入五行。

又《爐鼎要妙圖經》一卷，《金木萬靈訣》一卷，《抱朴子别旨》一卷，《枕中書》一卷。并《通志略》。案道家、兵家、天文、五行、醫方諸類，其散見於隋、唐《志》者，皆可徵信。若《宋志》《通志》《崇文總目》《郡齋讀書志》《直齋書録解題》始著録者，大都後人僞托，概從删削，苦無左驗，今仍分著各類，不敢逞臆棄取也。

同上，雜家類：

葛洪《抱朴子外篇》五十一卷。《隋志》三十卷，注云："梁有五十一卷，亡。"《舊唐志》及《書録解題》引《館閣書目》作五十卷，與葛氏自序同。《唐志》作二十卷，《通志略》依《隋志》作三十卷，《郡齋讀書志》《通考》作十卷。

《方技雜事》三百一十卷。本傳。

同上，兵家類：

葛洪《兵法孤虚月時秘要法》一卷。見《唐志》。

同上，五行類：

葛洪《周易雜占》十卷。《隋志》云："梁有，亡。"

又《三元遯甲圖》三卷。見隋、唐《志》。《隋志》不著撰人。

又《遯甲肘後立成囊中秘》一卷，《遯甲反覆圖》一卷，《遯甲要用》四卷，《遯甲秘要》一卷，《遯甲要》一卷，《龜訣》一卷。均見《隋志》。

又《五嶽真形圖文》一卷，《五經龍虎歌》一卷。見《崇文總目》。

同上，醫方類：

葛洪《肘後方》六卷。見《隋志》。云"梁二卷"。《唐志》亦六卷，《舊唐志》作《肘後救卒方》四卷。《本傳》作《肘後要急方》四卷。《宋志》作《肘後備急百一方》三卷。《道藏》目録作《肘後備急方》八卷。

又《金匱藥方》一百卷。見《本傳》。

又《玉函煎方》五卷。見《隋志》。

又《狐剛子万金訣》二卷。《舊唐志》作《狐子方金訣》二卷，《唐志》作《葛仙公録狐子方金訣》三卷，"方"乃"万"字之訛。今從《隋志》。

又《神仙服食藥方》十卷。見《隋志》。沙門法琳《辨證論》引《服食方》四卷。

又《序房内秘術》一卷。《舊唐志》作《玉房秘術》，《唐志》作《葛氏房中秘術》，今從《隋志》。《通志略》入道家。

又《黑髮酒方》一卷。見《崇文總目》。《通志略》入道家。

又《葛仙公煎杏仁方》一卷。見《宋志》。《崇文總目》作"仙翁"。

又抱朴子《太清神仙服食經》五卷。見《唐志》。

同上，卷四丁部集録總集類：

葛洪《碑誄詩賦》百卷，《移檄章表》三十卷。《本傳》。又《抱朴君書》一卷。《隋志》，云"梁有，亡"。（《二十五史補編》本）

魯迅《中國小説史略》第四編《今所見漢人小説》：

至於雜載人間瑣事者，有《西京雜記》，本二卷，今六卷者宋人所分也。末有葛洪跋，言"其家有劉歆《漢書》一百卷，考校班固所作，殆是全取劉氏，小有異同，固所不取，不過二萬許言。今鈔出爲二卷，以補《漢書》之闕"。然《隋志》不著撰人，《唐志》則云葛洪撰，可知當時皆不信爲真出於歆。段成式（《酉陽雜俎・語資篇》）云："庾信作詩，用《西京雜記》事，旋自追改曰：'此吴均語，恐不足用。'"後人因以爲均作。然所謂吴均語者，恐指文句而言，非謂《西京雜記》也。梁武帝敕殷芸撰《小説》，皆鈔撮故書，已引《西京雜記》甚多，則梁初已流行世間，固以葛洪所造爲近是。或又以文中稱劉向爲家君，因疑非葛洪作，然既托名於歆，則摹擬歆語，固亦理勢所必至矣。書之所記，正如黄省曾序言，"大約有四：則猥瑣可略，閑漫無歸，與夫杳昧而難憑，觸忌而須諱者"。然此乃判以史裁，若論文學，則此在古小説中，固亦意緒秀異，文筆可觀者也。

葛洪字稚川，丹陽句容人，少以儒學知名，究覽典籍，尤好神仙導養之法，太安中，官伏波將軍。以平賊功封關内侯。干寶深相親善，薦洪才堪國史，而洪聞交趾出丹，自求爲勾漏令，行至廣州，爲刺史所留，遂止羅浮，年八十一，兀然若睡而卒（約290—370），有傳在《晋書》。洪著作甚多，可六百卷，其《抱朴子》（内篇三。）言太丘長潁川陳仲弓有《異聞記》，且引其文，略云郡人張廣定以避亂置其四歲女於古冢中，三年復歸，而女以效龜息得不死。然陳寔此記，史志既所不載，其事又甚類方士常談，疑亦假托。葛洪雖去漢未遠，而溺於神仙，故其言亦不足據。（上海古籍出版社，1998年）

余嘉錫《四庫提要辯證》卷十二子部三醫家類一（總目卷一百三）：

《肘後備急方》八卷。（晋葛洪。）

是書初名《肘後卒救方》，梁陶弘景補其闕漏，得一百一首，爲《肘後百一方》。金楊用道又取唐慎微《證類本草》諸方附於《肘後隨證》之下，爲《附廣肘後方》。元世祖至元間有烏某者，得其本於平鄉郭氏，始刻而傳之。段成己爲之序，稱葛、陶二君共成此編，而不及楊用道。此本爲明嘉靖中襄陽知府吕容所刊，始并列葛、陶、楊三序於卷首。書中凡楊氏所增，皆别題"附方"二字，列之於後，而葛、陶二家之方則不加分析，無可辨别。案《隋書・經籍志》：葛洪《肘後方》六卷，梁二卷；陶弘景《補闕肘後百一方》九卷，亡。《宋史・藝文志》止有葛書而無陶書，是陶書在隋已亡，不應元時復出。又陶書原目九卷，而此本合楊用道所附，衹有八卷，篇帙多寡，亦不相合。疑此書本無《百一方》在内，特後人取弘景原序冠之耳。

嘉錫案：《提要》引《隋志》謂陶書已亡，似矣。然考《舊唐書・經籍志》云："《肘後救卒方》四卷，（《提要》謂本名《卒救方》，是救卒二字之誤倒。）葛洪撰。（《晋書》本傳作《肘後要急方》四卷。）《補肘後救卒備急方》六卷，陶弘景撰。"《新唐書・藝文志》亦云："葛洪《肘後救卒方》六卷，陶弘景《補肘後救卒備急方》六卷。"皆兩書并列，是陶書未嘗終亡也。唐人之修《隋書》，第就武德中所得東都圖書目録之見存者，編爲《經籍志》，（見《經籍志》

序，余别有説。）并非有隋一代藏書之總目。故《志》注中所謂梁有某書亡者，不必是亡於隋時。且東都所藏者雖亡，而天下之書必不與之俱亡，武德、貞觀纍詔購求，群書大備。（見《令狐德棻傳》及舊、新《唐志》序。）故《隋志》已亡之書，往往著録於舊、新《唐志》，且有古書爲《隋志》所無，僅見於兩《唐志》者。則馬懷素所謂《隋志》所書亦未詳悉，或古書近出，前志闕而未編者也。（見《舊唐書》懷素本傳。）《提要》因陶弘景《肘後百一方》，《隋志》注爲已亡，遂以爲唐時必無其書，竟不考之兩《唐志》，此大誤也。至謂《宋志》祇有葛書而無陶書，不應元時復出，亦復非是。《書録解題》卷十三云："《肘後百一方》三卷，晋葛洪撰。梁陶隱居增補，本名《肘後救卒方》，率多易得之藥，凡八十六首。陶并七首，加二十二首，共爲一百一首，取佛書大有四大，一人輒有一百一病之義名之。"是陶書在南宋時具存，陳振孫言之甚悉，何嘗至元始復出乎？《提要》何以不據《書録解題》而獨據《宋志》乎？且《宋志》云："葛洪《肘後備急百一方》三卷。"夫《肘後救卒方》者，葛洪之書也，《肘後百一方》或《肘後救卒備急方》者，陶弘景之書也。今《宋志》題爲《肘後備急百一方》，是其書已經弘景增補矣。《宋志》荒陋，誤去弘景之名耳，安得據爲陶書已亡之證乎？《提要》謂書中葛、陶二家之方，不加分析，無可辨别。按陶弘景自序云："抱朴此制，實爲深益，然尚闕漏未盡，輒更采集補闕，凡一百一首，以朱書甄别，爲《肘後百一方》。"是弘景書爲朱墨本，與葛氏原方本有區别。自宋時刻板，概印以墨，又不能如《本草》之作黑白文，遂致無可分辨耳。然今本卷一《卒救中惡死方》第一云："後吹耳條中，葛嘗言此云吹鼻，故别爲一法。"又云："按此前救卒死四方，并後尸蹶事，并是《魏大夫傳》中正一真人所説扁鵲受長桑公子法。尋此傳出世在葛後二十許年，無容知見，當是此法，久已在世。"又《治尸注鬼注方》第七云"尸注鬼注病者，葛云即是五尸之中尸注，又挾諸鬼邪爲害也"云云，皆明出於陶氏之手。又卷四《治卒胃反嘔啘方》第三十，有葛氏《治卒乾嘔不息方》，同卷《治卒患腰脅痛諸方》，有葛氏方云云，隱居效方云云。以後五六七八各卷，皆有葛氏方、隱居效驗方之别，但全書不能一律耳。《提要》乃謂二家之方，無可辨别，蓋僅粗加繙閲，於本書未嘗卒讀也。《提要》又謂陶書原目九卷，而今本合楊用道所附祇八卷，篇帙不合，因疑此書本無《百一方》在内，又非也。葛陶兩書卷數，隋、唐、宋《志》互有不同，其分合本自不定。按葛洪自序云："余今采其要約，以爲《肘後救卒》三卷。"陶弘景自序云："今以内疾爲上卷，外發爲中卷，他犯爲下卷。"是陶葛兩書，本皆三卷，《隋志》葛書作六卷，陶書作九卷者，已爲後人之所分析，非其原帙。然《書録解題》及《宋志》仍作三卷，今本又作八卷。考今本卷六《治面皰髮禿身臭心惛鄙醜方》第五十二云："《孔子大聖智枕方》，已出，在第九卷。"是今本原用九卷之本，不知何時，佚其一卷，然其中有明題《隱居效驗方》者，不得謂本無《百一方》在内也。且陶氏序云："尋葛氏舊方，至今已二百許年，播於海内，余今重以該要，庶亦傳之千祀。舊方都有八十六首，檢其四蛇兩犬，不假殊題；喉舌之間，亦非異處；入冢御氣，不足專名；雜治一條，猶是諸病部類；强致殊分，復成失例。今乃配合爲七十九首，於本文究具，都無忖減。復添二十二首，或因葛一事，增構成篇；或補葛氏所遺，準文更撰；具如後録，詳悉自究。先次比諸病，又不從類，遂具復勞在傷寒前，霍亂置耳目後；陰易之事，乃出雜治中，兼題與篇名，不盡相符，卒急之時，難於尋檢。今亦次其銓次，庶歷然易曉。"序後又有目録三行云："上卷三十五首，治内病；中卷三十五首，治外發病；下卷三十一首，治爲物所苦病。"是弘景於葛氏原方，有合并，有增添，葛書衹八十六首，陶書則一百一首，且於前後次序，亦復有所移易。欲知今本有無《百一方》在内，衹須覈其數目，按其次序，則其爲葛書陶書，較然自明，不必以卷數之多寡爲此臆斷之詞也。今細審今書，其目録凡八卷，共七十首。然本書卷八，終於《治牛馬六畜水谷疫癘諸病方》第七十三，與目録不符。檢其卷六《治目赤痛暗昧刺》第四十三，卷後即繼以《治卒耳聾諸病方》第四十七，蓋傳寫脱去三首。（《道藏》陛字型大小本，與六醴齋本皆同。）總之，尚未滿葛氏八十六首之數，况陶氏之一百一首乎？是就今本覈其數目，與葛、陶二書皆不合也。然按其次序，則《治傷寒時疫瘟病方》爲第十三，《治時氣病起諸勞復方》爲第十四，是復勞不在傷寒前。又《治卒霍亂諸急方》第十二，而《治耳目諸方》爲第四十三、四十七、四十八，則霍亂并未置耳目後，與陶序所言葛氏原書次第不合，其爲陶氏之所銓次，固已甚明。又其《治蛇瘡敗蛇骨刺人入口繞身諸方》（第五十七，在今本卷七。）内，凡分《蛇螫人九竅皆出血方》《蛇骨刺人毒痛方》《蛇螫人瘡已合而餘毒在肉中淫淫痛癢方》《蛇入人口中不出方》四條，所謂四蛇也。其《治卒有猘犬凡所咬毒方》第五十四（亦在卷七。）内，分《療猘犬咬人方》《得犬齧者難療凡犬食馬肉生狂方》二條，（《療猘犬咬人方》後，尚有《若重發療方》，當合爲一條。）所謂兩犬也。葛書蓋每條自爲一題，陶氏乃合之，故陶序云四蛇兩犬，不假殊題也。又考本書多言此本在《雜治》中，（姑以一二兩卷言之。如《卒中五尸方》第六、《治卒腹痛方》第九、《治卒心腹煩滿方》第十一、《治傷寒時氣温病方》第十三，皆有此語，他卷尚多，不具載。）葛書蓋有《雜治》一類，陶氏除去之，分附各類中。故陶序云，《雜治》一條，猶是諸病部類，强致殊分，復成失例也。然則今本之是陶書非葛書，較然甚明，安得如《提要》所云本無《百一方》在内乎？《經籍訪古志補遺》有此書跋云："按是書校之《外臺》《醫心方》《證類本草》等所引，甚非隱居之真面，恨今世所傳唯有此本。（《訪古志》所收之本，爲明岳州知府劉自化刻本，首有萬曆二年李栻序，蓋即據萬曆本翻刻。）楊用道序曰，得乾統間所刊《肘後方》善本，又得唐慎微《證類本草》摘録其附方，分以類例，而附於《肘後隨證》之下，目之曰《附廣肘後方》，下監俾更加次讎，且爲之序而刊行。明陳繼儒序亦曰，外附以趙原陽外科方益之。蓋原陽於洪武間曾請此書入《道藏》，而胡孟晋又慮此書罕流於世，特嚴加校核，而廣其傳。”（原注云：陳序，延享本有之。按延享本者日本櫻町院天皇延享丙寅浪華沼晋據萬曆中胡孟晋本重刊，附見《訪古志》本條之末。延享丙寅，當中國乾隆十一年。）繇是考之，用道《附廣》本，原陽收之《道藏》，而明代更摘出刊行，此本是也。然朝鮮國所輯《醫方類聚》所引，亦係用道《附廣》本，而今本所無凡十四門。（原注云：治手足諸病，治卒吐血唾血大小便血，治患消渴小便利數，治卒患諸淋不得小便，治夢交接泄精及溺白濁，治大便秘澀不通，治卒關格大小便并不通，治患寸白蚘蟲諸九蟲病，治患五痔及脱肛，治婦人漏下月水不通，治妊娠諸病，治産難横生逆生胎死胞不出，治産後諸色諸患，治小兒諸病方是也。）此則《附廣》本亦已被人删汰，甚矣哉是書之厄也！小島春沂有補輯本，考訂極精。余嘗取此書行世諸本，與《道藏》陛字型大小本校之，首尾全同。然則今本楊用道附方之内，又有趙原陽外科方羼入其間，不特非陶隱居《百一方》之真面，且并非楊用道《附廣肘後方》之舊矣。趙原陽者，明洪武初道士趙宜真之號也。（陳銘珪《長春道教源流》卷七曰：《道藏目録》載有《靈寶歸空訣》一卷，云崇文廣道純德法師教門高士原陽子趙宜真述。又《仙傳外科秘方》十二卷，《原陽子法語》二卷，并云浚儀趙宜真撰。蓋宜真河南人，明初封法師者。《江西通志》云，宜真洪武初寓雩都紫陽觀，壬戌，沐浴更衣，書榻上倏然而逝。）今本僅存七十首，《醫方類聚》所引，多於今本者十四首，合之凡得八十四首，較之《百一方》尚闕十七首。此書既已屢經後人竄亂增益，又復殘闕不完，至足惜也。

同上，卷十七子部八小説家類一（總目卷一百四十）：

《西京雜記》六卷。

舊本題晋葛洪撰。黄伯思《東觀餘論》稱此書中事皆劉歆所説，葛稚川采之。其稱“余”者，皆歆本文云云。今檢書後有洪跋，稱其家“有劉歆《漢書》一百卷。考校班固所作，殆是全取劉氏，有小異同固所不取，不過二萬許言。今鈔出爲二卷，名曰《西京雜記》，以補《漢書》之闕”云云。伯思所説，蓋據其文。案《隋書·經籍志》載此書二卷，不著撰人名氏。《漢書·匡衡傳》顔師古注稱今有《西京雜記》者，出於里巷，亦不言作者爲何人。至段成式《酉陽雜俎·廣動植篇》始載葛稚川就上林令魚泉問草木名，今在此書第一卷中。張彦遠《歷代名畫記》載毛延壽畫王昭君事，亦引爲葛洪《西京雜記》。則指爲葛洪者，實起於唐。故《舊唐書·經籍志》載此書，遂注曰晋葛洪撰。然《酉陽雜俎·語資篇》別載庾信作詩用《西京雜記》事，旋自追改，曰此吴均語，恐不足用。晁公武《讀書志》

亦稱江左人或以爲吴均依托，蓋即據成式所載庾信語也。今考《晋書·葛洪傳》載洪所著有《抱朴子》《神仙》《良吏》《集異》等傳，《金匱要方》，《肘後備急方》并諸雜文，共五百餘卷，并無《西京雜記》之名。則作洪撰者自屬舛誤。

嘉錫案：《隋志》不著撰人名氏者，蓋以爲此係葛洪所抄，非所自撰，故不題其名。唐人之指爲葛洪者，即據書後洪自序，非臆説也。顔師古不信其書，故以爲出於里巷耳。宋晁伯宇《續談助》卷一《洞冥記》後引張柬之之言云："昔葛洪造《漢武内傳》《西京雜記》，虞義造《王子年拾遺録》，王儉造《漢武故事》，并操觚鑿空，恣情迂誕，而學者耽閲，以廣聞見，亦各其志，庸何傷乎。"柬之此文，專爲辨僞而作，而確信爲葛洪所造。《史通·雜述篇》曰："國史之任，記事記言，視聽不該，必有遺逸。於是好奇之士，補其所亡，若和嶠《汲冢紀年》、葛洪《西京雜記》，此之謂逸事者也。"是則指爲葛洪者，并不衹於段成式、張彦遠。（《續談助》，修《四庫書》時未見。）《書録解題》卷七云："按洪博聞深學，江左絶倫，所著書幾五百卷，本傳具載其目，不聞有此書。豈惟非向、歆所傳，亦未必洪之作也。"《提要》謂作洪撰者爲舛誤，蓋本於此。今考《抱朴子外篇·自叙》云："凡著内篇二十卷，外篇五十卷，碑、頌、詩、賦百卷，軍書、檄、移、章表、箋記三十卷，又撰俗所不列者爲《神仙傳》十卷，又撰高尚不仕者爲《隱逸傳》十卷，又抄五經、七史、百家之言、兵事、方技、短雜、奇要，三百一十卷，别有目録。"《晋書》本傳亦云："又抄五經、《史》、《漢》、百家之言、方技、雜事，三百一十卷。"即用自叙之語。洪既嘗抄百家及短雜、奇要之書，則此書據洪自稱，亦是從劉歆《漢書》中抄出，安見不在三百一十卷之中。特因别有目録，自叙不載其篇名，本傳遂承之耳。且多至三百餘卷，其書當有數十種，既非切要，而必臚列不遺，史家亦無此體。未可遽執本傳所無，遂謂非洪所作也。《册府元龜》卷五百五十五曰："葛洪選爲散騎常侍，領大著作，固辭不就。撰《神仙傳》十卷、《西京雜記》一卷。"《元龜》之例，止采經史諸子及歷代類書，不取異端小説。（見《玉海》卷五十四。）其言葛洪撰《西京雜記》，必别有本，可補本傳之闕矣。黄伯思《東觀餘論》卷下云："此書中事，皆劉歆所記，葛稚川采之。其稱'余'者，皆歆本語。中有歆所記草木名，而段柯古作《酉陽書》，乃云'稚川就上林令虞淵得朝臣所上草木名'，非也。蓋段誤以歆自稱'余'爲稚川耳。又按《晋史》，葛未嘗至長安，而晋官但有華林令而無上林令，其非稚川，决也。柯古博洽，時罕儔，猶舛謬如此。"此所辨但謂書中稱余，是劉歆而非葛洪耳，未嘗言其僞也。而姚際恒作《古今僞書考》引《餘論》之説，去其葛稚川采之劉歆之言及駁成式數語，斷章取義，以證非葛洪所作。（見卷二。）殆幾於不通文義，其舛謬又去成式下遠甚。（今人顧實重考《古今僞書考》，於此條尚未能致辨。）際恒《僞書考》負盛名，而其學實淺陋，大抵如此。程大昌《演繁露》卷十二云："《西京雜記》所記制度，多班固所無，又其文氣嫵媚，不能古勁，疑即葛洪爲之。"黄伯思、程大昌二人，在南、北宋間考證頗爲不苟，均信爲葛洪所作，然則未可據晁、陳二家之語便斷其僞也。

特是向、歆父子作《漢書》，史無明文。而以此書所紀與班書參校，又往往錯互不合。如《漢書》載文帝以代王即位，而此書乃云文帝爲太子。《漢書》載廣陵王胥、淮南王安并謀逆自殺，而此書乃云胥格猛獸，陷脰死，安與方士俱去。《漢書·楊王孫傳》即以王孫爲名，而此書乃云名貴。似是故謬其事，以就洪跋中小有異同之文。又歆始終臣莽，而此書載吴章被誅事，乃云章後爲王莽所殺，尤不類歆語。又《漢書·匡衡傳》"匡鼎來"句，服虔訓鼎爲當，應劭訓鼎爲方。此書亦載是語，而以鼎爲匡衡小名。使歆先有此説，服虔、應劭皆後漢人，不容不見，至葛洪乃傳。是以陳振孫等皆深以爲疑。

案《書録解題》云："向、歆父子亦不聞其嘗作史傳於世。使班固有所因述，亦不應全没不著也。"《提要》本此而推衍之，余考《文選》潘安仁《西征賦》云："長卿、淵、雲之文，子長、政、駿之史。"以政、駿與司馬子長并言，稱之爲史。似劉向父子曾續《太史公書》，然李善注衹引《漢書》："向著《疾讒》《摘要》《救危》及《世頌》凡八篇，又著《五行傳》《列女傳》《新序》《説苑》。歆著《七略》。"并不言别有史書。至《史通·正史篇》云："《史記》所書年止漢武，太初已後，闕而不録。其後劉向之子歆及諸好事者，若馮商、衛衡、揚雄、史岑、梁審、肆仁、晋馮、段肅、金丹、馮衍、韋融、肖奮、劉恂等相次撰續，迄於哀、平間，猶名《史記》。"《後漢書·班彪傳》云："武帝時司馬遷著《史記》，自太初以後，闕而不録。後好事者，頗或綴集時事，然多鄙俗，不足以踵繼其書。"注云："好事者，謂揚雄、劉歆、陽城衡、褚少孫、史孝山之徒也。"劉知幾與章懷所叙繼《史記》之人，互有不同，而皆有劉歆。是唐人相傳，有此一説，然不知其所本。竊意向、歆縱嘗作史，亦不過如馮商之續《太史公》，成書數篇而已。（《商書》見《漢志》，僅七篇。）使如洪序所言，歆所作《漢書》已有一百卷，則馮衍爲後漢人，晋馮、殷肅（注云：固集作段肅。）并與班固同時，（固傳載固奏記東平王蒼，嘗薦此二人。）何以尚須續作。洪序云："考校班固所作，殆是全取劉書。"此又必無之事。班固於太初以前，全取《史記》，又用其父班彪所作後傳數十篇，已不免因人成事。若又采劉歆《漢書》一百卷，則固殆無一字，何須潛精積思至二十餘年之久，永平中受詔至建初中乃成乎？若果如此，則當世何爲甚重其書，學者莫不諷誦，（見本傳。）至於專門受業，與五經相亞耶？（見《史通·正史篇》。）《史通·采撰篇》曰："班固《漢書》，太初已後，又雜引劉氏《新序》《説苑》《七略》之辭，此并當代雅言，事無邪僻，故能取信一時，擅名千載。"然則《漢書》之采自劉氏父子者，僅《新序》《説苑》

《七略》中之記漢事者而已，與李善《文選注》正合，未嘗有所謂劉歆《漢書》也。且諸家續《太史公書》，雖迄哀、平，然是前後相繼，不出一人。至班彪所作後傳，亦是起於太初以後，未有彌綸一代者。《漢書·叙傳》曰："固以爲唐、虞、三代，世有典籍。漢紹堯運以建帝業，至於六世，史臣乃追述功德，私作本紀，編於百王之末，厠於秦、漢之間。太初以後，闕而不録。故探纂前記，綴輯所聞，以述《漢書》。起元高祖，終於孝平王莽之誅。"是《漢書》者，固所自名。斷代爲書，亦固所自創。今洪序乃謂劉歆所作，已名《漢書》，是并《叙傳》所言，亦出於劉歆之意，而固竊取之矣。此必無之事也。况文帝以代王即位，明見《史記》。此何等大事，豈有傳訛之理？劉歆博極群書，以漢人叙漢事，何至誤以文帝爲太子？（見卷三。）故葛洪序中所言，劉歆《漢書》之事，必不可信，蓋依托古人以自取重耳。至其中間所叙之事，與《漢書》錯互不合，有不僅如《提要》所云者。明焦竑《筆乘》續集卷三云："《西京雜記》，是後人假托爲之。其言高帝爲太上皇，思樂故豐，放寫豐之街巷屋舍，作之櫟陽，冀太上皇見之如豐然，故曰新豐。然《史》記漢十年，太上皇崩，諸侯來送葬，命酈邑曰新豐。是改酈邑爲新豐，在太上皇既葬之後，與《雜記》所言不同。"此事與《史》《漢》顯相剌謬，不僅小有異同矣。然其事亦非葛洪所杜撰。《文選》卷三十鮑明遠《數詩》注引《三輔舊事》曰："太上皇思慕鄉里。高祖徙豐、沛商人，立爲新豐也。"《隋志》地理類有《三輔故事》二卷，注云晋世撰。兩《唐志》故事類均有韋氏《三輔舊事》一卷。章宗源《隋書經籍志考證》卷六，據《後漢書·韋彪傳》，帝數召彪入。問以三輔舊事禮儀風俗之語，以爲即彪所撰。雖不知然否，然自是東晋以前古書，故葛洪得鈔入《雜記》也。其他亦往往采自古書，初非全無所本者。《抱朴子·自叙》中記其求書寫書之事甚悉。又云："廣覽衆書，自正經諸史百家之言，下至短雜文章近萬卷。"《晋書》本傳亦言其"博聞深洽，江左絶倫"。所見既博，取材自多。此書蓋即抄自百家短書，洪又以己意附會增益之，托言家藏劉歆漢史，聊作狡獪，以矜奇炫博耳。沈欽韓《漢書疏證》卷三十二云："《西京雜記》，葛洪所序，其大駕鹵簿，雜入晋制。如枚、鄒諸賦，非閭巷所能造也。"孫詒讓《札迻》卷十一亦云："《西京雜記》，確爲稚川所假托。"二人皆博學深思者，而其言如此，其必有所見矣。

然庾信指爲吴均，别無他證。段成式所叙信語，亦未見於他書。流傳既久，未可遽更。今姑從原跋，兼題劉歆、葛洪姓名，以存其舊。

案：陶宗儀《説郛》卷二十五，（據涵芬樓排印明鈔本。）鈔有梁殷芸《小説》二十四條，而其中引《西京雜記》者四條，與今本大體皆合，惟字句互有短長。考《梁書》芸傳云："大通三年卒，（大通三年十月，改元中大通，芸蓋卒於十月以前。）時年五十九。而文學《吴均傳》云："普通元年卒，時年五十二。"

兩者相較，均雖比芸早死九年，而其年齒實止長於芸者二歲。二人仕同朝，同以博學知名，慮無不相識者。使此書果出於吴均依托，芸豈不知？何至遽信爲古書，從而采入其著作中乎？是則段成式所叙庾信之語，固已不攻自破。况《雜俎·廣動植篇》（卷十六。）采《雜記》中“余就上林令虞淵得朝臣所上草木名”一條，仍稱爲葛稚川，是庾信之説，成式已自不信，奈何後人遽執此單文孤證，信以爲實哉！李慈銘《孟學齋日記》乙集上云：“《西京雜記》，托名劉歆所撰，葛洪所録。論者謂實出梁吴均之手，其文字固不類西漢人。且序言班固《漢書》，全出於此，洪采班《書》所未録者，得此六卷。（案原序實作二卷。）然其中如趙飛燕女弟昭陽殿一段，傅介子一段，又皆班書所已録。稚川之言，固未可信。至謂出於吴均，則未必然。觀所載漢事，如殺趙隱王者爲東郭門外宫奴，惠帝後腰斬之，而吕后不知。元帝以王昭君故，殺畫工毛延壽、陳敞、劉白、龔寬、陽望、樊育等。高賀誚公孫弘……高祖爲太上皇作新豐，匠人吴寬所營。（此事已爲焦竑所駁，李氏失考。）匡衡勤學，穿壁引光，又從邑人大姓文不識家傭作讀之。成帝好蹴踘，家君（原注：歆稱其父向。）作彈棋以獻。王鳳以五月五日生。楊王孫名貴。平陵曹敞在吴章門下，好斥人過，後獨收葬章尸。郭威、楊子雲及向、歆父子論《爾雅》實出周公，所記張仲孝友之類，後人所足。霍將軍妻一産二子，疑兄弟先後。廣川王去疾好聚無賴少年，發掘冢墓諸條。皆必出於兩漢故老所傳，非六朝人所能憑空僞造。又如輿駕飲酎穰水家臣諸制，尤足補漢儀之闕。其一二佚事，亦可考證《漢書》。如衛青生子命曰騧，後改爲登，登即封發干侯者。公孫弘著《公孫子》，言刑名事。今《漢志》有《公孫弘》十篇，此類皆是。黄俞邰序，稱其乘輿大駕，儀在典章，鮑、董問對，言關理奥者，誠不誣也。惟所載靡麗神怪之事，乃由後人添入，或出吴均所爲耳。其顯然乖誤者，如云：霍光妻遺淳于衍蒲桃錦、散花綾、走珠等，爲起第宅，奴婢不可勝數。按《漢書》言衍毒許后，步見過顯相勞問，亦未敢重謝衍。且此時方有人上書告諸醫侍疾無狀，顯恐急，語光署衍勿論，豈有爲起第宅，厚相賂遺之理。又云：廣陵王胥爲獸所傷，陷腦而死。按《漢書·武五子傳》，胥以祝詛事發覺，自絞死。又云：太史公遷作《景帝本紀》，極言其短及武帝之過。後坐舉李陵，下遷蠶室，有怨言，下獄死。按遷作《史記》，在遭李陵禍之後，《史記》《漢書》俱有明文。《漢書》又言，遷被刑之後爲中書令，尊寵任職，故有報故人任安一書。而云下獄死，紕謬尤甚。若果出叔庠，（吴均字。）則史言均好學，將著史以自名，欲撰《齊書》，從梁武帝借《齊起居注》及群臣行狀，帝不許，使撰《通史》，起三皇，訖齊代，均草本紀、世家已畢，惟列傳未就而卒。又注范曄《後漢書》九十卷，著《齊春秋》二十卷，《廟記》十卷，《十二州記》十六卷，《錢塘先賢傳》五卷。是叔庠固深於史學者，豈於《史記》《漢書》轉未覆照，致斯舛誤乎？蓋由漢代裨官記載傳訛致然，故歷代引用皆不能廢。

其趙飛燕女弟居昭陽殿一條云：‘砌皆銅遝黄金塗。’正可證今本《漢書·趙后傳》作‘切皆銅遝冒黄金塗’，‘冒’字爲涉注文而衍者也。”按李氏論書中紕繆之處，較《提要》尤詳。以其説考之，益可證所謂劉歆《漢書》之僞妄。其駁司馬遷未嘗下獄死，誠是。然非《雜記》之誤，此乃衛宏《漢舊儀注》之文，見《太史公自序》集解，（平津館本《漢舊儀》無此條。）葛洪鈔《舊儀》入《雜記》耳。其上文言武帝置太史公位在丞相上（《雜記》作下。），亦引《舊儀》之語。（《漢·司馬遷傳》注及《御覽》職官部，引見平津館本補遺。）可見《雜記》是雜采諸書，托之劉歆，又可見其記事多有所本，不皆杜撰也。至謂吴均深於史學，此書非其所作，亦爲有識。然又謂所載靡麗神怪之事，或出吴均所爲，則未免依違兩可。余今證以殷芸所引，張柬之所考，知其書决非六朝人所能憑空僞造。葛洪去漢不遠，又喜鈔短雜奇要之書，故能弄此狡獪。蓋其書題爲葛洪者本不僞，而洪之依托劉歆則僞耳。近人根據葛洪後序，證今之《漢書》出於劉歆，此則因欲攻擊古文，不惜牽引僞書，其説蓋不足辯。

又案梁玉繩《瞥記》卷五云：“今所傳《西京雜記》二卷，或以爲葛洪撰。或以爲吴均僞撰。據洪序以爲本之劉歆，洪特鈔而傳之。案《南史·齊武諸子傳》，蕭賁著《西京雜記》六十卷，豈别一書耶？王伯厚以爲賁依托，見《困學紀聞》十二。”余考《困學紀聞》云：“《匡衡傳注》：‘今有《西京雜記》，其書淺俗，出於里巷，多妄説。’段成式云：‘庾信作詩，用《西京雜記》事，自追改，曰此吴均語，恐不足用。’今案《南史》，蕭賁著《西京雜記》六十卷，然則依托爲書，不止吴均也。”詳王氏語意，蓋謂吴均之外，又有蕭賁亦爲此書，故曰依托爲書，不止吴均。未嘗謂今本題葛洪撰者，爲賁所依托。梁氏之言，非伯厚意。然古今書名相同者多矣。蕭賁雖生葛洪之後，彼自著一書，亦名《西京雜記》，既未題古人之名，則不得謂之依托，伯厚之説亦非也。翁元圻注云：“卷數多寡懸殊，當另是一書。”其説是矣。盧文弨《新雕西京雜記緣起》（見抱經堂本卷首。）云：“《隋書·經籍志》載此書於舊事篇，不著姓名。新、舊《唐書》始題葛洪，且入之地理類，似全未寓目也。夫冠以葛洪，以洪鈔而傳之，猶《説苑》《新序》之稱劉向，固亦無害，其文則非洪所自撰。凡虚文可以僞爲，實事難以空造。如梁王之集游士爲賦，廣川王之發冢藏所得，豈皆虚耶。”此説亦善。盧氏又謂“書中稱成帝好蹴踘，群臣以爲非至尊所宜，家君作彈棋以獻。此歆稱向家君也，洪奈何以一小書之故，至不憚父人之父”。余謂此必《七略》中兵書略《蹴踘新書》條下之文，洪鈔入之耳。《世説新語·巧藝篇》注引傅玄《彈棋賦序》曰：“漢成帝好蹴踘，劉向以謂勞人體，竭人力，非至尊所宜御。乃因其體，作彈棋。”疑其亦本之於《别録》，否則葛洪剽竊傅玄耳。此書固非洪所自撰，然是雜抄諸書，左右采獲，不專出於一家。如卷上云：“或問揚雄爲賦，雄曰：‘讀千首賦乃能爲之。’”

此乃鈔桓譚《新論》之文。（見《北堂書鈔》卷一百二、《藝文類聚》卷五十六、《意林》卷三引。）以《新論》著於後漢，既托名劉歆，不欲引之，故不言桓譚問，而改爲或問。采掇之迹，顯然可見。盧氏必欲以葛洪之言爲據，信劉歆果有《漢書》一百卷，謂百卷特前史官之舊，歆欲編録而未成，是猶未免爲洪所愚矣。

同上，卷十九子部十道家類（總目卷一百四十六）：

《神仙傳》十卷。

晋葛洪撰。是書據洪自序，蓋於《抱朴子》内篇既成之後，因其弟子滕升問仙人有無而作，所録凡八十四人，序稱以爲十卷。此本爲毛晋所刊。考裴松之《蜀志·先生傳注》引"李意其"一條，《吴志·士燮傳注》引"董奉"一條，《吴範》《劉惇》《趙逵傳注》引"介象"一條，并稱葛洪所記，近爲惑衆，其書文頗行世，故撮舉數事，載之篇末。是徵引此書，以《三國志注》爲最古，然悉與此相合，知爲原帙。漢、魏别載一本，其文人略相同，而所載凡九十二人。核其篇第，蓋從《太平廣記》所引鈔合而成。《廣記》標題間有舛誤，亦有與他書復見，即不引《神仙傳》者，故其本頗有訛漏，即如"盧敖若士"一條，李善注《文選》、江淹《别賦》、鮑照《升天行》，凡兩引之，俱稱葛洪《神仙》，與此本合。因《廣記》未引此條，《漢魏叢書》本遂不載之，足以證其非完本矣。

嘉錫案：《文苑英華》卷七百三十九梁蕭《神仙傳論》云："予嘗覽葛洪所記《神仙傳》，凡一百九人，予所尚者，惟柱史、廣成二人而已。"人數與今兩本皆不合，疑葛洪之原書已亡，今皆出於後人所掇拾，特毛本輯者用心較爲周密耳。

同上，道家類存目（總目卷一百四十七）：

《枕中書》一卷。

舊題晋葛洪撰。考隋、唐、宋《藝文志》但有《墨子枕中記》及《枕中素書》，而無葛洪《枕中書》。此本别藏《説郛》中，一名《元始上真衆仙記》，而《通志》所列《元始上真記》無衆仙字，似亦非此書。

嘉錫案：《宋史·藝文志》神仙類有《上真衆仙記》一卷，與《通志》所列之《元始上真記》一無元始字，一無衆仙字，似即一書。疑《元始上真衆仙記》其本名，《宋史》《通志》皆從其省名耳。然則《提要》以《通志》無衆仙字，遂斷其非此書者，非確證也。今人劉師培《讀道藏記》云："《元始上真衆仙記》一卷，次行題葛洪《枕中記》五字，中志各仙官位號及治所，即今所傳《枕中記》也。據《嘉定赤城志》卷三引夷齊治天台，稱《衆真記》。又《上清衆經諸真聖訣》（案此書在《道藏》洞玄部譜録類，有字型大小。）卷第五詮録此書，書名與此同。自《説郛》所采僅稱《枕中記》，明人多刊均没其名，而此書之舊題遂淪也。"是此書猶是宋人所見舊本。

書中多謬悠，若稱太昊氏治岱宗山，顓頊治恒山，祝融氏治衡霍山，皇帝治嵩高山，金天氏治華陰山，堯治熊耳山，舜治積石山，禹治蓋竹，湯治無極山，武王爲田極明公，漢高祖、光武爲四明賓友之類，已屬不經。至謂元始天尊與太元玉女通氣結精，遂生扶桑大帝、九天玄女，誕妄尤甚，又在真靈位業圖諸書之下，其出後人僞撰無疑也。

案《真誥》卷十六云："夫有上聖之德既終，皆受三官書，爲地下主者一千年，乃轉補三官之五帝，或爲東西南北明公，以治鬼神。復一千四百年，乃得游行太清，爲九宫之中仙也。"又云："諸有英雄之才，彌羅四海，誅暴整亂，拓平九州，建號帝王，臣妾四海者。既終，受書於三官四輔，或爲五帝上相，或爲四明分賓友，以助治百鬼，綜理死生者，自奉屬於三官，永無進仙之冀，坐煞伐積酷害生死多故也。"是道家相傳，原有此悠謬之談。《真誥》謂："炎帝爲北太帝君，天下鬼神之主；武王發爲鬼官北斗君，漢光武及孫文臺爲大禁晨，（以上見卷十五。）漢高祖爲南朝公賓友。（見卷十六。）"其他如此類者甚多，所言與此書或同或否，要之不足深詰耳。此書又云："許穆在華陽洞天立宅爲真人，許玉斧在童初之山亦爲真人，未有掌領。"考《真誥》卷二十有《真胄世譜》一篇，載許謐一名穆，永興二年乙丑生，太元元年去。小男名翽，小名玉斧，泰和三年庚午年去世。永興爲晋惠帝年號，太和爲東晋海西公年號，太元爲孝武帝年號。考《晋書·葛洪傳》云："洪以年老欲煉丹，求爲勾漏令，元帝從之。至廣州上羅浮山煉丹，在山積年卒，年八十一，世以爲尸解得仙云。"則洪與許穆正同時人，洪在元帝時年已老，則當較長於穆，許玉斧更其後輩。《真誥》卷二十載許玉斧子黄民妻西陽令葛萬安女，注云萬安時抱朴子第二兄孫也，此可見洪與二許之輩行矣。二人之去世，洪不及見，即云三人者皆羽化登仙，而洪之得道，亦先於二人，安得取而著之書中？是此書之不出於洪亦明矣。（中華書局，1980年）

案：秦榮光《補晋書藝文志》子部小説家類著録《西京雜記》二卷，題葛洪撰。丁國鈞《補晋書藝文志》附録入史部。章宗源《隋書經籍志考證》入史部雜傳類。姚振宗《隋書經籍志考證》、黄逢元《補晋書藝文志》、吴士鑒《補晋書經籍志》入史部舊事類。

葛洪（283—363年），字稚川，自號抱朴子，丹陽句容（今屬江蘇）人。東晋道教理論家、醫學家、煉丹術家。《晋書》有傳。《抱朴子外篇·自叙》叙其一生頗爲詳細。據本傳和自叙，洪祖系，學無不涉，究測精微，仕吴，官至吏部尚書、太子少傅、光禄勛、輔吴將軍，封壽縣侯。父悌，以孝友聞，仕吴爲廷尉、中護軍。拜會稽太守，未就，吴亡，以故官赴除郎中，稍遷至大中大夫，歷大中、肥鄉令，官終邵陵太守，卒於官。洪少好學，家貧，躬自伐薪以貿紙筆，夜輒寫書誦習，以儒學知名。性寡欲，無所愛玩，不知棋局幾道，摴蒱齒名。爲人木訥，不好榮利，閉門却掃，未嘗交游。時或尋書問義，不遠數千里崎嶇冒涉，期於必得，遂究覽典籍，尤好神仙導養之法。從祖玄，吴時學道得仙，號曰葛仙公，以其煉丹秘術授弟子鄭隱。洪就隱學，悉得其法。後師事南海太守上黨鮑玄。玄亦内學，逆占將來，見洪深重之，以女妻洪。洪傳玄業，兼綜練醫術，凡所著撰，皆精覈是非，而才章富贍。曾避地南土，参廣州刺史稽含軍事。後還鄉里，禮辟皆不赴。司馬睿爲相，用爲掾，後任諮議参軍等職。因鎮壓農民起義有功，賜爵關内侯。咸和初（326年），司徒王導召補州主簿，轉司徒掾，遷諮議参軍。與干寶深相親友，寶薦洪領大著作，洪固辭不就。以年老，欲煉丹以祈遐壽，聞交阯出丹，求爲勾漏令。攜子侄行至廣州，爲刺史鄧岳所留，止羅浮山煉丹。岳表補東莞太守，又辭不就。岳乃以洪兄子望爲記室参軍。在山積年，優游閑養，著述不輟。著有《抱朴子》内外篇一百一十六篇、碑誄詩賦百卷，移檄章表三十卷，神仙、良吏、隱逸、集異等傳各十卷，又抄五經、《史》、《漢》、百家之言、方技雜事三百一十卷，《金匱藥方》一百卷，《肘後要急方》四卷。除《抱朴子》《神仙傳》《肘後方》等外，其詩賦碑誄、移檄章表等多已散佚。史稱洪“篤志綈緗，洽聞强記，在異書而畢綜，瞻往滯而咸釋，情源秀逸，思業高奇；襲文雅於西朝，振辭鋒於南夏，爲中興才學之宗矣”。年八十一卒。

《隋書·經籍志》史部舊事類著録《西京雜記》二卷，不著撰人名氏。該書有署名葛洪跋語一篇，云：“洪家世有劉子駿《漢書》一百卷，無首尾題目，但以甲乙丙丁紀其卷數。先父傳云：歆欲撰《漢書》，編録漢事，未得締構而亡，故書無宗本，止雜記而已，失前後之次，無事類之辨。後好事者以意次第之，始甲終癸爲十帙，帙十卷，合爲百卷。洪家具有其書，試以此記考校班固所作，殆是全取劉書，有小異同耳。并固所不取，不過二萬許言，今抄出爲二卷，名曰《西京雜記》，以裨《漢書》之闕。”唐張彦遠《歷代名畫記》卷四記漢代畫師毛延壽事，云“見葛洪《西京雜記》”。宋晁載之《續談助》卷一引唐張柬之言，云“昔葛洪造《漢武内傳》《西京雜記》”。《史通·雜述篇》曰：“國史之任，記事記言，視聽不該，必有遺逸。於是好奇之士，補其所亡，若和嶠《汲冢紀年》、葛洪《西京雜記》，此之謂逸事者也。”亦指葛洪爲《西京雜記》撰者，可見唐人普遍認可葛洪撰《西京雜記》之説。《舊唐書·經籍志》史部起居注類著録一卷，題葛洪撰。《新唐書·藝文志》著録二卷，題葛洪撰，史部故事類和地理類互見。《通志·藝文略》史類故事類著録二卷，題葛洪撰。宋黄伯思《東觀餘論》稱：“此書中事，皆劉歆所説，葛稚川采之，以補班《史》之缺耳。其稱‘余’者，皆歆本文。”

不過，也有不相信葛洪撰《西京雜記》者。《晋書·葛洪傳》中記其撰述并無《西京雜記》，難免使人生疑。唐段成式《酉陽雜俎·語資篇》載庾信作詩用《西京雜記》，旋自追改曰：“此吴均語，恐不足用。”晁公武《郡齋讀書志》雜史類著録二卷，云“江左人或以爲吴均依托爲之”。陳振孫《直齋書録解題》傳記類著録六卷，題葛洪撰，却引洪跋以爲“殆有可疑者”，“豈惟非向、歆所傳，亦未必洪之作也”。而明胡應麟《少室山房筆叢》不同意這一判斷，以爲“《西京雜記》，世以葛洪僞撰，余詳辯之矣。或又以爲吴均者，無他據，止《酉陽雜俎》記六朝人欲用《西京雜記》事，既而中止。曰此吴均語，恐不足用。然洪序篇末甚明，安知非《雜俎》誤？”

《四庫全書總目》著録該書，云“舊本題晋葛洪撰”，其提要云：“今考《晋書·葛洪傳》載洪所著有《抱朴子》《神仙》《良吏》《集異》等傳，《金匱要方》《肘後備急方》并諸雜文共五百餘卷，無《西京雜記》之名。則作洪撰者，自屬外誤。特是向、歆父子作《漢書》，史無明文。以此書所紀與班書参校，又往往錯互不合。……是以陳振孫等皆深以爲疑。然庾信指爲吴均，别無他證。段成式所述信語，亦未見於他書。流傳既久，未可遽更。今姑從原跋，兼題劉歆、葛洪姓名，以存其舊。其書諸志皆作二卷，今作六卷，據《書録解題》，蓋宋人所分，今亦仍之。其中所述，雖多爲小説家言，而摭采繁富，取材不竭。李善注《文選》，徐堅作《初學記》，已引其文。杜甫詩用事謹嚴，亦多采其語。詞人沿用數百年，久成故實，固有不可遽廢者焉。”魯迅《中國小説史略》則稱：“段成式（《酉陽雜俎·語資篇》）云，‘庾信作詩，用《西京雜記》事，旋自追改曰，“此吴均語，恐不足用”’。後人因以爲均作。然所謂吴均語者，恐指文句而言，非謂《西京雜記》也。梁武帝敕殷芸撰《小説》，皆鈔撮故書，已引《西京雜記》甚多，則梁初已流行世間，固以葛洪所造爲近是。或又以文中稱劉向爲家君，因疑非葛洪作，然既托名於歆，則摹擬歆語，固亦理勢所必至矣。”余嘉錫《四庫提要辯證》考證精詳，稱“《隋志》不著撰人名氏者，蓋以爲此係葛洪所抄，非所自撰，故不題其名。唐人之指爲葛洪者，即據書後洪自序，非臆説也。……黄伯思、程大昌二人，在南、北宋間考證頗爲不苟，均信爲葛洪所作，然則未可據晁、陳二家之語便斷其僞也……《晋書》本傳亦云：‘又抄五經、《史》、《漢》、百家之言、方技、雜事，三百一十卷。’即用自叙之語。洪既嘗抄百家及短雜、奇要之書，則此書據洪自稱，亦是從劉歆《漢書》中抄出，安見不在三百一十卷之中。特因别有目録，自叙不載其篇名，本傳遂承之耳。且多至三百餘卷，其書當有數十種，既非切要，而必臚列不遺，史家亦無此體。未可遽執本傳所無，遂謂非洪所作也”。又謂：“《抱朴子・自叙》中記其求書寫書之事甚悉。又云：‘廣覽衆書，自正經諸史百家之言，下至短雜文章近萬卷。’《晋書》本傳亦言其‘博聞深洽，江左絶倫’。所見既博，取材自多。此書蓋即抄自百家短書，洪又以己意附會增益之，托言家藏劉歆漢史，聊作狡獪，以矜奇炫博耳。……葛洪去漢不遠，又喜鈔短雜奇要之書，故能弄此狡獪。蓋其書題爲葛洪者本不僞，而洪之依托劉歆則僞耳。”此説頗可信從。

《西京雜記》歷來歸類不一，《隋志》入史部舊事類，《舊唐書・經籍志》入史部起居注類，《新唐志》分見史部故事類和地理類，《文獻通考》《百川書志》等入雜史類，《宋史・藝文志》入傳記類。《四庫全書總目》始列入子部小説家類雜事之屬。黄省曾《序》云其爲《漢書》删棄者“大約有四則：猥瑣可略，閑漫無歸，與夫杳昧而難憑，觸忌而須諱者也。其猥瑣者，則霍妻遺衍之類是也。其閑漫者，則上林異植之類是也。其杳昧者，則宣獄佩鏡、秦庫玉燈之類是也。而其觸忌者，則慶郎、趙后之類是也”。孔天胤《序》云：“乃若此書所存，言宫室苑囿，輿服典章，高文奇技，瑰行偉才，以及幽鄙而不涉淫怪，爛然如漢之所極觀，實盛稱長安之舊制矣。故未央、昆明、上林之記，詳於郡史；卿、雲辭賦之心，閟予本傳；《文木》等八賦，雅麗獨陳；《雨雹對》二篇，天人茂著。餘如此類，遍難悉數。”除了典章制度和遺聞異事外，書中著名故事甚多，如“文君私奔”“昭君和番”“秋胡戲妻”“李廣射虎”“匡衡鑿壁”“東海黄公”等，一直是文人慣用的典故和小説戲曲選用的素材，對中國文學影響深遠。

《西京雜記》版本甚多。明代有嘉靖元年（1522年）吴郡沈與文校刊本、嘉靖三十一年（1552年）孔天胤刊本以及唐琳刊本、柯堯叟刊本、《漢魏叢書》本、《古今逸史》本、《稗海》本、《津逮秘書》本、郭子章與《三輔黄圖》合刊本、活字本等，清代有《學津討原》本、《龍威秘書》本、《抱經堂叢書》本、《藝苑捃華》（一名《秘書四十八種》）本、《正覺樓叢刻》本、《四庫全書》本、《四部叢刊》本等。《抱經堂叢書》本爲二卷本，由盧文弨校刊，世人視爲善本。《四部叢刊》本爲六卷本，影印明萬曆三十年（1602年）陝西布政使司重刻嘉靖三十一年（1552年）孔天胤刊本。1985年中華書局以此爲底本標點排印，收入《古小説叢刊》，是目前最爲通行的本子。另有向新陽、劉克任《西京雜記校注》（上海古籍出版社，1991年），成林、程章燦《西京雜記全譯》（貴州人民出版社，1993年），周天游校注《西京雜記》（三秦出版社，2006年）等，也各有特點。

群英論

陳壽撰，裴松之注《三國志》卷一《魏書一・武帝操》：

太祖武皇帝，沛國譙人也，姓曹，諱操，字孟德，漢相國參之後。桓帝世，曹騰爲中常侍大長秋，封費亭侯。養子嵩嗣，官至太尉，莫能審其生出本末。（《續漢書》曰：嵩字巨高。質性敦慎，所在忠孝。爲司隸校尉，靈帝擢拜大司農、大鴻臚，代崔烈爲太尉。黄初元年，追尊嵩曰太皇帝。吴人作《曹瞞傳》及郭頒《世語》并云：嵩，夏侯氏之子，夏侯惇之叔父。太祖於惇爲從父兄弟。）

同上，卷四《魏書四・三少帝・高貴鄉公》：

二年春正月……甲辰，安風淮津都尉斬儉，傳首京都。（《世語》曰：大將軍奉天子征儉；至項，儉既破，天子先還。臣松之檢諸書都無此事，至諸葛誕反，司馬文王始挾太后及帝與俱行耳。故發詔引漢二祖及明帝親征以爲前比，知明帝已後始有此行也。案張璠、虞溥、郭頒皆晋之令史，璠、頒出爲官長，溥，鄱陽内史。璠撰《後漢紀》，雖似未成，辭藻可觀。溥著《江表傳》，亦粗有條貫。惟頒撰《魏晋世語》，蹇乏全無宫商，最爲鄙劣，以時有異事，故頗行於世。干寶、孫盛等多采其言，以爲《晋書》，其中虚錯如此者，往往而有之。）（中華書局，2006年）

范曄撰，李賢等注《後漢書》卷七十四上《袁紹列傳》：

父嵩，乞匄攜養。（《魏志》曰："嵩，騰養子，莫能審其出生本末。"《曹瞞傳》及郭頒《代語》并云："嵩，夏侯氏子，惇之叔父。魏太祖於惇爲從父兄弟也。"）（中華書局，1965年）

劉義慶著，劉孝標注，徐傳武校點《世説新語》卷中之上《方正第五》：

夏侯玄既被桎梏……時鍾毓爲廷尉。鍾會先不與玄相知，因便狎之。玄曰："雖復刑餘之人，未敢聞命。"（按：郭頒，西晋人，時世相近，爲《晋魏世語》，事多詳覈。孫盛之徒，皆采以著書，并云"玄距鍾會"。而袁宏《名士傳》最後出，不依前史，以爲鍾毓，可謂謬矣。）（上海古籍出版社，2013年）

酈道元著，王先謙校《合校水經注》卷二十二《渠》：

城有層臺，按郭長公《世語》（案郭長公近刻作郭頒。）及干寶《晉紀》并言：中牟縣……（中華書局，2009年）

魏徵、令狐德棻《隋書》卷三十三《經籍志二》史部雜史：

《晉世語》十卷。（晉襄陽令郭頒撰。）

同上，卷三十四《經籍志三》子部小説：

《燕丹子》一卷。（丹，燕王喜太子，梁有《青史子》一卷。又《宋玉子》一卷、《録》一卷，楚大夫宋玉撰。《群英論》一卷，郭頒撰。《語林》十卷，東晋處士裴啓撰，亡。）（中華書局，1973年）

［日］藤原佐世《日本國見在書目録》雜史家：

《魏晋世語》。（晋襄陽令郭頒撰。）（《叢書集成初編》本）

劉昫等《舊唐書》卷四十六《經籍志上》乙部史録雜史：

《魏晋代語》十卷。（郭頒撰。）（中華書局，1975年）

李昉等《太平御覽》經史圖書綱目：

郭頒《晋世語》。

同上，卷九十三皇王部十八《魏太祖武皇帝》：

養子嵩嗣，官至太尉，莫能審其生出本末。（《曹瞞傳》及郭班《世語》并云：嵩，夏侯氏子，夏侯惇之叔父。太祖於惇爲從父兄弟也。）（中華書局，1960年）

王欽若等《册府元龜》卷五百六十二國史部《疏繆》：

郭頒，撰《魏晋世語》，蹇乏全無宫商，最爲鄙劣，以時有異事，故頗行於世。干寶、孫盛等多采其言，以爲《晋書》。（中華書局，1960年）

歐陽修、宋祁《新唐書》卷五十八《藝文志》乙部史録雜史類：

郭頒《魏晋代説》十卷。（中華書局，1975年）

鄭樵《通志》卷六十五《藝文略》史類第五正史類魏晉：

《魏晉世語》十卷。（晉襄陽令郭頒撰。）（《四部備要》本）

王應麟《玉海》卷四十七藝文雜文《魏晉世語》：

《隋志·雜史》十卷，晉郭頒撰。（《魏志》注引之，《唐志》作"《代説》"。）（江蘇古籍出版社、上海書店，1988年）

陶宗儀《説郛》弓五十九《魏晉世語》（郭頒）：

劉放、孫資共典樞要。夏侯獻、曹肇心内不平，殿中有鷄棲樹，二人相謂："此亦久矣，其能復幾？"指謂中書監劉放、中書令孫資。

（下録八條，文略。）（《説郛三種》本）

焦竑《國史經籍志》卷三史類雜史：

《魏晉世語》十卷。（晉郭頒。）（《續修四庫全書》本）

徐應秋《玉芝堂談薈》卷三十《世説注》：

郭頒《魏晉世語》……郭頒《世語論衡》……（《四庫筆記小説叢書》本）

顧起元《説略》卷十三《典述中》"劉子玄史通所載"條：

郭頒《魏晉世語》。（《四庫類書叢刊》本）

周嬰《巵林》卷四述洪《歷代史》：

郭頒《魏晉世語》十卷。（《叢書集成初編》本）

朱彝尊《曝書亭集》卷五十九論《陳壽論》：

郭頒則有《魏晉世語》。（《四部叢刊》本）

張英等《御定淵鑒類函》卷二十六地部四石三：

井龜。（郭頒《魏晉俗語》曰："長沙王又封常山王，至國，掘地爲井，深四丈，得白玉一枚。玉下有大石，其上有靈龜。"）（《文淵閣四庫全書》本）

張玉書等《佩文韻府》卷三十六之一上聲六語韻一·語：

世語。（《隋書·經籍》："《魏晉世語》十卷，郭頒撰。"）（上海古籍書店，1983年）

儲大文等《山西通志》卷一百七十五説部：

晋郭頒魏《晋世語》十卷，《群英論》一卷。（《文淵閣四庫全書》本）

杭世駿《三國志補注》卷二《諸夏侯曹傳》：

《世説》曰："夏侯玄既被桎梏，時鍾毓爲廷尉，鍾會先不與玄相知，因便狎之。玄曰：'雖復刑餘之人，未敢聞命。'"劉峻注曰："《名士傳》曰：初玄以鍾毓志趣不同，不與之交，玄被收時毓爲廷尉，執玄手曰：'太初何至於此？'玄正色曰：'雖復刑餘之人，不可得交。'"按郭頒，西晋人，時世相近，爲《晋魏世語》，事多詳覈。孫盛之徒，皆采以著書，并云玄距鍾會。而袁宏《名士傳》最後出，不依前史，以爲鍾毓，可謂謬矣。

同上，卷三《任城陳蕭王傳》：

《名勝志》曰："郭頒《世語》、干寶《晋紀》并言，中牟城北有層臺，故魏任城王築。"（《叢書集成初編》本）

翁方綱《蘇詩補注》采輯書目：

郭頒《世語》。（《叢書集成初編》本）

章宗源《隋書經籍志考證》卷三史部古史：

《魏晋世語》十卷。（晋襄陽令郭頒撰。）

《魏志·三少帝紀》注引"正元二年，大將軍奉天子征毌邱儉；至項，儉既破，天子先還"，臣松之檢諸書，都無此事。郭頒撰《魏晋世語》，蹇乏全無宫商，最爲鄙劣，以時有異事，故頗行於世。干寶、孫盛等多采其言，以爲《晋書》，其中虚錯如此者，往往有之。《劉放傳》注引"放與孫資勸帝召宣王至京師"事，《通鑒考異》曰："依郭頒《世語》。"《諸葛誕傳》注"黄初末，吴人發長沙王芮冢"事，《水經·湘水》注亦引之。《世説·方正篇》注"夏侯玄至廷尉"事，孝標按：郭頒，西晋人，時世相近，爲《魏晋世語》，事多詳核。《賢媛篇》注"王經正直不出，因沈業申意"，孝標按：傅暢、干寶所記，經實忠貞於魏，而《世語》既謂其正直，復云因沈業申意，何其反乎？（《魏志·三少帝紀》注、《通鑒考異》并引"經因沈業申意"句。）《舊唐志》作"《魏晋代語》"，避唐"世"字諱。《新唐志》作"代説"，"説"字誤。（《二十五史補編》本）

秦榮光《補晋書藝文志》卷三子部小説家類：

《群英論》一卷。（郭頒撰。）（《二十五史補編》本）

姚振宗《隋書經籍志考證》卷十三史部三雜史類：

《魏晋世語》十卷，晋襄陽令郭頒撰。

《魏志·三少帝紀》注："臣松之案：張璠、虞溥、郭頒皆晋之令，是璠、頒出爲官長，溥，鄱陽内史。璠撰《後漢紀》，其辭藻可觀；溥著《江表傳》，亦粗有條貫；惟頒撰《魏晋世語》，蹇乏全無宮商，量爲鄙劣，以時有異事，故頗行於世。干寶、孫盛等多采其言，以爲《晋書》，其中虚錯，往往有之。"

《世説·方正篇》注："郭頒，西晋人，時世相近，爲《魏晋世語》，事多詳覈，孫盛之徒，皆采以著書。"

《唐書·經籍志》："《魏晋代語》十卷，郭頒撰。"

《唐書·藝文志》："郭頒《魏晋代説》十卷。"

錢大昕《三國志考異》曰："裴松之注所引書有郭頒《世語》，'頒'一作'班'，晋襄陽令，《隋志》稱'《魏晋世語》'。"

章氏《考證》："《魏志·三少帝紀》注、《劉放傳》注、《諸葛誕傳》注、《水經·湘水》注、《世説·方正篇》《賢媛篇》注，皆引之。《舊唐志》作《魏晋代語》，避唐"世"字諱。《新唐志》作'代説'，'説'字誤。"

同上，卷三十二子部九小説家：

梁又有《群英論》一卷，郭頒撰，亡。

郭頒有《魏晋世語》，詳見史部雜史類。

案：此當如《漢末英雄記》之類，似即《魏晋世語》中雜論。（清華大學出版社，2014年）

丁國鈞《補晋書藝文志》卷三丙部子録小説類：

《群英論》。（郭頒。）謹按，見《七録》。

同上，附録黜僞類子部：

《青囊經》一卷。（郭頒。）謹按見《通志·藝文略》。（《二十五史補編》本）

文廷式《補晋書藝文志》卷二史部雜史類：

郭頒《魏晋世語》十卷。（襄陽令。）《三國志》卷一注引作"郭班"。

同上，卷五子部小説家類：

郭頒《群英論》一卷。（《二十五史補編》本）

黄逢元《補晋書藝文志》卷二乙部史録雜史類三：

《魏晋世語》十卷。（襄陽令郭頒長公撰。）

本《隋志》，唐新、舊《志》避“世”字諱，作“代”。

元案《魏志·高貴鄉公傳》注案云：“頒撰《世語》，蹇乏全無宫商，最爲鄙劣，以時有異事，故頗行於世。干寶、孫盛等多采其言，以爲《晋書》。”

《初學記》五引作爲“晋俗語”，避“世”字諱作“俗”也。《水經注》屢引稱“郭頒《世語》”，惟《潧水》注引“作郭長公《世語》”，知頒字長公。

同上，卷三丙部子録小説家類八：

《群英論》一卷。（郭頒撰。）見《七録》。（《二十五史補編》本）

吴士鑒《補晋書經籍志》卷三丙部子録小説家類：

郭頒《群英論》一卷。見《隋志》。（《二十五史補編》本）

案：秦榮光《補晋書藝文志》子部小説家類著録《群英論》一卷，題郭頒撰。文廷式《補晋書藝文志》、黄逢元《補晋書藝文志》、吴士鑒《補晋書經籍志》著録同。

郭頒，一作郭班，字公長，西晋人。生卒年不詳。西晋史學家。曾爲令史，出爲官長，後任襄陽令。著有雜史《魏晋世語》《群英論》等。《魏晋世語》或作《世語》，唐避太宗李世民諱稱《魏晋代語》，《隋書·經籍志》著録十卷，多記魏晋時事。東晋史學家干寶、孫盛等撰述晋史皆采其所記，裴松之注《三國志》時亦多引之。原書已佚，後人所輯《魏晋世語》，見《五朝小説》本。

《群英論》首見於《隋書·經籍志》。《隋書·經籍志》子部小説家《燕丹子》注云：“丹，燕王喜太子。梁有《青史子》一卷。又《宋玉子》一卷、《録》一卷，楚大夫宋玉撰。《群英論》一卷，郭頒撰。《語林》十卷，東晋處士裴啓撰，亡。”則《群英論》唐初已亡佚。丁國鈞《補晋書藝文志》、黄逢元《補晋書藝文志》均據《七録》著録《群英論》入小説，《七録》爲南朝梁阮孝緒所撰，已佚，僅存部分佚文。據此，則梁時《群英論》尚存。姚振宗《隋書經籍志考證》認爲郭頒有《魏晋世語》，案此《群英論》當如漢末《英雄記》之類，似即《魏晋世語》中之雜論。可備一説。

語林（裴啓語林）

劉義慶著，劉孝標注，徐傳武校點《世説新語》卷上之下《文學》：

裴郎作《語林》，始出，大爲遠近所傳。時流年少，無不傳寫，各有一通。載王東亭作《經王公酒壚下賦》，甚有才情。（《裴氏家傳》曰：“裴榮，字榮期，河東人。父稺，豐城令。榮期少有風姿才氣，好論古今人物。撰《語林》數卷，號曰《裴子》。”檀道鸞謂裴松之以爲啓作《語林》，榮倘别名啓乎？）

同上，卷下之下《輕詆》：

庾道季詫謝公曰：“裴郎云：‘謝安謂裴郎乃可不惡，何得爲復飲酒？’裴郎又云：‘謝安目支道林，如九方皋之相馬，略其玄黄，取其俊逸。’”謝公云：“都無此二語，裴自爲此辭耳！”庾意甚不以爲好，因陳東亭《經酒壚下賦》。讀畢，都不下賞裁，直云：“君乃復作裴氏學！”於此《語林》遂廢，今時有者，皆是先寫，無復謝語。（《續晋陽秋》曰：晋隆和中，河東裴啓撰漢、魏以來迄於今時言語應對之可稱者，謂之《語林》。時人多好其事，文遂流行。後説太傅事不實，而有人於謝坐叙其黄公酒壚，司徒王珣爲之賦，謝公加以與王不平，乃云：“君遂復作裴郎學。”自是衆咸鄙其事矣。安鄉人有罷中宿縣詣安者，安問其歸資。答曰：“嶺南凋弊，唯有五萬蒲葵扇，又以非時爲滯貨。”安乃取其中者捉之，於是京師士庶競慕而服焉。價增數倍，旬月無賣。夫所好生羽毛，所惡成瘡痏。謝相一言，挫成美於千載，及其所與，崇虚價於百金。上之愛憎與奪，可不慎哉！）（上海古籍出版社，2013年）

魏徵、令狐德棻《隋書》卷三十四《經籍志三》子部小説：

《燕丹子》一卷。（丹，燕王喜太子。梁有《青史子》一卷，又《宋玉子》一卷，《録》一卷，楚大夫宋玉撰。《群英論》一卷，郭頒撰。《語林》十卷，東晋處士裴啓撰。亡。）（中華書局，1973年）

劉知幾撰，黄壽成校點《史通》卷五《内篇·采撰》：

晋世雜書，諒非一族，若《語林》《世説》《幽明録》《搜神記》之徒，其所載或恢諧小辨，或神鬼怪物。其事非聖，揚雄所不觀；其言亂神，宣尼所不語。皇朝所撰《晋史》，多采以爲書。夫以干、鄧之所糞除，王、虞之所糠粃，持爲逸史，用補前傳，此何異魏朝之撰《皇覽》，梁世之修《遍略》，務多爲美，聚博爲功？雖取説小人，終見嗤於君子矣。

同上，卷八《内篇·書事》：

自魏、晋已降，著述多門，《語林》《笑林》《世説》《俗説》皆喜載調謔小辯，嗤鄙異聞，雖爲有識所譏，頗爲無知所悦。

同上，卷十《内篇·雜述》：

街談巷議、時有可觀，小説卮言，猶賢於已。故好事君子，無所棄諸。若劉義慶《世説》、裴榮期《語林》、孔思尚《語録》、陽松玠《談藪》，此之謂瑣言者也。

同上，卷十四《外篇·申左》：

譬猶近世，漢之太史，晋之著作，撰成國典，時號正書。既而《先賢》《耆舊》《語林》《世説》，競造異端，强書它事。夫以傳自委巷，而將册府抗衡；訪諸古老，而與同時并列。斯則難矣。

同上，卷十六《外篇·雜説上·史記八條》：

夫編年叙事，混雜難辨；紀傳成體，區别易觀。昔讀《太史公書》，每怪其所采多是《周書》《國語》《世本》《戰國策》之流。近見皇家所撰《晋史》，其所采亦多是短部小書，省功易閲者，若《語林》《世説》《搜神記》《幽明録》之類是也。如曹、干兩氏《紀》，孫、檀二《陽秋》，則皆不之取。故其中所載美事，遺略甚多。若以古方今，當然則知史公亦同其失矣。斯則遷之所録，甚爲膚淺，而班氏稱其勤者，何哉？

同上，卷二十《外篇·暗惑》：

又《魏志·注》：《語林》曰：匈奴遣使人來朝，太祖令崔琰在座，而己握刀侍立。既而，使人問匈奴使者曰："曹公何如？"對曰："曹公美則美矣，而侍立者非人臣之相。"太祖乃追殺使者云云。

難曰：昔孟陽卧床，詐稱齊后，紀信乘纛，矯號漢王。或主遘屯蒙，或朝罹兵革。故權以取濟，事非獲已。如崔琰本無此急，何得以臣代君者哉？且凡稱人君，皆慎其舉措，况魏武經綸霸業，南面受朝，而使臣居君座，君處臣位，將何以使萬國具瞻，百寮僉矚也！又漢代之於匈奴，其爲綏撫勤矣。雖復賂以金帛，結以親姻，猶恐虺毒不悛，狼心易擾。如輒殺其使者，不顯罪名，復何以懷四夷於外蕃，建五利於中國？且曹公必以所爲過失，懼招物議，故誅彼行人，將以杜滋謗口，而言同綸綍，聲遍寰區，欲蓋而彰，止益其辱。雖愚暗之主，猶所不爲，况英略之君，豈其若是？夫芻蕘鄙説，閭巷讕言，凡如此書，通無擊難。而裴引《語林》斯事，編入《魏史・注》中，持彼虚詞，亂兹實録。蓋曹公多詐，好立詭謀，流俗相欺，遂爲此説。故特申掎摭，辨其疑誤者焉。（遼寧教育出版社，1997年）

李昉等《太平御覽》經史圖書綱目：

裴啓《語林》。（中華書局，1960年）

黄伯思《東觀餘論》卷下《跋〈世説新語〉後》：

宋臨川孝王因録漢末至江左名士佳語，亦謂之《世説》。梁豫州刑獄参軍劉峻注爲十卷，采摭舛午處，大抵多就證之。與裴啓《語林》近，出入皆清言林囿也。（《叢書集成初編》本）

鄭樵《通志》卷六十八《藝文略》諸子類小説：

《語林》十卷。（東晋處士裴啓撰。）（《四部備要》本）

晁公武撰，孫猛校證《郡齋讀書志校證》卷五正史類：

《晋書》一百三十卷……按歷代之史，惟《晋》叢冗最甚，可以無譏。然其多采《語林》《世説》《幽明録》《搜神記》詭異謬妄之言，至於取沈約之説，誣元帝爲牛氏子之類，亦不可不辨。（上海古籍出版社，1990年）

章如愚《群書考索》卷十四正史門晋書類：

魏、晋以下，著述多門，《語林》《笑林》《世説》《俗説》皆喜載啁謔小辨，嗤鄙異聞，雖爲有識所譏，頗爲無知所悦。……晋世雜書，若《語林》《世説》《幽明録》《搜神記》之徒，恢諧小説、神鬼怪物，唐朝所撰，多采以爲書。夫以王、鄧之所糞除，王、虞之所糠粃，以爲逸史，用補前傳，終見嗤於君子矣。

同上，卷十五正史門史通類：

晋世雜書，若《語林》《世説》《幽明録》《搜神記》之徒，其所載或恢諧小辨，或神鬼怪物。唐朝所撰《晋史》，多采以爲書。

小説僞言好事，君子無所棄諸。若劉義慶《世説》、裴崇期《語林》、孔思尚《語録》、楊松玠《談藪》，此所謂瑣言者也。

同上，諸史門晋書類：

晋世雜書，諒非一族，若《語林》《世説》《幽明録》《搜神記》之徒，其所載或詼諧小辨，或神鬼怪物。其書非聖，揚雄所不觀；其言亂神，宣尼所不語。唐朝所撰《晋史》，多采以爲書。夫以於、鄧之所糞除，王、虞之所糠粃，作爲逸史，用補前傳，此何異魏朝之撰《皇覽》，梁世之修《通略》，務多爲美，博聚爲功？雖取悦於小人，終見嗤於君子矣。（《史通》。）（書目文獻出版社，1992年）

王應麟著，翁元圻等注，欒保群等校點《困學紀聞》卷十三《考史》：

《史通》云："晋史所采多小書，若《語林》《世説》《搜神記》《幽明録》是也。曹、干兩《紀》，孫、檀二《陽秋》，皆不之取，其中所載，美事遺略甚多。

同上，卷四十七藝文雜文《史氏流别》：

劉義慶《世説》，（十卷。）裴榮期《語林》，（十卷。）孔思尚《語録》，楊松玠《談藪》，此所謂瑣言。（上海古籍出版社，2008年）

馬端臨《文獻通考》卷一百九十二《經籍考十九》史・正史：

《晋書》一百三十卷……按歷代之史，惟《晋》叢冗最甚，可以無譏。至於取沈約誕誣之説，采《語林》《世説》《幽明録》《搜神記》詭異謬妄之言，亦不可不辨。（中華書局，1986年）

陰勁弦等《韻府群玉》卷八下平聲十二侵：

《語林》。（裴啓撰漢魏以來言語可稱者爲《語林》，後以言事不實，遂廢。）（《文淵閣四庫全書》本）

陶宗儀《説郛》弓五十九《裴啓語林》（晋裴啓）：

管寧嘗與華子魚少相親友，共園中鉏菜，見地有片金，揮鉏如故，與瓦石無異。華提而擲之。

（下録十九條，文略。）（《説郛三種》本）

陸深《儼山外集》卷二十四《史通會要上·品流第三》：

劉義慶有《世説》，裴榮期有《語林》，孔思尚有《語録》,陽松玠有《談藪》，此之謂瑣言。夫瑣言者，嘲虐調笑之餘，用資談柄，可助筆端。至於褻狎鄙穢,出自床笫，編在記録之次,有傷名教者矣。（《四庫筆記小説叢書》本）

王世貞《弇州四部稿·弇州續稿》卷四十一文部《重刻〈晋書〉序》：

説者乃以爲晋曆僅百年，不能當漢東京之半，而文倍之，諸載記、僭王、雄武、凶悖、妖祥之變，往往過實，而《世説》《語林》《幽明録》《搜神記》亦所不廢。循正者卑之以稗官，責核者外之以誣史，而是書稍屈矣。（《四庫明人文集叢刊》本）

焦竑《國史經籍志》卷四子類小説家：

《語林》二卷。（裴啓。）（《續修四庫全書》本）

胡應麟《少室山房筆叢》卷十七《史書占畢五·雜篇上》：

余偶讀六朝諸史，得事之符節者若干條，漫録於左，以資談噱。其已見二書及《世説》《語林》一門并載者，與夫事同代異者，咸置弗收。至於諸代，當以次漸及焉。

同上，卷二十九《九流緒論下》：

小説家一類，又自分數種：一曰志怪，《搜神》《述異》《宣室》《酉陽》之類是也；一曰傳奇，《飛燕》《太真》《崔鶯》《霍玉》之類是也；一曰雜録，《世説》《語林》《瑣言》《因話》之類是也。……（中華書局，1958年）

徐應秋《玉芝堂談薈》卷三十《古今偏正史》：

裴榮期《語林》。（《四庫筆記小説叢書》本）

顧起元《説略》卷十三《典述中》“劉子玄史通所載”條：

裴榮期《語林》。（《四庫類書叢刊》本）

董斯張《廣博物志》卷二十七《藝苑二·史》：

街談巷議，時有可觀。小説爲言，猶賢於已。故好事君子，無所棄諸。若劉義慶《世説》、裴榮期《語林》、孔思尚《語録》、陽松玠《談藪》，此之謂瑣言者也。（《四庫類書叢刊》本）

湯斌《湯子遺書》卷六《二十一史論》：

《晋書》未善，乃據臧榮緒書增損之。至《宣武本紀》，《陸》《王》二傳，煌煌御撰，何其盛也！然而史官之事，至以天子臨之，且志傳分手，叢冗駢麗，《語林》《世説》盡入青編，《幽明》《搜神》咸被采録，何可不辨也！（《文淵閣四庫全書》本）

徐乾學《讀禮通考》引用書目：

裴啓《語林》。（《文淵閣四庫全書》本）

儲大文等《山西通志》卷一百七十五經籍説部：

裴啓《語林》。（《文淵閣四庫全書》本）

張玉書等《佩文韻府》卷二十七之一下・平聲十二侵韻一・林：

《語林》。（《宋史・藝文志》："洪興祖《語林》五卷。"《玉海》："宋王讜以唐小説五十家仿《世説》分五十二門爲《唐語林》十一卷。"《國史・經籍志》："《語林》一卷，晋裴啓撰。"）（上海古籍書店，1983年）

藍鼎元《鹿洲初集》卷十四考《史學考》：

晋、隋二《志》高於古今。然《晋書》猶取沈約誕誣之言，雜采《語林》《世説》《幽明録》《搜神記》詭異謬妄之語。而《隋書》則鄭夾漈稱其極有倫理，本末兼明，可以無憾，遷、固以來莫能及也。（《文淵閣四庫全書》本）

劉知幾撰，浦起龍釋《史通通釋》卷八《内篇・書事》：

《語林》。（《隋・經籍志》：《語林》十卷，東晋處士裴啓撰。）

同上，卷十《内篇・雜述》：

瑣言四種。（裴榮期《語林》，見《書事篇》。《隋志》：裴啓撰。按榮期，蓋其字也。）（上海古籍出版社，1978年）

永瑢等《四庫全書總目》卷一百四十一子部五十一小説家類二《何氏語林》提要：

《何氏語林》三十卷。（安徽巡撫采進本。）明何良俊撰。良俊有《四友齋叢説》，已著録。是編因晋裴啓《語林》之名，其義例門目則全以劉義慶《世説新語》爲藍本，而雜采宋齊以後事迹續之……（中華書局，1965年）

馬國翰《裴子〈語林〉序》：

《裴子語林》一卷，晋裴啓撰。按劉峻《世説新語》注引《裴氏家傳》曰："裴榮字榮期，河東人。父穉，豐城令。榮期少有風姿才氣，好論古今人物，撰《語林》數卷，號曰《裴子》。檀道鸞謂裴松之以爲啓作《語林》，榮儻别名啓乎？"《隋志》小説家《燕丹子》一卷下注："《語林》十卷，東晋處士裴啓撰。"云梁有又云亡。兹從諸書所引輯録，其有數引不同，并據删補，釐爲二卷。《續晋陽秋》謂其載謝太傅事不實，似未必盡能傳信，然文筆清雋，劉義慶作《世説新語》取之甚多，則亦小説之佳品也。歷城馬國翰竹吾甫。（丁錫根《中國歷代小説序跋集》，人民文學出版社，1996年）

秦榮光《補晋書藝文志》卷三子部小説家類：

《語林》十卷。（處士裴啓撰。案《世説》注引《裴氏家傳》曰："榮字榮期，河東人，撰《語林》數卷，號曰《裴子》。檀道鸞謂裴松之以爲啓作《語林》，榮殆别名啓乎？"）（《二十五史補編》本）

丁國鈞《補晋書藝文志》卷三丙部子録小説類：

《語林》十卷。（處士裴啓。）謹按見《七録》。據《裴氏家傳》，則書爲裴榮作，"榮"或"啓"之别名也。詳見《世説·文學篇》注。（《二十五史補編》本）

文廷式《補晋書藝文志》卷五子部小説家類：

裴啓《語林》十卷。（東晋處士。）

《世説·文學門》"裴郎作《語林》"注："《裴氏家傳》曰：裴榮，字榮期，河東人，父穉，豐城令。榮期少有風姿才氣，好論古今人物，撰《語林》數卷，號曰《裴子》。檀道鸞謂裴松之以爲啓作《語林》，榮倘别名啓乎？"又《輕詆門》注引《續晋陽秋》曰："隆和中，河東裴啓撰漢魏迄今言語應對之可稱者，謂之《語林》。時人多好其事，後説太傅事不實，而有人於謝坐叙其黄公酒壚事，司徒王珣爲之賦，謝公加以與王不平，乃云：'君遂欲作裴郎學。'自是衆咸鄙其事矣。"

《史通·書事篇》云："自魏、晋以降，著述多門，《語林》《笑林》《世説》《俗説》皆喜載調謔小辯，嗤鄙異聞，雖爲有識所譏，頗爲無知所説。"（《二十五史補編》本）

黄逢元《補晋書藝文志》卷三丙部子録小説家類八：

《語林》十卷。（處士河東裴啓榮期撰。）

見《七録》。今存馬國翰輯本一卷。

元案《世説·文學篇》“裴郎作語林”條注引《裴氏家傳》云：“裴榮，字榮期，河東人，撰《語林》數卷，號曰《裴子》。檀道鸞謂裴松之以爲啓作《語林》，榮倘别名啓乎？”（《二十五史補編》本）

吴士鑒《補晋書經籍志》卷三丙部子録小説家類：

裴啓《語林》十卷。

《隋志》：“啓，東晋處士，梁有十卷，亡。”

《世説·文學篇》注引《裴氏家傳》云：“裴榮，字榮期，河東人。少有風姿才氣，好論古今人物，撰《語林》數卷，號曰《裴子》。檀道鸞謂裴松之以爲啓作《語林》，榮倘别名啓乎？”又《輕詆篇》注引《續晋陽秋》曰晋隆和中，河東裴啓撰漢魏以來迄於今時應對之可稱者謂之《語林》，是作《語林》者爲裴啓，非裴榮矣。又晋人范啓字榮期，見《世説》。古人名字每多相應，則裴啓之字榮期與范正同，是又一證。（《二十五史補編》本）

案：清秦榮光《補晋書藝文志》子部小説家類著録《語林》十卷，題處士裴啓撰。丁國鈞《補晋書藝文志》附録、文廷式《補晋書藝文志》、黄逢元《補晋書藝文志》、吴士鑒《補晋書經籍志》著録同。

裴啓（生卒年不詳），一名榮，字榮期，東晋小説家，河東（今山西省永濟西部）人。生平事迹史籍無載，僅存劉義慶《世説新語》及劉孝標注中。《世説新語·文學》載：“裴郎作《語林》，始出，大爲遠近所傳。時流年少，無不傳寫，各有一通。載王東亭作《經王（黄）公酒壚下賦》，甚有才情。”劉孝標注：“《裴氏家傳》曰：‘裴榮，字榮期，河東人。父穉，豐城令。榮期少有風姿才氣，好論古今人物，撰《語林》數卷，號曰《裴子》。’檀道鸞謂裴松之以爲啓作《語林》，榮倘别名啓乎？”依此，東晋處士裴啓撰有《語林》一書，可以定讞。

《隋書·經籍志》子部小説家類於《燕丹子》下注云：“《語林》十卷，東晋處士裴啓撰，梁存，今亡。”可知《語林》在梁代尚存，至隋代已亡佚。據《世説新語·輕詆》載：“庾道季詫謝公曰：‘裴郎云：謝安謂裴郎乃可不惡，何得爲復飲酒？裴郎又云：謝安目支道林，如九方皋之相馬，略其玄黄，取其俊逸。’謝公云：‘都無此二語，裴自爲此辭耳！’庾意甚不以爲好，因陳東亭《經酒壚下賦》。讀畢，都不下賞裁，直云：‘君乃復作裴氏學！’於此，《語林》遂廢，今時有者，皆是先寫，無復謝語。”劉孝標注引《續晋陽秋》曰：“晋隆和中，河東裴啓撰漢、魏以來迄於今時言語應對之可稱者，謂之《語林》。時人多好其事，文遂流行。後説太傅事不實，而有人於謝坐叙其黄公酒壚，司徒王珣爲之賦，謝公加以與王不平，乃云：‘君遂復作裴郎學。’自是衆咸鄙其事矣。”依此，《語林》在宋時的傳播已經受阻，梁以後漸亡。宋鄭樵《通志·藝文略》諸子類小説著録《語林》十卷，題“東晋處士裴啓撰”，恐怕并非據當時所存版本著録，而是據前代目録著作轉引。其後著録《語林》十卷者大體類此。其遺文散存於《藝文類聚》《北堂書鈔》《初學記》《白孔六帖》《太平御覽》《太平廣記》等書中。元陶宗儀《説郛》收録一卷二十條。明焦竑《國史經籍志》小説家著録二卷，是否當時有輯本，不得而知。清馬國翰《玉函山房輯佚書》輯有《語林》二卷，魯迅《古小説鈎沉》輯有百餘條。現有周楞伽輯注《裴啓語林》，文化藝術出版社1988年出版，較爲完善。

郭　子

案:清秦榮光《補晋書藝文志》子部小説家類著録《郭子》三卷，題東晋中郎郭澄之撰。姚振宗《隋書經籍志考證》、丁國鈞《補晋書藝文志》、文廷式《補晋書藝文志》、吴士鑒《補晋書經籍志》著録同。

《隋書·經籍志》子部小説家最早著録《郭子》三卷，注云："東晋中郎郭澄之撰。"《郭子》有關資料見本書第三卷《隋書經籍志著録小説資料集》，此從略。

志怪書（祖台之志怪）

案:清秦榮光《補晋書藝文志》子部小説家類著録《志怪書》二卷，題祖台之撰。黄逢元《補晋書藝文志》著録同。章宗源《隋書經籍志考證》、姚振宗《隋書經籍志考證》、吴士鑒《補晋書經籍志》入史部雜傳類。丁國鈞《補晋書藝文志》史部雜傳類和子部小説家類兩録之。

《隋書·經籍志》史部雜傳類著録《志怪》二卷，題祖台之撰；又著録《志怪》四卷，題孔氏撰；《志怪記》三卷，題殖氏撰。《舊唐書·經籍志》史部雜傳類著録《志怪》四卷，題祖台之撰。《新唐書·藝文志》子部小説家類著録，卷數和撰人同《舊唐書·經籍志》。祖台之《志怪》有關資料見本書第四卷《兩唐書藝文經籍志著録小説資料集》，此從略。

國家社會科學基金重點項目（編號11AZD062）
湖北省學術著作出版專項資金資助項目
中國語言文學一流學科建設文庫

王齊洲 總主編

二十五史藝文經籍志著録小説資料集

第二卷

本卷主編 王齊洲

補三國兩晋南北朝史藝文志著録小説資料集（第二册）

本册編纂 張伶俐 張嫚 陳衛星

長江出版傳媒
湖北人民出版社

凡　例

——《三國志》《晋書》《宋書》《南齊書》《梁書》《陳書》《魏書》《北齊書》《周書》以及《南史》《北史》等均未設《藝文志》或《經籍志》，以致三國兩晋南北朝小説類例不明，數目不清。本册以清人秦榮光《補晋書藝文志》、丁國鈞《補晋書藝文志》、文廷式《補晋書藝文志》、吴士鑒《補晋書經籍志》、黄逢元《補晋書藝文志》、聶崇岐《補宋書藝文志》、陳述《補南齊書藝文志》和徐崇《補南北史藝文志》著録的小説爲依據，收集各種相關資料。

——本册所收三國兩晋南北朝文言小説14部，如無特殊説明，按《補晋書藝文志》《補晋書經籍志》《補宋書藝文志》《補南齊書藝文志》《補南北史藝文志》等書著録小説的順序排列；《隋書・經籍志》子部小説家類著録有劉義慶《世説》、信都芳《器準圖》，《新唐書・藝文志》子部小説家類著録有祖沖之《述異記》，爲保證《隋志》和《新唐志》著録小説資料的完整性，本册從略。

——考慮到有些作品作者存在争議，本册目録一般衹列書名，不列作者，争議情況將在相關資料中呈現，或在按語中説明。如該作品有異名，則在目録中括注異名，便於檢索。由於有書名相同而作者不同的情況，故同名書在題録和目録中注明作者，用作區别。

——本册資料以作品爲單位，所收各部小説資料，包括作者生平事迹、歷代官私書目、序跋、評論、考辨等相關資料，原則上不收小説作品原文或佚文；所收小説資料，以資料原作者生卒年先後爲序；作者生卒年無考者按其活動年代酌處，資料作者無考者按資料産生的年代爲序，所有資料均注明所依據的版本。著名叢書多有重印，且出版社、出版時間不一，故衹注叢書名，不注出版社、出版年。

——小説作者生平資料的收録，以作者當時履歷交游和同時代人所撰寫的人物傳記爲主，同時期若無相關人物傳記資料的，則以後代正史人物傳記爲主，兼及方志；後代方志人物傳記轉抄正史和前代方志人物傳記的，則不重複收録。

——所收資料力求準確、完整、全面、系統。後人轉引前人資料，一般不再列出，個别重要的題録作者和書名，以備參考；後人研究或評論小説作家和作品的，不計長短一律收録，以備進一步研究參考；資料篇幅過長的，衹選録與作者和作品内容相關部分。

——所收資料僅限於古文，近人用古文或淺近文言撰寫的研究成果，以1949年底爲斷，此後發表的一律不收；今人的研究成果不列入資料（整理性成果除外），重要者則在按語中作適當交代。

——每部小説資料後均附編輯者按語，對小説作者生平、作品成書年代、作品内容、版本流傳及後人研究情況等作簡要評述，以供讀者參考。

目　録

拾遺記（王子年拾遺記　拾遺録）

王嘉撰，蕭綺録，齊治平校注《拾遺記》卷首附蕭綺《拾遺記原序》：

《拾遺記》者，晋隴西安陽人王嘉字子年所撰。凡十九卷，二百二十篇，皆爲殘缺。當僞秦之季，王綱遷號，五都淪覆，河洛之地，没爲戎墟，宫室榛蕪，書藏堙毁。荆棘霜露，豈獨悲於前王；鞠爲禾黍，彌深嗟於兹代！故使典章散滅，黌館焚埃，皇圖帝册，殆無一存，故此書多有亡敗。文起羲、炎以來，事訖西晋之末，五運因循，十有四代。王子年乃搜撰異同，而殊怪必舉，紀事存樸，愛廣向奇，憲章稽古之文，綺綜編雜之部，《山海經》所不載，夏鼎未之或存，乃集而記矣。辭趣過誕，音旨迂闊。推理陳迹，恨爲繁冗。多涉禎祥之書，博采神仙之事，妙萬物而爲言，蓋絶世而弘博矣。世德陵夷，文頗缺略。綺更删其繁紊，紀其實美，搜刊幽秘，捃采殘落。言匪浮詭，事弗空誣。推詳往迹，則影徹經史；考驗真怪，則叶附圖籍。若其道業遠者，則辭省樸素；世德近者，則文存靡麗。編言貫物，使宛然成章。數運則與世推移，風政則因時回改。至如金繩鳥篆之文，玉牒蟲章之字，末代流傳，多乖曩迹，雖探研鐫寫，抑多疑悟。及言乎政化，詭乎禎祥，隨代而次之。土地山川之域，或以名例相疑；草木鳥獸之類，亦以聲狀相惑。隨所載而區别，各因方而釋之。或變通而會其道，寧可采於一説。今搜撿殘遺，合爲一部，凡一十卷，序而録焉。梁蕭綺撰。（中華書局，1981年）

杜公瞻《編珠》卷一天地部《紺碧霜玄黄露》：

王子年《拾遺記》曰：廣延國常雨青雪冰霜之色，皆如紺碧。《洞冥記》曰：武帝問東方朔曰："若云五色露可得否？"朔乃東走至夕而還，得玄黄青露，盛之玩器以授帝，帝遍賜群臣，老者嘗之皆少，疾病皆愈。

同上，《玉虹金霧》：

《搜神記》曰：孔子作《春秋》，制《孝經》，既成，齋戒向北辰而拜，告備於天。乃泱鬱起白霧，赤虹自上而下，化爲黄玉。《拾遺記》曰：平沙千里，色如金，細如粉，風沙起如霧，亦曰金霧。

同上，《甜雪甘霜》：

《拾遺記》曰：西王母進周穆王以嵰州甜雪。又曰：嵰州霜甘也。（《文淵閣四庫全書》本）

房玄齡等《晋書》卷九十五《藝術・王嘉列傳》：

王嘉，字子年，隴西安陽人也。輕舉止，醜形貌，外若不足，而聰睿内明。滑稽好語笑，不食五穀，不衣美麗，清虚服氣，不與世人交游。隱於東陽谷，鑿崖穴居，弟子受業者數百人，亦皆穴處。

石季龍之末，棄其徒衆，至長安，潛隱於終南山，結庵廬而止。門人聞而復隨之，乃遷於倒獸山。苻堅累徵不起，公侯已下咸躬往參詣，好尚之士無不師宗之。問其當世事者，皆隨問而對。好爲譬喻，狀如戲調；言未然之事，辭如讖記，當時尠能曉之，事過皆驗。

堅將南征，遣使者問之。嘉曰："金剛火强。"乃乘使者馬，正衣冠，徐徐東行數百步，而策馬馳反，脱衣服，棄冠履而歸，下馬踞床，一無所言。使者還告，堅不悟，復遣問之，曰："吾世祚云何？"嘉曰："未央。"咸以爲吉。明年癸未，敗於淮南，所謂未年而有殃也。人候之者，至心則見之，不至心則隱形不見。衣服在架，履杖猶存，或欲取其衣者，終不及，企而取之，衣架踰高，而屋亦不大，履杖諸物亦如之。

姚萇之入長安，禮嘉如苻堅故事，逼以自隨，每事諮之。萇既與苻登相持，問嘉曰："吾得殺苻登定天下不？"嘉曰："略得之。"萇怒曰："得當云得，何略之有！"遂斬之。先此，釋道安謂嘉曰："世故方殷，可以行矣。"嘉答曰："卿其先行，吾負債未果去。"俄而道安亡，至是而嘉戮死。所謂"負債"者也。苻登聞嘉死，設壇哭之，贈太師，謚曰文。及萇死，萇子興字子略方殺登，"略得"之謂也。嘉之死日，人有隴上見之。其所造《牽三歌讖》，事過皆驗，累世猶傳之。又著《拾遺録》十卷，其記事多詭怪，今行於世。（中華書局，1974年）

魏徵、令狐德棻《隋書》卷三十三《經籍志二》史部雜史：

《王子年拾遺記》十卷。（蕭綺撰。）

《拾遺録》二卷。（僞秦姚萇方士王子年撰。）（中華書局，1973年）

劉知幾撰，黄壽成校點《史通》卷十《内篇・雜述》：

大抵偏記、小録之書，皆記即日當時之事，求諸國史，最爲實録。然皆言多鄙樸，事罕圓備，終不能成其不刊，永播來葉，徒爲後生作者削稿之資焉。逸事者，皆前史所遺，後人所記，求諸異説，爲益實多。及妄者爲之，則苟載傳聞，而無銓擇。由是真僞不别，是非相亂。如郭子橫之《洞冥》，王子年之《拾遺》，全構虚辭，用驚愚俗，此其爲弊之甚者也。（遼寧教育出版社，1997年）

劉昫等《舊唐書》卷四十六《經籍志上》乙部史録雜史：

《王子年拾遺記》十卷。（蕭綺録。）

《拾遺録》三卷。（王嘉撰。）（中華書局，1975年）

李昉等《太平御覽》經史圖書綱目：

王子年《拾遺記》。（中華書局，1960年）

王欽若等《册府元龜》卷五百五十五國史部《采撰》：

王子年撰《拾遺録》二卷。（隱士，無官。）（中華書局，1960年）

王堯臣等《崇文總目》卷二傳記類上：

王子年《拾遺記》十卷。（《粤雅堂叢書》本）

文彦博《潞公文集》卷一古賦《金苔賦并序》：

王嘉《拾遺記》曰："晋惠帝初，有祖梁國獻金苔，其色如金，聚之如卵，投水中則蔓延於波上，光生照日。上於宫中鑿池以置之，常觀焉，外人莫得見也。惟進御嬪彩多被其賜與，置於盤中則照耀滿室，故宫中亦呼爲夜明苔。"僕頗異之，因爲斯賦追其美，詞曰……（《山右叢書》本）

張君房編，李永晟點校《雲笈七籤》卷一百十《洞仙傳・王嘉》：

王嘉字子年，隴西安陽人也。久在於東陽谷口，攜弟子登崖穴處。御六炁，守三一，冬夏不改其服，顔色日少。苻堅累徵不就。堅尋大舉南征，以弟融爲大將軍，遣人問嘉。嘉曰："金堅火强。"仍乘使者馬，正衣冠，徐徐東行數百步。因墮其衣裳，奔馬而還，卧床而不言。堅又不解，更遣人問："世祚云何？"嘉曰："未央。"堅欣然以爲吉徵。明年歲在癸未，堅大敗於壽春，遂亡秦國，是殃在未年也。以秦居西爲金，晋都南爲火，火能鑠金也。嘉尋移嵩高山。姚萇定長安，問嘉："朕應九五不？"嘉曰："略當得。"萇大怒曰："小道士答朕不恭。"有司奏，誅嘉及二弟子。萇先使人隴右，逢嘉將兩弟子，計已千餘里，正是誅日。嘉使書與萇。萇令發嘉及二弟子棺，并無尸，各有竹杖一枚。萇尋亡。（中華書局，2003年）

歐陽修、宋祁《新唐書》卷五十八《藝文志》乙部史録雜史類：

《拾遺記》十卷。（蕭綺録。）

王嘉《拾遺録》三卷。又《拾遺記》十卷。（蕭綺録。）（中華書局，1975年）

允禄等《御選唐宋文醇》卷二十九廬陵歐陽修文八《論删去九經正義中讖緯札子》：

又如晋王嘉《拾遺記》等書，所稱黄帝金支玉葉，武王白魚流烏之類，謂自古帝王受命之符罔不如是。夫删《書》斷自唐、虞，既有其事，周、孔必述之。周、孔不述，其誣可知。王嘉輩何能從千載以後而得千載以前之事？其博洽過於周、孔如是也？其爲拾漢、魏之遺檗，誣帝王以神怪，不待明者而决矣。《書》曰“天視自我民視，天聽自我民聽”，民心之所歸，是乃天之符命耳。人者，萬物之靈也，天地之心也，五行之秀氣也，不觀之人而觀之雲物鳥獸，何其榮末而虐本歟！亦異乎聖人之言矣。陋儒不察，遂使讖緯之文述之學校，被之閭閻，雖婦人小子亦同然一辭，其所以爲人心之害者，豈細故哉！（《文淵閣四庫全書》本）

龐元英《文昌雜録》卷四“唐德宗”條：

唐德宗貞元十年七月，賜故唐安公主謚“莊穆”，蓋公主賜謚始於此也。韓文公《永貞行》云：公然白日受賄賂，火齊磊落堆金盤。《南史》中天竺國説：火齊，狀如雲母，色如紫金，有光輝，别之則如蟬翼，積之則如紗縠之重遝。又王子年《拾遺記》曰：董偃嘗卧延清之室，上設火齊屏風。所謂磊落者，亦珠琲之謂也。（《叢書集成初編》本）

高承撰，李果訂，金圓、許沛藻點校《事物紀原》卷一天地生植部一《宿度》：

王子年《拾遺記》曰：庖犧視五星之文，分野之度。《史記·曆書》曰：黄帝名察度驗。臣瓚謂：題名宿度，候察進退，三辰之度，吉凶之驗也。又曰：漢武招致方術士，唐都分天部。《漢書音義》云：謂分部二十八宿爲距度。而《晋書·天文志》亦曰：庖犧氏立周天曆度也。

同上，《山嶽》：

《歷年記》曰：盤古死後，骨節爲山林。又古昔傳盤古左手爲東嶽，右手爲西嶽，腹爲中嶽，首爲南嶽，足爲北嶽，與此爲小異。王子年《拾遺記》曰：庖犧審地勢以定川嶽。

同上，帝王后妃部三《五運》：

《通曆》曰：太昊木德王，始有甲曆五運。項峻《始學篇》曰：天地立有天皇，以木德王，則五運之起自天皇氏始也。然天地開闢之初，溟涬鴻蒙，萬物未立，五運相乘宜未詳也，當自太昊爲是。王子年《拾遺記》曰：伏犧以木德稱王，位居東方，以含養蠢化，叶於木德。其音附甲，號曰“木皇”。此宜五德相乘之始也。

同上，卷二禮祭郊祀部九《禮》：

《禮記》曰：禮始諸飲食，蓋自大昊取犧牲以供庖厨，制嫁娶以儷皮爲禮始也。王子年《拾遺記》曰：庖犧崇禮教以遵文。《通典》曰：伏羲以來，五禮始彰，堯舜之時咸備。揚子《法言》曰：法始乎伏羲而成乎堯，匪伏匪堯，禮義哨哨也。

同上，《祭祀》：

王子年《拾遺記》曰：庖犧使鬼物以致群祠，以犧牲登薦百神。則祭祀之始也。《黄帝内傳》曰：黄帝始祀天祭地，所以明天道。《史記》曰：高陽潔誠以祭祀，高辛明鬼神而敬事之也。

同上，樂舞聲歌部十一《一弦琴》：

《通典》曰：一弦琴有十二柱，柱如琵琶。《晋紀》曰：孫登居白鹿、蘇門二山，彈一弦琴。按《拾遺記》云：師延，商樂工也，商時總修三皇五帝之樂，撫一弦之琴，或作瑟，則地祇皆升。是商代則有矣。今瞽者撫之，以擬曲者是。

同上，《瑟》：

《世本》曰：伏犧造瑟。王子年《拾遺記》曰：庖犧氏弦桑爲瑟。《世本》又曰：庖犧氏作瑟，五十弦，後黄帝使素女鼓瑟，哀不自勝，破爲二十五弦，具二均聲。《帝王世紀》曰：伏犧作瑟三十六弦。《隋·音樂志》曰：瑟二十七弦，伏犧所作者也。高氏《小史》曰：太昊作二十五弦之瑟。《西都賦》曰：神農造瑟。《吕氏春秋》曰：朱襄氏之王天下，多風，陽氣畜積，果實不成，故士達作五弦之瑟。高誘曰：士達，朱襄之臣，瞽叟制爲十五弦，舜益以八弦爲二十三弦。《山海經》曰：晏龍始爲瑟。數説雖異，以《世本》之説爲得。

同上，《塤》：

又曰：塤，暴辛公所作……按《樂記》曰：聖人作爲鞀、鼓、控、揭、塤、篪。

此六者，德音之音也。言聖人作爲，則明非暴公所能作矣。《隋・音樂志》亦謂：塤，六孔，暴辛公之所作，非也。《通曆》曰：帝嚳造。王子年《拾遺記》乃云：庖犧灼土爲塤也。

同上，輿駕羽衛部十二《相風》：

《黄帝内傳》有相風烏制，疑黄帝始作之也。《拾遺記》曰：少昊母曰皇娥，游窮桑之浦，有神童稱爲白帝子，與皇娥燕戲，泛於海，以桂枝爲表，結芳茅爲旌，刻玉爲鳩，置於表端，言知四時之候。今之相風烏亦其遺像。《古今注》曰：相風爲夏禹所作。周遷《輿服雜事》曰：相風，周公所造，即鳴鳶之象。《禮》曰：前有塵埃，則載鳴鳶，後代改爲烏。沈約《輿服志》曰：相風烏，秦制。

同上，卷四經籍藝文部十七《八卦》：

《易・繫辭》曰：兩儀生四象，四象生八卦。又曰：庖犧氏之王天下也，始作八卦，以通神明之德，以類萬物之情。孔安國序《尚書》曰：伏犧始畫八卦。《史記・太史公自叙》曰：伏犧至純厚，作《易・八卦》。董巴議曰：昔伏犧始造八卦，作三畫以象二十四氣。《禮緯含文嘉》曰：伏犧德合上下，天應以鳥獸文章，地應以《河圖》《洛書》，伏犧則而象之，始作八卦。王子年《拾遺記》曰：伏犧坐於方壇之上，聽八風之氣，乃畫八卦。

同上，卷八舟車帷幄部四十《舟》：

《淮南子》曰：見窾木浮而知爲舟。《吕氏春秋》曰：虞姁作。《物理論》曰化狐作。《墨子》曰：工倕作。《山海經》曰：番禺作。束皙《發蒙記》曰：伯益作。《世本》曰：共鼓、貨狄作。注云：并黄帝臣。《釋名》曰：黄帝造。《拾遺記》曰：軒皇變乘桴以造舟檝。《黄帝内傳》曰：帝既斬蚩尤乃創舟檝。《易・繫辭》曰：黄帝氏作，刳木爲舟，剡木爲檝。蓋以黄帝爲是。

同上，《筏》：

《拾遺記》曰：軒皇變乘桴以造舟檝，則是未爲舟前，第乘桴以濟矣。筏即桴也。蓋其事出自黄帝之前，今竹木之排謂之筏是也。

同上，《席》：

《淮南子》曰：席先萑葦，注云：席之先所從生出於萑與簟葦也。《拾遺記》曰：軒皇使百辟群臣列圭玉於蘭蒲席上，以蘭蒲爲席而薦圭玉之重器，不嫌其陋，初有物故也。《韓子》曰禹爲蔣席頮，緣此彌侈矣。蓋至禹始加純緣之飾也。至周司几筵掌五席，有莞藻次蒲熊之名，其純有紛畫黼之别也。

同上，《羽扇》：

傅元《羽扇賦》曰：吴人取鷙，鳥翼摇之，滅吴之後，翕然貴重。似爲羽扇之起。而裴啓《語林》言諸葛亮持白羽扇指麾三軍，又在晋武滅吴之前矣。按王嘉《拾遺記》曰：周昭王時修塗國獻丹鵲，一雌一雄，孟夏取鵲翅以爲扇，一名條融，一名仄影。此疑羽扇之始也。

同上，《畫鷄》：

董勳《問禮》曰：正月一日爲鷄，二日狗，三日羊，四日豬，五日牛，六日馬，七日人。正旦，畫鷄於門；七日，帖人於帳，爲此也。《拾遺記》曰：堯在位七年，祗及國獻重明鳥，狀如鷄，或一歲數來，或數歲一來，國人莫不掃灑門户以望其來，或刻金寶爲其狀置户牖間，則鬼類自伏云。今人每歲元日刻畫爲鷄於户上，蓋其遺像也。

同上，《鴟尾》：

《唐會要》曰：漢柏梁殿災，越巫言海中有魚虬，尾似鴟，激浪則降雨，遂作其像於屋以厭火災。王叡《炙轂子》：柏梁災，越巫獻術，取鴟魚尾置於殿屋以厭勝之。今瓦爲之。蘇鶚《演義》曰：漢武作柏梁殿，上疏者曰蚩尾水之精，能辟火災，可置之堂殿。今人多作鴟字。顔之推亦作鴟。劉孝孫《事始》作蚩尾。又俗間呼爲鴟吻，如鴟鳶，遂以此呼之。後因有作此鴟者。王子年《拾遺記》曰：鯀治水無功，自沉羽淵，化爲玄魚，海人於羽山下修玄魚祠，四時致祭。嘗見瀺灂出水，長百丈，噴水激浪必雨降。《漢書》越巫請以鴟魚尾厭火災，今鴟尾即此魚尾也。按王嘉晋人，晋去漢未遠，當時已作鴟字，蘇鶚之説亦未爲允也。吴處厚《青箱雜記》曰：海有魚虬尾似鴟，用以噴浪則降雨。漢柏梁臺災，越巫上厭勝之法，起建章宫設鴟魚之像於屋脊，以厭火災，即今世鴟吻是也。

同上，卷九農業陶漁部四十五《食熟》：

《古史考》曰：古初之人未有火化，飲血茹毛。有聖人以火德王，造作鑽燧出火，教人熟食，號曰“燧人”。《禮含文嘉》曰：燧人始鑽木以取火，炮生爲熟也。《拾遺記》曰：庖羲變茹腥之食。《高氏小史》：燧人氏時茹生，人多病，乃鑽燧改火，化生爲熟。

同上，吉凶典制部四十七《嫁娶》：

《通典》曰：遂皇氏有婦，注云：人皇是也。伏犧氏制嫁娶，以儷皮爲禮。《帝王世紀》曰：包犧氏都陳，制嫁娶之禮。王子年《拾遺記》曰：包犧始嫁娶以修人道。

同上，戎容兵械部四十九《干戈》：

王子年《拾遺記》曰：庖羲造干戈以飾武。此干戈之始也。則兵爲起於大昊矣。《吕氏春秋》云蚩尤造五兵，蓋其一也。

同上，《盾》：

《山海經》曰：羿與鑿齒戰於草疇之野，羿持弓矢，鑿齒持楯。《春秋元命包》曰：帝嚳戴干。宋衷曰：干，楯也。王嘉《拾遺記》曰：庖犧造干。此則楯之起也。

同上，卷十布帛雜事部五十三《火》：

《禮含文嘉》曰：燧人始鑽木取火，炮生爲熟，令人無腹疾。遂人之意，故名燧人。《世本》曰：燧人鑽木造火。《尸子》曰：燧人上觀星辰，下察五木以爲火。《淮南子》曰：燧人望辰心鑽木生火。《拾遺記》曰：燧明國有火樹名燧，後世聖人至其國息其下，有鴞啄，燦然火出，聖人感之，用小杖鑽火，號燧人氏。《河圖》云：伏羲禪於伯牛，鑽木作火。非也。《白虎通》曰：謂之燧人何？鑽木燧以火，遂人之始。

同上，《銘》：

《蔡邕》曰：黄帝有金几之名。王子年《拾遺記》曰：黄帝以神金鑄器，皆有銘題，凡所造建，皆記其年時。此銘之起也。（中華書局，1989年）

郭茂倩《樂府詩集》卷八十近代曲辭《祓禊曲三首》：

王子年《拾遺記》曰："周昭王溺於江漢，二女延娟、延娛與王乘舟，夾擁王身同没焉，故江漢之人到今思之。"至春上巳之日，禊集祠間，或以時鮮甘味采蘭杜包裹以沉水中，或結五色紗囊盛食、或用金鐵之器并沉水中，言蛟龍畏五色、金鐵，則不侵此食也。《後漢書·禮儀志》曰："三月上巳，官民皆絜於東流水上，曰洗濯祓除，去宿垢疢，爲大絜。"絜者，言陽氣布暢，萬物托出始絜之矣，注謂之禊也。《風俗通》曰："《周禮》'女巫掌歲時以祓除疾病'。禊者絜也；春者蠢也，蠢摇動也。《尚書》'以殷仲春厥民析'，言人解析也。"蔡邕曰："《論語》‘莫春者春服既成，冠者五六人，童子六七人，浴乎沂，風乎舞雩，咏而歸’，今三月上巳祓禊於水濱，蓋出於此。”……二漢相緣，皆爲盛集。《西京雜記》曰“漢宫三月上巳，張樂於流水”是也。晋宋已後，皆因之。至唐傳以爲曲。（中華書局，1979年）

陸佃《埤雅》卷二《釋魚·黿》：

黿，大鼈也。鼈以爲雄，故黿鳴而鼈應，所謂雄蟲鳴於上風，雌蟲應於下風，而風化即此之類是也。《淮南子》曰：“燒黿致鼈，此以其類求之。”舊説黿亦思化，其脂得火可以然鐵。一曰黿亦卵生而伏影，顔籀《稽聖賦》曰“黿鼈伏乎其陰，鸕鷀孕乎其口”是也。王子年《拾遺記》曰：“禹濟巨海，黿鼉爲梁。”此與黄帝以虎豹爲前驅，鵰鶡爲旗幟無異，皆德之所感，殆未足多怪也。

同上，卷六《釋鳥·鸛》：

鸛，形狀略如鶴，其性甘帶，每遇巨石，知其下有蛇，即於石前如術士禹步，其石阞然而轉，南方里人學其法者，伺其養雛，緣木以篾絙縛其巢，鸛必作法解之，乃於木下鋪沙，印其足迹而仿學之。天將雨，則長鳴而喜，蓋知雨者也。……《詩》曰“鸛鳴於垤，婦嘆於室”，垤蟻冢也。鸛知天將雨，有見於上；蟻知地將雨，有見於下。“鸛鳴於垤”，將雨之候也。將雨則征夫之至不必如期，故婦嘆於室也。且行百里者半九十，言末路之難也。則於是時遇雨爲尤苦，故詩人道此以序其情，而《序》曰“三章言室家之望女也”。《禽經》曰：“鸛俯鳴則陰，仰鳴則晴。”仰鳴則晴是有見於上也，俯鳴則陰是有見於下也。夫文雚見爲觀，蓋取諸此。《拾遺記》曰：“鸛能聚水巢上，故人多聚鸛鳥以禳却火災。”

同上，卷十七《釋草·菡萏》：

《爾雅》曰：“其華菡萏，其實蓮。”蓋荂曰芙蓉，秀曰菡萏。……凡物皆先華而後實，獨此華果齊生，故西域之書多言此。《詩》曰：“有蒲與荷，有蒲與蕑，有蒲菡萏。”荷言其質之柔，蕑言其氣之芳，菡萏言其色之美。《拾遺記》曰：“昆流素蓮，一房百子，淩冬而茂。”王文公曰：“蓮華有色有香，得日光乃開，敷生卑濕淤泥，不生高原陸地，雖生於水，水不能没，雖在淤泥，泥不能汙，即華時有實，然華事始則實隱，華事已則實現。實始於黄終於玄，而莖葉緑，葉始生也乃有微赤。實既能生根，根又能生實，實一而已，根則無量，一與無量互相生起。其根曰藕，常偶而生，其中爲本，華實所出……”（《文淵閣四庫全書》本）

唐慎微《證類本草》卷二十一蟲部中品《二十一種陳藏器餘》：

蚱蜢　石蟹，注陶云：石蟹如蚱蜢，形長小，兩股如石蟹，在草頭，能飛，蟲螽之類。無别功，與蚯蚓交在土中，得之堪爲媚藥。入《拾遺記》。（《文淵閣四庫全書》本）

洪芻《香譜》卷上香之品《荼蕪香》：

王子年《拾遺記》：燕昭王廣延國二舞人，帝以荼蕪香屑鋪地四五寸，使舞人立其上，彌日無迹，香出波弋國，浸地則土石皆香，著朽木腐草，莫不茂蔚；以熏枯骨，則肌肉皆生。又出《獨異志》。

同上，《茵墀香》：

《拾遺記》：靈帝初平三年，西域獻。煮湯辟癘，宫人以沐頭。

同上，《石葉香》：

《拾遺記》曰：此香迭迭狀如雲母，其氣辟癘，魏文帝時題腹國獻。

同上，《百濯香》：

《拾遺記》：孫亮寵姬四人，合四氣香，皆殊方異國所獻。凡經踐躡安息之處，香氣在衣，彌年不歇，因香名百濯，復目其室曰思香媚寢。

同上，《蘅蕪香》：

《拾遺記》：漢武帝夢李夫人授蘅蕪之香，帝夢中驚起，香氣猶著衣枕，歷月不歇。（《叢書集成初編》本）

朱勝非《紺珠集》卷八《拾遺記·華胥洲》（王嘉）：

春皇者，伏羲之别號。所居之都，有華胥之洲。

（下録青哄繞神母、丹渠、豢龍圃、露漿、九穗禾、昆臺、沉榆之香、沙瀾、璇宫夜織、浮金鐘、貫日月、重明集、五老、珠丘、玉簡量天地、乘雲繞日、蜂旗、雲實、鵲扇、冰荷、冰桃碧藕、百子蓮、静瑟、解麐紱、月鏡、手畫日月、方瞳老叟、金壺龍檢、寶井、縈塵、指端浮圖、螺舟、子午臺、金銀鳧雁等共七十八條，文略。）（《文淵閣四庫全書》本）

葉庭珪撰，李之亮校點《海録碎事》卷一天部上風門《四面風》：

《拾遺記》：昆侖山有四面風，東西南北一時俱作。

同上，《祛塵風》：

《拾遺記》：昆侖山有祛塵風，若衣服垢汙，吹之則潔。

同上，雨門《香雨》：

《拾遺記》：爛石燒之，煙爲香雲，遍空則下香雨，物類相感志。

同上，雪門《金羊玉馬》：

《拾遺記》：積雪久不消，掘地得金羊玉馬，高三尺許。

同上，霜門《嵰山霜雪》：

王子年《拾遺記》：周穆王時，西王母貢嵰山甜霜雪。

同上，《紺霜》：

《拾遺記》：唐延國霜色皆紺碧。

同上，卷三下地部上沙石門《香雲香雨》：

《拾遺記》：爛石色紅似肺，燒之有香煙，氣升天則成香雲，遍潤則成香雨。

同上，《金霧》：

王子年《拾遺記》：岱輿山南有平沙千里，色如金，吹沙起，名金霧，又名金塵。

同上，卷五衣冠服用部舟門《靈鶂舟》：

王子年《拾遺記》：帝乘衡瀾靈鶂之舟，以香金爲鈎，霜絲爲綸，丹鯉爲餌，釣於臺下，得白鮫焉。

同上，《蜂舟》：

《拾遺記》：武王伐紂，有蜂如丹鳥集於舟，因以繪旗其舟，曰蜂舟。

同上，扇門《鵲翅扇》：

《拾遺記》：周昭王取鵠翅爲扇，一名施風，一名條融，一名反影。

同上，燈燭門《緑桂膏》：

《拾遺記》：燕昭王取緑桂膏，燃之照夜。

同上，卷十三上鬼神道釋部仙門《貫月查》：

王子年《拾遺記》：堯時有巨查浮於西海，查上有光若星月，常繞四海，十二年一周天，名貫月查，又名挂星查，羽仙棲息其上。

同上，筆門《金壺汁》：

《拾遺記》：浮提國獻神通善書，二人出金壺四寸，中有墨汁如淳漆，灑地及石皆成篆隸，佐老子撰《道德經》十萬言。及金壺汁盡，二人刳心瀝血以代墨焉。（中華書局，2002年）

曾慥《類説》卷五《拾遺記》：

（下録青虹、丹渠霞漿、昆臺、召百辟受教、寧封食飞魚、孤桑等共八十二條，文略。）

同上，卷三《列仙傳·未央》：

王嘉，字子年，久在東陽谷口。苻堅征晋，遣人問吉凶，嘉曰："金剛火强。"堅不能解。嘉乘馬徐行，因墮靴棄裳，奔馬而還，堅又不解。更問世祚，嘉曰："未央。"堅以爲吉徵。明年，歲在癸未，堅大敗於壽州，遂亡，是殃在未年也。以秦西居爲金，晋都南爲火，火能鑠金也。姚萇定長安，問嘉："應九五否？"曰："略得。"萇怒，誅嘉及二弟子。萇先使人隴右，逢嘉將弟子，計已千餘里，正是誅嘉日也。萇令發棺，并無尸，各有竹枝一枚。（《文淵閣四庫全書》本）

鄧名世撰，王力平點校《古今姓氏書辯證》卷三《三鍾·龍丘》：

謹按王子年《拾遺記》，窮桑氏之國，有水屈曲，亦如龍鳳之狀，有山盤紆，亦如屈龍之勢。故有龍山、龜山、鳳水之目，亦因以爲姓。末代爲龍丘氏，出班固《藝文志》。

同上，卷十二《七歌·蛇丘》：

王子年《拾遺記》有蛇丘氏，出《西王母神異傳》。

同上，卷十五《十一唐·桑》：

出自少皡氏，一號窮桑，子孫以桑爲氏。謹按王子年《拾遺記》曰：窮桑者，西海之濱有孤桑之樹，直上千尋，葉紅椹紫，萬歲一實，食之後天而老。白帝子與皇娥泛於海上，窮桑以贈答，謂之桑中皇娥，生少昊，號曰窮桑氏。《姓苑》諸書皆曰出自嬴姓。

同上，《桑丘》：

漢有桑丘公，著書五篇。《元和姓纂》曰：下邳有桑丘氏。謹按王子年《拾遺記》曰：少皞號曰窮桑氏，亦曰桑丘氏，六國時桑丘子著《陰陽書》，即其裔也。

同上，卷十九《十八尤下・鄒屠》：

謹按王子年《拾遺記》曰：帝嚳妃鄒屠氏之女也，軒轅去蚩尤之凶，遷其民善者於鄒屠之地，惡者於有北之鄉，其先以地命族，後分爲鄒氏、屠氏。（江西人民出版社，2006年）

鄭樵《通志》卷六十五《藝文略》史類傳記冥異：

《拾遺録》二卷。（僞秦姚萇方士王子年撰。）

王子年《拾遺記》十卷。（中華書局，1987年）

朱翌《猗覺寮雜記》卷上：

坡曰："玉骨何勞獺髓醫。"《拾遺記》：孫和月下舞水晶如意，傷鄧夫人頰，醫曰："得白獺髓雜玉與琥珀屑，當滅痕。"（《叢書集成初編》本）

晁公武撰，孫猛校證《郡齋讀書志校證》卷九傳記類：

王子年《拾遺記》十卷。右梁蕭綺敘録。晋王嘉，字子年，嘗著書百二十篇，載伏羲以來異事，前世奇詭之説。書逸不完，綺拾綴殘缺而敘之。（上海古籍出版社，1990年）

吴曾《能改齋漫録》卷七《事實・弱枝棗朱仲李》：

王彦輔《麈史》云：李善注《文選》，於潘岳《閒居賦》"周文弱枝之棗、房陵朱仲之李"，善以爲未詳。彦輔以出王子年《拾遺記》，曰"北極有岐峰之陰，多棗樹百尋，其枝莖皆空，其實長尺，核細而柔，百歲一實"。夫以岐乃周文所居，又棗枝莖皆虚，核細而柔，任昉《述異志》曰"房陵定山有朱仲李，園三十六所"，李尤《果賦》云"三十六園朱李"是也。以上皆王説。予按王子年《本傳》，子年隱於東陽，石季龍之末遷於倒獸山，苻堅累召不起。以《晋史》考之，石季龍始以成帝咸康元年僭位，至廢帝太和六年死；潘岳事西晋孝武帝及惠帝朝，遷給事黄門侍郎，其作《閒居賦》乃其時也。然則子年所作《拾遺記》，岳未及見必矣。而彦輔以爲用其事，何耶？以予觀之，岳所用周文棗事雖與子年所載同，第恐又出他書，不祗見於《拾遺記》耳。不然，豈有未爲《拾遺記》數十年前，而斥之以用其事耶？予後讀《西京雜記》，云初修上林苑，群臣遠方各獻名果異木，棗有七種，其一弱枝棗，予意岳用此。

同上，《事實·玉粒》：

王子年《拾遺記》：員嶠之山名環邱，上有方湖千里，多大鵠，高一丈，群飛於湖際，銜采不周之粟於環邱之上。粟生穟，高五丈，其粒皎然如玉也。故杜《茅堂檢校收稻》詩云："紅鮮終日有，玉粒未吾慳。"又云："玉粒定晨炊，紅鮮似霞散。"（上海古籍出版社，1979年）

胡仔纂集，廖德明校點《苕溪漁隱叢話》後集卷八《杜子美四》：

《復齋漫録》云："崔豹《古今注》云：秦築長城，土皆紫色，謂之紫塞。南徼土色丹，謂之丹徼。塞，則壅塞夷狄也；徼，遶也，免侵中國也。"《千字文》"雁門紫塞"，鮑昭《蕪城賦》"北走紫塞雁門"，故子美詩"旅雁上雲歸紫塞"，又"紫塞寧論尚有霜"，又"翻然紫塞翮，下拂明月輪"。《觀李固詣司馬第山水圖詩》末章云："浮槎相并坐，仙老暫相將。"前輩引張騫爲證，非也。余按王子年《拾遺記》，堯時有巨楂浮於西海，楂上有光若星月，楂浮四海，十二年一周天，名貫月楂，又名挂星楂，羽仙棲息其上。解道康《齊地記》云：齊有不夜城，蓋古有日，夜中照於東境，故萊子立此，以不夜爲名。方悟子美詩"無風雲出塞，不夜月臨關"。

苕溪漁隱曰：東坡《雪後詩》云"風花誤入長安苑，明月長臨不夜城"，蓋取諸此。

同上，卷十《韓退之》：

《文昌雜録》云："《永貞行》：公然白日受賄賂，火齊磊落堆金盤。《南史》中天竺國説：火齊狀如雲母，色如紫金，有光耀列之則如蟬翼，積之則如紗縠之重遝。又王子年《拾遺記》：董偃嘗卧起延清之室，上設火齊屏風。所謂磊落，亦珠琲之謂也。"

苕溪漁隱曰：學者欲博讀異書，余謂退之《進學解》云"上窺姚姒，渾渾無涯；周《誥》、殷《盤》，佶屈聱牙；《春秋》謹嚴，《左氏》浮誇；《易》奇而法，《詩》正而葩；下逮《莊》《騷》，太史所録；子雲、相如，同工異曲"，若唯讀此足矣，何必多嗜異書！

同上，卷三十一《山谷上》：

《復齋漫録》云："《題子美浣花圖》云：'鄰家有酒邀皆去，得意魚鳥來相親。'按《世説》，簡文入華林園曰：'會心處不必在遠，翛然林水，便自有濠濮間趣，覺鳥獸禽魚自來親人。'又《贈晁無咎詩》：'鷄蘇胡麻留渴羌，不應亂我官焙香。'按《拾遺記》：'晋有羌人，姚馥字世芬，充圏人，每醉中好言王者興亡事，但言渴於酒，群輩呼爲渴羌也。’”

苕溪漁隱曰：《真誥》云：昔有傅先生者，其少好道，入焦山石室中，積七年，而太極老君詣之，與之木鑽，使穿一石盤，厚五尺許，云：“穿此盤，便當得道。”其人乃晝夜穿之，積四十七年，鑽盡石穿，遂得神丹，乃升太清。故《觀伯時畫馬詩》云“木穿石盤未渠透，坐窗不邀令人瘦”，即前事也。《北史》云：齊高歡在敕勒川，命斛律明月奏琵琶作歌，應詔曰：“敕勒川，陰山下，天似穹廬，籠罩四野。天蒼蒼，沙茫茫，風吹草低見牛羊。”故《題陽關圖詩》云“想得陽關更西路，北風低草見牛羊”，此語殊有所本也。（人民文學出版社，1962年）

洪邁《容齋隨筆》五筆卷五《冥靈社首鳳》：

光堯上仙，於梓宫發引前夕，合用警場導引鼓吹詞。邁在翰苑制撰，其《六州歌頭》内一句云：“春秋不説楚冥靈。”常時進入文字，立待報者，則貼黄批，急速未嘗停滯。是時首尾越三日，又入奏趣請。付出太常，吏欲習熟歌唱，守院門伺候。適有表弟沈日新在軍將橋客邸，一士人乃上庠舊識，忽問“楚冥靈”出處，沈亦不能知，來叩予，因以《莊子》語告之。急走報，此士大喜。初，孝宗以付巨璫，霍汝弼使釋其意，此士霍客也，故宛轉費日如此。又面奉旨令代作挽詩五章，其四云：“鼎湖龍去遠，社首鳳來遲。”當時不敢宣洩，而帶御器械謝純孝密以爲問，乃爲舉王子年《拾遺記》，蓋周成王事也。禁苑文書，周悉乃爾。（上海古籍出版社，1978年）

羅泌《路史》卷三前紀三《循蜚紀·空桑氏》：

空桑在東，窮桑在西，《歸藏·啓筮》云：空桑之蒼蒼，八極之既張，乃有羲和，是主日月，職出入以爲晦明。蓋指隅夷之地，故記孔子生於空桑。……空桑故城在今陳留，固非魯也，故《地記》言：空桑南杞而北陳留各三十里有伊尹村。而所謂窮桑則非此矣。《拾遺記》言：窮桑者，西海之濱也，地有孤桑千尋，蓋在西垂少昊之居梁雝之域，故《周書·嘗麥》云：帝命蚩尤，宇於小顥。而《遠游章句》：西皇所居，西海之津。西皇者，少昊之稱，而小顥者，少昊之正字也，宜爲咸陽。故咸陽曰雲陽，而少昊一曰雲陽氏。雲陽縣今隸曜，漢甘泉宫即武帝之太畤也，顓頊繼少昊者，故《世紀》顓頊亦自窮桑遷商丘，事可知矣。而杜預遽以窮桑爲在魯北，至《釋例》地名乃云地闕，故穎達云：言魯北者，相傳言爾，蓋以定四年《傳》封伯禽於少昊之虚逆之。而樂史之所記乃在曲阜，此又因預而妄之也。太昊在東，少昊在西，予既言之，《拾遺》《遠游》窮桑既在西極，則魯曲阜之説，得非太昊之虚乎？《郡國志》云少昊自窮桑登帝位，非空桑也。

同上，卷四十二餘論五《麟木説》：

絶筆獲麟二論見發揮矣……西狩獲者，從東而王西，東卯西金，明卯金之得天下。又不書下三時者，水絶火王漢興之應，此過鑿也。然《家語》亦云，子與子貢講道德，有赤氣起貫於天子，曰魯端門當有血書西飛爲烏，則非特緯書也。《拾遺記》云，夫子生時麟吐玉書，故以爲聖人之應也。

同上，卷四十六餘論九《西王母》：

西王母，四方昏荒之國也，在《爾雅》爲四荒之名。據《大戴禮·三朝記》孔子之言，昔西王母獻舜白玉管及益地圖，注言：神也。亦見《書·帝驗期》及《世紀》。《世本》乃云：獻白玉環及玉佩，《禮·斗威儀》云：獻地圖及玉玦。《集仙録》又言：黄帝在位，西王母使乘白鹿，授地圖；舜帝在位，復獻白玉環及益地圖，舜遂廣九州爲十二；復獻白玉之管以和八風，故章帝時零陵文學奚景於中道舜祠下得笙、白玉之管。《風俗通》、漢晋諸史、《吕覽》、《樂書》皆備言之。《説文》堯舜祠下得笙、玉管，蓋皆以玉作管，故能使神人和、鳳來儀也。竊按，諸書言舜時瑞事尤多，如《金樓子》言舜攝時有緩耳貫胸民獻珠鰕，《拾遺記》言羽民等獻黄布火浣之類，多不足質。按《竹書》，穆王七年西王母來賓，特不過西玉環玉管戎爾。大曆六年，試西戎，獻白環詩，指此。（《叢書集成初編》本）

羅願《爾雅翼》卷十八《釋獸一·貘》：

貘，白豹似熊，小頭，庳腳，黑白駁，能舐食銅鐵及竹，骨節强直，中實少髓，皮辟濕，寢其皮可以驅瘟癘……《神異經》曰："南有獸曰齧鐵，大如水牛，色如漆，食鐵飲水，其糞可作兵器，其利如鋼。"王子年《拾遺記》曰："見吾山有獸大如兔，毛色如金，雌者如銀，食丹石銅鐵。昔吴國武庫兵鐵食盡，檢庫穴得雙兔一白一黄，殺之，開其腹而有鐵膽腎，乃鑄膽腎以爲劍，雄號干將，雌號鏌鋣，可以切玉斷犀。古稱周之時昆吾氏獻切玉刀，蓋用其山之石若銅鐵，不必皆以兔也。"此二獸大小與貘異，而其勁健蓋亦貘之類，故附著之。

同上，卷三十一《釋魚·能》：

能，鱉之三足者。《山海經》曰："從山上多三足鱉。"今吴興郡陽羨縣君山上有池，池中出三足鱉，蓋自是一種，故魁下六星兩兩而比者曰三能，取此象也。昔晋侯寢疾，夢黄能入於寢門，以爲厲鬼。子産稱堯殛鯀於羽山，其神化爲黄能以入於羽淵，説者亦以爲三足鱉。若從賢能之能讀之，則能乃獸名，熊屬，鹿足，不當入淵中也。今祭禹廟不以鱉及能白，蓋兩避之。王子年《拾遺記》乃稱鯀自沉於羽淵，化爲玄魚，玄魚與黄能音相亂，傳寫文字鯀字或魚邊玄也。《説文》又稱蜮

似鱉三足，以氣射害人，豈亦能之類耶？（《叢書集成初編》本）

孫奕《履齋示兒編》卷十三《正誤·事誤》：

前輩多引脱粟飯爲公孫弘事，按《韓子春秋》，晏嬰，齊相，嘗食脱粟米，不食重味。則是倡自晏平仲。多引浮查爲張騫事，按王子年《拾遺記》，堯時有巨查浮於西海，查上有光若星月，查浮四海，十二年一周天，名貫月查，又名挂星查，羽仙棲息其上。則自是堯時。（《叢書集成初編》本）

王楙撰，王文錦點校《野客叢書》卷七《〈拾遺記〉言傅説》：

王子年《拾遺記》：殷湯門載傅説賃爲赭衣，舂於深岩以自給，夢乘雲繞日而行，筮得利建侯卦。歲餘，湯以玉帛聘而爲阿衡。僕謂湯所聘者伊尹，而傅説起於高宗之世，相去二十來世，如此之遠，而此言湯時傅説云云，無乃誤乎？

同上，卷十一《少翁致神》：

《抱朴子》謂《前漢書》及《史記》皆云齊人少翁爲文成將軍，武帝所幸李夫人死，少翁能命武帝見之。僕考《史記·武帝本紀》及《封禪書》，上有所幸王夫人卒，少翁以方術夜致王夫人貌。又考《漢書·外戚傳》，少翁夜致李夫人。《史記》謂王夫人，《漢書》謂李夫人，二説自不同。《抱朴子》謂二書皆云李夫人，謬矣。徐廣注《封禪書》，謂《外戚傳》曰趙之王夫人，潘岳《悼亡詩》曰“獨無李氏靈，仿佛睹爾容”，又以爲李夫人，其不同如此。王子年《拾遺記》則又曰“李少君致李夫人於紗幕中”，不言少翁而言李少君。（中華書局，1987年）

高似孫《緯略》卷十《冰蠶》：

《樂府雜録》曰：康老子嘗買一舊錦褥，有波斯見之，乃曰：此冰蠶絲所織，暑月陳於座，則滿室清凉。王子年《拾遺記》曰：東海圓嶠山有冰蠶，長七寸，有鱗角，以霜雪覆之，始爲繭，其色五采，織爲文錦，入水不濡，入火不燎。

同上，《紅鞣鞨》：

《南史》曰：天竺國出火齊，狀如雲母，色如紫金，有光耀。別之則如蟬翼，積之則如紗縠之重遝。王子年《拾遺記》曰：董偃常卧延清之室，設火齊屏風。張衡《西京賦》曰：翡翠火齊，絡以美玉。《集韻》曰：琉璃火齊珠。《説文》曰：火齊，玫瑰也。（《叢書集成初編》本）

趙與虤《娱書堂詩話》“錢文僖無題詩”條：

錢文僖《無題詩》云：“春瘦已寬連理帶，夜長惟有辟寒金。”按王子年《拾遺記》，魏明帝時昆明國貢嗽金鳥，嘗吐金屑如粟，鳥性畏寒，處之小屋，水精爲户，内外通光，名辟寒臺。宫人以鳥吐金，飾釵謂之辟寒金。余謂辟字當作畏避之辟，音去聲；若作闢除之義，音入聲，讀之則非。蓋金以畏寒得名，不能禦寒也。文僖詩義誤作入聲用矣，更俟識者訂正。（《叢書集成初編》本）

趙與旹《賓退録》卷一“穆天子傳”條：

《穆天子傳》書八駿之名，一曰赤驥，二曰盗驪，三曰白義，四曰踰輪，五曰山子，六曰渠黄，七曰華騮，八曰緑耳。王子年《拾遺記》載穆王馭八龍之駿，一名絶地，二名翻羽，三名奔霄，四名超影，五名踰輝，六名超光，七名騰霧，八名挾翼。二説不同。（《叢書集成初編》本）

李俊民《莊靖集》卷六《修禊亭》：

在峴山半，王子年《拾遺記》云：江漢之人思周昭王，至春上巳祓禊，集王祠下，如屈原故事。

相唤相呼上巳游，國人無日不思周。近來烽火遭三月，那得閒杯逐水流。（《文淵閣四庫全書》本）

陳振孫著，徐小蠻、顧美華點校《直齋書録解題》卷十一小説家類：

《拾遺記》十卷。晋隴西王嘉子年撰，蕭綺序録。

《名山記》一卷，亦稱王子年，即前之第十卷。（案：此句原本誤脱，今據《文獻通考》增入。）大抵皆詭誕。嘉，符秦時人，見《晋書·藝術傳》。（上海古籍出版社，1987年）

王應麟《玉海》卷五十七藝文·記《晋拾遺記》：

《晋·藝術傳》，（見録類。）《書目·别史類》：晋王嘉撰著《拾遺記》十卷，事多詭怪，今行於世。梁蕭綺《序》云：“本十九卷，書後殘缺，綺因删集爲十卷。”

同上，卷五十八藝文·録《晋拾遺録》：

《王嘉傳》：字子年。著《拾遺録》十卷，記事多詭怪。《唐志》：三卷，又《拾遺記》十卷。蕭綺録。（嘉所撰凡十九卷，二百二十篇，綺合爲十卷。）《集賢注》記天寶六載十二月，敕索《孝經鈎命决》《王子年拾遺》《任子道論》等

四十餘部以進。（江蘇古籍出版社、上海書店，1988年）

王應麟著，翁元圻等注，欒保群等校點《困學紀聞》卷十《地理》：

《三輔黄圖》所載“靈金内府”及“天禄閣青藜杖”皆王嘉《拾遺記》譎誕之説。程泰之謂《黄圖》蓋唐人增續成之。（原注：《水經注》引《黄圖》，今本所無。）（上海古籍出版社，2008年）

陳敬《陳氏香譜》卷一《香異・荼蕪香》：

王子年《拾遺記》云：燕昭王時，廣延國進二舞人，王以荼蕪香屑鋪地四五寸，使舞人立其上，彌日無迹，香出波弋國浸地，則土石皆香，著朽木腐草，莫不茂蔚，以薰枯骨，則肌肉皆香。又見《獨異志》。

同上，《香異・茵墀香》：

《拾遺記》云：靈帝熹平三年，西域所獻，煮爲湯辟癘，宫人以之沐，浴餘汁入渠，名曰流香之渠。

同上，《香異・石葉香》：

《拾遺記》云：此香迭迭如雲母，其氣辟癘，魏文帝時題腹國所獻。

同上，《香異・蘅蕪香》：

《拾遺記》云：漢武帝夢李夫人授以蘅蕪之香，帝夢中驚起，香氣猶著衣枕，歷月不歇。

同上，《香異・百濯香》：

《拾遺記》云：孫亮爲寵姬四人合四氣，香皆殊方異國所獻，凡經踐躡安息之處，香氣在衣，雖濯浣彌年不散，因名百濯香。復因其室曰思香媚寢。

同上，《香異・香石》：

《物類相感志》云：員嶠爛石色似肺，燒之有香煙聞數百里，煙氣升天則成香雲，偏潤則成香雨。亦見《拾遺記》。（《文淵閣四庫全書》本）

周密撰，吴企明點校《癸辛雜識》前集《乘槎》：

乘槎之事，自唐諸詩人以來，皆以爲張騫，雖老杜用事不苟，亦不免有“乘槎消息近，無處問張騫”之句。按騫本傳止曰“漢使窮河源”而已。張華《博物志》

云："舊説天河與海通，有人齎糧乘槎而去，十餘月至一處，有織女及丈夫飲牛於渚，因問：'此是何處？'答曰：'君還至蜀，問嚴君平則知之。'還問，君平曰：'某年月日，有客星犯牽牛宿。'"然亦未嘗指爲張騫也。及梁宗懍作《荆楚歲時記》，乃言武帝使張騫使大夏，尋河源，乘槎見所謂織女、牽牛。不知懍何所據而云。又王子年《拾遺記》云："堯時有巨槎浮於西海，槎上有光若星月，槎浮四海十二月周天，名貫月槎、挂星槎，羽仙棲息其上。"然則自堯時已有此槎矣。（中華書局，1988年）

陳元靚《歲時廣記》卷一《春・繫煎餅》：

《拾遺記》：江東俗號正月二十日爲天穿日，以紅縷繫煎餅餌置屋上，謂之補天穿。李白詩云："一枚煎餅補天穿。"

同上，卷二《夏・消凉珠》：

《拾遺記》：黑蚌珠千年一生，燕昭王常懷此珠當盛暑之月，體自輕凉，號消暑招凉之珠。

同上，卷四《冬・紺碧霜》：

《拾遺記》：廣延國霜色紺碧，又云嵰州霜紺色。《漢武帝内傳》曰：仙家上藥，有玄霜紺雪。

同上，《冬・設羆褥》：

《拾遺記》：周靈王起昆昭之臺，設狐腋素裘紫羆大褥，一人以指彈席上，而暄風入室，裘褥皆棄臺下。（《文淵閣四庫全書》本）

王惲《玉堂嘉話》卷三"丁丑歲二月初"條：

丁丑歲二月初，黄河自陝州靈寶清澄至河南府，或云自潼關至三門集津。王子年《拾遺記》：丹丘千年一燒，黄河千年一清。又曰：聖人生鹿庵，曾命擬中省賀表，天開昌運，統一車書；地應休徵，河清陝洛。恭惟德昭天漢，恩溥淵泉。覆幬何止於中華，洋溢遠沾於方表。以致潤涵九折，鏡净兩涯。自陝至巴，幾千里之餘；由乙踰丙，殆三旬之久。鱗介之泳游可鑒，山林之形影皆分。躍圖馬於龍宫，未容專美；舞馮夷於鱗屋，時出效靈。顧兹上瑞之方臻，特表吾皇之至聖。臣某等叨居華省，幸睹榮光，敢傾葵日之誠，用代詞人之頌。遐荒向慕，百川宗滄海而王；寶祚洪延，萬壽等丹丘之固。（《叢書集成初編》本）

潘昂霄《金石例》卷四《銘文之始》：

《事祖廣記》云：蔡邕曰：黄帝有金几之銘。王子年《拾遺記》曰：黄帝以神金鑄器，皆有銘題。凡所造建，皆記其年時。此銘之起也。（《文淵閣四庫全書》本）

馬端臨《文獻通考》卷二百十五《經籍考四十二》子・小説家：

王子年《拾遺記》十卷。晁氏曰：梁蕭綺敘録。晋王嘉，字子年，嘗著書百二十篇，載伏羲以來異事，前世奇詭之説，書逸不完，綺綴拾殘缺而敘之。（中華書局，1986年）

楊維楨《復古詩集》卷一《漢水操》：

琬曰即祓禊曲也，王子年《拾遺記》曰：周昭王溺於漢水，二女延娟、延娱從王，夾擁王身同没焉。故江漢人至上巳日禊集祠間，以爲風俗。

湘水離離徒以斑我衣，漢水漪漪可以禊我衣。翩然凌波夾龍飛，隨龍雲雨隨龍歸，彼望疑兮疑是非。（《文淵閣四庫全書》本）

脱脱等《宋史》卷二百六《藝文志五》子類小説類：

王子年《拾遺記》十卷。（晋王嘉撰。）（中華書局，1977年）

朱右《白雲稿》卷二《河清頌》：

皇元至正二十一年辛丑冬十有一月戊辰，黄河清七日，自平陸三門磧下至孟津凡五百餘里。朝廷遣秘書少監程徐致祭，刻石志祥。自古嘉瑞靈應未有若此之盛也。臣右謹按，《易・乾鑿度》曰："天降嘉應，河水先清。"京房《傳》曰："河水清，天下平。"王子年《拾遺記》：黄河一千年一清，皆至聖之君，以爲大瑞。春秋二百四十年，凡異屢書，未聞河清之紀。秦漢以降，白麟、赤雁、芝房、寶鼎歌於郊廟，神雀、五鳳、甘露、黄龍表爲年紀，未聞河清之瑞也……（《四庫明人文集叢刊》本）

陶安《陶學士集》卷十六《槎溪記》：

當塗城東有地曰博望，其山以横望名。漢張騫封博望侯，班史載其窮河源，使絶域，以侈孝武威德遠被。世傳其有乘槎事，故今博望有溪名曰槎溪。博望右族爲袁氏，族之長爲瑞甫，遂以槎溪自號。治産勤儉，好禮尚義，壽八十有三矣。按槎與查同，增木爲楂，字書曰邪斫木也，又曰水中浮木也。而木之老無枝葉者亦曰槎牙。自有張騫乘槎之説，而王子年《拾遺記》謂堯時有巨查浮四海，十二年周天，名貫月楂，又名挂星楂，羽仙棲息其上。張華《博物志》謂天河與海通，居海上者浮楂到天河，得織女支機石，嚴君平以爲客星犯斗牛者即此……（《文淵閣四庫全書》本）

陶宗儀《南村輟耕録》卷七《房老》：

王子年《拾遺記》：石季倫有妾名朔風，及色衰，退爲房老。（《元明史料筆記叢刊》本）

陶宗儀《説郛》弓十《尤袤〈遂初堂書目〉》雜傳類：

王子年《拾遺記》。（《説郛三種》本）

楊士奇等《文淵閣書目》卷八荒字型大小第一厨書目子雜：

王子年《拾遺記》。（一部二册。闕。）（《叢書集成初編》本）

宋公傳《元詩體要》卷六《漢水操》（楊維楨）：

即祓禊曲也。王子年《拾遺記》曰：周昭王溺於漢水，二女延娟、延娛從王，夾擁王身同没焉。故江漢人至上巳日禊集祠間，以爲風俗。

湘水離離，徒以斑我衣；漢水漪漪，可以禊我衣。翩然凌波夾龍飛，隨龍雲雨隨龍歸，彼望疑兮疑是非。（《文淵閣四庫全書》本）

錢溥《秘閣書目》子雜：

《王子年拾遺》二。（《四庫全書存目叢書》本）

陸深《儼山外集》卷二十四《史通會要上・品流第三》：

乃有好奇之士，樂爲補亡。和嶠《汲冢記年》，葛洪《西京雜記》，顧協《瑣語》，謝綽《拾遺》，此之謂逸事。夫逸事，皆前史所遺，多益撰述。及妄者爲之，則殽亂難據。世有郭子横之《洞冥》，王子年之《拾遺》，全構虛詞，徒驚愚俗，甚哉其弊也！（《四庫筆記小説叢書》本）

孫承恩《文簡集》卷三十七《擬黄河清頌》：

某年月日黄河清，自某處起至某處，凡若干里。自某日至某日，凡幾日。澄澈瑩潔，色如琉璃，遠近嘆嗟，以爲異事。時淮安守臣以聞，群臣議稱賀，皇上謙德弗許。於是臣某退伏自念，謹按《拾遺記》有云黄河千年一清，實爲至聖之瑞。京房《易傳》曰："黄河清，天下平。"欽惟皇帝陛下，天縱聖明，嗣大歷服，臨御以來，恪敬天地，孝恭祖宗，誅戮奸回，登進賢哲，大化浹洽，洪恩滂洋，克享天心，用降兹瑞，感應之理，是豈偶然之故哉！（《四庫明人文集叢刊》本）

楊慎《升菴集》卷四十六《又人作僞書》：

劉歆《七略》叙稗官小説，以《周書》爲首，即晋代所伐冢《汲冢周書》也。今所傳者十之一爾。其中言舜囚堯、禹距舜、伊尹通末喜、太甲殺伊尹、武王斬紂頭，皆害義傷教之甚。太史公信之，以斬紂事入《史記》，誣聖多矣。其後有《十洲記》《漢武帝内傳》《神異經》《洞冥記》，晋有王子年《拾遺記》，梁有《四公子傳》……皆無足觀，而托名沈約，可笑也。唐人《天寶遺事》，五代王仁裕撰，尤淺陋，疑亦托名王仁裕。予觀仁裕所撰《玉堂閒話》，不如是虚妄也。宋有《碧雲騢》，則誣善醜正甚矣。又有《雲仙散録》《清異録》，僞撰杜詩注，嫁名東坡，一切可以焚棄。

同上，卷七十二《封堠之始》：

《拾遺記》曰：禹治水所穿鑿處皆有泥封記，使玄龜升其上，此封堠之始。又《山海經》黄帝游幸天下，有記里鼓，道路記以里堆，則堠起軒轅時也。

同上，卷七十六《浮玉山陰火》：

《拾遺記》：西海之西有浮玉山，山下有穴，穴中有火，其色如水，波濤灌湯而火不滅，名曰陰火。木玄虚《海賦》所云“陰火潛然”者也。然李善及五臣注皆不引之，唐詩“陰火雨中然”，顧况詩“颶風晴汨起，陰火暝潛燒”，戴叔倫詩“古戍陰傳火，寒蕪曉帶霜”。（《四庫明人文集叢刊》本）

楊慎《丹鉛總録》卷十人品類《王嘉》：

隴西處士王嘉，隱居倒虎山。有異術。苻堅迎之入長安。按嘉字子年，今世所傳《拾遺記》，嘉所著也。其書全無憑證，直講虚空。首篇謂“少昊母有桑中之行”，尤爲悖亂。嘉蓋無德而詭隱，無才而强飾。如今之走帳黄冠，游方羽客，僞藥欺人，假丹誤俗，是其故智而移於筆札，世猶傳信之，深可怪也哉。嗚呼！子書之奥妙不傳者，何限？而今乃傳鬻子、子華、子唐詩之佳而不行者無算，而世乃盛傳許渾、胡曾小説之可觀者多矣。而《天寶遺事》、杜詩僞蘇注，至名家亦爲所惑，且引用焉。噫！

同上，卷十三訂訛類《查字考》：

《説文》：查，浮木也，今作槎，非。槎，音詫，邪斫也。《國語》“山不槎蘖”是也。今世混用，莫知其非。略證數條於此。王子年《拾遺記》：堯時巨查浮西海上，十二年一周天，名貫月查，一曰挂星查。《道藏》歌詩“扶桑不爲查”。王勃詩：“澀路擁崩查。”又《送行序》云：“夜查之客，猶對仙家；坐菊之賓，尚臨清賞。”

同上，卷十九詩話類《僞書誤人》：

劉子玄曰：“郭子横《洞冥記》、王子年《拾遺記》，全構虚辭，用驚愚俗。”卓哉，子玄之見也。余推其餘，如任昉《述異記》、殷芸《小説》、沈約《梁四公子記》、唐人《杜陽雜編》《天寶遺事》、宋人《雲仙散録》《清異録》《杜詩僞蘇注》，盛行於時，殊誤學者。司馬公作《通鑑》，亦誤取《天寶遺事》，况下此者乎？（《文淵閣四庫全書》本）

楊慎《丹鉛餘録》卷三“拾遺記”條：

《拾遺記》：西海之西有浮玉山，山下有穴，穴中有水，其色如火，波濤灌湯而火不滅，名曰陰火，木玄虚《海賦》所云“陰火潛然”者也。然李善及五臣注皆不引之。唐詩“陰火雨中然”。

同上，卷十四“拾遺記曰”條：

《拾遺記》曰：禹治水所穿鑿處皆有泥封記，使玄龜升其上，此封堠之始。又《山海經》：黄帝游幸天下，有記里鼓，道路記以里堆，則堠起軒轅時也。（《文淵閣四庫全書》本）

田汝成著，陳志明校《西湖游覽志餘》卷二十四《委巷叢談》：

桂漿之説，起於《楚詞》，殆亦今之桂花釀酒法耳。而王子年《拾遺記》云：魏有頻斯國人來朝，壺中有漿如脂，乃桂漿也，飲則壽千歲。豈非附會之談乎？林可山《山家清供》有廣寒糕，韓公望《易牙遺意》有桂仙湯。近日杭人造天香丸，可以緘送寄遠，吟邊酒所，咀嚼一粒則香流齒頰之間，清妙不可言狀。（東方出版社，2012年）

馮惟訥《古詩紀》卷四十六晋第十六：

王嘉。（字子年，隴西安陽人。清虚服氣，不與世人交游。石季龍之末至長安，潛隱於終南山。苻堅累徵不赴。公侯已下咸躬往參詣。及姚萇入長安，禮嘉如苻堅故事。後因事爲萇所害。苻登聞嘉死，設壇哭之，贈太師，謚文定公。）

《歌三首》。（《晋書》本傳曰：“嘉死之日，人有壟上見之，其所造三章歌讖，事過皆驗。”《金陵志》曰：“初，王子年著讖，至安帝，果爲劉氏所代。”）

帝諱昌明運當極，特申一期延其息。諸馬渡江百年中，當值卯金折其鋒。

欲知其姓草肅肅，穀中最細低頭熟。鱗身甲體永興福，（《南史》曰：“齊太祖高皇帝，諱道成，姓蕭氏，未受命時，王子年作此歌。按穀中精細者，稻也，即道也。熟猶成也。”）金刀利刃齊刈之。（金刀，劉字。刈，猶剪也。）

同上，卷一百五十六别集第十二《志遺·上古歌謡》：

《拾遺記》曰：郭况者，光武皇后弟也。纍金數億，錯拾寶以飾臺榭，懸明珠於四垂，晝視之如星，夜望之如日。里語曰：洛陽多錢郭氏室，夜日晝星富無匹。

《拾遺記》曰：張華爲九醖酒，以三薇漬麴糵，糵出西羌，麴出北番。番中有指星麥，四月火星出，麥熟而穫之。糵用水漬麥，三夕而萌芽，平旦鷄鳴而用之，俗人呼爲鷄鳴麥。以之釀酒醇美，久含令人齒動。若大醉，不叫笑摇蕩，令人肝腸消爛，俗人謂爲消腸酒。或云醇酒可爲長宵之樂。兩説同而異事也。閭里歌曰：寧得醇酒消腸，不與日月齊光。（《文淵閣四庫全書》本）

陸楫《古今説海》卷一百十四説略（雜記）《霏雪録》（闕名）：

洪武丁卯春，湯信公持節發杭紹明台温五郡之民，城沿海諸鎮，時會稽王家堰夜大雨，水暴至，死者什四五，水上有火萬炬，咸以爲鬼。予嘗詢於習海事者，曰鹹水夜動則有光，蓋海水爲風雨所擊，故其光如火耳。因記王子年《拾遺記》云東海之上有浮玉山，山下有穴，穴中有大水蕩潏，火不滅爲陰火，正此類也。余記此，以破好怪者之説。（上海文藝出版社，1989年）

陳士元《名疑》卷三“越以美女”條：

越以美女西施、鄭旦同進於吴。《拾遺記》云越以美女二人貢吴，一名夷光，一名修明。或云夷光即西施，修明即鄭旦也。夷光一作移光。（《文淵閣四庫全書》本）

李時珍《本草綱目》卷一上序列上《引據古今經史百家書目》：

王子年《拾遺記》。（人民衛生出版社，1979年）

余寅《同姓名録》卷一《容成二》：

《史記》黄帝時容成造曆，《拾遺記》周靈王時變夏改寒以誣百姓，容成入諫，於是遂疏萇弘。

同上，《方回三》：

舜有七友，其二曰方回。詩紀方回山經引相冢書。舜時安得有相冢者，疑後人借回爲名也。王子年《拾遺記》仙人方回游南嶽作七言贊曰：珠塵圓潔輕且明，有道服者得長生。元亦有方回，爲王厚齋先生作《小學紺珠序》。

同上，卷二《王嘉四》：

漢哀帝時，王嘉以丞相封新甫侯；而莽孫王嘉封衍功侯；前平帝時，蜀郡王嘉棄官逃，王莽之亂後不赴公孫述徵，伏劍死；至晋王嘉，貌醜神異，隱於終南山著《拾遺記》，爲姚萇所殺。

同上，卷三《王溥二》：

漢安帝時王溥即王吉之後，輸錢一億，爲中壘校尉。見《拾遺記》。宋藝祖時王溥仕周爲禮部尚書，入宋進司空、太子太師，太祖顧左右曰："溥十年作相，三遷一品，福履之盛，近世未見其比。"太平興國初，封祁國公。（《四庫類書叢刊》本）

陳耀文《天中記》卷二《星》"堯五老"條：

堯五老。《論語讖》曰："仲尼曰：吾聞堯率舜等游首山，觀河渚，有五老游焉。一老曰：河圖將來告帝期，二老曰：河圖將來告帝謀，三老曰：河圖將來告帝書，四老曰：河圖將來告帝圖，五老曰：河圖將來告帝符。"龍銜玉苞，金泥玉檢，封盛書。威曰："知我者，重瞳姚黄。五老因飛爲流星上入昴。"《拾遺記》云："虞在位，五老游於國都，禪於禹。五老去，不知所之。"

同上，"鑄鼎星見"條：

鑄鼎星見。王子年《拾遺記》曰："禹鑄九鼎，擇雌金爲陰鼎，雄金爲陽鼎。太白星見，九日不没。"

同上，《風》"避風臺"條：

避風臺。《拾遺記》云："漢成帝與趙飛燕戲於太液池，每輕風時至，飛燕殆欲隨風入水，帝以翠纓結飛燕之裙。今太液池尚有避風臺，即飛燕結裙之處。"

同上，"香風"條：

香風。王子年《拾遺記》曰："瀛洲時有香風冷然而起，張袖受之則歷年不歇，著肌膚必軟滑。"

同上，卷四十《返魂》“少翁”條：

少翁。齊人少翁以鬼神方見上，上有所幸王夫人，夫人卒，少翁以方術蓋夜致王夫人及灶鬼之貌，云天子自帷中望見焉。於是乃拜少翁爲文成將軍。（《武紀》《封禪書》。）

王夫人，《漢書》作李夫人，桓譚《新論》同。少翁，《新論》作李少君，《拾遺記》作董仲君。

同上，卷五十四《龍》“龍骨”條：

《拾遺記》曰：“方丈山東有龍場，地方千里，龍皮骨如山阜，布散百餘頃。”（廣陵書社，2007年）

陳耀文《正楊》卷一《傅説》：

胡蒙溪云：“《説命》曰‘説築傅岩之野’。《孔氏傳》云‘傅氏之岩有澗水環道，常使胥靡刑人築護此道，説賢而隱，代胥靡築之以供食’。至蔡氏不從其説，乃云築居也。今言所居，猶謂之卜築。按孔子語子路云‘傅説負壤土釋板築而立佐天子’，孟子云‘傅説舉於板築之間’，莊子云‘傅説胥靡’，墨子云‘傅説被褐帶索庸築傅岩’，屈原《離騷》云‘説操築於傅岩’，賈誼《鵩賦》云‘傅説胥靡兮乃相武丁’，班固《公孫弘贊》云‘板築飯牛之朋’，崔駰《達旨》云‘役夫發夢於王公’，張衡《應間》云‘委臿築而據文軒’，夏侯湛《抵疑》云‘傅説操築以寤主’，王子年《拾遺記》云‘傅説賃爲赭衣，舂於深岩以自給’，沈約《恩幸傳論》云‘板築，賤役也，傅説去爲殷相’。右諸説并同孔《傳》，且孔、孟、莊、墨去殷皆未大遠，言必有據，不知蔡氏何所見而不從也。

同上，卷二《鬼谷子》：

《拾遺記》：“鬼谷子云：吾生於歸谷，亦曰鬼谷。鬼者，歸也。又曰歸者，谷名也。”《古史考》云：“鬼谷子也，歸、鬼，相近也。柳子云：漢劉向、班固録書無《鬼谷子》，《鬼谷子》後出，妄言亂世，難信。”今謂《子略》，柳子亦未見耶？

同上，卷三《吐金鳥》：

金鳥吐金屑，名避寒金，見《拾遺記》，非段柯古好張虚大也。今曰吐金鳥、避寒鳥，似亦欠審。柯古名成式，曰式之又誤。

同上，《旋波移光》：

越之美女與西施鄭旦同進於吴王，肌香體輕，飾以珠幌，若雙鸞之在煙霧。

《拾遺記》云：越謀滅吴，有美女二人，一名夷光，二名修明（即西施鄭旦之别名），以貢於吴。吴處以椒華之房，貫細珠爲簾幌云云。吴王目之若雙鸞之在輕霧。《杜陽編》云：元載寵姬薛瑶英仙姿玉質，肌香體輕，雖旋波摇光不能過也。所引合二事爲一，想未見正本耳。

《拾遺記》：西海之西有浮玉山，山下有穴，穴中有水，其色如火，波濤灌蕩而火不滅，名曰陰火木。玄虚《海賦》所云陰火潛然者也。然李善及五臣注皆不引之。商芸《小説》云：晋明帝問沐啓云：沐伏久勞極，不審尊體何如？

《拾遺記》曰：禹治水所穿鑿處皆泥封記，使玄龜升其上，此封堠之始。

予又考《述異記》云：空同山有堯碑禹碣，皆科斗書。

同上，《香雲香雨》：

《拾遺記》云：員嶠之山名環丘，有雲石，廣五百里，或四五十，或十數里，駁駱如錦川，扣之則片片翕翕然，雲出俄而遍潤天下。西有星池，周千里，水色隨四時變化。有神龜出爛石之上。此石常浮於水邊，方數百里，其色多紅，質虚似肺，燒有煙香聞數百里，煙氣升天則成香雲，遍潤則成香雨。此謂雲雨無香，誤。

若云僞書誤人，則陰火潛然，固嘗引之以病選注矣。子年神奇先覺，非游方誤俗者。見《晋・藝術傳》。（《文淵閣四庫全書》本）

王世貞《弇州四部稿》續稿卷一百五十九文部《書道經後》：

王子年能預知苻堅南伐之必敗，而不能守；能預知姚萇之子無略得苻登，而不能知身之見殺於萇手，此大謬也。豈釋氏所謂“還債”耶？將無以述讖緯、談休咎、爲真宰所罪耶？正史不言兵解，恐傳者增飾之。其所著《拾遺記》十卷，蓋不待畢而知其詭於道也。（上海古籍出版社，1993年）

朱載堉《樂律全書》卷二十一《律學新説一・造律第七》：

古人之律凡有三品，上品以玉，中品以銅，下品以竹。王子年《拾遺記》曰：“黄帝吹玉律，正璿衡。”《晋志》曰：“黄帝作律以玉爲管，舜時有玉律曰‘昭華之管’，漢章帝時泠道舜祠下得白玉管，晋武帝時汲郡魏襄王冢中得古玉律，荀勖依姑洗玉律、小吕玉律以造尺。”《隋志》引梁武帝《鍾律緯》曰：“從上相承有古玉律八枚，惟夾鐘有昔題刻。劉貺曰：《書傳》言舜有白玉管，漢時舜祠下實得之，晋汲冢亦獲玉律，則古用玉律明矣。（《文淵閣四庫全書》本）

焦竑著，黄曙輝點校《老子翼》卷三附録“王子年拾遺記”條：

王子年《拾遺記》曰：老君居景室之山，與世人絶迹，唯老叟五人，或乘鳴鶴，或著羽衣，共譚天地之數，所撰經書垂十萬言。有浮提國獻善書二人，乍老乍少，隱形則出影，聞聲則藏形，時出金壺器，中有黑汁狀若淳漆，灑木石皆成篆隸科斗之字。記造化人倫之始，老君所撰經，皆寫以玉牒，緘以金繩，貯以玉函。及金壺汁盡，二人乃欲刳心瀝血以代墨焉。此乃洛州景山太室、少室也，所説九變長生等經有百萬篇，多藏名山石室，秘而未行。今所出者約六千卷。（華東師範大學出版社，2011年）

陳禹謨《騈志》卷四乙部下《稱象/頓象》：

《江表傳》：“孫權遣使詣闕，獻馴象二頭，魏太祖欲知其斤重，咸莫能出其理。時鄧王沖尚幼，乃曰：‘置象大船，刻其所至，稱物以載之，可知也。’太祖大悦，即施行焉。”

《拾遺記》：“魏文帝時，南越獻白象子在帝前，任城王彰手頓其鼻，象伏不動。”

同上，卷五丙部上《劉向校書於天禄閣/揚雄校書於天禄閣》：

《拾遺記》：“劉向於成帝之末校書天禄閣，專精覃思，夜有老人著黄衣植青藜杖登閣而進，見向暗中獨坐誦書，老父乃吹杖端，煙燃，因以見向，説開闢已前。向因受五行洪範之文，恐辭説繁廣忘之，乃裂裳及紳，以記其言。至曙而去，向請問姓名，云：‘我是太一之精、天帝聞卯金之子，有博學者下而觀焉。’”

《前漢書》：“王莽以符命自立，時揚雄校書於天禄閣上，治獄使者欲收雄，雄從閣上自投下，幾死。莽聞之曰：‘雄素不與事，有詔勿問。’然京師爲之語曰：‘惟寂寞，自投閣；爰清静，作符命。’”《三國遺録》：“魏文帝爲閲書觀，讀書千卷者登此觀，登者六人而已。”

同上，《書倉/經苑》：

《拾遺記》：曹曾慮先文湮没，乃積石爲倉以藏書，故謂曹氏爲書倉。

又，任末年十四時，學無常師，負笈不遠險阻。或依林木之下編茅爲庵，削荆爲筆，克樹汁爲墨。夜則映星望月，暗則縳麻蒿以自照。觀書有合意者，題其衣裳以記其事。門徒悦其勤學，更以净衣易之。河洛秘奥，非正典籍所載，皆注記於柱壁及園林樹木，慕好學者來輒寫之。時人謂任氏爲經苑。

同上，卷十戊部下《引氣飛雪/即席爲炎》：

《拾遺記》：周靈王登昆昭之臺，忽見二人乘雲而至，一人先唱，能爲雪霜引氣，一噴則雲起雪飛，坐者皆凜然，宫中池井堅冰可琢。

又云，周靈王冬設狐腋素裘、紫羆文褥，羆褥是西域所獻也，施於臺上，坐者皆温。又有一人唱，能使即席爲炎，乃以指彈席上，而暄風入室，裘褥皆棄於臺上。

同上，《羽人乘蠡舟越王銅船/神人乘漆舟廩君土船》：

《拾遺記》：秦始皇好神仙，有羽人乘蠡舟浮黑水而至者，身長十丈，編毛爲衣，兩目如電，方耳出於項間，顔如童稚。

《三秦記》：太虚山上有池，神人常乘漆船於其内，今有故漆船在焉。

《交州記》：安定縣有越王銅船，潮退則見。又陰雨日百姓樵采，見銅船出水上。

《載記》：廩君之先，五姓争之，乃以土爲船，雕畫之而浮水中，曰若其船浮，存者以爲廩君。務相船獨浮，於是遂稱廩君，乘其土船，將其從卒，當夷水而下。

同上，卷十一己部上《鳥鼠同穴/魚龍同穴》：

《水經注》："鄭玄曰：鳥鼠之山有鳥焉，與鼠飛行而處之。又有止而同穴之山焉。是二山也，鳥名爲鵌，似鵽而黄黑色；鼠如家鼠而短尾，穿地而共處，鼠内而鳥外。孔安國曰：共爲嶋雄。杜彦達曰：同穴止宿，養子互相哺食，長大乃止。張晏言不相爲牝牡，故因以名山。"

《拾遺記》："南潯之國有洞穴，陰源，其下通地脈，中有毛龍，時蜕骨於曠澤之中，魚龍同穴而處。"

同上，《三日五變/千年一清》：

《易·乾鑿度》云：天降嘉應，河水先清三日，清變爲白，白變爲赤，赤變爲玄，玄變爲黄，各三日。

《拾遺記》：丹丘千年一燒，黄河千年一清，皆至聖之君以爲大瑞。又云黄河清而聖人出。

同上，《方湖/員淵》：

《拾遺記》：員嶠山一名環丘，上有方湖周回千里。

又，岱輿山有員淵千里，常沸騰，以金石投之，則爛如土矣。

同上，卷十二己部下《花印紅迹/壺即紅色》：

《青瑣記》：明皇時有獻牡丹者，謂之楊家紅，乃楊勉家花也。命力士將花上貴妃，妃方對妝，妃用手拈花時，匀面脂在手，即印於花上。帝見之，問其故，妃以狀對。上詔於仙春館栽。來歲花開，上有手印紅迹。帝賞花，驚異其事，乃名爲一撚紅。後樂府中有《一撚紅》曲。

《拾遺記》：魏文帝所愛美人姓薛名靈芸，常山人也，芸年十七，容貌絶世。時文帝選良家子入宫，靈芸别父母淚下沾衣，至升車就路時以玉唾壺承淚，壺即如紅色。及至京師，壺中淚凝如血色矣。帝改靈芸名曰夜來。夜來妙於針工，雖處深帷重幄，不用燈燭，裁製立成，非夜來縫製帝則不服，宫中號爲“針神”。

同上，卷十四庚部下《鴟梟逃於絶漠/鴟梟不入城郭》：

《拾遺記》：堯在位七年，鴟梟逃於絶漠。

《水經注》：雩門南有雩壇，壇高三丈，曾點所浴沂風舞處也。高門一里餘，道西有道兒君碑，是魯陳君立，昔曾参居此，鴟梟不入城郭。

同上，《鯀化黄熊/鯀化玄魚》：

《春秋傳》：鯀化爲黄熊，入於羽淵。

《拾遺記》：鯀自沉於羽淵，化爲玄魚，時揚鬚振鱗，横修波之上，見者謂爲河精。梁蕭綺録曰：在山變爲熊，入水化爲魚也。

同上，卷十六辛部下《結裙/持履》：

《拾遺記》：成帝常以三秋閑日與飛燕戲於太液池，以沙棠木爲舟，貴其不沉没也。每輕風時至，飛燕殆欲隨風入水，帝以翠纓結飛燕之裙，常怨曰：“妾微賤，何復得預纓裙之游？”今太液池尚有避風臺，即飛燕結裙之處。

《趙飛燕外傳》：帝與后游太液池，中流歌酣，風大起，后順風揚音，徐無方長噏細嫋與相屬。帝曰：“無方爲我持后，無方舍吹持后履。”

同上，卷十七壬部上《投果滿車/衣寶盈車》：

《晋書》：潘岳少時，常挾彈出洛陽道，婦人遇之者皆聯手縈繞，投之以果，遂滿車而歸。時張載甚醜，每行，小兒以瓦石擲之，委頓而反。又《世説》：潘安仁妙有姿容，好神情，少時挾彈出洛陽道，婦人遇者莫不聯手共縈之。左太沖絶醜，亦復效岳遨游於是，群嫗齊共亂唾之，委頓而返。

《拾遺記》：王溥挾竹簡插筆於洛陽市傭書，美於形貌，又多文辭，來僦其書者，丈夫贈其衣冠，婦人遺其珠玉，一日之中，衣寶盈車而歸。

同上，《泱日翻形明清清腸之稻/摇枝鳳冠游龍瓊膏之粟》：

《拾遺記》：融澤國有泱日之稻，種之十旬而熟。有翻形稻，言食者死而更生，夭而有壽。有明清稻，食者延年也。清腸稻，食一粒歷年不飢。

又，有摇枝粟，其枝長而弱，無風常摇，食之益髓。有鳳冠粟，似鳳鳥之冠，食者多力。有游龍粟，葉屈曲似游龍也。有瓊膏粟，白如銀，食此二粟令人輕骨。

同上，《繞明挾劍傾離之荳/紫沉雲冰通明之麻》：

《拾遺記》：有繞明荳，其莖弱，自相縈纏。有挾劍荳，其莢形似人挾劍，横斜而生。有傾離荳，言其荳見日葉垂覆地，食者不老不疾。

又，有紫沉麻，其實不浮。有雲冰麻，實冷而有光，宜爲油澤。有通明麻，食者夜行不持燭，是苣蕂也，食之延壽。

同上，《延精昆和輕心醇和含露之麥/朝虹宵明焦茅黄蕖聞遐之草》：

《拾遺記》：有延精麥，延壽益氣。有昆和麥，調暢六府。有輕心麥，食者體輕。有醇和麥，爲麯以釀酒，一醉纍月，食之凌冬可袒。有含露麥，穟中有露，味甘如飴。已上俱融澤國出。

又，融澤國之北有草名虹草，枝長一丈，葉如車輪，根大如轂，花似朝虹之色。宵明草，夜視如列燭，晝則無光。焦茅草，高五丈，燃之成灰，以水灌之復成茅也，謂之靈茅。黄渠草，映日如火，其堅韌若金，食者焚身不熱。聞遐草，服者耳聰，香如桂，莖如蘭。

同上，《望舒荷/望舒草》：

《拾遺記》：漢靈帝渠中植蓮大如蓋，長一丈，南國所獻，其葉夜舒晝捲，一莖有四蓮叢生，名曰夜舒荷。亦云月出則舒也，故望舒荷。

又，晋太始中浮支國獻望舒草，其色紅，葉如荷，近望則如捲荷，遠望則如舒荷，團團似蓋。亦云月出則葉舒，月没則葉捲。

同上，《浮根/沉實》：

《洞冥記》：漢武旦露池西，見靈池中有浮根菱，根出水上，葉沉波下，霜降彌美，因名青冰菱。

《拾遺記》：昭帝琳池中有倒生菱，莖如亂絲，一花千葉，根浮水上，實沉泥中，名紫菱，食之不老。

同上，《仁壽木/君子樹》：

《拾遺記》：晋人爲介之推起思煙臺，種仁壽木，木似柏而枝長柔軟，其花堪食。

《晋宫閣記》：華林園有君子樹三株。

同上，《不死樹/恒春樹》：

《博物志》：員丘山有不死樹，食之乃壽。

《拾遺記》：方丈山有恒春之樹，葉如蓮，芬芳如桂，色隨四時。一名沉生。

同上，《招凉珠/迎凉草》：

《拾遺記》：黑蚌珠千年一生，燕昭王常懷此珠，當盛暑之月體自輕凉，號消暑招凉之珠。

《杜陽編》：李輔國家夏，則於堂中設迎凉草，其色類碧而幹似苦竹，葉細如杉，雖若乾枯而未嘗凋落，盛暑挂之窗户間，則凉風自至。

同上，卷十八壬部下《鶼鶼/蠻蠻》：

《山海經》：南方有比翼鳥，不比不飛，其名謂之鶼鶼。《史記》：古之封禪西海，致比翼之鳥。《拾遺記》：成王時然丘國獻比翼鳥，雌雄各一，以玉爲樊。《周書》：成王時巴人獻比翼鳥。

又，崇吾之山有鳥，其狀如鳧而一翼一目，相得乃飛，名曰蠻蠻，見則天下大水。

同上，《孝烏/仁烏》：

《尚書緯》：烏有孝名，武王卒父大業，故烏瑞臻。譙子《法訓》曰：夫孝行之本，替本而求末，未見得之者也。烏者而有反哺，况人而無孝心者乎？

《拾遺記》：晋文公焚山求介子推，有白烏繞煙而噪，或集介子推側，火不能焚。晋人嘉之，起思煙臺，其烏云仁烏。（《四庫類書叢刊》本）

胡應麟《少室山房筆叢》卷三十《四部正譌上》：

世率以讖緯并論，二書雖相表裏，而實不同……乃知凡讖皆托古聖賢以名其書，與緯體制迥别。蓋其説尤誕妄，故隋禁之後永絶。類書亦無從援引，而唐宋諸藏書家絶口不談。以世所少知，附其目於此……《王子年歌》一卷……

同上，卷三十二《四部正譌下》：

《拾遺記》稱王嘉子年，蕭綺傳録，蓋即綺撰而托之王嘉。中所記無一事實者，皇娥等歌，浮艷淺薄，然詞人往往用之，以境界相近故。又《名山記》亦贋作，今不傳。

同上，卷三十四《三墳補逸下》：

《賓退録》云《穆天子傳》八駿之名：一曰赤驥，二曰盜驪，三曰白義，四曰踰輪，五曰山子，六曰渠黄，七曰驊騮，八曰騄耳。王子年《拾遺記》載穆王御八龍之駿：一名絶地，二名翻羽，三名奔霄，四名超影，五名踰輝，六名飛光，七名騰霧，八名挾翼。二説不同，未知何書爲當。按趙與時以二説互異爲疑，非也。《傳》中八駿之名，已見引於《列子》。况《拾遺記》王嘉所載，皆一時私意詭撰，曷足徵哉！

同上，卷三十八《華陽博議上》：

子之浮誇而難究者，莫大於衆説。衆説之中，又有博於怪者、妖者、神者、鬼者、物者、名者、言者、事者。《齊諧》《夷堅》博於怪；《虞初》《瑣語》博於妖。令升、元亮博於神；之推、成式博於鬼；曼倩、茂先博於物；湘東、魯望博於名；義慶、孝標博於言；夢得、務觀博於事；李昉、曾慥、禹錫、宗儀之屬又皆博於衆説者也。總之，脞談隱迹，巨細兼該，廣見洽聞，驚心奪目，而淫俳間出，詭誕錯陳。張、劉諸子，世推博極，此僅一班；至郭憲、王嘉，全構虚詞，亡徵實學，斯班氏所以致譏，子玄因之絶倒者也。（中華書局，1958年）

顧起元《説略》卷一《象緯》“冬至初陽”條：

山雲草莽，水雲魚鱗，旱雲煙火，涔雲波水。見《淮南子》，又見《吕氏春秋》。又濯魚雲，見《相雨書》。礟車雲，見《國史補》。卿雲，見《拾遺記》。矞雲之色，外赤内青，見《太玄經》。油雲，見《西京雜記》。景雲，見《竹書紀年》。雕雲，見《文選》。三素雲，見道書。梢雲，見孫氏《瑞應圖》。香雲，見《拾遺記》。

同上，“八節有八風”條：

梅雨後凉風一月，曰舶趠風。見《瑣碎録》。颶母風發時先緩後急，曰鍊風。見《嶺南録》及《番禺雜記》。八月風曰葡萄風，見《金樓子》。又祛塵風在昆侖山，見《拾遺記》。又南風爲凱風，東風爲谷風，北風爲凉風，西風爲泰風，見《爾雅》。

同上，“玄霜絳雪仙藥”條：

玄霜絳雪仙藥，見《漢武内傳》。周穆王時西王母貢嵰州甘霜甜雪，廣延國雪霜皆紺碧，見《拾遺記》。吉雲國有五色露，畢勒國亦有五色露，見《洞冥記》。水之美者有三危之露，露之美者有揭雲之露，其色紫，見《吕氏春秋》。王者施德惠甘露降，一名膏露，一名天酒，見《瑞應圖》。善飲國人飲丹露，雲日初出時有露如珠，見《洞冥記》。又炎帝時有香露，昆侖山有朱露，見《拾遺記》。

同上，卷二《方輿上》“地有空桑”條：

《拾遺記》言窮桑者西海之濱也，地有孤桑千尋，蓋在西垂少昊之居，梁雍之域。顓頊繼少昊者，故《世紀》亦自窮桑遷商丘。而杜預遽以窮桑爲在魯北，至《釋例·地名》乃云地闕，故穎達云言魯北者相傳言爾。蓋以定四年《傳》封伯禽於少昊之墟逆之，而史之所記乃在曲阜，又因預而妄之也。《郡國志》云少昊自窮桑登帝位，非空桑明矣。

同上，卷三《方輿下》“易澤中有火素”條：

山林藪澤晦明之夜，則野火生焉，散布如人秉燭，其色青，異乎人火。按《拾遺記》，東海有浮玉山，山下有穴，穴中有大水蕩潏，火不滅爲陰火，正此類也。

同上，卷七《史别上》“西王母”條：

竊按諸書言舜時瑞事尤多，如《金樓子》言舜攝時有綏耳貫胷民獻珠鰕，《拾遺記》言羽民等獻黄布火浣之類，多不足質。按《竹書》穆王七年西王母來賓，特不過西戎爾。大曆六年試，西戎獻白環詩，指此。

同上，卷十三《典述中》“劉子玄史通”條：

劉子玄《史通》所載古今正偏史今多不存，澹園先生《筆乘》常載之中，如《晋春秋》、《竹書紀年》、陸賈《楚漢春秋》……顧協《瑣語》、謝綽《拾遺》、劉義慶《世説新書》、裴榮期《語林》、孔思尚《語録》、楊松珍《談藪》、郭子横《洞冥記》、王子年《拾遺記》、劉劭《人物志》、祖鴻勳《晋詞記》、陸景《典語》、劉勰《文心雕龍》、李充《翰林論》、摯虞《文章流别集》、阮孝緒《七録》、祖台之《志怪》、干寶《搜神記》、劉義慶《幽明録》、劉敬叔《異苑》、邯鄲淳《笑林》、劉芳《周官音》《禮記音》。

同上，卷二十二《工考上》“輅車奚仲作”條：

布帛，黄帝作，見《漢志》。錦，堯時海人作，見《拾遺記》。繡，舜仝禹制爲衣服，見《正義》。

同上，“莊子曰”條：

嵇含《南方草木狀》：大秦出蜜香紙，一云香皮紙，微褐色，有紋如魚子，極香而堅韌。晋武帝賜杜預萬番，寫《春秋釋例》及《經傳集解》。又《拾遺記》：海苔紙，晋南越所貢，以苔爲之，名“側理紙”。後人言“陟里”，武帝賜張華，萬番造。

同上，“李石續博物志”條：

揚雄《答劉歆書》：把三寸弱翰，《會稽典録》：盛吉拜廷尉持丹筆，《拾遺記》：任末削荆爲筆，陸士龍《與兄書》：魏武帝劉婕好以七月七日折琉璃筆管，《拾遺記》：張華造《博物志》晋武賜麟角筆，以麟角爲筆，管遼西國所獻也。

同上，“西京雜記”條：

《述異記》：洞庭湖有范蠡石研。《西京雜記》：漢天子以玉爲研，取其不冰，太子賜漆石硯，魏武上雜物有純銀參帶臺硯。又參帶圓硯。《拾遺記》：晋武帝賜張華于闐國所貢青鐵硯，愍帝予劉聰銀硯，庾翼少爲侍中袁象所重，贈以鹿角書格蜯硯。

同上，卷二十三《工考下》“鴻耳船神名”條：

鴻耳，船神名，梁簡文記。雀室，在船廬上，可以候遠，若雀巢也。鷁首，畫水鳥於船頭以辟水怪也。艨艟，外狹而長，戰船也。蜂舟，武王舟也。見《拾遺記》。

同上，“古人奇器”條：

古人奇器，載記中所紀者甚衆，聊爲略疏之……周穆王時，渠胥國貢火齊鏡，廣三尺六寸，暗中視如晝，人向鏡中語，則鏡中回應。見《拾遺記》。高祖入咸陽宫得方鏡，廣四尺，高五尺九寸，表裏有明，人照之影則倒見，以手捧心，可照見五藏，歷然無疑。見《西京雜記》。隋王度有寶鏡，歲疫，令僕持鏡詣裏，有疾者照之即愈，皆云龍駒。持一月，光彩被體，清凉而愈。見《異聞集》。顓頊高陽氏有畫影劍、騰空劍，若四方有兵，此劍則飛赴，指其方則克。未用時，在匣中常如龍虎吟。見《拾遺記》。昆吾刀，周穆王時西胡所獻，切玉如泥。見《十洲記》。周昭王時，塗修國獻青鳳丹鵲，各一雌雄，孟夏取鵲翅爲扇，一名條光，一名反景。見《拾遺記》。

同上，卷二十五《食憲》“五穀之異者”條：

五穀之異者，背明國在扶桑東，名曰“融澤”，有浹日稻，十旬而熟；翻形稻，食之更生；明清稻，食者延年；清腸稻，食之不飢；摇枝粟，食之益髓；鳳冠粟，食者多力；游龍粟，葉曲如龍；瓊膏粟，并食之體輕；饒明豆、挾劍豆、傾離豆，食之無老疾；延精麥，食之延壽益氣；昆和麥，食之調暢六腑；輕心麥，食之體輕；醇和麥，釀酒一醉累月；含露麥，穟中有露如飴；雲冰麻，實冷有光，宜爲油；通明麻，食之夜行，不持燭。見《拾遺記》。

同上，“拾遺記載”條：

《拾遺記》載宋景公食善星文者，渠滄之梟，煎以桂髓；叢庭之鷃，蒸以蜜沫；淇漳之鱧，脯以青茄；九江珠穟，爨以蘭蘇；華清夏潔，灑以纖縞。又載燕昭王食旋娟、提謨璛珉之膏，丹泉之粟。

同上，卷二十六《珍格》“少昊時”條：

少昊時金鳴於山，見《拾遺記》。秦獻公十八年櫟陽雨金，見《史記》。孔子修《春秋》，製《孝經》，既成，孔子齋戒向北斗星辰而拜，告備於天，乃有赤虹見自上而下，化爲黄金。見《搜神記》。魏明帝時昆明國貢嗽金鳥，常吐金如粟，宫人以金飾釵謂之辟寒金。見《拾遺記》。

同上，“瑪瑙品類多不同”條：

瑪瑙品類多不同，出産有南、北，其實一石卵爾。大者如斗，其體質堅硬，碾造費工。若南瑪瑙，産大食等國，色正紅而無瑕，可作杯斝器具。生西北者，色青黑，謂之鬼面青。赤須間以紅色如珠絲者爲妙，若靈夏瓜沙羌地磧中間得之者尤奇。有柏枝瑪瑙，質如冰玉，上有枝葉儼如柏枝。又有金子瑪瑙，黑白相間，大不過一二寸。又有合子瑪瑙，質理純黑，中間白緑者可作數珠間隔。又有夾胎瑪瑙，正視之則瑩白光彩，倒視之則若凝血，蓋一物而有兩色也。出西羌砂磧中，世不多見。有紫雲瑪瑙者，今和州産者，可作屏障卓面等用，實一石爾。又丹邱之野多鬼血，化爲丹石，則瑪瑙也。見《拾遺記》。

同上，卷三十《蟲注下》“馬賦有云”條：

《周穆王傳》八駿：一曰赤驥，二曰道驪，三曰白義，四曰踰輪，五曰山子，六月渠黄，七曰華騮，八曰緑耳。史道碩畫本名同。又有名翠虬者，見揚雄《河東賦》。王子年《拾遺記》則一曰絶地，二曰翻羽，三曰奔霄，四曰超影，五曰踰輝，六曰超光，七曰騰霧，八曰挾翼。疑未見《穆王本傳》故也。《韓非子》曰：延陵卓子乘蒼龍桃文之乘。《左傳》唐成公有驌驦，又圖有含陽、紅驃、黄鵠、晨風、緑蛇、紫燕。《古今注》曰：秦始皇有七馬，一曰追風，二曰白兔，三曰躡景，四曰追電，五曰飛翮，六曰銅雀，七曰晨梟（一曰神梟）。《史記》曰：項王有烏騅。《西京雜記》曰：漢文帝自代還有九馬，一浮雲，二赤電，三絶群，四逸驃，五紫燕騮，六緑螭驄，七龍子，八麟駒，九絶塵，號爲九逸，後得千里馬却之。《漢書》曰：武帝有天馬、西極馬、天馬汗血。《洞冥記》曰：東方朔游吉雲之地，越扶桑之東得神馬曰步景。《馮奉世傳》曰：宣帝有大宛象龍。《世説》曰：昭烈有的盧。《魏書》：魏武有絶影。《後漢書》：吕布有赤兔。《寰宇記》：張飛有玉追，曹真有驚帆。《拾遺記》：曹洪有白鶴。（《四庫類書叢刊》本）

胡震亨《唐音癸籤》卷十六《詁箋一》"香雲香雨"條：

香雲香雨。雨未嘗有香也，而李賀詩"依微香雨青氛氲"，元微之詩"雨香雲淡覺微和"；雲未嘗有香，而盧象詩云"雲氣香流水"。此楊用修語也。陳晦伯駁之，謂雲雨未嘗無香，引《拾遺記》"員嶠山石，燒之成香雲，遍潤成香雨"爲證。詩人寫物，正不必問其有出處與否。若以員嶠有香雲香雨方敢用之，則詩亦大拙鈍矣，晦伯何足以難用修乎？

同上，卷二十《詁箋五》"銷腸酒"條：

銷腸酒。鄭谷詩："險事消腸酒，清歡敵手棋。"《拾遺記》："張華以西羌櫱漬北胡麥爲醇酒，大醉不摇蕩令人肝腸爛，當時謂之消腸酒。"鄭詩似用此。（中華書局，1959年）

徐㶿《徐氏筆精》卷八《雜記・甜雪》：

周穆王時，西王母獻嵰山甜雪。見《拾遺記》。（《文淵閣四庫全書》本）

彭大翼《山堂肆考》卷四《天文・四時》：

《爾雅》：四時和爲通，正謂之景風，南風謂之凱風，東風謂之谷風，北風謂之涼風，西風謂之泰風。……又，《拾遺記》：昆侖山有四面風，東南西北一時俱作。

同上，《袪塵》：

王子年《拾遺記》：昆山有四面風，又有袪塵風，若衣服塵汙，風至吹衣則净。

同上，卷五《天文・覆鼊》：

《拾遺記》：員嶠山名"環丘"，有冰鼊，以霜雪覆之，然後作繭，其采五色，織爲文錦，入水不濡，投火不燃。堯時海人獻以爲黼黻。

同上，《寶甕》：

《拾遺記》：帝嚳時有丹丘國獻瑪瑙甕，以盛甘露。舜移寶甕於零陵。東方朔作《寶甕銘》曰：寶露起於露臺，祥風生於月館。《十洲記》：黄帝時丹丘國獻甘露，堯時尚存，謂之寶露，頒賜群臣。至舜時漸減，時淳則露滿，時澆則露竭。

同上，《昆侖色丹》：

《拾遺記》：昆侖山有甘露，色如丹，著草木皎然如霜雪，寶器承之如飴。

同上，《如金如粉》：

《拾遺記》：平沙千里，色如金，細如粉，風吹沙如霧，亦曰金霧。

同上，卷十一《時令·楚懷樂曲》：

《拾遺記》：洞庭之山浮於水上，其下有金堂數百間，帝女居之，四時聞金石絲竹之音，徹於山頂。楚懷王率群臣賦詩於水湄，故曰瀟湘洞庭之樂。聽者令人難老，雖《咸池》《簫韶》不能比焉。每四仲之節，王嘗繞山游宴，各舉四仲之氣以爲樂章。仲夏律中蕤賓，乃作浩露秋霜之曲。

同上，卷十三《時令·釣蛟》：

《拾遺記》：漢武帝嘗以季秋泛靈鶤舟於淋池，以香金爲釣縮，紐絲爲綸，丹鯉爲餌，釣得白蛟，付之太官爲鮓，肉紫骨青，香美無倫。

同上，卷二十一《地理·千年一清》：

《拾遺記》：丹丘千年一燒，黄河千年一清，聖人之大瑞也。羅隱詩："莫把阿膠向北傾，此中天意固難明。解通銀漢應須曲，纔出昆侖便不清。高祖誓功衣帶小，仙人占斗客槎輕。三千年後知誰在，何必勞君問太平。"

同上，卷二十三《地理·東蠶》：

《拾遺記》：東海員嶠山冰蠶長七寸，有鱗角，以霜雪覆之，始作繭，其色五彩，織爲文錦，入水不濡，投火不燎。

同上，《貯玉盤》：

《拾遺記》：董偃以玉精爲盤，貯冰於内。

同上，《鴞啄樹》：

《拾遺記》：燧明國不識四時，晝夜有火樹，名燧木，屈盤萬頃，有鳥名鴞，啄樹則燦然火出，聖人感焉，因取小枝以鑽火，號燧人氏。

同上，《撲於青衣》：

《拾遺記》：糜竺貲貨如丘山，忽有青衣童子云："君當有火厄，賴君能惻愍枯骨，故來禳却，使君財物不盡焚之。"旬日火起，燒其珠玉十分之一。火盛之時，見數十青衣童子來撲火，有青氣如雲覆於火上。童子又云："多聚燕雀之類以禳災。"蓋燕能聚水巢梁也。家人乃收集鵁鶄數十，養於池渠之中以厭火災。

同上，《燃石》：

《拾遺記》：秦始皇時有宛渠之民乘蠡舟泛黑水而至，始皇與之語及天地初開之時，了如親見。又曰："臣之國去咸池日没之所九萬里，日月之所不照，以萬歲爲晝，萬歲爲夜。其晝則天豁然中開，闊數百丈，萬歲還合則爲一日也。夜則琢燃石以代日光，此石出於燃山，其土石皆有光明，鑽斫之則火出，火大如粟，而輝耀一室。"

同上，《鳥銜》：

《拾遺記》：郅奇，字君珍，喪親盡禮，嘗去墓夜行，有鳥銜火夾之。

同上，卷二十七《地理・蕙圃》：

《拾遺記》：昆侖山第九層有芝田蕙圃。

同上，卷三十二《地理・投劍》：

《拾遺記》：漢太上皇微時游山澤間，有冶鑄曰："若得腰間佩刀雜冶，中即成神器，可以克天下。昴星精爲輔，可以殲三猾。"太上皇曰："此物名匕首。"遂解投煙焰中。及劍成授上皇。上皇以賜高祖，乃殲三猾，宅天下。

同上，卷三十八《帝屬・處琁宫》：

《拾遺記》：帝少昊以金德王，母曰星娥，處璇宫而夜織，或乘桴木而晝游。

同上，卷四十《帝屬・丹脂點頰》：

《拾遺記》：吴孫和悦鄧夫人，嘗置膝上，和月下弄水精如意，誤傷夫人頰，血污袴帶。醫者曰："得白獺髓，雜玉與琥珀屑，當滅痕。"及差，有赤點，更益其妍。諸嬖人更以丹脂點頰以要寵。

同上，卷四十一《帝屬・劉向博學》：

《拾遺記》：劉向，字更生，校書天禄閣，夜有老人著黄衣植青藜杖，杖端出火以照向，云："我是太乙之精，聞卯金之子有博學者，下而觀焉。"出懷中玉牒授向，乃天文地理之書。按向年十二，以父德任爲輦郎，以行修飭擢諫議大夫。

同上，卷九十五《親屬・拔刃襲妾》：

《拾遺記》：桓温平蜀，以李勢女爲妾，嘗著齋中。妻南郡主始不知，既聞，與數十婢拔白刃襲之。正值李梳頭，髮委籍地，膚色玉輝，不爲動容，徐徐結髮，斂手曰："國破家亡，無心至此。今日若能見殺，乃是本懷。"辭甚凄惋，主於是擲刀，前抱之曰："阿子，我見汝亦憐，何况老奴！"遂善待之。宋梅聖俞有咏桓妬妻詩。

同上，卷一百十《人品・閣秤珠玉》：

《通鑑》：光武以郭况爲大鴻臚，數幸其第，賞賜金帛豐盛，京師號况家爲金穴。又《拾遺記》：况庭中起高閣，歷衡石於其上，以秤量珠玉。又懸明珠於四壁，晝視之如星，夜視之如月。

同上，卷一百十四《形貌・畢勒三寸》：

《續博物志》：畢勒國人長三寸，有翼，善言語戲笑，因名善語國。常群往日下，自曝身熱，乃歸飲丹露爲漿。《拾遺記》：員嶠山有陀移國，人長三尺，壽萬歲。廣延國人長二尺。東方朔《神異經》：西北荒中有小人國，人長一寸，朱衣玄冠。

同上，卷一百二十二《文學・著書上・拾遺記》：

王子年《拾遺記》，晋安陽王嘉撰。

同上，卷一百二十四《文學・藏書・曹氏書倉》：

《拾遺記》：魯人曹曾本名平，慕曾參之行改名曾，家多書，及世亂，曾慮先文湮滅，乃積石爲倉以藏書，世謂曹氏書倉。

同上，卷一百三十《文學・銘》：

《拾遺記》：黄帝以神金鑄器，皆有銘題，皆記其年月日時，此銘之始也。《魏志》謂銘婦人墓當詳其家世。議行狀當法韓退之所作，其法蓋出於碩人之詩，觀其銘元稹妻韋夫人墓可見矣。

同上，卷一百四十二《誕育・繫麟》：

《拾遺記》：孔子生之夜，有二蒼龍自天而下，二神女擎香霧於空中，以沐徵在，又有麟吐玉書於闕里人家，云："水精之子，係衰周而素王。"故二龍并下繞室，五星降庭，徵在以繡紱繫麟角而去。及夫子將終，抱麟解紱而哀之。未幾，孔子卒。

同上，《白鵠聳雲》：

《拾遺記》：吴時，張承之母孫氏懷承之，時鄰人相謂曰：昨見張家有白鵠從室入雲。承之母使占之，占者曰：鵠，延年之物，從室入雲，自卑升高之象，當使子孫位極人臣，名擅江表。若生子，可名白鵠。後承之位至丞相，輔吴將軍。

同上，卷一百四十四《民業・漁人・得蛟長三丈》：

《拾遺記》：帝常以季秋之月泛沖瀾靈鶤之舟，窮晷繼夜，釣於臺下，以香金爲鈎，霜絲爲綸，丹鯉爲餌，得白蛟長三丈，若大蛇，無鱗甲。帝曰非珍祥也，命大官爲鮓，肉紫骨青味色香美。

同上，卷一百五十二《典禮・貢獻・丹鵠》：

《拾遺記》：周昭王二十四年，塗修國獻青鳳丹鵠各一雄一雌，孟夏時鳳鵠皆脱易毛羽，聚鵠翅以爲扇，緝鳳羽以飾車蓋。

同上，《冰蠶》：

《拾遺記》：員嶠之山有冰蠶，長十寸，黑色有鱗角，以雪霜覆之，然後爲繭，其色五彩，織爲文錦，入水不濡，投火不燎。唐堯之世，海人獻之以爲黼黻。

同上，卷一百五十六《典禮・國葬・雀壟》：

《拾遺記》：舜葬蒼梧之野，有鳥如丹雀，名曰"憑霄"，自丹洲而來，能返形變色，登木成禽，行地爲獸。又能銜青沙如珠，積成壟阜，風吹如塵，名曰珠丘。

同上，卷一百五十九《音樂・樂・扶婁伎》：

《拾遺記》：成王之時，南蠻之南有扶婁國，或於掌中備百獸之樂，婉轉屈曲於指間，人形或長數分，神怪閃忽。樂府傳此伎，至末代猶學焉。

同上，《翹袖折腰》：

《初學記》：歷代舞名有象箾南籥之舞，周文王舞也；武德文始五行之舞，漢高廟舞也；昭德舞，孝文廟舞也；四時舞，孝文所作；盛德舞，孝武所作；雲翹、育命之舞，并光武所作；大武舞，光武廟舞；昭武、鳳翔、靈應、武頌、武始、咸熙、章斌之舞，并魏宋廟舞也。以土地名之，有周舞、鄭舞、趙舞、巴渝舞、淮南舞、燕餘舞，古之舞曲有回鸞舞、七盤舞、縈塵舞、集羽舞，見王子年《拾遺記》。翹袖舞、折腰舞，并戚夫人所作，見《西京雜記》。白鳧舞，吴孫皓時所作；羨水舞，見何承天《纂文》。杯柈舞、公莫舞、灑舞、沸舞，并晋初時俗所作，見沈約《宋書》。按杯柈舞，漢世惟有柈舞，而晋世加之以杯，謂手以接杯柈反復之也。公莫舞，相傳項莊舞劍，項伯以袖隔之，使不得害漢高祖，且語莊曰"公莫"。古人相呼曰公，言公莫害漢王也。今之用巾蓋，象項伯衣袖之遺式。

同上，《縈塵》：

《拾遺記》：燕昭王時，廣延獻二舞女，其舞曲一名《縈塵》，言體輕與塵霧相亂也；一曰《集羽》，言宛轉若羽毛之從風也。

同上，《飛燕舞》：

《拾遺記》：趙飛燕體輕，能爲掌上舞。

同上，卷一百六十二《音樂・鐘・錫文》：

《拾遺記》：昔顓頊居位，文德者則錫以鐘磬，武德者則錫以干戈。

同上，卷一百七十七《器用・筆・削荆》：

《拾遺記》：任末字叔本，年十四，學無常師，或依林木之下編茅爲廬，削荆爲筆，夜則映月望星，暗則燃蒿自照。

同上，《墨・出汁寫書》：

《拾遺記》：昔老君居景室山，與老叟五人共談天地之數，撰經書垂千萬言。有溪提國二神人出金壺，中有墨汁，狀若淳漆以寫之，及金壺汁盡，二人刳心瀝血以代墨焉。又宋雲《行記》：西天摩伏生斮髓爲墨，寫《大乘經》。按五老，即五天之釋也；景室，大室、小室也。

同上，卷一百七十九《器用・劍・應氣》：

《拾遺記》：越王勾踐以白牛白馬祝昆吾山神，以成八劍，應八方之氣。一名掩日，以之指日，日光晝暗；二曰斷水，畫水開即不合；三曰轉魄，指月蟾兔爲倒轉；四曰懸剪，飛鳥觸其刃如斬截焉；五曰驚鯢，以之沉海鯨鯢深入；六曰滅魂，挾以夜行不遇魑魅；七曰却邪，鬼魅見之則止；八曰真剛，切玉斷金如削土木。

同上，《畫影》：

《拾遺記》：顓頊高陽氏有畫影劍、騰空劍，若四方有兵，此劍則飛指其方，故戰則克。未用時在匣中，常如龍虎吟。

同上，卷一百八十《器用・車・碧玉輦》：

王子年《拾遺記》：周穆王馭黄金碧玉之輦，從朝及暮而窮，宇宙之内遍焉。

同上，卷一百八十一《器用・屏風・火齊》：

《拾遺記》：漢董偃嘗卧延清之室，上設火齊屏風，列靈麻之燭。

同上，卷一百八十二《器用・席・半月》：

《拾遺記》：蓐乘草高五尺，葉色紺，莖如金，形如半月，亦曰半月草。無花無實，其質温柔，可以爲布爲席。

同上，《碧蒲》：

《拾遺記》：周穆王時，西王母來敷碧蒲之席，黄莞之薦。

同上，《枕・虎頭枕》：

《拾遺記》：漢誅梁冀，得二玉虎頭枕，頷下篆云“帝辛與妲己同枕之”。

同上，《扇・鵲翅》：

《拾遺記》：周昭王時，塗修國獻青鳳丹鵲，各一雌一雄，孟夏取鵲翅爲扇，一名“施風”，一名“條翮”，一名“反影”。

同上，《沮渠貢》：

《拾遺記》：周穆王時，沮渠國貢火齊鏡，廣三尺六寸，暗中視之如晝，人向鏡中語則鏡中回應之。

同上，卷一百八十三《器用・燈・鳳腦》：

《拾遺記》：周穆王有鳳腦之燈，爲水荷以蓋其上，又設常生燈。

同上，《龍膏》：

《拾遺記》：海人乘霞舟以雕囊盛數升龍膏獻燕昭王，王坐通雲之堂，燃龍膏爲燈，火色曜百里，煙色如丹。

同上，卷一百八十四《珍寶・金・鳴山》：

《拾遺記》：少昊時金鳴於山，銀湧於地，或如玄蛇之類，乍似人鬼之形。

同上，卷一百八十五《珍寶・銅・兔食》：

《拾遺記》：昆吾山有獸如兔，食銅鐵，吴國武庫中兵刃俱盡，而封署如故。得雙兔殺之，其膽腎如鐵，方知兵刃爲兔所食也。乃鑄腎爲二劍，雄爲干將，雌爲莫耶。

同上，卷一百八十六《珍寶・珠・鳳銜》：

《拾遺記》：黄帝之子名“青陽”，是曰“少昊”，一名“摯”。有鳳銜珠致於庭，少昊拾而懷之，照於天下。

同上，《鳥吐》：

《拾遺記》：瀛洲有鳥如鳳，身紺翼丹，名曰“藏珠”。每鳴翔則吐新珠纍斛。又，燕昭王時有黑鳥白頭，集王之所，銜洞光之珠，圓徑一尺，色黑如漆，懸之室内，百神不能隱其精靈。

同上，卷一百八十七《幣帛・絲・鸞章》：

《拾遺記》：周靈王起昆昭之臺以享群臣，張鸞章錦文如鸞翔。又《鄴中記》，錦有大登高、小登高，大光明、小光明，大博山、小博山，大茱萸、小茱萸，大交龍、小交龍等名。

同上，《離珠》：

《拾遺記》：周成王時，因抵國貢女工，能以五色絲納口中，手引而結之使成文錦。有雲昆錦，文如雲霞；有樓堞錦，有離珠錦，文似佩珠；有篆隸錦，列明錦，文如燈燭。

同上，卷一百八十八《衣服・衣・題衣記事》：

《拾遺記》：任末年十四好學，觀書有合意處，則題其衣裳及掌裹以記其事，門徒悦其勤學，更以净衣易之。

同上，《珠玉爲飾》：

《拾遺記》：宋景公懸四時之衣，春夏以珠玉爲飾，秋冬以翡翠爲温。

同上，《綱衣獻漢》：

《拾遺記》：西方析淪國，其俗淳和，綴草毛爲綱衣，如羅紈也。漢武帝元狩六年獻綱衣一襲，帝懼後世徵求，乃焚於九達之道，煙如金石之氣。

同上，卷一百九十二《飲食・酒下・呼爲渴羌》：

《拾遺記》：晋有羌人桃馥字世芳，充厩圉，醉中好言王者興亡之事，常渴於酒，群輩呼爲渴羌。武帝授以朝歌守，馥願且爲馬圉，時賜美酒以樂餘年。帝曰："朝歌紂之舊都地有酒池，故使老羌不復呼渴。"馥固辭，遷酒泉太守，地有清池，其味若酒馥，乘醉拜受之。

同上，卷一百九十四《飲食・餅・屋上置餅》：

《拾遺記》：江東俗正月二十四日爲天穿日，以紅縷繫煎餅置屋上，謂之補天穿。

同上，卷一百九十五《百穀・稻・一旬生》：

《拾遺記》：東有融皋，五穀多良，有旬日之稻，言一旬而生也。

同上，《粟・似龍似鳳》：

《拾遺記》：東極之東有龍枝之粟，言其枝屈曲似游龍，食之善走。又有鳳冠之粟，似鳳之冠，食之令人多力。

同上，《如玉如膏》：

《拾遺記》：東極之東有瓊脂粟，質白如玉，柔滑如膏，食之益壽。又員嶠之山名環丘，上有方湖千里，多大鵲，高一丈，群飛於湖際，銜采不周之粟於環丘之上。粟生穟高五丈，其粒皎如玉也。

同上，《豆・東極數畝》：

《拾遺記》：東極之東有傾離之豆，見日即傾葉，食之歷歲不飢。豆莖皆大若指，而緑色爛漫數畝。

同上，卷一百九十八《花品・桃花・磅磄山》：

《拾遺記》：磅磄山去扶桑五萬里，其地寒，有桃樹千圍，萬年一實。

同上，卷一百九十九《花品·荷花·出冰壑》：

《拾遺記》：周穆王時有冰荷，出於冰壑，火不能鎔。

同上，《柳池》：

《拾遺記》：漢昭帝游柳池，有紫色芙蓉，大如斗，花葉甘可食，芬氣聞十里，其實如珠。

同上，卷二百二《草卉·草·龍芻》：

《拾遺記》：東海島中有草名“龍芻”，馬食之日行千里。穆天子養八駿於此島。又《草木狀》：鶴草出南海，蔓生，葉如柳而短，當夏開花，色淺紫，形如飛鶴，觜背翅尾皆具。

同上，《集鸞》：

《拾遺記》：蓬山有浮筠之簳，葉青莖紫，子大如珠。有青鸞集其上，風吹竹折，聲如鐘磬之音。

同上，卷二百四《果品·桃子·植於霜林》：

《拾遺記》：漢明帝世有獻巨核桃者，霜下結花，隆暑方熟，使植於霜林。

同上，卷二百六《果品·棗子·百歲一實》：

《拾遺記》：北極有岐峰之陰，多棗樹，百尋其枝，莖皆空，實長一尺，核細而柔，百歲一實。

同上，卷二百七《果品·藕·西王母進》：

《拾遺記》：周穆王集方士於春宵宫，西王母來進萬歲冰桃、千年碧藕。

同上，卷二百十一《羽蟲·鳳（附鸞）·毛可爲裘》：

《拾遺記》：周昭王以青鳳之毛爲二裘，一曰燠質，一曰暄肌。厲王末猶寶此物，後厲王流於彘，人得之，有犯大辟者，以青鳳毛贖罪，片毛則準千金。

同上，《集木》：

《拾遺記》：蓬萊浮木之幹有青鸞集其上。

同上，《鶴・塗修獻周》：

《拾遺記》：周穆王時塗修國獻青鳳二十，丹鶴一雄一雌，飼以潭皋之粟，飲以溶溪之水，啖以太湖之萍。

同上，卷二百十三《羽蟲・鸛・聚水》：

《拾遺記》：鸛能聚水巢上，故人多聚鸛鳥以禳却火災。

同上，卷二百十四《羽蟲・鵲・采粟》：

《拾遺記》：員嶠之山名"環丘"，上有湖方千里，多大鵲，高一丈，群飛於湖際，采不周之粟於環丘之上。

同上，《烏・蔽煙》：

《拾遺記》：晋文公燒山求介子推，子推抱樹，有一白烏從煙蔽之。

同上，卷二百十六《羽蟲・鷄・雙頭》：

《拾遺記》：太初二年，月氏國貢雙頭鷄，四足一展，鳴則俱鳴。

同上，卷二百十七《毛蟲・麒麟・母繫其角》：

《拾遺記》：孔子生之先，有麟吐玉書於闕里人家，云："水精之子，係衰周而素王。"母徵在以繡紱繫其角。及夫子將終，抱麟解紱而泣。

同上，《虎・刻虎點睛》：

《拾遺記》：始皇三年，畫工名列裔刻兩白玉虎，其毛如生，不點睛。始皇使余工夜點之，化成虎去。明年南郡獻白虎二，視之乃玉虎也。

同上，卷二百二十《毛蟲・馬・穆王八駿》：

《拾遺記》：穆王巡行天下，馭八龍之駿：一名絶地，足不踐土；二名翻羽，行越飛禽；三名奔宵，夜行萬里；四名超影，逐日而馳；五名踰輝，毛色炳耀；六名超光，一形十影；七名騰霧，乘雲而行；八名挾翼，身有肉翅。

同上，《曹洪白鶴》：

《拾遺記》：曹洪與魏武帝所乘馬名"白鶴"。《清異録》：杜重威馬名"吉祥座"，景延廣馬名"肉胡床"。

同上，卷二百二十四《鱗蟲·魚·鼻有角》：

《拾遺記》：環州之旁有淵洞，其廣千里，有魚長千丈，鱗色斕斑，鼻有角，時鼓舞群游。或有人遠望者，見水中五色雲起，就之，乃此魚噴水成雲也。

同上，卷二百二十五《甲蟲·龜·升木》：

《拾遺記》：昆侖上第五層有神龜，長一尺九寸，有四翼，萬歲一升木而居，亦能言也。

同上，《黿·爲梁》：

《紀年》：周穆王十七年，起師至九江，叱黿鼉爲梁。《拾遺記》曰：禹濟巨海，黿鼉爲梁。

同上，卷二百二十八《昆蟲·蠹（附）·交蚓》：

《拾遺記》：石蝌，形如蚱蜢而小，身長兩股如蝌，在草頭能飛，螽之類也。與蚯蚓交。

同上，卷二百二十九《補遺·天文·風有四面》：

《拾遺記》：昆侖山有四面風，東南西北一時俱作。

同上，卷二百三十八《補遺·總鳥獸魚蟲·嗅石獸》：

《拾遺記》：瀛洲有嗅石獸，嗅地則鳴地中有金玉處，上雖有石壓之，吹之則開。（《四庫類書叢刊》本）

徐應秋《玉芝堂談薈》卷一《帝王誕生瑞徵》：

史傳中所記誕聖瑞徵，偶録其尤異者。《詩·含神霧》：大迹出雷澤，華胥履之，生宓犧。《拾遺記》：神母游華胥之洲，青雲繞神母，即覺有娠，歷十二年而生庖犧。《帝王世紀》：女登爲少典妃，有神人龍首感女登於尚羊，生炎帝……

同上，卷四《人壽四萬八千歲》：

《山海經》：軒轅國其不壽者八百歲。王子年《拾遺記》：盧扶國人皆壽三百歲，至死不老。《杜陽編》：號明國人壽四百歲。《神異經》：陀移國人壽萬歲。《河圖玉板》：龍伯國人長三十丈，壽萬八千歲。

同上，卷五《御龍登天》：

《拾遺記》：帝嚳妃鄒屠氏夢吞日則生一子，凡八夢生八子。《帝王世紀》：周文王夢日月著其身。《漢武内傳》：景帝夢神女取日授王夫人吞之，十四月生武帝。

同上，卷六《乘槎入漢》：

爲漢武帝招魏，《新論》以爲李少君致李夫人魂，《封禪書》以爲齊人少翁致王夫人魂，《拾遺記》以爲董仲君刻李夫人像置幕中，宛若生時。明皇游月宫，或以爲與申天師，或以爲與葉法静，或以爲與羅公遠。

同上，卷七《海棠睡未足》：

又《花間集》有“一枝嬌卧醉芙蓉”之語，本《拾遺記》。寶曆二年，浙東貢舞女飛燕輕鳳，藏之金屋寶帳宫中，爲之語曰：寶帳香重重，一雙紅芙蓉。李賀詩：“西施曉夢綃帳寒，香鬟墮髻半沉檀。轆轤咿啞轉嗚玉，驚起芙蓉睡新足。”

同上，卷九《彈牆成字》：

魏時有句驪客善用針，取寸髮斬十餘段，以針貫之，言髮中虚也。王子年《拾遺記》：秦有烈裔騫霄國人，口含丹墨噀壁以成龍蛇，方寸内備列國，有五嶽四瀆。

同上，《返魂攝魂》：

古人有返魂之術。唐玄宗幸蜀後，屬念貴妃，聞廣漢楊通幽有考召之法，於内置場，遍加搜訪，至蓬萊南宫西廡見上元女仙，太真授以金釵鈿合寄玉龜子爲信，即《長恨歌》所云“鴻都道士羽衣客，能以精神致魂魄”者也。此術自漢有之。《拾遺記》：漢武帝嬖李夫人，夫人死後帝思見之，李少君曰：黑河之北對都之野，地出潛英之石，其色青，質輕如羽，冬則石温，夏則石冷，刻爲人像，能傳譯人語，有聲無氣。仲君因至暗海得此石，刻夫人像置輕紗幕中，宛若生時。

同上，卷十《黄金易五臟》：

《拾遺記》：魏帝爲陳留王之歲，有頻斯國人來朝，以五色玉爲衣，如今之鎧，不食中國滋味，自金壺中有神漿，凝如脂，嘗一滴則壽千年。元封元年，浮折國歲貢蘭金之泥，此金出於湯淵，盛夏之時水常沸湧，有若湯火，飛鳥不能過。國人行者常見水邊有人，治此金爲器，混混若泥，如紫磨之色，百鑄，其色變白，有光如銀，名曰銀燭。常以爲泥，封諸笥匣及諸宫門，鬼魅不敢干。漢盤陁國正在須山，自葱嶺已西水皆西流，世人云是天地之中。土人决水以種，聞中國待雨而種，笑曰：“天何由可期也？”

同上，卷十二《飛頭蠻》：

《星槎勝覽》：占城國婦人有頭飛者，人知而封固其項，及移其身則死。《蠃蟲集》：七擿國鼻飲水漿，頭飛食魚。《瀛州勝覽》：占城有尸頭蠻，但眼無瞳人爲異，夜寢則頭飛去，食人家小兒糞尖。《拾遺記》：漢武時因墀國言南方有解形之民，能使頭飛南海，左手飛東海，右手飛西海，至暮頭還肩上，兩手遇疾風飄於海外。

同上，《淚凝如血》：

《拾遺記》：吳潘夫人游昭宣臺，唾於玉壺中，侍婢瀉於臺下，得火齊指環，即挂石榴枝上，因其處起榴環臺。又，楊貴妃每夏月衣輕綃，有汗出，紅膩而多香，或拭之於巾帕之上，其色如桃花也。

同上，卷十三《藻廉》：

《拾遺記》：漢武宴未央宫，忽梁上有老翁，長九寸，下稽首，仰視屋，俯視帝足，忽然不見。問東方朔，朔曰："其名藻廉，水木之精也。陛下興宫室，斬伐其居，故來訴耳。"帝爲暫止。後幸河、汾，聞水中弦歌聲，前梁上翁及少年數人，皆長八九寸，獻一紫螺，中有物如脂。東方朔曰："此蛟髓也，以傅面，令人好顏色。"蓋東方生之博物若此。嗣讀《酉陽雜俎》，尊賢坊田令宅中有紫牡丹，成樹花千朵，花盛時，每日夜有小人五六寸游於花上，如此七八年，揜之輒失所在。《夷堅志》：宣州鹽鐵院官彭堣嘗病數月，恍忽不樂，每出外廳輒見優俳樂工數十人，皆長數寸，各奏百戲，朱紫眩目，憒懣無如之何，他人不見也。堣後病瘉，亦不復見耳。

同上，卷十四《漫衍角抵》：

《西域傳》：上設酒池肉林以饗四夷之客，作巴俞都盧海中碭，極漫衍魚龍角抵之戲，以觀視之。又《張騫傳》：大宛諸國發使隨漢使來觀漢廣大，以大鳥卵及犛靬眩人獻於漢。（注：眩，幻也，如今吞刀、吐火、植瓜、種樹、屠人、截馬之術。）安帝永寧中，撣國遣使獻樂。及幻人，能變化吐火，自支解，易牛馬頭。又善跳丸。《鹽鐵論》言：漢代百戲之目，曰唐梯、追人、奇蟲、胡姐。唐梯，今高竿；追人，今截割人，易牛馬首；奇蟲，即魚龍戲也。後漢天子臨軒設樂，舍利獸從西方來獻，於殿前激水化成比目魚，跳躍漱水作霧翳目而成，化爲黄龍長八丈，游戲輝耀日光。以兩繩繫兩柱，相去數丈，二倡女對舞，行於繩上，切肩而不傾。如是總名"百戲"……《拾遺記》載：身毒國人尸羅有道術，於指端出浮屠，一層高三尺，乃諸天神仙，巧麗絶倫。列幢蓋，鼓舞，繞塔而行，人皆長五六分，歌唱之音如真人矣。又於指上吹浮屠，漸入雲裏；又於左耳出青龍，右耳出白虎，始一二寸，俄八九尺，風至雲起，以一手揮之，龍虎復入耳中。又張口而向日，則見人乘羽蓋駕鴻鵠直入口内，更張口，則羽蓋鵠鴻相隨從口而出……

同上，《三頭相齧》：

《拾遺記》：因墀國獻五足獸，問使者是何變化，曰：東方有解形之民，使頭飛於南海，左手飛於東山，右手飛於西澤，自臍以下，兩足孤立。至暮，頭還肩上，兩手遇大風飄於海外，化爲五足獸，則一指爲一足也。既失兩手，使傍人割裏肉以爲兩臂，宛然如舊。《山海經》：刑天與帝争神，帝斷其首，葬之常羊之山，乃以乳爲目，以臍爲口，操干戚以舞，是爲無首之民。又曰：王子夜之尸，兩手、兩股、胸、首、齒皆斷異處。又曰：有神十人名曰女媧之腸，化爲神，處廣粟之野，横道而處。

同上，卷十九《紫露》：

《吕氏春秋》：揭雩之露，其色紫。《洞冥記》：吉雲國有五色露，東方朔得玄黄青露，盛之琉璃器以授帝。又勒畢國人長三寸，常群飛日下，自暴身熱，乃歸飲丹露爲漿。《拾遺記》：昆侖山有朱露，望之色如丹，著木石赩然如朱雪灑焉。又，善語國人飲丹露，蓬萊山東有鬱彝國，時有金霧。廣延國嘗雨青雪霜，色紺碧。元至元十八年，丹陽雨紅霧。二十三年，湖廣雨黑雪。《宋朝雜事》：太康七年，河陰雨赤雪。《唐・五行志》：貞元二十一年正月丙戌，京師雨赤雪。……《拾遺記》：穆王東至大㦸之谷，西王母來進嵰州甜雪，嵰州去玉門三千里，地寒多雪，著草木皆融而甘。

同上，《巫山香雨》：

宋之問“寶夜交香雨，金河吐細泉”，李賀“依微香雨清氤氲”……《拾遺記》：方丈山有石色如肺，燒之有煙香聞數百里，煙氣升天則爲香雲，香雲遍潤則成香雨。又瀛州時有香風泠然而起，張袖受之，則歷年不歇，沾膚軟滑。

同上，卷二十一《歲華節次》：

十六日，北方士女用舊曆日紙九道爲繩亂結，首尾聯屬，謂之結羊腸。正月二十日，以紅絲縷繫煎餅置屋上，謂之補天穿。見《拾遺記》。

同上，卷二十三《蜀都火井》：

王子年《拾遺記》：西海之西有浮玉山，山下有穴，穴中有火，其色如水，波濤灌蕩而光不滅，名曰陰火。《水經注》：大同西溪水導源火山，山有火井，南北七十步，廣減尺許，深不見底，炎熱上升，常若雷霆發響，以草爨之，則煙騰火發。亦名焚臺。

同上，卷二十四《炎山火穴》：

《拾遺記》：宛渠之國有然山，其土石皆自光明，鑽斬皆火出，大如粟，暉暉一室。昔炎帝時國人獻此石。又申彌國有火樹，名燧木，屈盤萬丈，折枝相鑽則出火。有鳥若鴞，以口啄樹燦然火出。聖人因取小枝以鑽火，號燧人氏。《六帖》：悦般國南界有火山，山旁石皆焦，鎔流下數十里乃堅凝，人取以爲藥，即石硫黄也。

同上，《爨山蠶谷》：

《拾遺記》：秦破驪山之墳，行野者見金凫南向而飛，至淫泉。後寶鼎元年，張善爲日南太守，郡民有得金凫以獻。考其年月，即始皇墓之金凫也。廣陵龍口寺僧得小盆，投物即充牣，棄潭化爲金雁。

同上，《四飛山白墡》：

《拾遺記》：昭王起雲明臺，窮四方珍木，搜天下巧工，南得煙丘碧樹、酈水然沙、賁都朱泥、雲岡素竹，東得葱巒錦柏、漂檖龍松、寒河黑梓、岓雲之梓，西得漏海浮金、狼淵羽璧、滌嶂霞桑、沉塘員籌，北得冥阜乾漆、陰阪文梓、褰流黑魄、暗海香瓊。張文成《天高寺碑》："斲象浦之靈珠，琢狼淵之羽璧。"王勃《乾元殿頌序》："圓瑲布藻，鑿羽璧於狼泉；方鏡披蓮，孕化璣於蜃浦。"又云："煙丘碧桂，翊珉陛而披香；雨岫頳筠，夾璿流而颺影。"皆用《拾遺》事。

同上，《浪井》：

王者清净則浪井出，有仙人主之……《拾遺記》蓬萊山沸水飲者千歲。

同上，卷二十五《黄河清》：

《易・乾鑿度》：天降嘉應，河水先清，三日清變爲白，白變爲赤，赤變爲玄，玄變爲黄，合五日。又云：王者盛德之應，洛水先温，九日乃變，五日變爲五色玄黄。《拾遺記》：黄河千年一清，聖人之大瑞也。

同上，《掘地得犬》：

王子年《拾遺記》：建安三年，胥圖國獻沉鳴石鷄，色如丹，大如燕，常在地中應時而鳴，其國無鷄，人聽地中以候晷刻。道書云：昔仙人相君采石入穴，得丹石鷄舂以爲藥，服者令人有聲氣，後天而死。

同上，卷二十六《尺綃繡法華經七卷》：

《杜陽編》：南海貢奇女盧媚娘，能於一尺綃上繡《法華經》七卷，更善作飛仙。蓋以綫一縷分爲三縷，染成五彩，於掌中結爲華蓋五重，其中十洲三島天人玉女臺殿麟鳳之象，外列執幢捧節之童不啻千數，其蓋闊一丈，稱之無三數兩，自煎靈香膏傅之，則虬硬不斷。《拾遺記》：吴王趙夫人巧妙無雙，能於指間以彩綺織成雲霞麟鳳之錦，方帛之上備寫五嶽河海行陣之形。

同上，《透骨金》：

《拾遺記》：魏明帝時，昆明國貢嗽金鳥，常吐金如粟，宫人以金飾釵，謂之避寒金。

同上，《返魂香》：

《拾遺記》：漢延和三年春，武帝幸安定，西胡月支遣使獻香四兩，大如雀卵，黑如桑椹。至始元元年京城大疫，帝取月支神香燒之，死未三日者皆活。此香生於聚窟洲人鳥山上，名返魂樹，伐其根，玉釜中煮汁可丸，名驚精丸，亦名振靈丸，亦名返生香，或名振檀香，或名却死香。故庾開府《紇豆陵氏碑》："胡香四兩，西域之使稀；靈草一枝，瓊田之路絶。"

同上，《龍虎玉》：

《洞冥記》：招仙閣上懸浮金輕玉之磬，輕玉者其質貞明而輕。又《拾遺記》：炎帝時有石璘之玉，號曰夜光，以暗投水，浮而不滅是也。

同上，卷二十七《黄金蛇》：

《拾遺記》：魏咸熙二年，宫中夜夜有異獸，或呼吼驚人，詔使宦者門中伺之，有白虎毛色浄密，以戈投虎即中左目，虎已隱形，搜覓乃於藏中得玉虎，其左目有血。問諸大臣，答曰："昔漢誅梁冀得玉虎頭枕一枚，此單池國所獻，臆下篆書是帝辛之枕，嘗與妲己同枕之。"

同上，《沉明磬》：

《拾遺記》：顓頊有浮金之鐘，沉明之磬，羽毛微物，拂之則聲聞百里。《六朝事迹》：吴臺城端門上二鼓，初傳爲越王物，得之會稽雷門，擊之聲聞洛陽。後孫恩亂兵擊破，中有二鶴衝天而去。又歷城縣光政寺有磬石，形如半月，膩光若滴，扣之聲及百里。北齊移於都内，其聲沓絶，令歸本寺，扣之聲如故。

同上，《却火錐》：

《拾遺記》：武帝以金彈彈鳥，碎其白光琉璃鞍。李少君取續膏和豨膏接之，映日而視，初無損處。續膏一名都膚，形色如櫻桃，言出於鞠陵之東，以其能接人骨，故以爲名。婦人傅之，顔色都麗，故又曰都膚也。宫中語曰："枯容碎軀有都膚。"

同上，《蘭金泥》：

王子年《拾遺記》：漢武帝外國進蘭金泥，經百鑄其光變白，名曰燭銀。吴均《餅説》：捆如華山之玉屑，白如梁甫之銀泥。既聞香而口悶，亦見色而心迷。

同上，《瑪瑙櫃》：

瑪瑙品類多不同，出産有南北，其實一石卵爾。大者如斗，其體質堅硬，碾造費工。若南瑪瑙，産大食等國，色正紅而無瑕，可作杯斝器具。生西北者色青黑，謂之鬼面，青赤相間，以紅色如蛛絲者爲妙。若靈夏瓜沙羌地沙磧中間得之者尤奇。有柏枝瑪瑙，質如冰玉，上有枝葉儼如柏枝。又有金子瑪瑙，黑白相間，大不過一二寸。又有合子瑪瑙，質理純黑，中間白緑者可作數珠間隔。又有夾胎瑪瑙，正視之則瑩白光彩，倒視之則若凝血，蓋一物而有兩色也，世不多見。有紫雲瑪瑙，今和州産者可作屏幛桌面等用。又丹丘之野多鬼血，化爲丹石，則瑪瑙也。見《拾遺記》。

同上，《畫影劍》：

龍魚河圖。流州在西海中，上有積石名昆吾，冶其石成鐵，作劍光明四照如水精，劍名飛揚。《拾遺記》：顓頊高陽氏有畫影劍、騰空劍，若四方有兵動，劍光飛赴指其方。……《拾遺記》：漢高祖斬蛇劍藏於寶庫之中，守藏者見白氣如雲，出於户外如龍蛇。

同上，《夜明犀》：

《影燈記》：蕭餘上元夜於宣陽里酒盤下得一物，如人眼睛，其體類美石，光彩射人。餘夜游市肆，閑置掌中，隨身光明三尺，毫末可鑒。後因而飛出。又，《拾遺記》：帝起雲明之館，以洞冥草塗之，夜坐此館不加燈燭。又，晋大始中，外國獻蔓金苔，光照室中。吴元濟妾阿翹進白玉方響，光明潔冷，可照十數步。又，順宗時拘彌國貢變晝草，類芭蕉，可長數尺，而一莖千葉，樹之則百步内昏黑如夜。

同上，《龍涎燭》：

《拾遺記》：海人乘霞舟，以雕壺盛數升龍膏以獻，燕昭王坐通霞之堂，燃龍膏爲燈，火色照百里，煙色如丹紫，國人望之咸謂瑞光。又云：武帝燃芳苡燈於閣上，光色紫，有白鳳、黑冠、黑龍、彝足來戲於閣。

同上，卷二十八《雪方硯》：

《拾遺記》：晋武帝賜張華于闐國所貢青鐵硯，愍帝予劉聰銀硯。陶穀世寶一硯，有字曰璧友。庾翼少爲侍中，袁象所重，贈以鹿角書格蜯硯。《硯譜》云：右軍之後，持右軍所用一風字硯，大尺餘，色赤，楊休以錢三萬得之。

同上，《内香燕九十二種》：

《象教皮編》曰：佛經及雜記所稱香名似西域語者，《楞嚴經》有兜婁婆香，《法華經》有須曼羅花香、闍提花香、羅羅花香、曼羅花香、曼陀羅花香、殊沙花香、拘鞞陀羅樹香。又，《異物志》有兜婁香（云出海國），《扶南記》有區撥摩花香（云出頓遜國），《魏略》有兜納香（云出大秦國），《廣志》有迷迭香（云出西域），《酉陽雜俎》有預勃黎瓲香（云出波勘國），《四裔考》有阿薩那香（云出康居國）、有揀香（云出越底延國），《拾遺記》有茵墀香（云出西域），《漢武内傳》有兜末香（云出兜渠國），《唐太宗實録》有拘佛頭花香（云出罽賓國）。諸香名可考者，惟曼陀羅爲雜花，拘物頭爲蓮花耳。餘不知譯爲何名。

同上，《須慮餘皇》：

鴻耳，船神名。梁簡文記：雀室，在船艫上，可以候遠若雀巢也。鷁首，畫水鳥於船頭以辟水怪也。艨艟，外狹而長，戰船也。蜂舟，武王舟也。見《拾遺記》。五翼，伍子胥所制，取鳥之輕飛疾逝也。須慮，越人名船，見《越絶書》。餘皇，吴王僚船也。太白，秦船也。逐龍，漢船也。鴻毛，漢影娥池舟也。鳴鶴容與清廣采菱，漢太液池舟也。

同上，卷二十九《單籠金乳酥》：

段成式所載食品，今摘其尤者……《拾遺記》：宋景公食善星文者，渠滄之鳧煎以桂髓，叢庭之鷃蒸以蜜沫，淇漳之鱧脯以青茄，九江珠穟爨以蘭蘇，可補此篇之遺。

同上，卷三十《古今偏正史》：

劉子玄《史通》所載古今正偏史今多不存，澹園先生《筆乘》常載之，中如

《晋春秋》、《竹書紀年》、陸賈《楚漢春秋》、譙周《古史考》……顧協《瑣語》、謝綽《拾遺》、劉義慶《世説新書》、裴榮期《語林》、吴思尚《語録》、楊松珍《談藪》、郭子章《洞冥記》、王子年《拾遺記》、劉劭《人物志》、祖鴻勳《晋祠記》、陸景《典語》、劉勰《文心雕龍》、李充《翰林論》、摯虞《文章流别集》、阮孝緒《七録》、祖台之《志怪》、干寶《搜神記》、劉義慶《幽明録》、劉敬叔《異苑》、邯鄲淳《笑林》、劉芳《周官音》《禮記音》。

同上，卷三十三《龍蜕》：

《拾遺記》：海人乘霞舟，以雕壶盛數升龍膏以獻，燕昭王然以爲燈，光曜百里。

同上，《頻迦鳥》：

《拾遺記》：氐支之國獻重明之鳥，一名雙精玄。雙精在目，狀如鷄，鳴似鳳，時解落羽毛以肉翮而飛，能搏逐猛獸虎狼。《酉陽雜俎》：齊郡函山有鳥，足青嘴赤，素翼絳顙，名王母使者。昔漢武登此山，得玉函，長五寸。帝下山，玉函忽化爲白鳥飛去。世傳山上有王母藥函，常令鳥守之。《拾遺記》：章帝永寧元年，條支國進鳥名鳰鵲，形高七尺，解人言，有吉樂事則鼓翼翔鳴。

同上，《尊耳石穀》：

《拾遺記》：岱輿山有獸名嗽月，形似豹，飲金泉之液，食銀石之髓。此獸夜噴白氣，其光如月，可照數十畝。瀛州有獸名嗅石，其狀如麒麟，不食生卉，不飲濁水，嗅石則知有金玉，吹之則金沙寶璞粲然可用。又倉光之獸居水中，善覆人船。流波山有獸，其名曰夔，其皮爲鼓，橛以雷獸之骨，聲聞五百里。

同上，《八駿》：

八駿之名見於《列子》，而他書所載互有不同。《穆天子傳》天子命駕八駿之乘……又《拾遺記》載穆王八駿，一名絶地，足不踐土；二名翻羽，行越飛禽；三名奔霄，夜行萬里；四越影，逐日而行；五踰輝，光色炳耀；六超光，一形十影；七騰霧，乘雲而起；八挾翼，身有肉翅。則似未見《列子》而妄爲杜撰也。史道碩畫本八駿中有名翠耳者，又李元賓《八駿圖序》中有騕褭，不知於傳中當誰駿。揚子雲《河東賦》"乘翠龍而超河兮，陟西嶽之嶢崝"，師古曰："翠龍，穆天子所乘馬也。"所謂翠龍翠耳，或即緑耳乎？

同上，卷三十五《紅白蟹》：

《拾遺記》：善苑國嘗貢一蟹，長九尺，有百足四螯，因名百足蟹。煮其殼勝於黄膠，謂之螯膠，勝於鳳喙之膠也。陸龜蒙有《蟹志》，傅子翊作《蟹譜》，高似孫撰《蟹略》。

同上，《蚌蛤大如船》：

《拾遺記》：大鰕長一尺，鬚可爲簪。

同上，《峨眉雪蛆》：

《癸辛雜志》云：西域雪山中有蟲如蠶，其甘如蜜，其冷如冰，名曰冰蛆，能消積熱。此恐又是一種。又《拾遺記》：圓嶠有冰蠶，長七寸，黑色，有角有鱗，以霜雪覆之，然後作繭，長一尺，其色五彩，織爲文錦，入水不濡，投火不燎。

同上，《無憂樹》：

《拾遺記》：昭帝時有倒生菱，一花十葉，根浮水上，實沉泥裏。泥如紫色，謂之紫泥。菱食之不老，有黄渠草照日如火，實甚堅，食之焚身不熱。

同上，《懷夢草》：

王子年《拾遺記》：融高西有夢草，根似蓍，懷之以占夢則知吉凶。古之善睡者，其神名宜㭾，見《湧幢小品》。吴淵穎先生有竄宜㭾文。《北户録》：睡菜五六月生田塘中，葉類茨菰，根如藕稍，土人采根爲鹽葅，或云食之好睡。

同上，卷三十六《摇枝粟》：

王子年《拾遺記》：宣帝地節元年，樂浪之東有背明之國，有摇枝粟，言其枝長而弱，無風常摇，食之益髓；鳳冠粟似鳳鳥之冠，食者多力；游龍粟枝葉屈曲，如游龍有瓊。

同上，《畢羅鉢》：

《拾遺記》：外國有貝多樹，葉長五六寸，闊五寸許，葉形似琵琶而厚大，嵩高寺中有思惟樹，即貝多也。《西域記》謂之畢鉢羅。（《四庫筆記小説叢書》本）

馮復京《六家詩名物疏》引用書目・小説家：

王子年《拾遺記》。（《文淵閣四庫全書》本）

鄧伯羔《藝穀補・銀燭》：

《穆天子傳》："天子之寶，璿珠燭銀。"梁簡文詩"燭銀踰漢女"，江總

《貞女峽賦》“含照曜之燭銀”，本此。王子年《拾遺記》：“浮忻國貢蘭金之泥，狀若紫磨之色，百鑄變白，有光如銀，即銀燭是也。”周興嗣《千字文》“銀燭煒煌”，賈至詩“銀燭朝天紫陌長”，本此。《丹鉛總録》所擬，未爲允也。（《文淵閣四庫全書》本）

高濂著，倪青、陳惠評注《遵生八箋》卷四《四時調攝箋下·招凉辟暑》：

《拾遺記》曰：“黑蚌千年生珠，盛暑握之生凉，名招凉珠，可以避暑。”唐延《學士講易》賜辟暑犀章詩云：“已持犀辟暑，更有草迎凉。”《酉陽編》曰：“迎凉草碧色，而竿似苦竹，葉細如杉，雖若乾枯，未嘗凋落，盛暑挂之門户，其凉風自至。”

同上，卷十一《飲饌服食箋上·清寒》：

冰，堅水也。窮谷陰氣所聚，不泄則結而爲伏陰也。在地英明者惟水，而冰則精而且冷，是固清寒之極也。謝康樂詩“鑿冰煮朝飧”，《拾遺記》“蓬萊山冰水，飲者千歲”。

下有石硫黄者，發爲温泉，在在有之。又有共出一壑，半温半冷者，亦在在有之。皆非食品，特新安黄山朱砂湯泉，可食。《圖經》云：黄山舊名黟山，東峰下有朱砂湯泉，可點茗春，色微紅，此則自然之丹液也。《拾遺記》“蓬萊山沸水，飲者千歲”，此又仙飲。

同上，《飲饌服食箋上·甘香》：

甜水，以甘稱也。《拾遺記》：員嶠山北，甜水繞之，味甘如蜜。《十洲記》：元洲玄澗，水如蜜漿，飲之，與天地相畢。又曰：生洲之水味如飴酪。

同上，《飲饌服食箋上·靈水》：

雪者，天地之積寒也。《氾勝書》：雪爲五穀之精。《拾遺記》：穆王東至大㦸之谷，西王母來進嵰州甜雪，是靈雪也。陶穀取雪水烹團茶，而丁謂《煎茶詩》“痛惜藏書篋，堅留待雪天”，李虚己《建茶呈學士詩》“試將梁苑雪，煎動建溪春”，是雪尤宜茶飲也。處士列諸末品，何邪？意者以其味之燥乎？若言太冷，則不然矣。

雨者陰陽之和，天地之施，水從雲下，輔時生養者也。和風順雨，明雲甘雨。《拾遺記》：香雲遍潤則成香雨，皆靈雨也，固可食。若夫龍所行者、暴而霪者、旱而凍者、腥而墨者及簷溜者皆不可食。潮汐近地，必無佳泉，蓋斥鹵誘之也。天下潮汐，惟武林最盛，故無佳泉，西湖山中則有之。（中華書局，2013年）

孫瑴《古微書》卷八《春秋演孔圖》：

伏侯《古今注》云：孔子生之夜，有二蒼龍自天而下，有二神女擎香霧於空中以沐徵在。先是，有五老列於庭，則五星之精，有麟吐玉書於闕里人家，云水精之子繼商周而素王出，故蒼龍繞室，五星降庭，徵在知其爲異。《拾遺記》所志亦同，唯云蒼龍附徵在之旁，因夢而生夫子，天帝下奏鈞天之樂列於顔氏之房，空中有聲言天感生聖子，故降以和樂，笙鏞之音異於俗世也。恐或出好奇之口，未敢爲信。（《叢書集成初編》本）

王鉞《讀書蕞殘》卷之上《讀〈拾遺記〉》：

晋王嘉子年著《拾遺記》，據蕭綺序稱，其書十九卷，今存者十卷。其書辭趨詭譎，音旨浮誕。其記事起羲炎訖西晋，目以拾遺爲名，事以異同著迹，有奇必采，有異必書，蓋根抵於《山海經》《穆天子傳》而甚焉者。據稱子年清虚服氣，不食五穀，又能知過去未來事，後爲姚萇所害，則曰：“吾負債未償也。”然子年既已游心世外，假靈道訣，又復涉翰墨之場，競述作之林，欲以詫當時而名後世，何也？將實有所見不能已於此耶？抑徒爲是畫鬼之工，使夫閲者無從稽考也？嘻，惑已。（《四庫全書存目叢書》本）

胡世安《異魚圖贊箋》卷一《鱸魚》：

吴都鱸魚膾，八九月霜下時，收鱸三尺以下劈作鱠，浸洗布包瀝水乾置盤内，取香柔花葉相間，切葱和鱠拌令匀霜，鱠肉白如雪且不腥，名金虀玉鱠。《松江志》：華亭谷有水縈繞百餘里，乃長泖之異名，出鱸魚。按鱸出松江者獨四腮，隋煬帝謂金虀玉膾，東南佳味。亦見《拾遺記》。

同上，卷二《飛魚》：

《拾遺記》：仙人甯封食飛魚而死，二百年更生，故甯先生《游沙海頌》云：“青蕖灼爍千載舒，百齡暫死餌飛魚。”（《文淵閣四庫全書》本）

胡世安《異魚圖贊補》卷上《毛魚》：

《拾遺記》：南潯之國，有洞穴陰源，其下通地脈中，有毛龍、毛魚同穴而處。《續博物志》：海州有人持一束黑物，形如竹篾，云海魚腮中毛可作屏風貼，色似水牛角，頭似豬鬃，長二尺四寸，廣可一寸。

同上，卷中《色魚》：

《拾遺記》：鯀沉羽淵化玄魚，時揚鬐振鱗，横游波上，見者謂爲河精。又瀛洲名環潭，東有淵洞，有魚長千丈，色斑，鼻端有角，時鼓舞群戲，遠望水間有五色雲，就視乃此魚。噴水爲之慶雲之麗，無以加也。

同上，卷下《黿》：

《拾遺記》：禹濟巨海，黿鼉爲梁。又《紀年》：周穆王東至九江，叱黿鼉爲梁而履之。

同上，《多目龜》：

《拾遺記》：星池千里，池中有神龜，八足六眼，背負七星日月八方之圖，腹有五嶽四瀆之象，時出石上望之，煌煌如列星。

同上，《躶步》：

《拾遺記》：有大螺名躶（裸同）步，負其殼露行，冷則復入其殼，生卵著石則軟，取之則堅，明王之世則浮於海際焉。（《文淵閣四庫全書》本）

馮舒《詩紀匡謬·翔風》：

王子年《拾遺記》及《太平廣記》俱翾風，今坊本《拾遺》從《艷異編》改。（《叢書集成初編》本）

周嬰《巵林》卷二《續顔·人十月生》：

《淮南子》《大戴禮》《元命包》并稱人十月生，往往有不然者。《前趙録》曰：劉淵母呼延夢服日精，十三月而生淵。《遁甲開山圖》曰：慶都觀於三河，陰風四合，赤龍感之，十四月而生堯於丹陵。又曰：女狄汲石紐山下泉得月精吞之，十四月生禹。《拾遺記》曰：簡狄懷卵一年而有孕，十四月生契。《漢武内傳》：王夫人夢吞日，十四月而生武帝。《漢書》：鈎弋夫人十四月而生昭帝……《寶櫝記》曰：帝女游華胥之洲，感蛇而孕，十二年生庖羲。《拾遺記》亦曰：華胥之洲，神母游其上，青蛇繞之，有娠，歷十二年生庖羲。《緯書》則曰：華胥履雷澤之迹，孕十有二載生伏羲。

同上，卷六《通焦·離有十六義》：

離，《拾遺記》有泥離之國。而《前趙録》劉聰子約死於不周山，見蒙珠離國等是也。亦軍名，杜氏《通典》北庭節度使管墨離軍，在晋昌郡西北千里，《唐書》張守珪爲瓜州刺史墨離軍使，而王忠嗣伐吐谷渾於墨離是也……又穀名，《拾遺記》背明國有傾離豆，見日葉垂覆地，食者不老不疾。又《淮南·泰族訓》曰：

離先稻熟，而農夫耨之。高誘注：稻米隨而生者爲離，與稻相似，耨之謂少實也。

同上，卷九《諗胡·三傑五老》：

蘇晋序云：天子作三傑詩以宴，亦摘其首句爲題，同於三百篇之旨耳。《論語讖》曰：堯率舜等升首山，觀河渚有五老游河迭歌，一老曰“河圖將來告帝期”，二老曰“河圖將來告帝謀”，三老曰“河圖將來告帝書”，四老曰“河圖將來告帝圖”，五老曰“河圖將來告帝符”，歌訖，五老飛爲流星，上入昴。《拾遺記》曰：虞舜在位十年，有五老游於國都，舜以師道尊之，言則及造化之始。舜禪禹，五老去不知所從，舜乃置五星之祠祭之。又曰：老聃居反景日室之山，有黄髪老叟五人，或乘鴻鶴，或衣羽毛，耳出於頂，瞳子皆方，面色玉潔，手握青筠之杖，與聃談天地之數，五老蓋五方之精也。（《叢書集成初編》本）

吴景旭《歷代詩話》卷十三丙集上之上賦《胥靡》：

賈誼《鵩鳥賦》：“傅説胥靡兮乃相武丁。”

吴旦生曰……合三家之言，謂賢者必不至罹罪耳。吴氏《禆傳》、蔡氏《集傳》又謂説築傅岩之野，乃是以築爲居，猶今言卜築之意。按傅岩在陜州平陸縣北，宋元、豐間於陜建四公堂，謂傅公、召公、姚公、温公也。

按傅説事，綜稽古語，傳訛非一……《拾遺記》云：傅説賃爲赭衣，舂於深岩以自給，夢乘雲繞日而行。湯以玉帛聘爲阿衡。則是以聘伊尹事而混，二十世後之高宗指以爲湯，謬五。

同上，卷十六丙集中之上賦《棗李》：

潘岳《閒居賦》：“周文弱枝之棗，房陵朱仲之李。”

吴旦生曰：李善注周文房陵未詳，五臣注房陵縣有李，甚美，仙人朱仲來竊食之。其説皆不經。按《西京雜記》云：初修上林苑，群臣遠方各獻名果異樹，有弱枝棗。《拾遺記》云：穆王東巡大騎之谷，西王母與王共玉帳高會，進陰岐黑棗。北極有岐峰之陰，多棗樹，百尋，枝莖皆空，實長二尺，核細而柔，百年一實。夫岐乃周文所居，當指此也。

同上，卷十七丙集中之中賦《陰火》：

木華《海賦》：“陰火潛然。”

吴旦生曰：《易》“澤中有火”。《素問》云“澤中有陽焰”，注：“陽焰如火煙，騰騰而起於水面，蓋澤有陽焰，乃山氣通澤；山有陰靄，乃澤氣通山也。”《拾遺記》云：“西海之西有浮玉山，山下有穴，穴中有水，其色如火，雖波濤灌蕩，其光不滅，是謂陰火。”顧況詩“陰火暝潛燒”，戴叔倫詩“古戍陰傳火”，蘇東坡《游金山詩》“是時江月初生魄，二更月落天深黑。江心自有炬火明，飛焰照山棲鳥驚。悵然歸卧心莫識，非鬼非仙竟何物”，注引《物類相感志》云：“山林藪澤晦明之夜，則野火生焉。散布如人秉燭，其色青，異乎人火。”

同上，卷十八丙集中之下賦《燭銀》：

江總《貞女峽賦》：“含照曜之燭銀。”

吴旦生曰：《穆天子傳》“天子之寶，璿珠燭銀”，《拾遺記》：“漢武帝元封元年，浮忻國貢蘭金之泥，此金百鑄其色變白，有光如銀，即燭銀是也。”郭璞《江賦》“雲精爥銀”，注云：“銀有精光如爥也，爥即燭字。”梁簡文詩“燭銀踰漢女”，盧思道詩“瑞銀光似燭”，蓋指此。至如陳子昂《春夜詩》“銀燭吐清煙，金尊對綺筵”，賈至《早朝詩》“銀燭朝天紫陌長，禁城春色曉蒼蒼”，則以燭銀作銀燭用耳。

同上，卷四十八庚集上之下唐詩《魚米》：

田澄《蜀城》詩：“地富魚爲米，山芳桂是樵。”

吴旦生曰……余因魚爲斗，喜段公路之言録之。然於紙爲番，獨無引據，因按魏張楫云：古之素白依書長短，隨事截翻，枚數重沓即名番紙。故從糸，蓋取繒帛之義。則謂紙爲番以此也。《北户録》云：張載《紙銘》并稱紙爲番。《拾遺記》云：張華著《博物志》四百卷奏於武帝，詔芟爲十卷，乃賜側理紙萬番，是南越所獻海苔爲之。又武帝賜杜預蜜香紙萬番，寫《春秋釋例》，紙微褐色，紋如魚子，極香而堅韌，乃蜜蒙花所成也。

同上，卷五十七辛集上之下宋詩《青藜》：

《漁隱叢話》曰：王荆公《上元戲劉貢父詩》：“不知太乙游何處，定把青藜獨照公。”此詩用事亦精切。《拾遺記》：劉向校書天禄閣，夜有老人植青藜杖，言是太乙之精，天帝聞卯金之子有博學者，下而觀焉，出懷中竹牒授之。此既與貢父同姓，又貢父時正在館閣。

同上，卷六十一辛集下之下宋詩《社首》：

洪容齋作《光堯挽詩》：“鼎湖龍去遠，社首鳳來遲。”

吴旦生曰：《拾遺記》成王四年，旃塗國獻鳳雛，育於靈禽之苑。及封泰山、禪社首之後，文彩炳耀，飛走之類不復喧鳴，咸服神禽之遠至也。及成王崩，銜飛而去。容齋用此。

同上，卷六十二壬前集上金詩《日精》：

宇文叔通《白菊詩》："仙家藝菊名日精，我今號爾爲月英。"

吴旦生曰：《本草》菊花一名日精。《周禮》後服鞠衣，又作菊。注云：日精也。蓋菊有兩種，花大氣香莖紫者爲甘菊花，此日精也。《風土記》云：日精、治蘠，皆菊之花莖之别名也。《拾遺記》云：背明國有紫菊謂之日精。

同上，卷七十二癸集上之上明詩《上巳》：

張來儀《三月三日詩》："姬旦城洛邑，多士方來并。羽觴隨流波，逸語存遺聲。秦王臨河曲，高會列簪纓。金人貢長劍，諸夏俱來盟。"

吴旦生曰：《續齊諧記》："晋武帝問摯虞：'三日曲水其義何指？'答曰：'漢章帝時，平原徐肇以三月初生三女，至三日俱亡，一村以爲怪，乃相攜之水濱盥洗，因流以泛觴曲水之義始此。'帝曰：'若如所談，便非佳事。'束皙進曰：'昔周公城洛邑，因流水以泛酒，故逸《詩》云羽觴隨波；又秦昭王三月上巳置酒河曲，見金人出捧水心劍曰："令君制有西夏。"及秦霸諸侯，乃因此處立爲曲水祠，二漢相沿，皆爲盛集。'帝曰：'善！'賜金五十斤。左遷虞爲陽城令。"來儀數語，則純用束皙語也。又見《拾遺記》："周昭王溺於漢水，二女延娟、延娛夾擁王身同没焉，江漢人至上巳日禊集祠間，以爲風俗。"故楊廉夫《漢水操》云："湘水離離，徒以斑我衣；漢水漪漪，可以禊我衣。"然此亦非佳事，而廉夫且歌之矣。按《風俗通》云："《周禮》女巫掌歲時以祓除疾病，禊者潔也，故於水上盥潔之也。巳者祉也，邪疾已去，祈介祉也。"《月令廣義》云：祓禊，音廢系。

同上，卷八十癸集下之下格律《方瞳》：

陳百史詩："赤幢既獲老方瞳。"

吴旦生曰："《潛確類書》：李根兩目瞳子皆方，云八萬歲則瞳子方。"《拾遺記》："老聃居山，父老五人皆方瞳玉面，共談天地，乃五方五行之精。"《枕中書》："忽見一真人，眼瞳正方，頂負圓光，玉顔絶世。"東坡詩："白髮何足道，要使雙瞳方。"楊仲弘詩："已驚雙鬢短，更待兩瞳方。"揭曼碩詩："方瞳緑鬢紅氍毹。"（中華書局，1958年）

方以智《通雅》卷二十三《官制（文職）》：

秘書、著作、史館，前代分之，今則皆詞林事也。《拾遺記》"黄帝有四史"，宋衷《世本》曰："沮誦、倉頡爲左右史。"《吕覽》《淮南》皆言夏太史終古，殷太史向摯，周有五史，侯國亦置，如蘇墨、屠黍、倚相、廖號是也。秦有太史令，漢武始置談、遷爲之，宣帝以其官爲令行太史，公文書修撰之職以他官領，於是太史之官惟知占候而已。王莽改置柱下五史，後漢至隋惟魏明太史中史職隸中書，其餘多隸秘書。

同上，卷三十二《器用（紙筆墨硯）》：

陟釐，一作側理、陟俚，苔紙也。晋武賜張華側理紙。南越以海苔爲紙，其理側，故名。王子年《拾遺記》云："本陟釐紙，漢人語訛爾。"又作陟里，陰勁弦收入支韻。陸友仁引漢人言陟俚。

同上，卷三十四《器用（雜用諸器）》：

搜白席，地隔之類也。劉宋《起居注》：元嘉中爲御史中丞奏，風聞廣州刺史韋朗於州部作蒐白席三百二十領，請以事追陳。喬生曰：即番舶地隔也。茅蒐染紅，故曰蒐白。姚以式從濠鏡得之，一名嘉文席，即《拾遺記》之蘖席也。

同上，卷三十五《器用（戎器具）》：

鐸鞘、浪劍、鬱刀，淬鐵也。……《舊紀》貞元十年，南詔獻鐸槊浪人劍。《會要》以爲浪人劍。樂浪在高麗，從南詔來邪？自《荀子》言桓公之葱、太公之闕、文王之録、莊君之曶，陶玄景撰《刀劍録》言禹庚戌之鑄，《吴越春秋》之言風胡、歐冶，《越絶書》之言湛盧。《宋志》言閩中有山名湛，疑湛山之鑪也。《三輔黄圖》《拾遺記》言鬼方所作靈金内府之類，常疑其鑿。然祭、淬之法有之，蒲元於斜谷爲孔明鑄刀，淬以蜀江之水。《典論》：建安二十四年魏太子丕造百辟寶劍，淬以清漳，厲以礛礑。晋《太康地記》：汝南西平縣有龍淵水，可淬刀劍。此所稱江心百煉也。

同上，卷三十九《飲食》：

百末當是百味。漢《景星歌》曰"百末旨酒布蘭生"，師古曰"百草花之末"。《龍城録》曰："太宗賜魏徵詩'醽渌稱蘭生，翠濤過玉薤'。玉薤，隋煬帝酒名；醽渌、翠濤，皆魏左相酒名；蘭生，乃漢武之百味旨酒也。"駱賓王用百味，將愛百末新邪？漢時酒名，如《拾遺記》之洪梁，《大招注》之楚瀝，《卮言》未載。

同上，卷四十五《動物（鳥）》：

鸞鸞即鶼鶼也。……《拾遺記》：成王時燃丘國獻之，如鵲而多力，張華以爲一青一赤，在參嵎山。《水經注》曰：林邑有比翼鳥，不比不飛，鳥名歸飛，鳴聲自呼。俞益期《與韓康伯書》：此鳥背青腹赤，丹心外露，鳴情未達，終日歸飛。

據林邑言之，則《爾雅》南方爲是，《管子》西海非乎？然昆侖西海原連南海，《禹貢》黑水入南海，皆指昆侖西南。

同上，卷四十六《動物（獸）》：

蒙頌，活㺐地，捕鼠者也。蒙頌，又蜼之小者，紫黑色，能捕鼠。或作蒙貢、蒙貴。《廣志》曰：獴□，有黑白黄者，暹羅最良，捕鼠百捷於家貓。貓一名銜蟬，見《拾遺記》。《韻府》：貓一名烏員，《唐書》：波斯伊嗣侯遣使獻活㺐地，形類鼠，青色，長八九寸，能入鼠穴取鼠。《物類志》曰：㺐地，温公之義貓曰鱅，或温公名之也。

同上，卷四十八《金石》：

升菴謂靺鞨即肅慎地産寶石，而《正楊》譏之。智謂靺鞨乃紅韋色，轉爲靺鞨，以其聲名其國寶石之紅，靺鞨言其色耳。北敵亦好裝紅，唐太中時貢十二玉，有紅靺鞨；哈密貢速來蠻石、把咱石。瑪瑙，文石也；水精，水玉也。《拾遺記》曰瑪瑙是鬼血所化，更謬。（中國書店，1990年）

沈自南《藝林匯考》飲食篇卷六《酒醴類下》：

《酒譜》：王子年《拾遺記》：張華爲酒，煮三薇以漬麯，蘗出西羌，麯出北胡，以釀酒得美淳罂，久含令人齒動。若大醉不摇蕩，使人肝腸爛，俗謂消腸酒。或云酒可爲長宵之樂，兩説聲同而事異也。

《代醉編》：劉白墮善釀酒，熟於桑落之辰，因名桑落酒。或曰以桑落河名之也。後人乃訛爲索郎。王子年《拾遺記》云：武帝思李夫人不止，從者乃進洪梁之酒，酌以文螺之卮，卮出波祇之國，酒出洪梁之縣。今言雲陽出美酒，兩聲相亂矣。（中華書局，1988年）

顧炎武著，黄汝成集釋《日知録集釋》卷三十二《雌雄牝牡》：

飛曰雌雄，走曰牝牡。雉鳴求其牡，詩人以爲不倫之刺。然亦有不一者。……干支亦可稱雌雄，《史記索隱》：歲雄在閼逢，雌在攝提格，月雄在畢，雌在訾，日雄在甲，雌在子。是也。金亦可稱雌雄，王子年《拾遺記》：禹鑄九鼎，擇雌金爲陰鼎，雄金爲陽鼎。是也。石亦可稱雌雄，《後漢·郡國志》：夜郎出雄黄、雌黄。是也……（嶽麓書社，1994年）

董説《七國考》卷一《秦職官·女伶官》：

《拾遺記》：燕昭王時，廣延國獻善舞者二人，容冶妖麗，靡於鸞翔，而歌聲輕揚，乃使女伶代唱其曲。余按，伶，樂官也，黄帝時樂師伶倫世掌樂官，故後世號樂官曰伶官。女伶者，女樂官也，《周禮》有女祝、女史，後代有女尚書、女侍中、女學士、女博士之類，又有女將軍，女司樂即女伶官也。

同上，卷二《燕食貨・粟、丹泉粟》：

蘇秦曰：燕地方二千里，帶甲數十萬，車七百乘，騎六千匹，粟支十年，南有碣石、雁門之饒，北有棗栗之利，民雖不田作，棗栗之實，足食於民矣。此所謂天府也。《拾遺記》曰：燕昭王即位，廣延國來獻舞者二人，王處以丹綃華幄，飲以瓀珉之膏，飴以丹泉之粟。《燕世家》：燕昭王吊死問孤，與百姓同甘苦二十八年，燕國殷富。

同上，卷四《燕宮室・正寢》：

《拾遺記》云：燕昭王居正寢，召其臣甘需曰："寡人志於仙道，欲學長生久視之道，可得遂乎？"

同上，《崇霞臺》：

《拾遺記》：昭王登崇霞之臺。

同上，《握日臺》：

亦見《拾遺記》。

同上，《通雲臺》：

《拾遺記》：昭王坐通雲之臺，亦曰通霞臺。山西有昭石，去石十里，視人物之影如鏡焉，碎石片片皆能照人。而質方一丈，則重一兩，昭王舂此石爲泥，泥通霞之臺。

同上，卷七《楚音樂・瀟湘洞庭之樂》：

《拾遺記》：洞庭山浮於水上，其下有金堂數百間，玉女居之。四時聞金石絲竹之聲徹於山頂，楚懷王之時舉群才賦詩於水湄，故云瀟湘洞庭之樂，聽者令人忘老，雖咸池、簫韶不能比焉。每四季之節，楚王常繞山以游宴，舉四仲之氣以爲樂章。仲春律中夾鐘，乃作輕風流水之詩，燕於山南；仲夏時中蕤賓，乃作皓露秋霜之曲。

同上，《燕音樂・縈塵集羽之舞》：

《拾遺記》云：燕昭王三年，廣延國獻善舞者二人，一名旋娟，一名提嫫。王登崇霞之臺，乃召二人徘徊翔舞，殆不自支。王以纓縷拂之，二人皆舞容冶妖，麗靡於鸞翔，而歌聲輕揚，乃使女伶代唱其曲，（女伶已詳職官。）清響流韻，雖飄梁動木，未足嘉也。其舞一名縈塵，言其體輕與塵相亂；次曰集羽，言其婉轉若羽毛之從風；末曲曰旋懷，言其支體纏曼，若入懷袖也。

同上，卷八《燕器服・丹綃幄》：

《拾遺記》云：燕昭王三年，廣延國獻善舞者二人，王處以丹綃華幄。

同上，《麟文席》：

《拾遺記》云：燕昭王設麟文之席。麟文者，錯雜寶飾席爲雲霞麟鳳之狀。

同上，《羽衣》：

《拾遺記》云：燕昭王徹色減味，居乎正寢，賜甘需羽衣一襲，表其墟爲明真里也。

同上，卷十一《秦兵制・太白船》：

《蜀王本紀》云：秦爲太白船萬艘，欲以攻楚。余按，周武王有蜂舟，見《拾遺記》。伍子胥製玉翼，越人有船名須慮，見《越絶書》。

同上，卷十四《秦瑣徵・白玉虎》：

《太平御覽》：始皇二年，騫霄國獻善畫之工，刻白玉爲兩虎，削玉爲毛如真矣，不點兩目睛。始皇點之，即飛去。明年，南郡有獻白虎二頭，始皇使視之，乃是先刻玉者，始命去目睛，二虎不復能去。事見《拾遺記》。

同上，《龍膏燈》：

《拾遺記》：燕昭王二年，海人乘霞舟以雕壺盛數斗膏以獻昭王，王坐通雲之堂，以龍膏爲燈光，耀百里煙色，丹紫國人望之，咸言瑞光，世人遥拜之。燈以火浣布爲纏。

同上，《荃蕪香》：

燕昭王散荃蕪之香，見《拾遺記》。

同上，《銷暑招凉珠》：

《拾遺記》：昭王時，有國獻珠於昭王。王取瑶漳之水洗其沙泥，乃嗟嘆曰：自懸日月以來，見黑蚌生珠已八九十，遇此千歲一生珠也。珠漸輕細，昭王常懷此珠，當隆暑之月，體自清凉，號曰銷暑招凉之珠也。

同上，《恒春樹》：

《拾遺記》：燕昭王通霞臺左右種恒春之樹，葉如蓮花，芬芳似桂花，隨四時。

同上，《明真里》：

《拾遺記》：昭王徹色減味，居乎正寢，賜甘需羽衣一襲，表其墟爲明真里也。（中華書局，1956年）

馬驌著，徐連城校點《左傳事緯》前集卷六《覽左隨筆》：

善星文者，晋士文伯、鄭裨竈、魯梓慎，皆詳於傳。時有宋子韋不見左氏，而别詳於《鴻烈》《説苑》《拾遺記》諸書。能相人者，周内史叔服。（齊魯書社，1992年）

龔士炯編，周清原、王之樞續《御定歷代紀事年表》：

按高辛氏才子八元，杜預云亦其苗裔，言亦不必爲帝之親子也。今考舜舉八子，去高辛之世未遠，《山海經》云帝俊生戲，戲生摇民，後者帝之名，戲者獻也。《拾遺記》帝妃鄒屠氏生八子，世謂之八英，然則八元是帝親子也。（《文淵閣四庫全書》本）

姜宸英《湛園札記》卷一“伏羲時河出圖”條：

伏羲時，河出圖而作易。《水經注》：黄帝時天大霧三日，帝游洛水之上，見大魚殺五牲，以醮之天，乃甚雨七日七夜，魚流始得圖書。今《河圖視萌篇》是也。又《論語讖》曰：仲尼云：“吾聞堯率舜等升於首山而導，河渚有五老游焉，相謂：‘河圖將來告帝以期，知我者重瞳也。’五老乃翻爲流星而入於昴。”《拾遺記》：堯於河濱得玉版方尺，圖天地之形。又《符瑞志》：堯以二月辛丑修壇場於河，有龍馬吐圖，以白玉爲檢，赤玉爲泥，約以青繩。後二年，堯又率群臣沈璧於洛，受龜書。（《文淵閣四庫全書》本）

黄虞稷撰，瞿鳳起、潘景鄭整理《千頃堂書目》卷十五類書類：

《拾遺記》。（上海古籍出版社，2001年）

徐乾學《傳是樓書目》卷二史部起居注：

《拾遺記》。（十卷，晋王嘉。）（《續修四庫全書》本）

徐乾學《讀禮通考》引用書目：

王子年《拾遺記》。（《文淵閣四庫全書》本）

王士禛《居易録》卷六“五金之屬”條：

五金之屬，銅器最壽、最貴重。至銀器，則初不聞之，唯元朱碧山鍛銀器有名。孫侍郎（承澤）、北海宋按察（琬）荔裳皆藏銀槎一，上有仙人款曰朱碧山製。康熙辛亥、壬子間，予兄弟與荔裳在京師，同施侍讀閏章、愚山沈文恪荃繹堂輩爲詩社，酒次，嘗出此槎勸釂，因屬賦，皆咏張騫事。予亦云“窮源過大夏，鑿空取通侯”云云，蓋本宗懍《荆楚歲時記》之説。然其仙人羽衣幅巾，似取太乙仙人蓮葉舟之意。又《拾遺記》：堯時有巨槎浮四海，十二月周天，名貫月槎、挂星槎，羽仙棲息其上。當咏此事爲合。

同上，卷二十一“暢春苑”條：

暢春苑見外國所貢玻瓈瓶二：一貯水，去其蓋覆，即有煙自水中出，夜有火焰；一水中貯小木一段，鈎出别以木拭之，可以取火。士禛按，《拾遺記》西海有浮王山，山下有穴，穴中有水，其色如火，波濤灌蕩，其光不滅。晝則通朧不明，夜則照曜穴外，是謂陰火木華。《海賦》所云陰火潛然是也。

同上，卷二十七“宋時汴京”條：

宋時汴京有都料匠喻皓，撰《木經》三卷。或云皓有一女，每卧則交手於胸爲結構之狀，如此踰年，撰成《木經》三卷。又，秦始皇時騫霄國獻刻玉善畫工名裔，方寸之内畫以四瀆、五嶽、列國之圖。出《拾遺記》。元和中，裴宙鎮荆州，掘地得一石，規模樓櫓悉仿荆城，中空六尺八寸，甚工緻，命徙之藩籬間。見《江陵志》。

同上，卷二十八“漢武帝李夫人事”條：

漢武帝李夫人事，《史·武紀》《封禪書》作少翁，桓譚《新論》作李少君，《拾遺記》作董仲君，唐韋進士《縷金裙記》詩云“不教布施剛留得，恰似初逢李少君”。

同上，卷二十九“五代馬彧”條：

五代馬彧《贈韓定辭詩》“巏嵍山”見《顔氏家訓》，予《池北偶談》已詳之，其首句云：“燧林芳草綿綿思，盡日相攜陟麗譙。”燧林未詳出處。考《拾遺記》云，燕昭王游於西王母燧林之下，説燧皇鑽火之事，在申彌國，近燧明國，去都萬里，則非燕地明矣。王子年著書皆杜撰，韓、馬特引此以矜奇炫博，非事實也。（《文淵閣四庫全書》本）

王士禛撰，湛之點校《香祖筆記》卷六“古今傳記”條：

古今傳記如《拾遺記》《東方朔外傳》之類，悉誕謾不經，然未有如《諸皋記》之妄者。一事尤可捧腹，云：天翁姓張名堅，字刺渴，漁陽人，少不羈。嘗羅得一白雀，愛而養之。夢天劉翁責怒，每欲殺之，白雀輒以報堅，堅設諸方待之，終莫能害。天翁遂下觀之，堅盛設賓主，乃竊乘天翁車騎白龍振策登天，天翁追之不及。堅既到天宫，易百官，杜塞北門，封白雀爲上卿。劉翁失治，徘徊五嶽作災。堅患之，以劉翁爲太山太守，主生死之籍。鄙倍至此，不可以欺三歲小兒，而公然筆之於書，豈病狂耶？段柯古，唐之文人，何至乃爾！（上海古籍出版社，1982年）

田雯《古歡堂集》卷四十一《長河志籍考》：

王子年《拾遺記》：堯命鯀治水九載無績，鯀自沉於羽淵，化爲玄魚，時植鬐振鱗，横游波上，見者謂爲河精。羽淵與河海同源。上古之人於羽山下立鯀廟，四時致祭，常見黑魚與蛟龍瀺灂而出。舜命禹疏川奠嶽，行遍日月之下，唯不踐羽山之地，濟巨海則黿鼉爲梁，踰峻山則神龍爲負，皆盛德之感也。（《文淵閣四庫全書》本）

張英、王士禛等《淵鑑類函》卷二天部二《日一（災蝕附）》：

王子年《拾遺記》云：鬱華又名鬱儀，奔日之仙，故曰鬱儀，與日同居。

同上，《日二》：

《拾遺記》曰：帝嚳之妃，鄒屠氏之女也，常夢吞日則生一子，凡經八夢則生八子。

《拾遺記》曰：傅説賃舂於深岩，夢乘雲繞日而行，歲餘，殷以爲阿衡。

同上，卷三天部三《月一（災蝕）》：

《拾遺記》云：瀛洲有金巒之觀，飾以衆寶，懸火精爲日，刻黑玉爲烏，以水精爲月，削青瑶爲蟾兔，於地下爲機棙，以測昏明，不虧弦望。

同上，卷四天部四《星一（災異附）》：

王子年《拾遺記》云：禹鑄九鼎，擇雌金爲陰鼎，雄金爲陽鼎，太白星見，九日不没。

同上，《星二》：

《拾遺記》曰：虞舜在位，五老游於國都，五星之精也。

同上，卷五天部五《雲一（瑞雲并入）》：

王子年《拾遺記》曰：昆侖山有九層，每層相去萬里，有雲氣五色，從下望之皆有城闕之象。又曰：昆侖者，西方曰須彌山，有九層，其第七層有景雲以映朝日。又曰：嶠山一名環丘，有雲石駁駱如錦川，扣之則片片翕翕然，雲出俄而遍潤天下。西有星池，有爛石常浮於水邊，其色紅質虚，似肺燒之，有煙香聞數百里，煙氣升天則成香雲，遍潤則成香雨。

同上，卷六天部六《風一》：

王子年《拾遺記》曰：瀛洲時有香風，泠然而起，張袖受之則歷紀不歇。

同上，卷九天部九《雪二》：

增《拾遺記》曰：穆王東至大巇之谷，西王母來進嵰州甘霜甜雪。嵰州去玉門三千里，地多寒，雪霜著木石之上皆融，而甘可以爲菓。又曰：周靈王起昆明之臺，召諸方士，有二人乘飛輦上席，酣醉時赤旱，地裂木燃；一人能以歌召霜雪，王乃請焉，於是引氣一噴，雲起雪飛，坐者皆凛然。又曰：燕昭王時，廣延國來獻，其國去燕七萬里，在扶桑東，其地寒，盛夏之日冰厚至丈，常雨青雪，冰霜之色皆如紺碧。

同上，卷十天部十《露二》：

《拾遺記》曰：高辛時，丹丘之國獻瑪瑙甕，以盛甘露。甕至堯時猶存，甘露在其中盈而不竭，謂之寶露，以頒賜群臣。至舜時露已漸減，舜遷寶甕於衡山之上，故衡山之嶽有寶露壇。舜於壇下起月館以望夕月。舜南巡至衡山，百辟群後皆得露泉之賜，時有雲氣生於甘露壇。又遷寶甕於零陵之上。

《拾遺記》曰：昆侖山有甘露濛濛似霧，著草木則滴瀝如珠。亦有朱露，望之色如丹，著木石赭然，如朱雪灑焉。以瑶器承之如粘，人君有盛德則下焉。

同上，《霜二》：

原王子年《拾遺記》曰：廣延國常雨青雪，冰霜之色皆如紺碧。又曰：嵰州霜甘也。

同上，《霧二》：

《拾遺記》曰：燕昭王七年，沐胥國來朝，有道術人名尸羅，噴水爲雰霧，暗數里間，俄復吹爲疾風，雰霧皆止。

增《拾遺記》云：蓬萊山東有鬱彝國，時有金霧。

同上，卷十一天部十一《霞二》：

增《拾遺記》曰：燕昭王二年，海人乘霞獻龍膏。

《拾遺記》曰：昆侖山第八層有五色霞。

同上，卷十五歲時部四《秋二》：

王子年《拾遺記》曰：漢武帝嘗以季秋泛靈鶂之舟於淋池中，内桂臺之上以香金爲鉤，紉絲爲綸，丹鯉爲鉺，釣得白蛟，付大官爲鮓，肉紫骨青香美無倫。

同上，卷十七歲時部六《元正二》：

增《拾遺記》曰：堯在位七十年，有鸞雛歲歲來集，麒麟游於藪澤，梟鴟逃於絶漠。有祇支之國獻重明之鳥，一名重精，雙睛在目，狀如鷄，鳴似鳳，時解羽毛肉翮而飛，能搏逐猛獸虎狼，使妖災群惡不能爲害。飴以瓊膏，或一歲數來，或數歲不至，國人莫不灑掃門户以望重明之集。其未至之時，國人或刻木或鑄金爲此鳥之狀，置於門户之間，則魑魅醜類自然退伏。今人每歲元日，或刻木鑄金、或圖畫爲鷄於牖上，蓋重精之遺像也。

同上，卷二十一歲時部十《寒二》：

增《拾遺記》曰：嗽金鳥出昆明國，形如雀，色黄，常翱翔於海上。魏明帝時其國來獻此鳥，飴以珍珠，飲以龜腦，鳥常吐金屑如粟，鑄之可以爲器。此鳥不畏霜雪，乃起小臺處之，名曰辟寒臺。皆用水晶爲户牖，使内外通光，宫人争以鳥吐之金用飾釵佩，謂之辟寒金。故宫人相嘲曰："不服辟寒金，那得帝王心；不服辟寒鈿，那得帝王憐。"

同上，卷二十四地部二《山二》：

《拾遺記》曰：東方朔《寶甕銘》曰：寶雲生於露壇，祥風起於月館。望三壺如盈尺，視八鴻如縈帶。三壺，海中三山也。一曰方壺，則方丈也；二曰蓬壺，則蓬萊也；三曰瀛壺，則瀛洲也。此三山形如壺器。八鴻者，八方之名。鴻，大也。登月館以望四海三山，則如聚米縈帶者矣。

同上，卷二十六地部四《穴二》：

王子年《拾遺記》曰：禹鑿龍門至一空穴，有黑蛇長十丈，頭有一角，銜夜明之珠以導禹。禹乃晝夜并行，計可三十里，魑魅莫逢，穴亦積廣。

同上，《石二》：

王子年《拾遺記》曰：員嶠之山東有雲石，或廣五百步，或四十五十，或十數步，駁駱如錦，扣之則片片蓊然雲出，俄而遍潤天下。西有星池，周千里，水色隨四時變化，神蟲有神龜出爛石之上。此石常浮於水邊，方數百里其色多紅，質虛燒之有煙，香聞數百里，煙氣升天則成香雲，遍潤天下則成香雨。

《拾遺記》曰：李夫人死，武帝嘗思夢欲一見之。李少君言能致其神，啓帝曰：黑海北對都之野出潛英之石，其色青輕如毛羽，寒盛則石温，夏盛則石冷，刻爲人像，神晤不異真人。乃求得之，命工刻作夫人形，置之幕裏，宛若生時。又曰：周靈王時異方貢一石，色白如月，照面如雪，謂之月鏡。又曰：方丈山西有照石，去石十里，視人物之影如鏡焉。碎石片片皆能照人，而質方一尺則重一兩，燕昭王舂此石爲泥，泥通霞之臺，與西王母嘗游居此臺。又曰：董偃嘗卧延清之室，以畫石爲床，文如錦也。石體甚輕，出郅支國。又曰：泰山下有連理文石，高十二丈，狀如柏樹。其文彪發似人雕鏤，自上及下皆合，而中開廣六尺，望若真樹也。父老云當秦末，二石相去百餘步，蕪没無有蹊徑。及明帝之始，稍覺相近如雙闕，土石陰類，魏爲土德，斯爲靈徵。

同上，卷二十七地部五《昆侖山二》：

《拾遺記》曰：昆侖西有螭潭，多龍螭，皆白色，千歲一蜕其五藏。此潭左側有五色石，皆云是白螭腸化成。

同上，《衡山二》：

《拾遺記》曰：高辛時丹丘國獻瑪瑙甕以盛甘露，舜遷甕於衡山之上，故嶽有寶露壇。舜於壇下起月館以望夕月。舜南巡至衡山，百辟皆得露泉之賜，時有雲氣生於壇。

同上，卷三十二地部十《湖一》：

《拾遺記》曰：員嶠山有方湖。

同上，卷三十三地部十一《池二》：

《拾遺記》曰：漢武引太液之水更穿淋池，時命水嬉，製泛洪波折芰荷曲，使宫人歌之。

《拾遺記》曰：員嶠山西有星池，周千里，水色隨四時變化，有神龜出爛石之上，此石常浮水際，方數百里，其色多紅，質虚似肺，燒有煙，香聞數百里，煙氣升天則成香雲，遍潤則成香雨。

同上，卷三十六地部十四《河一》：

《拾遺記》曰：黄河千年一清，聖人之大瑞也。

同上，卷四十七帝王部八《符命一》：

增《拾遺記》曰：漢太上皇微時游山澤間，有冶鑄曰："若得腰間佩刀雜冶，中即成神器，可以克天下；昴星精爲輔，可以殲三猾。"太上皇曰："此物名匕首。"遂解投煙焰中。及劍成，授上皇。上皇以賜高祖，乃殲三猾、宅天下。《鈎命决》云：蕭何，昴星精；項羽、陳勝、吴廣爲三猾。

同上，卷四十八帝王部九《帝誕一》：

增《拾遺記》曰：庖犧所都之國有華胥之洲，神母游其上，有青虹繞神母身，久而方滅，即覺有娠，歷十二年而生庖犧。又《遁甲開山圖》曰：仇夷山四絶孤立，太昊之治伏羲生處。

同上，《奇表一》：

增《拾遺記》曰：庖犧長頭修目，龜齒龍唇，眉有白毫，鬚垂委地。

同上，卷四十九帝王部十《祥瑞二》：

增《拾遺記》曰：炎帝教民耒耜，百穀滋阜，神芝發其色，靈苗擢佳穎，朱草蔓於階，卿雲蕩於岩。

同上，卷一百八十三禮儀部三十《冢墓二》：

《拾遺記》曰：南尋之國，其死者葬之中野，百鳥銜土爲墳，群獸爲之窟穴，不封不樹。

同上，卷一百八十五樂部二《歌一》：

《拾遺記》曰：少昊母曰皇娥，與白帝子泛於海上，皇娥倚瑟而清歌曰："天清地曠浩茫茫，萬象回薄化無方。浛天蕩蕩望滄滄，乘桴輕漾著日旁。當期何所至窮桑，心知和樂悦未央。"白帝子答歌曰："四維八埏眇難極，驅光逐影窮水域。璿宫夜静當軒織，桐峰文梓千尋直。伐梓作器成琴瑟，清歌流唱樂難極，滄湄海浦來棲息。"

同上，《歌二》：

增《拾遺記》曰：周靈王登昆昭之臺，見二人乘雲而至。一人先唱，能爲霜雪引氣，一噴則雲起雪飛；又一人唱，能使即席爲炎，指彈席上則暄風入室。

增《拾遺記》曰：武帝思念李夫人不可復得，時始穿昆靈之池，泛翔禽之舟，帝自造歌曲，使女伶歌之。時日已西傾，涼風激水，女伶歌聲甚遒，因賦落葉哀蟬之曲，曰："羅袂兮無聲，玉墀兮塵生。虚房冷兮寂寞，落葉依於重扃。望彼美之女兮安得，感余心之未寧。"

同上，卷一百八十六樂部三《舞二》：

增《拾遺記》云：燕昭王即位，廣延國來獻善舞者二人，一名旋娟，一名提嫫，體輕氣馥，或行無蹤影，或積年不飢。昭王處以丹綃華幄，飲以瑞珉之膏，飴以丹泉之粟。王登崇霞之臺，乃召二人徘徊翔舞，殆不自支，王以纓縷拂之。其舞一名縈塵，言其體輕與塵相亂；次曰集羽，言其宛轉若羽毛之從風。末曲曰旋懷，言其支體纏蔓若入懷袖也。

同上，卷一百九十三文學部二《春秋二》：

《拾遺記》曰：何休作《左氏膏肓》《公羊廢疾》《穀梁墨守》，謂之三闕。求學者不遠千里，謂康成爲經神，何休爲學海。

同上，卷一百九十四文學部三《書籍一》：

增《拾遺記》曰：帝堯在位至德，光洽河洛之濱，得玉版方尺，圖天地之形。又獲合璧之瑞，文字炳列，記天地造化之始。

《拾遺記》曰：晋泰始元年，有頻斯國人來朝，言其國有大楓木成林，高六七十里，樹東有大石室，緝石爲床。床上有竹簡，長尺二寸，書大篆之文，皆言開闢以來事，人莫能識。或言是伏羲畫卦之時有此書，或言蒼頡造書之處。

同上，《寫書一》：

《拾遺記》曰：張儀、蘇秦二人同志，遞剪髪以相活，或傭力寫書，行遇聖人之文，無題記，則以墨書於掌内及股裹，夜還，更折竹寫之。……

《拾遺記》曰：任末年十四時學無常師，負笈不遠險阻，削荆爲筆，克樹汁爲墨，觀書有合意者題其衣裳。河洛秘奥，非正典所載，皆注記於柱壁及園林樹木，慕好學者來輒寫之。

同上，《校書一》：

《拾遺記》曰：曹曾，魯人也。天下名書，上古以來文篆訛脱，曾皆刊正，垂萬餘卷。

同上，《載書負書一》：

增《拾遺記》曰：黄帝遣風后負書，常伯荷劍，旦游洹流，夕歸陰浦，行萬里而一息。

《拾遺記》曰：曹曾聚天下名書，上古以來文篆訛落者，曾皆刊正，垂萬餘卷。及收天下遺書於曾家，連車繼軌，輸於王府。

同上，卷二百二文學部十一《好學三》：

增《拾遺記》曰：任末年十四時學無常師，負笈不遠險阻，或依林木之下編茅爲庵，削荆爲筆，克樹汁爲墨，夜則映星望月，暗則縛麻蒿以自照。觀書有合意者，題其衣裳以記其事。門徒悦其勤學，更以净衣易之。臨終誡曰："夫人好學，雖死若存；不學者雖存，謂之行尸走肉耳。"

同上，卷二百三文學部十二《博學三》：

《拾遺記》曰：劉向校書天禄閣，夜有老人著黄衣植青藜杖登閣而進，見向暗中獨坐誦書，乃吹杖端煙燃，因以相見，説開闢以前。向因受五行洪範之文，恐辭説繁廣忘之，乃裂裳及紳以記其言。至曙而去，向請問姓名，云："我是太乙之精，天帝聞卯金之子有博學者，下而觀焉。"乃出懷中竹牒，有天文地圖之書，以授之。又曰：何休木訥多智，三墳五典、陰陽算術、河洛讖緯及遠年古諺、歷代圖籍，莫不成誦。門徒有問者，則爲注記，而口不能説。作《左氏膏肓》《公羊廢疾》《穀梁墨守》，謂之三闕。鄭康成蜂起而攻之，求學者不遠千里嬴糧而至，如細流之赴巨海。京師謂康成爲經神，何休爲學海。又曰：任末，河洛秘奥，非正典籍所載，皆注記於柱壁及園林樹木，慕好學者來輒寫之，時人謂任氏爲經苑。

同上，卷二百四文學部十三《筆二》：

《拾遺記》：任末年十四，學無常師，或依林木之下編茅爲庵，削荆爲筆。（詳好學三。）

增《拾遺記》：張華造《博物志》，奏於武帝，帝賜麟角筆，以麟角爲筆管，遼西國所獻也。

同上，《硯二》：

增《拾遺記》：張華造《博物志》，奏於武帝，帝賜青鐵硯，此鐵于闐國所出，獻而鑄爲硯也。

同上，卷二百五文學部十四《紙二》：

《拾遺記》：張華造《博物志》，奏於武帝，帝賜側理紙萬番，此南越所獻。後人言陟里，與側理相亂。南人以海苔爲紙，其理縱横邪側，因以爲名。

同上，《墨二》：

增王嘉《拾遺記》曰：周靈王時，浮提之國獻神通善書二人，出肘間金壺四寸，上有五龍之檢，封以青泥，壺中有墨汁如淳漆，灑地及石皆成篆隸科斗之字。佐老子撰《道德經》，汁盡，二人刳心瀝血以代墨。

同上，卷二百四十四人部三《生子二》：

《拾遺記》曰：孔子生之夜有二龍自天而下，二神女擎香露於空中以沐浴徵在，有五老列於庭，則五星之精也。先是，有麟吐玉書於闕里人家，云："水精之子，係衰周而爲素王。"徵在以繡紱繫麟角。及夫子將終，抱麟解紱而泣。

同上，卷二百五十五人部十四《美婦人一》：

《拾遺記》曰：周成王時，因祇國去王都九萬里，獻女士二人，善於工巧，體貌輕潔，被纖羅雜繡之衣，長袖修裾，風至則結其襟帶，恐飄飖不能自止。善織五色絲，引而結之則成文錦。

增《拾遺記》曰：越王貢西施、鄭旦於吴，吴處以椒華之房，貫細珠爲簾幌，朝下以蔽景，夕捲以待月。二人當軒并坐，理鏡靚於珠幌之内，若雙鸞之在煙霧，沚水之漾芙蕖。越兵入國，吴王抱二女以逃吴苑。越軍入見二女在樹下，皆言神女，望而不敢侵。

《拾遺記》曰：蜀先主甘后，沛人，里中相者曰此女後貴極宮掖。及年十八，玉質柔肌，態媚容冶，先主置后白綾帳中，户外望者如月下聚雪。河南獻玉人高三尺，乃取玉人置后側，后與玉人齊色。嬖者非惟嫉后，亦妒玉人。后乃誡上曰："昔子罕不以玉爲寶，《春秋》美之。今吴、魏未滅，安可以妖玩經懷也！"上乃徹玉人，衆嬖皆退，當時以甘后爲神智婦人。

《拾遺記》曰：魏文帝所愛美人姓薛名靈芸，常山人。年十七，容貌絶世。時帝選良家子入宫，靈芸别父母，歔欷累日，淚下沾衣，至升車就路之時，玉唾壺承淚，壺即如紅色。及至京師，壺中之淚凝如血矣。帝改靈芸之名曰夜來，夜來妙於針工，雖深處帷幄之中，不用燈燭，裁製立成。非夜來縫製，帝則不服，宫中號爲"針神"。

《拾遺記》曰：吴主潘夫人坐法輸入織室，容態少儔，江東絶色，同幽者百餘人，謂夫人曰神女，敬而遠之。有司陳於吴主，使圖其容。夫人憂戚不食，減瘦改形。工人寫之以進，吴主見而喜悦，以琥珀如意撫案嗟曰："此神女也！愁貌尚能感人，况在歡樂？"乃以雕輪就織室納於後宫。又曰：孫亮作瑠璃屏風，每於月下清夜舒之，常與愛寵四姬同坐，皆振古絶色。一名朝姝，二名麗居，三名潔華，四名洛珍。

同上，卷二百五十九人部十八《口二》：

增王子年《拾遺記》曰：昔伯禹入穴，乃至一室，裹一人身如蛇，鱗於石上，口吐一玉簡以授禹，簡長十二寸，以量度天地也。原又曰：孔子海口含澤言。（善食海澤也。）

增《拾遺記》曰：始皇元年，騫霄國善畫工名列裔，口含丹青噴壁，即成龍雲之像。又曰：沐胥國人年九萬歲，以口噴水爲雨，紛漫數十里，俄而口吹爲風，而雨皆止。

同上，卷二百六十人部十九《舌二》：

《拾遺記》曰：賈逵口誦經文以教人，從學所贈遺者積粟盈倉，人謂曰："賈逵非力耕所得，誦經名世，所謂舌耕也。"

同上，《髪二》：

增王子年《拾遺記》曰：帝嚳高辛氏娶於諏氏女，女生而髪與足齊，墜地能言，乃納於帝。

同上，卷二百六十一人部二十《足二》：

王子年《拾遺記》曰：周昭王夢羽人遺藥，以之塗足，則飛上天萬里之外。

同上，卷二百六十八人部二十七《聖五》：

增雜文晋王嘉《拾遺記》曰：炎帝始教民耒耜躬勤畎畝之事，百穀滋阜，聖德所感，無不著焉。神芝發其異色，靈苗擢其嘉穎。陸池丹蕖，駢生如蓋；香露滴瀝，下流成池。因爲豢龍之圃，朱草蔓衍乎街衢，卿雲蔚藹於叢薄。築丹丘以祀朝日，飾瑶階以挹夜光。奏九天之和樂，百獸率舞，八音克諧，木石潤澤。時有流雲灑液，是謂霞漿，服之得道，後天而老。有石璘之玉號曰夜明，以暗投水浮而不滅。當此之時，漸革庖犧之樸，辨文物之用。時有丹雀銜九穗禾，其墜地者，帝乃拾之以植於田，食者老而不死。采峻鍰之銅以爲器，峻鍰山名也，下有金井，白氣冠其上，人升於其間，雷霆之聲在於地下，井中之金柔弱，可以緘縢也。

同上，卷二百七十一人部三十《孝二》：

增《拾遺記》曰：冀州之西二萬里有孝養之國，昔黄帝伐蚩尤，除諸凶害，獨表此處爲孝養之鄉，萬國莫不欽仰。舜受堯禪，其國執玉帛來朝，特加賓禮。

同上，卷二百七十七人部三十六《聰敏二》：

王嘉《拾遺記》曰：漢賈逵年五歲，神明過人，其姊韓瑶之婦聞鄰里諸生讀書，日抱逵隔籬而聽。逵静聽無言，年十歲，乃暗誦六經。姊謂逵曰："吾家窮困，不曾有學者入門，汝安知天下有《三墳》《五典》而誦無遺句耶？"逵曰："憶姊昔抱逵往籬下聽鄰家讀書，今萬不失一。"乃剥庭中桑皮以爲箋，或題於扉屏，且誦且記，期年經史遍通。

同上，卷二百七十八人部三十七《博物二》：

增《拾遺記》曰：黄帝時，有丹丘之國獻瑪瑙甕以盛甘露，堯時猶存，甘露盈而不竭，謂之寶露，以頒賜群臣。舜遷寶甕於衡山之上，故衡山有寶露壇。又遷寶甕於零陵，秦始皇至零陵掘地得赤玉甕，可容八斗，以應八方之數，在舜廟堂之前，後人得之，不知年月，後東方朔識之，乃作《寶甕銘》。

同上，卷二百八十六人部四十五《富二》：

《拾遺記》曰：郭况，光武皇后之弟也。纍金數億，家僮數百餘人。以黄金爲器，攻治之聲震於都鄙，時人謂郭氏之室不雨而雷，言其鑄鍛之聲盛也。庭中起高閣長廡，置衡石於其上以稱量珠玉。閣下有藏金窟，列武士以衛之。錯雜寶以飾臺榭，懸明珠於四垂，晝視之如星，夜望之如日。里語曰："洛陽多錢郭氏室，夜日晝星富無匹。"

同上，卷三百二十一靈異部二《魂魄二》：

王子年《拾遺記》云：融皋山上有翻魂稻，言食者死更生。

同上，卷三百二十五巧藝部二《書二》：

王子年《拾遺記》曰：浮提之國獻神通善書二人，乍老乍少，隱形則出影，聞聲則藏形，出肘間金壺四寸，上有五龍之檢，封以青泥，壺中有黑汁如淳漆，灑地及石皆成篆隸科斗之字。

王子年《拾遺記》曰：琅琊王溥挾竹簡插筆於洛陽市傭書，美於形貌，又多文辭，來僦其書者丈夫贈以衣冠，婦人遺以珠玉，洛陽稱爲善筆而得富焉。

同上，卷三百二十七巧藝部四《畫一》：

增王子年《拾遺記》曰：周靈王時有韓房者，自渠胥國來，身長一丈，垂髮至膝，以丹砂畫左右手，如日月盈缺之勢，可照百餘步。

王子年《拾遺記》曰：烈裔，騫涓國人，秦皇二年，本國獻之，口含丹墨，噴壁成龍獸，以指歷地，如繩界之，轉手方圓，皆如規矩，度方寸内，五嶽四瀆，列土備焉。

同上，卷三百三十一巧藝部八《雜技二》：

增晋王子年《拾遺記》：成王即政七年，南陲之南，有扶婁之國。其人善能機巧變化，易形改服，大則興雲起霧，小則入於纖毫之裹。綴金玉毛羽爲衣裳，吐雲噴火鼓腹如雷霆之聲。或化爲犀象、獅子、龍蛇、犬馬之狀，或變爲虎兕，或口吐人於掌中，備百戲之樂，宛轉屈曲於指間。見人形或長數分，或復數寸。神怪欻忽，衒麗於時。

《拾遺記》：靈王二十三年，有萇宏能招致神異，忽見二人乘雲而至，王迎之上席。時大旱地裂木然，一人先唱，能爲雪霜，引氣一噴則雲起雪飛，宮中池井堅冰可琢；一人唱，能使即席爲炎，乃以指彈席上而暄風入室，裘褥皆棄於臺下。容成子諫曰："大王以天下爲家而染異術，使變夏改寒，以誣百姓，文武周公之所不取也。"王乃疏萇宏而求正諫之士。

同上，卷三百三十二京邑部一《京邑總叙二》：

增《拾遺記》：春皇者，庖犧之別號，所都之國有華胥之洲。

《拾遺記》：虞舜在位十年，有五老游於國都，舜以師道尊之。

《拾遺記》：成王即政四年，旃塗國獻鳳雛，載以瑶華之車，飾以五色之玉，駕以赤象，至於京師。

同上，卷三百四十一居處部二《宫二》：

王子年《拾遺記》曰：虞舜時，南潯之國獻毛龍，一雄一雌，故置豢龍之宫。

增王子年《拾遺記》曰：穆王東巡大騎之谷指春宵宫，集諸方士仙術之要，時已將夜，王列璠膏之燭遍於宫中。

王子年《拾遺記》曰：漢成帝好微行，於太液池傍起宵游宫，以漆爲柱，鋪黑綈之幕，器服乘輿皆尚黑色。又曰：漢安帝好微行，於郊坰或露宿起帷宫，皆用錦罽文繡。

同上，卷三百四十二居處部三《殿二》：

增《拾遺記》曰：漢成帝好夕出游幸，造飛行殿，方一丈，選羽林之士負之以趨。

同上，卷三百四十三居處部四《仙□（附）》：

增《拾遺記》曰：昆侖山第九層山形漸小狹，下有芝田蕙圃，皆數百頃，群仙種耨焉。傍有瑶臺，各廣千步，皆五色玉爲臺基，最下層有流精□，直上四千丈，東有風雲雨師□。

同上，卷三百四十六居處部七《堂二》：

增《拾遺記》曰：海人以龍骨爲燈，獻於燕昭王，王具燈坐於通靈堂。

《拾遺記》曰：漢武息於延涼室，卧夢見李夫人，授帝蘅蕪之香，帝驚起，而香氣猶著衣枕，歷日不歇。帝改延涼室爲遺芬夢堂。

同上，《室二》：

《拾遺記》曰：燕昭王即位二十年，坐祇明之室，升泉昭之館。

增《拾遺記》曰：漢武息於延涼室。

同上，卷三百四十九居處部十《臺二》：

增《拾遺記》曰：昭王時，廣延國來獻善舞者二人，一名旋娟，一名提謨，王登崇霞之臺，乃召二人處之。

增《拾遺記》曰：晋文公焚林以求介子推，有白鴉繞煙而噪，或集子推側，火不能焚。晋人嘉之，起一高臺，名思煙臺。

同上，《庫藏二》：

增王子年《拾遺記》曰：糜竺用陶朱公計術，益億萬之利，貨擬王家，有寶庫千間。

同上，卷三百五十居處部十一《倉廩一》：

《拾遺記》曰：曹曾遇世亂，家家焚廬，曾蓄書萬卷，慮其先文湮没，乃積石如倉廩以藏書，世謂曹家書倉焉。

同上，卷三百五十二居處部十三《橋二》：

增《拾遺記》曰：舜命禹疏川奠嶽，濟巨海則黿鼉以爲橋梁。

同上，卷三百五十六産業部二《針二》：

《拾遺記》曰：魏文帝美人薛夜來妙於針工，雖處深閨之内，不用燈燭之光，裁製立成。非夜來縫製，帝則不服，宫中因號爲“針神”。又曰：吴主趙夫人嘗刺繡作列國圖。

同上，卷三百五十八産業部四《漁釣二》：

王子年《拾遺記》曰：帝常以季秋之月泛沖瀾靈鶂之舟，窮晷繼夜，釣於臺下，以香金爲鈎，霜絲爲綸，丹鯉爲餌，得白蛟長三丈，若大蛇，無鱗甲，帝曰非珍祥也，命大官爲鮓，肉紫骨青味色香美。

同上，卷三百五十九火部一《火一》：

《拾遺記》曰：岱輿山有草名莽煌，葉圓如荷，去之十步，炙人衣服則燋，鳥獸不敢近也。刈以爲席，冬彌温，以枝相磨則火出。又曰：燧明國有火樹名燧木，屈盤萬丈，雲霧出於中，間折枝相鑽則火出矣。後世聖人以食救萬物，乃至南垂，目此樹表有鳥若鴞，以口啄樹，粲然火出，聖人因取小枝以鑽火，號爲燧人氏，在庖犧之前，則火食起乎兹矣。

同上，《煙一》：

原《拾遺記》曰：員嶠山西有星池出爛石，常浮於水，色紅，質虚似肺，燒之香聞數百里，煙氣升天則成香雲，雲遍則成香雨。

同上，《煙二》：

《拾遺記》曰：晋文公焚林以求介子推，有白鴉繞煙而噪，或集介子推之側，火不能焚。晋人嘉之，爲立臺，號曰思煙。

同上，卷三百六十火部二《燈一》：

增《拾遺記》曰：周穆王設常生之燈以自照，列璠膏之燭遍於宫内。又有鳳腦之燈，冰荷以覆其上。原又曰：海人乘霞舟，以雕囊盛數升龍膏獻燕昭王，王坐通雲之堂（亦曰通霞臺），然龍膏爲燈，火色曜百里，煙色如丹。

王子年《拾遺記》曰：董偃夜宴，設琉璃屏風，列金麻油燈於内外，如無屏風。

同上，卷三百六十四珍寶部四《珠二》：

《拾遺記》曰：燕昭王懷黑蚌之珠，當隆暑體自輕凉，號曰招凉珠。

增《拾遺記》曰：石季倫所愛婢數十人，季倫嘗屑沉水香塵末布象床上，使所愛者踐之，無迹則賜真珠百琲，若有迹者即節其飲食令體輕，故閨中相戲曰："爾非細骨輕軀，那得百琲明珠？"（琲，貫之名也。）

同上，《瑪瑙二》：

增《拾遺記》曰：帝顓頊時，丹丘國獻瑪瑙甕以盛甘露，丹丘之地有夜叉駒跋之鬼，能以赤瑪瑙爲瓶盂及樂器，皆精妙於中國用者。一云瑪瑙者，惡鬼之血凝成此物也。黄帝時有瑪瑙甕，堯時猶在，甘露在其中盈而不竭。

同上，《瑠璃二》：

《拾遺記》曰：董偃設紫瑠璃屏風。

同上，《水精一》：

《拾遺記》曰：鬱夷國於山上架樓，室向明以開户牖，以水精火藻爲階。

同上，《水精二》：

《拾遺記》曰：周靈王二十三年，起昆昭之臺，篩水精爲泥。

同上，《琥珀二》：

增《拾遺記》曰：漢武帝寶鼎元年，西方貢珍怪有琥珀燕，置之静室，自於室内飛翔。

同上，卷三百六十五布帛部一《錦二》：

王子年《拾遺記》曰：周成王時，有因祇國獻女工一人，善織，以五色絲内口中，手引而結之則成文錦。其國人來獻，有雲昆錦，文似雲從山嶽中出。有列堞錦，文似雲霞覆城雉樓堞；雜珠錦，文似貫珠佩也。有篆文錦，文似大篆之文也。有列明錦，文似列燈燭也。幅皆廣三尺。

《拾遺記》曰：吴趙逵之妹善書畫，巧妙無雙，能於指間以彩絲爲雲龍虬鳳之錦，大則盈尺，小則方寸。

同上，《繡二》：

增《拾遺記》曰：孔子生之夕，有麟吐玉書於闕里，徵在乃以繡紱繫其角而去。

《拾遺記》曰：吴王孫權嘗嘆蜀魏未平，軍旅之隙思得善畫者，使圖作山川地形軍陣之象。趙夫人曰："丹青之色易歇滅，不可爲久，妾能刺繡作列國圖。"乃於帛上寫五嶽河海城邑行陣之形，進於吴王，時人謂之"針絶"。

同上，《羅二》：

增王子年《拾遺記》曰：周成王五年，因祇國獻女工二人，善於工巧，體貌輕潔，被纖羅新繡之衣。

《拾遺記》曰：吴王孫權居昭陽宫，趙夫人乃織纖羅穀，累月而成，裁之爲幔，内外視之，飄飄如煙氣，輕動而房内自凉。

同上，卷三百六十六布帛部二《布二》：

王子年《拾遺記》曰：周成王六年，然丘國使貢獻，使者衣雲霞之布，如今之朝霞布也。

《拾遺記》曰：晋太康中，有羽山之民獻火浣布，前虞舜時獻黄布，漢末獻赤布，梁冀製爲衣。又曰：方丈山東有龍場，地方千里，玉瑶爲林。或云龍常鬥此處，膏血如水流，著如淳漆。燕昭王三年，海人乘霞舟，以雕壺盛膏數斗以獻王，王坐通雲之臺，以火浣布爲纏，以龍膏爲燈，照耀百里。

同上，《絲二》：

王子年《拾遺記》曰：周成王時，因祇國致女工一人，能以五色絲納口中，手引而結之則成文。

同上，《綃二》：

王子年《拾遺記》曰：燕昭王二年，廣延國來獻善舞者二人，昭王處以單綃華屋。又曰：吴王孫權居昭陽宫，倦暑，乃褰紫綃之帷。

同上，卷三百六十八儀飾部二《璽二》：

《拾遺記》曰：武王滅紂，樵夫牧豎探烏巢得赤玉璽，又曰："水德方滅，火祚方盛。"字皆大篆。

同上，《印二》：

增《拾遺記》曰：禹治水，黄龍曳尾於前，玄龜負青泥於後。龜頷下有印文，皆古文，作九州山水之字。禹所穿鑿之處，皆使青泥封記，其所使玄龜印其上，後世印章皆肇此也。

同上，卷三百六十九儀飾部三《相風二》：

原王子年《拾遺記》曰：帝與娥皇泛於海上，以桂枝爲表，結芳茅爲旍，刻玉爲鳩，置於表端，言知四時之候。今之相風，此遺像也。

同上，卷三百七十二服飾部三《環二》：

增王子年《拾遺記》曰：顓頊時，北海之濱有勒題國，皆衣毛，無翼而飛，帝乃更衣，以文豹爲飾，獻墨環色如淳漆。

同上，卷三百七十三服飾部四《巾一》：

《拾遺記》曰：漢武帝天漢三年，渠搜國之西有析淪國，其俗淳和，人壽三百歲，有大壽木之林，一樹千尋，若經憩此木，皆不死不病。或有泛海繩山來會其國，綴毛草爲繩，結網爲衣，如今之羅紈也。至元狩六年，獻網衣一襲，帝焚於九達之道，恐後人徵求此物，故燒之。煙如金石之氣。又曰：員嶠山南有池移國，人長三尺，壽萬歲，以茅爲衣，衣服皆長裾大袖，因風以升煙霞，若鳥用羽毛也。又曰：禮敬國，其俗人年三百歲，而織芳茅以爲衣。又曰：晋太始初，頻斯國人來朝，以五色玉爲衣，如今之鎧。

同上，卷三百七十六服飾部七《帷幕二》：

《拾遺記》曰：漢安帝好微行，於郊坰間或露宿，起帷宫千間，皆用錦罽文繡。

同上，《幄二》：

《拾遺記》曰：燕昭王三年，廣支國獻善舞者二人，并玉質凝膚，王處以丹綃華幄。

同上，卷三百七十七服飾部八《步障一》：

增《拾遺記》曰：石虎爲浴臺，列鳳文錦步障，縈蔽於浴所。

同上，《席一》：

《拾遺記》曰：岱輿山有草名莽煌，葉圓如荷，去之十步，炙人衣服則燋，鳥獸不敢近也。刈以爲席，方冬彌温，以枝相磨則火出矣。

同上，《席二》：

增王子年《拾遺記》曰：黄帝詔使百辟群臣受德教，先列珪玉於蘭蒲席上。

同上，《褥二》：

增王子年《拾遺記》曰：周穆王時，紫羅文褥者檀孫國所獻。

同上，《氈二》：

增《拾遺記》曰：漢武以氈綈藉地，惡輸之喧也。

同上，卷三百八十服飾部十一《唾壺一》：

王子年《拾遺記》曰：魏文帝納薛靈芸，靈芸别父母，歔欷纍日，淚下沾衣，至升車就路之時，以玉唾壺承淚，壺即紅色。及至京師，壺中淚凝如血。

同上，卷三百八十一服飾部十二《釵二》：

《拾遺記》曰：漢獻帝爲李傕所敗，帝傷趾，伏后以繡紱拭血，刮玉釵以覆創，應手創愈。又曰：魏文帝納美女薛靈芸，有獻火珠龍鸞釵，帝曰："珠翠尚不勝，況龍鸞之重乎？"增又曰：魏明帝時，昆明國貢嗽金鳥，常吐金屑如粟，用飾釵佩，謂之辟寒金。宫人因相嘲曰："不服辟寒金，那得帝王心。"原又曰：石崇愛婢翔風，刻玉爲倒鳳之佩，瑩金爲鳳冠之釵，結袖繞楹舞於晝夜，使聲聲相接，謂之恒舞。欲有所召者，不呼姓名，悉聽佩聲，視釵色。玉聲輕者居前，金色艷者居後，以爲行次而進。

同上，卷三百八十三器物部二《鼎一》：

《拾遺記》曰：禹鑄九鼎，擇雄金爲陽鼎，雌金爲陰鼎，五者以應陽法，四者以象陰數。

同上，卷三百八十六舟部《舟一》：

王子年《拾遺記》曰：軒皇變乘桴以造舟楫，水物爲之翔湧，滄海爲之恬波。

同上，《舟二》：

增王子年《拾遺記》曰：漢成帝嘗與飛燕泛戲太液池，以沙棠爲舟，貴不沉没也。以雲母飾於鷁首，一名雲母舟。又刻大桐木爲虬龍，雕飾如真象，以夾雲舟而行。

同上，卷三百九十二食物部五《酒二》：

增《拾遺記》曰：晋有羌人姚馥，充厩圉，每醉中嘗曰九河之水不足以漬麯糵，八藪之木不足以爲蒸薪，七澤之麋不足以充庖俎，但言渴於酒。群輩呼爲渴羌。後武帝授以朝歌守，帝曰："朝歌帝之舊都，地有酒池，故使老羌不復呼渴。"固辭，遷酒泉太守，地有清池，其味若酒馥，乘醉拜受焉。

同上，卷三百九十四五穀部一《稻二》：

《拾遺記》曰：宣帝地節元年，樂浪之東有背明之國來貢其方物，言其鄉在扶桑之東，見日出於西方。其國昏昏常暗，宜種百穀，名曰融澤，方三千里，五穀方二千里，五穀皆良，食之後天而死。有浹日之稻，種之十旬而熟；有翻形稻，食者死而更生，夭而有壽；有明清稻，食者延年；有清腸稻，食一粒歷年不飢；有和靈稻，言寒者食之則温，熱者食之則體冷，莖多白。

同上，卷三百九十五五穀部二《豆一》：

王子年《拾遺記》曰：東極之東有傾離豆，見日即傾葉，食者歷年不飢，豆莖皆大若指而緑，一莖爛熳數畝。

同上，《麥一》：

《拾遺記》曰：延精麥，言延壽益氣。有昆和麥，調暢六腑。有輕心麥，食者體輕。有淳和麥，麪以釀酒，一醉纍月，食之凌冬不寒。有含露麥，穗中有露甘如飴。

同上，卷三百九十六藥部一《藥二》：

增王子年《拾遺記》曰：燕昭王坐祗明之室，晝而假寐，忽夢西方有白雲起，俄而庭間有人衣服皆毛羽，駕蒼虬之車，從雲中直詣王所。王問以上仙之術，羽人曰："大王精智未開，欲求恒生不得也。"王請受絶欲之教。羽人指畫王心，應手而裂。王乃驚悟，因患心疾，久之，乃升於泉照之館。復見其前所夢人曰："前日本欲易王之心。"乃出方寸緑囊，囊中有續脈名丸補血精散，以手摩王之臆，俄而愈。王因請其方，曰："其用物也有九，名神明芝，煎以蒼鷹之血，黑河鱗膽，煮以琨璵之脂，貯以玉璽，緘以成繩，封以玉印，王得服之，後天而死。"語畢，化爲青鳧入天際。王求合藥，終不能。（黑河，北極也，其水濃黑不流，上有濃雲生焉。有黑鯤，千尺如鯨。）

同上，卷三百九十八菜蔬部《菜蔬二》：

《拾遺記》曰：咸寧四年，立芳蔬園於金墉城東，多種異菜。有菜名曰芸薇，類有三種，紫者最繁，味辛，其根爛熳，春夏葉密，秋㯳冬馥，其實若珠，五色隨時而盛。一名芸芝，色紫爲上蔬，其味辛；色黄爲中蔬，其味甘；色青者爲下蔬，其味鹹。常以三蔬供御膳，其葉可以藉飲食，以供宗廟祭祀，亦止人飢渴。宫人采帶其莖葉，香氣歷日不歇。

同上，卷三百九十九果部一《桃二》：

原《拾遺記》曰：螃螗山去扶桑五萬里，日所不及，地寒，則桃樹千圍，其花青黑色，萬歲一實。增又曰：景陽山百果園有仙人桃，其色赤，表裏照澈，得霜乃熟。

同上，卷四百一果部三《橘一》：

增《拾遺記》曰：條陽山中有白橘，花色翠而實白，大如瓜，香聞數里。

同上，卷四百二果部四《石榴二》：

增《拾遺記》曰：吴王以潘夫人游昭宣之臺，盡酣醉，唾於玉壺中，使侍婢瀉於臺下，得火齊指環，即挂石榴枝上，因起臺名曰環榴臺。時有諫者云："今吴、蜀争雄，'還劉'之名將爲妖矣。"乃翻其名曰榴環臺。

同上，《柰一》：

王子年《拾遺記》曰：昆侖山有柰，冬生，子碧色，須玉井之水洗之可食。

同上，《棗二》：

增《拾遺記》曰：穆王東巡大騎之谷，西王母與王共玉帳高會，進陰岐黑棗。

同上，卷四百七花部三《芙蕖二》：

增《拾遺記》曰：西王母見穆天子，玉帳高會，進萬歲冰桃、千年碧藕。又進素蓮，一房百子。又曰：關令尹喜生時，其家陸地生蓮花，光發滿室。又曰：漢武帝時，海中有人乂角，面如玉色，美髭髯，腰蔽槲葉，乘一葉紅蓮長丈餘，偃卧其中，手持一書，自東海浮來，俄爲霧所迷，不知所之。東方朔曰："此太乙星也。"又曰：漢昭帝游柳池，有芙蓉紫色，大如斗，花素葉甘，香氣襲人，其實如珠。

同上，卷四百八草部一《草二》：

增《拾遺記》曰：炎帝教民耒耜，百穀滋阜，朱草蔓於階。《説文》曰：蓮莆，瑞草也。堯時生於庖厨，扇暑而凉。

《拾遺記》曰：宣帝時，背明國貢宵明草，夜視如列燭，晝則無光；黄渠草，映日如火，堅韌若金，食者焚身不熱；聞遐草，服者耳聰。

同上，《芝一》：

《拾遺記》曰：昆侖山九層有芝田蕙圃，群仙種耨焉。

同上，卷四百九草部二《菊一》：

增《拾遺記》曰：背明國有紫菊，謂之日精，一莖一蔓，延及數畝，味甘，食者至死不飢渴。

同上，卷四百十草部三《苔一》：

增《拾遺記》曰：岱輿北有玉梁，紫苔覆漫，味甘而柔滑，食者千歲不飢。

同上，《苔二》：

原《拾遺記》曰：晋時祖黎國獻蔓苔，一曰金苔，大如鷄卵，色如金，若螢火之聚，投水中蔓延波瀾之上，光出照日。

同上，卷四百十一草部四《蓬二》：

增《拾遺記》曰：條陽山出神蓬，如蒿，長十丈，周初國人獻之，周以爲宫柱，所謂“蒿宫”也。

同上，卷四百十四木部三《桑一》：

增《拾遺記》曰：員嶠山有木名猗桑，煎椹於桑具，曲植籧筐，後妃齋戒，親東鄉躬桑。

增《拾遺記》曰：員嶠山有木名猗桑，煎椹以爲蜜。

同上，卷四百十六木部五《桂二》：

《拾遺記》曰：岱輿一名浮折北，有玉梁千丈駕玄流之上，峰旁有丹桂、白桂，皆可爲舟。始皇起雲明臺，窮四方木，南得煙丘碧樹、暗河之桂，北有紫桂成林，群仙餌焉。

增《拾遺記》曰：宣帝元鳳二年，於淋池之南起桂臺，以遠望氣。東引太液之水，有一連理桂樹，上枝跨於渠水，下枝隔岸而南生，與上枝同一株。

同上，卷四百十七木部六《恒春樹》：

增《拾遺記》曰：燕昭王與西王母游通雲臺，左右種恒春之樹，葉如蓮花，芬芳如桂，花隨四時之色，昭王之末仙人貢焉。列國咸賀，昭王曰："寡人得恒春矣，何憂太清不至！"

同上，《影木》：

增《拾遺記》曰：瀛洲有樹名影木，日中視之則一葉百影，花有光，夜如列星。萬年一實，大如瓜，青皮黑瓤，食之骨輕。上如華蓋，群仙以避風雨。

同上，《竹一》：

王子年《拾遺記》曰：蓬萊山有浮筠之簳，葉青莖紫，子大如珠。有青鸞集其上，下有砂礰細如粉。柔風至，竹條翻起，拂細砂如雪霧，仙者來觀戲焉。風吹竹折，聲如鐘磬之音。

同上，卷四百二十鳥部三《鵠二》：

《拾遺記》曰：周昭王時，塗修國獻青鳳丹鵠（按：《拾遺記》作鵲。），一雌一雄，飼以潭皋之粟，飲以溶溪之水。

同上，卷四百二十三鳥部六《烏二》：

增《拾遺記》曰：魯僖公十四年，晋文公焚山求介子推，有白烏繞煙而噪，或集介子推之側，火不能焚。晋人嘉之，起一臺曰思煙臺。其烏又云仁烏、慈烏。

同上，卷四百二十四鳥部七《燕二》：

《拾遺記》曰：魏禪晋之歲，北闕下有一白燕，以爲神物，以金爲籠，置於宫中，旬日不知所在。論者以晋金德之瑞，昔師曠時有白燕來巢，檢《瑞應圖》，果如所論。白色叶於金德，師曠事晋，古今之議相符矣。

同上，卷四百二十五鳥部八《鷄一》：

《拾遺記》曰：胥徒國獻沉明石鷄，色如丹，大如燕，常在地中應時而鳴，聲能徹遠，其國聞鳴乃殺牲以祀之。當鳴處掘地，則得此鷄。若天下太平，翔飛頡頏以爲嘉瑞，亦爲寶鷄。道家云：昔仙人桐君采藥入穴，數里得丹石鷄，碎爲藥，服之者令人有聲氣，後天而死。

同上，卷四百二十六鳥部九《鵁鶄一》：

《拾遺記》曰：糜竺家人收鵁鶄數千頭，養於池渠中以厭火。

同上，卷四百二十七鳥部十《鵩鳥二》：

增《拾遺記》曰：堯在位七年，鴟梟逃於絶漠。

同上，卷四百二十八鳥部十一《比翼一》：

增《拾遺記》曰：燃丘之國有比翼鳥，多力，狀如鵲，雌雄各一，銜南海之丹泥，巢昆侖之烏木，遇聖則來集，以表中國之祥。又曰：成王時，燃丘國獻比翼鳥，雌雄各一，以玉爲樊。

同上，卷四百二十九獸部一《虎二》：

《拾遺記》曰：魏文帝時，樂浪獻虎，文如錦斑，以鐵爲檻，人莫敢視。任城王彰曳虎尾以繞背，虎弭耳無聲。

同上，卷四百三十獸部二《象二》：

增《拾遺記》曰：魏文帝時，南越獻白象子在帝前，任城王曹彰手頓其鼻，象伏不動。

同上，卷四百三十二獸部四《獺一》：

《拾遺記》曰：孫和悦夫人，嘗於月下舞水精如意，誤傷夫人頰，命太醫合藥。醫曰："得白獺髓，雜玉與琥珀屑，當滅此痕。"即購數百金。有富春漁人云："此物知人欲，取則逃入石穴，伺其祭魚之時，獺有鬥死者，穴中應有枯骨，雖無髓，其骨可合玉舂爲粉，敷於瘡上，其痕則滅。"和乃命合此膏，琥珀太多。及差，而有赤點如朱，更益其妍。

同上，卷四百三十五獸部七《駱駝二》：

增《拾遺記》曰：周時有韓房者，自渠胥國來獻玉駝，高五丈。

同上，《牛二》：

《拾遺記》曰：周幽王時，牛化爲虎。

同上，卷四百三十七鱗介部一《龍一》：

《拾遺記》曰：方丈之山東有龍場，有龍皮骨如山阜，布散百頃，遇其蜕骨之時如生龍。或云龍常鬥此處，膏血如流水。

同上，《龍二》：

增《拾遺記》曰：周靈王二十一年，孔子生於魯襄公之世，夜有二蒼龍自天而下，東附徵在之旁，因夢而生孔子。

同上，卷四百三十八鱗介部二《螭》：

《拾遺記》曰：昆侖山第三層有螭潭百里，多龍螭，皆白色，千歲一蜕其五臟。此潭左側有五色石，云是白螭之腸化爲石。

同上，《蛟二》：

增《拾遺記》曰：唐堯時懷山爲害，大蛟縈天，縈天則三河俱溢，海瀆同流。又曰：舜受堯禪，有孝讓之國執玉帛來朝。其國至億萬之年，山一輪，海一竭，魚蛟陸居，有赤烏如鵬，以翼覆蛟魚之上，蛟以尾叩天求雨，魚吸日之光，冥然則暗如薄蝕矣。

增《拾遺記》曰：漢昭帝嘗游渭水，使群臣漁釣爲樂。時有大夫任緒釣得白蛟，長三丈，若大蛇，無鱗甲，頭有一角長二尺，牙出唇外。帝曰："此魚鯝之類，非珍祥也。"乃命大官爲鮓，肉紫骨青味甚美。帝後思之，使罾者復覓，終不得也。

同上，卷四百四十鱗介部四《龜一》：

《拾遺記》曰：員嶠山西有星池千里，池中有神龜，八足六眼，背負七星日月八方之圖，腹有五嶽四瀆之象，時出石上，望之煌煌如列星。

同上，《龜二》：

《拾遺記》曰：禹導川夷嶽，黄龍曳尾於前，元龜負青泥於後。元龜，河精之使者也。龜頷下有印，文皆古篆字，作九州山川之字，禹所鑿之處，皆以青泥封記。

同上，卷四百四十一鱗介部五《黿二》：

增《拾遺記》曰：禹濟巨海，黿鼉爲梁。

同上，《魚一》：

《拾遺記》曰：瀛洲東有淵洞，有魚長千丈，色斑，鼻端有角，時鼓舞群戲，遠望水間有五色雲，就視乃此魚噴水爲雲，如慶雲之麗，無以加也。

同上，卷四百四十三鱗介部七《螺一》：

《拾遺記》曰：蓬萊山有大螺，名躶步，負其殼露行，冷則復入其殼。生卵著石則軟，取之則堅。明王之世則浮於海際焉。

同上，《螺二》：

增《拾遺記》曰：漢武帝嘗酌文螺之巵，巵出波袛之國。

同上，《蚌一》：

《拾遺記》曰：南方林邑有大蚌盈車，明珠至寸，不以爲貴，國人不采。

同上，《蚌二》：

增《拾遺記》曰：黄帝時，務成子游寒山，得黑蚌在高崖之上，此蚌生於陰泉，在寒山之北、圓水之中，千歲而一生珠。嘗飛翔來去於五嶽之上。

同上，卷四百四十六蟲豸部二《蜂二》：

增《拾遺記》曰：周武王東伐紂，夜濟河時，雲明如晝，八百之族皆齊而歌，有大蜂狀如丹鳳飛集王舟，因以鳥畫其旗，翼日而梟紂，名其船曰蜂舟。魯哀公二年，鄭人擊趙簡子得其蜂旗，則其類也。

同上，卷四百四十七蟲豸部三《螢一》：

《拾遺記》曰：王梁有螢火，大如蜂，聲如雀，八翅六足五色。

同上，《蛾二》：

《拾遺記》曰：燕昭王九年，王母與昭王游於燧林之下，説炎帝鑽火之術，取緑桂之膏燃以照夜。忽有飛蛾銜火，狀如丹雀，來拂於桂膏之上。此蛾出於圜丘之穴，穴洞達九天，中有細珠可穿結爲佩。此即神娥之火也。蛾憑氣飲露，飛不集下，群仙殺此蛾合丹藥，王母聚神娥以瓊筐，昭王乞此蛾以合九轉神丹，王母弗許。

同上，《蝙蝠一》：

《拾遺記》曰：岱輿山有五色蝙蝠，黄者無腸，倒飛，腹向天；白者腦重，頭垂自挂；黑者如烏，至千載形變如小燕；青者毫毛長二寸，色如翠；赤者止於石穴。（上海古籍出版社，2008年）

孫岳頒等《御定佩文齋書畫譜》纂輯書籍：

《王子年拾遺記》。（王嘉。）（《文淵閣四庫全書》本）

張玉書等《佩文韻府》卷十一之二入聲二沃韻二・録：

《拾遺録》。（《隋書・經籍志》："《拾遺録》二卷，僞秦姚萇方士王子年撰。"《唐書・藝文志》："謝綽宋《拾遺録》十卷。"）

同上，卷六十三之十二去聲四寘韻十二・記：

《拾遺記》。（《唐書・藝文志》："王嘉《拾遺記》十卷。"）（上海古籍書店，1983年）

杜公瞻《編珠》卷三高士奇《補遺》服玩部《黑犀簪丹豹履》：

班固《與弟超書》曰：今遺仲叔璹瑁黑犀簪。王子年《拾遺記》曰：穆王起春霄之宫，西王母來焉，納丹豹文履。

同上，《青鳳裘朱蠙履》：

《拾遺記》曰：周昭王以青鳳之毛爲二裘，一曰燠質，一曰暄肌，常以禦寒也。劉楨《魯都賦》曰：纖纖絲履，燦爛鮮新，表以文綦，綴以朱蠙。

同上，《碧複帳紫綃帷》：

《瀨鄉記》注曰：老君碧複帳，孔子青複帳。《拾遺記》曰：孫權居昭陽之宫，倦暑，乃展紫綃帷。

同上，《紫錦帷黑緹幕》：

《拾遺記》曰：漢武帝以珊瑚爲床，紫錦爲帷。又曰：武帝好微行，於池旁游官以漆爲柱，鋪黑緹之幕，器服乘輿皆尚黑色。

同上，《雲母幌火齊屏》：

《語林》曰：滿奮體羸畏風，侍坐晋武帝，屢顧看雲母幌，武帝笑之。《拾遺記》曰：董偃嘗卧延清之室，上設火。

同上，《麢角床龍頭枕》：

《異物志》曰：白麢狼形似鹿，而角觸前向，皮可作履襪，角正四據，南人因以作踞床。《東宫舊事》曰：皇太子納妃有龍頭髻枕，銀環鈎副之。又《拾遺記》

曰：魏帝宫中有虎頭枕。

同上，《紫熊褥翠羽簾》：

《拾遺記》曰：周靈王起昆昭之臺，設狐腋素裘紫熊大褥，一人以指彈席，而暄風入室。《洞冥記》曰：漢武起招靈閣翠羽麟毫爲簾。

同上，《綱衣練帽》：

《拾遺記》曰：西方析淪國，其俗淳和，人壽三百歲，綴草毛爲綱衣。元狩六年，獻綱衣一襲，帝懼後世徵求之，焚於九逵之道。《荆州記》曰：桓司空游於靈溪，劉盛公著練帽以杖荷屐與桓語，語畢負荷而去。

同上，《語鏡饞燈》：

《拾遺記》曰：周靈王時有韓房者獻火齊鏡，廣三尺，暗中視物如晝，向鏡語則鏡中影應聲而答。《荆州記》曰：南方有魚多脂，照紡績則暗，照宴則明，謂之饞燈。

同上，《吹綸絮畫石床》：

《漢書》曰：齊國有吹綸絮，顔師古注：綸似絮而細，名吹者，言可吹嘘也。梁簡文帝詩“枝間通粉色，葉底暎吹綸”，疑是美人衣飾。《拾遺記》曰：董偃常卧延清之室，以畫石爲床，蓋石文如畫也。石體甚輕，出郅支國。

同上，《招凉珠辟寒玉》：

《拾遺記》曰：燕昭王懷黑蚌之珠，當隆暑體自輕凉，號曰招凉珠。《漢武内傳》曰：西王母降集靈臺，佩辟寒之玉。

同上，《鳴山耀室》：

《拾遺記》曰：少昊時，金鳴於山，銀湧於地。或如龜蛇之類，乍似人鬼之形。崔鴻《後燕録》曰：董統上言於慕容垂曰：“臣聞陛下之奇有六焉，厥初之奇，金光耀室。”

同上，《鳳銜鳥吐》：

《拾遺記》曰：黄帝之子名青陽，是曰少昊，一名摯，有鳳銜珠致於庭，少昊入而懷之，照於天下。

同上，《虹玉鳳珠》：

《搜神記》曰：孔子制《孝經》既成，齋戒告天，降赤虹化爲黄玉。《拾遺記》曰：黄帝之子名青陽，有白雲之瑞，號爲白帝，有鳳銜明珠致於庭，帝乃拾珠懷之，以照天下。

同上，《辟兵照魅》：

《廣志》曰：蕃磧之中有聖鐵焉，含之可以辟兵。《拾遺記》曰：方丈山有池泥，色若金，百煉可爲金色青，照鬼魅若鏡不得藏形。

同上，《鸞章錦鶴文綾》：

《拾遺記》曰：周靈王起昆昭之臺以享群臣，張鸞章錦文如鸞翔。謝惠連詩曰：客從遠方來，遺我鶴文綾。

同上，《連煙繡列燭錦》：

《洞冥記》曰：元鼎元年，起仙靈閣，編翠羽麟毫爲簾，有連煙之繡。《拾遺記》曰：嶠支國人時來貢，獻有列錦文，似列燈燭。

同上，《火鼠布冰蠶絲》：

《神異經》曰：南方有火山，生不燼之，木中有鼠，重二百斤，毛長二尺餘，細如絲，色白，取其毛織以作布，用之若垢汙，以火燒之即潔。《拾遺記》曰：東海圓嶠山有冰蠶，長七寸，有鱗角，以雪霜覆之則生繭，五色絲織爲文錦，入水不濡。

同上，卷四黍稷部《半夏一旬》：

蔡邕《月令章句》曰：十月穫稻，人君嘗其先熟，故在九月熟者謂之半夏。王子年《拾遺記》曰：東有融澤，五穀多良，有浹日之稻，言一旬而生也。

同上，《龍枝鳳冠》：

王子年《拾遺記》曰：東極之東有龍枝之粟，言其枝屈曲如游龍也，食之善走。又曰：有鳳冠粟似鳳之冠，食之令人多力。

同上，《西山禾東極豆》：

阮籍詩曰：豈若西山草，琅玕與丹禾。《拾遺記》曰：東極之東有傾離之豆，見日即傾葉，食之歷歲不飢，豆莖皆大若指，緑色爛熳數畝。

同上，《瓊膏玉粒》：

《拾遺記》曰：東極之東有瓊脂粟，質白如玉，柔滑如膏，食之多壽。又曰：員嶠之山名環丘，上有方湖千里，多大鵲，高一丈，群飛於湖際，銜采不周之粟於環丘之上。粟生穗高五丈，其粒皎然如玉也。

同上，《青芉稻紅苣麻》：

《廣志》曰：青芉稻六月熟，累子稻、白漢稻七月熟，此三種大且長。《拾遺記》曰：東極之東有倒葉麻，如倒苣紅紫色，亦名紅冰麻，食之令人顔色潔白鮮好。

同上，《摇枝粟倒葉麻》：

《拾遺記》曰：東極之東有摇枝粟，言其枝長而弱，無風自摇，食之多壽。下見紅苣麻。

同上，《萬歲桃三月棗》：

《拾遺記》曰：螃螗山去扶桑五萬里，日所不及，有桃樹千圍，其花青黑色，萬歲一實。《廣志》曰：西王母棗三月熟，在衆果之先。

同上，《奔霄追電》：

《拾遺記》曰：周穆王即位巡行天下，馭八龍之駿，名曰絶地、翻羽、奔霄、越影、踰輝、超光、騰霧、挾翼。《古今注》曰：秦始皇有七馬，名曰追風、白兔、躡景、追電、飛翮、銅爵、晨鳧。（《文淵閣四庫全書》本）

高士奇《續編珠》卷一歲時部《柳篋曹倉》：

《唐書》：柳璨少孤貧，好學，光化中登進士，遷左拾遺。公卿朝野托爲箋奏，以其博奥目爲柳篋。《拾遺記》曰：曹曾慮先文湮没，乃積石爲倉以藏書，故謂曹氏書倉。

同上，卷二花木部（附衆草）《日及夜舒》：

郭義恭《廣志》曰：日及，木槿也。《拾遺記》曰：漢靈帝時南國獻夜舒荷，其葉夜舒晝捲。

同上，《藏珠吐綬》：

《拾遺記》曰：瀛洲有鳥如鳳，名藏珠。每鳴翔則吐珠纍斛，仙人常以珠飾裳。《述異記》曰：吐綬鳥，五色，出巴東山中，天晴淑景則吐綬，長一尺，須臾還吞之。陰晦則不吐。一名錦帶功曹。

同上，《嗽月鳴風》：

《拾遺記》曰：嗽月，獸形似豹，飲金泉之液，食銀石之髓，夜噴白氣，其光如月，可照數十畝。軒轅時獲焉。《周書》曰：吐谷渾西北有流沙萬里，夏有熱風傷行人，風將發老駝知之，即引項鳴，埋鼻沙中，人以爲候，即以氈蔽鼻口，其風須臾即過，不爾則死。

同上，《嗅石聽冰》：

《拾遺記》曰：瀛洲有獸名嗅石，狀如麟，不食生卉，不飲濁水。嗅石則知有金玉，吹石即開。《述徵記》曰：北風勁，河冰始合。要須狐行，云此物善聽，聽冰下水無聲，然後過河。

同上，魚蟲部《巢蓮升木》：

《史記》褚先生曰：江南嘉林龜在其中，常巢於芳蓮之上，左脅書文曰：甲子重光，得我者匹夫爲人君，有土正諸侯，得我者爲帝王。《拾遺記》曰：昆侖山第五層有神龜，長一尺九寸，有四翼，萬歲則升木而居，亦能言。

同上，《噴雲涎霧》：

《拾遺記》曰：瀛洲東有魚長千文，或有遠而望者見水間有五色，就視之，乃此魚噴水爲雲，如卿雲之麗。《嶺南異物志》曰：南方有大魚，聲爲雷，氣爲風，涎沫爲霧。（《文淵閣四庫全書》本）

查慎行《蘇詩補注》采輯書目：

王子年《拾遺記》。（《文淵閣四庫全書》本）

陳元龍《格致鏡原》卷三乾象類三《風》：

王嘉《拾遺記》：昆侖山有四面風，言東南西北一時俱起也。又有祛塵風，若衣服塵汙者，風至吹之，衣則净如浣濯。

《拾遺記》：瀛洲時有香風，泠然而起，張袖受之，則歷紀不歇，著肌膚必軟滑。

《拾遺記》曰：少昊母曰皇娥，游窮桑之浦，有神童稱爲帝子，與皇娥燕戲泛於海，以桂枝爲表，結芳茅爲族，刻玉爲鳩，置於表端，言知四時之候。今之相風烏亦其遺象。

同上，《霞》：

《拾遺記》：炎帝時有流雲灑液，是謂霞漿，服之得道，後天而老。

《拾遺記》：昆侖山第八層有五色霞。

（編者按：以下與《淵鑒類涵》等多重複，不重録。）（《四庫類書叢刊》本）

王嘉撰，蕭綺録，齊治平校注《拾遺記》附汪士漢《拾遺記序》：

按王子年《拾遺記》，原書一十九卷，上自太昊，下迄西晋，共二百二十篇，所在伏羲以來舊事、前世奇詭之説。晁氏曰：書逸不完，綺綴拾殘缺而叙之，今約爲十卷。新安汪士漢考述。

同上，附王謨《拾遺記序》：

右王嘉《拾遺記》，梁蕭綺録，共十卷。隋唐《志》并作《拾遺記》二卷，蕭綺《拾遺記》十卷。《文獻通考》又以《拾遺記》第十卷别爲《名山記》一卷，實衹一書，卷數分合不同爾。嘉字子年，隴西人，後秦姚萇方士，有傳列《晋書·藝術》，亦言其《拾遺記》記事多詭怪。昔太史公嘗病百家言黄帝，文不雅馴；而嘉乃鑿空著書，專説伏羲以來異事。其甚者，至以《衛風·桑中》托始皇娥，爲有淫佚之行。誣罔不道如此，其見殺於萇，非不幸也！二《志》厠之雜史，謬矣！《通考》以入小説家，尚爲近之。汝上王謨識。

同上，附顧春《拾遺記跋》：

王子年《拾遺記》十卷，上溯羲、農，下沿典午，旁及海外瑰奇詭異之説，無不具載。蕭綺復節爲之録，搜抉典墳，符證秘隱，詞藻斐然。予因刻置家塾。或有訝其怪誕無稽者。噫！邵伯温有云：“四海九州之外，何物不有？特人耳目未及，輒謂之妄。”矧邃古之事，何可必其爲無耶？博洽者固將有所取矣。嘉靖甲午春三月，東滄居士吴郡顧春識。（中華書局，1981年）

徐文靖著，范祥雍點校《管城碩記》卷十五《楚辭集注二》：

鴟龜曳銜，鮌何聽焉？順欲成功，帝何刑焉？……

按《唐會要》曰：漢柏梁殿災，越巫言海中有魚，虬尾似鴟，激浪則降雨，遂作其像於屋以厭火災。王子年《拾遺記》曰：鮌治水無功，自沉羽淵，化爲玄魚，入於羽山，下修玄魚祠，四時致祭。嘗見瀺灂出水，長百丈，噴水激浪必雨降。《漢書》：越巫請以鴟尾魚厭火祥。今鴟尾即此魚尾也。又案《爾雅》曰：鱉三足，能；鼈三足，賁。《史記正義》曰：鮌之羽山化爲黄熊，入於羽淵。熊音乃來反，下三點爲三足也。據此，鴟、鼈皆水族，鮌化爲黄能，入於羽淵，任鴟、鼈或曳或銜，何遂聽之？非鴟鳶之鴟，謂鮌死爲鴟、鼈所食也。"順欲成功，帝何刑焉？"言鮌所以致此者，負命毀族耳。若能順帝之欲而成功，帝又何刑之乎？至舊説謂鮌死爲鴟鼈所食，鮌何以聽而不争？此大悖也。夫既云鮌死，而又誰與之争乎？

同上，卷二十五《詩賦一》：

《筆叢》云：穆天子傳駕八駿之乘，馳驅千里。義山詩"八駿日行三萬里"，信筆之語，無足證也。

按《穆天子傳》：各行兼數三萬有五千里。《拾遺記》：穆王馭八龍之駿，遇而駕焉。按轡徐行，以匝天地之域。李詩所云"日行"者，非謂一日行三萬里也。

同上，卷二十八《楊升菴集》：

楊氏曰：《漢武内傳》王母使侍女問云：上問起居，遠隔絳河。道家有絳霄，絳河即絳霄也。按王嘉《拾遺記》曰：絳河去日南十萬里，波如絳色，多赤龍漁而肥美可食，上仙服得之，則後天而死。遠隔絳河，蓋謂此也。庾信詩"絳河應遠别"，亦是遠隔之意。若杜審言《七夕詩》"青云斷絳河"，杜甫詩"云霄出絳河"，乃銀河耳。（《學術筆記叢刊》本）

鄂爾泰等《雲南通志》卷七子部中・雜家：

《拾遺記》。（《文淵閣四庫全書》本）

胤禛《世宗憲皇帝硃批諭旨》卷一百二十五之三《硃批鄂爾泰奏折》：

雍正五年三月十二日，雲貴總督臣鄂爾泰謹奏爲恭逢上聖慶睹殊祥事……臣謹按，京房《傳》曰"河水清，天下平"，又按《易・乾鑿度》曰"天降嘉應，河水先清"，又按王子年《拾遺記》曰"黄河千年一清"，至聖之君以爲大瑞，此皆論其理不能實舉其事。即隆盛之代，間或一見，不過踰時踰刻之頃，一州一邑之地。今閲邸鈔於雍正四年十二月十六日爲始，上自河南下迄淮、徐，河水澄清地踰二千餘里，期歷二十餘日，自古迄今曾未之前聞……（《文淵閣四庫全書》本）

蔣驥《山帶閣注楚辭》卷三《天問》：

"昆侖縣圃，其居安在？增城九重，其高幾里？"

《水經注》：昆侖山三級，下曰樊桐，二曰玄圃，三曰增城，是爲大帝之居。

《穆天子傳》：春山之澤，所謂縣圃，百獸所聚。桓驎《西王母傳》：昆侖之圃有城千里，其下弱水九重，非飈車羽輪不能到。《淮南子》：層城九重，高萬一千里百十四步二尺六寸。《化狄經》：昆侖山九重，重相去九千里。《拾遺記》：昆侖山有九層，層相去萬里。《天對》：增城之里，萬有三千。凥與居同。一説嚳尾所坐處爲凥。縣圃，神人之圃，下無所繫，懸空而居，故問其所坐何處也。增城又在其上，則愈高而愈奇矣。

"焉有石林，何獸能言？"

李長吉注：《海外紀》：石林山在東海之東，有石如木，挺立數仞，亦開花，朱色，爛然滿山，故名。有獸，色白九尾，善飛能言。《列子》：蓬萊之山，珠玕之樹。《抱朴子》：昆侖有琅玕碧瑰之樹，玉李、玉瓜、玉桃，每風起則枝條花葉互相叩擊。《拾遺記》：須彌山第六層有五色玉樹，陰翳五百里。方丈之山，玉瑶爲林。《七修類稿》：普安山有石樹二株，一則緑幹紅花之桃，一則青幹白花之李。

"焉有虬龍，負熊以游？"

《説文》：龍有角曰虬，熊似豕，山居冬蟄。按龍負熊無考，豈非類而合者，若莊浪鳥鼠、粵西牛蛇之類耶？抑即《拾遺記》所云鯀沉羽淵，玄魚、黄熊神化不一，常與蛟龍跳躍而出耶？抑《隨巢子》載禹自化爲熊，而《抱朴子》復有禹乘二龍之説，此固合而圖之耶？抑《天對》云有蛇逶迤，不角不鱗，嬉夫玄熊，相待以神。

"黑水玄趾，三危安在？延年不死，壽何所止？"

《西山經》：昆侖西北隅黑水出焉。玄趾承黑水言。《路史·餘論》注：黑水染足，涉者其色黝黑入膚是也。《通鑑前編》：沙州燉煌縣卑羽山三峰峭絶，人以爲三危，延年不死，本黑水三危而言。《山海經》：黑水之前有大山曰昆侖，有人戴勝，虎齒豹尾穴處，名西王母。三危山，三青鳥居之，爲西王母取食。《朝鮮記》：黑水之間有不死之山。《穆天子傳》：黑水之阿，爰有木禾，食者得上壽。《拾遺記》：勃鞮國人壽千歲，食黑河水藻。《淮南子》：三危之國，石城金室，飲氣之民，不死之野。

"羿焉彃日？烏焉解羽？"

羿有窮之君，善射，彃射也。《世紀》：大荒中暘谷上有扶桑，九日居下枝，一日居上枝，皆載烏。王注：《淮南》言堯時十日并出，草木焦枯，命羿仰射，中其九日，日中烏盡死，墮其羽翼。今按《廣輿記》謂潞安府三嵕山即羿射烏處，然《淮南子》無烏死墮羽之文，蓋叔師增飾之辭也。又柳子厚云：烏當作鳥，《大荒北經》有大澤，方千里，群鳥所解，則與上句各一事也。又《拾遺記》：堯時祇支國獻重明鳥，狀如鷄，音如鳳，時解落毛羽以肉翮飛，能搏逐妖惡獸。或因射日同在堯時，而類問之歟？余按，以上皆舉地上之遐異者以窮之。焉彈、焉解，皆問其地也。

同上，卷四《九章・懷沙》：

《史記》於漁父問答後即繼之曰：乃作《懷沙》之賦。今考《漁父》滄浪，在今常德府龍陽縣，則知此篇當作於龍陽啓行時也。《懷沙》之名，與《哀郢》《涉江》同義。沙本地名，《遁甲經》：沙土之祇，雲陽氏之墟。《路史》紀雲陽氏、神農氏，皆宇於沙，即今長沙之地，汨羅所在也。曰《懷沙》者，蓋寓懷其地欲往而就死焉耳。原嘗自陵陽涉江湘，入辰溆有終焉之志，然卒返而自沉，將悲憤所激，抑亦勢不獲已，若《拾遺記》及《外傳》所云迫逐赴水者歟？然則奚不死於辰溆，曰原將下著其志而上悟其君，死而無聞，非其所也。長沙爲楚東南之會，去郢未遠，固與荒徼絶異。且熊繹始封實在於此，原既放逐，不敢北越大江，而歸死先王故居，則亦首邱之意，所以惓惓有懷也。

同上，附《楚辭餘論》卷上《九歌》：

吹參差，指湘君言。誰思與誰留，誰須同義，舊以參差爲主祭者，自吹則誰思字，宜其迂曲難通也。王子年《拾遺記》云：洞庭山金堂數百間，帝女居之，匏管之清音徹於山杪。語雖近誣，然有以知其所自來矣。

同上，《天問》：

八柱之説，集注引《河圖解》，指地下言。按此方問天事，未宜遽及地下也。張燕公《姚相碑》"八柱承天"，又《拾遺記》"浣腸之國，其人常游水上逍遥絶嶽之嶺，度天下廣狹，繞八柱爲一息"，則八柱在地上亦可徵矣。（中華書局，1958年）

李鍇《尚史》卷二《軒轅本紀》：

《左傳》：號帝鴻氏。《白虎通》：黄帝有天下號曰自然。《拾遺記》：軒轅出自有熊之國，母曰昊樞，以戊巳之日生，故以土德王，時有黄星之祥。《五行書》：以戊子日生。

《黄帝内傳》：黄帝升爲天子，地獻草木，述耕種之利，因之以廣耕種。《拾遺記》：軒轅考定曆紀，吹玉律正璿衡。譙周《古史考》：黄帝作釜甑，始蒸穀爲飯，烹穀爲粥。

《古史考》：黄帝作車，引重致遠，少昊時略加牛，禹時奚仲加馬。《帝王世紀》：自神農以上有大九州島、柱州、迎州、神州之等，黄帝以來德不及遠，惟於神州内分爲九州島，黄帝受命，風后受圖，割地布九州島，置十二國。《拾遺記》：置四史以主圖籍，使九行之士以統萬國，（九行者，孝、慈、文、信、言、忠、恭、勇、義。）以觀天地，以祠萬靈。

同上，《少皞金天氏》：

《古史考》：或曰宗師太皞之道，故曰少皞氏。《拾遺記》云：少皞以主西方，一號金天氏，亦曰金窮氏。時有五鳳隨方色集於庭，因曰鳳鳥氏。又號窮桑氏，亦曰桑邱氏。金鳴於山，銀湧於地，或如龜蛇，有水屈曲如龍鳳，有山盤紆如屈龍，故有龍山、龜山、鳳水之目，亦因以爲姓。末代爲龍邱氏，蛇邱氏。

同上，卷三《夏本紀・禹》：

《楚辭注》：禹治水時，有神龍以尾畫導水徑所當决者，因而治之。《拾遺記》：禹導川夷嶽，黄龍曳尾於前，玄龜負青泥於後，龜頷下有印文，禹所穿鑿，以青泥封記，使龜印其上。

《漢書》：禹貢九牧之金，鑄如鼎，象九州島，皆嘗鬺享上帝鬼神，其空足曰鬲，以象三德，饗承天佑。《拾遺記》：禹鑄九鼎，五以應陽法，四以象陰數，使工師以雌金爲陰鼎，雄金爲陽鼎。鼎中常滿，以占氣象之休否。夏桀之世，鼎水忽沸；及周將没，九鼎皆震。《墨子》：夏后開使蜚廉析金於山，而陶鑄之於昆吾，是使翁難雉乙卜於白若之龜，曰："鼎成三足而方，不炊而自烹，不舉而自藏，不遷而自行，以祭於昆吾之墟。"上乙又言兆之繇曰："饗矣！逢逢白雲，一南一北，一西一東，九鼎既成，遷於三國。"按，啓鑄九鼎不知所本，前編因之，恐誤。

同上，卷五《周本紀・武王》：

《史記》：十一年十二月戊午，師畢渡盟津，諸侯咸會曰：孳孳無怠。武王乃作《泰誓》，告於衆庶……《拾遺記》：武王伐紂，夜濟河，雲明如晝，八百之族皆齊而歌，有大蜂狀如丹鳥飛集王舟，因畫其旗。翼日而梟紂，名其船曰蜂舟。

同上，卷七《秦本紀・始皇帝、二世皇帝》：

《封禪書》：宋毋忌、正伯僑、充尚、羨門子高最後，皆燕人爲方仙道，形解銷化，依於鬼神之事。自齊威宣燕昭使人入海求蓬萊、方丈、瀛洲，此三神山者，傳在渤海中，去人不遠，未至，望之如雲；及到，三神山反居水下，臨之風輒引去，終莫能至雲。及始皇至海上，方士言之，始皇使童男女入海求之，船交海中皆以風爲解。《金樓子》：始皇聞鬼谷先生言，因遣徐福入海求金菜玉蔬，并一寸椹。《十洲記》《拾遺記》并荒誕，不載。

《新書》：始皇作臺榭宫室，則天下豪富製屋宅者莫不仿之，設房闥，備厩庫，繕雕琢刻畫之好，博玄黄琦瑋之色。……《拾遺記》：始皇起雲明臺，窮珍木，搜巧工，騰虚緣木，揮斤空中，子時起工，午時已畢。秦人謂之子午臺。亦言於子午之地各起一臺。

同上，卷十七《吴世家·夫差》：

《國語》：夫差行成曰："寡君之師徒不足以辱矣，請以金玉子女賂君之辱。"句踐曰："昔天以越賜吴而吴不受，今天以吴賜越，越可以無聽乎？請達王甬句東，吾與君爲二君乎？"……《拾遺記》：越謀滅吴，矯以江南億萬輸吴爲庸保，又有美女夷光、修明以貢於吴，處以椒華之宫，貫細珠爲簾幌，二人當軒并坐，竊窺者謂之神人。及越兵入國，乃抱二女以逃吴苑。

《拾遺記》：初，越王入國，有丹烏夾王而飛，故句踐入國起望烏臺。范蠡相越，日致千金，家僮閑算，術者萬人，收四海難得之貨以爲器，銅鐵之類積如山阜，或藏之井塹，謂之寶井。奇容麗色溢於閨房，謂之游宫。

《述異記》：句踐得范蠡之謀，乃示民以耕桑，延四方之士，作臺於外而館賢士。今會稽山有越王臺，今交州麻林，一名紵林。句踐種麻，將以弦弓糠頭山；句踐貯米於其上，舂積糠爲山。會稽之上有鑄劍洲、箭鏃洲，往往得箭鏃。《拾遺記》：越王使工人桐昆吾之神，采金鑄八劍，一揜日，二斷水，三轉魄，四懸翦，五驚鯢，六滅魂，七卻邪，八真剛，以切玉斷金如削土木。《韓非子》：越王入宦於吴，勸之伐齊以弊吴，吴兵既勝於艾陵，張之於江濟，强之於黄池，故可制於五湖。

同上，卷二十三《黄帝諸臣傳·風后》：

《楚辭注》：堯長放鯀於羽山，絶在不毛之地，三年不舍其罪。《拾遺記》：鯀自沉於羽淵，遂化爲玄魚，海民於羽山之中修立鯀廟，四時致祭。《歸藏》：鯀死三歲不腐，剖之以吕刀，化爲黄龍。《韓非子》：堯欲傳天下於舜，鯀諫曰：不祥哉！孰以天下而傳之匹夫。堯不聽，殺鯀於羽山之郊。

同上，卷四十六《晋諸臣傳·師曠》：

《淮南子》：師曠奏白雪之音，神物爲之下，風雨暴至，平公癃病，晋國赤地。《吕氏春秋》：晋平公鑄大鐘，師曠曰不調，請更鑄之。公曰："工皆爲調矣。"曰："後有知音者將知不調也。"至師涓而果知鐘之不調。《拾遺記》：師曠或出於晋靈之世，主樂官，撰兵書萬篇，平公時以陰陽之學顯。

同上，卷四十九《宋諸臣傳·司星子韋》：

《吕氏春秋》《漢書》陰陽家有宋司星子韋三篇。《拾遺記》：宋景公之世，有善星文者許以上大夫之位，處於延閣之上，設以珍食，施以寶衣。有野人被草負笈而進曰："君愛陰陽之術，請見。"景公延之崇堂，語未來之兆、已往之事，夜觀星晝執算，景公謝曰："今國喪亂，微君何以輔之？"曰："德之不鈞，亂將及矣。修德以來人，則天應之祥，人美其化。"景公曰："善。"賜姓子氏，名之曰韋。

同上，卷五十一《衛諸臣傳·蘧瑗》：

《拾遺記》：師涓造新曲奏於靈公，靈公情湎心惑，忘於政事。蘧伯玉諫曰："此雖發揚氣律，終爲淫漫之音，非宜薦於君。"靈公乃去其聲，蘧伯玉焚其樂器於九達之衢。《列女傳》：靈公與夫人夜坐，聞車聲至闕而止，過闕復有聲。夫人曰："此蘧伯玉也。"公曰："何以知之？"曰："妾聞禮下公門式路馬，所以廣敬也，蘧伯玉敬以事上，必不以暗昧廢禮，是以知之。"公使視之，果伯玉也。《淮南子》：蘧伯玉爲相，子貢往觀之，曰："何以治國？"曰："以弗治治之。"簡子欲伐衛，使史黯往覼焉，還報曰："蘧伯玉爲相，未可以加兵，固塞險阻，何足以致之？"按史魚尸諫，以不能進伯玉，是伯玉爲相事，蓋誤。

同上，卷八十一《孔子系·孔子》：

孔子之生，諸説各異。年不同者，《公羊》《穀梁》作襄公二十一年，《史記》作二十二年，《拾遺記》周靈王二十一年孔子生，是亦當襄公之二十二年也。月不同者，《公羊》作十有一月，《穀梁》作十月，按《公》《穀》去孔子近，説必有本。賈逵注《襄公二十一年》經云：此年孔子生。服虔注昭公二十四年《經》云：時仲尼年三十五。是皆以爲二十一年生也。年之從《公》《穀》無疑矣，月有可疑者，以十有一月無庚子，庚子在十月之二十一日，是《穀梁》之説爲無誤，故斷之以十月也。杜預主《史記》，非是。司馬貞主《公》《穀》，而以周正十一月屬之明年以遷就《公》《穀》之異，亦非是。今斷孔子之生在夏正己酉年之八月二十一日也。

同上，卷八十六《諸子傳·鬼谷子》：

《拾遺記》：張儀、蘇秦嘗息大樹之下假息而寐，有一先生言："二子何勤苦也？"儀、秦問之："子何國人？"曰："吾生於歸谷，亦云鬼谷。"乃謂其術，教以干世出俗之辯，即探胸得二卷説書，言輔時之事。《説苑》：鬼谷子，人之不善而能矯之者，難矣；説之不行，言之不從者，辯之不明也；明而不行者，持之不固也；固而不行者，未中其心之所善也；辯之明之持之固之，又中其人之所善，其言神而珍、白而分、能入於人之心如此而説不行者，天下未聞也。此之謂善説。

同上，卷一百五《氏族志·少皞》：

王嘉《拾遺記》：少皞主西方，號金天氏，亦曰金窮氏。時有五鳳集於庭，因曰鳳鳥氏，亦曰桑邱氏。金鳴於山，銀湧於地，如龜蛇龍鳳，故有龍山、龜山、鳳水之目，亦因以爲姓。末代爲龍邱氏、蛇邱氏。（《文淵閣四庫全書》本）

王士禛原編，鄭方坤删補，戴鴻森校點《五代詩話》卷二中朝《馬彧》：

五代馬彧《贈韓定辭詩》巁崺山，見《顔氏家訓》，余《池北偶談》已詳之。其首句云“燧林芳草綿綿思，盡日相攜陟麗譙”，燧林未詳出處。考《拾遺記》云燕昭王游於西王母燧林之下，説燧皇鑽火之事，在申彌國，近燧明國，去都萬里。則非燕地明矣。王子年著書皆杜撰，韓馬特引此以矜奇炫博，非事實也。（《居易録》。）（人民文學出版社，1989年）

嵇璜等《欽定續通志》卷八十五《氏族五·補遺》以地爲氏：

鄒屠氏。（《拾遺記》曰：帝嚳妃，鄒屠氏之女也。軒轅去蚩尤之凶，遷其民善者於鄒屠之地，惡者於有北之鄉，其先以地命族，後分爲鄒氏、屠氏。）

臣等謹案，鄭樵於鄒氏入以邑爲氏，屠氏入以技爲氏，與《拾遺記》所云後分爲鄒氏、屠氏之説迥異。存之以備參考。

同上，卷一百六十四《校讎略》：

王子年《拾遺記》十卷。焦竑曰：入雜史，非改傳記。（《文淵閣四庫全書》本）

畢沅撰，張沛校點《關中勝迹圖志》卷四《古迹·宫闕》：

又淋池，《拾遺記》：昭帝元始元年穿淋池，廣千步，東引太液之水，池中植分枝荷，一莖四葉，狀如駢蓋。又影娥池，《三輔黄圖》：武帝鑿以玩月，其傍起望鵠臺，以眺月影入池中，使美人乘舟弄月影，名影娥也，亦曰眺蟾臺。（三秦出版社，2004年）

永瑢等《欽定歷代職官表》卷二十三《翰林院表》：

謹按，王子年《拾遺記》稱黄帝置四史以主圖籍，其後代有史官俾領典册之任。今翰林院專掌文翰，其源實本於此。然世稱翰林官爲太史，則稽之古制，殊未盡然。蓋《周官》五史雖以太史爲之長，而其職專在稽天道以建典則，與司記載者全不相符。故漢、魏以來，其名專屬之日官，而詞臣珥筆者未嘗沿以爲號，惟内史掌策命，外史掌外令及書志，即如後世制誥書籍皆爲今翰林院之一職，故互見於此表焉。（《文淵閣四庫全書》本）

永瑢等《四庫全書總目》卷四十八史部四編年類存目《考定竹書》提要：

《考定竹書》十三卷，（浙江巡撫采進本。）國朝孫之騄撰之。騄有《尚書大傳》，已著録。是編以沈約所注《竹書紀年》未爲詳備，因采摭諸書别爲之注。然之騄愛博嗜奇，多所徵引，而不能考正真僞。如帝癸十年地震，引《華嚴》合論大地有六種震動所謂遍動、遍起、遍湧、遍震、遍吼、遍擊者爲説，殊爲蕪雜。又劉知幾《史通·疑古篇》中排詆舜、禹，以末世莽、操心事推測聖人，至爲乖謬，而一概引用，漫無辨正。沈約注出依托，尚能知伊尹自立之誣，太甲殺伊尹之妄，之騄乃旁取異説，以熒耳目，云能補正沈注，未見其然。惟《拾遺記》商均暴天下之類，辨别誣妄；《路史》帝杼遷老王之類，考訂訛謬，間有數處可取耳。……

同上，卷五十一史部七雜史類序：

雜史之目，肇於《隋書》。蓋載籍既繁，難於條析。義取乎兼包衆體，宏括殊名。故王嘉《拾遺記》、《汲冢瑣語》得與《魏尚書》《梁實録》并列，不爲嫌也。然既繫史名，事殊小説，著書有體，焉可無分。今仍用舊文，立此一類。凡所著録，則務示别裁。大抵取其事繫廟堂，語關軍國。或但具一事之始末，非一代之全編；或但述一時之見聞，祇一家之私記，要期遺文舊事，足以存掌故，資考證，備讀史者之參稽云爾。若夫語神怪，供詼啁，里巷瑣言，稗官所述，則别有雜家、小説家存焉。

同上，卷六十八史部二十四地理類一《三輔黄圖》提要：

《三輔黄圖》六卷，（編修勵守謙家藏本。）不著撰人名氏。晁公武《讀書志》據所引劉昭《續漢志注》定爲梁、陳間人作。程大昌《雍録》則謂晋灼所引《黄圖》多不見於今本，而今本漸臺、彪池、高廟、元始祭社稷儀皆明引舊圖，知非晋灼之所見。又據改槐里爲興平，事在至德二載，知爲唐肅宗以後人作。其説較公武爲有據。此本惟高廟一條不引舊圖，滄池一條引舊圖，而大昌未及，其餘三條并同。蓋即大昌所見之本偶誤滄池爲高廟也。其書皆記長安古迹，間及周靈臺、靈囿諸事，然以漢爲主，亦間及河間日華宫、梁曜華宫諸事，而以京師爲主，故稱《三輔黄圖》。三輔者，顔師古《漢書注》謂長安以東爲京兆，以北爲左馮翊，渭城以西爲右扶風也。所紀宫殿苑囿之制，條分縷析，至爲詳備，考古者恒所取資。惟兼取《西京雜記》《漢武故事》諸僞書，《洞冥記》《拾遺記》諸雜説，愛博嗜奇，轉失精核，不免爲白璧微瑕耳。

同上，卷八十一史部三十七政書類一《七國考》提要：

《七國考》十四卷，（兩淮馬裕家藏本。）明董説撰。説有《易發》，已著録。是編載秦、齊、楚、趙、韓、魏、燕七國制度，分職官、食貨、都邑、宫室、國名、群禮、音樂、器服、雜記、喪制、兵制、刑法、災異、瑣徵十四門，皆采掇諸書以相佐證，略如《會要》之體，大致以《戰國策》《史記》爲本，而以諸子、雜史補其遺缺。其所援引，如劉向《列仙傳》、張華《感應類從志》、《子華子》、《符子》、王嘉《拾遺記》之類，或文士之寓言，或小説之雜記，皆據爲典要，而《月令》所載，太尉大酋之屬注者，明曰秦官，乃反遺漏，未免去取不倫……

同上，卷一百十四子部二十四藝術類存目《金壺記》提要：

《金壺記》三卷，（兩淮鹽政采進本。）宋僧適之撰。適之始末未詳。案《拾遺記》載周時浮提國獻書生二人有金壺，壺中墨汁灑水石皆成篆籀或科斗文字。記之取名，蓋出於此……

同上，卷一百二十子部三十雜家類四《麈史》提要：

《麈史》三卷，（兩江總督采進本。）宋王得臣撰。得臣字彦輔，自號鳳亭子，安陸人。嘉祐四年進士官至司農少卿……所紀凡二百八十四事，分四十四門，凡朝廷掌故、耆舊遺聞，耳目所及，咸登編録。其間參稽經典，辨别異同，亦深資考證，非他家説部惟載瑣事者比。中如論唐劉存誤以“交交黄鳥止於棘”爲七言，不知爲摯虞《文章流别論》之説；論王羲之《蘭亭集》，不知“天朗氣清”本張衡《南都賦》，“絲竹管弦”本《漢書·張禹傳》；論潘岳《閒居賦》，謂“周文弱枝之棗”“房陵朱仲之李”，李善以周文、房陵爲未詳，因引王嘉《拾遺記》、《述異記》補之，不知善《注》於此二條引《廣志》注“周文弱枝”，引《荆州記》注“房陵朱仲”，疏解分明，得臣蓋偶見不全之本。其所補注，亦不知《拾遺記》所云北極下之岐峰斷非岐山；論王羲之書不講偏旁，引韓愈《石鼓歌》爲證，不知小篆、隸書各爲一體，其偏旁或同或不同，不能以彼律此，顔元孫《干禄字書》言之已明。雖不免於小有舛誤，而於當時制度及考究古迹特爲精核，朱子《語録》亦稱王彦輔《麈史》載襆頭之説甚詳云。

同上，卷一百二十六子部三十六雜家類存目三《天香樓偶得》提要：

《天香樓偶得》十卷，（浙江巡撫采進本。）國朝虞兆漋撰。兆漋字虹升，嘉興人。康熙初諸生。是編乃其讀書所得，隨筆纂録，分類編次，爲天文、地理、宫室器用、鳥獸、蟲魚、草木、典制、字學、人事、藝文十部。中多蹈襲舊文，其自爲考證者不過十之一二。如論《刀劍録》，誤以宋廢帝爲順帝，以楊玉夫爲楊玉；論《五代史》唐莊宗立皇后劉氏事，《本紀》與《家人傳》年月不同；論劉禹錫詩自注二高字，謂高門字既對曉鏡，則亦似自高；論孟子非館於雪宫；論郭子章馬記誤牧羊事，皆爲確當。而論《五雜俎》野蠶一條，尤洞燭真僞。至於謂詩投畀有北，用《拾遺》紀黄帝事，不知王嘉正依托詩語；謂鏡稱芰花未詳何義，不知《飛燕外傳》有七出菱花鏡事……

同上，卷一百二十七子部三十七雜家類存目四《真珠船》提要：

《真珠船》八卷，（通行本。）明胡侍撰。侍字奉之，號蒙溪，咸寧人。正德丁丑進士，官至鴻臚寺少卿，坐議大禮謫潞州府同知。事迹附見《明史・薛蕙傳》。是書雜采經史故事及小説家言，其曰《真珠船》者，陸佃詩注引元稹之言，謂讀書每得一義，如得一真珠船也。然徵引拉雜，考證甚疏。如以北曲爲朝廟之音，信王子年《拾遺記》謂七言昉於甯封皇娥等歌，又喜談怪異果報之説，皆不免於紕繆。

同上，卷一百三十二子部四十二雜家類存目九《掌録》提要：

《掌録》，（無卷數，安徽巡撫采進本。）舊本題繡雲居士撰，不著姓名時代……其書雜抄故實，漫無體例，多取之於説部，亦無異聞。其曰《掌録》，意其取《拾遺記》蘇秦張儀事也。

同上，卷一百三十八子部四十八類書類存目二《駢字憑霄》提要：

《駢字憑霄》二十四卷，（江蘇巡撫采進本。）明徐應秋撰。應秋字君義，號雲林，浙江西安人。萬曆丙辰進士，官至福建布政使。是書皆采掇經史駢連之字，備詞藻之用，凡詮義十卷，釋名十四卷，每卷又各分子目，皆略爲注釋，而不盡著出典。大概剽諸朱謀㙔《駢雅》居多，殊餖飣不足依據。其名《憑霄》者，自注引王嘉《拾遺記》曰："蒼梧有鳥名憑霄，能吐五色氣；又吹珠如塵，積珠成壟。"名書之義取此云云，非惟險僻無義理，且考之嘉書，是舜帝南巡葬於蒼梧之故實，尤非佳事，可謂迂怪不經矣。

同上，卷一百四十二子部五十二小説家類三異聞之屬《漢武帝内傳》提要：

《漢武帝内傳》一卷，（江蘇巡撫采進本。）舊本題漢班固撰。《隋志》著録二卷，不注撰人。《宋志》亦注曰不知作者。此本題曰班固，不知何據。殆後人因

《漢武故事》僞題班固，遂并此書歸之歟？《漢書·東方朔傳》贊稱好事者取奇言怪語附著之朔，此書乃載朔乘龍上升，與傳贊自相矛盾，其不出於固灼然無疑。其文排偶華麗，與王嘉《拾遺記》、陶弘景《真誥》體格相同……

同上，《拾遺記》提要：

《拾遺記》十卷，（内府藏本。）秦王嘉撰。嘉字子年，隴西安陽人。事迹具《晋書·藝術傳》。故舊本繫之晋代，然嘉實苻秦方士。是時關中雲擾，與典午隔絶久矣，稱晋人者，非也。其書本十九卷，二百二十篇。後經亂亡失殘缺。梁蕭綺搜羅補綴，定爲十卷，并附著所論，命之曰《録》，即此本也。綺序稱："文起羲、炎以來，事迄西晋之末。"然第九卷記石虎燋龍至石氏破滅，則事在穆帝永和六年之後，入東晋久矣。綺亦約略言之也。嘉書蓋仿郭憲《洞冥記》而作，其言荒誕，證以史傳皆不合。如"皇娥宴歌"之事、"趙高登仙"之説，或上誣古聖，或下獎賊臣，尤爲乖迕。綺《録》亦附會其詞，無所糾正。然歷代詞人取材不竭，亦劉勰所謂"事豐奇偉，辭富膏腴，無益經典，而有助文章"者歟？《虞初》九百，漢人備録。六朝舊笈，今亦存備采掇焉。

同上，《博物志》提要：

《博物志》十卷，（内府藏本。）舊本題晋張華撰。考王嘉《拾遺記》稱，華好觀秘異圖緯之部，捃采天下遺逸，自書契之始，考驗神怪及世間閭里所記，造《博物志》四百卷奏於武帝，帝詔詰問"卿才綜萬代，博識無倫，然記事采言亦多浮妄，可更芟截浮疑。分爲十卷"云云，是其書作於武帝時……或原書散佚，好事者掇取諸書所引《博物志》，而雜采他小説以足之，故證以《藝文類聚》《太平御覽》所引亦往往相符，其餘爲他書所未引者，則大抵剽剟《大戴禮》《春秋繁露》《孔子家語》《本草經》《山海經》《拾遺記》《搜神記》《異苑》《西京雜記》《漢武内傳》《列子》諸書，餖飣成帙，不盡華之原文也……

同上，瑣語之屬《述異記》提要：

《述異記》二卷，（内府藏本。）舊本題梁任昉撰。昉字彦升，樂安人。官至新安太守。事迹具《梁書》本傳。此書《宋志》始著録，卷數與今本相符。晁公武《讀書志》曰："昉家藏書三萬卷，天監中采輯先世之事，纂新述異，皆時所未聞，將以資後來屬文之用，亦博物志之意。《唐志》以爲祖沖之所作，誤也。"案《隋志》先有祖沖之《述異記》十卷，《唐志》蓋沿其舊文，以爲别自一書則可，以爲誤題祖沖之，則史不誤而公武反誤矣。其書文頗冗雜，大抵剽剟諸小説而成。如開卷盤古氏一條即采徐整《三五曆記》，其餘精衛諸條則采《山海經》，則客諸條則采《列仙傳》，龜曆諸條則采《拾遺記》，老桑諸條則采《異苑》，以及防風氏、蚩尤、夜郎王之類，皆非僻事，不得云世所未聞……

同上，卷一百四十三子部五十三小説家類存目一《近峰聞略》提要：

《近峰聞略》八卷，（浙江鮑士恭家藏本。）明皇甫録撰。此書亦其子沖所删定，於稗官雜説采摭頗繁，而考證全疏，舛謬亦復不少。如《拾遺記》介子推之白鴉，《龍城録》李賀之赤虬，皆信爲實事……

同上，卷一百七十三集部二十六别集類二十六《古歡堂集》提要：

《古歡堂集》三十六卷、附《黔書》二卷、《長河志籍考》十卷，（兩江總督采進本。）國朝田雯撰。雯字子綸，一字綸霞，號山薑，德州人。康熙甲辰進士，授中書舍人，官至户部侍郎。是集凡文二十二卷、詩十四卷……附載《黔書》二卷，其爲貴州巡撫時作；又《長河志籍考》十卷，德州古廣川地，《隋書》避煬帝諱改長河也。王士禎《居易録》嘗稱《黔書》篇不一格，有似《考工記》者，似《公》《穀》《檀弓》者，似《越絶書》者，如觀偃師化人之戲。然與《長河志籍考》實皆祖郭憲《洞冥記》、王嘉《拾遺記》之體，是亦好奇之一證，存備文章之别格云爾。

同上，卷一百九十一集部四十四總集類存目一《文選音義》提要：

《文選音義》八卷，（安徽巡撫采進本。）國朝余蕭客撰。蕭客有《古經解鈎沉》，采掇舊詁最爲詳核，已别著録。此書則罅漏叢生，如出二手。約舉其失，凡有數端：一曰引證亡書，不具出典……一曰嗜博貪多，不辨真僞。《海賦》，陰火引王嘉《拾遺記》西海之西浮玉山巨穴云云，與木華所云陰火何涉？盧諶《覽古詩》，和璧引杜光庭《録異記》"歲星之精墮於荆山"云云，是晋人讀五代書矣……

同上，卷一百九十二集部四十五總集類存目二《詩女史》提要：

《詩女史》十四卷、拾遺二卷，（内府藏本。）明田藝蘅編。藝蘅有《大明同文集》，已著録。是書采録閨閣之詩，上起古初，下迄明代；拾遺二卷則皆宋以前人也。采摭頗富，而考證太疏。如《皇娥歌》出《拾遺記》，本王嘉僞托，乃不能辨别，復妄增嫘祖字；蘇伯玉妻本晋人，故《玉臺新咏》列傅元之後，乃承《詩紀》之誤，以爲漢詩……

同上，卷一百九十五集部四十八詩文評類一《娱書堂詩話》提要：

《娱書堂詩話》一卷，（浙江范懋柱家天一閣藏本。）宋趙與虤撰。虤字，《集韻》音牛閑切，《説文》訓爲虎怒，故其字爲威伯。以《宋史·宗室表》連名次第考之，蓋太祖十世孫也。書中多稱陸游、楊萬里、樓鑰晚年之作，又稱宗人紫芝，是寧宗以後人矣。其論詩源出江西而兼涉於江湖宗派……書中辨證僅兩條。其一解錢惟演《無題》詩“夜長惟有辟寒金”句，據《拾遺記》嗽金鳥事，謂辟字當作畏辟之辟，讀去聲，惟演誤讀入聲，以爲闢除之闢，其説頗允。其一解楊億《無題》詩“死諱文成食馬肝”句，不引《史記》之正文而牽引《拾遺記》馬肝石事，則支離無理，且兩條皆惟據王嘉書，知考據非其所長，存而不論可矣。

同上，卷一百九十六集部四十九詩文評類二《詩話補遺》提要：

《詩話補遺》三卷，（浙江范懋柱家天一閣藏本。）明楊慎撰。慎有《檀弓叢訓》，已著録。此編乃其戍雲南後所作，其門人曹命編次者也。慎在戍所無文籍可稽，著書惟憑腹笥，中如稱宋本《杜甫集·麗人行》中有“足下何所有，紅蕖羅韈穿鐙銀”二句之類，已爲前人之所糾。至於稱渤海北海之地，今哈密扶餘；中國之滄州景州名渤海者，蓋僑稱以張休盛云云，不知哈密在西、扶餘在東，絶不相及，滄景一帶地皆瀕海，故又有瀛州、瀛海諸名，謂曰僑置，殊非事實。又香雲、香雨并出王嘉《拾遺記》，而引李賀、元稹之詩，又以盧象“雲氣杳流水”句誤爲香字，如斯之類，亦引據疏舛。然其賅博淵通，究在明人諸家之上，去瑕存瑜，可采者固不少也。（中華書局，1965年）

王太岳等《欽定四庫全書考證》卷二十經部《重修廣韻》（宋陳彭年等增修）卷四：

四十三映“鏡”字注：“《拾遺記》穆王時渠胥國貢火齊鏡。”刊本“記”訛“録”，又“渠”下脱“胥”字，據《拾遺記》增改。

同上，卷三十九史部《三輔黄圖》（不著撰人名氏）卷四：

“太液池中起三山”注：“於地下爲機棙以測昏。”明刊本“棙”訛“是”、“測”訛“則”。又“蓬萊山亦名防丘，亦名雲來”，刊本“來”訛“東”。又“方丈之山一名巒雉”，刊本“雉”訛“維”。并據《博物志》及《拾遺記》改。

同上，卷五十一子部《墨池編》（宋朱長文撰）卷六：

“硯”條，王子年《拾遺記》原本“記”訛“録”，今改。

同上，卷五十五子部《紺珠集》（宋朱勝非撰）卷八：

“瑢宫夜織”條“驅光逐影窮水域，瑢宫夜静當軒織”，刊本“驅光逐影窮水域”訛作“驅逐景窮水火域”，據《拾遺記》改。

“指端浮圖”條“沐胥國道人尸羅”，刊本“沐胥”訛“休須”，據《拾遺記》改。

同上，卷五十六子部《説郛》（元陶宗儀撰）卷十四下：

“八駿”條“三名奔霄四名超影”，刊本“奔”訛“本”、“超”訛“起”，并據《拾遺記》改。

同上，卷七十七上：

“《小名録》薛靈芸”條“非夜來裁製帝不服也”，刊本“裁製”訛“我則”，據《拾遺記》改。

同上，卷五十八子部《太平御覽》卷六百九十四：

“一名焕質一名暄肌”，刊本“肌”訛“風”。又“至厲王流於彘，彘人得而奇之”，刊本脱一“彘”字，“奇”訛“寄”。又“分裂此裘遍於彘土”，刊本脱“於”字、“土”字。并據《拾遺記》改增。

同上，卷八百三：

“銜青沙珠積成壟阜”，刊本“銜”訛“御”、“青”訛“者”，據《拾遺記》改。

同上，卷六十二子部《實賓録》（宋馬永易撰）卷十一：

“甯先生”條“有石藍之花千年一開名曰青藍花”，原本“青藍”二字互倒，據王嘉《拾遺記》改。

同上，卷六十四子部《説略》（明顧起元撰）卷二十三：

“古人奇器載記”條“周穆王時渠胥國貢火齊鏡”，刊本脱“胥”字，據《拾遺記》增。

同上，卷六十五子部《天中記》（明陳耀文撰）卷二下：

“相風”條“結芳茅爲族”，刊本“族”訛“於”，據《拾遺記》改。

同上，卷四十一下：

桐部“齊豫章王嶷於邸起土山”，刊本脱“章”字，據《南史》增。總木部“恒春”條“昭王之世仙人貢焉”，刊本缺“貢”字，據《拾遺記》增。

同上，卷五十上：

鼉部“爲梁”條“禹濟巨海”，刊本“濟”訛“洛”，據《拾遺記》改。

同上，卷六十七子部《御定子史精華》卷一百六：

“縈塵集羽旋懷”注：“乃使女伶代唱。”刊本“女伶”二字訛倒，據《拾遺記》改。

同上，卷一百四十：

“昆流素蓮”注：“千年碧藕。”刊本“年”訛“常”，據《拾遺記》改。

同上，卷六十八子部《御定佩文韻府》上卷五之三：

衣韻……又“四時衣”，刊本“四”訛“日”，據《拾遺記》改。

同上，上卷七之八：

烏韻“望烏”注“王子年《拾遺記》越王入國丹烏夾王而飛”，刊本“拾遺記”訛“耆舊傳”，今改。

同上，上卷八之二：

鷄韻“沈鳴鷄”注“建安三年胥徒獻沉鳴石鷄”，刊本“徒”訛“圖”。又“當鳴處掘得此鷄”，刊本“鳴”訛“聲”。又“其國無鷄犬”，刊本“犬”訛“人”。并據《拾遺記》改。

同上，上卷十五之二：

山韻……又“方丈山”注“東有龍場地方千里”，刊本“有”訛“方”。又“磅磄山”注“扶桑東五萬里”，刊本“萬”訛“百”。并據《拾遺記》改。

又“燃山”注“國在咸池日浴之所九萬里”，刊本“浴”訛“没”，據《拾遺記》改。

同上，上卷十七之二：

宵韻“奔宵”，案“宵”《拾遺記》作“霄”，與此異。

同上，上卷十九之三：

槽韻“巨槽”注，刊本“巨”訛“豆”。又注：“帝曰檜楫松舟其猶重樸。”刊本“檜”訛“桂”。并據《拾遺記》改。

同上，卷六十九子部《御定佩文韻府》中卷四十之三：

琲韻“百琲”注“爾非細骨輕軀那得百琲真珠”，刊本“軀”訛“體”，據《拾遺記》改。

同上，卷七十子部《御定佩文韻府》下卷九十三之三：

室韻“繞室”注“水精之子後衰周而素王”，刊本“後”訛“孫”，據《拾遺記》改。

同上，卷七十一子部《格致鏡原》（大學士陳元龍撰）卷十：

土類“金色照鬼魅猶如石鏡不得藏形也”，原本“石鏡”訛“照面”，據《拾遺記》改。

同上，卷三十二：

玉類“瑗好倍肉也”，原本“好肉”二字互倒，據《爾雅》改。又“始皇二年騫霄國畫工者名烈裔”，原本“騫霄”訛“賽涓”，據《拾遺記》改。

同上，卷四十五：

磬類“浮瀛即瀛洲也”，原本上“瀛”字訛“磬”，據《拾遺記》改。

同上，卷六十一：

稻類“有浹日稻種之十旬而熟”，原本“旬”訛“日”。又“有明清稻食之延年”，原本“明”訛“陰”。并據《拾遺記》改。

同上，卷七十二子部《拾遺記》（苻秦王嘉撰）卷一：

“春皇”條“絲桑爲瑟均土爲塤”，刊本“土”訛“之”，據《漢魏叢書》本改。

“有丹丘之國獻瑪瑙甕”條“甘露在其中盈而不竭”，刊本脱“中”字，據《漢魏叢書》本改。

同上，卷二：

“成王七年”條“故俗謂之婆猴伎”，刊本“猴”訛“侯”，據《漢魏叢書》本改。

同上，卷三：

“扶桑東五萬里”條“磬者長一丈輕若鴻毛因輕而鳴”，刊本“鳴”訛“名”，據《漢魏叢書》本改。

“周靈王”條“魯人鉏商田於大澤”，刊本“鉏”訛“鋤”，據《左傳》改。

“師涓者出於衛靈公之世能寫列代之樂”，刊本“樂”訛“學”，據《漢魏叢書》本改。

同上，卷四：

“燕昭王”條“此是神蛾之火也”，刊本“火”訛“矢”，據《漢魏叢書》本改。

同上，卷六：

“昭帝始元元年”，刊本“始元”二字互倒，據《漢書》改。

“安帝永寧元年”條“支國來貢異瑞”，刊本“安”訛“章”，據《漢書》改。

“靈帝初平三年”，案“初平”爲獻帝年號，此當是“熹平”或“中平”之訛。

同上，卷七：

“魏文帝所愛美人”條“黄初元年”，刊本“黄初”訛“咸熙”，今改。

“任城王彰”條“帝議伐吴蜀問彰取便利行師之决”，刊本脱“便”字、“行”字，并據《漢魏叢書》本增。

同上，卷八：

“吴主趙夫人丞相達之妹”，案《吴志》趙達精於九宫算術，名位不顯，此云丞相未知何據。但無别本可校，姑仍其舊。

“張承之母孫氏”條“背吴王闔閭葬其妹殉以美女珍寶”，案“妹”《吴越春秋》作“女”。又“及承生位至丞相輔吴將軍年踰九十”，案《吴志》張承官奮威將軍，卒於赤烏九年，年六十七，其父昭輔吴將軍，嘉禾五年卒，年八十七，父子俱未爲丞相。然陳壽《三國志》多詳於魏而略於吴、蜀，則此所載亦可資參證附識。

同上，卷九：

“武帝爲撫軍時”條“至惠帝永熙元年”，刊本“永”訛“元”，據《晋書》改。

“因墀國獻五足獸”條“以鐵爲車輪十年方至晋及還輪皆絶鋭”，刊本“還”訛“退”，據《漢魏叢書》本改。

“張華”條“賜側理紙後人謂之陟釐”，刊本脱“賜側理紙”四字，據《藝文類聚》增。

同上，卷十：

“洞庭山”條“遠祖入洞庭山采藥不還”，刊本脱“庭”字，據《漢魏叢書》本增。

同上，《太平廣記》卷五十六：

“玄天二女”條“散荃蕪之香”，刊本“荃”訛“華”，據《拾遺記》改。

同上，卷七十六：

“子韋”條“華清夏洁漉以纖縞”，刊本“洁”訛“結”、“漉”訛“鹿”，并據《拾遺記》改。

同上，卷七十八：

“駱山人”條“王廷湊即王武俊支屬也”，刊本“俊”訛“侯”、“支”訛“之”，據《拾遺記》改。

同上，卷一百七十五：

“賈逵”條“嫁瑶無嗣而歸”，刊本脱“嫁”字，“歸”訛“婦”，據《拾遺記》增改。

同上，卷一百九十一：

“魏任城王”條“時樂浪獻虓虎”，刊本脱“時”字，“浪”訛“聞國”，并據《拾遺記》增改。

同上，卷二百二十五：

“雲明臺”條“秦人皆謂之子午臺也”，刊本“謂”訛“言”，據《拾遺記》改。

同上，卷二百二十九：

“漢太上皇”條“工人視之其銘尚存”，刊本“視”訛“規”、“尚”訛“面”，并據《拾遺記》改。

同上，卷二百七十二：

"石崇婢翾風"條"屑沉水之香"，刊本"屑"訛"餙"，據《拾遺記》改。

同上，卷二百七十六：

"薛夏"條"果符先夢"，刊本"果"訛"以"，據《拾遺記》改。

同上，卷二百九十一：

"劉向"條"夜有老人著黄衣"，刊本"黄"訛"墨"，據《拾遺記》改。

同上，卷四百十一：

"三蔬"條"宫人采帶其莖葉香氣歷月不歇"，刊本"采帶"訛"掐香"、"氣"訛"者"，據《拾遺記》改。

同上，卷四百三十五：

"周穆王八駿"條"不期而自服"，刊本"服"訛"報"，據《拾遺記》改。

"曹洪"條"引洪上馬"，刊本"洪"訛"守"，據《拾遺記》改。

同上，卷四百四十四：

"周群"條"游岷山采藥"，刊本"藥"訛"石"，據《拾遺記》改。

同上，卷七十五集部《分類補注李太白集》卷五：

《白馬篇》"秋霜切玉劍"注："以切玉斷金如刻削土木。"刊本句下衍"九隨風"三字，據王子年《拾遺記》删。

同上，卷八十集部《龜山集》（宋楊時撰）卷四十二：

《虚心亭》"亭對浮筠縹緲間"注："蓬萊山有浮雲之幹，葉青莖紫。"刊本脱"莖紫"二字，據《拾遺記》增。

同上，卷八十八集部《弇州四部稿》（明王世貞撰）卷一百六十六：

"史稱窮奢"條"即賜珍珠百琲"，刊本"琲"訛"筐"，據《拾遺記》改。

（《文淵閣四庫全書》本）

永瑢等《四庫全書簡明目録》卷十四子部十一小説家類異聞：

《拾遺記》十卷。秦王嘉撰。原本十九卷二百二十篇，經亂佚闕，梁蕭綺掇拾殘文，編爲十卷，并爲之序、録，録即論贊之别名也。所記上起三皇，下迄石虎事迹，十不一真，而詞條艷發，摛華掞藻者，挹取不窮。（上海古籍出版社，1985年）

章宗源《隋書經籍志考證》卷三志人别史類：

《拾遺録》三卷，秦姚萇方士王子年撰。

《唐志》同。（《二十五史補編》本）

周中孚《鄭堂讀書記》卷六十六子部十二之四小説家類四：

《拾遺記》十卷。（《漢魏叢書》本。）秦王嘉撰。（嘉，字子年，隴西安陽人。能前知，爲姚萇所殺。苻登贈太師，謚曰文。舊本題晋代，非也。）《四庫全書》著録。《隋志》（雜史類。）作《拾遺録》二卷，新、舊《唐志》（雜史類。）俱作《拾遺録》三卷，又《拾遺記》十卷，注云“蕭綺録”。《崇文目》、（傳記類。）《讀書志》、（傳記類。）《書録解題》、《通考》、《宋志》俱作《拾遺記》十卷，蓋子年撰而綺叙録，故二《唐志》俱分載也。據綺序，知王氏書本十九卷，二百二十篇。經亂佚闕，綺掇拾殘文，編爲十卷，并爲之録。録即論贊之别名也。然則隋、唐《志》所載二卷、三卷之本，亦非子年之原書矣。所記上起三皇，下迄石虎，事迹奇詭，十不一真，徒以辭條豐蔚，頗有資予詞章。至綺所論斷，雖爲暢達，亦不過揚其頽波耳。《秘書二十一種》亦收入之。《歷代小史》所收，有記無録。《説郛》僅節録一卷云。（《清人書目題跋叢刊》本）

陳揆《稽瑞樓書目》小橱叢書：

《拾遺記》十卷。（舊刻二册。）（《叢書集成初編》本）

瞿鏞《鐵琴銅劍樓藏書目録》卷七經部七小學類：

《拾遺記》十卷，（明刊本。）僞秦方士王嘉撰。《隋志》作“蕭綺撰”。記上古至晋時異事。末卷，記諸名山。王子年書，本二卷，其有論語低一行加“録曰”二字者，爲綺所作，前有綺序，舊藏邑人孫岷自家。卷末記云：“是書有大父校本，此其副也。”（卷末有“孫江之印”朱記。）（《清人書目題跋叢刊》本）

譚獻《復唐日記》卷五：

《拾遺記》，艷異志祖，恢譎之尤，文富旨荒，不爲典要，予少時之論如此。今三復乃見作者之用心。奢虐之朝，陽九之運，述往事以譏切時王，所謂陳古以刺今也。篇中於忠諫之辭，興亡之迹，三致意焉。蕭綺附録，大義軌於正道，是非不謬於聖人者已。又案篇記異物，輒詳所出，蓋皆自注語，傳寫誤連正文耳。（中華書

局《古小説叢刊》校注本《拾遺記》，1981年）

丁丙藏，丁仁編《八千卷樓書目》卷十四子部小説家類：

《拾遺記》十卷。（秦王嘉撰。《漢魏叢書》本、《明刊》本、《古今逸史》本、《稗海》本、《子書百種》本、《抄蕉窗搜隱》本。）（《續修四庫全書》本）

張之洞《書目答問》小説家第十一：

《拾遺記》十卷。（秦王嘉。《漢魏叢書》本。）（商務印書館，1933年）

秦榮光《補晋書藝文志》卷三子部小説家類：

《拾遺記》十九（案《隋志》無"九"字。）卷。（據梁蕭綺《序》云：本二百二十篇，書後殘缺，因删集爲十卷。）

《王子年拾遺録》二卷。（案《唐志》作三卷，據《隋志》，與上别出。）

《名山記》一卷。（案《直齋書録》云，即《拾遺記》第十卷。上三種并王嘉撰。）（《二十五史補編》本）

姚振宗《隋書經籍志考證》卷九經部九異説類：

梁有《王子年歌》一卷，亡。

《晋書·藝術傳》："王嘉字子年，隴西安陽人也。清虚服氣，不與世人交游，隱於東陽谷，弟子受業者數百人。苻堅累徵不起，公侯以下咸躬往參詣。言未來之事，辭如讖記，當時尠能曉。之後爲姚興所殺。苻登聞嘉死，設壇哭之，贈太師，謚曰文。其所造《牽三歌讖》，事過皆驗，累世猶傳之。"

按《南齊書·祥瑞志》引《王子年歌》三條，皆七言韻語。《南史·齊高帝紀》末引《王子年歌》二條。

同上，卷十三史部三雜史類：

《拾遺録》二卷，僞秦姚萇方士王子年撰。王子年，名嘉，有《歌》一卷，見經部異説家。

《晋書·藝術·王嘉傳》："又著《拾遺録》十卷，其記事多怪詭，今行於世。"

《史通·雜述篇》曰："逸事者，皆前史所遺後人所記，求諸異説爲益，實多及妄者爲之，則苟載傳聞而無詮擇，由是真僞不别，是非相亂，如郭子横之《洞冥》，王子年之《拾遺》，全構虚辭，用驚愚俗，此其爲辭之甚者也。"

《唐書·經籍志》："《拾遺録》三卷，王嘉撰。"

《唐書·藝文志》："王嘉《拾遺録》三卷。"按唐張柬之跋《洞冥記》云："虞義造《王子年拾遺録》，則是書虞義撰也。義不詳何許人，疑即南齊虞義，義有集，見别集類。此二卷，三卷，其原書之殘本。"

同上：

《王子年拾遺記》十卷，蕭綺撰。蕭綺始末未詳。

《唐書·經籍志》："《王子年拾遺記》十卷，蕭綺録。"

《唐書·藝文志》："王嘉《拾遺》録三卷，又《拾遺記》十卷，蕭綺録。"

《宋史·藝文志》小説家："《王子年拾遺記》十卷，晋王嘉撰。"

晁氏《讀書志》曰："《王子年拾遺記》十卷，梁蕭綺叙録。晋王嘉字子年，嘗著書百二十篇，載伏羲以來異事、前世奇詭之説，書逸不完，綺拾掇殘闕輯而叙之。"

陳氏《書録》小説家："《拾遺記》十卷，晋隴西王嘉子年撰，蕭綺序録。又曰《名山記》一卷，亦稱王子年，即前之第十卷，大抵皆詭誕。"

《玉海·藝文志》篇、《中興書目·别史類》："晋王嘉撰著《拾遺記》十卷，事多詭怪，今行於世。梁蕭綺序云本十九卷，書後殘缺，綺因删集爲十卷。"

《四庫》小説家《簡明目録》曰："《拾遺記》十卷，秦王嘉撰。原本十九卷二百二十篇，經亂佚闕，梁蕭綺掇拾殘文，編爲十卷，并爲序録。録即亂贊之别名也。所記上起三皇下迄石虎事迹，十不一真，而詞條艷發摛華，掞藻者挹取不窮。"（清華大學出版社，2014年）

丁國鈞《補晋書藝文志》（子辰注）卷二乙部史録史考：

《拾遺記》十卷。（王嘉。）謹按見《隋志》舊題"蕭綺撰"，（"撰"當從《唐志》作"録"。）綺序云："本十九卷，書後殘缺因删，集爲十卷。"

《拾遺録》兩卷。（王嘉。）謹按見《隋志》舊題"僞秦方士王子年撰"，子年，嘉字也。（兩《唐志》著録三卷。）

同上，附録黜僞類史部：

《名山記》一卷。（王子年。）謹按見《文獻通考》。即《拾遺記》中之第十卷。（《二十五史補編》本）

文廷式《補晋書藝文志》卷二史部雜史類：

王嘉《拾遺録》三卷，《拾遺記》十卷。（蕭綺序。）

本傳《拾遺録》十卷。《玉海》引《書目》："晋王嘉《拾遺記》十卷，事多詭譎，今行於世。”梁蕭綺序云：“本十九卷，書後殘缺，綺因删集爲十卷。”《續談助》卷一云：“虞義造《王子年拾遺録》。”《郡齋讀書志》曰：“晋王嘉，字子年，嘗著書百二十篇，載伏羲以來異事前世奇詭之説，書逸不完，梁蕭綺拾掇殘闕，輯而叙之。”

同上，卷四子部五行家類：

《王子年歌》一卷。

《藝術・王嘉傳》云“其所造《牽三歌讖》事過皆驗，累世猶傳之”，蓋即此書。《高僧傳》卷五云“‘人間善惡’，嘉隨而應答‘語則可笑辭’”，似讖記事過多驗。（《二十五史補編》本）

黄逢元《補晋書藝文志》卷二史録雜史類三：

《拾遺録》三卷。（僞秦姚萇方士隴西王嘉字子年撰。）

本《隋志》列雜史，唐新、舊《志》同《通考》作十卷，列子部小説，《宋志》同。嘉《藝術》有傳。本作十卷。今存梁蕭綺綴定本之十卷，題作《拾遺記》。

同上，卷三丙部子録五行類十二：

《王子年歌》一卷。（王嘉撰。）

見《隋志・經部・讖緯類》《藝術・王嘉傳》“字子年”，云：“所造《牽三歌讖》，事過皆驗，累世猶傳之。”即是書。《南史・齊高帝紀》，又《祥瑞志》引存。（《二十五史補編》本）

魯迅《中國小説史略》第六篇《六朝之鬼神志怪書》下：

《拾遺記》十卷，題晋隴西王嘉撰，梁蕭綺録。《晋書・藝術列傳》中有王嘉，略云，嘉字子年，隴西安陽人，初隱於東陽谷，後入長安，苻堅累徵不起，能言未然之事，辭如讖記，當時鮮能曉之。姚萇入長安，逼嘉自隨；後以答問失萇意，爲萇所殺（約390）。嘉嘗造《牽三歌讖》，又著《拾遺録》十卷，其事多詭怪，今行於世。傳所云《拾遺録》者，蓋即今記，前有蕭綺序，言書本十九卷，二百二十篇，當苻秦之季，典章散滅，此書亦多有亡，綺更删繁存實，合爲一部，凡十卷。今書前九卷起庖犧迄東晋，末一卷則記昆侖等九仙山，與序所謂“事迄西晋之末”者稍不同。其文筆頗靡麗，而事皆誕謾無實，蕭綺之録亦附會，胡應麟（《筆叢》三十二）以爲“蓋即綺撰而托之王嘉”者也。（上海古籍出版社，1998年）

案：秦榮光《補晋書藝文志》子部小説家類著録："《拾遺記》十九卷……王嘉撰。"

王嘉（？—約390年），字子年，東晋時期前秦方士、小説家。隴西安陽（今甘肅渭源）人。《晋書》有傳，稱其"輕舉止，醜形貌，外若不足，而聰睿内明"，能預言未來之事，辭如讖記，當時鮮能曉之，後皆應驗。先後隱居東陽谷、終南山。苻堅累徵不就。姚萇入長安，逼嘉自隨；後以答問失萇意，爲萇所殺。苻登贈太師，謚曰文。本傳載其著《牽三歌讖》《拾遺録》。因《晋書》有傳，故舊本多稱晋王嘉，其實王嘉乃苻秦方士，與東晋久相隔絶，不應稱爲晋人。

《拾遺記》，又作《王子年拾遺記》《拾遺録》。據梁蕭綺《序》稱："《拾遺記》者，晋隴西安陽人王嘉字子年所撰。凡十九卷，二百二十篇，皆爲殘缺。當僞秦之季，王綱遷號，五都淪覆，河洛之地，没爲戎墟，宫室榛蕪，書藏堙毁。……故使典章散滅，黌館焚埃，皇圖帝册，殆無一存，故此書多有亡敗。文起羲、炎以來，事訖西晋之末，五運因循，十有四代。王子年乃搜撰異同，而殊怪必舉，紀事存樸，受廣向奇，憲章稽古之文，綺綜編雜之部，《山海經》所不載，夏鼎未之或存，乃集而記矣。……今搜撿殘遺，合爲一部，凡一十卷，序而録焉。"宋晁公武《郡齋讀書志》據此判斷："晋王嘉字子年，嘗著書（二）百二十篇，載伏羲以來異事，前世奇詭之説。書逸不完，拾掇殘缺而叙之。"也有不信《序》説者，如明胡應麟《少室山房筆叢》便以爲"蓋即綺撰而托之王嘉"。不過，學界多以爲王嘉原作，蕭綺搜撿殘遺編成今本。《四庫全書總目提要》即云："其書本十九卷，二百二十篇。後經亂亡失殘缺。梁蕭綺搜羅補綴，定爲十卷，并附著所論，命之曰《録》，即此本也。"即是説，王嘉原作爲《拾遺記》，或作《王子年拾遺記》，梁蕭綺編定附著所論後名爲《拾遺録》，"録"即論贊之别名。今傳本前九卷起庖犧（伏羲）迄東晋，末一卷則記昆侖等九仙山，蕭綺序稱此書"文起羲、炎以來，事迄西晋之末"，然第九卷記石虎燋龍至石氏破滅，則事在穆帝永和六年（350年）之後，入東晋已三十餘年，蕭序乃大體言之，并不確切。此書蓋仿郭憲《洞冥記》而作，多載前代異事奇詭之説。譚獻《復唐日記》云："《拾遺記》，艷異之祖，恢譎之尤，文富旨荒，不爲典要，予少時之論如此。今三復，乃見作者之用心。奢虐之朝，陽九之運，述往事以譏切時王，所謂陳古以刺今也。篇中於忠諫之辭，興亡之迹，三致意焉。蕭綺附録，大義軌於正道，是非不謬於聖人者已。"可謂一家之説。該書文筆頗靡麗，爲歷代詞人取材不竭，即劉勰所謂"事豐奇偉，辭富膏腴，無益經典，而有助文章"者。

《隋書·經籍志》雜史類載《拾遺録》二卷，題王子年撰，又著録《拾遺記》十卷，題蕭綺撰。《舊唐書・經籍志》《新唐書・藝文志》雜史類俱作《拾遺録》三卷；又《拾遺記》十卷，注云"蕭綺録"。《崇文總目》《郡齋讀書志》傳記類，《直齋書録解題》《文獻通考》《四庫全書總目》小説類載《拾遺記》十卷。周中孚認爲"蓋子年撰而綺叙録，故二《唐志》俱分載也"，"《唐志》所載二卷、三卷之本，亦非子年之原書矣"。

《拾遺記》有嘉靖十三年（1534）世德堂翻刻本、《漢魏叢書》本、《古今逸史》本、《稗海》本、《子書百種》本、《抄蕉窗搜隱》本。另有《增訂漢魏叢書》本、《秘書二十一種》本、《龍威秘書》本、《歷代小史》本，《稗海》本文字與世德堂本出入較大，《説郛》僅節録一卷。魯迅《小説備校》輯得99條。今有齊治平校注《拾遺記》較爲完備，中華書局1981年排印。

王子年拾遺録

房玄齡等《晋書》卷九十五《藝術傳·王嘉》：

……苻登聞嘉死，設壇哭之，贈太師，謚曰文。及萇死，萇子興字子略，方殺登，略得之謂也。嘉之死日，人有隴上見之，其所造《牽三歌讖》，事過皆驗，累世猶傳之。又著《拾遺録》十卷，其記事多詭怪，今行於世。

同上，考證：

《王嘉傳》"又著《拾遺録》十卷"，汪士漢云：原書一十九卷，共二百二十篇，所載伏羲以來異事、前世奇詭之説，書逸不完，蕭綺綴拾殘缺而叙之，今約爲十卷。（《文淵閣四庫全書》本）

魏徵、令狐德棻《隋書》卷三十三《經籍志二》史部雜史：

《拾遺録》二卷。（僞秦姚萇方士王子年撰。）《王子年拾遺記》十卷。（蕭綺撰。）（中華書局，1973年）

劉昫等《舊唐書》卷四十六《經籍志上》史類雜史：

《拾遺録》三卷。（王嘉撰。）《王子拾遺記》十卷。（蕭綺録。）（中華書局，1975年）

李昉等《太平御覽》經史圖書綱目：

《王子年拾遺記》。

《王子年拾遺録》。

同上，卷六十八地部三十三《冰》：

《王子年拾遺録》曰：東海員嶠山有冰蠶，長七寸，有鱗角，以霜雪覆之始爲繭，其色五彩，織爲紋錦，入水不濡，投火不燎。

同上，卷七十八皇王部三《燧人氏》：

《王子年拾遺録》曰：遂明國有大樹名遂，屈盤萬頃，後世有聖人游日月之外，至於其國，息此樹下，有鳥啄樹，粲然火出，聖人感焉，因用小枝鑽火，號燧人氏。

同上，卷一百七十四居處部二《室》：

《拾遺録》曰：老君居反景之室，日與世人絶迹。

同上，卷一百八十五居處部十三《房》：

《拾遺録》曰：昆侖丹密雲房，東西千步，望之如丹霞。

同上，卷一百八十九居處部十七《府庫藏》：

《拾遺録》曰：太上皇以寶劍賜高祖。及吕后，藏於瑶庫。守者見白氣從户中出如龍蛇，吕后更瑶庫名曰靈金藏。及諸吕擅權，白氣亦滅。時惠帝即位，以此貯禁兵，名曰靈金府。

同上，卷三百六十六人事部七《耳》：

《王子年拾遺録》曰：沐胥國人左耳中出青龍，右耳中出白虎，龍虎初出之時如繩，緣頰手捋面，而龍虎皆飛去。

同上，卷三百六十七人事部八《頰》：

《王子年拾遺録》曰：孫和月下舞水精如意，誤傷鄧夫人頰，血流死彌苦，及差而滅，左頰有赤點如誌，迫而視之，更益其妍也。諸嬖欲寵者皆以丹脂點頰，而後進幸。唐子曰：人多遠見百步，而不自知眉頰。

同上，《口》：

《王子年拾遺録》曰：昔伯禹入穴，乃至一室，裹一人身如蛇，鱗於石上，口吐一玉簡以受禹，簡長十二寸，以量度天地也。

又曰：始皇二年，賽消國善畫工者名烈裔，口含丹墨噴壁即成龍雲之隊。

又曰：沭胥國人年九萬歲，以口噴水爲雨，紛漫數十里，俄而口吹爲風，而雨皆止。

同上，卷三百七十一人事部十二《乳》：

《王子年拾遺録》曰：無老國其人皆千歲，百歲一老，齒落髮秃。又年少嫗者乳養，還復若幼稚。

同上，《腹》：

《王子年拾遺録》曰：孫策每夢腸出委地，有神女夜來爲其收内腹裏，云必生才雄之子。方興，吴國神女負策母繞吴昌門三匝，曰："當賜爾此土，鼎足於天下。"

同上，卷三百七十二人事部十三《足》：

《王子年拾遺録》曰：周昭王夢羽人遺藥，以之塗足，則飛上天萬里之外。

同上，卷三百七十三人事部十四《髮》：

《王子年拾遺録》曰：帝嚳高辛氏娶於陬氏女，女生而髮與足齊，墜地能言，乃納於帝。

又曰：張儀、蘇秦二人共遞剪髮以相活，或傭工寫書，行遇聖人之文，無以題記，則以墨畫於掌内，及服裹還，更以竹寫之。

同上，卷三百七十五人事部十六《皮膚》：

《王子年拾遺録》曰：燕昭王三年，廣陵之國去燕七萬里，或云在扶桑之東，獻善舞者二人，一名提波，一名攜漢，并玉晢凝膚，骨輕氣馥，綽約婉妙，絶古無倫。

同上，《骨》：

《王子年拾遺録》曰：沐胥國人忽復化爲老叟，俄而即死，臭爛盈屋。人有除燒其骸骨於糞土之中，復還爲人矣。《搜神記》曰：有談生無婦，有女來爲其婦，三年生一兒，曰："慎勿以火照我，三年後可照。"生盗照之，腰以上皆肉，腰以下但枯骨，婦求去。

同上，卷三百七十六人事部十七《腸》：

《王子年拾遺録》曰：北有浣腸之國，從口中引腸出，出而浣濯之，更易其五臟，浣畢，嘯傲而飛焉。

同上，卷三百八十三人事部二十四《壽老》：

《王子年拾遺録》曰：昔老聃當周之末，居返景日室之山，與世人絶迹，惟有黄髮老叟五人，或乘虎豹，或乘鴻鵠。

同上，卷三百九十七人事部三十八《叙夢》：

《王子年拾遺録》曰：融高西有夢草，莖似蓍柯，采之爲占則知吉凶，懷之以占夢，立知禍福。

同上，卷四百六十四人事部一百五《辯下》：

《王子年拾遺録》曰：張儀、蘇秦二人遞剪髮以相活，或傭力寫書，行遇聖人之文無以題記，則以墨書於掌中，及服裹夜還，折竹寫之。二人假食於路，剥樹皮爲囊，以盛天下良書。每息大樹之下，假息而寐，有一先生問曰："二子何勤苦若是？"而儀、秦共與言論曰："子是何人？"答曰："吾死生於山谷，世論謂余歸谷子也。"儀、秦後游學，復逢歸谷子，乃請其學術，則教以干世俗之辯，乃探胸中韋秩三卷，書言輔時之事，故儀、秦學之以終身也。《古史考》云：儀、秦受術鬼谷先生，歸之聲與鬼相亂，故也。

同上，卷六百九十九服用部一《帳》：

《拾遺録》曰：蜀先主甘后坐於白綃帳中，於外望之，如月下聚雪。

同上，《幔》：

《拾遺録》曰：周穆王時，鸞章錦幔者，摩連國獻焉，錦文如鸞翔。

又曰：吴主趙夫人巧妙無雙，權居昭陽宫倦暑，乃褰紫綃之帷。夫人曰："此不足貴也。"權使夫人措其思焉，答曰："妾欲窮慮盡思，能使下綃帷而清風自入，視外無有蔽礙，列侍者飄然自凉，若馭風而行。"權稱善。夫人乃披髮以神膠續之，神膠出郁夷國接弓之弦，百絶百續，乃織爲羅縠，纍月而成。裁之爲幔，内外視之飄飄如煙氣，輕動而房内自凉。時權尚軍旅，常以此幔自隨，以爲征幕，舒之則廣縱一丈，捲之内大漆枕中，謂之絲絶。

同上，卷七百七服用部九《枕》：

《拾遺録》曰：魏咸熙二年，宫中夜夜有異，或吼呼驚人，乃有傷害者。詔使宦者暗中伺候，有白虎毛色净密，以戈投虎即中左目，俄而往取，虎已隱形，更搜覓，乃於藏中得一玉虎枕，左目有血。帝嗟其大異，問諸大臣，答云："昔誅梁冀得玉虎枕一枚，云此枕單池國所獻，臆下有題云'帝辛九年獻'，帝辛紂也，金玉久而有神。"

同上，卷七百八服用部十《枕》：

《拾遺録》曰：周穆王時，紫羅文褥者，檀孫國獻之。

同上，《氈》：

《拾遺録》曰：漢武帝以氈綈藉地，惡轍之喧也。

同上，卷七百十一服用部十三《笈》：

《拾遺録》曰：漢惠帝時有仙人韓稚東至沈離國，遇其人同室負笈，而問其年幾何。

同上，卷七百十七服用部十九《鏡》：

《拾遺録》曰：周穆王時，渠國貢火濟鏡，廣三尺六寸，暗中視物如晝，人向鏡語，鏡中則回應之也。

又曰：周穆王時，有如石之鏡，此石色白如月，照面如雪，謂之月鏡。

又曰：方丈山池泥百煉成金鏡，色青，可照魑魅。

同上，卷七百五十七器物部二《爐》：

《拾遺録》曰：周靈王出於宣昭之臺，望東方雲氣蓊鬱，俄而有二人乘飛游之輦上，帝酣醉。其一人能爲霜雪，坐者皆噤，乃命青金洪爐。青金洪者出青零淵石，色皆如紺，中有金鑄爲大爐。

同上，卷八百二十二資産部二《耕》：

《拾遺録》曰：需支夫善耕，婦人善織，以五色絲稍内口中，兩手引而結之，則成文錦。丈夫多力勤稼，一日鋤十頃之地。

同上，卷八百二十四資産部四《圃》：

《拾遺録》曰：昆侖山第二層下有芝田蕙圃，皆數萬頃，群仙種耨焉。

同上，卷九百二十一羽族部八《鵠》：

《王子拾遺録》曰：員嶠之山名環丘，上有方湖千里，多大鵠，高一丈，群飛於湖際，銜不周之粟於環丘之上。

同上，卷九百三十鱗介部二《龍》：

《王子年拾遺録》曰：方丈山一名鑾雉山，東有龍場方千里，有龍皮骨如山阜，膏血如流水。燕昭王時以龍膏爲燈，光清澄若水，光焰五色，人以爲瑞。

同上，《蛟》：

《王子年拾遺録》曰：漢昭帝常游渭水，使群臣漁釣爲樂。時有大夫任緒釣得白蛟，長三丈，若大蛇，無鱗甲，首有一角長二尺，軟如肉焉。牙在唇外。帝曰："此魚鯉之類，非禎祥也。"乃命太官爲鮓，骨青紫肉，味甚美。帝後思之，使罾者復覓，終不得也。

同上，《螭》：

《王子年拾遺録》曰：昆侖山第三層有螭潭百里，多龍螭，皆白色，千歲一蜕其五臟。此潭左側有五色石，云是白螭之腹腸化爲石。

同上，卷九百三十一鱗介部三《龜》：

《王子年拾遺録》曰：昆侖山第五層有神龜，長一尺九寸，四翼萬歲，則無水而居也。亦能言矣。

同上，卷九百三十六鱗介部八《魚》：

《王子年拾遺録》曰：瀛洲一名魂洲，亦曰環洲、洞洲，廣千里，中有魚身長千丈，鱗色斕班，鼻有角，時鼓舞戲水中，遠而望者見水間有五色雲，就而視之乃此魚噴水爲雲也。

又曰：夏鯀治水無功，沉於羽淵，化爲玄魚，大千丈，後遂死横於河海之間。

同上，卷九百三十九鱗介部十一《飛魚》：

《王子年拾遺録》曰：仙人甯封食飛魚而死，死百年生，故《甯仙游涉七言頌》云："著藻灼爍千載舒，萬齡暫死餌飛魚。"

同上，卷九百四十鱗介部十二《玄魚》：

《王子年拾遺録》曰：夏鯀理水無功，沉於羽川，化爲玄魚，大千尺，後遂死横於河海之間。後世聖人以玄魚爲神化之物，故曰鯀。

同上，卷九百六十九果部六《櫻桃》：

《拾遺録》曰：漢明帝於月夜燕賜群臣櫻桃，盛以赤瑛盤，群臣視之，月下以爲空盤，帝笑之。（中華書局，1960年）

李昉等《太平廣記》卷二百二十九器玩一《漢武帝》：

《説苑》云：孝武時，汾陰人得寶鼎，獻之甘泉宫。群臣畢賀上壽曰："陛下得周鼎。”侍中吾丘壽王曰：“非周鼎。”上召問之：“有説則生，無説則死。”壽王對曰：“周德者始於天授，成於文、武，顯於周公。德澤上暢於天，下漏三泉，上天報應，鼎爲周出。今漢繼周，德澤顯行，六合和同。至陛下之身而踰盛，天瑞并至。昔秦始皇親求鼎於彭城而不得，天昭有德，神寶自至，此天所以遺漢，乃漢鼎，非周鼎也。”上曰：“善。”魏文帝《典論》亦云：墨子曰：“昔夏后啓使飛廉折金以精，神於昆吾，使翁乙灼自若之龜，鼎成四定而方，不灼自烹，不舉自滅，不遷自行。”《拾遺録》云：周末大亂，九鼎飛入天池。《末世書論》云：入泗水，聲轉謬焉。（出《小説》。）（中華書局，1961年）

王欽若等《册府元龜》卷五百五十五國史部《采撰》：

王子年撰《拾遺録》二卷。（隱士，無官。）（中華書局，1960年）

王堯臣等《崇文總目》卷二傳記類上：

《王子年拾遺記》十卷。（《粤雅堂叢書》本）

歐陽修、宋祁《新唐書》卷五十八《藝文志》乙部史録雜史類：

王嘉《拾遺録》三卷。又《拾遺記》十卷。（蕭綺録。）（中華書局，1975年）

李復《潏水集》卷四書牘《又回趙子强書》：

辱書《王子年拾遺》等事，子年名嘉，乃苻堅、姚萇時人。隱於東陽谷，鑿穴而居，弟子受業者百餘人皆穴處。季龍兵亂，棄其徒衆，遷於倒獸山，今在華州渭南縣，一名互象山。後不知所終。其書多荒怪不可考，乃莊周所謂“齊諧”者也……（《文淵閣四庫全書》本）

高承撰，李果訂，金圓、許沛藻點校《事物紀原》卷七庫務職局部三十四《封堠》：

《拾遺録》曰：禹治水所穿鑿處皆青泥封記，使玄龜印其上，今人聚土爲界，乃遺事也。此封堠之始矣。

同上，卷八舟車帷幄部四十《幔》：

《六韜》曰：天將雨，不張幔蓋。《拾遺録》曰：周穆王有鸞章錦幔，蓋周有其物也。（中華書局，1989年）

陳暘《樂書》卷一百三十六《樂圖論·俗部八音石之屬·玉律》：

黄帝作律，以玉爲管，長尺六，孔爲十二音。晋武帝時，汲冢亦獲玉律。故古法物有七品，而姑洗、中吕，玉律居二焉。《尚書中候》：氣用玉爲律以候之，東漢以玉律十二候氣，於殿中以竹律六十候氣，於靈臺以十二律候氣。先王之法也，以六十律候之，豈因京房之陋而不知其非歟？《王子年拾遺録》謂師延撫一候之琴，則地祇皆升；吹玉律，則天神俱降。其言迂誕，蓋不深考《周官·大司樂》之過也。

同上，卷一百四十四《樂圖論·俗部八音絲之屬上·静瑟》：

《王子年拾遺録》曰：古之圓山有林木焉，疾風震地而林木不動，以其木爲瑟，故曰静瑟也。《慎子》曰：公輸子巧用材也，不能以檀爲瑟。《詩》曰“椅桐梓漆，爰伐琴瑟”，然則瑟之材，其可以檀爲之乎？

同上，卷一百八十八《樂圖論·俗部雜樂·四時樂》：

《王子年拾遺録》述師涓當衛靈公之世，能寫列代之樂，造新曲以代古聲，故有四時之樂，春有《離鴻》《去雁》《蘋生》之歌，夏有《明晨》《焦泉》《朱華》《流金》之調，秋有《商飆》《白雲》《落葉》《吹蓬》之曲，冬有《嚴凝》《流陰》《沉靈》之操。靈公耽而惑之，忘於政事。蘧伯玉諫曰：“此雖以發揚氣緯，終爲沉湎靡曼之音，無會於風雅，非下臣宜薦於君也。”靈公乃去新聲，親政務，故衛人美其化焉。師涓悔之，乃退而隱，其歌曲湮滅，唯紀其篇目大略云。

同上，《瀟湘樂》：

《王子年拾遺録》述洞庭之山浮於水上，其下金堂數百間，帝女居之，四時金石絲竹之音徹於山頂。楚懷王與群臣賦詩於水湄，故謂之瀟湘洞庭之樂，聽者令人難老，雖《咸池》《簫韶》無與爲比。凡四仲節，王常環山游宴，各舉節氣以爲樂章。惟仲夏律中夾鐘，乃作輕風流水之詩，宴於山南。時中蕤賓，乃作照露秋霜之曲。自時而後，懷王好進奸雄，群賢逃越，屈平以忠見斥，隱於沅澧之間，赴清泠之汨以死，楚人思慕之，謂之水仙。其事雖涉怪誕，然不知“放鄭聲、遠佞人”，亦足爲後世戒矣。（《文淵閣四庫全書》本）

晁載之《〈洞冥記〉跋》：

昔葛洪造《漢武内傳》《西京雜記》，虞羲造《王子年拾遺録》，王儉造《漢武故事》，并操觚鑿空，恣情迂誕，而學者耽閲以廣見聞，亦各有志，庸何傷乎！（丁錫根《中國歷代小説序跋集》，人民文學出版社，1996年）

葉庭珪撰，李之亮校點《海録碎事》卷十三下鬼神門《招祇祠》：

《拾遺録》：周昭王有二女，一曰嬋娟，王游江漢，與二女俱溺，至今人思之，立祠於江上，號招祇之祠。每歲禊飲於祠前，以時果蘭葉五彩沉於水中，以爲故事。（中華書局，2002年）

鄭樵《通志》卷六十五《藝文略》史類第六傳記冥異：

《拾遺録》二卷。（僞秦姚萇方士王子年撰。）《王子年拾遺記》十卷。

同上，卷一百八十二《藝術傳·晋王嘉》：

王嘉，字子年，隴西安陽人也。輕舉止，醜形貌，外若不足，而聰睿内明。滑稽好語笑，不食五穀，不衣美麗，清虚服氣，不與世人交游。隱於東陽谷，鑿崖穴居，弟子受業者數百人，亦皆穴處。石虎之末，棄其徒衆，至長安，潛隱於終南山，結庵廬而止。門人聞而復隨之，又遷於倒獸山。苻堅纍徵不至，公侯已下咸躬往參詣，好尚之士無不宗師之。問其當世事者，皆隨問而對。好爲譬喻，狀如戲調；言未然之事，辭如讖記，當時尠能曉之，事過皆驗。堅將南征，遣使者問之。嘉曰："金剛火强。"乃乘使者馬，正衣冠，徐徐東行數百步，而策馬馳反，脱衣服，棄冠履而歸，下馬踞床，一無所言。使者還告，堅不悟，復遣問之，曰："吾世祚云何？"嘉曰："未央。"咸以爲吉。明年癸未，敗於淮南，所謂未年而有殃也。人候之者，至心則見之，不至心則隱形不見。衣服在架，履杖猶存，或欲取其衣者，終不及，企而取之，衣架踰高，而屋亦不大，履杖諸物亦如之。姚萇之入長安，禮嘉如苻堅故事，逼以自隨，每事諮之。萇既與苻登相持，問嘉曰："吾得殺苻登定天下否？"嘉曰："略得之。"萇怒曰："得當云得，何略之有！"遂斬之。先此，釋道安謂嘉曰："世故方殷，可以行矣。"嘉答曰："卿其先行，吾負債未果去。"俄而道安亡，至是而嘉戮死。所謂"負債"者也。苻登聞嘉死，設壇哭之，贈太師，謚曰文。及萇死，萇子興字子略方殺登，"略得"之謂也。嘉之死日，人有隴上見之。其所造《牽三歌讖》，事過皆驗，纍世猶傳之。又著《拾遺録》十卷，其記事多詭怪，今行於世。（中華書局，1987年）

晁公武撰，孫猛校證《郡齋讀書志校證》卷九傳記類：

《王子年拾遺記》十卷。右梁蕭綺叙録。晋王嘉，字子年，嘗著書百二十篇，載伏羲以來異事，前世奇詭之説。書逸不完，綺拾綴殘缺而叙之。（上海古籍出版社，1990年）

尤袤《遂初堂書目》雜傳類：

《王子年拾遺》。（《海山仙館叢書》本）

施宿等《會稽志》卷十七鳥部：

烏，《説文》曰："烏，孝鳥也。象形。"《益都耆舊傳》曰："張霸爲會稽太守，舉賢勸講，一郡慕化，道路但聞誦聲，野無遺寇。民語曰：'城上烏鳴哺父母，府中諸吏皆孝友。'"《王子年拾遺録》云："越王入國，有丹烏夾王而飛，故勾踐起望烏臺以紀其瑞。"燕烏，《釋鳥》曰："燕，白脰烏。"《廣雅》云："純黑而反哺者，謂之烏。小而腹下白，不反哺者，謂之雅烏。白項而群飛者，謂之燕烏，白脰烏也。"雅烏，鸒也。山陰又有一種名寒鴉，比常鴉頗小，歲十月自西北來，其陣蔽天，及春中乃去。秦太虚《樂府》云："寒鴉萬點，流水繞孤村。"不至越者，殆不知也。（《文淵閣四庫全書》本）

王應麟《玉海》卷五十八藝文·録《晋拾遺録》：

《王嘉傳》，字子年，著《拾遺録》十卷，記事多詭怪。《唐志》三卷，又《拾遺記》十卷，蕭綺録。（嘉所撰凡十九卷，二百二十篇，綺合爲十卷。）《集賢注》記天寶六載十二月，敕索《孝經鈎命决》、王子年《拾遺》、任子《道論》等四十餘部以進。

同上，卷八十六器用《舜白環、佩、佩環》：

《拾遺録》：顓頊時勃鞮國獻黑玉之環。（江蘇古籍出版社、上海書店，1988年）

馬端臨《文獻通考》卷一百三十七《樂考十》絲之屬俗部：

静瑟。《王子年拾遺録》曰：古之圓山有林木焉，疾風震地而林木不動，以其木爲瑟，故曰静瑟也。

同上，卷二百十五《經籍考四十二》子·小説家：

《王子年拾遺記》十卷。晁氏曰："梁蕭綺叙録。晋王嘉，字子年，嘗著書百二十篇，載伏羲以來異事，前世奇詭之説。書逸不完，綺綴拾殘缺而叙之。"（中華書局，1986年）

脱脱等《宋史》卷二百六《藝文志五》子類小説類：

《王子年拾遺記》十卷。（晋王嘉撰。）（中華書局，1977年）

陶宗儀《説郛》弓十《遂初堂書目》（尤袤）雜傳類：

《王子年拾遺記》。（《説郛三種》本）

楊士奇等《文淵閣書目》卷八荒字型大小第一厨書目子雜：

《王子年拾遺記》。（一部二册。闕。）（《叢書集成初編》本）

楊慎《丹鉛總録》卷十九詩話類《僞書誤人》：

劉子玄曰："郭子横《洞冥記》、王子年《拾遺記》，全構虚辭，用驚愚俗。"卓哉，子玄之見也。余推其餘，如任昉《述異記》，殷芸《小説》，沈約《梁四公子記》，唐人《杜陽雜編》、《天寶遺事》，宋人《雲仙散録》、《清異録》、杜詩僞蘇注，盛行於時，殊誤學者。司馬公作《通鑑》亦誤取《天寶遺事》，况下此者乎！（《文淵閣四庫全書》本）

高儒《百川書志》卷八子小説家：

《王子年拾遺記》十卷。晋隴西王嘉著，蕭綺序録二百二十篇。（上海古籍出版社，2005年）

李時珍《本草綱目》卷一上序例上《引據古今經史百家書目》：

王子年《拾遺記》。（人民衛生出版社，1979年）

焦竑《國史經籍志》卷三史類傳記：

《王子年拾遺記》十卷。（《叢書集成初編》本）

祁承㸁《澹生堂藏書目》子部一小説家：

《王子年拾遺記》。（十卷二册，晋王嘉，梁蕭綺録。）（《中國歷代書目題跋叢書》本）

胡震亨《唐音癸籤》卷二十一《詁箋六》"王維櫻桃詩"條：

王維《櫻桃詩》"中使頻傾赤玉盤"，用《拾遺録》"漢明帝宴群臣，大官進櫻桃，以赤瑛爲盤"事。（上海古籍出版社，1987年）

馮復京《六家詩名物疏》引用書目・小説家：

《王子年拾遺記》。（《文淵閣四庫全書》本）

彭大翼《山堂肆考》卷二十二地理《日南淫泉》：

《拾遺録》：日南有泉曰淫泉，男女飲之則淫。又妙德先生嘗謂人曰：昔有一國有狂泉，飲之無不狂者，國君穿井自飲，獨得無恙。國人反謂國君不狂爲狂，聚謀共執國君，灸艾針藥畢具。國君不任其苦，酌泉飲之即狂矣。按《妙德先生傳》，袁粲作。

同上，卷一百二十二文學《著書上》：

《拾遺記》，《王子年拾遺記》，晋安陽王嘉撰。（《四庫類書叢刊》本）

曹學佺《蜀中廣記》卷六十三方物記第五《竹》：

《拾遺録》云：老子當周之末，居山與世人絶迹，惟有黄髮友五人，手杖青笻之杖出入室中，與老子談。（《文淵閣四庫全書》本）

徐應秋《玉芝堂談薈》卷七《擲果滿車》：

《拾遺録》：琅邪王溥家貧不得仕，摇筆洛陽市傭書。爲人美形貌，又多文詞，僦其書者，丈夫賜其衣冠，婦人遺其金玉，一日之中衣寶盈車而歸。積粟十廪，九族宗親莫不仰其衣食。（《四庫筆記小説叢書》本）

錢謙益《絳雲樓書目》卷一史傳記類：

《王子年拾遺記》。（《叢書集成初編》本）

錢曾《述古堂藏書目》卷五子雜小説家：

《王子年拾遺記》二十卷，四本。（《叢書集成初編》本）

朱彝尊《經義考》卷二百六十二《逸經下·孟子逸篇》：

千年一聖謂之連步。

右梁蕭綺《拾遺録》。（中華書局，1998年）

徐乾學《讀禮通考》引用書目：

《王子年拾遺記》。（《文淵閣四庫全書》本）

張英、王士禛等《淵鑑類函》卷三百五十七産業部三《百工三》：

《拾遺録》：始皇起雲明臺，窮四方珍木、天下巧工，有二人皆虚騰緣木，運斤斧於雲中，子時起工，午時已畢，故云子午臺也。

同上，卷三百七十二服飾部三《韍二》：

增《拾遺録》曰：孔子生有麟吐玉書於闕里人家，云水精之子，繼商周而素王出，故蒼龍繞室，五星降庭。徵在賢明，知爲神異，乃以繡紱繫麟角而去。夫子系殷湯水德而素王，至敬王之末，魯哀公二十四年，魯人鉏商田於大澤得麟以示，夫子知命之終，抱麟解韍而涕泗焉。

同上，《佩二》：

《拾遺録》曰：燕昭王時，西王母降與昭王游乎燧林之下，説炎皇鑽火之術，取永桂之膏然以照夜。忽有飛蛾銜火，狀如丹雀，來拂桂膏之上。此蛾出員丘之穴，穴洞達於九天，中有細珠流出，可穿爲結，因用爲佩。

又曰：漢昭帝穿林池廣千步，植分枝荷，狀如駢蓋，日照則葉低蔭，若葵之衛足也，名曰低光荷，實如玄珠，可以飾佩。

又曰：漢成帝時，乘輿服皆尚黑，宫中美女服皂，班姬以下皆玄綬磬珮。

同上，《舄二》：

《拾遺録》曰：秦王子嬰寢於望夷宫，夜夢有一人長丈餘，鬚鬢絶青，納玉舄而乘丹車，告云天下當亂，王乃殺趙高。所夢則始皇之靈，所著舄則安期所遺者。

同上，卷三百七十八服飾部九《枕二》：

增《拾遺録》曰：魏咸熙二年，宫中夜夜有物吼呼，詔使宦者暗伺之，有白虎，毛色净密，以戈投虎，中左目，虎隱形，後於藏中見一玉虎枕，左目有血。帝大異之。有大臣云："昔誅梁冀得玉虎枕，云是單池國所獻，臆下有題云'帝辛九年獻'，帝辛紂也，金玉久而有神。"

同上，卷四百一果部三《櫻桃二》：

《拾遺録》曰：漢明帝月夜宴群臣於照園，大官進櫻桃，以赤瑛爲盤賜群臣，月下視之，盤與桃同色，群臣皆笑云是空盤。（上海古籍出版社，2008年）

孫岳頒等《御定佩文齋書畫譜》纂輯書籍：

《王子年拾遺記》。（王嘉。）（《文淵閣四庫全書》本）

張玉書等《佩文韻府》卷九十一之二入聲二沃韻二・録：

《拾遺録》。《隋書・經籍志》：《拾遺録》二卷。（僞秦姚萇方士王子年撰。《唐書・藝文志》：謝綽《宋拾遺録》十卷。）（上海古籍書店，1983年）

王毓賢《繪事備考》卷二《秦》：

烈裔，騫涓國人，秦皇二年本國獻於朝，口含丹青，噴壁成龍，以指歷地，悉如繩界，轉手方圓，皆中規矩，方寸之内五嶽四瀆備焉。尤善畫鸞鳳，軒軒然若欲飛去。見《王子年拾遺録》。

同上，《吴》：

吴王夫人，趙氏丞相達之妹也，能書善畫，奇巧無雙。又能於指間織絲爲龍鳳之錦，宫中號爲機絶。又於方帛之上繡成五嶽及列國地形，時人號爲針絶。孫權嘗嘆蜀、魏未平，思得善畫者，往圖山川險易之勢。夫人因進所寫江湖九州島山嶽圖，權深異之。見《王子年拾遺録》。（《文淵閣四庫全書》本）

陳厚耀《春秋戰國異辭》卷二《周敬王》：

《拾遺録》：老子當周之末，居山與世人絶迹，惟有黄髮友五人，手杖青筇之杖，出入室中，與老子談。（《文淵閣四庫全書》本）

徐文靖著，范祥雍點校《管城碩記》卷二十八《楊升菴集》：

楊氏曰：古樂府"井公能六博，玉女善投壺"，蓋因井星形如博局而附會之，亦詩人北斗挹酒漿之意也。

按《穆天子傳》曰："天子北入於邴，與井公博三日而决。"又曰："西升於陽□，過於靈□井公博。"郭璞注曰："穆王往返輒從井公博游，明其有道德人也。"梁蕭綺《拾遺録》曰："觴瑶池而賦詩，期井伯而六博。"王褒詩："誰能攬六著，還須訪井公。"陳謝燮《方諸曲》"井公能六著，玉女善投壺"，并用《穆傳》耳，豈井星如博局之謂乎？（《學術筆記叢刊》本）

嵇璜等《欽定續通志》卷一百六十四《校讎略》：

《拾遺録》二卷。焦竑曰：入雜史非，改通史。

《王子年拾遺記》十卷。焦竑曰：入雜史非，改傳記。（《文淵閣四庫全書》本）

程大中《四書逸箋》卷五《孟子下·舜生諸馮章》：

梁蕭綺《拾遺録》引《孟子》逸句，云"千里一聖謂之連步"，即此章"地之相去"意。鮑照《河清頌》引《孟子》逸句，云"千載一聖猶旦暮也"，即此章"世之相後"意。疑二書皆撮此章大意爲言也。（《叢書集成初編》本）

章宗源《隋書經籍志考證》卷三志人别史類：

《王子年拾遺記》十卷。（蕭綺撰。）《唐志》作“蕭綺録”，今存。（《二十五史補編》本）

范邦甸等撰，江曦、李婧點校《天一閣書目》卷三之二子部小説類：

《王子年拾遺記》十卷。（刊本。）蕭綺録，并序云：“《拾遺記》者，晋隴西安陽人王嘉字子年所撰，凡十九卷二百二十篇，皆爲殘缺，今搜撿殘遺合爲一部十卷，序而録焉。”（《中國歷代書目題跋叢書》本）

丁丙《善本書室藏書志》卷二十一子部十一：

《王子年拾遺記》十卷。（明刊本。）蕭綺序録。記本秦王嘉撰。原本十九卷二百二十篇，經亂佚闕，梁蕭綺掇拾殘剩，編作十卷，并無序録，録即論贊之别名。上起三皇下至石虎事迹，半屬子虚，但取詞藻鮮艷耳。書係仿宋諱多闕筆，有“樂意軒吴氏藏書”印、“吴芝愚竹居”諸印。（《清人書目題跋叢刊》本）

陸心源《皕宋樓藏書志》卷六十四子部小説類三：

《王子年拾遺記》十卷。（明刊本。）晋王嘉撰，梁蕭綺録。（《清人書目題跋叢刊》本）

楊守敬《日本訪書志》卷八：

《王子年拾遺記》十卷。（明翻北宋本。）每半頁十行，行十八字，前有總目本書首題“王子年拾遺記”，卷第一次行題“蕭綺序録”，三行以下蕭綺序，序後庖犧、神農、黄帝、少昊、高陽、高辛、唐堯、虞舜八子目，後再題“春皇庖犧”。條目以下每卷皆先子目後條目，蓋猶唐人卷軸本之式。篇中“殷、讓、弘、禎、轅”五字缺筆，字體端正，蓋北宋精本也。《漢魏叢書》刻此本，删其每卷子目，而以蕭綺序置卷一之前，已大失古式。秘書廿一種亦然。邇來崇文書局又從秘書本翻刻而訛謬大甚。如“漢明帝陰貴人”，叢書誤“陰”爲“因”，局本亦仍之。又如“始皇起雲明臺”，宋本自爲一條，秘書本亦同。叢書本因前條字抵行末不便跳行，局本遂連上爲一條而不顧文之不相續吁。官刻局書草率乃爾，承學者將何取則焉？

又按胡應麟《二酉綴遺》謂即蕭綺所作，托名子年語，似是，然隋、唐并有《王子年拾遺録》三卷，又有蕭綺《王子年拾遺記》十卷。據蕭綺序録稱，子年原書十九卷，殘缺，綺搜《拾遺》爲一十卷，則隋、唐《志》所載三卷必仍是子年原書，而無蕭綺卷中録論之文，但又殘缺，衹存三卷耳。胡氏故爲高論以矜其具眼，而不校隋、唐《志》三卷之録，失之目睫也。

又按此本雖原與北宋，而以《太平廣記》所引校之，則此遠不逮焉。雖其中有兩通者亦有《廣記》奪誤者，然細校其文字，則彼所據者，當時唐人所遺。如周“成王泥離國”條，“視日月以知方國所向”，《廣記》引上文有“或泛巨水”四字；“漢成帝飛燕”條，“帝以翠纓結飛燕之裾”，《廣記》引此下有“游倦乃返，飛燕後漸見疏，常怨恚曰”云云，今本“裾下”即接“怨曰”，不可通矣；“魏明帝昆明國”條，宫人相嘲曰“不服辟寒金，那得君王心”，《廣記》引此下有“不服辟寒金鈿，那得君王憐”二句；“蜀國群”條，蜀人謂之後聖，《廣記》引止此，其下白猿云云，自相駁詰，必後人識語。蕭綺所録，百無一真，其迂誕豈獨此條！又“晋武帝條何必木偶於心識乎”，文義難解，《廣記》引作“何必木之偶而無心識者乎”，此皆明明脱誤。其他異同以數百計，（“周靈王昆昭臺”一條，脱百餘字。）别詳札記。

又按此書次第條目多無義例，往往有數事合爲一條者，《廣記》分引之是也。然不敢謂蕭氏原書必無不合，如晋文焚林不與師曠相儷，乃置周靈王之前，以魯僖標目；劉向校書，不置漢成之後，乃擠於郭況、賈逵間；魏任城明帝之朝，而載建安三年胥徒國獻沈明石鷄；魏帝爲陳留王之歲，而云太始四年頻斯國來朝，皆時代乖迕，條理莫知，不能不以斷爛爲辭矣。

同上：

《王子年拾遺記》十卷。（明嘉靖甲午仿宋本。）明顧氏重刊，目録二葉，目録之後有顧氏世德堂刊八分書木記。首行題“王子年拾遺記”，卷第一次行題“蕭綺序録”，以下重格序文，序後低三格分二行排寫庖犧、神農、黄帝、少昊、高陽、高辛、唐堯、虞舜八目，再下一行低四字題“春皇庖犧”。每半葉十行，行十八字，左右雙邊卷中避“弘、殷、讓、轄、禎”等字，“禎”字或記以“御名”二字，蓋原於宋仁宗時刊本也。末有嘉靖四年顧春跋，接刊於後序之後，程榮《漢魏叢書》即取原此本而移蕭綺之序録於目序之前，又每卷删其總目，大失古式，亦間有臆改處，安得好事以此本重刊而遠宋本之舊乎？按顧氏嘗刻荀、莊、列、楊、文中子，世稱“世德堂六子本”是也，愚謂六子本雖善，然多改换原刻，面目不如此本之精也。此書日本有二部，一爲狩谷望之所藏，有明錢谷叔寶之印，余此本得之森立之，有“東石黄氏藏書籍”六字，立之甚寶愛，余屢求而後得之。（《續修四庫全書》本）

秦榮光《補晋書藝文志》卷三子部小説家類：

《拾遺記》十九（案《隋志》無“九”字。）卷。（據梁蕭綺《序》云：本二百二十篇，書後殘缺，因删集爲十卷。）

《王子年拾遺録》二卷。（案《唐志》作三卷，據《隋志》，與上别出。）

《名山記》一卷。（案《直齋書録》云，即《拾遺記》第十卷。上三種并王嘉撰。）（《二十五史補編》本）

姚振宗《隋書經籍志考證》卷十三史部三雜史類：

《拾遺録》二卷，僞秦姚萇方士王子年撰。王子年，名嘉，有《歌》一卷，見經部異説家。

《晋書·藝術·王嘉傳》："又著《拾遺録》十卷，其記事多怪詭，今行於世。"

《史通·雜述篇》曰："逸事者，皆前史所遺後人所記，求諸異説爲益，實多及妄者爲之，則苟載傳聞而無詮擇，由是真僞不别，是非相亂，如郭子橫之《洞冥》，王子年之《拾遺》，全構虚辭，用驚愚俗，此其爲辭之甚者也。"

《唐書·經籍志》："《拾遺録》三卷，王嘉撰。"

《唐書·藝文志》："王嘉《拾遺録》三卷。"按唐張柬之跋《洞冥記》云："虞義造《王子年拾遺録》，則是書虞義撰也。義不詳何許人，疑即南齊虞義，義有集，見别集類，此二卷、三卷其原書之殘本。"

同上：

《王子年拾遺記》十卷，蕭綺撰。蕭綺始末未詳。

《唐書·經籍志》："《王子年拾遺記》十卷，蕭綺録。"

《唐書·藝文志》："王嘉《拾遺録》三卷，又《拾遺記》十卷，蕭綺録。"

《宋史·藝文志》小説家："《王子年拾遺記》十卷，晋王嘉撰。"

晁氏《讀書志》曰："《王子年拾遺記》十卷，梁蕭綺叙録。晋王嘉字子年，嘗著書百二十篇，載伏羲以來異事、前世奇詭之説，書逸不完，綺拾掇殘闕輯而叙之。"

陳氏《書録》小説家："《拾遺記》十卷，晋隴西王嘉子年撰，蕭綺序録。又曰《名山記》一卷，亦稱王子年，即前之第十卷，大抵皆詭誕。"

《玉海·藝文記志》篇、《中興書目·别史類》："晋王嘉撰著《拾遺記》十卷，事多詭怪，今行於世。梁蕭綺序云本十九卷，書後殘缺，綺因删集爲十卷。"

《四庫》小説家簡明目録曰："《拾遺記》十卷，秦王嘉撰。原本十九卷二百二十篇，經亂佚闕，梁蕭綺掇拾殘文，編爲十卷，并爲序録。録即亂贊之别名也。所記上起三皇下迄石虎事迹，十不一真，而詞條艷發摛華，掞藻者挹取不窮。"（清華大學出版社，2014年）

文廷式《補晋書藝文志》卷二史部雜史類：

王嘉《拾遺録》三卷，《拾遺記》十卷。（蕭綺序。）

本傳《拾遺録》十卷。《玉海》引《書目》："晋王嘉《拾遺記》十卷，事多詭譎，今行於世。"梁蕭綺序云"本十九卷，書後殘缺，綺因删集爲十卷"，《續談助》卷一云"虞義造《王子年拾遺録》"，《郡齋讀書志》曰"晋王嘉，字子年，嘗著書百二十篇，載伏羲以來異事前世奇詭之説，書逸不完，梁蕭綺拾掇殘闕，輯而叙之"。（《二十五史補編》本）

魯迅《中國小説史略》第六篇《六朝之鬼神志怪書》下：

《拾遺記》十卷，題晋隴西王嘉撰，梁蕭綺録。《晋書·藝術列傳》中有王嘉，略云，嘉字子年，隴西安陽人，初隱於東陽谷，後入長安，苻堅纍徵不起，能言未然之事，辭如讖記，當時鮮能曉之。姚萇入長安，逼嘉自隨；後以答問失萇意，爲萇所殺（約390）。嘉嘗造《牽三歌讖》，又著《拾遺録》十卷，其事多詭怪，今行於世。傳所云《拾遺録》者，蓋即今記，前有蕭綺序，言書本十九卷，二百二十篇，當苻秦之季，典章散滅，此書亦多有亡，綺更删繁存實，合爲一部，凡十卷。今書前九卷起庖犧迄東晋，末一卷則記昆侖等九仙山，與序所謂"事訖西晋之末"者稍不同。其文筆頗靡麗，而事皆誕謾無實，蕭綺之録亦附會，胡應麟（《筆叢》三十二）以爲"蓋即綺撰二托之王嘉"者也。（上海古籍出版社，1998年）

案：清人秦榮光《補晋書藝文志》子部小説家類著録《王子年拾遺録》二卷，并案云："《唐志》作三卷，據《隋志》，與上（指《拾遺記》）别出。"另有《名山記》，并題王嘉撰。

王嘉生平事迹見前《拾遺記》按語。

《王子年拾遺録》，一稱《拾遺録》。《隋書·經籍志》雜史類著録二卷，《舊唐書·經籍志》《新唐書·藝文志》雜史類俱作三卷；又著録《拾遺記》十卷，注云"蕭綺録"。《崇文總目》《通志·藝文略》《郡齋讀書志》傳記類，《直齋書録解題》《文獻通考》《宋史·藝文志》《四庫全書總目》小説類均載《拾遺記》十卷。《晋書》本傳云其著《拾遺録》十卷。據梁蕭綺《序》稱："《拾遺記》者，晋隴西安陽人王嘉字子年所撰。凡十九卷，二百二十篇，皆爲殘缺。當僞秦之季，王綱遷號，五都淪覆，河洛之地，没爲戎墟，宫室榛蕪，書藏堙毁。……故使典章散滅，黌館焚埃，皇圖帝册，殆無一存，故此書多有亡敗。文起羲、炎以來，事訖西晋之末，五運因循，十有四代。王子年乃搜撰異同，而殊怪必舉，紀事存樸，受廣向奇，憲章稽古之文，綺綜編雜之部，《山海經》所不載，夏鼎未之或存，乃集而記矣。……今搜撿殘遺，合爲一部，凡一十卷，序而録焉。”《四庫全書總目提要》云：“其書本十九卷，二百二十篇。後經亂亡失殘缺。梁蕭綺搜羅補綴，定爲十卷，并附著所論，命之曰《録》，即此本也。”依此説，王嘉原作爲《拾遺記》，梁蕭綺編定附著所論後名爲《拾遺録》或《王子年拾遺録》，“録”即論贊之别名。然今所見者，均爲《拾遺記》原文，并無蕭綺論贊，且《宋志》以後各志著録均十卷。疑《隋志》、新舊《唐志》、《通志》著録《拾遺録》二卷、三卷本，爲蕭綺論贊語，今已不存；而新舊《唐志》、《通志》等同時著録之《拾遺記》十卷，則爲蕭綺編輯王嘉所著散佚者，即今傳本《拾遺記》。

名山記

陳振孫著，徐小蠻、顧美華點校《直齋書録解題》卷十一小説家類：

《名山記》一卷，亦稱王子年，即前之第十卷。（案：此句原本誤脱，今據《文獻通考》增入。）大抵皆詭誕。嘉，苻秦時人。見《晋書·藝術傳》。（上海古籍出版社，1987年）

馬端臨《文獻通考》卷二百十五《經籍考四十二》子·小説家：

《名山記》一卷。陳氏曰："亦稱王子年，即前之第十卷，大抵皆詭誕。嘉，苻秦時人，見《晋書·藝術傳》。"（中華書局，1986年）

陶宗儀《説郛》弓六十六《拾遺名山記》（晋王嘉）：

昆侖山（文略。）

蓬萊山（文略。）

方丈山（文略。）

瀛洲（文略。）

員嶠山（文略。）

岱輿山（文略。）

昆吾山（文略。）

洞庭山（文略。）

録曰：按《禹貢》《山海》正史説名山大澤，或不列書圖，著於編雜之部；或有乍無，或同乍異，故使覽者迴惑而疑焉。至如《列子》所説員嶠、岱輿，瑰奇是聚，先墳莫記；蓬萊、瀛州、方丈，各有别名；昆吾神異，張騫亦云焉。睹中外不同寒暑，律人獡禽，至其異氣，雲水草木，怪麗殊形。考之載籍，同其生類，非夫貴遠體大，則笑其虚誕，俟諸宏博驗斯靈異焉。（《説郛三種》本）

陳第《世善堂藏書目録》卷上史類方州各志：

《名山記》一卷。（王子年。）（《叢書集成初編》本）

胡應麟《少室山房筆叢》卷三十二《四部正訛下》：

《拾遺記》稱王嘉子年，蕭綺傳録，蓋即綺撰而托之王嘉。中所記無一事實者，皇娥等歌，浮艷淺薄，然詞人往往用之，以境界相近故。又《名山記》，亦贋作，今不傳。（中華書局，1958年）

張廷玉等《駢字類編》卷一百六十五器物門十八·絲：

絲竹。（《拾遺名山記》：洞庭山浮於水上，其下有金堂數百間，玉女居之。四時聞金石絲竹之聲，徹於山頂。）

同上，卷二百八鳥獸門五·鵝：

鵝鴻。（《拾遺名山記》：蓬萊山有鳥名鵝鴻，色似鴻，行如禿鶖，腹内無腸，羽翮附骨而生無皮肉也。雄雌相眄則生産。）

同上，卷二百十鳥獸門七·鴛：

鴛鴦。（《拾遺名山記》：蓬萊山南有鳥名鴛鴦，形似雁，萬歲一交則生雛，聖君之世來入國郊。）（中國書店，1984年）

秦榮光《補晋書藝文志》卷三子部小説家類：

《拾遺記》十九（案《隋志》無“九”字。）卷。（據梁蕭綺《序》云：本二百二十篇，書後殘缺，因删集爲十卷。）

《王子年拾遺録》二卷。（案《唐志》作三卷，據《隋志》，與上别出。）

《名山記》一卷。（案《直齋書録》云，即《拾遺記》第十卷。上三種并王嘉撰。）（《二十五史補編》本）

丁國鈞《補晋書藝文志》（子辰注）附録黜僞類史部：

《名山記》一卷。（王子年。）謹按，見《文獻通考》。即《拾遺記》中之第十卷。（《二十五史補編》本）

案：秦榮光《補晋書藝文志》子部小説家類著録《名山記》一卷，案云：“《直齋書録》云即《拾遺記》之第十卷。上三種（指《拾遺記》《王子年拾遺録》《名山記》）并王嘉撰。”

王嘉生平事迹見前《拾遺記》按語。

《名山記》一卷，始見於宋人記載。宋陳振孫《直齋書録解題》云：“《名山記》一卷，亦稱王子年，即前（指《拾遺記》）之第十卷，大抵皆詭誕。”元馬端臨《文獻通考》引録。元末明初陶宗儀《説郛》卷六十六收録有《拾遺名山記》一卷，包括昆侖山、蓬萊山、方丈山、瀛洲、員嶠山、岱輿山、昆吾山、洞庭山八篇，這些名山多爲道教所稱仙山福地，其上亦多靈異。如言“蓬萊山有鳥名鵜鴻，色似鴻，行如禿鶖，腹内無腸，羽翮附骨而生無皮肉也。雄雌相眄則生産”；“洞庭山浮於水上，其下有金堂數百間，玉女居之。四時聞金石絲竹之聲，徹於山頂”。明胡應麟《少室山房筆叢》稱：“《名山記》亦贋作，今不傳。”但他并未提供證據，贋作之説不可信。明代中後期也許已無一卷本單獨流傳，但《説郛》爲常見之書，收録有《名山記》八篇，不能云其已不傳，祇能説其散佚不全。而八篇作爲一卷也不算少，亡佚與否實不能考。

搜神後記（搜神録　續搜神記　搜神續記）

沈約《宋書》卷九十三隱逸《陶潛列傳》：

陶潛，字淵明，或云淵明，字元亮，尋陽柴桑人也。曾祖侃，晋大司馬。

潛少有高趣，嘗著《五柳先生傳》以自況，曰："先生不知何許人，不詳姓字，宅邊有五柳樹，因以爲號焉。閒静少言，不慕榮利。好讀書，不求甚解，每有會意，欣然忘食。性嗜酒，而家貧不能恒得。親舊知其如此，或置酒招之，造飲輒盡，期在必醉，既醉而退，曾不吝情去留。環堵蕭然，不蔽風日，裋褐穿結，簞瓢屢空，晏如也。嘗著文章自娱，頗示己志，忘懷得失，以此自終。"

其自序如此，時人謂之實録。親老家貧，起爲州祭酒，不堪吏職，少日，自解歸。州召主簿，不就。躬耕自資，遂抱羸疾，復爲鎮軍、建威參軍。謂親朋曰："聊欲弦歌，以爲三徑之資，可乎？"執事者聞之，以爲彭澤令。公田悉令吏種秫稻，妻子固請種粳，乃使二頃五十畝種秫，五十畝種粳。郡遣督郵至縣，吏白應束帶見之。潛嘆曰："我不能爲五斗米折腰向鄉里小人！"即日解印綬去職。賦《歸去來》。其詞曰："歸去來兮，園田荒蕪胡不歸。既自以心爲形役，奚惆悵而獨悲。悟已往之不諫，知來者之可追。實迷塗其未遠，覺今是而昨非。舟超遥以輕颺，風飄飄而吹衣。問征夫以前路，恨晨光之希微。乃瞻衡宇，載欣載奔。僮僕歡迎，稚子候門。三徑就荒，松菊猶存。攜幼入室，有酒停尊。引壺觴而自酌，眄庭柯以怡顔。倚南窗而寄傲，審容膝之易安。園日涉而成趣，門雖設而常關。策扶老以流憩，時矯首而遐觀。雲無心以出岫，鳥倦飛而知還。景翳翳其將入，撫孤松以盤桓。歸去來兮，請息交而絶游。世與我以相遺，復駕言兮焉求。説親戚之情話，樂琴書以消憂。農人告余以上春，將有事於西疇。或命巾車，或棹扁舟。既窈窕以窮壑，亦崎嶇而經丘。木欣欣以向榮，泉涓涓而始流。善萬物之得時，感吾生之行休。已矣乎，寓形宇内復幾時。奚不委心任去留，胡爲遑遑欲何之。富貴非吾願，帝鄉不可期。懷良辰以孤往，或植杖而耘耔。登東皋以舒嘯，臨清流而賦詩。聊乘化以歸盡，樂夫天命復奚疑。"

義熙末，徵著作佐郎，不就。江州刺史王弘欲識之，不能致也。潛嘗往廬山，弘令潛故人龐通之齎酒具於半道栗里要之。潛有脚疾，使一門生二兒舉籃輿，既至，欣然便共飲酌，俄頃弘至，亦無忤也。先是，顔延之爲劉柳後軍功曹，在尋陽，與潛情款。後爲始安郡，經過，日日造潛，每往必酣飲致醉。臨去，留二萬錢與潛，潛悉送酒家，稍就取酒。嘗九月九日無酒，出宅邊菊叢中坐久，值弘送酒至，即便就酌，醉而後歸。潛不解音聲，而畜素琴一張，無弦，每有酒適，輒撫弄以寄其意。貴賤造之者，有酒輒設。潛若先醉，便語客："我醉欲眠，卿可去。"其真率如此。郡將候潛，值其酒熟，取頭上葛巾漉酒，畢，還復著之。

潛弱年薄宦，不潔去就之迹，自以曾祖晋世宰輔，恥復屈身後代，自高祖王業漸隆，不復肯仕。所著文章，皆題其年月，義熙以前，則書晋氏年號，自永初以來唯云甲子而已。與子書以言其志，并爲訓戒曰："天地賦命，有往必終，自古賢聖，誰能獨免。子夏言曰：死生有命，富貴在天。四友之人，親受音旨。發斯談者，豈非窮達不可妄求，壽夭永無外請故邪。吾年過五十，而窮苦荼毒，以家貧弊，東西游走。性剛才拙，與物多忤，自量爲己，必貽俗患，僶俛辭世，使汝幼而飢寒耳。常感孺仲賢妻之言，敗絮自擁，何慚兒子。此既一事矣。但恨鄰靡二仲，室無萊婦，抱兹苦心，良獨罔罔。少年來好書，偶愛閒静，開卷有得，便欣然忘食。見樹木交蔭，時鳥變聲，亦復歡爾有喜。嘗言五六月北窗下卧，遇凉風暫至，自謂是羲皇上人。意淺識陋，日月遂往，緬求在昔，渺然如何。疾患以來，漸就衰損，親舊不遺，每以藥石見救，自恐大分將有限也。恨汝輩稚小，家貧無役，柴水之勞，何時可免，念之在心，若何可言。然雖不同生，當思四海皆弟兄之義。鮑叔、敬仲，分財無猜，歸生、伍舉，班荆道舊，遂能以敗爲成，因喪立功，他人尚爾，况共父之人哉。潁川韓元長，漢末名士，身處卿佐，八十而終，兄弟同居，至於没齒。濟北氾稚春，晋時操行人也，七世同財，家人無怨色。《詩》云：高山仰止，景行行止。汝其慎哉，吾復何言。"

又爲《命子詩》以貽之曰："悠悠我祖，爰自陶唐。邈爲虞賓，歷世垂光。御龍勤夏，豕韋翼商。穆穆司徒，厥族以昌。紛紜戰國，漠漠衰周。鳳隱於林，幽人在丘。逸虬撓雲，奔鯨駭流。天集有漢，眷予愍侯。於赫愍侯，運當攀龍。撫劍夙邁，顯兹武功。參誓山河，啓土開封。亹亹丞相，允迪前蹤。渾渾長源，蔚蔚洪柯。群川載導，衆條載羅。時有默語，運固隆汙。在我中晋，業融長沙。桓桓長沙，伊勳伊德。天子疇我，專征南國。功遂辭歸，臨寵德惑。孰謂斯心，而可近得。肅矣我祖，慎終如始。直方二臺，惠和千里。於皇仁考，淡焉虚止。寄迹風運，冥兹愠喜。嗟余寡陋，瞻望靡及。顧慚華鬢，負景隻立。三千之罪，無後其急。我誠念哉，呱聞爾泣。卜云嘉日，占爾良時。名爾曰儼，字爾求思。温恭朝夕，念兹在兹。尚想孔伋，庶其企而。厲夜生子，遽而求火。凡百有心，奚待於我。既見其生，實欲其可。人亦有言，斯情無假。日居月諸，漸免於孩。福不虚至，禍亦易來。夙興夜寐，願爾斯才。爾之不才，亦已焉哉。"

潛元嘉四年卒，時年六十三。（中華書局，1974年）

鍾嶸著，周振甫譯注《詩品譯注》中品“宋徵士陶潛詩”條：

其源出於應璩，又協左思風力。文體省净，迨無長語。篤意真古，辭興婉愜。每觀其文，想其人德，世嘆其質直。至如“歡言酌春酒”，“日暮天無雲”，風華清靡，豈其爲田家語耶！古今隱逸詩人之宗也。（中華書局，1998年）

釋慧皎撰，湯用彤校注《高僧傳》卷十四《高僧傳序》：

自漢之梁，紀曆彌遠。世涉六代，年將五百。此土桑門，含章秀起，群英間出，迭有其人。衆家記録，叙載各異。沙門法濟偏叙高逸一迹，沙門法安但列志節一行，沙門僧寶止命游方一科，沙門法進乃通撰傳論，而辭事闕略，并皆互有繁簡，出没成異。考之行事，未見其歸。宋臨川康王義慶《宣驗記》及《幽明録》，太原王琰《冥祥記》，彭城劉俊《益部寺記》，沙門曇宗《京師寺記》，太原王延秀《感應傳》，朱君台《徵應傳》，陶淵明《搜神録》，并傍出諸僧，叙其風素，而皆是附見，亟多疏闕……（中華書局，1992年）

蕭統編，李善注《文選》卷五十七誄下《顔延年〈陶徵士誄（并序）〉》：

夫璿玉致美，不爲池隍之寶；桂椒信芳，而非園林之實。豈其深而好遠哉？蓋云殊性而已。故無足而至者，物之藉也；隨踵而立者，人之薄也。若乃巢、高之抗行，夷、皓之峻節，故已父老堯、禹，錙銖周、漢，而綿世浸遠，光靈不屬，至使菁華隱没，芳流歇絶，不其惜乎！雖今之作者，人自爲量，而首路同塵，輟途殊軌者多矣！豈所以昭末景，泛餘波？有晋徵士尋陽陶淵明，南嶽之幽居者也。弱不好弄，長實素心，學非稱師，文取指達；在衆不失其寡，處言愈見其默。少而貧病，居無僕妾，井臼弗任，藜菽不給；母老子幼，就養勤匱，遠惟田生致親之議，追悟毛子捧檄之懷，初辭州府三命，後爲彭澤令。道不偶物，棄官從好。遂乃解體世紛，結志區外。定迹深棲，於是乎遠。灌畦鬻蔬，爲供魚菽之祭；織絇緯蕭，以充糧粒之費。心好異書，性樂酒德，簡棄煩促，就成省曠，殆所謂國爵屏貴，家人忘貧者歟！有詔徵爲著作郎，稱疾不到。春秋若干，元嘉四年月日，卒於尋陽縣之某里。近識悲悼，遠士傷情，冥默福應，嗚呼淑貞。夫實以誄華，名由謚高。苟允德義，貴賤何算焉！若其寬樂令終之美，好廉克己之操，有合謚典，無愆前志。故詢諸友好，宜謚曰靖節徵士。其辭曰：

物尚孤生，人固介立，豈伊時遘，曷云世及！嗟乎若士，望古遥集，韜比洪族，蔑彼名級。睦親之行，至自非敦；然諾之信，重於布言。廉深簡絜，貞夷粹温，和而能峻，博而不繁。依世尚同，詭時則異；有一於此，兩非默置。豈若夫子，因心違事。畏榮好古，薄身厚志。世霸虚禮，州壤推風。孝惟義養，道必懷邦。人之秉彝，不隘不恭。爵同下士，禄等上農。度量難均，進退可限。長卿棄官，稚賓自免。子之悟之，何悟之辯！賦詩歸來，高蹈獨善。亦既超曠，無適非心。汲流舊巘，葺宇家林。晨煙暮藹，春煦秋陰。陳書輟卷，置酒弦琴。居備勤儉，躬兼貧病；人否其憂，子然其命。隱約就閑，遷延辭聘。非直也明，是惟道性。糾纆斡流，冥漠報施，孰云與仁，實疑明智。謂天蓋高，胡諐斯義！履信曷憑，思順何置？年在中身，疢維痁疾，視死如歸，臨凶若吉。藥劑弗嘗，禱祀非恤。傃幽告終，懷和長畢。嗚呼哀哉！敬述靖節，式尊遺占。存不願豐，没無求贍。省訃却賻，輕哀薄斂。遭壤以穿，旋葬而窆。嗚呼哀哉！深心追往，遠情逐化。自爾介居，及我多暇。伊好之洽，接閻鄰舍。宵盤晝憩，非舟非駕。念昔宴私，舉觴相誨。獨正者危，至方則礙。哲人捲舒，布在前載。取鑒不遠，吾規子佩。爾實愀然，中言而發。違衆速尤，迕風先蹶。身才非實，榮聲有歇。睿音永矣，誰箴余闕。嗚呼哀哉！仁焉而終，智焉而斃。黔婁既没，展禽亦逝。其在先生，同塵往世。旌此靖節，加彼康惠。嗚呼哀哉！（中華書局，1977年）

陶潛《陶淵明集》卷十《昭明太子〈陶淵明傳〉》：

陶淵明字元亮，或云潛字淵明。潯陽柴桑人也。曾祖侃，晋大司馬。淵明少有高趣，博學善屬文；穎脱不群，任真自得。嘗著《五柳先生傳》以自況。時人謂之實録。親老家貧，起爲州祭酒；不堪吏職，少日自解歸。州召主簿，不就。躬耕自資，遂抱羸疾。江州刺史檀道濟往候之，偃卧瘠餒有日矣。道濟謂曰："賢者處世，天下無道則隱，有道則至。今子生文明之世，奈何自苦如此？"對曰："潛也何敢望賢，志不及也。"道濟饋以粱肉，麾而去之。後爲鎮軍、建威參軍，謂親朋曰："聊欲弦歌以爲三徑之資，可乎？"執事者聞之，以爲彭澤令。不以家累自隨，送一力給其子，書曰："汝旦夕之費，自給爲難，今遣此力，助汝薪水之勞。此亦人子也，可善遇之。"公田悉令吏種秫，曰："吾常得醉於酒足矣！"妻子固請種粳，乃使二頃五十畝種秫，五十畝種粳。歲終，會郡遣督郵至縣，吏請曰："應束帶見之。"淵明嘆曰："我豈能爲五斗米折腰向鄉里小兒！"即日，解綬去職，賦《歸去來》。徵著作郎，不就。江州刺史王弘欲識之，不能致也。淵明嘗往廬山，弘命淵明故人龐通之齎酒具，於半道栗里之間邀之。淵明有脚疾，使一門生二兒舁籃輿；既至，欣然便共飲酌。俄頃弘至，亦無迕也。先是顔延之爲劉柳後軍功曹，在潯陽與淵明情款，後爲始安郡，經過潯陽，日造淵明飲焉。每往，必酣飲致醉。弘又邀延之坐，彌日不得。延之臨去，留二萬錢與淵明；淵明悉遣送酒家，稍就取酒。嘗九月九日出宅邊菊叢中坐，久之，滿手把菊，忽值弘送酒至，即便就酌，醉而歸。淵明不解音律，而蓄無弦琴一張，每酒適，輒撫弄以寄其意。貴賤造之者，有酒輒設，淵明若先醉，便語客："我醉欲眠，卿可去。"其真率如此。郡將常候之，值其釀熟，取頭上葛巾漉酒，漉畢，還復著之。時周續之入廬山，事釋惠遠，彭城劉遺民，亦遁迹匡山，淵明又不應徵命，謂之潯陽三隱。後刺史檀韶，苦請續之出州，與學士祖企、謝景夷三人，共在城北講《禮》，加以讎校。所住公廨，近於馬隊。是故淵明示其詩云："周生述孔業，祖謝響然臻；馬隊非講肆，校書亦已勤。"其妻翟氏亦能安勤苦，與其同志。自以曾祖晋世宰輔，恥復屈身後代。自宋高祖王業漸隆，不復肯仕。元嘉四年將復徵命，會卒，時年六十三。世號靖節先生。（《中華再造善本》本）

蕭統《昭明太子集》卷四《陶淵明集序》：

夫自衒自媒者，士女之醜行；不忮不求者，明達之用心。是以聖人韜光，賢人遁世，其故何也？含德之至，莫踰於道；親己之切，無重於身。故道存而身安，道亡而身害。處百齡之内，居一世之中；倏忽比之白駒，寄遇謂之逆旅；宜乎與大塊而榮枯，隨中和而任放，豈能戚戚勞於憂畏，汲汲役於人間。齊謳趙女之娱，八珍九鼎之食，結駟連鑣之游，侈袂執圭之貴，樂既樂矣，憂亦隨之。何倚伏之難量，亦慶吊之相及。智者賢人居之，甚履薄冰；愚夫貪士競此，若泄尾閭。玉之在山，以見珍而招破；蘭之生谷，雖無人而自芳。莊周垂釣於濠，伯成躬耕於野，或貨海東之藥草，或紡江南之落毛。譬彼鴛雛，豈競鳶鴟之肉；猶斯雜縣，寧勞文仲之牲。至於子常、甯喜之倫，蘇秦、衛鞅之匹，死之而不疑，甘之而不悔。主父偃言："生不五鼎食，死則五鼎烹。"卒如其言，豈不痛矣！又楚子觀周，受折於孫滿，霍侯驂乘，禍起於負芒。饕餮之徒，其流甚衆。唐堯四海之主，而有汾陽之心；子晋天下之儲，而有洛濱之志。輕之若脱屣，視之若鴻毛，而况於他乎？是以至人達士，因以晦迹。或懷玉而謁帝，或被褐而負薪，鼓枻清潭，棄機漢曲。情不在於衆事，寄衆事以忘情者也。有疑陶淵明詩，篇篇有酒；吾觀其意不在酒，亦寄酒爲迹者也。其文章不群，辭彩精拔；跌宕昭彰，獨超衆類；抑揚爽朗，莫之與京。横素波而傍流，干青雲而直上。語時事則指而可想，論懷抱則曠而且真。加以貞志不休，安道苦節，不以躬耕爲恥，不以無財爲病，自非大賢篤志，與道汙隆，孰能如此乎！余愛嗜其文，不能釋手，尚想其德，恨不同時。故加搜校，粗爲區目，白璧微瑕，惟在《閒情》一賦，揚雄所謂勸百而諷一者，卒無諷諫，何足摇其筆端，惜哉，亡是可也。并粗點定其傳，編之於録。嘗謂有能觀淵明之文者，馳競之情遣，鄙吝之意祛，貪夫可以廉，懦夫可以立，豈止仁義可蹈，抑乃爵禄可辭！不必傍游泰華，遠求柱史。此亦有助於風教爾。（《四部叢刊》本）

姚思廉《梁書》卷二十二《太祖五王傳·蕭秀》：

安成康王秀字彦達，太祖第七子也。……六年，出爲使持節、都督江州諸軍事、平南將軍、江州刺史。將發，主者求堅船以爲齋舫，秀曰："吾豈愛財而不愛士？”乃教所由，以牢者給參佐，下者載齋物，既而遭風，齋舫遂破。及至州，聞前刺史取徵士陶潛曾孫爲里司。秀嘆曰：“陶潛之德，豈可不及後世？”即日辟爲西曹。（中華書局，1973年）

房玄齡等《晋書》卷九十四隱逸《陶潛列傳》：

陶潛，字元亮，大司馬侃之曾孫也。祖茂，武昌太守。潛少懷高尚，博學善屬文，穎脱不羈，任真自得，爲鄉鄰之所貴。嘗著《五柳先生傳》以自況曰……其自序如此，時人謂之實録。

以親老家貧，起爲州祭酒；不堪吏職，少日自解歸。州召主簿，不就，躬耕自資，遂抱羸疾。復爲鎮軍、建威參軍，謂親朋曰：“聊欲弦歌，以爲三徑之資，可乎？”執事者聞之，以爲彭澤令。在縣公田悉令種秫穀，曰：“令吾常醉於酒足矣。”妻子固請種粳，乃使一頃五十畝種秫，五十畝種粳。素簡貴，不私事上官。郡遣督郵至縣，吏白應束帶見之，潛嘆曰：“吾不能爲五斗米折腰，拳拳事鄉里小人邪！”義熙二年，解印去縣，乃賦《歸去來》。其辭曰……

頃之，徵著作郎，不就。既絶州郡覲謁，其鄉親張野及周旋人羊松齡、寵遵等，或有酒要之，或要之共至酒坐，雖不識主人，亦欣然無忤，酣醉便反。未嘗有所造詣，所之唯至田舍及廬山游觀而已。

刺史王弘以元熙中臨州，甚欽遲之，後自造焉。潛稱疾不見，既而語人云：“我性不狎世，因疾守閑，幸非潔志慕聲，豈敢以王公紆軫爲榮邪！夫謬以不賢，此劉公幹所以招謗君子，其罪不細也。”弘每令人候之，密知當往廬山，乃遣其故人龐通之等齎酒，先於半道要之。潛既遇酒，便引酌野亭，欣然忘進。弘乃出與相見，遂歡宴窮日。潛無履，弘顧左右爲之造履。左右請履度，潛便於坐申脚令度焉。弘要之還州，問其所乘，答云：“素有脚疾，向乘籃輿，亦足自反。”乃令一門生二兒共轝之至州，而言笑賞適，不覺有羡於華軒也。弘後欲見，輒於林澤間候之。至於酒米乏絶，亦時相贍。

其親朋好事，或載酒肴而往，潛亦無所辭焉。每一醉則大適融然。又不營生業，家務悉委之兒僕。未嘗有喜愠之色。惟遇酒則飲，時或無酒，亦雅咏不輟。嘗言夏月虚閑，高卧北窗之下，清風颯至，自謂羲皇上人。性不解音，而畜素琴一張，弦徽不具，每朋酒之會，則撫而和之，曰：“但識琴中趣，何勞弦上聲！”以宋元嘉中卒，時年六十三，所有文集并行於世。（中華書局，1974年）

魏徵、令狐德棻《隋書》卷三十三《經籍志二》史部雜傳：

《搜神後記》十卷。（陶潛撰。）

同上，卷三十五《經籍四》集部别集：

宋徵士《陶潛集》九卷。（梁五卷，録一卷。）（中華書局，1973年）

李延壽《南史》卷五十二梁宗室下《安成康王秀》：

天監元年，封安成郡王，京口自崔慧景亂後，纍被兵革，人户流散，秀招懷撫納，惠愛大行。仍屬饑年，以私財贍百姓，所濟甚多。

六年，爲江州刺史。將發，主者求堅船以爲齋舫。秀曰："吾豈愛財而不愛士！"乃教以牢者給參佐，下者載齋物。既而遭風，齋舫遂破。及至州，聞前刺史取徵士陶潛曾孫爲里司，嘆曰："陶潛之德，豈可不及後胤！"即日辟爲西曹。

同上，卷七十五隱逸上《序》：

《易》有君子之道四焉，語默之謂也。故有入廟堂而不出，徇江湖而永歸，隱避紛紜，情迹萬品，若道義内足，希微兩亡，藏景窮岩，蔽名愚谷，解桎梏於仁義，示形神於天壤，則名教之外，别有風猷，故堯封有非聖之人，孔門謬鷄黍之客。次則揚獨往之高節，重去就之虚名，或慮全後悔，事歸知殆，或道有不申，行吟山澤，皆用宇宙而成心，借風雲以爲氣。求志達道，未或非然，故須含貞養素，文以藝業。不爾，則與夫樵者在山，何殊異也！若夫陶潛之徒，或仕不求聞，退不譏俗；或全身幽履，服道儒門；或遁迹江湖之上，或藏名岩石之下，斯并向時隱淪之徒歟？今并綴緝，以備隱逸篇焉。又齊梁之際有釋寶志者，雖處非顯晦，而道合希夷，求其行事，蓋亦俗外之徒也，故附之云。

同上，《陶潛列傳》：

陶潛，字淵明，或云字深明，名元亮。尋陽柴桑人，晋大司馬侃之曾孫也。少有高趣。宅邊有五柳樹，故嘗著《五柳先生傳》云……其自序如此，蓋以自況，時人謂之實録。

親老家貧，起爲州祭酒，不堪吏職，少日自解而歸。州召主簿，不就。躬耕自資，遂抱羸疾。江州刺史檀道濟往候之，偃卧瘠餒有日矣。道濟謂曰："夫賢者處世，天下無道則隱，有道則至。今子生文明之世，奈何自苦如此？"對曰："潛也何敢望賢，志不及也。"道濟饋以粱肉，麾而去之。

後爲鎮軍、建威參軍。謂親朋曰："聊欲弦歌，以爲三徑之資，可乎？"執事者聞之，以爲彭澤令。不以家累自隨，送一力給其子，書曰："汝旦夕之費，自給爲難，今遣此力，助汝薪水之勞。此亦人子也，可善遇之。"公田悉令吏種秫稻，妻子固請種粳，乃使二頃五十畝種秫，五十畝種粳。

郡遣督郵至縣，吏白應束帶見之。潛嘆曰："我不能爲五斗米折腰向鄉里小人。”即日解印綬去職，賦《歸去來》以遂其志曰……

義熙末，徵爲著作佐郎，不就。江州刺史王弘欲識之，不能致也。潛嘗往廬山，弘令潛故人龐通之齎酒具於半道栗里要之。潛有腳疾，使一門生二兒舉籃輿。及至，欣然便共飲酌，俄頃弘至，亦無忤也。先是，顔延之爲劉柳後軍功曹，在尋陽與潛情款。後爲始安郡，經過潛，每往必酣飲致醉。弘欲要延之一坐，彌日不得。延之臨去，留二萬錢與潛，潛悉送酒家稍就取酒。嘗九月九日無酒，出宅邊菊叢中坐久之。逢弘送酒至，即便就酌，醉而後歸。

潛不解音聲，而畜素琴一張。每有酒適，輒撫弄以寄其意。貴賤造之者，有酒輒設。潛若先醉，便語客："我醉欲眠，卿可去。"其真率如此。郡將候潛，逢其酒熟，取頭上葛巾漉酒，畢，還復著之。潛弱年薄宦，不潔去就之迹，自以曾祖晋世宰輔，恥復屈身後代，自宋武帝王業漸隆，不復肯仕。所著文章，皆題其年月。義熙以前，明書晋氏年號，自永初以來，唯云甲子而已。與子書以言，其志并爲訓戒，曰……

又爲《命子詩》以貽之。

元嘉四年，將復征命，會卒。世號靖節先生。其妻翟氏，志趣亦同，能安苦節，夫耕於前，妻鋤於後云。（中華書局，1975年）

王維撰，趙殿成箋注《王右丞集箋注》卷五古詩三十二首《偶然作六首》之一：

陶潛任天真，其性頗耽酒。自從棄官來，家貧不能有。九月九日時，菊花空滿手。中心竊自思，儻有人送否？白衣攜壺觴，果來遺老叟。（《河嶽英靈集》作"白衣攜觴來，果不違老叟負"。）且喜得斟酌，安問升與斗。奮衣野田中，今日嗟無負（顧元緯本、凌本俱作"有"。）。兀傲迷東西，蓑笠不能守。傾倒强行行，酣歌歸五柳。生事不曾問，肯愧家中婦。（婦，顧元緯本、凌本俱作"帚"。非。）

陶潛。（《宋書》："陶潛性嗜酒，家貧不能恒得，親舊知其如此，或置酒招之，造飲輒盡，期在必醉。爲彭澤令，郡遣督郵至縣，吏白應束帶見之，潛嘆曰：'我不能爲五斗米折腰向鄉里小人。'即日解印綬去職。"）白衣。（見四卷"陶潛菊"注。）斟酌。（陶潛詩："過門更相呼，有酒斟酌之。"）奮衣。（《世説》："郭林宗奮衣而去。"）兀傲。（陶潛詩："規規一何愚，兀傲差若穎。"）家中婦。（成按：淵明《與子書》曰"嘗感孺仲賢妻之言，敗絮自擁，何慚兒子"云云。右丞所謂"肯愧家中婦"者，正隱括此語也。顧元緯改"婦"字作"帚"字，且云："實用《漢紀》'家有敝帚'語，諸本作'家中婦'，雖'帚''婦'同韻，恐義不可解，今據《漢紀》改作'帚'。"非也。或以淵明有"鄰靡二仲，室無萊婦"之語，謂淵明安得有賢婦而愧之。考《南史·陶潛傳》"其妻翟氏志趣亦同，能安苦節，夫耕於前，妻鋤於後"，不可謂無賢婦也。其云

“室無萊婦”者，當是翟卒之後故云，不得據此作證。且“肯愧家中帚”，較之“肯愧家中婦”不更難解乎？）

同上，卷十八《與魏居士書》：

近有陶潛，不肯把板屈腰見督郵，解印綬棄官而去。後貧，《乞食》詩云“叩門拙言辭”，是屢乞慚也。嘗一見督郵，安食公田數頃，一慚之不忍，而終身慚乎？此亦人我攻中，忘大守小，不恤其後之累也。（上海古籍出版社，1984年）

李白撰，王琦注《李太白集注》卷二十五《題東溪公幽居》：

杜陵賢人清且廉，東溪卜築歲將淹。宅近青山同謝朓，門垂碧柳似陶潛。好鳥迎春歌後院，飛花送酒舞前簷。客到但知留一醉，盤中衹有水晶鹽。（《雍録》：杜陵在長安東南二十里。《韻會》：淹，久留也，滯也，久也。《方輿勝覧》：青山在當塗縣東南三十里，齊宣城太守謝朓築室於山南，遺趾猶存。絶頂有謝公池，唐天寶間改爲謝公山。山下有青草市，一名謝家市。《南史》：陶潛少有高趣，宅邊有五柳樹，故嘗著《五柳先生傳》，蓋以自況。《梁書》中天竺國有真鹽，色正白，如水精。《魏書》：太宗賜崔浩御縹醪酒十斛，水精戎鹽一兩。《金樓子》：胡中白鹽産於山崖，映日光明如水精，胡人以供國厨，名君王鹽，亦名玉華鹽。）（《四庫唐人文集叢刊》本）

許嵩撰，張忱石點校《建康實録》卷十《晋安皇帝》：

三年春二月，劉裕入朝誅東陽太守殷仲文及弟叔文、道叔等……己丑大赦，除酒禁。夏六月辛卯，熒惑犯辰星，在翼。是月，後秦姚興將赫連勃勃，僭稱天王於朔方，國號夏。九月，彭澤令陶潛去職而歸，作《歸去來》一章以叙其志。

同上，卷十二《宋太祖文皇帝》：

十一月辛未，甘露降。初，寧陵散騎常侍陸子真薦豫章雷次宗、尋陽陶潛、南郡劉凝之，并隱者也。潛苦貧求仕，爲彭澤令，不屈督郵，棄官而去。及其亡也，顔延之傷而誄之，其序曰：“夫璿玉至美，不爲池隍之寶；椒桂信芳，且非園林之飾，豈其深而致遠哉！蓋云殊性而已矣。若乃巢、由之雅行，夷、皓之峻節，故以父老堯、禹，錙銖周、漢，綿世遐遠，光靈不屬，菁華隱没，流芳歇絶，不其惜乎！雖今之作者，人自爲量，道路同塵，輟塗殊軌者多矣，豈所以照末景、泛餘波？有晋徵士弱不好弄，長實素心，學匪稱師，文取指達，處言踰見其嘿，在衆不失其直，後爲彭澤令，道不偶物，棄官從好，遂乃解體世紛，結志區外，謚曰靖節徵士。又有劉凝之，率己自任，以老萊、嚴遵爲師友，妻富於財，散之親故，丘園而居，非績不衣，非耕不食，吏有租布，一歲三輸，荆州刺史衡陽王餉錢十萬，凝之甚悦，負出市門付與餓人，一旦俱盡，其年饑也。吴興沈道虔好《老》《易》，居縣北，與人捃拾，推己所有以釋争者。尋陽翟法賜，四代隱居，皆有高德。法賜親亡後，不食五穀，結草爲衣，不衣布帛。置永豐寺，去縣七十里……（中華書局，1986年）

李吉甫《元和郡縣志》卷二十九江南道江州：

都昌縣。（上西北至州一百五十里。）

彭澤故城在縣北四十五里，晋陶潛爲令，理此城。（《文淵閣四庫全書》本）

白居易《白氏長慶集》卷一諷諭一《贈内》：

生爲同室親，死爲同穴塵。他人尚相勉，而况我與君。黔婁固窮士，妻賢忘其貧。冀缺一農夫，妻敬儼如賓。陶潛不營生，翟氏自爨薪。梁鴻不肯仕，孟光甘布裙。君雖不讀書，此事耳亦聞。至此千載後，傳是何如人。人生未死間，不能忘其身。所須者衣食，不過飽與温。蔬食足充飢，何必膏粱珍。繒絮足禦寒，何必錦繡文。君家有貽訓，清白遺子孫。我亦貞苦士，與君新結婚。庶保貧與素，偕老同欣欣。

同上，卷七閑適三《訪陶公舊宅（并序）》：

予夙慕陶淵明爲人，往歲渭川閑居，嘗有《效陶體詩》十六首。今游廬山，經柴桑，過栗里，思其人，訪其宅。不能默默，又題此詩云：

垢塵不汙玉，靈鳳不啄羶。嗚呼陶靖節，生彼晋宋間。心實有所守，口終不能言。永惟孤竹子，拂衣首陽山。夷齊各一身，窮餓未爲難。先生有五男，與之同飢寒。腸中食不充，身上衣不完。連徵竟不起，斯可謂真賢。我生君之後，相去五百年，每讀五柳傳，目想心拳拳。昔常咏遺風，著爲十六篇。今來訪故宅，森若君在前。不慕樽有酒，不慕琴無弦。慕君遺榮利，老死此丘園。柴桑古村落，栗里舊山川。不見籬下菊，但餘墟中煙。子孫雖無聞，族氏猶未遷。每逢姓陶人，使我心依然。（《四部叢刊》本）

陸龜蒙《小名録》卷下“陶潛”條：

陶潛，字元亮，一字淵明，集載《責子》詩云：“白髮披兩鬢，肌膚不復實。雖有五男兒，初不好紙筆。阿舒已十二，懶惰故無匹。阿宣行志學，而不好文術。雍端年十三，不識九與七。通子垂九齡，但覓梨與栗。天運苟如此，且進杯中物。”又載《與儼等疏》云“告儼俟份修”等云云。又有《命子詩》云：“三千之罪，無後爲急。我誠念哉，呱聞爾泣。卜云嘉日，占亦良時。名汝曰儼，字汝求

思。”按此儼即阿舒也。（《叢書集成初編》本）

［日］藤原佐世《日本國見在書目録》雜傳家：

《搜神後記》十卷。（陶潛撰。）

同上，别集：

《陶潛集》十。（《叢書集成初編》本）

劉昫等《舊唐書》卷四十七《經籍志下》丁部集録别集類：

《陶淵明集》五卷。

同上，卷一百六十六《白居易傳》：

白居易，字樂天，太原人。……居易愈不自安，懼以黨人見斥，乃求致身散地，冀於遠害。凡所居官，未嘗終秩，率以病免，固求分務，識者多之。五年，除河南尹，七年，復授太子賓客分司。初，居易罷杭州，歸洛陽，於履道里得故散騎常侍楊憑宅，竹木池館，有林泉之致。家妓樊素、蠻子者，能歌善舞。居易既以尹正罷歸，每獨酌賦咏於舟中，因爲《池上篇》曰……太和三年夏，樂天始得請爲太子賓客，分秩於洛下，息躬於池上。凡三任所得，四人所與，洎吾不才身，今率爲池中物。每至池風春，池月秋，水香蓮開之旦，露清鶴唳之夕，拂楊石，舉陳酒，援崔琴，彈秋思，頹然自適，不知其他。酒酣琴罷，又命樂童登中島亭，合奏霓裳散序，聲隨風飄，或凝或散，悠揚於竹煙波月之際者久之。曲未竟，而樂天陶然石上矣。……又效陶潛《五柳先生傳》作《醉吟先生傳》以自况，文章曠達，皆此類也。（中華書局，1975年）

李昉等《太平御覽》經史圖書綱目：

《陶潛書》。

同上，卷六百九十七服章部十四《履》“續晋漢陽春秋曰”條：

《續晋漢陽春秋》曰：“江州刺史王弘造陶淵明，無履，弘從人脱履以給之，語左右爲彭澤作履。左右請履度，淵明於衆坐，伸腳令度，及履至，著而不疑。”（中華書局，1960年）

李昉等《太平廣記》卷一百十二報應十一《牛騰》：

唐牛騰字思遠，唐朝散大夫，郯城令。棄官從好，精心釋教，從其志者。終身常慕陶潛“五柳先生”之號，故自稱布衣公子，即侍中中書令河東侯炎之甥也。（侯姓裴氏。）未弱冠，明經擢第，再選右衛騎曹參軍。公子沉静寡言，少挺異操，河東侯器其賢，朝廷政事皆訪之。公子清儉自守，德業過人，故王勃等四人皆出其門下。（出《紀聞》。）（中華書局，1961年）

樂史撰，王文楚等點校《太平寰宇記》卷一百十一江南西道九江州《人物》：

陶潛，柴桑人也。少有高趣，少言，不慕榮利，讀書不求甚解。性嗜酒，或置酒招之，期必於醉。環堵蕭然，不蔽風雨。執事者以爲彭澤令，解印，賦《歸去來》。

同上，南康軍《土産》：

彭澤城在縣西北一百二十五里，其城漢高祖置，屬豫章。晉陶潛之所理也。隋平陳廢，舊迹猶存。（中華書局，2007年）

錢易《南部新書》卷九“晋書陶潛本傳”條：

《晋書》陶潛本傳云：“潛少懷高尚，博學善屬文，嘗作《五柳先生傳》以自況：先生不知何許人，不詳姓字，宅邊有五柳樹，因以爲號焉。”即非彭澤令時所栽，人多於縣令事中使五柳，誤也。《白氏六帖》縣令門種五柳，此亦誤也。（《文淵閣四庫全書》本）

王欽若等《册府元龜》卷五百五十五國史部《采撰》：

陶潛爲彭澤令，撰《搜神後記》十卷。

同上，卷八百三十八總録部《文章第二》：

晋陶潛，字淵明，或云淵明，字元亮，潯陽人。少有高趣，嘗著《五柳先生傳》，後爲彭澤令，解印綬，賦《歸去來辭》《與子書》以言其志，并爲訓誡，又爲《命子詩》。（中華書局，1960年）

王堯臣等《崇文總目》卷二傳記類：

《陶潛傳》一卷。梁昭明太子統撰。

同上，卷五别集類一：

《陶潛集》十卷。鑒按《唐志》《通志略》并二十卷，今存八卷。（《粤雅堂叢書》本）

梅堯臣《宛陵集》卷十二《擬陶潛〈止酒〉》：

多病願止酒，不止病不已。止之懼無歡，雖病未宜止。且欲止人事，事止不經耳。次誦止足言，行當止田里。田里止誰親，止樂山水美。既止何所助，唯酒與止喜。以言止不止，未必止爲是。止酒儻不瘳，枉止徒可恥。止亦隨化遷，不止等亦死。慎勿道止酒，止酒乃君子。

同上，卷二十三《寄題張令陽翟希隱堂》：

每讀陶潛詩，令人忘世慮。潛本太尉孫，心遠迹亦去。不希五斗粟，自種五株樹。曠然箕山情，復起濠上趣。今時有若此，我豈不懷慕。（《文淵閣四庫全書》本）

歐陽修、宋祁《新唐書》卷六十《藝文志》丁部集録别集類：

《陶潛集》二十卷，又《集》五卷。（中華書局，1975年）

韓維《南陽集》卷二《陶潛》：

衆鳥依嘉樹，想像先生居。日哦高簡篇，濁酒自爲娱。世事不挂口，方且愛吾廬。（《文淵閣四庫全書》本）

李公焕《箋注陶淵明集》卷四《曾紘〈論陶一則〉》：

余嘗評陶公詩，語造平淡而寓意深遠，外若枯槁，中實敷腴，真詩人之冠冕也。（《四部叢刊》本）

王安石《臨川文集》卷十九《題儀真致政孫學士歸來亭》：

彭澤陶潛歸去來，素風千歲出塵埃。明時儁老心無累，故里高門子有才。更作園林負城郭，當留花月映池臺。却尋五柳先生傳，柴水區區但可哀。（《文淵閣四庫全書》本）

劉攽撰，逯銘昕點校《彭城集》卷三《續董子温〈咏陶潛詩〉八首》：

佳魚樂潛深，智鳥不遠飛。達人避形役，逝與風波辭。逍遥彭澤下，聊然三徑資。

好酒豈吝情，讀書不求解。天真任自我，淳白忘機械。鼎鼎世上名，百年竟何賴。

嘉樹每交蔭，時鳥初變聲。欣然環堵居，自覺軒冕輕。予亦葛天民，千歲同此情。

馬隊待賢士，久知喧且卑。周生自晚悟，徂謝仍響隨。豈若田畝間，尊酒時賦詩。

時命昔大繆，賢傑同隱淪。陶公晋卿族，晚節恥屈身。躬耕抱羸疾，嗟哉畎畝勤。

道術既分裂，人人得其偏。丹青照千載，始覺真檢全。爾時揚仁風，到今猶栗然。

貴生未必全，徇名良自賊。區中共兹患，形影相與惑。神釋乃超然，道真於此得。

籃輿適山野，葛巾傲賓客。既無軒冕拘，詎可形骸索。富貴能畏人，千秋但慚色。（齊魯書社，2018年）

徐積《節孝集》卷十二《好笑南郭翁（并序）》：

南郭翁病且老矣，而最好柳、菊。所居之室，適有巨柳二株，夾户翛然，與常柳不類，亦江淮間所難有者也，名之曰老柳。其居在學舍之西廊，故無東籬，即於西籬下多種菊花，至於十月，其花猶有存者，名之曰晚菊。每飲酒，先舉杯向柳熟視，然後移杯轉頭向西籬下，呼小兒取菊花投之杯中，一釂便止，蓋其所樂者在乎其内而不在乎其外也。南郭翁常自比於陶潛，而柳數不及。又其種菊之所東西相反，至論其所樂，亦無以異也。樂乎，樂乎，其如此而止乎？猶未免寓諸物而已也。

好笑南郭翁，白鬢愛楊柳。如今十月後，猶飲菊花酒。楊柳色漬面，菊花香漬牙。喉嚨溜香汁，腸胃浮香葩。所飲幾何酒，所吟無限詩。若言絲與管，便是吟哦時。心無一事累，意與千古期。一身成土木，兩腳登雲霓。但欲比陶潛，豈肯爲杜微。公有如此客，可不使公知。更問公安否，且喜公來歸。（《文淵閣四庫全書》本）

郭祥正《青山集》續集卷二《讀〈陶淵明傳〉二首》：

我愛陶淵明，超然遺世想。一奏無弦琴，妙曲寄玄響。翛然聽以氣，萬籟應諸掌。舟車就所便，丘壑信孤往。泉涓木欣欣，酌酒助俯仰。酣醉頹雲煙，舒嘯逸羅網。斯人孰可見，夢寐期髣髴。兀如南山松，亭亭植千丈。

陶潛真達道，何以避俗翁。蕭然守環堵，褐穿瓢屢空。粱肉不妄授，菊杞欣所從。一琴既無弦，妙音默相通。造飲醉則返，賦詩樂何窮。密網懸衆鳥，孤雲送冥鴻。寂寥千載事，撫卷思沖融。使遇宣尼聖，故應顔子同。（《文淵閣四庫全書》本）

蘇軾《東坡全集》卷六詩《遠樓》：

西山煙雨捲疏簾，北户星河落短簷。不獨江天解空闊，地偏心遠似陶潛。

同上，《莫笑銀盃小答喬太博》：

陶潛一縣令，獨飲仍獨醒。猶將公田二頃五十畝，種秫作酒不種粳。我今號爲二千石，歲釀百石何以醉賓客。請君莫笑銀盃小，爾來歲旱東海窄。會當拂衣歸故丘，作書貸粟監河侯。萬斛船中著美酒，與君一生長拍浮。

同上，卷九十三書後《外曾祖程公逸事》：

公諱仁霸，眉山人，以仁厚信於鄉里。蜀平中，朝士大夫憚遠宦官闕，選士人有行義者攝。公攝録參軍。眉山尉有得盗蘆菔根者，實竊，而所持刃誤中主人。尉幸賞以劫聞，獄掾受賕，掠成之。太守將慮囚。囚坐廡下泣涕，衣盡濕。公適過之，知其冤，咋謂盗曰："汝冤盍自言？吾爲汝直之。"盗果稱冤，移獄。公既直其事，而尉、掾争不已。復移獄，竟殺盗。公坐逸囚，罷歸。不及月，尉、掾皆暴卒。後三十餘年，公晝日見盗拜庭下，曰："尉、掾未伏，待公而决。前此地府欲召公暫對，我叩頭争之曰：'不可以我故驚公。'是以至今。公壽盡今日，我爲公荷擔而往，暫對，即生人天，子孫壽禄，朱紫滿門矣。"公具以語家人，沐浴衣冠，就寢而卒。軾幼時聞此語，已而外祖父壽九十；舅氏始貴顯，壽八十五；曾孫皆仕，有聲同時，爲監司者三人；玄孫宦學益盛。而尉、掾之子孫微矣。或謂盗德公之深，不忍煩公暫對，可也。而獄久不决，豈主者亦因以苦尉、掾也歟？紹聖二年三月九日，軾在惠州讀陶潛所作《外祖孟嘉傳》，云"凱風寒泉之思實鍾厥心"，意凄然悲之，乃記公之逸事，以遺程氏，庶幾淵明之心也。

同上，卷一百雜文《慎改竄》：

近世人輕以意改書，鄙淺之人好惡多同，故從而和之者衆，遂使古書日就訛舛，深可忿疾。孔子曰："吾猶及史之闕文也。"自予少時，見前輩皆不敢輕改書，故蜀本大字書皆善本。蜀本《莊子》云"用志不分，乃疑於神"，此與《易》"陰疑於陽"、《禮》"使人疑汝於夫子"同，今四方本皆作"凝"。陶潛詩"采菊東籬下，悠然見南山"，采菊之次偶然見山，初不用意而境與意會，故可喜也，今皆作"望南山"。杜子美云"白鷗没浩蕩，萬里誰能馴"，蓋滅没於煙波間耳，而宋敏求謂予云"鷗不善没"，改作"波"字。二詩改兩字，便覺一篇神氣索然也。（《四部備要》本）

蘇軾《仇池筆記》卷五"以意改書"條：

近世人輕以意改書，鄙淺之人好惡多同，故從而和之者衆，遂使古書日就訛舛，深可忿疾。孔子曰："吾猶及史之闕文也。"自予少時見前輩皆不敢輕改書，故蜀本大字書皆善本。蜀本《莊子》云："用志不分，乃疑於神。"此與《易》

“陰疑於陽”、《禮》“使人疑汝於夫子”同。今四方本皆作“凝”。陶潛詩“采菊東籬下，悠然見南山”，采菊之次偶然見山，初不用意而境與意會，故可喜也。今皆作“望南山”。杜子美云“白鷗没浩蕩，萬里誰能馴”，蓋滅没於煙波間耳。而宋敏求謂余云“鷗不解没”，改作“波”字。二詩改此兩字，便覺一篇神氣索然也。（上海書店，1990年）

邵雍《伊川擊壤集》附録邢恕《康節先生〈伊川擊壤集〉後序》：

聖人不作，而士溺於成俗，忽不自知，日入於卑，近有能奮然拔起追古人於數千百年之上，獨與之爲徒者，傳所謂豪傑之士。康節先生是已。……余嘗讀阮籍、陶潛詩，愛其平易渾厚，氣全而致遠。二人之學，固非先生比。然皆志趣高邈，不爲時俗所汩没、事物所侵亂，其胸中所守者完且固，則其爲詩不類於繩削而自工。又况於正聲大雅之什，不爲陶、阮者乎！先生其狀退，然其氣和，與人不爲崖異，初若可親，既而莫不起敬，終以屈服，豈所謂德全之人哉！（《文淵閣四庫全書》本）

高承撰，李果訂，金圓、許沛藻點校《事物紀原》卷九農業陶漁部四十五《酒》：

《酒經》曰：“空桑穢飯醖以稷麥，以成醇醪，此酒之始也。”《吕氏春秋》曰：“儀狄作酒醪，變五味。”《戰國策》曰：“儀狄，帝女，造酒進之於禹，甘之，遂疏狄儀。”《古史考》亦曰：“儀狄造酒。”《博物志》曰：“杜康造酒。”魏武帝詩曰：“何以解我憂，惟有杜康酒。”《玉篇》曰：“酒，杜康所作。”《陶潛集·述酒詩序》曰：“儀狄造酒，杜康潤色之。”而《黄帝内傳》：“王母會帝於嵩山，飲帝以護神養氣金液流暉之酒。又有延洪壽光之酒。”然黄帝時已有其物，但不知杜康何世人，而古今多言其始造酒也。一曰少康作秫酒。（中華書局，1989年）

黄裳《演山集》卷三十五《書子虚詩集後》：

或言陶潛之詩古淡有味，必能不爲諸家之體，然後可及。非至論也。人固有識高而才短者，其勢易爲古淡；才高而識短者，其勢易爲豪華。夫能用其所長，處其所易，已足以爲智者。有才識兼至，而學爲古今體者，趣古淡則爲陶潛，趣飄逸則爲李白、杜牧，何可以爲常哉！夫詩之爲道，要在吟咏情性，發於自然，乃得至樂。有意於是體，牽合而後爲之，不亦有傷於性乎？非詩之至也。余觀子虚之詩，往往走筆立就，華淡無常，將名其體，終疑而置之。斯亦善鳴其情性者歟？（《文淵閣四庫全書》本）

黄庭堅《豫章黄先生文集》卷四《書陶淵明責子詩後》：

觀淵明之詩，想見其人豈弟慈祥，戲謔可觀也。俗人便謂淵明諸子皆不肖，而淵明愁嘆見於外，可謂癡人前不得説夢也。（《四部叢刊》本）

秦觀《淮海集》卷二十二《進論・王儉論》：

臣聞君子之論人，觀其終身之大節，大節喪矣，雖有一時之美、一日之長足以誇汙世而矯流俗，君子無取焉。史稱王儉嘗謂“江左風流宰相惟有謝安”，蓋自况也。以臣觀之，儉實安之罪人也，豈可同日而語哉！何則？自晋以閥閲用人，王、謝二氏，最爲望族，江左以來，公卿將相，出其門者十七八，子爲主婿，女爲王妃，布臺省而列州郡者不可勝數，亦猶齊之諸田、楚之昭屈景氏，皆與國同其休戚者也。安之仕晋始爲桓温司馬，孝武之世政由温出，搢紳顧望，不知所爲，而安與王坦之盡忠王室，蔑有二心，至於屢改袁宏之文以寢九錫之命，可謂以身許國、社稷之臣者矣。儉之仕宋，襲封選尚，其爲親貴固非安之比也。蕭公雖有異志，而謝朏、褚彦回之屬初無從意，齊室之建儉實發之，至引梁王魯國之事使臣珥貂所居稱殿，何異取六藝以文奸言者？安之於晋，其大節如彼；儉之於宋，其大節如此。臣故曰：儉實安之罪人也。至於該洽經史，明習故事，工詞令，妙威儀，動爲名流之所稱，所謂一時之美、一日之長誇汙世而矯流俗者也，君子何取焉！安少有重名，纍年辟召不至，其後雖受朝寄，而東山之志始末不渝，形於言色，則安之功名出於無意者也。儉少時志在宰執，見於所賦之詩，及生子，字曰元成，取仍世作相之義，則儉之富貴取於有心者也。夫無意之與有心相去遠矣，豈可同日而語哉！宋初受命，陶潛自以祖侃晋世宰輔，恥復屈身，投劾而歸，躬耕於潯陽之野，其所著書自義熙以前題晋年號，永初以後但稱甲子而已。以此論之，則儉之爲人蓋可見也。

同上，《韓愈論》：

臣聞先王之時一道德、同風俗，士大夫無意於爲文，故六藝之文事詞相稱，始終本末如出一人之手。後世道術爲天下裂，士大夫始有意於爲文，故自周衰以來，作者班班相望，而起奮其私知，各自名家。然總而論之，未有如韓愈者也。何則？夫所謂文者，有論理之文，有論事之文，有叙事之文，有托詞之文，有成體之文。探道德之理，述性命之精，發天人之奥，明死生之變，此論理之文。如列禦寇、莊周之所作是也。别白黑陰陽，要其歸宿，决其嫌疑，此論事之文，如蘇秦、張儀之所作是也。考同異，次舊聞，不虚美，不隱惡，人以爲實録，此叙事之文，如司馬遷、班固之作是也。原本山川，極命草木，比物屬事，駭耳目，變心意，此托詞之文，如屈原、宋玉之作是也。鈎列、莊之微，挾蘇、張之辯，摭班、馬之實，獵屈、宋之英，本之以《詩》《書》，折之以孔氏，此成體之文，韓愈之所作是也。

蓋前之作者多矣，而莫有備於愈；後之作者亦多矣，而無以加於愈。故曰：總而論之，未有如韓愈者也。然則列、莊、蘇、張、班、馬、屈、宋之流，其學術才氣皆出於愈之文，猶杜子美之於詩，實積衆家之長，適當其時而已。昔蘇武、李陵之詩長於高妙，曹植、劉公幹之詩長於豪逸，陶潛、阮籍之詩長於沖澹，謝靈運、鮑昭之詩長於峻潔，徐陵、庾信之詩長於藻麗。於是杜子美者窮高妙之格，極豪逸之氣，包沖澹之趣，兼峻潔之姿，備藻麗之態，而諸家之作所不及焉。然不集諸家之長，杜氏亦不能獨至於斯也。豈非適當其時故耶？孟子曰："伯夷，聖之清者也。伊尹，聖之任者也。柳下惠，聖之和者也。孔子，聖之時者也。孔子之謂集大成。"嗚呼！杜氏、韓氏亦集詩文之大成者歟！（《文淵閣四庫全書》本）

陳師道《後山集》卷八《後山詩話三則》（其一）：

鮑照之詩，華而不弱；陶淵明之詩，切於事情，但不文耳。（《四部備要》本）

晁補之《雞肋集》卷三十《白蓮社圖記》：

廬山白蓮社十八賢者，始晋太元中，雁門正覺法師慧遠愛此山，卜居之，而河内覺寂大師慧永先居西林，故法師所居號東林云。法師神明英越，初從太行釋道安落髮。道安知其能，使道流東國者也。時諸方名德聞風而至，與同修净土之社者甚衆。而十八賢者，社中之傑也，曰佛馱耶舍、佛馱跋陁、羅竺、道生、慧持、慧叡、曇恒、道禺、道敬、曇詵，内有士曰劉遺民、雷次宗、周續之、宗炳、張野、張詮合十八人。而佛馱二尊者罽賓人，皆神僧也。餘各有異迹。又法師最善陶淵明、陸修靖，兩人高蹈不肯入社。先是，南海漁人嘗網得文殊金像，有文云阿育王造也，後商人於東海得其圓光，以合像若符節。陶侃嘗取之，旋失去。至是法師禱之，江上出焉。……初，法師送客常以虎溪爲限，最厚陶潛、陸修靖，偶送兩客，不覺過溪。然陶忘懷得失，晋宋間一人耳。修靖後得道度世。兩人固非入社者，皆善法師。而謝靈運恃才傲物，嘗求入社，法師以心雜止之，靈運不恨也。爲鑿二池種白蓮，後名其社云。殷仲堪之爲荆州也，時入山修敬，故圖中所繪陶、陸、謝、殷在十八人之外。今龍眠李公麟爲此圖，筆最勝，然恨其略也，故余稍附益之。凡社中士十八人，非社中士四，從者若干，馬六。蓋人物因龍眠之舊者十五，他皆新意也。菩薩像仿侯翌，雲氣仿吴道元《受塔天王圖》，松石以關仝，堂殿、雜草樹以周昉、郭忠恕，卧槎、垂藤以李成，崖壁瘦木以許道寧，湍流、山嶺、騎從、韃服以魏賢，馬以韓幹，虎以包鼎，猿猴、鹿以易元吉，鶴、白鷴若鳥鼠以崔白。余自以意先爲，山石位置向背、物皆作粉本，以授畫史孟仲寧，使模寫潤色之。余幼慕無生法，墮世網不得出。貶玉溪時道廬山，愛而欲居不可，家緡城八年，時往來於懷也，至爲思山辭十數，醉輒歌之。初見李圖，悠然忽如躡屐扶杖行其中，故爲此圖特盡意。

同上，卷三十一《歸來子名緡城所居記》：

少日讀書，不升孔子之堂，自夔、咎繇而下，若巫咸、傅説，則器不逮。遭時有用，庶幾學鄭子産、晋叔向之爲人，尚恐其遠。且一國佐不足用天下，事君慕汲黯、劉向，而愧二子之直且博。顧嘗好孫、吴，頗通其説，用以爲策，悟非己志輒去之。獨於文詞喜左邱明、檀弓、莊周、屈原、司馬遷、相如、枚乘，若唐韓、柳氏，古樂府詩人之作，時時發於事，又拙不工。晚得釋氏外生死説，始盡屏舊習，皇皇如堂室四達，無所依方寸之地虚矣。又不喜晋人，初不知道，徒窺其藩，謂盡至清言誤世，念身於古，無一可數。讀陶潛《歸去來詞》，覺己不似而願師之。買田故緡城，自謂歸來子廬舍，登覽游息之地，一户一牖，皆欲致“歸去來”之意，故頗摭陶詞以名之。爲堂面園之草木，曰松、菊，“松、菊猶存”也。爲軒達其屏，使虚以來風，曰舒嘯，“登東皋以舒嘯”也。爲亭廣其趾，使庳以瞰池，曰臨賦，“臨清流而賦詩”也。封土爲臺，架屋其顛，若樓瞰百里，曰遐觀；穿室其腹，若洞深五步，曰流憩，“策扶老以流憩，時矯首而遐觀”也。爲庵抱陽，而圓之以嬉晝，“倚南窗以寄傲”也，曰寄傲。爲庵負陰，而方之以休夜，“鳥倦飛而知還”也，曰倦飛。顧所居遠山水、非柴桑，比門直通，道有長阪亘其前，數十里故渠縈之，蒲柳蓊然，魚鳥之所聚，有邱壑意，俯而就其深爲亭，曰窈窕，“既窈窕以尋壑”也。跂而即其高爲亭，曰崎嶇，“亦崎嶇而經邱”也。凡因其詞以名者九，既牓而書之，日往來其間，則若淵明卧起與俱。仰牓而味其詞，則如與淵明晤語接，躊躇自得，無往而不“歸來”矣。猶相觀左右，意不自足，懼失淵明一語也。因喟然太息，自幼壯至於白首勤苦，蕲盡探聖賢之藴，上則欲觀性而復其初，次猶欲慕古人著之行事，晚無一諧，乃徒恐迷而忘歸。又欲盡屏所習，使空無有，至爲一淵明懼不足，何哉？學道者惡誇，誇則不近，且人才力有分，以盡爲人之所爲而求有功，則常不足；以盡不爲人之所爲而要無事，則常有餘。夫知其無可奈何而安之若命，若淵明其幾矣。又陶之自叙云：“環堵蕭然，不蔽風日，短褐穿結，簞瓢屢空，晏如也。忘懷得失，以此自終。”淵明誠於此有餘裕，今余居不至環堵，衣不至穿結，食不至屢空，以若所養，爲淵明固易。而余遭盛時，嘗見識拔，汙臺省，國恩未報而決然去之，以若所歉，爲淵明固難。一以爲淵明易，則是余與淵明倨，欲以此自終，而予難易乘除。一以爲淵明難，則余於淵明得失亦未有辯也。或曰淵明亦晋人，抑知道者非耶？而顧自以爲其葛天氏之民與？奈何曰嘗讀釋氏説？譬如動目能摇湛水，今余與子常動，不足以觀湛。彼淵明湛者類也，嘗試與子去夫膠膠擾擾之蹊，而處陰以休影，若是者有年，喉喘寧而顛汗止，而後相與求淵明於葛天氏之國，洸然見其塗巷，乃余與子昔所嘗歷而去之久者，乃今來歸，而

後淵明可侶，其知道與否可得而議也。（《文淵閣四庫全書》本）

阮閱《詩話總龜》後集卷三十七譏誚門：

黄魯直云：陶淵明《責子詩》曰："白髮被兩鬢，肌膚不復實。雖有五男兒，總不好紙筆。阿舒已八歲，懶惰故無匹。阿宣行志學，而不愛文術。雍端年十三，不識六與七。通子垂九齡，但覓梨與栗。天運苟如此，且進杯中物。"觀淵明此詩，想見其人慈祥戲謔可觀也。俗人便謂淵明諸子皆不肖，而淵明愁嘆見於詩耳。又杜子美詩："陶潛避俗翁，未必能達道。觀其著詩篇，頗亦恨枯槁。達生豈是足，默識蓋不早。生子賢與愚，何其挂懷抱。"子美困頓於兩川，蓋爲不知者詬病，以爲拙於生事，又往往譏議宗文、宗武失學，故聊解嘲耳。其詩名曰《遣興》，可解也。俗人便爲譏病淵明，所謂癡人前不得説夢也。（《文淵閣四庫全書》本）

歐陽忞《輿地廣記》卷二十七荆湖南路：

望桃源縣，東漢沅南縣地，建武二十六年置，屬武陵郡。晋、宋、齊、梁、陳皆因之，隋省入武陵。皇朝乾德元年，析武陵置桃源縣，有桃源山。晋陶潛《桃源記》云太元末有漁人深入武陵溪，見桃花夾岸，居人衣服皆秦制，自言避秦隱居數世矣，不知朝市之變。漁人既出，後再尋之，路迷，終不能至。有沅水。（《叢書集成初編》本）

釋惠洪《冷齋夜話》卷三《諸葛亮、劉伶、陶潛、李令伯文如肺腑中流出》：

李格非善論文章，嘗曰："諸葛孔明《出師表》、劉伶《酒德頌》、陶淵明《歸去來辭》、李令伯《陳情表》皆沛然從肺腑中流出，殊不見斧鑿痕，是數君子在後漢之末、兩晋之間初未嘗以文章名世，而其意超邁如此，吾是知文章以氣爲主，氣以誠爲主。"故老杜謂之詩史者，其大過人在誠實耳。誠實著見，學者多不曉。如玉川子《歸醉詩》曰："昨夜村飲歸，健倒三四五。摩挲青莓苔，莫嗔驚著汝。"王荆公用其意作《扇子詩》曰："玉斧修成寶月團，月邊仍有女乘鸞。青冥風露非人世，鬢亂釵横特地寒。"

同上，《白土埭》：

《高僧傳》："有神仙史宗者，著麻衣加袖其上，號袖衣道。喜怒不常，體瘫瘡，日往廣陵白土埭謳歌，自適夜不知歸宿處。江都令檀祗召至與語，詞多無畔岸，索紙賦詩曰：'有欲若不足，無欲即無憂。求其清虚者，帶索披麻裘。浮游一世間，泛若不繫舟。要當畢塵累，棲息老山丘。'檀祗異之。"陶潛淵明所記曰：

“白土埭逢三異，比丘此其一也。”（《文淵閣四庫全書》本）

佚名《宣和畫譜》卷五《人物叙論》：

鄭虔，鄭州滎陽人也。善畫山水，好書，常苦無紙。虔於慈恩寺貯柿葉數屋，逐日取葉隸書，歲久殆遍。嘗自寫其詩并畫以獻明皇，明皇書其尾曰：“鄭虔三絶，畫陶潛風氣高逸，前所未見，非醉卧北窗下，自謂羲皇上人，同有是况者，何足知若人哉！”此宜見畫於鄭虔也。虔官止著作郎，今御府所藏八：

摩騰三藏像一，陶潛像一，峻嶺溪橋圖四，杖引圖一，人物圖一。

同上，卷七人物三《宋李公麟》：

文臣李公麟字伯時，舒城人也。熙寧中登進士第。父虚一，嘗舉賢良方正科，任大理寺丞，贈左朝議大夫，喜藏法書名畫。公麟少閲視，即悟古人用筆意，作真行書有晋宋楷法風格。繪事尤絶，爲世所寶。博學精識，用意至到。凡目所睹，即領其要。始畫學顧、陸與僧繇、道玄及前世名手佳本，至磊礴胸臆者甚富，乃集衆所善以爲己有，更自立意專爲一家，若不蹈襲前人，而實陰法其要……公麟畫陶潛歸去來兮圖，不在於田園松菊，乃在於臨清流處……

同上，卷十一山水二《宋孫可元》：

孫可元，不知何許人。好畫吴越間山水，筆力雖不至豪放，而氣韻高古，喜圖高士幽人岩居漁隱之趣。嘗作《春雲出岫》，觀其命意，則知其無心於物，聊游戲筆墨以玩世者。所以非陶潛綺皓之流，不見諸筆下。今御府所藏十有二：

《陶潛歸去來圖》一，《滕王閣圖》一，《商山四皓圖》二，《山麓漁歌圖》一，《高隱圖》一，《春雲山岫圖》一，《江山蕭散圖》一，《山水圖》二，《山觀圖》一，《牧牛圖》一。（《文淵閣四庫全書》本）

唐庚《眉山唐先生文集》卷首吕榮義《眉山詩集原序》：

近世以文集顯於時者，文忠公有《六一居士集》，舒王有《臨川先生集》，參政吕公有《觀文集》，丞相張公有《乖厓居士集》，蓋其官如是，其文如是，雖樵夫野老、市井庸人皆能道其姓字而樂誦之，故言之易以信，而傳之易以廣，其勢然也。乃若有其官而文不顯，有其文而官不顯，二者不可兼，故其傳之誠難。若唐先生者，所謂有其文而官不顯者也。先生名庚字子西，眉州眉山人也。紹聖中以進士中第，爲州縣官，至大觀始入爲博士。士大夫稍道其文，而世亦未盡知之。政和初，謫居海表，流離困苦，蓋六年而不返，然身愈窮而文愈富也。其後歸京師，僦居於景德寺。予時與先生比舍，而日得見先生之所爲文頗多，嘗請其本以傳，而先生辭曰："予以是得名，亦以是得謗，可一覽而足，何必匄而去也！"於是不果傳焉。退復私念曰：先生之文，金玉也。雖閉藏埋没，不求聞知，然氣焰光彩，久而必見於世，蓋所謂不待官而後顯也已。昔屈原以《離騷》顯，陶潛以《歸去來詞》顯，盧仝以《茶歌》顯，顧當時達官，豈無其人？而三子獨得顯於世，豈非其文乎？今先生之文，予知其不久遂顯也。先生死不一年，果有槖其文以來京師者，而太學之士日傳千百本而未已，然惜其所傳者止此。今始叙而藏之，庶幾他日必有得其完本者。宣和四年八月十五日，温陵吕榮義德修撰。（《四部叢刊三編》本）

葛勝仲《丹陽集》卷十六《次韻良器真意亭探韻（并序）》：

晋宋二史皆載陶淵明不肯束帶見鄉里小兒，遂棄彭澤，歸意謂淡於榮利，足名高隱，不知適所以訾之也。古之達人勝士，語默隱顯如固有，淵明襟量如止水，澄之撓之，未易清濁，豈以把板屈腰嬰意，遽違初心哉！以《陶集》考之，程氏妹新嫠居，急於撫親，故在官纔六旬遽歸爾，豈惟二史失辭？杜拾遺、王右丞輩固一臭味也。然杜詩云："淵明避俗翁，未得爲達道。觀其著詩集，頗亦恨枯槁。有子賢與愚，何其挂懷抱。"王書云："陶潛不肯見督郵，棄官。後貧，《乞食詩》云'扣門言辭拙'，是屢乞而多慚也。一慚之不忍，乃終身慚乎？蓋人我攻中之累也。"世人不知淵明類若此，淵明何訾焉？某自年來頗知景仰其素風，到海寧，築亭於南溪之上，取其雜詩句名以"真意"，今顯東良器諸公相率飲酒，賦巨篇彊韻，春容豪逸，配古名筆矣。摸寫景物，不復餘蘊，獨恨不道淵明，因次良器韻，呈五君子，書其後。

我愛陶淵明，脱穎深天機。叢菊繞荒徑，五柳揺幽扉。生逢卯金輿，典午勢已非。著書但甲子，歲晚頻歔欷。仕宦聊復爾，樽酒真焉依。南畝猶種秫，西山同采薇。浩歌歸去來，熹微恨晨暉。迷途往莫諫，今是庶可幾。蓄琴但取意，不施弦與徽。觀其四八目，賢喆在所希。出處固有意，夫豈輕行違。誰云憚束帶，辭榮俄拂衣。念彼同産人，撫視因遄歸。平生共志趣，但有一翟妃。少陵罪責子，頗謂達道非。右丞鄙乞食，更以人我譏。乃知第一流，尚此知音稀。妙詩發天奥，流轉同衡璣。自謂處人境，喧無車馬騑。心與塵事遠，地偏堪遁肥。東籬秋色晚，悠然望翠微。真意不可辨，佳氣隨鳥飛。詩辭向千載，凛凛猶光輝。我生但晞驥，望之有等威。行懷斜川游，坐想栗里磯。九原不可作，築亭傍崔嵬。獨取詩句名，簷宇殊飛翬。岩谷有杳靄，花卉無紛菲。修篁寒逼人，坐如霜雪飛。諸公賞清致，野服馳韉韉。經丘復尋壑，不憚歷嶮崎。壺觴更命釂，藻翰各一揮。高談破滯論，妙處端解圍。食冷或屢暖，哦詩寧忍飢。褒假猥見及，責善非所祈。願以靖節語，佩之如弦韋。（《文淵閣四庫全書》本）

姚寬撰，孔凡禮點校《西溪叢語》卷下“陶潛讀山海經”條：

陶潛《讀〈山海經〉》十三首，用事今本多差誤，各爲注釋之。

第一篇“泛覽周王傳”，乃周《穆天子傳》荀勖校定本是也。“流觀山海圖”，乃《山海經》十八卷郭璞注本是也。

第二篇云：“玉堂凌霞秀，王母怡妙顔。天地共俱生，不知幾何年。靈化無窮已，館宇非一山。高酣發新謡，寧效俗中言。”《西山經》云：“玉山是王母所居，其狀如人，豹尾虎齒而善嘯，蓬頭戴勝，是司天之厲主五殘。”《大荒西經》云：“西海之南，流沙之濱，赤水之後，黑水之前，有大山名曰昆侖之丘。有人戴勝虎齒有豹尾，穴處，名曰西王母。”又云：“大荒之中有山名豐沮玉門，西有王母之山。”又云：“以昆侖爲宫，亦有離宫别窟。”郭璞云：“不專住一山也。”《穆天子傳》云：“吉日甲子，天子賓於西王母，執玄珪白璧以見西王母於瑶池之上。”又：“天子升於奄山，即西王母之山也。”奄山即崦嵫山也，西王母宴穆王於瑶池之上。王母爲天子謡曰：“白雲在天，山陵自出。道里悠遠，山川間之。將子無死，尚復能來。”與穆往復數詩，不具載。

第三篇云：“迢遞槐江嶺，是謂玄圃丘。西南望昆墟，光氣難與儔。亭亭明玕照，落落清瑶流。恨不及周穆，托乘一來游。”槐江之山丘，時之水出焉，其陽多丹粟，其陰多采黄金銀，實惟帝之平圃。郭璞注云：“即玄圃也。南望昆侖，其光熊熊，其氣魂魂。其上多藏琅玕，爰有淫水，其清洛洛。淫音遥，《穆天子傳》：天子銘迹於玄圃之上。”

第四篇云：“丹木生何許，乃在峚山陽。黄花復朱實，食之壽命長。白玉凝素液，瑾瑜發奇光。豈伊君子寶，見重我軒皇。”《西山經》云：“西北四百二十里曰峚（音密。）山，其上多丹木，圓葉而赤莖，黄花而赤實，其味如飴，食之不飢。丹水出焉，西流注於稷澤，其中多白玉，是有玉膏，其源沸沸湯湯，黄帝是食是饗，是生玄玉，玉膏所出，以灌丹木，五色乃清。”

第五篇云：“翩翩三青鳥，毛色奇可憐。朝爲王母使，暮歸三危山。我欲因此鳥，具向王母言。在世無所須，惟酒與長年。”三危之山，三青鳥居之，是山廣圓百里，青鳥主爲，西王母取食。《竹書》云：“穆王西征，至青鳥所解。又蛇巫之山，一曰龜山，西王母梯几而戴勝杖。其南有三青鳥，爲西王母取食。又有三足鳥，主給使也。”

第六篇云：“逍遥蕪皋上，杳然望扶木。洪柯百萬尋，森散覆暘谷。靈人侍丹池，朝朝爲日浴。神景一登天，何幽不見燭。”黑齒國人黑手，食稻，使蛇，其一蛇赤，下有暘谷，上有扶木，即扶桑木。十日所浴，在黑齒北居水中。有大木，九日居下枝，一日居上枝。

第七篇云：“粲粲三珠樹，寄生赤水陰。亭亭凌風桂，八幹共成林。靈鳳撫雲舞，神鸞調玉音。雖非世上寶，爰得王母心。”讙朱國在赤水之陰，有三珠樹如柏，葉皆爲珠，其樹若彗。《海内南經》：桂林八樹，在番隅東，八樹而成林，言其大也。丹穴之山有鳥焉，其狀如鶴，五色而文，乃鳳也，自歌自舞。女床之山有鳥，其狀如翟，而五采文名曰鸞，自歌，見則天下康寧。

第八篇云：“自古皆有没，何人得靈長。不死復不老，萬歲如平常。赤泉給我飲，員丘足我糧。方與三辰游，壽考豈渠央。”《列子》云：“北海之北，其國名曰終北，四方悉平，周以喬陟。當國之中有山，山名壺領，狀若甔甀，頂有口，狀若圓環，名曰滋穴，有水湧出，名曰神瀵，臭過椒蘭，味過醪醴。一源分爲四埒，注於山下，經營一國，亡不悉遍土，氣和亡扎厲，不夭不病，人倦則飲神瀵。”周穆王北游過其國，三年忘歸。今赤泉，《山海經》無之，知古文缺失也。

第九篇云：“夸父誕宏志，乃與日競走。俱至虞淵下，似若無勝負。神力既殊妙，傾河焉足有？餘迹寄鄧林，功竟在身後。”《海外北經》云：“夸父與日逐走，渴，欲飲於河、渭，不足，飲大澤，未至道渴而死，棄其杖化爲鄧林。”又云：“夸父不量力，欲追日景，逮之禺谷。”郭璞云：“禺，淵也。今作虞淵。”

第十篇云：“精衛銜微石，將以填滄海。刑天舞干戚，猛志故常在。同物既無慮，化去不復悔。徒設在昔心，良辰詎可待。”“發鳩之山有鳥焉，其狀如烏，而文首白喙，名曰精衛，其鳴自詨，是炎帝之少女，名曰女娃，游於東海，溺而不反，故爲精衛，常銜西山之木石以堙東海。”奇肱之國，“刑天與帝争神，帝斷其首，葬之常羊之山，乃以乳爲目，以臍爲口，操干戚以舞”。

第十一篇云：“巨猾肆威暴，欽䲹違帝旨。窫窳强能變，祖江遂獨死。明明上天鑒，爲惡不可履。長枯固已劇，鵕鶚豈足恃。”鍾山神，其子曰鼓，其狀人面而龍耳，是與欽䲹殺葆江於昆侖之陽。葆江即祖江也，帝乃戮之鍾山之東，曰嶢崖。䲹音下邳之邳，嶢音遥。曰“巨猾肆威暴”者，謂欽䲹殺祖江、貳負臣殺窫窳也。猾作危字，非是。欽䲹化爲大鶚，鼓亦化爲鵕鳥。鶚音諤，鵕音俊。或云鵕鵔字，非也。窫窳者，蛇身人面，爲貳負臣所殺，開明東有巫夾窫窳之尸，皆操不死之藥以距之。窫窳變爲龍首，居弱水中，食人。

第十二篇：“鴖鴸見城邑，其國有放士。念彼懷王世，當時數來止。青丘有奇鳥，自言獨見爾。本爲迷者生，不以喻君子。櫃山西臨流，黄北望諸岏。”東望長右有鳥焉，其狀如鴟而人手，其音如痺，其名曰鴸，其鳴自號，見則其國多放士。放，逐也。懷王之世，謂屈原也。青丘國有奇鳥，不詳其狀，鴖鴸或爲鵃鵝，或爲鳴鵲，皆非也。

第十三篇云：“岩岩顯朝市，帝者慎用才。何以廢共鯀，重華爲之來。仲文獻誠言，姜公乃見猜。臨没告飢渴，當復何及哉。”《竹書紀年》：“堯欲禪舜，共工、鯀諫以爲不可。舜即位，殛鯀於羽山，流共工於幽州。”《海内經》云：“鯀竊帝之息壤以堙洪水，不待帝命。帝令祝融殺鯀於羽郊。”《神異經》云：“西北荒有人，人面朱鬚蛇身，人手四足，食五穀、禽獸，頑愚，名曰共工。東方有人焉，人形而身多毛，自解水土，志加通塞，爲人自用，欲爲欲息，名曰鯀。”下云：“仲文、姜公，未詳。”（《唐宋史料筆記叢刊》本）

謝薖《竹友集》卷四古詩《陶淵明寫真圖》：

淵明歸去潯陽曲，杖藜蒲鞋巾一幅。陰陰老樹囀黄鶯，艷艷東籬粲霜菊。世紛無盡過眼空，生事不豐隨意足。廟廊之姿老蓬蓽，環堵蕭條僅容膝。大兒頑鈍懶詩書，小兒嬌癡愛梨栗。老妻日暮荷鋤歸，欣然一笑共蝸室。哦詩未遣愁肝腎，醉裏呼兒供紙筆。時時得句輒寫之，五言平淡用一律。田家酒熟夜打門，頭上自有漉酒巾。老農時問桑麻長，提壺挈榼來相親。一尊徑醉北窗卧，蕭然自謂羲皇人。此公聞道窮亦樂，容貌不枯似丹渥。儒林紛紛隨溷濁，山林高義久寂寞。假令九原今可作，舉公藍輿也不惡。（《文淵閣四庫全書》本）

陳淵《默堂先生文集》卷十六《答翁子静論陶淵明》：

所論王摩詰責淵明，非是精當。頃聞之，蘇黄門稱淵明“欲仕則仕，不以求人爲嫌；欲已則已，不以去人爲高。飢則叩門以乞食，飽則雞黍以延客。古今賢之，貴其真也”。若此語深得淵明之心矣。今公所謂真者，無乃幾是乎？雖然此語可謂深得淵明之心，而不可謂義之盡也。淵明以小人鄙督郵，而不肯以己下之，非孟子所謂隘乎？仕爲令尹，乃曰徒爲五斗米而已，以此爲可欲而就，以此爲可輕而去，此何義哉！誠如此，是廢規矩準繩，而任吾意耳。孔子曰：“和順於道德，而理於義。”又曰：“行義以達其道。”淵明至處，或幾於道矣，於義則未也。捨義而言道，自聖學不傳之後，其弊至今尚在，則佛之徒是已。淵明何幾乎？蓋孟子之言氣，以爲配義與道，若曰配義而已，則於體有不完；配道而已，則於用有不濟。彼捨義而言道，則是有體而無用也，而可乎？體用兼明，此古人所以動静如一，而聖學所以爲無弊也。今言淵明氣象，雖萬鍾不可留，數頃公田，其能挽住耶？是則然矣。然不顧萬鍾一也，至於孟子則去其君，必有謂焉，何哉！徒得其義而已。此不可不辨也。君子於其言無所苟而已矣，愛其人，當學其爲人。淵明固賢於晋宋之人遠矣，於此竊有疑焉。過承語及，不敢自默，恐或未然，更願垂教。（《四部叢刊三編》本）

張表臣《珊瑚鈎詩話》卷三“予暇日曾作”條：

予暇日曾作《酒具詩》三十首，有引曰……予亦嗜酒而好詩者也。昔退之有言送王含曰：“少時讀《醉鄉記》，私怪隱居者無所累於世，而猶有是言，豈誠旨於味耶？及讀阮籍、陶潛詩，然後知彼雖偃蹇不欲與世接，然猶未能平其心。或謂事物是非相感發，於是有托而逃焉者也。”雖然，尚有未盡者。中古之時未知麯糵，杜康肇造，爰作酒醴，可名“酒后”。近世以來，人徒酣醄。李白一斗，爲詩百篇，自名“酒仙”。酈食其，辨士也，初見沛公稱高陽酒徒；杜根，賢者也，逃難宜城爲酒家傭保；鄭廣文貧而好飲，蘇司業送酒錢；杜子美無錢賒酒，而詩言酒債。《周官》有酒正，則掌之者必有其人；以法式授酒材，則醞之者必有其物。翰林詩曰“鸕鷀杓，鸚鵡杯”，夫杓者勺也，勺酒而錯之杯中者也；工部詩曰“莫笑田家老瓦盆，自從盛酒長兒孫”，夫盆者盤也，載酒而置之座中也。韓奕詩云：“顯父餞之，清酒百壺。”壺便提挈，故陶令挂之於車上，吕公負之於杖頭，遇興則傾之，鴟夷之異名者耳。《絲衣》詩云：“兕觥其觩，旨酒思柔。”觥爲爵罰，而于定國飲至一石不亂，劉伯倫既醉，以五斗解酲，快飲痛醻則用之，蓋觚角之出類者耳。注云：觚受二升，觶三升，角四升，散五升，而觥七升。又兕角爲之形器特異，於是更作《酒后》《酒仙》《酒徒》《酒保》《酒錢》《酒債》《酒正》《酒材》《酒杓》《酒盆》《酒壺》《酒觥》一十二詩而附益之，庶古今同志而終始相成之義耶？詩多不載。（《文淵閣四庫全書》本）

周紫芝《太倉稊米集》卷六十六《書陶淵明〈歸田園書〉後》：

陶淵明閒居則負耒而躬耕，年饑則叩門而乞食，蓋不可不謂貧矣。至於棄官而歸，則易若脱履，非其胸中自有邱壑，安能擺落世故如此？頃時，杜祁公在政府，客有新第者以所業獻公請學，爲政公無一言，唯問生事厚薄。人有問公者，公曰：“人有田園，則進退輕乃可行。”吾志祁公，可謂知言矣。近時士大夫多喜學淵明詩，皆故爲静退遠引之詞以文，其歆羨躁進之失，譬猶效西子之顰而忘。

同上，卷六十九《祭靖節先生（并序）》：

余游江西，道過彭澤，將拜先生之像於其祠下，而祠在新邑道，遠不得往，乃奭匏樽酹山醪，立於道旁而祀焉。其詞曰：“漢魏而下，晋宋之間。制作之輩，其出班班。曹劉鮑謝，豈不足觀。文貴天成，不貴雕鐫。異哉淵明，有此至言。百世之後，《歸來》一篇。似美而淡，若枯而醇。醇固近道，淡固不群。酒德入怪，離騷近箴。如此詞者，皆所未聞。先生之出，如山吐雲。先生之歸，如鳥入林。人見乃爾，我獨何心。所以超絶，亘古一人。放而爲詞，妙不可論。律而爲詩，是亦斯文。高風卓行，文章本根。彼捧心者，乃欲效顰。東塗西抹，而倚市門。刻畫無鹽，寧不厚顔。先生下世，五柳成村。犬吠深巷，鷄鳴桑顛。仿佛音容，而在斯焉。爲賦大招，以吊公魂。尚饗。”（《文淵閣四庫全書》本）

馬永卿《元城語録解》卷上“先生與僕言”條：

先生（指劉安世——編者）與僕言行己出處，且曰：“紹聖初，某謫嶺表。既到嶺上，北望中原，慨然自念奉父母遺體而投炎荒，恐不生還。忽憶老先生語云：‘北人在煙瘴之地，唯絶嗜欲可以不死。’是日遂絶，至於今更不復作。且大丈夫自誓不爲則止耳，何必用術也？趙清獻，本朝一名臣，欲絶欲不能，乃挂父母之畫像於卧床中，且己偃卧其下，而使父母具冠裳監視，不亦瀆乎！昔陶潛賦《歸去來》，即徑歸。而王羲之乃自誓於父母墳前。且仕宦豈是不好事？但看行己如何耳。若仕宦有益於社稷、生靈，其勝獨善一身多矣。”蓋先生之意，欲自比彭澤，而以清獻比右軍。（《叢書集成初編》本）

邵博《邵氏聞見後録》卷十八“李太白詩”條：

李太白詩“我醉欲眠卿可去”，陶潛語也；杜子美“使君自有婦還中”，《羅敷詩》語也；“泥汙後土何嘗乾”，宋玉《九辯》語也。（《唐宋史料筆記叢刊》本）

范浚《香溪集》卷四《陶潛咏》：

五個門前柳，千年身後名。挂冠真避俗，自祭頗忘情。且進杯中物，何勞弦上聲。詩篇經李杜，猶得擅精清。（《叢書集成初編》本）

朱翌《猗覺寮雜記》卷上“琴曲有賀若”條：

琴曲有賀若最古淡，東坡云“琴裏若能知賀若，詩中定合愛陶潛”，以賀若比潛，必高人。或謂賀若弼也，考弼之爲人殊不類潛，亦無狀小人，背烏丸軌之議而軌見誅，争韓擒虎之功至挺刃而出，不平楊素爲相，而有“惟堪啗飯”之誚，至於富極貴盛、家積珍玩不可計、婢妾羅綺數百，卒以私議大帳爲煬帝所誅，余考之蓋賀若夷也。（《叢書集成初編》本）

吴棫《韻補》書目：

陶潛。（晋人，有文集十卷，多用古韻。）（《文淵閣四庫全書》本）

鄭樵《通志》卷六十五《藝文略》史類第五傳記列傳：

《陶潛傳》一卷。（梁昭明太子撰。）

同上，冥異：

《搜神後記》十卷。（陶潛撰。）

同上，卷六十九《藝文略》文類第十二别集三宋：

處士《陶潛集》二十卷。

同上，卷七十一《校讎略·闕書備於後世論一篇》：

古之書籍，有不足於前朝而足於後世者。觀《唐志》所得舊書，盡梁書卷帙，而多於隋，蓋梁書至隋所失已多，而卷帙不全者又多。唐人按王儉《七志》、阮孝緒《七録》，搜訪圖書，所以卷帙多於隋，而復有多於梁者。如《陶潛集》，梁有五卷，隋有九卷，唐乃有二十卷。諸書如此者甚多。孰謂前代亡書，不可備於後代乎？

同上，卷八十三上《宗室傳上·梁安成康王秀》：

安成康王秀，字彦達，文帝第七子也……天監元年，封安成郡王。京口自崔慧景亂後，纍被兵革，人户流散，秀招懷撫納，惠愛大行。仍屬饑年，以私財贍百姓，所濟甚多。六年，爲江州刺史，將發，主者求堅船以爲齋舫，秀曰："吾豈愛財而不愛士！"乃教以牢者給參佐，下者載齋物。既而遭風，齋舫遂破。及至州，聞前刺史取徵士陶潛曾孫爲里司，嘆曰："陶潛之德，豈可不及後胤？"即日辟爲西曹。

同上，卷一百七十七《隱逸傳·陶潛》：

陶潛字淵明，或云字深明，名元亮。大司馬侃之曾孫也。祖茂，武昌太守。潛少懷高尚，博學善屬文，穎脱不羈，任真自得，爲鄉鄰之所貴。嘗著《五柳先生傳》以自況，曰……其自序如此，時人謂之實録。以親老家貧，起爲州祭酒，不堪吏職，少日，自解歸。州召主簿，不就。躬耕自資，遂抱羸疾。江州刺史檀道濟往候之，偃卧瘠餒有日矣。道濟謂曰："夫賢者處世，天下無道則隱，有道則至，今子生文明之世，奈何自苦如此？"對曰："潛也何敢望賢？志不及也。"道濟饋以粱肉，麾而去之。後爲鎮軍建威參軍，謂親朋曰："聊欲弦歌以爲三徑之資，可乎？"執事者聞之，以爲彭澤令。不以家累自隨，送一力給其子，書曰："汝旦夕之費自給爲難，今遣此力助汝薪水之勞。此亦人子也，可善遇之。"公田悉令吏種秫稻，曰："令吾常醉於酒足矣。"妻子固請種粳，乃使二頃五十畝種秫，五十畝種粳。素簡貴，不私事上官，郡遣督郵至縣，吏白應束帶見之，潛嘆曰："吾不能爲五斗米折腰，拳拳事鄉里小人邪！"義熙三年解印去縣，乃賦《歸去來》，其辭曰……頃之，徵爲著作佐郎，不就。既絶州郡覲謁，而鄉親張野及周旋人羊松齡、龐遵等，或有酒要之，或要之共至酒坐，雖不識主人，亦欣然無忤，酣醉便反。未嘗有所造詣，所之唯至田舍及廬山游觀而已。刺史王弘以元熙中臨州，甚欽遲之，後自造焉。潛稱疾不見，既而語人云：“我性不狎世，因疾守閑，幸非絜志慕聲，豈敢以王公紆軫爲榮邪！夫謬以不賢此劉公幹，所以招謗君子，其罪不細也。”弘每令人候之，密知當往廬山，乃遣其故人龐通之等齎酒先於半道要之。潛既遇酒，便引酌野亭，欣然忘進。弘乃出與相聞，遂歡燕窮日。潛無履，弘顧左右爲之造履，左右請履度，潛便於坐申脚令度焉。弘要之還州，問其所乘，答云：“素有脚疾，向乘籃輿，亦足自反。”乃令一門生二兒共轝之至州，而言笑賞適不覺有羡於華軒也。弘後欲見，輒於林澤間候之，至於酒米乏絶，亦時相贍。其親朋好事或載酒肴而往，潛亦無所辭焉。每一醉則大適融，然又不營生業，家務悉委之兒僕，未嘗有喜愠之色。唯遇酒則飲，時或無酒亦雅咏不輟。嘗九月九日無酒，出宅邊菊叢中，坐久之，逢弘送酒至，即便就酌醉而後歸。潛不解音聲，而畜素琴一張，弦徽不具。每有酒適輒撫弄而和之，曰：“但識琴中趣，何勞弦上聲。”或造之者有酒輒設，潛若先醉，便語客云：“我醉欲眠，卿且去。”其真率如此。客有候，潛逢其酒熟，取頭上葛巾漉酒，畢還復著之。潛弱年薄宦，不潔去就之迹，自以曾祖晋世宰輔，恥復屈身後代，自宋武帝王業漸隆，不復肯仕。所著文章皆題其年月，義熙以前明書晋氏年號，自永初以來唯云甲子而已。與子書以言其志，并爲訓戒曰：“吾年過五十，而窮苦荼毒，性剛才拙，與物多忤。自量爲已，必貽俗患，僶俛辭事，使汝幼而飢寒耳。常感孺仲賢妻之言：‘敗絮自擁，何慚兒子？’此既一事矣。但恨鄰靡二仲，室無萊婦，抱兹甘心，良獨罔罔。少來好讀書，偶愛閒静，開卷有得便欣然忘食，見樹木交蔭，時鳥變聲，亦復歡耳有喜。嘗言五六月北窗下卧，遇良風暫至，自謂是羲皇上人。意淺識陋，日月遂往，疾患以來，漸就衰損，親舊不遺，每有藥石見救。自恐大分將有限也。汝輩幼小，家貧無役，柴水之勞，何時可免？念之在心，若何可言！然雖不同生，當思四海皆兄弟之義。鮑叔、敬仲分財無猜，歸生、伍舉班荆道舊，遂能以敗爲成，因喪立功。他人尚爾，况共父之人哉！潁川韓元長，漢末名士，身處卿佐，八十而終，兄弟同居，至於没齒。濟北氾幼春，晋時操行人也，七世同財，家人無怨色。《詩》云‘高山’‘景行’，汝其慎哉！”又爲《命子詩》以貽之。以宋元嘉四年將復徵命，會卒，時年六十三，世號靖節先生。有文集行於世。其妻翟氏，志趣亦同，能安苦節，夫耕於前，妻鋤於後云。（中華書局，1987年）

晁公武撰，孫猛校證《郡齋讀書志校證》卷十七別集上：

《陶潛集》十卷。

右晋陶淵明元亮也。一名潛，潯陽人。蕭統云“淵明字元亮”，《晋書》云“潛字元亮”，《宋書》云“潛字淵明”。或云字深明，名元亮。按集（案《通考》有“中”字。）《孟嘉傳》與《祭妹文》皆自稱淵明，當從之。晋安帝末，起爲州祭酒。桓玄篡位，淵明自解而歸。州召主簿，不就。躬耕自資。劉裕舉兵討玄，誅之，爲鎮軍將軍。淵明參其軍事。未幾，改爲建威將軍。淵明見裕有異志，乃求爲彭澤令，去職。潛少有高趣，好讀書，不求甚解，著《五柳先生傳》以自況，世號“靖節先生”。今集有數本：七卷者，梁蕭統編，以序、傳、顏延之誄載卷首。十卷者，北齊陽（案原本作“楊”，據袁本、《通考》改。）休之編，以《五孝傳》、《聖賢群輔録》、序、傳、誄分三卷，益之詩，篇次差異。按《隋·經籍志》，潛集九卷，又云梁有五卷，録一卷。《唐·藝文志》，潛集五卷。今本皆不與二《志》同。獨吴氏《西齋書目》有潛集十卷，疑即休之本也。休之本出宋庠家，云江左名家（案瞿鈔本、袁本《通考》無“名家”二字。）舊書，其次第最有（案原本“爲”，瞿鈔本、袁本“若”，今據《通考》改。）倫貫，獨《四八目》後《八儒》《三墨》二條，似後人妄加。（上海古籍出版社，1990年）

趙希弁《郡齋讀書後志》卷一傳記類：

《高僧傳》十四卷。

右蕭梁僧釋慧皎撰。慧皎以劉義宣《靈驗記》、陶潛《搜神録》等數十家，并書諸僧，殊疏略。乃博采諸書，咨訪古老，起於永平十年，終於天監十八年，凡五百五十二載，二百五十七人。又附見者二百餘人，分爲《釋經》《義解》《神異》《習禪》《明律》《遺身》《誦經》《興福》《經師》《唱道》十科。

同上，卷二雜藝術類：

《捉卧甕人事數》一卷。

右皇朝李庭中撰。以畢卓、嵇康、劉伶、阮孚、山簡、阮籍、儀狄、顔回、屈原、陶潛、孔融、陶侃、張翰、李白、白樂天爲目。有趙昌言序。（《文淵閣四庫全書》本）

葛立方《韻語陽秋》卷一“陶潛謝朓詩”條：

陶潛、謝朓詩皆平淡有思致，非後來詩人怵心劌目雕琢者所爲也。老杜云“陶謝不枝梧，風騷共推激。紫燕自超詣，翠駁誰翦剔”是也。大抵欲造平淡，當自組麗中來，落其華芬，然後可造平淡之境。如此，則陶、謝不足進矣。今之人多作拙易詩，而自以爲平淡，識者未嘗不絶倒也。梅聖俞《和晏相詩》云：“因今適性情，稍欲到平淡。苦詞未圓熟，刺口劇菱芡。”言到平淡處甚難也。所以贈杜挺之詩有“作詩無古今，欲造平淡難”之句。李白云“清水出芙蓉，天然去雕飾”，平淡而到天然處，則善矣。（上海古籍出版社，1984年）

葉庭珪撰，李之亮校點《海録碎事》卷三下鄉里門《鄰曲》：

陶淵明與二三鄰曲同游斜川。（中華書局，2002年）

李瀚撰，徐子光補注《蒙求集注》卷下“武陵桃源”條：

陶潛《桃花源記》云：“晋太元中，武陵人捕漁，緣溪行，忘路之遠近。忽逢桃花林夾岸，數百步中無雜樹，芳華鮮美，落英繽紛。漁人甚異之，復前行，欲窮其林。林盡水源得一山，山有小口，仿佛若有光。便捨舟從口入，初極狹，纔通人。復行數十步，豁然開朗，土地平曠，屋舍儼然，有良田美池桑竹之屬，阡陌交通，鷄犬相聞其中，往來種作，男女衣著，悉如外人，黄髮垂髫，怡然自樂。見漁人，乃大驚，問所從來，具答之，便邀還家，爲設酒殺鷄作食，村中咸來問訊。自云先世避秦亂，率妻子邑人來此絶境，不復出，遂與外人間隔。問今是何世，乃不知有漢，無論魏晋。此人爲具言，聞皆嘆惋。餘人各復延至其家，皆出酒食。停數日辭去，既出，得其船，便扶向路處處志之。及郡詣太守説，太守即遣人隨往尋向所志，遂迷不復得路。”

同上，“陶潛歸去”條：

晋陶潛字元亮，潯陽人。大司馬侃曾孫。少懷高尚，博學善屬文，穎脱不羈，任真自得，爲鄉鄰所貴。嘗著《五柳先生傳》以自況，時人謂之實録。爲彭澤令，在縣公田悉令種秫穀，曰：“令吾嘗醉於酒足矣。”妻子固請種粳，乃使一頃五十畝種秫，五十畝種粳。素簡貴，不私事上官，郡遣督郵至縣，吏白應束帶見之，潛嘆曰：“吾豈能爲五斗米折腰，拳拳事鄉里小人邪？”解印綬去縣，乃賦《歸去來》。後徵著作郎，不就。又不營生業，遇酒則飲。嘗言夏月虚閑，高卧北窗之下，清風颯至，自謂羲皇上人。性不解音，畜素琴一張，弦徽不具，每朋酒之會則撫而和之，曰“但識琴中趣，何勞弦上聲”。

同上，“淵明把菊”條：

《南史》：陶潛字淵明，名元亮。江州刺史王弘欲識之，不能致也。潛嘗往廬山，弘令潛故人龐通之齎酒具於半道要之。潛有脚疾，使一門生二兒舉籃轝及至，欣然共飲。先是，顔延之在潯陽與潛情款，後爲始安郡經過潛，臨去留三萬錢與潛，潛悉送酒家，稍就取酒。嘗九月九日無酒，出宅邊菊叢中，坐久之，逢弘送酒至，即便就酌，醉而後歸。郡將候潛，逢其酒熟，取頭上葛巾漉酒畢，還復著之。卒號靖節先生。其妻翟氏志趣亦同，能安苦節，夫耕於前，妻鉏於後云。（《叢書集成初編》本）

佚名《歷代名賢確論》卷六十一《通論·陶潛、阮籍》：

樂天《訪陶公舊宅詩》曰："垢塵不汙玉，靈鳳不啄膻。嗚呼陶靖節，生彼晋宋間。心實有所守，口終不能言。永惟孤竹子，拂衣首陽山。夷齊各一身，窮餓未爲難。先生有五男，與之同飢寒。腸中食不充，身上衣不完。連徵竟不起，斯可謂真賢。（云云。）不慕樽有酒，不慕琴無弦。慕君遺榮利，老死此丘園。柴桑古村落，栗里舊山川。不見籬下菊，但餘墟中煙。每逢姓陶人，使我心依然。"

魯直《彭澤思陶元亮詩》曰："潛魚願深渺，淵明無由逃。彭澤當此時，沉冥一世豪。司馬寒如灰，禮樂卯金刀。歲晚以字行，更始號元亮。凄其望諸葛，骯髒猶漢相。時無益州牧，指揮用諸將。平生本朝心，歲月閲江浪。空餘詩句工，落筆九江上。向來非無人，此友獨可尚。屬予剛製酒，無用酌杯盎。欲招千載魂，斯文或宜當。"

又《書淵明責子詩後》曰："觀淵明之詩，想見其人，愷悌慈祥，雖戲謔可觀也。俗人後謂淵明諸子皆不肖，而淵明愁嘆見於詩，所謂癡人前不得説夢也。"

子由《和淵明詩集序》曰："吾於詩無所甚好，獨好淵明之詩。淵明所作詩不多，然其詩質而實，綺癯而實腴，自曹、劉、鮑、謝、李、杜，詩人皆莫及也。（云云。）嗟夫！淵明不肯爲五斗米一束帶見鄉里小人，而仇池出仕三十餘年，爲獄吏所折困，終不能悛，以陷大難，乃欲以桑榆之末景，自托於淵明，其誰肯信之？雖然，仇池之仕，其出入進退猶可考也，後之君子必有以處之矣。孔子曰：'述而不作，信而好古，竊比於我老彭。'孟子曰：'曾子與子思同道，區區之迹，蓋亦未足以論士也。'（云云。）"

東坡曰："孔子不取微生高，孟子不取於陵仲子，惡其不情也。陶淵明欲仕則仕，不以求之爲嫌；欲隱則隱，不以去之爲高。飢則扣門而乞食，飽則鷄黍以延客，古今賢之，貴其真也。"

韓愈《論阮籍、陶潛》曰："吾少時讀《醉鄉記》，私怪隱居者無所累於世，而猶有是言哉！豈誠旨於味邪？及讀阮籍、陶潛詩，然後乃知彼雖偃蹇不欲與世接，然猶未能平其心，或爲事物是非相感發於是，有托而逃焉者也。若顔氏之操瓢與簞，曾參歌聲若出金石，彼得聖人而師之，汲汲每若不可及，其於外也固不暇，尚何麯糵之托而昏冥之逃邪？吾又以悲醉鄉之徒不遇也。"（《文淵閣四庫全書》本）

佚名《錦繡萬花谷》前集卷二十一《詩律》：

秦少游論老杜、蘇武、李陵之詩長於高妙，曹植、劉公幹之詩長於豪逸，陶潛、阮籍之詩長於衝淡，謝靈運、鮑照之詩長於峻潔，徐陵、庾信之詩長於藻麗。子美窮高妙之格，極豪逸之氣，包衝淡之趣，兼峻潔之姿，備藻麗之態，而諸家之作所不及焉。

同上，卷三十五《茶》：

《茶經》：陸羽嗜茶，注經三篇，言茶之原，之法，之具，尤稱天下，益知飲茶矣。時鬻茶者陶潛，羽以爲茶神。

思歸樂。白樂天詩："山中不棲鳥，夜半聲嚶嚶。似道思歸樂，行人掩淚聽。"《零陵總記》："思歸樂狀如鳩，而慘色，三月則鳴，其音云'不如歸去'。"王伸《聞思歸樂詩》云："聲聲相勸教歸去，莫學陶潛化作君。"（上海辭書出版社，1992年）

胡仔纂集，廖德明校點《苕溪漁隱叢話》前集卷三《五柳先生上》：

東坡云："世傳桃源事，多過其實。考淵明所記，止言先世避秦亂來此，則漁人所見似是其子孫，非秦人不死者也。又云'殺鷄作食'，豈有仙而殺者乎？舊説南陽有菊水，水甘而芳，居民三十餘家飲其水皆壽，或至百二三十歲。蜀青城山老人村有五世孫者，道極嶮遠，生不識鹽醯，而溪中多枸杞，根如龍蛇，飲其水，故壽。近歲道稍通，漸能致五味，而壽亦益衰。桃源蓋此比也。使武陵太守得而至焉，則已化爲争奪之場久矣。常意天壤之間若此者甚衆，不獨桃源。"

苕溪漁隱曰："東坡此論，蓋辨證唐人以桃源爲神仙，如王摩詰、劉夢得、韓退之作《桃源行》是也。惟王介甫作《桃源行》，與東坡之論暗合。今具載其詞云：'望夷宫中鹿爲馬，秦人半死長城下。避世不獨商山翁，亦有桃源種桃者。此來種桃經幾春，采花食實枝爲薪。兒孫生長與世隔，雖有父子無君臣。漁郎漾舟迷遠近，花間相見驚相問。世上惟知古有秦，山中豈料今爲晋。聞道長安吹戰塵，春風回首一沾巾。重華一去寧復得，天下紛紛經幾秦。'洪駒父云：'桃源非神仙，予素知狀。比來見東坡《和淵明〈桃源詩〉序》，論其非神仙，暗與人意合。'其敢妄言如此，豈非預先偷子一聯詩乎？"

《高齋詩話》云："荆公《桃源行》云：'望夷宫中鹿爲馬，秦人半死长城下。'指鹿爲馬，乃二世事，而長城之役，乃始皇也。又指鹿事不在望夷宫中，荆公此詩，追配古人，惜乎用事失照管，爲不恨耳。"

《唐子西語録》云："唐人有詩云：'山僧不解數甲子，一葉落知天下秋。'及觀元亮詩云：'雖無紀曆志，四時自成歲。'便覺唐人費力。如《桃源記》言'尚不知有漢，無論魏晋'，可見造語之簡妙，蓋晋人工造語而元亮其尤也。"

山谷云："東坡在潁州時，因歐陽叔弼讀《元載傳》，嘆淵明之絶識，遂作詩云：'淵明求縣令，本緣食不足。束帶向督郵，小屈未爲辱。翻然賦《歸去》，豈不念窮獨。重以五斗米，折腰營口腹。如何元相國，萬鍾不滿欲。胡椒銖兩多，安用八百斛。以此殺其身，何翅抵鵲玉。往者不可悔，吾其反自燭。'淵明隱約栗里、柴桑之間，或飯不足也。顔延年送錢二十萬，即日送酒家，與蓄積不知紀極。

至藏胡椒八百斛者，相去遠近，豈直睢陽蘇合彈與蜣螂糞丸比哉！”

韓子蒼云：“以《淵明傳》及詩考之，自庚子歲始作建威參軍，由參軍爲彭澤令，遂棄官歸，是歲乙巳，凡爲吏者六歲，故云‘疇昔居上京，六載去還歸’。然淵明乙巳歲三月尚爲參軍，十一月去彭澤，而云‘家貧耕植不足自給’，何也？《傳》言‘淵明以郡遣督郵至，即日解印綬去’，而淵明自序以程氏妹喪去奔武昌。余觀此士既以違己交病，又愧役於口腹，意不欲仕久矣，及因妹喪即去，蓋其孝友如此。世人但以不屈於州縣吏爲高，故以因督郵而去。此士識時委命，其意固有在矣，豈一督郵能爲之去就哉！躬耕乞食且猶不恥，而恥屈於督郵，必不然矣。”

東坡云：“孔子不取微生高，孟子不取於陵仲子，惡其不情也。陶淵明欲仕則仕，不以求之爲嫌；欲隱則隱，不以去之爲高。飢則扣門而乞食，飽則鷄黍以迎客。古今賢之貴其真也。”苕溪漁隱曰：余嘗三復斯言，可謂至論。而《冷齋夜話》輒竄易其語，雜以漢高帝之事，决非東坡議論也。吾故表而出之。

東坡云：“余舊好誦陶潛《歸去來》，嘗患其不入音律。近輒微加增損，作《般涉調・哨遍》，雖微改其詞，而不改其意，請以《文選》及本傳考之，方知字字皆非創入也。詞曰：‘爲米折腰，因酒棄家，身口交相累。歸去來誰，不遣君歸，覺從前俱非。今是，露未晞，征夫指予歸路。門前笑語喧，童稚嗟，舊菊都荒，新松暗老，吾年今已如此。但小窗容膝，閉柴扉，策杖看孤雲暮鴻飛。雲出無心，鳥倦知還，本非有意。噫！歸去來兮，我今忘我，兼忘世親戚。無浪語，琴書中有真味。步翠麓崎嶇，泛清溪窈窕，涓涓暗谷流春水，觀草木欣榮，幽人自感，吾生行且休矣。念寓形宇内復幾時，不自覺皇皇欲何之，委吾心去留誰計。神仙知在何處？富貴非吾志，但知臨水登山嘯咏，自引壺觴自醉。此生天命更奚疑，且乘流遇坎還止。’”東坡云：“陶潛詩‘采菊東籬下，悠然見南山’，采菊之次偶然見山，初不用意而景與意會，故可喜也。今皆作‘望南山’。杜子美云‘白鷗没浩蕩，萬里誰能馴’，蓋滅没於煙波間耳。而宋敏求謂予云：‘鷗不解没，改作波字。’二詩改此兩字，覺一篇神氣索然也。”

《冷齋夜話》云：“老杜‘白鷗波没蕩’，今誤作‘浩蕩’，非惟無氣，亦分外閑置波字。”苕溪漁隱曰：“《禽經》云‘鳧善浮，鷗善没’。以‘没’字易‘波’字，則東坡之言益有理。冷齋以‘没’字易‘浩’字，其理全不通。浩蕩謂煙波也，今云波没蕩，亦不成語，此言無足取。”

《鷄肋集》云：“詩以一字論工拙，如‘身輕一鳥過’，‘身輕一鳥下’，過與下，與疾與落，每變而每不及，易較也。如魯直之言，猶碱砆之於美玉是也。然此猶在工拙精粗之間，其致思未失也。記在廣陵日，見東坡云：‘陶淵明意不在詩，詩以寄其意耳。采菊東籬下，悠然見南山，則既采菊又望山，意盡於此，無餘藴矣，非淵明意也。采菊東籬下，悠然見南山，則本自采菊，無意望山，適舉首而見之，故悠然忘情，趣閑而景遠，此未可於文字精粗間求之，以比碔砆美玉不類。’”

《蔡寬夫詩話》云：“‘采菊東籬下，悠然見南山’，此其閑遠自得之意，直若超然邈出宇宙之外。俗本多以‘見’字爲‘望’字，若爾，便有褰裳濡足之態矣。乃知一字之誤，害理有如是者。《淵明集》世既多本，校之不勝其異，有一字而數十字不同者，不可概舉。若‘隻鷄招近局’，或以‘局’爲‘屬’，雖於理似不通，然恐是當時語。‘我土日以廣’，或以‘土’爲‘志’，於義亦兩通，未甚相遠。若此等類，縱誤，不過一字之失，如‘見’與‘望’，則并其全篇佳意敗之。此校書者不可不謹也。”

東坡云：“平疇交晚風，良苗亦懷新。非古之耦耕植杖者不能道此語，非予之世農，亦不能識此語之妙也。”

東坡云：“《乞食詩》云‘銜戢知何謝，冥報以相貽’，淵明得一食至欲以冥謝主人，哀哉！哀哉！此大類丐者口頰也，非獨余哀之，舉世莫不哀之也。飢寒常在身前，功名常在身後，二者不相待，此士之所以窮也。讀《史述》九章，夷齊、箕子蓋有感而云，去之五百餘載，吾猶識其意也。《咏二疏詩》淵明未嘗出二疏，既出而知返其志，一也。或以謂既出而返，如從病得愈，其味勝於初不病，此或者顛倒見耳。《飲酒詩》云‘客養千金軀，臨化消其寶’，寶不能過軀，軀化則寶亡矣。人言靖節不知道，吾不信也。”

《冷齋夜話》云：“李格非善論文章，嘗曰：‘諸葛孔明《出師表》、劉伶《酒德頌》、陶淵明《歸去來詞》、李令伯《乞養親表》，皆沛然如肝肺中流出，殊不見斧鑿痕。是數君子在後漢之末、兩晋之間，初未嘗欲以文章名世，而其詞意超邁如此，是知文章以氣爲主，氣以誠爲主。老杜詩過人，在誠實耳。誠實著見，學者多不曉。’如玉川子《醉詩》：‘昨夜村飲歸，健倒三四五。摩挲青莓苔，莫嗔驚著汝。’又荆公《扇詩》云：‘玉斧修成寶月團，月邊仍有女乘鸞。青冥風露非人世，鬢亂釵横特地寒。’”

山谷云：“陶淵明《責子詩》曰：‘白髮被兩鬢，肌膚不復實。雖有五男兒，總不好紙筆。阿舒已二八，懶惰故無匹。阿宣行志學，而不愛文術。雍端年十三，不識六與七。通子垂九齡，但覓梨與栗。天運苟如此，且進杯中物。’觀淵明此詩，想見其人，慈祥戲謔可觀也。俗人便謂淵明諸子皆不慧，而淵明愁嘆見於詩耳。又云杜子美詩：‘陶潛避俗翁，未必能達道。觀其著詩篇，頗亦恨枯槁。達生豈是足，默識蓋不早。生子賢與愚，何其挂懷抱。’子美困頓於山川，蓋爲不知者詬病，以爲拙於生事，又往往譏議宗文、宗武失學，故聊解嘲耳。其詩名曰《遣興》，可解也。俗人便爲譏病淵明，所謂癡人前不得説夢也。”《遯齋閑覽》云六一居士推重陶淵明《歸去來》，以爲江左高文當世莫及，涪翁云顔謝之詩可謂不遣爐錘之功矣，然淵明之牆數仞，而不能窺也。

東坡晚年尤喜淵明詩，在儋耳遂盡和其詩。荆公在金陵作詩多用淵明詩中事，至有四韻詩全使淵明詩者。又嘗言，其詩有奇絶不可及之語，如“結廬在人境，而無車馬喧。問君何能爾，心遠地自偏”，由詩人以來無此句也。然則淵明趣向不群，詞彩精拔，晋宋之間一人而已。苕溪漁隱曰：荆公詩云：“先生歲晚事田園，魯叟遺書廢討論。問訊桑麻憐已長，按行松菊喜猶存。農人調笑追尋壑，稚子歡呼出候門。遥謝載醪祛惑者，吾今欲辨已忘言。”所謂四韻全使淵明詩者，即此詩是也。

《石林詩話》云：“魏晋間人詩，大抵專工一體，如侍宴、從軍之類，故後來相與祖習者，亦但因所長而取之耳。謝靈運《擬鄴中七子》與江淹《雜擬》是也。梁鍾嶸作《詩品》，皆云某人詩出於某人，亦以此爲然。論陶淵明乃以爲出應璩，此語不知其所據。應璩詩不多見，惟《文選》載其《百一詩》一篇，所謂‘下流不可處，君子慎厥初’者，與陶詩了不相類。五臣注引《文章録》云曹爽多違法度，璩作詩以刺在位，若百分有補於一者。淵明正以脱略世故，超然物外爲適，顧區區在位者何足概其心哉？且此老何嘗有意欲以詩自名，而追取一人而模效之？此乃當時文士與進取而争長者所爲，何期此老之淺，蓋嶸之陋也。江淹《擬湯惠休詩》‘日暮碧雲合，佳人殊未來’，今以爲佳句。然謝靈運‘圓景早已滿，佳人猶未適’，謝玄暉‘春草秋更緑，公子未西歸’，即是此意。嘗怪兩漢間所作騷文，初未嘗有新語，直是句句規模屈、宋，但换字不同耳。至晋宋以後，詩人之辭其弊亦然。若是，雖工亦何足道？蓋當時祖習共以爲然，故未有譏之者耳。”

韓子蒼云：“陳述古《題〈述酒詩〉後》云：‘意不可解，恐其讀異書所爲也。’余反復之，見‘山陽舊國’之句，蓋用山陽公事，疑是義熙以後有所感而作也。故有‘流淚抱中嘆，平王去舊京’之語。淵明忠義如此，今人或謂淵明所題甲子不必皆義熙後，此亦豈足論淵明哉！唯其高舉遠蹈，不受世紛，而至於躬耕乞食，其忠義亦足見矣。”

《陶淵明集》云：“《文選》五臣注《辛丑歲七月赴假還江陵夜行塗中詩》云：淵明詩，晋所作者皆題年號，入宋所作但題甲子而已，意者恥事二姓，故以異之。”思悦考淵明之詩有以題甲子者始庚子，距丙辰凡十七年間，衹九首耳，皆晋安帝時所作也。中有《乙巳歲三月爲建威參軍使都經錢溪作》，此年秋乃爲彭澤令，在官八十餘日即解印綬，賦《歸去來兮辭》，後一十六年庚申晋禪宋，恭帝元熙二年也。蕭德施《淵明傳》曰：自宋高祖王業漸隆，不復肯仕，於淵明出處得其實矣。寧容晋未禪宋前二十年輒恥事二姓，所作詩但題甲子，而自取異哉！矧詩中又無有標晋年號者，其所題甲子，蓋偶記一事耳，後人類而次之，亦非淵明之意也。

山谷云："寧律不諧而不使句弱，用字不工不使語俗。此庾開府之所長也，然有意於爲詩也。至於淵明，則所謂不煩繩削而自合者，雖然巧於斧斤者多疑其拙，窘於檢括者輒病其放。孔子曰：'寧武子其智可及也，其愚不可及也。'淵明之拙與放豈可爲不知者道哉！道人曰：如我按指，海印發光，汝暫舉心，塵勞先起。説者曰：若以法眼觀，無俗不真；若以世眼觀，無真不俗。淵明之詩要當與一丘一壑者共之耳。"

同上，卷四《五柳先生下》：

東坡云："古之詩人有擬古之作矣，未有追和古人者也。追和古人則始於東坡，吾於詩人無所甚好，獨好淵明之詩。淵明作詩不多，然其詩質而實綺，癯而實腴，自曹、劉、鮑、謝、李、杜諸人皆莫及也。吾前後和其詩，凡百有九篇。至其得意，自謂不甚愧淵明，然吾之於淵明豈獨好其詩也哉！如其爲人實有感焉。淵明臨終疏告儼等，'吾少而窮苦，每以家弊，東西游走，性剛才拙，與物多忤，自量爲己，必貽俗患，僶俛辭世，使汝等幼而飢寒'，淵明此語蓋實録也。吾真有此病而不蚤自知，半世出仕以犯大患，此所以深愧淵明，欲以晚節師範其萬一也。"《詩眼》云："東坡《和貧士詩》云：'夷齊恥周粟，高歌誦虞軒。禄産彼何人，能致綺與園。古來避世士，死灰或餘煙。末路益可羞，朱墨手自研。淵明初亦仕，弦歌本誠言。不樂乃徑歸，視世嗟獨賢。'此詩言夷、齊自信其去，雖武王、周、召不能挽之使留；若四皓自信其進，雖禄産之聘亦爲之出。蓋古人無心於功名，通道而進退，舉天下萬世之是非，不能回奪伯夷之非武王、綺園之從禄産，自合爲世所笑，不當有名偶，然聖賢辨論之於後，乃信於天下，非其始望，故其名之傳如死灰之餘煙也。後世君子既不能以道進退，又不能忘世俗之毀譽，多作文以自明其出處，如《答客難》《解嘲》之類，皆是也。故曰'朱墨手自研'，韓退之亦云'朱丹自磨研'。若淵明初亦仕，'弦歌本誠言'，蓋無心於名，雖晋末亦仕，合於綺園之出；其去也亦不待以微罪行，'不樂乃徑歸'，合於夷、齊之去。其事雖小，其不爲功名累，其進退蓋相似，使其易地，未必不追蹤二子也。東坡作文工於命意，必超然獨立於衆人之上，非如昔人稱淵明以退爲高耳，故又發明如此。"

《王直方詩話》云："紹聖間，山谷見東坡《和飲酒詩》，讀至'前山正可數，後騎且勿驅'，云'此老未死在'。"又云："東坡在揚州《和飲酒詩》，祇是如己所作，至惠州《和歸田園六首》，乃與淵明無異。"

《冷齋夜話》云："東坡在惠州盡和淵明詩，魯直在黔南聞之，作詩曰：'子瞻謫嶺南，時宰欲殺之。飽吃惠州飯，細和淵明詩。彭澤千載人，子瞻百世士。出處雖不同，風味乃相似。'後還儋耳久之，天下鬨傳子瞻已仙去矣。又七年北歸，時章惇丞相方貶雷州，東坡歸至南昌，太守葉祖洽曰：'世傳端明已游道山，今尚爾游戲人間邪？’坡曰：‘途中見子厚故返回耳。’”

《蔡寬夫詩話》云：“淵明詩，唐人絶無知其奥者，惟韋蘇州、白樂天嘗有效其體之作。而樂天去之亦自遠甚。太和後，風格頓衰，不特不知淵明而已。然薛能、鄭谷乃皆自言師淵明。能詩云：‘李白終無敵，陶公固不刊。’谷詩云：‘愛日滿階看古集，祇應陶集是吾師。’”

《冷齋夜話》云：“東坡嘗云：淵明詩初視若散緩，熟視有奇趣，如曰：‘日暮巾柴車，路暗光已夕。歸人望煙火，稚子候簷隙。’又曰：‘采菊東籬下，悠然見南山。’又曰：‘曖曖遠人村，依依墟里煙。犬吠深巷中，鷄鳴桑樹巔。’大率才高意遠，則所寓得其妙，遂能如此大匠運斤無斧鑿痕，不知者疲精力至死不悟。如曰：‘一千里色中秋月，十萬軍聲半夜潮。’又曰：‘蝴蝶夢中家萬里，子規枝上月三更。’又曰：‘深秋簾幕千家雨，落日樓臺一笛風。’皆寒乞相，一覽便盡，初如秀整，熟視無神氣，以其字露也。東坡作對則不然，如曰‘山中老宿依然在，案上楞嚴已不看’之類，更無齟齬之態，細味之，對偶親的而字不露也。此其得淵明之遺意耳。”

《詩眼》云：“《貧士詩》云：‘九十行帶索，飢寒况當年。’近一名士作詩云：‘九十行帶索，榮公老無依。’余謂之曰：陶詩本非警策，因有君詩，乃見陶之工。或譏余貴耳賤目，後錯舉兩聯，人多不能辨其孰爲陶孰爲今詩也，則爲解曰：榮啓期事近，出《列子》，不言榮公可知；‘九十’則老可知；‘行帶索’則無依可知，五字皆贅也。若淵明，意謂至於九十猶不免行而帶索，則自少壯至於長老其飢寒艱苦宜如此，窮士之所以可深悲也。此所謂君子於其言無所苟而已矣，古人文章必不虚設耳。

東坡云：“‘秋菊有佳色，裛露掇其英。泛此忘憂物，遠我遺世情。一觴雖獨進，杯盡壺自傾。日入群動息，歸鳥趍林鳴。笑傲東軒下，聊復得此生。’靖節以無事爲得此生，則見役於物者非失此生邪？”

韓子蒼云：“往在京口爲曾公卷《題采菊圖》：‘九日東籬采落英，白衣遥見眼能明。向令自有杯中物，一段風流可得成。’蔡天啓屢哦此詩，以爲善。然余嘗謂古人寄懷於物，而無所好，然後爲達。况淵明之真，其於黄花，直寓意耳。至言飲酒適意，亦非淵明極致。向使無酒，但‘悠然見南山’，其樂多矣。遇酒輒醉，醉醒之後豈知有江州太守哉？當以此論淵明。”

東坡云：“陶潛詩但恐多謬誤，君當恕醉人，此未醉時説也。若已醉，何暇憂誤哉？然世人言醉時是醒時語，此最名言。張安道飲酒，初不言盞數，與劉潛、石曼卿飲，但言當飲幾石而已。歐公盛年時能飲百盞，然常爲安道所困。聖俞亦能百許盞，然醉輒高義手而語彌温謹，此亦知所不足而勉之，非善飲者。善飲者淡然，與平時無少異。若僕者，又何其甚？飲一盞而醉，醉味與數君何異？亦無所羨耳。”

張文潛云：“陶元亮雖嗜酒，家貧不能常飲酒，而况必飲美酒乎？其所與飲多田野樵漁之人，班坐林間，所以奉身而悦口腹者，蓋略矣。白樂天亦嗜酒，其家釀黄醅者，蓋善酒也。又每飲酒，必有絲竹僮妓之奉，洛陽山水風物甲天下，其所與游，如裴度、劉禹錫之徒，皆一時名士也。夫欲爲元亮則窘陋而難安，欲爲樂天則備足而難成，吴德仁居二人之間，真率僅似陶，而奉養略如白，其放達則并有之，豈非賢哉！”

《石林詩話》云：“晋人多言飲酒，有至沉醉者。此未必意真在於酒，蓋方時艱難，人各懼禍，惟托於醉可以粗遠世，故蓋陳平、曹參以來用此策。《漢書》記陳平於劉、吕未判之際，日飲醇酒，近婦人，是豈真好飲邪？曹參雖與此異，然方欲解秦之煩苛，付之清净，以酒杜人，是亦一術。不然，如蒯通輩無事而獻説者，且將日走其門矣。流傳至嵇阮、劉伶之徒，遂全欲用此爲保身之計。此意惟顔延年知之，故《五君咏》云‘劉伶善閉關，懷情滅聞見。韜精日沉飲，誰知非荒宴’，如是飲者未必劇飲、醉者未必真醉也。後世不知此，凡溺於酒者，往往以嵇、阮爲例，濡首腐脅，亦何恨於死邪？”

《類苑》云：“石曼卿喜豪飲，與布衣劉潛爲友。嘗倅海州，潛訪之，劇飲中夜，酒欲竭有醋斗餘，乃傾入酒中并飲之。明日，酒醋俱盡，每與客痛飲，露髪跣足，著械而坐，謂之囚飲；坐木杪，謂之巢飲；以槁束之、引首出飲、復就束，謂之鱉飲。廨後爲一庵，常卧其間，名之曰捫虱庵。”苕溪漁隱曰：東坡詩云：“試問高吟三十韻，何如低唱兩三杯。”世傳陶穀買得黨太尉故妓，取雪水烹團茶，謂妓曰：“黨家應不識此？”妓曰：“彼粗人，安得有此景？但能銷金帳下，淺斟低唱飲羊羔兒酒耳。”陶愧其言。如曼卿喜豪飲，亦大粗俗，了無風味，是豈知人間有此景哉！

東坡云：“俗傳書生入官庫，見錢不識，或怪而問之，生曰：‘固知其爲錢，但怪其不在紙裹中耳。’予偶讀淵明《歸去來詞》云‘幼稚盈室，瓶無儲粟’，乃知俗傳信而有證，使瓶有儲粟，亦甚微矣。此翁生平衹於瓶中見粟也邪？馬后見大練乃以爲異物，晋惠帝問飢民何不食肉糜，細思之，皆一理也。永叔常言孟郊詩云‘鬢邊雖有絲，不堪織寒衣’，就使堪織，能得多少？聊爲好事者一笑。”

《遯齋閑覽》云：“《文選》有文通《擬古詩》三十首，如《擬休上人〈閨情詩〉》，云‘日暮碧雲合，佳人殊未來’，今人遂用爲休上人詩故事。又《擬陶淵明〈歸田園詩〉》，云‘種禾在東皋，苗生滿阡陌’，今此詩亦收在《陶淵明集》中，皆誤也。”

韓子蒼云：“《田園六首》末篇乃序行役，與前五首不類。今俗本乃取江淹‘種苗在東皋’爲末篇，東坡亦因其誤和之。陳述古本止有五首，予以爲皆非也。

當如張相國本題爲《雜詩六首》。江淹《雜擬詩》亦頗似之，但擬淵明詩‘開徑望三益’，此一句爲不類。故人張子西向余如此説，余亦以爲不然。淹之比淵明情致，徒效其語，乃取‘歸去來’句以充入之，固應不類。予觀古今詩人，惟韋蘇州得其清閒，尚不得其枯淡。柳州獨得之，但恨其少遒爾。柳州詩不多，體亦備衆家，惟效陶詩是其性所好，獨不可及也。”

《西清詩話》云：“淵明意趣真古清淡之宗，詩家視淵明猶孔門視伯夷也。其集屢經諸儒手校，然有《問來使》篇，世蓋未見，獨南唐與晁文元家二本有之。詩云：‘爾從山中來（一作南山來。），早晚發天目。我屋南窗下，今生幾叢菊。薔薇葉已抽，秋（一作春。）蘭氣當馥。歸去來山中，山中酒應熟。’李太白《潯陽感秋詩》‘陶令歸去來，田家酒應熟’，其取諸此云。”

苕溪漁隱曰：淵明有云“余家貧耕植，不足以自給”，“幼稚盈室，缾無儲粟”，“生生所資，未見其術”，三復此語，真余之實録也。余投閑二十載，生事素微，食指既衆，家日益貧，退之詩云“時命雖乖心轉壯，技能虚富家踰窘”，亦似爲余發。時時哦之，不覺失笑。余嘗有詩云“壯圖鵬翼九萬里，末路羊腸百八盤”，蓋言老而多艱耳。

《後山詩話》云：“鮑照之詩，華而不弱；陶淵明之詩，切於事情，但不文耳。”

同上，卷六《杜少陵一》：

秦少游云：“蘇武、李陵之詩長於高妙，曹植、劉公幹之詩長於豪逸，陶潛、阮籍之詩長於沖澹，謝靈運、鮑照之詩長於峻潔，徐陵、庾信之詩長於藻麗。子美者，窮高妙之格，極豪逸之氣，包沖澹之趣，兼峻潔之姿，備藻麗之態，而諸家之所作不及焉。”

同上，後集卷三《陶靖節》：

苕溪漁隱曰：鍾嶸評淵明詩爲“古今隱逸詩人之宗”，余謂：陋哉，斯言豈足以盡之！不若蕭統云：“淵明文章不群，詞彩精拔，跌宕昭彰，獨超衆類，抑揚爽朗，莫之與京；横素波而傍流，干青雲而直上；語時事則指而可想，論懷抱則曠而且真；加以貞志不休，安道苦節，不以躬耕爲恥，不以無財爲病，自非大賢篤志，與道汙隆，孰能如此乎！”此言盡之矣。

《龜山語録》云：“淵明詩所不可及者，衝淡深粹，出於自然，若曾用力學，然後知淵明詩非著力之所能成也。”

《復齋漫録》云：“東坡以淵明‘采菊東籬下，悠然見南山’，而無識者以‘見’爲‘望’，不啻碔砆之與美玉。然予觀樂天效淵明詩有云‘時傾一樽酒，坐望東南山’，然則流俗之失久矣。惟韋蘇州《答長安丞裴税詩》有云‘采菊露未晞，舉頭見秋山’，乃知真得淵明詩意，而東坡之説爲可信。”

苕溪漁隱曰：《示周掾祖謝詩》云：“周生述孔業，祖謝響然臻。道喪向千載，今朝復斯聞。馬隊非講肆，校書亦已勤。”《陶潛傳》云：江州刺史檀韶苦請廬山周續之出州，與學士祖企、謝景夷三人在城北講禮，加以讎校，所住公廨近於馬隊，故云耳。《藝苑雌黄》云：士人言縣令事多用彭澤五柳，雖白樂天《六帖》亦然。以余考之，陶淵明潯陽柴桑人也，宅邊有五柳樹，因號五柳先生。後爲彭澤令，去官百里，則彭澤未嘗有五柳也。予初論此，人或不然其説。比觀《南部新書》，云《晋書》陶潛本傳云潛少懷高尚，博學善屬文，嘗作《五柳先生傳》以自况，先生不知何許人，不詳姓字，宅邊有五柳樹，因以爲號焉，則非彭澤令時所栽，人多於縣令事使五柳，誤也。豈所謂先得我心之所同然者歟？苕溪漁隱曰：沈彬詩“陶潛彭澤五株柳，潘岳河陽一縣花”，蘇子由詩“指點縣城如掌大，門前五柳正摇春”，皆誤用也。

《復齋漫録》云淵明詩“雖留身後名，一生亦枯槁。死去何所知，稱心固爲好”，是不重身後名也。及作《擬古》，乃云：“生有高世名，既没傳無窮。”是欲名彰也。二意相反。不如張季鷹云：“與我身後名，不如生前一杯酒。”

《藝苑雌黄》云：“秦繆公以三良殉葬，詩人刺之，則繆公信有罪矣。雖然，臣之事君，猶子之事父也，以陳尊己、魏顆之事觀之，則三良亦不容無譏焉。昔之咏三良者，有王仲宣、曹子建、陶淵明、劉子厚，或曰‘心亦有所施’，或曰‘殺身誠獨難’，或曰‘君命安可違’，或曰‘死没寧分張’，曾無一語辨其非是者。惟東坡《和陶》云：‘殺身故有道，大節要不虧。君爲社稷死，我則同其歸。顧命有治亂，臣子得從違。魏顆真孝愛，三良安足希。’審如是言，則三良不能無罪。東坡一篇，獨冠絶於古今。”苕溪漁隱曰：余觀東坡《秦繆公墓》詩意，全與三良詩意相反，蓋是少年時議論如此。至其晚年，所見益高，超人意表，此揚雄所以悔少作也。詩云：“昔公生不誅孟明，豈有死之日，而忍用其良？乃知三子殉公意，亦如齊之二子從田横。”

《龜山語録》云：“因讀東坡《和淵明〈形影神詩〉》，其影答形云：‘君如火上煙，火盡君乃别。我如鏡中像，鏡壞我不滅。’影因形而有，無是生滅相，故佛嘗云‘一切有爲法，如夢幻泡影’，正言非實有也。何謂不滅？他日讀《九成臺銘》云：‘此説得之莊周，然以江山吐吞、草木俯仰、衆竅呼吸、鳥獸鳴號爲天籟，此乃周所謂地籟也。但其文精妙，讀之者或不之察耳。’”苕溪漁隱曰：《止酒詩》云：“坐止高蔭下，步止蓽門裏。好味止園葵，大歡止稚子。”余嘗反復味之，然後知淵明之用意非獨止酒，而於此四者皆欲止之，故坐止於樹蔭之下，則廣厦華居吾何羨焉？步止於蓽門之裏，則朝市聲利我何趨焉？好味止於噉園葵，則五鼎方丈我何欲焉？大歡止於戲稚子，則燕歌趙舞我何樂焉？在彼者難求，而在此者易爲也。淵明固窮守道，安於丘園，疇肯以此易彼乎？

《復齋漫録》云："《韓詩外傳》：楚莊王使使者賫金百斤聘北郭先生，先生謂妻曰：'楚欲以我爲相，今日爲相，即結駟列騎，食方丈於前，如何？'閨人曰：'今日結駟列騎，所安不過容膝；食前方丈，所甘不過一肉。以容膝之安、一肉之味而殉楚國之憂，其可乎？'又劉向《列女傳》：楚於陵妻語，結駟連騎、所安不過容膝。故晋張詮亦曰：'古人以容膝爲安，蓋指此也。'一以爲北郭妻，一以爲於陵妻，未知孰是。淵明《歸去來辭》'審容膝之易安'，世以爲語出於陶，蓋不深考者也。"

《許彦周詩話》云："彭澤《歸去來辭》云'既自以心爲形役，奚惆悵而獨悲'，是此老悟道處，若人能用此兩句，出處有餘裕也。"

《復齋漫録》云："《文選》五臣注《辛丑歲七月赴假還江陵夜行途中詩》云：淵明晋所作者皆題年號，入宋所作但題甲子而已，意者恥事二姓，故以異之。思悦考淵明詩，有以甲子題者始庚子，距丙辰凡十七年間祇九首耳，皆晋安帝時所作也。後一十六年庚申晋禪宋，恭帝元熙二年也，寧有晋末禪宋輒恥事二姓、所作詩但題甲子而自取異哉？矧詩中又無有標晋年號者。余觀《南史·淵明傳》亦云所著文章皆題其年月，義熙以前明書晋氏年號，自永初以來惟云甲子而已，乃知《南史》之失有自來矣。"

《藝苑雌黄》云："秦少游言宋初受命，陶潛自以祖先晋世宰輔，恥復屈身，投劾而歸，躬耕於潯陽之野，其所著書是義熙以前題晋年號，永初以後但稱甲子而已。魯直詩亦有'甲子不數義熙前'之句，此説蓋出五臣《文選》注。《淵明集》第三卷首已嘗辨此説爲非是，如少游、魯直尚惑於五臣之説，其他可知。"

苕溪漁隱曰：淵明自作挽辭，秦太虚亦效之。余謂淵明之辭了達，太虚之辭哀怨。淵明三首今録其一云："有生必有死，早終非命促。昨暮同爲人，今旦在鬼録。魂氣散何之，枯形寄空木。嬌兒索父啼，良友撫我哭。得失不復知，是非安能覺。千秋萬歲後，誰知榮與辱。但恨在世時，飲酒不得足。"太虚云："嬰釁徙窮荒，茹哀與世辭。官來録我橐，吏來驗我尸。藤束木皮棺，槁葬路傍陂。家鄉在萬里，妻子天一涯。孤魂不敢歸，惴惴猶在兹。昔忝柱下史，通籍黄金閨。奇禍一朝作，飄零至於斯。弱孤未堪事，還骨知何時。修途繚山海，豈免從闍維。荼毒復荼毒，彼蒼那得知。歲晚瘴江急，鳥獸鳴聲悲。空蒙寒雨零，惨澹陰雲吹。殯宫生蒼蘚，紙錢挂空枝。無人設薄奠，誰與飯黄緇。亦無挽歌者，空有挽歌辭。"東坡謂太虚情鍾世味，意戀生理，一經遷謫，不能自釋，遂挾忿而作此辭。豈真若是乎？

苕溪漁隱曰：余家藏《靖節文集》，乃宣和壬寅王仲良厚之知信陽日所刻，字大尤便老眼，字畫乃學東坡書，亦臻其妙，殊爲可愛。不知此板兵火之餘，今尚存否。厚之有後序云：“《陶集》世行數本，互有舛謬，今詳加審訂。其本無二意，不必俱存，如亂一作乱，禮一作礼，游一作遊，余一作予者。復有字畫近似，傳寫相襲，失於考究，如以庫鈞爲庾鈞，丙曼容爲丙曼客，八及爲八友者。凡所改正，二百六十有六。”

《許彦周詩話》云：“‘春水滿四澤，夏雲多奇峰。秋月揚明輝，冬嶺秀孤松。’此顧長康詩，誤編入《彭澤集》中。”（人民文學出版社，1962年）

吴曾《能改齋漫録》卷十七樂府下《王荆公詞》：

王荆公築草堂於半山，引八功德水作小港，其上迭石作橋，爲集句填《菩薩蠻》云：“數間茅屋閑臨水，窄衫短帽垂楊里。花是去年紅，吹開一夜風。稍梢新月偃，午醉醒來晚。何物最關情，黄鸝三兩聲。”其後豫章戲效其體云：“半煙半雨溪橋畔，漁翁醉著無人唤。疏懶意何長，春風花草香。江山如有待，此意陶潛解。問我去何之，君行即自知。”（上海古籍出版社，1979年）

洪邁《容齋隨筆》卷八《陶淵明》：

陶淵明高簡閑靖，爲晋、宋第一輩人。語其飢則簞瓢屢空，瓶無儲粟；其寒則裋褐穿結，絺綌冬陳；其居則環堵蕭然，風日不蔽。窮困之狀，可謂至矣。讀其《與子儼等疏》云：“恨室無萊婦，抱兹苦心。汝等雖曰不同生，當思四海皆兄弟之義，管仲、鮑叔，分財無猜，他人尚爾，況同父之人哉！”然則猶有庶子也。《責子詩》云：“雍、端年十三。”此兩人必異母爾。淵明在彭澤，悉令公田種秫，曰：“吾常得醉於酒足矣。”妻子固請種粳，乃使二頃五十畝種秫，五十畝種粳。其自叙亦云：“公田之利，足以爲酒，故便求之。”猶望一稔而逝，然仲秋至冬，在官八十餘日，即自免去職。所謂秫粳，蓋未嘗得顆粒到口也，悲夫！

同上，三筆卷十二《淵明孤松》：

淵明詩文率皆紀實，雖寓興花竹間亦然。《歸去來辭》云：“景翳翳以將入，撫孤松而盤旋。”其《飲酒詩》二十首中一篇云：“青松在東園，衆草没其姿。凝霜殄異類，卓然見高枝。連林人不覺，獨樹衆乃奇。”所謂孤松者是已，此意蓋以自况也。

同上，五筆卷一《陶潛去彭澤》：

《晋書》及《南史·陶潛傳》皆云：“潛爲彭澤令，素簡貴，不私事上官。郡遣督郵至，縣吏曰：‘當束帶見之。’潛嘆曰：‘吾不能爲五斗米折腰，拳拳事鄉里小人。’即日解印綬去，賦《歸去來》以遂其志。案《陶集》載此辭，自有序，曰："余家貧，耕植不足以自給。彭澤去家百里，故便求之。及少日，眷然有歸與之情。何則？質性自然，非矯勵所得，飢凍雖切，違己交病。悵然慷慨，深愧平生之志，猶望一稔，當斂裳宵逝。尋程氏妹喪於武昌，情在駿奔，自免去職，在官八十餘日。"觀其語意，乃以妹喪而去，不緣督郵。所謂矯勵違己之説，疑必有所屬，不欲盡言之耳！詞中正喜還家之樂，略不及武昌，自可見也。（上海古籍出版社，1978年）

陸游《渭南文集》卷十五《〈澹齋居士詩〉序》：

《詩》首《國風》，無非變者。雖周公之豳，亦變也。蓋人之情，悲憤積於中而無言，始發爲詩，不然無詩矣。蘇武、李陵、陶潛、謝靈運、杜甫、李白激於不能自已，故其詩爲百代法。國朝林逋、魏野以布衣死，梅堯臣、石延年棄不用，蘇舜卿、黄庭堅以廢絀死。近時江西名家者例以黨籍禁錮，乃有才名。蓋詩之興本如是……（《文淵閣四庫全書》本）

朱晞顔《瓢泉吟稿》卷四《容安堂記》：

世固有大人君子，居廣居，處顯位，攬天下貴富之資以爲一身之奉，履敝珠玉，耳厭鼓鐘，言從計行，事與心會，曾莫有一毫拂亂其所爲者。然而焦心竭慮，疲形勞神，乃不能一日安於寢食之間，以爲有生之樂。其故何哉？且人之生也，萬善具焉，大而天地之廣，著而萬物之殊，嚴而父子，敬而君臣，至於一事一物之微，莫不有可樂之地。是以聖人稱顔子"一簞食，一瓢飲，在陋巷，人不堪其憂，回也不改其樂"，以明夫道之所存，即吾樂之之事也。後之誕者，乃欲以外物而求之，不亦謬乎！此東晋嵇、阮之流，卒爲名教之罪人也哉！惟陶潛以邁往之才，高出當世，不肯屈身束帶往見督郵，輒賦《歸來》，退樂故里，顧其名節炳耀，風厲千古，是非外忘世故、内有所安、篤於道者不能爾也。（《文淵閣四庫全書》本）

劉清之《戒子通録》卷四《陶潛命子詩疏》（字符亮，晋彭澤令，命子詩及與子儼等疏）：

悠悠我祖，爰自陶唐。邈爲虞賓，世歷重光。御龍勤夏，豕韋翼商。穆穆司徒，厥族以昌。紛紛戰國，漠漠衰周。鳳隱於林，幽人在邱。逸虬繞雲，奔鯨駭流。天集有漢，眷余愍侯。於赫愍侯，運當攀龍。撫劍風邁，顯兹武功。書誓河山，啓土開封。亹亹丞相，允迪前蹤。渾渾長源，鬱鬱洪柯。群川載導，衆條載羅。時有語默，運因隆窊。在我中晋，業融長沙。桓桓長沙，伊勳伊德。天子疇我，專征南國。功遂辭歸，臨寵不忒。孰謂斯心，而近可得。肅矣我祖，慎終如始。直方二臺，惠和千里。於穆仁考，淡焉虚止。寄迹風雲，置兹愠喜。嗟余寡陋，瞻望弗及。顧慚華鬢，負影隻立。三千之罪，無復其急。我誠念哉，呱聞爾泣。卜云嘉日，占亦良時。名汝曰儼，字汝求思。温恭朝夕，念兹在兹。尚想孔伋，庶其企而。厲夜生子，遽而求火。凡百有心，奚特於我。既見其生，實欲其可。人亦有言，斯情無假。日居月諸，漸免於孩。福不虚至，禍亦易來。夙興夜寐，願爾斯才。爾之不才，亦已焉哉。

疏告儼、俟、份、佚、佟：天地賦命，生必有死。自古聖賢，誰獨能免？子夏有言曰：死生有命，富貴在天。四友之人，親受音旨。發斯談者，將非窮達不可妄求，壽夭永無外請故耶？吾年過五十，少而窮苦，每以家弊，東西游走，性剛才拙，與物多忤。自量爲己，必貽俗患，僶俛辭世，使汝等幼而飢寒。余嘗感孺仲賢妻之言，敗絮自擁，何慚兒子？此既一事矣。但恨鄰靡二仲，室無萊婦，抱兹苦心，良獨内愧。少學琴書，偶愛閒静，開卷有得，便欣然忘食。見樹木交蔭，時鳥變聲，亦復歡然有喜。常言五六月中，北窗下卧，遇凉風暫至，自是羲皇上人。意淺識罕，謂斯言可保，日月遂往，機巧好疏。緬求在昔，眇然如何，疾患以來，漸就衰損。親舊不遺，每以藥石見救。自恐大分將有限也。汝輩稚小，家貧每役柴水之勞，何時可免？念之在心，若何可言！然汝等雖曰同生，當思四海皆兄弟之義。鮑叔、管仲分財無猜，歸生、伍舉班荆道舊，遂能以敗爲成，因喪立功。他人尚爾，况同父之人哉！潁川韓元長，漢末名士，身處卿佐，八十而終。兄弟同居，至於没齒。濟北范稚春，晋時操行人也，七世同財，家人無怨色。《詩》曰："高山仰止，景行行止。"雖不能至，爾心尚之。汝其慎哉，吾復何言！（《文淵閣四庫全書》本）

樓鑰《攻媿集》卷七十七《跋〈六逸圖〉》：

孫登長嘯、馬融卧吹笛、陶潛漉酒巾、邊韶晝眠、阮孚蠟屐金貂换酒、畢卓甕下、雅、放、樂、暢、達、逸、蘇子美書。

頃在高炳如家見案上有《六逸圖》，意其爲竹溪、李白、孔巢父諸賢。閱之，乃孫登、馬融、陶潛、邊韶、阮孚、畢卓。此卷絶似而有滄浪真迹，以六字目之，尤爲可寶。余於此見淵明，又在館中見唐人爲太白寫照，始知今世所畫，陶則狀其遠韻，李則極其俊氣，殆出龍眠諸人意匠，未必真也。展玩未已，童子忽曰："豈針灸圖耶？"坐客爲之絶倒。（《叢書集成初編》本）

王阮《義豐集》詩《題靖節先生祠一首》：

督郵行縣，先生去之。某始未諭，以爲接之或可同寅，焉在未見遽謂小兒去之哉。晚得一邑，親見群兒挾權規利，難與爲仁，而後敬嘆先生何其辨之早也。夫薄則固其資而傲有所恃。昂昂而來，以督郵則非尊，彭澤則爲客。知令之賢，不能以禮先之，坐待其迎，責以束帶，傲薄備矣，欲其同寅難矣哉。斥之於未見之先，避之於未辱之始，至矣先生之明也。且督郵瑣瑣無以議爲也。獨惜而長用非其人，卒使銜命者負擠賢之辜，出令者貽同惡之誚，一舉而賓主交譏焉，非類聚乎？流弊千載，凡一小吏，出必以迎謁責人，吏多患失，竭民力以奉之，先生恥之，某亦恥之。乃賦《歸去來》，以彰立懦，時淳熙七年六月廿五日也。

先生新布政，誰遣小兒來。爾面何須識，其心端可猜。有名高日月，無力救氛埃。百世千秋後，聞風亦遽回。（《文淵閣四庫全書》本）

葉適《習學記言序目》卷三十《晋書·列傳》：

此皆謐道自分界中言語，固非耀文華者所能至也，自韓非、賈誼、枚乘、東方朔、揚雄、班固、張衡、蔡邕、韓愈之流，作此一種自喻文字，雖工拙不同，然意足語貞，無及皇甫謐者。蓋推之使去，異乎求之不得，有望望戚戚之情也。或謂晋無文章，惟陶潛《歸去來》。潛亦是道自分界者，然恐當更詳爾。謐生既不仕，臨終薄葬，尤可稱所謂一介不取與，旅泊天地，固無欠餘，比之管寧，更有職業爾。

……中世之士，或必於顯，或必於隱。必於顯者榮耀甚而不退，必於隱者憔悴極而不行。雖皆不概乎中道，而以失己者較之，其利害得喪固不同也。陶潛非必於隱者也，特見其不可而止耳。其所利所得，雖與必隱者無異，其所守則通而當於義，和而蹈於常，所以爲優也。至於識趣言語足以高世看，而咏歌陶然順於物理，則不惟當於義，而又有文詞之可觀焉。蓋中世之士，如潛者一二而已。潛之所稱山林居處，殆孔子所謂不堪顔子之憂者，潛能樂之。而後世乃欲以徇利不已之心，過奢無制之物，有羡於潛而庶幾之，豈不誤哉！或問："子所謂中世之士若此，上世如之何？"《詩》《書》所稱隱者皆有故，非不顧其時而自必其身者也。（陶潛。）

同上，卷三十一《南史·宋書》：

陶潛卒於元嘉四年，故《宋書》稱其"弱年薄官，不潔去就之迹。自以曾祖晋世宰輔，恥復屈身後代，自高祖王業漸隆，不復肯仕；所著文章皆題年月。義熙以前則書晋年號，永初以來維云甲子"。所載宜得其實，而《晋書》不取，彼謂"逸民"於存亡之義無關故耶？（隱逸。）

同上，卷四十七《吕氏文鑒》：

吕氏自古樂府至本朝詩人，存其性情之正、哀樂之中者，上接古詩，差不甚異，可與學者共由而從之尚少，故略爲明其大概如此。後世詩文選集，詩通爲一家，陶潛、杜甫、李白、韋應物、韓愈、歐陽修、王安石、蘇軾各自爲家，唐詩通爲一家，黄庭堅及江西詩通爲一家。人或自謂知古詩而不能知後世詩，或自謂知後世詩而不能知古詩，及其皆知而辭之所至皆不類，則皆非也。韓愈稱皋、夔、伊、周、孔子之鳴，其卒歸之於詩，詩之道固大矣。雖以聖賢當之未爲失，然遂謂魏、晋以來無善鳴者，其聲清以浮，其節數以急，其辭淫以哀，其志弛以肆，其爲言亂雜而無章，則尊古而陋今太過。而又以孟郊、張籍當之，則尤非也。如郊寒苦孤特，自鳴其私，刻深刺骨，何足以繼古人之統？又况於無本者乎！愈欲以絶識高一世，而不自知其無識至此，重可嘆爾！

……

四言自韋孟、司馬遷、相如、班固、束皙、陶潛、韓愈、柳宗元、尹洙、梅堯臣、歐陽修、王安石、蘇軾，工拙略可見。余嘗怪五言而上，往往世人極其材之所至，而四言雖文詞巨伯輒不能工，何也？按古詩作者無不以一物立義，物之所在道則在焉；物有止，道無止也，非知道者不能該物，非知物者不能至道，道雖廣大理備事足而終歸之於物，不使散流。此聖賢經世之業，非習爲文詞者所能知也。詩既亡，孔子與弟子講習其義，能明之而已，不敢言作。雖如游、夏、子思、孟子之流，皆不敢言作詩也。後世操筆研思，存其體可也，而韓愈便自謂古人復生，未肯多讓，或者不知量乎！（中華書局，1977年）

趙彦衛《雲麓漫鈔》卷四“張忠文公叔夜”條：

張忠文公叔夜嵇仲，靖康間以南道總管知鄧州，首提兵勤王，以不推戴異姓，取過軍前。既議和，傳到訃音云，靖康丙午閏十一月内提兵次安上門，除簽書樞密院，在國子監街東陶潛園子内住，十二月二十五日京城破，以不推戴異姓取過軍前，丁未年三月二十七日離京北去，道中不食，至白溝或曰過界河也，仰天大呼，遂不復語，明日薨在易州孤山寨，五月十六日也，抬三程遂火化。（中華書局，1996年）

張鎡《仕學規範》卷四十《作詩》：

陶潛、謝朓詩皆平澹有思致，非後來詩人怵心劌目、雕琢者所爲也。老杜云“陶謝不枝梧，風騷共推激。紫燕自超詣，翠駁誰剪剔”是也。大抵欲造平澹，當自組麗中來，落其華芬，然後可造平澹之境。如此，則陶、謝不足進矣。今之人多作拙易詩，而自以爲平澹，識者未嘗不絶倒也。梅聖俞《和晏相詩》云：“因令適性情，稍欲到平澹。苦詞未圓熟，刺口劌菱芡。”言到平澹處甚難也，所以《贈杜挺之詩》有“作詩無古今，欲造平澹難”之句。李白云“清水出芙蓉，天然去雕飾”，平澹而到天然處，則善矣。（《四庫筆記小説叢書》本）

魏仲舉《五百家注昌黎文集》卷二十《送王含秀才序》：

（樊曰：含，元和八年進士。）

吾少時讀《醉鄉記》，（樊曰：王績，字元功，隋末大儒，通之弟也，著《醉鄉記》以次劉伶《酒德頌》，含其子孫也。）私怪隱居者無所累於世而猶有是言，豈誠旨於味邪？及讀阮籍、陶潛詩，（孫曰：籍有《咏懷詩》八十餘首。）然後乃知彼雖偃蹇不欲與世接，然猶未能平其心，或爲事物是非相感發。（一無發字。）於是有托而逃焉者也。若顔氏之操瓢與簞，（之下一有子字，簞下一有食字。）曾参歌聲若出金石，（孫曰：《莊子》云“曾子曳縰而歌”，《商頌》“聲滿天地，若出金石”。）彼得聖人而師之，汲汲每若不可及，其於外也固不暇尚，何麯蘖之托而昏冥之逃邪？（孫曰：麯蘖之托、昏冥之逃，謂醉鄉也。何下一有事字。）吾又以爲悲醉鄉之徒不遇也。（孫曰：不遇，謂不得聖人而師之。）建中初，天子嗣位，（樊曰：大曆十四年德宗即位，十五年正月改元建中。）有意貞觀、開元之丕績，（嚴曰：貞觀，太宗時；開元，明皇時。《河南同官記》云：建中初，天子始紀年更元，命官司舉貞觀、開元之烈，群臣惕栗奉職，命才登良，不敢私違。）在朝廷之臣，（一無朝字。）争言事，當此時，醉鄉之後世又以直廢。吾既悲醉鄉之文詞，而又嘉良臣之烈思，識其子孫。今子之來見我也，無所挾吾猶將張之，况文與行不失其世守，渾然端且厚。（渾胡本切。）惜乎吾力不能振之，而其言不見信於世也，於其行（一作是行。）姑與之飲酒。（《文淵閣四庫全書》本）

張淏撰，張宗祥校録《雲谷雜記》卷二《字諱易音》：

字有因諱，易以他音，而尋復從元稱；亦有終不能易者。漢明帝諱莊，呼莊子曰嚴子，今復爲莊子矣。秦始皇諱正，故正月音征。晋文帝諱昭，故昭穆音韶。而征月、韶穆至今不易。鮑昭本名照，避武后諱，唐人書之去火祇用昭字，後遂以鮑昭、鮑照爲二人。王羲之祖尚書郎諱正，故羲之每書正月，或作一月或作初月，他正字皆以政字代之，如“與足下意政同”之類。是後人不曉，反引此爲據，遂以正政爲通用，非也。《南史》避唐諱，虎字悉改爲武，或云猛獸，而《黄回傳》乃云“畏之如虎狼”。又《蕭正統》及《侯景傳》有“寧逢五虎”及“虎視”之語。淵字悉改爲泉，而《陶潛傳》乃云“潛字淵明”。此作史者失於精詳，故錯雜如此。《管子》古書也，既曰“虎豹居幽而威可載”矣，又曰“諸侯之子委質者以雙武之皮”，又曰“以市武豹之皮”，此皆唐人所改後來不盡復元字，故“虎”“武”并行。（中華書局，1958年）

潘自牧《記纂淵海》卷十一郡縣部《江南西路江州・人物》：

晋陶侃、周訪爲友。陶潛著《五柳先生傳》以自况。周續之、劉遺民與陶潛爲潯陽三隱。

同上，卷十二郡縣部《淮南西路廬州·人物》：

張漢卿爲興國管庫，與太守論事不合，即《和陶潛〈歸去來辭〉》，大書於印紙而去。（《輿地紀勝》。）（中華書局，1988年）

章如愚《群書考索》卷二十二文章門《評詩類》：

宋徵士陶潛詩，其源出於應璩，又協左思風力，文體省静，殆無長語，篤意真古，辭興婉愜，每觀其文，想其人德世，嘆其質直，至如“歡言醉春酒，日暮天無雲”，風華清靡，豈直爲田家語邪？古今隱逸詩人之宗也。

同上，續集卷十七文章門《楚辭》：

諸家楚辭篇次。（論諸家所作之優劣及晁氏所取之是非。）王逸所傳《楚辭》篇次本出劉向，其《七諫》以下無足觀者。而王褒爲最下。余已論於前矣。近世晁無咎以其所載不盡古今詞賦之美，因别録《續楚辭》《變離騷》爲兩書，則凡詞之如騷者已略備矣。自原之後作者繼起，而宋玉、賈生、相如、揚雄爲之冠……此外晁氏所取，如荀卿子諸賦皆高古，而《成相》之篇本擬工誦箴諫之詞，其言奸臣蔽主擅權、馴致移國之禍，千古一轍，可爲流涕。其他如《易水》《越人》《大風》《秋風》《天馬》，下及烏孫公主、諸王妃妾、息夫躬、晉陶潛、唐韓柳，本朝王介甫之山谷、建業，黄魯直之毁璧隕珠，邢端夫之秋風三疊，其古今大小雅俗之變雖或不同，而晁氏亦或不能無所遺脱，然皆爲近楚語者。其次，則如班姬、蔡琰、王粲及唐元結、王維、顧况，亦差有味。又此之外，則晁氏所謂過騷之言者，非余之所敢知矣。

同上，《論詩》：

韓杜集詩文之大成。所謂文者，有論理之文，有叙事之文，有托詞之文，有成體之文。論理之文，如莊周、列禦寇是也；論事之文，如蘇秦、張儀是也；叙事之文，如屈平、宋玉是也；鈎列、莊之微，挾蘇、張之辯，摭班、馬之實，獵屈、宋之英，本之以《詩》《書》，折之以孔氏，此成體之文，韓愈之所作是也。昔蘇武、李陵之詩長於高妙，曹植、劉公幹之詩長於豪逸，陶潛、阮籍之詩長於沖澹，謝靈運、鮑昭之詩長於峻潔，徐陵、庾信之詩長於藻麗，於是杜子美者窮高妙之極，極豪逸之氣，包沖澹之趣，摭峻潔之資，備藻麗之態，而諸家之作所不及焉。嗚呼！杜氏、韓氏其集詩文之大成者歟？（淮海。）（書目文獻出版社，1992年）

章定《名賢氏族言行類稿》卷十九《陶（三百九十三）》：

隱逸。陶潛，字元亮，號五柳先生。欲弦歌以爲三逕之資，乃爲彭澤令。不能爲五斗米折腰，乃賦《歸去來辭》，解印去縣，自謂羲皇上人。蓄無弦琴，曰："但識琴中趣，何勞弦上聲。"《冷齋夜話》云："李格非善論文章嘗曰：'諸葛孔明《出師表》，劉伶《酒德頌》，陶淵明《歸去來詞》，李令伯《陳情表》，皆沛然如肺肝中流出，殊不見斧鑿痕。'"東坡先生云："孔子不取微生高，孟子不取於陵仲子，惡其不情也。淵明欲仕則仕，不以求之爲嫌；欲隱則隱，不以去之爲高。飢則叩門而乞食，飽則鷄黍以迎客。古今賢之，貴其真也。"又云："吾前後和其詩凡百有九篇，至其得意，自謂不甚愧淵明，然吾之於淵明豈獨好其詩也哉？如其爲人，實有感焉。淵明臨終疏告儼等'吾少而窮苦，每以家弊，東西游走，性剛才拙，與物多忤，自量爲己，必貽俗患，僶俛亂世，使汝等幼而飢寒'，淵明此語，蓋實録也。吾真有此病而不早自知，半世出仕，以犯大患，此所以深愧淵明，欲以晚節師範其萬一也。"苕溪漁隱曰："淵明坐止於樹蔭之下，則廣厦華堂，吾何羡焉？步止於蓽門之里，則朝市聲利，吾何趨焉？好味止於噉園葵，則五鼎方丈，吾何欲焉？大歡止於戲稚子，則燕歌趙舞，吾何樂焉？在彼者難求，而在此者易爲也。淵明固窮守道，安於丘園，疇肯以此易彼也乎！"

東坡先生、洪範覺、苕溪漁隱，淵明之論甚高，故表而出之。（《四庫類書叢刊》本）

趙與時著，齊治平校點《賓退録》卷四"容齋續筆云"條：

又有《捉卧甕人格》，皇朝李庭中撰，以畢卓、嵇康、劉伶、阮孚、山簡、阮籍、儀狄、顔回、屈原、陶潛、孔融、陶侃、張翰、李白、白樂天爲目，蓋與陳李之格大同小異，特各更其名耳。《投壺經》，唐上官儀嘗奉敕删定，史玄道續注，蓋采周顒、郝同、梁簡文數家之書爲之，司馬文正公更以新格，舊書爲之盡廢。晁子止侍郎（公武。）《郡齋讀書志》又有《木射圖》一卷，云唐陸秉撰，爲十五筍以代侯，擊地球以觸之筍，飾以朱墨字以貴賤之。朱者仁、義、禮、智、信、温、良、恭、儉、讓，墨者慢、傲、佞、貪、濫，仁者勝濫者負，而行賞罰焉。疑亦此具也。梁王魏帝金谷蘭亭又皆於游燕之際以賦詩作賦，不成者罰酒，高續古（似孫。）《緯略》已詳，此不重出。（上海古籍出版社，1983年）

魏了翁《鶴山先生大全文集》卷五十二：

世之辯證陶氏者曰，前後名字之互變也，死生歲月之不同也。彭澤退休之年，史與集所載之各異也。然是所當考而非其要也。其稱美陶公者曰："榮利不足以易其守也，聲味不足以累其真也，文詞不足以溺其志也。"然是亦近之，而公之所以悠然自得之趣，則未之深識也。

風雅以降，詩人之詞，樂而不淫，哀而不傷，以物觀物而不牽於物，吟咏情性，而不累於情，孰有能如公者乎？有謝康樂之忠而勇退過之，有阮嗣宗之達而不至於放，有元次山之漫而不著其迹，此豈小小進退所能規其際邪？先儒所謂“經道之餘，因閑觀詩，因静照物，因時起志，因物寓言，因志發咏，因言成詩，因咏成聲，因詩成音”者，陶公有焉。

同郡費君元甫，嗜公之詩，爲之訓故。微詞奥義，毫分縷析。余昔過邪，未嘗不得見焉。今成書而屬余冠篇，乃以所聞於師友者復之。費君出入是詩久矣，其亦以余言爲然乎？（《四部叢刊》本）

岳珂《寶真齋法書贊》卷九《宋名人真迹·徐鉉篆〈五柳傳帖〉》：

篆文三十三行，尾記四行。又李復主尾記一行，用界行紙破行書。

《五柳先生傳》，陶淵明。（傳文略。）

唐保大二年六月望日東海徐鉉因游簡寂觀書。

送勤政東院收籍。（李後主楷書。）

右徐玄篆晋靖節先生陶潛字淵明《五柳傳》真迹一卷，簡寂觀在匡山之下，予所躬歷，幽靚雅宜爲子墨客卿逸興之所寄。卷有“鑒寶齋”印四，末有半印二。前一印蓋流傳人間所用者。其後又有“勤政東院之籍建業文房”之篆。鉉爲當時臣，已見貴重，益信絶藝之無古今也。御府印著其下，金題玉躞，其有光焉。嘉定甲申八月，予得之建康檜家。

贊曰：晋有逸民樂天不憂，唐有遺臣嗜古好修。或夷惠之擬倫，或斯冰之與儔。炯松姿而筠操，又鐵畫而銀鈎。集二妙之全美，接千載之風流。載酒拂石，尋壑經丘，吾將抱此而爲栗里之游。

同上，卷二十四《宋名人真迹·米玄暉陽春詞帖》：

一十八首，并行書。第一、第二、第九首各九行，第三、第四首各七行，第五、第七、第十、第十六、第十七首各十行，第六、第十三、第十八首各八行，第八首六行，第十一、第十五首各十七行，第十二、第十四首各十一行。尾記一行，跋十九行，標題一行。

……

《訴衷情·淵明詩》：結廬人境美陶潛，車馬不來喧。勝處自多真趣，飛鳥日相還。心既遠，地仍偏，見南山。手持菊穎，山氣常佳，欲辨忘言。

皆吾所作詞。玄暉。（《叢書集成初編》本）

祝穆撰，祝洙增訂，施和金點校《方輿勝覽》卷十七南康軍建置沿革：

陶潛。（義熙中爲彭澤令。郡遣督郵至，曰："吾不能爲五斗米折腰向鄉里小兒。"遂棄官去，賦《歸去來》詞。嘗居廬山栗里，籃輿往來，醉輒卧大石上，今號"醉石"。）

同上，卷二十二江州（彭澤）：

陶潛。（刺史王弘每令人侯陶潛，知其當往廬山，乃遣人齎酒於半道要之。至州，問其所乘，曰："素有腳疾，向乘肩輿，亦足自反。"嘗爲彭澤令，郡嘗遣督郵，吏請束帶見之，嘆曰："安能爲五斗米折腰向鄉里小兒！"即解印綬去，賦《歸去來詞》，在官八十餘日。顔真卿詩："嗚呼陶淵明，奕葉爲晋臣。自以公相後，每懷宗國屯。題詩庚子歲，自謂羲皇人。手持山海經，頭載漉酒巾。"）（中華書局，2003年）

陳均《九朝編年備要》卷二十八徽宗皇帝（起辛卯政和元年止己亥宣和元年）：

壬辰政和二年春二月，蔡京復太師，賜第京師。三月，親試舉人，賜莫儔以下七百餘人進士及第，出身有差。賜詩改賜箴云。

初，御史李章言作詩害經術，自陶潛至李杜皆遭譏詆。詔送敕局立法，宰臣何執中遂請禁人習詩賦。至是故賜箴。未幾，知樞密院吴居厚侍御筵，進詩改爲口號。後聖作屢出，士大夫亦不復守禁矣。（《四部叢刊》本）

陳振孫著，徐小蠻、顧美華點校《直齋書録解題》卷十六别集類上：

《陶靖節集》十卷。

晋彭澤令潯陽陶潛淵明撰。或云淵明字元亮，大司馬侃曾孫，自號五柳先生，世稱靖節徵士。

《陶靖節年譜》一卷，《年譜辨證》一卷，《雜記》一卷。

吴郡吴仁傑斗南爲年譜，蜀人張演季長辨證之，又雜記前賢論靖節語，此蜀本也。卷末有陽休之、宋庠序録私記，又有治平三年思悦題稱永嘉，示以宋丞相刊定之本。思悦者，不知何人也。（上海古籍出版社，1987年）

劉克莊《後村集》卷四十《林寒齋墓志銘》：

淳祐丙午，詔以迪功郎林公遇絶意干榮，杜門樂道，特改合入官，主管仙都觀，仍下福州給札，令條其所欲言者。守帥遣吏致上命，君頓首……君終歲不出户，而商論世事，酬酢物態，裁量人品，毫黍不差。束書高閣，隱幾永日，而單詞半句流出肝肺者，字字可傳。素羸自四十以後，蕭然單棲，日或疏食，取諸物者狹而望於天者嗇，視名與利猶臭腐，身與家猶旅泊也。其學粹於性理，貫儒、釋，兼朱、陸，晚益精詣。所著有《求心録六記》《百詩別槁存》《窮士貧女二吟》、雜詩文百餘篇，餘悉焚。屬纊留詩别其故人，遺言以隱服殮。昔揚雄、陶潛皆好恬静，不慕榮利。然雄以累世故，濡足不去；潛超脱俗網，引身高翔。故先儒書二人之卒，於雄曰莽大夫，於潛曰晋處士，豈非出者危而處者安，留者損而去者全歟？然則書曰處士林君之墓者，非惟君之素志，亦吾儒之家法也。（《文淵閣四庫全書》本）

劉克莊《後村詩話》卷一：

陶公如天地間之有醴泉、慶雲，是惟無出，出則爲祥瑞，且饒坡公一人和陶可也。（中華書局，1983年）

嚴羽《滄浪集》卷一《詩評》：

漢、魏古詩，氣象混沌，難以句摘。晋以還方有佳句，如淵明“采菊東籬下，悠然見南山”、謝靈運“池塘生春草”之類。謝所以不及陶者，康樂之詩精工，淵明之詩質而自然耳。（《文淵閣四庫全書》本）

陳思《小字録》“阿舒阿宣雍端通”條：

宋徵士陶潛集載《責子詩》曰：“白髮被兩鬢，肌膚不復實。雖有五男兒，總不好紙筆。阿舒已二八，懶惰故無匹。阿宣行志學，而不愛文術。雍端年十三，不識六與七。通子垂九齡，但覓棗與栗。天運苟如此，且進杯中物。”（《文淵閣四庫全書》本）

王應麟《玉海》卷五十八藝文・傳《唐孝德後傳》：

晋陶潛有天子諸侯卿大夫士庶人孝傳贊。（始於虞舜，終於殷陶。）

同上，卷一百十音樂・樂器《晋素琴》：

《晋書・陶潛傳》：潛性不解音，而蓄素琴一張，弦徽不具。晋孫登撫一弦琴。

同上，卷一百三十四官制・人物《漢河西五守》：

陶潛《群輔録》：“河西五守，武威（梁統）、金城（庫鈞）、張掖（史苞）、酒泉（竺曾）、敦煌（辛彤），共推竇融爲河西大將軍，東伐隗囂。”（江蘇古籍出版社、上海書店，1988年）

黄震《古今紀要》卷五《晋·陶潛》：

《五柳先生傳》：公田盡種秫，郡遣督郵至，吏白束帶見之，乃賦《歸去來》。夏月虚閑，高卧北窗之下，清風颯至，自謂羲皇上人，無弦琴。

同上，卷六《南朝宋·隱逸傳·陶潛》：

侃曾孫，《五柳先生傳》自況。州祭酒，不堪吏職而歸。檀道濟饋粱肉，麾去之。爲彭澤令，送一人力給其子。公田盡種秫，妻子請以五十畝種粳。郡遣督郵至，縣吏白束帶見，曰："不爲五斗米折腰。"賦《歸去來》。顔延之留二萬錢，悉送酒家。菊叢坐久，王弘酒至。素琴。我醉欲眠。葛巾漉酒。自以晋世宰輔家，卑屈後代，自宋興不復肯仕。義熙以前文章明書晋年，永初以後惟甲子。書成自云羲皇上人。及兄弟之義。夫耕妻鋤，志趣亦同。世號靖節先生。（《文淵閣四庫全書》本）

史鑄《百菊集譜》卷三《種藝·故事》：

檀道鸞《續晋陽秋》：陶潛九月九日無酒，於宅籬畔菊叢中摘花盈把而坐，悵望久之，見白衣人至，乃江州太守王弘送酒，即便就酌，醉而後歸。（昭明太子撰傳作"滿手把菊"。）（《文淵閣四庫全書》本）

周應合《景定建康志》卷三十七《文籍志五》詩章：

陶潛初爲劉裕參軍曰賦詩：（臧榮緒《晋書》曰：宋武帝行鎮軍將軍。沈約《宋書》曰：陶潛字淵明，潯陽人。少有高趣，爲鎮軍參軍，後爲彭澤令，解印綬去職。）"弱齡寄事外，委懷在琴書。被褐欣自得，屢空常晏如。時來苟宜會，宛轡憩通衢。投策命晨旅，暫與園田疏。渺渺孤舟逝，綿綿歸思紆。我行豈不遥，登降千里餘。目倦修塗異，心念山澤居。望雲慚高鳥，臨水愧游魚。真想初在襟，誰謂形迹拘。聊且憑化遷，終反班生廬。"（淵明初爲參軍時，已察事變，志於遁世矣。）《辛丑歲七月赴假夜行塗口詩》：（沈約《宋書》曰：潛自以曾祖晋世宰輔，不復屈身後代，自宋祖王業漸隆，不復肯仕。所著文章皆題年月，義熙以前者則書晋氏年號，永初以來唯云甲子而已。）"閒居三十載，遂與塵事冥。詩書敦宿好，林園無世情。如何捨此去，遥遥至西荆。叩枻新秋月，臨流别友生。凉風起將夕，夜景湛虚明。昭昭天宇闊，皛皛川上平。懷役不遑寐，中宵尚孤征。商歌非吾事，依依在耦耕。投冠旋舊墟，不爲好爵榮。養真衡茅下，庶以善自名。"《金陵阻風雪書寄楊江寧》：（一作《新林浦阻風寄友人》。）"潮水定可信，大風難與期。清晨西北轉，薄暮東南吹。以此難挂席，沿洄頗淹遲。使索金陵書，又明賢宰知。弦歌止過客，惠化聞京師。海月破團景，菰蔣生緑池。昨日北苑花，初開未滿枝。今看白門柳，夾道垂青絲。歲物忽如此，我來復幾時。紛紛江上雪，草草客中悲。明發板橋浦，空吟謝朓詩。”（此係李太白詩。）

同上，卷四十九《隱德傳》：

晋陶潛字元亮，大司馬侃之曾孫也。潛少懷高尚，博學善屬文，穎脱不羈，任真自得，爲鄉鄰之所貴。嘗著《五柳先生傳》以自况。以親老家貧，起爲州祭酒。後爲鎮軍建威參軍事。時劉裕爲鎮軍將軍，潛其屬也。揣知裕意，即有遁世之志，嘗賦詩曰：“望雲慚高鳥，臨水愧游魚。聊且憑化遷，終返班生廬。”謂親朋曰：“聊欲弦歌以爲三徑之資，可乎？”執事者聞之，以爲彭澤令。公田悉令種秫，曰：“令吾常醉足矣。”素簡貴，不私事上官。郡遣督郵至縣，吏白應束帶見之，潛嘆曰：“吾不能爲五斗米折腰，拳拳事鄉里小人。”即日賦《歸去來辭》解印去。後徵著作郎，不就。潛自以曾祖晋世宰輔，不復屈身後代，自劉裕稱宋，不肯復仕。凡著文章所題年月，義熙以前則書晋氏年號，自永初以來唯書甲子而已。宋元嘉中卒，年六十三。（《文淵閣四庫全書》本）

黎靖德編，王星賢點校《朱子語類》卷一百三十六歷代三“淵明所説”條：

淵明所説者莊、老，然辭却簡古；堯夫辭極卑，道理却密。陶淵明，古之逸民。（中華書局，1986年）

陳世崇《隨隱漫録》卷二“潘紫岩”條：

潘紫岩慨慕先隱，集老子以下迄於宣靖可師者，各爲小傳，曰《幽人景範》。周二十七，附見者四：老聃、尹喜、莊周、列禦寇、榮啓期、楚狂接輿及妻、長沮、桀溺、荷蓧、荷蕢、石門、晨門、顔回、閔損、曾參、原憲、公析哀、漆雕開、仲子及妻、老萊子及妻、公儀休、披裘、閭丘、顔斶、段干木、黔婁及妻、鬼谷子。兩漢二十七，附見者六：魯二徵士、龔勝、彭城老父、宋勝之、莊遵、李弘、鄭璞、戴良、向長、禽慶、王霸及妻、逢萌、莊光、范丹、高鳳、臺佟、梁鴻、孟光、周燮、黄憲、洪直、韓康、陳留老父、魏柏、徐穉、姜肱及二弟、申屠蟠、郭泰、張奉。魏晋十二，附見者六：管寧、張臶、胡昭、王烈、焦先、皇甫謐及子、方回、孫登、董京、郭文、何琦、孟陋、氾毓、徐苗、翟湯、周邵、湯子莊、陶潛。南朝至五代十九，附見者七：戴逵、劉凝之、沈麟、朱百年、孔顗、郢野老、潯陽漁父、宗測及宗人、尚之從弟、彧之祖炳、明僧紹、阮孝緒、劉許及族兄歊、仲長子光、王通、衛大經、張氳、盧鴻一、張志和、鄭遨、王居岩、張令問及弟亢言及子立。宋十八，附見者六：戚同文、宗翼、陳摶、傅霖、楊朴、李瀆、魏野及子閑、邢郭、林逋、甄樓真、劉海蟾、張俞、孔旼、高懌、種放、張蕘、許

勃、潘興嗣、孫倅、邵雍、成都隱者、張舉、劉皋。凡百三十二人。（《文淵閣四庫全書》本）

謝翺撰，張丁注《西臺慟哭記注》"晋處士陶潛"條：

晋處士陶潛疾劉裕之篡，遂作《飲酒詩》以自宣其悒鬱之氣。然皆廋辭隱語，人莫能測。後百年，獨韓子蒼疏而注之，俾讀者皆得知潛之用心，亦忠厚哉。吁！微子蒼，誰知潛心者。後潛數百年下，若有謝先生翺者痛宗社之屋，悼文公之忠，登臺而慟哭，遂爲之記，其辭類潛，時人亦莫能識。後翺數十年，有若張丁疏而釋之，使先生之事不泯，微丁則誰與歸？吁！張亦子蒼之流歟？！衛人高延。（《文淵閣四庫全書》本）

魏慶之《詩人玉屑》卷十二《品藻古今人物·鮑昭淵明》：

鮑昭詩華而不弱，陶潛詩切事情，但不文耳。

同上，《論子厚、樂天、淵明詩》：

子厚之貶，其憂悲憔悴之嘆，發於詩者，特爲酸楚。閔己傷志，固君子所不免，然亦何至是？卒以憤死，未爲達理也。樂天既退閑，放蕩物外，若真能脱屣軒冕者，然榮辱得失之際，銖銖校量，而自矜其達，每詩未嘗不著此意，是豈真能忘之者哉？亦力勝之耳。惟淵明則不然，觀其《貧士》《責子》與其他所作，當憂則憂，遇喜則喜，忽然憂樂兩忘，則隨所遇而皆適，未嘗有擇於其間，所謂超世遺物者，要當如是而後可也。觀三人之詩，以意逆志，人豈難見？以是論賢不肖之實，亦何可欺乎？（《蔡寛夫詩話》。）（《文淵閣四庫全書》本）

陳元靚《歲時廣記》卷二《夏·卧北窗》：

《晋書》：陶潛字淵明，謚靖節先生。嘗言夏月虚閑，高卧北窗之下，清風颯至，自謂羲皇上人。東坡詩云："一枕清風直萬錢，無人肯買北窗眠。"又云："祇應陶靖節，會聽北窗眠。"又云："北窗仙人卧羲軒。"又云："北窗高卧等羲炎。"（《文淵閣四庫全書》本）

郝經《陵川集》卷二十九《〈原古録〉序》：

中統七年春王正月，猶在宋之儀真館，十五日己未，《原古録》成，叙曰：昊天有至文，聖人有大經，所以昭示道奥，發揮神藴，經緯天地，潤色皇度，立我人極者也。故自書契以來，載籍所著，莫不以文稱，天曰天文，人曰人文。堯曰文思，舜曰文明，禹曰文命，西伯曰文王，周公曰文公。仲尼之以道自任也，曰：

"文王既没，文不在兹乎？"皆言文而不及道，則道即文也。……是以仲尼氏没，大經與天地并爲至文，嶷爲名教，至於今而不可易也。雖駁雜於戰國，火於秦，黄老於漢，佛於晋、宋、齊、梁、魏、周、隋、唐，而大儒傑士相繼而出：孟軻、韓愈則浚源張本，雄辨力抵，廓清禦侮，接續正傳；荀況、董仲舒、劉向、揚雄、王通則著書立言，尊王賤霸，修仁明義，表章儒學；陳摶、周敦頤、邵雍、程灝、程頤、張載、朱熹則根極致命，盡性窮理，比象衍數，直造聖地；孔安國、毛萇、鄭玄、何休、王弼、杜預、范寧、孔穎達則掇拾補綴，緯韋撥燼，反復訓詁，申明經旨；司馬遷、班固、荀悦、陳壽、干寶、范曄、沈約、李延壽、宋祁則罔羅遺文，抽閲秘記，藻飾言動，完具國典，以爲信史；樂毅、張良、賈誼、汲黯、蕭望之、丙吉、魏相、袁安、楊震、李固、陳蕃、孔融、諸葛亮、羊祜、王導、劉琨、謝安、王猛、高允、房玄齡、魏徵、褚遂良、狄仁傑、姚崇、宋璟、張九齡、顔真卿、陸贄、權德輿、裴度、李德裕、王朴、竇儼、趙普、王旦、寇凖、吕夷簡、范仲淹、韓琦、文彦博、富弼、歐陽修、司馬光則挺特瑰偉，神明博達，剛大諒直，閎肆尊顯，佐王經世，撥亂反正，以爲事業；戰國之莊周、屈原、宋玉、商鞅、韓非、李斯，漢之鄒陽、枚皋、東方朔、司馬相如、王褒、劉歆、張衡、崔瑗、蔡邕，魏之曹植、王粲、陳琳、阮籍、嵇康，晋之張華、左思、潘岳、陸機、孫綽、袁宏、陶潛，南北之謝靈運、顔延之、任昉、鮑照、江淹、謝脁、温子升、徐陵、庾信、薛道衡，唐之陳子昂、張説、蘇頲、李白、杜甫、元結、李華、賈至、楊炎、常袞、李翱、皇甫湜、劉禹錫、柳宗元、白居易、元稹、牛僧孺、皮日休、杜牧、陸龜蒙、司空圖，宋之楊億、王禹偁、夏竦、蘇洵、曾鞏、王安石、蘇軾、蘇轍、吕惠卿、李清臣、黄庭堅、張耒、秦觀、晁無咎、金源之、韓昉、蔡珪、黨世傑、趙渢、王庭筠、趙秉文、李純甫、雷淵、麻九疇，則鼓吹風雅，鋪張篇什，藻飾綸綍，列上書疏，敷陳利害，詰竞論議，雕繪華采，追琢章句，掐抉造化，窮極筆力，精核義理，照耀竹帛，劃刻金石，撼摇天地，陵轢河山，剴切星斗，推蕩風雲，震迭一世，作爲文章，皆有書有集，有簡有策，名家傳後。於是大經之枝葉蔽蔭六合，其稺萌孫根籠絡八表，源委波瀾，放乎四海，堯、舜、禹、湯、文、武、周、孔之緒闡焉而不墜，道德、仁義、大中、至正之理皭焉而不昧，男女、夫婦、父子、君臣之倫截然而不亂，禮樂、刑政、文物、聲明之典粲然而不亡，中國、四方、剛柔、燥濕之俗判然而不雜，彼異端邪説干時妨政、喪心惑志者，焉能行胸臆於其間哉？故斯文之大成，大經之垂世，名教之立極，仲尼之力也。斯文之益大，名教之不亡，異端之不害，衆賢之功也。自源徂流，以求斯文之本，必自大經始。遡流求源，以徵斯文之迹，衆賢之書不可廢也。（《文淵閣四庫全書》本）

郝經《續後漢書》卷七十三《狂士阮籍列傳》：

議曰：蘇武、李陵初爲古詩，高簡雅質，爲西漢正體。建安中，七子作而詞氣盛。逮夫潘、陸，益尚才華，古意始衰矣。惟東漢之《十九首》與阮籍之《咏懷》十七首，托物寓興，辭旨幽婉，曠逸邁往，如醉語無叙，吐出真實，高風遠韻，邈不可及。其後陶潛出於應璩，（原注：元好問《詩文自警》：《初學記》貧門載應璩《雜詩》："貧子語富兒，無錢可把撮。耕日不得粟，采彼南山葛。簞瓢恒自在，無用相呵喝。"《文苑英華》載璩《三叟詞》云："昔有行路人，陌上見三叟。年各百餘歲，相對鉏禾莠。駐車問三叟，何以得此壽。一叟前致詞，量腹節所受。中叟前致詞，夜卧不覆首。下叟前致詞，室内婦麄醜。要哉三叟言，所以能長久。"鍾嶸《詩評》謂淵明詩其源出於應璩，然璩詩世不多見，宋人以璩《百一詩》較之，謂淵明與璩全無關涉，殆未見前二詩邪？大率前輩議論悉有依據，譏評之際不可不慎也。）静深簡麗，委運乘化，悠然天地同流，與籍作相表裏。於是爲魏、晋古詩之正，歷齊、梁、南北、隋、唐至陳子昂之《感遇》，（原注：三十八首。）李白之《古風》，（原注：五十首。）杜甫之諸《咏懷》《懷古》，韓愈之《秋懷》，（原注：十一首。）柳宗元、韋應物、蘇軾、黄庭堅之諸五言雜體，及朱熹之《齋居感興》，（原注：二十首。）與近世元好問之"萬化如大路"等，其風格氣骨皆本於籍、璩、潛。嗚呼！籍雖狂，而其中藴蓄者如是，乃爲詩家規矩大匠，亦人豪也哉！（《叢書集成初編》本）

王惲《秋澗集》卷二十九《陶潛夏居圖》（徽宗筆杜亨甫家藏）：

襟懷嘯傲羲皇上，晋宋興亡筆削中。千古此心誰會得，颯然時有北窗風。

吾廬瀟灑風煙外，詩思扶疏樹影中。典午廢來何限事，五株楊柳自春風。

庭樹交柯緑蔭濃，欣然忘却草堂空。更憐披褉懷新處，漠漠平疇遞遠風。（《文淵閣四庫全書》本）

姚燧《牧庵集》卷八《歸來園記》：

歲壬子，余與令今醴泉雷君損之交，至至元丁亥最之三十六年，爲故人。始余從先世父中書左轄公，受讀《四書》，君與横經几席爲同業，交不爲淺，年不爲淺，故凡見其小不足余意者必爲之盡言。蓋君自踐仕至今三十年，位止一令，所至與去人稱其賢。今老矣，不厭不已，猶爲之將行道耶？……嗚呼！豈余蒙暗之甚，未真嘗宦味之甘便者耶？余嘗激之使委印而去，君以故人同業之故受其説而不愠焉，此可見其寬有容也。然復有優游牽制未斷之言焉，曰："今遽不可，吾必以開歲某月而行。"嗚呼！君子進三揖退一揖，所以礪難進易，退於平居也。如君所言，正如東萊譏魯隱"當授即授，何謂將授？當營即營，何謂將營"之説也。君又不以余爲躁而斥己，肯服其非是，又見其善從人也，徐曰："吾家有園，鑿池其中，中池爲堂，外爲四亭：東亭藝蘭，蘭則春芳，取楚屈原之辭曰紉蘭；南亭北軒，闢池種蓮，蓮則夏敷，取周子之説曰愛蓮；西亭植菊，菊則秋榮，取陶潛之詩曰采菊；北亭樹梅，梅則冬花，取林逋之句曰疏影。順四時草木秀發，迴圈流居四亭，期没吾亭。獨中池之堂與園未名，子爲製之。"余曰："屈原之愛君，周子之鳴道，陶潛之明達，林逋之隘狷，能發四賢足矣，又可他求爲耶？《詩》曰'高山仰止，景行行止'，宜名之曰景山。雖然，周子爲人，鄒孟氏之亞，其言亦六經、洙泗之遺餘，固不在淺學之妄論。餘三子則皆有説。屈原之不忘君，其失未免怨懟激發而不平；林逋終身遁棄而忘君，又類潔身亂倫，其吟嘯多賦近體，句律清快，可誦者有數；陶潛既仕矣，則其心爲不忘君，知其不可，以恥束帶見督郵爲，目以去正，得孔子燔肉，不至微罪行之遺意，又其言和平微婉，猶玄酒希聲，後世雖有效而和之，終不能一造其堂奥。三子之中，古所謂吾無間然者也。園宜以歸來名，君試誦其辭，將不待人之勸激，懼窮日力而歸矣。以是爲記，是歲十月晦書。
（《文淵閣四庫全書》本）

劉敏中《中庵集》卷五《題陶潛歸來圖扇頭》：

攜來萬里風，踏破一輪月。見公歸時興，滌我千年熱。

同上，卷九《陽丘尹申君餞行序》：

始余宦京師，識太常協律申君仲和甫善鼓琴，尤善斫琴，聲藉藉也。余後歸歷下，而廣平霍君清臣提刑山東，以枯桐琴材遺余，且曰："是得之江南，其人云三百年矣。"余謂："惜不得申君見也。"又十年，申君來爲陽丘，過濟南，而余適在焉，喜曰："枯桐乃遇乎！"即以委君。君曰："嘻！異材也。"乃離爲二琴，使余志其一，成而畀余。余請弦之，遂鼓之，君竦然曰："無木聲矣，不三百年不至是。"余乃知申君於斯技其至者也。余因有感焉，琴之用一也，而舜以理天下，宓子賤以理邑，伯牙則絶弦，孫公和一弦，而陶潛無弦，胡顯晦不侔若此耶？余聞聖人之製琴也，以寓道也，曰所以修身理性而反乎其真也。故其用高而難遵，微而難知。難遵則求者寡，難知則聽者怠。兹非所以顯於古而晦於後，愈降而愈晦歟？嗚呼！琴之晦久矣，知琴者加少矣，而申君終日斫之而不知倦也，求之者誰乎？終日鼓之而不知止也，聽之者誰乎？伯牙、孫公和、陶潛皆不足以取乎？亦見申君之勞且費也。雖然，君之志，余固有以得之矣。器存則道存，器亡則道息，子貢欲去告朔之餼羊而孔子非之，况於聖人之制以寓道者獨可以去乎？故終日斫之而終日鼓之者，吾以存道耳。求而聽之在其人，吾暇知乎哉？以此觀之，則伯牙、孫公和、陶潛可爲而不爲，爲己者也；申君不可爲而爲之，忘己而爲道者也。忘己而爲道者幾人哉！君之爲邑，簡而静、平而恕、善而不伐，忘己而爲道也，符乎琴矣。余懼如琴之晦而不揚也，於其歸，書所感以送之，庶其有知者焉。元貞二年八月既望序，丙申歲也。（《文淵閣四庫全書》本）

吴澄《吴文正集》卷三十七《湖口縣靖節先生祠堂記》：

晋靖節陶先生，家潯陽之柴桑，嘗爲彭澤令。後析彭澤，創湖口縣。湖口，亦彭澤也。故其境内，往往有靖節遺迹。孫侯文震宰湖口，因行其鄉，至三學寺，民間相傳，以爲靖節讀書之地。旁有望月臺，舊基猶存，乃出私錢，屋於臺基之上。且就縣學東偏，建祠堂三間，以祀先生。湖口小邑，凋弊特甚，扼江湖之會，當驛置之衝。侯興補滯廢。應接往來，精神光昭，意氣閒暇，處難若易，任勞若逸，固其才略之優，而又追慕先賢，尊崇表章，以勵末俗，是豈俗吏所爲者。值余舟過湖口，而請記其事。竊惟靖節先生高志遠識，超越古今，而設施不少概見。其令彭澤也，不過一時牧伯辟舉相授，俾得公田之利以自養，如古人不得已而爲録者爾，非受天子命而仕也。曾幾何時，不肯屈於督郵而去，充此志節，異時詎肯忍恥於二姓哉！觀《述酒》《荆軻》等作，殆欲爲漢相孔明之事而無其資。責子有詩，與子有疏，志趣之同，苦樂之安，一家父子夫婦又如此。夫人道三綱爲首，先生一身，而三綱舉無愧焉。忘言於真意，委運於大化，則幾於同道矣。誰謂漢魏以降，而有斯人者乎？噫！先生未易知也。後人於言語文字間，窺覘其仿佛而已。然先生非有名位顯於時，非有功業著於後，而千載之下，使人眷眷不忘，其何以得此於人哉！予於孫侯之爲，惡乎而不喜談樂道之也。侯，燕人，所至有廉能聲。（《文淵閣四庫全書》本）

胡炳文《純正蒙求》卷下“胡家戒打陶子善遇”條：

“胡家戒打，陶子善遇。”（御童僕婢妾。）

宋胡彦時處家有法，子弟不得自打僮隸，婦女不得自打婢妾，有過告之尊長，尊長爲之行譴。

晋處士陶潛爲彭澤令，不以家累自隨，送一力給其子，書曰：“汝旦夕之費，自給爲難，今遣此力助汝薪水之勞。此亦人子也，可善遇之。”（《文淵閣四庫全書》本）

馬端臨《文獻通考》卷三十一《選舉考四》舉士：

政和二年親試舉人，始罷試詩，改試箴。

先時，御史李章言作詩害經術，自陶潛至李、杜皆遭譏詆。詔送敕局立法，宰臣何執中請禁人習詩賦。又詔，士毋得習史學。

同上，卷一百三十七《樂考十》絲之屬胡弄：

陳氏《樂書》曰：《越裳操》者，因越裳獻雉而作也。趙師曹善鼓琴。忉利天王子般遮彈之，而聲聞舍利爲之起舞焉。摩訶兜勒，張騫入西域所得者也。晋楚人劉琨世爲樂吏，制胡笳五弄，趙耶利所修者也。胡笳四弄，有上舞下舞、上間弦下間弦，明君所傳者也。今夫彈操弄者，前緩後急，妙曲之分布也。時中急後緩，節奏之停歇也。或疾打則聲如劈竹，或緩挑則韻并風生。亦有聲正厲而以指按殺，亦有響絶而意猶未盡。是以知聲不知音，彈弦不彈意也。陶潛嘗曰："但取琴中意，何勞弦上聲。"可謂深於琴者矣。

同上，卷二百二十七《經籍考五十四》子·釋氏：

《高僧傳》十四卷。

晁氏曰：蕭梁僧釋慧皎以劉義宣《靈驗記》、陶潛《搜神録》等數十家并書諸僧，殊疏略。乃博采諸書，咨訪古老，起於永平十年，終於天監十八年，凡五百五十二載，二百五十七人。又附見者二百餘人，分爲《譯經》《義解》《神異》《習禪》《明律》《遺身》《誦經》《興福》《經師》《唱道》十科。

同上，卷二百二十九《經籍考五十六》子·雜藝術：

《捉卧甕人事數》一卷。

晁氏曰：皇朝李庭中撰，以畢卓、嵇康、劉伶、阮孚、山簡、阮籍、儀狄、顔回、屈原、陶潛、孔融、陶侃、張翰、李白、白樂天爲目，有趙昌言序。

陳氏曰：此篇與《釣鼇圖》、《采珠格局》、《勸酒玉燭詩名》一卷，皆酒邊雅談。

同上，卷二百三十《經籍考五十七》别集：

《陶靖節集》十卷。

晁氏曰："晋陶淵明，元亮也，一名潛，潯陽人。蕭統云'淵明字元亮'，《晋書》云'潛字元亮'，《宋書》云'潛字淵明，或云字深明，名元亮'。按集中《孟嘉傳》與《祭妹文》皆自稱淵明，當從之。晋安帝末，起爲州祭酒。桓玄篡位，淵明自解而歸。州召主簿，不就，躬耕自資。劉裕起兵討玄，誅之，爲鎮軍將軍。淵明參其軍事，未幾遷建威參軍。淵明見裕有異志，乃求爲彭澤令，去職。潛少有高趣，好讀書，不求甚解。著《五柳先生傳》以自況，世號靖節先生。今集有數本，七卷者，梁蕭統編，以序、傳、《顔延之誄》載卷首。十卷者，北齊陽休之編，以《五孝傳》、《聖賢群輔録》、序、傳、誄分三卷，益之詩，篇次差異。按《隋·經籍志》，《潛集》九卷，又云《梁》有五卷，《録》一卷。《唐·藝文志》，《潛集》五卷。今本皆不與二《志》同。獨吴氏《西齋目》有《潛集》十卷，疑即休之本也。休之本出宋庠家，云江左舊書，其次第最有倫貫，獨《四八目》後‘八儒’‘三墨’二條，疑後人妄加。”

東坡蘇氏曰：“吾於詩人無所好，獨好淵明詩。淵明詩不多，然質而實綺，癯而實腴。自曹、劉、沈、謝、李、杜諸人，莫能及也。”

山谷黄氏曰：“寧律不諧而不使句弱，用字不工而不使語俗，此庾開府所長也，然有意於爲詩也。至於淵明，則所謂不煩繩削而自合者。雖然，巧於斧斤者多疑其拙，窘於檢括者輒病其放。孔子曰：‘甯武子其智可及也，其愚不可及也。’淵明之拙與放，其可爲不知者道哉？要當與一邱一壑者共之耳！”

龜山楊氏曰：“淵明詩所不可及者，沖澹深邃，出於自然。若曾用力學，然後知淵明詩非著力之所能及也。”

《朱子語録》曰：“淵明詩，人皆説平淡，據某看，他自豪放，但豪放得來不覺耳。其露出本相者，是《咏荆軻》一篇，平淡底人如何説得這様言語出來？”

西山真氏曰：“予聞近世之評詩者，淵明之辭甚高，而其指則出於莊、老；康節之辭若卑，而其指則原於六經。以余觀之，淵明之學，正自經術中來，故形之於詩，有不可掩。《榮木》之憂，逝水之嘆也，《貧士》之咏，簞瓢之樂也。《飲酒》末章有曰：‘羲農去我久，舉世少復真，汲汲魯中叟，彌縫使其淳。’淵明之智及此，豈元虚之士可望邪？雖其遺榮辱，一得喪，真有曠達之風，細玩其辭，時亦悲涼感慨，非無意世事者。或者徒知義熙以後不著年號，爲恥事二姓之驗，而不知其眷眷王室，蓋有乃祖長沙公之心，獨以力不得爲，故肥遁以自絶，食薇飲水之言，銜木填海之喻，至深痛切，顧讀者弗之察耳。淵明之志若是，又豈毁彝倫而外名教者可以同日語乎？”

後村劉氏曰：“陶公如天地間之有慶雲醴泉，是惟無出，出則爲祥瑞，且饒坡公一人和陶可也。”（中華書局，1986年）

劉將孫《養吾齋集》卷六《九日和彭明叔登高》：

古今九日稱孟嘉落帽、陶潛獨酌。潛於嘉爲外孫，潛爲晋處士，而嘉以此與桓温同傳。哀哉！孟生本自落魄，何與人事？郗超輩安在？彼不與爲黨，而嘉與焉。前史之妄不足惜，而千載未有一明之者，豈不可嘆也！因和韻志其恨云。

酒與身名孰是親，垂芳遺臭等時新。小兒已作晋處士，一命獨爲温輩人。壁後豈無推幕客，醉餘不濯墮纓塵。千年史册無端的，閑愛禪房白氎巾。（《文淵閣四庫全書》本）

虞集《道園學古録》卷四十《跋子昂所畫陶淵明像》：

《陶淵明集》，傳於世且千年矣。臨川吴幼清先生以爲其詩泊然沖澹而甘無爲者，安命分也；慨然感發而欲有爲者，表志願也，蓋以擬諸屈大夫之辭云。然《楚辭》得朱子發明之，而陶之志，悟者蓋鮮。又因二子，而推言張子房、諸葛孔明，區區之心，欲明君臣之大義於天下，則同也。留侯、武侯，事業可見，而屈、陶托諸空言，而其心之明白，天下萬世信之，何其偉歟！予嘗以斯言也想見四君子於千載之上，恨不得爲之執御焉。幼嘗游楚，見屈大夫像於山澤之荒祠，稱其所謂憔悴枯槁者。留侯像世或傳之，而畫者乙太史公言其狀貌乃若婦人女子，不勝其志氣，乃以意而仿佛之，似否未可知也。歸蜀，見武侯像，衣冠良是，而年代深遠，傳仿疑未必盡然。江鄉之間，傳寫陶公像最多，往往翰墨纖弱，不足以得其高風之萬一。必也誦其詩，讀其書，迹其遺事以求之，雲漢昭回，庶或在是云耳。臨川郡貳幕大梁邵宏父，得吴興趙公子昂所寫淵明像。蓋公之胸次知乎淵明者既深且遠，而筆力又足以達其精藴，是以使人見之可敬可慕可感可嘆而不忍忘若此，乃爲之述贊，云："田園歸來，凉風吹衣。窈窕崎嶇，遐蹤遠微。帝鄉莫期，乘化以歸。哲人之思，千載不違。"（《四部叢刊》本）

釋念常《佛祖歷代通載》卷七東晋：

淵明陶潛字元亮，爲彭澤令，解印去。居柴桑，與廬山相近，時訪遠公。遠愛其曠達，招之入社。陶性嗜酒，謂許飲即來。遠許之。陶入山久之，以無酒攢眉而去。（《文淵閣四庫全書》本）

馬祖常《石田文集》卷一《讀陶潛詩》：

伯夷耻粟餓，屈原避讒死。獨有柴桑翁，一不失張弛。所以百世下，風流激頹靡。遐觀八極表，浮榮何足數。（《文淵閣四庫全書》本）

胡震《周易衍義》卷七：

九二，坎有險，求小得。象曰：求小得，未出中也。

……蓋險難之世，上而時君不與爲應，下而一身不能自通，不得以展其經綸之學，但求出處之義斯可矣。梅福遇漢難之將作，而飄然遠引，亦不過出險而不自汙耳；陶潛遇晋禍之不救，而翻然歸去，亦不過出險而自潔耳。大勳大烈，固非二之所能也。

同上，卷八：

九三，日昃之離，不鼓缶而歌，則大耋之嗟凶。象曰：日昃之離，何可久也！

（《文淵閣四庫全書》本）

梁益《詩傳旁通》卷七祈父之什上《祈父·薪水之勞》：

陶潛爲彭澤令，不以家累自隨，送一力給其子，與書曰："汝旦夕之費，自給爲難，今遣此力，助汝薪水之勞。此亦人子也，可善遇之。"淵明名，古今言陶潛，字淵明。然益觀淵明記其外祖孟嘉萬年遺事，自稱淵明，先親記尊者事不應自稱己字。當是一名淵明，而字元亮也。（《文淵閣四庫全書》本）

楊維楨《東維子文集》卷十七《溪居琴樂軒記》：

古樂器之存，惟琴。琴，蓋古聖人有道之器，而至樂存焉。故顔淵得聖人之道而托之琴也，陶潛得聖人之趣亦托琴也。師曠、嵇康、阮瞻之徒非不工於琴，藝而已耳。道也，趣也，其樂内也。聲有可也，無可也。藝者其樂外也，聲不得而無哉！松陵曹某氏闢室一所，前俯六溪，暇日鼓琴於其口，題曰"溪居琴樂"。間從址百經氏來謁記，予惟琴雖古樂，今之琴絶與古反矣。古人樂於内，今人樂於外也。善琴者有猗蘭白雪、離鸞舞鶴、御風騎，古操之制也，不知古操之制古道之所托也。今之紈袴小生、笄珥婦女以勞爲學者，往往務爲新聲以悦今耳，是列雅於鄭衛之音，何有乎古聖人之至樂哉！予嘗聽氏琴已，曹氏獨好純古淡泊之音，寬於内好，足以舒焦衰湮鬱之疾，則於顔之道、陶之趣，其得否即於此中寓之，非後世紈袴小生、笄珥婦女者比也。不樂於聲則於樂道似矣，抑吾聞伯牙氏之學於連城是也，置之絶島之間，觀風水之澒，洞山林之杳，鳥悲獸號之慘，情一移而琴遂最天下。曹氏之居溪上也，流水終日，滮滮鳴階除，聞若金石交作，而清奏鈞韶也。高陵大埠，煙雲晻靄，在窗户外，其朝夕之變不同也。即物家之變而寫之於琴，吾知其符連成子之教矣。吁！是道也，又豈紈袴小兒、笄珥婦女以吟猱攫醳習於工師之樂學以爲樂者哉！子它日拿舟過溪上，聽太古之音，以見聖人於穆然頎然之間，尚當爲汝賦其樂云。（《四部叢刊初編》本）

脱脱等《宋史》卷二百三《藝文志二》史類傳記類：

李燾《陶潛新傳》三卷。

同上，卷二百八《藝文志七》集類四别集類：

《陶淵明集》十卷。

同上，卷三百八十八《李燾列傳》：

李燾，字仁甫，眉州丹棱人。唐宗室曹王之後也……張栻嘗曰："李仁甫如霜松雪柏，無嗜好，無姬侍，不殖産，平生生死文字間。”《長編》一書用力四十年，葉適以爲春秋以後纔有此書。有《易學》五卷、《春秋學》十卷……《陶潛新傳》并《詩譜》各三卷……

同上，卷四百八《陳宓列傳》：

陳宓，字師復，丞相俊卿之子。少嘗及登朱熹之門，熹器異之。長從黄幹游……宓天性剛毅，通道尤篤。嘗爲《朱墨銘》，謂朱屬陽，墨屬陰，以驗理欲分寸之多寡。自言居官必如顔真卿，居家必如陶潛，而深愛諸葛亮身死“家無餘財，庫無餘帛”，庶乎能蹈其語者。

同上，卷四百三十九《文苑一・朱昂傳》：

朱昂，字舉之。其先京兆人，世家渼陂。唐天復末，徙家南陽，梁祖篡唐，父葆光與唐舊臣顔蕘、李濤數輩挈家南渡，寓潭州。每正旦夕至，必序立南嶽祠前，北望號慟，殆二十年。後濤北歸，葆光樂衡山之勝，遂往家焉。昂少與熊若谷、鄧洵美同學，朱遵度好讀書，人號之爲“朱萬卷”，目昂爲“小萬卷”。昂嘗閒行經廬陵道，遇異人，謂之曰：“中原不久當有真主平一天下，子仕至四品，安用南爲？”遂北游江淮。時周世宗南征，韓令坤統兵至揚州，昂謁見，陳治亂方略，令坤奇之，署權知揚州揚子縣。適兵革之際，逃亡過半，昂便宜綏輯，復逋亡者七千餘家。令坤即表授本縣令。宋初爲衡州録事參軍。嘗讀陶潛《閒情賦》而慕之，因廣其辭曰……

同上，卷四百四十四《文苑六・晁補之傳》：

晁補之，字無咎，濟州巨野人。太子少傅迥五世孫，宗慤之曾孫也……還家，葺歸來園，自號歸來子，忘情仕進，慕陶潛爲人。大觀末出黨籍，起知達州，改泗州，卒年五十八。（中華書局，1977年）

甘複《山窗餘稿・書許聖瑞自製墓志銘後》：

好生惡死，恒人之情，然好果常有，惡得以免，夫惑者之不達生而梏於形也。余讀賈生《鵩賦》、陶潛《挽歌詞》，而知二子之不梏於形而能達生矣。自天生民以來，薦生薦死，相續於無窮。人生一世，不盈百年，於其間頃刻爾。恒苦心役役於聲利之途，少而壯，壯而老，且死不暫休。嗚呼，豈不甚惑矣哉！若許君聖瑞之生，營其墓而自述以銘，慨然齊死生，不以人之所惡者爲嫌，所好者自蘄，其有得於賈生、陶潛之意，可謂賢矣。世之眵瞶衰羸，希望不已，而興大耋之嗟者，之聞許君之風也，得無激乎？（《文淵閣四庫全書》本）

戴良《九靈山房集》卷十一《吴游稿第四・六柳莊記》：

六柳者何？主人所以名莊也。曷爲以六柳名？因莊之所有也，莊有柳而遂名之，主人知取夫柳也。卉木之品類夥矣，何獨於柳焉取之？蓋是柳也，先春而萌，未秋而凋，參剛柔以定體，應中和以屈伸者也。柳烏乎生？五沃之土宜柳，山西、鳳伯、直陵、平邱柳最多，而柴桑之柳則以陶潛著《五柳先生傳》，故其名獨顯。六柳云者，所以竊擬夫潛也。然則不謂之五柳者，嫌其自同於潛也。潛以時之將亂，解縣綬而去之，門適有柳者五，故取以自號也。潛知取乎柳，主人知取夫潛也。或曰潛棄禄仕歸故里，主人即故里爲禄仕，其出處不同，吾不知主人之取於潛者何也？人有曠百世而相同者，不於其迹而於其心，惟其心之同也，則主人不必不爲潛也。人不同乎迹而同乎心，物不同乎人而同乎天也。是故主人即潛，潛即柳也。或曰："劉悛之、柳子厚非潛之心矣，曷爲亦取乎是柳？"二人於柳雖欲忘己取之，而柳不爲其取也。不爲其取而强取之，猶不知取夫柳也。《傳》曰："惟其有之，是以似之。"主人有焉。主人孰謂？謂沈君也。沈其姓，達卿其字也。記之者誰？九靈山人戴良也。（《叢書集成初編》本）

宋濂《宋學士全集》卷十三《題淵明小像卷後》：

龍眠居士所畫淵明小像卷，鉅公名人，贊於後，發揮其出處者甚備，故不必置辭於其間。有謂淵明恥事二姓，在晋所作皆題年號，入宋之時惟書甲子，則惑於傳記之説，而其事有不得不辨者矣。今淵明之集具在，其詩題甲子者始於庚子，而訖於丙辰，凡十有七年，皆晋安帝時所作，初不聞隆安、元興、義熙之號。若《九日閒居》詩有"空視時運傾"之句，《擬古》第九章有"忽值山河改"之語，雖未敢定爲何年，必宋受晋禪後所作，不知何故反不書以甲子耶？其説蓋起於沈約《宋書》之誤，而李延壽《南史》、五臣注《文選》因之，雖有識如黄庭堅、秦觀、李燾、真德秀，亦踵其謬而弗之察。獨蕭統撰本傳，謂淵明以曾祖晋世宰輔，恥復屈身後代，見宋王業漸隆，不復肯仕。朱子《通鑑綱目》遂本其説，書曰"晋徵士陶潛卒"，可謂得其實矣。嗚呼！淵明之清節，其亦待書甲子而後始見耶？故參先儒之論，而附著於左方云。（《叢書集成初編》本）

王褘《大事記續編》卷三十六：

（宋太祖文皇帝元嘉四年、魏世祖太武皇帝始光四年、燕馮跋太平十九年、秦乞伏熾盤建弘八年、凉沮渠蒙遜玄始十六年、夏赫連昌承光三年。）

春正月乙酉，魏主還。（以《通鑑》修。）夏五月，魏主伐夏。（以《魏紀》修。）宋王華卒。（以《本紀》修。）六月癸卯朔，日有食之。（以《本紀》修。）甲辰，夏主昌及魏戰於城下，軍潰奔上邽。乙巳，魏取統萬。秋八月，魏主還。（以吕祖謙《標目》、朱熹《綱目》修。）九月丁酉，夏安定降魏。（以《魏紀》修。）冬十一月，魏封楊玄爲南秦王。（以朱熹《綱目》修。）晋前彭澤令陶潛卒。（以晋宋《列傳》修。）

解題曰：按《宋書列傳》，陶潛字淵明，或云淵明，字元亮。侃之曾孫。少有高趣，嘗著《五柳先生傳》以自况。親老家貧，起爲州祭酒，不堪吏職，少日，自解歸。州召主簿，不就。躬耕自資，遂抱羸疾。江州刺史檀道濟請候之謂曰："賢者處世，奈何自苦如此？"對曰："潛也何敢望賢？志不及也。"道濟饋以粱肉，麾而去之。爲彭澤令，不以家累自隨。郡遣督郵至縣，吏曰："應束帶見之。"潛嘆曰："我不能爲五斗米折腰向鄉里小人。"即日解印綬去。賦《歸去來》以遂其志。義熙末，徵著作佐郎，不就。潛弱年薄宦，不潔去就之迹，自以曾祖晋世宰輔，恥復屈身後代，自宋武帝王業漸隆，不復肯仕。所著文章皆題年月，義熙以前則書晋氏年號，自永初以來唯云甲子而已。卒，號靖節先生。

唐昭宗皇帝天復三年……二月……癸未，貶翰林學士承旨韓偓爲濮州司馬。（以《通鑑》修。）

解題曰：按偓詩集，自貶濮州後，其詩皆以甲子自記所在，豈亦欲效陶潛之於宋耶？乙丑，天佑二年也，在袁州得人賀除承旨有詩；丁卯，梁開平元年也，聞再除前職又有詩，皆言不往之意，是兩召皆辭。癸酉，乾化二年也，載其在南安之作，終身不食梁禄，大節與司空圖略相等。（《文淵閣四庫全書》本）

葉子奇《草木子》卷二《原道篇》：

《綱目》真經世之大典也。

《綱目》有湯武之時者三，秦、新、隋皆以大義絶之，夫人得而討之也，故書兵起而不書叛。

書莽大夫揚雄死，所以病揚子也。然爲莽大夫者不知其幾，不書，又所以因貶而見褒也。

書大丞相帥師伐魏，所以正統也。書晋處士陶潛卒，特書以褒之，所以賢之也。（中華書局，1959年）

陶宗儀《説郛》弓五十七《東林蓮社十八高賢傳·不入社諸賢傳》（亡名氏）：

陶潛，字淵明。（一字元亮。）晋大司馬侃之曾孫。少懷高尚，著《五柳先生傳》以自况，時人以爲實録。初爲建威將軍，謂親朋曰："聊欲弦歌，爲三徑之資。"執事者聞之，以爲彭澤令。郡遣督郵至縣，吏白應束帶見之，潛嘆曰："吾不能爲五斗米折腰，拳拳事鄉里小兒。"即解印去縣，乃賦《歸去來》。及宋受禪，自以晋世宰輔之後，恥復屈身異代。居潯陽柴桑，與周續之、劉遺民并不應辟命，世號“潯陽三隱”。嘗言夏月虚閑，高卧北窗之下，清風颯至，自謂羲皇上人。性不解音，畜素琴一張，弦徽不具，每朋酒之會則撫而扣之，曰：“但識琴中趣，何勞弦上聲。”嘗往來廬山，使一門生二兒舁籃輿以行。時遠法師與諸賢結蓮社，以書招淵明，淵明曰：“若許飲，則往。”許之。遂造焉，忽攢眉而去。宋元嘉四年卒，世號“靖節先生”。

同上，弓一百十七《搜神後記》卷一（陶潛）：

丁令威本遼東人，學道於靈虚山。後化鶴歸遼，集城門華表柱。時有少年舉弓欲射之，鶴乃飛，徘徊空中而言曰……

（下録嵩高山大穴、會稽剡縣民、滎陽等十條，文略。）

同上，《搜神後記》卷二：

（下録吴舍人、謝允、錢塘杜子恭等十二條，文略。）（《説郛三種》本）

張羽《静菴集》卷四《劉伶、謝安、陶潛、王羲之像》：

鹿車載酒竹間期，不記山妻泣諫時。已識形骸爲外物，何須荷鍤鎮相隨。

典午風流數謝公，高標自許伯夷同。桓郎跋扈苻郎健，都在尚書雅量中。

五兒長大翟妻賢，解綬歸來衹醉眠。籬下黄花門外柳，秋光不似義熙前。

白葛爲巾不裹頭，蘭亭會裏最風流。老來忘却觀鵝癖，衹愛山人許遠游。（《文淵閣四庫全書》本）

劉仁本《羽庭集》卷六記《寄傲軒記》：

……昔靖節處士陶淵明，當晋宋之交爲彭澤令，在官八十日，假去就於督郵，即棄榮歸隱。葛巾野服，吟詩縱酒，逍遥佚樂，自謂羲皇上人。作《歸去來辭》以自見辭。有曰“倚南窗以寄傲，審容膝之易安”，蓋表其志之無他而知自足也。知足故身不辱，無他故志不降，可以絶俗傲世，保身全節爾。今非有官守之可去也，非能縱酒忘形以自得也，又非能遠塵俗、絶世事以自高亢也，顧乃摭淵明“寄傲”以名軒。（《文淵閣四庫全書》本）

胡廣等《性理大全書》卷六十三歷代五《晋・陶潛》：

朱子曰：陶淵明有高志遠識，不能俯仰時俗，故作《歸去來詞》以見志。抑以其自謂晋臣，恥事二姓，自劉裕將移晋祚，遂不復仕，則其意亦不爲不悲矣。然其詞義夷曠蕭散，雖托楚聲而無其尤怨切蹙之病云。張子房五世相韓，韓亡，不愛萬金之産，弟死不葬，爲韓報仇。雖博浪之謀不遂，横陽之命不延，然卒藉漢滅秦，誅項以攄其憤，然後棄人間事，導引辟穀，托意寓言，將與古之形解銷化者相期於八紘九垓之外，使千載之下聞其風者想像嘆息，不知其心胸面目爲何如人，其志可謂壯哉！陶元亮自以晋世宰輔子孫，耻復屈身後代，自劉裕篡奪勢成，遂不肯仕，雖其功名事業不少概見，而其高情逸想播於聲詩者，後世能言之士皆自以爲莫能及也。蓋古之君子其於天命民彝、君臣父子大倫大法之所在惓惓如此，是以大者既立，而後節概之高、語言之妙，乃有可得而言者。如其不然，則紀逡、唐林之節，非不若王維、儲光羲之詩，非不翛然清遠也。然一失身於新莽、禄山之朝，則其平生之所辛勤而僅得以傳世者，適足爲後人嗤笑之資耳。

鶴山魏氏曰：世之辯證陶氏者，曰前後名字之互變也，死生歲月之不同也，彭澤退休之年史與集所載之各異也。然是所當考而非其要也，其稱美陶公者，曰榮利不足以易其守也，聲味不足以累其真也，文詞不足以溺其志也。然是亦近之，而公之所以悠然自得之趣則未之深識也。《風》《雅》以降，詩人之詞樂而不淫，哀而不傷，以物觀物而不牽於物，吟咏性情而不累於情，孰有能如公者乎？有謝康樂之忠而勇退過之，有阮嗣宗之達而不至於放，有元次山之漫而不著其迹，此豈小小進退所能窺其際耶？先儒所謂經道之餘，因閑觀時、因静照物、因時起志、因物寓言、因志發咏、因言成詩、因咏成聲、因詩成音者，陶公有焉。

臨川吴氏曰：靖節先生高志遠識，超越古今，而設施不少概見。其令彭澤也不過一時，牧伯辟舉扳授，俾得公田之利以自養，如古人不得已而爲禄者爾，非受天子命而仕也。曾幾何時不肯屈於督郵而去，充此志節，異時詎肯忍耻於二姓哉！觀《述酒》《荆軻》等作，殆欲爲漢相孔明之事而無其資。責子有詩，與子有疏，志趣之同，苦樂之安，一家父子夫婦又如此。夫人道三綱爲首，先生一身而三綱舉無愧焉。忘言於真意，委運於大化，則幾於同道矣。誰謂漢魏以降而有斯人者乎！（《文淵閣四庫全書》本）

李賢等《明一統志》卷五十二南康府古迹：

陶潛宅。（在德化縣西南九十里柴桑里。）

同上，祠廟：

靖節祠。（有二：一在柴桑山下，一在彭澤縣治東。唐白居易詩“柴桑古村路，栗里舊山川。不見籬下菊，但餘爐中煙”。）

同上，卷五十七瑞州府祠廟：

陶靖節祠。（有二：一在府治，南宋文天祥建；一在新昌縣東南二十里。靖節，淵明號。）

同上，高安縣古迹：

陶淵明里。（在新昌縣東二十五里，有讀書堂及洗墨池，按《圖經》，淵明始家宜豐，後徙柴桑宜豐，即今新昌也。）（《文淵閣四庫全書》本）

韓雍《襄毅文集》卷十二《跋趙松雪畫〈陶潛歸去圖〉》：

江西按察僉事溧陽楊君宗毅既得請致政還故鄉，詣予言别，因出其家藏松雪翁所畫《陶潛歸去圖》求題。潛昔爲彭澤令，郡守遣督郵至縣，吏白當束帶見之，潛嘆曰："吾安能爲五斗米折腰向田里小兒耶！"即日解印綬歸去，遂作詞以見其志。後纍徵不仕，卒謚靖節。嗚呼！名節關係風教大矣，松雪一代偉人，畫此蓋有深意，安得復起斯人而與之示風世教哉？楊君歸林下，明窗永晝，焚香盥手時一展閱，亦必超然大有所得矣。君昔爲御史，時予取進士，觀政内臺同道，後同官，官舍又比鄰，日相與交契最深，於其請也誼不能辭，遂書此以歸。楊氏子若孫尚世寶之哉。（《文淵閣四庫全書》本）

章懋《楓山集》卷三《題〈陶淵明集〉》：

古今論淵明者多矣，大率以其文章不群，詞彩精拔，沖淡深粹悠然自得爲言要，皆未爲深知淵明者。獨子朱子稱其不臣二姓，有得於天命，民彝君臣父子之義。吴草廬稱其《述酒》《荆軻》等作，殆亦欲爲漢相孔明之事，而魏鶴山則曰"有謝康樂之忠而勇退過之，有阮嗣宗之達而不至於放，有元次山之漫而不著其迹"，觀是三言，足以見其爲人，而節概之高文章之妙固有不待言者。嗚呼，若淵明豈徒詩人逸士云乎哉？吾不意兩晋人物有若人也。（《四庫明人文集叢刊》本）

王鏊《姑蘇志》卷五十四《人物十四・文學》：

張慶之，字子善。其祖以武職入官，從建康徙吴。父明，字子聰，氣岸奇偉。慶之少有志操，爲舉子業，逮長棄不習，出入經史百氏，精思積年，擬《太玄》作《測靈》，又撰《孔孟衍語》。絶意仕進，好爲山水之游，著《虎丘賦》，因號海峰野逸。仿《五柳先生傳》作《海峰遺民傳》。以伯夷、蔣詡、陶潛、司空圖自況，且謂沈冥似海，峻厲似峰。時人尚其狷介。初，文天祥知平江，慶之齒諸生之列。洎國亡，集杜詩備述天祥平生大節，有《海峰文編》三卷并《老子注》《測靈》《衍語》《續胡曾咏史詩》。

同上，卷五十八《人物二十三・釋老》：

陸修静，字元德，郡人。早通墳籍，長慕神仙，棲廬山白雲寺。與陶潛、慧遠法師結白蓮社。慧遠持律精勤，送客未嘗過虎溪，而與修静行過百步，大笑而别。

宋文帝表其高風，作停霞寶贊，使徐湛宣旨留之，不可。太始三年作崇虚館、通仙堂，强招之，使講道焉。元徽五年偃月而化，春秋七十二。（《文淵閣四庫全書》本）

徐伯齡《蟫精雋》卷十一《傅延年傳》：

傅延年，南陽酈縣人也。隱居甘谷，飲谷中水以得壽。與里人朱萸、苟杞相往來，二人者出處頗同，氣味相類。然延年得中央正氣，賦性高潔，素傳攝生之術，老而彌芳。萸、杞自以爲弗及也，因更以壽客尊稱之，不能視同儕輩。其始祖説由天星之精降生，相殷高宗，顯名於世。延年以神明之後，更其字曰日精，不欲出仕與凡俗争榮，含英育秀，藴德弗耀，將以安其晚節焉。素見知於三閭大夫屈原、彭澤令陶潛，相與爲忘形交。原不飲酒，或相對夕飱而已。潛棄官家居，日與之游宴。東籬之下望南山而有悠然之趣，遇酒輒引滿共酌，浮沉觴斝中，樂而忘返。延年既與潛親昵，而萸、杞二人不得與焉，乃共議詘之，謂其華而不實，蠟貌梔言，其中枵然無有也。延年弗之辨，獨與潛及十八公者盤桓於三徑以終老焉。其子孫分散，别其姓爲黄氏，有名香者以孝行稱，支派最爲蕃衍。或更别爲白氏，惟居香山者以詩得名，然不及黄之族爲盛也。至宋石湖范成大，爲求其宗姓族屬修之爲譜以傳，於世前譜凡三十五種，後譜凡二十九種，序文以君子稱許之，謂使夫人者有爲於當年，醫國庇民於君子之道，誠有臭味哉！今新城袁安乃以墨寫其形狀，并其宗族加以品題而播揚之，揮灑奮迅，得之神妙，淡而不厭，繁而不冗，群居而不倚，特立而不雜，見者稱爲霜下傑，非虚譽也。德安萬從書來游冀北，得而裝潢成卷，加珍護焉。予方退老圃處，於寂寞荒凉之域，慕延年之操，將欲學之而未能也，遂輯而爲傳云。（《文淵閣四庫全書》本）

陸深《儼山外集》卷七《金臺紀聞上》：

李少卿子陽旻自南京來，與余論《綱目》數事。其論書新莽云：“莽、操、温之徒皆簒弑之賊，於魏書太祖，於梁書太祖，於新獨斥云莽者，何實録也？何以謂之實録？各因當時之文也。新者國也，莽者名也，魏、梁之繼世皆有天下，廟號儼然，而莽死於亂兵之手，美惡無一定之謚，將從何書？書其國，繫之名爾。此《春秋》據事直書之舊例也。”其言有理。又謂：“莽大夫揚雄死，與晋徵士陶潛卒，則爲贅筆。《春秋》之法，大夫致仕卒而不書，若曰借二人以爲漢晋起例，則孔子何以不得卒於春秋耶？”

同上，卷九《願豐堂漫書》：

張莊懿公鎣仲子早卒，聘都城趙氏女。女聞夫卒，即輿至夫家守制，奉翁姑如婦禮，年五十餘矣。弘治間，宜春劉侯德資琬守松，上其事，旌之，題曰“趙女張節婦”。顧侍讀士廉以爲言婦則無所附麗，言女則已去其母家，若不當旌者。錢修撰與謙奮臂起辨之，引張良、陶潛爲事類，至千餘言不罷，郡中一鬨。予時游南雍還，心是士廉言，而與謙已病革矣。元余忠宣公闕爲中書吏部員外郎，時安西郭氏女受聘未行，會夫卒自縊死，有司請旌其門，闕以爲過於中庸，不可以訓，格不下，惜當時禮官無引此以駁之者。（《四庫筆記小説叢書》本）

吕柟撰，趙瑞民點校《涇野子内篇》卷一《雲槐精舍語》：

陳詔問："自漢以來詩亡，何謂也？"先生曰："觀風之官不設而風亡，王道廢而雅亡，諂道興而頌亡。""李白、杜甫何如？"曰："二子應博學宏辭科則可矣，於詩則未也。然而君子猶有取焉者，辭有近乎史者也。""潘岳、劉琨、江淹、鮑照、二陸、三謝、沈、宋如之何？"曰："亂世之作也，宜勿有於世矣。"問曹植、王粲、劉楨、阮籍，曰："其漢之衰乎，然而塗斯人之耳目者，則自是耳。"問韋孟、蘇武、陶潛，曰："賴有此歟？其鶴鳴、蓼莪、考槃之亞乎！故君子不知風不足以成俗，不知雅不足以立政，不知頌不足以敦化。"

光祖曰："陳寔、郭泰、管寧、陶潛四人皆傑士也，敢問孰優？光祖欲學焉，孰從？"先生曰："太丘有仁之量，林宗有仁之材，以言其錫類則均也。幼安有仁之信，淵明有仁之智，以言其仗節則均也。子欲學守身，無如管、陶；子欲學及人，無如陳、郭。然必有管、陶之節，而後有陳、郭之用。斯四傑，吾不能爲之優劣。"（中華書局，1992年）

夏良勝《中庸衍義》卷六《達道之義》（父子之常、父子之變、父子之戒）：

臣良勝曰：……古今論三良者最多。曹植云："誰言捐軀易，殺身良獨難。"王粲云："臨没要之死，焉得不相隨。"陶潛云："厚恩固難忘，君命安可違。"是皆許之死者也。李德裕則云："不可許以死，與梁丘據同議。"柳宗元云："疾病命固亂，魏氏言有章。"蘇軾云："顧命有治亂，臣子得從違。"是皆不許以死者也。然則臣也何所取衷哉？昔陳乾昔寢疾，命子尊己大爲棺，曰使二婢子夾我。既死，尊己曰："殉葬非禮也，况又同棺乎！"弗果殺。事載《禮經》，君子不以爲非也。則知康公三良之不爲是，明矣。（《文淵閣四庫全書》本）

孫一元《太白山人漫稿》卷八《陶潛》：

江山萬里雲無色，歸去柴桑日已斜。風景滿前非故物，東籬采采獨黄花。（《四庫明人文集叢刊》本）

楊慎《丹鉛總録》卷十九詩話類《劉須溪》：

廬陵劉辰翁會孟，號須溪，於唐人諸詩集及李、杜、蘇、黄大家皆有批點，又有批評《三子口義》及《世説新語》，士林服其賞鑒之精博，然不知其節行之高也。余見元人張孟浩《贈須溪詩》云："首陽餓夫甘一死，叩馬何曾罪辛巳？淵明頭上漉酒巾，義熙以後爲全人。"蓋宋亡之後，劉公竟不出仕也。噫！是與伯夷、陶潛何異哉？須溪私印古篆"三代人物"四字自許，良不爲過。張孟浩蓋亦同時合志者。他如閩中之謝臯羽、徽州之胡餘學、慈溪之黄東發，自以故宋遺人，不屈於元者，不知其幾。宋朝待士之厚，其效可驗矣。

張衡《定情賦》曰："思在面而爲鉛華兮，恨離塵而無光。"陶淵明《閒情賦》祖此。（《文淵閣四庫全書》本）

楊慎《丹鉛摘録》卷二"晋書云"條：

《晋書》云"陶淵明讀書不求甚解"，此語俗士之見，後世不曉也。余思其故，自兩漢來訓詁盛行，説五字之文至於二三萬言，如秦近君之訓《堯典》曰"稽古"者比比皆是，後進彌以馳逐，漫羨而無所歸。陶心知厭之，故超然真見，獨契古初而晚廢訓詁。俗士不達，便謂其不求甚解矣。又是時周續之與學士祖企、謝景夷從剌史檀韶聘講《禮》城北，加以讎校，所住公廨近於馬肆，淵明示以詩云："周生述孔業，祖謝響然臻。馬隊非講肆，校書亦以勤。"蓋不屑之也。觀其詩云"先師遺訓，今豈云墜"，又曰"詩書敦夙好"，又云"游好在六經"，又云"泛覽周王傳，流觀山海圖"，其著《聖賢群輔録》《三孝傳贊》，考索無遺，又跋之云："書傳所載，故老所傳盡於此矣，豈世之鹵莽不到心者耶！"予嘗言人不可不學，但不可爲講師溺訓詁，見淵明傳語，深有契耳。

同上，卷三"通鑑四皓"條：

《通鑑》"四皓"姓名，王幼學《集覽》據《陳留志》及陶潛《四八目》爲説，東園公一也，綺李季二也，夏黄公三也，甪里先生四也。陳濟正誤以綺李季爲一人，黄公爲一人，妄引杜詩"黄綺終辭漢"爲據，其説杜撰可笑。且詩人稱古人姓名多剪截，便於音韻，如稱司馬長卿爲馬卿，稱東方朔爲方朔，唐詩有稱東園公爲園公者，蓋亦此例，豈足爲據乎！

同上，"墨莊漫録考"條：

《墨莊漫録》考婦女弓足起於李後主。予按樂府《雙行纏》，知其起於六朝。張禺山云："《史記》云'臨淄女子彈弦纏屣'，又云'摇修袖，躡利屣'，意古已有之。"再考《襄陽耆舊傳》云"盗發楚王冢，得宫人玉屐"，張平子賦云"金華之舃，動趾遺光”，又云“履躡華英”，又云“羅襪躡蹀而容與”，曹子建賦“羅襪生塵”，《焦仲卿妻詩》“足躡花文履”，繁欽詩“何以釋憂愁，足下雙遠游”，梁武帝《莫愁歌》“足下絲履五文章”，卞蘭《美人賦》“金蕖承華足”，陶潛賦“願在絲而爲履，附素足以周旋”，崔豹《古今注》“晋世履有鳳頭、重臺、分稍之制”。唐詩“便脱鸞靴出翠帷”，又《麗情集》載：章仇公鎮成都，有真珠之感，或上詩以諷云：“神女初離碧玉階，彤雲猶擁牡丹鞋，應知子建憐羅襪，願步褰衣拾墜釵。”李義山詩“浣花箋紙桃花色，好好題詩咏玉鈎”。陶南村謂“唐人題咏略不及之”，蓋亦未之博考也。（《文淵閣四庫全書》本）

楊慎《丹鉛續録》卷九《季札墓碑》：

陶潛《季札贊》曰：“夫子戾止，爰詔作銘。”謂題季子有吴延陵君碑也，此可證其爲古無疑。秦觀疑其出於唐人，未考陶集乎？（《文淵閣四庫全書》本）

唐順之《荆川稗編》卷七十三文藝二詩賦《詩品中》：

宋徵士陶潛詩，其源出於應璩，又協左思風力，文體省静，殆無長語，篤意真古，辭興婉愜，每觀其文，想其人德世，嘆其質直，至如“歡言醉春酒，日暮天無云”，風華清靡，豈直爲田家語耶？古今隱逸詩人之宗也。（《四庫類書叢刊》本）

陳士元《名疑集》卷三“晋陶淵明”條：

晋陶淵明，字元亮，晋禪宋後，始更名潛，其元亮字未更也。觀《孟嘉傳》及顔延之誄可見。《晋書》稱陶潛不稱淵明，《宋書》稱潛字淵明，俱非。《唐·藝文志》作陶泉明，避廟諱。（《叢書集成初編》本）

朱睦㮮《萬卷堂書目》卷四别集：

《淵明集》八卷。（陶潛。）（《續修四庫全書》本）

高儒《百川書志》卷五史傳記：

陶淵明《桃花源記》一卷。（上海古籍出版社，2005年）

王世貞《弇州四部稿》續稿卷五十五文部集序《彭户部説劍餘草序》：

彭潤玉先生者，自諸生而貢禮部，以選人分教宣城屬。其子夢祖成進士，爲户部郎，棄官歸，受其封故人，或稱户部君，亦或稱博士君云。先生而好爲古文辭，久而晚節益甚……先生之篤嗜在古文辭。其始不以諸生之業奪，其後又不以封君之饗奪。宜其所著述，富有而日新若此也。語有之：“用志不分，乃凝於神。”其然哉。余近一見夢祖詩，以更超先生乘而上之。父子間自爲知己若此，先生之集更未可涯也，名曰《説劍餘草》。夫莊周隱士耳，其著《説劍》，能使人攘袂而思奮；陶潛之詩何其沖然澹宕也，《咏荆軻》一篇慷慨感激，於劍術之疏深致意焉。然則先生之壯心，寧獨棲棲於一文苑而已也？（上海古籍出版社，1993年）

凌迪知《萬姓統譜》卷三十三下平聲四豪・陶：

陶潛，字元亮，在晋名淵明，在宋名潛，世號靖節先生。侃曾孫。少好高尚，博學善屬文。宅邊有五柳，自號五柳先生。後起爲州祭酒，尋自解歸。再起知彭澤縣，會郡遣督郵至縣，吏白應束帶見之，潛嘆曰："吾不能爲五斗米折腰見鄉里小兒。"即解印去，賦《歸去來辭》以見意。及宋受禪，劉裕屢徵不就，惟賦詩飲酒以終其身。有詩集行世。（《文淵閣四庫全書》本）

焦竑《國史經籍志》卷三史類傳記：

《搜神後記》十卷。（陶潛。）

同上，卷五集類别集：

《陶潛集》二十卷。（《叢書集成初編》本）

梅鼎祚《北齊文紀》卷三《陶集序録（陽休之）》：

余覽陶潛之文，辭采雖未優，而往往有奇絶異語，放逸之致，棲托仍高。其集先有兩本行於世，一本八卷，無序；一本六卷，并序目；編比顛亂，兼復闕少。蕭統所撰八卷，合序目誄傳，而少《五孝傳》及《四八目》，然編録有體，次第可尋。余頗賞潛文，以爲三本不同，恐終致忘失，今録統所闕并序目等，合爲一帙，十卷，以遺好事君子。（《文淵閣四庫全書》本）

楊於庭《春秋質疑》卷三《莊公・紀季以酅入於齊、紀叔姬歸於酅、紀叔姬卒》：

有紀季以酅入於齊，而後紀叔姬可歸於酅。何者？五廟在也。微紀季則宗廟毁矣，叔姬安歸乎？以是知季之於祖禰也，孝於姑姊妹及酅人也，仁於利害存亡之際也。智特書字，嘉之也，非但亡貶而已。春秋卒内女皆諸侯之夫人也，叔姬非夫人，特伯姬之媵妾耳，而仗節守義，不以國亡虧婦道，故聖人筆之於經，以愧天下後世之爲人臣妾而有二心者。紀已亡矣，而書紀叔姬，叔姬固紀之叔姬也。朱子作《綱目》，韓已亡而張良書韓人，晋已亡而陶潛書晋徵士，得《春秋》之遺意矣。（《文淵閣四庫全書》本）

胡應麟《少室山房筆叢》卷四十四《玉壺遐覽三》：

仙家好古者蓋莫如張洪崖，傳稱天下名賢與氲游，皆以古物爲贈。開國公李太子一遺書曰："僕聞先生有好古之癖，欽仰之久。近有張生者，晋司馬華九世孫，不遠千里，以孔子木履一枚見遺，云傳寶已二百年。觀其先聖所踐之物，非敢匿之，用是馳獻。"太子洗馬田游岩贈尹喜龜、王戎如意杖，侍御史郭翰贈王烈石髓、孔子二儀履，楊烱贈孔子石硯、揚雄鐵硯，僧惟恭贈笻竹杖，楊齊哲贈嵇康鍛錘、陳平秤，僧元亨贈謝靈運鬚數莖，僧智遠贈蔡邕焦尾琴、葛洪刮藥篦，翛然贈迦葉頭陀鉢，秦莊贈河上公注五千言草本，劉守章贈四皓鹿角枕，司馬子微贈淮南王藥臼杵，周子恭贈《古帝王圖》一卷，節度使張守珪贈海蝦蟆牙長一尺八寸，魏肅贈陶潛鳴琴芙蓉冠，劉長新贈王喬笙云云。據傳，氲所得物，其荒唐至不可言。世人顧以鄴侯一盒爲誕，何耶？氲以道術動當時，所交皆海内名流，鄴侯少即好道，寧有不與游處者？長公雖偶爾戲筆，考之則鄴侯之真，氲之誕若符節合，有是哉！（上海書店出版社，2001年）

馮琦、馮瑗《經濟類編》卷八十七人品類四《隱逸》：

陶潛字淵明，或云淵明字元亮，潯陽柴桑人也。曾祖侃，大司馬。潛少有高趣，嘗著《五柳先生傳》以自況，時人謂之實録。親老家貧，起爲州祭酒，不堪吏職，少日自解歸。州召主簿，不就。躬耕自資，遂抱羸疾，復爲鎮軍、建威參軍，謂親朋曰："聊欲弦歌以爲三徑之資，可乎？"執事者聞之，以爲彭澤令。公田悉令吏種秫稻，妻子固請種粳，乃使二頃五十畝種秫，五十畝種粳。郡遣督郵至縣，吏白應束帶見之，潛嘆曰："我不能爲五斗米折腰向鄉里小兒。"即日解印綬去職，賦《歸去來》。義熙末徵著作佐郎，不就。江州刺史王弘欲識之，不能致也。潛嘗往廬山，弘令潛故人龐通之齎酒具於半道栗里要之。潛有脚疾，使一門生二兒舉籃輿既至，欣然便共飲酌。俄頃弘至，亦無忤也。先是，顔延之爲劉柳後軍功曹，在潯陽與潛情款，後爲始安郡經過，日日造潛，每往必酣飲致醉，臨去，留二萬錢與潛。潛悉送酒家，稍就取酒。嘗九月九日無酒，出宅邊菊叢中，坐久，值弘送酒至，即便就酌，醉而後歸。潛不解音聲，而畜素琴一張，無弦，每有酒適，輒撫弄以寄其意。貴賤造之者，有酒輒設，潛若先醉，便語客："我醉欲眠，君可去。"其真率如此。郡將候潛，值其酒熟，取頭上葛巾漉酒，畢，還復著之。潛弱年薄宦，不潔去就之迹，自以曾祖晋世宰輔，恥復屈身後代。自高祖王業漸隆，不復肯仕。所著文章皆題其年月，義熙以前則書晋氏年號，自永初以來唯云甲子而已。與子書以言其志，并爲訓戒曰："天地賦命，有往必終。自古賢聖，誰能獨免？子夏言曰'死生有命，富貴在天'，四友之人，親受音旨。發斯談者，豈非窮達不可妄求，壽夭永無外請故邪！吾年過五十，而窮苦荼毒，家貧弊，東西游走，性剛才拙，與物多忤，自量爲己，必貽俗患，僶俛辭世，使汝幼而飢寒耳。常感孺仲賢妻之言，敗絮自擁，何慚兒子？此既一事矣。但恨鄰靡二仲，室無萊婦，抱兹苦心，良獨罔罔。少年來好書，偶愛閒静，開卷有得，便欣然忘食。見樹木交蔭，時鳥變聲，亦復歡爾有喜。嘗言五六月北窗下，卧遇凉風暫至，自謂是羲皇上人。意淺識陋，日月遂往，緬求在昔，眇然如何？疾患以來，漸就衰損，親舊不遺，每以藥石見救，自恐大分將有限也。恨汝輩稚小家貧，無役柴水之勞，何時可免？念之在心，若何可言？然雖不同生，當思四海皆兄弟之義。鮑叔、敬仲分財無猜，歸生、伍舉班荆道舊，遂能以敗爲成，因喪立功。他人尚爾，况共父之人哉！潁川韓元長，漢末名士，身處卿佐，八十而終，兄弟同居，至於没齒。濟北氾稚春，晋時操行人也，七世同財，家人無怨色。《詩》云‘高山仰止，景行行止’，汝其慎哉！吾復何言？”又爲《命子詩》以貽之，元嘉四年卒，時年六十三。著《五柳先生傳》曰：“先生不知何許人也，亦不詳其姓字，宅邊有五柳樹，因以爲號焉。閒静少言，不慕榮利。好讀書，不求甚解。每有會意，便欣然忘食。性嗜酒，家貧不能常得。親舊知其如此，或置酒而招之。造飲輒盡，期在必醉。既醉而退，曾不希情去留。環堵蕭然，不蔽風日。短褐穿結，簞瓢屢空，晏如也。常著文章自娱，頗示己志，忘懷得失，以此自終。贊曰：黔婁有言，不戚戚於貧賤，不汲汲於富貴。味其言，兹若人之儔乎！酣觴賦詩以樂其志，無懷氏之民歟？葛天氏之民歟？”（《文淵閣四庫全書》本）

祁承㸁《澹生堂藏書目》史部下記傳：

《集聖賢群輔録》。（二卷，陶淵明，見《靖節集》。）

同上，子部一小説家：

《後搜神記》。（九卷，陶潛。）（《中國歷代書目題跋叢書》本）

彭大翼《山堂肆考》卷九十八親屬《陶潛弱女》：

陶潛詩：弱女雖非男，慰情良勝無。

同上，卷九十九親屬《孟嘉外孫》：

陶潛作《晋征西大將軍長史孟府君傳》：君諱嘉，字萬年，淵明先親君之第四女也，凱風寒泉之思，實鍾厥心，謹實行事撰爲此傳。

同上，卷一百一人品忠臣《耻復仕宋》：

陶潛自以先世爲晋輔，耻復屈身後代，自宋高祖王業漸隆，不肯復仕。是歲將復徵之，會卒。世號靖節先生。

同上，卷一百五人品朋友《停雲》：

晋陶潛有《停雲篇》，思親友也。

同上，卷一百十人品貧士《環堵蕭然》：

陶潛環堵蕭然，不蔽風雨，短褐穿結，簞食屢空，晏如也。

同上，卷一百二十八文學詩下《各有所長》：

秦少游評詩：蘇武、李陵之詩長於高妙，曹植、劉公幹之詩長於豪逸，陶潛、阮籍之詩長於沖澹，謝靈運、鮑昭之詩長於峻潔，徐陵、庾信之詩長於藻麗。杜子美窮高妙之格，極豪逸之氣，包沖澹之趣，兼峻潔之姿，備藻麗之態，而諸家之作所不及焉。

同上，卷一百三十六人事饋遺《饋粱肉》：

晋陶潛躬耕自資，遂抱羸疾。江州刺史檀道濟往候之，偃卧瘠餒有日矣，道濟饋以粱肉，麾而去之。

同上，卷一百六十二音樂鐘《聞聲有省》：

晋陶潛訪遠公，聞鐘聲有省，攢眉而去。

同上，琴《識趣》：

晋陶潛性不解音，惟畜素琴一張，弦徽不具，曰："但識琴中趣，何勞弦上聲。"

同上，卷一百九十一飲食酒上《子美寬心》：

杜詩："寬心應是酒，遣興莫過詩。此意陶潛解，吾生後汝期。"

同上，卷一百九十二飲食酒下《止酒詩》：

陶潛《止酒詩》：平生不止酒，止酒情無喜。暮止不安寢，晨止不能起。日日欲止之，榮衛止不理。徒知止不樂，未信止利己。姑覺止爲善，今朝真止矣。從此一止去，將止扶桑涘。清顔止宿客，奚止千萬祀。（《四庫類書叢刊》本）

陳耀文《天中記》卷四《社》：

白蓮社。遠法師結白蓮社，以書召陶淵明，淵明曰："弟子性嗜酒，法師若許飲，即往矣。"遠因許之，遂造焉。因勉入社，淵明攢眉而去。

同上，卷二十九《輕詆》：

短諸葛。薛能，會昌間進士。自負過高，從事西川日，每短諸葛功業，爲詩曰："陣圖誰許可，廟貌我揶揄。"又云："焚却蜀書宜不讀，武侯無可律吾身。"譏李白曰："我生若在開元日，争遣名爲李翰林。"又曰："李白終無取，陶潛固不刊。"自題其集云："詩源何代失澄清……四方聯絡盡蛙聲。"（廣陵書社，2007年）

張萱《疑耀》卷四《陶淵明乞食》：

陶淵明恥以五斗折腰，遂至貧而乞食，有詩曰："出門拙言詞。"王摩詰《與魏居士書》謂陶是屢乞而多慚也。嘗一見督郵，安食公田數頃。一慚之不忍，而終身慚乎？孔子曰："我則異於是，無可無不可。"鄙哉，摩詰！宜其困辱於安禄山也！終身之慚，豈在乞食哉！（《叢書集成初編》本）

吴之鯨《武林梵志》卷八《宰官護持》：

陶潛，字淵明，一字元亮，爲彭澤令。之官八十日，即解印去，賦《歸去來辭》。及宋受禪，居柴桑，門前植五株柳，因以"五柳"自號焉。閒静寡言，不慕榮利，好讀書，不求甚解。開卷有得，便欣卷忘食。見樹木交蔭，時鳥變聲，亦復欣然有喜。常往來廬山、天目間，使一門生二兒舁以行。時遠公爲西方之社，以書招淵明，淵明曰："若許我飲，即往。"許之，遂造焉。嘗著《搜神記》，多載佛之靈驗，有《天目詩》。（上海古籍出版社，1993年）

徐𤊹《徐氏筆精》卷二《經臆·賢者七人》：

"賢者辟世"與"作者七人"注疏原作一章，朱子分爲兩章，注云："七人者，儀封人、荷蕢、晨門、楚狂接輿、長沮、桀溺、荷蓧丈人也。"陶潛《聖賢群輔録》本漢儒之注而列之，朱子云："不知其誰何，求其人以實之則鑿矣。"豈漢晋諸賢之説盡謬耶？且接辟世章旨尤有原委，另作一章未敢爲然。（《文淵閣四庫全書》本）

徐𤊹《徐氏家藏書目》卷三子部小説類：

《搜神後記》十卷，陶潛。

同上，卷六集部別集類：

《陶潛集》五卷。

《陶潛集》，何孟春注，十卷。（《續修四庫全書》本）

馮復京《六家詩名物疏》引用書目·總集：

《陶潛集》。（《文淵閣四庫全書》本）

高濂著，倪青、陳惠評注《遵生八箋》卷二《清修妙論箋下·弇州山人養心歌》：

得歲月，延歲月。得歡悦，且歡悦。萬事乘除總在天，何必愁腸千萬結。放心寬，莫膽窄，古今興廢言可徹。金谷繁華眼裏塵，淮陰事業鋒頭血。陶潛籬畔菊花黄，范蠡湖邊蘆花白。臨潼會上膽氣雄，丹陽縣裏簫聲絶。時來頑鐵有光輝，運去良金無艷色。逍遥且學聖賢心，到此方知滋味别。粗衣淡飯足家常，養得一生一世拙。

同上，卷四《四時調攝箋下·夏時逸事·高卧北窗》：

陶潛於夏日高卧北窗之下，清風颯至，自謂羲皇上人。

同上，卷七《起居安樂箋上·恬逸自足條·序古名論》：

陶潛性真率，貴賤造之者，有酒輒設。潛若先醉，便語客曰："我醉欲眠，君且去。"（中華書局，2013年）

曹學佺《蜀中廣記》卷九十高僧記第十《附録·經驗果報等》：

蘇軾作《外曾祖程公逸事》：公諱仁霸，眉山人，以仁厚信於鄉里。……公具以語家人，沐浴衣冠，就寢而卒。軾幼時聞此語，已而外祖父壽九十舅氏始貴顯，壽八十五曾孫皆仕有聲，同時爲監司者三人，玄孫宦學益盛；而尉、掾之子孫微矣。或謂盗德公之深，不忍煩公暫對可也，而獄久不決，豈主者亦因以苦尉、掾也歟？紹聖二年三月九日，軾在惠州讀陶潛所作《外祖孟嘉傳》，云"凱風寒泉之思，實鍾厥心"，意凄然悲之。乃記公之逸事以遺程氏，庶幾淵明之心也。是歲九月二十七日，惠州星華館思無邪齋書。（《文淵閣四庫全書》本）

張丑《清河書畫舫》卷八下《宋蘇軾〈與朱康叔〉》：

閣名久思，未獲佳者，更乞詳閣之所向及側近故事迹爲幸。董義夫相聚多日，甚歡，未嘗一日不談公之美也。舊好誦陶潛《歸去來》，常患其不入音律。近輒微加增損，作《般涉調·哨遍》，雖微改其詞而不改其意，請以《文選》及本傳考之，方知字字皆非創入也。謹小楷一本寄上，却求爲書，抛磚之謂也。亦請録一本與元弼，爲病倦，不及别作書也。數日前飲酒後作頑石亂篠一紙，私甚惜之，念公篤好，故以奉獻，幸檢至。（東坡手柬。）

同上，卷十二上《明沈周（附文待詔山静日長圖卷）》：

唐人妙句，一經名士圖寫，更足千古。其傑出者，定當以子畏“山中一夜雨，樹杪百重泉”爲最，徵仲“宅近青山同謝朓，門垂碧柳似陶潛”次之。（《文淵閣四庫全書》本）

周嬰《巵林》卷九《諗胡・四友》：

……然何獨之數君者，陶潛《聖賢群輔録》曰：“顔回、子貢、子路、子張，孔子四友也。文王有胥附、奔奏、先後、禦侮，謂之四鄰。孟懿子曰：‘夫子亦有四鄰乎？’子曰：‘吾有四友焉。自吾得回，門人益親，是非胥附乎？自吾得賜，遠方之士日至，是非奔奏乎？自吾得師，前有光，後有輝，是非先後乎？自吾得由，惡言不至於門，是非禦侮乎？’”見《孔叢子》也。又《莊子・大宗師》：“子祀、子輿、子犁、子來四人相與語，曰：‘孰以無爲首，以生爲脊，以死爲尻，吾與之友矣。’四人相視而笑，莫逆於心，遂相與爲友。”（《叢書集成初編》本）

董斯張《吴興備志》卷十三藝術徵第八“陸修静”條：

修静早爲道士，置館廬山。時遠法師居東林，其處流泉匝寺，下入於溪。每送客過此，輒有虎號鳴，因名“虎溪”。後送客未嘗過，獨陶淵明與修静至語道契合，不覺過溪，因相與大笑，世傳爲《三笑圖》，宋泰始三年羽化於京師，賜謚簡寂，以故居爲觀。（浙江古籍出版社，2021年）

陳宏緒《江城名迹》卷一《考古一》：

徐高士祠。在東湖南小洲上，即舊孺子臺也。一云孺子亭，南唐時重建，範土爲像，儼漢代衣冠。徐鉉記云：“前臨康莊，傍眺城闕。平湖千畝，凝碧於其下。西山萬迭，倒影於其中。依然懸榻之場，想見致芻之況。”誦此語，光景如昨。曾南豐爲太守，即故處結茅爲堂，祠以中牢。詳見《南豐祀記》。晋陶潛《集聖賢群輔録》得漢五處士，以豫章徐孺子爲首。（《文淵閣四庫全書》本）

張自勳《綱目續麟》卷十一：

晋徵士陶潛卒。

考異。（《提要》作處士，據分注潛爲州祭酒，又爲彭澤令，解歸，徵著作郎不就。則非周黨莊光之比。當從刊本作徵士。）

分注。（潛，字淵明，潯陽人。侃之曾孫也。少有高趣，博學不群。以親老家貧，爲州祭酒，少日，自解歸。召主簿，不就。躬耕自資，遂抱羸疾。後復爲彭澤令。不以家自隨，送一力給其子，書曰："此亦人子也，可善遇之。"在官八十餘日，郡遣督郵至縣，吏請曰："應束帶見之。"潛嘆曰："我豈能爲五斗米折腰向鄉里小兒。"即日解印綬去。賦《歸去來辭》，著《五柳先生傳》以自况。徵著作郎，不就。妻翟氏亦與同志，能安勤苦。潛自以先世爲晋輔，恥復屈身後代，自宋高祖王業漸隆，不復肯仕。是歲將復徵之，會卒，世號靖節先生。）

當作故晋彭澤令陶潛卒於宋。（管寧不臣魏，故書卒於魏；陶潛恥屈宋，故書卒於宋，一例也。）按潛實爲彭澤令，非特徵著作郎不就也，以八十餘日之令不書，徒以一日之徵爲據，豈定論哉？唯書彭澤令卒於宋，（按《凡例》云：凡無統事，各冠以國號。今上書晋，下不書宋，亦誤，當以鄙説爲正。）然後見潛爲晋臣，（彭澤令，晋官也，故當書晋。）宋不得而臣之，所以表其不二之忠也。今僅稱徵士，何關於晋，乃特書晋哉？（據分注，是歲將復徵之，則著作郎亦宋徵之也。於晋何與？而曰晋徵士，尤謬。）《考異》但知提要處士之非，不知《綱目》之徵士亦未當也。（《集覽》謂徵士猶言處士，謬甚。）或曰："《綱目》書徵士，明潛以不仕爲高。子獨書官，豈潛意乎？"曰："不然。使潛卒於晋，書徵士可也。既已入宋，《綱目》特書晋，方藉潛爲晋重。若曰晋雖亡猶有忠義如潛者，所謂君臣同美也，不録其官亦何以見意哉？此輕重之權衡，惟視乎所繫之大小而已，豈好爲紛更乎！"

同上，卷十二：

（丙辰，梁大同二年、魏大統二年、東魏天平三年）三月梁處士陶弘景卒。

分注。（弘景博學好養生，仕齊爲奉朝請，棄官隱居茅山，梁主早與之游，及即位，恩禮甚篤，每得其書焚香虔受，屢以手敕招之。弘景不出，國家每有大議必先諮之，時人謂之山中宰相。）

書法。（特筆也。布衣卒，黄憲、管寧；徵士卒，陶潛；處士卒，陶弘景，皆特筆也。處士書卒，終《綱目》一人而已矣。）

按弘景非陶潛比，潛書晋而弘景書梁，其涇渭明矣。《綱目》以其處亂世而能隱居以卒，不以梁主之好要榮干寵，所以愧世之爲。范雲、沈約者非真以爲處士之一人，而特卒之也，書法與潛等并稱，非是。

同上，《匯覽》卷中：

（丁卯，宋元嘉四年、魏始光四年）故晋彭澤令陶潛卒於宋。

原本書晋徵士陶潛卒，非是，今正。（《文淵閣四庫全書》本）

黄淳耀《陶庵全集》卷十七《詩補遺・飲酒》：

當空皎皎出素月，清輝乍圓還復缺。我生决無彭祖年，豈能鬱鬱空憂天。衆人皆醉我亦醉，則予胸中浩浩焉。三閭大夫何爲者，醒然獨卧滄江下。我來汨羅唤不起，仰天長嘆淚盈把。劉伶盡日眠酒中，醒時雙眼常朦朧。陶潛攢眉不入白蓮社，捧杯采菊坐籬東。古來達士惟有醉，求田問舍良可愧。丈夫負此七尺軀，豈能擾擾攖俗累。春日村游發杏花，冬風萬里飛寒沙。此時顔色不飲酒，坐看兩鬢堆霜華。開我懷，揚君眉，夷、齊當年空餓死，陶猗亦皆齷齪兒。請君置此名利於身外，頹然終歲無醒時。（《文淵閣四庫全書》本）

朱明鎬《史糾》卷一《三國志・魏志・盧毓傳》：

傳云："會司徒缺，毓舉處士管寧，帝不能用。"按管幼安忠於漢世，終不臣魏，寧爲漢處士，不爲魏司徒，區區此心，前有龔勝，後有陶潛，當時有楊彪耳。《陳志》以爲帝不能用，帝即能用，幼安爲之用乎？詔書歲下，安車重茵備極隆渥，幼安終以老疾辭，不受詔，是則帝欲用之久矣。

同上，卷六《書史同異・陶潛傳》：

陶潛字淵明，或云淵明字元亮。（沈約《宋書》。）

或云字深明，名元亮。（李延壽《南史》。）

《南史》"淵"概作"深"，避高祖諱也。李氏以"虎"爲"武"，以"丙"爲"景"，以"淵"爲"深"，以"世"爲"代"，以"民"爲"人"，諸葛長民、李道民悉易爲道人、長人，皆避廟諱而設，律以臨文不諱之義，殊不必爾。亦狃於江左之習，犯祖父之諱輒相向流涕，李氏修史不得不沿襲世尚。愚意後人校史者悉宜改正，舊史即《兩漢書》亦然，否則莊光終爲嚴光，趙談終爲趙同矣。（《叢書集成初編》本）

陸世儀《思辨録輯要》卷三十三《經子類》：

讀潛龍不可衹作隱逸傳看過。隱逸衹是高尚，所謂爵禄可辭者耳。潛龍則用之則行，捨之則藏，非遯世不見知之，聖人不足以當之。知此，則雖屈原、陶潛亦瞠乎其後，許由、巢父云乎！（《文淵閣四庫全書》本）

吴景旭《歷代詩話》卷三十一戊集四《漢魏六朝・泉明》：

《詩話類編》曰：靖節先生以義熙元年秋爲彭澤令，冬遂解綬去。後十六年，晉禪宋。又七年卒。《晉史》謂名潛，字元亮。《南史》謂名潛，字淵明。今按，先生義熙中作《孟嘉傳》及《祭程氏妹文》，俱稱淵明。元嘉中對檀道濟乃稱云潛，是與《年譜》所載“在晉名淵明，在宋改名潛，其字元亮則未嘗易”者爲相合矣。所作詩曰“撫己有深懷，履運增慨然”，是可以想見也。

吴旦生曰：《隋志》作《陶潛集》，《唐志》作《陶泉明集》，《海録碎事》云“齷齪東籬下，泉明不足群”，淵明一字泉明。《野客叢書》謂：非一字泉明也。不知稱淵明爲泉明者，蓋避唐高祖諱耳，猶楊淵之稱楊泉也。《顔氏家訓》云：高祖諱淵，淵字盡改爲泉字。龍淵爲龍泉，《晋書》劉淵爲元海、戴淵爲戴若思，《北齊》趙文淵爲趙文深。余觀耿湋詩“何事學泉明”，李白詩“酣歌一夜送泉明”，韓翃詩“聞道泉明居止近，籃輿相訪會淹留”，皆爲此也。宋玉《釣賦》“宋玉與登徒子偕受釣於玄淵”，王伯厚云“唐人改淵爲泉”。（《古文苑》又誤爲洲。）屈子《天問》“洪泉極深，何以置之”，朱晦翁云“泉當作淵，唐本避諱而改之”。

按《南史》：陶潛，或云字深明。（中華書局，1958年）

朱鶴齡《愚庵小集》卷十一《陶潛論》：

論隱逸者，不難於承平之時，而難於易姓之代。《蠱》上九曰：“不事王侯，高尚其事。”夫古之君子莫不秉道濟時，羨鴻儀而卑蠖伏，不事王侯，豈所樂哉？惟時不可以有爲，道又不容以苟屈，不得已而長遁丘園，其迹已鄰於亢矣。故上九之象曰“高尚其事，志可則也”。夫志藏於中，必有拊膺填臆、隱忍不能自白者，以其風節攸存，故曰可則。事則變也，而非正也。非正則雖高不可訓也。且吾觀易姓之代，其主類猜忍自雄而左右之者，又多甄豐、華歆輩於此，而孑孑然自明其高，是深中其所忌也。吾爲修潔而彼即以修潔罪之，吾爲委蛇而彼即以委蛇罪之，韋思祖之於赫連勃勃、司空圖之於朱全忠，未嘗敢與時忤，然而大者誅夷，小亦困辱，豈非高則鄰亢，亢則生悔，剛陽居上，非匹士之所宜有耶？嗚呼！明乎《蠱》之時義者然後可以言隱逸矣。沈約《陶潛傳》云：“潛自以曾祖晋世宰輔，恥復屈身後代，義熙以前書晋氏年號，永初以來惟云甲子而已。”後世因仍其説。宋人有辨其不然者，謂淵明之詩題甲子者始庚子、訖丙辰，皆晋安帝時作，至宋高祖庚申受禪凡二十年，豈有二十年之前便恥事二姓而不書年號之理？謝疊山則云：晋隆安四年庚子，劉牢之使劉裕討孫恩。元興二年，裕平桓玄，改元義熙。淵明賦《歸去來詞》，實義熙元年也。十四年，裕爲相國，恭帝即位，改元元熙，二年庚申禪宋。恭帝之言曰：“桓玄之時，晋氏已亡天下。重爲劉公所延將二十載，今日之事本所甘心。”則劉氏篡位之基，實始自隆安、元興間，淵明庚子以後即題甲子，蓋逆知末流之必至於此也。疊山之論固核，然吾觀淵明之意有進於是者。彼夫劉裕之猜忌傅亮、謝晦諸人之賣國，不難以司馬天子爲几上肉，其肯容晋室遺臣傲然削新朝之帝號而優游以羲皇上人終老耶？况淵明之祖烈，淵明之清名，又諸人所深惡，而思欲媒蘗其短者耶！故其詩之止書甲子者，所以存其恥事二姓之心。書甲子而始於二十年以前者，又所以泯其不書年號之迹。王弘之要路可就也，顔延年之酒錢可納也，任天下以羸疾棄我，曠達容我，絶不以養高釣名疑我。夫然後可以逍遥容與，卒全此生於東籬、北牖之間。不然，而洵如沈約所稱其有不嬰宋氏之網羅者，幾希矣！前乎淵明有孫登，亦隱於魏晋之間者也。其規稽康曰火生而有光，而不用其光，得薪所以保其耀，人生而有才而不用其才，識真所以保其才，淵明爲古今隱逸詩人之宗者，其亦以識勝也夫！（《文淵閣四庫全書》本）

方以智《通雅》卷十六《地輿（地名異音）》：

牂牁，音近臧戈，繫船橛也。《漢書》作牂牁郡，地故且蘭，且音苴，沅水所出，或作牂牱，亦作椿柯。……夢得《玉澗雜書》曰：《潯陽記》郡西松言陶公牂牁伐此樹，淵明《搜神後記》言新淦封溪有吴聶友截梓樹板濤牂牁處，則此語晋時猶存。

同上，卷二十《姓名（姓氏）》：

續身即續牙，舜七友之一也。《戰國策》顔斶曰：舜有七友，注：七友，雒陶、方回、續牙、柏楊、東不訾、秦不虚、靈甫也。見陶潛《聖賢群輔録》。《尸子》止載六人，班固《人表》載五人，師古曰：“秦不虚或作秦不宇，雒陶一作雄陶。”

轅秉、崔廓、朱暉、周述。《高士傳》：東園公姓轅名秉字宣明，或云姓國姓庚姓韋；夏黄公，崔廓字少通，或云名廊；綺里季，朱暉字文季，或云吴實，字子景；甪里先生，周述字元道，或云字道元。又按《東觀餘論》園作圈，《匡謬正俗》有圈稱，《陳留風俗傳》云：自序圈公之後，爲秦博士，避地南山，惠帝以爲司徒。今得漢石刻，有云圈公神座、綺里季神坐。姓氏書多以圈爲園公之後。周密又引《留侯世家》注東園公姓唐，又言太伯之後。周述字无道，元无相近也。玄元相近，而唐人避諱以玄爲元。《通考》所云姓庚、唐之誤也，姓韋乃袁之誤也。崔廓，廓之訛也。又按周密引元道作无道，而今本《史記》注皆作元道。又《索隱》引《陳留志》園公姓唐字宣明，夏黄公姓崔名廣字少通，甪里先生姓周名術字元道，京師號曰霸上先生，《孔父秘記》作禄里，皆王勃據崔氏《周氏譜》及陶潛《四八目》而爲此説。

同上，卷三十七《衣服（佩飾）》：

今河南與桐城皆有狠頭土紬，甚粗，衣之起毛可作袍，漬繭擘之精者曰綿，粗者曰絮。今謂新者曰綿，故者曰絮。古言纊（纊或作絖。）即綿，自古至唐初尚未知木綿之可以爲絮。董京乞殘碎繒絮，陶潛言敗絮自擁，皆非今之絮也。

同上，卷四十二《植物（草）》：

《山海經》“龜山多扶竹”，郭注：“邛竹也，名扶老竹。”陶潛“策扶老”，又見《蔡順傳》注。（中國書店，1990年）

顧炎武著，黄汝成集釋《日知録集釋》卷十二《俸禄》：

前代官吏皆有職田，（晋、魏、隋、唐《書》皆有官品第一至第九職田多少之數。）故其禄重。禄重則吏多勉而爲廉，如陶潛之種秫，（《晋書》本傳。）阮長之之芒種前一日去官，（《宋書》本傳。）皆公田之證也。《元史》：“世祖至元元年八月乙巳，詔定官吏員數，分品、從官職，（品如正一品、正二品，從如從一品、從二品。）給俸禄，頒公田。”《太祖實録》：“洪武十年十月辛酉，制賜百官公田，以其租入充俸禄之數。”是國初此制未廢，不知何年收職田以歸之上，而但折俸鈔，（《實録》《會典》皆不載。）其數復視前代爲輕，始無以責吏之廉矣。

同上，卷十三《書前代官》：

陶淵明以宋元嘉四年卒，而顔延之身爲宋臣，乃其作誄，直云“有晋徵士”。真定府《龍藏寺碑》，隋開皇六年立，其末云“齊開府長兼行參軍九門張公禮撰”。齊亡入周，周亡入隋，而猶書齊官。韓偓自書《裴郡君祭文》，書“甲戌歲”，書“前翰林學士承旨銀青光禄大夫行尚書户部侍郎知制誥昌黎縣開國男食邑三百户韓偓”。是歲朱氏篡唐已八年，猶書唐官，而不用梁年號。

同上，卷十九《文辭欺人》：

古來以文辭欺人者，莫若謝靈運，次則王維。靈運身爲元勳之後，襲封國公，宋氏革命不能與徐廣、陶潛爲林泉之侣，既爲宋臣，又與廬陵王義真款密，至元嘉之際累遷侍中，自以名流應參時政。文帝惟以文義接之，以致觖望，又上書勸伐河北，至屢嬰罪劾，興兵拒捕，乃作詩曰：“韓亡子房奮，秦帝魯連恥。本自江海人，忠義動君子。”及其臨刑，又作詩曰：“龔勝無餘生，李業有終盡。”若謂欲效忠於晋者，何先後之矛盾乎？史臣書之以逆，不爲苛矣！

同上，卷二十《古人不以甲子名歲》：

自三國鼎立，天光分曜，而後文人多捨年號而稱甲子。魏程曉《贈傅休奕詩》“龍集甲子，四時成歲”，晋張華《感婚賦》“方今歲在己巳，將次四仲”，陸機《愍懷太子誄》“龍集庚戌，日月改度”，陶潛《祭從弟敬遠文》“歲在辛亥，月惟仲秋”，《自祭文》“歲維丁卯，律中無射”，後周庾信《哀江南賦》“粤以戊辰之年，建亥之月”，而梁《陶隱居真誥》亦書己卯歲，至杜預《左傳集解後序》則追言“魏哀王二十年太歲在壬戌”矣。

同上，卷二十三《古人二名止用一字》：

文中并稱兩人，而一氏一名，尤爲變體……杜預《遺令》“南觀伊、雒，北望夷、叔”，陶潛詩“積善云有報，夷叔在西山”，皆謂伯夷、叔齊。《漢廣漢屬國侯李翊碑》“夷史之高”，《巴郡太守樊敏碑》“有夷史之直”，皆謂伯夷、史魚。陶潛《讀史述九章・程杵》是程嬰、公孫杵臼，《新唐書・尉遲敬德傳》“隱巢”，是隱太子、巢剌王，一謚一爵。（嶽麓書社，1994年）

毛奇齡《西河集》卷一百九十《山陰余氏女避兵南鄰就家母論諷陶潛詩且出手書陶集相示母以命甡》：

曾與班姬較石渠，可憐避地到荒閭。暫爲老母高堂客，偏愛淵明處士書。翠帶縈慊抽緑草，胭脂畫字艷紅蕖。（《文淵閣四庫全書》本）

錢曾《述古堂藏書目》卷七文集：

《陶淵明集》十卷。（《叢書集成初編》本）

錢曾《讀書敏求記》卷四集：

《陶淵明文集》十卷。婁江顧伊人，藏弆宋槧本《淵明集》，顔其讀書處曰“陶廬”，而請牧翁爲之記。伊人交余最厚，真所謂兄弟也，但各姓耳。見余苦愛《陶集》，遂舉以相贈。丙午丁未之交，余售書季滄葦，是集亦隨之而去。每爲念及不能捨，然此則購名手從宋劉影，摹者筆墨飛動，行間字有不可遏之勢。視劉殆若過江之，滄葦殁，書籍散入雲煙過眼録矣。伊人前年渡江，念《陶集》流落不偶，訪求得之，持歸示余。河東三篋，亡來已久，一但頓還舊觀，展卷相向，喜可知也。予畀之牧翁《陶廬記》手稿，俾揭之簡端，以見我兩人鄭重其書，互以藏之外府爲快。視世之借書爲一癡者，其度量相越豈不遠哉！墨、莊中尚有箰箋注《淵明集》，乃是焦弱侯翻劉原宋本《述酒詩》，中山陽注，能照見古人心髓，留心詩書者宜拈出之。（《續修四庫全書》本）

朱彝尊《曝書亭集》卷五十二《書曼寄軒集後》：

東漢風俗之厚，期功之喪，咸得棄官持服。如賈逵以祖父喪，戴封以伯父，西鄂長楊弼以伯母，繁陽令楊君以叔父，上虞長度尚以從父，渤海王郎中劉衡以兄，思善侯相楊著以從兄，太常丞譙玄、槐里令曹全以弟，廣平令仲定以姊，王純以妹，馬融以兄子，皆以憂棄官輕舉。至晋，而嵇紹拜徐州刺史，以長子喪去職；陶潛以程氏妹喪自免，作《歸去來辭》。自是而後，古之道莫之行也。先伯祖君輿公掌銓東曹，聞先文恪公之訃，請於朝乞歸持服，德陵允焉，當時典禮者不以爲過。斯國史所當附書於《禮樂志》者。（世界書局，1937年）

朱彝尊《經義考》卷二百二十九孝經八《沈氏（淮）〈孝經會通〉一卷》：

淮自序曰：竊聞孝者百行之本，經者萬世不易之常道也。會通者，會諸家之説而求其通也……嗟乎！聖言具在也，無增損也。以聖言明聖言，記述者意也。啓其晦去其鑿，而無所於襲也，夫亦求其通也。經成矣，再得《陶潛集》讀之，其作《五等孝傳贊》至明也，附於聖經，猶醫之有案也。蓋欲人敦本窮原，是則是效，同臻至理也。

同上，卷二百八十二承師二孔子門人《公孫段》：

韓非曰：孔子之後儒分爲八，有子張氏、子思氏、顔氏、孟氏、漆雕氏、仲良氏、公孫氏、樂正氏之儒。

陶潛曰：顔氏傳《詩》爲道，爲諷諫之儒；孟氏傳《書》爲道，爲疏通致遠之儒；漆雕氏傳《禮》爲道，爲恭儉莊敬之儒；仲良氏傳《樂》爲道，以和陰陽，爲移風易俗之儒；樂正氏傳《春秋》爲道，爲屬辭比事之儒；公孫氏傳《易》爲道，爲潔静精微之儒。

按儒分爲八，其一公孫氏，傳《易》者也。《群輔録》有明徵而未詳其名。考《晋書》，太康二年汲郡人不準發魏王冢，得《竹書易》五篇，公孫段與邵陟《論易》二篇，此則公孫氏之《易》矣。或疑公孫氏爲龍，龍字子石，雖在七十子之列，不聞傳《易》。若趙人名龍者，字子秉，故莊子謂惠子曰：儒、墨、楊、秉四，與夫子爲五。果孰是邪？所云秉者龍也，詭辭數萬，騁堅白異同之辯，初非孔氏弟子。小司馬《史記索隱》誤認爲一人。今考定傳《易》者爲公孫段。若鄭大夫字伯石者，又一人也。（中華書局，1998年）

葉方藹等《御定孝經衍義》卷二十八《天子之孝》：

臣按，傳引《康誥》之言以見慈幼之誠，而愛親敬長，良知良能，自然如此。則孝弟慈皆在於誠，知慈母之保赤子，則聖人因親教愛，因嚴教敬，亦豈假强爲哉！然而事君事長，責己亦以責人；而慈幼使衆，則皆君子之事。君子父天母地，父母之所愛亦愛之，緣天地好生之德以愛百姓也。國人以君子爲父母，君子愛之如子，緣己有愛子之慈以愛百姓也。昔陶潛遺其子以一力，誡之曰："彼亦人子也，善遇之。"慈矣哉，君子也！在上者誠推此心，自不至於虐使其衆矣。

同上，卷九十二《士之孝·事君忠》：

陶潛字淵明，晋大司馬侃之曾孫也。少有高趣，嘗著《五柳先生傳》以自況，時人謂之實録。親老家貧，起爲州祭酒，不堪吏職，少日，自解而歸。州召主簿，不就。後爲鎮軍建威參軍，謂親朋曰："聊欲弦歌以爲三徑之資，可乎？"執事者聞之，以爲彭澤令。郡遣督郵至縣，吏白應束帶見之，潛嘆曰："吾不能爲五斗折腰向鄉里小人。"即日解印綬去職，賦《歸去來辭》以遂其志。義熙末徵爲著作佐郎，不就。潛弱年薄宦，不潔去就之迹，自以曾祖晋世宰輔，恥復屈身後代，自宋武帝王業漸隆，不復肯仕。所著文章皆提其年月，義熙以前明書晋氏年號，自永初以來唯云甲子而已。

臣按，陶潛以親老家貧則爲禄仕，不堪吏職，不能束帶見鄉里小人。既已再解官，徵著作不起，永初而後，鴻冥龍潛。顔延年誄序稱曰"有晋徵士陶淵明"，其不肯屈身後代之意亦已微而顯矣。誄辭言"孝惟義養，道必懷邦"。又曰"爵同下士，禄等上農"，蓋聊欲弦歌以爲三徑之資，固不必自諱也。卷舒在己，足以供魚菽之祭而已，不然，而三徑之資復以何爲限？允宜謚之爲靖節徵士也。（《文淵閣四庫全書》本）

徐乾學《讀禮通考》引用書目：

《搜神後記》……《陶潛靖節集》。

同上，卷八十二葬考一：

所可怪者，末俗相沿，流失日甚。或假上墓之便召客會飲，酣歌醉舞，與踏青藉草之游同其歡暢，夫過墟墓而生哀，人之情也。陶淵明與人飲周家墓柏下，乃西晋放誕之餘習，禮法之士猶不爲，矧一本之親而樂其所哀也哉！君子以爲有人心者宜於此變焉矣。

同上，卷九十九喪具五：

《搜神後記》：丁令威，本遼東人，學道於靈虚山，後化鶴歸遼，集城門華表柱。時有少年舉弓欲射之，鶴乃飛，徘徊空中而言曰："有鳥有鳥丁令威，去家千年今始歸。城郭如故人民非，何不學仙冢纍纍。"遂高上衝天。（《文淵閣四庫全

書》本）

徐乾學《傳是樓書目》卷二史部起居注：

《搜神後記》。（十卷，晋陶潛。）

同上，卷四集部别集：

《陶靖節集》（十卷，晋陶潛。）四本；又一部四本；又一部二本；又一部（十卷，元詹若麟注。）四本。（《續修四庫全書》本）

季振宜《季滄葦藏書目》延令宋板書目：

《陶淵明集》八卷，二本。（《續修四庫全書》本）

陸隴其《讀朱隨筆》卷四《朱子大全集卷九十九》：

在南康日，按圖經古迹行牒僚屬，如陶侃、陶潛、劉恕之類，一一訪問，最得大體。（《文淵閣四庫全書》本）

王士禛《居易録》卷二十一“盛唐諸公五言之妙”條：

盛唐諸公五言之妙多本阮籍、郭璞、陶潛、謝靈運、謝朓、江淹、何遜，邊塞之作則出鮑照、吴筠也。唐人於六朝率擥其菁華，汰其蕪蔓，可爲學古者之法。（《文淵閣四庫全書》本）

王士禛撰，靳斯仁點校《池北偶談》卷十三《陶詩甲子辨》：

臨川人傅平叔（占衡）《永初甲子辨》云“陶詩中凡題甲子者十，皆是晋年。最後丙辰，安帝尚在。琅邪未立，雖知裕篡代形成，何得先棄司馬家年號而豫題甲子乎？自沈約、李延壽并爲此説，顔魯公《醉石詩》亦云：‘題詩庚子歲，自謂羲皇人。’蓋始以集考之，謂庚子後不復題年矣。不知陶公之出處大節，豈在區區耶？《晋書·陶傳》削去甲子之説，昭明《靖節傳》亦無是語，一在《南史》前，一在《宋書》後，同時若此，不妄附會”云云。及讀《宋文憲公集》，乃知此論先發於潛溪，平叔特踵其説耳。宋跋淵明像云：“有謂淵明恥事二姓，在晋所作皆題年號，入宋之時惟書甲子，則惑於《傳記》之説，而其事不得不辨。今淵明之集具在，其詩題甲子者始於庚子而迄於丙辰，凡十有七年，皆晋安帝時所作。初不聞題隆安、元興、義熙之號，若《九月閒居詩》有‘空視時運傾’，《擬古九章》有‘忽值山河改’之語，雖未敢定於何年，必宋受晋禪之後所作，不知何故反不書甲子也。”其説蓋起於沈約，而李延壽著《南史》、五臣注《文選》皆因之，雖有識如黄庭堅、秦觀、李燾、真德秀，亦踵其謬而弗之察，獨蕭統撰《本傳》以曾祖晋世宰輔，恥復屈身後代。朱元晦述《綱目》，遂本其説，書曰"晋徵士陶潛卒，可謂得其實矣。烏乎！淵明之節，其待書甲子而後見耶？"（中華書局，1982年）

王士禛著，趙伯陶點校《古夫于亭雜録》卷五"鍾嶸詩品"條：

鍾嶸《詩品》，余少時深喜之，今始知其舛謬不少。嶸以三品銓叙作者，自譬諸"九品論人，七略裁士"，乃以劉楨與陳思并稱，以爲文章之聖。夫楨之視植，豈但斥鷃之與鯤鵬耶？又置曹孟德下品，而楨與王粲反居上品。他如上品之陸機、潘岳宜在中品，中品之劉琨、郭璞、陶潛、鮑照、謝朓、江淹，下品之魏武，宜在上品。下品之徐幹、謝莊、王融、帛道猷、湯惠休宜在中品。而位置顛錯，黑白淆訛，千秋定論，謂之何哉？建安諸子，偉長實勝公幹，而嶸譏其"以莛扣鐘"，乖反彌甚。至以陶潛出於應璩，郭璞出於潘岳，鮑照出於二張，尤陋矣，又不足深辯也。（中華書局，1988年）

王士禛《漁洋詩話》卷下"鍾嶸詩品"條：

（與上文全同，略。）（《文淵閣四庫全書》本）

田雯《古歡堂集》卷十八雜著《詩話三》：

陶潛不仕宋，所著詩文但書甲子；韓偓不仕梁，所著詩文亦書甲子。偓節行似潛，而詩綺靡，蓋所養不及耳。薛西原曰："立節行易養性情難。"茂秦之論謬矣。詩各成一家，豈書甲子同而詩亦必相肖耶？此猶齊人之待客，使眇者御眇者，跛者御跛者，供婦人之一笑而已。

同上，卷二十雜著《淵明閒情》：

《困學紀聞》載鄭毅夫謂唐太宗功業雄卓，然所爲文章纖靡浮麗，嫣然婦人小兒嬉笑之聲，不與其功業稱。甚矣，淫詞之溺人也！又云：唐太宗英主，乃學庾信爲文，如《温泉銘》《小山賦》之類是也。余謂不然。文章何所不可，豈必如《大風》《垓下》始爲劉、項本色哉！嘗讀陶潛《閒情賦》，柔情麗語竟出於高士之口，始信賦梅花者不獨宋廣平也。（《文淵閣四庫全書》本）

張英《文端集》卷八《存誠堂詩集》四《讀陶詩慨然有作》：

穰穰今昔人，天地爲席幕。富貴多憂虞，貧賤常落魄。投網恐不深，誰能解其縛。身非金石堅，萬端自消鑠。志願何窮極，如剥新筍籜。人生道力淺，隨處得沉著。夙昔有微尚，苦欲謝羈絡。常恐衆人是，惘惘吾獨錯。我愛陶徵君，胸次頗寥

廓。忘情寄麯糵，避世憩泉壑。嶺上白雲飛，松間夕陽落。三諷陶家詩，微知顔子樂。（《文淵閣四庫全書》本）

杜甫著，仇兆鼇注《杜詩詳注》卷七《遣興五首》之三：

陶潛避俗翁，（彭澤高節可追，鹿門詩若有微詞者，蓋借陶集而翻其意，故爲曠達以自遣耳，初非譏刺先賢也。《晋書》：陶潛字元亮，博學善屬文，嘗著《五柳先生傳》以自况。以親老家貧，爲鎮軍建威參軍，謂親朋曰："聊欲弦歌以爲三徑之資，可乎？"執事者聞之，以爲彭澤令。在縣，公田悉種秫穀，妻子固請，五十畝種粳。郡遣督郵至縣，吏白應束帶見之。潛嘆曰："吾不能爲五斗米折腰，拳拳事鄉里小兒耶？"義熙三年，解印去縣，乃賦《歸去來辭》。）未必能達道，（《墨子》："未必達吾道。"）觀其著詩集，頗亦恨枯槁。（陶有《飲酒詩》："顔淵故爲仁，長飢至於老，雖留身後名，一生亦枯槁。"）達生豈是足，（《莊子》"達生之情者傀"，注：傀，大也。謝靈運詩："萬事難并歡，達生幸可托。"）默識蓋不早。（孔融《薦禰衡表》："弘羊潛計，安世默識。"）有子賢與愚，何其挂懷抱。（陶有《責子詩》："白髮垂兩鬢，肌膚不復實。雖有五男兒，總不好紙筆。"又《命子詩》云："夙興夜寐，願爾斯才。爾之不才，亦已焉哉。"）（黄庭堅曰："子美困於山川，爲不知者詬病，以爲拙於生事，又往往譏議宗文、宗武失學，故寄之淵明以解嘲耳。詩名曰《遣興》，可解也。"）（中華書局，1979年）

毛扆《汲古閣珍藏秘本書目》集部：

宋版《陶淵明集》二本。（與世本敻然不同，如《桃花源記》中"聞之欣然規往"，今時本誤作"親"，謬甚。《五柳先生贊》注云"一本有'之妻'二字"，按《列女傳》，是其妻之言也。他如此類甚多，不可枚舉。即《四八目》注比時本多八十餘字也，而通本一作云云，比時本多千餘字，真奇書也。籤題係元人筆，不敢易去。十六兩。）（《叢刊集成初編》本）

喬萊《易俟》卷十：

上九，肥遯，無不利。

萊按，上九以剛健之才居卦之終，在事之外。遯之最善者曰肥遯，肥者寛裕自得之意，遯而若此，何所不利？此如范蠡之歸五湖，疏廣疏受，日市牛酒，召故人高會，庶合兹爻之義。若陶潛之辭彭澤，范粲之寢路車，其身遁，其志苦也。管寧之居遼東，袁閎之築土室，憂心危慮，患深也。張良之從赤松子游，李泌之歸衡山，未能出事之外也，未能忘戒懼也，未可以爲肥也。（《文淵閣四庫全書》本）

李光地《榕村集》卷二十雜著三《詩選凡例》：

古體無所不備，然四言其大經也。故以四言首之，存古也。韋孟、傅毅、曹植、張華、陶潛、王勃，其志美，其詞文，以嗣風雅，亦庶無愧。（《文淵閣四庫全書》本）

傅恒等《御批歷代通鑑輯覽》卷首下《尹起莘發明序》：

先正朱文公先生修《通鑑綱目》，觀其自序有曰："歲周於上而天道明，統正於下而人道定，大綱概舉而監戒昭，萬目畢張而幾微著。"則知先正致力是書者，其有補於世教甚不淺也。又曰："是則凡爲致知格物之學者，亦將慨然有感於斯。"又曰："因述其指意條例於篇端，以俟後之君子。"則知先正注意是書，其有望於後人發揮而講明之者，亦甚不淺也。且夫先正書法有正例，有變例，正例則始終興廢、災祥沿革及號令征伐、殺生除拜之類，義固可見；若其變例，則善可爲法，惡可爲戒者，皆特筆書之。如張良在秦而書曰韓人，陶潛在宋而書曰晋處士，揚雄在漢而書曰莽大夫，吕后在一統之時而以分注紀其年，武氏改號光宅而止書中宗嗣聖之類，是皆變文見意者也。

同上，卷二十四《晋徵士陶潛卒考異》：

《提要》作處士，據分注，潛爲州祭酒，又爲彭澤令，解歸；徵著作郎，不就。則非周黨莊光之比，當從刊本作徵士。

潛字淵明，潯陽人。侃之曾孫也。少有高趣，博學不群。以親老家貧，爲州祭酒，少日，自解歸。召主簿，不就。躬耕自資，遂抱羸疾。後復爲彭澤令，不以家自隨，送一力給其子，書曰："此亦人子也，可善遇之。"在官八十餘日，郡遣督郵至縣，吏請曰："應束帶見之。"潛嘆曰："我豈能爲五斗米折腰向鄉里小兒！"即日解印綬去，賦《歸去來辭》，著《五柳先生傳》以自況。徵著作郎，不就。妻翟氏亦與同志，能安勤苦。夫耕於前，妻鋤於後。潛自以先世爲晋輔，恥復屈身後代，自宋高祖王業漸隆，不復肯仕。是歲將復徵之，會卒，世號靖節先生。

集覽。徵士猶言處士也。徵，知陵反，《韻會》徵字下引《説文》："召也。行於微而聞達者即徵也。"又《莊子》："士有九徵而不變，則君子也。"送一力：送，遣也，力，僕也。給勞辱之役者。

質實。彭澤縣名，注見晋元帝永昌元年。

書法。潛卒於宋，書晋何？潛始終晋人也。《綱目》予節故《通鑑》不書，於是特書之，是故晋亡矣，潛心乎晋，則卒書晋。唐亡矣，張承業心乎唐，則卒書唐。徵士書卒，終《綱目》一人而已矣。

發明。甚哉，出處之際，君子所當致謹也！揚雄草《太玄》以擬《易》，作

《法言》以擬《論語》，其自視荀、孟以下若不足道，然失身於莽賊，故《綱目》於其没也，書曰“莽大夫揚雄死”。雄雖欲自解，不可得也。陶潛在晋，乃太尉侃之孫，自其初年出處大致已有可觀，至劉宋移國，耻復屈身，遂不出仕，卒能保全名節，故《綱目》特以晋處士書之，明其不失身於宋氏，獨得爲晋全人也。然《通鑑》是年不載其事，《綱目》取諸前史，以激千載之清風爾。臣嘗因是考之，《晋隱逸傳》不見其不屈之意，至《南史》始著其説，且載檀道濟嘗饋粱肉麾而去之之事，則潛之此意顯然明白。今分注亦本此爲説，其有關於世教多矣。兹故詳而論之，以詔後之君子云。

同上，卷三十六《南北朝》：

（丁卯，宋元嘉四年、魏始光四年）冬十一月，晋徵士陶潛（字淵明，一字元亮，尋陽人，晋長沙公侃之曾孫）卒。

潛少有高趣，博學不群。以親老家貧，爲州祭酒。少日，自解歸。召主簿，不就。躬耕自資，遂抱羸疾。後復爲彭澤令，不以家自隨，在官八十餘日，郡遣督郵至縣，吏請曰：“應束帶見之。”潛嘆曰：“我豈能爲五斗米折腰向鄉里小兒。”即日解印綬去。賦《歸去來辭》、著《五柳先生傳》以自况。徵著作郎，不就。妻翟氏亦與同志，能安勤苦，夫耕於前，妻鋤於後。潛自以先世爲晋輔，耻復屈身後代，自宋高祖王業漸隆，不復肯仕。是歲將復徵之，會卒，世號靖節先生。（《文淵閣四庫全書》本）

高晋等《欽定南巡盛典》卷二十一天章（甲辰江南）詩《戲題馳煙驛》：

馳煙驛本寓幽人，隱亦當徵其假真。吴下富翁樂山水，宦光曾此會嘉賓。

按朱彝尊《明詩綜》稱，趙宦光字凡夫，吴人，饒於財，卜築城西寒山之麓，淘洗泥沙，俾山骨畢露，高下泉流，凡游於吴者靡不造廬談燕，廣爲樂方云云。宦光托名隱逸，而梯岩架壑，構築精雅，甚且倚其貲財廣結交游，因以欺世盗名，豈可與陶潛、司馬承楨之流同日語哉！（《文淵閣四庫全書》本）

趙宏恩等《江南通志》卷三十四《輿地志》古迹五池州府：

菊江亭在東流縣西菊江門外，舊有菊臺，瀕大江，後建樓其上，名望江樓，再易今名。向於此祀陶潛，故江曰菊江，亭之名亦因此。

黄花驛在東流縣北，以陶潛種菊之地故名。又有菊所。

同上，卷一百六十五《人物志》文苑一：

張慶之，字子善，吴人。棄舉子業，精思經史百氏，擬《太玄》作《測靈》，撰《孔孟衍語》《老子注》，號海峰逸民，自爲傳，以伯夷、蔣詡、陶潛自况。

同上，卷一百六十八《人物志》隱逸一：

顧元慶，字大有，長洲人。家近滸墅，所居曰顧家青山。藏書萬卷，擇其善本刻之。自經史以至叢説，多所纂述，年七十餘猶吟誦不輟。岳岱曰："陶潛田家之言，浩然江湖之句，時代雖殊，旨趣相符。"時稱爲大石山人。

吴綸，字大本，宜興人。風神散朗，操履修潔，非公事未嘗一入城府。創别墅二於溪山間，南曰樵隱，西曰漁樂，以陶潛自擬，因自號心遠居士。

同上，卷一百六十九《人物志》隱逸二：

宋張漢卿，桐城人。監興國軍管庫，與太守論事不合，即和陶潛《歸去來詞》，歸隱三十年。後宰相趙汝愚特薦，不起。

同上，卷一百七十四《人物志》方外一：

南北朝宋陸修静，字元德，吴人。學仙棲廬山白雲寺，與陶潛、慧遠結白蓮社。嘗握手過虎溪，大笑而别。世傳《三笑圖》，宋文帝召見之，不得。元徽中，偃月而化。（《文淵閣四庫全書》本）

嵇曾筠等《浙江通志》卷十山川二・臨安縣・五柳山：

《成化杭州府志》：在縣東北五里，高二十丈，周五里峰巒秀拔，岩壑盤旋，上有平原。故老云"陶淵明曾居此山"，傳之妄也。（《文淵閣四庫全書》本）

謝旻等《江西通志》卷首《上〈江西通志〉表》：

惟兹江右，地屬上流，爲荆揚畫界之區，亦閩粤通衢之要。總域中而分部，古號南州；對江左以標名，舊稱西道。列宿紀斗牛之野，共仰龍光；諸江合章貢之流，匯成蠡澤。若夫人傑，實表地靈。温嶠、韋丹之偉績，載在豐碑；陶潛、徐穉之高風，尚存故里。臨川、盱水，曾、王之文學無雙；信國、弋陽，文、謝之忠誠不貳。鹿洞、鵝湖之硯席，實藉儒先過化之餘；獅峰、鶴嶺之煙雲，亦爲仙釋藏修之所。凡兹名迹，莫罄鋪張。至於山川亭榭之清幽，物産土風之殷庶，當晋、宋始多記載，逮元、明益富編題書。不盡爲流傳，事實資於考訂，集而成志，爰在於兹。

同上，卷八山川二瑞州府：

桂林山在新昌縣東二十里，舊傳陶淵明所居。……

秀溪在新昌縣十五都，今名查溪，相傳晋陶潛第五子佟居此，有淵明讀書堂、靖節橋遺迹。

同上，卷九山川三臨川府：

天台山在安福縣南二十里，有石澗、石磴、觀音崖，相傳葛仙煉丹處。西山有蟠藤古廟，宋王庭珪記之。又南十里爲玉荆山，相傳晋時有人犁田得玉，因名。又南十里爲三峰山，卓立雲表。西北有長礱洞、石缽泉，南有小石屋，劉陽題曰“半云洞天”。相近有書岡山，兩峰屹立，上有平臺，相傳陶潛讀書處也。

同上，卷十二山川六南康府：

層城山在府城西五里，今謂之烏石山。晋陶潛《游斜川詩序》“臨長流望曾城”，即此。又西二里爲玉京山，其地名上京，陶詩所云“疇昔家上京”也。

蒲溪灣在府城西五里，據層城山斜川之間，晋陶潛所游處也。劉中允茇舍在焉。後子澄葺爲别墅。

柴桑山在府城西南九十里，面陽、馬首、桃花尖諸山皆是也。《寰宇記》云陶潛居此。按靖節書院及墓，皆在今面陽山之陰。

七里岡在府城南五十里，横亘平衍者七里，故名。府城西南九十里王弘岡，晋刺史王宏遣白衣人送陶潛酒，即此地也。

九曲池在湖口縣南三十里彭澤鄉，相傳晋陶潛所鑿，今成小港。

同上，卷十八學校南康府儒學：

五賢祠，朱子建祀陶潛、劉涣、涣子恕、陳瓘、李常。

同上，星子縣儒學：

鄉賢祠祀陶潛以下凡四十人。

同上，九江府儒學：

鄉賢祠祀陶潛以下凡六十八人。

同上，湖口縣儒學：

名宦祠祀陶潛以下凡十人。

同上，卷二十二書院二饒州府：

希賢書院在府城茶場巷口。國朝康熙二十四年，饒南九三府士民請爲巡道查培繼立生祠，培繼不許。諸生楊鉞等請以生祠建查公講堂，又不許。檄縣毁之，以其材修學宫。諸生請改講堂爲書院，乃於其中祀歷代名宦十四人：漢九江守宋均，晋彭澤令陶潛，唐彭澤令狄仁傑，饒州刺史顔真卿，江州司馬白居易，宋知饒州范仲淹，知南康軍周敦頤、朱熹，知饒州王十朋，樂平令楊簡，明巡撫王守仁、副使葛寅亮，饒州知府張有譽，國朝饒州知府翟鳳翥。復捐俸置田延師，設教南豐。湯來賀記之，培繼有自撰碑記。

同上，九江府：

靖忠書院有二，一在九江府學前蓮花池，明成化五年知府蘇致中建，祀晋陶潛、唐狄仁傑。嘉靖間户部主事鄒輗即堂東隙地構號舍，以便生徒肄業，後改爲名宦鄉賢祠。一在彭澤縣北觀音岩後，本唐天佑中三學堂故址，元至正四年縣尹王國輔建以祀陶、狄二公，後增祀趙昂發，號三賢祠。尋廢，邑人王演疇購復舊觀。

同上，卷四十一古迹南康府：

彭澤故城。《元和郡縣志》：在都昌縣北四十五里，晋陶潛爲令理此城。《太平寰宇記》：其城漢高帝置，屬豫章。隋平陳，廢，今舊迹猶存。

醉卧石。《尋陽記》：陶潛栗里今有平石如砥，縱横丈餘，相傳靖節先生醉卧其上，在廬山南。

同上，卷四十二古迹九江府：

陶公舊宅。《名勝志》：在府西南九十里柴桑山。《晋史》：陶潛家於柴桑，即今之楚城鄉也。去宅北三里許，有靖節墓。唐白居易有《訪陶公舊宅》詩。

玩月臺。《明一統志》：在湖口縣東三十里，晋陶潛爲彭澤令時築以玩月。臺南有洗墨池，乃潛所鑿以滌硯者。元吴澄記靖節先生家潯陽之柴桑，嘗爲彭澤令，後析彭澤創湖口縣，湖口亦彭澤也。故其境内往往有遺迹，爲靖節讀書之地。望月臺遺迹猶存。

同上，卷五十七名宦・晋：

蕭秀，字彦達。太祖第七子也。天監六年出爲都督江州諸軍事、平南將軍、江州刺史，將發，主者求堅船以爲齋舫。秀曰："吾豈愛財而不愛士？"乃以牢者給參佐下者載齋物。及至，州聞前刺史取徵士陶潛曾孫爲里司，秀嘆曰："陶潛之德豈可不及後世！"即日辟爲西曹。時盛夏水泛，津梁斷絶，外司請依舊僦渡，收其價直，秀曰："刺史不德，水潦爲患，可利之乎？"給船而已。（《梁書》。）

同上，卷六十三名宦七饒州府・晋：

王大如，字巨夫。陳陶人。夸甫孫，爲餘干令。政得緩急之宜，陶潛善之。後爲劉裕所殺，民懷其德，立祠祀焉。（《明一統志》。）

同上，卷六十四名宦八九江府・唐：

韋應物，京兆長安人。建中三年出爲滁州刺史，久之調江州，追赴闕改左司郎中，復出爲蘇州刺史。應物性高潔，所在焚香掃地而坐，惟顧况、劉長卿、丘丹、秦系、皎然之儔，得厠賓客，與之酬唱。其詩閑澹簡遠，人比之陶潛，稱“陶韋”云。（《全唐詩小傳》。）

同上，卷七十七人物十二吉安府三・明：

楊引，吉水人。好學能詩文。爲宋濂、陶安所稱。駙馬都尉陸賢從受學，入朝舉止端雅，太祖喜問誰教者，以引對，立召見，賜食。他日賢以褻服見引，太息曰：“是其心易我，不可久居此矣。”即引去。時方不次用人，有司頻以孝廉、文學、善書薦，皆不赴。復以纂修徵，亦不就。其教學者先操履而後文藝，嘗揭《論語・鄉黨篇》示人曰：“吾教自有養生術，安事偃仰吐納爲！”迄老視聽不衰。既歿，安福劉球稱其“學探道原，文範後世，去就出處卓然有徐穉、陶潛之風”。（《白志》。）

同上，卷九十二人物・九江府・晋：

按“靖節先生”，《晋書》《宋書》《南史》各有傳。《晋書》云：陶潛，字元亮。《宋書》則曰：陶潛，字淵明。或云淵明名元亮。《南史》因之。又以淵明爲深明，與昭明太子所撰本傳皆不同。蓋《晋書》《南史》成於唐人之手，其諱淵固宜。若休文與昭明同時，去陶世且甚近，何名與字亦復參差互異，竊所未解。《人物志》以爲在晋名淵明，入宋改名潛，似爲得之。（原跋。）

同上，卷一百二列女六九江府・晋：

晋陶潛母孟氏，孟嘉第四女也。嘉本娶陶侃第十女，後以二女妻侃子茂之二子，一生靖節，一生敬遠。靖節娶翟氏，能安苦節，夫耕於前，妻鋤於後。（《豫章書》。）

同上，卷一百八祠廟南昌府・晋：

忠節名賢祠。在省城洪恩橋，舊爲同仁祠，祀孫燧、許逵、王守仁、胡世寧、伍文定、唐龍六人。康熙二十九年，巡撫宋犖改祀陶潛、狄仁傑、張九齡、顔真卿、李綱、張叔夜、楊邦乂、胡銓、洪皓、歐陽珣、岳飛、文天祥、謝枋得、江萬里、黄子澄、練子寧、胡閏、周德、顔瑰、王省、王艮、曾鳳韶、鄒瑾、魏冕、李時勉、劉球、于謙、孫燧、許逵、胡世寧、王守仁、伍文定、唐龍、周憲、黄宏、馬思聰、宋以方、熊浹、韓雍、林俊、蔡懋德、李邦華、吴甘來，凡四十三人，祠田租二百零七石。

陶淵明先生祠。在新城門内，祀晋徵士陶潛。雍正九年，南城裔孫檢討成建、巡撫謝旻匾曰“松菊猶存”，布政使李蘭記。

八隱祠。祀漢梅福、徐穉，晋范宣、陶潛、周續之，唐臧嘉猷、陳陶，宋蘇雲卿，康熙六十年巡撫王企靖建，乾隆十四年布政使彭家屏重修，以鉛山舉人蔣士銓居守供奉。

同上，卷一百九祠廟南康府：

五賢祠。在府學東，朱子知軍時，訪古今名士居是邦者，得陶潛、劉涣、涣子恕、陳瓘、李常輩，建祠祀之。（《廬山志》。）

同上，九江府：

四賢祠。在府治東，祀漢宋均、晋陶潛、唐狄仁傑、白居易。

同上，卷一百二十四藝文記三《蓮社圖記》（李沖元）：

龍眠李伯時爲余作《蓮社十八賢圖》，追寫當時事。按十八賢行狀，沙門慧遠初爲儒，因聽道安講《般若經》，豁然大悟，乃與其弟慧持俱棄儒落發。太元中至廬山時，沙門慧永先居香谷，遠欲駐錫是山。一夕，山神見夢稽首留師，忽於後夜雷電大震，平旦，地皆坦夷，材木委積。江州刺史桓伊表奏其異，爲師建寺，是爲東林，因號其殿爲“神運”。時有彭城遺民劉程之、豫章雷次宗、雁門周續之、南陽宗炳、張詮、張野，凡六人，皆名重一時，棄官捨禄，來依遠師。復有沙門道昺、曇常、惠叡、曇詵、道敬、道生、曇順，凡七人，又有梵僧佛馱跋陀羅、佛馱邪舍二尊者相結爲社，號廬山十八賢。時陳郡謝靈運以才自負，少所推與，及來社中見遠師，心悦誠服，乃爲開池種白蓮，求預净社。遠師以其心雜，拒而不納。陶潛時棄官歸栗里，每來社中，或時纔至便攢眉而去，遠師愛之，欲留不可得。道士陸修静居簡寂觀，亦嘗來社中，與遠相善。遠自居東林，足不越虎溪，一日送陸道士，忽行過溪，相持而笑。又嘗令人沽酒，引淵明來，故詩人有云“愛陶長官醉兀兀，送陸道士行遲遲。沽酒過溪俱破戒，彼何人斯師如斯！”又云“陶令醉多招不得，謝公心雜去還來”者，皆其事也。

此圖初爲入路，與清流激湍縈帶曲折，踰石橋溪回路轉，石岩一，又繚而上，石岩一，二岩之間有方石池，種白蓮華。岩之旁有石梯度山迤邐而去，不知所窮。當圖窮處，横爲長雲，蔽覆樹腰岩頂，其高深遠近蓋莫得而見也。傍石池有高崖懸泉，下瀦爲潭，支流貫池下注大溪、漱石而激浪者，虎溪也。岩之外游行而來者二人。一人登嶺出半身者，宗炳也；一人踞床憑几揮麈而講説者，道生也；一人持羽扇目注懸猿而意在深聽者，雷次宗也；一人合掌坐於床下者，道敬也；一人相向而坐者，曇詵也。一人執經卷跪聽於其後，童子一舒足搔首有倦聽之意。蓮池之上環石臺坐而箋經校義者五人，石上列香爐筆硯之具。一人憑石而坐者，劉程之也；一人手開經軸倚石而回視者，張詮也；一人正坐俯而閲經者，惠叡也；一人回坐拱手傍視而沉思者，慧持也；一人持如意而指經者，慧永也。一人捧經笈與童子持如意立其後，又童子跪而司火持鋏向爐而吹，一人俯爐而方烹捧茶盤而立者，一人傍有石置茶器。又一岩中有文殊金像環坐其下爲佛事者三人：一人執爐跪而歌唄者，曇常也；一人坐而擎拳者，道昺也；一人執經卷而坐者，周續之也。臨溪耦坐者二人，皆梵僧：一人袒肩持短錫者，跋陀羅也；一人舉如意據膝而坐者，邪舍也。童子一，捲髮鬍面，持羽扇立其後。一人露頂坦腹仰視懸泉坐而濯足者，張野也。童子持巾立其側，又蹲而汲者一人。石橋之旁峭壁崛起前有僧與道士相捉而笑者，遠公送陸道士過虎溪也。一人貌怪雄視捉膽瓶而立者，捕蛇翁也。童子負杖却立而侍一人乘藍輿者，淵明之回去也。淵明有足疾，嘗以竹籃爲輿。其子與門生肩之：前者若欲憩而不得，後者若甘負而忘倦，蓋門人與其子也。童子負酒瓢從之。一人持貝葉騎而方來者，謝靈運也。旁一人持曲笠，童子負笈前騎而行。凡爲人三十有八，馬一，猿一，鹿一，器用、草木不復以數計。人物灑落，泉石秀潤，追千載於筆下，萃群賢於掌中，開圖恍然若與之接。揮麈而談者如欲懸河吐屑，肆辯而未停；默坐而聽者如欲屏息杜意；審諦而冥冥沉思者如欲鈎深味遠，叩玄關、宅靈府而游恍忽之庭；梵唄者如欲轉喉鼓舌，而有雲雷之響與潮海之聲；行往來者如御風而遐舉；坐臨水者如騎鯨而將去；笑執手者軒渠絶倒，達於衣冠。蓋其心手相忘，筆與神會，而妙出意表，故能奴隸顧、陸，童僕張、吴，跨千載而獨步，非十八人不足以發伯時之華，非伯時者不足以寫十八人之趣。豈非泉石膏肓、煙霞痼疾，其臭相似，故形容之工，若同時而共處者也！伯時於余爲從兄，實山林莫逆之友，爲此圖凡三十八日而成。余得之，游居寢飯其下。客來觀者或未知蓮社事，因記其後，覽者當自得之也。圖成於元豐庚申十二月二十五日，明年辛酉正月二十六日，龍眠李沖元元中記。

同上，卷一百三十九藝文序四《江西通志序》（白潢）：

國家聲教覃敷，靡遠弗届，闢版圖未闢之國，臣史册未臣之邦。幅員廣袤，踰二萬里，江西於其間不及什之一耳。然其山川則有匡廬、玉笥、龍虎、武功、章貢、修盱、揚灡、左蠡之高且深，物産則有豫章之材、銀朱之稻、信州之楮、雙井之茶、西山之葛、金溪之苧、饒州之陶。其於人也，理學則肇自金溪、都昌，下迨崇仁、餘干、吉水；文章則廬陵、臨川、南豐開其源，吴虞、揭范承其流，下至制舉之家，亦必推章陳、羅、艾；相業則有周必大、陳康伯、楊士奇、劉一燝諸人；忠義則有文天祥、謝枋得及靖難練子寧、周是修輩；高尚則有徐穉、陶潛、雷次宗、蘇雲卿其人；仕宦則有若韋丹、狄仁傑、韓愈、范仲淹、王守仁，至於南安、南康，則周、程、朱子過化之地也。蓋上下數千年，延沿十七代，莫不前輝而後映，名至而實歸。嗚呼盛矣！……（《文淵閣四庫全書》本）

邁柱等《湖廣通志》卷七《山川志》武昌府武昌縣：

武昌山在縣南。《搜神後記》晋時宣城秦精入山采茗，遇一毛人，長丈餘，引至山曲，示以叢茗，臨别探懷中橘遺之。精怖，負茗而歸。《括地志》：山以縣名，武昌其一也。

同上，卷十二《山川志》常德府桃源縣：

靈岩山在縣北七十里，山下五洞相通，旁爲靈岩寺。桃花洞在桃源山下，一名秦人洞。洞前石橋横跨兩山，名遇仙橋。洞口瀑泉千丈落石壁下，距洞里許伏地不見，至北三里爲桃花溪水，合流入江，相傳即晋陶潛所記桃花源也。按唐韓愈《題桃源圖詩》云："神仙有無何渺茫，桃源之説誠荒唐。"宋蘇軾云："世傳桃源事多過其實，考淵明所記，止言先世避秦來此，則漁人所見似是其子孫，非秦人不死者也。"蘇軾之言近是。其實秦人、漁父不必有其人，桃花源不必有其地，陶潛高士，寓興幽遐，仿佛孫綽《游天台賦》，馳神運想，如已再升者也。俗又更立漁人姓名，謂爲神仙漁隱，今削而不載。

同上，卷二十五《祀典志》（祠廟附）武昌縣：

三賢祠。一在縣西，祀陶侃、陶潛、元結；一在西山寺後，祀陶侃、元結、蘇軾。

同上，卷七十三《流寓志》武昌府：

陶潛。《晋書·列傳》：字淵明，大司馬侃之孫。少懷高尚，後爲彭澤令。不能五斗米折腰，解印去。《舊志》云：潛，潯陽人。潯陽晋屬武昌，故有宅，嘗往來其間。（《文淵閣四庫全書》本）

朱軾《史傳三編》卷七《名儒傳·宋陳宓》：

宓性剛毅，通道尤篤。每言居官必如顏真卿，居家必如陶潛，而深慕諸葛亮身死家無餘財、庫無餘帛，庶乎能蹈其語者。所著有《論語注義問答》《春秋三傳鈔》《讀通鑑綱目》《唐史贅疣》及文稿數十卷。

論曰：定公初年，孔子不仕。寶慶嗣立，李燔、陳宓亦屏迹丘樊，不磷不緇。昔諸葛亮不爲苟出，一出而鞠躬盡瘁；陶潛不爲苟處，一處而泥閉淵蟠；顔真卿終始蹇蹇，殉節從容。此於出處、死生之義備矣！三代以返，宓獨企此三人，其進退合道也宜哉！

同上，卷八《名儒傳·元金履祥》：

論曰：履祥守潔懷貞，有漢管寧、晋陶潛之操。撰述諸書，皆可爲學的，而《通鑑前編》最行於世。夫書始《堯典》，而《易大傳》乃稱庖羲、神農、黄帝，故司馬遷作《史記》首立《三皇本紀》。然其事多茫昧，文無足徵，况於循蜚四紀益荒唐不可考信者乎！履祥之作《前編》，斷自陶唐者是也。所考《禹貢》山川尤多蔡《傳》之所未逮云。（《文淵閣四庫全書》本）

徐文靖著，范祥雍點校《管城碩記》卷十七《楚辭集注四》：

"凌陽侯之氾濫兮"，集注曰：陽侯，陽國之侯也，溺死於水，其神能爲大波。

按陶潛《群輔録》曰："伏羲六佐，陽侯爲江海。"宋均曰："主江海事。"陽侯主水，故後世謂陽侯爲水神，至溺死能爲大波之説，雖見《淮南子·覽冥訓》注，未足據也。

同上，卷二十五《詩賦一》：

陶淵明《還舊居詩》："疇昔家上京，六載去還歸。"韓子蒼以爲作於乙巳，趙泉山謂自乙未佐鎮軍幕迄今六載。按先生有《庚子歲五月中從都還阻風於規林詩》"行行循歸路，計日望舊居"，則還舊居詩即作於庚子，趙説是也。

薛逢詩"醉後獨知殷甲子"，郝注云："陶潛所著文字皆書年月，永初以後惟書古甲子。又紂以甲子日死。"

按《韓非子》曰：紂爲長夜之飲，懼以失日，使人問箕子，箕子曰："舉國不知而予獨知之，予其危矣。"因辭以醉而不知。獨知殷甲子，當謂此耳。

同上，卷三十《雜述》：

《山海經》"桂林八樹在番禺東"。《西事珥》曰番禺，即今桂州番禺。東在何處？予讀《路史》，桂國引伊尹四方令，蓋桂陽也。然則八桂乃桂陽，以桂林爲八桂者誤。

按《漢書》注，桂林今桂州，番禺今廣州。考之地圖，桂陽在番禺西北，何得云在東乎？范雲詩“南中有八樹，繁華無四時”，陶潛詩“亭亭凌風桂，八幹共成林”，褚禋詩“誰謂重三珠，終焉競八桂”，《天台賦》“八桂森挺以凌霜”，蓋八桂共成一林，非以桂陽爲桂林也。（《學術筆記叢刊》本）

方苞《望溪集》卷七《贈宋西玶序》：

先君子有言，自晚周、秦漢以來，治文術者代降而卑，皆以爲氣數使然。非也。古之以文傳者，未或見其詩，以詩鳴者亦然。唐之中葉始有兼營而并善者，然較其所能則懸衡而不無俯仰矣。自宋以降，學者之於文術必徧爲之。夫是以各涉其流，無一能窮源而竟委也。如曰氣數實然，則建安以後之綺麗，有陶潛者出，而渾然元古矣。李白、杜甫興於唐，而六朝雜家盡爲所掩。今子於詩既得其徑塗，苟日進而不已，豈惟接武於先人，安知不遂與古人相角逐乎！（《文淵閣四庫全書》本）

方苞《禮記析疑》卷三《檀弓》：

“鼎鼎爾則小人。”

陶潛詩“鼎鼎百年内”，似以馳騖追逐爲義，此讀書不求甚解之病也。（《文淵閣四庫全書》本）

姚之駰《元明事類鈔》卷二十神鬼門《神靈》：

靈真位業。明曹士龍《玉海詩》記天上靈真位業一十九位，太保萬楚，中嶽陶潛，南嶽杜甫，西源大帝王羲之，巡王四大洲謝安，左館玉書蘇子瞻，西溟星君莊定山，太極殿大學士李于鱗，其可知者也。（《四庫筆記小説叢書》本）

藍鼎元《鹿洲初集》卷十《餓鄉記》：

醉鄉睡鄉之境，稍進焉則有餓鄉，王、蘇二子之所未曾游也。其土、其俗、其人與二鄉大同而小異，但其節尚介，行尚高，氣尚清，磨礪聖賢，排斥庸俗，則又醉鄉睡鄉之所未能逮也。昔者伯夷、叔齊嘗造是鄉，愛其境，婆娑不忍去，鄉之人留之，群奉爲主，凡有過客悉稟命辨别去留。孔子去衛適陳，道經是鄉，伯夷率鄉人郊迎伏謁，禮甚恭，欲以主位讓。孔子不顧，然亦重違其意，乃偕諸弟子爲停驂者七日。其後，孔子之徒如曾子、子思、原思輩，嘗竊往游焉，或三旬九回，或并日一歸。大抵與夷、齊兄弟甚相得。於陵陳仲子矯廉於齊，齊人疑之。仲子投是鄉三日，欲親伯夷，夷笑而麾之曰：“若避兄離母，非吾徒也。”仲子慚而去。漢周亞夫慕是鄉高義，棄通侯之尊，徒步款里門。伯夷蹙額曰：“亞夫粗人，豈足以居此。但彼既來，亦不可拒者。”顧左右即於里門别構數楹與之，亞夫樂焉。未幾，而幸臣鄧通亦貿貿然往，伯夷、叔齊勃然大怒曰：“吾鄉固清白世界也，豎子敢來相辱！”命左右擠出數十里外撲殺之，而延晋處士陶潛，以高風蕩滌羞穢。潛亦舍彭澤令，與夷、齊交，稱莫逆焉。然潛性放誕，不能安，每越境與王無功游，夷亦不禁。梁武帝爲侯景所迫，逃入是鄉，伯夷不納。因叩頭力請不肯去，卒免侯景之刃。夷懼爲天下逋逃藪，爰集鄉人更訓典，嚴條約，日出數十人要於路以覘客，凡有聖賢豪傑、孝子忠臣、高人義士辱親敝鄉，迎之致敬，無敢失禮。其爲賤隸鄙夫，亟撲殺之里門之外。至於富貴庸人亡命至止，亟遣之去，無辱唇齒。自是之後，游者日以衆，不得入者亦日以多，爲所敬禮周旋去來任意者，若唐韓愈、宋吕蒙正、范仲淹而外，代不過數人焉。近世士大夫罕有得其門而入者也。（《文淵閣四庫全書》本）

萬承蒼《宋書考證》卷九十三：

《陶潛傳》：“曾祖侃，晋大司馬。”

臣承蒼按，沈約所作《陶淵明傳》，以《陶集》考之多不合。集中《贈長沙公詩》序有云：“昭穆既遠，已爲路人。”又爲《孟府君傳》有云：“君諱嘉，娶大司馬長沙公陶侃第十女。”如果爲從祖之子孫，不得云“昭穆既遠”，己之曾祖斷不容直書其姓名。然則淵明非長沙桓公之曾孫明矣。又云：“自以曾祖晋世宰輔，恥復屈身後代，自高祖王業漸隆，不復肯仕，所著文章皆題其年月，義熙以前則書晋氏年號，自永初以來惟云甲子而已。”考陶詩俱不題年號，惟《祭程氏妹文》稱義熙三年，宋高祖受禪改元永初，是爲庚申歲，集中詩凡書甲子者八年，庚子、辛丑、癸卯、乙巳、戊申、己酉、庚戌、丙辰，皆在永初之前，庚子、辛丑、癸卯又在義熙之前、永初以後，除《自祭文》題丁卯而外，無有書甲子者。約之紀事失實，大概如此。或言梁昭明太子誤讀淵明《命子詩》遂作《淵明傳》，以淵明爲侃之曾孫，不知《宋書》成於齊永明六年，昭明特襲之而不改，《南史》《晋書》成於唐初，亦皆襲約之誤者也。（《文淵閣四庫全書》本）

張照等《史記考證》卷五十五：

“天下有四人”，《索隱》“四人，四皓也”云云。

臣照按，《漢書·王貢傳》序曰：“漢興，有園公、綺里季、夏黄公、角里先生。”顔師古注曰：“四皓稱號本起於此，更無姓名可稱。蓋隱居之人，匿迹遠害，不自摽顯，秘其氏族，故史傳無得而詳。至於後代皇甫謐之徒及諸地里書説，競爲四人施安姓氏，自相錯互，語又不經，班氏不載於《書》，諸家皆臆説，今并棄略，一無取焉。”臣謂師古之見卓矣。《索隱》所引《陳留志》有姓名者又止三人，無綺里季名字，蓋有脱文，而今《陳留志》無其書，莫可考也。或云姓朱名暉字文季，恐皆臆説。綺里季或云當連夏字讀，作綺里季夏，其黄公則黄爲姓，顧皇甫謐《高士傳》已作夏黄公，陶潛《聖賢群輔録》亦然，莫定其孰是也。陶潛《四八目》即《聖賢群輔録》别名，《四八目》蓋所載如四佐、四凶、八元、八愷之類，“四”與“八”居多，後人遂呼之爲《四八目》耳。（《文淵閣四庫全書》本）

李清馥《閩中理學淵源考》卷三十三《教授劉秋圃先生志學》：

劉志學，字師孔，同安人。少與兄璧齊名。咸淳七年進士，教授台州，以親老歸省。未幾，元兵南下，杜門娱親，下帷講誦，四方學者從之如雲。暮年與同輩論譚，淋漓翰墨，種菊數十本，號秋圃，以陶潛、韓渥自方。蒲壽庚欲羅致門下，固避之。（《文淵閣四庫全書》本）

弘曆《御製詩》二集卷十九《和杜甫遣興五首》其三：

陶潛避俗翁，避俗亦避世。柴桑樂無悶，自著《桃源記》。肩輿命二子，偶顧亦何害。杜陵忠厚人，個翁乃深刺。

同上，五集卷五《戲題馳煙驛》：

馳煙驛本寓幽人，隱亦當徵其假真。吴下富翁樂山水，宧光曾此會嘉賓。

按朱彝尊《明詩綜》稱，趙宧光字凡夫，吴人，饒於財，卜築城西寒山之麓，淘洗泥沙，俾山骨畢露，高下泉流。凡游於吴者靡不造廬談燕，廣爲樂方云云。宧光托名隱逸，而梯岩架壑，構築精雅，甚且倚其貲財廣結交游，因以欺世盗名，豈可與陶潛、司馬承禎之流同日語哉！（《文淵閣四庫全書》本）

張照等《石渠寶笈》卷二貯乾清宫二宸翰書册：

《御臨趙孟頫書陶潛詩帖》一册。

宣德箋本，行草。書末幅款識云：“淵明《歸去來辭》，有見道之言。兹《飲酒》二十首，上下數千年間，慨然晤嘆，是蓋不獨以酒隱者矣。若夫子昂書法流麗，中具整肅，余何能贊一辭哉！”乾隆甲子季夏御臨并識。下有“乾隆宸翰”“幾暇臨池”二璽。册計二十二幅，幅高七寸九分，廣五寸。

《御筆秋英詩畫合璧》一册。

仿製宋印花箋本，右方墨畫各種花卉，左方行書題句。書畫相間，各六幅。第一幅葵花，有“妍露”一璽，題句云：“梳風翠羽翻，承露金盤潔。堪作素秋朋，豈爲清齋折。”又署“葵”一小字。第二幅海棠，有“寫生”一璽，題句云：“海棠一例好，娟娟春復秋。試向群芳問，争如得自由。”又署“海棠”二小字。第三幅菊花，有“潑墨”一璽，題句云：“菊本瀟灑姿，陶潛托幽好。却被人傳説，東籬轉厭鬧。”又署“菊”一小字。第四幅桂花，有“含英咀華”一璽，題句云：

“馥馥月中香，裳裳檻外黄。姮娥酬白帝，天酒復天糧。”又署“桂”一小字。第五幅蘭花，有“宸翰”一璽，題句云：“香以清不釃，色匪妖而美。臨風笑芙蕖，得作秋君子。”又署“蘭”一小字。第六幅石竹，有“筆端造化”一璽，題句云：“周阿迴出群，蜂蝶任紛紛。不與蘼蕪伍，終因近此君。”又署“石竹”二小字。每幅署字下俱有“乾隆宸翰”“幾暇臨池”二璽。幅高七寸三分，廣四寸三分。

同上，書軸：

《御臨趙孟頫書陶潛詩》一軸。

宣德灑金箋本，行書，青松詩一首。款識云：“御臨趙孟頫書陶靖節詩。”下有“乾隆宸翰”“陶冶性靈”二璽。又“觀書爲樂”“胸中長養十分春”二璽。右方上有“深心托豪素”一璽，下有“含豪邈然”“萬國農桑寤寐中”二璽，軸高四尺一寸二分，廣一尺五寸四分。

同上，卷三貯乾清宫三列朝人書册上等：

元《趙孟頫書陶詩》一册。（上等元六。）

宋箋本，行楷書陶潛《飲酒詩》二十首并序，末幅識云：“《飲酒》二十首。”下有“松雪齋”印一，每幅款署“子昂”，下俱有“趙氏子昂”印一。首幅有“趙字”“大雅”二印。册計二十一幅，幅高七寸六分，廣四寸七分。前副頁御筆題“清華朗潤”四大字，後有“乾隆宸翰”“幾暇臨池”二璽。

同上，卷六貯乾清宫六列朝人畫卷上等：

宋《梵隆歸去來圖》一卷。（上等日一。）

素箋本白描畫，無款。前隔水有宋高宗題“梵隆陶潛歸去來”七字，上有“乾卦”一璽。凡九段，每段宋高宗書本文。卷前有“陳定畫印”“陳定平生真賞”“朱輝家藏”三印，卷末有“紹興連璽朱輝家藏焦林梁氏書畫”之印。諸印幅中押縫，有“紹興連璽凡十三”“朱輝家藏”二印。前隔水有“宜爾子孫”“陳氏家藏”“蕉林居士”三印，後隔水有“以御鑒定珍秘”“陳氏世寶”二印，押縫有“陳定聯印”“棠村宜爾子孫”諸印，拖尾有“蒼岩子”“焦林鑒定”“觀其大略”三印。卷高八寸七分，廣二丈一尺九寸二分。

同上，卷十三貯養心殿四列朝人書卷上等：

元《趙孟頫書〈歸去來詞〉》一卷。（上等昃五。）

宋箋本，行書。款署子昂，下有“趙子昂氏”一印。後李升隸書跋云：“松雪翁極喜書此詞，流傳世間何啻數百本！余家亦有數卷。此特其尤者，輟以贈拙公。

豪梁李升子雲識。”卷前有“蕉林居士”“鄒永章氏”二印。又書印半印，又半印不可識。前隔水有“蕉林書屋”一印。拖尾有“蒼岩子梁清標玉立氏印章”“蕉林鑒定”二印。又僧景瞻跋云：“苕卞溪山天下奇，文章國器斗南稀。官高一品不爲貴，德邁二疏尤見幾。談塵可同埋玉樹，草綸常想在蓭扉。知君會盡無生理，寶帶何須换衲衣。愚作挽松雪翁詩數日，忽睹手書《歸去來》篇，真叔世墨寶也。展卷之餘，豈勝哀感！因書此以紀歲月云。天曆二年臘月景瞻。”又僧正印題識云：“鐵畫銀鈎法二王，平生好寫晋文章。斷弦喜有鸞膠續，跨灶沖樓穆與光。元統甲戌夏獲觀松雪老人書淵明《歸去來詞》於鄞，并無及法兄挽詩，敬成一絶，少伸追慕之意。玉几松月翁正印。”又跋語云：“宋社既屋，松雪翁乃仕於元，平日復愛書晋徵士陶潛《歸去來詞》以傳於世，或議翁與潛意果合歟否耶？噫！是奚足以知翁也哉？昔殷之微子識天命有歸，乃負祭器奔周，卒受封以存殷祀，然則翁之書是詞也又奚愧焉！”款署“松林澮居叟至仁”。又僧自厚題云：“趙公筆法稱獨步，陶令文章不厭聽。此卷衹宜天上有，莫嗔蕭翼賺蘭亭。湖隱老衲自厚。”又聶大年跋云：“松雪翁書《歸去來》，余見亦多矣，此幅尤清絶可愛。錫山華君以章好古博雅寶此有年，間以示余。余爲之把玩不能釋手，爲題其後而歸之。若近時王孫不返迷途之説，則豈知松雪者！因并及之。正統戊辰夏四月朔臨川聶大年謹書。”前有半印不可識。又張九方跋云：“余友華君以章得松雪翁所書柴桑《歸去來詞》一幅，裝潢成卷，愛之重之，甚於拱璧。錦衾十襲，櫝而貯之，加以鐍鑰，置諸净室，俾謹密蒼頭典守，非親通道義之交，罕得睹也。暮年以歸其表侄鄒永章氏，且囑之曰：‘此筆山陰《蘭亭》之偶，非晋唐諸名家可及，宜謹護持，勿爲他人所賺也。’大抵永章家藏法書甚夥，尤注意此卷，蓋有所受而寶愛之也。於戲！物有所遇則貴，失其所遇則賤，使良驥不遇伯樂則斃於鹽車之軛，焦桐不遇伯喈則化爲爨下之灰。斯卷苟不遇以章、永章相繼收藏寶愛，安知其不與殘書弊卷爲伍，而委諸網蟲塵篋而就腐毁耶？感慨之餘，姑贅於卷末以歸之。時成化丁酉八月初吉月，林張九方識。”後署“老竹書”三字。前後俱有“永章”半印。拖尾有“蕉林”“觀其大略”二印。諸跋前後押縫有“永章書印”二，“鄒永章氏印”三，又“飛雲水竹居南儒鄒氏圖書印”“忠公後裔世澤堂蒼岩子”諸印。卷高八寸八分，廣三尺四寸。

同上，卷二十貯重華宫一宸翰書畫合册：

《御筆生香樂意》四册。

金粟箋本。右方墨畫，左方行楷，書五言絶句，每册末幅署“御筆”二字。第一册折枝花卉，第一幅有“筆端造化”一璽，左方詩云……第七幅有“叢雲”一璽，左方詩云：“老圃芳名舊，炎天吐蕋新。陶潛北窗下，自謂羲皇人。”下有

“會心不遠”一璽……

同上，畫卷：

《御筆秋花三種》一卷。

宋箋本，墨畫秋葵、菊花、秋海棠三種。題秋葵云：“梳風翠羽翻，承露金盤潔。堪作素秋朋，豈爲清齋折。”下有“寫生”一璽。題菊花云：“菊本瀟灑姿，陶潛托幽好。却被人傳説，東籬轉厭鬧。”下有“染翰”一璽。題秋海棠云……

同上，卷二十四貯重華宫五列朝人畫卷上等：

元吴鎮《夏山欲雨圖》一卷。（上等荒一。）

素絹本，墨畫。款識云：“《夏山欲雨圖》，至正六年秋七月既望梅道人戲墨於西湖寓舍也。”下有“嘉興吴鎮仲圭書畫記”一印。卷首有“二泉郭界天錫史氏日鑒堂藏”“王元美鑒賞”諸印。卷末有“危素之印”“柯九思敬仲”“鄭元佑印”“鄭明德氏”諸印。拖尾俞和題識云：“梅庵點筆有神助，開卷颯颯薰風凉。巨然去後無何有，屈指於今獨擅長。仲圭品格高絶，有晋人風裁，至於詩文繪理，特其緒餘耳。别來三載，忽見畫卷，不啻見仲圭也，因題短句於左。時至正丙申七月晦日紫芝山人俞和書。”後有柯九思敬仲二印，又危素跋云：“吴梅庵，吾之至友也，有高世之行。書無不讀，而繪事更精，所謂魯之原憲、晋之陶潛，殆其儔乎！予固愛其書，而更愛其人。予每有所請，無不應之，而悉佳妙。就中畫卷種種入神，即使王洽復起，董巨再生，亦何過焉！書於卷後，使梅庵見之，必以予爲知言。是歲四月十有一日。臨川危素。”

同上，卷二十五貯重華宫六列朝人書畫合卷次等：

元《趙孟頫書畫〈陶潛遺事〉》一卷。（次等天一。）

素絹本，行草書，墨畫。書畫相間，凡十五段。款識云：“大德三年五月廿二日畫，子昂。”引首虞集書“靖節先生遺事”六大字，拖尾有石清跋一。

同上，卷三十貯御書房三列朝人書卷上等：

元《趙孟頫書〈歸去來辭〉》一卷。（上等秋五。）

素箋本，行楷書。款署“子昂”，下有“趙子昂氏”“天水郡圖書印”二印。卷中幅押縫有“神品”一印，前别幅素絹本墨畫陶潛像一，又别幅素綾本趙孟籲跋云：“余少年愛弄筆墨，時亦染翰游戲，今兩目眵昏，不復能爾。回首疇昔，政堪一笑。至治元年十二月二十六日，子浚題。”卷高七寸五分，廣四尺五寸五分。

同上，卷三十四貯御書房七列朝人畫卷次等：

元《趙孟頫畫〈陶潛軼事圖〉》一卷。（次等閏一。）

素絹本，白描畫。凡十四段，每段節書本傳，卷前署“陶淵明小像”五字。款識云：“皇慶三年十月七日識。子昂。”

同上，卷三十六貯御書房九列朝人書畫合卷次等：

明《宋克書陶潛詩并畫竹石小景》一卷。（次等黄一。）

素箋本，真、行、章草、草書四體書。卷前款云：“吴郡宋克書。”又行書一則，下署“宋克書”，後又識云：“庚戌九月，僕來雲間，寓於徐彦明氏。彦明素慕僕書，與僕盤桓甚久，遂裝此卷徵書。乃以真、行、章草、草書四體録陶詩，以爲贈。東吴宋克仲温甫識。”卷後墨畫竹石小景，自識云：“僕來雲間，館徐彦明寓所，日夕相與談笑，幾踰四旬。彦明酷愛鄙字，乃以四體書陶靖節詩一卷，餘紙尚多，遂戲寫竹石小景。僕素不精此，聊復弄筆，而塵俗之氣一洗盡去，雖不入時流之目，識者自能辨之。庚戌九月廿四日燈下，東吴宋克仲温記之。”又另行記云：“時年四十有四，庚戌歲也。”（《文淵閣四庫全書》本）

乾隆《大清一統志》卷二百四十四九江府古迹：

陶潛宅。（在德化縣西南九十里柴桑里。）

同上，陵墓：

陶潛墓。（在德化縣西南楚城鄉面陽山麓有祠。）

同上，人物：

陶潛。（字淵明，或云淵明字元亮，柴桑人。侃曾孫。少有高趣，博學善屬文，嘗著《五柳先生傳》以自況。親老家貧，起爲州祭酒，不堪吏職，少日，自解歸。州召主簿，不就。躬耕自資。後爲彭澤令，郡遣督郵至縣，吏白應束帶見之。潛曰：“吾不能爲五斗米折腰向鄉里小兒。”即日解印綬去職，賦《歸去來辭》。義熙末，徵著作郎，不就。自以曾祖晋世宰輔，恥復屈身後代，自宋高祖王業漸隆，不復肯仕。所著文章皆題其年月，義熙以前明書晋氏年號，自永初以來唯云甲子而已。卒年六十三。世號靖節先生。）

同上，列女：

陶潛妻。（翟氏，能安居節，與潛同志，夫耕於前，妻鋤於後。）（《文淵閣四庫全書》本）

嵇璜等《欽定續文獻通考》卷六十三《職官考》禄秩：

《日知録》曰：前代官吏皆有職田，故其禄重。重禄則吏多勉而爲廉，如《晋書・陶潛傳》之種秫，《宋史・阮長之傳》之芒種前一日去官，皆公田之證也。明初此制未廢，不知何年收職田以歸之上，而但折俸鈔，其數復視前代爲輕焉。

同上，卷一百七十八《經籍考》子雜家下雜纂雜編：

《卧游録》一卷。舊題吕祖謙撰，祖謙見經類。

臣等謹案：是書出陳繼儒《普秘笈》中，凡四十五則。前二十一則全録劉義慶《世説新語》，次十八則全録蘇軾雜著及《陶潛集》，惟後二則不知爲誰語。其言參差不倫，毫無取義，殆明人依托也。（清光緒十三年浙江書局刻本）

嵇璜等《皇朝通志》卷一百十二《校讎略八》"晋陶潛淵明集"：

晋《陶潛淵明集》，舊本八卷，昭明太子所定此本爲北齊陽休之編，誤增入《聖賢群輔録》《孝傳》二書，今校正，仍删存八卷，以符原第。（清光緒八年浙江書局刻本）

于敏中等《天禄琳琅書目》卷十明版集部：

《陶靖節集》（一函八册）。

晋陶潛著，十卷。前梁昭明太子蕭統序，次《陶集總論》，次統撰《陶淵明傳》。

此書亦不載刊刻年月。卷十末於顔延之撰《陶徵士誄》、陽休之序録之外，凡宋人刊刻《陶集》諸序皆附録於卷中，則此本之非宋槧無可疑矣，况其摹刻本不甚工也。收藏諸印無考。（印文略。）（上海古籍出版社，2007年）

于敏中等《欽定西清硯譜》卷十一石之屬《宋端石〈歸去來辭〉硯》：

硯高七寸，寬四寸五分，厚二寸五分。宋水坑蕉葉白端石也。面四周鐫隸書銘四十八字，不署款。上方左剥蝕二字，硯側上左右三面，周刻晋陶潛《歸去來辭》，暠下側鐫篆書《歸去來辭》，全文亦無款。硯背深窪璧立寸有十分，寸之六鐫御題詩一首，隸書鈐寶二，曰比德，曰朗潤。匣蓋并鐫是詩，隸書鈐寶二，曰幾暇怡情，曰得佳趣。是硯雖作銘篆刻，姓氏不著，而石質碧瑩，真如蕉心初展，墨鏽亦深透繪景處。輕舟款門，童稚歡紫桑，隱趣宛然在目，尤極工致生動，洵非宋質製不能。（《文淵閣四庫全書》本）

王原祁等《萬壽盛典初集》卷五十八慶祝五貢獻五：

進……宋刻《陶潛集》一函……（《文淵閣四庫全書》本）

紀昀《閲微草堂筆記》卷十五《姑妄聽之一》：

余性耽孤寂，而不能自閑。卷軸筆硯，自束髮至今，無數十日相離也。三十以前，講考證之學，所坐之處，典籍環繞如獺祭。三十以後，以文章與天下相馳驟，抽黄對白，恒徹夜構思。五十以後，領修秘笈，復折而講考證。今老矣，無復當年之意興，惟時拈紙墨，追録舊聞，姑以消遣歲月而已。故已成《灤陽消夏録》等三書，復有此集。緬昔作者，如王仲任、應仲遠，引經據古，博辨宏通。陶淵明、劉敬叔、劉義慶，簡談數言，自然妙遠。誠不敢妄擬前修，然大旨期不乖於風教。若懷挾恩怨，顛倒是非，如魏泰、陳善之所爲，則自信無是矣。適盛子松雲欲爲剞劂，因率書數行弁於首。以多得諸傳聞也，遂采莊子之語名曰《姑妄聽之》。乾隆癸丑七月二十五日，觀弈道人自題。（上海古籍出版社，1980年）

永瑢等《四庫全書總目》卷首三《凡例二十則》：

一、劉勰有言："意翻空而易奇，詞徵實而難巧。"儒者説經論史，其理亦然。故説經主於明義理，然不得其文字之訓詁，則義理何自而推論？論史主於示褒貶，然不得其事迹之本末，則褒貶何據而定？如成風爲魯僖公之母，明載《左傳》，而趙鵬飛《春秋經筌》謂"不知爲莊公之妾、爲僖公之妾"，是不知其人之名分，可定其禮之得失乎？劉子翼入唐爲著作郎、弘文館直學士，明載《唐書·劉禕之傳》，而朱子《通鑑綱目》書"貞觀元年徵隋秘書劉子翼不至"，尹起莘《發明》稱"特書隋官以美之"，與陶潛稱晋一例，是未知其人之始終，可定其品之賢否乎？今所録者，率以考證精核、論辨明確爲主，庶幾可謝彼虚談，敦兹實學。

一、《七略》所著古書即多依托，班固《漢書·藝文志》注可覆按也。遷流洎於明季，訛妄彌增，魚目混珠，猝難究詰。今一一詳核，并斥而存目，兼辨證其非。其有本屬僞書，流傳已久，或掇拾殘剩，真贋相參，歷代詞人已引爲故實，未可概爲捐棄，則姑録存而辨别之。大抵灼爲原帙者，則題曰某代某人撰；灼爲贋造者，則題曰舊本題某代某人撰。其踵誤傳訛，如吕本中《春秋傳》舊本稱吕祖謙之類，其例亦同。至於其書雖歷代著録，而實一無可取，如《燕丹子》、陶潛《聖賢群輔録》之類，經聖鑒洞燭其妄者，則亦斥而存目，不使濫登。

同上，卷十九經部禮類一《周禮集説》提要：

《周禮集説》十卷。（編修汪如藻家藏本。）不著撰人名氏。前有元初陳友仁"序"，稱其友"雲山沈則正近得此書於霅，編節條理與《東萊讀詩記》《東齋書傳》相類，名氏則未聞也。癸未攜以歸。訓詁未詳者，益以賈氏、王氏之疏説辨析未明者，附以前輩諸老之議論"云云。蓋友仁因宋人舊本重輯也。友仁字君復，湖州人。《序》題"丙子後九歲"。丙子爲宋亡之歲，友仁不題至元年號。而上溯丙子以系年，蓋亦宋之遺民，故仿陶潛不書年號但稱甲子之例。然陶潛在晋諸詩亦但題甲子，非以入宋之故。原集具存，友仁未之詳考耳。卷首有總綱領一篇，官制總論一篇，又《凡例》一篇，分條闡説，極爲賅洽。每官之前又各爲總論一篇，所引《注疏》及諸儒之説俱能擷其精粹，而於王安石《新經義》采摘尤多。蓋安石《三經新義》雖爲宋人所攻，而《周官新義》則王昭禹述之於前，林之奇述之於後，故此書亦相承援引不廢其文也。

同上，卷五十七史部傳記類一《紹陶録》提要：

《紹陶録》二卷。（江蘇巡撫采進本。）宋王質撰。質有《詩總聞》，已著録。質於淳熙中奉祠山居，以陶潛、陶弘景皆棄官遺世，其同時唐汝舟、鹿何可繼其風，因作此書。上卷載栗里、華陽二譜，而各摘其遺文遺事爲題，别爲詞以咏之。下卷紀唐、鹿事而附以林居咏物之詩，其曰“山友詞”者皆咏山鳥，曰“水友詞”者皆咏水鳥，曰“山友續詞”者皆咏山草，曰“水友續詞”者皆咏水草，曰“山水友續詞”者，則雜咏禽蟲諸物。蓋質以耿直忤時，阨於權幸，晚歲欲絶人逃世，故以鳥獸草木爲友，蓋亦發憤之作。舊於《雪山集》外别行，國朝康熙中，商邱宋犖嘗摘録其山友諸詞分爲五卷，改題曰《林泉結契》，亦取其有寄懷塵外之致也。今觀録中諸作，雖惟意所云，往往不甚入格。然人品既高，神思自别，誦其詞者賞之於酸鹹之外可矣。

同上，《諸葛忠武書》提要：

《諸葛忠武書》十卷。（兩江總督采進本。）明楊時偉編。時偉有《春秋編年舉要》，已著録。初太倉王士騏撰《武侯全書》十六卷，時偉病其蕪累，更撰是書，存其《連吴》《南征》《北伐》《調御》《法檢》《遺事》六卷，而增《年譜》《傳略》《紹漢》《雜述》四卷，共爲十卷。昔陳壽所進《諸葛亮集》二十四篇，其文久佚，惟其目尚見亮傳末。今世所傳亮集四卷，由後人采摭而成，文多依托，如《梁父吟》《黄陵廟記》之類，時偉皆釐正其訛。又如小説所載轉生韋皋之類，亦援據正史糾其附會，較他本特爲詳審。其排比事迹具有條理，可以見亮之始末，亦較士騏原本特爲精核。舊本與《陶潛集》合刻，題曰《忠武靖節二編》，蓋寓意於進則當爲亮，退則當爲潛。然潛之詩文自爲别集之流，亮之事迹自爲傳記之類，難以并爲一書。故今録此書於史部，而《潛集》則仍著録於《集部》焉。

同上，卷九十史部史評類存目二《讀史商語》提要：

《讀史商語》四卷。（江蘇巡撫采進本。）明王志堅撰。志堅字弱生，更字淑士，亦字聞修，昆山人。萬曆庚戌進士，官至湖廣提學僉事，《明史·文苑傳》載其爲南京兵部郎中時，要同舍郎爲讀史社，撰《讀史商語》，即是編也。以十七史之文與《資治通鑑》參核，隨事論斷，較他家史論抱殘守匱者頗殊。如論茅焦稱假父二弟謬於理而悖於事……謂房琯無請親王領軍事、司空圖詩注不足憑，亦皆有考據。惟好爲高論，動輒踳駁，如謂桑弘羊有補於國計；謂曹操所行實文王之事；謂諸葛亮不善用兵、陳壽所評爲確；謂謝靈運爲晋之忠臣，可比陶潛；謂李林甫在，安禄山必不敢叛；謂王叔文爲忠臣，有功無罪，皆紕繆之甚。

同上，卷九十二子部儒家類二《邇言》提要：

《邇言》十二卷。（浙江范懋柱家天一閣藏本。）宋劉炎撰。炎字子宣，括蒼人。是書分十二章：曰《成性》《存心》《立志》《踐行》《天道》《人道》《君道》《臣道》《今昔》《經籍》《習俗》《志見》。其立言醇正篤實，而切於人情，近於事理，無迂闊難行之説，亦無刻核過高之論……《經籍篇》第二條下有夾注“止庵曰”一段，駁尊揚雄、陶潛、蘇軾而抑屈原之非，其言有理，亦并附録。考寵瀼序末有私印曰“止庵”，則此注亦寵瀼所加矣。

同上，卷一百十六子部譜録類存目《酒概》提要：

《酒概》四卷。（浙江巡撫采進本。）明沈沈撰。自題曰“震旦醧民困困父”，前有自序一首，則稱曰褐之父困困沈沈，名號詭譎，不知何許人。每卷所署校正姓氏，皆稱海陵，則刻於泰州者也。其書仿陸羽《茶經》之體以類酒事：一卷三目，曰酒、名、器；二卷七目，曰釋、法、造、出、稱、量、飲；三卷六目，曰評、僻、寄、緣、事、異；四卷六目，曰功、德、戒、亂、令、文。雜引諸書，體例叢碎，至以孔子爲酒聖，阮籍、陶潛、王績、邵雍爲四配，尤妄誕矣。

同上，卷一百二十七子部雜家類存目四《碧湖雜記》提要：

《碧湖雜記》一卷。（編修程晋芳家藏本。）不著撰人名氏。陶宗儀《説郛》載之，題曰宋謝枋得撰。然《宋志》及諸家書目皆不著録，未知確出枋得否也。書僅八條，殆亦非完本矣……第二條載僧思説及曾季貍辨五臣文選注陶潛但書甲子之訛，謂按其甲子，皆在宋未受禪以前，其言鑿鑿可據。此書乃云劉裕自庚子得政，淵明逆知晋必爲宋，故於二十年前先削年號以寓意，其説尤迂謬不通。餘六條亦皆剿襲舊文，罕逢新義。

同上，卷一百三十一子部雜家類存目八《卧游録》提要：

《卧游録》一卷。（江蘇巡撫采進本。）舊本題朱吕祖謙撰。祖謙有《古周易》，已著録。是書前有嘉定九年王深源序，後有嘉靖壬午顧元慶跋。凡四十五則，前二十一則全録劉義慶《世説新語》，次十八則全録蘇軾雜著及《陶潛集》，惟後二則不知爲誰語。其言參差不倫，了無取義，祖謙必不如是之陋。此本出陳繼儒《普秘笈》中，殆明人依托也。

同上，卷一百三十五子部類書類一《白孔六帖》提要：

《白孔六帖》一百卷。（内府藏本。）……其體例與《北堂書鈔》同，而割裂餖飣又出其下。《資暇集》摘其誤引朱博烏集事，《南部新書》摘其誤引陶潛五柳事，《東皋雜録》摘其誤引鳥鳴嚶嚶事，《學林就正》摘其誤引毛寶放龜事，然所徵引究皆唐以前書，墜簡遺文往往而在，要未爲無裨考證也。《容齋隨筆》又稱：俗傳淺妄，書如《雲仙散録》之類，皆絶可笑。

同上，《小學紺珠》提要：

《小學紺珠》十卷。（江西巡撫采進本。）宋王應麟撰。分門隸事，與諸類書略同。而每門之中以數爲綱，以所統之目繫於下，則與諸類書迥異。蓋仿世傳陶潛《四八目》之例，以數目分隸故實，遂爲類事者别創一格也。

同上，卷一百三十七子部類書類存目一《聖賢群輔録》提要：

《聖賢群輔録》二卷。（山東巡撫采進本。）一名《四八目》，舊附載《陶潛集》中。唐、宋以來相沿引用，承訛踵謬，莫悟其非。邇以編録遺書，始蒙睿鑒高深，斷爲僞托。臣等仰承聖訓，詳悉推求，乃知今本《潛集》爲北齊僕射陽休之編。休之序録稱其集先有兩本，一本六卷，排比顛亂，兼復闕少。蕭統所撰八卷，又少《五孝傳》及《四八目》，今録統所闕并序目等合爲十卷，是《五孝傳》及《四八目》實休之所增，蕭統舊本無是也。統序稱深愛其文，故加搜校，則八卷以外不應更有佚篇。其爲晚出僞書，已無疑義。且集中與子儼等疏稱子夏爲孔子四友，而此録四友乃爲顔回、子貢、子路、子張。又《五孝傳》引“孝乎惟孝友於兄弟”之文，句讀尚從包咸注，知未見古文《尚書》。而此録“四嶽”一條，乃引孔安國《傳》。其出兩手，尤自顯然。至書以《聖賢群輔》爲名，而魯三桓、鄭七穆、晋六卿、魏四友以及仕莽之唐林、唐遵，叛晋之王敦，并列簡編，名實相迕，理乖風教，亦决非潛之所爲。昔宋庠校正斯集，僅知“八儒”“三墨”二條爲後人所竄入，而全書之贋竟不能明。潛之受誣，已踰千載。今逢右文聖世，得以辨别而表章之，使白璧無瑕，流光奕葉，是亦潛之至幸矣。

同上，卷一百三十九子部類書類存目三《廣群輔録》提要：

《廣群輔録》六卷。（浙江鮑士恭家藏本。）國朝徐汾撰。汾字武令，錢塘人。是書補陶潛《聖賢群輔録》之闕，自西晋以前陶氏所遺者補之，自東晋以迄明代則續之。案《群輔録》托名陶潛，實爲僞本，原書既不足據，續編亦病繁蕪。至所載明代七才子、十才子之類，皆末流標榜之目，尤爲冗濫。王晫《今世説》載汾喜著書，苦無由得錢易楮翰，常於破几上起草束麻濡煤作字，其編摩可謂苦心，書則未爲善本也。

同上，卷一百四十二子部小説家類三《搜神後記》提要：

《搜神後記》十卷。（内府藏本。）舊本題晋陶潛撰。中記桃花源事一條，全録本集所載詩序，惟增注“漁人姓黄名道真”七字。又載干寶父婢事，亦全録《晋書》。剽掇之迹，顯然可見。明沈士龍跋，謂潛卒於元嘉四年，而此有十四、十六兩年事。《陶集》多不稱年號，以干支代之，而此書題永初、元嘉，其爲僞托，固不待辨。然其書文詞古雅，非唐以後人所能。《隋書·經籍志》著録，已稱陶潛，則贋撰嫁名，其來已久。又陸羽《茶經》引其中“晋武帝時，宣城人秦精，入武昌山采茗”一條，與此本所載相合。封演《見聞記》引其中“有人因病，能飲一斛二斗，後吐一物”一條，與此書“桓宣武督將”一條，僅文有詳略，及“牛肺”字作“牛肚”、“茗瘕”字作“斛二瘕”，其事亦與此本所載相合。知今所傳刻猶古本矣。其中丁令威化鶴、阿香雷車諸事，唐、宋詞人并遞相援引，承用至今。題陶潛撰者固妄，要不可謂非六代遺書也。

同上，《述異記》提要：

《述異記》二卷。（内府藏本。）舊本題梁任昉撰。昉字彦升，樂安人，官至新安太守，事迹具《梁書》本傳。此書《宋志》始著録，卷數與今本相符。晁公武《讀書志》曰：昉家藏書三萬卷。天監中，采輯先世之事，纂新述異，皆時所未聞，將以資後來屬文之用，亦《博物志》之意。《唐志》以爲祖沖之所作，誤也。案《隋志》先有祖沖之《述異記》十卷，《唐志》蓋沿其舊文，以爲别自一書則可，以爲誤題祖沖之，則史不誤而公武反誤矣。其書文頗冗雜，大抵剽剟諸小説而成。如開卷“盤古氏”一條，即采徐整《三五曆記》；其餘“精衛”諸條，則采《山海經》；“園客”諸條，則采《列仙傳》；“龜歷”諸條，則采《拾遺記》；“老桑”諸條，則采《異苑》；以及防風氏、蚩尤、夜郎王之類，皆非僻事，不得云世所未聞；其“武陵源”一條，則襲陶潛所記，而於桃外增李，移其地於吴中……

同上，卷一百四十八集部别集類一《陶淵明集》提要：

《陶淵明集》八卷。（内府藏本。）晋陶潛撰。案北齊陽休之序録潛集行世凡三本。一本八卷，無序。一本六卷，有序目，而編比顛亂，兼復闕少。一本爲蕭統所撰，（案古人編録之書亦謂之撰，故《文選》舊本皆題梁昭明太子撰，而徐陵《玉臺新咏序》亦稱撰録艷歌凡爲十卷。休之稱潛集爲統撰，蓋沿當日之稱，今亦仍其舊文。）亦八卷，而少《五孝傳》及《四八目》。《四八目》即《聖賢群輔録》也。休之參合三本，定爲十卷，已非昭明之舊。又宋庠《私記》稱《隋·經籍志》潛集九卷，又云梁有五卷，録一卷。《唐志》作五卷。庠時所行，一爲蕭統八卷本，以文列詩前；一爲陽休之十卷本。其他又數十本，終不知何者爲是。晚乃得江左舊本，次第最爲倫貫。今世所行，即庠稱江左本也。然昭明太子去潛世近，已不見《五孝傳》《四八目》，不以入集，陽休之何出續得？且《五孝傳》及《四八目》所引《尚書》自相矛盾，決不出於一手，當必依托之文，休之誤信而增之。以後諸本，雖卷帙多少，次第先後，各有不同，其竄入僞作，則同一轍，實自休之所編始。庠《私記》但疑《八儒》《三墨》二條之誤，亦考之不審矣。今《四八目》已經睿鑒指示，灼知其贋，别著録於子部類書而詳辨之。其《五孝傳》文義庸淺，決非潛作。既與《四八目》一時同出，其贋亦不待言。今并删除。惟編潛詩文仍從昭明太子爲八卷。雖梁時舊第，今不可考，而黜僞存真，庶幾猶爲近古焉。

同上，卷一百四十九集部别集類二《儲光羲詩》提要：

《儲光羲詩》五卷。（内府藏本。）案陳振孫《書録解題》載：《儲光羲詩》五卷，唐監察御史魯國儲光羲撰，與崔國輔、綦毋潛皆同年進士。天寶末任僞官，貶死……詩源出陶潛，質樸之中有古雅之味。位置於王維、孟浩然間殆無愧色。殷璠《河嶽英靈集》稱其"削盡常言，得浩然之氣"，非溢美也。

同上，卷一百六十五集部别集類十八《牟氏陵陽集》提要：

《牟氏陵陽集》二十四卷。（浙江鮑士恭家藏本。）宋牟巘撰。巘字獻之，湖州人。父子才，理宗朝官端明殿學士、禮部尚書，以剛直著名。巘亦登進士第，官至大理少卿，入元不仕，閉户三十六年。故其集中《九日五言詩序》，論陶潛於王宏中路具酒食事，及《題淵明圖》諸文，意皆自寓。又嘗謂世喜稱淵明入宋書甲子無年號，黄豫章亦曰甲子不數義熙前。然今《陶集》詩本無書年號者，淵明恥事劉裕，大節較然，此未須深論云云。故巘文中多書至元年號，意本此也。

同上，《梅岩文集》提要：

《梅岩文集》十卷。（兩江總督采進本。）宋胡次焱撰。……次焱在宋元作者之中，尚未能自闢門户，而其人有陶潛栗里之風，故是集至今猶傳。集中有《贅箋唐詩絶句序》，稱"疊翁注章澗二泉先生選唐絶句，次焱復爲贅箋"，迭翁者，謝枋得。章泉者，趙蕃。澗泉者，韓淲也。其書不傳，無由驗其工拙，然亦足見次焱研心詩學，非苟作者矣。

同上，《佩韋齋文集》提要：

《佩韋齋文集》十六卷。（湖北巡撫采進本。）宋俞德鄰撰。德鄰有《佩韋齋輯聞》，已著録。……禾序又稱“紫陽方侯亦以文名，嘗序公集，載其遺事如作傳，然且以能保晚節而心服之”云云。紫陽方侯即歙人方回，宋末爲睦州守，以州降元，元擢爲總管者也。此本佚去此序，殆後人以德鄰高節不減陶潛，不欲以回序汙之，故黜而刊削歟。德鄰詩恬澹夷猶，自然深遠，在宋末諸人之中，特爲高雅。文亦簡潔有清氣，體格皆在方回《桐江集》上。蓋文章一道，關乎學術、性情，詩品、文品之高下，往往多隨其人品。此亦一徵矣。

同上，卷一百六十六集部别集類十九《莊靖集》提要：

《莊靖集》十卷。（兩淮馬裕家藏本。）金李俊民撰。俊民字用章，澤州人。承安五年以經義舉進士第一，應奉翰林文字。未幾，棄官教授。南遷後，隱於嵩山，自號鶴鳴道人。……俊民抗志遁荒，於出處之際能潔其身。集中於入元後衹書甲子，隱然自比陶潛，故所作詩類多幽憂激烈之音，繫念宗邦，寄懷深遠，不徒以清新奇崛爲工。文格沖澹和平，具有高致，亦復似其爲人。雖博大不及元好問，抑亦其亞矣。

同上，《紫山大全集》提要：

《紫山大全集》二十六卷。（永樂大典本。）元胡衹遹撰。衹遹，磁州武安人……詩文自抒胸臆，無所依仿，亦無所雕飾，惟以理明詞達爲主，元代詞人往往以風華相尚，得兹布帛菽粟之文，亦未始非中流一柱矣。惟編録之時意取繁富，遂多收應俗之作，頗爲冗雜。甚至如《黄氏詩卷序》《優伶趙文益詩序》《贈宋氏序》諸篇，以闡明道學之人作媟狎倡優之語，其爲白璧之瑕，有不止蕭統之譏陶潛者。陶宗儀《輟耕録》載其鍾愛歌兒珠簾秀，贈以《沉醉東風》小曲，殆非誣詞矣。以原本所有，姑仍其舊録之，而附糾其謬於此，亦足爲操觚之炯戒也。

同上，卷一百六十八集部别集類二十《不繫舟漁集》提要：

《不繫舟漁集》十六卷。（兩淮馬裕家藏本。）元陳高撰。高字子上，温州平陽人，至正十四年進士……明洪武初，蘇伯衡訪其遺集，釐定成編，題曰《子上存稿》。此本題《不繫舟漁集》，不知何人所改，文格頗雅潔。詩惟七言古體不擅場，絶句亦不甚經意，其五言古體源出陶潛；近體律詩，格從杜甫，面目稍别，而神思不遠，亦元季之錚錚者矣。

同上，《貞素齋集》提要：

《貞素齋集》八卷，《附録》一卷，又《北莊遺稿》一卷。（浙江鮑士恭家藏本。）元舒頔撰。頔字道原，績溪人。至元丁丑江東憲使辟爲貴池教諭，秩滿，調丹徒，至正庚寅轉台州路儒學正，以道梗不赴，歸隱山中。明興，屢召不出，名所居曰“貞素齋”，著自守之志也。所著有《古淡稿》《華陽集》，今皆不傳。此本乃嘉靖中其曾孫旭、元孫孔昭等所輯，績溪知縣遂寧趙春所刊。其文章頗有法律，詩則縱横排宕，不尚纖巧織組之習，七言古體尤爲擅場。卷首有頔自序及自作小傳，均以陶潛自比，而其文乃多頌明功德，蓋元綱失馭，海水群飛，有德者興，人歸天與，原無所容，其怨尤特遺老孤臣義存故主，自抱其區區之志耳。

同上，卷一百七十三集部别集類二十六《曝書亭集》提要：

《曝書亭集》八十卷附録一卷。（通行本。）國朝朱彝尊撰。彝尊有《日下舊聞》，已著録……趙執信《談龍録》論國朝之詩，以彝尊及王士禛爲大家，謂“王之才高而學足以副之，朱之學博而才足以運之”。及論其失，則曰“朱貪多王愛好”，亦公論也。惟暮年老筆縱横，天真爛漫，惟意所造，頗乏翦裁，然晚景頽唐杜陵不免，亦不能苛論彝尊矣。至所作古文，率皆淵雅，良由茹涵既富，故根柢盤深。其題跋諸作，訂訛辨異，本本原原，實跨黄伯思、樓鑰之上。蓋以詩而論，與王士禛分途各騖，未定孰先。以文而論，則《漁洋文略》固不免瞠乎後耳。惟原本有《風懷二百韻》詩及《静志居琴趣》長短句，皆流宕艷冶，不止陶潛之賦閒情。夫綺語難除，詞人常態。然韓偓《香奩集》别爲篇帙，不入《内翰集》中，良以文章各有體裁，編録亦各有義例，溷而一之，則自穢其書。今并刊除，庶不乖風雅之正焉。

同上，卷一百七十四集部别集類二十七《陶詩析義》提要：

《陶詩析義》二卷。（福建巡撫采進本。）明黄文焕撰。文焕有《詩經考》，已著録。崇禎中文焕以召試擢翰林，會其鄉人黄道周以論楊嗣昌、陳新甲逮問，詞連文焕，同下詔獄。獄中箋注《楚詞聽直》八卷，并著此書。自序所謂“首夏之廿五日，襆被就白雲者”是也。其析義之例有三：一曰練句練章，不專平淡；一曰憂時念亂，不徒隱逸；一曰理學標宗，聖賢自任。每首附批句下，而又總論於篇末，陶詩之妙，所謂寄至味於淡泊，發纖穠於簡古，其神理在筆墨之外，可以涵泳與化，而不可一字一句求之於町畦之内。如伯英、逸少之迹，不可鈎摹以波磔；襄陽、雲林之畫，不可比量以形象。文焕遭逢世難，藉以寓意則可；必謂得陶之精微，則不然也。别本或作四卷，又附以文焕自作《赭留集》一卷，雖意求附驥，而事類續貂，今析出别著於録焉。

同上，《陶詩箋》提要：

《陶詩箋》五卷。（户部尚書王際華家藏本。）國朝邱嘉穗撰。嘉穗有《考定石經大學經傳解》，已著録。是編乃所注《陶潛集》。摸索語氣，全類時文批語。其力辨潛不信佛，爲能崇正學、遠異端，尤爲拘滯。潛之可重在於人品志節，其不入白蓮社，特蕭散性成不耐禪儀拘束，非有儒佛門户在其意中也。嘉穗刻意講學，故以潛不入慧遠之社爲千古第一大事，不知唐以前人正不以是論賢否耳。

同上，《陶詩匯注》提要：

《陶詩匯注》四卷。（江蘇周厚堉家藏本。）國朝吴瞻泰撰。瞻泰字東岩，歙縣人。是編成於康熙乙酉，首卷載宋吴仁傑、王質二家年譜，末卷附詩話百餘條，其詩注則采宋湯漢、元劉履、明何孟春、張爾躬、黄文焕諸家之説。履未嘗注陶詩，蓋自其《文選補遺》摭出也。其中如辨《辛丑歲游斜川詩》之開歲條，五日亦仍舊注，未爲特解；辨《讀山海經詩》之“形夭無千歲”句，則持疑於曾季貍、周必大二家之説，不能遽斷。案精衛本屬銜冤，故藉以寓忠臣志士之報復；若形天争帝不成，本屬亂賊，化形而舞，仍爲妖魄，正可爲卓、莽之流逆常干紀之比。《山海經》之文班班可考，潛何取而反尚其猛志耶？瞻泰不考其本而徒争於字形疑似之間，未爲得也。又《贈長沙公族祖》一首，吴仁傑、張縯往復考證，終爲世系不合，惟楊時偉所訂陶集，謂序首“長沙公於余爲族”當讀一句，“祖同出大司馬”當讀一句，其題中“族祖”二字乃後人誤讀序文“祖”字爲句，因而妄增詩題。其説頗確。而瞻泰不引，豈偶未見其本乎？集中《歸田園詩》末首據《遯齋閑覽》定爲江淹詩，有《文選》可證；《問來使詩》題一首，據《七修類稿》定爲蘇舜欽詩，有《蘇子美集》可證；其《四時》一章，但據許顗《彦周詩話》定爲顧愷之詩，而愷之詩於古書别無所見，似尚當存疑，未可遽删也。《讀史述》九章，舊本不入詩集，瞻泰以其爲四言韻語，移於卷末，然《畫扇》諸贊亦四言韻語，何獨捨彼取此乎？

同上，卷一百七十九集部别集類存目六《研山山人漫集》提要：

《研山山人漫集》一卷。（浙江孫仰曾家藏本。）明方旴撰。旴字文明，後棄舉子業，將游五嶽，取莊子《逍遥游》語改名大年，蘇州人。居洞庭東山。是集爲湖州沈庭詔所編，前有隆慶二年姜元序……其推重旴詩，以四言、六言比嵇康，五言比陶潛，五言律比張九齡，五言絶句比王維，然皆所謂形骸之外，去之愈遠。七言古詩尤爲淺薄。

同上，《農丈人文集》提要：

《農丈人文集》二十卷，《詩集》八卷。（浙江巡撫采進本。）明余寅撰。寅有《乙未私志》，已著録。朱彝尊《静志居詩話》謂其自負古文，然於作者尚遠。其於詩自謂涉其藩未窺其奥，亦自知之矣。是集乃其歸田以後所輯。考“農丈人星”見《天官書》；又《雲仙雜記》載，陶潛聽水，稱吾師農丈人事。寅之命名似取陶語也。

同上，卷一百八十六集部總集類一《〈文選〉顔鮑謝詩評》提要：

《〈文選〉顔鮑謝詩評》四卷。（永樂大典本。）元方回撰。回有《續古今考》，已著録。是編取《文選》所録顔延之、鮑照、謝靈運、謝惠連、謝朓之詩各爲論次……評謝朓《郡内高齋閑坐答吕法曹詩》，謂或以爲岫本訓穴，以爲遠山，亦無害；則附會陶潛《歸去來辭》，小小舛漏，亦所不免，要不害其大體。統觀全集，究較《瀛奎律髓》爲勝，殆作於晚年，所見又進歟。

同上，卷一百八十七集部總集類二《文章軌範》提要：

《文章軌範》七卷。（兩江總督采進本。）宋謝枋得編。枋得有《疊山集》，已著録。是集所録漢、晋、唐、宋之文凡六十九篇，而韓愈之文居三十一，柳宗元、歐陽修之文各五，蘇洵之文四，蘇轍之文十二。其餘諸葛亮、陶潛、杜牧、范仲淹、王安石、李覯、李格非、辛棄疾人各一篇而已。

同上，卷一百九十五集部詩文評類一《後山詩話》提要：

《後山詩話》一卷。（江蘇巡撫采進本。）舊本題宋陳師道撰。師道有《後山叢談》，已著録。是書《文獻通考》作二卷，此本一卷，疑後人合并也。陸游《老學庵筆記》深疑《後山叢談》及此書，且謂《叢談》或其少作，此書則必非師道所撰。今考其中於蘇軾、黄庭堅、秦觀俱有不滿之詞，殊不類師道語。且謂蘇軾詞如教坊雷大使舞，極天下之工而終非本色。案蔡絛《鐵圍山叢談》稱雷萬慶宣和中以善舞隸教坊，軾卒於建中靖國元年六月，師道亦卒於是年十一月，安能預知宣和中有雷大使借爲譬况？其出於依托，不問可知矣。至謂陶潛之詩切於事情而不文，謂韓愈《元和聖德詩》於集中爲最下。而裴説《寄邊衣》一首詩格柔靡殆類小詞乃亟稱之，尤爲未允。其以王建《望夫石詩》爲顧况作，亦間有舛誤。疑南渡後舊稿散佚，好事者以意補之耶？

同上，《竹坡詩話》提要：

《竹坡詩話》一卷。（江蘇巡撫采進本。）宋周紫芝撰。紫芝有《太倉稊米集》，已著録。周必大《二老堂詩話》辨金鎖甲一條，稱紫芝詩話百篇，此本惟存八十條；又《山海經詩》一條，稱《竹坡詩話》第一卷，則必有第二卷矣。此本惟存一卷，蓋殘缺也。必大所辨自“解縁沉金鎖”一條外，又譏其論陶潛“刑天舞干戚”句剿襲曾紘之説。又譏其《論譙國集》一條，皆中其失。

同上，《詩林廣記前集》提要：

《詩林廣記前集》十卷。《後集》十卷。（兵部侍郎紀昀家藏本。）宋蔡正孫撰。正孫字粹然，自號蒙齋野逸。前有自序……其書《前集》載陶潛至元微之共二十四人，而九卷附録薛能等三人，十卷附録薛道衡等五人。《後集》載歐陽修至劉攽二十八人，止於北宋。其目録之末，稱編選未盡者見於續集刊行，今續集則未見焉。兩集皆以詩隸人，而以詩話隸詩，各載其全篇於前，而所引諸説則下詩二格，條列於後，體例在總集、詩話之間。國朝厲鶚作《宋詩紀事》，實用其例。然此書凡無所評論考證者，即不空録其詩。較鶚書之兼用《唐詩紀事》例者又小異爾。

同上，卷一百九十八集部詞曲類一《石林詞》提要：

《石林詞》一卷。（江蘇巡撫采進本。）宋葉夢得撰。夢得有《春秋傳》，已著録。是編陳振孫《書録解題》作一卷，與今本同。卷首有關注序，稱“其兄聖功元符中爲鎮江掾，夢得爲丹徒尉，得其小詞爲多。味其詞，婉麗有温李之風。晚歲落其華而實之，能於簡淡時出雄傑，合處不減靖節、東坡”云云。考倚聲一道，去古詩頗遠，集中亦惟《念奴嬌·故山漸近》一首雜用陶潛之語，不得謂之似陶，注所擬殊爲不類。至於“雲峰横起”一首，全仿蘇軾“大江東去”，并即參用其韻。又《鷓鴣天·一曲青山》後闋且直用軾詩語足成，是以舊刻頗有與東坡詞彼此混入者。則注謂夢得近於蘇軾，其説不誣。

同上，卷二百集部詞曲類三《煙波漁隱詞》提要：

《煙波漁隱詞》二卷。（永樂大典本。）宋宋伯仁撰。伯仁有《西塍集》，已著録。其書蓋作於淳佑元年，取太公、范蠡、陶潛諸人，各繫以詞一首；又有瀟湘八景、春夏四時景，亦繫以詞調，皆《水調歌頭》也。後附《煙波漁具圖》，凡舟、笛、蓑笠之屬，各繫以七絶一首，絶句小有意致，詞殊淺俗。（中華書局，1965年）

永瑢等《四庫全書簡明目録》卷十四子部十二小説家類：

《搜神後記》十卷。舊本題晋陶潛撰。考潛卒於宋元嘉四年，而書中有元嘉十四年、十六年事，其僞可不待辨。然其書文詞古雅，體例嚴整，實非鈔撮補綴而成，亦非唐以後所作。故《隋志》著録，而唐人所引，文亦一一相合，蓋猶隋以前之完帙也。

同上，卷十五集部二别集類一（漢至五代）：

《陶淵明集》八卷。晋陶潛撰。今所傳六朝别集，惟此與《謝眺集》爲原書。然亦北齊陽休之所編，增入《聖賢群輔録》《五孝傳贊》二書，已非昭明太子八卷之舊。宋庠校正，又未能辨二書之依托。遂流傳至今。今删除二書，仍存八卷。雖未必合昭明之原第，而黜僞存真，庶幾猶爲近古焉。（上海古籍出版社，1985年）

王謨《〈搜神後記〉序》：

右陶潛《搜神後記》二卷，隋、唐《志》并作《續搜神記》本十卷。今全書俱載入毛氏《津逮秘書》。此二卷僅從《唐宋叢書》采録，而《桃花源記》在焉。記文前後悉同，唯此記詳太守姓名劉歆。又南陽劉子驥下别爲一條，言采藥事，益知其爲高尚士也。謨嘗僂指漢晋以來，西江先賢、南州高士尚已，而文采不少見於世，惟靖節先生節行文章并超千古，片牘留遺，俱當愛惜，乃前人編次《陶集》，固有采入《孝傳》《群輔録》者。而以此記十卷，漫以爲稗官小説，棄而不省，可惜也。

汝上王謨識。（丁錫根《中國歷代小説序跋集》，人民文學出版社，1996年）

章宗源《隋書經籍志考證》卷十三雜傳：

《搜神後記》十卷。（陶潛撰。）今存。（《二十五史補編》本）

孫星衍《孫氏祠堂書目》内編卷四説部第十二：

《搜神後記》十卷。（晋陶潛撰，明毛晋刊本。）（《叢書集成初編》本）

黄丕烈著，潘祖蔭輯，周少川點校《士禮居藏書題跋記》卷五集類：

《陶淵明文集》十卷。（影宋鈔本。）

余同郡有顧氏，素稱藏書家。近年白堤錢聽默以白鏹易得數種，其中有影宋鈔《陶集》，云是秘本，錢君已轉售諸朱秋崖兄。余聞名久矣，思向秋崖假閲而未請。適秋崖以是書暫質余家，展讀一過，急取案頭刻本校録一過。雖影鈔本，亦未免有訛字闕文，然較刻本爲加詳矣。至於鈔本爲名人手筆，所以可珍。錢遵王《讀書敏求記》中已言之，當又賞鑒家所共悉也。古吴黄蕘圃校畢跋。（在末卷後。楊紹和曰：予家又有北宋槧《陶淵明集》，乃毛子晋故物。《汲古閣秘本書目》云：“與世本敻然不同。如《桃花源記》中‘聞之欣然規往’，今時本誤作‘親’，謬甚。”《五柳先生贊》注云“一本有‘之妻’二字”，按《列女傳》是其妻之言也。他如此類甚多，不可枚舉。即《四八目》注，比時本多八十餘字，而通本一作云云，比時本多千餘字，真奇書也。又云："籤題係元人筆，不敢易去。"後與宋槧湯東礀注《陶靖節詩》并爲吴門黄蕘圃所得，顔其室曰"陶陶"，而以施氏、顧氏注《東坡先生詩之和陶》二卷媵之，倩愓甫王先生爲之記，蓋皆世間絶無之秘笈也。湯注本，先公於道光己酉獲之袁江，又明年此本及《東坡和陶》復來歸予齋，距蕘圃之藏已花甲一周，不知幾經轉徙，乃聚而之散，散而之聚，若有數存乎其間者，果天生神物，終當合耶？昔子晋藏《東坡書》《淵明集》，斧季詫爲隋珠和璧，似此豈多讓哉！我子孫其永寶用之。）

《陶靖節先生詩注》四卷。（宋刻本。）

湯文清公事實，詳見《宋史·儒林傳》。《靖節詩注》四卷，惟馬氏《通考·經籍門》著於録。是書乃世間所稀有，宋刻之最精者也。流傳日久，紙墨未渝，偶從友人處得之，不勝狂喜，手自補綴，亟命工重加裝釘，分爲兩册，完好如新。余家舊藏有東澗選本，妙絶古今，此更出其上矣。乾隆辛丑長至後三日，内樂村農周春記。

《述酒詩》爲晋恭帝而作，其説略本韓子蒼，而芊勝、諸梁，黄山谷亦嘗解之，非創於東澗也，特此注加詳耳。零陵王以九月終，與詩所云"秋草雖未黄，融風久已分"者正合，靖節時當禪代，雖同五世相韓之義，但不敢直言，而借廋辭以抒忠憤。向非諸公表微闡幽，烏能白其未白之志哉！朱子謂《荆軻》一篇，平淡中露出豪放本相。須知其豪放從忠義來，與《述酒》同一心事。《陶集·祭程氏妹文》書"義熙三年"，《祭從弟敬遠文》惟云"癸亥"，《自祭文》惟云"丁卯"，此與《宋書》本傳之説相合，但指所著文章而言。若詩則不然，大約晋時書甲子，如"庚子"至"丙辰"是也；入宋不書甲子，如"九月閒居"之類是也。自來辨此者，都未明晰。鄭康成《誡子益恩書》末云"若忽忘不識亦已焉哉"，此《命子》詩末二句所本也。陶詩雖平淡，而無一字無出處如此。陶公，《晋書》《宋書》《南史》并有傳，一人而三史列傳，千古止此一人，人豈以爵位重耶？《晋書》作泉明，《南史》作深明，并避唐諱。東坡愛陶詩質而綺，癯而腴，晚年居海外，遍和其韻。子由爲之引，稱其遂與淵明比也，至謔庵"律陶"，不足觀矣。此本大字端楷，作歐陽率更體，頗便老眼，且校讎亦鮮形夭庾鈞之訛，裝竟復閲數過，誠可寶愛。松靄。

首尾有董宜陽印。宜陽字子元，自號"紫岡山樵"，華亭人，上海諸生，工詩善書法，與何良俊、徐獻忠、張之象才名相亞，有四賢之目。松靄又書。（均在卷首。）

項禹揆，字子毗，秀水學生。明季遇難，見《明詩綜》。（在卷四末補注之前。）

辛丑四月晦日，武林鮑以文自蘇州回棹，同新倉吴葵里過松靄先生著書齋。是夜，以文痁疾作，不能飲。燈下談及於（以下闕十餘字。）《陶淵明詩》一本，序末標湯漢，不知湯漢何許人。先生便拍案稱好書，且告以《宋史》有傳，《文獻通考》著録，以文爽然若失。隨叩《陶集》攜行篋否，則答云已送海鹽張芑堂矣。重午日，先生即從芑堂借觀，芑堂見書雖破碎，而裝面用金粟箋，心疑其爲秘册，索還甚急。賴張佩兼調停互易，初以書畫、銅瓷、端硯，俱不可；芑堂適需古墨，先生因出葉元卿"夢筆生花"大圓墨易之，墨重一斤，值白金如數。至癸卯五月，閲兩年，而議始定。此書乃爲先生所有，蓋其得之之難如此。以文多方購覓，丙午始得一鈔本。芑堂慫恿葵里重行開雕，共懺悔覿面失宋刻公案，則此書之流通，未始非先生功德也。余交先生久，知得書始末最詳，兹備述之，以見先生嗜書之篤，賞鑒之精，而吴、鮑、張三君子之好事，亦流俗中所罕覯云。丁未冬日，輝山顧自修記。

湯伯紀注《陶詩》宋刻本真本，在海寧周松靄家，相傳與宋刻《禮書》并儲一室，顔之曰"禮陶齋"。其書之得，近於巧取豪奪，故秘不示人，并云欲以殉葬。余素聞其説於吴興賈人，久懸懸於心中矣。去歲夏秋之交，喧傳書賈某得此書，欲求售於吴門，久而未至。後嘉禾友人札致余，有此書，許四十金未果，已爲硤石人家得去，聞此言甚怏怏，然已無可如何矣，遂恝置之。今夏，有吴子修候余，余往答之，出所藏書示余，湯注陶詩在焉。開卷展視，其爲宋本無疑，詢所由來，乃知硤石人即伊相識，可商交易者。遂倩人假歸，議久始諧百金之值，銀居其大半，文玩副之。此余佞宋之心固結而不可解者，後人視之毋乃訕笑乎！嘉慶己巳中秋月，復翁記。

余得此書後，適原得此書之賈人吴東白來舍，知余得此書，因别以一舊刻小板之《陶集》贈余，易余家刻書而去。言中談及周公先去《禮書》，改顔其室曰"寶陶齋"；今又售去，改顔其室曰"夢陶齋"。余聞此言，益嘆周公之好書，惓惓於心而不能去矣。并聞諸他估：吴賈往購此書，懷數十番而去，周初不知，但與論值，周索三十二番，云"身邊立有，决不悔言"，吴即如數與之，竟不能反。去書之日，泣下數行。余雖未面詢諸吴，然聞屢易顔室之名，亦可想見其情矣。

陶陶室藏《靖節集》第二本。（均在卷末。）（書目文獻出版社，1989年）

黄丕烈《百宋一廛書録》：

《陶淵明集》。《汲古閣珍藏秘本書目》云："宋板《陶淵明集》二本，與世本夐然不同。如《桃花源記》中'聞之欣然規往'，今時本誤作'親'，謬甚。"《五柳先生贊》注云"一本有之妻二字"，按《列女傳》是其妻之言也。他如此類，不可枚舉。又云："籤題係元人筆，不敢易去。"余所得即此本也。每册皆以宋錦裝面，卷端有"宋本""甲""毛晋之印"三圖記，其爲汲古閣物無疑。書分十卷，卷末附北齊楊僕射休之《序録》、本朝宋丞相《私記》、曾紘《説》三通，曾云："親友范元羲寄示義陽太守公所開陶集，想見好古博雅之意，輒書以遺之。宣和六年七月中元臨漢曾紘書刊。"蓋此北宋曾氏刊本也。余又見有影寫本宋本，但有楊之《序録》，宋之《私記》而曾《説》不傳，可知此刊之秘矣。卷中藏書記圖記，其近而可徵者，毛氏之外，有"文彭""文壽朋氏"二印，此外有"嘯庵""桃源戴氏""宋微子後自亳之吴再遷於鄞"三印，驗其篆文印色，皆元時人也。別有夾簽，題云"陶靖節集宋刻"，下有"俊明明懷""不寐道人"二印，此又孝章先生之遺筆矣。（《續修四庫全書》本）

周中孚《鄭堂讀書記》卷六十子部十一之上類書類一：

《聖賢群輔録》一卷。（《説郛》本。）

舊題晋陶潛撰。（潛字淵明，潯陽人，官彭澤令，入宋不仕。）《四庫全書》存目。隋、唐、宋《志》及諸家書目俱不載，蓋本附《淵明集》中，至元末陶九成刊入《説郛》，始有單行本也。一名《四八目》，見北齊陽休之所作《集序》。是書即休之增入，梁昭明所編集原無此録，其爲晚出僞書，决非淵明所撰明矣。且所載孔子四友與集中所稱不合，而魯三桓、鄭七穆、晋六卿、魏四友之類，并列卷内，與《聖賢群輔録》之目亦不相符，此則作僞者之顯露敗闕矣。顧宋公序校定陶集竟不知覺，蓋其疏也。《漢魏叢書》亦收入之。

同上，卷六十六子部十二之四小説家類四：

《搜神後記》十卷。（津逮秘書本。）

舊題晋陶潛撰。（潛仕履見類書類。）《四庫全書》著録，《隋志》雜傳類、《通志》傳記俱載之；新、舊《唐志》，《崇文目》，《讀書志》，《書録解題》，《通考》，《宋志》俱不載，豈皆未見其書歟？然淵明亦非撰是書者。書中載有宋元嘉十四年、十六年事，是時淵明已卒十餘年矣。况《宋書》本傳稱其所著文章皆題其年月，義熙以前則書晋氏年號，自永初以來唯云甲子而已。其於文章如此，則予此記亦當如是，而竟不然，其作僞之明證也。惟其所記，詞致雅飭，體例嚴整，實非鈔撮補綴而成，當由隋以前人所依托，與世所傳干氏《搜神記》，固迥然不侔矣。《學津討原》亦收入之，《説郛》《唐宋叢書》均節録一卷云。（《清人書目題跋叢刊》本）

梁章鉅撰，陳鐵民點校《浪迹叢談》卷十《陶靖節詩》：

陶淵明愛菊，人皆知之，而於松亦三致意焉，如"三徑就荒，松菊猶存"，下又云"景翳翳以將入，撫孤松而盤桓"，"青松在東園，衆草没其姿"，下又云

“連林人不見，獨樹衆乃奇”，皆以自況也。東坡論陶公《乞食》詩云：“飢寒常在身前，功名常在身後，二者不相待，此士之所以窮也。”然《苕溪漁隱叢話》稱淵明隱約栗里、柴桑之間，或飯不足，及顔延之送錢二十萬，即日送酒家，其曠達又如此。（中華書局，1981年）

范邦甸等撰，江曦、李婧點校《天一閣書目》卷四之二集部别集類：

《陶集》十卷（刊本），晋陶潛撰，卷首載梁昭明太子著《淵明傳》及各家總論。

《陶靖節集》十卷《附録》四首（刊本），晋陶潛著。明嘉靖丙午武進蔣孝跋曰：“彭澤、柴桑、栗里皆屬九江，始先先出外，大節浮沉兹士者若干年，昔人論取善當尚友於古，况居先生之鄉哉！孝視榷潯陽，嘗考求先生《靖節集》，渢渢乎上規騷雅，則宛然見先生焉。先生之學已得其大，如《形神影》《贈答》諸篇皆聖門性與天道微旨，漢魏文章之士不逮也。士有尚友之志，而居先生鄉，誦其詩，讀其書，以知其人，斯集之新可但已乎！集共十卷，諸體各歸一類。”（《中國歷代書目題跋叢書》本）

瞿鏞《鐵琴銅劍樓藏書目録》卷十九集部一别集類：

《陶淵明集》二册。（宋刊本。）宋曾集刊。每半葉十行，行十六字，不分卷，無序目。首詩，次雜文，《感士不遇賦》《閒情賦》《歸去來兮辭》《桃花源記》《晋故征西大將軍長史孟府君傳》《五柳先生傳》《與子儼等疏》《祭程氏妹文》《祭從弟敬遠文》《自祭文》，凡十篇。後附顔光禄《誄》、昭明太子《傳》并曾氏《自題》一篇，共七十番。其所以去卷第與夫《五孝傳》以下《四八目》雜著，具詳《自題》中，雖云“非敢有所去取”，實則别具鑒裁。伏讀《四庫全書總目》云“《五孝傳》及《四八目》所引《尚書》，自相矛盾，决不出於一手，當必依托之文。今《四八目》已經睿鑒指示，灼知其贋，别著於録。其《五孝傳》文義庸淺，决非潛作，今并删除”云云。曾氏蚤見及此，不可謂非先覺者矣。書中“殷”“敬”“恒”“貞”“桓”“構”“慎”“敦”等字，皆缺末筆。小注“一作”比時本尤備。其稱宋本者，蓋即宋元憲所傳江左本也。毛氏《汲古閣珍藏秘書目録》有宋本《陶集》，云《桃花源記》“欣然規往”，不同俗本“規”誤“親”，《五柳先生傳》“贊黔婁”下注“一有之妻二字”，正與《列女傳》同，是本并同。與毛氏所藏，雖非一刻，要皆所謂與世本夐異者也。考明《江西通志》、《南康府名宦傳》：“曾集，字致虚，章貢人。紹熙間，知南康軍，勤理庶務，篤信仁賢，修劉涣墓亭，割公田以奉其祀。朱子稱其有尊賢尚德之心。爲政知所先後，其事詳見朱子《壯節亭記》及《冰玉堂記》。”二記并作於紹熙三年，而是集之刻，自題“紹熙壬子”，即是年也。蓋既葺劉公墓，又作堂於其故居，復以南康爲淵明舊游處，因刊是集，以補軼事。亟亟焉表章先賢，以風世勵俗，其異於俗吏之所爲遠矣，宜朱子亟稱之也。其《自題》世所罕見，用并著之，曰：“《淵明集》行於世尚矣，校讎卷第，其詳見於宋宣徽《私記》。北齊陽休之論載南康，蓋淵明舊游處也，栗里、上京東西不能二十里，世變推移，不復可識，獨醉石隱然荒野草樹亂流中，榛莽蘙翳，人迹不到。鄉來晦翁在郡時，始克芟夷支徑，植亭山巔，幽人勝士，因得相與摩莎石上，吊古懷遠，有脩然感慨之意，求其集顧無有，豈非此邦之軼事歟？集竊不自揆，模寫詩文，栞爲一編，去其卷第與夫《五孝傳》以下《四八目》雜著，所爲犯是不韙，非敢有所去取，直欲嚅嚌真淳，吟咏情性，以自適其適，尚庶幾乎！所謂遣馳競之情，袪鄙吝之心者，雖以是獲罪世之君子，亦不辭也。紹熙壬子立冬日，贛川曾集題。”按：商務印書館《四部叢刊初編》，又《續古逸叢書》影印本。

《陶淵明集》十卷，《附録》二卷。（校宋本。）汲古閣毛氏校本，孫淇所傳録。孫字寶洲，號竹薌，邑人也。案：毛氏《秘書目録》載有宋本《陶淵明集》，所謂與世本夐然不同者，所校當即出此。首詩四卷，次雜文四卷，又次《集聖賢群輔録》二卷，冠以昭明太子序，而退顔光禄《誄》、昭明《傳》於《附録》中。《附録》上卷爲《誄》《傳》《年譜》。《年譜》，河南吴仁傑編次者也。下卷爲曾紘《説》，駱庭芝《斜川辨集》、《總論集》。《總論》凡九條，集蘇東坡、黄山谷、陳后山、楊龜山、朱晦菴、真西山、魏鶴山、葛常之、蔡寬夫之論也。《附録》後終以陽僕射《序録》、宋丞相《私記》兩則，而不載思悦《書後》一篇，不著編刻者名氏。觀其引西山諸人説，則後於曾刻矣。今世所行翻宋刻巾箱本十卷頗精，然以此核之，互異不少。如昭明序“結駟連騎之榮”，此作“連鑣之游”；“以見珍而終破”，此作“招破”；“至於子常、甯喜之倫”，“於”此作“如”；“豈不痛哉”，此作“痛矣”；“又楚子觀周”，“又”下此有“有”字；“抑乃爵禄可辭”，“抑”此作“亦”。卷二詩三十一首，此作三十首，無《問來使》一首也。《游斜川詩》序“辛丑正月”，“丑”下此有“歲”字；《西田穫早稻》詩“升酒散襟顔”，此作“懔顔”；《咏荆軻詩》“心知去不歸”，此作“公知”；聯句“高柯濯條幹”，“濯”此作“擢”；《閒情賦》序“并固觸類”，此作“并因”；《桃花源記》“芳草鮮美”，此作“芳華”；《晋故西征大將軍長史孟府君傳》“西征”此作“征西”；“仕吴司馬”，此作“司空”；《與子儼等疏》“當思四海皆兄弟之義”，此作“皆弟兄”；《集聖賢群輔録》“叔向曰三十七年”，“三”此作“生”；“王敦字處仲”，此作“處沖”；“三墨不尊於名”，此作“於人”；《靖節徵士誄》此作“静”，（篇末“旌此静節”同。）“轍途殊軌者多矣”，此作“輟塗”。《傳》“昭明太子撰”，“昭”上此有“梁”字；“即日解綬去職”，“解”下此有“印”字；北齊楊休之《序録》，此作“陽休之”；宋朝宋丞相《私記》，此作“本朝曾紘《説》”；“寄示莪陽太守公”，此作“義陽”。案劉宋有義陽郡，而《地志》從未有莪陽也。至子注之可正其訛者，如《阻風規林》詩注“一作清”，此作“清”；《下潠田舍穫》詩注“一作事耕稼”，此在“勠”字上；《責子》詩題注“五人”上空格，此作“共”；《歸去來兮辭》注“一作足爲缺兩字”，此云“一作過足爲潤”；《讀史述・七十二弟子章》“賜獨長年”下注“一作永年，又作卒作”，此於“長”字下注云“一作永，又作卒”；《張長公章》“誰知斯意”下注“一曰世路皆爲，而我獨異”，此注在“皆爲我異”下，又多“一作世路多僞而我獨異”十字；《集聖賢群輔録》“趙無恤襄子”注“趙襄始爲卿”，此作“趙衰”；“右八顧”注“《漢書》”，此作“《後漢書》”；“太常張奂”注“幽閒清静”，此作“幽并”。其餘互異脱漏，不可殫述。略舉數條，是本之勝，已可概見矣。（《清人書目題跋叢刊》本）

陸以湉撰，崔凡芝點校《冷廬雜識》卷一《陶淵明祠堂記》：

陶淵明《五柳先生傳》《歸去來辭》，皆有悠然自得之趣，視矯世絶俗之士，相去懸殊。後世但知其人品之高，卓越千古，即史氏亦僅以隱逸目之。惟宋羅端良願《祠堂記》最能得其品誼之實。其略云：“淵明生百代之後，獨頹然任實。雖清風高節，邈然難嗣，而言論所表，篇什所寄，率書生之素業，或老農之常務。仕不曰行志，聊資三徑而已。去不曰爲高，情在駿奔而已。飢則乞食，醉便遣客。不借琴以爲雅，故無弦亦可。不因酒以爲達，故把菊自足。真風所播，直掃魏、晋澆習。”又云：“在縣日淺，事雖不具見，然初不以家累自隨。送一力助其子，而慈祥繾綣之意，與視傴等不殊，衹此一語，便可祠之百世。迹其求邑，雖指公田爲酒之利，然來去以秋冬仲月，非播植之時，而《傳》遽有種秫之數。又督郵小兒，雖不束帶向之，固自未害，不足遽用是日决去留也。此爲未深知淵明者。”端良此文及《淳安縣社稷壇記》，甚爲朱子所稱，蓋以持論之獨精也。（中華書局，1984年）

莫友芝《宋元舊本書經眼録》附録卷一：

《陶淵明集》。陽子烈所編十卷本，咸豐辛酉嘉平，皖城行營收旌德縮刻宋本初印者，此板後多漫漶不可讀，繩宜寶之。郘亭眲叟呵凍記。

毛扆《秘本書目》宋板《陶淵明集》注云：“《桃花源記》中‘聞之欣然規往’，今時本誤作‘親’，謬甚。”《五柳先生贊》注云：“一本有‘之妻’二字。”按《列女傳》，是其妻之言也。他如此類甚多。即《四八目》比時本多八十餘字，而通本一作云云，比時本多十餘字。按所舉二條并於此本合，通本校語亦多於時本，然則此所據即毛氏宋本也。

汲古閣刻陽休之編本，此册非舊印，以附録卷中載。又吴仁傑所編年譜爲家藏書所無，故裝存之。壬戌六月六日郘亭皖口行營記。（右跋文。）（《續修四庫全書》本）

楊紹和《宋存書室宋元秘本書目》卷四集部宋本：

北宋本《陶淵明集》十卷，二册一函。（《續修四庫全書》本）

丁丙《善本書室藏書志》卷二十三集部二《陶集考證》：

《陶靖節先生集》八卷。（明焦氏刊本，朱竹垞藏書。）蕭統撰傳云：陶淵明，字元亮，或云潛字淵明，潯陽柴桑人也。又《宋書》《晋書》《南史》并入《隱逸傳》。《晁氏讀書志》：《靖節先生集》有數本，七卷者，梁蕭統編，以序、傳，顔誄載卷首。十卷者，北齊陽休之編，篇次差異。《隋志》九卷，又云梁有五卷，《録》一卷。《唐志》五卷。今本皆與二《志》不同。獨吴氏《西齋目》有潛集十卷，疑即休之本也。休之本出宋庠家，云江左舊書，次第有倫貫，獨《四八目》後"八墨""三儒"二條，疑後人妄加云。闕後版刻不一，惟宋湯漢詩注四卷本爲最佳。元李公焕箋注本爲近古，此焦太史竑授新安吴汝紀肅卿刻本。焦序已失，每葉十八行，行十五字，詩四卷，惟《歸園田居》無江淹《擬作一首》，餘與諸本同。五卷賦、辭，六卷記、畫、贊、傳、述，七卷《五孝傳》，八卷疏、祭、文。附顔延之誄、昭文傳、序，無《四八目》。其中《桃花源記》"欣然規往"，不作"親往"，《五柳傳》"酣觴賦詩"不作"銜觴"，敻然遠於時本。按安化陶文毅公澍靖節諸本序録列此本，有焦序云，昭明手葺編序而傳者歲久，爲後人竄亂，絶無善本。頃友宋刻見遺，無聖賢之目，篇次正與昭明舊本吻合，中與今本異者不啻數十處。文毅云"八卷之數與昭明舊本合"，則尤不然。昭明所編正集止七卷，并序、目、誄、傳爲八卷，録即目也。晁氏所見八卷但有序、傳、誄，不言目，可知也。今焦本若去其卷七《五孝傳》，庶有合於昭明卷數耳。有"秀水朱氏潛采堂圖書""竹垞真賞""岳潢字潛九""智嚴忍辱頭陀"諸印。（《清人書目題跋叢刊》本）

丁丙藏，丁仁編《八千卷樓書目》卷十四子部小説家類：

《搜神後記》十卷。（舊本題晋陶淵明撰。《汲古閣》本，《子書百種》本，《學津討原》本。）

同上，卷十五集部別集類：

《陶淵明集》八卷。（晋陶潛撰，緑君亭刊本，豫章刊本。明刊四卷本，拜經樓四卷本，東坡寫十卷本，明蔡汝賢刊十卷本，仿宋刊不分卷本。）（《續修四庫全書》本）

陸心源《皕宋樓藏書志》卷六十七集部別集類一：

《陶淵明集》十卷。（影宋鈔本。）晋陶潛撰，曾紘跋。（宣和六年。）

《陶淵明集》十卷。（明嘉靖劍泉山人刊本。）晋陶潛撰。昭明太子序。北齊楊休之叙録。宋庠記。曾紘跋。

《箋注陶淵明集》十卷。（元刊本。）宋陶潛撰。廬陵後學李公焕集録。昭明太子序。總論。（《清人書目題跋叢刊》本）

張之洞《書目答問》集部別集類：

《陶淵明文集》十卷（晋陶潛。汲古閣仿宋大字本，何氏成都刻翻毛本。）（商務印書館，1933年）

秦榮光《補晋書藝文志》卷三子部小説家類：

《搜神後記》十卷。（陶潛撰。）

同上，卷四集部別集類：

《陶潛集》九卷。（案梁作五卷《録》一卷，《舊唐志》作陶《淵明集》，《新唐志》作二十卷又五卷，《宋藝文志》作《陶淵明集》十卷，北齊陽休之序稱“潛集行世有三本，一本八卷五序，一本六卷有序而而編比顛亂往復闕少，一本爲蕭統所撰，亦八卷，少《五孝子傳》及《四八目》，休之合三本定爲十卷”。）（《二十五史補編》本）

姚振宗《隋書經籍志考證》卷二十史部十雜傳類：

《搜神後記》十卷，陶潛撰。

《南史·隱逸傳》：“陶潛字淵明，或云字深明，名元亮，潯陽柴桑人，晋大司馬侃之曾孫也。少有高趣，宅邊有五柳樹，故嘗著《五柳先生傳》，時人謂之實録。親老家貧，起爲州祭酒、彭澤令，解印綬去職，賦《歸去來》以遂其志。義熙末徵爲著作佐郎，不就。元嘉四年卒，世號靖節先生。”

梁釋慧皎《高僧序》有曰：“宋臨川康王義慶《宣驗記》及《幽冥録》、太原王琰《冥祥記》、太原王延秀《感應傳》、朱君台《徵應傳》、陶淵明《搜神録》

并傍出，諸僧叙其風素，而皆是附見，亟多疏闊。”（又卷末附載王曼穎書云：“攙出君台之記，糅在元亮之説，則梁人相傳以爲陶淵明書矣。”）

《唐日本國見在書目》：“《搜神後記》十卷，陶潛撰。”《四庫提要・小説家》：“《搜神後記》十卷，舊題陶潛撰，中記‘桃花源事’一條，全録本集所載詩序，惟增注‘漁人姓黄名道真’七字，又載干寶父婢事，亦全録《晋書》，剽掇之迹顯然可見。又潛卒於元嘉四年，而此有十四、十六兩年事，《陶集》以干支代年號，而此書題永初、元嘉，其爲僞托固不待辨。然其書文詞古雅，非唐以後人所能。《隋志》已稱陶潛，則贋撰嫁名其來已久。又陸羽《茶經》引一條，《封演聞見記》引兩條，亦與此本所載相合，知今所傳刻猶古本矣。其中丁令威化鶴、阿香雷車諸事，唐、宋詞人遞相援引，承用至今，題陶潛撰者固妄，要不可謂非六代遺書也。”

同上，卷三十九之六集部二之六别集類六：

宋徵士《陶潛集》九卷，梁五卷，《録》一卷。

陶潛有《搜神後記》，見史部雜傳類。

《宋書》《南史・隱逸傳》：“潛自以爲曾祖晋世宰輔，恥復屈身後代，自宋武帝王業漸隆，不復肯仕，所著文章皆題其年月，義熙以前明書晋氏年號，自永初以來唯云甲子而已。與子書以言其志，并爲訓戒，又爲《命子詩》以貽之。其妻翟氏志趣亦同，能安苦節，夫耕於前，妻鋤於後。”

鍾嶸《詩品》曰：“宋徵士陶潛詩，其源出於應璩，又協左思風力，文體省静，殆無長語，篤意真古，辭興惋愜。每觀其文，想其人德世，歡其質直，至於‘歡言酌春酒，日暮天無雲’，風華清靡，豈直爲田家語耶？古今隱逸詩人之宗也。”

《唐日本國見在書目》：“《陶潛集》十卷。”

《唐書・經籍志》：“《陶淵明集》五卷。”

《唐書・藝文志》：“《陶潛集》二十卷，又《集》五卷。”

《宋史・藝文志》：“《陶淵明集》十卷。”

《崇文總目》：“《陶潛集》十卷。”

晁氏《讀書志》：“《陶潛集》十卷。晋陶淵明元亮也，一名潛，潯陽人。蕭統云‘淵明字元亮’，《晋書》云‘潛字元亮’，《宋書》云‘潛，字淵明，或云字深明，名元亮’。”按集《孟嘉傳》與《祭妹文》皆自稱淵明，當從之。今集有數本七卷者，梁蕭統編以序、傳，顔延之誄載卷首。十卷者，北齊陽休之編，以《五孝傳》、《聖賢群輔録》、序、傳、誄分三卷，益之詩，篇次差異。案《隋・經籍志》“《潛集》九卷”，又云“梁有五卷，《録》一卷”。《唐・藝文志》

“《潛集》五卷”，今本皆不與二志同，獨吴氏《西齋書目》有《潛集》十卷，疑即休之本也。休之本出宋庠家，云江左名家舊書，其次第最有倫貫，獨《四八目》後“八儒”“三墨”二條，似後人妄加。

陳氏《書録解題》：“《陶靖節集》十卷，晋彭澤令潯陽陶潛淵明撰。或云淵明字元亮，大司馬侃曾孫，自號五柳先生，世稱靖節徵士。”

《四庫全書存目》曰：“《聖賢群輔録》二卷，一名《四八目》，舊附載《陶潛集》中，唐、宋以來相沿引用，承訛踵謬，莫悟其非。”又曰：“《五孝傳》及《四八目》實北齊陽休之所增，蕭統舊本無是也。統《序》稱深愛其文，故加搜校，則八卷以外不應更有佚篇。……至書以《聖賢群輔》爲名，而魯三桓、鄭七穆、晋六卿、魏四友以及仕莽之唐林、唐遵，叛晋之王敦并列簡編，名實相忤，理乖風教，亦决非潛之所爲。昔宋庠校正此集，僅知‘八儒’‘三墨’二條爲後人所竄入，而全書之僞竟不能明，潛之受誣已踰千載。”（又雜家《鬻子提要》曰：《四八目》一書，凡古來帝王輔佐有數可紀者，靡不俱載，而《鬻子書》所列禹七大夫皋陶、杜子業、既子、施子黯、季子寧，然子堪、輕子玉，湯七大夫慶輔、伊尹、湟里且、東門虚、南門蝡、西門疵、北門側，具有姓名，獨不見收。）

《四庫簡明目録》曰：“今所傳六朝别集，惟此與《謝朓集》爲原書，然亦北齊陽休之所編，增入《聖賢群輔録》《五孝傳贊》二書，已非昭明太子八卷之舊。宋庠校正又未能辨二書之依托，遂流傳至今。今删除二書，仍存八卷，雖未必合昭明之原第，而黜僞存真，庶幾猶爲近古焉。”

汪氏《文選・撰人篇目》曰：“《文選》有晋陶淵明潛《經曲阿詩》，《夜行塗口詩》，《挽歌》一首，《雜詩》二首，《貧士詩》一首，《山海經詩》一首，《擬古詩》一首，《歸去來辭》。”

張氏《書目答問》：“《陶淵明文集》十卷，汲古閣仿宋大字本、何氏成都刻翻毛本，《陶靖節詩注》四卷，宋湯漢注，拜經樓校本。”（案其本至多，宋庠之時已云有數十本，今則陳陳相因，悉數之不能盡。）（清華大學出版社，2014年）

丁國鈞《補晋書藝文志》卷二乙部史録雜傳類：

《甄異傳》三卷。（西戎主簿戴祚。）謹按：見《隋志》。此書及下四種互見子部小説家。

《搜神記》三十卷。（干寶。）謹按：見本書寶傳。隋、唐《志》均著録。

《志怪》二卷。（祖台之。）謹按：見《隋志》。

《搜神後記》十卷。（陶潛。）謹按：見《隋志》。兩《唐志》均云四卷。

《靈鬼志》三卷。（荀氏。）謹按：見《隋志》。考具小説家。

同上，卷三丙部子録小説類：

《搜神後記》十卷。（陶潛。）謹按：見《隋志》。互見雜傳類。（《二十五史補編》本）

文廷式《補晋書藝文志》卷二史部雜傳類：

陶潛《聖賢群輔録》二卷。

今存。

同上，卷五子部小説家類：

陶潛《搜神後記》十卷。

今存。

同上，卷六集部别集類：

《陶潛集》五卷，《録》一卷。

《隋志》九卷，題“宋徵士”。《唐志》二十卷，又五卷。（《二十五史補編》本）

吴士鑒《補晋書經籍志》卷二乙部史録雜傳類：

陶潛《搜神後記》十卷。見《隋志》。僧慧皎《高僧序》作“《搜神録》”。

同上，卷三丙部子録道家類：

陶淵明《道戒》。《太平御覽》。

同上，卷四丁部集録别集類：

《陶潛集》五卷，《録》一卷。《隋志》九卷，注云“梁有五卷”。《舊唐志》亦作五卷。《唐志》作二十卷。《宋志》《崇文總目》《郡齋讀書志》并作十卷。《通志略》仍《唐志》，亦二十卷。（《二十五史補編》本）

聶崇岐《補宋書藝文志》貳史部雜傳類：

《搜神後記》。（十卷。）陶潛傳。

同上，肆集部别集類：

《陶潛集》（五卷，《録》一卷。《新唐志》作二十卷，又《集》五卷）。（《二十五史補編》本）

魯迅《中國小説史略》第五篇《六朝之鬼神志怪書》上：

續干寶書者，有《搜神後記》十卷。題陶潛撰。其書今具存，亦記靈異變化之事如前記，陶潛曠達，未必拳拳於鬼神，蓋僞托也。（上海古籍出版社，1998年）

余嘉錫《四庫提要辯證》卷十八子部九小説家類三（總目卷一百四十二）：

《搜神後記》十卷。

舊本題晋陶潛撰。中記桃花源事，全録本集所載詩序。惟增注"漁人姓黄名道真"七字，又載干寶父婢事，亦全録《晋書》，剽掇之迹顯然可見。明沈士龍跋，謂潛卒於元嘉四年，而此有十四、十六兩年事。《陶集》多不稱年號，以干支代之，而此書題永初、元嘉。其爲僞托固不待辨，然其書文詞古雅，非唐以後人所能。《隋書·經籍志》著録，已稱陶潛，則贋撰嫁名，其來已久。

嘉錫案：梁釋慧皎《高僧傳序》云："陶淵明《搜神録》續出諸僧，皆是附見。"則此書之題作陶潛，自梁已然，遠在《隋志》之前。慧皎《高僧傳》，《四庫》未收，故《提要》不知引證也。

又陸羽《茶經》引其中"晋武帝時宣城人秦精入武昌山采茗"一條，與此本所載相合。封演《聞見記》引其中有人因病能飲一斛二斗，後吐一物一條，與此書"桓宣武督將"一條，僅文有詳略，及牛肺字作牛肚，茗瘕字作斛二瘕。其事亦與此本所載相合。知今所傳刻，猶古本矣。

案《法苑珠林》引此書十三條，題作《續搜神記》或《搜神續記》，字句多大同小異。又引此書而文較詳，與前記同者二條，不見於此書，而見於前記者一條。（均見上條注中。）《珠林》爲唐人書，尚在陸羽、封演之前，益可證古本無大異同矣。（中華書局，1980年）

案：清人秦榮光《補晋書藝文志》子部小説家類著録《搜神後記》十卷，題陶潛撰。文廷式《補晋書藝文志》子部小説家類著録陶潛《搜神後説》十卷。

陶潛（365—427年），原名淵明，字元亮，一字符亮，號五柳先生，世稱靖節先生。東晋文學家、詩人，潯陽柴桑（今江西九江市）人。晋大司馬陶侃曾孫。關於其名字，説法不一。蕭統《陶淵明傳》云"淵明字元亮"，《晋書》本傳云"潛字元亮"，《宋書》本傳云"潛字淵明"，《南史》本傳云"潛字淵明，或云字深明，名元亮"。案陶潛作有《孟嘉傳》，文中自稱淵明，孟嘉爲其外祖，陶氏不可能在其外祖傳中自稱字號，而衹能稱名，故淵明實爲其本名，元亮或符亮是其字。潛則是其入宋後所更新名，字號未變。深明（一作泉明）則是唐人避高祖李淵諱所改稱，不能視作其本名。

陶潛少有高趣，博學善屬文，穎脱不群，任真自得。宅邊有五株柳樹，嘗著《五柳先生傳》以自况，時人謂之實録。晋安帝末，起爲江州祭酒。桓玄篡權，淵明自解歸。州郡召爲主簿，不就。躬耕自資。劉裕舉兵討桓玄，誅之，爲鎮軍將軍。淵明參其軍事。未幾，改爲建威將軍。淵明見劉裕有異志，乃求爲彭澤令，不以家自隨，送一僕人給其子，書曰："此亦人子也，可善遇之。"在官八十餘日，郡遣督郵至縣，吏請束帶見之，潛嘆曰："我豈能爲五斗米折腰向鄉里小兒！"即日解印綬去，賦《歸去來辭》以見志。義熙末，徵爲著作佐郎，不就。劉裕代晋稱宋，潛自以先世爲晋輔，恥復屈身後代，不復肯仕。所著文章皆題其年月，義熙以前明書晋氏年號，自永初以來唯云甲子而已。性好酒，顔延之與之友善，每往，必酣飲致醉。臨去，留二萬錢與淵明，淵明悉遣送酒家，稍就取酒。江州刺史王弘欲識之，不能致。弘命淵明故人龐通之賫酒具於半道邀之，既至，欣然便共飲酌。俄頃弘至，亦無迕。貴賤造之者，有酒輒設，若先醉，便語客："我醉欲眠，卿可去。"其真率如此。淵明不解音律，而蓄無弦琴一張，每酒適，輒撫弄以寄其意。時周續之入廬山事釋惠遠，彭城劉遺民亦遁迹匡山，淵明又不應徵命，謂之潯陽三隱。撰《與子書》以言其志，并爲訓戒，又爲《命子詩》以貽之。其妻翟氏志趣亦同，能安苦節，夫耕於前，妻鋤於後。元嘉四年（427年）將復徵命，會卒，時年六十三。世號靖節先生。其詩文以《歸園田居》《飲酒》《桃花源記》爲代表，風格獨特，是田園詩開創者。有文集傳世。

陶集流傳頗廣，主要有七卷本和十卷本兩種。七卷本爲梁昭明太子蕭統編，以己撰序、傳及顔延之誄載卷首。十卷本爲北齊陽休之編，以《五孝傳》《聖賢群輔録》和序、傳、誄分三卷，益之詩，篇次與七卷本微有異。另外，尚有多種傳本。《隋書·經籍志》著録有九卷本，又云梁有五卷、録一卷。《新唐書·藝文志》著録有二十卷本和五卷本。宋元又有四卷本和八卷本。丁丙《陶集考證》云："吴氏《西齋目》有潛集十卷，疑即休之本也。休之本出宋庠家，云江左舊書，次第有倫貫，獨《四八目》後'八墨''三儒'二條，疑後人妄加云。闕後版刻不一，惟宋湯漢詩注四卷本爲最佳。元李公焕箋注本爲近古，此焦太史竑授新安吴汝紀肅卿刻本。焦序已失，每葉十八行，行十五字，詩四卷，惟《歸園田居》無江淹《擬作一首》，餘與諸本同。五卷賦、辭，六卷記、畫、贊、傳、述，七卷《五孝傳》，八卷疏、祭、文。附顔延之誄、昭文傳、序，無《四八目》。其中《桃花源記》'欣然規往'，不作'親往'，《五柳傳》'酣觴賦詩'不作'銜觴'，夐然遠於時本。"焦序本若去其卷七《五孝傳》，即合於蕭統所編七卷本。

《搜神後記》，一名《搜神録》，又稱《續搜神記》《搜神續記》。陶潛本傳不載。新、舊《唐志》，《崇文書目》，《郡齋讀書志》，《直齋書録解題》，《通考》，《宋志》俱不載。《隋書·經籍志》史部雜傳類載《搜神後記》十卷，題“陶淵明撰”。《日本國見在書目録》《國史經籍志》記載同。《澹生堂書目》載九卷。《徐氏家藏書目》入子部小説類，《傳是樓書目》入史部起居注類，《四庫全書總目》著録十卷，入子部小説家類，稱“舊本題晋陶潛撰。中記桃花源事一條，全録本集所載詩序，惟增注‘漁人姓黄名道真’七字。又載干寶父婢事，亦全録《晋書》。剽掇之迹，顯然可見。明沈士龍跋，謂潛卒於元嘉四年，而此有十四、十六年事；《陶集》多不稱年號，以干支代之，而此書題永初、元嘉，其爲僞托，固不待辨。然其書文詞古雅，非唐以後人所能。《隋書·經籍志》著録，已稱陶潛，則贋撰嫁名，其來已久。又陸羽《茶經》引其中‘晋武帝時，宜城人秦精，入武昌山采茗’一條，與此本所載相合。封演《見聞記》引其中‘有人因病，能飲一斛二斗，後吐一物’一條，與此書‘桓宣武督將’一條，僅文有詳略，及‘牛肺’字作‘牛肚’、‘茗瘕’字作‘斛二瘕’，其事亦與此本所載相合。知今所傳刻猶古本矣。其中丁令威化鶴、阿香雷車諸事，唐宋詞人并遞相援引，承用至今。題陶潛撰者固妄，要不可謂非六代遺書也”。梁釋慧皎《高僧傳序》提及陶淵明《搜神録》，初唐釋道宣《法苑珠林》引此書十三條，題作《續搜神記》或《搜神續記》，故周中孚《鄭堂讀書記》稱此書“當由隋以前人所依托”。魯迅《中國小説史略》認爲“陶潛曠達，未必拳拳於鬼神，蓋僞托也”。余嘉錫《四庫提要辯證》則稱“其爲僞托固不待辨，然其書文詞古雅，非唐以後人所能”。要之，學者們都肯定此書爲古書，又多疑其爲僞托，但也不能排除陶潛原撰、後人增益之可能。

本書有《津逮秘書》本、《四庫全書》本、《龍威秘書》本、《學津討原》本、《子書百家》本，均爲十卷本。另有《説郛》二卷本、《漢魏叢書》二卷本、《唐宋叢書》一卷本等。今人汪紹楹校注《搜神後記》（中華書局，1981年）是對舊傳本的標點校注，李劍國《新輯搜神後記》（中華書局，2007年）則更正了舊傳本的一些訛誤，補輯了新發現的資料，爲現傳較爲完備之本。

神境記

沈約《宋書》卷十九《樂志一》：

宋武帝永初元年七月，有司奏："皇朝肇建廟祀，廟設雅樂，太常鄭鮮之等八十八人各撰立新哥（歌）。黄門侍郎王韶之所撰哥（歌）辭七首，并合施用。"詔可。十二月，有司又奏："依舊正旦設樂，參詳屬三省改太樂諸哥（歌）舞詩。黄門侍郎王韶之立三十二章，合用教試，日近，宜逆誦習。輒申攝施行。"詔可。又改《正德舞》曰《前舞》，《大豫舞》曰《後舞》。

同上，卷二十《樂志二》：

宋宗廟登歌八篇，王韶之造。（歌辭略。）

宋四廂樂歌五篇，王韶之造。（歌辭略。）

宋《前舞》《後舞》歌二篇，王韶之造。（歌辭略。）

同上，卷二十八《符瑞中》：

文帝元嘉三年閏正月己丑，甘露降吴興烏程，太守王韶之以聞。

同上，卷四十三《徐羨之列傳》：

羨之仍遜位，退還私第。兄子佩之及侍中程道惠、吴興太守王韶之等并謂非宜，敦勸甚苦，復奉詔攝任。……景平初，以羨之秉權，頗豫政事。與王韶之、程道惠、中書舍人邢安泰、潘盛相結黨與。時謝晦久病，連灸，不堪見客。佩之等疑其托疾有異圖，與韶之、道惠同載詣傅亮，稱羨之意，欲令亮作詔誅之。亮答以爲：己等三人同受顧命，豈可相殘戮？若諸君果行此事，便當角巾步出掖門耳。佩之等乃止。

同上，卷五十四《沈曇慶列傳》：

沈曇慶，吴興武康人，侍中懷文從父兄也。父發，員外散騎侍郎，早卒，吴興太守王韶之爲之誄焉。

同上，卷六十《王韶之列傳》：

王韶之，字休泰，琅邪臨沂人也。曾祖廙，晋驃騎將軍。祖羡之，鎮軍掾。父偉之，本國郎中令。韶之家貧，父爲烏程令，因居縣境。好史籍，博涉多聞。初爲衛將軍謝琰行參軍。偉之少有志尚，當世詔命表奏輒自書寫，泰元、隆安時事，小大悉撰録之，韶之因此私撰《晋安帝陽秋》。既成，時人謂宜居史職，即除著作佐郎，使續後事，訖義熙九年。善叙事，辭論可觀，爲後代佳史。遷尚書祠部郎。晋帝自孝武以來，常居内殿，武官主書於中通呈，以省官一人管司詔誥，任在西省，因謂之西省郎。傅亮、羊徽相代在職。義熙十一年，宋武帝以韶之博學有文辭，精通直郎，領西省事。轉中書侍郎。晋安帝之崩，高祖使韶之與帝左右密加酖毒。恭帝即位，遷黄門侍郎，領著作郎，西省如故。凡諸詔奏，皆其辭也。

高祖受禪，加驍騎將軍、本郡中正，黄門如故，西省職解，復掌宋書。有司奏東冶士朱道民禽三叛士，依例放遣，韶之啓曰："尚書金部奏事如右，斯誠檢忘一時權制，懼非經國弘本之令典。臣尋舊制，以罪補士，凡有十餘條，雖同異不紊，而輕重實殊。至於詐列父母死，誣罔父母淫亂，破義反逆，此四條，實窮亂抵逆，人理必盡。雖復殊刑過制，猶不足以塞莫大之罪。既獲全首領，大造已隆，寧可復遂拔徒隸，緩帶當年，自同編户，列齒齊民乎？臣懼此制永行，所虧實大。方今聖化惟新，崇本棄末，一切之令，宜加詳改。愚謂此四條不合加贖罪之恩。"侍中褚淡之同韶之三條，却宜仍舊。詔可。又駁員外散騎侍郎王寔之請假事曰："伏尋舊制，群臣家有情事，聽并急六十日。太元中改制，年賜假百日。又居在千里外，聽并請來年限，合爲二百日。此蓋一時之令，非經通之旨。會稽雖塗盈千里，未足爲難，百日歸休，於事自足。若私理不同，便應自表陳解。豈宜名班朝列，而久淹私門？臣等參議，謂不合開許。或家在河、洛及嶺、沔、漢者，道阻且長，猶宜别有條品，請付尚書詳爲其制。"從之。坐璽封謬誤，免黄門，事在《謝晦傳》。

韶之爲《晋史》，序王珣貨殖，王廞作亂。珣子弘，廞子華，并貴顯，韶之懼爲所陷，深結徐羡之、傅亮等。少帝即位，遷侍中，驍騎如故。景平元年，出爲吴興太守。羡之被誅，王弘入爲相，領揚州刺史。弘雖與韶之不絶，諸弟未相識者，皆不復往來。韶之在郡，常慮爲弘所繩，夙夜勤厲，政績甚美，弘亦抑其私憾。太祖兩嘉之。在任積年，稱爲良守，加秩中二千石。十年，徵爲祠部尚書，加給事中。坐去郡長取送故，免官。十二年，又出爲吴興太守。其年卒，時年五十六。七廟歌辭，韶之制也。文集行於世。子曄，尚書駕部外兵郎，臨賀太守。

同上，卷九十一《孝義列傳》：

吴逵，吴興烏程人也。……太守張崇之三加禮命，太守王韶之擢補功曹史，逵以門寒，固辭不受，舉爲孝廉。

潘綜，吴興烏程人也。……綜鄉人秘書監丘繼祖、廷尉沈赤黔以綜異行，廉補左民令史，除遂昌長。歲滿還家，太守王韶之臨郡發日，（一本“發”下有“教”字，“日”作“曰”。《南史》亦作“發教”。）前被符孝廉之選，必審其人，雖四科難該，文質寡備，必能孝義邁俗，拔萃著聞者，便足以顯應明敭，允將符旨。烏程潘綜守死孝道，全親濟難。烏程吴逵義行純至，列墳成行。咸精誠内淳，休聲外著，可并察孝廉，并列上州臺，陳其行迹。及將行，設祖道，贈以四言詩……

同上，卷九十四《恩倖列傳》：

王道隆，吴興烏程人。兄道迄，涉學善書，形貌又美，吴興太守王韶之謂人曰：“有子弟如王道迄，無所少。”始興王濬以爲世子師，以書補中書令。

同上，卷一百《列傳》自序：

璞字道真，林子少子也……年十許歲，智度便有大成之姿，好學不倦，善屬文，時有憶識之功。尤練究萬事，經耳過目，人莫能欺之。居家精理，姻族資賴。弱冠，吴興太守王韶之再命，不就。張邵臨郡，又命爲主簿，除南平王左常侍。太祖引見，謂曰：“吾昔以弱年出蕃，卿家以親要見輔，今日之授，意在不薄。王家之事，一以相委，勿以國官乖清塗爲罔罔也。”（中華書局，1974年）

酈道元《水經注》卷二十六《巨洋水》：

巨洋水出朱虚縣泰山北，過其縣西。

泰山即東小泰山也。巨洋水即《國語》所謂具水矣。袁宏謂之巨昧，王韶之以爲巨蔑，亦或曰胸彌，皆一水也，而廣其目焉。

同上，卷三十四《江水》：

又南過江陵縣南。

縣北有洲，號曰枚回洲，江水自此兩分而爲南北江也。北江有故鄉洲，元興之末，桓玄西奔，毛祐之與參軍費恬射玄於此洲。玄子升，年六歲，輒拔去之。王韶之云……（案“韶”近刻訛作“昭”。）（《文淵閣四庫全書》本）

蕭子顯《南齊書》卷十一《樂志》：

宋世王韶之造《七廟登歌》七篇。

宋黄門郎王韶之造《肆夏》四章，《行禮》一章，《上壽》一章，《登歌》三章，《食舉》十章，《前後舞歌》一章。（中華書局，1972年）

杜公瞻《編珠》卷一天地部《主簿山令史石》：

周景式《廬山記》曰：主簿山在胡郎廟南數里，山下有温泉。王韶之《南康記》曰：湘源有長瀨，其傍石或像人形，或似牛羊，土人名人形者爲令史。

同上，卷二音樂部《神鉦聖鼓》：

《羅浮山記》曰：浮山東有兩石鼓，扣之，其音清越，所謂神鉦也。左思《魏都賦》曰：神鉦迢遞於高巒，靈響時驚於四表。王韶之《始興記》曰：秦鑿陽山，桂陽縣閣下鼓便自奔逸，息於臨武，遂之洛陽，因名聖鼓。今臨武有聖鼓城。（《文淵閣四庫全書》本）

歐陽詢撰，汪紹楹校《藝文類聚》卷八十二草部下《芙蕖》：

王歆之《神境記》曰："九疑山過半路皆行竹松下，狹路有清澗，澗中有黄色蓮花，芳氣竟谷。"（中華書局，1965年）

房玄齡等《晋書》卷十《安帝紀》：

帝不惠，自少及長，口不能言，雖寒暑之變，無以辨也。凡所動止，皆非己出。故桓玄之篡，因此獲全。初讖云"昌明之後有二帝"。劉裕將爲禪代，故密使王韶之縊帝，而立恭帝，以應二帝云。（中華書局，1974年）

魏徵、令狐德棻《隋書》卷三十三《經籍志二》史部古史：

《晋紀》十卷。（宋吴興太守王韶之撰。）

同上，卷三十五《經籍志四》集部别集：

宋太常卿《蔡廓集》九卷。（并目録梁十卷，《録》一卷。又有宋《王韶之集》二十四卷。亡。）

宋太中大夫《裴松之集》十三卷。（梁二十一卷。又有《王韶之集》十九卷。宋光禄大夫《江湛集》四卷，《録》一卷。亡。）

《晋義熙詔》十卷。（梁有《義熙副詔》十卷，《義熙以來至於大明詔》三十卷。《晋宋雜詔》四卷，又《晋宋雜詔》八卷，王韶之撰。又《雜詔》十四卷，《班五條詔》十卷。亡。）（中華書局，1973年）

李延壽《南史》卷十五《徐羡之列傳》：

徐羡之字宗文，東海郯人也。祖寧，尚書吏部郎。父祚之，上虞令。羡之爲桓脩撫軍中兵參軍，與宋武帝同府，深相親結……元嘉二年，羡之與傅亮歸政，三奏乃見許。羨之仍遜位，退還私第。兄子佩之及程道惠、吴興太守王韶之等并謂非宜，敦勸甚苦，復奉詔攝任。

三年正月，帝以羨之、亮、晦旬月間再肆酖毒，下詔暴其罪，誅之。

……景平初，以羨之知權，頗豫政事，與王韶之、程道惠中書舍人邢安泰、潘盛爲黨。時謝晦久病連灸，不堪見客，佩之等疑其托疾有異圖，與韶之、道惠同載詣傅亮，稱羨之意，欲令作詔誅之。

同上，卷二十四《王韶之列傳》：

王韶之字休泰，胡之從孫而敬弘從祖弟也。祖羨之，鎮軍掾。父偉之，少有志尚，當世詔命表奏，輒手自書寫。太元、隆安時事，大小悉撰録。位本國郎中令。

韶之家貧好學，嘗三日絶糧，而執卷不輟。家人誚之曰："困窮如此，何不耕？"答曰："我常自耕耳。"父偉之，爲烏程令，韶之因居縣境。好史籍，博涉多聞。初爲衛將軍謝琰行參軍，得父舊書，因私撰《晋安帝陽秋》。及成，時人謂宜居史職，即除著作佐郎，使續後事，訖義熙九年。善叙事，辭論可觀。遷尚書祠部郎。

晋帝自孝武以來常居内殿，武官主書於中通呈，以省官一人管詔誥，住西省，因謂之西省郎。傅亮、羊徽相代在職。義興十一年，宋武帝以韶之博學有文辭，補通直郎，領西省事，轉中書侍郎。晋安帝之崩，武帝使韶之與帝左右密加酖毒。恭帝即位，遷黄門侍郎，領著作，西省如故。凡諸詔黄皆其辭也。武帝受命，加驍騎將軍，黄門如故。西省職解，復掌宋書。坐璽制謬誤，免黄門，事在《謝晦傳》。

韶之爲晋史，序王珣貨殖，王廞作亂。珣子弘，廞子華并貴顯，韶之懼爲所陷，深附結徐羨之、傅亮等。少帝即位，遷侍中，出爲吴郡大守。羨之被誅，王弘入相，領揚州刺史。弘雖與韶之不絶，諸弟未相識者皆不復往來。韶之在郡，常慮爲弘所繩，夙夜勤勵，政績甚美，弘亦抑其私憾，文帝兩嘉之。韶之稱爲良守。徵爲祠部尚書，加給事中。坐去郡長取送故，免官。後爲吴興太守，卒。撰《孝傳》三卷，文集行於世。宋廟歌辭，韶之所制也。

子曄，位臨賀太守。

同上，卷三十三《荀伯子列傳》：

著作郎徐廣重其才學，舉伯子及王韶之并爲佐郎，同撰《晋史》及著桓玄等傳。

同上，卷五十一梁宗室上《長沙宣武王懿列傳》：

湘東王聞而取看，謂曰："昔王韶之爲《隆安紀》十卷，説晋末之亂離。今之蕭詔亦可爲《太清紀》十卷矣。”

同上，卷七十三《孝義列傳上》：

吴逵，吴興烏程人也。……太守張崇之三加禮命，太守王韶之擢補功曹史。逵以門寒，固辭不就。舉爲孝廉。

潘綜，吴興烏程人也。……鄉人秘書監丘系祖、廷尉沈赤黔以綜異行，薦補左户令史，除遂昌長。歲滿還家，太守王韶之臨郡發教，列上州臺，陳其行迹。及將行，設祖道，贈以四言詩。（中華書局，1975年）

劉知幾撰，浦起龍釋《史通通釋》卷十《内篇·雜述》：

有權記當時，不終一代，若陸賈《楚漢春秋》、樂資《山陽（一有公字，一以偶句從删。）載記》、王韶（本名韶之。）《晋安陸（當作帝。）紀》、姚最（舊脱最字。）《梁昭（舊脱昭字。）後略》。此之謂偏記者也。（釋：此謂短述之書，但記近事，而非全史。）

偏記四種。（陸賈《楚漢春秋》九卷，見《春秋》家。《山陽載記》，《隋·經籍志》：樂資撰，十卷。按山陽公謂漢獻帝，禪魏，降封。《晋安帝紀》《宋書》：王韶之，字休泰，私撰《晋安帝陽秋》，除著作佐郎，使續後事，訖義熙九年。善叙事。按《晋安帝紀》即此《陽秋》也。舊作安陸，誤。又按《北史》有王韶，乃隋之武臣。此以屬對省之字耳。《梁昭後略》，《隋志》：姚最撰，十卷。《隋志》無昭字，新舊《唐志》并有昭字。）

同上，卷十二《外篇·古今正史第二·晋書》：

晋史，洛京時，著作郎陸機始撰《三祖紀》，佐著作郎束晳又撰《十志》。會中朝喪亂，其書不存。……干寶亦撰《晋紀》，自宣迄愍，七帝，五十三年，凡二十卷。其書簡略，直而能婉，甚爲當時所稱。（釋：自首節至此所述，盡西晋而止。）晋江左史（一有官字。），自鄧粲、孫盛、檀道鸞、王韶之（王韶之舊在檀道鸞上。）已下，相次繼作。遠則偏記兩帝，近則唯叙八（舊作六，誤。）朝。至宋湘東太守何法盛，始撰《晋中興書》，勒成一家，首尾該備。（釋：此層述東晋書。）齊隱士東莞臧榮緒又集東西二史合成一書。（釋：此三句述兩書始合。）（上海古籍出版社，1978年）

許嵩《建康實録》卷十《晋安皇帝》：

帝少不惠，口不能言，雖寒暑之變無以辨也。凡所動止皆非己出，故桓玄之篡以此獲全。初有讖云“昌明之後有二帝”，劉裕將欲禪代，乃密使王韶之縊帝而立恭帝以應之。

同上，卷十二《宋太祖文皇帝》：

裴子野曰："昔王鳳待罪，杜欽説而起之，終於漢室中興。王氏覆族，王韶之説徐公，竟速三家之禍。人之多言，鮮有不敗，甚哉！夫君子之爲人謀也，外審治亂，内定枉直，主於忠信，加以篤誠，故其詞寡而利溥，道大而義明，患難静於一朝，風流振乎百世，豈惟喋喋矜耳悦色而已哉！以詔之交諂於亂，惜矣。"（《文淵閣四庫全書》本）

杜佑《通典》卷一百四十一樂一《歷代沿革上》：

宋武帝永初元年，有司奏："皇朝肇建，廟祀應設雅樂，乃晋樂也。太常鄭鮮之等各撰立新歌。黄門侍郎王韶之撰歌辭七首，并令施用。"十二月，又奏："依舊正朝設樂，改太樂諸歌辭。"時王韶之又撰二十二章，改《正德舞》曰《前舞》，《大悦舞》曰《後舞》。（中華書局，1984年）

劉昫等《舊唐書》卷四十六《經籍志上》乙部史録古史類：

《崇安記》十卷。（王韶之撰。）

同上，雜傳類：

《孝子傳贊》十五卷。（王韶之撰。）

同上，卷四十七《經籍志下》丁部集録别集類二：

《王韶之集》二十四卷。（中華書局，1975年）

李昉等《太平御覽》經史圖書綱目：

王韶之《神境記》。

王韶之《始興記》。

同上，卷五十四地部十九《穴》：

王韶之《神境記》曰："滎陽郡有孤山，直長百餘丈，東北有二穴，寥寥然，杳杳然，便是雲霞中館矣。"

又曰："滎陽郡北三十里有何家岩，傍有一穴，始入幽狹而甚暗，昔有采鍾乳者至此，見有書三卷、竹一枝。"

同上，卷三百九十二人事部三十三《嘯》：

《神境記》曰："營道郡西靈源山有石髓紫芝，昔有采藥此山，聞林谷間有長嘯者。今樵人往往猶聞焉。"

同上，卷五百六十六樂部四《歷代樂》：

（《宋書》）又曰："武帝永初元年，有司奏皇朝肇建，廟祀應設雅樂，乃晋樂也。太常鄭鮮之等各撰立新歌。黄門侍郎王韶之撰歌七首，并令施用。十二月又奏，依舊正朝設樂，改大樂清歌詩。王韶之撰二十二章，又改《正德舞》曰《前舞》，《大悦舞》曰《後舞》。"

同上，卷六百三文部十九《史傳上》：

《宋書》曰："王韶之，琅琊臨沂人也。私撰《晋陽秋》。成，時人謂之宜居史職，即除著作郎，使續後事，訖義熙九年。善叙事，辭論可觀，爲後世佳史。"

同上，卷六百三十一治道部十二《薦舉中》：

又曰："荀伯子好學，博覽經傳，解褐爲駙馬都尉，奉朝請、員外散騎侍郎。著作郎徐廣重其才學，舉伯子及王韶之并爲佐郎，同撰《晋史》。"

同上，卷八百二十二産資部二《耕》：

《宋書》曰："王韶之家貧好學，嘗三日絶糧，而執卷不輟。家人請之曰：'困窮如此，何不耕？'答曰：'我自耕耳。'"

同上，卷九百五十三木部二《松》：

《神境記》曰："滎陽南有石室，室後有孤松千丈，常有雙鵠，晨必接翮，夕輒偶影。傳云昔有夫婦二人俱隱此室中，年既數百，化爲雙鵠。一者失之，尋爲人所害；一者獨棲此松，煢立哀唳。"

同上，卷九百九十六百卉部三《菊》：

王韶之《神境記》曰："滎陽郡西有靈源山，其澗生靈芝、石菌，岩有紫菊。"

同上，卷九百九十九百卉部六《芙蕖》：

王韶之《神境記》曰："九嶷山半，其路皆青松翠竹夾路，有青澗，澗中有黄色蓮華，夏秋時香氣盈谷。"（中華書局，1960年）

樂史撰，王文楚等點校《太平寰宇記》卷九河南道九鄭州：

靈源山，按《神境記》云：滎陽縣西有靈源山，其間生靈芝、石茵，其岩頂有石髓紫菊，往往人聞長嘯之聲。

蘭岩山，《神境記》云：滎陽縣西有蘭岩山，峭拔千丈，常有雙鵠不絶往來。傳云昔有夫婦隱此山，數百年化爲此鵠。忽一旦，一鵠爲人所害，其一鵠歲常哀鳴，至今響動岩谷，莫知年歲。

同上，卷一百五十七嶺南道一廣州：

堯山在舊番禺縣西四十里，四面瀑布懸流，傾瀉萬丈。王韶之《始興記》：堯山下有平陵，陵上有基，云是堯故亭。父老相傳，堯南巡時登此。又云：堯山在湞洭縣三十里，盛弘之《荆州記》云：堯山赭岩迭起，冠以青林。《郡國志》云：廣州堯山高四千丈，起自番禺，迄交趾，見之有巨風發屋折樹翻潮焉。（中華書局，2007年）

吴淑撰注，冀勤等校點《事類賦注》卷三天部《雪》：

朔風厲。（王韶之《咏雪離合》詩曰："霰先集兮雪乃零，散輝素兮被簷庭。曲室寒兮朔風厲，川陸涸兮百籟鳴。"）（中華書局，1989年）

王欽若等《册府元龜》卷二百一閏位部《祥瑞》：

三年閏正月己丑，甘露降吴興烏程，太守王韶之以聞。

同上，卷四百六十九臺省部《封駁》：

宋王韶之爲黄門侍郎，駁員外散騎侍郎王寔之請假事曰："伏尋舊制，群臣家有情事，聽并給六十日。太元中改制，年賜假百日。又，居在千里外聽并請來年，限合爲二百日。此蓋一時之令，非經通之旨。會稽雖塗盈千里，未足爲難，百日歸休，於事自足。若私理不同，便應自表陳解，豈宜名班朝列而久淹私門？臣等參議，謂不合聞許，或家在河雒及嶺南沔漢者，道阻且長，尤宜别有條品。請付尚書詳爲其制。"從之。

同上，卷五百五十四國史部《選任》：

宋王韶之，琅邪臨沂人，私撰《晋陽秋》。成，時人謂之宜居史職，即除著作郎，使續後事。

荀伯子少好學，博覽經傳，爲員外散騎侍郎，著作郎徐廣重其才學，舉伯子及王韶之并爲佐郎，助撰《晋史》。

同上，《公正》：

宋王韶之爲黄門侍郎，領著作，韶之爲《晋史》，序王誀貨殖、王欽作亂。詢子弘、欽子華并貴，韶之懼爲所陷，深結徐羡之、傅亮。南齊劉祥爲長沙王鎮軍權諮議參軍，撰《宋書》，譏斥禪代，尚書令王儉密以啓聞，帝銜而不問。

同上，卷五百五十五國史部《采撰》：

荀伯子，少好學，博覽經傳，爲員外散騎侍郎、著作郎。徐廣重其才學，舉伯子及王韶之并爲佐郎，助撰《晋史》。乃著桓玄等傳，又撰《薛常侍傳》二卷。

王韶之，好史籍，博涉多聞。父偉之，少有志。泰元、隆安時，事小大悉撰録之。韶之因此私撰《晋安帝陽秋》，既成，時人謂宜居史職，即除著作佐郎，使續後事，迄義熙九年。善叙事，辭論可觀，爲後代佳史。又撰《孝子傳》十卷。

同上，卷五百六十二國史部《不實》：

蕭韶，太清初爲舍人，城陷，奉詔西奔。及至江陵，人士多往尋覓，令韶説城内事。韶不能人人爲説，乃疏一卷，客問者便示之。湘東王聞而取看，謂曰："昔王韶之爲《隆安紀》十卷，説晋末之亂離，今之蕭韶亦可爲《太清紀》十卷矣。"韶乃更爲《太清記》，其諸議論，多謝昊爲之。韶既承旨，撰著多非實録。

同上，卷五百六十六掌禮部《作樂第二》：

宋高祖永初元年七月，有司奏：皇朝肇建，廟祀應設雅樂。太常鄭鮮之等八十八人各撰立新歌。黄門侍郎王韶之所撰《歌辭》七首，并合施用。詔可。（一云韶之造《四夏》四章，《行禮》一章，《登歌》二章，《食舉》十章，前、後《舞歌》各一章。）

十二月，有司奏：依舊正旦設樂，參詳屬三省改太樂諸歌舞詩。黄門侍郎王韶之立三十二章，合用教試，日近，宜逆誦習。輒申攝施行。制可。又改《正德舞》曰《前舞》，《大豫舞》曰《後舞》。

武帝永明二年，尚書殿中曹奏：太祖高皇帝廟神室《高德宣烈之舞》，未有歌詩，郊應須歌辭。穆皇后廟神室亦未有歌辭。案傅玄云登歌廟異其文，饗神七室同辭。此議爲允。又尋漢世歌篇，多少無定，皆稱事立文，并多八句，然後轉韻時有兩三韻而轉，其例甚寡。張華、夏侯湛亦同前式。傅玄改韻頗數，更傷簡節之美。近世王韶之、顔延之并四韻乃轉，得賒促之中。顔延之、謝莊作三廟歌皆各三章，章八句。此於序述功業詳略爲宜，今宜依之。

同上，卷六百十五刑法部《議讞第二》：

王韶之爲黄門侍郎時，東冶士朱道民禽三叛士，依例放遣，韶之啓曰："尚書金部奏事如右，斯誠檢妄，一時權制，懼非經國弘本之令典。臣尋舊制，以罪補士，凡有十餘條，雖同異不紊，而輕重實殊。至於詐列父母死，誣罔父母淫亂，破義及劫，此四條，寔窮亂抵逆，人理必盡。雖復殊刑過制，猶不足以塞莫大之罪。既獲全首領，大造已隆，寧可復遂拔徒隸，緩帶當年，自同編户，列齒齊民乎？臣懼此制永行，所虧實大。方今聖化惟新，崇本棄末，一切之令，宜加詳改。愚謂此四條不合加贖罪之恩。"侍中褚淡之同韶之三條，却宜仍舊，詔可。

同上，卷六百二十三卿監部《論薦》：

宋徐廣爲著作郎時，荀伯子好學，博覽經傳。廣重其才，舉伯子、王韶之并與佐郎，同撰《晋史》。

同上，卷六百八十七牧守部《禮士》：

張崇之爲吴興太守，烏程人吴達有孝行，爲鄉里所推崇之，三加禮命。其後太守王韶之擢補功曹，史達以門寒，固辭不就。

同上，卷六百八十八牧守部《薦賢》：

宋王韶之爲吴興太守，郡人潘綜少有孝行，綜鄉人秘書鑒丘繼祖、廷尉沈赤默以綜異行，廉補左右令史，除遂昌長，歲滿還家。韶之臨郡發曰："前被符孝廉之選，必審其人，雖四科難該，文質寡備，必能孝義邁俗，拔萃著聞者，便足以顯應明揚，允稱符旨。烏程潘綜守死孝道，全親濟難。烏程吴達義行純至，列墳成行。咸積誠内淳，休聲外著，可并察孝廉，并列上州臺，陳其行迹。"

同上，卷七百九十八總録部《勤學》：

王韶之家貧好學，嘗三日絶糧，執書不輟，父母家人或謂之曰："困窮如此，何不耕農爲求活乎？"韶之答曰："我嘗以典籍自耕耳。"後至祠部尚書。

同上，卷八百三十八總録部《文章第二》：

王韶之，字休泰，琅琊人。好史籍，博涉多聞，爲黄門侍郎，領著作郎，領西省事。凡諸詔奏皆其辭也。後爲祠部尚書領給事中。守《七廟歌辭》，韶之制也。有文集行於世。

同上，卷八百四十三總録部《知人第二》：

王韶之爲吴興太守。郡人王道隆，兄道迄涉學，善書，形貌又美，韶之謂人曰："有子弟如王道迄，無所少。"

同上，卷九百四十五總録部《朋黨》：

宋徐佩之爲丹陽尹，司空羡之兄子。少帝景平初，以羡之知權，頗豫政事，與王韶之、程道惠、中書舍人邢安泰、潘盛爲黨。（中華書局，1960年）

王堯臣等《崇文總目》卷三編年類：

《太清紀》十卷。

梁王韶撰，起太清元年，盡六年。初，侯景破建鄴，韶西奔江陵，士人多問城内事，韶不能人人爲説，乃疏爲一篇，問者即示之。元帝聞而取讀，曰："昔王韶之爲《隆安記》，言晋末之亂離，今亦可以爲《太清記》矣。"韶因爲之，然其議論，皆謝之矣。又韶希帝旨，撰述多非實録。（《粤雅堂叢書》本）

歐陽修、宋祁《新唐書》卷五十八《藝文志》乙部史録雜史類：

王韶之《崇安記》十卷。

同上，雜傳記類：

王韶之《孝子傳》十五卷，又《贊》三卷。

同上，卷六十《藝文志》丁部集録别集類：

《王韶之集》二十卷。（中華書局，1975年）

司馬光編著，胡三省音注《資治通鑑》卷一百十八晋紀四十《安皇帝癸》：

宋公裕以讖云"昌明之後尚有二帝"，乃使中書侍郎王韶之與帝左右密謀酖帝，而立琅邪王德文，德文常在帝左右，飲食寢處未嘗暫離。韶之伺之經時，不得間。會德文有疾，出居於外。戊寅，韶之以散衣緼帝於東堂。（年三十七。）韶之，廙之曾孫也。（廙，王敦之從弟。）裕因稱遺詔，奉德文即皇帝位，大赦。

同上，卷一百十九宋紀一《高祖武皇帝》：

徐羡之兄子吴郡太守佩之頗豫政事，與侍中王韶之、程道惠、中書舍人邢安泰、潘盛結爲黨友，時謝晦久病，不堪見客，佩之等疑其詐疾，有異圖，乃稱羡之意以告傅亮，欲令亮作詔誅之。（亮時進中書監，中書掌詔命。）亮曰："我等三人同受顧命，豈可自相誅戮？諸君果行此事，亮當角巾步出掖門耳。”（宫門正南門曰端門，左右二門謂之左掖門、右掖門。）佩之等乃止。

同上，卷一百二十宋紀二《太祖文皇帝上之上》：

二年春正月，徐羡之、傅亮上表歸政。表三上，帝乃許之。丙寅，始親萬機，羡之仍遜位還第。徐佩之、程道惠及吴興太守王韶之等并謂非宜，敦勸甚苦，乃復奉詔視事。（速徐、傅之死者，珮之諸公也。）（中華書局，1956年）

郭茂倩《樂府詩集》卷八郊廟歌辭《王韶之〈宋宗廟登歌〉》：

《宋書·樂志》曰：“武帝永初中，詔廟樂，用王韶之所造《七廟登歌》七首。又有《七廟享神登歌》一首，并以歌章太后，其辭亦韶之造。”（歌辭略。）

同上，卷十四燕射歌辭《王韶之〈宋四厢樂歌〉》：

《宋書·樂志》曰：“王韶之造《四厢樂歌》五篇：一曰《肆夏樂歌》，四章：客入，四厢振作《於鑠曲》；皇帝當陽，四厢振作《將將曲》；皇帝入變服，四厢振作《於鑠》《將將》二曲，又黄鍾、太蔟二厢作《法章》《九功》二曲。二曰《大會行禮歌》，二章，姑洗厢作。三曰《王公上壽歌》，一章，黄鍾厢作。四曰《殿前登歌》，三章，别用金石。五曰《食舉歌》，十章，黄鍾、太蔟二厢更作，黄鍾作《晨羲》《體至和》《王道》《開元辰》《禮有容》五曲，太蔟作《五玉》《懷荒裔》《皇猷緝》《惟永初》《王道純》五曲。”《古今樂録》曰：“按《周禮》云：王出入奏《王夏》，賓出入奏《肆夏》。《肆夏》本施之於賓，帝王出入則不應奏《肆夏》也。”（歌辭略。）（中華書局，1979年）

陳暘《樂書》卷一百四十樂圖論俗部《八音·聖鼓》：

盛弘之《荆州記》：“陽山縣有豫章木，可二丈，號爲聖木。秦人伐爲鼓顙。顙成，忽奔逸至桂陽。”又王韶之《始興記》：“息於臨武，遂之洛陽，因名聖鼓城。”亦近乎怪云。

同上，卷一百六十三樂圖論俗部《歌·宋樂章》：

宋武帝肇有天下，永初中，太常鄭鮮之等撰立新歌，王韶之所撰《歌辭七曲》并施用郊廟。（《中華再造善本》本）

鄭樵《通志》卷十下《晋紀》第十下《安帝》：

帝不慧，自少及長口不能言，雖寒暑之變無以辨也。凡所動止皆非己出，故桓玄之篡因此獲全。初，讖云“昌明之後有二帝”，劉裕將爲禪代，故密使王韶之縊帝而立恭帝，以應二帝云。

同上，卷六十五《藝文略》史類第五編年・晋：

《晋紀》十卷。（宋吴興太守王韶之撰。）

同上，傳記孝友：

《孝子傳贊》三卷。（王韶之撰。）

同上，卷六十九《藝文略》文類第十二别集三：

《王韶之集》二十四卷。……

《王韶之集》二十卷。

同上，卷八十三上《宗室傳上・文帝十男》：

太清初爲舍人，城陷，奉詔西奔，及至江陵，人士多往尋覓，令韶説城内事。韶不能人人爲説，乃疏爲一卷，客問者便示之。湘東王聞而取看，謂曰：“昔王韶之爲《隆安紀》十卷，説晋末之亂離。今之蕭韶亦可爲《太清紀》十卷矣。”韶乃更爲《太清紀》，其諸議論，多謝吴爲之。

同上，卷一百三十一《徐羡之列傳》：

元嘉二年，羡之與左光禄大夫傅亮上表歸政，三奏乃見許，羡之乃遜位，退還私第。兄子佩之及侍中程道惠、吴興太守王韶之等并謂非宜，敦勸甚苦，復奉詔攝任。三年正月，帝以羡之、亮、晦旬日間再肆酖毒，乃下詔暴其罪誅之。爾日詔召羡之，行至西門外，時謝晦弟曒爲黄門郎正直，報亮云殿内有異處分，亮馳報羡之，羡之回還西州，乘内人問訊車出郭，步走至新林，入陶灶中自縊而死，年六十三。羡之初不應召，上遣中領軍到彦之右衛將軍王華追討，及死，野人以告，載尸付廷尉，諸子從誅。……羡之兄欽之位秘書監，欽之子佩之輕薄好利，武帝以其姻戚累加寵任，爲丹陽尹。景平初，以羡之知權頗與政事，與王韶之、程道惠、中書舍人邢安泰、潘盛爲黨，時謝晦久病連灸，不堪見客，佩之等疑其托疾有異圖，與韶之、道惠同載詣傅亮，稱羡之意，欲令作詔誅之，亮曰：“己等三人同受顧命，豈可自相殘戮？”佩之等乃止。羡之既誅，文帝特宥佩之，免官而已。其冬，佩之謀反事覺被誅。

同上，卷一百三十三《王韶之列傳》：

王韶之字休泰，胡之從孫，而敬弘從祖弟也。祖羨之，鎮軍掾。父偉之，少有志尚，當世詔命、表奏輒手自書寫，太元隆安時事小大悉撰録，位本國郎中令。韶之家貧好學，嘗三日絶糧而執卷不輟，家人誚之曰："困窮如此，何爲不耕？"答曰："我常自耕耳。"父偉之爲烏程令，韶之因居縣境。好史籍，博學多聞。初爲衛將軍謝琰行參軍，得父舊書，韶之因私撰《晋安帝陽秋》，既成，時人謂宜居史職，即除著作佐郎，使續後事，訖義熙九年。善叙事，辭論可觀，爲後代佳史。遷尚書祠部郎。晋帝自孝武以來常居内殿，武官主書於中通呈，以省官一人管司詔誥，住在西省，因謂之西省郎。傅亮、羊徽相代領西省事。義熙十一年，武帝以韶之博學有文辭，補通直郎，領西省事。轉中書侍郎。安帝之崩也，武帝使韶之與帝左右密加酖毒。恭帝即位，遷黄門侍郎，領著作、西省如故，凡諸詔奏皆其辭也。武帝受禪，加驍騎將軍，本郡中正黄門如故。西省職解，復掌宋書。坐璽制謬誤，免黄門事，在《謝晦傳》。韶之爲《晋史》，序王珣貨殖、王廞作亂，珣子弘、廞子華并貴顯，韶之懼爲所陷，深結徐羨之、傅亮等。景平元年，遷侍中，出爲吴郡太守。羨之被誅，王弘入爲相，領揚州刺史。弘雖與韶之不絶，諸弟未相識者，皆不復往來。韶之在郡常慮爲弘所繩，夙夜勉勵，政績甚美，弘亦抑其私憾，文帝兩嘉之。韶之在任積年，稱爲良守，徵爲祠部尚書，加給事中。坐去郡長取送故免官，十二年又爲吴興太守，卒。撰《孝經傳》三卷，文集行於世。宋七廟歌辭，韶之所制也。子曄位臨賀太守。（中華書局，1987年）

章定《名賢氏族言行類稿》卷二十四王"王韶之"條：

王韶之，字休泰，博學有文辭，領著作西省。（《四庫類書叢刊》本）

程大昌《演繁露》卷四《詔黄》：

石林言制敕用黄紙始高宗時，非也。晋恭帝時，王韶之遷黄門侍郎，凡諸詔黄皆其辭也。（《南史》十四。）則東晋時已用黄紙寫詔矣。（《叢書集成初編》本）

孫逢吉《職官分紀》卷十六《著作郎》：

宜居史職。（王韶之性穎敏，父偉之少有志尚。當世詔命表奏，輒手自書寫。泰元、隆安時事大小悉撰録。韶之得父舊書，因私撰《晋安帝陽秋》，既成，時人謂宜居史職，即除著作佐郎，使續後事，訖義熙九年。善叙事，辭論可觀，爲後世佳史。遷尚書祠部郎。）（中華書局，1988年）

王楙撰，王文錦點校《野客叢書》卷二十八《慨慷等語》：

古人顛倒用字，又不特慨慷二字而已。悽慘作慘悽，琴瑟作瑟琴，參商作商參，皆隨韻而協之耳。又如曹子建、袁陽源等皆以“西”字與“先”字協，則漢趙壹蓋嘗如是。潘安仁等以負荷之荷作平聲協，則《班超贊》固已然矣。《班超贊》又出於《楚辭》。蔡寬夫《詩話》謂此體至魏晋猶在，僕謂不但魏晋，六朝尚然，如王韶之詩是也。類而推之，何可勝數？（中華書局，1987年）

高似孫《緯略》卷六《舜祠弦歌聲》：

羅含《湘中記》曰：“衡山、九疑皆有舜廟，太守至郡，遣官屬致祀，則聞弦歌之聲。”王歆之《神境記》曰：“九疑是舜之處也，有青澗，中有黄色蓮花，芳氣竟谷。”此山之表復有二峰，望之乃似人形，嵲出雲端，如玉積，高於諸山，頂有飛泉如帶，舜廟在山之陽。人有入廟中者，常聞弦歌之聲。魯恭王登孔子舊宅，聞絲竹金石之聲，固有此事也。（《叢書集成初編》本）

王象之《輿地碑記目》卷一《安吉州碑記》：

《吴興山墟名》。（張元之作。又云晋吴興太守王韶之撰。）（《文淵閣四庫全書》本）

潘自牧《記纂淵海》卷七十五著述部·史筆：

王韶之私撰《晋陽秋》成，時人謂之宜居史職，即除著作郎，使續後事，訖義熙九年。叙事辭論可觀，爲後世佳史。（《宋書》。）

自《史記》、班《漢》以來，秉史筆者，予盡知其人矣。言東漢有若陳宗、尹敏、伏無忌、邊韶、崔寔、馬日磾、蔡邕、盧植、司馬彪、華嶠、范曄、袁宏，言三國志有若衛覬、繆襲、應璩、王沈、傅玄、茅曜、薛瑩、華覈、陳壽，言晋洛京史有若陸機、束晳、王銓、銓子隱，言江左史有若鄧燦、孫盛、王韶之、檀道鸞、何法盛、臧榮緒，言宋史有若何承天、裴松之、蘇寶圭、沈約、裴子野，言齊史有若……（中華書局，1988年）

章如愚《群書考索》卷十四正史門晋書類：

陸機撰《三祖紀》，束晳又撰《十志》，會中朝喪亂，其書不存。先是，王銓有著述才，每私録《晋書》，未及就而卒，子隱博學多聞，受父遺業，撰《晋書》八十九卷。隱雖好著作，而辭拙才鈍。時干寶亦撰《晋紀》，其書簡略，直而能婉，甚爲當時所稱。晋江左史，自鄧粲、孫盛、王韶之、檀道鸞已下相次繼作，遠則編紀兩帝，近則惟叙六朝。至宋何法盛始撰《晋中興書》，勒成一家，首尾該洽。齊臧榮緒又集東西二史，合成一書。

同上，卷四十九樂門樂名類：

宋鄭鮮之、王韶之撰立新歌。高祖永興元年七月，有司奏：皇朝肇建，廟祀應設雅樂。大常鄭鮮之等各撰立新歌。黄門侍郎王韶之撰《歌辭》七首，并令施用。一云韶之造《四夏》四章，《行禮》一章，《登歌》二章，《食舉》十章，前、後《舞歌》各一章。十二月又奏：依舊正朝設樂，改太樂諸歌辭詩，王韶之又撰二十二章。又《正德舞》曰《前舞》，《大悦舞》曰《後舞》。（書目文獻出版社，1992年）

祝穆《古今事文類聚》别集卷四儒學部・雜著・私撰晋陽秋：

宋王韶之，私撰《晋陽秋》，成時，人謂之宜居史職，即除著作佐郎，使續後事，訖義熙九年。善叙事，辭論可觀，爲後世佳史。（《四庫類書叢刊》本）

王應麟著，翁元圻等注，欒保群等校點《困學紀聞》卷十四《考史》：

劉知幾領史事，言"五不可"，曰："孫盛取嫉權門，王劭見讎貴族。"《文粹》云："王韶直書，見讎貴族。""宋王韶之爲晋史，序王珣貨殖，王廞作亂。珣子弘、廞子華并貴，韶之懼爲所陷深，附結徐羨之、傅亮等。"當從《文粹》爲王韶。新史誤以"韶"爲"劭"。（韶之，弑君之賊也，身爲梟獍，而秉史筆，其誰服之！《傳》曰："無瑕可以戮人。"若璩按，晋安帝崩，乃劉裕使王韶之密加酖毒，故曰"弑君之賊"。）（上海古籍出版社，2008年）

王應麟《玉海》卷四十一藝文續春秋《晋陽秋》：

王韶之私撰《晋安帝陽秋》，除著作佐郎，使續後事，訖義熙九年。善叙事，辭論可觀，爲後代佳史。

同上，卷四十六藝文古史《晋史》：

徐廣領著作敕撰成國史。（廣舉荀伯子、王韶之爲佐郎，同撰《晋史》。）

同上，《晋史十八家》：

《晋紀》有陸機（四卷）、干寶（二十三卷）、曹嘉之（十卷）、鄧粲（十一卷）、劉謙之（二十五卷，《南史》云二十卷）、王韶之（十卷）。

同上，卷五十八藝文傳《孝子傳》：

《唐志》："蕭廣濟、王韶之皆十五卷，又《贊》三卷，師覺授、申秀皆八卷，宗躬二十卷，虞盤一卷，徐廣三卷，梁武帝三十卷，鄭緝之《贊》十卷。"

同上，卷一百六音樂樂章《晋四廂樂歌》：

……宋《四箱樂歌》五篇，王韶之造。（《肆夏》四章，《大會行禮歌》二章，《王公上壽》一章，《殿前登歌》三章，《食舉歌》十章。）宋《前舞》《後舞歌》二篇，王韶之造。宋武永初元年七月，建廟祀，太常鄭鮮之等八十八人各撰立新歌，黄門侍郎王韶之撰歌辭七首。十二月又奏正旦設樂，改太樂諸歌舞詩。韶之立三十二章。

同上，卷一百七十五宫室亭《堯亭》：

王韶之《始興記》，堯山下有平陵，陵上有古大堂基十餘處，謂曰"堯故亭"。父老相傳，堯南巡登此山，故亭即其行宫。（江蘇古籍出版社、上海書店，1988年）

馬端臨《文獻通考》卷一百二十九《樂考二》歷代樂制：

宋武帝永初元年，有司奏："皇朝肇建，廟祀應設雅樂乃晋樂也。太常鄭鮮之等各撰立新歌。黄門侍郎王韶之撰《歌辭》七首，并令施用。"十二月，又奏："依舊正朝設樂，改太樂諸歌辭。"時王韶之又撰二十二章，改《正德舞》曰《前舞》，《大悦舞》曰《後舞》。

同上，卷一百三十六《樂考九》革之屬·雅部：

聖鼓。盛弘之《荆州記》："陽山縣有豫章木，可二丈，號爲聖木。秦人伐爲鼓顙。顙成，忽奔逸至桂陽。"又王韶之《始興記》："息於臨武，遂之洛陽，因名聖鼓城。"亦近乎怪云。

同上，卷一百四十二《樂考十五》樂歌：

宋武帝永初中，太常鄭鮮之等撰立新歌，王韶之所撰《歌辭》七曲，并施於郊廟。

同上，卷一百九十五《經籍考二十二》史·雜史：

《太清記十卷》，《崇文總目》：梁王韶撰，起太清元年，盡六年。初，侯景破建鄴，韶西奔江陵，士人多問城内事，韶不能人人爲説，乃疏爲一篇，問者即示之。元帝聞而取讀，曰："昔王韶之爲《隆安記》，言晋末之亂離，今亦可以爲《太清記》矣。"韶因爲之。然其議論，皆謝之矣。又韶希帝旨，撰述多非實録。（中華書局，1986年）

陶宗儀《説郛》弓六十《神境記》（王韶之）：

《蘭岩雙鶴》：滎陽郡西有蘭岩山，常有雙鶴素羽皦然，日夕偶形翔集。傳云昔夫婦俱隱此山，年數百歲，化成此鶴。忽一旦一鶴爲人所害，其一鶴歲常哀鳴，至今響動岩谷，莫知年歲。

《黄蓮》：九疑山過半路皆行竹松下，夾路有青澗，澗中有黄色蓮華，芳氣盈谷。

《靈源》：滎陽郡西有靈源山，其澗生靈芝石菌，岩有紫菊。

《武陵池》：武陵一孤山嶺有池，魚鱉無不備有。其七月七日乃出游嶺顛，族類各别。

《印渚》：印渚山上承浮溪水，從渚以上至縣，悉石瀨惡道，不可行船；以下水道無險，故行旅集焉。晋王胡之爲吴興太守，至渚中，嘆曰："非唯使人心情開滌，亦覺日月清朗。"傳云渚次石文似印，因以爲名。

同上，弓一百《琴曲譜録》（僧居月）：

王韶之琴曰"西省晨風"。韶之字休泰，偉子也。

同上，弓一百十八《太清記》（晋王韶之）：

（下録《翔鶴》《髮如鴉》《拔宅》《玉樓》《洗頭盆》《擁琴朝謁》《碧虚監》《艷質》《採菊》《香爐峰》《華岳夫人》《玉英粉》《輸瀛洲》《河漢》共十四條，文略。）（《説郛三種》本）

王鏊《姑蘇志》卷三十七《宦迹一》：

王韶之，字休泰，臨沂人，好史籍，私撰《晋安帝陽秋》，序王氏過惡。少帝即位，以侍中出爲吴郡太守。王弘入相，領揚州刺史，韶之在郡，常慮爲弘所繩，夙夜勤厲，政績甚美，弘亦抑其私憾。文帝兩嘉之。時稱韶之良守，徵爲祠部尚書。（《文淵閣四庫全書》本）

韓邦奇《苑洛志樂》卷二十"宋武帝永初元年"條：

宋武帝永初元年，有司奏："皇朝肇建，廟祀應設雅樂，乃晋樂也。太常鄭鮮之等各撰立新歌，黄門侍郎王韶之撰歌辭七首，并令施用。"十二月，又奏依：

“舊正朝設樂，改大樂諸歌辭詩。”王韶之又撰二十二章。又《正德舞》曰《前舞》，《大悦舞》曰《後舞》。（《文淵閣四庫全書》本）

何良俊《語林》卷四言語第二上：

王韶之，少家貧而好學，嘗三日絶糧執卷不輟。家人誚之曰：“困窮若此，何不耕？”王徐答曰：“我常自耕耳。”（沈約《宋書》曰：“王韶之，字休泰，琅琊臨沂人。曾祖廙，晋驃騎將軍。祖羡之，鎮軍掾。父偉之，郎中令。韶之家貧，父爲烏程令，因居縣境。好史籍，博涉多聞。初，爲衛將軍謝琰行參軍。”）（上海古籍出版社，1983年）

馮惟訥《古詩紀》卷五十五宋第一《王韶之》：

王韶之。（字休泰。偉之之子。晋義熙中，除著作郎，復補通直郎，領西省事。武帝受命加驍騎將軍。少帝時，出爲吴郡太守，徵爲祠部尚書，加給事中。）

《贈潘綜吴逵舉孝廉詩》。（六章。）《咏雪離合》。（詩略。）

同上，卷六十五宋第十一郊廟歌辭《王韶之〈宋宗廟登歌八首〉》：

《北平府君歌》，《相國掾府君歌》，《開封府君歌》，《武原府君歌》，《東安府君歌》，《孝皇帝歌》，《高祖武皇帝歌》，《七廟享神歌》。（歌辭略。）

同上，燕射歌辭《王韶之〈宋四廂樂歌五首〉》：

《肆夏樂歌》，《大會行禮歌》，《王公上壽歌》，《食舉歌》。（歌辭略。）

同上，舞曲歌辭《王韶之〈宋前後舞歌二首〉》：

《前舞歌》，《後舞歌》。（歌辭略。）（《文淵閣四庫全書》本）

凌迪知《萬姓統譜》卷四十二下平聲七陽・王：

王韶之。（字休泰，家貧好學，嘗三日絶糧，而執卷不輟。父偉之，爲烏程令，韶之因居縣境。得父舊書，因私撰《晋安帝陽秋》，時謂宜居史職。元嘉中，帝以韶之博學有文辭，補通直郎，領西省事。）（《文淵閣四庫全書》本）

焦竑《國史經籍志》卷五集類别集：

《王韶之集》二十四卷。

《王韶之集》二十卷。（《叢書集成初編》本）

梅鼎祚《古樂苑》卷四《郊廟歌辭》：

《北平府君登歌》，王韶之。（下同，八篇。）（歌辭略，下同。）

《相國掾府君登歌》，《開封府君登歌》，《武原府君登歌》，《東安府君登歌》，《孝皇帝登歌》，《高祖武皇帝登歌》，《七廟享神登歌》。

同上，卷六《燕射歌辭》：

《宋四箱樂歌》，（《宋書·樂志》曰："王韶之造《四箱樂歌》五篇。"《隋書·樂志》曰：梁武帝云："著晋、宋《史》者皆言，太元元嘉四年，四箱金石大備。今檢樂府，止有黄鍾、姑洗、蕤賓、太簇四格而已，六律不具，何謂四箱？）"王韶之。

《肆夏樂歌》。（四章。客入，四箱振作《於鑠曲》；皇帝當陽，四箱振作《將將曲》；皇帝入變服，四箱振作《於鑠》《將將》二曲。又黄鍾、太簇二箱，作《法章》《九功》二曲。《古今樂録》曰："按《周禮》云：王出入，奏《王夏》。賓出入，奏《肆夏》。《肆夏》本施之於賓，帝王出入則不應奏《肆夏》也。"）（歌辭略，下同。）

《大會行禮歌》，《王公上壽歌》，《殿前登歌》，《食舉樂》。

同上，卷二十七《舞曲歌辭》：

《宋前後舞歌》。（《宋書·樂志》曰："武帝永初元年，改晋《正德舞》曰《前舞》，《大豫舞》曰《後舞》，并蕤賓厢作。孝武孝建二年九月，建平王宏議以爲：'祖有功而宗有德，故漢高祖廟樂稱《武德》，太宗廟樂曰《昭德》。魏制《武始》，舞武廟；制《咸熙》，舞文廟。則祖宗之廟，别有樂名。晋氏之樂《正德》《大豫》，及宋，不更名，直爲前後二舞。依據昔代，議舛事乖，宜釐改，權稱以《凱容》爲韶舞，《宣烈》爲武舞，祖宗廟樂總以德爲名。若廟非不毁則樂無别稱，猶漢高、文、武咸有嘉號，惠、景二主樂無餘名，章皇太后廟唯奏文樂，明婦人無武事也。郊祀之樂無復别名，仍同宗廟而已。'詔如宏議。"《古今樂録》曰："宋孝武改《前舞》爲《凱容》之舞，《後舞》爲《宣烈》之舞。"）

《前舞歌》，王韶之。（歌辭略，下同。）

《後舞歌》。

同上，衍録卷三《歷代名氏（評論辯解）》：

王韶之。（字休泰，偉之之子。晋義熙中除著作郎，復補通直郎領西省事。武帝受命，加驍騎將軍。少帝時出爲吴郡太守，徵爲祠部尚書，加給事中。）（《文淵閣四庫全書》本）

梅鼎祚《宋文紀》卷十二《王韶之》：

王韶之。（字休泰，琅邪臨沂人。廙曾孫，歷吴興太守。）

《駁贖罪啓》《駁員外散騎侍郎王寔之請假事》《潘綜吴逵察孝廉符》（文略。）

同上，卷十八《有司廟祀歌辭奏》：

（武帝永初元年七月，有司奏；十二月有司又奏，并詔可。）

皇朝肇建，廟祀應設雅樂，太常鄭鮮之等八十八人各撰立新歌。黄門侍郎王韶之所撰《歌辭》七首，并合施用。

又奏：依舊正旦設樂，參詳屬三省，改太樂諸歌舞詩。黄門侍郎王韶之立三十二章，合用教試，日近，宜逆誦習，輒申攝施行。（《文淵閣四庫全書》本）

彭大翼《山堂肆考》卷五十九臣職史官《議論可觀》：

宋王韶之私撰《晋陽秋》，成時，謂宜居史職，即除著作佐郎，使續後事，訖義熙九年。善叙事理，議論可觀，號爲後世佳史。（《四庫類書叢刊》本）

董斯張《廣博物志》卷二十七《藝苑二（史）》"王韶之"條：

王韶之，字休泰，琅琊臨沂人也。私撰《晋陽秋》，即成，時人謂之宜居史職，即除著作佐郎，使續後事，訖義熙九年。善叙事，辭論可觀，爲後代佳史。

同上，"晋史洛京時"條：

晋史洛京時……時所稱晋江左史官，自鄧粲、孫盛、王韶之、檀道鸞已下相次繼作，遠則偏記兩帝，近則唯叙六朝。（《四庫類書叢刊》本）

董斯張《吴興備志》卷三官師徵第四之二"王韶之"條：

王韶之，字休泰，臨沂人。晋世遷黄門侍郎，領著作爲《晋史》，序王珣貨殖、王廞作亂。珣子弘，廞子華，并貴顯，韶之懼爲之陷，深結徐羡之、傅亮等。景平元年爲吴興太守。羡之被誅，王弘入爲相，領揚州刺史。韶之在郡，常慮爲弘所繩，夙夜勤厲，政績甚美，弘亦抑其私憾。在任積年，稱爲良守，加秩中二千石，徵爲吏部尚書。元嘉十二年，再爲吴興太守。（《宋書》。）

同上，卷十三笄褘徵第六"王韶之"條：

王韶之，少有志尚，當世詔命表奏，輒手自書寫。義熙隆安時，事大小悉撰録。位琅琊郎中令。韶之家貧好學，嘗三日絶糧而執卷不輟，家人謂之曰："困窮如此，何不耕？”答曰：“吾嘗自耕耳。”父偉之，爲烏程令，韶之因居縣境。好史籍，博涉多聞。初爲衛將軍謝琰行參軍，得父舊書，因私撰《晋安帝陽秋》。及成，時人謂宜居史職，後爲吴興太守，撰《孝傳》一卷，文集行於世。宋廟歌辭，韶之所製也。（《宋史》。）

同上，卷二十一祥孽徵第十七“宋元嘉三年”條：

宋元嘉三年閏正月己丑，甘露降吴興烏程，太守王韶之以聞。

同上，卷二十五書畫徵第二十一“王道迄烏程人”條：

王道迄，烏程人。涉學善書，形貌又美，太守王韶之謂人曰：“有子弟如王道迄，無所少。”始興王濬以爲世子師，補中書令史。弟道隆亦知書。（《宋書》。）（嘉業堂，1939年）

周嬰《巵林》卷四《述洪·歷代史》：

述曰：文士立言莫鉅於史，其傳者若星雲麗天，春花揚采；不傳者時見於軼書，若睹鳳片羽，足驗五德，或見虎一毛，不知其斑，非獨以文之工拙、才之優劣故也。蓋亦有幸不幸焉。……晋書有干寶《紀》二十三卷……宋吴興太守王韶之《晋安帝陽秋》三卷，又《晋紀》十卷……（《叢書集成初編》本）

顧炎武《唐韻正》卷一上平聲一·東：

邦。（宋王韶之《殿前登歌》：“既習威儀，亦閑禮容。一人有則，作孚萬邦。”）（《文淵閣四庫全書》本）

倪濤《六藝之一録》卷一百一石刻文字七十七《安吉州碑記》：

《吴興山墟名》，張元之作。又云晋吴興太守王韶之撰。（《文淵閣四庫全書》本）

汪琬《堯峰文鈔》卷五經解四《春秋論三》：

《春秋》魯宣公二年秋九月，晋趙盾弑其君夷皋，於是左邱明、公羊高、穀梁赤三子以爲弑君者趙穿也。經之與傳，其説宜何從？汪子曰：三子者之説，非有大悖於孔子也。當是之時，使穿不得盾必不敢行其事，使盾不得穿必不能遂其謀。何以言之？予嘗略考史書所載簒國之臣，若趙高之弑二世也，使閻樂；司馬昭之弑高貴鄉公也，使成濟、成倅；劉裕之弑晋安帝也，使王韶之；其弑恭帝也，使褚淡之兄弟；朱全忠之弑昭宗也，使朱友恭氏叔琮。夫是數人者欲爲簒逆，必先授意於其黨，其黨亦樂爲之用。此與趙盾之事何異？辟之於盗，群盗行劫，其一雖不行，而實陰主其謀，是則劫之魁也，反不謂之盗乎？故三子者之説，非有大悖於孔子也。孔子誅其心，三子者舉其事也。（《四部叢刊初編》本）

朱彝尊《經義考》卷二百七十四擬經七：

王氏（韶之。）擬《肆夏》詩。存。

《宋書·樂志》："王韶之造《四厢樂歌》五篇，一曰《肆夏》。"

《南齊書·樂志》："元會大饗四厢樂，齊微改革，多仍宋舊辭。其臨軒樂亦奏《肆夏》。"

《隋書·樂志》："北齊元會大饗賓，入門四厢，奏《肆夏》。"

《古今樂録》曰："《周禮》王出入奏《王夏》，賓出入奏《肆夏》。《肆夏》本施之於賓，王出入不應奏《肆夏》也。"

同上，卷二百七十六擬經九：

檀氏（道鸞。）《續晋陽秋》。《隋志》二十卷。佚。

《隋志》："宋永嘉太守檀道鸞撰。劉知幾曰：晋江左史官，自鄧粲、孫盛、王韶之、檀道鸞已下，相次繼作。遠則偏記兩帝，近則惟序六朝。"（中華書局，1998年）

王士禛《居易録》卷十七"杜氏編珠四卷"條：

隋世類書僅見此，如《初學記》《北堂書鈔》之例，但差簡耳。所引多緯書，如《靈憲》《河圖括地象》《易緯》《易通卦驗》《易飛候》《春秋説文》《元命包》《尚書中候》《師曠占》《孝經援神契》《春秋曆序風角》之屬，若任豫《益州記》、鄭緝之《東陽記》、徐先生《南嶽記》、庾仲雍《荆州記》、羅含《湘中記》、黄閔《武陵川記》、王韶之《始興記》、王孚《安成記》、史筌《武昌記》、桓氏《臨汝記》、沈氏《南越志》、盛弘之《荆州記》、孔曄《會稽記》、孔靈符《會稽記》、石虎《鄴中記》、伏琛《齊地記》《三齊略記》、雷次宗《豫章記》、楊佺期《洛陽記》、裴淵《廣州記》、邱淵之《征齊道里記》、張僧鑒《潯陽記》、華延俊《洛陽記》……右諸書今多不傳，特録其目，公瞻，涿人。（《文淵閣四庫全書》本）

張英、王士禛等《淵鑑類函》卷三十四地部十二《澗二》：

王韶之《神境記》曰："九疑山半，其路皆蒼松翠竹，下夾清澗。澗中多黄色蓮花，秋夏時香氣盈谷。"

同上，卷六十九設官部九《史官三》：

議論可觀。（又曰："宋王韶之私撰《晋陽秋》成，時謂宜居史職，即除著作佐郎，使續後事，訖義熙九年。善叙事理，議論可觀，號爲後世佳史。"）（上海古籍出版社，2008年）

陳元龍《格致鏡原》卷四十六樂器類二《琴》：

古琴名……西省晨風。（王韶之琴名。）

同上，卷七十七鳥類一・鶴：

王韶之《神鏡記》：滎陽郡西有蘭岩山，常有雙鶴素羽皦然，日夕偶形翔集。傳云昔夫婦俱隱此山，年數百歲，化成此鶴。忽一旦，一鶴爲人所害，其一鶴歲常哀鳴，至今響動岩谷，莫知年歲。（《四庫類書叢刊》本）

張玉書等《佩文韻府》卷二十三之六下平聲八庚韻六・清：

太清。（王韶之有《太清記》，録上饒之民以新。）（上海古籍書店，1983年）

張廷玉等《騈字類編》卷九十四數目門十七・四：

四懸。（王韶之《開封府君歌》："四懸既序，簫管既舉。"）

同上，卷一百十八方隅門六・南：

南木。（王韶之《贈潘綜吴逵舉孝廉詩》："東寶惟金，南木有喬，發輝曾崖，竦幹重霄。"）

同上，卷二百三十七補遺人事門十三・養：

養音。（王韶之《贈潘綜吴逵舉孝廉詩》："育翮幽林，養音九皋。"）（中國書店，1984年）

玄燁《御製詩》四集卷四十九《宋高祖》：

起兵討桓元，壯氣如雄虹。自幼有大志，欲挽天河絳。忠晋而不終，原爲已謀枘。即真能節儉，示後重耕稷。傅亮王韶之，助惡誠愚蠢。卓哉淵明翁，隱去柴桑巷。（《文淵閣四庫全書》本）

嵇曾筠等《浙江通志》卷首《浙江通志序》：

按浙省記載，自左氏《吴語》《越語》而後，有《越絶》《吴越春秋》之作，遂爲志乘嚆矢。至漢分吴、會、丹陽爲三郡，有《三郡記》，吴朱育作《會稽土地記》、韋昭著《吴興録》，而晋孔曄、賀循并有《會稽記》，王韶之有《吴興郡疏》，鄭緝之有《東陽記》、有《永嘉郡記》，梁吴均有《入東記》。若唐陸羽之志吴興，宋周淙之志臨安，羅濬之志四明，施宿之志會稽，陳耆卿之志赤城，衛玠之志信安，董弅之志新定，皆是也。沿及元、明，十一郡先後各有府志，要皆自爲一郡之記載，而未有薈萃之者。

同上，卷一百十一職官一吴興郡太守：

王韶之，字休美。再任。

同上，卷一百七十九人物六文苑二湖州府南北朝：

王韶之。（《宋書》本傳："字休嘉。父偉之，爲烏程令，因居縣境。好史籍，博涉多聞。泰元、隆安時事，小、大悉撰録之，韶之因此私撰《晋安帝陽秋》。既成，時人謂宜居史職，即除著作佐郎，使續後事，訖義熙九年。善序事，詞論可觀，爲後代佳史。高祖受禪，復掌《宋書》，後爲吴興太守。卒，《七廟歌詞》，韶之制也，文集行於世。"）

同上，卷二百五十三經籍十三兩浙志乘：

《吴興郡疏》一卷。（闕守王韶之撰。）

《吴興山墟名》二卷。（西吴里語張元之作。又云王韶之作。）

同上，卷二百六十四藝文六《吴興藝文補序》（明陳以誠）：

吴興爲江左清樂之國，六代名賢，至從人主，上章請郡，風流政績，焜耀湖山，而文事亦日以富有。當時宦游其地者類能編纂故實，如《吴興郡疏》出晋太守王韶之手，《入東紀》出梁主簿吴均手，《雜録地紀》出唐刺史張文規、顔真卿手，《統紀》出宋長史左文質手，豈自公之暇，偏於此地，獨多抑學優之長，獨於數公偏授也。後世刑名錢穀之累較煩，吏其土者數未搔墨，且至弗遑寢溲，於是册府之權旁落不收，而寓公逸客起而操之。（《文淵閣四庫全書》本）

謝旻等《江西通志》卷四十古迹・撫州府：

棲霞樓。王韶之記，城西百餘步有棲霞樓，臨川王營置，清暑游焉。羅君章居之，因名爲羅公洲樓。下洲上果竹交蔭，長楊旁映，高梧前疏，雖即城隍，趣同邱壑。

同上，卷四十一古迹・饒州府：

堯故亭。王韶之記，堯山下有平陵，陵上有古大堂基十餘處，雖已夷漫而猶可識，謂曰堯故亭。父老相傳，堯南巡登此山，故亭即其行宫。

按《傳》稱帝堯茅茨土階，爲古來第一恭儉之主，豈其行宫乃有大堂十餘處耶？王記頗涉不經，姑録之以俟考古者訂正。（《文淵閣四庫全書》本）

邁柱等《湖廣通志》卷十一《山川志》長沙府寧遠縣：

青澗。王歆之《神境記》：九疑山過半路皆行竹松下，夾路有青澗，澗中有黄色蓮花，芳氣竟谷。（《文淵閣四庫全書》本）

張廷玉等《明史》卷三百三十列傳第二百十八西域二西番諸衛：

西番，即西羌，族種最多，自陝西歷四川、雲南西徼外皆是。其散處河、湟、洮、岷間者，爲中國患尤劇。漢趙充國、張奂、段熲、唐哥舒翰，宋王韶之所經營，皆此地也。（中華書局，1974年）

允禄等《御製律吕正義後編》卷八十二樂制考五南朝宋《武宗永初元年定廟祀樂》：

有司奏："皇朝肇建，廟祀應設雅樂，乃晋樂也。太常鄭鮮之等各撰立新歌，黄門侍郎王韶之所撰歌辭七首，并合施用。"詔可。有司又奏："依舊正旦設樂，改大樂諸歌辭詩。"王韶之立三十二章，合用教試，日近宜逆誦習。輒申攝施行。"詔可。又改《正德舞》曰《前舞》，《大豫舞》曰《後舞》。（《文淵閣四庫全書》本）

秦蕙田《五禮通考》卷九十吉禮九十《宗廟時享》"元徽二年十月丙寅"條：

《樂志》：《宗廟登歌》八篇，王韶之造。（歌辭略。）

同上，"南齊書樂志太廟樂歌辭"條：

晋泰始中，傅玄造宗廟夕牲《昭夏歌》一篇，迎送神《肆夏歌詩》一篇、《登歌七廟》七篇。玄云《登歌》歌盛德之功烈，故廟異其文。至於饗神，猶《周頌》之《有瞽》及《雍》，但説祭饗神明禮樂之盛，七廟饗神皆用之。夏侯湛又造《宗廟歌》十三篇，宋世王韶之造《七廟登歌》七篇。昇明中，太祖爲齊王，令司空褚淵造《太廟登歌》二章。建元初，詔黄門侍郎謝超宗造《廟樂歌詩》十六章。永明二年，尚書殿中曹奏："太祖高皇帝廟神室奏高德宣烈之舞，未有歌詩，郊應須歌辭；穆皇后廟神室亦未有歌辭。案傅玄云《登歌》廟異其文，饗神十室同辭，此議爲允。又尋漢世歌篇，多少無定，皆稱事立文，并多八句。然後轉韻時有兩三韻而轉，其例甚寡。張華、夏侯湛亦同前式。傅玄改韻頗數，更傷簡節之美。近世王韶之、顔延之并四韻乃轉，得賒促之中。顔延之、謝莊作三廟歌，皆各三章，章八句。此於序述功業詳略爲宜，今宜依之。郊配之日改降尊作主，禮殊宗廟，穆后母儀之化，事異經綸，此二歌爲一章八句，別奏事御奉行。”詔可。尚書令王儉造太廟二室及郊配辭。

同上，卷一百三十六嘉禮九《朝禮》“宋書樂志宋武帝”條：

《宋書・樂志》：“宋武帝永初元年十二月，有司又奏依舊正旦設樂，参詳屬三省改大樂諸歌舞詩。黄門侍郎王韶之立三十二章，合用教試，日近宜逆誦習。輒申攝施行。詔可。”

《宋四廂樂歌》五篇，王韶之造。（歌辭略。）

《宋前舞後舞歌》二篇，王韶之造。（歌辭略。）

同上，“南齊書樂志元會大饗四廂”條：

《南齊書・樂志》：“元會大饗四廂樂歌辭，宋黄門郎王韶之造：《肆夏》四章，《行禮》一章，《上壽》一章，《登歌》三章，《食舉》十章，《前後舞歌》一章。齊微改革，多仍舊辭。其《前後舞》二章新改。其臨軒樂，亦奏《肆夏・於鑠》四章。”（歌辭略。）（《文淵閣四庫全書》本）

永瑢等《欽定歷代職官表》卷十九都察院下歷代建置下：

《宋書・百官志》：給事中無員。

謹案，《南史・王韶之傳》稱韶之徵爲祠部尚書，加給事中。是宋世亦以爲加官也。

同上，卷二十一通政使司：

《晋書・齊王冏傳》：冏率衆入洛，頓軍通章署。

謹案，晋制初以通事舍人掌呈奏案，而《南史・王韶之傳》稱晋帝自孝武以來常居内殿，武官主書於中通呈，則後又改用武人。然此皆居中呈進之職，其在外受章奏者，史不詳爲何官。以歷代通制考之，當亦屬之公車令也。至《齊王冏傳》所云通章署，疑即通章表之地，故有此名。而規制已不可考，今附見於此，以備参核焉。（《文淵閣四庫全書》本）

乾隆《大清一統志》卷一百四十一・沂州府二・人物：

王韶之。（字休泰，裕之從祖弟。家貧好學，私撰《晋安帝陽秋》，及成，時人謂宜居館職，即除著作佐郎，使續後事，辭論可觀。武帝時，遷黄門侍郎。少帝即位，出爲吴郡太守，徙吴興，卒。撰《孝傳》三卷。）（《文淵閣四庫全書》本）

章宗源《隋書經籍志考證》卷六地理：

《神境記》。（卷亡，王韶之撰，不著録。）

《太平御覽·地部》："滎陽縣蘭巖山有雙鶴，云昔有夫婦隱此山化成鶴。"（羽族部同。）又"九嶷有青澗，中有黄色蓮花，芳氣竟谷，人事部滎陽有靈源山，有石髓紫芝"。（百卉部同。）并引王韶之《神境記》。

同上，卷十三雜傳：

《孝子傳贊》三卷。（王韶之。）

《唐志》："《傳》十五卷，《贊》三卷。"《藝文類聚·鳥部》："李陶母終，群鳥銜塊助成墳。"《初學記·天部》："竺彌父生時畏雷，每天陰輒至墓悲哭。"

《北堂書鈔·衣冠部》："竺彌父母亡，冬不衣襦袴。"《太平御覽·人事部》《刑法部》："周青女姑誣青害殺公姑，縣刑青於市，血緣幡竿上天。"并引王韶之《孝子傳》。（"韶"《初學記》作"歆"。）（《二十五史補編》本）

秦榮光《補晋書藝文志》卷二史部編年類：

《晋紀》。（案《舊唐志》作《崇安紀》十卷。）

《晋安帝陽秋》。（上二種并王韶之撰。案《玉海》云："韶之私撰國史，除著作郎，使續後事，訖義熙九年。善叙事，詞論可觀，爲歷代佳史。"《史通》作"王韶《晋安陸紀》"，浦氏《通釋》云："'陸'當作'帝'，《晋安帝紀》即此《陽秋》也。"案書，王韶之字休泰，此以屬對省之字。《北史》有王韶，乃隋之武臣。《南史·蕭韶傳》曰："昔王韶之《魏隆安紀》言晋末之亂離。"據此《史通》，"安陸"乃"隆安"之訛。）

同上，地理類：

《神境記》。（王韶之撰，據《御覽》引。）

同上，卷三子部小説類：

《神境記》。（王韶之撰，據《御覽》引。）（《二十五史補編》本）

姚振宗《隋書經籍志考證》卷十二史部二古史類：

《晋紀》十卷，宋吴興太守王韶之撰。

《宋書》本傳："韶之，字休泰，琅邪臨沂人。曾祖廙，晋驃騎將軍。韶之家貧，父偉之，爲烏程令，因居縣境，好史籍，博涉多聞。初爲衛將軍謝琰行參軍，偉之少有志尚，當世詔命表奏輒自書寫，泰元、隆安時事小大悉撰録之，韶之因此撰《晋安帝陽秋》，既成，時人謂宜居史職，即除著作佐郎，使續後事，訖義熙九年。善叙事，辭論可觀，爲後代佳史。"又曰："韶之爲晋史，叙王珣貨殖、王廞作亂，珣子弘、廞子華并貴顯，韶之懼爲所陷，深結徐羡之、傅亮等。元嘉十二年，由祠部尚書給事中爲吴興太守，其卒年五十六。"又曰："荀伯子，潁川陰人也，少好學，博覽經傳，著作郎徐度重其才學，舉伯子及王韶之并爲佐郎，助撰《晋史》，及著桓玄等傳。"（按此稱徐度，似徐光之誤。）

《南史·蕭韶傳》："湘東王曰：'昔王韶之爲《隆安紀》十卷，説晋末之離亂。'"

《文心雕龍·史傳篇》："至於晋代之書繁乎著作，陸機肇始而未備，王韶續末而不終。"（按《史通》言陸紀列紀三祖或未及於武帝，故云肇始未備。又義熙蓋十四年，其後又有恭帝，元熙二年始禪位於宋，此紀止於義熙九年，故云續末不終。）

《唐書·經籍志》："《崇安記》十卷，王韶之撰。"

《唐書·藝文志》雜史類："王韶之《崇安記》十卷。"

章氏《考證》：按《世説》注《初學記》所引并題"韶之《晋安帝紀》"。新、舊《唐志》則稱韶之《崇安記》，他書徵引，大抵皆安帝事，故題《晋安帝紀》，義熙改元隆安。（常云安帝改元隆安，此誤。）《唐志》諱"隆"故作"崇"。《類聚·人部》、《御覽·職官部》《獸部》《竹部》，并《香部》引四事，《續晋安帝紀》獸部一事，吴淑《事類賦》注亦引之，題"續書林晋安帝紀"，"書林"二字，未詳。兩《唐志》又有周祗撰《崇安記》二卷。（清華大學出版社，2014年）

聶崇岐《補宋書藝文志》貳史部古史類：

《晋紀》。（十卷。兩《唐志》作"《崇安記》十卷"，章宗源謂"崇安即隆安"。）王韶之撰。

《晋安帝陽秋》。（不知卷數，見《宋書》"六十"。）王韶之撰。

同上，雜傳類：

《孝子傳》。（十五卷，見兩《唐志》。）王韶之撰。

《孝子傳贊》。（三卷，見《新唐志》《隋志》有王韶之《孝子傳贊》。）王韶之撰。

同上，地志類：

《南康記》，王韶之撰。

《神境記》，王韶之撰。

同上，肆集部别集類：

《王韶之集》。（二十四卷。）

同上，總集類：

《晋宋雜詔》。（九卷。）王韶之撰。（《二十五史補編》本）

徐崇《補南北史藝文志》卷一南史史之類别史：

《晋安帝陽秋》。

王韶之撰，見《本傳》。《宋書》同。《隋·經籍志》晋紀十卷，王韶之撰。按《南史·韶之傳》："韶之得父偉之舊書，因私撰《晋安帝陽秋》，及成，時人謂宜居史職，即除著作佐郎。使續後事，訖義熙九年。善叙事，辭論可觀。"又《蕭韶傳》湘東王謂韶曰"昔王韶之爲《隆安記》十卷"，知《晋安帝陽秋》一名《隆安記》。

同上，雜傳：

《孝傳》三卷。

王韶之撰，見《本傳》。《宋書·韶之傳》未載，《隋·經籍志》："《孝子傳贊》三卷，宋王韶之撰。"

同上，集之類别集：

《王韶之集》。見本傳。《宋書》同。《隋·經籍志》注《王韶之集》二十四卷，亡。又注《王韶之集》十九卷。按《南史·韶之傳》爲吴興太守，卒，文集行於世。（《二十五史補編》本）

案：清人秦榮光《補晋書藝文志》子部小説家類著録《神境記》，題"王韶之撰"。

王韶之（380—435年），字休泰，琅邪臨沂（今屬山東）人。南朝宋史學家、文學家。《宋書》《南史》均有傳。曾祖廙，晋驃騎將軍。祖羡之，鎮軍掾。父偉之，本國郎中令。韶之家貧，父曾爲烏程令，因居縣境。好博覽史籍，嘗三日絶糧，而讀書不輟。偉之嘗自書寫泰元、隆安時事，韶之因此私撰《晋安帝陽秋》。既成，時人謂宜居史職，即除著作佐郎，續《晋史》至義熙九年（413年）。善叙事，辭論可觀，被譽爲佳史。遷尚書祠部郎（亦稱西省郎），轉中書侍郎。安帝不慧，自少及長口不能言，雖寒暑之變無以辨。劉裕使韶之與帝左右密加酖毒之。恭帝即位，遷黄門侍郎，領著作郎，西省如故。凡諸詔奏，皆其辭。劉裕受禪代晋，加驍騎將軍，本郡中正、黄門如故。西省職解，復掌《宋書》。坐璽封謬誤，免黄門。其領著作撰《晋史》時，曾叙王珣貨殖、王廞作亂。後珣子弘，廞子華并貴顯，韶之懼爲所陷，深結徐羡之、傅亮等。少帝即位，遷侍中，驍騎如故。景平元年（423年）出爲吴興太守。羡之被誅，王弘入爲相，領揚州刺史。韶之在郡，常慮爲弘所繩，夙夜勤厲，政績甚美，弘亦抑其私憾。太祖兩嘉之。在任積年，稱爲良守，加秩中二千石。元嘉十年（433年），徵爲祠部尚書，加給事中。坐去郡長取送故，免官。十二年（435年），又出爲吴興太守。卒，時年五十六。宋七廟歌辭，均爲韶之所制，今存。著《晋安帝陽秋》《晋紀》《晋宋雜詔》《孝子傳》《始興記》《南康記》等，有文集二十四卷，多散佚。子曄，官尚書駕部外兵郎、臨賀太守。

《神境記》，不見於正史本傳，卷數亦未詳。唐歐陽詢《藝文類聚》引《神境記》三條，其卷八十二草部下引九疑山清澗條，題“王歆之”，另兩條未題撰者。宋高似孫《緯略》卷六《舜祠弦歌聲》引《神境記》九疑山青澗一條，亦署“王歆之”。《太平御覽·經史圖書綱目》著録有“王韶之《神境記》”，全書引用共六條，一條未署撰者，五條均題“王韶之”，卷九百九十九百卉部引九嶷山青澗條亦題“王韶之”。此外，《説郛》中載有五條，撰者爲“王韶之”。清人編輯《淵鑒類函》引用《神境記》三條，一條未題撰人，兩條均署“王韶之”。而陳元龍《格致鏡原》引用九疑山清澗條，則題“王歆之”。因此，《神境記》撰者尚難確定，今暫據《太平御覽》定爲南朝宋王韶之。該書已佚，今僅存佚文八條，均記神仙境地異景異物。

孔氏志怪（孔氏志怪書　志怪）

案：清人秦榮光《補晋書藝文志》子部小説家類著録《孔氏志怪》四卷，注云："《世説》注引有'毓爲魏司空，冠蓋相望，蓋相承至今'語，知爲晋撰矣。《文苑英華》顧况《廣異記》序稱'孔慎言志怪'，殆即此書。"

《孔氏志怪》，也作《孔氏志怪書》，簡稱《志怪》。《隋書·經籍志》史部雜傳類最早著録《志怪》四卷，題孔氏撰。《舊唐書·經籍志》同。《新唐書·藝文志》作《孔氏志怪》，入子部小説家類。《太平御覽》《蒙求集注》等皆引作《孔氏志怪》。《孔氏志怪》相關資料見本書第四卷《兩唐書藝文經籍志著録小説資料集》,此從略。

甄異記（甄異傳　甄異録）

案：清人秦榮光《補晋書藝文志》子部小説家類著録《甄異記》，題戴祚撰。

《甄異記》又名《甄異傳》或《甄異録》。《隋志》史部雜傳類最早著録《甄異傳》三卷，題晋西戎主簿戴祚撰。《舊唐志》同，惟“祚”誤作“異”。《新唐志》入子部小説家類，卷數與撰人同。《通志略》傳記類著録《甄異傳》三卷，題戴祚撰。《宋志》不載，疑元時已佚。《甄異記》（《甄異傳》《甄異録》）相關資料見本書第四卷《兩唐書藝文經籍志著録小説資料集》,此從略。

神異記

釋道宣《廣弘明集》卷十二《决對傅奕廢佛僧事（并表）》（釋明概）：

《化胡經》，王浮所制。或取盤古之傳，或取諸子之篇，假認俗書，以爲道教，偷竊釋典，持作老經。

同上，卷十三《辨正論（并序）》（釋法琳）：

姜斌以集詐徙質，王浮以造僞殃身。皆驗之於耳目，非取與之虛談。其崇敬也如此，其疵讟也如彼。

同上，《九箴篇》：

外論曰……《桑門浮圖經》，老子所作。（案：晋世道士王浮改《西域傳》爲《明威化胡經》，乃稱老子。）（《四部叢刊初編》本）

釋道世撰，周叔迦、蘇晋仁校注《法苑珠林校注》卷五十五破邪篇第六十二《妄傳邪教第三》：

晋時道士王浮造《明威化胡經》。（中華書局，2003年）

智昇撰，富世平點校《開元釋教録》卷二下"沙門白遠"條：

又見祭酒王浮及道士基公次被杻械，求祖懺悔。昔祖平素之日與浮每争邪正，浮屢屈，既瞋，不自忍，乃作《老子化胡經》以誣謗佛法，殃有所歸，故死方思悔耳。

同上，卷十八别録中僞妄亂真録第七：

《正化内外經》二卷。（一名《老子化胡經》。《傳録》云："晋時祭酒王浮作。"）（中華書局，2018年）

釋法琳撰，陳子良注《辯正論》卷五《佛道先後篇第三》：

《晋世雜録》云："道士王浮每與沙門帛遠抗論，王浮屢屈焉。遂改换《西域傳》爲《化胡經》，言喜與聃化胡作佛，佛起於此。”（斐子野《高僧傳》云：“晋慧帝時沙門帛遠字法祖，每與祭酒王浮一云道士基公次，共諍邪正，浮屢屈焉。既瞋不自忍，乃托《西域傳》爲《化胡經》，以謗佛法，遂行於世。人無知者，殃有所歸致患累載。”《幽明録》云：“蒲城李通死，來云：見沙門法祖，爲閻羅王講《首楞嚴經》。又見道士王浮，身被鎖械求祖懺悔，祖不肯赴，孤負聖人，死方思悔。”）（《大正新修大藏經》本）

李昉等《太平御覽》經史圖書綱目：

王浮《神異記》。

同上，卷六百五十六釋部四《異僧下》：

少時，有一人姓李名通，死而更蘇，云見祖法師在閻羅王處，爲王講《首楞嚴經》，云講畢往忉利天。又見祭酒王浮被鎖械，求祖懺悔。昔祖平素之日與浮論争邪正，浮屢屈，既瞋，不自忍，乃作《老子化胡經》以誣謗佛法，殃有所歸，故死方思悔。

同上，卷八百六十七飲食部二十五《茗》：

王浮《神異記》曰：餘姚人虞洪入山采茗，遇一道士，牽三青牛，引洪至瀑布山，曰：“吾丹邱子也，聞子善具飯，常思見惠。山中有大茗，可以相給。祈子他日有甌蟻之餘，不相遺也。”因立奠祀，後令家人入山，獲大茗焉。（中華書局，1961年）

樂史著，王文楚等點校《太平寰宇記》卷一百五江南西道三《太平州・當塗縣》：

金牛渚在縣西北十里，東方朔《神異記》云：有銅與金相似。又云：昔有金牛起於此山，入牛渚坎，穴猶存。（中華書局，2007年）

曾慥《類説》卷二十八《異聞集・神異記》：

進士包敬伯夜夢二黄衣人以符来召，同行道旁，入蕪穢破垣中，見一老婦語曰：“吾姓于氏，君之表姑也，生子崔宣，今爲郎中，不幸戾逆，使我三十年在殯，骸櫬暴露。今君的合放回，當使改卜。若以君言爲誣，則當上愬天帝，加厚誅滅。復祈君爲我寫《金光明經》一部，使我承其福力。”又行至一官府，判官云：“敬伯禄命未盡，本案誤追。”敬伯因問夭壽貴賤，答曰：“冥司事秘，法不當洩。”持簿以手掩紙，出兩行云：“包淑年三十五，釋褐明州奉化縣尉。”敬伯云：“未嘗名淑。”判官曰：“非誤也。”既蘇，見于氏子具陳前事，終不之信。

明年，其人受朱泚僞署，賊平，全家坐極刑。後敬伯上封事，令金吾書吏夏淑繕寫，其後日月姓名之際，淑誤自書其名。上佳其文，宣付宰相曰："上書人包淑，宜予一官。"遂授明州奉化縣尉。乃寫《金光明經》，飯僧以薦于氏。（《文淵閣四庫全書》本）

釋念常《佛祖歷代通載》卷十二唐"二月初五日"條：

晋世王浮造《化胡經》。

同上，卷二十一大元"大元至元辨僞録"條：

乙卯間，道士丘處機、李志常等毁西京天城夫子廟爲文城觀，毁滅釋迦佛像、白玉觀音、舍利寶塔，謀占梵刹四百八十二所，傳襲王浮僞語老子八十一化圖，惑亂臣佐。

同上，"辨曰夫仲尼入夢"條：

晋時王浮造《明威化胡經》。

同上，卷二十二《冒名僭聖僞十二》：

又古本《化胡經》云："我生何以晚，泥洹一何早。不見釋迦文，心中空懊惱。"此則老子自指於佛爲西方聖人也。

同上，《偷佛神化僞十四》：

欽奉聖旨禁斷道藏，僞經下項。（見者便宜收取。）

《化胡經》。（王浮撰。）（中州古籍出版社，2015年）

陳桱《通鑒續編》卷二十三"（丁巳）五年"條：

蒙古焚道士《化胡經》，復僧舍二百三十七區。（先是，道士丘處機、李真常、史至經、令狐璋等毁大同府天城夫子廟爲文城，毁佛刹四百八十二所，傳襲晋王浮《化胡經》，以非釋氏，群臣信之。）（《文淵閣四庫全書》本）

李時珍《本草綱目》卷一上序例上《引據古今經史百家書目》：

《神異記》。（人民衛生出版社，1982年）

嵇曾筠等《浙江通志》卷十五山川《紹興府·壓烏山》：

《紹興府志》：在縣西南十五里。東方朔《神異記》"亞父斷蕭山南嶺，將壓

於烏江”，蓋江東以擲爲摩云。（《文淵閣四庫全書》本）

張廷玉等《騈字類編》卷一百三十一方隅門十九·内：

内外。（隋《衆經目録》：“《正化内外經》二卷，一名《老子化胡經》，《傳録》云：晋時祭酒王浮作。”）（中國書店，1984年）

秦榮光《補晋書藝文志》卷三子部小説家類：

《神異記》。（王浮撰，據《御覽》引。）（《二十五史補編》本）

丁國鈞《補晋書藝文志》（子辰注）卷三丙部子録小説類：

《神異記》。（王浮。）

謹按：見《御覽》八百六十七飲食部。

同上，卷四經部集録道家：

《老子化胡經》二卷。（道士王浮。）

謹按：見隋《衆經目録》，舊題祭酒王浮，此據法琳《辨證論》改題詩書名《明威化胡經》，亦見《辯證論》注。

《晋書》雜録云：“（見《辯證論》引。）道士王浮每與沙門帛遠抗論，王屢屈，隨改换《西域傳》爲《化胡經》，言喜與聃化作佛，佛起於此。”《郡齋讀書志》作“十卷”，該後附議《化胡經》八狀，故卷帙增多也。（《日本現在書目》亦作“一十卷”。）（《二十五史補編》本）

文廷式《補晋書藝文志》卷四子部神仙家類：

王浮《老子化胡經》十卷。《高僧傳》卷一：“帛遠平素之日與王浮屢争邪正，浮瞋，不自忍，乃作《老子化胡經》誣謗佛法。”《郡齋讀書志》云：“魏明帝爲之序。”按裴松之《三國志注》言，世稱老子西入流沙，化胡成佛，其説蓋起於此。

同上，卷五子部小説家類：

王浮《神異記》。《御覽》八百六十七引此書虞洪入山遇丹邱子事。（《二十五史補編》本）

黄逢元《補晋書藝文志》卷三丙部子録小説家類八：

《神異記》。（王浮撰。）見《御覽》八百六十七。（《二十五史補編》本）

吴士鑒《補晋書經籍志》乙部史録雜傳類：

王浮《神異記》。（《太平御覽》。）（《二十五史補編》本）

魯迅《中國小説史略》第六篇《六朝之鬼神志怪書下》：

佛教既漸流播，經論日多，雜説亦日出，聞者雖或悟無常而歸依，然亦或怖無常而却走。此之反動，則有方士亦自造僞經，多作異記，以長生久視之道，網羅天下之逃苦空者，今所存漢小説，除一二文人著述外，其餘蓋皆是矣。方士撰書，大抵托名古人，故稱晋宋人作者不多有，惟類書間有引《神異記》者，則爲道士王浮作。浮，晋人，有淺妄之稱，即惠帝時（三世紀末至四世紀初。）與帛遠抗論屢屈，遂改换《西域傳》造老子《明威化胡經》者也。（見唐釋法琳《辯正論》六。）其記似亦言神仙鬼神，如《洞冥》《列異》之類。（上海古籍出版社，1998年）

案：秦榮光《補晋書藝文志》子部小説家類著録《神異記》，題王浮撰，未題卷數。丁國鈞《補晋書藝文志》、文廷式《補晋書藝文志》、黄逢元《補晋書藝文志》著録同。吴士鑒《補晋書經籍志》入史録雜傳類。

王浮（生卒年不詳），西晋道士。曾爲天師道祭酒（即道士頭領）。晋惠帝時，與沙門帛遠（字法祖）争論佛道邪正，王浮不能勝，“既意不自忍，乃作《老子化胡經》，以誣謗佛法”（《出三藏記集·法祖法師傳》）。《老子化胡經》，一名《明威化胡經》，又名《正化内外經》。謂老子曾入印度，化身爲釋迦佛以教化胡人，是其與佛教徒帛遠争論的産物。另著有志怪小説《神異記》，正史《藝文志》或《經籍志》未見著録，首見於《太平御覽》卷八百六十七飲食部引。

《神異記》原書已散佚，佚文散存於《太平御覽》《太平廣記》《事類賦注》《太平寰宇記》等書中。魯迅《古小説鉤沉》輯得八條，僅三條完整，“見春山柚”條見載於《神異經·東方經》。由於《神異經》《神異記》《神異録》《神異志》名易相混，古人引文標注書名常常不甚嚴謹，一書多名或一名多書現象屢見不鮮，要準確判斷頗爲困難，衹好存其大概。

述異記（祖沖之述異記）

案：秦榮光《補晋書藝文志》子部小説家類著録《述異記》十卷，題祖沖之撰。陳述《補南齊書藝文志》子部小説家類著録同。

《隋書·經籍志》史部雜傳類著録《述異記》十卷，題祖沖之撰，《舊唐書·經籍志》同；《新唐書·藝文志》《通志·藝文略》改録於子部小説家類，卷數與撰者同。然而，《崇文總目》著録有《述異記》二卷，題任昉撰。此後，《郡齋讀書志》《遂初堂書目》《宋史·藝文志》《世善堂書目》《孫氏祠堂書目》等均著録任昉《述異記》二卷。《郡齋讀書志》云："《述異記》二卷，右梁任昉撰。昉家藏書三萬卷。天監中，采輯前代之事，纂新述異，皆時所未聞，將以資後來屬文之用，亦博物之意。《唐志》以爲祖同所作，誤也。"不過，《太平御覽》《册府元龜》等書均載有祖沖之《述異記》佚文，《國史經籍志》《絳雲樓書目》《續通志》等也載録有祖沖之十卷本《述異記》，雖然明及以後書目多載二卷本《述異記》，題任昉撰，却不能因此否定原有十卷本祖沖之《述異記》。考祖沖之本傳，曾言造《綴術》數十篇，或爲史志所録之十卷本《述異記》。《北堂書鈔》《藝文類聚》《初學記》《法苑珠林》《太平廣記》《類説》等書皆載録有《述異記》佚文，然都不題撰人，是否祖氏之書難以確定。而《太平御覽》引録《述異記》既有署名爲祖沖之者，亦有署名爲任昉者。明李時珍《本草綱目》纂輯書目同樣既有祖沖之《述異記》，也有任昉《述異記》，説明祖、任二人都撰有以《述異記》爲名之書。對於《述異記》作者，向來多有疑問，清王謨《〈述異記〉跋》以爲祖沖之、任昉二人當時各有記，隋、唐《志》或偶失載任氏《述異記》。因此，《四庫全書總目提要》云："案《隋志》先有祖沖之《述異記》十卷，《唐志》蓋沿其舊文。以爲別自一書，則可；以爲誤題祖沖之，則史不誤，而公武反誤矣！"所論甚是。《述異記》相關資料見本書第四卷《兩唐書藝文經籍志著録小説資料集》，此從略。

山海經圖畫贊

郭茂倩《樂府詩集》卷二十七相和歌辭相和曲中《薤露》（張駿）：

在晋之二葉（一作世。），皇道昧不明。主暗無良臣，艱（一作奸。）亂起朝廷。七柄失其所，權綱喪典刑。愚猾窺神器，牝鷄又晨鳴。哲婦逞幽虐，宗祀一朝傾。儲君縊新昌，帝執金墉城。禍釁萌宮掖，胡馬動北垌。三方風塵起，獫狁竊上京。義士扼素腕，感慨懷憤盈。誓心蕩衆狄，積誠徹昊靈。

同上，卷三十七相和歌辭瑟調曲《東門行》（張駿）：

勾芒御春正，衡紀運玉瓊。明庶起祥風，和氣翕來征。慶雲蔭八極，甘雨潤四垌。昊天降靈澤，朝日耀華精。嘉苗布原野，百卉敷時榮。鳩鵲與鶯黄，間關相和鳴。芙蓉覆靈沼，香花揚芳馨。春游誠可樂，感此白日傾。休否有終極，落葉思本莖。臨川悲逝者，節變動中情。（中華書局，1979年）

馮惟訥《古詩紀》卷四十六晋第十六《張駿》：

字公庭，西凉牧張寔之世子。幼而奇偉，十歲能屬文。後嗣位大都督、大將軍、凉州牧、西平公。

《薤露行》：在晋之二世，皇道昧不明。主暗無良臣，艱（一作奸。）亂起朝廷。七柄失其所，權綱喪典刑。愚猾窺神器，牝鷄又晨鳴。哲婦逞幽虐，宗祀一朝傾。儲君縊新昌，帝執金墉城。禍釁萌宮掖，胡馬動北垌。三方風塵起，獫狁竊上京。義士扼素腕，感慨懷憤盈。誓心蕩衆狄，積誠徹昊靈。

《東門行》（《選詩外編》作《游春詩》。）：勾芒御春正，衡紀運玉瓊。明庶起祥風，和氣翕來征。慶雲蔭八極，甘雨潤四垌。昊天降靈澤，朝日耀華精。嘉苗布原野，百卉敷時榮。鳩鵲與鶯黄，間關相和鳴。菓萍（一作芙蓉。）覆靈沼，香花揚芳馨。春游誠可樂，感此白日傾。休否有終極，落葉思本莖。臨川悲逝者，節變動中情。（《文淵閣四庫全書》本）

劉敬叔《異苑》卷四“凉州張駿”條：

凉州張駿，字公彦，九年天雨五穀於武威、敦煌，植之悉生，因名天麥。（《文淵閣四庫全書》本）

魏收《魏書》卷一《帝紀》序紀：

建國……八年，慕容元真遣使朝貢。是年，張駿私署假凉王。九年，石虎遣使朝貢。是年，張駿死，子重華代立。

同上，卷九十五《匈奴劉曜列傳》：

曜來赴之，次於赤壁，遂僭尊號，改年光初。靳明既降於曜，曜還都長安，自稱大趙。曜西通張駿，南服仇池，窮兵極武，無復寧歲。（中華書局，1974年）

劉勰撰，黄叔琳注《文心雕龍輯注》卷五《章表第二十二》：

逮晋初筆札，則張華爲俊，其三讓公封，理周辭要，引義比事，必得其偶，世珍鷦鷯，莫顧章表。及羊公之辭開府，有譽於前談；庾公之讓中書，信美於往載。序志顯類，有文雅焉。劉琨《勸進》，張駿《自序》，（《張駿傳》：駿上疏曰：“臣專命一方，職在斧鉞。勒、雄既死，人懷反正。謂季龍、李期之命，曾不崇朝，而皆篡繼凶逆，鴟目有年。遂使桃蟲鼓翼，四夷喧嘩。臣之所以宵吟荒漠，痛心長路者也。”）文致耿介，并陳事之美表也。（中華書局，1957年）

顔之推《還冤志》“晋時張駿”條：

晋時張駿據有凉州，忌害鎮軍將軍武威郗鑒，以其宗族强大而多功也。遂諷其主簿魏纂，使誣鑒謀反。駿逼鑒自殺。後三年，纂病，見鑒在側，遂死。（《文淵閣四庫全書》本）

歐陽詢撰，汪紹楹校《藝文類聚》卷四十四樂部四《簫》：

段龜龍《凉州記》曰：吕纂咸寧三年，胡人發張駿冢，得玉簫。

同上，《笛》：

段龜龍《凉州記》曰：吕纂時胡人發張駿冢，得玉笛。

同上，卷八十四寶玉部下《馬瑙》：

《凉州記》曰：吕纂咸寧二年，盜發張駿陵，得瑪瑙鐘榼。（上海古籍出版社，1982年）

虞世南《北堂書鈔》卷一百六藝文部《諫諍二十二》：

屏几改容。[崔鴻《前凉録》曰：張駿宴群寮，議欲嚴刑峻制，衆咸以爲宜。參軍黄斌進曰："臣未見其可，尊親犯令，即令不行矣。"駿性嚴猛，乃屏几改容曰："微黄生，吾不聞過矣，可謂忠之至也。"（續補。）]

同上，卷一百十一樂部《簫十八》：

雅簫。（《凉州記》云：咸寧三年，胡人發張駿冢，得白玉罇、紫玉簫。）

同上，《笛十九》：

張駿玉笛。（《凉州記》云：吕纂時，胡人發張駿冢，得玉笛。）

同上，卷一百二十六武功部十四《鞭六十一》：

飾珊瑚。（《凉州記》云：咸寧二年，發張駿冢，得鞭乃飾以珊瑚者。）（天津古籍出版社，1988年）

房玄齡等《晋書》卷七《成帝紀》：

五年……十二月，張駿稱臣於石勒。……

八年春正月……癸酉，以張駿爲鎮西大將軍。……

九年春正月，隕石於凉州二。以郭權爲鎮西將軍、雍州刺史。二月丁卯，加鎮西大將軍張駿爲大將軍。……

同上，《康帝紀》：

建元元年……十二月，石季龍侵張駿，駿使其將軍謝艾拒之，大戰於河西，季龍敗績。十二月高句驪遣使朝獻。

二年春正月，張駿遣其將和驎、謝艾討南羌于闐和，大破之。二月，慕容皝及鮮卑帥宇文歸戰於昌黎，歸衆大敗，奔於漠北。四月，張駿將張瓘敗石季龍將王擢於三交城。

同上，卷八《穆帝紀》：

永和元年……冬十一月，李勢將爨頠來奔。凉州牧張駿伐焉耆，降之。

二年……五月丙戌，凉州牧張駿卒，子重華嗣。

同上，卷十四《地理志上》凉州・西海郡・居延：

元康五年，惠帝分敦煌郡之宜禾、伊吾、宜安、深泉、廣至等五縣，分酒泉之沙頭縣，又別立會稽、新鄉凡八縣爲晋昌郡。永寧中，張軌爲凉州刺史，鎮武威，上表請合秦、雍流移人於姑臧西北，置武興郡，統武興、大城、烏支、襄武、晏然、新鄣、平狄、司監等縣，又分西平界置晋興郡，統晋興、枹罕、永固、臨津、臨鄣、廣昌、大夏、遂興、罕唐、左南等縣。是時中原淪没，元帝徙居江左，軌乃控據河西，稱晋正朔，是爲前凉。及張寔，分金城之令居、枝楊二縣，又立永登縣，合三縣立廣武郡。張茂分武興、金城、西平、安故爲定州。張駿分武威、武興、西平、張掖、酒泉、建康、西海、西郡、湟河、晋興、廣武合十一郡爲凉州，興晋、金城、武始、南安、永晋、大夏、武成、漢中爲河州，敦煌、晋昌、西域都護、張茂以校尉、玉門、大護軍三郡三營爲沙州。張駿假凉州都督，攝三州。張祚又以敦煌郡爲商州。永興中，置漢陽縣以守牧地，張玄靚改爲祁連郡，張天錫又別置臨松郡。

同上，秦州・陰平郡・陰平：

惠帝分隴西之狄道、臨洮、河關，又立洮陽、遂平、武街、始興、第五、真仇六縣，合九縣置狄道郡，屬秦州。張駿分屬凉州，又以狄道縣立武始郡。江左分梁爲秦，寄居梁州，又立氐池爲北秦州。

同上，卷六十《索靖列傳》：

先時，靖行見姑臧城南石地，曰："此後當起宫殿。"至張駿，於其地立南城，起宗廟，建宫殿焉。

同上，卷七十三《庾亮列傳》：

（弟）翼每竭志能，勞謙匪懈，戎政嚴明，經略深遠，數年之中，公私充實，人情翕然，稱其才幹。由是自河以南皆懷歸附，石季龍汝南太守戴開率數千人詣翼降。又遣使東至遼東，西到凉州，要結二方，欲同大舉。慕容皝、張駿并報使請期。翼雅有大志，欲以滅胡平蜀爲己任，言論慷慨，形於辭色。

同上，卷七十四《桓沖列傳》：

温之破姚襄也，獲襄將張駿、楊凝等，徙於尋陽。沖在江陵，未及之職，而駿率其徒五百人殺江州督護趙毗，掠武昌府庫將妻子，北叛。沖遣將討獲之，遽還所鎮。

同上，卷八十六《張軌列傳》附軌子寔：

寔，字安遜，學尚明察，敬賢愛士，以秀才爲郎中。永嘉初，固辭驃騎將軍，請還凉州，許之。改授議郎。及至姑臧，以討曹祛功封建武亭侯，尋遷西中郎將，進爵福禄縣侯。建興初除西中郎將，領護羌校尉。軌卒，州人推寔攝父位，愍帝因下策書曰……蘭池長趙奭、上軍士張冰得璽，文曰皇帝璽，群僚上慶稱德，寔曰："孤常忿袁本初擬肘，諸君何忽有此言？"因送於京師，下令國中曰："忝紹前蹤，庶幾刑政不爲百姓之患。而比年饑旱，殆由庶事有缺。竊慕箴誦之言以補不逮，自今有面刺孤罪者，酬以束帛、翰墨；陳孤過者，答以筐篚；謗言於市者，報以羊米。"賊曹佐高昌隗瑾進言曰："聖王將舉大事，必崇三訊之法，朝置諫官以匡大理，疑承輔弼以補闕拾遺。今事無巨細，盡决聖慮，興軍布令，朝中不知，若有謬闕，則下無分謗。竊謂宜偃聰塞智，開納群言，政刑大小，與衆共之。若恒内斷聖心，則群僚畏威而面從矣。若惡專歸於上，雖賞千金，終無言也。"寔納之，增位三等，賜帛四十匹。

遣督護王該送諸郡貢計，獻名馬方珍、經史圖籍於京師。會劉曜逼長安，寔遣將軍王該率衆以援京城，帝嘉之，拜都督陜西諸軍事。及帝將降於劉曜，下詔於寔曰……寔以天子蒙塵，沖讓不拜。建威將軍、西海太守張肅，寔叔父也，以京師危逼，請爲先鋒擊劉曜。寔以肅年老，弗許，肅曰："狐死首丘，心不忘本；鍾儀在晋，楚弁南音。肅受晋寵，剖符列位，羯逆滔天，朝廷傾覆，肅晏安方裔，難至不奮，何以爲人臣？"寔曰："門户受重恩，自當闔宗效死，忠衛社稷，以申先公之志。但叔父春秋已高，氣力衰竭，軍旅之事，非耆耄所堪。"乃止。既而聞京師陷没，肅悲憤而卒。

寔知劉曜逼遷天子，大臨三日，遣太府司馬韓璞、滅寇將軍田齊、撫戎將軍張閬、前鋒督護陰預步騎一萬，東赴國難。命討虜將軍陳安、故太守賈騫、隴西太守吴紹各統郡兵爲璞等前驅。戒璞曰："前遣諸將多違機信，所執不同，致有乖阻，且内不和親，焉能服物？今遣卿督五將兵事，當如一體，不得令乖異之問達孤耳也。"復遣南陽王保書曰："王室有事，不忘投軀，孤州遠域，首尾多難，是以前遣賈騫瞻望公舉，中被符命，敕騫還軍，忽聞北地陷没，寇逼長安，胡崧不進，曲允持金五百請救於崧，是以决遣騫等進軍度嶺。會聞朝廷傾覆，爲忠不達於主，遣兵不及於難，痛慨之深，死有餘責。今更遣韓璞等唯公命是從。"及璞次南安，諸羌斷軍路，相持百餘日，糧竭矢盡，璞殺駕牛饗軍，泣謂衆曰："汝曹念父母乎？"曰："念！""念妻子乎？"曰："念！""欲生還乎？"曰："欲。""從我令乎？"曰："諾！"乃鼓噪進戰，會張閬率金城軍繼至夾擊，大敗之，斬級數千。時焦崧、陳安寇隴右，東與劉曜相持，雍秦之人死者十八九。初，永嘉中長安謡曰："秦川中，血没腕，惟有凉州倚柱觀。"至是謡言驗矣。

焦崧、陳安逼上邽，南陽王保遣使告急，以金城太守竇濤爲輕車將軍，率威遠將軍宋毅及和苞、張閬、宋輯、辛韜、張選、董廣步騎二萬赴之。軍次新陽，會愍帝崩，問至，素服舉哀，大臨三日。時南陽王保謀稱尊號，破羌都尉張詵言於寔，曰："南陽王忘莫大之恥，而欲自尊，天不受其圖籙，德不足以應運，終非濟時救難者也。晋王明德昵藩，先帝憑屬，宜表稱聖德，勸即尊號，傳檄諸藩，副言相府，則欲競之心息，未合之徒散矣。"從之。於是馳檄天下，推崇晋王爲天子，遣牙門蔡忠奉表江南，勸即尊位。是歲，元帝即位於建鄴，改年太興，寔猶稱建興六年，不從中興之所改也。

保聞愍帝崩，自稱晋王，建元，署置百官，遣使拜寔征西大將軍、儀同三司，增邑三千户。俄而保爲陳安所叛，氐羌皆應之，保窘迫，遂去上邽，遷祁山。寔遣將韓璞步騎五千赴難，陳安退保綿諸，保歸上邽。未幾，保復爲安所敗，使詣寔乞師，寔遣宋毅赴之，而安退。會保爲劉曜所逼，遷於桑城，將謀奔寔。寔以其宗室之望，若至河右，必動物情，遣其將陰監逆保，聲言翼衛，寔禦之也。會保薨，其衆散奔凉州者萬餘人。寔自恃險遠，頗自驕恣。初，寔寢室梁間有人像無頭，久而乃滅，寔甚惡之。京兆人劉弘者，挾左道，客居天梯第五山，然燈懸鏡於山穴中，爲光明以惑百姓，受道者千餘人。寔左右皆事之，帳下閻沙、牙門趙仰皆弘鄉人，弘謂之曰："天與我神璽，應王凉州。"沙仰信之，密與寔左右十餘人謀殺寔，奉弘爲主。寔潛知其謀，收弘殺之。沙等不知之，以其夜害寔，在位六年，私謚曰昭公。元帝賜謚曰元。子駿年幼，弟茂攝事。

同上，《張軌列傳》附寔子駿：

（孫）駿，字公庭，幼而奇偉。建興四年，封霸城侯。十歲能屬文，卓越不羈，而淫縱過度，常夜微行於邑里，國中化之。及統任，年十八。先是，愍帝使人黄門侍郎史淑在姑臧，左長史氾褘、右長史馬謨等諷淑，令拜駿使持節、大都督、大將軍、凉州牧、領護羌校尉、西平公。赦其境内，置左右前後四率官，繕南宫。劉曜又使人拜駿凉州牧、凉王。

時辛晏阻兵於枹罕，駿宴群寮於閑豫堂。命竇濤等進討辛晏。從事劉慶諫曰："霸王不以喜怒興師，不以乾没取勝，必須天時人事，然後起也。辛晏父子安忍凶狂，其亡可待，奈何以饑年大舉，猛寒攻城。昔周武回戈以須亡殷之期，曹公緩袁氏使自斃，何獨殿下以旋兵爲恥乎！"駿納之。

遣參軍王騭聘於劉曜。曜謂之曰："貴州必欲追蹤竇融，款誠和好，卿能保之乎？"騭曰："不能。"曜侍中徐邈曰："君來和同，而云不能，何也？"騭曰："齊桓貫澤之盟，憂心兢兢，諸侯不召自至。葵丘之會，驕而矜誕，叛者九國。趙國之化，常如今日可也，若政教陵遲，尚未能察邇者之變，况鄙州乎！"曜顧謂左右曰："此凉州高士，使乎得人。"禮而遣之。

太寧元年，駿猶稱建興十二年，駿親耕籍田。尋承元帝崩問，駿大臨三日。會有黄龍見於揖次之嘉泉，右長史氾禕言於駿曰："案建興之年，是少帝始起之號。帝以凶終，理應改易。朝廷越在江南，音問隔絶，宜因龍改號，以章休徵。"不從。初，駿之立也，姑臧謡曰："鴻從南來雀不驚，誰謂孤雛尾翅生，高舉六翮鳳凰鳴。"至是而復收河南之地。

咸和初，駿遣武威太守竇濤、金城太守張閬、武興太守辛岩、揚烈將軍宋輯等率衆東會韓璞，攻討秦州諸郡。曜遣其將劉胤來距，屯於狄道城。韓璞進度沃干嶺。辛岩曰："我握衆數萬，藉氐羌之鋭，宜速戰以滅之，不可以久，久則變生。"璞曰："自夏末以來，太白犯月，辰星逆行，白虹貫日，皆變之大者，不可以輕動。輕動而不捷，爲禍更深。吾將久而斃之。且曜與石勒相攻，胤亦不能久也。"積七十餘日，軍糧竭，遣辛岩督運於金城。胤聞之，大悦，謂其將士曰："韓璞之衆十倍於吾，羌胡皆叛，不爲之用。吾糧廩將懸，難以持久。今虜分兵運糧，可謂天授吾也。若敗辛岩，璞等自潰。彼衆我寡，宜以死戰。戰而不捷，當無匹馬得還，宜厲爾戈矛，竭汝智力。"衆咸奮。於是率騎三千，襲岩於沃干嶺，敗之，璞軍遂潰，死者二萬餘人。面縛歸罪，駿曰："孤之罪也，將軍何辱！"皆赦之。胤乘勝追奔，濟河，攻陷令居，入據振武，河西大震。駿遣皇甫該禦之，赦其境内。

會劉曜東討石生，長安空虚。大蒐講武，將襲秦、雍，理曹郎中索詢諫曰："曜雖東征，胤猶守本。險阻路遥，爲主人甚易。胤若輕騎憑氐羌以距我者，則奔突難測；輟彼東合而逆戰者，則寇我未已。頃年頻出，戎馬生郊，外有饑羸，内資虚耗，豈是殿下子物之謂邪！"駿曰："每患忠言不獻，面從背違，吾政教缺然而莫我匡者。卿盡辭規諫，深副孤之望也。"以羊酒禮之。

西域諸國獻汗血馬、火浣布、犎牛、孔雀、巨象及諸珍異二百餘品。西域長史李柏請擊叛將趙貞，爲貞所敗。議者以柏造謀致敗，請誅之。駿曰："吾每以漢世宗之殺王恢，不如秦穆之赦孟明。"竟以減死論，群心咸悦。駿觀兵新鄉，狩於北野，因討軻没虜，破之。下令境中曰："昔鯀殛而禹興，芮誅而缺進，唐帝所以殄洪災，晉侯所以成五霸。法律犯死罪，期親不得在朝。今盡聽之，唯不宜内參宿衛耳。"於是刑清國富，群寮勸駿稱凉王，領秦、凉二州牧，置公卿百官，如魏武、晉文故事。駿曰："此非人臣所宜言也。敢有言此者，罪在不赦。"然境内皆稱之爲王。群寮又請駿立世子，駿不從。中堅將軍宋輯言於駿曰："禮急儲君者，蓋重宗廟之故。周成、漢昭立於繈褓，誠以國嗣不可曠，儲宫當素定也。昔武王始有國，元王作儲君。建興之初，先王在位，殿下正名統，况今社稷彌崇，聖躬介立，大業遂殷，繼貳闕然哉！臣竊以爲國有纍卵之危，而殿下以爲安踰泰山，非所謂也。"駿納之，遂立子重華爲世子。

先是，駿遣傅穎假道於蜀，通表京師。李雄弗許。駿又遣治中從事張淳稱藩於蜀，托以假道焉。雄大悦。雄又有憾於南氏楊初，淳因説曰："南氏無狀，屢爲邊害，宜先討百頃，次平上邽。二國并勢，席捲三秦，東清許洛，掃氛燕趙，拯二帝梓宫於平陽，反皇輿於洛邑，此英霸之舉，千載一時。寡君所以遣下臣冒險通誠，不遠萬里者，以陛下義聲遠播，必能愍寡君勤王之志。天下之善一也，惟陛下圖之。"雄怒，僞許之，將覆淳於東峽。蜀人橋贇密以告淳。淳言於雄曰："寡君使小臣行無迹之地、通百蠻之域、萬里表誠者，誠以陛下義矜戮力之臣，能成人之美節故也。若欲殺臣者，當顯於都市，宣示衆目，云凉州不忘舊義，通使琅邪，爲表忠誠，假途於我，主聖臣明，發覺殺之。當令義聲遠著，天下畏威。今盜殺江中，威刑不顯，何足以揚休烈，示天下也！"雄大驚曰："安有此邪！當相放還河右耳。"雄司隸校尉景騫言於雄曰："張淳壯士，宜留任之。"雄曰："壯士豈爲人留，且可以卿意觀之。"騫謂淳曰："卿體大，暑熱，可且遣下吏，少住須涼。"淳曰："寡君以皇輿幽辱，梓宫未反，天下之恥未雪，蒼生之命倒懸，故遣淳來，表誠大國。所論事重，非下吏能傳。若下吏所了者，則淳本亦不來，雖有火山湯海，無所辭難，豈寒暑之足避哉！"雄曰："此人矯矯，不可得用也。"厚禮遣之。謂淳曰："貴主英名蓋世，土險兵盛，何不稱帝，自娱一方？"淳曰："寡君以乃祖乃父世濟忠良，未能雪天人之大恥，解衆庶之倒懸，日昃忘食，枕戈待旦。以琅邪中興江東，故萬里翼戴，將成桓文之事，何言自娱邪！"雄有慚色，曰："我乃祖乃父亦是晋臣，往與六郡避難此都，爲同盟所推，遂有今日。琅邪若能中興大晋於中州者，亦當率衆輔之。"淳還至龍鶴，募兵通表，後皆達京師，朝廷嘉之。

駿議欲嚴刑峻制，衆咸以爲宜。參軍黄斌進曰："臣未見其可。"駿問其故。斌曰："夫法制所以經綸邦國，篤俗齊物，既立必行，不可窪隆也。若尊者犯令，則法不行矣。"駿屏机改容曰："夫法唯上行，制無高下。且微黄君，吾不聞過矣。黄君可謂忠之至也。"於坐擢爲敦煌太守。駿有計略，於是厲操改節，勤修庶政，總御文武，咸得其用，遠近嘉咏，號曰積賢君。自軌據凉州，屬天下之亂，所在征伐，軍無寧歲。至駿，境内漸平。又使其將楊宣率衆越流沙，伐龜兹、鄯善，於是西域并降。鄯善王元孟獻女，號曰美人，立賓遐觀以處之。焉耆前部、于寘王并遣使貢方物。得玉璽於河，其文曰："執萬國，建無極。"

時駿盡有隴西之地，士馬强盛，雖稱臣於晋，而不行中興正朔。舞六佾，建豹尾，所置官僚府寺擬於王者，而微異其名。又分州西界三郡置沙州，東界六郡置河州。二府官僚莫不稱臣。又於姑臧城南築城，起謙光殿，畫以五色，飾以金玉，窮盡珍巧。殿之四面各起一殿，東曰宜陽青殿，以春三月居之，章服器物皆依方色；南曰朱陽赤殿，夏三月居之；西曰政刑白殿，秋三月居之；北曰玄武黑殿，冬三月居之。其傍皆有直省内官寺署，一同方色。及末年，任所游處，不復依四時而居。

咸和初，懼爲劉曜所逼，使將軍宋輯、魏纂將兵徙隴西南安人二千餘家於姑臧，使聘於李雄，修鄰好。及曜攻枹罕，護軍辛晏告急，駿使韓璞、辛岩率步騎二萬擊之，戰於臨洮，大爲曜軍所敗，璞等退走，追至令居，駿遂失河南之地。初，戊己校尉趙貞不附於駿，至是，駿擊擒之，以其地爲高昌郡。及石勒殺劉曜，駿因長安亂，復收河南地，至於狄道，置武衛、石門、候和、漒川、甘松五屯護軍，與勒分境。勒遣使拜駿官爵，駿不受，留其使。後懼勒强，遣使稱臣於勒，兼貢方物，遣其使歸。

駿境内嘗大饑，穀價踴貴，市長譚詳請出倉穀與百姓，秋收三倍徵之。從事陰據諫曰："昔西門豹宰鄴，積之於人；解扁莅東封之邑，計入三倍。文侯以豹有罪而可賞，扁有功而可罰。今詳欲因人之饑，以要三倍，反裘傷皮，未足諭之。"駿納之。

初，建興中，敦煌計吏耿訪到長安，既而遇賊，不得反，奔漢中，因東渡江，以太興二年至京都，屢上書，以本州島未知中興，宜遣大使，乞爲鄉（向）導。時連有内難，許而未行。至是，始以訪守治書御史，拜駿鎮西大將軍，校尉、刺史、公如故，選西方人隴西賈陵等十二人配之。訪停梁州七年，以驛道不通，召還。訪以詔書付賈陵，托爲賈客，到長安，不敢進，以咸和八年始達凉州。駿受詔，遣部曲督王豐等報謝，并遣陵歸，上疏稱臣，而不奉正朔，猶稱建興二十一年。九年，復使訪隨豐等齎印板進駿大將軍。自是每歲使命不絶。後駿遣參軍曲護上疏曰……

自後駿遣使多爲季龍所獲，不達。後駿又遣護羌參軍陳寓、從事徐虓、華馭等至京師，征西大將軍亮上疏言：陳寓等冒險遠至，宜蒙銓叙。詔除寓西平相，虓等爲縣令。永和元年，以世子重華爲五官中郎將、凉州刺史。酒泉太守馬岌上言："酒泉南山即昆侖之體也，周穆王見西王母，樂而忘歸，即謂此山。此山有石室玉堂，珠璣鏤飾，焕若神宫。宜立西王母祠，以裨朝廷無疆之福。"駿從之。

駿在位二十二年卒，時年四十，私謚曰文公，穆帝追謚曰忠成公。

同上，《張軌列傳》附駿子重華：

重華，字泰臨，駿之第二子也。寬和懿重，沉毅少言。父卒時年十六，以永和二年自稱持節大都督、太尉、護羌校尉、凉州牧、西平公、假凉王。赦其境内，尊其母嚴氏爲太王太后，居永訓宫。所生母馬氏爲王太后，居永壽宫。輕賦斂，除關税，省園囿，以恤貧窮。遣使奉章於石季龍。季龍使王擢、麻秋、孫伏都等侵寇不輟，金城太守張沖降於秋，於是凉州振動。重華掃境内使其征南將軍裴恒禦之，恒壁於廣武，欲以持久弊之。牧府相司馬張耽言於重華曰："……蓋明王之舉，舉無常人，才之所能則授以大事。今强寇在郊，諸將不進，人情騷動，危機稍逼。主簿謝艾兼資文武，明識兵略，若授以斧鉞，委以專征，必能折衝禦侮，殲殄凶類。"重華召艾問以討寇方略，艾曰："昔耿弇不欲以賊遺君父，黄權願以萬人當寇，乞假臣兵七千，爲殿下吞王擢、麻秋等。”重華大悦，以艾爲中堅將軍，配步騎五千擊秋，引師出振武，夜有二梟鳴於牙中。艾曰：“梟，邀也。六博得梟者勝，今梟鳴牙中，克敵之兆。”於是進戰，大破之，斬首五千級。重華封艾爲福禄伯，善待之。諸寵貴惡其賢，共毁譖之，乃出爲酒泉太守。

季龍又令麻秋進陷大夏，大夏護軍梁式執太守宋晏以城應秋，秋遣晏以書，誘宛戍都尉宋距，宋距謂秋曰：“辭父事君，當立功義，功義不立，當守名節，距終不背主偷生於世。”於是先殺妻子，自刎而死。是月有司議遣司兵趙長迎秋西郊，謝艾以春秋之義國有大喪省搜狩之禮，宜待踰年。别駕從事索遐議曰……重華從之。俄而麻秋進攻枹罕，時晋陽太守郎坦以城大難守，宜棄外城。武城太守張悛曰：“棄外城，則大事去矣，不可以動衆心。”寧戎校尉張璩從之，固守大城。秋率衆八萬圍塹數重，雲梯雹車、地突百道皆通於内，城中亦應之，殺傷秋衆已數萬。季龍復遣其將劉渾等率步騎二萬會之，郎坦恨言之不從，教軍士李嘉潛與秋通，引賊千餘人上城西北隅，璩使宋修、張胤、辛挹、郭普距之，短兵接戰，斬二百餘人，賊乃退。璩戮李嘉以徇，燒其攻具。

秋退保大夏，謂諸將曰：“我用兵於五都之間，攻城掠地，往無不捷。及登秦隴，謂有征無戰，豈悟南襲仇池，破軍殺將，築城長最，匹馬不歸，及攻此城，傷兵挫鋭，殆天所贊，非人力也。”季龍聞而嘆曰：“吾以偏師定九州島，今以九州島之力困於枹罕，真所謂彼有人焉，未可圖也。”重華以謝艾爲使持節、軍師將軍，率步騎三萬，進軍臨河。秋以三萬衆距之。艾乘軺車冠白帽，鳴鼓而行，秋望而怒曰：“艾年少書生，冠服如此，輕我也。”命黑矟龍驤三千人馳擊之，艾左右大擾，左戰帥李偉勸艾乘馬，艾不從，乃下車距胡床指麾處分。賊以爲伏兵發也，懼不敢進。張瑁從左南緣河而截其後，秋軍乃退。艾乘勝奔擊，遂大敗之，斬秋將杜勳、汲魚，俘斬一萬三千級。秋匹馬奔大夏。重華論功，以謝艾爲太府左長史，進封福禄縣伯邑五千户，帛八千匹。

麻秋又據枹罕，有衆十二萬，進屯河内，遣王擢略地晋興、廣武、越洪、池嶺，至於曲柳、姑臧、大震，重華議欲親出距之。謝艾固諫，以爲不可。别駕從事索遐進曰：“賊衆甚盛，漸逼京畿，君者國之鎮也，不可以親動。左長史謝艾，文武兼資，國之方召，宜委以推轂之任，殿下居中作鎮，授以算略，小賊不足平也。”重華納之。於是以艾爲使持節都督征討諸軍事行衛將軍，遐爲軍正將軍，率步騎二萬距之。艾建牙旗，盟將士，有西北風吹旍旗東南指，遐曰：“風爲號令，今能令旗指之，天所贊也，破之必矣。”軍次神鳥，王擢與前鋒戰敗，遁還河南，還討叛虜斯骨真萬餘落破之，斬首千餘級，俘擒二千八百，獲牛羊十餘萬頭。

重華自以連破勍敵，頗怠政事，希接賓客。司直索遐諫曰：“殿下承四聖之基，當升平之會，荷當今之任，憂率土之塗炭，宜躬親萬機，開延英乂，夙夜乾乾，勉於庶政。自頃内外囂然，皆云去賊投誠者，應即撫慰，而彌月不接國老朝賢；當虚己引納詢訪政事，比多經旬積朔不留意接之。文奏入内，歷月不省廢替，見務注情於棋奕之間，繾綣左右小臣之娛，不存將相遠大之謀，至使親臣不言，朝吏杜口，愚臣所以回惶忘寢與食也。今王室如毁，百姓倒懸，正是殿下銜膽茹辛厲心之日，深願垂心朝政，延納直言，周爰五美，以成六德，捐彼近習，弭塞外聲，修政聽朝，使下觀而化。”重華覽之大悦，優文答謝，然不之改也。

詔遣侍御史俞歸拜重華護羌校尉、凉州刺史、假節。是時石季龍西中郎將王擢屯結隴上，爲苻雄所破，奔重華，重華厚寵之，以爲征虜將軍。秦州刺史、假節，使張弘、宗悠率步騎萬五千配擢伐苻健，健遣苻碩禦之，戰於龍黎。擢等大敗，單騎而還，弘、悠皆没，重華痛之，素服爲戰亡吏士舉哀號慟，各遣吊問其家。復授擢兵使攻秦州，克之，遣使上疏曰……於是康獻皇后詔報，遣使進重華爲凉州牧。是時，御史俞歸至凉州，重華方謀爲凉王，不肯受詔。使親信人沈猛謂歸曰……猛具宣歸言，重華遂止。

重華好與群小游戲，屢出錢帛以賜左右。徵事索振諫曰：“先王寢不安席，志平天下，故繕甲兵，積資實，大業未就，懷恨九泉。殿下遭巨寇於諒暗之中，賴重餌以挫勍敵，今遺燼尚廣，倉帑虚竭，金帛之費所宜慎之。昔世祖即位，躬親萬機，章奏詣闕，報不終日，故能隆中興之業，定萬世之功。今章奏停滯，動經時月，下情不得上達，哀窮困於囹圄，蓋非明主之事。臣竊未安。”重華善之，將受詔，未及而卒，時年二十七。在位十一年，私謚曰昭公，後改曰桓公，穆帝賜謚曰敬烈。子耀靈嗣。

同上，《張祚列傳》：

祚，字太伯，博學雄武，有政事之才。既立，自稱大都督、大將軍、凉州牧、凉公。淫暴不道，又通重華妻裴氏。自閤内媵妾及駿、重華未嫁子女，無不暴亂。國人相目，咸賦牆茨之詩。永和十年，祚納尉緝、趙長等議，僭稱帝位，立宗廟，舞八佾，置百官。下書曰……改建興四十二年爲和平元年，赦殊死，賜鰥寡帛，加文武爵各一級。追崇曾祖軌爲武王，祖寔爲昭王，從祖茂爲成王，父駿爲文王，弟重華爲明王，立妻辛氏爲皇后，弟天錫爲長寧王，子泰和爲太子，庭堅爲建康王，耀靈弟玄靚爲凉武侯。其夜天有光如車蓋，聲若雷霆，震動城邑。明日大風拔木，災異屢見，而祚凶虐愈甚。其尚書馬岌以切諫免官，郎中丁琪又諫曰……祚大怒，斬之於闕下。……

同上，卷九十七《西戎·焉耆國》：

……及會立，襲滅白山，遂據其國，遣子熙歸本國爲王。會有膽氣籌略，遂霸西胡，葱嶺以東莫不率服。然恃勇輕率，嘗出宿於外，爲龜兹國人羅雲所殺。

其後張駿遣沙州刺史楊宣率衆疆理西域，宣以部將張植爲前鋒，所向風靡。

同上，卷一百三《載記·劉曜》：

曜遣其武衛劉朗率騎三萬襲楊難敵於仇池，弗克，掠三千餘户而歸。張駿聞曜軍爲石氏所敗，乃去曜官號，復稱晋大將軍、凉州牧，遣金城太守張閬及枹罕護軍辛晏、將軍韓璞等率衆數萬人，自大夏攻掠秦州諸郡。

石勒遣石季龍率衆四萬，自軹關西入伐曜，河東應之者五十餘縣，進攻蒲阪。曜將東救蒲阪，懼張駿、楊難敵承虚襲長安，遣其河間王述發氐羌之衆屯於秦州。曜盡中外精鋭水陸赴之，自衛關北濟。季龍懼，引師而退。

同上，卷一百五《載記·石勒下》：

季龍克上邽，遣主簿趙封送傳國玉璽、金璽、太子玉璽各一於勒。季龍進攻集木且羌於河西，克之，俘獲數萬，秦、隴悉平。凉州牧張駿大懼，遣使稱藩，貢方物於勒，徙氐羌十五萬落於司、冀州。

……凉州牧張駿遣長史馬詵奉圖送高昌、于寘、鄯善、大宛使，獻其方物。晋荆州牧陶侃遣兼長史王敷聘於勒，致江南之珍寶奇獸。秦州送白獸、白鹿，荆州送白雉、白兔，濟陰木連理，甘露降苑鄉。勒以休瑞并臻，遐方慕義，赦三歲刑已下，均百姓去年逋調；特赦凉州殊死，凉州計吏皆拜郎中，賜絹十匹，綿十斤。勒南郊，有白氣自壇屬天，勒大悦，還宫，赦四歲刑。遣使封張駿武威郡公，食凉州諸郡。

同上，卷一百六《載記·石季龍上》：

張駿憚季龍之盛，遣其别駕馬詵朝之。季龍初大悦，及覽其表，辭頗蹇傲，季龍大怒，將斬詵。侍中石璞進曰："爲陛下之患者，丹楊也。區區河右，焉能爲有無！今斬馬詵，必征張駿，則南討之師勢分爲二，建業君臣延其數年之命矣。勝之不爲武，弗克爲四夷所笑，不如因而厚之。若彼改圖謝罪，率其臣職者，則我又何求！迷而不悟，討之未後也。"季龍乃止。……季龍以平西張伏都爲使持節、都督征討諸軍事，帥步騎三萬擊凉州。既濟河，與張駿將謝艾大戰於河西，伏都敗績。

同上，卷一百二十一《載記·李雄》：

張駿遣使遺雄書，勸去尊號，稱藩於晋。雄復書曰："吾過爲士大夫所推，然本無心於帝王也，進思爲晋室元功之臣，退思共爲守藩之將，埽除氛埃，以康帝宇。而晋室陵遲，德聲不振，引領東望，有年月矣。會獲來貺，情在暗室，有何已已。知欲遠尊楚、漢，尊崇義帝，《春秋》之義，於斯莫大。”駿重其言，使聘相繼。巴郡嘗告急，云有東軍。雄曰：“吾嘗慮石勒跋扈，侵逼瑯邪，以爲耿耿。不圖乃能舉兵，使人欣然。”雄之雅譚，多如此類。

雄以中原喪亂，乃頻遣使朝貢，與晋穆帝分天下。張駿領秦、梁，先是，遣傳潁假道於蜀，通表京師，雄弗許。駿又遣治中從事張淳稱藩於蜀，托以假道。

同上，卷一百二十二《載記·吕光》：

即序胡安據盜發張駿墓，見駿貌如生，得真珠簏、琉璃榼、白玉樽、赤玉簫、紫玉笛、珊瑚鞭、馬腦鍾，水陸奇珍不可勝紀。纂誅安據黨五十餘家，遣使吊祭駿，并繕修其墓。（中華書局，1974年）

魏徵、令狐德棻《隋書》卷三十五《經籍志四》集部别集：

晋《張駿集》八卷。（殘缺。）（中華書局，1973年）

釋道世《法苑珠林》卷一百十感應緣（略引一十三驗）：

晋時張駿據有凉州，忌害鎮軍將軍武威陰鑒，以其宗族强大而多功也。遂諷其主簿魏纂，使誣鑒謀反。駿逼鑒自殺。後三年，纂病，見鑒在側，遂死。（《文淵閣四庫全書》本）

徐堅等《初學記》卷十五樂部上《雅樂第一》：

赤簫、紫笛。（《三十國春秋》曰：凉州人發凉王張駿墓，得赤玉簫、紫玉笛。）

同上，卷十六樂部下《簫第八》：

張墓。（《三十國春秋》曰：凉州人胡安據盜發凉州人張駿墓，見駿貌如生，得赤玉簫、紫玉笛。）

同上，卷十八人部中《諷諫第三》：

屏几改容。（首崔鴻《前凉録》曰：張駿宴群寮，議欲嚴刑峻制，衆咸以爲宜。參軍黄斌進曰：“臣未見其可，尊親犯令，即令不行矣。”駿性嚴猛，乃屏几改容，曰：“微黄生，吾不聞過矣，可謂忠之至也。”）

同上，卷二十二武部《鞭第九》：

飾珊瑚，施象牙。（《凉州記》曰：咸寧二年，發張駿陵，得鞭飾以珊瑚。張華《輕薄篇》曰：橫簪刻玳瑁，長鞭施象牙。）

同上，卷二十九獸部《馬第四》：

麟形。（張駿《山海經圖畫贊》曰：敦山有獸，其名爲彀，麟形，一角。）（中華書局，1962年）

劉知幾撰，浦起龍釋《史通通釋》卷十一外篇《史官建置第一》：

僞漢嘉平初，（劉聰年號。）公師彧以太中大夫領左國史，撰其國君臣紀傳。前涼張駿時，劉慶遷儒林郎、中常侍，在東苑撰其國書，蜀李（義門訂本有“李”字，他本無。）與西涼二（一作“三”，非。）朝記事，委之門下。南涼主烏孤（舊作“孫”，誤。）初定霸基，欲造國紀，以其參軍郭（舊作郎，恐訛。）韶爲國紀祭酒，使撰録時事。自餘僞主，（一訛作“事”。）多置著作官，若前趙之和苞，後燕之董統是也。（已上錯舉五胡十六國有可徵者及之，其無者不及也。此總所謂僞朝也。）

同上，卷十二外篇《古今正史第二》：

前涼張駿十五年，命其西曹邊瀏集内外事，以付秀才索綏，作《涼國春秋》五十卷。乂張重華護軍參軍劉慶在東菀（“苑”通。）專修國史二十餘年，著《涼記》十二卷。建康太守索暉（一作“琿”。）、從事中郎劉眪又各著《涼書》。（前涼安定張氏史第七所述撰人凡四，唯此無專勒。）（上海古籍出版社，1978年）

白居易原本，孔傳續撰《白孔六帖》卷六十二《簫》十一：

秦簫玉簫。（《晋書》：“發涼王張駿墓，得赤玉簫。”）

張墓。（《三十國春秋》曰：“涼州胡安盗晋文王張駿墓，見駿貌如生，得赤玉簫、紫玉笛。”）（《文淵閣四庫全書》本）

劉昫等《舊唐書》卷四十《地理志三》隴右道·廣武：

漢枝楊縣，屬金城郡。張駿置廣武郡。隋廢爲縣，屬蘭州。

同上，枹罕：

漢縣，屬金城郡。張駿於縣置河州，至後魏不改，又名枹罕郡。隋初爲河州，煬帝爲枹罕郡。武德二年，改爲河州。皆治於枹罕。

同上，大夏：

漢縣，屬隴西郡。張駿於縣置大夏郡及縣，取西大夏水爲名。貞觀元年，廢入枹罕。五年又置。

同上，鳳林：

漢白石縣，屬金城郡。張駿改白石爲永固。貞觀七年，廢縣，置烏州。十一年州廢，於城内置安鄉縣。天寶元年，改爲鳳林，取關名也。

同上，高昌：

漢車師前王之庭。漢元帝置戊己校尉於此。以其地形高敞，故名高昌。其故壘有八城。張駿置高昌郡，後魏因之。魏末爲蠕蠕所據，後麴嘉稱高昌王於此數代。貞觀十四年，討平之，以其地爲西州。其高昌國境，東西八百里，南北五百里。尋置都督府，又改爲金山都督府。（中華書局，1975年）

李昉等《太平御覽》卷十四天部十四《虹霓》：

《前凉録》曰：張駿六年，有彩虹五里，隆隆如鐘鼓之聲。

同上，卷一百一皇王部二十六《後魏諸帝》：

昭成皇帝諱什翼犍立，平文之次子也……建國元年，帝即位於繁時之北，時年十九。二年春，始置百官分掌衆職。八年，張駿私置假凉王。

同上，卷一百二十一偏霸部五《前秦苻洪》：

建平四年，石生起兵於關中。洪遂西結張駿，自稱晋北平將軍、雍州刺史。

同上，卷一百二十四偏霸部八《張駿》：

崔鴻《十六國春秋·前凉録》曰：張駿字公庭，寔之世子。永嘉元年生，幼而奇偉，十歲能屬文。茂之四年，拜使持節、大都督、大將軍、凉州牧、西平公，大赦境内。劉曜遣使拜大將軍、凉州牧。元年正月，親耕籍田。二月始承。晋元帝崩問，大臨三日。四年十二月，劉曜爲賊所擒，曜太子毗及劉胤等率衆奔上邽。六年二月，石勒稱天王，乃遣使拜駿征西大將軍、凉州牧，加五錫之禮。八年，群僚勸駿稱凉王，置百官，駿曰："此非人臣所言，敢有此言，罪在不赦！"又請立世子，乃立重華爲世子。十二月，鄯善王元孟獻女妹好，號曰美人，立賓遐觀以處之。十四年五月，雨雪降霜，駿避正殿素服，命群寮極言得失。十五年，以右長史任處領國子祭酒，立辟雍、明堂而行禮焉。命西曹掾集閣内，外事付索綏，以著

《凉春秋》。十一月，以世子重華行涼州事。十九年，田於建西踰右玉縣。九月，改右玉縣爲金澤縣。二十一年，始置百官，官號皆擬天朝，車服、旌旗一如王者。酒泉太守馬岌上言："酒泉南山既昆侖之體，周穆王見西王母，樂而忘歸，即謂此山，有石室、王母堂，珠璣鏤飾，焕若神宫。《禹貢》'昆侖在臨江之西'，即此明矣，所宜立西王母祠，以裨朝廷無疆之福。"駿從之。二十二年六月，薨於正德前殿，年四十。晋遣策贈大司馬，謚忠成公。七月，葬大陵。張祚僭號，追尊文王，廟號世祖。

同上，卷一百七十五居處部三《殿》：

《晋書》曰：張駿霸西河，於姑臧起謙光殿，畫以五色，飾以金玉，窮盡珍巧。四面各起一殿，東方曰宜陽青殿，南方曰朱陽赤殿，西方曰德政白殿，北方曰玄武黑殿，各隨方色以時居之。

同上，卷一百七十九居處部七《觀》：

《晋元帝紀》曰……又《張駿傳》云：駿境内漸平使，其將楊宣率衆越流沙伐龜兹、鄯善。於是西域并降，鄯善王元孟獻女號曰美人，立賓遐觀以處之。

同上，卷一百九十七居處部二十五《殿》：

王隱《晋書》曰：凉州牧張駿增築四城箱，各千步，東城殖園果，命曰講武場；北城殖園果，命曰玄武圃，皆有宫殿。

同上，卷二百五十職官部四十八《州牧》：

《晋書》……又曰：張駿爲凉州牧，刑清國富，群僚勸進，稱凉王，領秦、凉二州牧，置公卿百官，如魏武、晋文故事。駿曰："此非人臣所宜言也。敢有言此者，罪在不赦！"然境内皆稱之爲王。

同上，卷三百十五兵部四十六《掩襲上》：

《晋書》……又曰：張駿爲凉州牧，咸和初，駿遣武威太守竇濤、金城太守張閬、武興太守辛岩、揚烈將軍宋輯等率衆東會韓璞，攻討秦州諸郡。劉曜遣劉胤來拒，屯於狄道城。韓璞進渡沃干嶺，辛岩曰："我握衆數萬，藉氏羌之鋭，宜速戰以滅之，不可以久，久則變生。"璞曰："自夏末以來，太白犯月，辰星逆行，白虹貫日，皆變之大者，不可以輕動，輕動而不捷，爲禍更深。吾將久而斃之。且曜與石勒相攻，胤亦不能久也。"積至七十日，軍糧竭，遣辛岩督運於金城。胤聞之大悦，謂其將士曰："韓璞之衆十倍於吾，羌胡皆叛不爲之用，吾糧廪將懸，難以持久。今虜分兵運糧，可謂天授吾也。若敗辛岩，璞等自潰。彼衆我寡，宜以死戰，戰而不捷，當無匹馬得還。宜厲爾戈矛，竭汝智力。”衆咸奮志，於是率騎三千襲岩於沃干嶺，敗之，璞軍遂潰，死者二萬餘人。面縛歸罪，駿曰：“孤之罪也，將軍何辱？”皆赦之。

同上，卷三百五十八兵部八十九《勒》：

蕭方等《三十國春秋》曰：凉州胡安據盗發張駿墓，得珊瑚馬鞭、馬腦鐘、黄金勒。

同上，卷三百五十九兵部九十《鞭》：

崔鴻《後梁録》曰：咸寧二年，盗發張駿墓，得珠簾琉璃、珊瑚馬鞭。

同上，卷三百六十二人事部三《名》：

崔鴻《十六國春秋·前凉録》曰：李弇字子完，隴西狄道人也。弇本名良，又妻姓梁，張駿戲之曰：“卿名良，妻姓梁，夫妻相同稱，子孫將何以目其舅氏？昔耿弇以少年立功、立事，吾今賴卿有同於耿氏。”乃賜名曰弇。

同上，卷三百七十九人事部二十《美丈夫上》：

崔鴻《十六國春秋·前凉録》曰：辛絥弟理，美姿貌，張駿欲奪其妻，以寡妹妻之。理割鼻自誓。駿大怒，徙理敦煌，遂以憂死。

同上，卷四百人事部四十一《凶夢》：

《前凉録》曰：張駿。十二年五月，駿有疾，夢出游，不識其處，見一玄龜向之張口而言，更九日當有加問，遂經九日而卒。

同上，卷四百五十四人事部九十五《諫諍四》：

崔鴻《前凉録》曰……又曰：張駿燕群臣於閑豫堂，又欲嚴刑峻制，衆咸以爲宜。參軍黄斌進曰：“臣未見其可。若尊親犯，令不行矣。”駿性嚴猛，乃棄几改容曰：“微黄生，吾不聞過矣。黄生可謂忠之至也。”

同上，卷五百八十一樂部十九《簫》：

《凉州記》曰：吕纂咸寧二年，有盗發張駿墓，得白玉罇、玉笛、紫玉簫。

同上，卷五百九十四文部十《章表》：

劉琨《勸進》，張駿《自叙》，文致耿介，并陳事之美表也。原夫章表之爲用，所以對揚王庭，昭明心曲，既其身文，亦且國華。章以進闕，風矩宜明，表以致禁，骨采宜耀，循名課實，以文爲本者也。

同上，卷六百四十五刑法部十一《轘》：

崔鴻《前凉録》曰：武威姑臧氏名白興，以女爲妻，其妻妒之，興怒，以妻爲婢，爲女給使，郡縣以聞。張駿大驚曰："自古所未聞也，將爲怪乎！"就姑臧市轘殺之，是月，沉陰昏暝，霧霾四塞。

同上，卷六百九十三服章部十《袍》：

王隱《晋書》曰：江東賜凉州刺史張駿真金印、大袍。

同上，卷七百服用部二《簾》：

《凉州記》曰：吕纂時，胡人發張駿冢，得白珠簿簾。

同上，卷七百一服用部三《屏風》：

段龜龍《凉州記》曰：有人發張駿墓，得真珠簾箔、雲母屏風。

同上，卷七百六十一器物部六《鐘》：

《凉州記》曰：胡安據等發張駿冢，得瑪瑙鐘。

同上，《樽》：

《凉州記》曰：胡安據等發張駿陵，得白玉樽，受三升。

同上，《榼》：

《凉州記》曰：胡安據等發張駿陵，得琉璃榼。

同上，卷八百二珍寶部一《寶》：

《晋書·吕纂載記》曰：即序胡安據盜發張駿墓，見駿貌如生，得真珠簏、琉璃榼、白玉樽、赤玉簫、紫玉笛、珊瑚馬鞭、馬瑙鐘，水陸奇珍，不可勝紀。

同上，卷八百五珍寶部四《玉下》：

《凉州記》曰：盜發張駿陵，得玉樽、玉笛、玉簫。

同上，卷八百三十七百穀部一《穀》：

《異苑》曰：凉州張駿時，天雨五穀，殖之悉生，因名爲天麥。

同上，卷八百三十八百穀部二《麥》：

崔鴻《十六國春秋·前凉録》曰：張駿九年，雨五稼穀於武威、敦煌，種之皆生，因名天麥。

同上，八百七十四咎徵部一《天鳴》：

崔鴻《十六國春秋》曰：前凉張駿時，晋建興十七年八月，天有大聲，下震地，孟池縣人夜怪室如晝，曉起視，西北間有光明照地，至二十二年遜於重華。

同上，八百七十七咎徵部四《雨冰》：

崔鴻《十六國春秋》曰：凉張駿二年九月，雨冰。

同上，九百三十鱗介部二《龍下》：

《西河記》曰：張駿立謙光殿成，後池水中有五龍晝日見，移時乃滅，水通變紅色。駿即爲銅龍以厭之，駿卒不勝此殿。

同上，九百三十九鱗介部十一《飛魚》：

張駿《〈山海經〉飛魚贊》曰：飛魚如鮒，登雲游波。

同上，卷九百五十四木部三《槐》：

崔鴻《前凉録》曰：初，河西不生楸、槐、柏、漆，張駿之世取於秦隴而植之，終於皆死。而酒泉宫之北隅有槐樹生焉，李玄盛著《槐樹賦》。（中華書局，1960年）

李昉等《太平廣記》卷二百七十六夢一《張駿》：

凉文王張駿夢一人鬢眉皓白，自稱子瑜，曰："地上之事付汝，地下之事付我。"王寤，問之，有侯子瑜先死，得其曾孫亮爲祁連令矣。（出《敦煌録》。）（中華書局，1961年）

吴淑撰注，冀勤等校點《事類賦注》卷之二十八鱗介部《龍》：

張駿厭之而鑄銅。（《西河記》曰：張駿立謙光殿成，後池中有五龍晝見，移時乃滅，水通變緑色，駿即鑄銅龍以厭之。駿卒不勝此殿。）（中華書局，1989年）

王欽若等《册府元龜》卷一百六十三帝王部《招懷》：

成帝時，凉州牧張駿遣護羌參軍陳寓、從事徐虓、華馭等至京師，征西大將軍庾亮上疏曰："陳寓等冒險遠至，宜蒙銓叙。"詔除寓西平相，虓等爲縣令。

同上，卷二百二十僭僞部《聰識》：

前凉張駿幼而奇偉，晋愍帝建興四年，封霸城侯。十歲能屬文，卓越不羈。及嗣位，勤修庶政，總御文武，咸得其用，遠近嘉咏，號曰積賢君。

同上，卷二百二十一僭僞部《勳伐》：

張茂嗣其兄寔爲凉州牧，晋元帝永昌初，使將軍韓璞率衆取隴西南安之地，以置秦州。張駿嗣其季父茂爲凉州牧，觀兵新鄉，狩於北野，因討軻没虜破之。又使其將楊宣率衆越流沙伐龜兹、鄯善。於是西域并降。初，戊己校尉趙貞不附於駿，駿擊擒之，以其地爲高昌郡。及石勒殺劉曜，駿因長安亂，復收河南地，至於狄道，置武衛、石門、侯和、漒州、甘松五屯護軍，與勒分境。

同上，卷二百二十四僭僞部《奉先》：

前凉張茂嗣兄實爲凉州牧，私謚實曰昭公。

張駿嗣季父茂爲凉州牧，私謚茂曰成公。

張重華嗣父駿爲凉州牧，私謚駿曰文公。

張耀靈嗣父重華爲西平公，私謚重華曰昭公，後改桓公。

同上，卷二百二十五僭僞部《世子》：

前凉張軌既爲梁州牧，表立子寔爲世子。軌卒，寔紹位。張駿，寔之弟，爲梁州牧、西平公，境内皆稱之爲王。駿立子重華爲世子，時中堅將軍宋輯言於駿曰："禮急儲君者，蓋重宗廟之故。周成、漢昭立於繦褓，誠以國嗣不可曠儲宫，當素定也。昔武王始有國，元王作儲君。建興之初，先王在位，殿下正名統。況今社稷彌崇，聖躬介立，大業遂殷，繼貳闕然哉？臣竊以爲國有纍卵之危，而殿下以爲安踰太山，非所謂也。"駿納之。駿卒，重華紹位。

同上，卷二百二十六僭僞部《寬恕》：

仲尼有言曰：爲君者寬裕以容其民。又曰：寬以得衆，恕以利物，斯居上之道也。若乃跨據山河，盜竊名器，征伐自出，禮樂自用，亦能恢其大體，成其衆務；至有覆敗師旅，抵觸忌諱，或引己而自責，或開心而容受，至於奔亡越境，則歸其妻孥，過惡雖彰，而復其位遇，故人必爲用，下無猜心，夫所以能致於成功，亦克永世者，良爲此也。前凉張駿爲凉州牧，遣武威太守竇濤等，東會韓璞等攻討劉曜所陷秦州諸郡。曜將劉裔來距，璞軍糧竭，遣武興太守辛岩督運於金城。劉裔率騎三千襲岩於沃干嶺，敗之。璞軍遂潰，死者二萬餘人。面縛歸罪，駿曰："孤之罪也，將軍何辱？"皆赦之。西域長史李柏請擊叛將趙貞，爲貞所敗，議者以柏造謀致敗，請誅之。駿曰："吾每以漢世宗之殺王恢，不如秦穆之赦孟明。"竟以减死論，群心咸悦。

同上，卷二百二十八僭僞部《務農》：

前凉張駿爲凉州牧，以晋明帝太寧元年親耕籍田。

同上，《好文》：

昔十六國之君，皆以晋室衰微，拓據境土，然而居禮義之鄉，睹衣冠之俗，積習生常，遂革其性。或著述詞賦，或善工草隸，延詞學之士游集於文義，聚經史之言討論於典訓。故先聖之言曰有教無類，誠不誣哉！

前凉張駿十歲能屬文，張天錫少有文才，流譽遠近。……

同上，卷二百二十九僭僞部《政治》：

三代之道不可尚已，一國之風有足觀者，蓋爲政之本在人則舉矣。自五馬南渡，六胡亂華，國異政，家殊俗，法禁賦斂，猶議其重輕，武事文經，各立乎制度。故能總攬賢俊，修定律令，俾夫一方之氓知所歸向，四境之内咸致樂康。子皮曰："國無小。"夫子曰："雖蠻貊之邦，行之矣。"信哉！

前凉張軌爲凉州刺史，威著西州，化行河右。中州避難來者日月相繼，分武威置武興郡以居之。

張駿爲凉州牧，下令境中曰："昔鯀殛而禹興，芮誅而缺進。唐帝所以殄洪災，晋侯所以成五霸，法律犯死罪期親不得在朝。今盡聽之，唯不宜内參宿衛耳。"於是刑清國富。駿有計略，勤修庶政，總御文武，咸得其用。遠近嘉咏，號曰積賢君。自軌據凉州，屬天下之亂，所在征伐，軍無寧歲，至駿境内漸平。

同上，《聽納》：

張駿，寔之弟，爲凉州牧。時劉曜東討石生，長安空虚。大蒐講武，將襲秦、雍。理曹郎中索詢諫曰："曜雖東征，劉胤猶守本，險阻路遥，爲主人甚易。胤若輕騎憑氐羌以距我者，則奔突難測。輟彼東合而逆戰者，則寇我未已。頃年頻出，戎馬生郊，外有饑羸，内資虚耗，豈是殿下子物之謂耶？"駿曰："每患忠言不獻，面從背違，吾政教缺然而莫我救者，卿盡辭規諫，深副孤之所望。"以羊酒禮之。駿境内嘗大饑，穀價踴貴，市長譚詳請出倉穀與百姓，秋收三倍徵之。從事陰據諫曰："昔西門豹宰鄴，積之於人；解扁莅東封之邑，計入三倍。文侯以豹有罪而可賞，扁有功而可罰。今詳欲因人之乏饑，要三倍之利，反裘傷皮，未足喻之。"駿納之。駿議欲嚴刑峻制，衆咸以爲宜。參軍黄斌進曰："臣未見其可。"駿問其故，斌曰："夫法制所以經綸邦國，篤俗齊物，既立必行，不可窪隆也。若尊者犯令，則法不行矣。"駿屏机改容曰："夫法唯上行，制無高下，且微黄君，吾不聞過矣。黄君可謂忠之至也。"於是擢爲敦煌太守。又辛晏阻兵於枹罕，駿燕群寮於閑豫堂，命竇濤等進討辛晏。從事劉慶諫曰："霸王不以喜怒興師，不以乾没取勝。必須天時人事然後起也。辛晏父子安忍凶狂，其亡可待，奈何以饑年大舉、猛寒攻城！昔周武回戈以須亡殷之期，曹公緩袁氏使自斃，何獨殿下以旋兵爲恥乎？"駿納之。

同上，卷二百三十僭僞部《飲宴》：

前凉張駿初爲凉州牧、西平公，劉曜又使人拜駿凉州牧、凉王。時辛晏阻兵於枹罕，駿宴群寮於閑豫堂，命竇濤等進討辛晏。

同上，《交好》：

前凉張駿自稱凉州牧，時前趙劉曜僭號，又使人拜駿凉州牧、凉王。駿遣參軍王騭聘於曜。晋成帝咸和初，懼爲曜所逼，使聘於後蜀李雄，修鄰好。又使趙石勒遣使拜駿官爵，駿不受，留其使。後懼勒强，遣使稱臣於勒，兼貢方物，遣其使歸。

同上，《和好》：

蜀李雄僭即帝位，前凉張駿遣使遺雄書，勸去尊號稱藩於晋。雄復書曰："吾過爲士大夫所推，然本無心於帝王也。進思爲晋室元功之臣，退思共爲守藩之將，掃除氛埃，以康帝宇。而晋室凌遲，德聲不振，引領東望有年月矣。會獲來貺，情在暗室，有何已已。知欲遠遵楚漢，尊崇義帝，《春秋》之義，於斯莫大。"駿重其言，使聘相繼。

同上，《懷附》：

張駿爲凉州牧，西域諸國獻汗血馬、火浣布、犎牛、孔雀、巨象及諸珍異二百餘品。又鄯善王元孟獻女號曰美人，立賓遐觀以處之。焉耆前部於置王并遣使貢其方物。

同上，卷二百三十一僭僞部《征伐》：

張駿嗣其季父茂爲涼州牧。咸和初，秦州諸郡既屬劉曜，駿遣武威太守竇濤、金城太守張閬、武興太守辛岩、揚烈將軍宋輯等率衆東會韓璞攻討之。曜遣其將劉胤來距，屯於狄道城。韓璞進渡沃干嶺，爲胤所敗。（事具僭僞兵敗門。）

……張駿聞曜軍爲石氏所敗，乃去曜官號，復稱晋大將軍、涼州牧。遣金城太守張閬及枹罕護軍辛晏、韓璞等率衆數萬人自大夏攻掠秦州諸郡，曜遣劉胤率步騎四萬擊之夾洮，相持七十餘日。冠軍呼延那鷄率親御郎三千騎絶其運路，胤濟師逼之，璞軍大潰，奔還涼州。胤追之，及於令居，斬級二萬。張閬、辛晏率衆數萬降於曜，皆拜將軍，封列侯。石勒遣石季龍率衆四萬自軹關西入伐曜，河東應之者五十餘縣，進攻蒲阪。曜將東救蒲阪，懼張駿。楊難敵承虚襲長安，遣其河間王述發氐羌之衆屯於秦州。曜盡中外精鋭水陸赴之，自衛關北濟。季龍懼，引師而退。追之及於高侯，大戰敗之，斬其將軍石瞻，枕尸二百餘里，收其資仗億計。季龍奔於朝歌。

同上，卷二百三十二僭僞部《稱藩》：

張駿嗣其季父茂爲涼州牧，猶稱建興。十二年，承元帝凶問，駿大臨三日。群寮勸駿稱涼王，領秦、涼二州牧，置公卿百官，如魏武、晋文故事。駿曰："此非人臣所宜言也。敢有言此者，罪在不赦！"然境内皆稱之爲王。後晋成帝遣治書御史耿訪拜駿鎮西大將軍。咸和八年始達涼州，駿受詔，遣部曲督王豐等報謝，上疏稱臣，而不奉正朔，猶稱建興。二十一年九月，復使訪隨豐等齎印板進駿大將軍。自是，每歲使命不絶。後駿遣參軍曲護上疏曰："東西隔塞，踰歷年載，夙承聖德，心繫本朝，而江吴寂蔑，餘波莫及，雖肆力修塗，同盟靡恤。奉詔之日，悲喜交并，天恩光被，褒崇輝渥。即以臣爲大將軍，都督陝西雍秦涼州諸軍事，休寵振赫，萬里懷戴，嘉命顯至，銜感屏營。伏惟陛下天挺岐嶷，堂構晋室，遭家不造，播幸吴楚。宗廟有黍離之哀，園陵有殄廢之痛。普天咨嗟，含氣悲傷。臣專命一方，職在斧鉞，遐域僻陋，勢極秦隴。勒、雄既死，人懷反正。謂季龍、李期之命，曾不崇朝，而皆篡繼凶逆，鴟張有年。東西遼曠，聲援不接，遂使桃蟲鼓翼，四夷喧嘩。向義之徒，更思背誕。鉛刀有干將之志，螢燭希日月之光。是以臣前章懇切，欲齊力時討，而陛下雍容江表，坐觀禍敗，懷目前之安，替四祖之業，馳檄布告，徒設空文。臣所以宵吟荒漠，痛心長路者也。且兆庶離主，漸周經世，先老消落，後生靡識。忠良受梟懸之罰，群凶貪縱横之利。懷忠戀故，日月告流。雖時有尚義之士，畏逼首領，哀嘆窮廬。臣聞少康中興，由於一旅；光武嗣漢，衆不盈百。祀夏配天，不失舊物，況以荆揚慓悍，神州突騎，吞噬遺羯，在於掌握哉！願陛下敷弘臣慮，永念先績，敕司空鑒、征西亮等泛舟江沔，使首尾俱至也。"自後駿遣使多爲季龍所獲，不達。張重華嗣父駿爲涼州牧、涼王，晋遣侍御史俞歸拜重華涼州刺史、假節。重華遣使上疏曰："季龍自斃，遺燼游魂，取亂侮亡，睹機則發，臣今遣前鋒都督裴恒步騎七萬遥出隴上，以俟聖朝赫然之威。山東騷擾，不足厝懷；長安膏腴，宜速平蕩。臣守任西荒，山川悠遠，大誓六軍，不及聽受之末；猛將鷹揚，不豫告成之次。瞻雲望日，孤憤義傷；彈劍慷慨，中情蘊結。"於是康獻皇后詔報，遣使進重華爲涼州牧。

同上，卷二百三十三僭僞部《好土功》：

張駿西域鄯善王元孟獻女號曰美人，駿立賓遐觀以處之。

同上，《悔過》：

張駿性卓越不羈，而淫縱過度，常夜微行於邑里，國中化之。及嗣位爲涼州牧，欲嚴刑峻制，參軍黄斌進諫，駿於是厲操改節，勤修庶政，總御文武，咸得其用。

同上，《矜大》：

前涼張駿爲涼州牧，得玉璽於河，其文曰"執萬國，建無極"。時駿盡有隴西之地，士馬强盛，雖稱臣於晋，而不行中興正朔，舞六佾，建豹尾，所置官僚府寺擬於王者，而微異其名。又分州西界三郡置沙州，東界六郡置河州。王府官僚莫不稱臣。又於姑臧城南築城，起謙光殿，畫以五色，飾以金玉，窮極珍巧。殿之四面各起一殿：東曰宜陽青殿，以春三月居之，章服器物皆依方色；南曰朱陽赤殿，夏三月居之；西曰政刑白殿，秋三月居之；北曰玄武黑殿，冬三月居之。其傍皆有直省内官寺署，一同方色。及末年任所游處，不復於四時而居。

同上，卷二百三十四僭僞部《兵敗》：

前涼張駿自稱涼州牧，遣武威太守竇濤、金城太守張閬、武興太守辛岩、揚烈將軍宋輯等率衆東會將軍韓璞攻討秦州諸郡。時劉曜遣其將劉胤來拒，屯於狄道城。韓璞進度沃干嶺，辛岩曰："我握衆數萬，藉氐羌之鋭，宜速戰以滅之，不可以久。久則變生。"璞曰："自夏末以來太白犯月，辰星逆行，白虹貫日，皆變之大者，不可以輕動。輕動而不捷，爲禍更深。吾將久而斃之。且曜與石勒相攻，胤亦不能久也。"積七十餘日，軍糧竭，遣辛岩督運於金城。胤聞之大悦，謂其諸士曰："韓璞之衆十倍於吾，羌胡皆叛，不爲之用。吾糧廩將懸，難以持久。今虜分兵運糧，可謂天授吾也。若敗辛岩，璞等自潰。彼衆我寡，宜以死戰。戰而不捷，當無匹馬得還。宜厲爾戈矛，竭汝智力。"衆咸奮，於是率騎三萬襲岩於沃干嶺，敗之。璞軍遂潰，死者二萬人。面縛歸罪，駿曰："孤之罪也，將軍何辱？"皆赦之。

石季龍僭稱天王，以西平張伏都爲都督征討諸軍事，帥步騎三萬擊凉州。既渡河，與張駿將謝艾大戰於河西，伏都敗績。及僭即帝位，凉州戍卒高力、梁犢等起兵東還犢，自稱晋征東大將軍，率衆攻陷下辨，逼張茂爲大都督、大司馬，載以軺車。安西劉寧自安定擊之，大敗而還。秦、雍間城戍無不摧陷，斬二千石長史，長驅而東。高力等皆多力善射，一當十餘人，雖無兵甲，所在掠百姓。大斧施一丈柯攻戰若神，所向皆潰，戍卒皆隨之。比至長安，衆已十萬。其樂平王石苞時鎮長安，盡鋭拒之，一戰而敗。犢遂東出潼關，進如雒川。季龍以李農爲大都督行大將軍事，統衛軍張賀度、征西張良、征虜石閔等率步騎十萬討之，戰於新安。農師不利。又戰於雒陽，農師大敗，乃退壁成皋。

同上，卷三百七十一將帥部《忠第二》：

庾翼爲安西將軍，鎮武昌。嘗遣使東至遼東，西到凉州，要結二方，欲同大舉。慕容皝、張駿并報使請期。翼雅有大志，欲以滅胡平蜀爲己任，言論慷慨，形於辭色。

同上，六百五十九奉使部《敏辯》：

晋張淳，愍帝時爲凉州牧張駿治中從事。初，駿遣傅穎假道於蜀，通表京師，李雄弗許。駿又遣淳稱藩於蜀，托以假道焉。雄大悦。雄又有憾於南氐楊初，淳因説曰：“南氐無狀，屢爲邊害，宜先討百頃，次平上邽，二國并勢，席捲三秦。東清許雒，掃氛燕趙，拯二帝梓宫於平陽，反皇輿於雒邑，此英霸之舉，千載一時，寡君所以遣下臣冒險通誠，不遠萬里者，以陛下義聲遠播，必能愍寡君勤王之志。天下之善一也，惟陛下圖之。”雄謂淳曰：“貴主英名蓋世，土險兵盛，何不稱帝自娱一方？”淳曰：“寡君以乃祖乃父世濟忠良，未能雪先人之大耻，解衆庶之倒懸，日昃忘食，枕戈待旦，以琅琊中興江東，故萬里翼戴，將成桓文之事，何言自娱邪？”雄有慚色，曰：“我乃祖乃父亦是晋臣，往與六郡，避難此都，爲同盟所推，遂有今日。琅琊若能中興大晋，於中州者亦當率衆輔之。”淳還至龍鶴，募兵通表，後皆達京師，朝廷嘉之。

凉州牧張駿遣參軍王騭聘於前趙劉曜，曜謂之曰：“貴州必欲追蹤竇融，款誠和好，卿能保之乎？”騭曰：“不能。”曜侍中徐邈曰：“君來和同，而云不能，何也？”騭曰：“齊桓貫澤之盟，憂心兢兢，諸侯不召而自至；葵丘之會，驕而矜誕，叛者九國。趙國之化常如今日可也，若政教陵遲，尚未能察邇者之變，况鄙州乎？”曜顧謂左右曰：“此凉州高士，使乎得人。”禮而遣之。

同上，卷七百八十一總録部《節操》：

前凉辛理美姿貌，張駿欲奪其妻，以寡妹妻之，理割鼻自誓。

同上，卷八百九十二總録部《夢徵》：

西凉張駿有疾，夢出游，不識其處，見一玄龜向之張口而言，更九日當有嘉聞，遂經九日而卒。

同上，卷八百九十四總録部《謡言》：

張駿將立爲凉王，姑臧謡曰："鴻從南來雀不驚，誰謂孤雛尾翅生，高舉六翮鳳凰鳴。"至是而復收河南之地。

同上，卷九百三十總録部《寇竊》：

後凉胡安據吕纂時盗發張駿墓，見駿貌如生，得珍珠簾、琉璃榼、白玉尊、赤玉簫、紫玉笛、珊瑚鞭、馬瑙鐘，水陸奇珍不可勝紀。纂誅安據黨五十餘家，遣使吊祭駿，并修繕其墓。（中華書局，1960年）

司馬光編著，胡三省音注《資治通鑑》卷九十三晋紀十五《肅宗明皇帝下》：

太寧二年……夏五月甲申，張茂疾病，執世子駿手泣曰："吾家世以孝友忠順著稱，今雖天下大亂，汝奉承之不可失也。"且下令曰："吾官非王命苟以集事，豈敢榮之，死之日當以白帢入棺，勿以朝服斂。"是日薨。愍帝使者史淑在姑臧，左長史氾禕、右長史馬謨等使淑拜駿大將軍、凉州牧、西平公，赦其境内。前趙主曜遣使贈茂太宰，謚曰成烈王，拜駿上大將軍、凉州牧、凉王。……十二月，凉州將辛晏據枹罕不服，（將，即亮翻。枹罕縣前漢屬金城郡，後漢屬隴西郡，晋自張軌鎮河西，表分西平界，置晋興郡，枹罕縣屬焉。枹音膚。）張駿將討之，從事劉慶諫曰："霸王之師必須天時人事相得，然後乃起。辛晏凶狂安忍，其亡可必。（殺人而心不矜惻、顔不顰蹙者爲忍，忍而安之，則其亡必矣。）奈何以饑年大舉、盛寒攻城乎？"駿乃止。駿遣參軍王騭聘於趙，趙主曜謂之曰："貴州款誠和好，卿能保之乎？"騭曰："不能。"侍中徐邈曰："君來結好而云不能保，何也？"騭曰："齊桓貫澤之盟，憂心兢兢，諸侯不召自至，葵丘之會，振而矜之，叛者九國。趙國之化常如今日可也，若政教陵遲，尚未能察邇者之變，况鄙州乎？"曜曰："此凉州之君子也，擇使可謂得人矣。"厚禮而遣之。……

三年春二月，張駿承元帝凶問，大臨三日。（臨，力鴆翻。據駿傳，嘉泉在武威揖次縣，"揖次"前漢作"揟次"。孟康曰：揟，子如翻，次音咨。）會黄龍見嘉泉，氾禕等請改年，以章休祥，駿不許，辛晏以枹罕降，駿復收河南之地。（凉州諸郡，獨金城在河南。）

同上，《顯宗成皇帝上之上》：

咸和元年……十二月……張駿畏趙人之逼，是歲，徙隴西、南安民二千餘家於姑臧。又遣使修好於成，以書勸成主雄去尊號，稱藩於晋。雄復書曰："吾過爲士大夫所推，然本無心於帝王，思爲晋室元功之臣，掃除氛埃。而晋室陵遲，德聲不振，引領東望有年月矣。會獲來貺，情在暗至。（言引領望晋，此情常在，而駿書適至，暗與之合也。）有何已已。"自是聘使相繼。……

二年……夏五月……張駿聞趙兵爲後趙所敗，乃去趙官爵，復稱晋大將軍、凉州牧。遣武威太守竇濤、金城太守張閬、武興太守辛岩、（惠帝永寧中，張軌表請合秦、雍流移人於姑臧西北，置武興郡。）揚烈將軍宋輯等帥衆數萬會韓璞攻掠趙秦州諸郡，（韓璞時在冀。帥讀曰率。）趙南陽王胤將兵擊之。屯狄道枹罕護軍辛晏告急。秋，駿使韓璞、辛岩救之。璞進度沃干嶺，（沃干嶺在晋興郡大夏縣東南、洮水西北。）岩欲速戰，璞曰："夏末以來日星數有變，不可輕動。且曜與石勒相攻，胤必不能久與我相守也。"與胤夾洮相持七十餘日。（《水經注》：洮水過狄道城西。洮，土刀翻。）冬十月，璞遣辛岩督運於金城，胤聞之曰："韓璞之衆十倍於吾，吾糧不多，難以持久。今虜分兵運糧，天授我也。若敗辛岩，璞等自潰。"乃帥騎三千，襲岩於沃干嶺，敗之。遂前逼璞營，璞衆大潰。胤乘勝追奔濟河，攻拔令居，（令居縣漢屬金城郡，張寔置廣武郡，令居分屬焉。）斬首二萬級，進據振武。（振武在姑臧東南、廣武西北。）河西大駭，張閬、辛晏帥其衆數萬降趙，駿遂失河南之地。

同上，卷九十四晋紀十六《顯宗成皇帝上之下》：

咸和三年……後趙中山公虎帥衆四萬自軹關西入，擊趙河東，應之者五十餘縣，遂進攻蒲阪。趙主曜遣河間王述發氐羌之衆屯秦州，以備張駿。……張駿治兵欲乘虛襲長安，理曹郎中索詢諫曰：（理曹郎中，張氏所置，以掌刑獄。索，昔各翻。）"劉曜雖東征，其子胤守長安，未易輕也。借使小有所獲，彼若釋東方之圖還與我校，禍難之期未可量也。"駿乃止。……

五年……五月……張駿因前趙之亡，復收河南地。至於狄道，置五屯護軍與趙分境。（駿失河南地見上卷。咸和二年，五屯護軍，武街、石門、候和、漒川、甘松也。）

同上，卷九十五晋紀十七《顯宗成皇帝中之上》：

咸和七年……十二月庚戌，帝遷於新宫。（五年作新宫，至是而成，乃遷居之。）是歲，凉州僚屬勸張駿稱凉王、領秦凉二州牧，置公卿百官，如魏武晋文故事。（魏武事見六十七卷，漢獻帝建安二十一年。晋文事見七十九卷，魏元帝咸熙元年。）駿曰："此非人臣所宜言也，敢言此者罪不赦！"然境内皆稱之爲王。駿立次子重華爲世子。

咸和八年……冬十月，生、朗皆舉兵以討丞相虎，生自稱秦州刺史，遣使來降。氐帥蒲洪自稱雍州刺史，西附張駿。（咸和四年，洪降於虎，今以趙亂而叛。帥，所類翻。）……十二月，郭權據上邽，遣使來降。京兆、新平、扶風、馮翊、北地皆應之。初，張駿欲假道於成以通表建康，成主雄不許，駿乃遣治中從事張淳稱藩於成以假道，雄僞許之，將使盜覆諸東峽，（三峽在成都之東，故云東峽。）蜀人橋贇密以告淳，淳謂雄曰："寡君使小臣行無迹之地，（蜀不許凉人假道，則蜀地前此無凉人之迹。）萬里通誠於建康者，以陛下嘉尚忠義、能成人之美故也。若欲殺臣者，當斬之都市，宣示衆目，曰凉州不忘舊德、通使琅邪，（江左自琅邪中興，故以稱之。使，疏吏翻。）主聖臣明，發覺殺之。如此則義聲遠播，天下畏威。今使盜殺之江中，威刑不顯，何足以示天下乎？"雄大驚曰："安有此邪？"司隸校尉景騫言於雄曰：（蜀置司隸校尉於成都。）"張淳壯士，請留之。"雄曰："壯士安肯留？且試以卿意觀之。"騫謂淳曰："卿體豐大，天熱可且遣下吏，小住須凉。"淳曰："寡君以皇輿播越，梓宫未返，（謂懷、愍蒙塵，卒之見害，梓宫未返也。）生民塗炭，莫之振救，故遣淳通誠上都，（上都，謂建康也。）所論事重非下吏所能傳，使下吏可了，則淳亦不來矣。雖火山湯海猶將赴之，豈寒暑之足憚哉！"雄謂淳曰："貴主英名蓋世，土險兵强，何不亦稱帝自娱一方？"淳曰："寡君祖考以來，世篤忠貞，以仇恥未雪，枕戈待旦，何自娱之有？"雄甚慚曰："我之祖考本亦晋臣，遭天下大亂，與六郡之民避難此州，（事見八十二卷惠帝元康八年。難，乃旦翻。）爲衆所推，遂有今日。琅邪若能中興大晋於中國者，亦當帥衆輔之。"厚爲淳禮而遣之，淳卒致命於建康。（卒，子恤翻。致命，致其君命也。）長安之失守也，（事見八十九卷愍帝建興四年。）敦煌計吏耿訪自漢中入江東，（耿訪，敦煌所遣上計吏，留長安未還而長安陷，且河隴路絶，因南入漢中，自漢東下至建康。敦，徒門翻。）屢上書請遣大使慰撫凉州。朝廷以訪守持書御史，拜張駿鎮西大將軍，選隴西賈陵等十二人配之。訪至梁州，道不通，以詔書付賈陵，詐爲賈客以達之。是歲，陵始至凉州，駿遣部曲督王豐等報謝。

九年春正月，趙改元延熙。……二月丁卯，詔遣耿訪、王豐齎印綬授張駿大將軍，都督陝西、雍、秦、凉州諸軍事。自是，每歲使者不絶。（仇池稱藩梁，凉之路通也。）

咸康元年……初，張軌及二子寔、茂雖保據河右，而軍旅之事無歲無之。及張駿嗣位，境内漸平。駿勤修庶政，總御文武，咸得其用，民富兵强，遠近稱之，以爲賢君。駿遣將楊宣伐龜兹、鄯善，於是西域諸國焉耆、于寘之屬皆詣姑臧朝貢，（龜兹，音丘慈。鄯，上扇翻。寘，徒賢翻；又徒見翻。）駿於姑臧南作五殿，（駿起謙光殿，四面各起一殿：東曰宜陽青殿，以春三月居之；南曰朱陽赤殿，夏三月居之；西曰政刑白殿，秋三月居之；北曰玄武黑殿，冬三月居之。章服器物皆依方色。）官屬皆稱臣。駿有兼秦、雍之志，遣參軍曲護上疏，以爲勒、雄既死，虎、期繼逆，兆庶離主，漸冉經世，先老消落，後生不識慕戀之心，日遠日忘。乞敕司空鑒征西，亮等泛舟江沔，首尾齊舉。（郗鑒時鎮京口，庾亮時鎮武昌。沔，彌兖翻。）

同上，卷九十六晋紀十八《顯宗成皇帝中之下》：

咸康五年……張駿立辟雍、明堂以行禮。十一月，以世子重華行凉州事。（重，直龍翻。）

咸康六年……冬十月……張駿遣别駕馬詵入貢於趙，表辭蹇傲，虎怒，欲斬詵。侍中石璞諫曰："今國家所當先除者，遺晋也。河西僻陋，不足爲意。今斬馬詵，必征張駿。則兵力分而爲二，建康復延數年之命矣。"乃止。璞，苞之曾孫也。（石苞事晋文帝、武帝，功參佐命。）

同上，卷九十七晋紀十九《孝宗穆皇帝上之上》：

永和元年……十二月，張駿伐焉耆，降之。是歲，駿分武威等十一郡爲凉州，（駿分武威、武興、西平、張掖、酒泉、建康、西郡、湟河、晋興、須武、安故合十一郡爲凉州。）以世子重華爲刺史。分興晋等八郡爲河州，（駿分興晋、金城、武始、南安、永晋、大夏、武成、漢中八郡爲河州。）以寧戎校尉張瓘爲刺史。分燉煌等三郡及西域都護三營爲沙州。（《晋志》惟載敦煌、晋昌二郡，西域都護張茂以校尉玉門大護軍三郡三營爲沙州，而一郡不見於史，蓋缺文也。燉，徒門翻。）以西胡校尉楊宣爲刺史。駿自稱大都督、大將軍、假凉王，督攝三州，始置祭酒、郎中、大夫、舍人、謁者等官，官號皆仿天朝而微變其名，車服旌旗擬於王者。

二年……五月丙戌，西平忠成公張駿薨官屬上。世子重華爲使持節、大都督、太尉、護羌校尉、凉州牧、西平公、假凉王，赦其境内，尊嫡母嚴氏爲太王太后，母馬氏爲王太后。（中華書局，1956年）

陳暘《樂書》卷一百三十六樂圖論俗部《玉笛》：

《梁州記》：咸寧中有盗竊發張駿冢，得白玉笛。唐天寶中，明皇命紅桃歌貴妃《凉州曲》，親御玉笛，爲之倚曲。則玉之爲樂器，非特可爲笙、簫，亦可爲笛

矣。今士夫之家往往有之。(《文淵閣四庫全書》本)

曾慥《類説》卷六十《拾遺類總·赤玉簫》:

《三十國春秋》曰:凉州胡安盜發晋文王張駿墓,見駿貌如生,得赤玉簫、紫玉簫。(《文淵閣四庫全書》本)

鄭樵《通志》卷十下晋紀第十下《成帝》:

咸和……五年……十二月張駿稱臣於石勒。

八年春正月……癸酉,以張駿爲鎮西大將軍。丙子,石勒遣使致賂,詔焚之。

八年春……二月丁卯,加鎮西大將軍張駿爲大將軍。

同上,《康帝》:

建元元年……十二月,石虎侵張駿,駿使其將軍謝艾拒之,大戰於河西,虎敗績。十二月,高句驪遣使朝獻。

二年春正月,張駿遣其將和驎、謝艾討南羌于闐和,大破之。二月,慕容皝及鮮卑帥宇文歸戰於昌黎,歸衆大敗,奔於漠北。四月,張駿將張瓘敗石虎將王擢於三交城。

同上,《穆帝》:

永和元年……十二月,李勢將爨頠來奔,凉州牧張駿伐焉耆,降之。

二年……五月丙戌,凉州牧張駿卒,子重華嗣。

同上,卷六十九《藝文略第七》文類第十二别集一:

《張駿集》八卷。

同上,卷一百八十六載記第一《前凉·張駿》:

駿字公庭,幼而奇偉。建興四年封霸城侯。十歲能屬文,卓越不羈,而淫縱過度,常夜微行於邑里,國中化之。及統任年十八。先是,愍帝使人黄門侍郎史淑在姑臧,左長史馬謨等諷淑令拜駿使持節、大都督、大將軍、凉州牧、領護羌校尉、西平公,赦其境内,置左右前後四率官,繕南宫。劉曜又使人拜駿凉州牧、凉王。時辛晏阻兵於枹罕,駿燕群僚於閑豫堂,命竇濤等進討。辛晏從事劉慶諫曰:"昔周武回戈以須亡殷之期,曹公緩袁氏使自斃,辛晏父子安忍凶狂,亡可立待。願且旋師以俟後舉。"駿納之,遣參軍王騭聘於劉曜……禮而遣之。太寧元年,駿猶稱建興十二年。駿親耕籍田。尋承元帝崩問,駿大臨三日,會有黄龍見於揖次之嘉泉，右長史氾禕言於駿曰："案建興之年是少帝始起之號，帝以凶終，理應改易，朝廷越在江南，音問隔絶，宜因龍改號，以章休徵。"不從。初，駿之立也，姑臧謡曰："鴻從南來雀不驚，誰謂孤雛尾翅生，高舉六翮鳳凰鳴。"至是而復收河南之地。

咸和初，駿遣武威太守竇濤、金城太守張閬、武威太守辛岩、揚烈將軍宋輯等率衆東會韓璞，攻討秦州諸郡。曜遣其將劉胤來距，屯於狄道城。韓璞進度沃干嶺……積七十餘日軍糧竭，遣辛岩督運於金城。胤聞之大悦……於是率騎三千襲岩於沃干嶺，敗之。璞軍遂潰，死者二萬餘人。面縛歸罪，駿曰："孤之罪也，將軍何辱？"皆赦之。胤乘勝追奔濟河，攻陷令居，入據振武，河西大震。駿遣皇甫該禦之，赦其境内。會劉曜東討石生，長安空虚，大蒐講武，將襲秦、雍。理曹郎中索詢諫曰……駿悦以羊酒禮之。西域諸國獻汗血馬、火浣布、犎牛、孔雀、巨象及諸珍異二百餘品。西域長史李柏請擊叛將趙貞，爲貞所敗，議者以柏造謀致敗，請誅之，駿曰："吾每以漢世宗之殺王恢，不如秦穆之赦孟明。"竟以减死論，群心咸悦。駿觀兵新鄉，狩於北野，因討軻没虜破之，下令境中曰："昔鯀殛而禹興，芮誅而缺進，唐帝所以殄洪災，晋侯所以成五霸。法律犯死罪，期親不得在朝，今盡聽之。唯不宜内參宿衛耳。"於是刑清國富。群僚勸駿稱涼王、領秦涼二州牧，置公卿百官如魏武、晋文故事，駿曰："此非人臣所宜言也，敢有言此者罪在不赦！"然境内皆稱之爲王。群寮又請駿立世子，駿不從。中堅將軍宋輯極言國嗣不可久曠，駿遂立子重華爲世子。

先是，駿遣傅穎假道於蜀通表京師，李雄弗許，駿又遣治中從事張淳稱藩於蜀托以假道焉，雄大悦。雄又有憾於南氐楊初，淳因説曰……雄有慚色曰……淳還至龍鶴，募兵通表後皆達京師，朝廷嘉之。駿議欲嚴刑峻制，衆咸以爲宜，黄斌進曰："臣未見其可。"駿問其故，斌曰："夫法制所以經綸邦國，篤俗齊物，既立必行，不可窪隆也。若尊者犯令，則法不行矣。"駿屏几改容曰："夫法唯上行，制無高下，且微黄君，吾不聞過矣。黄君可謂忠之至也。"於坐擢爲敦煌太守。駿有計略，於是厲操改節，勤修庶政，總御文武，咸得其用，遠近嘉咏，號曰積賢君。自軌據涼州，屬天下之亂，所在征伐，軍無寧歲，至駿境内漸平。又使其將楊宣率衆越流沙，伐龜兹、鄯善，於是西域并降。鄯善王元孟獻女號曰美人，立賓遐觀以處之。焉耆前部于寘王并遣使貢方物，得玉璽於河，其文曰"執萬國，建無極"，時駿盡有隴西之地，士馬强盛，雖稱臣於晋，而不行中興正朔，舞六佾，建豹尾，所置官僚府寺擬於王者，而微異其名。又分州西界三郡置沙州，東界六郡置河州，二府官僚莫不稱臣。又於姑臧城南築城起謙光殿，畫以五色，飾以金玉，窮盡珍巧。殿之四面各起一殿，東曰宜陽青殿，以春三月居之，章服器物皆依方色；南曰朱陽赤殿，夏三月居之；西曰政刑白殿，秋三月居之；北曰玄武黑殿，冬三月居之。其傍皆有直省内官寺署，一同方色。及末年任所游處，不復依四時而居。

咸和初，懼爲劉曜所逼，使將軍宋輯、魏纂將兵徙隴西南安人二千餘家於姑臧，使聘於李雄修鄰好。及曜攻枹罕，護軍辛晏告急，駿使韓璞、辛岩率步騎二萬擊之，戰於臨洮，大爲曜軍所敗，璞等退走，追至令居，駿遂失河南之地。初，戊己校尉趙貞不附於駿，至是駿擊擒之，以其地爲高昌郡。及石勒殺劉曜，駿因長安亂復收河南地，至於狄道，置武衛、石門、侯和、漒川、甘松五屯護軍，與勒分境。勒遣使拜駿官爵，駿不受，留其使。後懼勒强，遣使稱臣於勒，兼貢方物。遣其使歸，駿境内嘗大饑，穀價踴貴，市長譚詳請出倉穀與百姓，秋收三倍徵之，從事陰據諫曰："昔西門豹宰鄴積之於人，解扁莅東封之邑計入三倍，文侯以豹有罪而可賞，扁有功而可罰。今詳欲因人之饑以要三倍，反裘傷皮，未足諭之。"駿納之。

初，建興中敦煌計吏耿訪到長安，既而遇賊不得反，奔漢中，因東渡江，以太興二年至京都，屢上書以本州未知中興，宜遣大使，乞爲鄉導。時連有内難，許而未行，至是始以訪守治書御史，拜駿鎮西大將軍，校尉、刺史、公如故。選西方人隴西賈陵等十二人配之。訪停梁州七年，以驛道不通召還。訪以詔書付賈陵，托爲賈客，到長安不敢進，以咸和八年始達涼州。駿受詔，遣部曲督王豐等報謝，并遣陵歸，上疏稱臣而不奉正朔，猶稱建興二十一年。

九年，復使訪隨豐等齎印版進駿大將軍。自是每歲使命不絶。後駿遣參軍曲護上疏，言雄、勒既死，人懷反正，石虎、李期篡逆相繼，臣願率秦隴突騎，吞噬遺羯，乞敕司空鑒征西，亮泛舟江沔，使首尾俱發。自後駿遣使多爲石虎所獲，不達。後駿又遣護羌參軍陳寓、從事徐虓、華馭等至京師。征西大將軍亮上疏言，陳寓等冒險遠至，宜蒙銓叙，詔除寓西平相，虓等爲縣令。永和元年，以世子重華爲五官中郎將、涼州刺史。駿在位二十二年，卒時年四十，私謚曰文公，穆帝追謚曰忠成公。（中華書局，1987年）

袁樞《通鑑紀事本末》卷十三下《張氏據涼》：

晋惠帝永寧元年春正月，以散騎常侍安定張軌爲涼州刺史。軌以時方多難，陰有保據河西之志，故求爲涼州。時州境盜賊縱橫，鮮卑爲寇，軌至，以宋配、氾瑗爲謀主，悉討破之，威著西土。

懷帝永嘉二年春二月，涼州刺史張軌病風，口不能言，使其子茂攝州事。隴西内史晋昌張越涼州大族，欲逐軌而代之，與其兄酒泉太守鎮及西平太守曹祛謀，遣使詣長安，告南陽王模稱軌廢疾，請以秦州刺史賈龕代之。龕將受之，其兄讓龕曰："張涼州一時名士，威著西州，汝何德以代之？"龕乃止。鎮、祛上疏更請刺史，未報，遂移檄廢軌，以軍司杜耽攝州事，使耽表越爲刺史。軌下教欲避位歸老，宜陽長史王融、參軍孟暢蹋折鎮檄，排閤入言曰："晋室多故，明公撫寧西夏，張鎮兄弟敢肆凶逆，當鳴鼓誅之。”遂出戒嚴，會軌長子寔自京師還，乃以寔爲中督護，將兵討鎮。遣鎮甥太府主簿令狐亞先往説鎮，爲陳利害，鎮流涕曰：“人誤我。”乃詣寔歸罪，寔南擊曹祛，走之。朝廷得鎮、祛疏，以侍中袁瑜爲涼州刺史。治中楊澹馳詣長安，割耳盤上訴軌之被誣，南陽王模表請停瑜，武威太守張琠亦上表留軌。詔依模所表，且命誅曹祛。軌於是命寔帥步騎三萬討祛，斬之。張越奔鄴，涼州乃定。五月，詔封張軌西平郡公。軌辭不受。時州郡之使莫有至者，軌獨遣使貢獻，歲時不絶。

四年十一月，詔加張軌鎮西將軍、都督隴右諸軍事、光禄大夫。傅祗太常摯虞遺軌書，告以京師饑匱，軌遣參軍杜勳獻馬五百匹，毯布三萬匹。

六年春三月，涼州主簿馬魴説張軌，宜命將出師，翼戴帝室，軌從之。馳檄關中，共尊輔秦王，且言今遣前鋒督護宋配帥步騎二萬徑趨長安西，中郎將寔帥中軍三萬，武威太守張琠帥胡騎二萬，絡繹繼發。秋九月，秦州刺史裴苞據險以拒涼州兵，張寔、宋配等擊破之。苞奔柔凶塢。

愍帝建興二年二月壬寅，以張軌爲太尉、涼州牧，封西平郡公。朝廷以張軌老病，拜其子寔爲副刺史。夏五月，西平武穆公張軌寢疾，遺令文武將佐務安百姓，上思報國，下以寧家。己丑，軌薨。長史張璽等表世子寔攝父位。冬十月，以張寔爲都督涼州諸軍事、涼州刺史、西平公。

三年冬十月，涼州軍士張冰得璽，文曰“皇帝行璽”，獻於張寔。僚屬皆賀，寔曰：“是非人臣所得留。”遣使歸於長安。

四年夏四月，張寔下令，所部吏民有能舉其過者，賞以布帛羊米。賊曹佐高昌隗瑾曰：“今明公爲政，事無巨細，皆自決之。或興師發令，府朝不知，萬一違失，謗無所分，群下畏威，受成而已。如此，雖賞之千金，終不敢言也。謂宜少損聰明，凡百政事，皆延訪群下，使各盡所懷，然後采而行之，則嘉言自至，何必賞也。”寔悦從之，增瑾位三等。寔遣將軍王該帥步騎五千入援長安，且送諸郡貢計，詔拜寔都督陝西諸軍事，以寔弟茂爲秦州刺史。

元帝建武元年春正月，黄門郎史淑、侍御史王沖自長安奔涼州，稱愍帝出降。前一日，使淑等齎詔賜張寔，拜寔大都督、涼州牧、侍中、司空承制行事，且曰：“朕已詔琅邪王時攝大位，君其協贊琅邪，共濟多難。”淑等至姑臧，寔大臨三日，辭官不受。初，寔叔父肅爲西海太守，聞長安危，逼請爲先鋒入援，寔以其老弗許，及聞長安不守，肅悲憤而卒。寔遣太府司馬韓璞、撫戎將軍張閬等帥步騎一萬東擊漢，命討虜將軍陳安、安故太守賈騫、隴西太守吴紹各統郡兵爲前驅。又遺相國保書曰：“王室有事，不忘投軀，前遣賈騫瞻公舉動，中被符命，敕騫還軍。俄聞寇逼長安，胡崧不進，麴允持金五百，請救於崧，遂決。遣騫等進軍度嶺，會聞朝廷傾覆，爲忠不遂，憤痛之深，死有餘責。今更遣璞等唯公命是從。”璞等卒不能進而還，至南安，諸羌斷路，相持百餘日，糧竭矢盡，璞殺車中牛以饗士，泣謂之曰：“汝曹念父母乎？”曰：“念。”“念妻子乎？”曰：“念。”“欲生還乎？”曰：“欲。”“從我令乎？”曰：“諾！”乃鼓噪進戰，會張閬帥金城兵繼至，夾擊，大破之，斬首數千級。先是長安謡曰：“秦川中，血没腕，唯有涼州倚柱觀。”及漢兵覆關中，氐羌掠隴右，雍、秦之民死者什八九，獨涼州安全。

天興元年春三月，寔遣牙門蔡忠奉表詣建康。比至，帝已即位。寔不用江東年號，猶稱建興三年。夏六月，京兆人劉弘客居涼州天梯山，以妖術惑衆，從受道者千餘人。西平元公張寔左右皆事之，帳下閻涉、牙門趙卬皆弘鄉人，弘謂之曰：“天與我神璽，應王涼州。”涉、卬信之，密與寔左右十餘人謀殺寔，奉弘爲主。寔弟茂知其謀，請誅弘。寔令牙門將史初收之，未至，涉等懷刃而入，殺寔於外寢。弘見史初至，謂曰：“使君已死，殺我何爲？”初怒，截其舌而囚之，轘於姑臧市，誅其黨與數百人。左司馬陰元等以寔子駿尚幼，推張茂爲涼州刺史、西平公，赦其境内。以駿爲撫軍將軍。秋八月，西平公張茂立兄子駿爲世子。

四年春二月，張茂築靈鈞臺，基高九仞。武陵閻曾夜叩府門呼曰：“武公遣我來，言何故勞民築臺。”有司以爲妖，請殺之。茂曰：“吾信勞民，曾稱先君之命以規我，何謂妖乎？”乃爲之罷役。

永昌元年冬十二月，張茂使將軍韓璞帥衆取隴西南安之地，置秦州。

明帝太寧元年八月，趙主曜自隴上西擊涼州，遣其將劉咸攻韓璞於冀城，呼延晏攻寧羌護軍陰鑒於桑壁，曜自將戎卒二十八萬軍於河上，列營百餘里，金鼓之聲動地，河水爲沸。張茂臨河諸戍，皆望風奔潰。曜揚聲欲百道俱濟，直抵姑臧。涼州大震。參軍馬岌勸茂親出拒戰，長史氾禕怒請斬之。岌曰：“氾公糟粕書生，刺舉小才，不思國家大計。明公父子欲爲朝廷誅劉曜有年矣，今曜自至，遠近之情共觀，明公此舉當立信勇之驗，以副秦隴之望。力雖不敵，勢不可以不出。”茂曰：“善！”乃出屯石頭。茂謂參軍陳珍曰：“劉曜舉三秦之衆，乘勝席捲而來，將若之何？”珍曰：“曜兵雖多，精卒至少，大抵皆氐羌烏合之衆。恩信未洽，且有山東之虞，安能捨其腹心之疾，曠日持久與我争河西之地邪？若二旬不退，珍請得弊卒數千，爲明公擒之。”茂喜，使珍將兵救韓璞。趙諸將争欲濟河，趙主曜曰：“吾軍勢雖盛，然畏威而來者三分有二，中軍疲困，其實難用。今但案甲勿動，以吾威聲震之。若出中旬，張茂之表不至者，吾爲負卿矣。”茂尋遣使稱藩，獻馬牛羊珍寶不可勝紀，曜拜茂侍中都督、涼南北秦梁益巴漢隴右西域雜夷匈奴諸軍事、太師、涼州牧、封涼王，加九錫。張茂大城姑臧修靈鈞臺。别駕吴紹諫曰：“明公所以修城築臺者，蓋懲既往之患耳。愚以爲苟恩未洽於人心，雖處層臺亦無所益，適足以疑群下忠信之志，失士民繫托之望，示怯弱之形，啓鄰敵之謀，將何以佐天子霸諸侯乎？願亟罷兹役，以息勞費。”茂曰：“亡兄一旦失身於物，豈無忠臣義士欲盡節者哉？顧禍生不意，雖有智勇，無所施耳。王公設險，勇夫重閉，古之道也。今國家未靖，不可以太平之理責人於屯邅之世也。”卒爲之。

二年夏五月甲申，張茂疾病，執世子駿手泣曰：“吾家世以孝友忠順著稱，今雖天下大亂，汝奉承之不可失也。”且下令曰：“吾官非王命苟以集事，豈敢榮之？死之日，當以白帢入棺，勿以朝服斂。”是日薨，愍帝使者史淑在姑臧，左長史氾禕、右長史馬謨等使淑拜駿大將軍、凉州牧、西平公，赦其境内。前趙王曜遣使贈茂太宰，謚曰成烈王；拜駿上大將軍、凉州牧、凉王。冬十二月，凉州將辛晏據枹罕，不服，張駿將討之。從事劉慶諫曰：“霸王之師，必須天時、人事相得，然後乃起。辛晏凶狂安忍，其亡可必，奈何以饑年大舉、盛寒攻城乎？”駿乃止。駿遣參軍王騭聘於趙。趙主曜謂之曰：“貴州款誠和好，卿能保之乎？”騭曰：“不能。”侍中徐邈曰：“君來結好而云不能保，何也？”騭曰：“齊桓貫澤之盟，憂心兢兢，諸侯不召自至。葵丘之會，振而矜之，叛者九國。趙國之化常如今日可也，若政教陵遲，尚未能察邇者之變，况鄙州乎？”曜曰：“此凉州之君子也，擇使可謂得人矣。”厚禮而遣之。

三年春二月，張駿承元帝凶問，大臨三日。會黄龍見嘉泉，氾禕等請改年以章休祥，駿不許。辛晏以枹罕降，駿復收河南之地。

成帝咸和元年，張駿畏趙人之逼，是歲徙隴西、南安二千餘家於姑臧。又遣使修好於成，以書勸成主雄去尊號，稱藩於晋。雄復書曰：“吾過爲士大夫所推，然本無心於帝王，思爲晋室元功之臣，掃除氛埃。而晋室陵遲，德聲不振，引領東望，有年月矣。會獲來貺，情在暗至，有何已已。”自是聘使相繼。

二年夏五月，張駿聞趙兵爲後趙所敗，乃去趙官爵，復稱晋大將軍、凉州牧。遣武威太守竇濤、金城太守張閬、武興太守辛岩、楊烈將軍宋輯等帥衆數萬，東會韓璞攻掠趙秦州諸郡。

三年，張駿治兵欲乘虚襲長安。理曹郎中索詢諫曰：“劉曜雖東征，其子胤守長安，未易輕也。若使小有所獲，彼若釋東方之圖，還與我校，禍難之期，未可量也。”駿乃止。

五年夏五月，張駿因前趙之亡復收河南地。至狄道，置五屯護軍，與趙分境。六月，趙遣鴻臚孟毅拜駿征西大將軍、凉州牧，加九錫。駿恥爲之臣，不受。留毅不遣。

七年，凉州僚屬勸張駿稱凉王，領秦、凉二州牧，置公卿百官如魏武、晋文故事。駿曰：“此非人臣所宜言也。敢言此者，罪不赦！”然境内皆稱之爲王。駿立次子重華爲世子。

八年初，張駿欲假道於成以通表建康，成主雄不許。乃遣治中從事張淳稱藩於成以假道，雄僞許之，將使盗覆諸東峡。蜀人橋贇密以告淳，淳謂雄曰……厚爲淳禮而遣之，淳卒致命於建康。長安之失守也，敦煌計吏耿訪自漢中入江東，屢上書請遣大使慰撫凉州，朝廷以訪守治書御史，拜張駿鎮大將軍，選隴西賈陵等十二人配之。訪至梁州，道不通，以詔書付賈陵，詐爲賈客以達之。是歲，陵始至凉州，駿遣部曲督王豐等報謝。

九年春二月丁卯，詔遣耿訪、王豐齎印綬授張駿大將軍，都督陜西雍秦凉州諸軍事。自是每歲使者不絶。

咸康元年，初，張軌及二子寔、茂雖保據河右，而軍旅之事無歲無之。及張駿嗣位，境内漸平。駿勤修庶政，總御文武，咸得其用，民富兵强，遠近稱之，以爲賢君。駿遣將楊宣伐龜兹、鄯善，於是西域諸國焉耆、于寘之屬皆詣姑臧朝貢。駿於姑臧南作五殿，官屬皆稱臣。駿有兼秦、雍之志，遣參軍曲護上疏，以爲："勒、雄既死，虎、期繼逆，兆庶離主，漸冉經世，先老消落，後生不識，慕戀之心，日遠日忘。乞敕司空鑒、征西亮等泛舟江、沔，首尾齊舉。"

五年九月，張駿立辟雍、明堂以行禮。十一月，以世子重華行凉州事。六年春三月，張駿遣别駕馬詵入貢於趙，表辭蹇傲，趙王虎怒，欲斬詵。侍中石璞諫曰："今國家所當先除者，遺晋也；河西僻陋，不足爲意。今斬馬詵，必征張駿，則兵力分而爲二，建康復延數年之命矣。"乃止。璞，苞之曾孫也。

穆帝永和元年十二月，張駿伐焉耆，降之。是歲，駿分武威等十一郡爲凉州；以世子重華爲刺史。分興晋等八郡爲河州，以寧戎校尉張瓘爲刺史。分敦煌等三郡及西域都護等三營爲沙州，以西胡校尉楊宣爲刺史。駿自稱大都督、大將軍、假凉王，督攝三州，始置祭酒、郎中、大夫、舍人、謁者等官，官號皆仿天朝而微變其名，車服旌旗擬於王者。

二年夏五月丙戌，西平忠成公張駿薨官屬上。世子重華爲使持節、大都督、太尉、護羌校尉、凉州牧、西平公、假凉王，赦其境内，尊嫡母嚴氏爲太王太后，母馬氏爲王太后。（中華書局，1964年）

李治《敬齋古今黈》卷四"晋書王沈有四"條：

張駿有二：其一凉州牧張駿，即軌之孫而寔之子也。其一姚萇故將，殺江州都護趙毗，焚武昌、略府藏以叛者，爲江州刺史桓沖討斬之，事在哀帝興寧元年。（《叢書集成初編》本）

馬端臨《文獻通考》卷一百三十五《樂考八》石之屬雅部：

玉笛。《梁州記》：咸寧中，有盜竊發張駿冢，得白玉笛。唐天寶中，明皇命紅桃歌貴妃《梁州曲》，親御玉笛爲之倚曲。則玉之爲樂器，非特可爲笙、簫，亦可爲笛矣。今士夫之家往往有之。

同上，卷三百二十二《輿地考八》古雍州：

蘭州。古西羌地，秦屬隴西郡，漢屬金城、隴西二郡地。後漢、魏、晋因之。魏以爲重鎮。前凉張寔置廣武郡，張駿又分置武始郡。西秦乞伏國仁都苑川、南凉禿髮烏孤都廣武，皆是地也。

熙州。春秋、戰國皆爲西羌地，秦置隴西郡，二漢、晋因之。惠帝分置狄道郡，前凉張駿置武始郡。元魏置臨洮郡。

西州。漢時車師前王之庭，漢元帝所置戊己校尉故地。因興師相討，軍中羸憊者留居之，地形高敞，遂名高昌。壘有八城，本中國人也。前凉張駿置高昌郡，其後後魏有之，後又屬蠕蠕。其後曲嘉稱王於此數代，至唐貞觀十四年討平之，以其地爲西州。

同上，卷三百三十六《四裔考十三》西域焉耆：

其俗丈夫剪髮，婦人衣襦，著大褲，婚姻同華夏。兵有弓刀甲稍，死亡者皆焚而後葬，其服制滿七日則除之。俗事天神，氣候寒，土田良沃，穀有稻粟菽麥，畜有駝馬牛羊，養蠶不以爲絲，唯取纊綿。俗尚葡萄酒，兼愛音樂。其後張駿遣沙州刺史楊宣率衆經理西域，宣以部將張植爲前鋒，軍次其國，進屯鐵門。未至十餘里，熙又率衆先要之於遮留谷。植將至，或曰：漢祖畏於柏人，岑彭死於彭亡谷，名遮留，殆將有伏，單騎嘗之，果有伏發，植擊敗之。進據尉犂，熙降於宣。吕光僭位，熙遣子入侍，至魏遣成周公萬度歸討之，其王鳩尸卑那衆大潰，單騎走入山中。度歸進屠其城，四部諸戎皆降服。（中華書局，1986年）

王士點《禁扁》卷四池・雜：

閑豫。（張駿鑄銅龍於其上。）

同上，卷五觀・雜：

賓遐。（張駿夫人。）（《文淵閣四庫全書》本）

陶宗儀《説郛》弓六十一《凉州記》（段龜龍）：

瑪瑙鐘榼。吕纂咸寧三年，有人發張駿冢，得玉簫、玉尊、玉笛、瑪瑙鐘榼。

同上，弓七十二《還冤記》（顔之推）：

晋時張駿據有凉州，忌害鎮軍將軍武威郗鑒，以其宗族强大而多功也。遂諷其主簿魏纂使誣鑒謀反，駿逼鑒自殺。後三年纂病，見鑒在側，遂死。（《説郛三種》本）

楊慎《異魚圖贊·異魚圖贊引》：

有西州畫史録南朝異魚圖，將補繪之。予閲其名多踳錯，文不雅馴，乃取萬震、沈懷遠之物志，效郭璞、張駿之贊體，或述其成制，或演以新文，其辭質而不文，明而不晦，簡而易盡，韻而易諷，句中足徵，言表即見，不必張之粉繪，艧之艷彩矣。異鄉索居，枕枹罕營爲之，猶賢聊以永日。

魚圖三卷，贊八十六首，異魚八十七種。附以螺貝、蜃蚶、海錯爲第四卷，贊三十首，海物三十五種。總之凡一百二十二種。嘉靖甲辰十一月望日升菴楊慎書。（《叢書集成初編》本）

吴任臣《山海經廣注》卷五《中山經》：

是多飛魚，其狀如鮒魚，食之已痔衕。（張駿《飛魚贊》："飛魚如鮒，登雲游波。"）（《文淵閣四庫全書》本）

朱彝尊《經義考》卷二百七十六《擬經九》：

索氏（綏）《凉國春秋》五十卷，佚。

劉知幾曰：張駿命其西曹邊瀏集内外事，以付秀才索綏，作《凉國春秋》五十卷。（中華書局，1998年）

徐乾學《讀禮通考》卷八十九葬考七山陵二：

大陵。《十六國春秋》："張駿薨於正德前殿，葬大陵，張祚僭號，追尊文王。"（《文淵閣四庫全書》本）

胡渭《禹貢錐指》卷十二"餘波入於流沙"條：

《山海經》云：流沙出鐘山西行，又南行昆侖墟西南入海。《晋書》：咸康元年，張駿使楊宣越流沙伐龜兹。（《文淵閣四庫全書》本）

張英、王士禛等《淵鑑類函》卷一百四十二政術部二十一《奉使三》：

厚禮而遣。（《晋書》曰：凉州張駿遣參軍王騭聘於趙，趙王曜謂之曰："貴州和好，卿能保之乎？"騭曰："不能。"侍中徐邈曰："君來結好而云不能保，何也？"騭曰："齊桓貫澤之盟，諸侯不召自至，葵丘之會，叛者九國。趙國之化，常如今日可也，若政教陵遲，尚未能察邇者之變，况鄙州乎！"曜曰："此凉州君子也。"厚禮而遣之。）

同上，卷一百八十四樂部一《樂總載三》：

赤簫、紫笛。（蕭方等《三十國春秋》曰："凉州人發凉王張駿墓，得赤玉簫、紫玉笛。"）

同上，卷二百二十九武功部二十四《鞭三》：

原飾珊瑚。（《凉州記》曰："咸寧二年，發張駿陵，得鞭飾以珊瑚。"）

同上，卷二百九十六人部五十五《諫三》：

屏几。（崔鴻《前凉録》："張駿宴群僚，議欲嚴刑峻制，衆咸以爲宜。參軍黄斌進曰：'臣未見其可，尊親犯令，則令不行矣。'駿屏几改容曰：'微黄生，吾不聞過矣。'"）

同上，卷四百三十三獸部五《馬三》：

麟形。（張駿《山海經圖畫贊》曰："敦山有獸，其名爲穀，麟形，一角。"）（上海古籍出版社，2008年）

鍾淵映《歷代建元考》卷一"陳繼儒偃曝談餘"條：

陳繼儒《偃曝談餘》曰：昔人云年號毋論正統僭僞，自漢武至晋，大都承襲，劉宋以後間亦有之，自乾德後及於元朝，皆前代所未有。而實不然，余嘗總考之……晋孝武太元，張駿僭號太元……（《文淵閣四庫全書》本）

杜甫著，仇兆鰲注《杜詩詳注》卷四《喜晴》：

咨嗟。（張駿詩：感此白日傾。晋茗華詩：日斜思鼓缶。）（中華書局，1979年）

張玉書等《佩文韻府》卷十三之三上平聲十二文韻二·藩：

稱藩。（《晋書·李雄載記》："張駿遣治中從事張淳稱藩於蜀。"）

同上，卷十六之十下平聲一先韻十·鞭：

珊瑚鞭。（《晋書·吕纂載記》："胡安據盗發張駿墓，得珍珠簏、琉璃榼、珊瑚鞭、馬腦鐘，水陸奇珍不可勝紀。"）

同上，卷十七之一下平聲二蕭韻一·簫：

玉簫。（《三十國春秋》："凉州盗胡據發張駿墓，有赤玉簫、白玉笛。"）

同上，卷十七之四下平聲二蕭韻四·苗：

嘉苗。（張駿《東門行》："嘉苗布原野，百卉敷時榮。"）

同上，卷二十二之十四下平聲七陽韻十四·臧：

姑臧。（……至張駿，於其地立南城、起宗廟、建宫殿焉。）

同上，卷二十三之三下平聲八庚韻三·榮：

時榮。（張駿詩："嘉苗布原野，百卉敷時榮。"）

同上，卷二十三之六下平聲八庚韻六·莖：

本莖。（張駿詩："休否有終極，落葉思本莖。"）

同上，卷二十三之七下平聲八庚韻七·精：

華精。（張駿詩："昊天降靈澤，朝日耀華精。"）

同上，卷二十三之九下平聲八庚韻九·徵：

來徵。（張駿詩："和氣翕來徵。"）

同上，正：

春正。（張駿詩："勾芒御春正，衡紀運玉瓊。"）

同上，卷二十三之十一下平聲八庚韻十一·瓊：

玉瓊。（張駿詩："勾芒御春正，衡紀運玉瓊。"）

同上，卷二十四之六下平聲九青韻六·坰：

四坰。（張駿詩："慶雲蔭八極，甘雨潤四坰。"）

同上，卷二十七之二下平聲十二侵韻二·心：

誓心。（張駿詩："誓心蕩衆狄，積誠徹昊靈。"）

同上，卷五十二之三上聲二十二養韻三·黨：

安據黨。（《晋書·呂纂載記》："胡安據盗發張駿墓，纂誅安據黨五十餘家。"）

同上，卷六十三之三去聲四置韻三・地：

石地。（……至張駿，於其地立南城、起宗廟、建宮殿焉。）

同上，卷六十三之十六去聲四置韻十六・鼻：

割鼻。（又前凉辛理美姿貌，張駿欲奪其妻，以寡妹妻之，理割鼻自誓。梁武帝《斷酒肉文》：噉食衆生，是割鼻因。）

同上，卷六十八之三去聲九泰韻三・艾：

謝艾。（《晋書・漢帝紀》："張駿遣其將和驎、謝艾討南羌于闐，大破之。"）

同上，卷九十之十入聲一屋韻十・簏：

真珠簏。（《晋書・吕纂載記》："胡安據盗發張駿墓，得真珠簏、琉璃榼、白玉樽、赤玉簫、紫玉笛、珊瑚鞭、瑪瑙鐘，水陸奇珍，不可勝紀。"）

同上，卷九十九之八入聲十藥韻八・鵲：

鳩鵲。（《易林》：探巢得雛，鳩鵲俱來，使我欣娱。張駿《東門行》：鳩鵲與鶩黄，間關相和鳴。）

同上，漠：

荒漠。（《元經傳》："凉州牧張駿，通好於我曰：'臣遐域僻陋，勢極秦隴，霄吟荒漠，痛心長路。'"）

同上，卷一百之三入聲十一陌韻三・澤：

靈澤。（張駿《東門行》："昊天降靈澤，朝日耀華精。"）

同上，卷一百一之二入聲十二錫韻二・笛：

紫玉笛。（《晋書・吕光載記》："盗發張駿墓，得真珠簏、琉璃榼、赤玉簫、紫玉笛。"）

同上，卷一百四之二入聲十五合韻二・榼：

鐘榼。（《凉州記》：吕纂咸寧二年，盗發張駿冢，得玉簫、玉尊、玉笛、瑪瑙、鐘榼。）

琉璃榼。（《晋書・後凉載記》："盗發張駿墓，得真珠簏、琉璃榼、白玉

樽、赤玉簫、紫玉笛、珊瑚鞭、馬腦鐘。”）（上海古籍書店，1983年）

杜公瞻《編珠》卷三高士奇《補遺》服玩部《瑪瑙榼瑇瑁釵》：

《凉州記》曰：吕纂咸寧二年，盗發張駿陵，得瑪瑙鐘榼。魏繁欽詩曰：“何以表别離，耳後瑇瑁釵。”

同上，卷四車馬部《麟形鷄目》：

張駿《山海經圖畫贊》曰：“敦山有獸，其名爲糓，麟形，一角。”（《文淵閣四庫全書》本）

張廷玉等《駢字類編》卷四十一山水門六・石：

石地。（《晋書・索靖傳》：“先時，靖行見姑臧城南石地，曰：‘此後當起宫殿。’至張駿，於其地立南城，起宗廟，建宫殿焉。”）

同上，卷五十七居處門一・宫：

宫殿。（《晋書・索靖傳》：“先時，靖行見姑臧城南石地，曰：‘此後當起宫殿。’至張駿，於其地立南城，起宗廟，建宫殿焉。”）

同上，卷六十二居處門六・城：

城南。（《晋書・索靖傳》：“先時，靖行見姑臧城南石地，曰：‘此後當起宫殿。’至張駿，於其地立南城，起宗廟，建宫殿焉。”）

同上，卷六十六珍寶門一・玉：

玉瓊。（張駿詩：“勾芒御春正，衡紀運玉瓊。”）

同上，卷六十七珍寶門二・玉：

玉簫。（《凉州記》：“吕纂咸寧三年，發張駿冢，得玉簫、玉尊、玉笛、瑪瑙、鐘榼。”）

同上，卷八十數目門三・一：

一殿。（《晋書・張駿傳》：“於姑臧城南築城起謙光殿，畫以五色，飾以金玉，窮盡珍巧。殿之四面各起一殿，東曰宜陽青殿，以春三月居之，章服器物皆依方色；南曰朱陽赤殿，夏三月居之；西曰政刑白殿，秋三月居之；北曰玄武黑殿，冬三月居之。”）

同上，卷一百數目門二十三・六：

六翮。（《晋書・張駿傳》："初，駿之立也，姑臧謡曰：'鴻從南來雀不驚，誰謂孤雛尾翅生，高舉六翮鳳皇鳴。'至是而復收河南之地。"）

同上，卷一百三十四采色門一・青：

青殿。（《晋書・張駿傳》："駿築南城起謙光殿，於其中又四面各起一殿。東曰宜陽青殿，南曰朱陽赤殿，西曰正德白殿，北曰玄武黑殿。服章器物皆依色，隨四時居之。"）

同上，卷一百五十五器物門八・輿：

車服。（《前凉録・張駿傳》："二十一年，始置百官，官號皆擬天朝，車服旌旗，一如王者。"）

同上，卷一百六十四器物門十七・鐘：

鐘榼。（《凉州記》："吕纂咸寧三年，胡人發張駿冢，得玉簫、玉尊、玉笛、瑪瑙、鐘榼。"）

同上，卷二百六鳥獸門三・鳩：

鳩鵲。（張駿《東門行》："鳩鵲與鶯黄，間關相和鳴。"）（中國書店，1984年）

許容等《甘肅通志》卷三上《建置沿革・臨洮府》：

惠帝分置狄道郡，前凉張駿又改置武始郡。

同上，《狄道縣》：

晋惠帝改置狄道郡，前凉張駿改置武始郡，改縣曰降狄道。後魏屬武始郡。

同上，《河州》：

古西羌地，秦屬隴西郡，漢置枹罕縣，屬金城郡。後漢改屬隴西郡。晋初廢，惠帝時復置。前凉張軌分屬晋興郡，咸康初是地爲凉張駿所有，分置河州。宋入吐谷渾，後魏復置河州，周置枹罕郡。

同上，卷三下《安西廳・沙州衛》：

古三危地，羌戎所居。春秋時謂之瓜州，《左傳》允姓之戎居於瓜州是也。秦及漢初爲月支，匈奴所據。武帝后元年分酒泉置敦煌郡，晋因之。元帝時張駿分敦煌、晋昌、高昌三郡，西域都護、戊己校尉、玉門大護軍三營爲沙州。

同上，卷五《山川・蘭州》：

沃干嶺。在州西南，三國魏正元二年，陳泰救王經於狄道。時凉州軍亦從金城南至沃干坡。咸和二年，張駿遣兵攻劉曜，曜遣子穎屯狄道，駿遣韓璞赴救，度沃干嶺而軍，劉穎襲敗之於沃干嶺。舊《志》嶺在大夏縣東南、洮水西北，自凉州濟河必度此嶺，乃至狄道。

同上，卷六《山川・直隸肅州》：

昆侖山。在州西南二百五十里，山嶺峻極，仿佛昆侖，故名。經夏積雪不消，世呼雪山。後凉張駿時，酒泉太守馬岌言周穆王見西王母於此，宜立王母祠，駿從之。昆侖山本在西域朵甘斯東北，番名爲伊拉瑪博羅山，此山名同，或曰即《禹貢》之西戎昆侖也。

同上，卷十二《祠祀・凉州府》：

忠節祠。在學宫泮池東文昌宫内，祀漢五郡太守孔奮、護羌校尉皇甫規、大校尉段熲、魏凉州刺史徐邈、晋武威太守馬隆、凉州牧張駿、酒泉郡公賈疋、廣平郡公段韶……

同上，《直隸肅州》：

王母祠。在州西南二百五十里，後凉張駿時，酒泉太守馬岌言周穆王見王母於昆侖山，宜立祠。駿從之。

同上，卷二十二《古迹・金縣》：

大夏古城。在州東南，漢置，屬隴西郡。晋初縣廢，惠帝時張軌復置，改屬晋興。張駿又置大夏郡。後魏復爲縣，屬金城郡。

同上，《甘州府張掖縣》：

金澤廢縣。在府南，《十六國春秋》：晋建元元年，張駿田於建西确石縣，改确石爲金澤縣。吕光麟嘉元年，張掖金澤縣有麟見，光以爲己瑞，改元。

同上，卷二十三《古迹・凉州府武威縣》：

姑臧故城。今府治，漢置武威郡治。《十六國春秋》：光熙元年，張軌大城姑臧南北七里、東西三里，以地有龍形，故名卧龍城。咸康元年，張駿於姑臧城南築城，起謙光殿，四面各起一殿，依四時而居之。又有閑豫堂，前有閑豫池。《水經注》："姑臧城，武威郡及凉州治也，本渾邪所築，張氏增築四城，相去各千步，并舊城爲五，街衢相通，開二十二門。"王隱《晋書》曰："姑臧縣因姑臧山爲名，亦故蓋臧城語訛爲姑臧焉。其城不方，有頭尾兩翅，名爲鳥城。又城内有沮渠，蒙遜所造七級木浮圖，故名七級城。"

靈鈞臺。在府城内，晋大興中張駿築，周輪八十餘堵，址高九仞。

廣武故城。在縣東南，《元和志》：廣武，南凉秃髮烏孤都也，又曰廣武縣，南至蘭州二百二十五里，本漢枝陽縣。前凉張駿分晋興置廣武郡。《水經注》：逆水徑廣武城西，故廣武都尉治。

湟河廢郡。在縣東南，東晋置。《十六國春秋》：咸康二年，張駿分湟河郡，屬凉州。

同上，《直隸肅州》：

建康故城。在縣南，晋置。《十六國春秋》：咸康元年，張駿分建康郡，屬凉州。吕光龍飛二年，沮渠男成自樂涫進逼建康，推太守段業爲主，稱凉州牧、建康公。後魏廢。

靈鈞臺。在府城内，晋大興中張駿築，周輪八十餘堵，址高九仞。

同上，卷二十七《職官》：

張駿。（凉州牧。）（《文淵閣四庫全書》本）

康熙《御定韻府拾遺》卷二上平聲二冬韻・龍：

五龍。（《西河記》："張駿立謙光殿，成後，池中有五龍晝日見，水通變紅色，駿即爲銅龍以厭之。"）

同上，卷七上平聲七虞韻・徒：

向義徒。（張駿疏："向義之徒，更思背誕。"）（臺灣商務印書館，1983年）

李白撰，王琦注《李太白集注》卷七古近體詩共二十八首《江上吟》：

願入簫韶雜鳳笙。（張駿《東門行》："鳩鵲與鶩黄，間關相和鳴。"）

同上，卷二十六表書共九首《爲吴王謝責赴行在遲滯表》：

矧於臣子。（張駿《東門行》："休否有終極，落葉思本莖。"）（《四庫唐人

文集叢刊》本）

乾隆《大清一統志》卷一百九十七甘肅統部・建置沿革：

又分置秦州。（《晋書・地理志》：泰始五年，置秦州治冀城。太康三年，罷并雍州。七年復，立鎮。上邽統隴西、南安、天水、略陽、武都、陰平六郡，惠帝分隴西置狄道郡。張駿又立武始郡。）

永寧初。凉州爲張氏所有，分置河、沙二州。《晋書・地理志》：張軌於姑臧西北置武興郡，又分西平、立晋、興郡。張寔分金城，立廣武郡。張駿分武威、武興、西平、張掖、酒泉、建康、西郡、湟河、晋興、須武、安故合十一郡爲凉州，興晋、金城、武始、南安、永昌、大夏、武城、漢中爲河州，敦煌、晋昌、西域都護、戊己校尉、玉門大護軍三郡三營爲沙州，張天錫又别置臨松郡。

同上，卷二百鞏昌府・古迹：

貆道故城。（《十六國春秋》：“咸康元年，張駿分南安郡，屬河州。西秦乞伏國仁。”）

同上，卷二百五甘州府・古迹：

祁連廢郡。（《十六國春秋》：“晋咸和五年，張駿以侯亮爲祁連令。”）

金澤廢縣。（《十六國春秋》：“晋建元元年，張駿田於建西硧石縣，改硧石爲金澤縣。”）

同上，卷二百六凉州府・古迹：

靈均臺。（在府城内。晋大興中張駿築。周輪八十餘堵，基高九仞。）

同上，卷二百七西寧府・古迹：

晋興廢郡。（咸康元年，張駿分晋興郡，屬凉州。）

湟河廢郡。（《十六國春秋》：“咸康元年，張駿分湟河郡，屬凉州。南凉秃髮烏孤。”）

同上，卷二百十二肅州・古迹：

建康故城。（《十六國春秋》：“咸康元年，張駿分建康郡，屬凉州。”）

同上，祠廟：

西王母祠。（在州西南昆侖山，前凉張駿建。）

同上，卷二百十三安西州・山川：

流沙。（《晋書》：張駿使楊宣越流沙，伐龜兹、鄯善。）

同上，古迹：

瓜州故城。（《十六國春秋》："延康元年，張駿分敦煌、晋昌、高昌三郡及西域都尉、戊己校尉、玉門大護軍三營爲沙州，以楊宣爲刺史。……前凉張駿於此置沙州，因鳴沙山爲名。"）

同上，卷二百十九杭州府（四）・人物・列女：

監生姚廷錫妻趙氏。（張駿妻毛氏。）

同上，卷四百十二青海・古迹：

故芳州。（晋咸和中，張駿置甘松護軍。）

同上，卷四百十七哈密・古迹：

車師國。（晋咸和中，張駿置高昌郡。）（《文淵閣四庫全書》本）

永瑢等《四庫全書總目》卷四十七史部三編年類《元經》提要：

《元經》十卷。（江蘇巡撫采進本。）舊本題隋王通撰，唐薛收續并作傳，宋阮逸注。其書始晋太熙元年，終隋開皇九年，凡九卷，稱爲通之原書。末一卷自隋開皇十年迄唐武德元年，稱收所續。晁公武《讀書志》曰：案《崇文》無其目，疑阮逸依托爲之。陳振孫《書録解題》曰：河汾王氏諸書自《中説》以外，皆《唐・藝文志》所無，其傳出阮逸，或云皆逸僞作也。唐神堯諱淵，其祖景皇諱虎，故《晋書》戴淵、石虎皆以字行。薛收唐人，於傳稱戴若思、石季龍，宜也。《元經》作於隋世大興四年，亦書曰若思，何哉？今考是書，晋成帝咸和八年書張公庭爲鎮西大將軍，康帝建元元年書石虎侵張駿，公庭即駿之字，猶可曰書名書字，例本互通，至於康寧三年書神虎門爲神獸門，則顯襲《晋書》，更無所置辨矣。

同上，卷一百十五子部二十五譜録類《異魚圖贊》提要：

《異魚圖贊》四卷。（浙江鮑士恭家藏本。）明楊慎撰。慎有《檀弓叢訓》，已著録。是書前有嘉靖甲辰自序，稱西川畫史録南朝異物圖，將補繪之，予閲其名多踳錯，文不雅馴，乃取萬震、沈懷遠之《異物志》，效郭璞、張駿之贊體，或述其成制，或演以新文，句中足徵，言表即見，不必張之粉繪，艧之艷彩，《凡魚圖》三卷，共八十七種，爲贊八十六首。附以《海錯》一卷，共三十五種，爲贊三十首。詞旨亦頗古雋，與宋祁《益部方物略》可以頡頏，惟詮釋名義，不過形容厓略，遽云可以代圖，未免自詡之過。（中華書局，1965年）

永瑢等《四庫全書簡明目録》卷十二子部八藝術類草木禽魚之屬：

《異魚圖贊》四卷。明楊慎撰。《凡魚圖》三卷，共八十七種，爲贊八十六首。附《海錯疏》一卷，共三十五種，爲贊三十首。詞旨古雋，自序擬郭璞、張駿，固未必逮，與宋祁《益部方物略》實足以頡頏。（上海古籍出版社，1985年）

秦榮光《補晋書藝文志》卷三子部小説類：

《山海經圖畫贊》。（張駿撰，據《初學記》引。）

同上，卷四集部别集類：

《張駿（按《舊唐志》訛"俊"，《新唐志》訛"峻"。）集》八（案《唐志》并作"六"。）卷。（《二十五史補編》本）

姚振宗《隋書經籍志考證》卷三十九之五集部二之五别集類五：

晋《張駿集》八卷，殘缺。

《晋書・張軌傳》："軌安定烏氏人，漢常山王耳十七代孫也。以惠帝永寧初，出爲護羌校尉凉州刺史，由是遂霸河西，在州十五年，卒。子寔，嗣在位六年卒，弟茂攝州事，在位五年卒，寔子駿嗣位。駿，字公庭，幼而奇偉，十歲能屬文，卓越不羈，有計略，勤修庶政，總御文武，咸得其用，遠近嘉咏，號曰積賢君。自軌據凉州，屬天下之亂，所在征伐，軍無寧歲，至駿，境内漸平。在位二十二年，卒時四十，私謚曰文公，穆帝追謚忠成公。"

《文心雕龍・章表篇》曰："劉琨《勸進》，張駿《自序》，文致耿介，并陳事之美表也。"

馮氏《詩紀輯》："存《薤露行》《東門行》各一篇。"

嚴氏《全晋文編》："前凉張駿建興末封霸城侯，太寧二年嗣茂位，劉曜拜爲凉州牧。凉王猶奉愍帝年號稱建興十二年，後又稱藩於李雄、石勒，至咸和八年猶稱建興二十一年，至永和二年，卒，在位二十三年，有集八卷。本傳載上疏請討石虎，李期下令境中。《御覽》載《山海經圖贊》二條，凡三篇。"（清華大學出版社，2014年）

丁國鈞《補晋書藝文志》卷四經部集録别集類：

《張駿集》八卷。謹按見《隋志》舊注云"殘缺"。（本書有傳。）（《二十五

史補編》本）

文廷式《補晋書藝文志》卷三史部地志類：

張駿《山海經圖贊》。《御覽》九百三十七、九百三十九又引張駿《山海經飛魚贊》。《初學記》卷二十九引之作《山海經圖畫贊》。

同上，卷六集部别集類：

《張駿集》八卷。《隋志》云“殘缺”，駿附《張軌傳》，官鎮西大將軍，此失題其官。（《二十五史補編》本）

吴士鑒《補晋書經籍志》卷二乙部史録地理類：

張駿《山海經贊》。《太平御覽·鱗介部》引“張駿《山海經飛魚贊》”。

同上，卷四丁部集録别集類：

《張駿集》八卷。《隋志》云：“殘缺。”（《二十五史補編》本）

案：秦榮光《補晋書藝文志》卷三子部小説類著録《山海經圖畫贊》，題張駿撰。

張駿（307—346年），字公庭，安定烏氏人（今甘肅涇川東北）。《晋書·張軌傳》附其本傳，稱其“幼而奇偉”，“十歲能屬文，卓越不羈”。祖父張軌爲凉州刺史，祖父死，父張寔繼任，張寔死，叔父張茂繼任。建興四年（316年）封霸城侯。張茂無子，建興十二年（324年）張茂病死，張駿繼任，仍奉晋朝正朔。詔拜使持節、大都督、大將軍、凉州牧、領護羌校尉西平公。前趙劉曜遣使拜駿大將軍、凉州牧。後趙石勒稱天王，乃遣使拜駿征西大將軍、凉州牧，加五錫之禮。群僚勸駿稱凉王，置百官，駿曰：“此非人臣所言。敢有此言，罪在不赦！”又請立世子，乃立重華爲世子。晋穆帝永和元年（345年）十二月，張駿伐焉耆，降之。是歲，駿分武威等十一郡爲凉州，以世子重華爲刺史。分興晋等八郡爲河州，以寧戎校尉張瓘爲刺史。分敦煌等三郡及西域都護等三營爲沙州，以西胡校尉楊宣爲刺史。駿自稱大都督、大將軍、假凉王，督攝三州，始置祭酒、郎中、大夫、舍人、謁者等官，官號皆仿晋朝而微變其名，車服旌旗擬於王者。次年夏五月，薨官屬上，年四十。晋遣策贈大司馬，謚忠成公。七月，葬大陵。孫張祚僭號追尊文王廟，號世祖。有集八卷，《隋書·經籍志》著録時已有殘缺，今未見殘本，恐已佚。僅存樂府、表啓數首。

《山海經圖畫贊》，本傳未見記載。《補晋書藝文志》乃據《初學記》所引而著録於小説類。《初學記》卷二十九獸部馬第四麟形引張駿《山海經圖畫贊》曰："敦山有獸，其名爲穀，麟形，一角。"《太平御覽》九百三十九鱗介部十一飛魚引張駿《山海經飛魚贊》曰："飛魚如鮒，登雲游波。"明楊慎著《異魚圖贊》，在引言中提到"效郭璞、張駿之贊"，他是否看到過《山海經圖畫贊》，尚不得而知。蓋原書已佚，佚文僅上引二條。

雜語（孫盛雜語　異同雜語　三國異同評）

案：清黄逢元《補晋書藝文志》子部小説家類著録《雜語》五卷，注云："《隋志》小説類有是書，不著撰人。《世説》各篇注引孫盛《雜語》，疑即盛撰。"姚振宗《隋書經籍志考證》子部小説家類著録《雜語》五卷，不著撰人。

《隋書·經籍志》子部小説家類最早著録《雜語》五卷，未題撰者。《新唐書·藝文志》列在隋侯白《啓顔録》之後。清丁國鈞《補晋書藝文志》附録云："《雜語》（孫盛），見裴氏《三國志注》，亦稱《異同雜語》，疑即盛所著之《三國異同評》也。"該書宋以後未見記載，恐已佚。佚文散見於各書，多題孫盛《雜語》，亦有題孫盛《雜記》、孫盛《異同評》、孫盛《異同雜語》等。章宗源《隋書經籍志考證》云："《唐志》有《魏陽秋異同》八卷，孫壽撰。《隋志》不著録。按諸書所引或題《孫盛異同雜語》《孫盛異同評》《孫盛評》，或稱《孫盛雜語》，省異同二字。《唐志》孫壽當是孫盛之誤。"其説可從。《雜語》相關資料見本書第三卷《隋書經籍志著録小説資料集》，此從略。

世説（世説新语）

案：聶崇岐《補宋書藝文志》子部小説家類著録《世説》八卷，題劉義慶撰。徐崇《補南北史藝文志》南史子部類小説家著録《世説》八卷，題劉義慶撰。

《隋書·經籍志》子部小説家類最早著録劉義慶《世説》八卷。此後，史志書目均在子部小説家類予以著録，或題劉義慶《世説》，或題劉義慶《世説新語》。劉義慶《世説》或《世説新語》相關資料見本書第三卷《隋書經籍志著録小説資料集》，此從略。

小説（劉義慶小説）

案：聶崇岐《補宋書藝文志》子部小説家類著録《小説》十卷，題劉義慶撰。

《隋書·經籍志》子部小説類最早著録殷芸《小説》十卷，另著録佚名《小説》五卷。劉義慶《小説》，兩《唐志》、《通志·藝文略》小説家類均著録十卷。宋以後僅明焦竑《國史經籍志》小説類著録十卷，他書未見著録。疑此書宋以後亡佚，《國史經籍志》據他書轉録，實未見其書。《太平廣記》引有《小説》《商芸小説》和《劉氏小説》佚文數條。《太平廣記》引"蔡洪"條又見《世説新語》，則《劉氏小説》即劉義慶之《小説》大概可以確定。劉義慶《小説》相關資料見本書第四卷《兩唐書藝文經籍志著録小説資料集》，此從略。

郭子注

蕭子顯《南齊書》卷五十二《賈淵列傳》：

賈淵字希鏡，平陽襄陵人也。祖弼之，晋員外郎。父匪之，驃騎參軍。

世傳譜學。孝武世，青州人發古冢，銘云“青州世子，東海女郎”。帝問學士鮑照、徐爰、蘇寶生，并不能悉。淵對曰：“此是司馬越女，嫁苟晞兒。”檢訪果然。由是見遇。敕淵注《郭子》。

泰始初，辟丹陽郡主簿，奉朝請，太學博士，安成王撫軍行參軍，出爲丹徒令。升明中，太祖嘉淵世學，取爲驃騎參軍，武陵王國郎中令，補餘姚令。未行，仍爲義興郡丞。永明初，轉尚書外兵郎，歷大司馬司徒府參軍。竟陵王子良使淵撰《見客譜》，出爲句容令。

先是，譜學未有名家，淵祖弼之廣集百氏譜記，專心治業。晋太元中，朝廷給弼之令史書吏，撰定繕寫，藏秘閣及左民曹。淵父及淵三世傳學，凡十八州士族譜，合百帙七百餘卷，該究精悉，當世莫比。永明中，衛軍王儉抄次《百家譜》，與淵參懷撰定。

建武初，淵遷長水校尉。荒傖人王泰寶買襲琅邪譜，尚書令王晏以啓高宗，淵坐被收，當極法，子棲長謝罪，稽顙流血，朝廷哀之，免淵罪。數年，始安王遥光板撫軍諮議，不就，仍爲北中郎參軍。中興元年卒。年六十二。撰《氏族要狀》及《人名書》，并行於世。（中華書局，1972年）

李延壽《南史》卷七十二《賈希鏡列傳》：

賈希鏡，平陽襄陵人也。祖弼之，晋員外郎。父匪之，驃騎參軍。家傳譜學。（以下内容與《南齊書·賈淵列傳》略同，不録。）（中華書局，1975年）

劉昫等《舊唐書》卷四十六《經籍志上》乙部史録雜譜牒：

《氏族要狀》十五卷。（賈希景撰。）

同上，卷四十七《經籍志下》丙部子録小説家：

《郭子》三卷。（郭澄之撰，賈泉注。）（中華書局，1975年）

王欽若等《册府元龜》卷五百六十國史部《譜諜》：

賈淵撰《氏族要狀》及《人名》，并行於世。

同上，卷五百六十一國史部《世官》：

南齊賈淵，祖弼之，父匪之，世傳譜學。太祖宋昇明中，嘉淵世學，取爲驃騎參軍。竟陵王子良使淵撰《見客譜》，出爲句容令。先是，譜學未有名家，淵祖弼之廣集百氏譜記，專心治業。晋太元中，朝廷給弼之令史書吏，撰定繕寫，藏秘閣及左民曹。淵父及淵三世傳學，凡十八州士族譜，合百帙七百餘卷，該究精悉，當世莫比。永明中，衛軍王儉抄次百家譜，與淵參懷撰定。

同上，卷七百二十七幕府部《辟署第二》：

賈淵字希鏡，世傳譜學。大始初，辟丹陽郡主簿。昇明中，太祖嘉淵世學，取爲驃騎參軍。

同上，卷七百九十七總録部《博物》：

賈淵字希鏡，宋孝武世青州人發古冢，銘曰“青州世子，東海女郎”，帝問學士鮑昭、徐爰、蘇寶生，并不能悉。淵對曰：“此是司馬越女，嫁苟晞兒。”檢訪果然。由是見遇。淵明帝時終北中郎將軍。（中華書局，1960年）

歐陽修、宋祁《新唐書》卷五十八《藝文志》乙部史録譜牒類：

賈希鏡《氏族要狀》十五卷。《官族傳》十五卷。《冀州姓族譜》七卷。《洪州諸姓譜》九卷。《袁州諸姓譜》七卷。《司馬氏世家》二卷。《楊氏譜》一卷。《蘇氏譜》一卷。《孫氏譜記》十五卷。

同上，卷五十九《藝文志》丙部子録小説家類：

賈泉注《郭子》三卷。（郭澄之。）

同上，卷七十五下表第十五下《宰相世系表》：

賈氏出自姬姓唐叔虞少子公明，康王封之於賈，爲賈伯。河東臨汾有賈鄉，即其地也。爲晋所滅，以國爲氏。晋公族狐偃之子射姑爲晋太師，食邑於賈，字季他，亦號賈季。漢有長沙王太傅誼，生璠，尚書中兵郎，生二子：嘉、惲。嘉，宜春太守，生夐，游擊將軍。五子：洪、潤、汭、湘、注。汭，輕騎將軍，生曄，下邳太守。二子：冰、淵。淵，遼東太守。三子：納、郃、丕。丕生沂，秘書監。二子：廷玉、秀玉。秀玉，武威太守。生衍，兖州刺史。生龔，輕騎將軍，徙居武威。二子：彩、詡。詡，魏太尉、肅侯，生璣。駙馬都尉、關内侯，又徙長樂。二子：通、延。通，侍中、車騎大將軍。三子：仲安、仲謀、仲達。仲達，潁川太守。生疋，字彦度，輕車將軍，雍州刺史，酒泉郡公。二子：乂、康。康，秘書監。二子：鍇、鈞。鈞生弼，散騎侍郎。二子：躬之、匪之。躬之，宋太宰參軍。四子：希鏡、希遠、希逸、希叟。希鏡，南齊外兵郎。生棁，義興郡太守。生執，梁太府卿。二子：暹、肇。肇二子：寰、宏。宏，後梁中軍長史。生緦，北齊青兖等州刺史，河東公。二子：嶂、巘。巘，殿中監。三子：懿、慤、憲。憲，避葛榮之難，避地浮陽。（中華書局，1975年）

陳祥道《禮書》卷六十二《姓族氏》：

姓非天子不可以賜，而氏非諸侯不可以命。姓所以繫百世之正統，氏所以别子孫之旁出。族則氏之所聚而已。然氏亦可以謂之姓，故《大傳》言繫之以姓，又言庶姓别於上，則氏庶姓一也。氏又可以謂之族，故羽父爲無駭請族，隱公命以爲展氏，則氏族一也。蓋别姓則爲氏，即氏則有族，族無不同氏，氏有不同族，故八元八凱出於高陽氏、高辛氏而謂之十六族，是氏有不同族也。商氏、條氏、徐氏之類，謂之六堯，賜禹姓曰姒，封之於夏族陶氏、施氏之類，謂之七族。宋之華氏謂之戴族，向氏謂之桓族，是族無不同氏也。古者或氏於國則齊、魯、秦、吴，氏於謚則文、武、成、宣，氏於官則司馬、司徒，氏於爵則王孫、公孫，氏於字則孟孫、叔孫，氏於居則東門、北郭，氏於志則三烏、五鹿，氏於事則巫乙、匠陶，而受姓命氏粲然衆矣。秦興滅學，而《周官》小史之職於是繫世昭穆，失其本宗。及漢，司馬遷約《世本》，修《史記》，因《周譜》，明《世家》，乃知姓氏之所由出，至晋賈弼有《姓氏簿狀》、賈希鏡有《姓氏要狀》、唐李素有《肉譜》、柳沖有《姓系録》，而路敬、韋述之徒，傳述不一，推叙昭穆，使不相亂，婚姻得之而有别親，疏得之而有屬，則姓氏之學其可忽哉！《國語》曰："教之《世》，爲之昭明德而廢幽昏，以怵懼其動。"則姓氏又可以示天下後世之勸戒也。（《文淵閣四庫全書》本）

鄭樵《通志》卷六十六《藝文略》史類第五譜系韻譜：

《氏族要狀》十五卷，賈希鑑撰。

同上，卷六十八《藝文略》諸子類第六小説：

《郭子》三卷。（東晋中郎郭澄之撰，賈泉注。）

同上，卷一百七十六《文苑傳·南齊賈淵》：

賈淵字希鏡，平陽襄陵人也。祖弼之，晋員外郎。父匪之，驃騎參軍。世傳譜學，宋孝武時青州人發古冢，銘云“青州世子，東海女郎”。帝問學士鮑昭、徐爰、蘇寶生，并不能悉。淵對曰：“此是司馬越女，嫁苟晞兒。”檢證果然。由是見遇，敕淵注《郭子》。昇明中，高帝嘉淵世學，取爲驃騎參軍，武陵王國郎中令，歷大司馬、司徒府參軍。竟陵王子良使淵撰《見客譜》，出爲句容令。先是，譜學未有名家，淵祖弼之廣集百氏譜記，專心習業。晋太元中，朝廷給弼之令史書史，撰定繕寫，藏於秘閣及左户曹。淵父及淵，三世傳學，凡十八州士族譜，合百帙七百餘卷，該究精悉，皆如貫珠，當世莫比。永明中，衛軍王儉抄次百家譜，與淵參懷撰定。建武初，淵遷長水校尉，傖人王泰寶買襲琅邪譜，尚書令王晏以啓明帝，淵坐被收，當極法。子棲長謝罪，稽顙流血。朝廷哀之，免淵罪。後爲北中郎參軍。卒年六十二。撰《氏族譜要狀》及《人名書》，并行於世。（中華書局，1987年）

胡應麟《少室山房筆叢》卷三十八《華陽博議上》：

楊修黄絹，李彪金鐘，雖捷冠一時，而義非玄妙。至賈淵之辯墟墓，束皙之誦古文，則又無假思維，但憑考質而已。惟鄭欽悦推繹銘記，異哉！淵思睿測，一至是乎！考之當時，任昉、沈約、劉杳諸人，世稱博洽，積數十年不解何語，而鄭以頃刻徵之，真古今絶識也。（上海書店出版社，2001年）

儲大文等《山西通志》卷一百七十五經籍子類：

郭澄之《郭子》三卷。（賈泉注。）（《文淵閣四庫全書》本）

丁國鈞《補晋書藝文志》卷三丙部子録小説家：

《郭子》三卷，（給事中郎郭澄之。）見《隋志》。舊脱中郎字，據本書《澄之傳》補。此書有賈泉注，見《通志·藝文略》。（《二十五史補編》本）

徐崇《補南北史藝文志》卷一南史史之類·譜系：

《見客譜》。賈希鏡撰，見《本傳》。

《齊書·賈淵傳》同。

《隋·經籍志》未收。

按《南史·希鏡傳》：“竟陵王子良使希鏡撰《見客譜》。”希鏡，賈淵字。

同上：

《氏族要狀》。賈希鏡撰，見本傳。

《齊書·賈淵傳》同。

《隋·經籍志》："《氏族要狀》十五卷。"無撰人姓名，又希鏡，賈淵字。

同上，子之類小說家：

《郭子注》。

賈希鏡撰，見本傳。

《齊書·賈淵傳》同，《隋·經籍志》未收。按《南史》，希鏡，賈淵字。（《二十五史補編》本）

魯迅《中國小説史略》第七篇《〈世説新語〉與其前後》：

《隋志》又有《郭子》三卷，東晋中郎郭澄之撰，《唐志》云"賈泉注"，今亡。審其遺文，亦與《語林》相類。（上海古籍出版社，1998年）

陳述《補南齊書藝文志》卷二史部雜傳類：

《人名書》，卷無考，賈淵撰。

據《南齊書》本傳，今佚。

《南齊書》本傳："賈淵，字希鏡，平陽襄陵人，撰《氏族狀要》及《人名書》，并行於世。"

同上，譜牒類：

《見客譜》，卷無考，賈淵撰。

據《南齊書》本傳，今佚。

《南齊書》本傳："永明初，竟陵王子良使淵撰《見客譜》。先是，譜學未有名家，淵祖弼之廣集百家譜記，專心治業。晋太康中，朝廷給弼之令史書吏，撰定繕爲藏秘閣，乃遷左民曹。淵父及淵三世傳學，凡十八州氏族譜合百帙七百餘卷，該究精悉莫比。"

同上，卷三子部小説家類：

《郭子注》，卷無考，賈淵注。

據《南齊書》本傳，今佚。

《南齊書》本傳："孝武世，青州人發古冢，銘云'青州世子，東海女郎'。帝問學士鮑照、徐爰、蘇寶生，并不能悉。淵對曰：'此是司馬越女，嫁苟晞兒。'檢諸果然。由是見遇，敕淵注《郭子》。"《隋志》："《郭子》三卷，東晋中郎郭澄之撰。"今有《馬氏山房輯本》一卷，無注。（《二十五史補編》本）

案：陳述《補南齊書藝文志》子部小説家類著録《郭子注》，題賈淵注，“卷無考”。丁國鈞《補晋書藝文志》卷三丙部子録小説家著録：“《郭子》三卷，（給事中郎郭澄之。）見《隋志》。舊脱中郎字，據本書《澄之傳》補。此書有賈泉注，見《通志・藝文略》。”

賈淵（440—501年），字希鏡（一作希鑒，一作希景），南朝齊梁間文人，譜牒學家，平陽襄陵（今位於山西襄汾東北）人。唐人因避高祖李淵諱而改稱賈泉。《南史・文學傳》稱其“家傳譜學”，精悉十八州士族譜，王儉抄次《百家譜》，使其參定。歷任丹陽主簿、奉朝請、太學博士、安成王撫軍參軍。宋孝武時爲太學博士。齊武帝時爲大司馬司徒府参軍，蕭子良使撰《見客譜》。明帝時遷長水校尉，以爲人買襲琅邪譜免官。《南齊書》《南史》均有傳。淵所撰《氏族要狀》及《人名書》，《隋書・經籍志》已不見著録。

《郭子》三卷，東晋中郎郭澄之撰，《隋書・經籍志》有著録。據《南齊書》賈淵本傳：“孝武世，青州人發古冢銘云‘青州世子，東海女郎’，帝問學士鮑照、徐爰、蘇寶生，并不能悉。淵對曰：‘此是司馬越女，嫁苟晞兒。’檢諸果然。由是見遇，敕淵注《郭子》。”《郭子注》，本傳不著録卷數，依《郭子》原書應爲三卷。《舊唐書・經籍志》《新唐書・藝文志》《通志・藝文略》均載《郭子》三卷，可爲證明。然三書均著録爲“賈泉注”，蓋唐代避高祖李淵諱，改淵爲泉，賈泉即賈淵。

器　準

魏收《魏書》卷九《肅宗紀帝紀》：

十有二月甲戌，詔司徒崔光、安豐王延明等議定服章。

孝昌元年春正月庚申，徐州刺史元法僧據城反，害行臺高諒，自稱宋王，號年天啓，遣其子景仲歸於蕭衍。衍遣其將胡龍牙、成景雋、元略等率衆赴彭城。詔秘書監、安樂王鑒回師以討之，鑒於彭城南擊元略，大破之，盡俘其衆，既而不備，爲法僧所敗。衍遣其豫章王綜入守彭城，法僧擁其寮屬、守令、兵戍及郭邑士女萬餘口南入。詔鎮軍將軍、臨淮王彧、尚書李憲爲都督，衛將軍、國子祭酒、安豐王延明爲東道行臺，復儀同三司李崇官爵，爲東道大都督，俱討徐州。崇以疾不行。

三月庚子，以驃騎大將軍、徐州刺史、安豐王延明爲儀同三司。追復中山王熙本爵，子叔仁紹之。甲寅，西部敕勒斛律洛陽反於桑乾，西與河西牧子通連。别將爾朱榮擊破之。

同上，卷十《孝莊紀》：

壬寅，克河内，斬太守元襲、都督宗正珍孫。

秋七月戊辰，都督尒朱兆、賀拔勝從硤石夜濟，破顥子冠受及安豐王延明軍，元顥敗走。庚午，車駕入居華林園，升大夏門，大赦天下。以使持節、車騎將軍、都督、潁川郡開國公尒朱兆爲車騎大將軍、儀同三司。

同上，卷十六《道武七王傳·京兆王列傳》：

繼頻表遜位，乞以司徒授崔光。詔遣侍中、安豐王延明，給事黄門侍郎盧同敦勸。繼又啓固讓，轉太保，侍中如故，加後部鼓吹。頻表陳辭，不許。

同上，卷二十《文成五王傳·安豐王猛列傳》：

子延明，襲。世宗時，授太中大夫。延昌初，歲大饑，延明乃減家財，以拯賓客數千人，并贍其家。至肅宗初，爲豫州刺史，甚有政績，累遷給事黄門侍郎。

延明既博極群書，兼有文藻，鳩集圖籍萬有餘卷。性清儉，不營産業。與中山王熙及弟臨淮王彧等，并以才學令望有名於世。雖風流造次不及熙、彧，而稽古淳篤過之。尋遷侍中。詔與侍中崔光撰定服制。後兼尚書右僕射。以延明博識多聞，敕監金石事。

及元法僧反，詔爲東道行臺、徐州大都督、節度諸軍事，與都督臨淮王彧、尚書李憲等討法僧。蕭衍遣其豫章王綜鎮徐州。延明先牧徐方，甚得民譽，招懷舊土，遠近歸之。綜既降，延明因以軍乘之，復東南之境，至宿豫而還。遷都督、徐州刺史。頻經師旅，人物凋弊，延明招攜新故，人悉安業，百姓咸附。

莊帝時，兼尚書令、大司馬。及元顥入洛，延明受顥委寄，率衆守河橋。顥敗，遂將妻子奔蕭衍，死於江南。莊帝末，喪還。出帝初，贈太保，王如故，謚曰文宣。所著詩賦贊頌銘誄三百餘篇，又撰《五經宗略》《詩禮别義》，注《帝王世紀》及《列仙傳》。又以河間人信都芳工算術，引之在館。其撰《古今樂事》九章十二圖，又集《器準》九篇，芳别爲之注，皆行於世。

同上，卷二十一上《獻文六王傳・咸陽王列傳》：

曄，字世茂。衍封爲桑乾王，拜散騎常侍。卒於秣陵。

初，正光中詔曰："周德崇厚，蔡仲享國；漢道仁恕，淮南畢王。皆所以申恩懿戚，蠲蕩舊釁，義彰曩葉，咏流前史。頃者，咸陽、京兆王自貽禍敗，事由間惑，猶有可矜。兩門諸子，并可聽附屬籍。"後復禧王爵，葬以王禮。詔曄弟坦襲，改封敷城王，邑八百户。坦傲狠凶粗，從叔安豐王延明責之曰："汝凶悖性與身而長，昔有宋東海王禕志性凡劣，時人號曰'驢王'，我熟觀汝所作，亦恐不免驢號。"莊帝初，還復本封。武定中，爲太師。齊受禪，爵例降。

同上，卷二十一下《獻文六王傳・彭城王列傳》：

孝昌末，靈太后失德，四方紛擾，劭遂有異志。爲安豐王延明所啓，乃徵入爲御史中尉。莊帝即位，尊爲無上王。尋遇害河陰。追謚曰孝宣皇帝，妻李氏爲文恭皇后。有二子。

同上，卷二十六《尉古真列傳》：

元法僧之外叛，蕭衍遣其豫章王蕭綜鎮徐州，又詔慶賓爲别將隸，安豐王延明討之。尋除後將軍、肆州刺史。時尒朱榮兵威漸盛，曾經肆州，慶賓畏惡之，據城不出。

同上，卷五十六《鄭羲列傳》：

（胤伯）長子伯猷，博學有文才，早知名。舉司州秀才，以射策高第，除幽州平北府外兵參軍，轉太學博士，領殿中御史。與當時名勝，咸申游款。肅宗釋奠，詔伯猷録義。安豐王延明之征徐州也，引爲行臺郎中。事寧還都，遷尚書外兵郎中，典起居注，以軍功賜爵陽武子。稍遷散騎常侍、平東將軍。前廢帝初，以舅氏超授征東將軍、金紫光禄大夫，領國子祭酒。久之，爲車騎將軍、右光禄大夫，轉護軍將軍。元象初，以本官兼散騎常侍使於蕭衍。前後使人，蕭衍令其侯王於馬射之日宴對申禮。伯猷之行，衍令其領軍將軍臧盾與之相接。議者以此貶之。使還，除驃騎將軍、南青州刺史。在州貪惏，妻安豐王元延明女，專爲聚斂，貨賄公行，潤及親戚。户口逃散，邑落空虚。乃誣良民，云欲反叛，籍其資財，盡以入己，誅其丈夫，婦女配没。百姓怨苦，聲聞四方。爲御史糾劾，死罪數十條，遇赦免，因以頓廢。齊文襄王作相，每誡厲朝士，常以伯猷及崔叔仁爲誚。武定七年，除太常卿。其年卒，年六十四。贈驃騎大將軍、中書監、兖州刺史。

同上，五十九《蕭寶夤列傳》：

值元法僧以彭城叛入蕭衍，衍命贊爲南兖、徐二州刺史、都督江北諸軍事，鎮彭城。於時，肅宗遣安豐王延明、臨淮王彧討之，贊便遣使密告誠款，與寵、話夜出，步投彧軍。孝昌元年秋，届於洛陽，陛見之後，就館舉哀，追服三載。

同上，卷六十六《李崇列傳》：

乃詔復崇官爵，爲徐州大都督，節度諸軍事。會崇疾篤，乃以衛將軍、安豐王延明代之。除改開府、相州刺史，侍中、將軍、儀同并如故。

同上，卷六十七《崔光列傳》：

詔召光與安豐王延明議定服章。

同上，卷七十四《尒朱榮列傳》：

顥都督宗正珍孫、河内太守元襲固守不降，榮攻而克之，斬珍孫、元襲以徇。帝幸河内城。榮與顥相持於河上，顥令都督安豐王延明緣河據守。榮既未有舟船，不得即渡，議欲還北，更圖後舉。黄門郎楊侃、高道穆等并謂大軍若還，失天下之望，固執以爲不可。語在侃等傳。屬馬渚諸楊云有小船數艘，求爲鄉導，榮乃令都督尒朱兆等率精騎夜濟，登岸奮擊。顥子領軍將軍冠受率馬步五千拒戰，兆大破之。臨陳擒冠受。延明聞冠受見擒，遂自逃散，顥便率麾下南奔。事在其傳。

同上，卷七十五《尒朱兆列傳》：

後從上黨王天穆討平邢杲。及元顥之屯於河橋，榮遣兆與賀拔勝等自馬渚西夜渡數百騎，襲擊顥子冠受，擒之。又進破安豐王延明，顥於是退走。莊帝還宫，論功除散騎常侍、車騎大將軍、儀同三司，增邑八百户。

同上，卷七十七《辛雄列傳》：

孝昌元年，徐州刺史元法僧以城南叛，蕭衍遣蕭綜來據彭城。時遣大都督、安豐王延明督臨淮王彧討之，盤桓不進。乃詔雄副太常少卿元誨爲使，給齊庫刀，持節、乘驛催軍，有違即令斬決。

同上，卷八十一《山偉列傳》：

時天下無事，進仕路難，代遷之人，多不沾預。及六鎮、隴西二方起逆，領軍元叉欲用代來寒人爲傳詔以慰悦之，而牧守子孫投狀求者百餘人。又欲杜之，因奏立勳附隊，令各依資出身。自是北人悉被收叙。偉遂奏記，贊叉德美。叉素不識偉，訪侍中安豐王延明、黄門郎元順，順等因是稱薦之。叉令僕射元欽引偉兼尚書二千石郎，後正名士郎。修起居注。僕射元順領選，表薦爲諫議大夫。

同上，卷八十二《李琰之列傳》：

安豐王延明，博聞多識，每有疑滯，恒就琰之辨析，自以爲不及也。

同上，《常景列傳》：

孝昌初，兼給事黄門侍郎。尋除左將軍、太府少卿，仍舍人。固辭少卿不拜，改授散騎常侍，將軍如故。徐州刺史元法僧叛入蕭衍，衍遣其豫章王蕭綜入據彭城。時安豐王延明爲大都督、大行臺，率臨淮王彧等衆軍討之。……

元顥内逼，莊帝北巡，景與侍中大司馬、安豐王延明在禁中召諸親賓，安慰京師。顥入洛景，仍居本位。

同上，卷九十一《張淵列傳》：

時有河間信都芳，字王琳，好學善天文算數，甚爲安豐王延明所知。延明家有群書，欲抄集五經算事爲《五經宗》及古今樂事爲《樂書》，又聚渾天、欹器、地動、銅烏、漏刻、候風諸巧事，并圖畫爲《器準》，并令芳算之。會延明南奔，芳乃自撰注。後隱於并州樂平之東山。太守慕容保樂聞而召之，芳不得已而見焉。於是保樂弟紹宗薦之於齊獻武王，以爲中外府田曹參軍。芳性清儉質樸，不與物和。紹宗給其騾馬，不肯乘騎；夜遣婢侍以試之，芳忿呼毆擊，不聽近己。狷介自守，無求於物。後亦注重差勾股，復撰《史宗》，仍自注之，合數十卷。武定中卒。

同上，卷九十三《茹皓列傳》：

皓娶僕射高肇從妹，於世宗爲從母。迎納之日，詳親詣之，禮以馬物。皓又爲弟聘安豐王延明妹，延明恥非舊流，不許。詳勸强之云："欲覓官職，如何不與茹皓婚姻也？"延明乃從焉。

同上，卷一百三《蠕蠕列傳》：

十月，録尚書事高陽王雍、尚書令李崇、侍中侯剛、尚書左僕射元欽、侍中元叉、侍中安豐王延明、吏部尚書元修義、尚書李彦、給事黄門侍郎元纂、給事黄門侍郎張烈、給事黄門侍郎盧同等奏曰："竊聞漢立南、北單于，晋有東、西之稱，皆所以相維禦難，爲國藩籬。今臣等参議，以爲懷朔鎮北，土名無結山吐若奚泉，敦煌北西海郡，即漢、晋舊障，二處寬平，原野彌沃。阿那瓌宜置西吐若奚泉，婆羅門宜置西海郡。各令總率部落，收離聚散。其爵號及資給所須，唯恩裁處。彼臣下之官，任其舊俗。阿那瓌所居既是境外，宜少優遣，以示威刑。請沃野、懷朔、武川鎮各差二百人，令當鎮軍主監率，給其糧仗，送至前所，仍於彼爲其造構，功就聽還。諸於北來，在婆羅門前投化者，令州鎮上佐准程給糧，送詣懷朔阿那瓌，鎮與使人量給食廪。在京館者任其去留。阿那瓌草創，先無儲積，請給朔州麻子乾飯二千斛，官駝運送。婆羅門居於西海，既是境内，資衛不得同之。阿那瓌等新造藩屏，宜各遣使持節馳驛先詣慰喻，并委經略。"肅宗從之。

同上，卷一百八之四《禮志四》：

至高祖太和中，始考舊典，以制冠服，百寮六宫，各有差次。早世升遐，猶未周洽。肅宗時，又詔侍中崔光、安豐王延明及在朝名學更議之，條章粗備焉。

同上，卷一百九《樂志五》：

正光中，侍中、安豐王延明受詔監修金石，博探古今樂事，令其門生河間信都芳考算之。屬天下多難，終無製造。芳後乃撰延明所集《樂説》并《諸器物準圖》二十餘事而注之，不得在樂署考正樂律也。（中華書局，1974年）

魏徵、令狐德棻《隋書》卷十《禮志五》禮儀：

後魏天興初，詔儀曹郎董謐撰朝饗儀，始制軒冕，未知古式，多違舊章。孝文帝時，儀曹令李韶，更奏詳定，討論經籍，議改正之。唯備五輅，各依方色，其餘車輦，猶未能具。至熙平九年，明帝又詔侍中崔光與安豐王延明、博士崔瓚采其議，大造車服。定制，五輅并駕五馬。皇太子乘金輅，朱蓋赤質，四馬。三公及王，朱屋青表，制同於輅，名曰高車，駕三馬。庶姓王、侯及尚書令、僕已下，列卿已上，并給軺車，駕用一馬。或乘四望通幰車，駕一牛。自斯以後，條章粗備，北齊咸取用焉。其後因而著令，并無增損。

同上，卷十四《樂志中》音樂：

至永熙中，録尚書長孫承業，共臣先人太常卿瑩等，斟酌繕修，戎華兼采，至於鐘律，焕然大備。自古相襲，損益可知，今之創制，請以爲準。珽因采魏安豐王延明及信都芳等所著《樂説》而定正聲。始具宫懸之器，仍雜西凉之曲，樂名《廣成》，而舞不立號，所謂"洛陽舊樂"者也。

同上，卷十六《律曆志上》審度：

十、東後魏尺。實比晋前尺一尺五寸八毫。

此是魏中尉元延明，累黍用半周之廣爲尺，齊朝因而用之。

同上，卷三十二《經籍志一》經部詩：

《毛詩誼府》三卷。（後魏安豐王元延明撰。）

同上，禮：

《三禮宗略》二十卷。（元延明撰。）

同上，五經總義：

《五經宗略》二十三卷。（元延明撰。）（中華書局，1973年）

李延壽《北史》卷四《魏本紀第四》：

十二月甲戌，詔司徒崔光、安豐王延明等議定服章。庚辰，以東益、南秦州氐反，詔河間王琛討之，失利。……

孝昌元年春正月庚申，徐州刺史元法僧據城反，自稱宋王，年號天啓。遣其子景仲歸梁。梁遣其將豫章王綜入守彭城。法僧擁其僚屬南入。詔臨淮王彧、尚書李憲爲都督，安豐王延明爲東道行臺，俱討徐州。癸亥，蕭寶夤及征西將軍崔延伯大破賊於黑水。天生退走入隴，涇、岐及隴悉平。

同上，卷五《魏本紀第五》：

戊寅，太原王尒朱榮會車駕於長子，即日反旆。上黨王天穆北度，會車駕於河内。秋七月戊辰，都督尒朱兆、賀拔勝從硤石夜濟。破顥子冠受及安豐王延明軍。元顥敗走。庚午，車駕入居華林園，升大夏門大赦。

同上，卷十六《太武五王・臨淮王列傳》：

子彧字文若，紹封。彧少有才學，當時甚美。侍中崔光見而謂人曰："黑頭三公，當此人也。"少與從兄安豐王延明、中山王熙，并以宗室博古文學齊名，時人莫能定其優劣。

同上，卷十九《文成五王・安豐王猛列傳》：

安豐王猛字季烈。太和五年封，加侍中。出爲鎮都大將、營州刺史。猛寬仁雄毅，甚有威略，戎夷畏愛之。薨於州。贈太尉，謚曰匡。

子延明襲。宣武時，授太中大夫。延昌初，歲大饑，延明乃減家財以拯賓客數十人，并贍其家。至明帝初，爲豫州刺史，甚有政績。累遷給事黄門侍郎。延明既博極群書，兼有文藻，鳩集圖籍萬有餘卷。性清儉，不營産業。與中山王熙及弟臨淮王彧等并以文學令望，有名於世。雖風流造次不及熙、彧，而稽古淳篤過之。遷侍中，詔與侍中崔光撰定服制。後兼尚書右僕射。以延明博識多聞，敕監金石事。

及元法僧反，詔爲東道行臺、徐州大都督，節度諸軍事，與都督臨淮王彧、尚書李憲等討法僧。梁遣其豫章王綜鎮徐州。延明先牧徐方，甚得人譽，招懷舊士，遠近歸之。綜既降，延明因以軍乘之，復東南之境，至宿、豫而還。遷都督、徐州刺史。頻經師旅，人物凋弊，延明招攜新故，人悉安業，百姓咸附。

莊帝時，兼大司馬。元顥入洛，延明受顥委寄。顥敗，奔梁，死於江南。莊帝末，喪還。孝武初，贈太保，王如故，謚曰文宣。所著詩賦贊頌銘誄三百餘篇。又撰《五經宗略》《詩禮别義》，注《帝王世紀》及《列仙傳》。又以河間人信都芳工算〔術，引之在館，共撰古今樂事，九章十二〕圖。又集《器準》九篇，别爲之注，皆行於世矣。孫長儒，孝静時襲祖爵。

同上，卷二十四《王憲列傳》：

（子）昕字元景，少篤學，能誦書，日以中疊舉手極上爲率。與太原王延業俱詣魏安豐王延明。延明嘆美之。太尉、汝南王悦辟爲騎兵參軍。舊事，王出則騎兵武服持刀陪從。昕恥之，未嘗肯依行列。

同上，《鄭羲列傳》：

（孫）伯猷之行，梁武令其領軍將軍臧盾與之接。議者以此貶之。使還，除南青州刺史。在官貪惏，妻安豐王元延明女，專爲聚斂，貨賄公行，潤及親戚。户口逃散，邑落空虚。乃誣陷良善，云欲反叛，籍其資財，盡以入己，誅其丈夫，婦女配没。百姓冤苦，聲聞四方。爲御史糾劾，死罪數十條，遇赦免，因以頓廢。

同上，卷四十二《常景列傳》：

侍中崔光、安豐王延明受詔議定服章，敕景參修其事。尋進號冠軍將軍。……

孝昌初，給事黄門侍郎，尋除左將軍、太府少卿，仍舍人。固辭少卿不拜，改授散騎常侍，將軍如故。徐州刺史元法僧叛入梁，梁武遣其豫章王蕭綜入據彭城。時安豐王延明爲大都督、大行臺，率臨淮王彧等衆軍討之。既而蕭綜降附，徐州清復，遣景兼尚書，持節馳與行臺都督觀機部分。景經洛汭，乃作銘焉。……

莊帝北巡，景與侍中、大司馬、安豐王延明在禁中召諸親賓，乃安慰京師。顥入洛，景乃居本位。

同上，卷四十三《李崇列傳》：

乃詔復崇官爵，爲徐州大都督、節度諸軍事。會崇疾篤，乃以衛將軍、安豐王延明代之。改除開府、相州刺史，侍中、將軍、儀同并如故。

同上，卷四十四《崔光列傳》：

冬，詔光與安豐王延明議定服章。三年六月，詔光乘步挽至東西上閣。九月，進位太保，光又固辭。

同上，卷五十《山偉列傳》：

時天下無事，進仕路難，代遷之人，多不沾預。及六鎮、隴西二方起逆，領軍元叉欲用代來寒人爲傳詔以慰悦之。而牧守子孫投狀求者百餘人。叉因奏立勳附隊，令各依資出身。自是北人悉被收叙。偉遂奏記，贊叉德美。叉素不識偉，訪侍中安豐王延明、黄門郎元順，順等因是稱薦之。叉令僕射元欽引偉兼尚書二千石郎，後正名士郎，修起居注。僕射元順領選，表薦爲諫議大夫。

同上，卷八十九藝術上《信都芳列傳》：

信都芳字玉琳，河間人也。少明算術，兼有巧思，每精心研究，或墜坑坎。常語人云："算曆玄妙，機巧精微，我每一沉思，不聞雷霆之聲也。"其用心如此。後爲安豐王延明召入賓館。有江南人祖暅者，先於邊境被獲，在延明家，舊明算曆，而不爲王所待。芳諫王禮遇之。暅後還，留諸法授芳，由是彌復精密。延明家有群書，欲抄集五經算事爲《五經宗》，及古今樂事爲《樂書》，又聚渾天、欹器、地動、銅烏、漏刻、候風諸巧事，并圖畫爲《器準》，并令芳算之。會延明南奔，芳乃自撰注。（中華書局，1974年）

李延壽《南史》卷六十《江革列傳》：

時魏徐州刺史元法僧降附，革被敕隨府王鎮彭城。城既失守，革素不便馬，泛舟而還，途經下邳，爲魏人所執。魏徐州刺史安豐王延明聞革才名，厚加接待。革稱腳疾不拜，延明將害之，見革辭色嚴正，更加敬重。時祖暅同被拘縶，延明使暅作《欹器漏刻銘》，革唾罵暅曰："卿荷國厚恩，已無報答，乃爲虜立銘，孤負朝廷。"延明聞之，乃令革作《丈八寺碑》并《祭彭祖文》，革辭以囚執既久，無復心思。延明將加棰扑，革厲色曰："江革年六十，不能殺身報主，今日得死爲幸，誓不爲人執筆。"延明知不可屈乃止。日給脱粟三升，僅餘性命。會魏帝請中山王元略反北，乃放革及祖暅還朝。上大宴，舉酒勸革曰："卿那不畏延明害？"對曰："臣行年六十，死不爲夭，豈畏延明？"帝曰："今日始見蘇武之節。"於是以爲太尉臨川王長史。

時帝惑於佛教，朝賢多啓求受戒。革精信因果，而帝未知，謂革不奉佛法，乃賜革《覺意詩》五百字，云："唯當勤精進，自强行勝修，豈可作底突，如彼必死囚？"以此告江革，并及諸貴游。又手敕曰："果報不可不信，豈可底突如對元延明邪？"革因乞受菩薩戒。

同上，卷六十一《陳慶之列傳》：

普通中，魏徐州刺史元法僧於彭城求入内附，以慶之爲武威將軍，與胡龍牙、成景儁率諸軍應接。還除宣猛將軍、文德主帥，仍率軍送豫章王綜入鎮徐州。魏遣安豐王元延明、臨淮王元彧率衆十萬來拒。延明先遣其别將丘大千觀兵近境，慶之擊破之。後豫章王棄軍奔魏，慶之乃斬關夜退，軍士獲全。……

魏上黨王元天穆又攻拔大梁，分遣王老生、費穆據虎牢，刁宣、刁雙入梁、宋，慶之隨方掩襲，并降，天穆與十餘騎北度河。慶之麾下悉著白袍，所向披靡。先是洛中謡曰："名軍大將莫自牢，千兵萬馬避白袍。"自發銍縣至洛陽，十四旬平三十二城，四十七戰，所向無前。

初，魏莊帝單騎度河，宫衛嬪侍無改於常。顥既得志，荒於酒色，不復視事。與安豐、臨淮計將背梁，以時事未安，且資慶之力用。慶之心知之，乃説顥曰："今遠來至此，未伏尚多，宜啓天子，更請精兵；并勒諸州有南人没此者，悉須部送。"顥欲從之，元延明説顥曰："慶之兵不出數千，已自難制；今更增其衆，寧肯爲用？魏之宗社，於斯而滅。"顥由是疑慶之，乃密啓武帝停軍。（中華書局，1975年）

劉昫等《舊唐書》卷四十六《經籍志上》甲部經録詩類：

《毛詩誼府》三卷。（元延明撰。）

同上，禮類：

《三禮宗略》二十卷。（元延明撰。）

同上，經解類：

《五經宗略》四十卷。（元延明撰。）（中華書局，1975年）

歐陽修、宋祁《新唐書》卷五十七《藝文志》甲部經録詩類：

元延明《詛府》三卷。

同上，禮類：

元延明《三禮宗略》二十卷。

同上，經解類：

元延明《五經宗略》四十卷。（中華書局，1975年）

馬永易《實賓録》卷一《三王》：

後魏宗室濟南王彧，少有才學，與從兄安豐王延明、中山王熙并以宗室博古文學齊名，時人莫能定其優劣。尚書郎范陽盧道將謂吏部郎清河崔休曰："三人才學雖并優美，然安豐少於造次，中山皂白太多，未若濟南風流寬雅。"時人爲之語曰："三王荆楚琳琅，未若濟南備員方。"彧姿制閒雅，吐發流靡，琅琊王誦有名人也，見之未嘗不心醉忘疲。

同上，卷八《驢王》：

後魏元坦，一名穆，慠狠凶麤，從叔安豐王延明每切責之曰："汝凶悖性，與身而長。昔宋有東海王禕，志性凡劣，時人號曰'驢王'，我熟觀汝所作，亦恐不免驢號。"當時聞者號爲"驢王"。（《文淵閣四庫全書》本）

鄭樵《通志》卷六十三《藝文略》經類第一詩統説：

《毛詩詛府》三卷。（後魏延明。）

同上，經類第一經解：

《五經宗略》二十三卷。（元延明。）

同上，卷六十四《藝文略》禮類第二會禮三禮：

《三禮宗略》二十卷。（元延明。）（中華書局，1987年）

王應麟《玉海》卷四天文儀象《後魏器準圖》：

《北史》：信都芳明算術，安豐王延明欲抄集五經算事爲《五經宗》及古今樂事爲《樂書》，又聚渾天、欹器、地動、銅烏、漏刻、候風諸巧事，并圖畫爲《器準》，并令芳算之。芳自撰注。（《隋志・小説家》："芳《器準圖》三卷。"）

同上，卷七律曆律吕下《後魏器物準圖》：

《隋志》：正光中，安豐王延明監修金石，博探古今樂事，令信都芳考算之。芳後撰延明所集《樂説》并諸《器物準圖》二十餘事而注之。《唐志・曆算》："信都芳《器準》三卷。"

同上，卷十一律曆漏刻《晋漏刻》：

元魏安豐王延明使祖暅作《欹器漏刻銘》。

同上，卷三十八藝文詩《唐二十五家詩》：

元延明之《誼府》。

同上，卷三十九藝文三禮《三禮大義　宗略》：

《唐志》："元延明《三禮宗略》二十卷。"（《隋志》："元延明《五經宗略》二十三卷。"）

同上，《唐六十九家禮》：

學兼三禮，則有鄭玄、王肅之音、注、目録，崔靈恩、元延明之《義宗》《宗略》，夏侯伏明之圖，賈公彦之義疏。

同上，卷四十二藝文經解總六經《五經論》：

元延明《宗略》二十三卷。

同上，卷九十器用欹器《欹器圖》：

《器準圖》三卷，後魏信都芳撰。（聚渾天、欹器等。《後魏志》："信都芳撰安豐王延明所集《樂説》并《諸器物準圖》二十餘事而注之。"）

同上，《後魏欹器》：

傳安豐王延明使祖暅之作《欹器漏刻銘》。

同上，卷一百四音樂樂二《後魏樂書》：

《唐志》："信都芳删注《樂書》九卷。"（《隋志》："七卷。"）《信都芳傳》："著《樂書》，以河内葭灰吹律管。"《魏志》："正光中，詔安豐王延明與芳博采古今樂事，芳後乃撰延明所集《樂説》并諸《器物準圖》二十餘事而注之。"《通典》："北齊祖珽采延明及芳等所著《樂説》而定正聲，始具宫縣之器，仍雜西凉之曲，樂名《廣成》，所謂'洛陽舊樂'也。"（江蘇古籍出版社、上海書店，1988年）

何良俊撰，陳洪、黄菊仲注《續世説新語》上卷十八《品藻第十·三王優劣》

元文若少有文學，時譽甚美，與從兄安豐、中山并是宗室，以博古文學齊名，時人莫能定其優劣。范陽盧道將謂吏部清河崔休曰："三人才學雖無高下，然安豐少於造次，中山太多皂白，未若濟南風流沉雅。"時人爲之語曰："三王楚琳琅，未若濟南備員方。"（天津人民出版社，1999年）

朱睦㮮《授經圖義例》卷十二《諸儒著述附歷代四詩傳注》義疏：

《毛詩義府》三卷。（元延明。）

同上，《諸儒著述附歷代三禮傳注》論説：

《三禮宗略》二十卷。（元延明。）（《文淵閣四庫全書》本）

凌迪知《萬姓統譜》卷二十二上平聲十三元·元：

元延明。（後魏宗室。先爲徐州牧，甚得人譽。及討元法僧，招懷舊士，遠近歸之。後都督徐州。徐州頻師旅，人物凋敝，延明招攜新故，人悉安業。）（《文淵閣四庫全書》本）

方以智《通雅》卷三十三器用古器"欹器侑巵也"條：

《器準圖》三卷。《後魏志》：信都芳撰安豐王延明所集《樂説》并諸《器物準圖》二十餘事而注之。

安豐王延明使祖暅之作《欹器漏刻銘》。（中國書店，1990年）

朱彝尊《經義考》卷一百三《詩六》：

元氏（延明）《毛詩誼府》。《隋志》："三卷佚。"《唐志》："延明，後魏安豐王。"

同上，卷一百六十三《通禮一》：

元氏（延明）《三禮宗略》。《隋志》："二十卷，佚。"

同上，卷二百四十《群經二》：

元氏（延明）《五經宗略》。《隋志》："三十三卷（《唐志》四十卷），佚。"

同上，卷二百八十五廣譽·北魏：

崔光爲孝明帝講《孝經》王道業預，講安豐王延明録義，時人語曰：英英濟濟王家兄弟。（中華書局，1998年）

張玉書等《佩文韻府》卷二之一上平聲二冬韻一·宗：

《五經宗》。（《魏書》："王延明抄集五經算事爲《五經宗》。"）

同上，卷三十八之一上聲八薺韻一·禮：

《三禮》。（元延明《三禮宗略》二十卷。）

同上，卷九十九之二入聲十藥韻二·略：

《五經宗略》。（《唐書·藝文志》："元延明《五經宗略》四十卷。"）（上海古籍書店，1983年）

張廷玉等《駢字類編》卷九十數目門十三·三：

《三禮》。（元延明《三禮宗略》二十卷。）（中國書店，1984年）

沈名蓀、朱昆田《北史識小録》卷二《魏宗室諸王列傳》：

皂白太多。（元子彧，封濟南王，少有才學，與安豐王延明、中山王熙并以宗室博古文學齊名，時人稱之。盧思道謂崔休曰："三人才學雖并優美，然安豐少於造次，中山皂白太多，未若濟南風流寬雅。"時人爲之語曰："三王楚琳琅，未若濟南備員方。"）（《文淵閣四庫全書》本）

秦蕙田《五禮通考》卷首第二《禮經傳述源流下》：

《三禮宗略》二十卷。（元延明撰。）（《文淵閣四庫全書》本）

徐崇《補南北史藝文志》卷二北史史之類别史：

《帝王世紀傳》。

元延明撰，見《安豐王猛傳》。《魏書·延明傳》同。《隋·經籍志》未收。

同上，雜傳：

《列仙傳注》。

元延明撰，見《安豐王猛傳》。《魏書·延明傳》同。《隋·經籍志》未收。

同上，子之類小説家：

《器準》九篇。

元延明撰，見《安豐王猛傳》。《魏書·延明傳》同。《隋·經籍志》未收。

同上，集之類别集：

《元延明集》。

見《安豐王猛傳》。《魏書·延明傳》同。《隋·經籍志》未收。按《北史·猛傳》："延明撰有詩賦贊頌銘誄凡三百餘篇。"（《二十五史補編》本）

趙超《漢魏南北朝墓志彙編》北魏附：

【志蓋】闕。

【銘文】魏故侍中太保特進使持節都督雍華岐三州諸軍事大將軍雍州刺史安豐王謚曰文宣元王墓志銘：

公諱延明，字延明，高宗文成皇帝之孫，顯祖獻文皇帝季弟，安豐王之長子，高祖孝文皇帝從父昆弟，河南洛陽熙寧里。啓厥初於天地，擬峻趾於昆鍾，群神歸其福祉，衆靈降以精魄。故其多才大位，獨表諸姬，斯乃編藏延閣，於兹略而不載矣。公禀此中和，誕兹上德，吐納純粹，陶練英華。音中律吕，乃威鳳之恒事；動興雲霧，亦神龍之自然。兼以虎鼻表奇，河目呈異，舟航所屬，始復斯在。及齒半九齡，陟岵無見，同孝孫之吐哺，均榮祖之晝象。服闋，初襲爵土，雖先王制禮，不敢而過。奉詔册以流漣，猶櫰桷之在目。爰及弱冠，荼蓼再丁，先食而哭，非杖不起。固使素蛇縈絰，匪獨白菟馴庭。自有大志，少耽文雅，肆情馳騁，鋭思貫穿，强於記録，抑亦天啓，必誦全碑，終識半面。故河間所不窺，陳農所未采，莫不袪疑辯或，極奥窮微。雕蟲小藝，譬諸綺縠，頗曾留意，入室升堂。實使季長謝其詩書，伯喈歸其文籍，聲播九重，於焉歷試。乃兼西中郎將。職是要害，茂實克宣。起家太中大夫，從容談論，譽彰朝列，奉六條，實司舉奏，昔在漢季，出自九卿，魏晋因循，其選尤重。公縉紳所歸，遂應僉曰。除使持節都督豫州諸軍事征虜將軍豫州刺史。風宣入境，德被下車，豪强所息，奸酷自引。仍加散騎常侍，所以旌是堅鋼，表兹温捍者也。宋之彭城，大都之舊，地交吴楚，乃樹懿親。除使持節、都督徐州諸軍事、左將軍、徐州刺史。騑驂沃弱，旄旆緋纚，亦既憩止，化成期月。黑水西河，實名天府，嚴嶮縈帶，風俗混并，舊號難治，今劇斯任。乃除使持節、都督雍州諸軍事、右將軍、雍州刺史。公久勞外莅，遂不之部，留拜廷尉卿，將軍如故。秋官任重，天下之平，折以片言，民心乃慰。仍除前將軍、給事黄門侍郎，又除秘書監、平南將軍、中書令，并仍黄門。或外典圖書，或内掌絲綍，朝趨王陛，夕拜瑣門，經綸帝則，翼宣王度，詔誥衣草而行，議論寄名而已。俄除侍中安南將軍，又除鎮南將軍，仍侍中。同輿操劍，允屬民英，非直强項見奇，固以長乳斯對。又除衛將軍，仍侍中，領國子祭酒。周之師氏，代作儒官，專門異户，歷世滋競。公鑽堅仰高，鈎深致遠，以德詔爵，時無二言。自河海不歸，桑濮間起，鏗鎗或存，雅頌誰析。公博見多聞，朝所取訪，金石之樂，受詔增損，乃詳今考古，鑄鐘磨磬，已蔑吾陵之韻，信鄙昆庭之響。屬受事征罰，遂中寢成功。又以本官兼尚書右僕射。雖復暫臨端右，便以聲動邦國。又監校御書。時明皇則天，留心古學，以臺閣文字，訛僞尚繁，民間遺逸，第録未謹。公以向歆之博物，固讎校之所歸，殺青自理，簡漆斯正。而神鉦告警，釁起邊垂，竊實叛邑，爰自徐部，禦侮招攜，非公誰托。除衛大將軍、東道僕射大行臺，本官如故。僞人乘間，驅其烏合，爰命假子，盜我府城。始寤畫地之廬，仍誓决目之報，銜璧告仇，志存假手。蕭綜來奔，蓋匹馬歸命，群師趑趄，鵶張棋跱，據金湯之嶮，跨勝害之地，全州蕩蕩，咸爲寇場。公智力紛紜，一麾席捲，以兹文德，成此武功。增封二千六百户，仍以本大行臺本官行徐州事，仍除使持節都督三徐諸軍事、本將軍、徐州刺史、侍中、大行臺、僕射如故。復除使持節、都督雍州諸軍事、本將軍、雍州刺史。俄間復除徐州刺史，仍侍中本將軍。尋加驃騎大將軍、儀同三司，給後部鼓吹。公視下如傷，愛結氓庶，仰之若雲雨，慕之若椒蘭。是以馳傳四臨，位踐八命，聲明流瀾，文物照彰，東土著神君之聲，南鄰有靈人之懼。仍除侍中、驃騎大將軍、開府儀同三司、領國子祭酒，兼尚書令。位鄰三事，任首六官，儀表都野，隆替是屬。除大司馬。屯邅距運，禍自昵蕃，車駕北巡，事起倉卒，秘事難聞，遂乖奔赴，以斯民望，乃被縶維，諮謨所在，用壓群議，皇輿南反，誅賞方行，政出權强，深猜后桀。公位尊德盛，冠帶傾心，民惡其上，忌毒惟甚，言思大雅，出自近閑，既睹涅莽之形，實深宗祏之慮，方借力善鄰，討兹君側。而江南卑濕，地非養賢，隨賈未歸，忽焉反葬。以梁中大通二年三月十日薨於建康，春秋卌七。公神衿峻獨，道鑒虚凝，少時高祖垂嘆，以爲終能致遠，遂翻爲國師，鬱成朝棟。既業冠一時，道高百辟，授經侍講，琢磨聖躬，明堂辟雍，皆所定制，朝儀國典，質而後行。加以崖岸重深，風流曠遠，如彼龍門，迢然罕入。惟與故任城王澄、中山王熙、東平王略，竹林爲志，藝尚相歡。故太傅崔光，太常劉芳，雖春秋異時，亦雅相推揖。其詩賦銘誄，咸頌書奏，凡三百餘篇，著五經宗略，詩禮别義，汪帝皇世紀，及列仙傳，合一百卷，大行於世。殆五百之期運，儻一賢之斯在。方將翼此會昌，致諸製作，比堯舜而不愧，顧湯武而有餘，憂能傷人，溘從霜露，悲纏雅俗，痛結民黎。今上天臨，深追盛美，贈使持節、侍中、太保、特進、都督雍華岐三州諸軍事、大將軍、雍州刺史，王如故。歲聿其暮，幽泉方啓，敬勒徽猷，永貽蘭菊。其詞曰：

形象列位，附儷分輝，握鈐神往，駕羽民歸，日皇秉曆，赫赫巍巍，本枝百世，祥慶攸依。漢則間平，魏則彪植，君王邈矣，曾嶠峻極。舊是龍鱗，鼓兹鵬翼，蒸雲不已，搏風未息，言初紫綬，越始瑜佩，援筆立成，應聲而對。標此孝德，樹斯清裁，質邁珪璋，文遺錦績。縉笏來仕，彈冠入朝，遠游藹藹，朱組飄飄。聲由德被，爵以能高，抑揚風景，跌宕雲霄。冠冕列位，儀形群后，四支六翮，獻可替否。國之光輝，朝之淵藪，連踵九佐，比肩七友。亂離瘼矣，邦家殆哉，我馮上哲，振墜匡頽。天人匪慽，圮剥時來，死歸生寄，梁木斯摧。瞻彼川流，滔滔靡舍，遽從短白，奄歸長夜。八旒終卷，四驪惟駕，城郭或存，人民適謝。禀秋時戒，具物蒼蒼，薤歌凄咽，柳飾低昂。藏悲秋櫝，鳥思松楊，一捐朱邸，永閟玄房。太昌元年七月癸巳朔廿八日庚申葬於洛城西廿里奇坑南源，歲次壬子。（北京圖書館藏拓。）（天津古籍出版社，1992年）

案：徐崇《補南北史藝文志》北史子之類小説家著録《器準》九篇，題元延明撰。

元延明（？—529年？），北朝魏宗室、文人，安豐王元猛長子，猛死後襲封安豐王。《魏書》《北史》均有傳。延明博識多聞，《魏書》本傳載："與中山王熙及弟臨淮王彧等，并以才學令望有名於世。雖風流造次不及熙、彧，而稽古淳篤過之。"宣武帝朝授太中大夫。孝明帝朝，官豫州刺史，甚有政績。累遷給事黄門侍郎。莊帝時兼尚書令、大司馬。參與元顥之亂，敗走南梁，死於江南。所著詩賦贊頌銘誄三百餘篇，又撰《五經宗略》《詩禮别義》，注《帝王世紀》及《列仙傳》，又撰《古今樂事》九章十二圖，集《器準》九篇。

《器準》，共九篇，載歷代奇巧器物款式。《北史》元延明本傳稱"又集《器準》九篇，芳别爲之注"。《信都芳傳》則稱："延明家有群書，欲抄集五經算事爲《五經宗》，及古今樂事爲《樂書》，又聚渾天、欹器、地動、銅烏、漏刻、候風諸巧事，并圖畫爲《器準》，并令芳算之。會延明南奔，芳乃自撰注。”據此，元延明所撰爲《器準》，因爲附有圖畫，故亦名《器準圖》。信都芳爲元延明門客，可能參與過《器準圖》的編纂和繪圖。後又爲《器準圖》作注。信都芳《器準九篇注》見後。

器準圖

案：徐崇《補南北史藝文志》北史子之類小説家著録《器準圖》，題信都芳撰。

《隋書·經籍志》子部小説家最早著録《器準圖》三卷，題後魏丞相士曹參軍信都芳撰。信都芳《器準圖》資料見本書第三卷《隋書經籍志著録小説資料集》，此從略。

器準九篇注（器準圖注）

魏收《魏書》卷二十《安豐王列傳》：

子延明，襲。世宗時授太中大夫……出帝初，贈太保，王如故，謚曰“文宣”。所著詩賦贊頌銘誄三百餘篇，又撰《五經宗略》《詩禮别義》，注《帝王世紀》及《列仙傳》。又以河間人信都芳，工算術，引之在館。其撰古今樂事，九章十二圖，又集《器準》九篇，芳别爲之注，皆行於世。（中華書局，1974年）

李延壽《北史》卷十九《文成五王·安豐王猛列傳》：

安豐王猛，字季烈。太和五年封，加侍中。出爲鎮都大將、營州刺史。猛寬仁雄毅，甚有威略，戎夷畏愛之。薨於州。贈太尉。謚曰匡。子延明，襲。宣武時，授太中大夫。……孝武初，贈太保，王如故，謚曰“文宣”。所著詩賦贊頌銘誄三百餘篇，又撰《五經宗略》《詩禮别義》，注《帝王世紀》及《列仙傳》。又以河間人信都芳，工算〔術，引之在館，共撰古今樂事，九章十二〕圖。又集《器準》九篇，别爲之注，皆行於世矣。（中華書局，1974年）

徐崇《補南北史藝文志》卷二北史子類小説家：

《器準九篇注》，信都芳撰，見本傳。《魏書》同。《齊書》同。《隋·經籍志》未收，按《魏書》《齊書》，芳均有傳，又按《魏書·樂志》：“芳撰延明所集《樂説》并諸《器物準圖》二十餘事而注之。”（《二十五史補編》本）

案：徐崇《補南北史藝文志》北史子之類小説家著録《器準九篇注》，題信都芳撰，未題卷數。

信都芳（生卒年不詳），字玉琳，南北朝時期數學家、天文學家。後齊河間（今河北河間南）人。《北齊書》有傳，《魏書》有附傳。年少時以精通算術、天文而爲州里人所稱道，思維敏捷、專心治學。本傳稱其“忘寢與食，或墜坑坎。嘗與人曰：‘算之妙，機巧精微，我每一沉思，不聞雷霆之聲也。’”後魏安豐王元延明曾招其入賓館，從祖沖之子祖暅之研討。元延明南奔之後，隱居於并州樂平之山東，高歡（北齊神武帝）引爲館客，授中外府田曹參軍。芳生活簡樸，不與物合，狷介自守，無求於物。著書頗多，有《樂書》《遯甲經》《四術周髀宗》等，并私撰《靈憲曆》，書未成而亡。

《器準圖》，亦名《器準》，共九篇。《魏書·安豐王延明傳》稱元延明“又集《器準》九篇，芳别爲之注”，《魏書·樂志》云“芳後乃撰延明所集《樂説》并諸《器準圖》二十餘事而注之”。《北史·信都芳傳》稱：“延明家有群書，欲抄集五經算事爲《五經宗》，及古今樂事爲《樂書》，又聚渾天、攲器、地動、銅烏、漏刻、候風諸巧事，并圖畫爲《器準》，并令芳算之。會延明南奔，芳乃自撰注。”《北齊書·方伎·信都芳傳》又稱：“芳又撰次古來渾天、地動、攲器、漏刻諸巧事，并畫圖，名曰《器準》。”據上述記載，信都芳爲安豐王元延明門客，可能參與過元延明《器準圖》的編纂和繪圖。後又爲《器準圖》作注，此書乃流傳於社會。《隋書·經籍志》小説類、《通志·藝文略》器用類、《玉海》器用類、《國史經籍志》食貨類均題《器準圖》，信都芳撰，《新唐書·藝文志》曆算類題爲“信都芳《器準》三卷”，其實都是《器準圖注》。《隋書·經籍志》《新唐書·藝文志》《玉海》《欽定續通志》作三卷，《通志·藝文略》《國史經籍志》均爲一卷。

《器準》或《器準圖》爲安豐王元延明編纂，信都芳可能參與了編纂和繪圖，而《器準九篇注》蓋爲《器準圖》九篇作注，實即《器準圖注》，注者信都芳。《器準九篇注》和前面所著録之《器準》《器準圖》内容上關聯較大，前者或爲後者的主要内容，後者衹是在前者基礎上增加注文。注文或単独成书流行。今未見原書，大概已經亡佚。亡佚時間不可考。

笑　　苑

案：徐崇《補南北史藝文志》北史子之類小説家著録《笑苑》，題魏澹撰，未題卷數。注云："見《魏季景傳》。《隋書》澹傳同。"

《隋書·經籍志》子部小説家類最早著録《笑苑》四卷，未題撰人。清人姚振宗《隋書經籍志考證》子部小説家類著録《笑苑》四卷，亦不著撰人，但注云："《隋書·魏澹傳》：'澹除太子舍人，廢太子勇深禮遇之，屢加優錫，令注《庾信集》，復撰《笑苑》《詞林集》，世共稱博物。'"以爲《笑苑》乃魏澹所撰。除《隋書》本傳、《北史·魏季景傳》附傳外，《册府元龜》亦記載有魏澹撰《笑苑》，《笑苑》作者應該可以定論。《隋志》將《笑苑》與《笑林》《解頤》等書并列，其内容當爲諧語笑話之類。《笑苑》相關資料見本書第三卷《隋書經籍志著録小説資料集》，此從略。

欹器圖

王先謙《荀子集解》卷二十《宥坐篇第二十八》：

孔子觀於魯桓公之廟，有欹器焉。（《春秋》哀公三年“桓宫、僖宫災”。《公羊傳》曰：“此皆毁廟也。其言災何？復立也。”或曰：三桓之祖廟欹器傾。欹，易覆之器。）孔子問於守廟者曰：“此爲何器？”守廟者曰：“此蓋爲宥坐之器。”（宥與右同，言人君可置於坐右，以爲戒也。《説苑》作坐右。或曰：宥與侑同，勸也。《文子》曰：“三王五帝有勸戒之器，名侑卮。”注云：“欹器也。”盧文弨曰：“今《説苑》作右坐，見《敬慎篇》。”）孔子曰：“吾聞宥坐之器者，虚則欹，中則正，滿則覆。”孔子顧謂弟子曰：“注水焉。”弟子挹水而注之。（挹，酌。）中而正，滿而覆，虚而欹，孔子喟然而嘆曰：“吁！惡有滿而不覆者哉！”子路曰：“敢問持滿有道乎？”孔子曰：“聰明聖知，守之以愚；功被天下，守之以讓；勇力撫世，守之以怯；（撫，掩也，猶言蓋世矣。盧文弨曰：“據注，撫乃幠字之誤。《家語·三恕篇》作振世。”）富有四海，守之以謙，此所謂挹而損之之道也。”（挹，亦退也。挹而損之，猶言損之又損。）（《諸子集成》本）

李延壽《北史》卷八十九藝術上《臨孝恭列傳》：

臨孝恭，京兆人也。明天文、算術，隋文帝甚親遇之。每言災祥之事，未嘗不中。上因令考定陰陽書，官至上儀同。著《欹器圖》三卷，《地動銅儀經》一卷，《九宫五墓》一卷，《遁甲録》十卷，《元辰經》十卷，《元辰厄》百九卷，《百怪書》十八卷，《禄命書》二十卷，《九宫龜經》一百一十卷，《太一式經》三十卷，《孔子馬頭易卜書》一卷，并行於世。

同上，卷九十藝術下跋尾：

論曰：陰陽卜祝之事，聖哲之教存焉，雖不可以專，亦不可得而廢也。徇於是者不能無非，厚於利者必有其害。《詩》《書》《禮》《樂》所失也淺，故先王重其德；方術伎巧所失也深，故往哲輕其藝。夫能通方術而不詭於俗；習伎巧而必蹈於禮者，幾於大雅君子。故昔之通賢，所以戒乎妄作。

……臨孝恭、劉祐、張胄玄等，皆魏來術藝之士也。觀其占候卜筮，推步盈虛，通幽洞微，近知鬼神之情狀。其間有不涉用於龜策，而究人事之吉凶，如順興、檀特之徒，法和、强練之輩，將别稟數術，詎可以智識知？及江陵失守，前巧盡棄，還吴無路，入周不可，因歸事齊，厚蒙榮遇。雖竊之以叨濫，而守之以清虛，生靈所資，嗜欲咸遣，斯亦得道家之致矣。（中華書局，1974年）

魏徵、令狐德棻《隋書》卷三十四《經籍志三》子部五行：

《風角鳥情》二卷。（儀同臨孝恭撰。）

《遯甲立成法》一卷。（臨孝恭撰。）

《陽遯甲用局法》一卷。（臨孝恭撰。）

同上，卷七十八上《楊伯醜列傳》：

時有楊伯醜、臨孝恭、劉祐俱以陰陽術數知名。

同上，《臨孝恭列傳》：

臨孝恭，京兆人也。明天文、算術，高祖甚親遇之。每言災祥之事，未嘗不中。上因令考定《陰陽》。官至上儀同。著《欹器圖》三卷，《地動銅儀經》一卷，《九宫五墓》一卷，《遯甲月令》十卷，《元辰經》十卷，《元辰厄》一百九卷，《百怪書》十八卷，《禄命書》二十卷，《九宫龜經》一百一十卷，《太一式經》三十卷，《孔子馬頭易卜書》一卷，并行於世。（中華書局，1973年）

王欽若等《册府元龜》卷八百七十六總録部《方術》：

後周衛元嵩，蜀都人，好言將來之事，蓋江左寶志之流。武帝太和中，著詩，預論周隋廢興及唐家受命，并有徵。楊伯醜、臨孝恭、劉祐俱以陰陽術數知名。（中華書局，1960年）

王堯臣等《崇文總目》卷三小説下：

《欹器圖》一卷。《通志略》《宋志》并不著撰人。（侗按：《玉海》器用類云：《崇文目》小説類有《欹器圖》一卷。）（《粤雅堂叢書》本）

鄧名世撰，王力平點校《古今姓氏書辯證》卷十九《二十一侵・臨》：

出自"高陽氏才子八人"，其一曰大臨，子孫以王父字爲氏。或曰："林氏"訛爲"臨氏"，《春秋公羊傳》有"臨南"，《後漢・孔融傳》有"臨孝孫石"，趙有秦州刺史"臨深"，隋有儀同"臨孝恭"，京兆人。謹按《春秋》臨晋邑，魯哀公四年，趙稷奔臨，弦施墮，"臨"未必非以邑爲氏，高陽氏之説恐無明據。（江西人民出版社，2006年）

葉庭珪撰，李之亮校點《海録碎事》卷十四百工醫技部醫卜門《馬頭易卜》：

《北史》，信都芳明算術，有巧思，聚渾天、欹器、地動、銅鴗、刻漏、候風諸巧事。今算之，皆無遺策。臨孝恭撰《孔子馬頭易卜書》一卷。（《北史》。）（中華書局，2002年）

鄭樵《通志》卷二十八《氏族略》古人名：

八凱大臨之後也。石趙秦州刺史臨深，東海人。隋日者儀同臨孝恭，知天文，京兆人。望出西河。

同上，卷六十六《藝文略》器用：

《魯史欹器圖》一卷，隋儀同劉徽注。

同上，卷七十二《圖譜略》記無·藝術：

《欹器圖》。

同上，卷一百八十三藝術·隋《臨孝恭傳》：

臨孝恭，京兆人也。明天文、算術，高祖甚親遇之。每言災祥之事，未嘗不中。上因令考定《陰陽書》，官至上儀同。著《欹器圖》三卷，《地動銅儀經》一卷，《九宫五墓》一卷，《遯甲録》十卷，《元辰經》十卷，《元辰厄》百九卷，《百怪書》十八卷，《禄命書》二十卷，《九宫龜經》一百一十卷，《太一式經》三十卷，《孔子馬頭易卜書》一卷，并行於世。（中華書局，1987年）

洪邁《容齋隨筆》三筆卷十三《大觀算學》：

大觀中，置算學如庠序之制，三年三月，詔以文宣王爲先師。兖、鄒、荆三國公配饗，十哲從祀，而列自昔著名算數之人，繪像於兩廊，加賜五等之爵。於是中書舍人張邦昌定其名，風后、大橈、隸首、容成、箕子、商高、常儀、鬼臾區、巫咸九人封公，史蘇、卜徒父、卜偃、梓慎、卜楚丘、史趙、史墨、裨灶、榮方、甘德、石申、鮮于妄人、耿壽昌、夏侯勝、京房、翼奉、李尋、張衡、周興、單颺、樊英、郭璞、何承天、宋景業、蕭吉、臨孝恭、張曾元、王樸二十八人封伯，鄧平、劉洪、管輅、趙達、祖沖之、殷紹、信都芳、許遵、耿詢、劉焯、劉炫、傅仁均、王孝通、瞿曇羅、李淳風、王希明、李鼎祚、邊罔、郎顗、襄楷二十人封子，司馬季主、洛下閎、嚴君平、劉徽、姜岌、張立建、夏侯陽、甄鸞、盧太翼九人封男。考其所條具，固有於傳記無聞者，而高下等差，殊爲乖謬。如司馬季主、嚴君平止於男爵，鮮于妄人、洛下閎同定《太初曆》，而妄人封伯，下閎封男，尤可笑也。十一月，又改以黃帝爲先師云。（上海古籍出版社，1978年）

王應麟《玉海》卷三天文天文書下《景佑三式太一福應集要》：

上曰："朕不好占卜術數，當修人事以承天命。"（隋臨孝恭著《九宫龜經》一百十卷、《太一式經》三十卷。）

同上，卷四天文儀象《漢陽嘉候風地動儀》：

隋臨孝恭著《地動銅儀經》一卷。

同上，卷五天文陰陽五行書《唐陰陽書》：

隋文帝令臨孝恭考定《陰陽書》。

同上，卷九十器用欹器《隋欹器》：

臨孝恭著《欹器圖》三卷。

同上，《皇佑欹器》：

《崇文目》小説有《欹器圖》一卷。（江蘇古籍出版社、上海書店，1988年）

周密撰，張茂鵬點校《齊東野語》卷十五《渾天儀地動儀》：

隋臨孝恭嘗著《地動遺經》一卷，今皆傳焉。（中華書局，1983年）

脱脱等《宋史》卷一百五《禮志八》吉禮・文宣王廟：

大觀三年，禮部、太常寺請以文宣王爲先師，兖、鄒、荆三國公配享，十哲從祀。自昔著名算數者畫像兩廡，請加賜五等爵隨所封，以定其服。於是中書舍人張邦昌定算學：封風后上谷公，箕子遼東公……宋何承天昌盧伯、北齊宋景業廣宗伯、隋蕭吉臨湘伯、臨孝恭新豐伯、張胃玄東光伯……（中華書局，1977年）

宋濂《文憲集》卷二十七雜著・禄命辯：

原司馬遷《史記》孤虚之術，蓋以五行甲子推人休咎，其術之行已久矣。非如吕才所稱起於司馬季主也。沿及後世，臨孝恭有《禄命書》，陶弘景有《三命抄

略》，唐人習者頗衆，而張一行、桑道茂、李虚中咸精其書。（《文淵閣四庫全書》本）

王世貞《弇州四部稿》卷一百六十説部《宛委餘編五》：

原司馬《史記》孤虚之術，蓋以五行甲子推人休咎，其術之行已久矣。沿及後，臨孝恭有《禄命書》，陶弘景有《三命抄略》。唐人習者頗衆，而張一行、桑道茂、李虚中咸精其術。（《四庫明人文集叢刊》本）

凌迪知《萬姓統譜》卷六十五下平聲・臨：

臨孝恭，隋人，知天文。（《文淵閣四庫全書》本）

孫瑴《古微書》卷二十九《孝經援神契》：

世之相傳有黄帝、風后三命一家，而河上公實能言之。沿及後世，臨孝恭有《禄命書》、陶弘景有《三命抄略》，唐人習者頗衆，而張一行、桑道茂、李虚中咸精其書。虚中之後，唯徐子平尤造其閫奥也。（《叢書集成初編》本）

方以智《通雅》卷三十三器用“敧器”條：

《隋志》小説部《魯史敧器圖》一卷。（中國書店，1990年）

顧炎武著，黄汝成集釋，欒保群、吕宗力校點《日知録集釋》卷三十《孔子閉房記》：

自漢以後，凡世人所傳帝王易姓受命之説，一切附之孔子……詳此，似今人所云“推背圖”者，今則托之李淳風而不言孔子。（原注：《隋書・藝術傳》：臨孝恭著《孔子馬頭易卜書》一卷。）（上海古籍出版社，2006年）

宫夢仁《讀書紀數略》卷三十二人部藝術《宋封算學六十六人》：

郭璞、何承天、蕭吉、宋景業、臨孝恭、張胄玄、王樸（二十八人各封伯）……（《文淵閣四庫全書》本）

朱彝尊《經義考》卷十三《易十二》：

臨氏（孝恭）《孔子馬頭易卜書》一卷，佚。《隋書・藝術傳》：“臨孝恭，京兆人，明天文、算術，高祖甚親遇之，令考定《陰陽》，官至上儀同。”（中華書局，1998年）

杭世駿《諸史然疑·後漢書》“東漢崇尚緯讖”條：

東漢崇尚緯讖，儒者多非聖無法，動引孔子以實其説。桓譚所謂“矯稱孔某爲讖記以誤人主”也。如郅惲云：漢曆久長，孔爲赤制。蘇竟云：孔某秘經，爲漢赤制，玄包幽室，文隱事明。班固云：藴孔佐之弘陳。又曰：孔猷先命聖孚也，其見於緯書者不可殫述。逮後魏時，又有名爲閉房記者甄鸞注《數術記遺》，謂“孔子作三不能比兩”。臨孝恭著《孔子馬頭易卜書》，至有《宅經》亦托孔子作，其離經畔道也，至矣。（《叢書集成初編》本）

秦蕙田《五禮通考》卷一百十八吉禮一百十八·祭先聖先師：

《徽宗本紀》：大觀三年十一月丁未，詔算學以黄帝爲先師，風后等八人配享，巫咸等七十人從祀。禮志時又有算學。大觀三年，禮部太常寺請以文宣王爲先師，兖、鄒、荆三國公配享，十哲從祀，自昔著名算數者畫像兩廡，請加賜五等爵隨所封，以定其服。於是中書舍人張邦昌定算學：封風后上谷公、箕子遼東公、周大夫商高郁夷公、大撓涿鹿公……北齊宋景業廣宗伯、隋蕭吉臨湘伯、臨孝恭新豐伯……（《文淵閣四庫全書》本）

沈青崖等《陝西通志》卷六十四人物十隱逸·隋：

臨孝恭，京兆人。明天文、算術，高祖甚親遇之。每言災祥之事，未嘗不中。上因令考定《陰陽書》，官至上儀同。（《隋書》本傳。）

同上，卷七十五經籍第二·子類：

《欹器圖》三卷，《地動銅儀經》一卷，《九宫五墓》一卷，《遯甲録》十卷，《遯甲立成法》一卷，《陽遯甲用局法》一卷，《元辰經》十卷，《元辰厄》百九卷，《百怪書》十八卷，《録命書》二十卷，《九宫龜經》一百一十卷，《太一式經》三十卷，《孔子馬頭易卜書》一卷，《風角鳥情》二卷。（俱儀同京兆臨孝恭。）（《文淵閣四庫全書》本）

嵇璜等《欽定續通志》卷一百六十四《校讎略》：

《魯史欹器圖》一卷，《器準圖》三卷，焦竑曰：入小説，非，改食貨。（《文淵閣四庫全書》本）

乾隆《大清一統志》卷一百八十西安府三·人物：

臨孝恭。（京兆人。明天文、算術，文帝甚親遇之。每言災祥之事，未嘗不中。帝因令考定《陰陽書》，官至上儀同。著《欹器圖》《地動銅儀經》《九宫五墓》《遁甲録》《月令元辰經》《百怪書》《録命書》《九宫龜經》《太乙式經》《孔子馬頭易卜》等書。）（《文淵閣四庫全書》本）

永瑢等《四庫全書總目》卷一百二十三子部雜家類《研山齋雜記》提要：

《研山齋雜記》四卷。（編修勵守謙家藏本。）……案：古人質樸不涉雜事。其著爲書者，至射法、劍道、手搏、蹴踘止矣。至《隋志》而《欹器圖》猶附小説，象經、棋勢猶附兵家，不能自爲門目也。宋以後則一切賞心娱目之具，無不勒有成編，圖籍於是始衆焉。今於其專明一事一物者，皆别爲譜録。其雜陳衆品者，自《洞天清録》以下，并類聚於此門。蓋即爲古所未有之書，不得不立古所未有之例矣。（中華書局，1965年）

姚振宗《隋書經籍志考證》卷三十六子部十三五行家：

《鳳角鳥情》二卷，儀同臨孝恭撰。

《隋書》《北史・藝術傳》："臨孝恭，京兆人也，明天文、算術，高祖甚親遇之，每言災祥之事，未嘗不中，上因令考定《陰陽書》，官至上儀同。著《欹器圖》三卷，《地動銅儀經》一卷，《九宫五墓》一卷，《遁甲月令》十卷，（《北史》作《遁甲録》。）《元辰經》十卷，《元辰厄》一百九卷，《百怪書》十八卷，《禄命書》二十卷，《九宫龜經》一百一十卷，《太一式經》三十卷，（《北史》作二十卷。）《孔子馬頭易卜書》一卷，并行於世。"

《唐書・經籍志》："《鳳角鳥情》二卷，劉孝恭撰。"

《唐書・藝文志》："劉孝恭《鳳角鳥情》二卷。"（二《志》"劉"并當爲"臨"。）

《遁甲立成法》一卷，臨孝恭撰。

臨孝恭有《鳳角鳥情》，見前。

案兩《唐志》有《遁甲立成法》三卷，不著撰人，似即是書。孝恭撰《遁甲書》本有十卷也。（清華大學出版社，2014年）

徐崇《補南北史藝文志》卷二北史子之類小説家：

《欹器圖》一卷，臨孝恭撰，見本傳。《隋書・孝恭傳》："《欹器圖》三卷。"《隋・經籍志》未收。

同上，五行：

《九宫五墓》一卷。臨孝恭撰，見本傳。《隋書》同。《隋・經籍志》未收。

《遁甲録》十卷。臨孝恭撰，見本傳。《隋書・孝恭傳》："《遁甲月令》十卷。”《隋·經籍志》未收。

《元辰厄》十卷。臨孝恭撰，見本傳。《隋書》同。《隋·經籍志》未收。

《百怪書》十八卷。臨孝恭撰，見本傳。《隋書》同。《隋·經籍志》未收。

《禄命書》二十卷。臨孝恭撰，見本傳。《隋書》同。《隋·經籍志》未收。

《九宫龜經》一百一十卷。臨孝恭撰，見本傳。《隋書》同。《隋·經籍志》未收。

《太一式經》三十卷。臨孝恭撰，見本傳。《隋書》同。《隋·經籍志》未收。

《孔子馬頭易卜書》一卷。臨孝恭撰，見本傳。《隋書》同。《隋·經籍志》未收。（《二十五史補編》本）

案：徐崇《補南北史藝文志》北史子之類小説家著录《欹器圖》一卷，题臨孝恭撰。注云：“《隋書·孝恭傳》‘《欹器圖》三卷’，《隋·經籍志》未收。”

臨孝恭（生卒年不詳），隋曆算家，京兆（今陝西西安）人。《隋書》《北史》有傳。本傳稱其“明天文算術”，“每言災祥之事，未嘗不中”。隋文帝令其考定陰陽書，官至上儀同。著述頗豐，有《欹器圖》《地動銅儀經》《遯甲月令》《百怪書》《太一式經》《孔子馬頭易卜經》等。

欹器，原爲古時一種計時工具，雙耳可穿繩懸挂，底部收尖，口大而敞開，無水時傾斜，水半時正立，水滿則傾覆。其上置匀速滴水，可形成周期性注水、水滿傾倒、空瓶注水，循環往復。後來人們多用其作爲警示之器，意爲行中庸之道，適可而止，切不可驕傲自滿，慎防“滿而覆”。其形狀多樣，多用於宗廟祭祀，也可用作案頭擺設。《欹器圖》，即爲各式欹器圖式。本傳載三卷，《崇文總目》小説類載一卷，蓋當時已有散佚。《通志·圖譜略》載“《欹器圖》”，無撰者卷數。《玉海》載臨孝恭著《欹器圖》三卷，今不見，蓋已佚。

後　記

本卷資料是在張嫚碩士論文基礎上補充修訂而成的。張伶俐、陳衛星做了大量工作，除了校對原有資料、糾正了不少錯誤外，還補充了許多資料。最後由我做了審定，包括審讀全部資料、調整資料排列順序、審核資料來源和修改書目按語等，希望能够儘量减少失誤。我們真誠希望提供給讀者的這份資料是系統、完整、準確、可靠的，能够爲需要者提供便利。當然，資料工作又是最瑣碎最繁雜的工作，稍有疏忽，就難免出錯。如果本册資料出現訛誤，主要責任應由我承擔。煩請讀者諸君不吝賜教。

需要説明的是，本卷資料是我主持的國家社科基金重點項目《二十五史藝文志著録小説資料輯録》的部分成果。該項目已於2017年以"免於鑒定"結項，表達了國家社科基金委對該項研究成果的信任。同年，該項目成果獲得湖北省學術著作出版專項資金資助，湖北人民出版社承擔該書的出版，文史編輯部責任編輯給予了熱情的支持并付出了辛勤勞動，以保證該成果的出版品質。此外，正在進行"國家雙一流"建設的華中師範大學文學院中國語言文學一流學科也爲本書的出版提供了經費支援。對於支援和幫助我們的所有同仁和朋友，我在此表示誠摯的感謝！没有他們的支援和幫助，這樣的資料集是很難出版的。

王齊洲壬寅夏至日記於武昌兩學軒